BASTEI
LÜBBE

Wolfgang Hohlbein im Bastei Lübbe Taschenbuchprogramm:

Der Drachen-Zyklus
20 152 Bd. 1: Die Töchter des Drachen
20 306 Bd. 2: Der Thron der Libelle

Der Hexer-Zyklus – Director's Cut
28 504 Bd. 1: Die Spur des Hexers
28 505 Bd. 2: Der Seelenfresser
28 506 Bd. 3: Engel des Bösen
28 507 Bd. 4: Der achtarmige Tod

In Vorbereitung:
28 508 Bd. 5: Buch der tausend Tode
28 509 Bd. 6: Das Auge des Satans
28 510 Bd. 7: Der Sohn des Hexers
28 511 Bd. 8: Das Haus der bösen Träume

Charity
23 243 Bd. 1: Charity – Die beste Frau der Space Force
23 248 Bd. 2: Die Sonnenbombe
23 262 Bd. 3: Die Herren der Schwarzen Festung
23 270 Bd. 4: Das Erbe der Moroni
Weitere Charity-Romane in Vorbereitung

15 074 Intruder
15 560 Anubis
14 478 Dunkel
13 871 Der Widersacher
13 421 Die Moorhexe
15 203 Der Inquisitor
14 197 Wolfsherz
13 328 Geisterstunde
20 554 Von Hexen und Drachen
21 204 Die Kinder von Troja

Wolfgang und Heike Hohlbein
20 130 Die Heldenmutter

Wolfgang Hohlbein und Bernhard Hennen
14 612 Das Jahr des Greifen

Über den Autor:
Wolfgang Hohlbein ist ein Phänomen – mit mehr als hundertsechzig Büchern und einer Auflage von über sieben Millionen Exemplaren! Einer der produktivsten Autoren fantastischer Literatur im deutschsprachigen Raum. Bekannt wurde er neben seinen fantastischen Jugendbüchern vor allem durch seinen Romanzyklus »Der Hexer«, von dem in dieser Ausgabe ein »Director's Cut« vorliegt: Die Hexer-Geschichten in chronologischer Reihenfolge, gespickt mit vielen Hintergrundinfos.

Wolfgang Hohlbein

DER ACHTARMIGE TOD

BASTEI LÜBBE

BASTEI LÜBBE TASCHENBUCH
Band 28 507

1. Auflage: November 2007

Bastei Lübbe Taschenbücher in der Verlagsgruppe Lübbe

Lektorat: Stefan Bauer/Ruggero Leò
Titelillustration: Dominic Harman/Agentur Schlück
Umschlaggestaltung: Gisela Kullowatz
Satz: Urban SatzKonzept, Düsseldorf
Druck und Verarbeitung: Ebner & Spiegel, Ulm
Printed in Germany
ISBN-13: 978-3-404-28507-5

Sie finden uns im Internet unter
www.luebbe.de
www.bastei.de

Der Preis dieses Bandes versteht sich einschließlich
der gesetzlichen Mehrwertsteuer.

Inhalt

Der achtarmige Tod

Vorwort

Mit diesem Buch endet der erste große Zyklus innerhalb der Hexer-Serie, wahlweise Dagon- oder Krakatau-Zyklus genannt, und das auf äußerst spektakuläre Weise, die auch bei den Lesern bei der Erstveröffentlichung großen Anklang fand. Der Abschlussband – Heft 21 »Krieg der Götter« – belegte seinerzeit bei einer Umfrage nach den beliebtesten Romanen der ersten dreißig Hefte unangefochten den ersten Platz.

Wie bei vielen anderen Ereignissen innerhalb der Serie vermischen sich auch hier Fiktion und Realität. Der Ausbruch des Krakatau am 27. August 1883 ist geschichtlich belegt und gilt noch heute als eine der schrecklichsten Naturkatastrophen aller Zeiten. Mehr als 36.000 Menschen fanden dabei den Tod, hauptsächlich aufgrund der gut dreißig Meter hohen Flutwelle, die die Küsten der umliegenden Inseln verwüstete.

Innerhalb des Hexer-Universums handelt es sich jedoch nicht um eine reine Naturkatastrophe, sondern um den Höhepunkt im Krieg dämonischer Götter. Dagon und die anderen Magier von Maronar versuchen zusammen mit abtrünnigen Tempelherren auf der Vulkaninsel die *Thul Saduun zu* erwecken, mächtige Dämonen und Erzfeinde der GROSSEN ALTEN, was diese unter allen Umständen verhindern wollen.

Bereits im vorherigen Buch wurde Robert Craven durch ein magisches *Tor* zurück ins Jahr 1883 geschleudert. Um ihn zu retten, offenbart Howard Lovecraft nun seine magischen Kräfte. Er war einst der *Time-Master* des Templerordens und besitzt die Fähigkeit, die Zeit zu manipulieren. Mit Hilfe des geheimnisvollen Mädchens Jennifer versetzt er die NAUTILUS um zwei Jahre in die Vergangenheit.

Genau wie Robert gerät auch das Unterseeboot unter dem Kommando des legendären Kapitän Nemo in den Krieg der uralten Dämonenrassen, in dem nichts so ist, wie es auf den ersten Blick scheint, und alle Beteiligten müssen inmitten des ausbrechenden Infernos um ihr Leben kämpfen.

Erleben Sie einen der großen Höhepunkte der Hexer-Saga, die in den folgenden Bänden mit Roberts Jagd nach den SIEBEN SIEGELN DER MACHT ihre Fortsetzung findet.

Frank Rehfeld

Dieser Band enthält die Hefte:

Der Hexer 19: Der achtarmige Tod
Der Hexer 20: Unter dem Vulkan
Der Hexer 21: Krieg der Götter

Der achtarmige Tod

Es war ein Bild wie aus einem üblen Albtraum. Hinter der runden, leicht nach außen gebogenen Scheibe des Taucherhelmes sollte ein Gesicht sein, schmal und von der Krankheit, die den Mann seit Wochen auszehrte, gezeichnet.

Aber dort hinter dem Glas wogte nur eine graue, schreckliche Masse, hin und her zuckend und von einer schwerfälligen brodelnden Bewegung erfüllt. Ein waberndes *Etwas* blaugrauen Schreckens, das den Menschen, der noch vor Stunden in der monströsen Tauchermontur steckte, verschlungen hatte!

Kapitän Nemos Kehle entrang sich ein entsetzter Schrei, als er sah, auf welch furchtbare Weise sich Howard verändert hatte. Ganz gegen seine sonstigen Gewohnheiten hatte Nemo Howards Kabine betreten, ohne vorher anzuklopfen, und jetzt stand er wie erstarrt da und blickte auf das entsetzliche Bild hinab, das sich ihm bot:

Howard Lovecraft saß, in der sonderbar verkrümmten Haltung, zu der ihn die schwerfällige Tauchermontur zwang, in seinem Stuhl, die linke Hand gegen das Halsteil des Anzuges gepresst und die rechte um die Tischkante gekrallt, als hätte er noch versucht, sich daran festzuhalten. Sein Kopf war ein wenig zur Seite geneigt, aber die gläserne Sichtscheibe, die wie ein übergroßes Auge im Messing des Taucherhelmes glänzte, war der Tür zugewandt, sodass Nemo den grässlichen Anblick in aller Deutlichkeit sehen konnte.

Eine Sekunde, eine einzige Sekunde nur, blieb Nemo reglos stehen und starrte auf die verkrümmte Gestalt in der Tauchermontur, aber es war die längste Sekunde seines Lebens. Er hatte gewusst, dass Howard sterben würde, schon von dem Moment an, in dem er an Bord der NAUTILUS gekommen war, und trotzdem traf ihn der Anblick mit der Wucht eines Faustschlages.

Er hatte es sich nicht so schlimm vorgestellt. Keiner von ihnen hatte eine Vorstellung gehabt, was die mutierten Lyssa-Viren, mit denen Howard und Rowlf infiziert worden waren, letztendlich aus ihren Körpern machen würden.

Aber das? Nemo hatte das Gefühl, die Berührung einer unsichtbaren Hand zu spüren, die eisig sein Rückgrat hinunterfuhr, während er die graue, amorphe Masse anstarrte, die wie fressender Rauch dort wallte, wo Howards Gesicht gewesen war.

Und dann bewegte sich die Gestalt!

Nemos Herz schien für einen Moment auszusetzen, um dann mit dreifacher Schnelligkeit und beinahe schmerzhaft hart weiterzuhämmern, während er aus hervorquellenden Augen auf die Arme des Taucheranzuges starrte, die sich langsam, mit mühevollen, fahrigen Bewegungen hoben und ziellos in die Luft griffen.

Ein schreckliches, heiseres Geräusch drang unter dem geschlossenen Helm hervor. Ganz langsam, als koste ihn die Bewegung unendlich viel Kraft, stand Howard – oder das, was jetzt anstelle Howards in der Tauchermontur steckte! – auf, taumelte einen halben Schritt auf Nemo zu und wandte sich dann, noch immer verkrümmt und so stark nach vorne geneigt, dass er eigentlich hätte fallen müssen, nach rechts, der Rückwand der Kabine zu. Wieder erhaschte Nemo einen raschen Blick auf die handgroße, runde Sichtscheibe des Helmes – und das Gesicht dahinter!

Howards Gesicht, das für den Bruchteil einer Sekunde hinter der grausigen, wabernden Masse auftauchte, bleich, verzerrt vor Schrecken und Schmerz, die Augen glasig, als litte er Höllenqualen.

Starr und unfähig vor Schrecken, auch nur einen klaren Gedanken zu fassen, geschweige denn Howard zu Hilfe zu eilen, sah Nemo zu, wie sich die Gestalt in der Tauchermontur bis zur Wand schleppte, mit unsicheren Bewegungen wie ein Blinder nach dem Atemschlauch suchte, der wie eine bizarre Nabelschnur aus dem Rücken des Anzuges hervorwuchs, und sich daran entlangtastete, bis ihre Finger die beiden Stellräder fanden, unter denen der Schlauch in der Wand verschwand.

Ein scharfes Zischen erklang, und Nemo konnte sehen, wie sich der Anzug wie ein zu groß geratener Luftballon blähte, als frischer Sauerstoff unter großem Druck in ihn hineingepresst wurde. Howard taumelte. Ein grässliches, würgendes Husten mischte sich in das Zischen der Druckluft, dann kippte er zur Seite, fiel schwer gegen die Wand und begann haltlos in sich zusammenzusacken.

Endlich erwachte Nemo aus seiner Erstarrung. Mit einem Schrei war er bei Howard, fing ihn auf und ließ ihn zu Boden gleiten, so behutsam, wie es angesichts der zentnerschweren Tauchermontur möglich war, die Lovecraft trug. Dann richtete er sich hastig wieder auf, regulierte die Sauerstoffzufuhr mit zitternden Fingern neu, ehe der Anzug einfach platzen oder der Überdruck seinen Träger töten würde, und kniete abermals neben Howard nieder.

Seine Finger waren kalt vor Furcht, als er Howard auf den Rücken drehte und sich über ihn beugte, um durch die Sichtscheibe seines Helmes zu blicken.

Die graue Masse war verschwunden, nur hier und da glaubte Nemo noch ein paar wolkige Fetzen zu entdecken, die aber unter dem Zustrom der frischen Atemluft rasch auseinandertrieben. Howards Gesicht war bleich wie Kalk, und seine Augen standen zwar offen, blickten aber noch immer glasig und schienen Nemo gar nicht wahrzunehmen.

Zwischen seinen Lippen qualmte der Stummel einer zu drei Vierteln aufgerauchten Zigarre.

Nemo erstarrte. Für die Dauer von zwei, drei endlosen Herzschlägen weigerte sich sein Verstand einfach zu glauben, was seine Augen sahen, dann öffnete er den Mund, um etwas zu sagen, brachte aber nur ein unartikuliertes Stöhnen zustande. Was er sah, machte ihn so fassungslos, dass er nicht einmal hörte, wie das Schott in seinem Rücken ein zweites Mal aufglitt und sich Schritte näherten.

Erst als die schokoladenbraunen Finger Doktor Obotes in seinem Gesichtsfeld auftauchten und sich an Howards Helm zu schaffen machten, registrierte er überhaupt, dass er nicht mehr allein war. Und er bemerkte fast zu spät, was Obote im Begriff stand, zu tun!

Mit einem Schrei warf er sich nach vorn, bog Obotes Arm zurück und versetzte dem farbigen Bordarzt der NAUTILUS einen Stoß, der ihn zurück und geradewegs in die Arme der Gestalt taumeln ließ, die hinter ihm durch das Schott getreten war, eine halbe Sekunde, ehe Obote den letzten Verschluss entriegeln und somit Howards Taucheranzug öffnen konnte – was einem Todesurteil für jedes lebende Wesen an Bord des Schiffes gleichgekommen wäre.

»Sind Sie verrückt geworden, Obote?« Nemo war mit einem Satz auf den Füßen, wandte sich zornbebend um – und begann zum zweiten Mal innerhalb weniger Augenblicke an seinem Verstand zu zweifeln, als sein Blick auf das Gesicht des Mannes fiel, der Obote aufgefangen hatte.

Es war das Gesicht eines Riesen – grobschlächtig und von jenem gutmütig dümmlichen Zug, den man oft bei besonders großen und über die Maßen starken Männern antrifft, gekrönt von einer stoppeligen roten Haarbürste.

»Rowlf!«, ächzte Nemo. »Was ... wieso ... ich meine ...« Er brach ab, schluckte ein paar Mal krampfhaft und starrte Obote und Rowlf abwechselnd an. »Was hat das zu bedeuten, Doktor?«, fragte er schließlich. »Wollen Sie uns alle umbringen? Wieso trägt er seinen Anzug nicht mehr?«

Obote blickte ihn finster an, schnippte sich demonstrativ ein nicht vorhandenes Stäubchen von der Stelle seines Hemdes, an der ihn Nemos Hand gepackt hatte, und kniete ein zweites Mal neben Howard nieder. »Aus dem gleichen Grund, aus dem auch Monsieur Lovecraft seinen Anzug nicht mehr braucht, mon capitaine«, antwortete er beleidigt. »Weil es nicht mehr nötig ist.«

»Nicht mehr ...« Nemo blickte mit immer größer werdender Hilflosigkeit abwechselnd zu Rowlf, Obote und Howard und wieder zurück. »Was ... was soll das bedeuten?«, stammelte er.

»Das soll bedeuten, dass sie gesund sind.« Obote hatte die letzte Klammer gelöst, zog ächzend Howards Helm herab und begann mit der flachen Hand in sein Gesicht zu schlagen. Howard stöhnte. Die Zigarre fiel aus seinem Mundwinkel und verschwand Funken sprühend in seinem Anzug. Obote fluchte, angelte mit der Hand danach und bekam sie zu fassen, wenn auch – wie Nemo aus den Grimassen schloss, die er plötzlich schnitt – am brennenden Ende. Mit einem unflätigen Fluch riss er die Hand zurück, schleuderte die Zigarre in die Ecke und steckte die Finger in den Mund.

»Was heißt hier gesund, Doktor?«, fragte Nemo. »Zum Teufel, reden Sie endlich. Vor nicht einmal vierundzwanzig Stunden haben Sie diesen beiden Männern keine halbe Woche mehr gegeben!«

»Daschweischischschelßst.« Obote nahm die Finger aus dem Mund. »Das weiß ich selbst«, sagte er noch einmal. »Und jetzt sind sie eben gesund. Wenigstens Monsieur Rowlf. Und er« – er deutete mit einer Kopfbewegung auf Howard, der krampfhaft um Atem ringend auf dem Rücken lag – »wohl auch. Wenn Sie ihn ins Krankenzimmer bringen lassen, kann ich Ihnen bald Genaueres sagen.«

»Ich ... ich werde zwei Matrosen rufen«, sagte Nemo verstört. Aber Rowlf kam ihm zuvor. Mit einer abwehrenden Bewegung kniete er neben Howard nieder, lud ihn sich auf die Arme, als wöge er gar nichts, und wandte sich grinsend um. »Das mach ich schon«, sagte er. »Ins Krankenzimmer?«

Obote nickte, und Rowlf trat ohne ein weiteres Wort durch das offen stehende Schott. Obote wollte ihm folgen, aber Nemo hielt ihn mit einem raschen Griff am Arm zurück.

»Es tut mir leid, Doktor«, sagte er. »Ich habe die Beherrschung verloren. Entschuldigen Sie, dass ich so grob war.«

Obote lächelte. »Schon gut. Ich hätte Sie ja auch warnen können.«

»Gesund?«, murmelte Nemo, als hätte er Obotes Worte gar nicht gehört. »Sie ... Sie sind vollkommen sicher, dass Rowlf ... geheilt ist?«

Obote nickte. »Wenn nicht alles, was ich in dreißig Jahren als Arzt gelernt habe, falsch ist, ja«, antwortete er. »Und nach meinem ersten Eindruck Ihr Freund Howard auch. Körperlich zumindest«, schränkte er ein.

Nemo blinzelte. »Wie meinen Sie das?«

»Nun ...« Obote zuckte mit den Schultern und blickte auf den Zigarrenstummel hinab, der in einer Ecke verqualmte. »Ich frage mich, welcher geistig gesunde Mensch auf den Gedanken käme, in einem hermetisch geschlossenen Taucheranzug eine Zigarre zu rauchen, mon capitaine.«

Siebzehntausendfünfhundert Meilen entfernt und ebenso viele Stunden in der Vergangenheit, am anderen Ende der Welt und im Jahre 1883, befand ich mich in einer wenig beneidenswerten Situation.

Die Sonne war aufgegangen. Es war früher Morgen, der dritte oder vierte, seit ich die tropische Insel in der Sundastraße betreten hatte – so genau wusste ich das nicht mehr, denn während der letzten Tage war zu viel geschehen –, und vom Meer wehte eine kühle, nach Salzwasser riechende Brise herauf, die selbst hier oben, fünfhundert Yards über und anderthalb Meilen von der Küste entfernt, noch deutlich zu spüren war.

Trotzdem schienen die niedrigen, von kleinen rechteckigen Zinnen gekrönten Gebäude der Garnison, vor der ich auf der Lauer lag, bereits wieder hinter einem Vorhang aus wabernder Hitze auf und ab zu schwingen. Die Sonne, gerade erst hinter dem Horizont hervorgekrochen und noch längst nicht so grell, wie sie tagsüber vom wolkenlosen Himmel Krakataus herabbrannte, überschüttete die Insel bereits mit einem Übermaß an Wärme. Selbst die Nebelfetzen, die noch wie ein letzter Gruß der vergangenen Nacht zwischen den Bäumen hingen, schienen warm zu sein. Ich hatte das Gefühl, am ganzen Leib klebrig zu sein und mich ununterbrochen kratzen zu müssen.

Ein Rascheln in den Büschen neben mir riss mich aus meinen düsteren Überlegungen. Ich sah auf, gewahrte einen Schatten und kurz darauf Shannons Gesicht, das im roten Licht der Sonne schweißnass glänzte. Wenn man genau hinsah, dann konnte man die dunklen, tief eingegrabenen Ringe unter seinen Augen entdecken, die Zeugnis davon ablegten, dass die Anstrengungen der letzten Nacht auch an ihm nicht spurlos vorübergegangen waren.

Gerade an ihm nicht. Shannon hatte wieder einmal den Hauptteil des Kampfes ausgetragen, der eigentlich mir zugestanden hätte. Ohne ihn wäre ich zu diesem Zeitpunkt wahrscheinlich längst tot gewesen – zum wievielten Male eigentlich?

»Alles in Ordnung«, sagte er, nachdem er neben mir angelangt war und sich rasch nach beiden Seiten umgeblickt hatte. »Es ist niemand zu sehen.«

»Keine Wachen?«, erkundigte ich mich. »Niemand – auch nicht am Tor?«

Shannon schüttelte den Kopf. »Die Schilderhäuschen sind leer«, sagte er. »Ich war dort. Wenn Tergard Soldaten zurückgelassen hat, dann schlafen sie alle oder spielen Karten.«

Verwirrt blickte ich zu den weiß gekalkten Gebäuden der Garnison hinüber. Nicht dass ich Shannon nicht glaubte – wenn er sagte, dort drüben wäre niemand, dann war dort niemand. Aber der Gedanke, dass Tergard sein geheimes Hauptquartier von allen Truppen entblößt haben sollte, nur um mich und Shannon zu jagen, ging mir ebenso wenig ein. Er hatte weniger als ein Dutzend Männer bei sich gehabt, als wir ihn oben in den heiligen Höhlen der Majunde stellten, und ich hatte allein zweimal so viele Männer gesehen, als ich das erste Mal hier gewesen war. Von der Besatzung seines teuflischen Konzentrationslagers am Fuße des Krakataus ganz zu schweigen. Nein – irgendetwas stimmte hier nicht.

Trotzdem erhob ich mich ohne ein weiteres Wort, als Shannon mir das Zeichen dazu gab, trat geduckt hinter dem dornigen Busch hervor, der uns bisher Deckung gegeben hatte, und huschte hinter dem schwarz gekleideten Drachenkrieger auf die zwei Meter hohe Einfriedung der Garnison zu, jeden Moment auf einen Schrei oder gar einen Schuss gefasst.

Aber wir erreichten die Mauer unbehelligt, und als wir uns dem Tor näherten, sah ich, dass Shannon die Wahrheit gesagt hatte – die beiden Schilderhäuschen rechts und links des geschlossenen Tores, die mit ihrem rotweißen Anstrich so gar nicht in die tropische Landschaft Krakataus passen wollten, standen leer. Von den Soldaten, die darin Wache stehen sollten, war nicht die geringste Spur zu sehen. Abermals blieben wir stehen, und Shannon machte mich mit Gesten darauf aufmerksam, dass das Tor nicht verschlossen, sondern nur angelehnt war.

»Irgendetwas stimmt hier nicht«, murmelte ich. Shannon sah zu mir zurück, lächelte flüchtig und machte eine vage Bewegung mit der Hand.

»Sie werden sich wohl einen schönen Tag machen, solange Tergard nicht da ist«, sagte er spöttisch.

Ich antwortete gar nicht darauf. Shannon wusste so gut wie ich, wie unsinnig seine Vermutung war. Die Männer in dem Gebäude jenseits der Mauer waren Templer; und die machten sich garantiert keinen schönen Tag, nur weil ihr Kommandant nicht hier war!

Shannon schlich bis zur Mitte des Tores, ließ sich auf ein Knie hinabsinken und schob einen der Torflügel etwas weiter auf, um durch den Spalt zu spähen. Fast eine Minute lang verharrte er so, dann stand er auf und winkte mir, näher zu kommen.

»Alles ruhig«, sagte er. »Es scheint niemand mehr hier zu sein.«

Verwirrt – aber auch in immer stärkerem Maße beunruhigt – trat ich neben ihn und blinzelte ebenfalls durch das Tor. Es war, wie er gesagt hatte: Der Hof lag verlassen im Licht der Morgensonne da, und selbst die Gebäude dahinter wirkten auf schwer zu bestimmende Weise leer.

Shannon schob mich zur Seite, drückte das Tor weiter auf und trat mit einem entschlossenen Schritt hindurch, und nach einer weiteren Sekunde des Zögerns folgte ich ihm, wenn auch weit weniger entschlossen und mit klopfendem Herzen.

Nichts geschah. Ich hatte noch immer halbwegs damit gerechnet, Schreie zu hören oder Männer aus den Gebäuden stürmen zu sehen, aber der Hof blieb still und verlassen, wie er war.

Langsam näherten wir uns dem ersten Gebäude, das – wenn mich meine Erinnerung nicht trog – eine Art Mannschaftsunterkunft sein musste und nur durch einen schmalen, überdachten Gang mit dem eigentlichen Haupttrakt der Garnison verbunden war. Shannon zog seinen Dolch aus dem Gürtel, ehe er die Tür öffnete.

Eine Vorsichtsmaßnahme, die nicht nötig gewesen wäre, denn das Haus war leer. Sein Inneres bestand aus einem einzigen großen

Raum, der äußerst kärglich möbliert war: eine doppelte Reihe zweigeschossiger, unbequem aussehender Betten zog sich rechts und links der Tür an den Wänden entlang, dazwischen drängelten sich einfache hölzerne Tische und dreibeinige Schemel, und in der Mitte des Raumes thronte ein gewaltiger Kanonenofen.

Ein sonderbares Gefühl machte sich in mir breit, als ich hinter Shannon durch die Tür trat. Der Raum war nur unzureichend erhellt, denn vor den Fenstern lagen hölzerne Läden, die nur schmale Streifen Licht hereinließen, aber vielleicht war es gerade diese dämmrige Beleuchtung, die der Unterkunft ein so unheimliches Aussehen gab.

Es waren nur Kleinigkeiten: gleich neben der Tür lag ein umgestürzter Schemel, den aufzustellen sich niemand die Mühe gemacht hatte, auf einem der Tische standen Teller mit den Resten einer Mahlzeit, schmutziges Besteck lag daneben, und eine Gabel war zu Boden gefallen und offenbar achtlos liegen gelassen worden. Vielleicht hatte ihr Besitzer auch nicht mehr die Zeit gehabt, sie aufzuheben. Einige der Betten waren zerwühlt, was mir bei Männern von der Disziplin und Zucht der Tempelherren mehr als nur merkwürdig vorkam.

»Du hast Recht«, murmelte Shannon plötzlich. »Irgendetwas stimmt hier nicht.« Er trat ein Stück weiter in den Raum hinein, hob plötzlich die Hand und deutete auf eine Stelle vor seinen Füßen. Ich gewahrte einen kopfgroßen, bräunlichen Fleck auf den sorgsam gewischten Dielen.

»Ist das … Blut?«, murmelte ich.

Shannon zuckte die Achseln. »Oder Kaffee«, murmelte er. »Komm weiter. Sehen wir uns die anderen Gebäude an.«

Wir verließen die Mannschaftsunterkunft, wandten uns nach rechts und gingen quer über den kopfsteingepflasterten Hof auf das Hauptgebäude zu.

Das ungute Gefühl in mir wuchs fast bis zur Intensität echten körperlichen Schmerzes heran, während ich hinter Shannon auf das festungsähnliche Gebäude zuging, aber es waren wohl eher die unguten Erinnerungen, die mit diesem Anblick verbunden waren. Es war noch nicht lange her, dass ich hier gewesen war, in Ketten und mehr tot als lebendig …

Ich vertrieb den Gedanken und beeilte mich, zu Shannon aufzuschließen.

Hinter der Eingangstür war es so dunkel wie draußen in der Unterkunft, denn auch vor dem einzigen schmalen Fenster der Halle lag ein geschlossener Laden, aber Shannon schien über das Sehvermögen einer Katze zu verfügen, denn er bedeutete mir ungeduldig, einzutreten, zog die Tür hinter sich ins Schloss und ging zielsicher auf die tiefer ins Haus führende Tür zu.

Ich dagegen rührte mich nicht von der Stelle.

Es war wie ein Hieb.

Das Gefühl war nicht zu beschreiben, denn es war etwas, wofür es in der menschlichen Sprache keine Entsprechung gibt. Er war ... ein Gefühl der Bedrohung, mehr noch, ein körperlich fassbares Empfinden von Gewalt, die hier stattgefunden hatte, der finster dräuende Atem des Bösen, der von diesem Haus Besitz ergriffen hatte und auf unsichtbaren Spinnenbeinen in meine Seele kroch. Ich fror, gleichzeitig war mir siedend heiß. Meine Handflächen wurden feucht vom Schweiß, und ich hatte das Gefühl, dass sich jedes einzelne Haar auf meinem Kopf kerzengerade aufrichtete. Eine unsichtbare, eisige Hand schien mein Rückgrat entlangzufahren.

»Was ist los?«, fragte Shannon unwillig. »Worauf wartest du?«

Ich wollte antworten, aber die Furcht schnürte mir schier die Kehle zu; ich konnte nichts anderes tun, als reglos dazustehen und ihn anzustarren. Spürte er es denn nicht?

Mit aller Kraft, die mir verblieben war, befreite ich mich von dem unseligen Bann und eilte zu ihm hinüber. Shannon knurrte ungeduldig, stieß die Tür mit dem Fuß auf – und blieb wie erstarrt stehen.

Vor uns breitete sich ein großer, in der Art eines Salons möblierter Raum aus, der der Unterkunft hoch gestellter Gäste oder vielleicht auch gelegentlichen Festlichkeiten dienen mochte.

Und er war total verwüstet.

Die Möbel waren zertrümmert: Stühle waren umgestürzt und zerbrochen, die beiden Tische zerschlagen, sodass das Geschirr, das darauf gestanden hatte, auf dem Boden zerbrochen war, Lampen und Bilder waren von den Wänden gerissen und selbst die Tapeten zerfetzt und besudelt. Ein zerbrochenes Schwert lag direkt hinter der Tür auf dem Boden, und gleich daneben, wie um den Anachronismus noch zu betonen, ein modernes Selbstlader-Gewehr, dessen Lauf auf sonderbare Weise verbogen schien. Und überall war Blut. In diesem Zimmer musste ein fürchterlicher Kampf getobt haben.

»Gott im Himmel«, murmelte ich, »was ist hier passiert?«

Shannon wandte den Kopf, blickte mich eine Sekunde lang auf sonderbare Weise an und ging dann mit schnellen Schritten in den Raum hinein. Zögernd folgte ich ihm, blieb jedoch gleich hinter der Tür stehen, während Shannon daran ging, das Zimmer gründlich zu durchsuchen.

Abermals tastete mein Blick über das zerbrochene Schwert, huschte weiter und blieb schließlich an der Winchester-Büchse hängen, die einen Fuß breit daneben lag, und wieder fiel mir auf, auf welche absurde Weise ihr Lauf verbogen war.

Und nicht nur er war beschädigt. Schloss und Hahn der Waffe waren glattweg abgerissen, und der Kolben, der – wie ich wusste – aus dem härtesten Eichenholz geschnitzt war, war mehrfach gesplittert und an seinem unteren Ende zusammengedrückt, als hatte ihn ein Hammerschlag getroffen. Die Büchse sah aus, als wäre sie von einer unbeschreiblichen Gewalt gepackt und zusammengepresst worden. Zögernd löste ich mich von meinem Platz an der Tür, kniete neben ihr nieder und streckte die Hand danach aus.

»Nicht!«

Ich zog die Hand abrupt zurück, als ich Shannons Warnung hörte, und sah zu ihm auf. Shannon winkte noch einmal warnend mit der Hand, kam auf mich zu und ließ sich neben mich in die Hocke sinken, ehe er behutsam seinen Dolch nahm und das Gewehr damit herumdrehte.

Als ich seine Rückseite sah, war ich froh, es nicht angefasst zu haben.

Schaft und Lauf der Winchester waren dick mit einer klaren, leicht grünlich schimmernden Schicht einer schleimigen Substanz beschmiert, in der kleine, körnige Einschlüsse schimmerten, deren bloßer Anblick mir Übelkeit bereitete. Shannon hob den Lauf der Winchester mit dem Dolch an, und ich sah, wie die Gallertmasse dünne, klebrige Fäden zog, aber nicht zerriss, sondern das Gewehr wie widerliche Spinnweben festhielt. Schließlich ließ Shannon die Waffe fallen, wischte seinen Dolch sorgfältig am Teppich ab und schob ihn wieder unter den Gürtel.

»Das Zeug ist hier überall«, sagte er. »Ich weiß nicht, was es ist, aber es ist besser, wenn wir es nicht berühren.« Er stand auf, biss sich nachdenklich auf die Lippen und sah mich an. »Weißt du noch, wo Tergards Zimmer liegt?«

»Auf der anderen Seite der Halle.«

»Dann komm. Und bete, dass deine Sachen dort sind und wir nicht lange suchen müssen. Ich möchte nicht länger hierbleiben als unbedingt nötig.«

Ich zögerte keine Sekunde, seinem Wink zu folgen und das auf so schreckliche Weise verwüstete Zimmer zu verlassen. Ich verstand weniger denn je, was hier geschehen war, aber ich wollte es plötzlich auch gar nicht mehr wissen. Alles, was ich wollte, war, hier herauszukommen, so schnell wie möglich.

Wir durchquerten die Halle ein zweites Mal, und wieder spürte ich das unheimliche Etwas, das von diesem Haus Besitz ergriffen hatte. Es war, als hätten das Morden und die Gewalt, deren stumme Zeugen wir gesehen hatten, ihre Spuren in der Wirklichkeit hinterlassen. Mit einem Male hatte ich das Gefühl, nicht mehr richtig atmen zu können.

Shannon stieß eine Tür auf, und ich erkannte den Korridor wieder, an dessen Ende Tergards Räumlichkeiten lagen. Die Tür stand offen, aber sie war nicht angelehnt, sondern hing, wie von einem ungeheuren Schlag getroffen, schräg in den Angeln und quietschte hörbar, als Shannon sie mit der Schulter aufschob.

Auch hier waren die Spuren eines Kampfes zu sehen, wenngleich längst nicht so schlimm wie in dem Saal. Ein paar Stühle waren umgeworfen worden, der Schreibtisch, hinter dem Tergard mich verhört hatte, hatte ein Bein eingebüßt, sodass er in bedenklicher Schräglage dastand, und eines der Fenster war gesplittert. An den Splittern klebte eingetrocknetes Blut, und sie waren nach innen gedrückt – als hätte jemand versucht, in heller Panik durch die geschlossene Scheibe zu springen, und wäre im letzten Moment von einer übermächtigen Kraft wieder zurückgerissen worden. Ich dachte an die verbogene Winchester und schauderte.

Shannon eilte auf den Schreibtisch zu und riss nacheinander alle Schubladen auf, fand aber nicht das, wonach er suchte, denn als er fertig war, warf er die letzte Lade verärgert wieder zu, mit solcher Wucht, dass der Tisch endgültig die Balance verlor und polternd umfiel.

»Das Amulett ist nicht hier«, sagte er wütend. »Und dein Degen auch nicht. Weißt du, ob Tergard ...« Er stockte, sah mich einen weiteren Moment lang nachdenklich an und fuhr plötzlich auf dem Absatz herum. Mit zwei, drei raschen Schritten war er beim Kamin, riss das Bild, das darüber an der Wand hing, herunter und stieß ein triumphierendes Krächzen aus, als dahinter kein Mauerwerk, sondern das matte Schwarz einer Safetür zum Vorschein kam.

»Gut, dass Tergard kein einfallsreicherer Mann war«, sagte er. »Ich bin sicher, dort drinnen ist alles, was wir brauchen.«

Er trat einen Schritt zurück, fuhr sich nervös mit der Zungenspitze über die Lippen und starrte den Safe an. Ein angespannter, konzentrierter Ausdruck erschien auf seinen Zügen.

Ich beobachtete Shannon mit gemischten Gefühlen. Wir waren hierhergekommen, um meinen Stockdegen und Andaras Amulett zu holen, die Tergard mir abgenommen hatte, aber im Moment hätte ich liebend gern auf beides verzichtet, wenn ich nur aus diesem verfluchten Gebäude herausgekonnt hätte. Die Stille, die wie ein übler Geruch in den Mauern der Garnison nistete, schien sich mit jeder Sekunde dichter um mich zusammenzuziehen, und das brodelnde Gefühl der Beunruhigung war mittlerweile zu etwas herangewachsen, das nicht mehr sehr weit von echter Panik entfernt war.

»Hilf mir«, sagte Shannon plötzlich. Seine Stimme klang so gepresst und flach, dass ich alarmiert aufsah. Sein Gesicht war verzerrt. Feiner, glitzernder Schweiß bedeckte seine Stirn, und seine Hände, die in einer fast beschwörenden Geste erhoben waren und auf den Safe deuteten, zitterten sichtbar.

Auf einen stummen Wink hin trat ich an den Geldschrank, legte die Hand auf das kleine, vom vielen Gebrauch zerschrammte Zahlenrad und sah ihn auffordernd an.

Shannons Blick wurde glasig. Sein Atem ging schneller. »Nach ... rechts«, sagte er mühsam. »Vier.«

Ich fragte ihn lieber gar nicht erst, woher er diese Information hatte, sondern gehorchte. Das kleine Rädchen drehte sich lautlos und rastete dann mit einem spürbaren Klicken ein. Der Safe war nicht gerade von hervorragender Qualität; wir hätten ihn wohl auch ohne Shannons magische Fähigkeiten aufbekommen, wenn auch nicht so rasch.

»Links«, sagte Shannon. »Neunzehn. Dann rechts die Eins und noch einmal rechts die Achtunddreißig.«

Ich gehorchte, und kaum hatte ich die letzte Zahl eingestellt, ertönte ein leises, metallisches »Klack«, und die handstarke Tür aus feuerfestem Stahl schwang ein Stück nach außen.

Ich unterdrückte einen Freudenschrei, als ich meinen Stockdegen im Inneren des Safes gewahrte. Tergard hatte das Zwischenfach herausgenommen, um die sperrige Waffe diagonal in dem Wandsafe unterbringen zu können. Ich griff hinein, nahm ihn an mich und stellte mich auf die Zehenspitzen, um nach Andaras Amulett Ausschau zu halten. Es lag auf einem mit Bindfaden zusammengehaltenen Stapel zerfledderter Pergamentblätter, die ich achtlos liegen ließ. Hastig steckte ich den fünfzackigen goldenen Stern ein, schob den Stockdegen wie einen Dolch unter meinen Gürtel und wandte mich mit einem gleichermaßen zufriedenen wie erleichterten Nicken zu Shannon um.

»An dir ist ein Safeknacker verloren gegangen«, sagte ich scherzhaft. »Und jetzt komm. Nichts wie raus hier.« Aber statt sich umzudrehen und zu gehen, kam Shannon näher, schob mich mit sanfter Gewalt beiseite und begann den Inhalt des Safes auszuräumen und auf dem Boden auszubreiten. Ich sah ihm mit wachsender Nervosität zu. Der Geldschrank enthielt mehr, als ich gedacht hatte, denn er war recht tief. Nacheinander förderte Shannon mehrere Bündel der mir schon bekannten Pergamente, ein sorgsam in Ölpapier gewickeltes, großformatiges Buch, zwei dicke Bündel mit Geldscheinen und ein ledernes Säckchen, das Gold und Silbermünzen enthielt, zutage. Das Geld schob er achtlos beiseite, während er dem Buch und den Pergamenten größere Aufmerksamkeit schenkte, als mir lieb war.

»Was tust du da, zum Teufel?«, fragte ich unwillig.

Shannon sah flüchtig auf und konzentrierte sich dann wieder auf Tergards Papiere. »Diese Aufzeichnungen hier sind sehr alt«, sagte er. »Vielleicht finden wir etwas, das uns weiterhilft. Immerhin war er mit Dagon im Bunde. Ein Mann wie Tergard wird sich abgesichert haben.«

Ich konnte ihm kaum widersprechen – was nichts daran änderte, dass ich ihn am liebsten gepackt und an den Haaren aus dem Haus geschleift hätte. Ich fühlte mich von Sekunde zu Sekunde weniger wohl in meiner Haut. Das Gefühl, meine Waffe und Andaras Amulett wieder zu haben, beruhigte mich ein wenig, aber die Gefahr, die wie ein Pesthauch aus den Wänden strömte, der Atem des Fremden, Bösen, nahm eine geradezu körperliche Intensität an.

Trotzdem regte sich meine Neugier. Ich trat an Shannons Seite, beugte mich leicht über ihn und blickte auf die Pergamente hinab, die er mit fliegenden Fingern sortierte. Die vergilbten Blätter waren mit kleinen, unleserlichen Schriftzeichen bedeckt.

»Kannst du das entziffern?«, fragte ich.

»Nein«, antwortete Shannon – und fuhr fort, die Papiere zu zwei ungleichen Stapeln zu sortieren.

Ungeduldig trat ich zurück, legte die Hand auf den fast faustgroßen Knauf meines Degens und blickte mich um. Die Spuren des Kampfes, der hier stattgefunden hatte, waren überdeutlich. Das hieß – ein Kampf schien es nicht einmal direkt gewesen zu sein. Eher eine Flucht, die auf grausame Weise beendet worden war. Die Szene, so schrecklich sie anmutete, erweckte ein starkes Gefühl des Déjà-vu in mir. Ich hatte etwas Ähnliches schon einmal gesehen, vor nicht sehr langer Zeit. Die Verbindung war da, aber ich konnte sie nicht greifen.

Vielleicht war es etwas, das ich draußen, in der Mannschaftsunterkunft gesehen hatte. Mit aller Anstrengung versuchte ich, mir das Bild noch einmal vor Augen zu führen: die umgestürzten Stühle, die zerwühlten Betten, das Geschirr, das benutzt auf dem Tisch stand, als hätten die Männer ihre Mahlzeit in aller Hast unterbrochen ...

Das war es.

»Das Lager!«, entfuhr es mir.

Shannon sah auf. »Wie bitte?«

»Das Lager!«, wiederholte ich erregt. »Erinnere dich, Shannon – Tergards Konzentrationslager oben in den Bergen. Es war dort ganz genau so! Alles war in höchster Eile verlassen! Siehst du denn nicht, wie ähnlich sich alles ist? Wir haben gedacht, Tergards Männer hätten das Lager geräumt, aber dort muss dasselbe passiert sein wie hier!«

Shannon sah mich einen Herzschlag lang mit undeutbarem Ausdruck an und fuhr dann fort, die Pergamente zu sortieren, wenngleich auch mit plötzlich viel größerer Eile und nicht mehr so sorgfältig wie bisher. Binnen weniger Minuten war er fertig, stand auf und schob sich einen Packen von vielleicht fünfzig Blättern zusammengefaltet unter den Gürtel. Auch das Buch steckte er ein, ohne sich die Mühe zu machen, es auszuwickeln.

Ich atmete innerlich auf, als wir Tergards Zimmer verließen und wieder auf den kurzen Gang hinaustraten, der in die Halle führte.

Plötzlich blieb Shannon so erregt stehen, als wäre er gegen eine unsichtbare Wand geprallt.

»Was ist los?«, fragte ich alarmiert.

Shannon antwortete nicht, gebot mir aber mit einer hastigen Geste zu schweigen und legte den Kopf auf die Seite. Und dann hörte ich es auch: ein schweres, feuchtes Gleiten und Schleifen, ein Geräusch, als würde eine ungeheuerliche Masse nassen Tuches oder Leders über den hölzernen Boden gezerrt, so düster und unheilschwanger, dass ich erneut wie unter der Berührung einer unsichtbaren eisigen Hand erschauerte. Der Laut kam aus der Halle, die wir vor wenigen Minuten durchquert hatten, aber er schien auf Pfaden, die die Barrieren der Wirklichkeit umgingen, direkt in unsere Seelen zu kriechen.

Vorsichtig ging Shannon weiter. Der Laut nahm an Intensität ab, je mehr wir uns dem Ende des Ganges näherten, und ich bemerkte, dass Shannons Schritte immer langsamer wurden. Schließlich blieb er, die Hand nach dem Türgriff ausgestreckt, stehen und wartete, bis der Laut vollends verklungen war. Ich hatte nichts dagegen, denn auch ich war nicht sonderlich begierig darauf, dem zu begegnen, was dieses schreckliche Geräusch verursachte. Ich wusste nicht, was es war – der Laut entsprach nichts, was ich jemals gehört hatte. Aber was immer es war, es musste unglaublich groß sein.

Schließlich herrschte auf der anderen Seite der Tür Stille. Trotzdem wartete Shannon eine gute Minute ab, ehe er behutsam die Klinke herunterdrückte und die Tür einen Finger breit aufschob.

Die Halle war leer, aber irgendjemand – oder etwas – musste während unserer Abwesenheit hier gewesen sein, denn der Laden war vom Fenster verschwunden und die Tür stand weit offen, sodass helles Sonnenlicht hereinfiel.

Die goldfarbene Helligkeit zeigte uns ein fürchterliches Bild.

Wo vor wenigen Minuten noch sauberer Holzboden gewesen war, zog sich jetzt eine breite, eklig glitzernde Spur einer wässerigen, leicht grün schillernden Substanz dahin, von der ein stechender Geruch ausging. Hier und da gewahrte ich einen kleinen, körnigen Einschluss, und als ich hinter Shannon aus der Tür trat und vorsichtig näher an die Schleimspur heranging, sah ich, dass der Boden an manchen Stellen aufgeraut war, wie von Säure zerfressen. Das Ganze erinnerte mich an die Spur einer ins Absurde vergrößerten Schnecke.

Ein dicker, bitter schmeckender Kloß war plötzlich in meinem Hals. Ich schluckte ein paar Mal, bekam ihn aber nicht herunter und musste gezwungen tief einatmen, um der Übelkeit Paroli zu bieten. »Bei Gott, was ist das?«

Statt einer Antwort deutete Shannon nach links.

Als ich der Geste mit Blicken folgte, fuhr ich wie unter einem Schlag zusammen. Die schreckliche Schleimspur verlief diagonal durch den Raum und führte die Treppe ins obere Geschoss des Hauses hinauf, durchquerte die Halle und verschwand durch eine zersplitterte Tür.

Es dauerte einen Moment, bis ich die Bedeutung dieser Beobachtung begriff. Was immer diese Spur verursacht hatte, es war noch im Haus gewesen, als wir hereinkamen!

Ein heißer, lähmender Schrecken durchfuhr mich, als ich begriff, wie knapp wir dem Tod oder vielleicht auch Schlimmerem entronnen waren, denn was immer diese Spur verursacht hatte, musste die Schuld an all dem Schrecklichen tragen, das hier geschehen war. Ich war so starr vor Schrecken, dass ich nicht einmal protestieren konnte, als Shannon mit einem großen Schritt über die Kriechspur hinweg trat und sich der zerborstenen Tür näherte, hinter der sie verschwand, sondern ihm beinahe willenlos folgte.

Der Raum dahinter bot einen Anblick des Chaos. Das Mobiliar war zertrümmert, als wäre eine Bombe in seiner Mitte explodiert; selbst die Wände waren beschädigt, gerissen und von faustgroßen, wie hineingefressen aussehenden Löchern durchbrochen, und der weißgrüne Schleim bildete hier keine Schleifspur mehr, sondern war an die Wände und gegen die Fenster, ja, selbst gegen die gut drei Yards hohe Decke gespritzt.

Der harte Kloß in meinem Hals begann sich zu würgender Übelkeit aufzulösen. Bitterer Speichel füllte meinen Mund. Trotzdem folgte ich Shannon tapfer, als er den Raum mit beinahe grotesk anmutenden Schritten, um nirgends auf die widerliche Masse zu treten, durchquerte und durch die gegenüberliegende Tür verschwand.

Der Raum dahinter war auf die gleiche furchtbare Weise verwüstet, wie auch der nächste, in den wir kamen. Es sah aus, als hätte, was immer hier entlanggekrochen war, mit unglaublicher Wut getobt und seinen Zorn an allem ausgelassen, was ihm in den Weg kam. Es war eine Spur vollkommener Vernichtung, die sich quer durch das Gebäude zog und zum Teil sogar durch massive Wände brach.

Dann erreichten wir den letzten Raum, eine große, aber fensterlose Kammer, die wohl als Lagerraum gedient hatte, jetzt jedoch ein Bild des Chaos bot wie alle anderen Zimmer, durch die wir gekommen waren. Die schleimige Spur führte in gerader Linie hindurch, wobei sie einige Truhen und Kisten, die ihr im Wege gestanden hatten, schlichtweg zermalmt hatte, und endete vor einem gewaltigen, mehr als mannshohen und doppelt so breiten Loch, als hätte ein Faustschlag die Wand getroffen und wie Papier nach außen gedrückt.

Überall waren Steine, Kalk und zersplittertes Holz verteilt, und die Wucht des Hiebes hatte einen der Dachbalken geknickt, sodass das gesamte Dach in bedenklicher Schräglage über unseren Köpfen hing.

Aber darauf achtete ich kaum, sondern trat, beinahe gelähmt vor Unglauben und Schrecken, neben Shannon und beugte mich nach vorne, aber nur, um mich hastig zurückzuziehen und mit der Hand an einem Mauerstück Halt zu suchen, denn hinter der Mauer war – nichts mehr!

Die Garnison erhob sich unmittelbar über der an dieser Stelle gut zweihundert Yards hohen Steilküste Krakataus. Die Wand, vor der wir standen, schloss wie eine gemauerte Verlängerung des Felsens senkrecht mit der Oberkante der Steilküste ab.

Was nichts anderes bedeutete, als dass das gewaltige Loch, das in der Wand vor uns gähnte, auf einen zweihundert Yards tiefen Abgrund hinausführte. Was immer hier durch die Mauer gebrochen war, musste entweder an einer senkrechten Wand hinabkriechen – oder fliegen können!

Siebzehntausend Meilen entfernt und zwei Jahre später:

Doktor Obote schüttelte zum wahrscheinlich fünfhundertsten Male innerhalb der letzten anderthalb Stunden den Kopf. Mit einer Bewegung, die mehr als nur hilflos wirkte, beugte er sich über das Mikroskop, das wie alle empfindlichen Geräte in seinem Labor auf der Tischplatte festgeschraubt war, starrte einen Moment stirnrunzelnd durch das Objektiv und blickte dann der Reihe nach Howard, Rowlf und Nemo an, nur um danach erneut den Kopf zu schütteln.

»Ich verstehe es einfach nicht«, murmelte er. Auch das hatte er ungefähr fünfzig Mal gesagt, seit die vier ungleichen Männer die kleine Krankenstation der NAUTILUS betreten hatten. Das Gespräch hatte vor einer Stunde begonnen, sich im Kreise zu drehen, und daran hatte sich nichts geändert, sooft Obote auch seine Blutproben und die diversen anderen Tests, denen er Howard und seinen Leibdiener unterzogen hatte, wiederholte. Howard hatte selten einen Mann gesehen, der fassungsloser war. »Ich begreife es einfach nicht«, sagte er noch einmal.

»Vielleicht hat Cohen doch nicht gelogen«, vermutete Howard.

»Sie erinnern sich – er sagte, dass es ein mutiertes Virus ist, das eine nicht tödliche Abart der Tollwut hervorruft.«

»Ha!« Obote schnaubte. »Blödsinn! Ich habe sie beide mehrere Dutzend Male gründlich untersucht, mein Freund. Sie waren krank, wenn ich jemals einen Kranken gesehen habe. Im Gegenteil, die Lyssa-Viren in ihrem Blut zeichneten sich durch besondere Bösartigkeit aus.«

Schließlich war es Rowlf, der das Gespräch auf seine eigene Art beendete. »Ob Ses verstehn oda nich, Doc«, sagte er. »Jedenfalls simmer gesund, oda?«

Obote nickte. Nach dem unentwegten Kopfschütteln der letzten eineinhalb Stunden wunderte sich Howard beinahe, dass er dazu überhaupt noch in der Lage war. »Wenn nicht alles, was ich gelernt habe, falsch ist, ja«, sagte er.

Rowlf grunzte. »Heißt das, daswer diese Affenkostüme nichmer länger tragn müssn?«

Obote nickte abermals. Er sah sehr unglücklich aus. »Es ... es tut mir sehr leid«, sagte er, »aber –«

»Oh, mir nicht«, unterbrach ihn Howard. Er lächelte, als er den betroffenen Ausdruck auf Obotes Gesicht sah, stand mit einer raschen Bewegung auf und nickte Nemo zu. »Wie wäre es, wenn wir den guten Doktor allein ließen und uns um dringlichere Angelegenheiten kümmerten, mein Freund?«, fragte er. »Wie weit sind die Reparaturarbeiten an der NAUTILUS gediehen?«

Nemo zögerte einen Moment, ehe er antwortete, und Howard konnte ihm direkt ansehen, wie schwer es ihm fiel, sich auf Howards Frage zu konzentrieren. Er hatte nicht viel gesprochen, seit sie diese Krankenstation betreten hatten.

»Wir sind ... so gut wie fertig«, sagte er schließlich. »Soweit das mit unseren beschränkten Mitteln überhaupt möglich ist.«

»Das heißt, wir kommen hier heraus?«, fragte Howard.

Nemo nickte. »Ja. Aber mehr auch nicht. Um die NAUTILUS wieder voll manövrierfähig zu bekommen, müssen wir zur Basis zurück.«

»Gefällt mer nich«, mischte sich Rowlf ein. »Was is mittem Kleinen?«

»Monsieur Craven?«, erkundigte sich Nemo verwirrt. Rowlf nickte. »Sachich doch.«

»Meine Männer haben den See abgesucht«, sagte Nemo. »Und

auch die Gebäude, die noch begehbar waren. Aber sie haben keine Spur von ihm gefunden. Es tut mir leid.«

»Dann sollnse noch mal suchen«, grollte Rowlf. »Ich denke ja nich dran, den Kleen im Stich zu lassn. Immerhin hatter uns alln's Leben gerettet, nich?«

»Das bestreitet niemand«, sagte Nemo in einem Ton, als müsse er sich verteidigen. »Aber ich habe erstens nicht genug Leute, um den See so gründlich abzusuchen, wie es nötig wäre«, erklärte er, »und zweitens wäre es reichlich sinnlos. Wenn er noch lebt, ist er nicht mehr hier.«

»Wieso?«

»Weil der Sauerstoffvorrat, den er in seinem Tank hatte, nur für zwei Stunden ausreichte«, antwortete Howard an Nemos Stelle. »Nicht für vier Tage. Nemo hat Recht, Rowlf – es hat keinen Sinn, weiter nach ihm zu suchen. Außerdem bin ich sicher, dass er noch lebt.«

Rowlf wollte abermals widersprechen, aber diesmal schnitt ihm Howard mit einer befehlenden Geste das Wort ab und wandte sich demonstrativ zur Tür, sodass Nemo und Rowlf ihm folgen mussten.

Schweigend durchquerten sie die NAUTILUS und gingen die Treppe zum Salon hinauf. Die wenigen Besatzungsmitglieder, die ihnen begegneten, starrten Rowlf und ihn mit einer Mischung aus Furcht und Erstaunen an, woraus Howard schloss, dass sich die Nachricht ihrer so plötzlichen Genesung bereits im Schiff verbreitet hatte.

Der Salon hatte sich verändert, seit Howard das letzte Mal hier gewesen war. Die Bodenplatten, die herausgerissen worden waren, um den Mechanikern Zugang zu den beschädigten Teilen des Schiffes zu gewähren, waren wieder an Ort und Stelle, und auch das Kommandopult, von dem aus Nemo das gewaltige Unterseeboot steuern konnte, war wieder hergestellt worden. Es sah alles ein bisschen provisorisch aus, fand Howard, würde aber sicher seinen Dienst tun.

Nemo ging schweigend an ihm vorbei, nahm hinter dem kompliziert aussehenden Pult Platz und fuhr beinahe liebkosend mit den Händen über die zahllosen Schalter, Stellräder und Tasten, die die polierte Metallfläche in nur scheinbarer Unordnung bedeckten.

»Wann geht es los?«, fragte Howard.

Nemo zuckte mit den Achseln. »Sobald die Maschinen laufen. In einer Stunde, vielleicht zwei.« Sein Blick bohrte sich in das wogende Schwarz jenseits der riesigen Sichtscheiben, die beinahe die gesamten gegenüberliegenden Wände des Salons einnahmen. Die Außenscheinwerfer des Schiffes waren abgeschaltet worden, um die Batterien zu schonen, und jenseits der zollstarken Quarzglasscheiben herrschte nur die Nacht. Wenn man zu lange hinsah, dachte Howard schaudernd, dann begann sich die Dunkelheit zu bewegen, eigenes, amorphes Leben zu entwickeln, das nicht wirklich da war, sondern nur seinen eigenen Ängsten entsprang, deswegen aber keineswegs weniger schrecklich war. Er vertrieb den Gedanken, ließ sich auf einen freien Stuhl sinken und zog mit einer umständlichen Bewegung eine dünne schwarze Zigarre aus der Brusttasche seines Rockes. Nemo kommentierte die Bewegung mit einem finsteren Blick, enthielt sich aber jeder Bemerkung, auch, als Howard ein Streichholz anriss und den blauen Qualm mit sichtlichem Genuss inhalierte.

Ein sonderbares, lastendes Schweigen breitete sich zwischen den drei Männern aus, eine Stille, die sich wie eine unsichtbare Wand zwischen Howard und Nemo senkte und die auch keiner von ihnen zu durchbrechen wagte.

Es war nicht nur die Erleichterung über ihre wundersame Genesung; nicht einmal nur die Sorge um Robert, die Howard mehr und mehr in düsteres Schweigen versinken ließ. Jetzt erst, als alles vorbei war, begann er den Druck zu spüren, unter dem Rowlf und er während der letzten Wochen gestanden hatten. Es war, als begreife er erst jetzt wirklich, was während dieser Zeit alles geschehen war.

»Kriegst du das Schiff wieder hin?«, fragte er plötzlich. Nemo, der ebenso in seine eigenen Gedanken versunken gewesen war, fuhr mit einem sichtlichen Ruck auf.

»Die NAUTILUS?« Er nickte, um seine eigene Frage zu beantworten. »Sicherlich. Schlimmstenfalls könnte ich sie neu bauen lassen, aber das wird nicht notwendig sein, Wir haben in der Basis alles, was wir brauchen, um das Schiff wieder seetüchtig zu machen.«

»Ich mache mir Vorwürfe«, gestand Howard. »Ich hätte dich niemals in diese Sache hineinziehen dürfen.«

»Unsinn«, widersprach Nemo. »Du hast mich in nichts hineingezogen, Howard. Cthulhu und seine Bande sind nun einmal Meeresbewohner, und wie willst du gegen sie kämpfen, wenn du kein vernünftiges Schiff hast?

»Darum geht es nicht«, murmelte Howard. »Aber du warst sicher. Die ganze Welt hielt dich für tot und die NAUTILUS für zerstört. Jetzt wird die ganze Hetzjagd von vorne beginnen.«

Seltsamerweise lächelte Nemo. »Du vergisst, dass du es warst, der mir diesen wahrhaft bühnenreifen Abgang auf Lincoln, der *geheimnisvollen Insel,* ermöglichte«, sagte er. »Überdies weiß bisher rein niemand, dass die NAUTILUS nach wie vor existiert. Und dabei wird es auch eine ganze Weile bleiben. Dieser Cyrus Smith und seine Leute waren von meinem Tod überzeugt, da bin ich mir sicher. Mein Gott, dass das schon sechzehn Jahre zurückliegt ...«

Ein heller Gongton unterbrach Nemos gerade erst in Schwung gekommenen Redefluss. Der Kapitän der NAUTILUS drehte sich im Stuhl herum, griff nach dem Sprachrohr, das aus der rechten Seite des Kommandopultes wuchs, und sprach ein paar schnelle Worte in seiner Muttersprache hinein, die Howard nicht verstand, ebenso wenig wie die Antwort, die Augenblicke später aus dem Rohr kam. Aber Nemo schien äußerst zufrieden, als er das Instrument zurücklegte.

»Wir können starten«, sagte er. »Die Maschinen werden in wenigen Augenblicken anlaufen. Aber bleibt bitte sitzen«, fügte er rasch hinzu, als sich Howard erheben wollte, um an seine Seite zu treten. »Es könnte ein wenig holprig werden. Wir müssen gegen die Strömung fahren, und ich habe nur ein Viertel unserer normalen Kraft zur Verfügung.«

Wie um seine Worte zu bestätigen, begann der Boden plötzlich ganz sanft zu zittern, und Sekunden später drang das erste, noch mühsame Pochen der großen Dieselmotoren an Howards Ohr. Der Laut schwoll rasch an und wurde schließlich zu einem machtvollen, monotonen Wummern, das den gesamten Leib der NAUTILUS wie das Schlagen eines riesigen stählernen Herzens ausfüllte. Trotzdem wartete Nemo noch beinahe fünf Minuten, ehe er sich endlich vorbeugte und mit raschen, routinierten Bewegungen Schalter und Hebel auf seinem Pult zu bedienen begann. Binnen Sekunden erwachte das Kommandopult zu blinkendem Leben.

Dann zerriss der grellweiße Kegel eines mächtigen Lichtstrahles das Dunkel jenseits des Fensters, als Nemo die Scheinwerfer einschaltete. Für Augenblicke sah Howard nichts außer schwarzem Wasser, in dem kleine, an tanzende Schneeflocken erinnernde weiße Partikel hüpften; darunter der dunkle, wie eine erstarrte Dünung gewellte Boden des Sees. Dann durchlief ein zweites, machtvolleres Zittern den gewaltigen Rumpf der NAUTILUS, und plötzlich quollen Schlammwolken in den Lichtstrahl der Scheinwerfer. Langsam, wie ein mächtiges stählernes Tier, das sich nur mühsam seiner Ketten entledigt, hob sich die NAUTILUS vom Seegrund, vollführte einen Schwenk um annähernd hundertachtzig Grad und begann, schneller werdend, auf den östlichen Rand des Sees zuzugleiten.

Howard schwieg, während die NAUTILUS über den Trümmern der ehemaligen Stadt des Fischgottes dahinglitt und sich dem Tunnel näherte, der sie hinaus ins freie Meer bringen würde. Der Anblick der fürchterlichen Verwüstungen, die die Schlacht angerichtet hatte, die hier vor Tagen getobt hatte, erfüllte ihn nicht mit Triumph oder Zufriedenheit, obwohl es eine Bastion ihrer Feinde gewesen war.

Erst nach Sekunden merkte er, dass Nemo von seinem Pult aufgesehen hatte und ihn anblickte. »Du siehst nicht sonderlich glücklich aus, wenn ich mir die Bemerkung gestatten darf, mon ami«, sagte Nemo leise.

Howard versuchte zu lächeln, aber er spürte selbst, dass es wohl eher zu einer Grimasse geriet. »Das stimmt«, sagte er und deutete auf die Bilder der Zerstörung, die vor dem Bullauge vorbeiglitten. »Sollte ich es sein?«

»Es war eine Stadt Dagons«, gab Nemo zu bedenken.

»Davon rede ich nicht.« Ungeachtet Nemos Warnung stand Howard auf, trat dicht an das riesige Aussichtsfenster heran und deutete auf ein zusammengestürztes riesiges Etwas, in dem nicht einmal mehr mit sehr viel Fantasie die hundert Yards hohe fünfseitige Pyramide zu erkennen war, die es einmal dargestellt hatte.

»Das hat ein einziger Torpedo angerichtet«, sagte er.

»Zwei«, verbesserte Nemo. »Um genau zu sein.«

»Meinetwegen zwanzig«, schnappte Howard, so verärgert, dass er es sich im ersten Moment selbst nicht erklären konnte und rasch lächelte, um seinen Worten wenigstens etwas von ihrer Schärfe zu nehmen. »Es ist einfach nicht richtig, Nemo. Eine Zerstörungskraft wie diese dürfte nicht in menschliche Hände gelegt werden.«

»Ohne sie wären wir jetzt vielleicht tot ...«

»Wahrscheinlich«, gestand Howard. »Aber das ändert nichts. Diesmal haben wir diese Macht gegen die Feinde der Menschen eingesetzt. Aber das Böse wird nicht besser, wenn man es gegen sich selbst richtet. Was, wenn Menschen eines Tages diese furchtbaren Waffen gegen Menschen einsetzen?«

»Torpedos?« Nemo schüttelte überzeugt den Kopf. »Niemals,

mein Freund. Ich gestehe dir zu, dass die Mitglieder der menschlichen Rasse manchmal von geradezu sträflicher Dummheit sind, aber sie sind trotz allem doch eine intelligente Spezies. Ich selbst habe Sorge getragen, dass die Pläne für die NAUTILUS und ihre Torpedos niemals in falsche Hände geraten werden.«

»Und wenn ein anderer sie neu erfindet?«

»Wird er die gleiche Entscheidung treffen«, sagte Nemo überzeugt. »Ich besitze Informationen, dass die britische Marine bereits seit Jahren mit Torpedos experimentiert, wenngleich sie längst nicht so effektiv sind wie die der NAUTILUS. Aber ich weiß auch, dass seit ebenso langer Zeit Bestrebungen im Gange sind, diese unmenschliche Waffe zu ächten. Man wird es tun, mein Freund. Am Schluss wird die Vernunft den Sieg davontragen.«

»Genau das befürchte ich«, murmelte Howard, aber er sagte es so leise, dass Nemo die Worte nicht verstand. Nach einem letzten, sehr langen Blick auf die verwüstete Stadt, die unter der NAUTILUS dahinglitt, ging er zu seinem Sessel zurück, ließ sich hineinfallen und schloss erschöpft die Augen. Plötzlich war er müde, furchtbar müde, und es war eine Müdigkeit, die sich nicht auf seinen Körper allein beschränkte. Aber es würde noch lange, sehr, sehr lange dauern, bis er ihr nachgeben konnte. Vielleicht nie.

Das dumpfe Hämmern des stählernen Pulsschlages der NAUTILUS änderte sich plötzlich, und als Howard die Augen öffnete, sah er, dass das Schiff angehalten hatte und nun senkrecht in die Tiefe glitt, direkt auf den gewaltigen schwarzen Schlund zu, der im Boden des Sees gähnte. Der Anblick ließ ihn schaudern, erinnerte er ihn doch mehr als alles andere an ein gigantisches, gierig aufgerissenes Maul, das sich unter dem Schiff aufgetan hatte, um es zu verschlingen.

Die tanzenden Schemen im Licht der Scheinwerfer wichen hartem, wie Stahl glänzendem Fels, als die NAUTILUS in den Schacht eindrang und sich langsam um ihre Achse drehte, um den Bug mit dem gezackten Rammsporn auf den Tunnel auszurichten, der tief durch den natürlich gewachsenen Fels ins offene Meer hinausführte. Langsam, mit einer Behutsamkeit, die Howard einem Schiff von der Größe der NAUTILUS niemals zugetraut hätte, begann das Schiff Fahrt aufzunehmen und in den steinernen Tunnel hineinzugleiten.

Die Zeit schien still zu stehen, während Nemo das riesige Schiff mit der Geschicklichkeit eines Chirurgen, der an einem offenen Herzen arbeitet, durch den Stollen lenkte, dessen Durchmesser oftmals nur wenig mehr als der der NAUTILUS betrug. Die Strömung begann das Schiff zu packen und hin und her zu schwenken, und mehr als einmal verzerrte sich Nemos Gesicht vor Anspannung – vielleicht auch vor Furcht –, wenn die unsichtbare Kraft des Wassers die NAUTILUS wie eine riesige Hand gegen den Fels drückte. Zweimal prallte das Schiff tatsächlich gegen den Stein, und einmal ging ein ungeheurer Schlag durch seinen Rumpf, gefolgt von einem dumpfen, bedrohlichen Knirschen und Ächzen, als der hervorstehende Turm der NAUTILUS gegen einen Felszacken traf, der aus der Tunneldecke hervorwuchs.

Es dauerte eine volle Stunde, bis am Ende der gleißenden Scheinwerferbündel, die der NAUTILUS wie tastende Finger vorausglitten, keine wogende Finsternis, sondern ein unregelmäßiger Kreis blassgrüner Helligkeit war; und selbst dann vergingen noch endlose Minuten, bis das Schiff den Stollen vollends verlassen hatte und das offene Meer vor ihm lag.

Nemo atmete hörbar auf, griff nach dem Geschwindigkeitsregler und schob ihn mit einer erleichtert wirkenden Bewegung ganz nach vorne. Das dumpfe Hämmern der Dieselmotoren steigerte sich zu einem wütenden Brüllen und sank gleich darauf zu einem Geräusch dicht oberhalb der Hörgrenze herab. Die NAUTILUS machte einen Satz und schoss regelrecht ins Meer hinaus.

»Das wäre geschafft«, sagte Nemo. Seine Stimme zitterte, und als er aufstand und sich umwandte, sah Howard, dass er um Jahre gealtert schien. Sein Gesicht war blass. Noch einmal beugte er sich über sein Pult, nahm das Sprachrohr und gab seinen Männern auf der Brücke Befehl, die Steuerung der NAUTILUS zu übernehmen. Dann wies Nemo mit einer erschöpften Kopfbewegung zur Tür und wartete darauf, dass Howard und Rowlf aufstanden und seiner Einladung folgten.

Plötzlich stieß Rowlf einen Schrei aus und deutete auf eines der Fenster. Rowlf und Howard fuhren im gleichen Augenblick herum.

Die NAUTILUS schoss mit der Geschwindigkeit eines Torpedos durch das Wasser, aber sie war nicht allein. Ein Schwarm gewaltiger, dunkler Körper begleitete das Schiff, ein Stück neben und über ihm; Schatten, die Howard im ersten Augenblick für Fische hielt, wenn auch ihre Bewegungen irgendwie falsch wirkten.

Nemo stürzte zum Kommandopult zurück, und eine Sekunde später schwenkte einer der mächtigen Scheinwerferstrahlen herum und richtete sich auf das wogende Gewimmel, das die NAUTILUS mittlerweile beinahe zur Hälfte einschloss.

Diesmal schrie auch Howard auf.

Es waren keine Fische.

Es waren *Kraken!*

Hunderte, wenn nicht Tausende der achtarmigen, wie lebende Torpedos geformten Tiere, die ohne sichtliche Anstrengung mit der Geschwindigkeit der NAUTILUS mithielten und sogar aufschlossen, die Arme eng nach hinten gelegt und die spitzen, kegelförmigen Leiber mit den starrenden Telleraugen wie lebendige Pfeilspitzen auf den Rumpf des Schiffes gerichtet. Howard konnte deutlich sehen, wie sie pumpend Wasser einsaugten und wieder ausstießen, sich mit ihrem von der Natur geschaffenen Fortbewegungsmechanismus wie kleine Raketen durch das Wasser schleudernd.

»Gott!«, keuchte Howard. »Was ist das?«

»Es besteht keine Gefahr«, sagte Nemo, so hastig, dass Howard ziemlich sicher war, dass seine Worte wohl eher Wunsch als Überzeugung waren. »Sie können dem Schiff nichts anhaben.«

Howard antwortete nicht darauf, sondern trat näher an die Scheibe heran und betrachtete ungläubig den gewaltigen Schwarm der Oktopoden, der sich wie eine lebende Klammer um das Schiff zusammenzuziehen begann. Es gab Tiere in allen nur erdenklichen Größen – angefangen von kaum fingergroßen Winzlingen, die wie Staub im Licht der Scheinwerfer glitzerten, bis hin zu gewaltigen Kreaturen, deren Tentakel zehn oder mehr Yards messen mussten.

Und dann sah er etwas, das ihm schier den Atem stocken ließ.

Inmitten des grässlichen Schwarmes befand sich eine menschliche Gestalt!

»Aber das ... das ist doch ... unmöglich!«, stammelte Nemo, als die Gestalt näher kam. Auch Howard verspürte einen neuerlichen, ungläubigen Schrecken, als sich der Schwarm dicht vor dem Rumpf der NAUTILUS teilte und er mehr als einen bloßen Umriss erkennen konnte.

Es war eine Frau.

Wenigstens zum Teil.

Bis zu den Hüften hinab war sie durchaus menschlich, sah man von ihrer tiefblauen, wie geschliffener Diamant schimmernden Haut ab. Langes, im Wasser wie eine dunkle Wolke wogendes Haar umgab ein wunderschönes Gesicht, aus dem zwei tiefblaue Augen seinen Blick erwiderten, und ihr Körper war so perfekt geformt, dass sie jeder griechischen Göttin Konkurrenz hätte machen können.

Wie gesagt, bis zu den Hüften. Darunter …

Howards Verstand weigerte sich einfach, das, was er da sah, als Realität anzuerkennen. Es war unmöglich. Unmöglich! Und doch war es da.

»Da fällt mir nix mehr ein«, murmelte Rowlf. »Absolut gar Nixe.«

Howard warf ihm einen bösen Blick zu und konzentrierte sich wieder auf das Bild jenseits der Scheibe. Im Moment war wahrhaftig nicht der richtige Augenblick für Rowlfs dumme Witze.

Langsam schwamm das bizarre Wesen näher an die NAUTILUS heran, näherte sich dem Fenster und hob die Hand, um zu winken. Es dauerte einen Moment, bis Howard begriff, was ihr Gestikulieren bedeutete.

Sie winkte nicht, sondern versuchte, ihn mit Gesten dazu zu bewegen, das Schiff anzuhalten! Immer wieder bewegte sie die gespreizten Finger ihrer Linken nach unten und deutete mit der anderen Hand auf einen Punkt an der Unterseite des Schiffes.

»Die … die Luke«, sagte er stockend. »Mein Gott, Nemo – sie meint die Bodenschleuse. Sie will an Bord kommen!«

Nemo gab ein Geräusch von sich, das wie ein krächzender Schrei klang, rührte sich aber nicht.

Die Nixe kam näher, begann ungeduldiger zu gestikulieren und schlug schließlich mit der flachen Hand gegen die Scheibe. Ihr Mund bewegte sich, aber das Dröhnen der Maschinen und das Rauschen des rasch vorbeigleitenden Wassers verschluckten ihre Worte.

»Du musst anhalten«, sagte Howard. »Bitte, Nemo!«

»Den Teufel werde ich tun!«, antwortete Nemo gepresst. Seine Augen waren unnatürlich geweitet, Howard sah die Furcht in seinem Blick. »Glaubst du, ich lasse dieses Monstrum an Bord meines Schiffes? Was, wenn es uns angreift?«

»Angreifen?« Howard schüttelte den Kopf. »Wenn es das wollte, wäre es längst geschehen, Nemo«, sagte er überzeugt. »Sieh dorthinaus.«

Nemos Blick folgte der Richtung in die Howards ausgestreckter Arm wies – und plötzlich erbleichte der Kapitän der NAUTILUS noch mehr.

Hinter dem wirbelnden Schwarm aus Kraken war ein weiteres Tier aufgetaucht. Es näherte sich der NAUTILUS nicht, sondern hielt einen gleichmäßigen Abstand, aber selbst aus der Entfernung von sicher mehr als einer Meile war sein Anblick noch majestätisch genug, auch Howard den Atem stocken zu lassen.

Es war ein Krake, ein Tier, das sich kaum von den Millionen und Abermillionen seiner Rassengenossen unterschied, die der NAUTILUS ein stummes Geleit gaben. Der einzige wirkliche Unterschied war seine Größe.

Es war ein Gigant; der größte Oktopus, den Howard und selbst Nemo jemals zu Gesicht bekommen hatten. Jeder einzelne seiner acht riesigen, mit kopfgroßen Saugnäpfen versehenen Fangarme war ein gutes Stück länger als die ganze NAUTILUS.

Zehn, fünfzehn Sekunden lang starrte Nemo diesen Titanen der Meere an, dann wandte er sich mit einer sonderbar ruckhaften, gezwungenen Bewegung wieder dem Steuerpult zu und griff zum Sprachrohr.

»Hier Nemo«, sagte er. »Nehmen Sie Fahrt weg. Wir drehen bei.«

Dagon stöhnte leise. Vielleicht war es das erste Mal in seinem nach Millionen zählenden Leben, dass er spürte, was das Wort Furcht in seiner ureigensten Bedeutung besagte; eine Erfahrung, die er zum ersten Mal gemacht hatte und kein zweites Mal überleben würde.

Das Innere der faustgroßen Kugel, die vor ihm auf der Oberfläche des Altarsteines ruhte, war noch immer von wirbelnden roten Schwaden erfüllt, aber die Schmerzen waren vorbei, der Griff der fremden, unsäglich düsteren Macht war verschwunden. Trotzdem hatte er kaum die Kraft, sich aus der knienden Stellung, in der er die letzte Stunde – die für ihn zu einer Ewigkeit geworden war – verbracht hatte, zu erheben und rückwärts gehend von Altar und Stein zurückzuweichen.

Die Stimme – diese grässliche, furchtbare Stimme in seinem Inneren war verstummt, aber er hatte die Worte nicht vergessen, die sie gesprochen hatte, denn sie hatten sich wie mit weiß glühenden Lettern in sein Bewusstsein eingebrannt, zu tief, als dass er sie jemals wieder daraus verdrängen konnte.

Er hatte versagt. Er hatte eine zweite Chance bekommen, trotz des Verrates, den er begangen hatte, und er hatte versagt. Um ein Haar hätte ein gewöhnlicher, sterblicher Mensch alles zunichte gemacht. Schon jetzt war der Zorn jener in der Tiefe *gewaltig, denn sie waren keine geduldigen Götter, obgleich sie es gewohnt waren, in Zeiträumen zu denken, die selbst Dagons Vorstellungskraft sprengten. Aber sie hatten zu lange gewartet, und obwohl sie noch ein Abgrund von unvorstellbarer Tiefe vom Hier und der Illusion, die die Menschen als Wirklichkeit kannten, trennte, wachten sie misstrauisch über jede einzelne seiner Handlungen. Sie spürten den grausamen Hunger der* Ssaddit, *und sie spürten, dass sich die Zeit ihres Wartens verlängerte, solange er nicht gestillt war.*

Dagon taumelte mehr aus der Höhle, als er ging. Sie hatten ihn gewarnt, ihm gesagt, dass dies die unwiderruflich letzte Warnung war, bevor sie ihren Plan aufgaben und sich einen anderen Diener suchten, der geeigneter war. Sie hatten ihm gesagt – und gezeigt!–, was geschehen würde, wenn er auch diese allerletzte Chance verspielte.

Und trotzdem vermochte er einen erschrockenen Aufschrei nicht zu unterdrücken, als er für einen Moment innehielt und auf seine Hände hinabblickte ...

Das Dorf hatte sich verändert, seit ich das letzte Mal hier gewesen war. Es war keine Veränderung des Sichtbaren – die Hand voll kleiner, ärmlicher Hütten, zwischen denen die vier weißgekalkten Gebäude des »Zentrums« wie groteske Fremdkörper emporragten, die schlammige Straße, die sich irgendwo auf halbem Wege zwischen dem Ortsrand und dem Dschungel in Morast und Unkraut verlor, und der kleine, eigentlich nur aus ein paar in den Uferschlamm getriebenen Pfählen bestehende Hafen waren noch genau so, wie ich sie in Erinnerung hatte.

»Spürst du es auch?«, fragte Shannon.

Ich nickte ruckhaft. Es war das Gleiche wie in der Garnison, weniger präsent und aggressiv zwar, aber doch unverkennbar. Das Böse hatte seine Hand bereits nach dem Ort ausgestreckt.

Mein Blick suchte das Meer. Der Ozean lag still da, eine gewaltige, vielfach gewellte Ebene, die das Licht der Sonne millionenfach reflektierte und scheinbar bar jeden Lebens war. Aber ich wusste, wie sehr dieser Eindruck täuschte. Ich glaubte den namenlosen Schrecken, der tief unter der unbewegten Meeresoberfläche lauerte, regelrecht riechen zu können.

»Gehen wir«, sagte ich. Shannon nickte, bog die Zweige des Gebüsches auseinander, hinter dem wir Deckung gesucht hatten, und trat mit einem großen Schritt auf den schlammigen Pfad hinaus, der zur Stadt hinabführte.

Ich fühlte mich müde. Meine Waden schmerzten, denn wir hatten den Großteil des Weges von der Garnison bis hierher – und das waren immerhin mehr als fünf Meilen – im Laufschritt zurückgelegt; bei Temperaturen noch dazu, die sich irgendwo dicht unterhalb der Vierzig-Grad-Marke bewegen mussten. Im Schatten, versteht sich. Ich merkte erst jetzt, als wir aus dem Dschungel heraus waren, wie sehr uns sein Blätterdach trotz allem vor den sengenden Strahlen der Sonne geschützt hatte.

Das ungute Gefühl in meinem Magen verstärkte sich, als wir den Ort erreichten. Aus der Nähe wirkte er keineswegs so ausgestorben, wie es von weitem den Anschein gehabt hatte – im Gegenteil. Eine erstaunlich große Anzahl Männer und Frauen bewegte sich zwischen den niedrigen, zum Großteil aus Stroh oder anderen natürlichen Baustoffen errichteten Gebäuden, und aus einem an einer Seite offenen Schuppen drang das Grölen von mehreren Männern, die ungeachtet der noch frühen Stunde bereits betrunken waren.

Und trotzdem ... Nichts von alledem wirkte echt. Das Leben, das uns begegnete, wirkte irgendwie falsch, die Fröhlichkeit gezwungen. Ich hatte das Gefühl, mich in einer Theaterkulisse zu befinden, nicht in einer wirklichen Stadt mit wirklichen Menschen.

Ich versuchte den Gedanken zu verscheuchen, aber er blieb, wie ein übler Geschmack, den man nicht von der Zunge bekommt, und als ich einen raschen Blick in Shannons Gesicht warf, sah ich, dass es ihm nicht anders erging.

Wir durchquerten den Ort fast bis zur Gänze und blieben stehen. »Wohin jetzt?«, fragte ich leise. »Zum Hafen?«

Shannon nickte, schüttelte aber gleich darauf den Kopf und deutete auf das Wirtshaus, aus dem der Gesang der Betrunkenen noch lauter geworden war. Schweigend folgte ich ihm, blieb jedoch etwas außerhalb des Gebäudes im Schatten seines überhängenden Vordaches stehen.

Die Hafenkneipe – wenn die baufällige Bretterbude diese Bezeichnung überhaupt verdiente – war überraschend gut besucht. Außer den vier grölenden Matrosen, die wir schon von weitem gehört hatten, hockte noch ein gutes Dutzend weiterer Männer in dem großen, in angenehmes Halbdunkel getauchten Raum, tranken und redeten oder aßen einen unappetitlich anmutenden Brei von verbeulten Blechtellern.

Die vier Randalierer, die an einem der wackeligen Tische saßen, hörten abrupt mit ihrem Gesang auf, als sie Shannon erblickten. Verwirrt senkten sie ihre Becher und starrten ihn an – was ich ihnen nicht weiter verübeln konnte. An einem Ort wie diesem mochte man an die abenteuerlichsten Erscheinungen gewöhnt sein, aber ein Mann wie Shannon musste selbst hier auffallen. Wer außer einem Verrückten, dachte ich mit sanftem Spott, konnte schon auf den Gedanken verfallen, an einem der heißesten Orte der Erde in pechschwarzer Kleidung herumzulaufen? Es hatte mich alle Mühe gekostet, Shannon wenigstens dazu zu überreden, Umhang, Handschuhe und seine turbanähnliche Kopfbedeckung abzulegen, ehe wir die Stadt betraten ...

Shannon ignorierte die halb spöttischen, halb herausfordernden Blicke, die ihm die vier Burschen zuwarfen, trat an den Tresen heran und drehte sich herum.

»Meine Herren«, sagte er. Er sprach nicht einmal sehr laut, aber seine Worte waren von einer solchen Schärfe, dass auch die letzten Gespräche abrupt verstummten und sich die Blicke aller auf ihn richteten.

»Verzeihen Sie, wenn ich Sie unterbreche«, sagte Shannon höflich, »aber mein Freund und ich« – er deutete auf mich, und für eine sehr unangenehme Sekunde sah ich mich von mehr als einem Dutzend Augenpaaren durchdringend angestarrt – »benötigen dringend ein Boot. Wo kann man hier ein Schiff und einen kundigen Seemann finden?«

Niemand antwortete ihm, aber es schien, als verändere sich etwas an der Art, in der die Zecher vor uns schwiegen. Ich bemerkte, wie einer der vier Matrosen an dem Tisch gleich neben Shannon die Stirn runzelte und Anstalten machte, aufzustehen, jedoch von seinem Nebenmann mit einer raschen Bewegung daran gehindert wurde.

Shannon wartete ebenso geduldig wie vergebens auf eine Antwort, zuckte nach einer Ewigkeit mit den Achseln und drehte sich um, um sich an den Barkeeper zu wenden, einen kleinen, kahlköpfigen Burschen mit einem sonnenverbrannten Gesicht, dessen kreolischer Schnitt nicht zu übersehen war. Ich sah, wie sich der Matrose hinter ihm spannte, fing aber fast im gleichen Moment einen Blick von Shannon auf, der mir sagte, dass auch ihm die Bewegung keineswegs entgangen war und ich mir keine Sorgen zu machen bräuchte.

»Vielleicht können Sie mir weiterhelfen«, begann Shannon von neuem. »Es ist wirklich dringend, verstehen Sie? Wir brauchen dringend ein Boot. Und wir sind bereit, sehr gut dafür zu bezahlen.«

Dann griff er unter seinen Gürtel, zog einen Golddollar hervor und legte ihn vor sich auf die Theke.

Der Kreole schob die Münze zurück, ohne sie auch nur anzusehen – was höchst sonderbar war, denn das Geldstück musste ungefähr dem Gegenwert seiner Kaschemme entsprechen, falls er jemanden fand, der einen Liebhaberpreis bezahlte ... Aber der Mann beachtete es gar nicht.

»Hier gibt es keine Boote«, sagte er. »Nicht für euch.«

Shannon runzelte die Stirn. Der Mann hinter ihm spannte sich weiter, legte die Hände flach nebeneinander auf den Tisch und stand ganz langsam auf, ebenso wie seine drei Begleiter. Wieder bedeutete mir Shannon mit einem raschen Blick, mich zurückzuhalten, und wieder nickte ich ebenso unmerklich. Allmählich begann er selbst mir unheimlich zu werden. Hatte er Augen im Hinterkopf?

»Vielleicht habe ich mich nicht richtig ausgedrückt«, sagte Shannon, noch immer freundlich, aber plötzlich mit einer Stimme, die so kalt war wie Glas. »Das hier ist für Sie. Das Boot bezahlen wir extra.« Er schob den Dollar abermals über die Theke.

Der Kreole starrte ihn an, nahm den Golddollar – und warf ihn zielsicher in den Spucknapf, der neben Shannons Füßen vor dem Tresen stand. »Ihr kriegt kein Boot«, sagte er kalt. »Verschwindet. Alle beide.« Gleichzeitig gab er den Männern hinter Shannon einen Wink.

Plötzlich ging alles unglaublich schnell. Mit einer einzigen Bewegung sprangen die vier Kerle vollends auf und stürzten sich gleichzeitig auf Shannon, so rasch, dass ich die Bewegung kaum wahrnahm.

Shannon war trotzdem schneller.

Ich konnte nicht genau erkennen, was er tat, aber einer der vier krümmte sich plötzlich auf dem Fußboden, während der zweite wie von Geisterhand den Boden unter den Füßen verlor und gegen den dritten Burschen prallte, um ihn von den Füßen zu reißen. Noch bevor die beiden auf dem Boden aufprallten, hatte Shannon den vierten gepackt, herumgedreht und ihm von hinten den Arm um den Hals geschlungen; gleichzeitig bohrte sich sein Knie in den Rücken des Burschen.

»Shannon! Pass auf!« Mein Schrei vermischte sich mit dem Klirren von Glas, als der Kreole in Shannons Rücken eine Weinflasche beim Hals ergriff und auf der Theke zerschlug. Ich gewahrte die Bewegung im allerletzten Augenblick, aber meine Warnung wäre trotzdem zu spät gekommen, wäre der kreolische Barkeeper nicht beim Klang meiner Stimme zusammengefahren und hätte den Bruchteil eines Atemzuges gezögert. So blieb mir genug Zeit, mit einem Sprung über seinen Tresen zu flanken, den Stockdegen hervorzureißen und ihm die Spitze der Waffe gegen den Adamsapfel zu drücken.

Der Bursche erstarrte mitten in der Bewegung. Das zerborstene Ende der Flasche, bereits zum Schlag erhoben, entglitt seinen Fingern und zerschellte auf dem Boden.

»Danke«, sagte Shannon, ohne sich umzublicken oder den Würgegriff um den Hals seines Gefangenen auch nur einen Deut zu lockern. Der Mann zerrte mit aller Kraft an Shannons Arm, aber genauso gut hätte er versuchen können, einen Felsen mit bloßen Händen zu verrücken. Ich sah, wie sein Gesicht allmählich rot anlief und seine Augen aus den Höhlen zu quellen begannen.

»Du bringst ihn um, Shannon«, sagte ich erschrocken.

Shannon schürzte abfällig die Lippen. »Und?«, sagte er. »Das ist nichts anderes, als was sie mit mir vorhatten – mit dir übrigens auch.« Trotzdem lockerte er seinen Griff; der Gefangene rang keuchend nach Luft und erschlaffte in seinen Armen.

»Also«, fuhr Shannon mit erhobener Stimme fort. »Was soll das? Ist das eure Art, Fremde zu behandeln?«

Natürlich bekam er keine Antwort, aber die Männer, die nunmehr alle herangekommen waren und einen dicht geschlossenen Halbkreis um Shannon und seinen Gefangenen bildeten, rückten drohend näher.

Shannon lächelte kalt. »Noch einen Schritt«, sagte er ruhig, »und ich breche ihm das Rückgrat.« Gleichzeitig verstärkte er den Druck seines Knies auf den Rücken des Matrosen. Der Mann ächzte gequält, war jedoch klug genug, keinen Versuch der Gegenwehr zu machen.

Shannons Worte ließen irgendetwas in mir erstarren, denn ich spürte, dass er sie ganz genau so meinte, wie er es sagte. Es war keine leere Drohung, mit der er die Männer einschüchtern wollte! Betroffen – aber auch stärker verunsichert, als ich es in diesem Moment mir selbst gegenüber einzugestehen bereit war – trat ich einen halben Schritt zurück und nahm die Degenspitze vom Hals des Kreolen.

Der Bursche keuchte, hob die Finger an die Kehle und starrte erschrocken auf das Blut, das aus einem winzigen Schnitt in seiner Haut quoll. Sofort hob ich den Degen wieder, berührte ihn aber nicht noch einmal, sondern beschränkte mich darauf, einen Moment lang mit der Klinge vor seinem Gesicht herumzufuchteln und dabei die finsterste Miene aufzusetzen, zu der ich fähig war.

»Vielleicht haben Sie die Worte meines Freundes nicht richtig verstanden«, sagte ich drohend. »Ich kann gerne nachhelfen.«

Der Kreole erbleichte unter seiner Sonnenbräune. Aber dann flammte Trotz in seinem Blick auf. Und ein Zorn, den ich mir absolut nicht zu erklären vermochte. »Was wollt ihr von uns?«, schnappte er. »Habt ihr nicht schon genug angerichtet? Verschwindet endlich.«

»Was soll das heißen?«, fauchte ich. »Was sollen wir angerichtet haben?«

Der Kreole starrte mich an – und spie mir direkt vor die Füße; angesichts der Degenklinge, die ich noch immer auf sein Gesicht richtete, eine Geste erstaunlichen Mutes.

»Mörder!«, sagte er angewidert. »Ihr verdammtes Mörderpack. Haut endlich ab. Hier kriegt ihr kein Boot; und wenn ihr uns alle umbringt!«

Ich verstand nun rein gar nichts mehr, aber die Entschlossenheit, die in den Worten des Kreolen mitgeschwungen hatte, überzeugte mich davon, dass wir vielleicht wirklich gut daran täten, so schnell wie möglich von hier zu verschwinden. Ich hatte keine Ahnung, welchen Verbrechens er uns bezichtigte, aber er schien mit seiner Meinung nicht allein dazustehen. Und gegen eine ganze Stadt voller aufgebrachter Männer würden uns auch Shannons Kampfkünste nicht mehr weiterhelfen ...

Shannon schien zu einer ähnlichen Überlegung gekommen zu sein, denn noch bevor ich etwas sagen konnte, versetzte er seinem Gefangenen einen Stoß, der ihn nach vorne taumeln und auf die Knie fallen ließ, zog seinen Dolch aus dem Gürtel und schnitt einen blitzenden Halbkreis in die Luft. Die Blitzartigkeit der Bewegung ließ die im Ansatz befindliche Bewegung der Männer vor ihm erstarren. Sie waren fast ein Dutzend und hätten ihn wahrscheinlich überwältigen können, aber keiner von ihnen schien große Lust zu haben, als Erster mit Shannons Waffe in Bekanntschaft zu treten.

Rückwärts gehend und von einer stummen Reihe drohender Gestalten verfolgt, verließen wir die Kaschemme und traten auf die Straße hinaus. Shannon deutete mit einer Kopfbewegung zum Meer.

Ich verstand. Den Ort noch einmal zu durchqueren erschien mir wenig ratsam, und letztlich waren wir hierhergekommen, um ein Boot zu besorgen – warum also keines stehlen?

Schritt für Schritt entfernten wir uns von der Hafenkneipe und näherten uns dem Meer. Seltsamerweise verzichteten die Männer, die uns gerade noch mit Freuden in Stücke gerissen hätten, darauf, uns zu verfolgen – obgleich sie hier draußen, wo sie sich nicht mehr gegenseitig behindern würden, eine gute Chance gehabt hätten, uns zu überwältigen.

Als ich mich herumdrehte, wusste ich auch, warum sie es nicht taten.

Wir waren keine zwanzig Schritte mehr von der Brandungslinie und den rettenden Booten entfernt, die in der Dünung schaukelten. Aber genauso gut hätten es auch zwanzig Meilen sein können.

Auf halber Strecke zwischen uns und dem Meer stand ein Mann. Er war sehr groß, hatte ein streng geschnittenes, kantiges Gesicht und trug das Haar straff zurückgekämmt, was den militärischen Anstrich seiner dunkelblauen Marineuniform noch verstärkte. Und er war nicht allein.

Hinter ihm stand ein halbes Dutzend Soldaten. In ihren Händen lagen Gewehre. Und die Mündungen dieser Gewehre deuteten drohend auf Shannon und mich …

»Lauf los, wenn du so weit bist«, sagte Shannon gepresst. »Ich zähle auf drei. Eins, zwei …«

»Warum drehen Sie sich nicht erst um, bevor Sie etwas tun, was Ihnen vielleicht leid täte«, sagte der Mann in der Offiziersuniform kalt.

Shannon erstarrte für eine halbe Sekunde, fuhr mit einem Schrei herum und hob instinktiv den Dolch; eine Geste, die angesichts der sechs Automatik-Gewehre, die auf uns gerichtet waren, allerdings äußerst lächerlich wirkte.

Der Marineoffizier schüttelte missbilligend den Kopf. »Das würde ich nicht tun«, sagte er. »Aber bitte – es ist Ihre Entscheidung. Wir können Sie auch gleich hier erschießen.«

»Was soll das heißen?«, schnappte Shannon. »Was bedeutet dieser Zirkus? Wer sind Sie?«

»Mein Name ist Harmfeld«, sagte der Offizier. »Leutnant Harmfeld, um genau zu sein. Sie sind Mister Craven?«

Die Frage galt mir. Ich nickte, und Harmfeld fuhr, mit einer knappen Geste auf Shannon, fort: »Ihren Freund kenne ich nicht, Mister Craven, aber das ändert nichts. Ich erkläre Sie beide für verhaftet. Bitte leisten Sie keinen Widerstand.«

»Verhaftet?«, ächzte Shannon. »Was soll der Schwachsinn, Harmfeld?«

»*Leutnant* Harmfeld, wenn ich bitten darf«, sagte Harmfeld ruhig. »Und als Schwachsinn würde ich es nicht gerade bezeichnen.« Er lächelte, aber es war das kälteste Lächeln, das ich jemals bei einem Menschen gesehen hatte. Harmfeld hob die Hand und deutete auf einen Punkt hinter uns. Ich musste mich nicht umdrehen, um zu wissen, dass die Männer aus der Hafenkneipe gekommen waren und uns drohend umstanden.

»Betrachten Sie es als eine Maßnahme, die Ihrem eigenen Schutz dient«, fuhr er fort. »Vorerst jedenfalls.«

»Schutz?« Ich schüttelte verstört den Kopf, bemerkte plötzlich, dass ich den Degen noch immer in der Hand hielt, und steckte ihn so hastig weg, dass ich mir dabei in den Daumen schnitt. »Was soll das heißen, Leutnant?«

Harmfeld zuckte mit den Achseln. »Vielleicht ziehen Sie es vor, hierzubleiben«, sagte er. »Aber ich fürchte, dann bleiben Sie nicht mehr lange am Leben. Jop Eldekerk war hier sehr beliebt, wissen Sie?«

»Eldekerk?« Plötzlich fielen mir die Worte des Kreolen wieder ein und der Hass, den ich in seinen Augen gelesen hatte. Eine furchtbare Ahnung stieg in mir empor. »Wollen Sie damit sagen, dass –«

Harmfeld schnitt mir mit einer ärgerlichen Handbewegung das Wort ab. »Spielen Sie nicht den Narren, Craven«, sagte er. »Sie wissen genau, dass er tot ist.« Mit einem Male nahm seine Stimme einen kalten, offiziellen Klang an. »Ich verhafte Sie beide unter dem dringenden Verdacht des Mordes an Jop Eldekerk und Leutnant Hendrick Roosfeld. Und wahrscheinlich noch einigen Männern mehr«, fügte er etwas leiser hinzu.

Ich starrte ihn an, rang vergeblich nach Worten und brachte nur ein hilfloses Krächzen zustande.

Anders Shannon. Wenn ihn Harmfelds Worte überhaupt überraschten, dann überspielte er es hervorragend. Seine einzige Reaktion bestand aus einem kalten, abfälligen Lächeln, das den schwelenden Zorn in Harmfelds Augen zu neuer Glut entfachte.

»Sie sind ein Idiot, Leutnant Harmfeld«, sagte Shannon betont. »Glauben Sie wirklich, wir wären so dumm, am hellen Tag hierherzukommen, wenn wir mit Eldekerks Tod irgendetwas zu tun hätten?«

Harmfeld atmete hörbar ein. »Ich weiß nicht, was Sie gedacht haben und warum«, sagte er gepresst. »Und es geht mich auch nichts an. Legen Sie die Waffe weg, und heben Sie die Hände!«

Shannon reagierte nicht. Aber ich spürte, dass eine sonderbare Veränderung mit ihm vonstatten ging. Er rührte nicht einen Muskel, aber mit einem Male schien eine fühlbare Spannung von ihm auszugehen. Von einer Sekunde auf die andere erinnerte er mich an ein Raubtier, das nur auf eine Gelegenheit wartete, loszuspringen.

»Das alles ist ein schrecklicher Irrtum, Leutnant«, sagte ich. »Wir haben nichts mit Eldekerks Tod zu tun. Ich wusste nicht einmal, dass –«

»Warum erzählen Sie das alles nicht dem Richter?«, unterbrach mich Harmfeld. Ärgerlich trat er auf Shannon und mich zu – wobei er sorgsam darauf achtete, nicht in die Schussbahn seiner Leute zu geraten –, nahm Shannon den Dolch weg und streckte fordernd die Hand nach meinem Degen aus. Ich zögerte einen winzigen Moment, aber das halbe Dutzend drohend erhobener Gewehre zehn Schritte vor mir überzeugte mich rasch davon, wie sinnlos jeglicher Widerstand sein musste. Seufzend händigte ich ihm die Waffe aus.

»Sie begehen einen furchtbaren Fehler, Harmfeld«, sagte ich.

Der Leutnant zuckte mit den Achseln. »Möglich«, sagte er. »Wenn ja, werde ich mich entschuldigen. Wenn nicht, wird es mir ein großes Vergnügen sein, Sie höchstpersönlich an den Fockmast der *Zuidermaar zu* knüpfen.«

Ich sah ihn fragend an, aber Harmfeld ignorierte meinen Blick, trat zurück und machte eine Bewegung mit der Hand. Zwei seiner Männer ließen die Gewehre sinken, kamen auf uns zu und banden Shannon und mir die Hände auf den Rücken. Ich spürte, wie Shannons Spannung weiter stieg, und warf ihm einen fast flehenden Blick zu. Zu meiner Erleichterung machte er keinerlei Anstalten, sich zu wehren.

Erst als wir beide sicher gebunden waren und die Läufe der beiden Gewehre im Rücken verspürten, ließen die vier verbliebenen Marinesoldaten ihre Waffen sinken.

Harmfeld hob abermals die Hand, und zwei der Männer liefen durch die niedrige Brandung zu einer flachrümpfigen Pinasse hinüber, die zwischen den schäbigen Fischerbooten der Dorfbewohner dümpelte. Das Schiff fiel mir erst jetzt auf. Ebenso wie das Emblem an seinem Bug.

Überrascht wandte ich mich an Harmfeld. »Die niederländische

Marine?«, fragte ich. »Was, in drei Teufels Namen, hat das zu bedeuten? Was suchen Sie hier?«

Harmfeld lächelte kalt. »Nichts. Eigentlich ist es ein purer Zufall, dass wir Krakatau angelaufen haben. Aber ich würde Sie auch aufhängen, wenn ich zur transsylvanischen Gebirgsmarine gehörte, Craven. Eldekerk war ein persönlicher Freund von mir.«

»Sie irren sich!«, protestierte ich verzweifelt. »Sie –«

Harmfeld unterbrach mich mit einem Stoß in den Rücken, der mich vorwärtstaumeln ließ. »Erzählen Sie das alles dem Gouverneur von Borneo«, sagte er. »Und jetzt gehen Sie, ehe meine Geduld endgültig erschöpft ist.«

Angetrieben von den harten Stößen des Gewehrlaufes in meinem Rücken, stolperte ich durch die eiskalte Brandung, kletterte ungeschickt und durch meine auf den Rücken gebundenen Hände arg behindert an Bord der Pinasse und ließ mich in ihrem Heck nieder. Shannon nahm neben mir Platz, und nach Harmfeld stiegen auch die Soldaten der Reihe nach in das Schiffchen.

Zwei von ihnen nahmen uns gegenüber Platz und zielten weiter mit ihren Gewehren auf unsere Gesichter, während die anderen nach den Rudern griffen und kräftig zu pullen begannen. Rasch drehte sich das Schiffchen in die Brandung und begann, sich von der Küste zu entfernen.

Erst in diesem Augenblick entdeckte ich das Schiff.

Es war sehr groß; ein Dreimaster, der vor Waffen nur so starrte und weniger als eine halbe Meile vor der Küste lag. Ich hatte ihn bisher nicht einmal gesehen, was allerdings in Anbetracht der Umstände nur zu verständlich war. Das musste die *Zuidermaar* sein, von der Harmfeld gesprochen hatte.

»Ihr Schiff?« Die Frage war höchst überflüssig, aber Harmfeld antwortete trotzdem darauf.

»Ja. Sie werden es bald kennen lernen.«

»Das glaube ich nicht«, sagte Shannon ruhig.

Harmfeld blinzelte. Ich sah, wie sich der Mann neben ihm spannte und den Kolben seines Gewehres ein wenig fester umklammerte.

»Wie meinen Sie das?«, fragte Harmfeld lauernd.

Shannon lächelte. »Ich meine«, antwortete er, »dass es genug ist. Wir sind weit genug von der Küste entfernt. Sie können uns die Fesseln abnehmen.«

Harmfeld starrte ihn an. Sein Unterkiefer klappte herunter, als wolle er etwas sagen, aber dann brachte er nur einen krächzenden Laut zustande.

Der ruhige, beinahe monotone Klang von Shannons Stimme hätte mich warnen müssen, aber ich begriff erst, was er tat, als Harmfelds Blick erlosch und die Gesichtszüge der beiden Bewaffneten erschlafften, als hätten sie plötzlich jegliche Kontrolle über ihre Muskeln verloren.

»Legt die Waffen weg, und nehmt uns die Fesseln ab«, sagte Shannon, und diesmal war seine Stimme nicht mehr sanft und freundlich, sondern von einem so harten, suggestiven Klang, dass selbst ich die Ausstrahlung seiner hypnotischen Macht spürte: eine Woge unsichtbarer, knisternder Kraft, die an mir vorüberbrandete und den letzten Rest freien Willens, der den Männern vor uns verblieben sein mochte, wie eine Flutwelle zerschmetterte.

»Tut, was ... was der Mann sagt«, sagte Harmfeld stockend.

Die beiden Männer mit den Gewehren standen auf, mit Bewegungen, die mehr an die von Puppen als an die lebender Menschen erinnerten. Wortlos warfen sie ihre Gewehre über Bord, traten hinter Shannon und mich und lösten die Stricke, die unsere Handgelenke hielten.

Shannon nahm aufatmend die Hände vom Rücken und begann seine Gelenke zu massieren, um das gestaute Blut wieder in Fluss zu bringen. Sein Blick wich dabei keine Sekunde von dem Harmfelds. »Gut«, fuhr er fort, noch immer in dem gleichen, monotonen Ton, »und jetzt springt über Bord. Alle.«

Ich wollte auffahren, aber ich kam nicht dazu, denn Shannon schien die Bewegung zu spüren, ehe ich sie überhaupt begonnen hatte. Sein Kopf ruckte herum, und für den Bruchteil einer Sekunde war ich es, der die ganze hypnotische Macht seines Blickes spürte. Kraftlos sank ich zurück auf die harte Bank und sah zu, wie Harmfeld und seine Leute gehorsam wie Marionetten aufstanden – und einer nach dem anderen über Bord sprangen.

Erst als auch der letzte Matrose im Wasser war, fiel der lähmende Bann von mir ab. Mit einem Schrei sprang ich auf, verlor auf dem schwankenden Boden den Halt und fiel der Länge nach hin.

Shannon lachte leise, beugte sich vor und streckte die Hand aus, um mir aufzuhelfen. Ich funkelte ihn an, schlug seinen Arm beiseite und stemmte mich aus eigener Kraft hoch.

»Bist du wahnsinnig?«, keuchte ich. »Die Männer werden ertrinken. Du –«

»Das werden sie nicht«, widersprach Shannon. »Es sind Seeleute, oder? Und wir brauchen das Boot.« Er sagte es in einem Ton, als wären diese Worte allein Entschuldigung genug. Das hieß – nein, nicht Entschuldigung: Grund. Shannon brauchte keine Entschuldigung für das, was er tat.

Eine Sekunde lang starrte ich ihn wie vor den Kopf geschlagen an, dann fuhr ich herum und blickte zu Harmfeld und seinen Männern hinaus.

Sie waren ein gutes Stück zurückgefallen, denn das Boot war mittlerweile in den Griff der Strömung geraten und glitt rasch weiter ins offene Meer hinaus und dabei weg von der *Zuidermaar*. Harmfeld und das halbe Dutzend Matrosen schwammen nach Kräften, und nachdem ich sie einen Moment lang beobachtet hatte, war ich ziemlich sicher, dass sie die Strecke bis zu ihrem Schiff schaffen würden. Außerdem hatte man auf der *Zuidermaar* sicherlich beobachtet, was hier vorgefallen war, und würde ihnen ein Boot entgegenschicken. Aber das änderte nichts.

»Du ... du musst wahnsinnig geworden sein!«, stammelte ich. »Wir wissen nicht einmal genau, was diese Männer von uns wollten!«

»So?« Shannon verzog verächtlich die Lippen. »Mir reicht, was ich gehört habe. Wer weiß« – er zuckte mit den Achseln – »vielleicht sind sie sogar Freunde Tergards. Aber das spielt keine Rolle.« Er grinste, ließ die Hand auf die Ruderbank neben sich klatschen und griff nach einem der Riemen. »Wir sind in die Stadt gekommen, weil wir ein Boot brauchen«, fuhr er fort, während er mit der anderen Hand auf einen zweiten Riemen wies und mir ungeduldig bedeutete, danach zu greifen. »Wir haben ein Boot. Alles andere zählt nicht.«

Ich starrte ihn an, noch immer schier unfähig zu glauben, was ich erlebt und gehört hatte. »Was ist mit dir geschehen, Shannon?«, murmelte ich. »Mein Gott, was ... was hat Necron dir angetan, das dich so verändert hat?«

Shannon runzelte die Stirn. »Mit mir ist gar nichts geschehen, Robert«, sagte er. »Aber ich fürchte, mit dir. Du wirst weich, und das ist etwas, das wir uns nicht leisten können. Muss ich dich daran erinnern, dass mehr auf dem Spiel steht als das Leben ein paar größenwahnsinniger Seemänner?«

Ich wollte antworten, aber ich wurde abermals davon abgehalten – und diesmal auf eine so drastische Art, dass ich alles, was ich Shannon ins Gesicht hatte schleudern wollen, unverzüglich vergaß.

Ein dumpfer, seltsam trockener Donnerschlag rollte über das Meer zu uns heran, und eine halbe Sekunde später löste sich von der Reling der *Zuidermaar* eine kleine weiße Dampfwolke und zerstob im Wind.

Es dauerte einen Moment, bis ich begriff, dass man an Bord des Kriegsschiffes tatsächlich beobachtet haben musste, was Shannon getan hatte. Und dass man keineswegs gewillt schien, uns ungeschoren davonkommen zu lassen.

Präzise ausgedrückt, brauchte ich genau zwei Sekunden, bis diese Erkenntnis in mein Bewusstsein drang.

Genau so lange, wie die erste Kanonenkugel benötigte, die Distanz von der *Zuidermaar zu* uns zu überwinden und zwei Yards neben der Pinasse ins Wasser zu klatschen.

Ich vergaß Shannon und Necron und mein ungläubiges Entsetzen, packte den Riemen fester und ruderte um mein Leben.

Die Tauchkammer war von sanftem, elektrischem Licht erfüllt, und das Pochen der Maschinen klang hier unten viel lauter und aggressiver als oben im Salon. Das Geräusch vermischte sich mit dem Gluckern und Rauschen des Wassers, das durch die offene Bodenschleuse eingedrungen war und nun von den starken Elektropumpen der NAUTILUS wieder hinausgepresst wurde, aber Howard hörte es kaum. Gebannt starrte er auf die schlanke, blauhäutige Gestalt, die sich dicht unter der Wasseroberfläche wand und bewegte.

Etwas war nicht in Ordnung. Nemo, Rowlf und er standen auf der schmalen Galerie, die sich dicht über dem mit Wasser gefüllten Teil der Tauchkammer dahinzog, und das Licht, das sich auf der Wasseroberfläche spiegelte und brach, machte es beinahe unmöglich, mehr als einen Schemen zu erkennen. Trotzdem sah er, wie sich die Frauengestalt wie unter Schmerzen wand. Ihr Gesicht zuckte und schien sich zu einer Grimasse zu verzerren, und aus dem Wasser drangen schreckliche, gurgelnde Töne, die Howard schaudern ließen.

»Da stimmt was nicht«, sagte er. »Ich gehe hinunter.« Er wollte sich umwenden und unverzüglich die schmale Eisentreppe hinuntereilen, aber Nemo hielt ihn zurück.

»Warte«, sagte er. Howard gehorchte, wenn auch mit gemischten Gefühlen. Seine Finger schmiegten sich nervös um das schmale Eisengeländer, während er sich vorbeugte.

Der Wasserspiegel sank jetzt rasend schnell. Schon nach wenigen Augenblicken war die Mädchengestalt auf dem Grunde der Tauchkammer deutlicher zu erkennen, dann zog sich das Wasser vollends zurück und gab eine zusammengekauerte, blauhäutige Gestalt frei.

Aber das war es nicht, was Howard für Sekunden an seinem Verstand zweifeln ließ.

Es war vielmehr der Anblick der schlanken, wohlproportionierten Beine des Mädchens – Beine, die dort waren, wo Nemo und Rowlf und er noch vor Minuten einen gewaltigen, schuppenbedeckten Fischschwanz gesehen hatten!

»Das gibts doch nich!«, keuchte Rowlf. »Das ... das is doch unmöglich! Ich spinn doch nich!«

Howard achtete gar nicht auf seine Worte, sondern war mit zwei, drei raschen Sätzen die Treppe herunter und bei dem Mädchen. Durch seine übergroße Hast verlor er auf dem schlüpfrig gewordenen Metall des Bodens die Balance und fiel mehr neben ihr hin, als er sich kniete, aber auch das registrierte er kaum.

Sein Unglauben und Staunen hatte einem lähmenden, eisigen Entsetzen Platz gemacht, als er begriff, warum die schlanke Frauengestalt in so sonderbar verkrümmter Haltung vor ihm kauerte, was das krampfhafte Zucken und Beben ihrer Schultern zu bedeuten hatte ...

Das Mädchen starb!

Die würgenden, schrecklichen Laute, die er gehört und für das Geräusch des abfließenden Wassers gehalten hatte, kamen in Wirklichkeit aus ihrer Kehle; Laute, wie sie ein Mensch ausstoßen mochte, der qualvoll ertrank oder erstickte.

Mit bebenden Händen griff Howard nach ihren Schultern. Die Haut des Mädchens fühlte sich eiskalt an, gar nicht wie die eines Menschen, sondern vielmehr wie die eines Fisches oder einer Schlange, und ihr Haar, das jetzt in unansehnlichen, verklebten Strähnen an ihrem Kopf klebte, kam ihm für Augenblicke viel mehr wie grober Tang denn wie menschliches Haar vor. Zwischen ihren Fingern spannten sich feine, durchscheinende Schwimmhäutchen, und an den Seiten ihres Halses verliefen vierfache Reihen dünner, gerader Schlitze, die Howard im ersten Moment für schlecht verheilte Schnittwunden hielt, bis er begriff, dass es Kiemen waren.

Das Gesicht des Mädchens war zu einer Grimasse der Pein verzerrt, als es den Kopf hob und Howard ansah. In ihren Augen loderte ein Schmerz, der Howard schaudern ließ; ihre Lippen bewegten sich, in einer Art, die Howard auf schreckliche Weise an das vergebliche Luftschnappen eines Fisches erinnerte, der unversehens auf das Trockene geraten ist, aber nicht der geringste Laut kam über ihre Lippen. Sie zitterte, zuckte wie unter einem Krampf zusammen und fiel zur Seite. Howard konnte sie im letzten Moment auffangen, ehe sie auf den harten Metallboden prallte.

»Sie stirbt!«, schrie er entsetzt. »Nemo, ruf Obote. Um Himmels willen, schnell!« Aber er wusste im gleichen Moment, in dem er die Worte sprach, dass der Bordarzt der NAUTILUS zu spät kommen würde. Das Mädchen hatte bestenfalls noch Sekunden zu leben. Ihre Bewegungen wurden bereits schwächer, und der Blick ihrer aquamarinblauen Augen begann sich zu verschleiern.

Und dann geschah das Unfassbare: Vor Howards ungläubig geweiteten Augen begann sich der Körper der jungen Frau zu verändern, auf eine unglaubliche, bizarre Weise. Der bläuliche Ton ihrer Haut verblasste zum blassen Teint ganz normaler, menschlicher Haut, ihr Haar glättete sich und wurde gleichzeitig auf unheimliche Weise feiner und seidiger, die Schwimmhäute zwischen ihren Fingern verschwanden, und innerhalb einer einzigen Sekunde glättete sich ihr Hals; die Kiemenöffnungen waren fort, als hätte es sie niemals gegeben.

Und dann hob sich ihre Brust in einem ersten, qualvollen Atemzug.

»Großer Gott!«, keuchte Nemo. Er war herumgefahren und hatte die Kammer schon halbwegs verlassen, war jedoch unter der Tür noch einmal stehen geblieben und ebenso wie Rowlf und Howard selbst Zeuge der fantastischen Veränderung geworden, die mit dem Mädchen vonstatten gegangen war. Howard sah, wie sich ein Schatten hinter ihm bewegte und ein neugieriges Augenpaar über seine Schultern zu blicken versuchte.

»Schließ die Tür, Nemo«, sagte er hastig. Dann wandte er sich wieder der Mädchengestalt zu, schlüpfte mit einer fahrigen Bewegung aus seinem Rock und legte ihn wie eine Decke um ihre bloßen Schultern; danach stützte er sie behutsam.

Die Lider des Mädchens öffneten sich. Ihr Blick war wieder klar, und der Ausdruck von Schmerz war aus ihren Augen gewichen.

Aber nur er, dachte Howard schaudernd. Die Angst war geblieben. Angst wovor?

Erneut versuchte das Mädchen zu sprechen, aber wieder bekam es nur eine Anzahl würgender, mühsamer Töne hervor. Mit einer schwächlichen Bewegung befreite es sich aus Howards Umarmung, setzte sich auf und machte eine vage, nicht zu deutende Geste mit der Hand.

»Beruhigen Sie sich«, sagte Howard rasch. »Es besteht kein Grund mehr, Angst zu haben, Miss. Der Doktor wird gleich kommen.«

Das Mädchen schüttelte den Kopf. »Keinen ... Arzt«, sagte sie. »Ich brauche nur ... ein wenig Ruhe.«

Howard nickte, stand auf und winkte Rowlf zu sich herab. »Bring sie in Nemos, Kabine«, sagte er.

Aber wieder wehrte das dunkelhaarige Mädchen ab, als sich Rowlf nach ihr bücken und sie hochheben wollte.

»Dazu ist jetzt keine Zeit«, sagte sie. Ihre Stimme klang gehetzt; sie atmete schwer wie ein Mensch, der bis zum Zusammenbruch gerannt war, aber Howard war sicher, dass das nicht an der fantastischen Verwandlung lag, deren Zeuge sie geworden waren. Das Mädchen hatte Angst. Panische Angst.

»Ich muss mit Mister Lovecraft sprechen«, sagte sie plötzlich. »Sind Sie Lovecraft?«

Howard nickte überrascht. »Woher ... kennen Sie mich?«, fragte er.

»Robert hat von Ihnen erzählt«, antwortete das Mädchen. »Er sagte, Sie wären sein Freund und ich könnte mich an Sie wenden, wenn ich Hilfe bräuchte.«

»Hilfe?« Howard blinzelte verwirrt. »Wobei?«

»Es geht nicht um mich, Mister Lovecraft«, antwortete das Mädchen. »Es ist Robert, der Hilfe braucht. Er ist in Gefahr – und nicht nur er. Möglicherweise ...« Sie stockte, einen ganz kurzen Moment nur, aber doch so, dass Howard es hörte und richtig deutete. »... möglicherweise die ganze Welt, Mister Lovecraft.«

Eine Sekunde lang starrte Howard noch verwirrt auf das dunkelhaarige Mädchen hinab, dann richtete er sich mit einem Ruck auf und nickte Rowlf zum zweiten Male auffordernd zu.

»Bring sie in Nemos Kabine«, sagte er noch einmal. »Schnell.«

Die Zuidermaar hatte noch drei weitere Schüsse auf uns abgegeben. Keiner war auch nur in gefährlicher Nähe des Bootes eingeschlagen, und jetzt, nachdem der erste Schrecken vorüber war und ich Zeit gefunden hatte, zu mir selbst zu kommen und über die Dinge nachzudenken, war ich ziemlich sicher, dass sie auch nicht hatten treffen sollen. Es wäre dem riesigen Kriegsschiff wahrscheinlich ein Leichtes gewesen, uns mit einer vollen Breitseite seiner möglicherweise antiquierten, nichtsdestotrotz aber äußerst wirkungsvollen Zwölfpfünder zu versenken.

Nein – die vier Kanonenkugeln, die man uns nachgeschickt hatte, waren nicht mehr als eine Warnung gewesen. Man wollte uns lebend.

Ich teilte das Ergebnis meiner Überlegungen Shannon mit, aber er zuckte nur mit den Achseln und forderte mich ziemlich grob auf, weiter zu rudern und meinen Atem für wichtigere Dinge aufzusparen.

Shannon hatte sich verändert, das war mir schon vor geraumer Zeit aufgefallen. Aber erst die unglaubliche Brutalität, mit der er Harmfeld und seine Männer gezwungen hatte, über Bord zu springen und durch die haifischverseuchten Gewässer Krakataus *zur Zuidermaar zu* schwimmen, hatte mir mit aller Deutlichkeit vor Augen geführt, wie stark diese Veränderung war.

Der schwarz gekleidete, blonde junge Mann, dem ich gegenübersaß, war nur noch äußerlich der Shannon, den ich kennen gelernt und der mir zweimal das Leben gerettet hatte, ohne auf sein eigenes Rücksicht zu nehmen. War es wirklich nur Necrons Einfluss, den ich beobachtete?, dachte ich schaudernd. Und wenn, würde es ihm je gelingen, wieder zu dem warmherzigen, stets zu einem Lächeln bereiten jungen Mann zu werden, als den ich ihn kennen gelernt hatte?

Wir näherten uns der Küste, und die Brandung begann sich stärker bemerkbar zu machen, sodass ich für die nächste Viertelstunde voll und ganz damit beschäftigt war, das Boot wenigstens notdürftig auf Kurs zu halten und gleichzeitig auf die Felsen und Riffe zu achten, die diesem Teil Krakataus vorgelagert waren und wie steinerne Zähne darauf warteten, sich in den Rumpf unserer Pinasse bohren zu können. Das Schiff war schwer zu navigieren, denn es war für eine weitaus größere Mannschaft gebaut; ohne Shannons schier übermenschliche Kräfte wären wir wahrscheinlich – wieder einmal – verloren gewesen.

Schließlich erreichten wir das Ufer, durchnässt bis auf die Haut und vollkommen erschöpft, aber unbeschadet, an einer Stelle, die kaum drei nautische Meilen vom Hafen und der *Zuidermaar* entfernt war, aber durch eine weit ins Meer vorspringende Felsbarriere und das an dieser Stelle sehr seichte Wasser vor einer Verfolgung durch das Kriegsschiff sicher.

Erschöpft stieg ich aus dem Boot und wollte mich in den nassen Ufersand sinken lassen, um Atem zu schöpfen, aber Shannon gönnte mir nicht die geringste Verschnaufpause, sondern bestand darauf, dass wir die Pinasse den Strand hinauf und in die Deckung einiger Büsche zerrten, die dem eigentlichen Dschungel an dieser Stelle vorgelagert waren; eine Aufgabe, die meine Kräfte schier zu übersteigen drohte. Als wir fertig waren und das kleine Schiff wenigstens vor einer Entdeckung vom Meer her sicher, war ich mit meinen Kräften vollends am Ende. Shannon musste mich stützen, damit ich die Sicherheit des Waldes erreichte.

Danach tat er irgendetwas an meinem Hals – was, bekam ich nicht einmal mit, erschöpft und ausgelaugt, wie ich war –, aber hinterher fühlte ich mich, wenn auch nicht wie neugeboren, so doch wesentlich besser.

Ich wollte aufstehen, aber Shannon schob mich mit sanfter Gewalt zurück und schüttelte den Kopf. »Bleib sitzen«, sagte er. »Ruh dich erst einmal richtig aus. Wir haben Zeit genug.« Er runzelte die Stirn und fuhr in deutlich verärgertem Tonfall fort: »Vor dem Dunkelwerden wäre es zu riskant, weiterzufahren. Dieses verdammte Schiff ist wirklich im allerungünstigsten Augenblick aufgetaucht.«

»Ich verstehe das alles nicht«, gestand ich. »Was soll das bedeuten – Eldekerk tot und wir schuld daran?«

»Du«, korrigierte mich Shannon sanft und fuhr, so hastig, als hätte er etwas gesagt, was er eigentlich nicht hatte sagen wollen, fort: »Ich weiß es so wenig wie du, Robert. Vielleicht ein letzter Gruß unseres Freundes Tergard.«

»Tergard ist tot«, erinnerte ich.

»Möglicherweise ist einer seiner Männer entkommen.« Shannon zuckte mit einem Desinteresse, von dem ich sehr sicher war, dass er es nicht bloß heuchelte, die Achseln. »Dich eines Mordes zu bezichtigen scheint mir eine ziemlich elegante Methode, dich aus dem Weg zu räumen. Aber das braucht uns alles nicht zu kümmern. Sobald die Sonne untergegangen ist, fahren wir zu der Bucht, die Eldekerk mir gezeigt hat, und schnappen uns Dagon. Und danach verschwinden wir auf Nimmerwiedersehen von dieser verdammten Insel.«

Ich antwortete nicht darauf, sondern ließ mich zurücksinken, lehnte den Kopf gegen die raue Rinde eines Baumes und schloss für Sekunden die Augen. Shannons Worte hatten mir wieder den Grund in Erinnerung gerufen, aus dem wir überhaupt hierhergekommen waren, in dieses gottverlassene Kaff an der Ostküste Krakataus, von dem ich nicht einmal den Namen wusste.

Das, was wir in der verlassenen Garnison erlebt hatten, hatte uns recht drastisch vor Augen geführt, wie naiv unser Vorhaben, einfach in Dagons unterirdisches Reich zu spazieren und ihm auf die Finger klopfen zu wollen, gewesen war.

Im Grunde hatte es keiner von uns wirklich gewollt, vielmehr war es einfach so gewesen, dass wir beide nicht so recht weitergewusst hatten. Schließlich hatte Shannon vorgeschlagen, ein Boot zu besorgen und zu der verborgenen Bucht auf der anderen Seite der Insel hinauszufahren, in der Dagon Nacht für Nacht erschien, um sich mit den Meeresdämonen zu treffen.

Der Gedanke führte mir schmerzhaft ins Bewusstsein, wie wenig wir im Grunde über die Wesen wussten, die die wahren Herren dieser Insel waren. Und wie aussichtslos unser Kampf …

Ich kam nicht dazu, den Gedanken weiter zu verfolgen. Die Anstrengungen der letzten Stunden machten sich mit Macht bemerkbar, und die Wärme, die selbst hier im Dschungel herrschte, tat ein Übriges. Ich schlief ein.

»Trinken Sie das«, sagte Nemo. »Es wird Ihnen gut tun! Er lächelte auffordernd, als Jennifer zögerte, nach dem Glas mit Portwein zu greifen, das er ihr hinhielt, und schließlich überwand das Mädchen seine Hemmungen, griff nach dem geschliffenen Kristallglas und nahm einen beachtlichen Zug daraus.

»Danke«, sagte sie. »Sie haben Recht. Es tut wirklich gut.« Sie reichte Nemo das Glas zurück, schmiegte sich enger gegen das weiche Leder der Couch, auf der sie Platz genommen hatte, und zog die Beine an den Körper. Die Decke, die Nemo ihr gereicht hatte, verrutschte dabei ein wenig; hastig zog sie sie wieder enger zusammen. Nemo hatte sich angeboten, ihr Hosen und Hemd eines kleinwüchsigen Besatzungsmitgliedes bringen zu lassen, dessen Figur der ihren – wenigstens, was die Größe anging – nahe kam, aber sie hatte es abgelehnt. Trotzdem hatte Howard den sicheren Eindruck, dass sie fror, obgleich es in Nemos Kabine eher zu warm als zu kalt war.

»Und nun erzählen Sie, Jennifer«, begann er. »Das war doch Ihr Name?«

Jennifer nickte. »Jennifer Borden, genau gesagt. Aber Jennifer reicht vollkommen.«

»Borden?« Howard runzelte die Stirn und tauschte einen raschen, fragenden Blick mit Rowlf. »War das nicht der Name, den Robert –«

»Er kannte meine Mutter«, unterbrach ihn Jennifer rasch. »Ich bin Several Bordens Tochter.«

»Diese Jennifer?«, entfuhr es Nemo. »Aber natürlich – warum bin ich nicht gleich darauf gekommen, ich Narr? Nach dem, was ich vor einer halben Stunde gesehen habe, können Sie niemand anderes sein. Robert hat von Ihnen erzählt.«

»Aber er hat nicht gesagt, wozu Sie fähig sind«, fügte Howard hinzu. »Ich muss sagen, ich bin nicht leicht zu beeindrucken, aber Sie haben es geschafft.«

»Ich wusste es selbst nicht«, gestand Jennifer. »Dagon hat ... irgendetwas mit mir getan. Es ... begann nach unserer Rückkehr von der DAGON.«

»Der was?« Nemo fuhr wie von der Tarantel gestochen auf. »Sie wollen sagen, dass Sie dieses Schiff gesehen haben? Es existiert also wirklich?«

»Nicht mehr«, antwortete Jennifer. Aus einem Grund, den sich Howard nicht erklären konnte, klang ihre Stimme bei diesen Worten sehr traurig. »Sie wurde zerstört, kurz nachdem wir von Bord gegangen sind.« Sie schwieg einen Moment, und ihr Blick verschleierte sich, als brächten die Worte Erinnerungen mit sich, die ihr Pein bereiteten. Dann sah sie auf, blickte Howard für einen endlosen Augenblick durchdringend und mit undeutbarem Ausdruck an und begann zu erzählen.

Es war eine sehr lange Geschichte. Sie begann mit dem Abend, an dem sie von McGillycaddy und ihrem eigenen Vater auf Loch Firth ausgesetzt worden war und Dagons Bekanntschaft gemacht hatte, berichtete von ihrem Zusammentreffen mit Robert und dem Exodus der Einwohner des kleinen Küstendorfes. Sie erzählte von der Irrfahrt der DAGON und dem verzweifelten Kampf gegen die Drachenkrieger, die so plötzlich aus dem Nichts aufgetaucht waren. Als sie vom Tod ihrer Mutter berichtete, lief eine einzelne, glitzernde Träne über ihre Wange, aber sie sprach tapfer weiter und fing sich bereits nach wenigen Augenblicken wieder.

»Die … die Veränderung begann, als wir zurück waren«, schloss sie. »Ich weiß nicht, was es ist, Mister Lovecraft, ich weiß nicht einmal, ob Dagon es so gewollt hat oder was aus mir werden wird. Aber seither bin ich fähig, unter Wasser zu atmen und schneller zu schwimmen als ein Fisch. Ich … ich fühle mich unwohl, wenn ich an Land bin. Vielleicht kann ich eines Tages überhaupt nur noch im Wasser leben.«

Für eine lange, endlose Minute herrschte vollkommenes Schweigen in der kleinen Kabine. Schließlich räusperte sich Howard hörbar. »Das … ist eine sehr beeindruckende Geschichte«, begann er.

»Aber Sie glauben sie nicht«, sagte Jennifer.

Howard lächelte nervös. »Es fällt mir schwer«, gestand er. »Obwohl ich mit eigenen Augen gesehen habe, wie Sie –«

»Und obwohl Sie Dagons Macht am eigenen Leibe gespürt haben«, unterbrach ihn Jennifer ruhig.

Howard erstarrte. »Nachdem ich … was?«, murmelte er.

»Nachdem Sie am eigenen Leibe erfahren haben, wozu Dagon fähig ist«, wiederholte Jennifer. »Und Ihr Freund« – sie deutete mit einer Kopfbewegung auf Rowlf – »ebenfalls.«

»Ich … ich fürchte, ich verstehe nicht«, murmelte Howard verwirrt.

»Sie … wissen wirklich nicht?«, fragte Jennifer. »Sie wissen nicht, womit Dagon Robert gezwungen hat, ihn an Bord seines Schiffes zu begleiten?«

Howard schüttelte stumm den Kopf.

»Sie«, sagte Jennifer. »Ihr Leben, Mister Lovecraft. Ihres und das Ihres Freundes. Das war der Preis dafür, dass Robert mit Dagon ging, Ich war dabei, als er diesen Handel schloss.«

Howard starrte sie an. Er fühlte sich wie vor den Kopf geschlagen, wusste nicht, welcher Gedanke schlimmer war: der, von dem Wesen gerettet worden zu sein, gegen das sie mit aller Macht kämpften, oder der, dass dies vielleicht um den Preis von Roberts Leben geschehen sein mochte.

»Worauf wollen Sie hinaus, Miss Borden?«, fragte Nemo, der als Einziger im Raum noch nicht begriffen zu haben schien, was Jennifers Worte in letzter Konsequenz bedeuteten.

»Mister Lovecraft und sein Freund waren krank«, erklärte Jennifer, ohne Howard dabei aus den Augen zu lassen, denn in Wirklichkeit war wohl eher er es, dem diese Worte galten, und sie gab sich nicht sehr viel Mühe, dies zu verbergen. »Todkrank sogar. Dagon hat sie geheilt. Das war der Preis für Roberts Hilfe. Wäre es anders, wären sie jetzt beide tot.« Sie schwieg einen Moment, wandte den Kopf und sah nun doch zu Nemo auf. »Und Sie und all Ihre Männer auch, Kapitän Nemo.«

»Ich?« Nemo lachte, aber es klang reichlich verunglückt, und der Ausdruck auf seinen Zügen geriet eher zur Grimasse.

»Glauben Sie wirklich, Sie hätten den *Shoggoten* besiegt, den Dagon gegen die NAUTILUS eingesetzt hatte?«, fragte sie. Ihre Stimme hatte plötzlich einen Klang, als versuche sie einem Schwachsinnigen zu erklären, warum zwei und zwei nicht drei ergeben. »Wenn Sie das denken, dann tun Sie mir leid, Kapitän Nemo. Es war Dagon, der ihn zurückrief. Sie haben ihn besiegt, aber er hätte Sie und Ihr Schiff trotzdem noch vernichten können, wenn er gewollt hätte.«

»Was soll das?«, fragte Howard scharf. »Sind Sie nur gekommen, um uns zu erzählen, was für ein herzensguter Mensch Dagon in Wahrheit ist?«

Jennifer lächelte sehr traurig, schüttelte den Kopf und wischte sich eine Strähne ihres pechschwarzen Haares aus der Stirn. »Nein«, antwortete sie, abermals mit veränderter Stimme. »Das ist er sicher nicht. Wahrscheinlich ist er nicht einmal ein Mensch.«

»Ganz bestimmt nicht«, sagte Nemo zornig. »Es sei denn, man würde das Wort Mensch neu definieren. Er ist ein Ungeheuer.«

»Es tut mir leid. Ich habe wohl die Beherrschung verloren«, antwortete Jennifer. »Aber ich bin nicht gekommen, um mit Ihnen über Dagon zu sprechen, Kapitän. Jedenfalls nicht nur.«

»Was dann?«, fragte Nemo.

Diesmal zögerte Jennifer sichtlich, ehe sie antwortete, und als sie es tat, sah sie Howard dabei an, nicht Nemo.

»Ich will zu Dagon«, sagte sie. »Und Sie können mich hinbringen. Nur Sie.«

Howard ächzte. »Sie ... Sie wollen, dass wir –«

»Ich sagte bereits«, unterbrach ihn Jennifer, »dass es auch um Robert geht. Sie wollen ihn wiederfinden, nicht? Aber Sie wissen nicht, wo er ist. Ich weiß es.«

»Und dafür, dass Sie uns sagen, wo Craven ist, sollen wir Sie zu Dagon bringen?«, fragte Nemo spöttisch. »Sie sind verrückt, Kindchen. Was wollen Sie von diesem Monstrum? Reicht Ihnen noch nicht, was er Ihnen und Ihrer Mutter angetan hat?«

»Das ist meine Sache«, antwortete Jennifer heftig. »Sie würden es nicht einmal verstehen, wenn ich es Ihnen erklären würde, Nemo.«

Nemo wollte auffahren, aber Howard beendete den drohenden Streit, ehe er wirklich beginnen konnte, und fragte: »Sie schlagen uns also ein Geschäft vor, wenn ich Sie richtig verstehe? Wir bringen Sie zu Dagon, und Sie sagen uns dafür, wo Robert ist.«

Jennifer nickte. Die Bewegung wirkte irgendwie trotzig. »Wenn Sie es so nennen wollen ...«

»Was sollte uns daran hindern, Ihr Angebot abzuschlagen und Robert Craven auf eigene Faust zu suchen?«, fragte Nemo.

Jennifers Lächeln verriet Howard, dass sie genau auf diese Frage gewartet hatte. »Ich gebe Ihnen mein Wort, Kapitän Nemo«, sagte sie betont, »dass Sie ihn nicht finden würden. Außerdem bliebe Ihnen nicht mehr genug Zeit, alle Weltmeere nach einem einzelnen Mann abzusuchen.«

Nemo erbleichte, war aber gottlob klug genug, nicht auf die unausgesprochene Herausforderung in Jennifers Worten einzugehen.

»Was meinen Sie damit?«, fragte er, »*uns bleibt keine Zeit?*«

»Robert Craven befindet sich nicht in dieser Zeit«, antwortete Jennifer. »Das magische *Tor* auf der DAGON hat ihn um etwas mehr als zwei Jahre in die Vergangenheit versetzt, Kapitän Nemo. Genau wie Dagon.«

»In die Vergangenheit?«, ächzte Nemo.

»Und wenn ich Ihnen sage, an welchen Ort, werden Sie begreifen, was ich gemeint habe, als ich sagte, es wäre nicht mehr sehr viel Zeit. Ich meine es ernst.« Sie brach ab, legte eine ganz genau bemessene Pause ein und wandte sich an Howard. Nun?«

»Ich ... kann das nicht entscheiden«, antwortete Howard ausweichend. »Die NAUTILUS ist nicht mein Schiff.«

Jennifer antwortete nicht einmal darauf, und plötzlich begriff Howard, wie sehr er dieses Mädchen unterschätzt hatte. Ihre zarte Gestalt und das beinahe noch kindliche Gesicht hatten ihn getäuscht, aber hinter dem sanften Blick ihrer meerblauen Augen verbargen sich ein eiserner Wille und ein Verstand, der ganz genau wusste, was er wollte.

»In Ordnung«, sagte er schließlich. »Sagen Sie uns, wo wir hinfahren müssen.«

»Auf die andere Seite der Erde«, antwortete Jennifer. »Wie lange braucht ihr Schiff, um siebzehntausend Meilen zurückzulegen, Kapitän Nemo?«

»Siebzehntausend Meilen?« Nemo schrie fast. »Sie sind verrückt, Miss Borden! Dieses Schiff wird keine siebzehnhundert Meilen mehr fahren, geschweige denn siebzehntausend! Die Hälfte unserer Maschinen ist schrottreif, und der Rest wird nur durch die Gebete unserer Mechaniker zusammengehalten. Die NAUTILUS muss für mindestens zwei Wochen ins Dock.«

»Dann«, sagte Jennifer ruhig, »wird Robert Craven sterben, Nemo. Und sehr viele andere Menschen mit ihm.«

Howards Geduld war nun endgültig erschöpft. Wütend trat er auf Jennifer zu und streckte den Arm aus, um sie bei den Schultern zu packen und wie ein störrisches Kind zu schütteln, tat es aber dann schließlich doch nicht, sondern beschränkte sich darauf, sie anzufahren: »Zum Teufel, Jennifer, was soll das? Wir sind hier nicht im Kindergarten und spielen Ratespielchen. Wo ist Robert?«

»In der Vergangenheit«, sagte Jennifer noch einmal. »Etwas mehr als zwei Jahre. Auf einer Insel namens Krakatau.« Das Lächeln in ihren Augen wurde beinahe bösartig, als sie sich an Nemo wandte. »Sagt Ihnen dieser Name etwas, Kapitän?«

Nemo antwortete nicht.

Aber Howard konnte sehen, wie er erbleichte.

Weniger als eine halbe Stunde später nahm die NAUTILUS zum zweiten Mal Fahrt auf und lief mit voller Kraft in die offene See hinaus.

Etwas an der Nacht war falsch.

Ich konnte das Gefühl nicht in Worte fassen, aber es war da, überdeutlich und so quälend wie ein Schmerz, der dicht unter der Grenze des Fühlbaren bohrte. Es schien, als wäre mit der Dunkelheit noch etwas aus dem Meer heraufgekrochen, etwas Körperloses und Finsteres und Böses, das sich stets in den Schatten hielt; ein Gefühl, als wären wir von einer Armee unsichtbarer, lauernder Dinge umgeben, die stets verschwanden, kurz bevor man sie sehen konnte.

Ich versuchte den Gedanken zu verscheuchen und machte es damit eher noch schlimmer; und als ich zu Shannon aufsah, dessen Gesicht in der Nacht neben mir zu einer weißen Fläche geworden war, spürte ich auch seine Nervosität. Aber er sagte kein Wort.

So, fügte ich in Gedanken hinzu, wie er seit meinem Erwachen am späten Nachmittag kaum ein Wort mit mir gesprochen hatte. Shannon hatte mich erst geweckt, als die Sonne bereits den Horizont berührt und der Dschungel sich in einen Dom aus blasser werdenden Farben und langen, greifenden Schatten verwandelt hatte.

Wir hatten das Boot aus seinem Versteck geholt und über einen Strand, der von der einsetzenden Ebbe auf das Fünffache seiner vorherigen Breite verlängert worden war, ins Meer hinausgeschoben. Dann waren wir hierher gerudert, um die halbe Breite der Insel herum und die letzten anderthalb Meilen so dicht an der Küste, dass es mir noch jetzt wie ein Wunder vorkam, dass wir nicht an einem der zahllosen Riffe oder der Steilküste selbst zerschmettert worden waren. Jetzt lag die kleine Pinasse hinter einer der beiden Felsnasen, die den Strand vor uns wie natürlich gewachsene Wehrmauern nach beiden Seiten abschirmten, sorgsam vertäut und unter einigen hastig ausgerissenen Büschen und Palmblättern verborgen, die sie zumindest während der dunklen Stunden vor einer Entdeckung vom Meer aus schützen mochten.

Und vor uns lag die Höhle.

Shannon hatte mir davon erzählt. Schon einmal war er auf diesem Wege in Dagons unterirdisches Reich eingedrungen, und genau das Gleiche hatten wir wieder vor, sobald die Mitternacht vorüber und Dagons unheimliche Besucher wieder im Meer verschwunden waren.

Wie von selbst glitt mein Blick auf das Meer hinaus und suchte die winzigen irrlichternden Leuchtpunkte, die weit vor der Küste aus der Nacht aufgetaucht waren. Shannon hatte mir davon erzählt, so detailliert, dass ich sie mir gut hatte vorstellen können. Und trotzdem erschreckte mich der Anblick bis ins Mark. Es waren nicht nur das Licht und die Schatten und die sonderbaren, an und abschwellenden Laute, die ihr Auftauchen begleiteten und die an Lautstärke gewannen, je mehr sich die Lichter und die bizarren Schattengebilde der Küste näherten. Es war ein Schrecken in ihnen, der irgendetwas tief am Grunde meiner Seele anrührte.

Wir warteten. Die Zeit schien träge wie Sirup zu fließen, und mein Herz begann vor Erregung schneller zu hämmern, je näher die unheimliche Flotte kam. Bald erkannte ich, dass es sich um ein gutes Dutzend absurder Gebilde handelte; Dinge, die wie eine reichlich misslungene Kreuzung zwischen skelettierten Riesentieren und irgendetwas Pflanzlichem aussahen und die von grotesken, knöchernen Wesen mit langen Stangen durch das seichte Wasser gestakst wurden. Zwischen ihnen tanzte scheinbar schwerelos eine große Anzahl kopfgroßer, in allen Farben des Regenbogens schillernder Kugeln auf dem Meer, und auch in den Booten selbst gewahrte ich große Mengen davon. Der Anblick erinnerte mich an etwas – und er war eine Erinnerung, die deutlich mit dem Empfinden von Gefahr gepaart war. Aber ich vermochte sie nicht zu fassen.

Shannon berührte mich am Arm und deutete nach rechts, zum Eingang der Höhle, der wie ein aufgerissenes steinernes Maul in der Felswand klaffte. Vor Augenblicken war er noch leer gewesen, aber jetzt stand eine dunkle, nur als schwarzer Schatten gegen einen lavaglühenden Hintergrund zu erkennende Gestalt dort.

»Dagon«, flüsterte Shannon, so leise, dass ich das Wort kaum verstand.

Ich strengte nach Kräften meine Augen an, um die Gestalt vor dem Höhleneingang deutlicher erkennen zu können, sah aber weiterhin nichts als einen Schatten. Aber etwas an diesem Schatten war ... sonderbar. Ich kannte Dagon zu gut, um seine hünenhafte, breitschultrige Gestalt zu verwechseln, nicht einmal bei einer so schlechten Sicht wie jetzt. Und der Schatten dort drüben war ganz entschieden nicht der des Fischgottes.

Sicher, auch er war ein Gigant; ein Riese, selbst noch größer als Shannon. Aber er wirkte irgendwie ... deformiert. Zusammengestaucht und auf furchtbare, nicht zu beschreibende Weise verdreht und verzerrt, als hätte jemand einen Klumpen Lehm genommen und versucht, eine menschliche Gestalt daraus zu formen, ohne auch nur die mindeste Ahnung von menschlichen Proportionen zu haben. Der Anblick ließ mich schaudern.

»Bist du sicher?«, flüsterte ich.

Shannon antwortete nicht, sondern machte eine unwillige Geste mit der Hand, die mir gebot zu schweigen. Gebannt blickten wir auf die See hinaus.

Das Licht und der düstere Gesang waren stärker geworden, und die bizarren Schiffe kamen näher. Obwohl wir kaum einen Steinwurf entfernt waren, konnte ich nicht genau erkennen, was geschah; Schatten wogten hin und her, Dinge bewegten sich auf dem Strand, und ein Chor düsterer, auf bedrückende Weise Angst machender Stimmen mischte sich in das dumpfe Hämmern meines Herzens.

Es musste eine halbe Stunde dauern; vielleicht länger, bis sich die knöcherne Armee wieder in die See zurückgezogen hatte.

Aber es war noch nicht zu Ende.

Ich wollte mich erheben, als das letzte Schiff in Nebel und Nacht verschwunden war, aber Shannon berührte mich rasch an der Hand und schüttelte den Kopf. Dann deutete er, ohne ein Wort zu sagen, zum Höhleneingang hinüber.

Die Gestalt war verschwunden, nachdem sich die Schiffe wieder entfernt hatten, aber das steinerne Maul der Höhle war nicht leer. Zwei kleinere, schmächtige Schatten waren vor dem roten Licht der brennenden Lava erschienen, die ich nach Sekunden als die Männer identifizierte, die ich bei meinem ersten unfreiwilligen Besuch in Dagons unterirdischem Reich getroffen hatte. Sie taten nichts, sondern standen einfach nur da, die Köpfe gehoben und die Blicke auf das Meer gerichtet. Es sah aus, als warteten sie auf irgendetwas. Oder jemanden.

Shannon zerbiss einen Fluch auf den Lippen. »Verdammt noch mal, worauf warten die?«, murmelte er. »Das war *noch* nie da.«

Ich schwieg. Der Gedanke, abermals in Dagons unterirdisches, feuriges Reich eindringen zu sollen, lastete wie ein dumpfer, lähmender Druck auf meiner Seele. Schon einmal war ich dem chthonischen Labyrinth und seinen mörderischen Beherrschern nur mit äußerster Mühe und – wie könnte es anders sein? – nur durch Shannons Eingreifen entkommen. Gut, diesmal mochten die Karten etwas besser verteilt sein: Wir hatten den Vorteil der Überraschung auf unserer Seite, und ich war fast wieder im Vollbesitz meiner magischen Kräfte. Aber – um bei dem Vergleich zu bleiben – wir hatten allerhöchstens ein Paar Siebener gegen Dagons Royal Flush.

Plötzlich berührte mich Shannon abermals an der Schulter und deutete hinaus auf die See.

Die bizarre Flotte der Knochenmänner war verschwunden, aber das Meer war keineswegs leer. Ich spürte einfach, dass sich unter der trügerisch glatten Oberfläche der See etwas Finsteres, ungemein Böses zusammenbraute. Es war wie der Pestgestank schwarzer Magie, der den Geruch der Normalität vergiftete.

Plötzlich begann sich das schwarz glänzende Wasser unweit der Küste zu kräuseln. Der Mond war wieder hinter schwarzen, schweren Wolkenfäusten verschwunden, sodass ich nicht genau auszumachen vermochte, was es war, das da aus dem Wasser kam und sich schnell dem weißen Sand des Strandes näherte, aber ich sah immerhin, dass es groß war, groß und dunkel und ungeheuer schwerfällig. Wie ein

Wal näherte es sich der Küste, begann mit einem schauerlichen Schleifen und Scharren den Sand hinaufzukriechen und verharrte schließlich auf halber Strecke zwischen uns und dem Höhleneingang. Dann begann es sich zu verändern.

Obwohl das Licht immer schwächer wurde und ich ihn jetzt weniger denn je erkennen konnte, sah ich zumindest, wie der kolossale buckelige Umriss in sich zusammenzusacken begann wie ein Ballon, aus dem die Luft entweicht. Ein grausiger, keuchender Laut erklang, und eine halbe Sekunde später schlug eine Woge grässlichen Gestankes über Shannon und mir zusammen und nahm uns den Atem.

Dann riss die Wolkendecke auf, und das silberne Licht des Mondes offenbarte uns einen Anblick, wie er fürchterlicher kaum sein konnte:

Das *Ding*, das aus dem Meer hervorgekrochen war, hatte tatsächlich keinen festen Umriss, sondern ähnelte einem riesenhaften, schwarz glänzenden Sack aus feuchtem Leder, doppelt so groß wie ein Blauwal und zuckend und bebend wie ein aus dem Rhythmus gekommenes, hektisch schlagendes Herz. Sein Körper war von einer Unzahl kopfgroßer Auswüchse übersät, die eine ölig glänzende Flüssigkeit absonderten. Und plötzlich begann es sich zu teilen. Ein furchtbarer, reißender Laut erklang, als sich das gigantische Scheusal in zwei Teile spaltete. Gleichzeitig platzten einige der Auswüchse auf und gebaren lange, peitschende Krakenarme. Das ganze grässliche Geschöpf klaffte wie eine düstere Blüte auseinander. Ein Schwall schwarzer Flüssigkeit sprudelte hervor und der Gestank wurde so übermächtig, dass ich nur noch mit Mühe einen Brechreiz unterdrücken konnte.

»O mein Gott!«, stöhnte Shannon plötzlich. »Schau dir das an!«

Ich hörte seine Worte kaum. Das fürchterliche Geschehen, das sich wenige hundert Meter vor uns auf dem Strand abspielte, lähmte mich vollkommen.

Die zuckenden Tentakel des Monstrums begannen sich wie Beine einer sterbenden Spinne nach innen zu biegen, griffen direkt in seinen Leib hinein und nahmen etwas heraus, etwas, das ich nach wenigen Augenblicken als menschliche Körper identifizierte!

»Sie … sie leben!«, entfuhr es Shannon. »Mein Gott, Robert, sie leben noch!«

Vielleicht war das das Schlimmste. Ich hatte es im gleichen Moment erkannt wie Shannon, aber mein Verstand weigerte sich einfach, es zu glauben. Die Männer und Frauen, die sich im Griff der fürchterlichen Krakenarme wanden, lebten!

Meine Hände begannen zu zittern. Ein leiser, stöhnender Laut kam über meine Lippen, ohne dass ich etwas dagegen tun konnte. Meine Fähigkeit, Schrecken zu ertragen, war erschöpft. Ich spürte, dass ich gleich etwas furchtbar Dummes tun würde, aber ich war hilflos dagegen.

Shannons Hand berührte mich so heftig im Nacken, dass ich vor Schmerz zusammenzuckte. Sein Blick war hart wie Stahl, als er mich ansah.

»Tu jetzt nichts Unüberlegtes, Robert«, sagte er. »Wir können ihnen nicht helfen.«

»Aber sie ... sie leben!«, keuchte ich. »Wir müssen sie retten, Shannon!«

Er schüttelte den Kopf. »Das geht nicht, Robert«, sagte er, und mit einem Male war ein neuer, warnender Ton in seiner Stimme.

Ich begriff eine Sekunde zu spät, was er tat. Mein Versuch, mein Bewusstsein abzuschotten, kam zu spät.

»Wir sind nicht hier, um diese Menschen zu retten, sondern um Dagon zu vernichten«, sagte er. »Das ist unser Ziel: Dagon unschädlich zu machen und das SIEGEL in unsere Hände zu bekommen.«

Das leuchtete mir ein. Wie hatte ich nur so dumm sein können, mich von ein paar lächerlichen Gefühlen um ein Haar zu einer Unbedachtsamkeit hinreißen zu lassen? Ich nickte, ließ mich wieder zurücksinken und sah zu, was weiter geschah.

Aus dem Höhleneingang waren Männer gekommen, sehr viele Männer, die die halb betäubten Menschen, die das Ungeheuer am Strand ablud, in die Höhle zu treiben begannen, ungeachtet der Tatsache, dass viele von ihnen verletzt waren und sich kaum auf den Beinen halten konnten. Der Anblick berührte mich nicht mehr. Shannon hatte wohl Recht, es ging hier um viel mehr, als dass ich mich um das Schicksal von wenigen Menschen kümmern konnte. Vielleicht stand das Schicksal der ganzen menschlichen Rasse auf dem Spiel.

Das furchtbare Geschehen dauerte fast eine halbe Stunde, dann schloss sich der riesige fette Balg wieder. Die Tentakel krochen in den Leib des Scheusals zurück, und plötzlich begann es sich aufzuplustern wie ein gigantischer lebender Blasebalg. Zuckend, mit spasmischen, nur scheinbar ziellosen Bewegungen, begann es ins Meer zurück zu kriechen, nein, zu fließen, wobei es eine breite, glitzernde Spur aus Schleim auf dem Strand zurückließ.

Auch der Zug der Verlorenen vor uns war beinahe beendet. Ich schätzte, dass es an die siebzig Männer und Frauen gewesen sein mussten, die im Leib des Vulkanes verschwunden waren. Jetzt waren es nur noch wenige: drei, vielleicht vier, die von einer kleinen Gruppe von Dagons Kreaturen auf den Höhleneingang zugetrieben wurden.

Plötzlich strauchelte eine der gebückt gehenden Gestalten, stürzte in den Sand und wälzte sich auf den Rücken. Sein Bewacher stieß ein wütendes Knurren aus und schwang seine Peitsche.

Er kam nicht dazu, zuzuschlagen.

Mit einem Male wirbelte einer der anderen Gefangenen herum, entriss ihm die Peitsche und schlug ihm den hölzernen Stiel ins Gesicht. Der Bursche brüllte, schlug beide Hände vor den Mund und fiel auf den Rücken.

Eine Sekunde später fielen die drei übrigen Wächter gemeinsam über den widerspenstigen Gefangenen her. Der Kampf währte nur Sekunden. Der Bursche wehrte sich tapfer, aber gegen die Wächter hatte er keine Chance. Er stürzte, krümmte sich im Sand und versuchte, das Gesicht mit den Armen zu decken. Für eine Sekunde geriet sein Gesicht ins helle Mondlicht, und ich erkannte ihn trotz der großen Entfernung.

Es war Yo Mai.

Der Anblick ließ irgendetwas in mir zerbrechen. Es war ein Gefühl, als würde eine Stahlfeder irgendwo in mir bis zum Zerreißen gespannt – und mit einem Ruck losgelassen.

Ich keuchte, fiel zur Seite und kämpfte eine Sekunde lang gegen den immer schlimmer werdenden Schwindel, der plötzlich hinter meiner Stirn wühlte. Shannon beugte sich über mich und versuchte mich hochzuheben.

Ich schlug seine Hand beiseite, ballte die Faust und holte aus, schlug aber nicht zu. Aber mein Blick sprühte vor Zorn.

»Rühr mich nicht an!«, keuchte ich. »Rühr mich nie wieder an, Shannon!«

Einen Moment lang wurde Shannons Blick hart, und ich wappnete mich instinktiv gegen einen neuerlichen hypnotischen Angriff. Aber er kam nicht. Stattdessen senkte Shannon beinahe betreten den Blick und seufzte hörbar.

»Es tut mir leid, Robert«, sagte er leise. »Aber ich musste es tun. Du ... du hättest alles verdorben.«

Ich starrte ihn an, für Sekunden derart gelähmt vor Entsetzen und

Unglauben, dass ich nicht einmal einen klaren Gedanken fassen konnte, geschweige denn antworten.

»Tu das nie wieder, Shannon«, sagte ich. »Niemals.«

Shannon sah auf. In seinem Blick stand ein vager Ausdruck von Trauer. Aber auch von Trotz und Zorn. »Ich musste es tun«, verteidigte er sich. »Was hättest du denn gemacht? Wolltest du allein gegen fünfzig von Dagons Kreaturen kämpfen? Du hättest uns umgebracht, du Narr!«

Er hatte Recht, aber das war es nicht, warum ich am liebsten geschrien hätte. Und Shannon wusste das.

»Du hast mich hypnotisiert«, sagte ich zornig. »Du hast mich dazu gebracht, über Menschen wie über Spielfiguren zu denken, Shannon.« Ich deutete zornig auf die Höhle, in der die Majundes verschwunden waren. »Du hast mich gezwungen, sie wie Dinge zu betrachten, Shannon, und das verzeihe ich dir nie. Tu es nie wieder, hörst du? Nie! Wenn du es noch einmal tust, dann töte ich dich.«

Shannon blickte mich an, schüttelte ein paarmal den Kopf und seufzte, war aber klug genug, nicht direkt auf meine Worte zu reagieren. Er musste wohl spüren, dass mich die Erregung Dinge sagen ließ, die ich vielleicht unter anderen Umständen nicht gesagt hätte.

Aber nicht einmal dessen war ich mir vollkommen sicher ...

Ich stand vollends auf, blickte mich rasch nach beiden Seiten um und begann, noch immer im Schutze der Felsen, auf die Höhle zuzuhuschen. Ich sah nicht einmal zurück, um mich davon zu überzeugen, ob Shannon mir folgte oder nicht. Selbst das war mir im Moment egal.

Als ich die Felswand erreichte, waren bis auf Yo Mai und zwei von Dagons Hungerleiderkreaturen alle verschwunden. Einer der beiden blutete aus dem Mund; es musste der sein, den Yo Mai niedergeschlagen hatte. Und so, wie es aussah, schien er sich entschlossen zu haben, dem Majunde den Hieb mit größerer Münze heimzuzahlen, denn er hatte die Peitsche gegen einen kopfgroßen Stein getauscht, den er mit beiden Händen schwang, während sein Kamerad wie eine übergroße Spinne auf Yo Mais Brust hockte und seine Arme mit den Knien in den Sand nagelte.

Ich erreichte sie, eine Sekunde, ehe der Kerl den Stein niedersausen lassen konnte.

Der Zorn gab mir übermenschliche Kräfte. Mit einem Satz war ich bei dem Burschen, trat ihm in die Kniekehlen und schmetterte ihm gleichzeitig die Faust in den Rücken. Der Kerl brüllte, ließ seinen Stein fallen und kippte in einer fast grotesken Bewegung nach hinten. Ich steppte an ihm vorbei, schmetterte ihm den Ellbogen gegen die Stirn und versetzte dem anderen noch aus der gleichen Bewegung heraus einen Tritt, der ihn von Yo Mais Brust herunter und der Länge nach in den Sand fliegen ließ.

Als er sich hochstemmen wollte, war ich über ihm, packte ihn im Nacken und versetzte ihm mit der anderen Hand einen Hieb gegen die Schläfe, der ihm für den Rest der Nacht einen besonders tiefen Schlaf bescheren würde. Dann richtete ich mich auf, überzeugte mich mit einem raschen Blick davon, dass auch der andere im Augenblick keine Gefahr mehr darstellte, und kniete neben Yo Mai nieder.

Der ganze Kampf war so schnell vorüber gewesen, dass der junge Majunde-Krieger nicht einmal richtig mitbekommen hatte, was überhaupt geschah. Vielleicht hätte er es aber auch sonst nicht gemerkt, denn der Blick seiner Augen war verschleiert; ich war mir nicht einmal sicher, ob er mich erkannte, obwohl er mich ansah.

Sein Gesicht bot einen fürchterlichen Anblick. Die Männer mussten ihre ganze Wut an ihm ausgelassen haben. Er blutete aus zahllosen Wunden, und sein rechter Arm schien gebrochen zu sein.

Behutsam beugte ich mich über ihn, legte seinen Kopf in eine bequemere Lage und berührte ihn mit der Hand zwischen den Augen. Ich spürte ...

Schmerz. Einen grausamen, nicht lokalisierbaren Schmerz, der irgendwo tief in seinem Inneren wühlte. Und Angst. Dann etwas Großes, Finsternis, das sich wie eine rauchige Faust am Grunde seiner Seele zusammenballte und mit unsichtbaren eisigen Fingern nach seinen Gedanken zu greifen begann ...

Hinter mir waren Schritte, und als ich aufsah, begegnete ich Shannons Blick. Er hatte sein Schwert gezogen und stand breitbeinig hinter mir, bereit, mir den Rücken zu decken, falls weitere von Dagons Kreaturen aus der Höhle kommen sollten.

»Er stirbt«, sagte ich leise.

Von Shannons Gesicht war keine Regung abzulesen, und so wandte ich mich wieder dem jungem Majunde zu und tat das Einzige, was ich noch für ihn tun konnte: Ich berührte ihn abermals an der Stirn, nahm Kontakt mit seinem Bewusstsein auf und linderte den Schmerz, so gut ich konnte.

Yo Mais Blick klärte sich. Drei, vier endlose, schreckliche Sekunden lang starrte er mich an, dann verzog sich sein zerschlagenes Gesicht zu einem Lächeln.

»Du bist ... gekommen, weißer Mann«, stöhnte er. »Was ... was hast du getan?«

»Nicht genug«, antwortete ich leise. »Aber du brauchst keine Angst mehr zu haben. Die Schmerzen werden nicht wiederkommen.«

Yo Mai versuchte zu nicken. »Ich ... weiß«, sagte er stockend. »Ich habe ... keine Angst. Der Tod tut niemandem ... weh.«

»Unsinn«, widersprach ich.

»O doch, Robert Craven«, antwortete er. »Ich sterbe. Aber das ... das macht nichts.« Er brach ab, verzog das Gesicht zu einer Grimasse der Pein und rang hörbar nach Atem. Ich verstärkte meinen geistigen Griff, aber ich spürte, wie das Finstere, Körperlose hinter seinen Gedanken stärker wurde.

»Du hattest Recht, weißer Mann«, fuhr Yo Mai fort. »Die ... fremden Götter sind stärker als die unseren.« Er hustete, wand sich abermals wie unter Schmerzen und wollte weiter sprechen, schien aber plötzlich nicht mehr die Kraft dazu zu haben.

»Shannon!«, sagte ich. »Bitte!«

Shannon zögerte einen Moment, dann gab er sich einen sichtbaren Ruck, kniete neben mir nieder, legte das Schwert aus der Hand und berührte Yo Mai an der Schläfe. Ich wusste nicht, was er tat, aber was immer es war, es musste ungleich stärker sein als das bisschen Hilfe, das ich Yo Mai hatte zuteil werden lassen, denn sein Blick klärte sich wieder, und als er weitersprach, klang seine Stimme hörbar kräftiger.

»Was ist geschehen, Yo Mai?«, fragte Shannon leise.

Der Majunde sah mich an, als er antwortete: »Die fremden Götter«, sagte er. »Sie sind gekommen, Robert Craven. Mein ... mein Volk suchte Zuflucht in den Heiligen Höhlen, aber sie waren schon da.«

»Wer – *sie?«,* drängte Shannon. Ich warf ihm einen beschwörenden Blick zu, sah aber ein, dass Shannon Recht hatte. Wir mussten wissen, was geschehen war, wollten wir nicht Gefahr laufen, von den gleichen Wesen überwältigt zu werden wie Yo Mais Stamm.

»Die Dämonen«, stöhnte Yo Mai. »Sie.,. sie kamen mit der Nacht. Unser Gott hat gezürnt, aber sie waren stärker.«

»Wer?«, drängte Shannon.

Yo Mai begann zu stöhnen. Ich sah, wie sich sein Blick wieder verschleierte, und diesmal war es etwas, das selbst stärker als Shannons Macht war.

»Lass ihn«, sagte ich leise. »Er stirbt.«

»Die Dämonen«, wimmerte Yo Mai. »Sie kommen aus dem Meer, weißer Mann. Sie haben das Volk Krakataus geholt, und sie werden euer Volk holen.«

»Was willst du damit sagen?«, fauchte Shannon.

Noch einmal klärte sich Yo Mais Blick, aber ich spürte, dass es diesmal das unwiderruflich letzte Aufbegehren war. Seine Hand krallte sich so tief in meinen Arm, dass ich vor Schmerz die Zähne zusammenbiss.

»Das Meer«, flüsterte er. »Der Tod kommt aus dem Meer, weißer Mann. Er hat unseren Gott besiegt, und er wird auch den euren besiegen. Er wird kommen, sobald sich die Nacht hebt. Ihr werdet sterben. Ihr alle werdet sterben, so wie mein Volk ge-«

Er sprach nicht weiter. Seine Augen brachen, und plötzlich erschlaffte sein Griff. Er war tot.

Sekundenlang blieb ich reglos sitzen, dann beugte ich mich vor, schloss behutsam seine Augen und sah zu Shannon auf. »Du weißt, was er gemeint hat«, sagte ich.

Shannon schüttelte den Kopf, aber ich spürte, dass er log. Ich hätte es auch ohne meine magische Fähigkeit, Lüge von Wahrheit zu unterscheiden, gespürt.

»Die Stadt«, sagte ich. »Sie werden die Stadt überfallen.« Shannon starrte mich an, schwieg einen Moment und sagte: »Das ist nur eine Vermutung.«

»Vermutung?« Ich traute meinen Ohren kaum. »Was soll das, Shannon? Du hast dieses Ungeheuer gesehen! Du hast Tergards Garnison gesehen! Hast du schon vergessen, was dort geschehen ist? Das war die gleiche Bestie! Sie ist an Land gekrochen, um Tergards Männer zu holen, sie ist gekommen, um die Majundes zu überfallen, und sie wird wiederkommen, um die Stadt anzugreifen!«

»Das ist nur eine Vermutung«, widersprach Shannon erneut. »Die Worte eines Sterbenden, der vielleicht nicht mehr klar bei Verstand war, durch nichts bestätigt! Was denkst du, sollen wir jetzt tun?« Zornig deutete er aufs Meer. »Vielleicht dem Vieh nachschwimmen und es ersäufen?«

»Nein«, antwortete ich wütend. »Die Stadt warnen.«

»Warnen?« Shannon ächzte. »Bist du verrückt? Harmfeld wartet doch nur darauf, dass wir uns zeigen. Und wir haben keine Zeit. Dagon wird nicht warten, bis wir wiederkommen. Wenn er das Siegel erbricht und damit die *Thul Saduun* in die Gegenwart holt, ist mehr verloren als eine Stadt, Robert!«

Es waren diese Worte, die die Entscheidung brachten. Worte, aus denen die gleiche Kälte und Gefühllosigkeit sprach, zu der er mich gezwungen hatte.

Ich stand auf.

»Ich gehe zurück«, sagte ich. »Harmfeld und sein Schiff sind mir herzlich egal. Der Irrtum wird sich irgendwie aufklären.«

»Sie werden dich am höchsten Mast der *Zuidermaar* aufhängen!«, ächzte Shannon. »Robert, ich flehe dich an – das hier ist vielleicht unsere letzte Chance, Dagon aufzuhalten! Verspiele sie nicht.«

»Ich gehe«, beharrte ich. »Wenn du glaubst, dass es so schlimm ist, dann geh allein zu Dagon. Wahrscheinlich wäre ich dir sowieso nur eine Last.«

Shannon ballte zornig die Faust, aber ich schnitt ihm mit einer entschlossenen Bewegung das Wort ab und sagte noch einmal: »Ich gehe, Shannon, ob es dir passt oder nicht.«

Shannon schürzte wütend die Lippen. »Meinetwegen«, fauchte er. »Aber wenn du denkst, ich würde wieder im letzten Moment auftauchen, um dich herauszupauken, dann täuschst du dich.« Er stand auf, riss mit einer zornigen Bewegung das Schwert hoch und rammte es in die Scheide zurück. Plötzlich verschwand der wütende Ausdruck von seinen Zügen, aber ich spürte, dass selbst das nicht echt, sondern pure Berechnung war, vielleicht wie alles, was ich erlebt hatte, seit wir uns wiederbegegnet waren.

»Wir waren einmal Freunde, Robert«, sagte er sanft. »Ich flehe dich im Namen unserer Freundschaft an, tu es nicht!«

»Freunde?« Ich schüttelte den Kopf. »O nein, Shannon. Dem Mann, dessen Freund ich gerne gewesen wäre, bin ich das letzte Mal auf der DAGON begegnet. Ich weiß nicht, was mit ihm geschehen ist, aber du bist es jedenfalls nicht. Nicht mehr.« Ich deutete mit einer Kopfbewegung zurück in die Richtung, in der die Stadt lag. »Kann ich das Boot nehmen?«

»Meinetwegen«, sagte Shannon zornig. Dann drehte er sich um und verschwand mit schnellen Schritten in der Höhle.

Er wünschte mir nicht einmal Glück.

Wieder herrschte die Nacht vor den großen Fenstern, die wie zwei gläserne, runde Augen im Turm der NAUTILUS prangten, aber es war eine Nacht jenseits der Dunkelheit, ein Schwarz tiefer als Schwarz, ein Schweigen jenseits der Stille, eine Einsamkeit weit tiefer als alle Leere, die das gewaltige stählerne Schiff einhüllte. Das Pochen der Maschinen war verstummt, und selbst das Rauschen des am Rumpf des Schiffes vorübergleitenden Wassers war einem anderen, unbeschreiblichen Laut gewichen: ein Gleiten und Fließen, als striche die Ewigkeit selbst mit samtenen Fingern über den blauschwarzen Stahl der NAUTILUS.

»Wie lange noch?«

Nemos Stimme klang fremd; verzerrt und störend und misstönend nach der schier endlosen Stille, die in der kleinen runden Turmkammer geherrscht hatte. Blauschwarze Schemen aus zusammengeballtem Nichts wogten vor den runden Bullaugen aus zollstarkem Panzerglas. Die NAUTILUS schien sich zu schütteln wie ein verwundetes Tier, obgleich sie sich nicht im Mindesten bewegte.

Nemo schauderte. Das Meer, durch das die NAUTILUS seit einer unbestimmten Zeitspanne glitt, gehörte zu einer Welt, in der sie nicht sein sollten. Alles hier machte ihm Angst. Er konnte seinen Augen und Ohren nicht mehr trauen. Die Welt war aus den Fugen geraten, seit Howard begonnen hatte ...

Ja, was tat er eigentlich?

Nemo war während der ganzen Zeit keine Sekunde von seiner Seite gewichen, aber es war ihm nicht gelungen, auch nur in Ansätzen nachzuempfinden, was der schwarzhaarige Mann mit dem Asketengesicht neben ihm tat. Äußerlich stand er reglos, beinahe wie erstarrt vor einem der Bullaugen, so still, dass man schon mehr als genau hinsehen musste, um überhaupt zu erkennen, dass er noch atmete. Und trotzdem hatte er damit begonnen, die Wirklichkeit zu verändern.

Dann geschah etwas. Nemo konnte nicht sagen, was, aber das unsichtbare Wogen dort draußen war plötzlich anders, schneller und hektischer und irgendwie gerafft; und mit einem Male waren wirklich Schatten in den wogenden Schemen. Ein spürbarer, knirschender Ruck ging durch das Schiff, und dann waren auch die Geräusche der Wirklichkeit wieder da; das Pochen der Maschinen, das Rauschen und Klatschen des vorüberrasenden Wassers, die leisen, einzeln nicht wahrnehmbaren Laute, die den Atem des Schiffes bildeten, dies alles schlug wie eine Flutwelle über Nemo zusammen; so warnungslos, dass er im ersten Moment erschrocken zusammenfuhr.

Als er aufblickte, sah er gerade noch, wie Howard zusammenbrach.

Mit einem Schrei war er bei ihm, aber Rowlf war schneller. Geschickt fing er Howard auf, ließ ihn behutsam zu Boden gleiten und zog seine Jacke aus, um sie zusammenzuknüllen und wie ein Kissen unter Howards Kopf zu legen.

»Was ist passiert?«, fragte Nemo erschrocken.

»Nix«, antwortete Rowlf. »Das wird wieda!«

Nemo blickte verwirrt zwischen den Bullaugen und Howards Gesicht hin und her. Vor den gläsernen Augen der NAUTILUS war wieder das Meer, und in der Ferne zeichnete sich ein verschwommener schwarzer Schatten ab, das einzige Anzeichen des Schwarmes aus Millionen und Abermillionen Kraken und Tintenfischen, die dem Schiff noch immer folgten.

Aber aus Howards Gesicht schien alles Leben gewichen zu sein. Er atmete, aber so flach, dass es kaum zu bemerken war, und sein Antlitz war bleich wie Kalk.

»Was ist mit ihm?«, fragte Nemo noch einmal. Er glaubte nicht, dass es Zufall war, dass Lovecraft im gleichen Moment zusammengebrochen war, in dem die NAUTILUS wieder in die Wirklichkeit zurückfiel. »Soll ... soll ich Obote holen?«, fragte er stockend.

Rowlf blickte kurz auf, schüttelte den Kopf und beugte sich wieder über Howard. »Nee«, sagte er. »Der kannem sowieso nich helfn. Es wird schon wieda.« Er stand auf, lud sich Howard wie ein Kind auf die Arme und deutete mit einer Kopfbewegung zum Ausgang. »Er braucht bloßn bisschen Ruhe.«

Nemo wollte abermals eine Frage stellen, aber in diesem Moment drängte sich ein schriller Pfiff in seine Gedanken. Verärgert drehte er sich herum, nahm den Hörer der Bordsprechanlage zur Hand und hielt ihn gegen das Ohr. »Ja?«, fauchte er.

»Schiff ahoi, mon capitaine«, erscholl die Stimme des wachhabenden Offizieres aus dem Instrument. »Vier Meilen backbord voraus.«

»Zum Teufel, dann gehen Sie tiefer!«, antwortete Nemo verärgert. »Ich habe jetzt keine Zeit.«

Er konnte beinahe hören, wie der Mann am anderen Ende der Leitung nervös zusammenfuhr. »Es ... es tut mir leid, mon capitaine«, fuhr der Offizier nach einer kleinen, aber bedeutungsschweren Pause fort. »Aber Sie sollten hier herunterkommen. Da ... da ist noch etwas.«

Nemo fragte nicht mehr, sondern hängte das Gerät ein, drehte sich auf dem Absatz herum und stürmte hinunter in den Salon der NAUTILUS.

Das Schiff lag wie ein schlafender Wal vor der Küste; selbst aus der Nähe nicht mehr als ein Schatten im Mondlicht, der gigantisch vor mir emporwuchs. Die Laute der Nacht vermischten sich mit dem leisen Klatschen, mit dem die Wellen gegen seinen hölzernen Rumpf brandeten, dem Knarren und Ächzen des riesigen hölzernen Rumpfes und dem Singen des Tauwerkes; und wenn ich genau hinhörte, konnte ich sogar die Schritte der Deckswache vernehmen, die ihre monotonen Runden zog.

Ich näherte mich dem Schiff von der Seeseite her. Ich hatte kaum damit gerechnet, wirklich unentdeckt so weit zu kommen, aber das Schicksal schien es ausnahmsweise einmal gut mit mir zu meinen. Die Sicht war so schlecht, dass der Mann auf dem Deck der *Zuidermaar* die kleine Pinasse höchstwahrscheinlich nicht einmal bemerkt hätte, wenn er nach mir gesucht hätte; und außerdem rechnete auf dem Schiff wohl kaum jemand damit, dass ich freiwillig zurückkäme. Noch dazu aus dem offenen Meer.

Erschöpft ließ ich die Ruder sinken und überließ es der Strömung, mich die letzten hundert Yards auf das Schiff zuzutreiben. Mein Blick glitt über die schwarz daliegende See, wanderte weiter und tastete über die dunkle Küstenlinie Krakataus. Die Stadt lag vollkommen dunkel da; nicht das mindeste Licht brannte. Einen Moment lang musste ich mich gegen die bedrückende Vorstellung wehren, zu spät zu kommen und wieder nichts als verlassene Gebäude und die Spuren eines fürchterlichen, ungleichen Kampfes zu sehen ...

Ich verjagte die düsteren Bilder, drehte mich herum und blickte wieder auf das Meer hinaus; und zum wiederholten Male spürte ich dieses dumpfe, bedrückende Gefühl, ein Empfinden, als würde ich von unsichtbaren bösen Augen angestarrt und taxiert. Das Meer war glatt und wirkte blind, wie ein gewellter, erstarrter Spiegel, der selbst das schwache Licht, das die Wolken durchdrang, noch zum größten Teil absorbierte und dafür etwas Fremdes und namenlos Böses freigab. Aber war es wirklich nur Einbildung?

Behutsam, vorsichtig wie ein Mann, der die Hand nach einem Eisen ausstreckt und fürchtet, es glühend heiß vorzufinden, öffnete ich mein Bewusstsein und tastete hinaus in die lichtlose Weite des Meeres.

Und spürte ...

Gier.

Eine unbeschreibliche, animalische Gier, gepaart mit fleischlichem Hunger.

Und Wut.

Wut auf alles Lebende, auf die Wesen, die ihnen die Welt gestohlen hatten, die von Rechts wegen ihnen gehörte, ein Hass, der irgendetwas in mir berührte und sich wie ein brennender Schmerz in meinen Leib fraß ...

Erschrocken zog ich mich zurück, schirmte mein Bewusstsein mit aller Macht gegen die destruktiven Impulse ab und schloss die Augen. Meine Hände zitterten. Der Kontakt hatte kaum eine Sekunde gedauert, aber schon diese kurze Zeitspanne hatte gereicht, mich an den Rand des Wahnsinns zu treiben.

Es dauerte Sekunden, bis ich begriff, was es gewesen war. Was ich gespürt hatte, war nichts anderes als das Bewusstsein des schrecklichen schwarzen *Dinges* gewesen, das Shannon und ich beobachtet hatten. Es war kein Denken im eigentlichen Sinne des Wortes gewesen, sondern ein Bewusstsein auf einer viel tieferen Stufe selbst noch als der des Tierischen, ein *Ding*, das nur aus Instinkten und dumpfen Reflexen zu bestehen schien, so düster und fremd, dass ein intensiver Kontakt reichen musste, mein Bewusstsein zu zerbrechen.

Ein dumpfer Schlag brachte mich in die Wirklichkeit zurück. Ich fuhr auf, griff instinktiv nach meinem Degen und atmete erleichtert auf, als ich sah, dass es nur die *Zuidermaar* war, gegen die mein Schiffchen gestoßen war, kein schwarzes Scheusal, das plötzlich aus dem Meer auftauchte.

Aber die Bestie war nahe, sehr nahe. Ich konnte sie spüren. Und ich spürte, dass sie näher kam ...

Hastig griff ich wieder nach den Rudern, stakste mich an der Bordwand entlang und starrte nach oben.

Ich musste nicht lange warten. Der dumpfe Schlag, mit dem die Pinasse gegen den Rumpf das Kriegsschiffes geprallt war, war gehört worden, und schon nach wenigen Augenblicken erschien der Schatten der Bordwache über der Reling. Ich stand auf, ließ das Ruder achtlos ins Wasser klatschen und begann wild mit den Händen zu gestikulieren.

Meine Kenntnisse des Holländischen beschränkten sich auf die beiden Worte *Mijnheer* und *bedank,* sodass ich nur hoffen konnte, dass der Mann über mir die Bedeutung meiner Gesten erkannte.

Der Mann rief etwas, das ich nicht verstand, wartete wenige Sekunden und verschwand von der Reling. Ich konnte seine Schritte auf dem Deck des Schiffes poltern hören.

Aber ich hörte auch noch etwas ...

In das monotone Klatschen der Wellen hatte sich ein anderes Geräusch gemischt, ein Laut, als glitte tief unter der Wasseroberfläche ein gewaltiger, missgestalteter Körper heran.

Erschrocken fuhr ich herum. Die abrupte Bewegung ließ mein kleines Boot schwanken, sodass ich das Gleichgewicht verlor und mich mit einer Hand am Rumpf der *Zuidermaar* festhalten musste, um nicht zu stürzen.

Als ich mich wieder aufrichtete, sah ich die Wellen.

Es war ein bizarrer, fürchterlicher Anblick. Vielleicht eine Viertelmeile jenseits der *Zuidermaar* begann sich die Wasseroberfläche zu kräuseln, als stiege irgendetwas Gigantisches aus den Tiefen des Meeres empor. Eine pfeilförmige, schäumende Bugwelle erschien auf der See, bewegte sich einen Moment lang scheinbar ziellos nach beiden Seiten und richtete sich dann mit tödlicher Präzision auf mein kleines Schiff!

Plötzlich waren über mir wieder Stimmen. Ich sah auf, gewahrte gleich ein halbes Dutzend Schatten, die sich über die Reling und zu mir herabbeugten, und hörte ein Gewirr durcheinander rufender Stimmen.

»Um Gottes willen, beeilt euch!«, schrie ich. Ich hatte keine Ahnung, ob meine Worte verstanden worden waren oder ob es Zufall war, aber in der nächsten Sekunde fiel ein Schatten über die Reling, wickelte sich auf und wurde zu einer Strickleiter, die keine zwei Yards vor meinem Boot gegen den Schiffsrumpf prallte.

Ich warf einen hastigen Blick auf die See hinaus. Die schäumende Bugwelle war näher gekommen, und sie hatte noch an Geschwindigkeit gewonnen! Allerhöchstens noch hundert Yards trennten sie von der *Zuidermaar* – und mir. Für einen winzigen Moment bildete ich mir ein, einen absurd aufgedunsenen Schatten darunter wahrzunehmen, den Umriss eines gigantischen, verzerrten Balges, der sich pumpend und zitternd auf mich zu bewegte, schwarze Tentakelarme wie zuckende Nervenfäden nach mir ausstreckend ...

Über mir wurden die Stimmen aufgeregter, als auch die Männer an

Deck des Schiffes das gigantische Etwas entdeckten, das wie ein lebender Torpedo auf die *Zuidermaar* zuschoss, und plötzlich hörte ich ein fürchterliches Rauschen und Klatschen, keine zehn Yards hinter mir!

Mit aller Kraft zog ich mich an der Strickleiter empor.

Plötzlich erscholl ein fürchterliches Splittern und Bersten, und eine halbe Sekunde später war das Boot unter meinen Füßen verschwunden und das Meer voller Schaum und Schwärze und zerborstener Trümmer. Ein ungeheurer Schlag ging durch das Schiff. Die *Zuidermaar* ächzte, legte sich in einer nur scheinbar trägen Bewegung auf die Seite und krängte für einen Moment gefährlich über. Ich schrie auf, klammerte mich mit aller Gewalt an der Strickleiter fest und keuchte vor Anstrengung, als das Schiff in einer umgekehrten Bewegung zur anderen Seite kippte und seine Wand wie eine hölzerne Faust nach mir schlug. Irgendwie gelang es mir, die Strickleiter weiter zu umklammern, und irgendwie brachte ich auch das Kunststück fertig, nicht in die Tiefe geschleudert zu werden, sondern mit zusammengebissenen Zähnen weiterzuklettern.

Verzweifelt blickte ich in die Tiefe. Von meinem Boot war keine Spur mehr zu sehen. Das Meer unter mir war verschwunden, und stattdessen brodelte eine gewaltige, schwarz glänzende Masse dort, ein schreckliches Etwas, aus dem peitschende Krakenarme nach oben griffen und scharrend am Rumpf des Schiffes entlangfuhren.

Dann ertastete einer der Arme die Strickleiter, wickelte sich darum und zog sie mit einem fürchterlichen Ruck bis zur Zerreißprobe straff. Der Ruck schleuderte mich um ein Haar in die Tiefe.

Und dann sah ich, wie ein zweiter, armdicker Tentakel aus der schwarzen Masse herauswuchs und zitternd wie ein blinder Wurm zu mir emporkroch!

Mit verzweifelter Anstrengung kletterte ich weiter. Der Tentakel folgte mir. Seine ungeheure Größe verlieh seinen Bewegungen etwas trügerisch Langsames, aber er kam in Wahrheit rasend schnell näher. Wie von Sinnen kletterte ich weiter, sah eine Hand nach der meinen greifen und klammerte mich blind vor Furcht daran. Eine zweite Hand erschien, dann eine dritte, vierte, und plötzlich wurde ich nach oben und über die Reling des Schiffes gerissen.

Beinahe jedenfalls.

Mit einem Ruck, der mir schier das Bein aus dem Leib zu reißen schien, wickelte sich der Tentakel um meinen linken Fuß und riss mich zurück. Ich keuchte vor Schrecken und Schmerz, prallte mit dem Kinn gegen die Reling und verlor um ein Haar das Bewusstsein. Mehr Hände griffen nach mir, und plötzlich war ich von Körpern umringt, die sich mit aller Macht gegen den Zug des Schlangenarmes stemmten und mich an Bord des Schiffes zu zerren versuchten. Ich rechnete schon damit, glattweg in zwei Teile gerissen zu werden, da kam endlich einer der Matrosen auf die richtige Idee, zog ein gewaltiges Messer aus dem Gürtel und hackte den Tentakel mit einem einzigen Hieb ab. Die Männer, die die Bewegung ein wenig zu spät registrierten, zerrten weiter an mir, mit dem Ergebnis, dass wir alle gemeinsam auf die Planken stürzten.

Als ich aufsah, hatte sich das Deck rings um mich herum in ein Chaos verwandelt. Ich lag auf dem Boden, sodass mir der Schiffsrumpf den Blick auf das Meer verwehrte und ich nicht sehen konnte, was dort unten geschah, aber aus der Tiefe griffen zahllose schwarze Tentakel nach oben, ein ganzer Wald peitschender, schwarz glitzernder Schlangen, der über der Reling emporwuchs und nach den verschreckten Matrosen griff. Schreie gellten auf, dann peitschte ein Schuss, und plötzlich war einer der Männer verschwunden und hing mit zappelnden Armen und Beinen zwei Yards über der Reling in der Luft, umklammert von einer schwarzen Ranke, die ihn in die Tiefe zerrte.

Ich dachte nicht mehr an die Gefahr, in der ich vor Sekundenbruchteilen noch geschwebt hatte, sondern sprang auf, riss den Stockdegen aus seiner Hülle und trieb den geschliffenen Stahl bis zum Knauf in das schwarze Fleisch.

Das Ergebnis war so dramatisch, wie ich gehofft hatte.

Der Tentakel zuckte, schnellte wie unter einem Krampf herum und schleuderte den Matrosen zurück auf das Deck. Eine faustgroße graue Wunde entstand da, wo ihn der Stahl meiner Waffe getroffen hatte. Das unheilige Fleisch des Ungeheuers begann zu kochen, zerlief zu einer schwammigen grauen Masse und löste sich in ätzenden Dampf auf. Und die Vernichtung blieb keineswegs auf einen kleinen Teil des Monstrums beschränkt, sondern lief rasend schnell weiter, erreichte die Spitze des Tentakels und raste gleichzeitig in die Tiefe. Der ganze gewaltige schwarze Strang färbte sich grau und zerlief wie Wachs, das zu lange in der Sonne gelegen hatte.

Ich achtete nicht weiter darauf, sondern fuhr herum, stach meine Klinge in einen zweiten Tentakel und trennte einen dritten mit einem einzigen Hieb ab, gerade als er sich um eine Gestalt wickeln wollte, die gestrauchelt war und nicht zu begreifen schien, in welcher Gefahr sie schwebte.

Ein neuerlicher harter Schlag traf das Schiff und ließ es in seinen Grundfesten erbeben – und in das Schäumen und Kochen des Wassers unter uns mischte sich ein Laut, wie ich ihn schrecklicher noch nie zuvor gehört hatte: ein Schrei voller Zorn und unbändiger Wut.

Auch hinter mir gellte ein Schrei auf. Ich fuhr herum, sah eine Bewegung aus den Augenwinkeln und schlug blindlings mit dem Stockdegen zu. Der Tentakel, der nach mir hatte greifen wollen, zerfiel zu grauem Schleim, aber im gleichen Moment gellte wieder dieser Schrei in meinen Ohren; ich sah eine Gestalt an mir vorübertaumeln, sah sie straucheln und sah den schwarzen Schlangenarm, der sich plötzlich um ihre Beine wickelte und sie auf die Reling zuzuzerren begann.

Mit einem kühnen Sprung war ich zur Stelle, schwang meine Waffe und zertrennte den widerlichen Strang. Grauer Dampf wallte auf, und ein säuerlicher Gestank nahm mir schier den Atem. Ich hustete, stieß das abgetrennte Stück des Tentakels mit dem Fuß von mir und half dem Gestürzten keuchend auf die Beine.

Erst in diesem Moment erkannte ich, wem ich gerade das Leben gerettet hatte.

Leutnant Harmfeld musste genauso überrascht sein wie ich, denn trotz der prekären Situation, in der wir uns befanden, starrte er mich drei, vier Sekunden lang fassungslos an. »Craven?«, keuchte er ungläubig. »Sie?«

Das war eine ziemlich überflüssige Frage, aber mir blieb ohnehin keine Zeit, darauf zu antworten, denn das schwarze Monstrum unter uns gab keineswegs auf. Ich hatte ihm wehgetan, aber selbst die Macht meines Stockdegens reichte nicht aus, es zu vernichten. Wahrscheinlich hatte ich es nur wütend gemacht, denn der wirkliche Angriff begann erst.

Durch die Optik des Sehrohres betrachtet, wirkte das Schiff klein; verloren wie ein Spielzeug in der unendlichen Weite der See. Es trieb, die Segel schlaff wie große, nass gewordene Tuchstreifen von den Rahen hängend, mit der Strömung auf die englischen Inseln zu, eingehüllt in eine wogende Nebelbank. Sonderbarerweise war es der einzige Nebel weit und breit; das Periskop war stark genug, das Meer über Meilen und Meilen zu überblicken, aber wohin Nemo auch sah, war die Sicht klar. Nur rings um das Schiff kräuselte sich leichter Nebel; wie Dampf, der von der Wasseroberfläche aufstieg.

»War es das, was Sie mir zeigen wollten?«, wandte er sich an seinen Leitenden Offizier, nachdem er das Periskop wieder eingefahren hatte und zurückgetreten war.

Der Mann schüttelte den Kopf, fuhr sich nervös mit der Zungenspitze über die Lippen und deutete auf einen runden, mattgrauen Schirm, der wie ein blinder Spiegel inmitten des mit Schaltern und Skalen übersäten Steuerpultes der NAUTILUS lag. »Nein, mon capitaine«, sagte er. »Schauen Sie.«

Nemo trat neugierig neben den Mann, beugte sich über das Pult – und zog erstaunt die Brauen zusammen. Auf der matten Glasfläche war nur ein scheinbar sinnloses Gewirr von Linien, Strichen und konturlosen Schatten zu erkennen, das sich aber für das kundige Auge zu einem verblüffend genauen Abbild des Seegebietes verwandelte, durch das sich das Unterseeboot bewegte. Nemos Blick verharrte für eine Sekunde auf einem verschwommenen, lang gestreckten, wolkigen Gebilde, das – wie er wusste – nichts anderes als das Abbild des Schiffes war, das er soeben durch das Periskop beobachtet hatte, und wanderte dann weiter, um an einem anderen, viel größeren Etwas hängen zu bleiben.

»Was ist das?«

Nemo wandte sich überrascht um, als er die Stimme hörte. »Howard!«, sagte er, halb erleichtert, halb aber auch erschrocken. »Du solltest in deiner Kabine liegen und dich ausruhen.«

Lovecraft fegte seine Worte mit einer unwilligen Handbewegung beiseite. Er sah krank aus. Sein Gesicht hatte zwar die unnatürliche Blässe verloren, war aber noch weit davon entfernt, eine normale Farbe zu haben. Es schimmerte grau. In seinen Augen stand ein fiebriger Glanz.

»Was ist das, Nemo?«, wiederholte er, nachdem er sich über das Pult gebeugt und einen Moment stirnrunzelnd auf die runde Glasfläche hinabgeblickt hatte.

»Das« – Nemo deutete auf den kleineren Schatten – »ist das Schiff, das der Ausguck gesichtet hat.« Sein Finger wanderte weiter und blieb einen Moment auf dem zweiten, größeren Schatten hängen. Es war sonderbar: Obwohl es nur ein verschwommener, heller Fleck auf dem mattgrauen Glas war, der zudem noch unentwegt Form und Größe zu verändern schien, strahlte er etwas spürbar Beunruhigendes aus. »Was ich nicht weiß, ist, was das dort bedeutet.«

»Ein zweites Schiff?«

»Fünfzig Faden unter Wasser?«

Howard überlegte einen Moment. »Ein Tier? Vielleicht ein Wal?«

»Kaum«, antwortete Nemo nach kurzem Nachdenken. »Es ist viel zu groß. Selbst ein Pottwal erreicht nicht ein Viertel dieser Größe.«

Wieder blickte Howard lange – sehr lange – und sehr nachdenklich auf die runde Glasfläche hinab. Auf seinem Gesicht erschien ein sonderbarer, fast bestürzter Ausdruck.

»Zwei Jahre«, murmelte er plötzlich« »Bei Gott, es ... es könnte sein.«

»*Was* könnte sein?«, fragte Nemo betont.

Howard schien seine Frage gar nicht gehört zu haben. »Unsere Position«, sagte er. »Wie ist unsere genaue Position, Nemo?«

Nemo sagte es ihm, und der bestürzte Ausdruck auf Howards Zügen verstärkte sich. »Das Schiff!«, sagte er. »Wo ist es? Kreuzen wir seinen Kurs?«

Nemo verneinte. »Ich kann es dir zeigen«, sagte er mit einer Geste auf das Periskop. »Aber was soll damit sein? Wir befinden uns zwei Jahre in der Vergangenheit, Howard. Robert wird kaum an Bord sein!«

Wieder schien Howard seine Worte gar nicht gehört zu haben. Mit einem Satz war er am Periskop, fuhr das Gerät aus und presste die Augen gegen das Okular. Zehn, fünfzehn Sekunden lang starrte er gebannt durch die Optik. Plötzlich stieß er einen überschnappenden Schrei aus, sprang zurück und winkte Rowlf, der bisher schweigend unter der Tür gestanden hatte, mit wilden Gesten zu sich heran.

»Schau durch, Rowlf!«, befahl er. »Rasch. Sag mir, dass ich mich nicht täusche!«

Howards hünenhafter Diener gehorchte schweigend. Wie Howard starrte er sekundenlang durch die Optik des Fernrohres, und wie er stieß er plötzlich einen überraschten Schrei aus. »Das gibt es nich!«, keuchte er. »Das isse. Verdammich, das isse! Es is die *Lady!«*

»Lady?« Nemo verstand nun gar nichts mehr. »Wovon sprecht ihr, Howard? Kennst du dieses Schiff?«

»Kennen?« Howard ächzte. »Kennen? Mein Gott, Nemo, das ist ... das dort ist die *Lady of the Mist!* Wir ... wir müssen sofort den Kurs ändern.«

»Den Kurs ändern? Wozu?«

»Bitte frag jetzt nicht, Nemo«, sagte Howard gehetzt. »Tu einfach, was ich dir sage – ich flehe dich an! Es ... es kann sein, dass dieser ganze Wahnsinn mit einem Schlag ein Ende hat.«

Nemo blickte ihn an, schüttelte reichlich verwirrt den Kopf, drehte sich dann aber gehorsam herum und gab dem Mann am Steuerpult einen Wink. Im dumpfen Pochen der Maschinen änderte sich nichts, aber Howard wusste, dass die NAUTILUS sich jetzt mit aller Kraft gegen die Strömung stemmte und den Rammsporn an ihrem Bug auf das kleine Schiff fünf Seemeilen voraus richtete.

Mit einem raschen Schritt trat er neben den Steuermann, beugte sich über seine Schultern und starrte sekundenlang auf den grauen Schirm und die beiden ungleichen Schatten, die er zeigte.

»Mein Gott, es könnte gelingen«, sagte er noch einmal. »Mit ein wenig Glück, Nemo. Nur ein ganz kleines bisschen Glück, und ...«

»Und was?«, fragte eine scharfe Stimme von der Tür aus. Howard fuhr hoch, drehte sich abrupt um und blickte die dunkelhaarige, schlanke Frau an, die unter dem runden Schott erschienen war.

»Und was?«, wiederholte Jennifer scharf, als Howard nicht antwortete.

»Nichts«, sagte Howard schließlich. »Dies hier ist etwas, das Sie nichts angeht.«

»Glauben Sie?« Jennifer löste sieh mit einer raschen Bewegung von der Tür, kam auf Howard zu und blickte über seine Schulter hinweg auf den Schirm. Plötzlich erbleichte sie.

»Sind Sie wahnsinnig geworden?«, entfuhr es ihr. »Sie wissen ganz genau, dass Sie das nicht dürfen!«

»Dass er was nicht darf?«, mischte sich Nemo ein. »Zum Teufel, würde mir vielleicht irgendjemand endlich sagen, was hier vorgeht?«

»Ihr Freund Howard hat den Verstand verloren!«, antwortete Jennifer. »Er wird uns alle umbringen. Und nicht nur uns!«

Nemo blinzelte irritiert. »Was soll das heißen, Howard?«

Howard antwortete auch diesmal nicht, und so wandte sich Nemo wieder an Jennifer. »Wenn Sie mir nicht gleich sagen, was Ihr Auftritt zu bedeuten hat, verbringen Sie den Rest der Reise in der Gefangenenkabine, junge Dame«, sagte er zornig. »Was hat es mit diesem Schiff auf sich? Und was ist das für ein Ding, das ihm folgt?«

»Dieses Schiff, Kapitän Nemo«, antwortete Jennifer, ohne Howard eine Sekunde aus den Augen zu lassen, »ist die *Lady of the Mist* – das Schiff, mit dem Robert Craven und Roderick Andara im Jahre 1883 die schottische Küste erreichten.«

»Andara?«, keuchte Nemo. »Andara ist an Bord?«

»Er ist an Bord, und er wird sterben«, sagte Jennifer.

»Nicht, wenn wir es verhindern können«, sagte Howard. Er wandte sich an Nemo. Seine Stimme wurde beschwörend. »Überlege doch nur, Nemo!«, sagte er. »Roderick ist hundert Mal stärker als Robert. Sein Tod wäre so sinnlos! Zusammen mit ihm können wir diese ganze verdammte Bande dorthin zurückjagen, wo sie hergekommen ist. Er könnte Roberts Ausbildung beenden, zehnmal schneller und besser als ich, und er –«

»Und der Schatten, der dem Schiff folgt«, fuhr Jennifer unbeeindruckt fort, »ist eine Inkarnation Yog-Sothoths, Nemo. Das Ungeheuer, das die *Lady* vernichten und Roderick Andara töten wird.«

»Yog-Soth ...« Nemos Stimme versagte. Seine Augen wurden groß, als er Howard anstarrte. »Du ... du willst, dass ich einen der GROSSEN ALTEN selbst angreife?«

»Keinen GROSSEN ALTEN«, sagte Howard zornig. »Nur seine Verkörperung. Ein Wesen aus Fleisch und Blut, das verwundbar ist und getötet werden kann. Die NAUTILUS ist stark genug, ihn zu vernichten Ein einziger Torpedo, und der Spuk ist aus, Nemo.« Beschwörend hob er die Hände. »Ich flehe dich an! Eine Chance wie diese bekommen wir vielleicht nie mehr.«

»Eine Chance, die Zukunft zu verändern«, sagte Jennifer. »Sie wissen genau, was passiert, wenn Sie das riskieren, Lovecraft. Gerade Sie sollten wissen, wie empfindlich das Gefüge der Zeit ist. Ein winziger Eingriff, ein Fehler, und das Schicksal der gesamten Welt kann sich ändern.«

Nemo schwieg sekundenlang. »Ist das wahr?«, fragte er schließlich.

Howard antwortete nicht, aber es war gerade dieses Schweigen, das deutlicher war als alles, was er hätte sagen können.

»Natürlich ist es wahr«, antwortete Jennifer an seiner Stelle. Sie blickte noch einmal auf den Schirm, dann wandte sie sich an Howard, und mit einem Male klang ihre Stimme beinahe bedauernd. »Ich verstehe Sie ja, Howard«, sagte sie. »An Bord dieses Schiffes befindet sich Ihr bester Freund, ein Mann, der in wenigen Stunden den Tod finden wird. Aber Sie wissen, dass Sie nicht an Dinge rühren dürfen, die einmal geschehen sind. Zu viel würde sich ändern, würde Andara lebend nach England kommen. Wenn die NAUTILUS Yog-Sothoth angreift und vernichtet, dann würde dies ein Zeitparadoxon auslösen.«

»Ist das wahr?«, fragte Nemo ganz leise.

Howard wich seinem Blick aus. »Es ist möglich«, antwortete er. »Aber es kann auch ganz anders kommen. Verdammt, Nemo, du weißt, wie dringend wir auf jede Hilfe angewiesen sind, die wir bekommen können. Andara weiß mehr über die GROSSEN ALTEN als wir zusammen. Er ist stark genug, um Cthulhu selbst die Stirn bieten zu können, begreife doch!«

Nemos Blick wandte sich nach Norden, dorthin, wo unsichtbar im schwarzen Wasser des Meeres die *Lady* und ihr dämonischer Schatten trieben. »Ich begreife, dass du deinen Freund retten willst, Howard«, sagte er schließlich. Er deutete auf Jennifer. »Und wenn sie Recht hat, dann würde das ein ... wie haben Sie es genannt?«

»Ein Zeitparadoxon«, sagte Jennifer.

»Ein Zeitparadoxon bedeuten«, schloss Nemo. »Ich verstehe nichts von der Zeit Howard. Du schon. Du hast es bewiesen. Ich frage dich: Kannst du garantieren, dass der Schaden nicht größer ist als der Nutzen?«

Howard schwieg, und nach einiger Zeit sagte Jennifer an seiner Stelle: »Das kann er nicht, Nemo. Möglicherweise würde nichts geschehen. Möglicherweise würde Roderick Andara leben und die GROSSEN ALTEN vernichten. Möglicherweise würden wir alle den Tod finden. Niemand weiß, was geschehen kann, wenn man an den Grundfesten der Zeit rüttelt. Vielleicht würde unsere ganze Welt einfach aufhören zu existieren, im gleichen Moment, in dem Sie den ersten Torpedo abschießen.«

Lange, sehr lange sagte Nemo gar nichts. Dann wandte er sich nach einem letzten, unendlich traurigen Blick auf Howard an den Steuermann und hob die Hand. »Wir tauchen«, sagte er. »Tanks fluten, Kurs Süd.«

Wieder war im Stampfen und Pochen des Schiffes keine Veränderung zu bemerken, aber sie alle wussten, dass das mächtige Schiff jetzt schnell wie ein Torpedo in die Tiefe sank und seinen Kurs abermals wechselte.

Und eine halbe Meile über und fünf Meilen nördlich von ihnen lief ein kleines Schiff namens *Lady of the Mist* seinem Schicksal entgegen ...

Das Schiff zitterte, aber es war kein harter, vernichtender Schlag mehr, sondern ein dumpfes Knirschen und Ächzen, als schlösse sich eine gewaltige Faust um den Rumpf der *Zuidermaar* und beginne mit unbarmherziger Kraft zuzudrücken.

Irgendwo auf der anderen Seite des Schiffes gellte ein Schrei auf, und plötzlich krachte eine ganze Salve von Schüssen. Männer begannen durcheinanderzubrüllen, und das Zittern des Schiffsrumpfes verstärkte sich. Etwas Schwarzes, Glänzendes wuchs plötzlich hinter Harmfeld auf und tastete mit züngelnden Armen nach ihm.

Ich riss ihn zurück und führte einen schnellen Hieb mit dem Stockdegen nach den Tentakeln, aber das Ungeheuer schien die Gefahr, die von der Klinge ausging, endlich begriffen zu haben; die schwarzen Stränge zogen sich blitzartig zurück, fächerten auseinander und versuchten mich aus einem Dutzend Richtungen gleichzeitig zu packen. Ich sprang zurück, packte die Klinge mit beiden Händen und schlug und hieb wie wild um mich.

Der rasiermesserscharfe Stahl zertrennte ein halbes Dutzend der widerlichen Gebilde und verschaffte mir für Sekunden Luft, aber schon wuchsen neue Pseudopodien aus dem Meer – und plötzlich änderte die Bestie ihre Taktik!

Voller Entsetzen sah ich, dass es diesmal nicht die armdicken, fürchterlichen Krakenarme waren, die nach mir griffen, sondern eine Unzahl fadendünner, glänzender Stränge, kaum stärker als ein Haar. Und es waren Tausende! Das Monstrum schien instinktiv begriffen zu haben, dass ich der einzige ernst zu nehmende Gegner an Bord dieses Schiffes war, der einzige, der ihm wirklichen Schaden zufügen konnte – und es war nicht annähernd das tumbe Ungeheuer, als das ich es bisher betrachtet hatte, sondern verfügte ganz augenscheinlich über eine dämonische Intelligenz.

Ich prallte zurück, hieb wie von Sinnen mit dem Degen um mich und schnitt die dünnen Fäden durch, die wie todbringender schwarzer Altweibersommer mit einem Male in der Luft um mich herum waren, über das Deck herankrochen oder sich zu dicken Bündeln zusammenballten, die sofort auseinanderfächerten, wenn meine Klinge auch nur in ihre Nähe kam. Aber für jeden Strang, den ich zerschlug, schienen hundert neue aufzutauchen.

Und dann kam, was kommen musste. Etwas berührte mich im Gesicht, sanft, tastend, weich und klebrig. Ich schrie auf, taumelte zurück und schlug den Faden herunter, aber die halbe Sekunde der

Unaufmerksamkeit war genug gewesen. Hundert, zweihundert der dünnen Fäden peitschten auf mich herab, wickelten sich um meinen rechten Arm und das Handgelenk und rissen mich zu Boden. Ich schrie auf, fiel und versuchte meine Hand hin und her zu biegen, um so viele Fäden wie möglich zu durchtrennen, aber meine Bewegungsfreiheit war zu sehr eingeschränkt.

Dann verstärkte sich der Druck der Minitentakel blitzartig.

Ich spürte, wie der Degen meinen Händen entglitt und auf das Deck polterte. Gleichzeitig rasten immer mehr Schlangenarme heran, umschlangen auch meine Füße und Beine und zerrten mich mit unbarmherziger Kraft auf die Reling zu.

Verzweifelt versuchte ich mich mit der linken, frei gebliebenen Hand irgendwo festzuklammern, aber selbst, wenn ich Halt gefunden hätte, hätten meine Kräfte schwerlich ausgereicht, dem Ungeheuer zu widerstehen. Erbarmungslos wurde ich auf die Reling zugezerrt, prallte dagegen und wurde in die Höhe gerissen. Schiff und Himmel kippten über mir zur Seite, als das schwarze Monstrum seine Anstrengungen verdoppelte, um mich über Bord und in die Tiefe zu reißen.

Plötzlich war eine Gestalt neben mir. Metall blitzte auf, und etwas zerschnitt die Fäden, die meine Arme hielten. Ich stürzte, rollte mich zur Seite und fiel ein zweites Mal, als Harmfeld den Degen wie eine Sense über den Boden scharren ließ und die haardünnen Stränge zerschnitt, die meine Beine hielten.

Eine halbe Sekunde lang blieb ich liegen, schwindelnd vor Anstrengung und Erleichterung, dann richtete ich mich auf, rang keuchend nach Luft, warf Harmfeld einen dankbaren Blick zu und streckte die Hand nach dem Stockdegen aus.

Der Leutnant zögerte, und in seinen Augen flammte ein schwer zu deutender Ausdruck auf. Plötzlich nickte er, warf mir die Waffe zu und zog seinen Offizierssäbel aus dem Gürtel. »Wir sind quitt, Craven«, sagte er. Damit wandte er sich um, schwang seine Waffe und eilte zu einer anderen Seite der Reling, um seinen Leuten beizustehen.

Der Kampf näherte sich seinem Ende. Harmfelds Männer hackten die Tentakel fast schneller ab, als sie aus dem Meer emporwachsen konnten, und wenn ich auch keine Sekunde daran zweifelte, dass ihr Tun nichts als Nadelstiche für das schiffsgroße Monster bedeutete, so waren es doch *viele* Nadelstiche. Und die Hiebe, die ich dem Scheusal versetzte, taten weh, denn die Tentakel, die meinem Degen zum Opfer fielen, wuchsen nicht wieder nach.

Nach kaum fünf Minuten verlor der Angriff der schwarzen Bestie sichtlich an Schwung, und plötzlich erzitterte die *Zuidermaar* ein letztes Mal wie unter einem Hieb, das Meer schäumte und brodelte, und der schwarze Gigant verschwand wieder in den lichtlosen Tiefen, aus denen er emporgestiegen war.

Erschöpft ließ ich meine Waffe sinken, lehnte mich einen Moment gegen die Reling und rang mühsam nach Atem. Als ich mich wieder aufrichtete, stand Leutnant Harmfeld hinter mir. In den Händen hielt er ein Gewehr. Und der Ausdruck auf seinem Gesicht ließ keinen Zweifel daran, dass er entschlossen war, es zu benutzen.

»Was ... was soll das?«, murmelte ich.

Harmfeld verzog keine Miene. »Legen Sie die Waffe weg, Craven«, sagte er leise. »Und dann nehmen Sie die Hände hoch. Ich erkläre Sie für verhaftet.«

Wahrscheinlich begann Harmfeld spätestens in diesem Moment ernsthaft an meinem Verstand zu zweifeln – aber ich begann lauthals und schallend zu lachen. Ich hörte nicht einmal damit auf, als mir zwei seiner Männer den Degen abnahmen und mir die Hände auf den Rücken banden.

Unter dem Vulkan

Über das Meer wehten Schreie heran, Schreie voller Angst und Tod und Wahnsinn. Die Nacht war zerrissen vom Peitschen der Schüsse und dem Prasseln und Krachen der brennenden Häuser, und dann und wann durchbrach ein fürchterlicher, brüllender Laut das höllische Crescendo; ein Geräusch, das den Männern an Bord der *Zuidermaar* einen eisigen Schauer über den Rücken jagte.

Denn es war kein Laut, wie ihn die Kehle irgendeines lebenden Wesens hervorbringen konnte ...

»Was muss noch passieren, damit Sie mir endlich glauben?«, fragte ich gepresst. »Dort drüben sterben Menschen, Harmfeld. *Unschuldige* Menschen!«

Der Kapitän der *Zuidermaar* antwortete nicht auf meine Worte, aber er sah mich auch nicht an, sondern wich meinem Blick aus, und ich spürte, dass er innerlich ganz und gar nicht so unbewegt war, wie er zu sein vorgab. Seine Hände schmiegten sich so fest um die Reling, als wolle er das armdicke Holz zerbrechen.

Es war kalt auf dem Deck des gewaltigen Kriegsschiffes. Die Nacht lag wie ein Vorhang aus Schwärze ringsum auf dem Meer, und bis auf die Todesschreie der sterbenden Stadt war es vollkommen still. Selbst das Rauschen und Murmeln des Meeres war verstummt. Man hätte glauben können, in einer anderen Welt zu sein. Vielleicht waren wir es auch.

»Zum Teufel, lassen Sie endlich Segel setzen!«, sagte ich, obwohl ich ganz genau wusste, wie sinnlos meine Worte waren. »Wir müssen von hier verschwinden!«

Kapitän Harmfeld richtete sich an der Reling auf, riss seinen Blick mit sichtlicher Anstrengung von dem schrecklichen Schauspiel am Ufer los und sah mich an. Obwohl die Nacht sehr dunkel war, konnte ich sehen, wie eingefallen und blass sein Gesicht wirkte. Es war drei Stunden her, dass wir den Angriff der *Shoggoten* – oder was immer Dagon uns sonst auf den Hals gehetzt hatte – abgeschlagen hatten, aber der Schrecken saß dem Holländer noch so tief in den Knochen, als wäre es erst Augenblicke her.

»Das kann ich nicht, Craven«, sagte er. Es klang beinahe bedauernd. »Ich muss warten, bis die Boote zurück sind.« Er ballte die Faust und blickte abermals zur Insel hinüber. »Wenn man wenigstens etwas sehen könnte!«

»Ich kann Ihnen sagen, was dort drüben geschieht«, antwortete ich wütend. »Es sind die gleichen Ungeheuer, die die *Zuidermaar* angegriffen haben. Sie sind gerade dabei, die Stadt auszulöschen. Und Ihre Männer dazu.«

Harmfeld wurde noch blasser. Sein Adamsapfel hüpfte nervös, und ich sah, wie sich seine Rechte zur Faust ballte. Aber er sagte kein Wort, sondern wandte sich nur mit einem Ruck ab und fuhr fort, die brennende Stadt anzustarren.

Es hatte vor einer halben Stunde begonnen. Harmfeld und ich hatten in der Kapitänskajüte gesessen, einerseits, um unsere Wunden verbinden zu lassen – von denen wir wahrlich genug abbekommen hatten, auch wenn keine davon wirklich gefährlich war –, andererseits, weil ich geglaubt hatte, dass der Kapitän nach allem, was geschehen war, endlich Vernunft annehmen würde. Aber das war nicht der Fall. Ich hatte ihm so ziemlich alles erzählt, was nach meiner Ankunft auf Krakatau geschehen war; aber natürlich hatte er mir kein Wort geglaubt. Vielleicht hätte ich umgekehrt auch nicht anders reagiert.

Dann hatten uns die ersten Schreie an Deck gelockt. Trotz des bleichen Mondes war die Nacht zu dunkel, als dass wir irgendwelche Einzelheiten erkennen konnten, aber bei dem ersten Schrei war es nicht geblieben. Schon nach Augenblicken hatten Schüsse die Stille zerrissen, und wenig später waren die ersten Brände aufgeflammt.

Im Grunde hatte Harmfeld nichts anderes als seine Pflicht getan, als er alle fünf Pinassen der *Zuidermaar* mit fast der Hälfte seiner Marinesoldaten bemannen ließ, um sie zum Ufer zu schicken. Und trotzdem war es das Falscheste, was er überhaupt tun konnte. Ich hatte versucht, ihn zu warnen. Aber natürlich hatte er nicht auf mich gehört.

Ich war sehr sicher, dass er keinen einzigen seiner Männer lebend wiedersehen würde. Selbst die hell lodernden Brände, die im Laufe der letzten halben Stunde auf die ganze Stadt und den Hafen und sogar auf das Meer übergegriffen hatten, als triebe brennendes Öl auf den Wogen, ließen uns nicht erkennen, was dort drüben wirklich geschah.

Aber das war auch nicht nötig. Meine Fantasie reichte durchaus, mir das zu zeigen, was meine Augen nicht sehen konnten: Es waren

Dagons Kreaturen, die gleichen protoplasmischen Ungeheuer, die die *Zuidermaar* angegriffen und die Majundes verschleppt hatten, und vermutlich auch einige seiner fürchterlichen *Ssaddit,* wie die überall aufflammenden Brände bewiesen.

Nein – Harmfeld würde nicht einen seiner Männer wieder sehen. Und wenn wir noch lange hier blieben, waren vermutlich auch wir verloren. Wir hatten den ersten Angriff der Ungeheuer abgeschlagen, aber das besagte nicht viel. Ich kannte Dagon zu genau, um mir auch nur eine Sekunde lang einzubilden, dass er so leicht aufgeben würde.

»Dann nehmen Sie mir wenigstens die Handschellen ab!«, sagte ich. »Die Dinger sind nicht besonders bequem.«

Harmfeld runzelte die Stirn, sah einen Moment auf die dünne silberne Kette herab, die meine Handgelenke aneinanderband, als müsse er ernsthaft überlegen, wozu sie überhaupt da war, dann schüttelte *er* den Kopf. »Das ist auch nicht der Sinn von Handschellen«, sagte er.

»Zum Teufel, Harmfeld, ich habe Ihnen das Leben gerettet!«, fuhr ich auf.

Harmfeld fuhr zusammen wie unter einem Hieb. »Sie werden unfair, Craven«, sagte er. »Ich bin Ihnen wirklich dankbar, aber ...« Er sprach nicht weiter, sondern seufzte abermals und starrte wieder zur Küste hinüber. »Ich kann es nicht«, sagte er. Es klang wie eine Entschuldigung. »Ich habe meine Befehle, und ich muss mich daran halten. Sie wissen, warum wir Sie und Ihren Freund gefangen genommen haben«, begann er.

»Nein«, sagte ich zornig. »Aber Sie werden es mir gleich sagen.«

Harmfelds Miene verdüsterte sich. »Warum machen Sie es sich und mir so schwer?«, fragte er. »Sie werden nicht bestreiten, dass Sie Eldekerk gekannt haben. Sie sind zusammen gesehen worden.«

»Aber ich habe ihn nicht umgebracht!«, fauchte ich. »Und Shannon auch nicht. Im Gegenteil, Harmfeld. Eldekerk stand auf unserer Seite!«

»Unserer Seite?«, hakte Harmfeld nach. »Was heißt das?«

»Warum erzählen Sie mir nicht einfach, was passiert ist?«, fragte ich anstelle einer direkten Antwort. »Was bringt Sie auf die Idee, dass Shannon und ich Eldekerk ermordet haben sollen?«

»Seine eigene Aussage«, antwortete Harmfeld. »Er wurde gefunden, Craven, mit einem Messer im Bauch. Er konnte gerade noch Ihren Namen sagen, ehe er starb.«

»Und das reicht für Sie, mich eines Mordes zu bezichtigen?«, keuchte ich. »Sind Sie von Sinnen?«

Harmfeld lächelte. »Nein. Vielleicht sind Sie ja wirklich unschuldig, Craven. Aber wenn, dann frage ich mich, warum Sie und Ihr sonderbarer Freund nicht einfach mit uns gekommen sind. Sie müssen zugeben, dass es etwas befremdlich wirkt, wenn jemand, der sich nichts vorzuwerfen hat, unter ziemlich dramatischen Umständen flieht, kaum dass ich auftauche.«

»Aber ich habe es Ihnen erklärt!«, sagte ich wütend. »Mehr als einmal.«

Harmfeld bedachte mich mit einem fast mitleidigen Blick; ein Blick, der den dumpfen Zorn, der in mir brodelte, zu neuer Glut entfachte. Für einen Moment war ich nahe daran, ihn schlichtweg zu hypnotisieren, wie Shannon es zuvor getan hatte. Aber ich tat es nicht. Ich war mir nicht einmal sicher, ob ich es gekonnt hätte, denn was immer Tergard mit meinem Geist angestellt hatte, wirkte noch immer nach; meine magischen Kräfte waren längst noch nicht wieder vollkommen regeneriert.

Aber ich hätte es wohl auch nicht getan, wäre ich im Vollbesitz meiner Fähigkeiten gewesen. Es hat mir schon immer widerstrebt, einen Menschen zu Dingen zu zwingen, die er nicht wollte; und in diesem Falle wäre es allerhöchstens schädlich gewesen. Hypnose ist ein zweischneidiges Schwert. Man kann einen Mann dazu bringen, seine eigene Mutter auf dem Sklavenmarkt zu verkaufen, aber egal, wie perfekt man ist, jemand, der unter Hypnose handelt, ist wenig mehr als eine Puppe, kaum zu eigenen Entscheidungen fähig. Ich wusste noch immer nicht genau, was auf dieser Insel vorging, aber was immer es war, es war etwas Gewaltiges; etwas, bei dem ich keine Helfer brauchen konnte, die mit Mühe und Not bis drei zählen können.

Vom Gipfel des Krakatau her erscholl ein dumpfes, drohendes Grollen, wie um meine Gedanken zu unterstreichen. Harmfeld sah auf und blickte aus eng zusammengepressten Augen zur Caldera des Riesenvulkanes hinauf. Flammen und rot glühendes Gestein, das durch die große Entfernung wie ein Schwarm harmloser kleiner Fünkchen aussah, schossen gegen die tief hängenden Wolken. Für einen Moment glaubte ich ein sanftes, aber ungemein machtvolles Zittern und Beben unter den Füßen zu spüren.

»Der Berg ist unruhig«, murmelte Harmfeld.

»Wird er ausbrechen?«, fragte ich.

»Ausbrechen?« Der Kapitän der *Zuidermaar* wiederholte das Wort mit sonderbarer Betonung, sah mich an und schüttelte den Kopf. »Ich glaube nicht«, sagte er. »Ich bin seit mehr als zehn Jahren hier, aber er ist noch nie ausgebrochen. Ein bisschen Gerümpel, ein paar Flammen ... aber das war auch alles.« Er seufzte, wandte sich mit einem Ruck ab und blickte wieder zur Stadt hinüber. Die Flammen tobten wie eh und je, aber das Schießen und Schreien hatte abgenommen. Ich war mir nicht sicher, ob das wirklich ein gutes Zeichen war.

Plötzlich erscholl über uns der helle Laut einer Schiffspfeife. Harmfeld sah rasch zum Mast hinauf, wandte sich dann wieder der Insel zu und lehnte sich über die Reling, so weit er konnte. »Die Boote kommen zurück!« Einen Moment lang blickte er aus zusammengepressten Augen hinaus in die Dunkelheit, dann wandte er sich halb um und machte ein Zeichen mit der Hand. Sekunden später ertönte ein scharfer Knall, und ein Magnesiumgeschoss stieg vom Deck der *Zuidermaar* auf und warf zuckendes, grell weißes Licht auf das Meer.

Harmfeld stieß einen entsetzten Schrei aus.

Statt der erwarteten Flotte kleiner Pinassen trieb nur ein einziger, massiger Umriss auf die *Zuidermaar zu.* Und es war auch kein Boot, sondern ein grässliches, braunschwarz glitzerndes Etwas, zuckend und peitschend wie ein Klumpen ekelhafter Gallerte, der auf einem Dutzend grotesk missgestalteter Beine über das Meer herangestakst kam!

»Das ... das ist das Ungeheuer, das die Majundes entführt hat!«, keuchte ich. »Um Gottes willen, Harmfeld – *wir müssen hier verschwinden!«*

Aber es war, als würde der Kapitän der *Zuidermaar* meine Worte überhaupt nicht hören. Gelähmt und starr vor Schrecken stand er da und starrte die näher kommende Scheußlichkeit an. Die Leuchtkugel brannte aus, aber beinahe sofort stieg ein zweites Geschoss vom Deck des Schiffes auf und illuminierte das Ungeheuer.

Und endlich erwachte Harmfeld aus seiner Erstarrung.

Wenn auch auf andere Art, als mir lieb gewesen wäre. Plötzlich, von einer Sekunde auf die andere, fuhr er herum, begann wie wild mit den Armen zu fuchteln und Befehle in seiner Heimatsprache zu schreien. Sekunden später brach auf Deck der *Zuidermaar* eine geradezu hektische Aktivität los. Männer hetzten hierhin und dorthin, kletterten behände wie Affen in die Wanten hinauf oder schleppten

Dinge durch die Gegend. Das Schiff begann zu zittern, als schlüge tief in seinem Rumpf ein gewaltiges, nervöses Herz.

Harmfeld wandte sich wieder der Reling zu. Über dem Meer verzischte die vierte Leuchtkugel und wurde von einer neuen abgelöst, und in ihrem flackernden Schein konnte ich erkennen, dass das protoplasmische Ungeheuer schon mehr als die Hälfte der Entfernung zur *Zuidermaar* zurückgelegt hatte. Sein aufgedunsener Körper zuckte und bebte unentwegt, und was im ersten Augenblick wie staksende Spinnenbeine ausgesehen hatte, erwies sich beim näheren Hinsehen als ein ganzer Strang peitschender, mannsdicker Tentakel, mit deren Hilfe es sich mit fantastischer Geschwindigkeit durch das Wasser wühlte. Noch wenige Augenblicke, dann würde es die *Zuidermaar* erreicht haben!

Aber es kam nicht dazu.

Harmfeld schrie einen Befehl, und augenblicklich stieß eine orangerote Flamme aus dem Rumpf des Schiffes. Ein ungeheures Krachen erscholl, und eine Sekunde später spritzte dicht vor dem Monstrum das Meer auf. Die Luft stank plötzlich durchdringend nach Pulverdampf. Harmfeld hob den Arm, und eine zweite Kanone entlud sich donnernd. Diesmal war der Schuss besser gezielt.

Das Ungeheuer bäumte sich auf. Seine Tentakel begannen wie wild zu peitschen, und plötzlich war das Meer schwarz vom grässlichen Blut der Spottgeburt; große Brocken zerfetzten Plasmas wirbelten durch die Luft und klatschten ins Wasser zurück, und ich sah, wie einer der schrecklichen Fangarme abgerissen wurde und zuckend im Meer versank. Ich wusste zwar, dass diesen Ungetümen mit mechanischer Gewalt kaum beizukommen war – aber allein die Wucht der Kanonenkugel hatte gereicht, seinen Körper nahezu in zwei Stücke zu zerreißen und es meterweit zurückzutreiben.

»Jetzt!«, schrie Harmfeld.

Die *Zuidermaar* feuerte eine ganze Salve auf das Ungeheuer. Und jeder einzelne Schuss saß im Ziel.

Das Monstrum wurde regelrecht zerfetzt. Eine gewaltige Säule aus kochendem Meerwasser und schwarzem, stinkendem Schleim schoss in die Höhe und sank in weitem Umkreis auf das Meer herab. Das Schiff zitterte unter dem Rückschlag seiner eigenen Kanonen, legte sich träge auf die Seite und kippte wieder in die Waagerechte zurück.

Als sich der Pulverdampf verzog, war der Ozean leer. Nur hier und da schwamm noch ein kleiner Brocken schwarzschleimiger Materie, und tief unter dem Wasser schien etwas Gewaltiges, Körperloses zu zucken und zu beben.

Harmfeld ließ sich mit einem erschöpften Seufzer auf die Reling sinken, fuhr sich mit der Hand über das Gesicht und sah mich an. »Sehen Sie, Craven«, sagte er. »So viel zu Ihren unbesiegbaren Horror-Monstern. Eine gute niederländische Kanone schafft zur Not auch noch die. Es ist vorbei.«

Ich antwortete nicht, sondern drehte mich – eigentlich ohne so recht zu wissen, weshalb – herum und blickte in die entgegengesetzte Richtung. Über dem Meer waren die Wolken auseinandergerissen. Und im gleichen Moment, in dem das Mondlicht das Meer berührte, wusste ich, dass Harmfeld Unrecht hatte.

Es war nicht vorbei. Im Gegenteil.

Es begann erst.

Es war sehr warm hier unten, tausend Yards unter der Erde und zweimal tausend Yards unter dem Flammen speienden Krater des Krakatau. Und es war eine unangenehme, auf schwer in Worte zu fassende Weise *bedrohlich* wirkende Wärme, ein erstickender Hauch, der aus den Wänden, der Decke und dem Boden drang, aus den brodelnden Lavaseen emporstieg und mit dem Zischen flammender Feuergeysire die Luft durchwob.

Seit einer Stunde stand Dagon reglos am Ufer des gewaltigen Lavasees und starrte auf das Wogen und Kriechen unter sich hinab. Die Oberfläche des rot glühenden Sees war in beständiger, zuckender Bewegung. Aber es war nicht nur das Brodeln glühenden Gesteines, nicht nur der Pulsschlag des Vulkanes. Gewaltige, wurmähnliche Dinge bewegten sich unter der Hitze atmenden Oberfläche, stießen manchmal wie im Spiel hindurch und versanken wieder, Spritzer geschmolzenen Steines zehn, fünfzehn Yards hoch in die Luft schleudernd. Dann und wann drang ein tiefes, beunruhigendes Grollen an Dagons Ohr, und manchmal reckte sich der augenlose Schädel eines *Ssaddit* aus dem geschmolzenen Stein wie ein Fisch, der nach Luft schnappt.

Ihre Zahl war wieder gestiegen. Dagons Diener hatten ihm Opfer gebracht, genug, selbst die Gier *jener in der Tiefe zu* befriedigen. Der Moment, auf den er all die Jahre gewartet hatte, war nicht mehr weit.

Dagon verspürte einen leisen Schauer von Furcht, als er daran dachte, wie viele Leben zerstört worden waren, um diese Armee des Schreckens zu schaffen. Selbst er, für den das Leben eines Menschen oder irgendeiner anderen Kreatur weniger galt als der Schmutz unter seinen Füßen, bekam Angst, als er daran dachte, *welcher* Art die Wesen waren, die zu erwecken er hergekommen war.

Aber es war zu spät, um jetzt noch zurückzukönnen. Er hatte den entscheidenden Schritt noch nicht getan, aber die Tür ins Land der Schrecken war bereits einen Spalt breit aufgestoßen. Er hatte den eisigen Hauch der Hölle gespürt, und seine Hände, die jetzt sorgsam unter dem lang wallenden Umhang verborgen waren, legten Zeugnis davon ab.

Dagon vertrieb den Gedanken mit einem ärgerlichen Schnauben, erwachte endlich aus seiner Erstarrung und wandte sich mit einem Ruck ab. Als würden die *Ssaddit* das Gehen ihres Meisters – aber war er das überhaupt? – spüren, begann der See aus geschmolzenem Gestein heftiger zu brodeln und zu zischen. Die Lava spritzte so hoch, dass seine Diener, die sich im Kreis um den gewaltigen flammenden Krater aufgestellt hatten, ein paar Schritte zurückwichen, und die Schatten begannen hektischer hin und her zu huschen.

Einer seiner Diener vertrat ihm den Weg, als Dagon die schmale steinerne Treppe ansteuerte, die hinab in jenen Bereich des Krakatau führte, den zu betreten nur ihm allein gestattet war. Es war ein kleiner hagerer Mann, dessen nackter Oberkörper vor Schweiß glänzte und dessen Gesicht vor Schmutz starrte und gezeichnet war vom Tod; wie die Gesichter aller, die zu lange hier unten nahe des schlagenden Herzens des Berges waren. Der Krakatau war wie ein feuriger Gott, der kein anderes Leben in seiner Nähe duldete. Er tötete, allein durch seine Nähe.

»Was gibt es?«, herrschte Dagon den Mann an.

»Verzeiht, wenn ich Euch störe, Herr«, antwortete der Sklave. »Aber wir haben einen Eindringling gefasst.«

»Einen Eindringling?« Dagon zog eine Grimasse. »Dann tötet ihn.«

Er wollte weitergehen, aber wieder hob der Mann schüchtern die Hand, und Dagon blieb abermals stehen. »Was ist noch?«, fauchte er ungeduldig.

»Ihr solltet ihn ... Euch ansehen, Herr«, antwortete der Sklave kleinlaut. »Er ist ... anders als die anderen.«

»Anders?« Dagon runzelte die Stirn. »Was soll das heißen?«

Aber diesmal antwortete der Mann nicht mehr. Sein Blick flackerte vor Angst.

»Gut«, sagte Dagon. »Ich sehe ihn mir an. Führe mich zu ihm.«

Der Sklave nickte heftig, drehte sich herum und ging so schnell voraus, dass Dagon fast Mühe hatte, ihm überhaupt zu folgen. Sie durchquerten die Höhle in entgegengesetzter Richtung und betraten einen niedrigen, von blutig rotem Licht erfüllten Stollen, der tiefer hinein in das steinerne Herz des Berges führte.

Sie erreichten eine hohe, domartig gewölbte Kammer, die als bisher einziger Raum etwas wie eine Möblierung aufwies – in einer Ecke gab es eine niedrige, mit feuchtem Stroh gedeckte Bettstatt, davor einen einzelnen Stuhl.

Auf dem Bett lag ein Mann. Er war an Händen und Füßen gefesselt und so grob hingeworfen worden, dass Dagon sein Gesicht nicht erkennen konnte. Und trotzdem spürte er sofort, warum ihn der Sklave geholt hatte.

Etwas an diesem Mann war sonderbar. Dagon glaubte die Gefahr, die er verströmte, beinahe greifen zu können. Es war bizarr, ja, beinahe lächerlich: Der schwarz gekleidete Fremde war an Händen und Füßen gebunden – und trotzdem hatte Dagon das Gefühl, einer tödlichen Viper gegenüberzustehen, nicht einem hilflosen Mann ...

»Er hat vier von uns getötet, Herr«, sagte der Sklave leise. »Mit bloßen Händen. Wir mussten ihn zu zehnt angreifen, um ihn zu überwältigen.«

Dagon nickte. »Es ist gut«, sagte er. »Du kannst gehen.«

Der Sklave entfernte sich schweigend, und Dagon trat vollends an das Bett heran. Der Mann rührte sich nicht, und sein Atem ging langsam und so gleichmäßig wie der eines Schlafenden. Aber davon ließ sich Dagon nicht täuschen.

»Wir sind allein«, sagte er. »Sie brauchen sich nicht mehr zu verstellen. Ich weiß, dass Sie wach sind.«

Einen Moment lang schien es, als würde der Gefangene weiter den Schlafenden spielen, und Dagon spürte einen raschen Anflug von Ungeduld, ja, beinahe Zorn. Aber dann hob der Mann den Kopf, drehte sich auf den Rücken und setzte sich auf; mit einer Behändigkeit, als spüre er die stramm angelegten Fesseln gar nicht. Dagon sah, wie er sich spannte, obgleich sein Gesicht vollkommen ausdruckslos blieb.

»Versuchen Sie es nicht«, sagte Dagon ruhig. »Meine Diener haben mir berichtet, wie gefährlich Sie sind. Aber ich bin viel stärker als ein Mensch.«

Der Fremde sah auf, und während sein Blick über das Gesicht Dagons huschte, nutzte der Fischgott seinerseits die Gelegenheit, sich seinen Gefangenen eingehender zu betrachten.

Der Fremde war überraschend jung; nicht mehr als zwanzig, allerhöchstens einundzwanzig Jahre nach der Zeitrechnung der Menschen und von schlankem, aber sehr kräftigem Wuchs. Seine Hände waren von jener Sehnigkeit, die große Kraft verriet, und der Blick seiner hellblauen, wasserklaren Augen war wie Stahl. Selbst Dagon begann sich unter diesem Blick unwohl zu fühlen.

»Wer sind Sie?«, fragte er.

»Shannon«, sagte der junge Mann. »Mein Name ist Shannon.«

»Shannon ...« Dagon wiederholte den Namen ein paarmal, als versuche er, sich an seinen Klang zu gewöhnen. Dann nickte er. »Ich erinnere mich. Du bist der junge Magier, der zusammen mit Robert Craven kam. Was willst du?«

Der Fremde antwortete nicht, sondern starrte ihn nur weiter an. Plötzlich huschte ein sonderbares, schwer zu deutendes Lächeln über sein Gesicht.

»Du bist Dagon«, sagte er.

Dagon nickte. »Das ist richtig. Du kennst mich?«

»Nicht persönlich«, antwortete der Fremde. »Aber ich habe von dir gehört. Ich bin hier, weil ich dich gesucht habe.«

Dagon lächelte dünn. »Du hast mich gefunden. Aber ich glaube nicht, dass du Grund hast, dich darüber zu freuen. Was willst du?«

»Mit dir reden«, antwortete der Fremde. »Dir einen Vorschlag machen.«

»Einen Vorschlag?« Dagon schüttelte den Kopf. Er war ein wenig enttäuscht. »Was immer es ist, es interessiert mich nicht.«

»Warum hast du mich dann nicht gleich umbringen lassen?«, fragte Shannon ruhig.

»Vielleicht aus Interesse«, antwortete Dagon. »Ich wollte den Mann sehen, der meine Sklaven in Furcht zu versetzen vermag. Aber ich habe etwas anderes erwartet.«

Shannon nickte, richtete sich noch ein wenig weiter auf – und hob plötzlich die Hände hinter dem Rücken hervor. »So etwas, zum Beispiel?«, fragte er ruhig.

Dagon keuchte vor Überraschung. Shannon hatte die Fesseln

nicht etwa zerrissen; obwohl sie aus daumendicken Hanfstricken bestanden, hätte Dagon dies kaum erschreckt, denn Kraft war etwas Relatives und die Menschen waren im Allgemeinen so schwach. Nein – die Fesseln waren verschwunden. Genauer gesagt, sie hatten sich *verwandelt!*

Aus den zerfaserten braunen Stricken waren zwei dünne, schwarzgrün glänzende Schlangen geworden, die sich zischend und züngelnd um Shannons Handgelenke wanden!

Es dauerte Sekunden, bis Dagon seine Fassung wiederfand. »Das ist ... beeindruckend«, sagte er stockend. »Aber mehr auch nicht. Glaubst du, dein Leben mit ein paar Taschenspielertricks retten zu können?«

»Das wird kaum nötig sein, Dagon«, antwortete Shannon, und irgendetwas war in seiner Stimme, was den Fischgott abermals aufblicken und das glatte Jungengesicht seines Gegenübers genauer ansehen ließ. Täuschte er sich, oder hatte es sich verändert? Dagon vermochte es nicht genau zu sagen, aber es schien, als wäre Shannons Gesicht reifer geworden, härter und ...

Ja, dachte er verstört. *Älter.*

»Was hat das zu bedeuten?«, fragte er scharf.

Shannon lächelte, aber es war ein ganz und gar grausames Lächeln, ohne die mindeste Spur eines echten menschlichen Gefühles.

»Ich habe dir einen Vorschlag zu machen, Dagon«, sagte Shannon. »Einen Vorschlag, der wahrscheinlich dein Leben retten wird. Ich bin nicht hier, um dich zu vernichten. Wäre ich deshalb gekommen, dann wäre ich kaum so närrisch gewesen, mich von deinen Dienern fangen zu lassen, glaube mir.« Er setzte sich vollends auf, schwang die Beine vom Bett und stand nach sekundenlangem Zögern auf. Dagon bemerkte, dass seine Bewegungen viel von ihrer Eleganz verloren hatten. Sie wirkten noch immer schnell und kraftvoll, aber es waren nicht mehr die eines jungen Mannes. Und die Fesseln an Händen und Füßen waren nun vollends verschwunden.

»Du hast es mir sehr schwer gemacht, Dagon, dich zu finden«, fuhr Shannon fort. »Aber noch ist es nicht zu spät. Wenn du tust, was ich dir sage, dann kann ich die Verwandlung aufhalten.«

Dagon keuchte. »Die ...«

In Shannons Augen glomm ein rasches, kaltes Lächeln auf. »Spiel nicht den Narren. Ich kenne dein Geheimnis, Dagon.« Er deutete mit einer Kopfbewegung auf den Mantel des Fischgottes. »Es hat bereits begonnen, nicht?«

Dagon starrte ihn an. Seine schillernden Fischaugen waren weit vor Schrecken, und plötzlich, beinahe gegen seinen Willen und in einer Bewegung, die er nicht einmal aufhalten konnte, als er es versuchte, hob er die Hände unter dem Mantel hervor und streckte sie dem schwarz gekleideten Magier entgegen.

Es waren nicht die Hände eines Menschen – aber das waren sie ja nie gewesen –, aber auch nicht mehr die Hände Dagons, des Fischgottes. Die schlanken, mit durchscheinenden Schwimmhäuten verbundenen Finger waren zu plumpen, schwärzlichbraun glitzernden Pranken geworden, verkrümmt und knotig und von Pusteln und nässelnden Geschwüren übersät. Aus seinen Daumen wuchsen grässliche Raubtierkrallen hervor, und auch die anderen Nägel waren blutig; das schimmernde Weiß frischer Nägel, die sich zu Fängen auswuchsen, glänzte durch das zerfetzte Fleisch.

Und die Veränderung war nicht allein auf seine Hände beschränkt. Wie braune, unterschiedlich lange Handschuhe zog sich die fürchterliche Färbung seine Arme hinauf.

Einen Moment lang betrachtete Shannon die Krallenhände des Fischgottes interessiert, dann trat er zurück, seufzte und fuhr sich mit den Fingern über das Gesicht. Seine Haut schien dunkler zu werden, und abermals hatte Dagon das Gefühl, den jungen Mann vor seinen Augen altern zu sehen.

»Es ist schon schlimmer, als ich dachte«, sagte Shannon. »Aber nicht zu schlimm.« Er lächelte kalt. »Sie beginnen, dich in einen der Ihren zu verwandeln, nicht wahr?«

Dagon nickte. »Woher ... woher weißt du das?«

»Ich weiß manches«, antwortete Shannon unwillig. »Und ich kann manches. Ich kann dir zum Beispiel helfen.«

»Du?«, keuchte Dagon. »Du kannst –«

Shannon schnitt ihm mit einer unwilligen Bewegung das Wort ab. »Hör mir zu«, sagte er. »Es ist nicht mehr viel Zeit. Bald wird sich das *Tor* vollends öffnen, und die *Thul Saduun* werden auferstehen. Wenn dies geschieht, wirst du zu einem der Ihren, nicht nur körperlich, und du weißt es. Dann wirst du deinen Plan wohl kaum *noch* ausführen können.« Er lächelte abermals, legte eine ganz genau berechnete Pause ein und fuhr mit ebenso genau berechneter, veränderter Stimme fort: »Es sei denn, du nimmst meine Hilfe an.«

»Deine Hilfe?«, wiederholte Dagon. »Die Hilfe meines Feindes?«

»Feind!« Shannon lachte. »Du bist ein Narr, Dagon. Ich wollte dir Robert Craven auf einem silbernen Tablett servieren, aber dieser Trottel hat plötzlich sein Gewissen entdeckt und ist zurückgerannt, um sich umbringen zu lassen. Ich bin nicht dein Feind. Im Gegenteil – wir sind gewissermaßen Verbündete. Du kennst mich.«

Er trat einen Schritt zurück, hob die Arme und begann leise, unverständliche Worte zu murmeln. Worte, die selbst in Dagon ein spürbares Schaudern hervorriefen.

Dann begann er sich zu verändern.

Es ging ganz schnell. Rings um die hohe, in die Farbe der Nacht gekleidete Gestalt des jungen Magiers ballten sich Schatten und Finsternis zusammen, sein Gesicht verschwand hinter einem Schleier aus huschender Dunkelheit, und etwas geschah mit seiner Gestalt. Sie schien zu schrumpfen, sich auf unbeschreibliche Weise zu verbiegen und zu drehen. Der bizarre Vorgang dauerte nur wenige Sekunden.

Aber als er beendet war, war aus dem jungen, hünenhaft gebauten Mann ein vom Alter gebeugter Greis geworden, ein Mann mit einem Gesicht aus Runzeln und Falten, in dem einzig die Augen noch zu leben schienen.

»Du kennst mich, Dagon«, sagte er noch einmal, und plötzlich sprach er mit einer zitternden Greisenstimme. »Wenn auch nicht unter dem Namen Shannon. Dieser Körper war nicht mehr als ein Mantel, in den ich schlüpfte, um das Vertrauen dieses Narren Craven zu erringen – und dich zu finden. Mein wahrer Name ist Necron.«

Das Meer glühte. Ein unheimliches, rotgelbes Licht brannte irgendwo tief unter seiner Oberfläche, und dahinter, nur als verschwommener Schatten wahrzunehmen, schoss ein kolossales Etwas heran, ein Ding wie ein Wal, aber dreimal so groß und schnell wie ein Pfeil. Eine schaumige Spur markierte seine Bahn; eine weiße, wie mit einem Lineal gezogene Linie, die geradewegs aus dem offenen Meer kam – und genau auf die *Zuidermaar* deutete!

Harmfeld bemerkte die neue Gefahr eine halbe Sekunde nach mir. Und diesmal reagierte er ungleich schneller als beim ersten Mal. Mit einem Satz war er herum, hetzte über das Schiff und begann gleichzeitig Kommandos zu brüllen. Unter mir wurden knallend die

Geschützluken geöffnet, Männer schrien, und überall flammten plötzlich Fackeln und kleine brennende Lunten auf.

Mit einem Satz war ich bei Harmfeld und versuchte ihn zurückzureißen. »Sind Sie wahnsinnig, Kapitän?«, schrie ich. »Was immer dort herankommt, es ist größer als Ihr Schiff!«

Harmfeld fuhr herum. Seine Hände zuckten, als wolle er mich packen. »Was soll ich tun, Ihrer Meinung nach?«, fauchte er.

»Hier verschwinden!«, antwortete ich ebenso zornig wie er.

Harmfeld schnaubte. »Sie sind ja verrückt! Die *Zuidermaar* ist ein Kriegsschiff, Sie Witzbold, kein Paddelboot! Ich brauche eine halbe Stunde, um das Schiff auch nur von der Stelle zu bekommen.« Er ballte die Faust, blickte die näher kommende Leuchterscheinung und die schäumende Bugwelle an und schüttelte noch einmal den Kopf. »Was immer dort herankommt – wir werden kämpfen müssen.«

Und es sah ganz so aus, als hätte er Recht.

Ich versuchte in Gedanken die Zeit abzuschätzen, die noch bis zum Zusammenprall vergehen musste – eine, allerhöchstens zwei Minuten, dann würde uns dieses Ding vermutlich in den Meeresboden hineinrammen. Ich legte die aneinandergebundenen Hände auf die Reling und spreizte instinktiv die Beine, um mich auf den Anprall vorzubereiten – eine, logisch betrachtet, höchst lächerliche Reaktion in Anbetracht dieses schwimmenden Berges.

Aber dann wurde der Schatten langsamer. Das unheimliche, rotgelbe Licht, das er ausstrahlte, glühte heller auf, tastete wie der Strahl eines Scheinwerfers hierhin und dorthin und glitt, eine Handbreit unter der Wasseroberfläche, über den Rumpf der *Zuidermaar*. Noch immer war der Riese nur als verschwommener Schatten unter dem Meer zu erkennen, aber ich sah deutlich, wie er langsamer und langsamer wurde und schließlich in einem engen Halbkreis herumschwenkte, bis er sich nahezu parallel zu unserem Schiff bewegte. Die Bugwelle verlief sich allmählich, aber über seinem Rücken begann mit einem Male das Wasser zu brodeln, wie bei einem Wal, der Luft abbläst. Der gewaltige Schatten begann zu wachsen, als das Ungetüm der Wasseroberfläche entgegenstrebte. Ich erkannte mehr Einzelheiten: den schlanken, zackenbesetzten Leib, die riesige Heckflosse, unter der das Meer sprudelte, den fürchterlichen Rammsporn an seinem Schädel, die beiden gewaltigen, runden Augen, die grelle Lichtnadeln durch das Meer stießen …

Und plötzlich wusste ich, was wir vor uns hatten!

»Es taucht auf!«, sagte Harmfeld. Und dann, etwas lauter: »Kanoniere – Achtung. Feuer frei, sobald es oben ist.«

Sekunden vergingen, bis seine Worte in mein Bewusstsein drangen. Dann fuhr ich herum, packte Harmfeld bei den Rockaufschlägen und deutete wild auf das Meer hinaus. »Um Gottes willen, nicht!«, keuchte ich. »Das ist kein Ungeheuer, Kapitän! Das ist –«

Harmfeld versetzte mir einen Stoß vor die Brust, der mich zurück und gegen die Reling taumeln ließ. Wütend hob er die Hand, als wolle er mich schlagen. »Sind Sie übergeschnappt, Craven?«, schrie er. »Noch ein Wort, und ich lasse Sie in Ketten legen und unter Deck bringen!«

»Aber das ist –«

Harmfeld machte eine blitzschnelle Bewegung mit der Hand, und zwei seiner Marinesoldaten packten mich und zerrten mich grob zurück. Ich wehrte mich verzweifelt, aber mit gefesselten Händen hatte ich keine große Chance gegen die beiden kräftigen Männer. Rasch wurde ich über das Deck und in Richtung des Achterkastells gezerrt.

»Harmfeld!«, schrie ich verzweifelt. »Nicht schießen! Das ist kein Ungeheuer! Sie werden –«

Meine Worte gingen in einem ungeheuren Krach unter, als sich die Bordgeschütze der *Zuidermaar* nahezu gleichzeitig entluden. Zwei, dreihundert Yards weiter draußen auf dem Meer spritzte das Wasser auf, Schaum und weiße Gischt schossen in die Höhe, und zwischen dem weißen Brodeln stoben Funken in die Luft, als die Kanonenkugeln gegen zolldicken Stahl schlugen. Die beiden Männer, die mich hielten, blieben unwillkürlich stehen, um dem fantastischen Schauspiel zuzusehen.

Das Donnern der Geschützsalve war verstummt, aber das Meer kochte weiter und gebar weißen Schaum, als der Gigant weiter auftauchte. Die *Zuidermaar* begann zu zittern, als gewaltige Wellen das Meer kräuselten und gegen ihre Flanke prallten.

Und plötzlich erhob sich vom Deck des Schiffes ein vielstimmiger, gellender Aufschrei, denn inmitten der sprudelnden Gischt erschien ein Albtraumschädel, gewaltig und schwarzgrün schimmernd, von einem Zackenkamm gekrönt und aus zwei riesigen, grell lodernden Augen glotzend.

»Feuer frei!«, brüllte Harmfeld. Seine Stimme überschlug sich fast. Ich konnte die Angst darin beinahe greifen.

Die Backbordgeschütze der *Zuidermaar* feuerten eine zweite Salve.

Wieder spritzte das Meer auf, und wieder sah ich Funken und Metallsplitter davonfliegen, als die Geschosse gegen den stählernen Schädel des vermeintlichen Ungeheuers prallten und zersplitterten. Dann stach eine orangerote Flamme aus der brodelnden Gischt, ein helles, boshaftes Sirren erklang – und zwanzig Yards über unseren Köpfen löste sich ein Teil des Mastes in einer feurigen Wolke auf. Brennende Trümmerstücke prasselten auf das Deck, und das gewaltige Kriegsschiff erbebte wie unter einem Hammerschlag.

Die beiden Männer, die mich hielten, waren für einen Moment abgelenkt, und ich nutzte die Chance, die sich mir bot. Blitzschnell riss ich mich los, packte den einen und schleuderte ihn wuchtig gegen seinen Kameraden. Die beiden Matrosen gingen zu Boden. Ich rannte zu Harmfeld zurück, packte ihn an den Schultern und riss ihn herum.

»Hören Sie endlich auf, Sie Idiot!«, brüllte ich. »Stellen Sie das Feuer ein, ehe Sie uns alle umbringen!«

Harmfeld keuchte und versuchte sich aus meinem Griff zu befreien, aber die Wut gab mir zusätzliche Kraft. Ich stieß ihn gegen die Reling, versetzte einem seiner Soldaten, der mich zurückzerren wollte, einen Stoß mit dem Ellbogen und packte Harmfeld erneut am Kragen.

»Das da draußen sind nicht unsere Feinde!«, keuchte ich. »Ihr sogenanntes Seeungeheuer hätte uns mit dem ersten Schuss versenken können, ist Ihnen das klar? Es ist ein Unterseeboot, verdammt!«

Harmfeld wollte antworten, aber in diesem Moment erscholl ein ungeheures Pfeifen und Dröhnen, und eine Sekunde später rollte eine menschliche Stimme über das Meer heran, verzerrt und von einer fantastischen Technik hundertfach verstärkt. Eine Stimme, die ich nur zu gut kannte!

»Achtung, Kapitän der *Zuidermaar!* Hier spricht Kapitän Nemo von Bord der NAUTILUS. Stellen Sie das Feuer ein!«

Harmfeld erstarrte. Bleich vor Schrecken wandte er sich um, starrte aus hervorquellenden Augen auf den vermeintlichen Monsterschädel – der nichts anderes als der Turm des Unterseebootes war – und versuchte, Worte hervorzubringen. Aber alles, was über seine Lippen kam, war ein unartikuliertes Stöhnen.

»Stellen Sie das Feuer ein, und streichen Sie Ihre Flagge!«, fuhr die hundertfach verstärkte Bassstimme Nemos fort. »Sie haben genau eine Minute Zeit, sich zu ergeben. Danach versenken wir Sie.«

Harmfeld begann am ganzen Leibe zu zittern. »Die ... die NAUTILUS?«, wimmerte er. »Das ist ... das ist vollkommen unmöglich. Das ist ...«

»Noch fünfundvierzig Sekunden!«, schrien die Lautsprecher der NAUTILUS.

»Zum Teufel, Kapitän, antworten Sie!«, sagte ich. »Nemo meint es ernst.«

»Aber das ist unmöglich!«, keuchte Harmfeld. Seine Stimme klang schrill, fast kreischend. Sein Blick flackerte. »Die NAUTILUS ist eine Legende. Seemannsgarn. Es gibt dieses Schiff nicht!«

»Noch dreißig Sekunden«, sagte Nemo.

»Ihre Legende wird uns bis auf den Mond sprengen, wenn Sie nicht kapitulieren!«, sagte ich verzweifelt. »Geben Sie Befehl, die Flagge zu streichen!«

Aber Harmfeld schien meine Worte gar nicht zu hören. Gelähmt vor Schrecken starrte er abwechselnd die NAUTILUS und mich an.

»Ihre Bedenkzeit ist um, mon ami«, sagte Nemo freundlich. »Ich bedauere es zutiefst, aber Sie zwingen mich, Dinge zu tun, die mir im Grunde meiner Seele widerstreben. Pardonnez-moi.«

Und damit stach eine zweite, feurige Lanze zwischen den Bullaugen der NAUTILUS hervor. Ein ungeheures Krachen erklang, und für einen Moment wurde die Nacht zum Tage, als hoch über unseren Köpfen die niederländische Flagge mitsamt einem Teil des Hauptmastes in Flammen aufging.

Mein Herz schien mit einem schmerzhaften Sprung direkt in meinen Hals hinaufzuhüpfen und dort wie ein toll gewordenes Hammerwerk weiterzuschlagen. Verzweifelt sah ich mich nach einer Fluchtmöglichkeit um. Für einen Moment war ich nahe daran, schlichtweg über Bord zu springen, um das rettende Ufer schwimmend zu erreichen. Aber ich verwarf den Gedanken, kaum dass er mir gekommen war. Wenn Nemo wirklich einen seiner schrecklichen Torpedos auf die *Zuidermaar* abschoss, würden von diesem Schiff kaum mehr Trümmerstücke übrig bleiben.

Aber die tödliche, alles auslöschende Explosion, auf die ich wartete, kam nicht. Stattdessen begann plötzlich dicht vor der Reling das Meer zu brodeln, und eine Anzahl gewaltiger, schwarz glänzender Körper durchbrach die Wasseroberfläche. Harmfeld taumelte von der Reling zurück und fuchtelte wild und unkontrolliert mit den Händen umher. An Bord des Schiffes begann eine Panik auszubrechen. Der Einzige, der nicht versuchte, eine möglichst große Entfernung zwischen sich und die Reling zu bringen, war ich.

Im Gegenteil. So rasch es mir mit meinen gefesselten Händen möglich war, ergriff ich eine der zusammengerollten Strickleitern, die längs der Reling lagen, warf sie über Bord und sah zu, wie die Riesengestalten hintereinander daran emporzuklettern begannen. Trotz ihres plumpen Äußeren bewegten sie sich äußerst geschickt und schnell. Schon nach wenigen Sekunden stiegen die ersten Männer über die Reling.

Es waren wahrhaftig Giganten. Keiner von ihnen war kleiner als zwei Meter, und ihre Schulterbreite betrug beinahe das Doppelte eines normalen Menschen. Selbst auf mich, der wusste, dass ihr monströses Äußeres nur auf die schweren Tiefsee-Monturen zurückzuführen war, die sie trugen, wirkte der Anblick fast beängstigend.

Während sich die Männer der NAUTILUS im Halbkreis um die Strickleiter verteilten und warteten, bis auch der letzte an Bord gekommen war, trat ich auf Harmfeld zu. Der Kapitän der *Zuidermaar* war fast bis zur gegenüberliegenden Reling zurückgewichen und starrte aus hervorquellenden Augen auf die Horrorgestalten. Ein Teil seiner Mannschaft hatte sich um ihn geschart; die meisten bewaffnet, aber ebenso erstarrt vor Schrecken wie ihr Kapitän.

»Geben Sie Ihren Männern Befehl, die Waffen zu senken«, sagte ich hastig. »Ein einziger Schuss löst eine Katastrophe aus!«

Natürlich reagierte Harmfeld auch jetzt nicht auf meine Worte. Aber seine Männer hatten sie verstanden, und der Anblick der finsteren Giganten unterstrich meine Worte und überzeugte sie davon, dass es besser war, auf mich zu hören. Einer nach dem anderen senkten sie ihre Gewehre. Ich atmete innerlich auf.

Mittlerweile war auch der letzte Mann der NAUTILUS an Bord gekommen, und als ich mich umwandte, traten drei der monströsen Gestalten auf Harmfeld und mich zu. Eine von ihnen überragte selbst die schwarzgekleideten Riesen noch um mehr als Haupteslänge. Ich hätte noch nicht einmal durch die Frontscheibe ihres Helmes blicken müssen, um sie zu erkennen.

»Rowlf!«, sagte ich erleichtert. »Ihr hättet wirklich keine Minute später kommen dürfen!«

Howards Leibdiener trat auf mich zu und blickte kopfschüttelnd zu mir herab. »Issoch immers selbe mit dir«, sagte er. »Kaum lässt ma dichn Moment ausse Augen, bisse wieda inne Klemme.« Er seufzte, nahm umständlich seinen Helm ab und legte ihn vor sich auf das Deck.

»Was ... was bedeutet das, Craven?«, krächzte Harmfeld. »Sie kennen diese ... diese Männer?«

»Das will ich meinen, mon ami«, sagte eine der beiden anderen Gestalten. »Sie sind der Kapitän dieses famosen Schiffes, nehme ich an?«

Harmfeld starrte den Mann im Taucheranzug an und sagte kein Wort. Nach wenigen Sekunden hob der Mann – wie Rowlf zuvor – die Hände an den Kopf, löste seinen Helm und reichte ihn an seinen Begleiter weiter. Das schmale, ausgezehrt wirkende Asketengesicht mit dem weißen Haar, das unter dem Taucherhelm zum Vorschein kam, wirkte über den monströsen Schultern der Tiefseemontur beinahe lächerlich.

»Wenn ich mich vorstellen darf?«, fragte er. »Mein Name ist Nemo. Kapitän Nemo. Und Sie sind ...«

»Harm ... Harmfeld«, stammelte Harmfeld. »Sie ... Sie sind Nemo? Der ... *der* Nemo?«

»In der Tat, mein Lieber, *der* Nemo«, erwiderte Nemo mit einem raschen, flüchtigen Lächeln. Er hob den Arm, deutete mit der Metallklaue seines Anzuges auf seine übrigen Begleiter und schloss auch mich in die Geste ein. »Dies hier sind meine Leute, mon capitaine«, sagte er. »Und wie Sie schon ganz richtig vermutet haben, handelt es sich bei Monsieur Craven um einen guten alten Bekannten von mir. Man könnte beinahe sagen, einen Freund.« Er runzelte die Stirn. »Ich sehe, er ist in Ketten?«, fragte er. »Was hat er getan?«

Harmfelds Gesicht verlor noch ein wenig mehr an Farbe. »Nichts«, sagte er rasch. »Es handelt sich wohl um ... um einen Irrtum.«

Nemo nickte. »Das scheint mir auch so, mon capitaine. Es tut mir übrigens ausgesprochen leid, dass ich Ihr prachtvolles Schiff ein wenig beschädigen musste, aber unsere Zeit ist knapp bemessen und Ihre Kanonen drohten die NAUTILUS in Mitleidenschaft zu ziehen.«

»Was ... was wollen Sie von uns?«, stammelte Harmfeld.

»Das ist in der Kürze der Zeit und unter den gegebenen Umständen leider nicht so einfach zu erklären«, antwortete Nemo knapp. »Aber ich darf Sie vielleicht bitten, mich an Bord meines Schiffes zu begleiten, mein lieber Freund. Dort werden Sie alles erfahren, was vonnöten ist.«

»Ich ... ich bin Ihr Gefangener?«, fragte Harmfeld.

Nemo seufzte. »Ich hätte vielleicht ein anderes Wort dafür gefunden«, sagte er. »Aber ja, sicher, man könnte es so nennen. Sagen wir der Einfachheit halber, dass Sie Ihr prachtvolles Schiff vorübergehend als geentert betrachten dürfen.«

»Dann ist es also wahr, was man sich über Sie erzählt!«, sagte Harmfeld wütend. Er hatte den ärgsten Schrecken überwunden und fand seine Fassung jetzt wieder. »Sie sind nichts als ein gemeiner Pirat!«

»Aber ich bitte Sie, mon ami!«, erwiderte Nemo in leicht beleidigtem Ton. »Nichts liegt mir ferner, als einen Akt der Piraterie zu begehen. Es ist nur so, dass wir aus einem ganz bestimmten Grund hier sind. Sie werden später alles erfahren, aber nehmen Sie jetzt damit vorlieb, dass wir Ihr Schiff brauchen.«

»Und wozu?«, fragte Harmfeld.

»Um diese Insel zu evakuieren«, antwortete Nemo.

»Evakuieren?« Harmfeld blinzelte irritiert. »Wie meinen Sie das? Was soll der Unsinn?«

»Ich fürchte, es ist alles andere als Unsinn«, sagte Nemo in eindeutig bedauerndem Ton. »Dies ist die Insel Krakatau, nicht wahr?«

Harmfeld nickte, und Nemo fuhr fort: »Der Vulkan wird ausbrechen, mon capitaine. In weniger als zwei Tagen wird fast die gesamte Insel in einer einzigen, gewaltigen Explosion vom Antlitz dieses Planeten getilgt werden.«

Das Wesen fraß sich tiefer und tiefer in die Erde. Längst hatte es den Leib des Berges über sich zurückgelassen, die Insel, ja selbst den Jahrmillionen alten Granit des Meeresbodens durchstoßen, aber immer noch fraß es sich weiter. Sein Leib, heiß wie das Netz einer Sonne, hatte eine feurige Wunde in die Erde gegraben, einen flammenden Kanal, erfüllt mit kochender Lava und Hitze, aber noch hatte es sein Ziel nicht erreicht.

Der Ssaddit *hielt für einen Moment in seinem gierigen Fressen und Graben inne, um neue Kraft zu schöpfen. Rings um den schrecklichen Lavawurm herum glühte der Fels, und mit dem winzigen, nur von Instinkten beherrschten Etwas, das er anstelle eines Verstandes trug, spürte er die Verlockung des feurigen Erdinneren wie einen düsteren Ruf, der von tief, tief unten erscholl. Dort war sein Ziel. Dort, im kochenden Herzen der Erde, in dem die Erinnerung an die Jugend dieses blauen Planeten noch frisch war, würde er seine Erfüllung finden. Selbst er würde sterben, wenn ihn die Umarmung des flammenden Magmas umfing, aber das spielte keine Rolle. Den Weg dorthin zu graben war der einzige Zweck seines Daseins. Seines und dem seiner zahllosen Artgenossen, die sich jetzt noch tatenlos in den sprudelnden Lavaseen des Krakatau suhlten, abwartend, aber bereit, ihm zu folgen, wenn er den Ort der Bestimmung erreicht hätte.*

Dann geschah etwas. Die verkümmerte Intelligenz des Ssaddit *reichte nicht aus, die Veränderung zu erkennen, aber er spürte immerhin, dass irgendetwas in seiner Nähe geschah, dass Bewegung war, wo keine sein durfte, nicht hier, tief unter der Meeresoberfläche.*

Der Ssaddit *kroch weiter. Sein schreckliches Maul verschlang Felsen und Erz und verflüssigte es, während er, zuckend und sich windend wie ein bizarrer Wurm, weiter in die Tiefe glitt.*

Und plötzlich war der massive Fels unter ihm verschwunden, sein schnappendes Maul griff ins Leere, und dann stürzte die gewaltige Kreatur dreißig Yards weit in die Tiefe und schlug auf dem Boden einer Höhle auf, eines natürlichen, vor Jahrmilliarden entstandenen Hohlraumes, der noch nie das Licht der Sonne erblickt hatte. Das Wesen spürte keinen Schmerz, denn dazu war es nicht fähig, sondern wand sich nur ein paarmal wie ein getretener Wurm, hob seinen augenlosen Schädel und kroch schwerfällig zur Mitte der gewaltigen Gesteinsblase.

Dann ...

Ein dünner, hellgrün glühender Faden aus Licht teilte die äonenalte Finsternis, berührte den Ssaddit *und tötete ihn in Bruchteilen von Sekunden. Das unheimliche Glühen des Feuerwurmes erstarb, und mit einem Male war die Albtraumkreatur nicht mehr als ein Stück verkrümmt daliegender schwarzer Schlacke.*

Aber das Licht erlosch nicht, sondern wanderte weiter, glitt hierhin und dorthin und verharrte schließlich in der Mitte der Höhle, genau unter der flammenden Wunde, die Dagons Kreatur in ihre Decke geschlagen hatte. Es begann zu pulsieren, wuchs, schrumpfte wieder zusammen und dehnte sich aus, bis aus der flammenden Lichtnadel ein ellipsoides Etwas aus purer Helligkeit geworden war.

Im Inneren der unheimlichen Erscheinung begannen sich Schatten zu bilden. Eine Weile tanzten sie hektisch hin und her, als wären die Kräfte, die sie lenkten, noch nicht stark genug, sie zu einem Körper zu ballen. Dann ertönte ein heller, peitschender Laut, und aus den Schatten wurde ein drei Meter hohes, monströses Etwas, ein Ding, tausend Mal schlimmer als ein Fiebertraum, Tentakel peitschend und geifernd, mit riesigen, blutig roten Augen. Mit einem einzigen Schritt trat der Gigant aus dem leuchtenden Tor heraus. Unter seinen Füßen bebte der Boden, und als er an den verendeten Ssaddit *herantrat und ihn mit einem seiner zahllosen Gliedmaßen berührte, zerfiel der Kadaver zu feiner, grauer Asche.*

Für eine Weile stand der Riese einfach da, starrte ins Nichts und schien zu lauschen. Dann, mit einer Bewegung, die seinem plumpen Äußeren Hohn sprach, drehte er sich herum und trat wieder in das Tor hinein. Das grüne Lichtmeer zuckte und wogte wie bewegtes Wasser hinter ihm, und kaum war sein Körper mit dem Glühen verschmolzen, schrumpfte es wieder zu einem Lichtfaden zusammen. Dann erlosch es.

An der Decke der Höhle begann der Fels abzukühlen. Nach einer Weile glühte der Fels nur mehr in sanftem, sehr dunklem Rot, und etwas später erlosch auch dieses. Die Wunde, die der Erde geschlagen worden war, war wieder verheilt. Die Dunkelheit, die seit Äonen die unterseeische Höhle beherrscht hatte, nahm ihr Reich wieder in Besitz. Es schien, als wäre nichts geschehen.

Und doch hatte sich etwas verändert. Niemand wusste es, niemand spürte es, nicht einmal die, die sein Kommen herbeigefürchtet hatten, und doch war der Tod dieses einen Ssaddit *die erste Schlacht gewesen. Eine Schlacht, die vielleicht die endgültige Entscheidung über das Schicksal dieser Welt herbeiführen würde.*

Denn der UNAUSSPRECHLICHE war zurückgekehrt in die Wirklichkeit, die zu bewachen ihm aufgetragen worden war. Bewachen.

Nicht beschützen.

Die NAUTILUS war längsseits gegangen. Das gewaltige Turmluk hatte sich geöffnet, und einer von Nemos Männern hatte eine Laufplanke ausgelegt, sodass wir das Unterseeboot trockenen Fußes erreichen konnten. Harmfeld hatte sich nicht mehr gesträubt, Nemos »Einladung« Folge zu leisten und an Bord der NAUTILUS überzuwechseln – wenn auch höchstwahrscheinlich weniger aus Einsicht als vielmehr, weil er von dem Gehörten und Erlebten viel zu schockiert war, um überhaupt zu so etwas wie Widerspruch fähig zu sein. Ich war ein wenig enttäuscht, Howard nicht im Turm vorzufinden, aber Nemo erklärte mir, dass er im Salon auf mich und den Kapitän der *Zuidermaar* warten würde, und ich beeilte mich, die gewendelte Eisentreppe hinunter in die Kommandozentrale der NAUTILUS zu laufen.

Unser Wiedersehen war so herzlich, wie man es nach allem, was in der Zwischenzeit geschehen war, erwarten konnte. Howard schloss mich schlichtweg in die Arme und presste mich so heftig an sich wie eine Mutter, die ihren tot geglaubten Sohn wiedergefunden hat.

Einen Moment lang ließ ich seine stürmischen Freudenbezeugungen über mich ergehen, dann löste ich mich aus seiner Umarmung, trat einen Schritt zurück und musterte ihn von Kopf bis Fuß.

Howard sah nicht gut aus; aber das konnte man von einem Mann, der Wochen an einer tödlichen Krankheit gelitten hat, auch schwerlich erwarten. Tiefe graue Schatten lagen auf seinen Wangen, und seine Augen hatten einen fiebrigen Glanz, der wohl nur zum Teil auf seine Erregung zurückzuführen war. Seine Hände zitterten ganz leicht, als er einen Zigarillo aus der Rocktasche nahm und anzündete.

»Wie schön, dich wiederzusehen, Junge«, sagte er – zum wahrscheinlich dreißigsten Male. »Ich hatte die Hoffnung bereits aufgegeben.«

»Du weißt doch: Unkraut vergeht nicht«, antwortete ich.

Howard lächelte pflichtschuldig, aber der ernste Ausdruck in seinen Augen nahm eher zu. Er setzte sich, schnippte die Zigarrenasche auf den Boden und wies mich mit einer einladenden Geste an, ihm gegenüber Platz zu nehmen. Ich sah zur Tür zurück, ehe ich gehorchte. Das halbrunde Stahlschott hatte sich hinter mir wieder geschlossen.

»Ich habe darum gebeten, dass man uns für einige Minuten in Ruhe lässt«, sagte Howard, der meinen Blick richtig deutete. »Wir haben eine Menge zu bereden. Und nicht sehr viel Zeit. Was ist passiert?«

Ich zögerte einen Moment zu antworten. Mir brannten selbst tausend Fragen auf der Zunge, angefangen mit der, wieso die NAUTILUS plötzlich hier aufgetaucht war – nicht nur tausende von Meilen von der schottischen Küste entfernt, sondern noch dazu zwei Jahre in der *Vergangenheit.* Aber ich kannte Howard auch gut genug, um zu wissen, dass ich ohnehin keine Antwort bekommen würde, ehe nicht sein Wissensdurst gestillt war. So fügte ich mich denn und erzählte ihm alles, was seit unserer letzten Begegnung geschehen war, über die verzweifelte Odyssee der DAGON und mein Zusammentreffen mit dem geheimnisvollen Feind der GROSSEN ALTEN, bis hin zu dem, was sich auf Krakatau selbst zugetragen hatte. Howard sagte während der ganzen Zeit kein Wort, aber er hatte seine Physiognomie nicht gut genug unter Kontrolle, dass ich nicht darin hätte lesen können. Nicht sehr viel von dem, was er hörte, schien ihn zu überraschen.

Auch als ich zu Ende berichtet hatte, schwieg Howard weiter; und schließlich hielt ich es nicht mehr aus und platzte heraus: »Was hat das alles zu bedeuten, Howard? Wie kommt die NAUTILUS hierher? Woher wusstet ihr überhaupt, wo ich bin, und was hat Nemo damit gemeint: Diese Insel wird vom Angesicht des Planeten getilgt werden?«

Howard lächelte, wurde aber sofort wieder ernst. »Mein alter Freund Nemo befleißigt sich manchmal einer etwas blumenreichen Ausdrucksweise«, sagte er. »Aber er hat Recht, Robert. Sagt dir der Name Krakatau wirklich so wenig? Denk zurück – zwei Jahre ungefähr.«

Ich überlegte einen Moment, schüttelte aber dann den Kopf. Vor zwei Jahren hatte ich friedlich in London gelebt und versucht, mich in die Geheimnisse einzuarbeiten, die mir mein Vater zusammen mit seinem Riesenvermögen hinterlassen hatte. Ich hatte während dieser Zeit kaum etwas von dem mitbekommen, was rings um mich herum auf der Welt vorging.

»Zwei Jahre in der Vergangenheit, das ist jetzt«, sagte Howard. »Der Vulkan wird ausbrechen, in einer der größten Eruptionen seit Menschengedenken.«

»Das ist unmöglich!«, protestierte ich. »Der Berg ist völlig ruhig, und –«

»Und doch ist es geschehen. Oder wird geschehen«, sagte Howard. »Ich weiß es. Und Nemo und alle anderen auch.«

»Und es gibt ... keine Möglichkeit, es ... es zu verhindern?«

Howard schüttelte traurig den Kopf. »Wie willst du etwas verhindern, was schon geschehen ist, Robert?«, fragte er. »Wir können nur versuchen, so viele Menschen wie möglich von der Insel fortzuschaffen, ehe die Katastrophe hereinbricht.«

»Deshalb hat Nemo die *Zuidermaar* einfach entern lassen«, sagte ich.

Howard nickte. »Ja. Für lange Erklärungen bleibt keine Zeit. Wir haben achtundvierzig Stunden, um Krakatau zu evakuieren, von hier zu verschwinden und so weit aufs Meer hinauszufahren, wie wir nur können. Dieses holländische Kriegsschiff hat sogar noch weniger Zeit. Es muss einen Hafen erreichen, ehe die Flutwelle kommt.« Er seufzte, stand auf und kam mit einer zerknitterten Seekarte wieder. Ich sah, dass er einige Punkte darauf mit roten Strichen markiert hatte.

»Einen Vorteil haben wir«, sagte er, während er die Karte auseinanderfaltete und mit dem Handrücken glatt strich. »Wenn auch einen kleinen. Da wir wissen, wo und wie schlimm die Springflut zugeschlagen hat, können wir dem Kapitän des Schiffes ziemlich genau sagen, wohin er segeln muss, um zu überleben.«

»Und ... alles andere?«, fragte ich stockend. »Dagon und Shannon und ...«

»Dazu bleibt keine Zeit«, unterbrach mich Howard leise, aber sehr ernst. »Auf dieser Insel leben an die tausend Menschen. Wir werden kaum alle retten können, aber jeder Moment ist kostbar. Dein fischgesichtiger Freund wird zusammen mit dem Vulkan in die Luft fliegen.«

»Und Shannon auch«, fügte ich düster hinzu.

Howard wich meinem Blick aus. »Ich fürchte es«, murmelte er. Er schwieg einen Moment, sah mich dann doch an und fragte: »Du magst ihn sehr, wie?«

»Ich ... ich weiß nicht«, antwortete ich ausweichend. »Bis vor ein paar Tagen dachte ich, er wäre mein Freund, aber jetzt ...« Ich suchte vergeblich nach den passenden Worten. Wie hätte ich die Enttäuschung, ja, das Entsetzen, mit dem mich Shannons so plötzliche Verwandlung erfüllt hatte, auch ausdrücken sollen?

»Wir können nichts für ihn tun«, sagte Howard leise. »Nicht, wenn er wirklich zu Dagon gegangen ist.«

»Ich könnte versuchen, ihn herauszuholen«, sagte ich. Howard lachte. Es klang nicht besonders amüsiert. »Nach allem, was du mir erzählt hast? Du bist verrückt, Junge.«

»Aber er ist wenigstens kein Verräter!«, sagte eine Stimme hinter mir.

Howard fuhr auf und presste wütend die Lippen zusammen – und auch ich drehte mich herum – und unterdrückte im letzten Augenblick einen erschrockenen Ausruf.

Das Schott hatte sich lautlos wieder geöffnet, und Nemo, Rowlf und Kapitän Harmfeld waren hereingekommen, begleitet von zwei Matrosen der NAUTILUS, die wie zufällig rechts und links von Harmfeld standen. Und einem jungen, dunkelhaarigen Mädchen, das Howard und mich abwechselnd mit Zorn sprühenden Blicken anstarrte.

»Jennifer!«, entfuhr es mir. »Sie? Wie ... wie kommen Sie hierher?« Ich sprang auf und eilte ihr entgegen, aber Jennifer ignorierte mich und ging mit schnellen Schritten auf Howard zu.

»Halten Sie so Ihr Wort, Lovecraft?«, fauchte sie. »Wir hatten etwas anderes vereinbart.«

»Unsinn«, verteidigte sich Howard. »Wir haben versichert, dass wir Sie hierher bringen, mehr nicht. Und selbst wenn – es stehen Menschenleben auf dem Spiel, was gilt da ein gegebenes Wort?«

»Was hat das alles zu bedeuten?«, fragte ich verstört. »Wie kommen Sie hierher, Jenny?«

»Das fragen Sie besser Ihren Freund Howard«, schnappte Jennifer wütend. »Wir hatten eine Abmachung.«

»Eine Abmachung?« Ich sah Howard an.

»Das stimmt«, gestand er. »Wir ... haben versprochen, sie zu Dagon zu bringen. Als Gegenleistung hat sie uns verraten, wo du bist. Und wann«, fügte er mit sonderbarer Betonung hinzu.

»Und Sie betrügen mich«, sagte Jennifer böse. »Ich habe mein Wort gehalten und Sie zu Craven geführt. Jetzt bringen Sie mich zu Dagon.«

»Kindchen«, begann Howard, »das ist –«

Jennifer fuhr ihm mit einer wütenden Bewegung ins Wort. »Das ist, was wir vereinbart haben, Lovecraft. Ich habe mein Wort gehalten, jetzt halten Sie das Ihre. Wenn nicht –« Sie sprach nicht weiter, aber vielleicht war es gerade das, was ihren Worten ein solches Gewicht verlieh. Howard presste die Lippen aufeinander, aber ich spürte, dass sein Zorn nicht ganz echt war und dass sich eine Furcht dahinter verbarg, die ich nicht verstand.

Ehe er antworten und damit alles nur noch schlimmer machen konnte, trat ich zwischen ihn und das schwarzhaarige Mädchen, um so wenigstens den Blickkontakt zwischen den beiden ungleichen Kampfhähnen zu unterbrechen.

»Jenny«, sagte ich, »warum erzählen Sie mir nicht einfach, was geschehen ist. Vielleicht finden wir eine Lösung.«

»Da gibt es nicht viel zu erzählen«, antwortete sie wütend. »Ich hatte eine Abmachung mit Lovecraft und Nemo. Ich habe ihnen gesagt, wo Sie zu finden sind, und dafür haben sie sich verpflichtet, mich zu Dagon zu bringen.«

»Warum?«, fragte ich. »Was versprechen Sie sich davon?«

»Das geht Sie nichts an«, antwortete sie wütend.

»Ich denke doch«, widersprach ich. »Sehen Sie, mir ist auch daran gelegen, Dagon zu finden, ehe hier alles in die Luft fliegt, aber wenn ich Ihnen helfen soll, dann muss ich wissen, auf welcher Seite Sie stehen, Jenny.«

»Siehst du das wirklich nicht, Robert?«, fragte Howard leise. »Schau sie dir doch an. Sie liebt ihn. Sie liebt dieses Ungeheuer!«

Seine Stimme troff dabei so von Verachtung, dass Jenny wie von der Tarantel gestochen herumfuhr und es für einen Moment so aussah, als wolle sie sich auf ihn stürzen.

»Wollen Sie es bestreiten?«, fragte Howard kühl.

Ich drehte mich wütend herum. »Howard, zum Teufel, was soll das?«, schnappte ich.

Ich bekam keine Antwort, aber das zornige Funkeln in Howards Augen verstärkte sich weiter. Einen Moment lang erwiderte ich seinen Blick, dann drehte ich mich wieder zu Jennifer um und versuchte zu lächeln. Ganz gelang es mir nicht.

»Ist es wahr?«, fragte ich. »Lieben Sie Dagon?«

Das Mädchen schürzte wütend die Lippen. »Und wenn?«, fragte sie.

»Wenn«, antwortete ich, sehr leise und in aufrichtig bedauerndem Ton, »kann ich Ihnen nicht helfen, Jenny. Das müssen Sie einsehen. Dagon ist unser Feind; und nicht nur unserer.«

»Ach?«, fragte Jennifer. »Ist er das?«

Ich stutzte. Ihre Worte waren genau in dem Ton vorgebracht, in dem ein störrisches Kind reden mochte, das ausprobierte, wie weit es gehen kann. Und trotzdem ließ mich etwas darin aufhorchen.

»Wie meinen Sie das?«, fragte ich.

In Jennifers Augen blitzte es. »Warum kommen Sie nicht mit mir und fragen ihn selbst?«, sagte sie.

Ich wollte antworten, aber ich konnte es nicht. Jennifer hasste mich, das war mir klar, im gleichen Moment, in dem ich in ihre Augen sah. Sie hasste Howard, Nemo, mich – überhaupt jeden hier, denn in den letzten Augenblicken hatte sie vermutlich die größte Enttäuschung ihres Lebens erlebt. Ich wusste noch immer nicht genau, was Howard und sie vereinbart hatten – aber es schien, als hätte sie ihren Teil dieses sonderbaren Handels eingehalten. Wenn Howard jetzt die Vereinbarung brach, dann musste ihr dies wie Betrug vorkommen. Genau genommen war es das wohl auch. Und genau genommen konnte ich es nicht gutheißen, ganz gleich, aus welchen Gründen heraus Howard und Nemo handeln mochten. Auch ein Betrug an einem Feind bleibt ein Betrug, egal wie man es dreht und wendet.

Aber da war noch mehr. Über diese Tatsache hinaus konnte ich Jennifer nur zu gut verstehen. Ich wusste aus eigener schmerzlicher Erfahrung, wie eng Liebe und Leid miteinander verbunden sind.

Auch ich hatte eine Enttäuschung erlebt, die ich selbst jetzt, nach mehr als zwei Jahren, noch nicht vollends verwunden hatte.

Schließlich senkte ich den Blick, starrte einen Moment zu Boden und wandte mich dann wieder an Howard. »Du bleibst dabei?«

»Die NAUTILUS wird sich keinen Fuß von der Stelle rühren«, sagte Howard hart – und in einem Ton, der mich davon abhielt, noch einmal zu fragen.

»Gut«, antwortete ich. »Dann werde ich zusammen mit Jenny gehen.«

Howard keuchte. »Du willst –«

»Morgen früh«, fuhr ich fort, mit ganz leicht erhobener Stimme. »Nur wir zwei. Alles, was ich brauche, sind frische Kleider und ein Gewehr. Und vierundzwanzig Stunden Zeit. Habe ich die?«

Howard antwortete nicht sofort, sondern tauschte einen fragenden Blick mit Nemo. Der Kapitän der NAUTILUS nickte.

»Gut«, sagte Howard. Seine Stimme klang seltsam. Zorn war darin, aber auch noch etwas anderes, das ich nicht zu benennen vermochte. »Vierundzwanzig Stunden. Keine Minute länger, Robert. Übermorgen bei Sonnenaufgang stechen wir in See, ob du an Bord bist oder nicht. Wenn wir bleiben, ist es unser aller Tod.«

Unsichtbar und lautlos wie einst auf der DAGON verfolgte er, was sich auf der winzigen Insel tief unter ihm abspielte. Er war ein Gigant, der hoch über den Wolken schwebte, so mühelos, wie er die Weiten des Weltalls durchschritten und die Barrieren der Zeit überwunden hatte. So etwas wie Ungeduld kannte er nicht. Und trotzdem verspürte er eine sonderbare Erregung.

Der Moment der Entscheidung war nahe. Nicht der endgültigen Entscheidung, natürlich. Der Krieg, in dem selbst er nur ein winziges, unbedeutendes Werkzeug war, währte seit Erschaffung des Kosmos und würde dauern, solange das Universum bestand, und obwohl ihn beide Seiten mit verbissener Wut führten, wussten sie gleichzeitig, dass niemals die eine oder andere wirklich und endgültig siegen konnte.

Und trotzdem stand die Entscheidung dicht bevor. Die Entscheidung über das Schicksal der winzigen Kreaturen, die tief unter ihm lebten und glaubten, die Herren ihrer Welt zu sein, die sie in Wirklichkeit nur geliehen bekommen hatten. Die Entscheidung über das Schicksal eines Gottes, der nicht begriffen hatte, dass er unter den Mächtigen nur ein Zwerg war. Die Entscheidung über das Schicksal jener verlorenen kleinen Insel.

Und vielleicht über das dieser ganzen Welt …

Über dem Strand lag das Schweigen des Todes. Die Luft war still, beinahe unbewegt, und selbst das monotone Rauschen und Wispern der Brandung klang wie von weit, weit her, obwohl die Wellen nur wenige Hand breit hinter den Füßen der Männer gegen den Strand leckten.

Während der zweiten Hälfte der Nacht war das Schreien und Schießen verklungen und die Brände einer nach dem anderen erloschen. Jetzt lagen die Häuser dunkel und bar jeden Lebens da; eine halbhohe, im grauen Licht der Dämmerung wie eine gezackte Zinnenmauer wirkende Wand, die sich vor dem größeren Schatten des Berges erhob. Brandgeruch hing in der Luft, und hier und da kräuselte sich noch Rauch in den Himmel.

Eine Mauer des Schweigens. Es hätte der grünweißen, mit kleinen glitzernden Klümpchen durchsetzten Schleimspur auf dem Strand nicht einmal bedurft, um mir zu sagen, dass in diesem Ort nichts Lebendes mehr war.

»Warten Sie«, sagte Harmfeld, als ich weitergehen wollte, um einer Welle auszuweichen, die schäumend herangerollt kam. »Irgendetwas stimmt hier nicht.«

»Ach?«, erwiderte ich spitz. »Wie kommen Sie darauf?«

Harmfeld runzelte die Stirn, schenkte mir einen bösen Blick und sah aus zusammengekniffenen Augen zurück zum Meer, wo sich die *Zuidermaar* wie ein gewaltiger schwimmender Berg erhob. Das Schiff war näher an die Küste herangekommen, so nahe, wie es einem Schiff dieser nicht unbeträchtlichen Größe eben möglich war, bevor es Gefahr lief, plötzlich auf dem seichten Strand aufzusetzen. Trotzdem war es noch eine gute halbe Meile vom Ufer entfernt. Selbst die NAUTILUS, deren Turm wie eine stählerne Klippe unweit des Schiffes aus dem Meer ragte, erschien mir unendlich weit entfernt. Das Bild erinnerte mich an Howard und Rowlf, die beiden einzigen Freunde, die ich besaß und die auf diesem Schiff zurückgeblieben waren. Es tat weh. Ich hatte bis vor wenigen Stunden noch nicht einmal zu hoffen gewagt, sie überhaupt wiederzusehen. Und dann war dieses Wiedersehen ganz, ganz anders verlaufen, als ich mir erträumt hatte. Wie kam es nur, dass Howard und ich, die beide für den anderen eine große Hochachtung und ebenso tiefe Zuneigung empfanden, sich fast ununterbrochen stritten? Was war der Grund – waren wir zu verschieden oder zu ähnlich? Oder war es vielleicht so, dass man nicht tagtäglich mit dem Bösen umgehen konnte, ohne selbst so zu werden? Vielleicht war es wirklich so, wie Howard einmal – nicht ganz im

Scherz – gemeint hatte: *Es ist, als würdest du mit den Händen im Dreck wühlen, Junge. Du kannst ihn fortwerfen, so weit du willst. Etwas bleibt immer an dir haften.*

Ich verscheuchte den Gedanken, trat – Harmfelds Befehl missachtend – zwei Schritte weiter auf den Strand hinauf und sah schadenfroh zu, wie Harmfeld und seine Leute nasse Füße bekamen. Auch Jennifer hatte sich ein Stück weit den Strand hinauf bewegt, obwohl sie gewiss nicht wasserscheu war. Ein flüchtiges Lächeln verzog ihre Lippen, als sie Harmfelds Missgeschick bemerkte. Der Holländer fluchte, trat an meine Seite und blickte wieder zum Ort hinüber.

Ein besorgter, ja beinahe schon ängstlicher Ausdruck begann sich auf seinen Zügen breitzumachen, während sein Blick über die niedergebrannten Häuser tastete. Seine Hand legte sich in einer unbewussten Geste auf den Griff des Paradesäbels, der von seiner Seite baumelte. Nirgends war eine Spur von Leben zu erblicken, aber das hatten wir auch nicht erwartet. Aber es war auch nicht ein einziger Toter zu sehen. Und das war beinahe schlimmer.

Langsam gingen wir weiter, flankiert von dem Dutzend Männer, das Harmfeld und mich begleitete. Keiner von uns sprach, und selbst Jennifers Antlitz zeigte Furcht und Schrecken, als wir in die niedergebrannte Stadt eindrangen. Der Ort wirkte – so absurd es klingt – auf beunruhigende Weise friedlich. In dem kleinen, zum Hafen deklarierten Straßenabschnitt, in dem unsere Pinasse angelegt hatte, dümpelte ein halbes Dutzend Fischerboote in der Brandung, ein Stück weiter nördlich lugte das halb verfaulte Wrack eines etwas größeren Bootes aus dem Wasser, das vor Jahren einmal hier aufgelaufen sein musste, ohne dass sich jemand die Mühe gemacht hätte, es zu bergen. Ein Stück den Strand hinauf, auf halber Strecke zwischen der Flutlinie und dem eigentlichen Ort, erhob sich das windschiefe Gebäude der Hafenkneipe, in der Shannon und ich am Tage zuvor um ein Haar gelyncht worden wären. Seine Tür stand offen, sodass ich ungehindert in sein Inneres blicken konnte. Es war leer. Durch eine Laune des Zufalls war es eines der wenigen Gebäude, die den Brand überstanden hatten. Nicht einmal seine Wände waren geschwärzt.

Harmfeld schickte einen seiner Soldaten mit einer knappen Handbewegung in die Kneipe, nahm die Finger endlich von seinem Säbel und zog stattdessen einen langläufigen Revolver unter seiner Uniformjacke hervor. Das Knacken, mit dem er den Hahn zurückzog, klang in der unheimlichen Stille wie ein Peitschenhieb.

Wir gingen weiter, instinktiv enger zusammenrückend. Das Meer rauschte monoton gegen die Küste, und der Wind begann mit trockenen Abfällen und Fensterläden zu spielen; aber nirgendwo zeigte sich die geringste Spur von Leben. Harmfelds Männer schwärmten aus, um hier und da ein Haus zu durchsuchen, aber das Ergebnis war immer das gleiche.

Der Ort war leer. Die Überlebenden – falls es welche gegeben hatte – waren verschwunden, zusammen mit den Toten. Und Harmfelds Hilfstruppe.

»Was ist hier geschehen?«, flüsterte Harmfeld. Seine Stimme bebte.

Es war keine Frage, auf die er eine Antwort haben wollte, und so schwieg ich.

Wir durchquerten den Ort zur Gänze und blieben dicht vor der wuchernden grünen Mauer des Dschungels stehen. Harmfeld wich meinem Blick aus, aber ich sah, dass er immer wieder nach oben starrte, zum Gipfel des Krakatau hinauf. Der Berg spie Flammen, aber im hellen Licht der Morgensonne sah das Bild auf bedrückende Weise ästhetisch aus. Es war nichts Bedrohliches daran. Absolut nichts.

»Ich kann es einfach nicht glauben«, murmelte er. »All diese Menschen. Die ... die Insel hat beinahe sechshundert Einwohner, und ...« Er stockte, scharrte einen Moment mit der Schuhspitze im Boden und sah plötzlich mit einem Ruck auf. »Sagen Sie mir die Wahrheit, Craven«, sagte er. Seine Stimme klang fast flehend. »Das alles ist doch nicht wahr! Das ist nur ein Trick Ihrer Freunde, damit ich keinen Widerstand leiste!«

»Leider nicht, Kapitän«, antwortete ich. »Ich fürchte, es ist so. Der Vulkan wird ausbrechen, in genau dem Moment, den Nemo Ihnen vorhergesagt hat.«

Harmfelds Augen weiteten sich ungläubig, aber irgendwie schien er zu spüren, dass ich die Wahrheit sagte. »Was sind Sie?«, fragte er leise. »So eine Art Hellseher?«

»Manchmal«, antwortete ich.

Harmfeld schien noch mehr sagen zu wollen, beließ es aber dann bei einem Kopfschütteln und rammte seine Pistole mit einer übertrieben heftigen Bewegung ins Halfter zurück. »Ich lasse meine Männer die Stadt noch einmal durchsuchen, bevor wir zum Schiff zurückkehren«, sagte er. »Ich muss sicher gehen.«

»Das wird Nemo nicht sehr freuen«, sagte ich. »Wir haben keine Zeit dafür.«

Harmfeld fuhr auf. »Wir sollen die Insel evakuieren, oder?«, fauchte er. »Das heißt, Menschen zu retten. Und ich fange damit *hier* an.« Er ballte die Faust, beruhigte sich aber so schnell wieder, wie er aufgefahren war. »Und Sie wollen wirklich dorthinauf?«, fragte er mit einer Kopfbewegung auf den Vulkan.

»Ja«, antwortete Jennifer an meiner Stelle. »Aber wir werden zurückkommen, Kapitän. Keine Sorge.«

Harmfelds Nicken wirkte nicht sehr überzeugend.

»Dieser Narr«, murmelte Howard. »Dieser verdammte, romantische Narr. Er wird sich umbringen!« Wütend schlug er mit der Faust auf den Tisch, sodass Tintenfass und Kohlestifte einen wilden Tanz vollführten, zog dann einen seiner berüchtigten schwarzen Zigarillos aus der Brusttasche seines Rockes und riss ein Streichholz an.

»Du hättest ihn aufhalten können«, sagte Nemo, der auf der anderen Seite des Kartentisches Platz genommen hatte. »Warum hast du es nicht getan?«

»Aufhalten?« Howard stieß eine blaue Qualmwolke in die Luft. »Du kennst Robert nicht sehr gut, sonst hättest du das nicht gesagt«, behauptete er. »Eher hinderst du den Krakatau mit bloßen Händen daran, auszubrechen.« Wütend sog er an seiner Zigarre, dass ihr brennendes Ende fast weiß aufglühte.

Nemo hustete demonstrativ. »Was macht dich so zornig?«, fragte er leise. »Die Tatsache allein, dass er gegangen ist, oder die, dass er es gegen deinen Willen getan hat?«

Howard schnaubte. »Wenn er nicht zurückkommt, war alles umsonst«, fauchte er. »Ist dir das klar? Er ist genau wie sein Vater, als der im gleichen Alter war. Immer mit dem Kopf durch die Wand. Irgendwann«, fügte er leiser hinzu, »wird er auf eine treffen, an der er sich den Schädel einrennt.«

Die Tür wurde geöffnet. Nemo, der gerade zu einer Antwort angesetzt hatte, blickte unwillig auf und legte drohend die Stirn in Falten. Der Matrose, der hereingekommen war, schob rasch die Hand vor und reichte ihm einen kleinen Zettel, auf den wenige Worte gekritzelt waren. Nemo blickte kurz darauf, nickte dann und erhob sich.

»Was ist los?«, fragte Howard.

»Ein Schiff«, antwortete Nemo. »Es kommt näher. Sehr schnell.«

»Krakatau ist eine Insel«, erinnerte Howard. »Da kommt es schon einmal vor, dass ein Schiff auftaucht.« Nemo starrte ihn böse an, und Howard beeilte sich plötzlich, aufzustehen und hinter ihm den Kartenraum zu verlassen, um in den Turm der NAUTILUS hinaufzugehen.

Durch die beiden großen, kreisrunden Kristallfenster fiel heller Sonnenschein in den kleinen Raum. Einer von Nemos Männern stand, einen Feldstecher in der Hand, vor dem seeseitigen Fenster, trat bei ihrem Eintreten zurück und reichte Nemo schweigend das Glas.

Der Kapitän der NAUTILUS blickte eine Weile stirnrunzelnd hindurch und gab es an Howard weiter.

Der Horizont schien mit einem gewaltigen Satz näher zu kommen, als Howard den Feldstecher ansetzte. Er musste einen Moment suchen, um das Schiff zu entdecken, von dem Nemo gesprochen hatte, aber als er es sah, zog auch er verwirrt die Brauen zusammen.

Das Schiff war kein Schiff, sondern ein schwimmendes Wrack. Das Segel hing in Fetzen und war so schmutzig, dass sich Howard fragte, wieso es nicht beim ersten Windstoß wie Glas zerbrach; Rumpf und Masten waren von Tang und Algen überwachsen und an zahllosen Stellen geflickt. Eine goldfarbene Monstrosität prangte als Gallionsfigur am Bug des Seelenverkäufers. Für einen Moment war Howard fast sicher, eine Piratenflagge zu finden, wenn er nur lange genug danach suchte.

Und das Schiff war schnell.

Ungefähr drei Mal so schnell, wie es hätte sein dürfen ... »Kannst du den Namen entziffern?«, fragte Nemo. Howard richtete den Feldstecher erneut auf den Bug des Schiffes.

»V-a-n-H-e-l-s-i-n-g«, buchstabierte er, stockte, setzte das Glas ab, sah Nemo stirnrunzelnd an und sagte noch einmal: »Van Helsing?«

»Der Kapitän muss entweder ein Idiot oder ein Witzbold sein«, knurrte Nemo. Er schüttelte den Kopf, nahm Howard das Glas ab und sah noch einige Sekunden auf das Meer hinaus, ehe er mit einer Kopfbewegung nach oben deutete, auf das offen stehende Turmluk. »Gehen wir hinauf, um unsere Besucher zu empfangen«, sagte er.

Ein kalter, nach Salzwasser riechender Wind schlug ihnen entgegen, als sie die schmale Eisenleiter hinaufstiegen. Die *Van Helsing* kam so rasch näher, dass sie schon bald ohne Glas deutlich zu erkennen war.

»Wieso ist es so schnell?«, wunderte sich Howard. »Wir haben beinahe Windstille.«

Nemo antwortete nicht, aber Howard sah deutlich, dass ihm das Tempo ebenso wenig gefiel. Der scheinbar geradewegs von einem Schiffsfriedhof stammende Segler schoss mit der Geschwindigkeit eines Schaufelraddampfers heran. Unter seinem Bug spritzte das Meer auf. Das Segel war so straff gespannt, dass Howard glaubte, die Taue singen zu hören.

»Ich verstehe das auch nicht«, murmelte Nemo. »Aber wir können den Kapitän ja fragen.« Er zögerte, fuhr sich mit der Zungenspitze über die Lippen und beugte sich plötzlich zum Luk hinunter.

»Rufen Sie die Besatzung zusammen, Jacques«, rief er zu dem wartenden Matrosen hinab. »Und geben Sie Befehl, die Maschinen anlaufen zu lassen. Halbe Gefechtsbereitschaft.«

Howard erschrak.

»Dieses schwimmende Wrack gefällt mir nicht«, sagte Nemo, mehr zu sich selbst als an Howard gewandt. »Kein Schiff dürfte so schnell sein.« Sein Blick löste sich für einen Moment von der *Van Helsing* und tastete über die gewaltige Flanke der *Zuidermaar*, die wie ein schwimmender Berg neben der NAUTILUS ruhte. Auch dort war die *Van Helsing* bemerkt worden: Matrosen drängelten sich an der Reling, einige kletterten auch in die Wanten hinauf, und schließlich erschien die hoch gewachsene, in dunkles Marineblau gekleidete Gestalt Kapitän Harmfelds.

»Ahoi, *Zuidermaar!*«, rief Nemo in bester Seefahrermanier. »Kennen Sie dieses Schiff, Kapitän?« Harmfeld nickte und rief etwas, aber seine Antwort ging im Rauschen der Wellen und dem Wind unter, und Nemo wandte sich enttäuscht ab.

Die *Van Helsing* hatte ihren Abstand inzwischen stetig verkürzt, sodass auch mit bloßem Auge Einzelheiten zu erkennen waren. Wie auf der *Zuidermaar* drängelten sich auch hinter ihrer Reling Männer; allerdings keine Marinesoldaten, sondern ein zusammengewürfelter Haufen der abenteuerlichsten Typen.

»Mir ist nicht wohl dabei«, murmelte Nemo. »Am liebsten würde ich tauchen und diesem Wrack meinen Rammsporn zu schmecken geben.«

Howard schüttelte den Kopf, antwortete aber nicht darauf. Er wusste, dass Nemo seine Worte nicht ganz so ernst gemeint hatte, wie sie sich vielleicht anhörten – aber er konnte seine Gefühle auch sehr gut verstehen. Das Schiff und seine Besatzung schienen geradewegs einem schlechten Piratenroman entsprungen zu sein. Jedenfalls kam es ihm so vor.

Die *Van Helsing* verlor jetzt rasch an Geschwindigkeit, schwenkte schließlich in einem weiten Bogen herum und kam – mit einer Präzision, die bei einem solchen Schiff schlechterdings unmöglich war – dicht neben der NAUTILUS zum Halten. Unter die Männer hinter der Reling kam plötzlich Bewegung, dann drängte sich ein fettleibiger Glatzenzwerg an die Bordwand, beugte sich zur NAUTILUS hinab – wozu er sich auf die Zehenspitzen stellen musste – und brüllte aus Leibeskräften:

»Ahoi, NAUTILUS! Ich komme an Bord!«

Nemo blieb nicht einmal Zeit, seine Überraschung zu überwinden, da begann der Gnom auch schon geschickt wie ein Affe an der Bordwand hinabzuklettern, ließ sich auf dem letzten Stück schlichtweg fallen – und kraulte wie eine fettleibige Qualle auf das Unterseeboot zu!

Howard ächzte. »Ich verstehe ja nicht viel von Seefahrt«, sagte er, »aber das scheint mir nicht die übliche Art, von einem Schiff aufs andere überzuwechseln.«

Nemo schüttelte ernst den Kopf. Seinem Gesichtsausdruck nach zu schließen, schien er den Vorgang nicht halb so komisch zu finden wie Howard. Im Gegenteil. Sein Misstrauen war noch gestiegen.

»Komm mit«, sagte er wortkarg. Er drehte sich herum, stieg die Schräge zum Mitteldeck hinab und winkte Howard ungeduldig, ihm zu folgen.

Als Howard hinter Nemo auf das Deck der NAUTILUS hinaustrat, spürte er ein leises Zittern unter den Füßen; die Maschinen des Unterseebootes waren angelaufen.

Weder er noch Nemo machten Anstalten, dem Zwerg zu helfen, als er auf die glatten Stahlplanken der NAUTILUS hinaufzuklettern versuchte. Howard betrachtete sich den sonderbaren Besucher genauer. Der Mann war wirklich ein Zwerg, wenig mehr als anderthalb Meter groß, aber beinahe ebenso breit. Sein Gesicht schien eine Masse aus wabbeligem Fett zu sein, in die jemand mit wenig Geschick so etwas wie menschliche Züge hineinzudrücken versucht hatte. Seine Finger waren so dick, dass sie wie ungelenke Stummel wirkten.

»Willkommen an Bord der NAUTILUS«, sagte Nemo, nachdem sich der Zwerg aufgerichtet und wie eine nass gewordene Katze geschüttelt hatte. »Dürfte ich nach dem Grund Ihres so unkonventionellen Erscheinens fragen, Monsieur?«

Der Zwerg trippelte auf Nemo zu, blieb einen halben Schritt vor ihm stehen und legte den Kopf in den Nacken, um ihm ins Gesicht blicken zu können.

»Sie sind Kapitän Nemo, nehme ich an«, sagte er.

Nemo nickte. »Und mit wem habe ich die Ehre?«

»Mein Name ist De Cruyk«, antwortete der Zwerg. »Wir sind gewissermaßen Kollegen, wissen Sie?«

»Ach?«, fragte Howard.

De Cruyk bedachte ihn mit einem Blick, mit dem man ein lästiges Insekt zu betrachten pflegte, richtete sich zu seiner vollen Größe von ungefähr einhundertdreiundvierzig Zentimetern auf und sagte: »Ich bin Kapitän De Cruyk, Besitzer und Kapitän der *Van Helsing*. Gestatten Sie, dass ich an Bord komme?«

Nemo zwang sich ein pflichtschuldiges Lächeln ab, rührte sich aber nicht von der Stelle, als De Cruyk auf das offen stehende Turmschott zugehen wollte. »Was soll dieser Auftritt?«, fragte er ungehalten. »Haben Sie auf Ihrem Seelenverkäufer keine Boote, oder schwimmen Sie einfach gerne?«

De Cruyk schürzte beleidigt die Lippen. »Weder noch, Kapitän«, antwortete er. »Mir schien nur jede Sekunde kostbar, und ungewöhnliche Situationen erfordern ungewöhnliche Maßnahmen, nicht? Ich bin hier, um Ihnen meine Hilfe anzubieten.«

»Ihre Hilfe?«, fragte Howard. »Wobei?«

De Cruyk seufzte. »Ich bitte Sie! Sie müssen diese Insel evakuieren, oder etwa nicht? Mir scheint, da können Sie ein zweites Schiff gut gebrauchen.«

»Evaku ...« Howard brach ab, tauschte einen verstörten Blick mit Nemo und wandte sich wieder an De Cruyk. »Woher wissen Sie das?«, fragte er scharf.

»Das spielt doch jetzt wohl keine Rolle, oder?«, sagte De Cruyk patzig. »Ich bin im Besitz recht zuverlässiger Informationen, dass diese Insel in weniger als achtundvierzig Stunden untergehen wird, und es sind drei ...« Er stockte, blinzelte einen Moment aus zusammengekniffenen Augen zum Ufer hinüber und verbesserte sich: »Zwei größere und ein Dutzend kleinerer Ortschaften zu evakuieren. Mit nur einem Schiff haben Sie keine Chance.«

»Das stimmt«, sagte Nemo düster. »Trotzdem beantwortet es nicht die Frage, woher Sie diese Informationen haben.«

In De Cruyks Schweinsäuglein blitzte es auf. »Nehmen Sie einfach an, ich handele im Auftrag einer Macht, die Ihnen wohl gesonnen ist«, sagte er. Er wollte weitergehen, aber Howard packte ihn blitzschnell bei der Schulter und zerrte ihn herum.

Wenigstens wollte er es.

Das dünne, an zahllosen Stellen zerrissene Hemd, das an seinem Oberkörper klebte wie eine zweite Haut, zerriss.

Aber nicht nur das Hemd. De Cruyks Schulter löste sich unter dem harten Griff von Howards Fingern buchstäblich auf. Alles, was Howard plötzlich noch in der Hand hielt, war etwas, das ihn an einen Haufen faulig verklebten Strohs erinnerte und einen unbeschreiblichen Gestank verströmte.

»Sie sind wirklich ein Idiot, Lovecraft«, sagte De Cruyk kopfschüttelnd, ehe er ihn ansprang.

Wir hatten nur drei Stunden gebraucht, den Weg bis zur Steilküste hinter uns zu bringen, und trotzdem fühlte ich mich, als hätte ich einen Dreißig-Meilen-Lauf hinter mich gebracht. Die Hitze war selbst im Schatten des Dschungels beinahe unerträglich gewesen, und wenn der Lärm, den Jennifer und ich gemacht hatten, auch beinahe alles Leben aus unserer Nähe verscheucht hatte, so hatten sich doch sämtliche Moskitos, Stechfliegen und andere Blutsauger der südlichen Hemisphäre auf mich gestürzt. Wenigstens fühlte ich mich so. Mein ganzer Körper schien eine einzige, unerträglich juckende Beule zu sein.

Mit einer Mischung aus Bewunderung und kaum verhohlenem Neid betrachtete ich Jennifer, die wenige Schritte neben mir ging. Irgendwie brachte sie das Kunststück fertig, sich noch immer mit der Eleganz und Grazie einer Lady zu bewegen, obgleich sie wie ich seit drei Stunden nichts anderes tat, als über Wurzeln und Baumstümpfe zu steigen, sich durch Lücken in dornigem Gestrüpp zu zwängen und tief hängendem Geäst auszuweichen, das ihr ins Gesicht peitschen wollte. Sie hatte nicht einen einzigen Kratzer abbekommen.

Übrigens auch nicht einen einzigen Insektenstich ...

Nach einer Ewigkeit hellte sich die dunkelgrüne Dämmerung vor uns auf, und ich spürte wieder den Salzwassergeruch des Meeres durch das Aroma des Waldes. Aufatmend blieb ich stehen und bedeutete Jenny mit einer Handbewegung, es mir gleich zu tun.

»Was ist?«, fragte sie ungeduldig.

»Nichts. Ich ... brauche nur eine kleine Pause, das ist alles«, antwortete ich stockend. Ich lächelte verzeihungsheischend, als ich ihr unwilliges Stirnrunzeln bemerkte, und fügte hinzu: »Die Kletterei zum Strand hinunter wird verdammt anstrengend werden. Sie sollten sich auch ein wenig ausruhen.«

»Das alles wäre nicht nötig gewesen, hätten Nemo und Lovecraft ihr Wort gehalten«, sagte Jenny verärgert, ließ sich aber nach kurzem Zögern dicht neben mir auf einen abgestorbenen Baumstumpf sinken und schloss die Augen. Feiner Schweiß bedeckte ihre Stirn. Sie atmete ein wenig schneller als normal. Aber ganz und gar nicht so schnell, wie ein Mensch, der drei geschlagene Stunden durch den Dschungel gewandert war, hätte atmen müssen.

»Mit der NAUTILUS hätten wir den Weg in einer halben Stunde geschafft«, gestand ich. »Aber Howard hatte seine Gründe. Glauben Sie mir. Er ist kein –«

»Kein was?«, unterbrach mich Jenny zornig. »Kein Betrüger?« Sie lachte. »Wollten Sie das sagen?«

»Sie hätten schwimmen können«, verteidigte ich mich, in die Enge getrieben durch ihren plötzlichen Ausbruch, aber auch verwirrt über den Zorn, den ich fühlte.

»Ich schon«, antwortete Jenny. »Und Sie?«

»Ich?« Ich verstand nicht gleich.

Jennifer lachte abfällig. »Versuchen Sie nicht, mir etwas vorzumachen«, sagte sie böse. »Sie sind nicht nur mitgekommen, um mir zu helfen oder das Wort einzulösen, das Lovecraft mir gegeben hat.« Sie machte eine vage Geste zur Küste hin. »Sie sind genauso interessiert daran wie ich, dorthinunter zu kommen.«

Einen Moment lang starrte ich sie an, dann nickte ich. »Ja«, sagte ich, allmählich genauso wütend wie sie. »Dort unten ist nämlich ein Freund von mir. Und wenn er noch lebt, werde ich ihn dort herausholen.«

»Ein Freund?« Jennifer sprach das Wort aus wie eine Beschimpfung. »Nach allem, was Sie über ihn erzählt haben?« Sie lachte böse. »Ich glaube, wer *Ihre* Freunde hat, der braucht keine Feinde mehr, Robert.«

»Und Dagon?«, fauchte ich. »Geben Sie mir eine logische Erklärung, wie man ein Wesen *lieben* kann, das nicht einmal ein Mensch ist.«

Und plötzlich geschah etwas Sonderbares. Etwas, dessen wahre Bedeutung ich erst sehr, sehr viel später begreifen sollte. Statt – wie ich erwartete – aufzufahren, blickte mich Jennifer mit sonderbarem

Ernst an, schüttelte ganz leise den Kopf und sagte: »Das wissen Sie besser als ich, Robert.«

Es war, als hole mich die Vergangenheit ein; mit einem einzigen, brutalen Hieb.

Es war noch nicht einmal sehr lange her, da hatte ich neben einem anderen Menschen – einer anderen Frau! – gesessen, in einer Situation, die meiner jetzigen sehr ähnlich gewesen war ...

»Sie ... Sie wissen von ... von Shadow?«, stammelte ich.

Jennifer nickte. »Ich weiß alles über dich, Robert«, sagte sie, sehr sanft und plötzlich völlig ohne Zorn und die Wut, die noch vor Augenblicken ihre Stimme hatte zittern lassen. Irgendetwas geschah mit ihr, eine Veränderung, die ich nicht greifen, nicht in Worte fassen konnte, die aber überdeutlich war. Plötzlich war in ihrem Blick eine sonderbare Wärme, etwas, das ...

Ja – das ich kannte. Aber nicht von ihr.

Jennifer stand mit einem Ruck auf und deutete zur Küste. »Gehen wir weiter«, sagte sie. Sie wollte sich umwenden, aber diesmal war ich schneller, holte sie ein und riss sie so heftig an der Schulter herum, dass ihre Lippen vor Schmerz zuckten.

»Wer sind Sie?«, fragte ich. »Sie sind doch nicht Jennifer! Sie sind –«

Das Mädchen hob die Hand, packte mein Gelenk und bog meinen Arm zurück. In ihren Händen lag eine Kraft, die mich erschauern ließ.

»Doch«, sagte sie ruhig. »Das bin ich. Aber ich bin auch noch mehr. Jemand, der auf deiner Seite steht, Robert, und das solltest du endlich begreifen.«

»Zum Teufel, *wer bist du?«,* brüllte ich.

Aber die einzige Antwort, die ich bekam, war das Rauschen des Meeres.

Mit einem verzweifelten Aufschrei ließ sich Howard nach hinten fallen, rollte zur Seite und versuchte gleichzeitig, De Cruyk mit den Knien von sich zu stoßen. Aber der kleinwüchsige Mann entwickelte eine Kraft, die schier unglaublich war. Ohne das mindeste Anzeichen von Schmerz oder irgendeiner anderen Regung nahm er Howards Tritt hin, warf sich mit einem zornigen Knurren auf ihn und schnappte nach seiner Kehle.

Howard bog im letzten Moment den Kopf zurück, schleuderte De Cruyk mit der Kraft der Verzweiflung von sich und versetzte ihm einen Hieb vor die Schläfe.

Der Einzige, der vor Schmerz aufschrie, war er selbst.

De Cruyk wankte nicht einmal. Seine Augen flammten wie die eines Wahnsinnigen. Geifer troff aus seinen Mundwinkeln, und seine Hände hatten sich zu Krallen verkrümmt. Die Haut über seiner rechten Schläfe war aufgeplatzt, wo ihn Howards Faust getroffen hatte. *Die Wunde blutete nicht.*

Endlich erwachte auch Nemo aus seiner Erstarrung. Blitzschnell trat er von hinten an De Cruyk heran und versetzte ihm einen Hieb in den Nacken.

De Cruyk fuhr mit einem ärgerlichen Zischen herum, schleuderte Nemo mit einer zornigen Bewegung zu Boden und begann mit fast komisch anmutenden Hüpfern auf das offen stehende Schott zuzurennen.

Aus dem Inneren der NAUTILUS erscholl ein peitschender Knall. Eine meterlange, orangerote Feuerzunge stach De Cruyk entgegen, und auf seinem Rücken war plötzlich ein faustgroßer, dunkler Fleck. Er wankte, durch die pure Wucht der Gewehrkugel aus dem Gleichgewicht gebracht, und fing sich mit wild rudernden Armen wieder.

Ein zweiter Schuss peitschte, dann ein dritter. De Cruyk taumelte zurück. Sein Hemd hing in Fetzen, und sein Gesicht verzerrte sich vor irrsinniger Wut. Aber er fiel nicht.

»Das ... das ist unmöglich!«, flüsterte Nemo. Er hatte sich wieder erhoben, war aber mitten in der Bewegung erstarrt und starrte aus ungläubig aufgerissenen Augen auf den Kapitän der *Van Helsing* – oder das, was einmal De Cruyk gewesen war.

»Das ist unmöglich! Unmöglich!«, stammelte er immer und immer wieder.

Unmöglich oder nicht – De Cruyk begann bereits wieder auf das Turmluk zuzuwanken, unentwegt kleine, krächzende Laute ausstoßend, die irgendetwas in Howard zum Erstarren brachten.

Unter der Lukenöffnung erschien die Gestalt eines Matrosen. Der Lauf des Gewehres in seiner Hand war noch immer auf De Cruyks Gestalt gerichtet. Eine dünne Rauchfahne kräuselte sich aus der Mündung, aber der Mann schoss nicht mehr. Seine Augen waren vor Entsetzen halb aus den Höhlen gequollen. Und De Cruyk kam näher ...

»Schießen Sie!«, schrie Howard mit überschnappender Stimme. »Zum Teufel, *schieß doch endlich!*«

Seine Worte schienen den Bann zu brechen. Der Mann prallte zurück, eine Sekunde, bevor De Cruyks zuschnappende Krallen sich um seine Kehle schließen konnten, und krümmte den Finger um den Abzug seiner Waffe.

De Cruyk wurde wie von unsichtbaren Fausthieben zurückgetrieben, stolperte vier, fünf Schritte weit über das Deck der NAUTILUS und fiel hintenüber ins Wasser, um wie ein Stein zu versinken.

Das Wasser schlug über ihm zusammen, aber es beruhigte sich nicht mehr, nachdem er untergegangen war. Im Gegenteil. Plötzlich begann sich längs der NAUTILUS das Meer zu kräuseln ...

Dann griff eine Hand aus dem kochenden Wasser, suchte einen Herzschlag lang tastend und blind umher und klammerte sich am Metall des Schiffsrumpfes fest, spannte sich, dann erschienen Arm, Kopf und Schulter ...

Howard schrie gellend auf, als er die Kreatur erblickte, die wenige Fuß breit neben ihm aus dem schäumenden Wasser emporstieg und, ungeschickt wie ein großer, missgestalteter Frosch, auf das glatte Deck der NAUTILUS hinaufzukriechen begann. Es war ein Mann – aber er wirkte wie das böse Zerrbild eines Menschen. Seine Haut war grau und gerissen, das Gesicht eine verwüstete Landschaft ohne Augen, der Körper über und über mit Wunden bedeckt.

Aber er *lebte!* Und noch während Howard mit aller Macht versuchte, den schrecklichen Anblick zu ertragen, reckte sich dicht neben ihm ein zweiter Kopf aus dem Wasser, andere Schultern, mehr Hände, die nach dem Schiffsrumpf tasteten – und plötzlich schoss die Klaue des Untoten vor und krampfte sich um Howards Knöchel!

Es war wie die Berührung von totem, fauligem Fleisch, weich und glitschig und unglaublich widerlich. Und trotzdem rettete sie Howard vermutlich das Leben, denn sie zerriss auch den Bann, in den ihn das entsetzliche Bild geschlagen hatte.

Mit einem neuerlichen Schrei prallte er zurück, versuchte seinen Fuß loszureißen und fiel hintenüber auf das Deck. Der Untote stieß einen blubbernden Laut aus, zog sich weiter auf die NAUTILUS empor und hob auch die andere Hand, um sein Opfer zu packen. Howard warf sich mit aller Kraft herum und versetzte dem fürchterlichen *Wesen* einen Tritt, der es zurückschleuderte und rücklings ins Wasser klatschen ließ.

Zumindest den größten Teil von ihm!

Seine Hand blieb, wo sie war – wie eine Kralle aus faulig gewordenem Holz um Howards rechtes Fußgelenk gekrampft. *Und sie bewegte sich noch immer und kroch wie eine fünfbeinige hässliche Spinne an seinem Bein empor!*

Für einen Moment schien Howards Herz auszusetzen. Er sah und hörte nichts mehr von dem, was um ihn herum vorging, sah nicht die zahllosen aufgedunsenen Gestalten, die plötzlich aus dem Wasser krochen, hörte weder Nemos entsetztes Keuchen noch den Chor von Schreien, der plötzlich vom Deck der *Zuidermaar* herüberwehte, sondern starrte nur das entsetzliche, kriechende Ding an, das an seiner Hüfte emporkletterte, eine Spur von Schmerz über seine Brust zog und sich unaufhaltsam seinem Gesicht näherte! Für einen Moment, einen einzigen, schrecklichen Moment nur, war er der schmalen Trennlinie zwischen Normalität und Wahnsinn so nahe wie nie zuvor in seinem Leben.

Und plötzlich erschien ein Schatten über ihm. Ein Stiefel schleuderte die Zombie-Hand davon, dann fühlte er sich von starken Händen gepackt und in die Höhe gerissen. Howard schrie wie von Sinnen auf, hob die Fäuste und schlug blindlings zu. Er spürte, dass er traf, zwei, drei, viermal hintereinander, dann bekam er selbst eine schallende Ohrfeige, die seinen Kopf in den Nacken warf und ihn abermals zu Boden geschleudert hätte, hätte Rowlf nicht gleichzeitig zugepackt und ihn aufgefangen.

»Alles wieda in Ordnung?«, fragte der rothaarige Riese.

Howard nickte benommen, und Rowlf versetzte ihm einen neuerlichen Stoß, der ihn auf den Turm der NAUTILUS zutaumeln ließ.

Das Deck des Unterseebootes war voller entsetzlicher Gestalten. Es mussten Dutzende der Untoten sein, die de Cruyk gefolgt waren und versuchten, das Schiff zu entern. Aus dem Turm peitschten Schüsse, und immer wieder torkelten die Schreckensgestalten zurück, aber es waren einfach zu viele.

Und der Angriff galt nicht der NAUTILUS allein!

Mit ungläubigem Entsetzen sah Howard, wie auch neben der riesigen *Zuidermaar* Dutzende der lebenden Leichen aus dem Wasser auftauchten und geschickt wie riesige vierbeinige Spinnen an der Bordwand des Kriegsschiffes emporzuklettern begannen.

Ein Stoß traf ihn in den Rücken. Er stolperte, sah aus den Augenwinkeln, wie Rowlf den Untoten, der ihn angesprungen hatte, wie eine Katze im Nacken packte und in hohem Bogen über Bord warf, und riss instinktiv die Arme über den Kopf, als sich ein zweiter Zombie auf ihn stürzte. Ein harter Schlag traf seine Lippe und ließ sie aufplatzen. Er reagierte instinktiv auf den Angriff, fing den nächsten Hieb mit seinem Unterarm ab und schlug zurück. Seine Faust traf in ein halb aufgeweichtes Etwas, das dort war, wo eigentlich ein menschliches Gesicht hätte sein sollen, aber die Kreatur schien unempfindlich gegen Schmerz zu sein. Wieder war es Rowlf, der ihn rettete.

Aber auch die Riesenkräfte des irischen Riesen würden irgendwann einmal erlahmen. Immer mehr und mehr Untote krochen aus dem Meer und überschwemmten das Deck der NAUTILUS, und im Grunde war es ein Wunder, dass sie nicht längst überwältigt worden waren.

»Zum Turm!«, sagte Howard schwer atmend. »Das Luk!«

Rowlf nickte, fuhr herum und stieß einen Angreifer zu Boden, der sich von hinten auf Howard stürzen wollte. Seine gewaltigen Arme schlugen eine regelrechte Gasse durch die Menge der Angreifer, die das Schott belagerten. Noch immer peitschten ihnen Schüsse entgegen, und Howard sah, dass zwei Matrosen verzweifelt versuchten, das zollstarke Panzerschott von innen zu schließen.

Eine Hand schoss aus dem Wasser und krallte sich um sein Bein, als sie versuchten, den Turm zu umrunden. Rowlf knurrte wie eine gereizte Bulldogge, bückte sich und schmetterte dem Leichnam seine gewaltige Faust aufs Haupt. Die Hand löste sich von Howards Bein, als der Untote gurgelnd im Meer versank.

Dann hatten sie den Turm umrundet und die hintere Hälfte des Decks erreicht. Howard deutete mit einer Kopfbewegung auf den gewaltigen Zackenkamm, der sich vom Heck bis zum Turm des Schiffes spannte, streckte die Arme aus und versuchte sich hinaufzuziehen. Seine Kräfte reichten nicht aus. Er sank zurück, fiel keuchend gegen den Turm und wartete, bis Rowlf das Metallgebinde bestiegen hatte und ihn kurzerhand hinaufzog.

Sie hatten Glück. Das runde Turmluk war zwar geschlossen, aber nicht verriegelt. Rowlf riss den zentnerschweren Deckel mit einer einzigen wütenden Bewegung auf und sprang in die Tiefe. Howard folgte ihm etwas langsamer. Als er den stählernen Lukendeckel über sich einrasten ließ, versagten beinahe seine Kräfte. Plötzlich spürte er zum ersten Male wirklich, wie sehr die wochenlange Krankheit und das, was er anschließend getan hatte, an seinen Kräften gezehrt hatten.

Sein Herz jagte wie ein Hammerwerk. Vor seinen Augen tanzten blutige Schleier auf und ab, und mit einem Male schmeckte die Luft bitter und metallisch. Für einen Moment sah er nur noch Schatten – und der Lärm und das Schreien und Schießen wurden zu einem irrsinnigen Crescendo.

Er spürte kaum, wie Rowlf ihn bei den Schultern ergriff und vor sich herschob, auf die Treppe zu, die tiefer hinab ins Schiff führte. Auf halber Höhe blieben sie stehen. Rowlf ergriff seine Hand, legte sie um das Treppengeländer und drückte sie fest. »Warte hier!«, keuchte er. Dann fuhr er herum, stürmte, immer drei, vier Stufen auf einmal nehmend, die Treppe wieder hinauf und verschwand brüllend im Turm.

Howard konnte nicht sehen, was sich über ihm abspielte, aber das Schießen brach plötzlich ab und dafür erscholl ein Gebrüll wie von einer ganzen Horde außer Rand und Band geratener Berserker. Augenblicke später ließ eine dumpfe Erschütterung das gesamte Schiff erbeben.

Rowlf kam zurück, einen verwundeten Matrosen über der Schulter tragend. Hinter ihm erschien ein zweiter Mann, ebenfalls blutend und so schwach, dass er sich kaum mehr auf den Beinen halten konnte.

»Was ist ... geschehen?«, fragte Howard stockend.

»Ich hab der Bande die Tür vorde Nase geknallt«, antwortete Rowlf. »Aba ich binnich sicher, obse hält. Sinn paar viele.« Wie um seine Worte zu unterstreichen, krachte über ihren Köpfen irgendetwas mit fürchterlicher Wucht gegen den Turm. Es war ein Schlag, der das gesamte Unterseeboot erzittern ließ. Ein tiefes, bedrohliches Stöhnen lief durch den Rumpf der NAUTILUS. Howard glaubte die Nieten unter der Belastung ächzen zu hören.

Eine Sekunde lang starrte er Rowlf entgeistert an, dann fuhr er herum, lief die Treppe weiter hinab und stolperte in den Salon der NAUTILUS.

Das Bild, das sich ihm bot, ließ ihn erstarren. Durch das deckenhohe Fenster, das eine ganze Wand des Salons einnahm, fiel mildes blaues Licht herein, aber wo vor wenigen Minuten noch die Unendlichkeit des Ozeans gewesen war, wand sich jetzt etwas Gigantisches, Grünschwarzes. Riesige leuchtende Augen starrten mit blinder Wut zu ihnen herein. Ein halbes Dutzend mannsdicker Fangarme wogten wie ein Nest grässlicher, saugnapfbewehrter Schlangen in der Strömung, und unter dem aufgedunsenen Balg des Ungeheuers klappte ein schrecklicher Papageienschnabel, groß genug, einen Mann mit einem einzigen Biss zu verschlingen.

»Er könnte dieses Schiff zerstören, Lovecraft«, sagte eine Stimme.

Howard fuhr herum – und erstarrte zum zweiten Mal. »Sie?«, keuchte er.

Obwohl ich den Höhleneingang jetzt zum ersten Male bei hellem Tageslicht sah, schien er beinahe noch bedrohlicher zu wirken: ein gähnendes, weit aufgerissenes Maul, das jeden verschlingen musste, der schwachsinnig genug war, auch nur einen Fuß dorthinein zu setzen. Das unheimliche Glühen, das während der Nacht aus dem Berg gedrungen war, hatte zugenommen und war jetzt selbst im Sonnenlicht zu erkennen, wenn auch nur als schwacher Funke irgendwo am Ende des Tunnels.

Es war heiß. Unerträglich heiß. Aus dem Inneren der Erde wehte der Hauch der Hölle hervor.

»Worauf wartest du?«, fragte Jennifer. Sie war vorausgegangen und bereits ein gutes Stück in den Tunnel vorgedrungen, während ich dicht hinter dem Eingang stehen geblieben war. Das Gewehr, das mir Harmfeld mitgegeben hatte, lag jetzt in meiner Armbeuge und war entsichert. Aber ich hatte das Gefühl, dass mir die Waffe bei dem, was uns hier erwartete, nicht sehr viel nutzen würde.

»Nicht so laut!«, sagte ich warnend.

Jennifer seufzte. »Warum?«, fragte sie spitz. »Hast du Angst, die Felswände könnten dich hören?«

Ich schenkte ihr einen bösen Blick und trat mit einem energischen Schritt neben sie; allerdings nicht, ohne mich noch einmal umzusehen.

»Vielleicht«, antwortete ich mit einiger Verspätung. »Wir sollten vorsichtig sein. Dagons Männer –«

»Dagon«, unterbrach mich Jennifer mit sonderbarer Betonung, »hat im Augenblick anderes zu tun, glaube mir.«

»Ist das eine Vermutung – oder weißt du es?«

»Ich weiß es«, sagte Jenny ungeduldig.

»Aber die Frage, woher, wirst du mir sicher nicht beantworten«, vermutete ich.

»Sicher nicht«, sagte Jennifer.

Ich seufzte, hob mein Gewehr ein wenig höher und blinzelte ein paar Mal, damit sich meine Augen, die noch an das grelle, vom Meer zusätzlich reflektierte Sonnenlicht gewöhnt waren, schneller auf das rote Halbdunkel hier unten einstellten. Ich erkannte trotzdem kaum mehr. Vor uns waren Schatten und große Bereiche absoluter Finsternis, in denen sich eine ganze Armee hätte verbergen können, ohne dass ich sie gesehen hätte.

Ein immer stärker werdendes Gefühl der Beklemmung machte sich in mir breit, je weiter wir in den Stollen eindrangen. Bald schrumpfte der Eingang hinter uns zu einem Fleck zusammen, und das düstere, drohende Leuchten der Lava nahm zu. Die Hitze wurde unerträglich. Der Fels, über den wir gingen, war so heiß, dass ich es durch die Stiefelsohlen hindurch spürte.

Howards Worte klangen in mir nach: *»Der Vulkan wird ausbrechen, in einer einzigen gewaltigen Eruption«*, und mit einem Male schienen sie eine ganz andere, unheimliche Bedeutung zu gewinnen. Bisher war mir die Vorstellung erschreckend und beunruhigend vorgekommen, aber sie hatte mich trotz allem nicht *wirklich* erschreckt; irgendwie war der Gedanke zu abstrakt, wie die Nachricht von einem schrecklichen Unglück, das andere getroffen hat, aber jetzt – Gott im Himmel, dieser Vulkan würde in wenigen Stunden explodieren, *und ich befand mich auf dem Weg in sein Zentrum!*

Für einen Moment drohte mich Panik zu übermannen. Ich kämpfte sie nieder, aber es blieb eine starke Unruhe zurück. Meine Hände zitterten ganz leicht.

Nach einer Weile erreichten wir das Ende des Stollens. Zur Rechten erstreckte sich ein weiterer gewölbter Gang, während sich der Tunnel zur Linken nach wenigen Schritten hinter einer Biegung verlor, hinter der das Zentrum des roten Glühens liegen musste; den Geräuschen und der Hitze nach zu urteilen wohl nichts anderes als ein gigantischer Lavasee. Ich verspürte keine besondere Lust, in diese Richtung zu gehen.

»Gehen wir nach rechts«, schlug ich vor.

Jennifer antwortete nicht, aber das fiel mir erst auf, nachdem ich mich schon halb herumgedreht und einen Schritt in den Gang hineingetan hatte.

Verärgert blieb ich stehen, drehte mich ganz herum – und starrte verblüfft ins Leere.

Jennifer war nicht mehr da. Der Gang hinter mir war leer.

»Jenny?«, rief ich. »Wo bist du?« Ich lauschte einen Moment, aber alles, was ich hörte, war das verzerrte Echo meiner eigenen Stimme und das unablässige Brodeln und Zischen der Lava.

»Verdammt noch mal, was soll das?«, rief ich, schon ein wenig lauter. »Wir haben keine Zeit für Spielchen!«

Aber es war auch kein Spiel. Jennifer war verschwunden. Entweder zurückgeblieben oder – und diese Vermutung lag erstens näher und war zweitens weit unangenehmer – in den anderen Gang hineingegangen, ohne dass ich es bemerkt hatte.

Ich schluckte einen Fluch herunter, packte mein Gewehr fester und machte mich mit klopfendem Herzen auf.

Das rote Licht steigerte sich zu einer grellen Lohe, kaum dass ich die Gangbiegung erreicht hatte. Alles, was weiter als zehn oder fünfzehn Schritte vor mir lag, schien in einem Meer roter Helligkeit aufgelöst zu sein wie in brennender Säure. Meine Haut begann zu prickeln. Die Metallteile des Gewehres wurden unerträglich heiß. Für einen Moment steigerte ich mich in die absurde Vorstellung hinein, dass die Hitze so weit ansteigen würde, bis die Munition meiner Waffe explodierte. Ich verscheuchte den Gedanken und ging weiter.

Nach einem Dutzend Schritte weitete sich der Gang zu einer gewaltigen, domartigen Höhle, die von wabernder Hitze und dem Zischen und Gluckern weiß glühender Lava erfüllt war. Abrupt blieb ich stehen.

Direkt vor mir begann eine Art steinerner Brücke, aber ich wagte nicht, sie zu betreten, denn die Lava war so weit in die Höhe gestiegen, dass der Fels nur mehr wenige Finger breit aus der kochenden Masse herausragte. Selbst wenn er mein Gewicht noch trug – wovon ich nicht unbedingt überzeugt war –, musste er glühend heiß sein.

Von Jennifer war keine Spur zu sehen. Aber das war es nicht einmal, was mich so abrupt stehen bleiben ließ. Es war viel mehr der Umstand, dass ich diese Höhle kannte. Ich war schon hier gewesen.

Aber damals hatte sie anders ausgesehen, völlig anders. Die zahllosen rechteckigen Lavapfützen, die sich beiderseits des Steinpfades reihten, waren drei Yards tiefe Gruben gewesen, Zellen gleich, in denen Dagon seine unglücklichen Opfer gefangen hielt. Es waren Hunderte gewesen.

Und ich wusste, was sie in Lava gefüllte Höllenkessel verwandelt hatte.

Opfer.

Menschenopfer, die dargebracht wurden, damit aus Dagons Dämoneneiern die schrecklichen *Ssaddit* wurden …

Trotz der unerträglichen Hitze begann ich plötzlich zu frieren. Auch wenn ich unbewusst wohl geahnt haben mochte, was mich erwartete, traf mich der Anblick wie ein Fausthieb. Wie in einer furchtbaren Vision sah ich noch einmal das gewaltige schwammige Ungeheuer aus dem Meer auftauchen, Dagons Mörderwurm, den er ausgesandt hatte, Opfer für seine grässlichen Zeremonien zu finden, sah es die wehrlosen Eingeborenen an Land speien, sah Dagons Sklaven die Männer und Frauen mit Peitschenhieben hier hereintreiben.

Ich war zu spät gekommen. Ich wusste nicht einmal, ob ich wirklich hier war, um die Majundes zu retten, oder nur Shannons wegen, aber gleich, was der wahre Grund gewesen sein mochte – ich hatte versagt.

Minutenlang stand ich so da, gelähmt vor ungläubigem Schrecken und Entsetzen, bis es mir gelang, mich wenigstens herumzudrehen.

Ich war nicht einmal überrascht, als ich die Gestalt hinter mir erblickte.

»Natürlich ich«, sagte Jennifer kühl. »Wen haben Sie erwartet?«

»Wie … wie kommen Sie hier …«, stammelte Howard, brach plötzlich mitten im Wort ab und trat mit einem zornigen Schritt auf das dunkelhaarige Mädchen zu. »Das ist Ihr Werk!«, schrie er. »Diese Ungeheuer sind –«

»Machen Sie mich nicht für Dinge verantwortlich, die Ihre Schuld sind«, unterbrach ihn Jennifer kalt. »Nichts von alledem wäre geschehen, hätten Sie Ihr Wort gehalten.«

Howard stöhnte vor Wut. Er ballte die Faust und machte noch einen Schritt in Jennifers Richtung, blieb dann aber wieder stehen. Irgendetwas sagte ihm, dass es sinnlos wäre, das Mädchen angreifen zu wollen.

Erneut durchlief ein tiefes, mahlendes Geräusch den Rumpf des Unterseebootes, und diesmal hatte Howard ganz deutlich das Gefühl, das Schiff bis in seine letzten Verspannungen erbeben zu spüren.

»Ist das Ihre Rache?«, fragte er matt.

»Rache?« Jennifers linke Augenbraue rutschte ein Stück weit nach oben. »Machen Sie sich nicht lächerlich, Lovecraft«, sagte sie kalt.

»Was wollen Sie dann?«, fragte Howard.

»Sie«, antwortete Jennifer. »Sie und dieses Schiff, Lovecraft.«

Rowlf stieß ein drohendes Knurren aus, schob Howard kurzerhand zur Seite und trat mit kampflustig gesenkten Schultern auf sie zu.

»Rufen Sie ihn zurück, Lovecraft«, sagte Jennifer leise, »oder ich töte ihn.« Ihre Stimme klang ganz ruhig, beinahe unbeteiligt. Aber Howard wusste, dass sie es ernst meinte. Und dass sie es konnte.

»Lass es, Rowlf«, sagte er. »Ich werde tun, was sie verlangt. Wenigstens zum Teil.«

»Zum Teil?«

»Mich können Sie haben«, murmelte Howard. »Machen Sie mit mir, was Sie wollen. Aber die NAUTILUS gehört mir nicht.«

Jennifer starrte ihn an. In ihren Augen blitzte ein Zorn, der nicht mehr menschlich war. Sie trat auf Howard zu, packte ihn grob bei der Schulter und deutete mit der anderen Hand zum Fenster und dem gewaltigen Oktopus.

»Er könnte dieses Schiff vernichten«, sagte Jennifer kalt. »Ein einziges Wort von mir, und er zermalmt die NAUTILUS. Mit allen, die an Bord sind.«

Lange, endlos lange starrte Howard sie an. Dann fragte er: »Was verlangen Sie?«

Jennifer sagte es ihm.

Howard wurde bleich. »Niemals«, antwortete er.

»Du hast dich verändert«, sagte ich leise.

»Und du bist ein ebensolcher Narr geblieben, wie du warst«, antwortete Dagon abfällig. Seine riesigen Fischaugen musterten mich kalt, und was ich darin las, hätte mich eigentlich zum Erzittern bringen müssen. Aber ich empfand nichts. Gar nichts mehr. Vielleicht war das, was hier geschehen war, einfach zu schrecklich, als dass ich noch in irgendeiner Form darauf reagieren konnte. Alles, was ich fühlte, war eine tiefe, schmerzende Leere.

»Du hättest nicht herkommen sollen«, fuhr er fort. »Du bist mir einmal entkommen, mit Glück und der Hilfe eines anderen. Ein zweites Mal wird dir das nicht gelingen.«

»Was hast du mit mir vor?«, fragte ich. »Brauchst du noch eine Fleischration für deine Bestien?« Ich versuchte meine Stimme spöttisch klingen zu lassen, aber nicht einmal das gelang mir. Und selbst wenn, hätten die Worte ihre Wirkung auf Dagon verfehlt. Wenn jemals etwas Menschliches in ihm gewesen war, so war es nun verschwunden. Ausgelöscht. Der Dagon, den ich kennen gelernt hatte, das Ungeheuer, in dem trotz allem noch ein winziger Funke seiner menschlichen Vorfahren steckte, war tot. Das Wesen, dem ich jetzt gegenüberstand, war eine Bestie.

Dagon antwortete nicht, sondern streckte nur fordernd die Hand aus und deutete auf mein Gewehr. Ich reichte ihm die Waffe. Dagon packte sie, bog ihren Lauf wie ein Stück weiches Bleirohr zusammen und warf sie in die glühende Lava. Die Munition explodierte knallend, und für einen Moment sah ich etwas Riesiges, gleißend Helles unter dem verflüssigten Gestein dahingleiten.

»Komm«, befahl Dagon. Er winkte noch einmal auffordernd mit der Hand, drehte sich herum und verließ die Höhle, ohne sich auch nur mit einem Blick davon zu überzeugen, ob ich ihm wirklich folgte.

Aber ich tat es. Wohin hätte ich auch gehen sollen? Ein Fluchtversuch erschien mir unter den gegebenen Umständen das mit Abstand Sinnloseste, was ich überhaupt unternehmen könnte. Nicht, dass es irgendetwas gab, was überhaupt noch Sinn gemacht hätte, jetzt und hier.

Dagon führte mich durch ein wahres Labyrinth von Stollen und Gängen weiter in die Tiefe. Nicht alle davon waren auf natürlichem Wege entstanden; manche wirkten so glatt wie poliertes Glas, dass ich Mühe hatte, überhaupt auf den Beinen zu bleiben; gewaltige Röhren wie in den Fels hineingebrannt. Das mussten die Gänge sein, die Dagons schreckliche Feuerwürmer hinterlassen hatten.

Nach einer Ewigkeit wurde es vor uns wieder hell, aber diesmal war es nicht das düstere Blutlicht der glühenden Lava, sondern ein grünlicher, fast milder Schein, der nicht aus einer bestimmten Quelle, sondern von überall her zugleich zu kommen schien, als leuchte die Luft selbst. Eine kurze, aus roh behauenen Steinstufen bestehende Treppe führte in die Tiefe – und endete im Nichts.

Hätte Dagon mich nicht an der Schulter gepackt und aufgehalten, dann hätte ich es vielleicht nicht einmal bemerkt, so abrupt brach die Konstruktion aus verwitterter Lava ab. Unter der letzten Stufe gähnte ein gut fünfzig Fuß tiefer Abgrund, unter dem die Höllenglut eines Lavasees loderte.

Dagons Fischlippen verzogen sich zu einem hässlichen Lachen. »Siehst du, jetzt habe ich dir schon wieder das Leben gerettet«, sagte er.

Irgendetwas an der Art, in der er die Worte aussprach, ließ mich aufsehen. Seine Stimme hatte sich verändert. Sie hatte nie wirklich menschlich geklungen, aber jetzt war ein schreckliches, hechelndes Pfeifen darin, begleitet von einer Art unheimlichem Echo. Als redeten zwei Menschen gleichzeitig.

Und plötzlich fielen mir noch mehr Veränderungen auf: Dagons Gesicht war dunkler geworden. Die filigranen Silberschuppen hatten ihren Glanz verloren und waren matt geworden, und darunter zeichneten sich haardünne, dunkle Linien ab.

Als wäre diese Beobachtung ein Stein gewesen, der andere mitriss, fielen mir plötzlich mehr und mehr Unterschiede zu dem Dagon auf, dessen Bild ich in meiner Erinnerung hatte.

Wie beim allerersten Mal, als Dagon und ich zusammengetroffen waren, trug er auch jetzt einen schwarzen, vom Hals bis über die Knöchel reichenden Umhang, der keinen Quadratzoll seines Körpers unbedeckt ließ. Aber anders als damals war die Kleidung jetzt nicht mehr Schmuckstück und bizarrer Symbiont in einem, das begriff ich plötzlich. Es diente keinem anderen Zweck, als die Gestalt darunter vor neugierigen Blicken zu verbergen. Dagons Körper schien mir auf sonderbare Weise verschoben; beinahe missgestaltet.

Mein Blick war Dagon keineswegs entgangen, denn plötzlich trat ein Ausdruck von Zorn in seine Augen; er packte mich, riss mich grob an der Schulter herum und trat mit einem einzigen Schritt in das Nichts jenseits der Treppe hinaus.

Aber wir stürzten nicht. Wie von einer unsichtbaren Hand gehalten, schwebten wir ein Stück weit in die Höhle hinein, glitten in sanftem Bogen über den Lavasee hinweg und setzten in sicherer Entfernung auf; sanft wie fallende Blätter.

Trotzdem strauchelte ich und wäre um ein Haar gestürzt, als Dagon meine Schulter losließ, denn der Schrecken hatte mich erstarren lassen und ich stand noch immer in der gleichen, unnatürlich verkrampften Haltung da, in der Dagon mich von der Treppe gezerrt hatte. Erst jetzt bemerkte ich überhaupt, dass ich vor lauter Schrecken den Atem angehalten hatte.

Dagon musterte mich kalt. »Du bist ein verdammter Narr, hierherzukommen«, sagte er. »Warum hast du nicht dein Schiff bestiegen und bist davongefahren? Jetzt stirbst du.«

Ich antwortete nicht, obwohl ich für einen Moment das sichere Gefühl hatte, dass Dagons Worte einem ganz bestimmten Zweck dienten. Fast kam es mir vor, als wolle er mir irgendetwas mitteilen, etwas Bestimmtes, das er aus irgendeinem Grund nicht klar auszudrücken wagte.

Hinter mir waren Schritte. Ich drehte mich herum, darauf gefasst, eine von Dagons Kreaturen zu gewahren, einen der fürchterlichen Knochenmänner, vielleicht auch einen seiner lebenden Sklaven.

Aber es war keines von beiden. Hinter mir stand ein hoch gewachsener, ganz in mattes Schwarz gekleideter Mann, dessen wasserklare Augen mich mit erbarmungsloser Härte anblickten.

»Ich kann dir sagen, warum er gekommen ist, Dagon«, sagte Shannon kalt. »Meinetwegen. Dieser romantische Narr ist hier, weil er glaubt, mir helfen zu müssen.« Er lachte, ein Laut, der mir einen eisigen Schauer über den Rücken laufen ließ. »Helfen«, sagte er noch einmal und bog sich vor Lachen.

Einen Moment lang blickte ich ihn an, dann wieder Dagon, dann noch einmal Shannon; und für einen ganz kurzen Augenblick wusste ich nicht einmal, vor wem ich mehr Angst hatte – vor Dagon, der nun auch körperlich zu dem Ungeheuer zu werden begann, das er schon immer gewesen war, oder vor Shannon, der äußerlich unverändert schien, in Wahrheit aber vielleicht das größere Ungeheuer war.

»Ich dachte einmal, wir wären Freunde«, sagte ich leise.

»Freunde?« Shannon runzelte die Stirn, als müsse er ernsthaft über die Bedeutung dieses Wortes nachdenken. Dann nickte er. »O ja«, sagte er. »Freunde, sicher. Natürlich sind wir das. Und aus diesem Grunde werde ich dir auch einen letzten Freundschaftsdienst erweisen, Robert. Du wirst von meiner Hand sterben. Ganz freundschaftlich.«

Der Kampf war vorüber, noch ehe er wirklich begonnen hatte. Es mussten Dutzende von Untoten sein, die aus dem Meer gekommen und über die *Zuidermaar* und ihre Besatzung hergefallen waren, und es war kein sehr fairer Kampf gewesen. Auf einen von Harmfelds Marinesoldaten waren drei oder vier der schrecklichen Wesen gekommen, und es waren Gegner, die weder Tod noch Schmerzen kannten.

Trotzdem – das sah Howard, nachdem er seinen ersten Schrecken überwunden hatte – war kaum einer von Harmfelds oder Nemos Männern ernsthaft verletzt, sah man von einigen Beulen und Kratzern ab.

Die Untoten hatten ihre Gefangenen auf dem Achterdeck des Kriegsschiffes zusammengetrieben. Howard gewahrte Harmfeld selbst unter seinen Männern, und nach kurzem Suchen fand er auch Nemo, wie alle anderen mit auf dem Rücken zusammengebundenen Händen, aber unverletzt. Der Blick, den der Kapitän der NAUTILUS ihm zuwarf, war von einem stummen Vorwurf erfüllt.

»Sie sehen, bisher ist niemandem ernsthaft geschadet worden«, sagte Jennifer. »Und wenn Sie vernünftig sind, bleibt das auch so.«

Howard starrte sie an. »Was soll das heißen?«

»Das wissen Sie genau«, antwortete Jennifer kalt. »Aber ich kann es gerne noch einmal in aller Deutlichkeit sagen, wenn Ihnen danach ist: Das Leben dieser Männer liegt in Ihrer Hand, Lovecraft. Ganz allein.« Sie lächelte, drehte sich um und hob den Arm. Oben, auf dem Deck der *Zuidermaar,* lösten sich vier ihrer untoten Sklaven aus ihrer Erstarrung, stiegen die kurze Treppe zum Achterdeck hinauf und zerrten einen Matrosen aus der Gruppe heraus. Der Mann begann zu schreien und sich verzweifelt zu winden, aber die vier Schreckensgestalten waren viel zu stark für ihn. Ohne seine Gegenwehr auch nur zu beachten, zerrten sie ihn zur Reling, hoben ihn hoch und drückten seinen Oberkörper über das hölzerne Geländer.

»Entscheiden Sie sich, Lovecraft«, sagte Jennifer kalt. »Sie werden ihn fallen lassen und dafür sorgen, dass *er* nicht wieder auftaucht.«

»Das ist Erpressung«, sagte Howard.

Jennifer nickte. »Eine ganz besonders gemeine Art von Erpressung sogar«, sagte sie. »Aber ich habe keine Wahl. Ich werde alle fünf Minuten einen Mann hinrichten lassen, bis Sie zustimmen.«

»Hinrichten?« Howard kreischte fast. »Kaltblütig ermorden, meinen Sie.«

Jennifer zuckte gleichmütig mit den Achseln. »Nennen Sie es, wie Sie wollen«, sagte sie. Sie seufzte, sah Howard durchdringend an und fuhr fort: »Warum machen Sie es sich und mir so schwer? Ich weiß, dass Sie das Leben Unschuldiger nicht opfern würden, und Sie wissen, dass ich entschlossen bin, meine Drohung wahr zu machen. Muss dieser Mann erst ertrinken, bis Sie aufgeben?«

Howard blickte zur *Zuidermaar* auf. Die vier Untoten hielten den Mann noch immer wie einen leblosen Sack über der Reling. Er hatte aufgehört, um sich zu schlagen und zu schreien, und blickte mit schreckgeweiteten Augen in die Tiefe.

Howard nickte, so knapp, dass man die Bewegung kaum sah. »Sie haben gewonnen, Sie verdammtes Ungeheuer«, murmelte er. »Ich werde tun, was Sie verlangen. Soweit ich es kann.«

»Sie können«, sagte Jennifer. »Sie haben es einmal bewiesen, in meiner Gegenwart sogar.«

»Das war etwas völlig anderes«, sagte Howard. »Es waren *zwei Jahre.* Und selbst das war schon fast zu viel. Sie verlangen das –«

»Sie können es«, unterbrach ihn Jennifer kalt. »Dass Ihre Kraft nicht ausreicht, spielt keine Rolle. Ich werde Ihnen helfen. Sehen Sie es einfach so, dass Sie den Schlüssel haben und ich die Kraft, die Tür zu öffnen.«

»Und wie weiß ich, dass Sie Wort halten?«, fragte Howard leise.

»Gar nicht«, antwortete Jennifer. »Aber das Leben dieser Männer interessiert mich nicht. In keiner Beziehung. Wollte ich sie töten lassen, hätte ich es bereits getan. Ich brauche ihre Schiffe, die NAUTILUS und die *Zuidermaar,* nicht sie. Sie können von Bord gehen, bevor wir auslaufen.«

»Wie großzügig«, sagte Howard böse. »Damit sie in weniger als zwei Tagen verbrennen, wenn der Vulkan ausbricht.«

Jennifer deutete mit einer zornigen Kopfbewegung auf die *Van Helsing.* »Sie haben ein Schiff. Es ist zwar nicht so komfortabel wie die NAUTILUS, aber schnell genug, einen sicheren Hafen zu erreichen, ehe der Krakatau explodiert.«

Sie sagte ganz deutlich *explodiert,* nicht *ausbricht,* wie Howard auffiel. Aber er schwieg auch dazu.

Der Raum war klein und würfelförmig. Die einzige Öffnung bestand aus einem gezackten Loch, drei Yards hoch unter der Decke und unerreichbar. Der Fels war so heiß, dass es mir unmöglich war, still zu stehen oder mich gar zu setzen. Selbst das Atmen bereitete mir Schmerzen. Der Boden unter meinen Füßen zitterte ununterbrochen, und in unregelmäßigen Abständen drang ein tiefes, irgendwie schmerzhaft klingendes Stöhnen aus der Erde.

Ich wusste nicht, wie lange ich schon hier war: eine Stunde, zwei, vielleicht länger. Ich hatte tausend Fluchtpläne ersonnen und ebenso schnell wieder verworfen, Shannon und Dagon und vor allem mich selbst immer und immer wieder verflucht, dass ich so dumm gewesen war, hierherzukommen. Jetzt war ich der Verzweiflung nahe.

Das Geräusch von schleifenden Schritten drang in meine Gedanken und ließ mich aufsehen. Ich hob den Kopf und gewahrte einen finsteren, irgendwie verzerrt wirkenden Schatten, den ich erst als Dagon erkannte, als er den Kopf bewegte und sich das rote Licht in seinen riesigen Fischaugen brach.

Er sagte kein Wort, sondern hob nur die Hand unter seinem Umhang hervor und machte eine knappe, befehlende Geste. Wie schon einmal fühlte ich mich von einer unsichtbaren Kraft ergriffen und sanft in die Höhe gehoben.

Shannon war bei ihm, stand aber in einiger Entfernung und so, dass er Dagon und mich gleichzeitig im Blick behalten konnte. Seine Augen waren kalt, und wie Dagon kam er mir irgendwie verändert vor, ohne dass ich das Gefühl im Moment in Worte zu kleiden vermochte.

»Es ist so weit«, sagte er kalt. »Komm.«

Der Griff von Dagons unsichtbarer Hand war erloschen, aber ich machte trotzdem keinen Versuch, mich zu widersetzen. Es wäre ziemlich sinnlos gewesen. Sowohl Dagon als auch Shannon waren mir haushoch überlegen.

Schweigend folgte ich ihnen bis in eine große, wie alles hier unten von blutig rotem Lavalicht erhellte Höhle. Eine ihrer Wände war durch einen schillernden Wall aus Wasser ersetzt worden – der Zugang zum Ozean, durch magische Kräfte gebändigt und zurückgedrängt.

Aber ich achtete nicht sonderlich darauf, sondern blickte wie gebannt auf einen gewaltigen Block aus schwarzem Basalt, der genau im Zentrum des steinernen Domes aufgestellt worden war.

Genauer gesagt, auf die schimmernde Kugel aus rauchfarbenem Kristall, die wenige Inches über seiner glatt polierten Oberfläche schwebte …

Und im gleichen Moment, in dem ich sie sah, wusste ich, was ich vor mir hatte.

Shannon fuhr zusammen wie unter einem Peitschenhieb, blickte mich einen Herzschlag lang aus schreckgeweiteten Augen an und verzog die Lippen zu einem stummen Flehen, und ich begriff, dass er meine Gedanken gelesen hatte.

Nicht, flüsterte eine Stimme in meinen Gedanken. *Sag es nicht, Robert!*

Verwirrt blickte ich zwischen ihm und Dagon hin und her. Ein plötzlicher, furchtbarer Verdacht begann in meinen Gedanken Gestalt anzunehmen, aber er war einfach zu bizarr, um wahr zu sein.

Und trotzdem sagte mir Shannons Blick, dass es ganz genau so war.

Die raucherfüllte Kristallkugel, das Zentrum und der Quell von Dagons Macht, war nichts anderes als das zweite der SIEBEN SIEGEL DER MACHT, und wie auf der DAGON, dem bizarren Dimensionsschiff, auf dem ich Shannon zum ersten Male wieder begegnet war, war er auch jetzt nur hier, um es in seinen Besitz zu bringen!

Mit einem Ruck blieb ich stehen, drehte mich zu Dagon um und deutete anklagend auf Shannon.

»Er betrügt dich, Dagon«, sagte ich.

Dagon erstarrte. In seinen riesigen Fischaugen entstand ein misstrauisches Glitzern. »Wie meinst du das?«, fragte er.

»Er steht nicht auf deiner Seite«, sagte ich, Shannons verzweifelte Blicke ignorierend. »Er ist hier, um das SIEGEL zu stehlen. Necron hat ihn geschickt.«

Dagon atmete hörbar ein, blickte kurz zu Shannon zurück und sah dann lange und sehr nachdenklich auf den gewaltigen Basaltblock und die schwebende Kugel hinab. Aber seine Reaktion war ganz anders, als ich mir erhofft hatte.

»Ich weiß«, sagte er. »Aber es erstaunt mich ein wenig, dass du ihn verrätst, wo du doch damit rechnen musst, dass ich ihn töte. Dieser Mann und du, ihr seid doch Freunde.«

»Außerdem hast du nur zum Teil Recht, du Narr«, sagte Shannon kalt.

Der Klang seiner Stimme ließ etwas in mir erstarren.

Es war nicht *mehr* seine Stimme, sondern die Stimme eines alten, bösen und hart gewordenen Mannes.

So, wie das Gesicht unter dem schwarzen Turban *nicht mehr länger Shannons Gesicht war, sondern das Gesicht eines Greises, eingefallen und faltig, mit einer scharfen Adlernase, dünnen, grausamen Lippen und Augen, die so tief in ihre Höhlen zurückgekrochen waren, dass sie wie finstere Löcher in dem pergamenthäutigen Totenschädel wirkten.*

»Necron!«, flüsterte ich entsetzt.

»Es ehrt mich, dass du mich wiedererkennst, nach all der Zeit«, sagte Necron. »Vor allem, wo wir uns nur einmal begegnet sind. Aber ich nehme an, du erinnerst dich so gut daran wie ich. Du hattest mich damals ... getötet.«

Ich wollte antworten, aber ich konnte es nicht. Ein Hass von solcher Stärke, dass ich selbst davor erschrak, stieg in mir empor, ein Gefühl, wie ich es noch nie zuvor erlebt hatte.

Meine Hände fingen an zu zittern. Etwas begann sich in mir zu regen, etwas Dunkles und Böses, etwas, dessen Dasein ich geahnt, das ich aber bisher immer mit aller Macht bekämpft und niedergehalten hatte.

Jetzt konnte ich es nicht mehr. Der Anblick dieses zerfurchten, unendlich bösen Greisengesichts ließ irgendetwas in mir zerbrechen.

Ich stand *Necron* gegenüber!

Dem Mann, dem ich alles Leid, alles Unglück und jeden Schmerz zu verdanken hatte.

Dem Mann, der mir den einzigen Menschen genommen hatte, den ich jemals geliebt hatte.

Dem Mann, der meine Freunde dazu gebracht hatte, mich zu hassen. Der mit Menschenleben spielte wie mit Schachfiguren, gnadenlos und berechnend.

»Du«, flüsterte ich heiser. »Du warst ... du ... du warst Shannon? Du warst die ganze Zeit ...«

»Aber nein«, unterbrach mich Necron kichernd. »Damals auf dem Schiff, das war wirklich Shannon. Ich gebe zu, ihn einmal selbst geschickt zu haben. Ein Fehler, wie ich leider zu spät bemerkte. Es war sein Auftrag, dich zu töten. Er hat versagt.« Er lächelte. »Ein zweites Mal wird das nicht geschehen, mein Wort darauf.«

»Du Ungeheuer«, flüsterte ich. »Du verdammtes –«

Necron hob die Hand, und eine unsichtbare Faust traf mich am Mund und ließ mich zurückstolpern. Ich prallte gegen Dagon, verlor das Gleichgewicht und klammerte mich instinktiv an seinem Umhang fest. Der Fischgott schrie auf, gab mir einen Stoß vor die Brust und sprang hastig zurück.

Doch seine Reaktion kam den Bruchteil einer Sekunde zu spät. Ich fiel, aber meine Hände hielten den schwarzen Stoff fest umklammert, und als ich stürzte, wurde der Umhang von seinen Schultern gerissen.

Der Anblick ließ mich erstarren.

Plötzlich begriff ich, warum Dagon selbst hier, wo er allein war, diesen Umhang getragen hatte.

Er war nicht mehr das Wesen, als das ich ihn kennen gelernt hatte. Sein Gesicht und ein Teil – nur ein Teil – seines Oberkörpers hatten noch vage Ähnlichkeit mit dem Dagon, den ich kannte, aber darunter ...

Darunter begann ein Albtraum aus schwarzem Fleisch.

Dagons Leib war zu einem grässlichen, unförmig aufgedunsenen

Balg geworden, ein pumpendes schwarzes Ding aus nässelndem Fleisch. Schwarzblaue Adern spannten sich über seinen Leib, und hier und da wuchsen dicke, knotige Dinge aus der zerborstenen Haut. Seine Arme waren groteske Bündel aus miteinander verwachsenen Schlangen, von denen jede einzelne von schrecklichem Eigenleben erfüllt war. Ein Paar plumper säulenförmiger Beine, die in unförmigen Klauenfüßen endeten, trugen die albtraumhafte Erscheinung, und aus seinem Rücken begann etwas herauszuwachsen, das mich an verstümmelte Flügel erinnerte. Eine Sekunde lang stand Dagon wie versteinert da, dann stieß er einen Schrei aus, bückte sich zu mir herab und riss mir den Mantel aus den Händen, um ihn sich hastig wieder überzustreifen.

»Das ist es also«, murmelte ich. »Das ist der Grund, aus dem du all das getan hast.«

»Schweig!«, schrie Dagon.

»Du wirst zu einem der ihren«, sagte ich. »Sie verändern dich.«

»Das wird er nicht«, sagte Necron, eine Spur zu schnell, wie mir schien. »Ich werde es verhindern.«

»Du?« Ich stemmte mich hoch, blickte Dagon an und wandte mich dann wieder an Necron. »Ist es das, was du ihm angeboten hast, als Preis für das SIEGEL?«

Necron nickte, und ich begann leise – und so böse, wie ich nur konnte – zu lachen.

»Und das glaubst du?«, fragte ich, an Dagon gewandt. »Er ist hierhergekommen und verlangt das SIEGEL als Preis für deine Rettung?«

»Schweig, Craven, oder ich töte dich gleich hier«, sagte Necron wütend.

Aber ich schwieg nicht, sondern fuhr im Gegenteil mit erhobener Stimme fort: »Weißt du nicht, wer dieser Mann ist, Dagon?«

»Du sollst schweigen!«, befahl Necron. Seine Rechte hob sich, und wieder spürte ich das Heranrasen unsichtbarer magischer Energien.

Aber diesmal traf mich der Hieb nicht unvorbereitet. Er war zehn Mal so hart wie der erste, aber ich wusste nun, wem ich gegenüberstand, und hatte keine Skrupel mehr, mit gleicher Münze heimzuzahlen. Ich blockte den magischen Hieb ab, sprang blitzschnell zurück, bis ich mit dem Rücken gegen den Basaltbrocken gelehnt dastand, und tat so, als krümmte ich mich vor Schmerz. Meine Rechte näherte sich Millimeter für Millimeter der schwebenden Kristallkugel.

»Das nutzt dir nichts, Necron«, stöhnte ich in gespieltem Schmerz. »Du kannst mich umbringen, aber dein Plan wird nicht aufgehen.«

Necron fauchte vor Wut wie eine Katze, der man versehentlich auf den Schwanz tritt, ballte die Fäuste und holte zu einem weiteren, noch mächtigeren magischen Hieb aus.

Er kam nicht dazu, die Bewegung zu Ende zu führen. Meine Hand hatte das SIEGEL erreicht, und meine Fingerspitzen berührten den glatten Kristall der Kugel.

Der Effekt war genau der, den ich mir erhofft hatte. Nur ungefähr hundert Mal so stark.

Ein sengender Blitz schien in mein Gehirn zu fahren. Ich keuchte vor Überraschung und Schmerz, ließ die Kugel aber nicht los, sondern hielt sie weiter und mit aller Kraft fest und versuchte an nichts anderes zu denken als an die ungeheuren magischen Energien, die aus der schimmernden Kugel in mein Gehirn fluteten, ergriff den Strom sengender Macht und lenkte ihn um, bändigte die tobende Springflut purer *Macht,* ganz genau so, wie es mir Shannon vor so langer Zeit gezeigt hatte – und schleuderte sie mit aller Gewalt gegen Necron.

Der Körper des greisen Magiers schien von einem unsichtbaren Hammerschlag getroffen zu werden. Er wurde meterweit in die Luft geschleudert. Hellblaue, tausendfach verästelte Blitze zuckten aus meinen Fingerspitzen und schlugen krachend in seinen Leib. Ich sah, wie meine Nägel schwarz wurden und die Haut an meinen Fingerspitzen verkohlte, aber ich spürte nicht den mindesten Schmerz, nicht einmal Wärme.

Necron schrie und brüllte wie von Sinnen, aber ich gab ihm keine Chance. Immer und immer wieder trafen die dünnen Blitze den greisen Magier, bis er sich schreiend auf dem Boden wälzte.

»Dieser Mann ist nicht dein Verbündeter, Dagon«, sagte ich kalt. »Er wird dich betrügen. Dieser Mann ist kein Feind der GROSSEN ALTEN, sondern ihr treuester Verbündeter. Der Mann, den sie auserwählt haben, ihre Rückkehr auf die Erde vorzubereiten.«

»Ich weiß«, sagte Dagon ruhig.

Dann schlug er mir eine seiner deformierten Klauenhände mit solcher Wucht in den Nacken, dass ich bewusstlos zu Boden stürzte.

Rings um die NAUTILUS herum herrschte graues Zwielicht. Es war nicht mehr die Unendlichkeit des Ozeans, durch den das fantastische Unterseeboot glitt, sondern die viel gewaltigere Weite eines anderen, bizarren Meeres, das *Nichts* zwischen den Wirklichkeiten. Die Distanz, die die NAUTILUS zurücklegte, war nicht mehr in Meilen, sondern in Äonen zu messen.

Howard stand im Turm des Schiffes, hoch aufgerichtet und in erstarrter, verkrampfter Haltung, die Hände wie zum Gebet erhoben, reglos, aber zitternd. Sein Gesicht hatte alle Farbe verloren, und obgleich die Kälte des *Nichts* unbarmherzig durch die zollstarken Panzerplatten des Schiffes zu kriechen begann und die Temperaturen an Bord der NAUTILUS im Laufe der letzten Stunden empfindlich gefallen waren, war seine Stirn von dicken, perlenden Schweißtropfen bedeckt.

Anders als beim ersten Mal, als der *Time-Master* die NAUTILUS nur kraft seines puren Willens zwei Jahre zurück durch die Zeit gezwungen hatte, war er diesmal nicht allein. Nemo und Rowlf – die zusammen mit einer Hand voll Männer, die nötig waren, das Schiff wenigstens halbwegs manövrierfähig zu halten, an Bord geblieben waren – standen vor dem anderen Fenster und blickten abwechselnd auf das wogende *Nichts* jenseits der Panzerglasscheibe und Howards Gestalt. Das Mädchen Jennifer hatte, in der gleichen, beschwörenden Haltung wie er, neben Howard Aufstellung genommen, jedoch nur eine Hand gehoben und die andere in Howards Nacken gelegt. Eine unsichtbare Brücke war zwischen den beiden entstanden, eine geistige Verbindung, aus der Kraft und Energie aus dem zerbrechlich wirkenden Mädchenkörper in Howards Geist flossen und sich mit ihm vereinigten.

Irgendwann, nach Stunden, wie es Nemo vorkam, begann sich das graue Etwas vor dem Schiff zu verändern. Farben erschienen und vergingen wieder, ein leiser Schimmer von Blau kroch unter das wabernde Grau, und dann und wann tauchten Schatten auf, irgendwo dicht am Rande des gerade noch Sichtbaren.

Dann, ganz plötzlich, ging ein harter, knirschender Ruck durch den Rumpf der NAUTILUS. Die Erschütterung reichte, Nemo aus dem Gleichgewicht zu bringen und gegen die Scheibe prallen zu lassen.

Als er sich aufrichtete, hatte sich das Bild jenseits des Bullauges vollends verändert. Rings um die NAUTILUS war wieder Wasser, das Element, für das sie geschaffen worden war; ein sanft wogender Ozean, dessen Oberfläche sich wie ein golden verspiegelter Himmel wenige

Yards über dem Turm des Unterseebootes in sanftem Auf und Ab hob und senkte.

Aber es war ein fremder, durch und durch *fremder* Ozean, ein Meer, wie es noch keines Menschen Auge zuvor geschaut hatte. Das Wasser hatte einen sanften, grünlichen Schimmer und die Fische, die sich darin bewegten, hatten mit nichts Ähnlichkeit, was Nemo jemals zuvor gesehen hatte. Manche von ihnen waren riesig: halb so groß wie die NAUTILUS und massiger als Wale, andere wie geflügelte Ungeheuer geformt, die sich nur in das falsche Element verirrt hatten, wieder andere glichen gigantischen, flossenbewehrten Schlangen oder grotesken Ungeheuern, die der Fantasie eines übergeschnappten Horror-Schriftstellers entsprungen zu sein schienen.

Dann sah Nemo etwas, was ihn alles andere vergessen ließ: Unweit der NAUTILUS, ein Stück tiefer, allmählich zu ihr emportauchend, schwamm ein reptilhafter Körper. Ein Gigant, fünfzehn Yards lang, mit einem glänzenden, birnenförmigen Leib, riesigen Flossen und einem grotesk kleinen Schädel, der auf einem absurd langen Hals pendelte.

Es war ein Saurier. Eines jener gewaltigen Reptilienwesen, die die Erde vor hunderten von Millionen Jahren beherrscht hatten.

Aber er *lebte!*

Es kostete Nemo schier unendliche Überwindung, sich von dem bizarren Anblick zu lösen und wieder zu Howard und Jennifer hinüberzusehen.

Howard war gegen die Wandung gesunken und hielt sich nur noch mit letzter Kraft auf den Beinen. Sein Gesicht war bleich, und sein Atem ging in schnellen, harten Stößen.

Nemo wollte zu ihm hinübereilen, aber Jennifer hielt ihn mit einer raschen, befehlenden Geste zurück und schüttelte den Kopf. »Lassen Sie ihn«, sagte sie.

»Aber er braucht Hilfe!«, protestierte Rowlf.

»Die braucht er nicht«, antwortete Jennifer kalt. »Wenigstens nicht von Ihnen. Ich kann mehr für ihn tun als Ihre sogenannten Ärzte.« Behutsam ergriff sie Howard bei den Schultern, ließ ihn zu Boden gleiten und legte ihre rechte Hand auf sein Gesicht, Zeige und Ringfinger auf seine Augen und Daumen und kleinen Finger auf seine Schläfen gepresst. Dann schloss sie die Augen und flüsterte ein einzelnes, fremdartig-düster klingendes Wort.

Nemo konnte nicht erkennen, was sie sonst noch tat. Aber was immer es war, es wirkte. Sehr schnell. Howards Atem beruhigte sich zusehends, und schon nach wenigen Augenblicken kehrte die Farbe in sein Gesicht zurück. Stöhnend hob er den Arm, wischte Jennifers Hand beiseite und versuchte sich aufzurichten, aber das dunkelhaarige Mädchen schob ihn zurück.

»Bewegen Sie sich nicht«, sagte sie sanft. »Ihr Freund kann Sie in die Krankenabteilung tragen. Sie waren großartig.« Sie lächelte noch einmal, stand auf und machte einen befehlenden Wink in Rowlfs Richtung.

»Bringen Sie ihn hinunter«, sagte sie. »Aber vorsichtig.«

Rowlf schenkte ihr einen Blick, der Bände sprach, hob Howard ohne sichtbare Anstrengung auf die Arme und verschwand gebückt auf der Wendeltreppe, die in den Rumpf der NAUTILUS hinabführte.

Jennifer sah ihm mit sonderbarem Gesichtsausdruck nach, bis seine Schritte in der Tiefe des Schiffes verklungen waren. »Er wird sich wieder erholen«, sagte sie leise und mehr zu sich selbst als zu Nemo gewandt: »Wenigstens hoffe ich es.«

Nemo blickte sie kopfschüttelnd an. »Ich verstehe Sie nicht«, sagte er. »Erst zwingen Sie ihn, etwas zu tun, was ihn fast umbringt, und dann machen Sie sich Sorgen.«

Jennifer fuhr herum. Ihre Augen waren dunkel vor Zorn. »Wofür halten Sie mich, Kapitän Nemo?«, fauchte sie. »Für ein Ungeheuer?«

»Ich weiß es nicht«, sagte Nemo leise. »Ich weiß nicht, wofür ich Sie halten soll, nach dem, was auf der *Zuidermaar* geschehen ist.«

Jennifer setzte zu einer zornigen Entgegnung an, besann sich aber im letzten Moment eines Besseren und deutete mit einer ruckhaften Kopfbewegung auf die Kontrollen, die auf einem Pult zwischen den beiden gewaltigen Bullaugen angebracht waren. »Sie können das Schiff von hier aus steuern?«

Nemo nickte.

»Dann tauchen Sie auf«, sagte Jennifer.

Nemo gehorchte. Ohne ein weiteres Wort trat er an das kompliziert aussehende Kommandopult heran, legte ein Dutzend Schalter und Hebel um und griff in das inmitten all dieser technischen Einrichtungen wie ein Anachronismus wirkende Steuerrad.

Tief im Rumpf der NAUTILUS begannen die Maschinen heftiger zu stampfen, und schon nach wenigen Augenblicken wurde aus dem trägen Dahingleiten des Unterseebootes ein sanfter, aber beständiger Aufstieg. Der golden schimmernde Himmel kam näher, berührte sanft die obere Kante des Turmes und zerbrach in Millionen und Abermillionen funkelnde Lichtsplitter. Schaum sprudelte hoch und nahm Nemo für Augenblicke die Sicht, und dann, ganz plötzlich, flutete grelles Sonnenlicht in den Turm.

Nemo blinzelte. Seine Augen benötigten einige Sekunden, sich an das Licht zu gewöhnen. Was er sah, war mehr als fantastisch.

Vor ihnen erstreckte sich das schier unendliche Blau des Ozeans, überspannt von einem Himmel, dessen Farbe ihn schlichtweg erstarren ließ. Eine unglaublich große, grell leuchtende Sonne schüttete ihre Glut über ein wolkenloses Firmament. Drei, vielleicht vier Meilen im Osten erhob sich eine grün bewaldete Insel aus dem Meer, viel größer als Krakatau und von einem Vulkan beherrscht, der der Urvater aller Vulkane sein musste. Etwas Dunkles, irgendwie Formloses bewegte sich darüber in der Luft, aber Nemo konnte es nicht genau erkennen. Es war fester als ein Schatten, aber es schien sich seinen Blicken auf geheimnisvolle Weise immer wieder zu entziehen.

»Steuern Sie die Insel an«, sagte Jennifer.

»Ist das Krakatau?«, fragte Nemo. Aber er bekam keine Antwort, und als er den Kopf wandte und Jennifer fragend ansah, wiederholte er seine Frage auch nicht mehr.

Das Mädchen stand hoch aufgerichtet vor dem Bullauge, beide Hände gegen das Glas gepresst und in sonderbarer verkrampfter Haltung. Ihr Gesicht war totenbleich, und in ihren Augen lag ein Ausdruck, der Nemo schaudern ließ.

Es war Angst.

Aber eine Angst von solcher Intensität, wie er sie noch nie zuvor bei einem Menschen gesehen hatte. Hastig senkte er den Blick und konzentrierte sich auf seine Kontrollen.

Langsam näherte sich die NAUTILUS der Insel. Die dichte grüne Wand, die anstelle des feinen Sandstrandes aus dem Meer wucherte, wuchs zu fantastischer Größe auf, und als sie näher kamen, erkannte Nemo Bäume von ungeheuerlichem Wuchs, zwischen denen es sich beständig bewegte, als platze dieser Dschungel vor Leben geradezu auseinander. Etwas Riesiges, Geflügeltes schoss plötzlich aus dem Blätterdach, schwenkte mit einem träge wirkenden Flügelschlagen herum und sauste auf die NAUTILUS herab. Im letzten Augenblick schien das Wesen zu erkennen, dass das Opfer, das es erspäht hatte, doch einige Nummern zu groß war, denn es schwenkte mit einer glattweg unmöglich erscheinenden Bewegung herum und verschwand wieder in der Höhe, ehe Nemo es genau erkennen konnte. Alles, was er gesehen hatte, war ein verschwommener Eindruck gigantischer Fledermausschwingen, eines pfeilförmigen Schwanzes und eines albtraumhaften Hammerschädels.

»Der Fluss, nördlich«, sagte Jennifer. »Sehen Sie ihn?«

»Ja«, antwortete Nemo. Wieder fiel ihm auf, wie gepresst Jennifers Stimme wirkte. Aber er widerstand der Versuchung, sie anzusehen.

»Steuern Sie das Schiff hinein.«

Nemo erschrak. »Ich ... ich weiß nicht, ob er tief genug ist«, sagte er. »Wenn wir auf Grund laufen –«

»Das werden wir nicht«, fuhr ihm Jennifer ins Wort. »Tun Sie, was ich Ihnen befohlen habe! Wir haben kaum noch Zeit.«

Zeit wozu?, dachte Nemo. Aber er schwieg und warf das Ruder gehorsam herum, um die NAUTILUS in die Flussmündung zu steuern.

Fast eine halbe Stunde lang fuhren sie schweigend dahin, dann hob Jennifer die Hand und deutete auf eine Felsformation, die am linken Ufer aus den Fluten ragte.

»Dort hinüber«, sagte sie. »Das ist weit genug.«

Nemo gehorchte auch diesmal, ohne zu widersprechen. Langsam glitt die NAUTILUS von der Flussmitte fort, näherte sich den Felsen und kam fast auf den Yard genau an der Stelle, die Jennifer ihm bedeutet hatte, zur Ruhe.

Jennifer wandte sich mit einem Ruck vom Fenster ab, ging zur vorderen Luke und löste die Verriegelung. Knirschend schwang das schwere Schott nach außen. Licht und ein Schwall aromatisch riechender, brühheißer Luft drangen in den kleinen Turmraum. Aber sie ging noch nicht, sondern drehte sich noch einmal zu Nemo herum und sah ihn auf sehr sonderbare Weise an.

»Ich möchte mich bei Ihnen bedanken, Kapitän«, sagte sie. »Sie haben mir sehr geholfen. Und sich auch. Mehr, als Sie jetzt schon ahnen. Richten Sie auch Howard meinen Dank aus, wenn Sie ihn sehen. Und wenden Sie Ihr Schiff, und fahren Sie, so schnell Sie können. Die Zeit ist ein kompliziertes und überaus empfindliches Gebilde, aber sie vermag sich ganz gut selbst zu schützen. Was ich hier vorhabe, wird Ihr Schiff und alles an Bord automatisch in Ihre Gegenwart zurückschleudern. Sie müssen das offene Meer erreichen, bevor ...«

»Bevor was?«, fragte Nemo, als sie nicht weitersprach.

Jennifer wollte antworten, aber dann schüttelte sie nur den Kopf. »Sie würden es nicht verstehen«, sagte sie. »Tun Sie, was ich Ihnen gesagt habe. Sie dürfen nicht in dieser Welt bleiben. Und Sie können es auch nicht. Tun Sie, was ich Ihnen gesagt habe.«

Und damit wandte sie sich um und verschwand mit einem Satz im Wasser, um die wenigen Yards zum Ufer hinüberzuschwimmen.

Nemo blickte ihr lange nach, ehe er sich endlich von seinem Platz löste, nach unten stieg und das Schott wieder verriegelte. Ihre Worte schienen noch immer hinter seiner Stirn nachzuhallen. *Sie müssen das offene Meer erreichen, bevor ...*

Ja, bevor was?, dachte er.

Und wie zur Antwort sah er noch einmal das Bild des gigantischen Vulkankraters vor sich. Die riesigen, wogenden Schatten, schwarzen amorphen Ungeheuern gleich, die einen irrsinnigen Veitstanz um den Flammen speienden Krater herum aufführten ...

Und plötzlich hatte er es eilig, zu den Kontrollen zurückzukommen und die NAUTILUS zur Flussmitte zu lenken, wo er sie gefahrlos wenden konnte.

Verdammt eilig.

Necron spuckte mich an. Während der letzten Minuten – seit er mich mit einem Fußtritt aus meiner Bewusstlosigkeit geweckt hatte – hatte er nichts anderes getan, als mich zu beschimpfen und abwechselnd zu treten und zu schlagen, bis Dagon ihn reichlich grob zurückgezerrt hatte.

Der Herr der Drachenburg tobte vor Zorn. Sein Gesicht war verzerrt, und auf seiner faltigen Totenhaut waren große, rot leuchtende Brandblasen erschienen. Seine Hände waren blutig.

»Du Hund!«, kreischte er. »Dafür stirbst du tausend Tode, das schwöre ich! Ich werde dich vernichten! Tausend Jahre sollst du in der *Dschehenna* brennen, bis du mich um deinen Tod anwinselst, du verfluchter Christenhund!«

Ich richtete mich mühsam auf, blinzelte die blutigen Schleier fort, die vor meinem Blick auf und ab wogten, und versuchte zu lachen, aber alles, was ich herausbekam, war ein gequälter Laut, der sich wohl eher wie ein Husten anhörte. Necron keuchte und wollte sich schon wieder auf mich stürzen, aber Dagon hielt ihn zurück, packte ihn grob bei den Schultern und schüttelte ihn.

»Hör jetzt auf, Necron!«, befahl er. »Wir haben Wichtigeres zu tun! Der Augenblick ist da!«

Necron beruhigte sich tatsächlich, aber der Blick, den er mir zuwarf, schien vor Hass zu brennen.

Trotzdem sagte er nichts mehr, sondern folgte Dagon, bis sie vor dem Basaltblock standen, über dem das SIEGEL schwebte. Ich richtete mich vollends auf, wischte mir mit dem Arm das gröbste Blut aus dem Gesicht und machte ein paar Schritte in ihre Richtung, bis Dagon aufsah und drohend die Hand hob.

Aber ich war auch so nahe genug, zu erkennen, was vorging.

Die blitzende Kristallkugel war höher gestiegen, bis sie schwerelos in gleicher Höhe mit Dagons und Necrons Gesichtern schwebte. Und sie schien auf geheimnisvolle Weise gewachsen zu sein, denn sie hatte jetzt die Größe eines Balles, nicht mehr einer Kinderfaust. Die Schatten in ihrem Inneren begannen stärker zu wogen, wirbelten wie vom Sturm gepeitscht durcheinander und bildeten vergängliche Umrisse und Schemen.

Plötzlich lief ein krampfhaftes Zucken durch die Kugel. Die Schatten verblassten und machten einem strahlenden, giftgrünen Licht Platz, das heller und immer heller wurde, bis sich selbst Dagon und Necron stöhnend abwandten und die Arme vor die Gesichter hoben.

Der Ball aus blendendem Licht wuchs weiter, und dann erschien in seinem Inneren ein winziger, dunkler Fleck, weitete sich rasend schnell aus und griff mit rauchigen Armen um sich wie ein Tornado. In Sekunden verschlang er die Lichtkugel.

Irgendetwas klirrte, und ich sah, wie das SIEGEL, wieder zu seiner ursprünglichen Größe zusammengeschrumpft und zu einer toten Kugel aus Glas erloschen, auf den Block herabfiel, ein Stück zur Seite rollte und dann liegen blieb.

Aber der schwarze Wirbel war noch immer da, und er wuchs weiter, wenn auch nicht mehr so rasch wie zuvor.

Und in seinem Inneren war irgendetwas, das dunkler war als dunkel, schwärzer als schwarz, groß und mächtig und *böse ... böse ... böse ...*

Ein dumpfer Schlag ließ den Boden erzittern. Irgendwo, unendlich tief unter mir, schien die Erde zu zerbersten, und plötzlich erschütterte ein zweiter, dritter und vierter Schlag den Boden. Die Höhle bebte. Steine krachten von der Decke, zerbarsten auf dem Boden oder klatschten in die flüssige, hoch aufspritzende Lava.

Ein Schrei erklang; ein Schrei von solcher Urgewalt und Wut, dass ich auf die Knie fiel und die Hände gegen die Schläfen presste. Aber es nutzte nichts, ich hörte den Schrei noch immer, deutlicher und schriller als zuvor. Und dann begann diese schreckliche, unmenschlich kreischende Stimme *Worte* hervorzustoßen, zwei Worte, immer und immer und immer wieder nur diese beiden, fürchterlichen Worte:

»THUL!«, schrie die Stimme. »THUUUUL! THUL SADUUN! THUL SADUUN!«

Etwas Dunkles begann aus der geronnenen Schwärze emporzukriechen, etwas wie ein Wurm, sich windend, gigantisch und Furcht einflößend, glitzernd wie lebender Stahl und augenlos, ein Albtraum, dessen bloßer Anblick genügen musste, mich in den Wahnsinn zu treiben, wenn er erst ganz materialisiert war. Tastend und zitternd wie ein blinder Arm griff er hinaus in die Wirklichkeit, zog sich wieder ein Stück zurück und griff abermals hinaus, wurde massiver, größer …

Der Gedanke traf mich wie ein Fausthieb.

Dieses Ungeheuer war ein *Thul Saduun,* eines jener schrecklichen Wesen, von denen Dagon und die anderen Magier von Maronar als *jene in der Tiefe* gesprochen hatten, scheußliche Ausgeburten des Bösen, schlimmer vielleicht noch als die GROSSEN ALTEN selbst.

»Nein«, flüsterte ich entsetzt. »Das … das kannst du nicht tun, Dagon!«

Obwohl ich sehr leise gesprochen hatte, musste Dagon meine Worte gehört haben, denn er fuhr plötzlich herum und starrte auf mich herab.

»Ich muss!«, keuchte er. Es klang fast wie eine Entschuldigung. »Ich muss, Robert Craven. Ich muss, wenn ich nicht so werden soll wie sie!«

Aus dem schwarzen Wirbel erklang ein Schrei, und Dagon fuhr wieder herum.

Die gewaltige, wurmähnliche Kreatur hatte sich wieder zurückgezogen und war nur mehr als bloßer Schatten zu erkennen, aber ich sah, dass sie sich wie in irrer Wut hin und her warf, mit ungeheuerlicher Kraft an den Wänden ihres unsichtbaren Gefängnisses zerrend und trotz allem zu schwach, es zu zerbrechen.

»Etwas fehlt!«, sagte Necron. Er richtete sich auf, starrte wild in die Runde – und deutete mit einer zornigen Bewegung auf mich.

»Sie brauchen Leben!«, keuchte er. »Ihn! Töte ihn!«

Seltsamerweise zögerte Dagon. Sein Blick irrte unstet zwischen dem gigantischen *Thul Saduun* und mir hin und her, und ich glaubte den inneren Kampf, den er durchstand, direkt auf seinem Gesicht ablesen zu können.

»Tu es!«, befahl Necron. Seine Stimme wurde schrill, überschlug sich fast. »Tu es! Ich *befehle* es dir!«

Langsam, als koste ihn die Bewegung unendlich viel Kraft, drehte sich Dagon herum, hob die Hände und machte einen schwerfälligen Schritt auf mich zu.

Er führte die Bewegung nie zu Ende.

Wieder bebte der Boden, aber diesmal war es keine Erschütterung, die tief aus dem Leib der Erde herausdrang. Hinter uns spritzte die Lava auf, so hoch, dass ein Regen brennender Tropfen auf die gesamte Höhle niederging.

Der flüssige Stein begann zu brodeln. Grelle Explosionen zerrissen die Oberfläche des lodernden Kratersees, und dann stieg etwas Großes, Dunkles *aus der Tiefe des Lavasees empor und durchbrach zischend die Oberfläche!*

Für einen Moment zweifelte ich an meinem Verstand.

Aus dem zweitausend Grad heißen Stein stieg die Gestalt eines schlanken, dunkelhaarigen Mädchens empor, glitt, scheinbar schwerelos, bis an den Rand der Lavapfütze und trat mit einem grazilen Schritt auf den sicheren Boden hinaus.

Ihre Kleider und ihr Haar waren übersät mit rot glühenden Brocken geschmolzenen Steines, aber ihre Haut war unverletzt; nicht einmal der halb durchsichtige Seidenstoff ihres Gewandes war verschmort.

»Jennifer!«, murmelte ich fassungslos.

Das Mädchen blieb stehen, wandte den Kopf und blickte auf mich herab.

Und im gleichen Moment, in dem ich in ihre Augen sah, wusste ich, dass sie nicht Jennifer war.

»Du?«, keuchte Dagon. Hinter ihm tobte der *Thul Saduun* noch immer in seinem Gefängnis aus Schatten und Nichts, aber Dagon schien das bizarre Wesen vollkommen vergessen zu haben.

»Du?«, wiederholte er. »Wer ... wer bist du?«

Jennifer trat auf ihn zu, hob die Hand und berührte ihn beinahe sanft an der Stirn.

Dagon brüllte, taumelte nach hinten und prallte gegen den Basaltblock. Die Kristallkugel rollte aus ihrer Ruheposition, hüpfte über den Rand des Blockes und fiel klirrend zu Boden, aber das bemerkte er nicht einmal.

Eine furchtbare Veränderung ging mit seinem Körper vonstatten.

Was schon begonnen hatte, vollendete sich; aus Dagon, dem Fischmenschen, wurde ein Ungeheuer, eine Bestie, die zu beschreiben sich mein Bewusstsein weigert.

Jeglicher Rest von Menschlichkeit verschwand, sein Körper verwandelte sich, wurde zu einem peitschenden, sich windenden grässlichen Ding, das fürchterliche, glucksende Laute ausstieß. Kopf und Gesicht verschwanden, wurden eins mit der fürchterlichen Gallertmasse.

Aber auch Jennifer veränderte sich.

Die Umrisse ihres Körpers schienen zu flackern, als sei sie in Wirklichkeit nichts als das Bild einer *Laterna Magica,* lösten sich auf, trieben wie farbiger Nebel auseinander und formten sich neu.

Und dann war auch aus dem Mädchen ein Ungeheuer geworden.

Es war kleiner als Dagon – oder das, zu dem er geworden war –, wirkte aber auf seine Weise noch grässlicher, noch bedrohlicher und finsterer. Ein Paar gewaltiger feuchter Flügel waren dicht an seinen Körper angelegt und zuckten unentwegt.

Es war das gleiche Wesen, dem ich auf der DAGON begegnet war, das *Fremde,* das mir damals gegen Necrons Drachenkrieger beigestanden hatte.

Dagon kreischte, ein Laut voller entsetzlicher Angst, aber das Wesen, das einmal Jennifer gewesen war, beugte sich zu ihm hinab, berührte ihn mit einem seiner schrecklichen Tentakelhände, und aus Dagons Angstschreien wurde ein Wimmern.

Auch der *Thul Saduun* in seinem Gefängnis aus Finsternis begann sich stärker zu winden und zu toben. Das Jennifer-Ungeheuer richtete sich auf, hob die Hand und deutete mit einer befehlenden Geste auf den Kreis aus Finsternis.

Er begann zu schrumpfen, wurde zu einem kleinen, pulsierenden Fleck – und verschwand.

»Das nützt dir nichts!«, keuchte Necron.

Der Krakenköpfige drehte sich herum, musterte ihn einen Moment aus seinen riesigen gelben Augen und trat drohend auf ihn zu. Necron wich hastig zurück.

Seine Stimme zitterte, aber in seinen Augen blitzte der Trotz.

»Ich weiß nicht, wer du bist!«, keuchte er. »Und ich weiß nicht, was du hier willst – aber es wird dir nichts nutzen. Das *Tor* ist geöffnet, und *sie* werden hindurchgehen. Keine Macht der Welt kann *sie* noch aufhalten. Auch du nicht.«

»Du weißt nicht, wer ich bin?«, fragte das Krakenungeheuer. »Das solltest du. Du selbst bist es gewesen, der mich gerufen hat, Necron.«

Necrons Augen weiteten sich. Er wurde blass. »Du?«, keuchte er. »Du ... du bist –«

»Sprich den Namen nicht aus!«, sagte der Riese drohend. »Es wäre dein Tod.«

Necrons Lippen begannen zu zittern. Der Ausdruck von Trotz in seinem Blick war purem Grauen gewichen.

»Du!«, keuchte er. »Aber das ist unmöglich. Du kannst ... kannst nicht hier sein. Du bist –«

»Ich bin hier!«, unterbrach ihn mein geheimnisvoller Lebensretter. »Um zu verhindern, was du und dieser Narr Dagon beinahe getan hätten.«

»Dazu ist es zu spät«, behauptete Necron. »Das *Tor* ist geöffnet. Niemand kann *sie* noch aufhalten. Das weißt du. Du weißt es, weil es bereits geschehen ist.«

Wieder wich er einen Schritt zurück, blieb stehen, blickte auf etwas hinab, das zu seinen Füßen lag, und starrte wieder den krakenköpfigen Dämon an. »Nicht einmal du kannst die Zeit verändern.«

»Bist du dir da so sicher?«, fragte das Ungeheuer. »Das bin ich«, antwortete Necron.

Und plötzlich verschwand seine Hand unter dem Umhang, kam wieder zum Vorschein und machte eine blitzschnelle Bewegung. Der Krakenköpfige schrie wütend auf und wollte auf ihn zuspringen.

Aber zwischen ihm und dem Zauberer war plötzlich ein silberner, blitzender Nebel, ein flirrendes Etwas, das sich wie ein zerbrochenes Spinnennetz auf seinen Körper legte. Tausende winziger Explosionen schleuderten das bizarre Wesen zurück. Es schrie, torkelte, fiel plötzlich zur Seite und kam mit einem wütenden Fauchen wieder auf die Füße. Necrons Angriff hatte es überrascht, mehr nicht.

Aber mehr war auch nicht nötig gewesen.

Necron war blitzschnell herumgefahren und hatte ein zweites Mal die Hände gehoben, und in der leeren Luft hinter ihm war ein flimmerndes, grünliches Etwas erschienen, ein Tunnel in die Unendlichkeit, den ich nur zu gut kannte – ein *Tor!*

Necron hatte ein *Tor* geöffnet, mit der Kraft seines puren Willens. Und noch bevor sich das Ungeheuer vom Boden erhoben und auf ihn gestürzt hatte, sprang er hinein und war verschwunden. Der grüne Lichtkreis des *Tores* erlosch hinter ihm wieder.

Aber so schnell er auch verschwunden war – er hatte noch immer Zeit gefunden, sich zu bücken und die kleine Kugel an sich zu reißen.

Das war der letzte klare Gedanke, den ich hatte, ehe das Wasser des Ozeans, nicht länger von der magischen Kraft des SIEGELS gebändigt, mit einem urgewaltigen Brüllen in die Höhle stürzte und mein Bewusstsein zum zweiten Mal innerhalb kurzer Zeit auslöschte.

Ich lag in Jennifers Arm, als ich erwachte. Warmes Sonnenlicht streichelte meine Stirn, und für Sekunden war alles, was ich empfand, eine tiefe Dankbarkeit für die Tatsache, dass ich noch am Leben war, die Wärme und Weichheit von Jennifers Körper, der Geruch ihres Haares, der betörend war wie verlockendes Parfüm.

Und dann fiel mir schlagartig wieder ein, wer sie wirklich war.

Mit einem Schrei sprang ich auf, prallte mit dem Schädel gegen einen Ast und sank wieder auf die Knie zurück.

Jennifer – oder das Wesen, das so aussah wie sie – lachte leise. »Du hast keinen Grund, zu erschrecken, Robert Craven«, sagte sie.

»Aber du ... du bist ... ich meine ...«, stammelte ich, brach ab, richtete mich ein zweites Mal auf und betrachtete sie genauer. Ihr Gesicht war unverändert, glatt und sanft und von noch mädchenhafter Schönheit. Und doch war all das nur eine Maske, hinter der sich ein Ungeheuer verbarg, wie es schlimmer kein Fiebertraum hervorbringen konnte!

»Ich habe diese Gestalt wieder angenommen, weil dich meine wahre Erscheinung erschreckt hätte«, sagte sie (sie? – ES!).

»Wer bist du?«, keuchte ich.

»Das kann ich dir nicht sagen«, antwortete Jennifer. »Weder jetzt noch zu irgendeinem anderen Zeitpunkt, denn es ist Sterblichen nicht gestattet, meinen Namen zu kennen. Er ist Tod und ihn auszusprechen bedeutet, das Chaos zu beschwören.«

»Aber du ... du bist ...«

»Nicht dein Feind«, sagte Jennifer. »Das habe ich dir schon einmal gesagt. Ist dein Gedächtnis von so kurzer Dauer, Mensch?«

»Nein«, antwortete ich. »Ich erinnere mich sogar noch ganz gut. Als wir uns das letzte Mal sahen, sagtest du, dass wir Feinde sein würden, wenn wir uns wieder begegnen.«

»Das stimmt«, sagte Jennifer. »Aber es war ein Irrtum. Du und ich sind zu wichtig, als dass wir uns bekämpfen dürften. Auch mir unterlaufen Fehler.«

»So wie der mit Necron?«, fragte ich spitz.

Ein Schatten huschte über Jennifers Gesicht. »Er wird bestraft werden für das, was er tat«, versprach sie.

»So?«, fragte ich. »Er hat das zweite SIEGEL, wenn ich mich recht erinnere. Du wirst dich beeilen müssen, wenn du ihn bestrafen willst. Möglicherweise kannst du es bald nicht mehr.«

Ich wollte noch mehr sagen, aber in diesem Moment erschütterte ein harter Schlag den Boden, und als ich erschrocken den Blick hob, sah ich eine gewaltige Säule aus Feuer und schwarzer Vulkanasche aus dem Krater des Krakatau schießen.

»Ist das ... der Anfang?«, fragte ich stockend. Plötzlich war die Angst wieder da.

Jennifer schüttelte den Kopf. »Nein«, sagte sie. »Noch nicht. Es ist nur das Wasser, das in den Berg eindringt. Aber es beginnt. Bald.« Sie stand ebenfalls auf, berührte mich an der Schulter und deutete mit der anderen Hand nach Westen, zur Küste hinab.

»Geh jetzt«, sagte sie. »Geh zur Küste, und rette dich.«

Ich machte einen Schritt, blieb aber noch einmal stehen und sah zu ihr zurück. »Wie lange noch?«, fragte ich.

»Morgen«, antwortete Jennifer. »Morgen, kurz bevor die Sonne erwacht, wird diese Insel untergehen. Rette dich, solange du noch kannst.«

»Und ... Dagon? Dagon und die *Thul Saduun?*«

»Ich werde sie vernichten«, sagte Jennifer. »Und nun geh.«

Ohne ein weiteres Wort drehte ich mich um und ging, blieb aber nach wenigen Schritten noch einmal stehen und blickte zurück.

Jennifer war verschwunden. Nur der Dschungel war noch da. Und ein Berg, der Feuer und Asche in den Himmel schleuderte.

Krieg der Götter

Das Wesen bewegte sich träge in der Strömung. Sein Leib, aufgequollen und unförmig, erinnerte eher an ein von der Brandung zerschlagenes Stück Treibholz, eingewoben in ein Netz von Fäden und knotigen Anhängseln, die sich erst bei genauerem Hinsehen als Gliedmaßen erwiesen. Endlos lange hatte es wie tot dagelegen, nicht geatmet, sich nicht bewegt. Nur die Strömung hatte dann und wann mit einem seiner Glieder gespielt, die mächtigen, ledrigen Schwingen gepackt und entfaltet oder seinen gewaltigen Leib gegen den Felsen geschleudert.

Und doch lebte es. Ein schreckliches, unheiliges Leben ...

Jetzt, nach einer Ewigkeit, öffnete es träge ein Auge. Die Bewegung hätte auf jeden Beobachter harmlos gewirkt, ein Reflex vielleicht auf den Schmerz, den ihm die scharfkantigen Felsen zufügten, gegen die es immer wieder geworfen wurde.

Aber das war es nicht.

Es war schlimmer. Tausendfach schlimmer. Wie der erste Stein, der noch harmlos zu Tal rollt und doch eine vernichtende Lawine auslösen kann, war dieser eine Lidschlag der erste Akt in einem Geschehen, das sehr wohl das Schicksal der ganzen Welt verändern mochte. Der erste Schritt, den es wenig später tat, war der erste Zug in einem Krieg, der hier, auf dieser unscheinbaren kleinen Insel in der Sundastraße, seinen Anfang nehmen sollte.

Noch ahnte niemand etwas davon. Noch spürten die Menschen, die hoch über der Höhle das Erwachen der Sonne beobachteten, allenfalls eine gewisse Beunruhigung, die sie sich nicht zu erklären vermochten – aber der Krieg der Götter hatte in diesem Augenblick begonnen.

Über der Insel brannte der Himmel. Tief hängende, von glühender Vulkanasche blutig rot gefärbte Wolken brodelten wie kochender Nebel dicht über den Wipfeln der Urwaldriesen. In fast regelmäßigen Abständen erzitterte die Erde wie unter dem Tritt eines unsichtbaren

Giganten, und gelegentlich zerrissen grelle Blitze die dräuenden Wolken. Das Meer, das nur manchmal hinter diesem Vorhang aus Chaos sichtbar wurde, schien zu kochen, und etwas, das wie Nebel aussah, stieg von seiner Oberfläche auf und verband sich mit den Wolken.

Mehr als zwei Stunden war ich gelaufen, um die Küste zu erreichen, immer in Gefahr, von stürzenden Bäumen oder herunterprasselndem Geäst erschlagen zu werden, in jäh aufklaffende Erdspalten zu stürzen oder von einem der glühenden Brocken getroffen zu werden, die wie brennende Meteore aus den Wolken herabregneten.

Die Insel starb einen langsamen, qualvollen Tod. Krakatau, der Gott der Majundes, hatte seine schreckliche Stimme erhoben, und mit jedem Schrei des Vulkans kam das Ende näher. Ganz gleich, was Jennifer gesagt hatte – es begann nicht erst morgen bei Sonnenaufgang, sondern schon jetzt. Das Chaos hatte seine Hand bereits nach Krakatau ausgestreckt, und sein Griff war fürchterlich.

Ich erreichte den Waldrand, lehnte mich gegen einen Baum, der mir massiv genug erschien, nicht beim nächsten Erdstoß umzukippen und mich unter sich zu begraben, und rang einen Moment keuchend nach Atem. Meine Lungen brannten. Die Luft schmeckte bitter und heiß, und die schwarze Lavaasche tanzte wie finsterer Regen vor mir auf und ab.

Alles, was ich anfasste, fühlte sich heiß und schmierig an. Der Dschungel dampfte, und immer wieder flackerten kleinere Brände auf. Die meisten erloschen sofort wieder, denn Krakatau war von einem tropischen Regenwald bedeckt, der mit Feuchtigkeit voll gesogen war wie ein großer grüner Schwamm. Aber wenn die Hitze weiter so anstieg, dann würde es nicht mehr lange dauern, bis die ganze Insel wie eine gigantische Fackel in Flammen aufging; lange, bevor der Krakatau eruptierte.

Ich versuchte den Gedanken zu verscheuchen, atmete tief ein und lief weiter. Die Sonne war vor zwei Stunden aufgegangen, und wenn Howard seine Drohung wahr gemacht hatte, dann würde ich den Strand leer vorfinden. Die Frist, in der er auf mich warten wollte, war abgelaufen. Aber irgendwie konnte ich nicht so recht daran glauben, dass er mich im Stich lassen würde. Vielleicht wollte ich es auch nicht.

Die letzten Bäume wichen zur Seite, als ich rücksichtslos durch das Unterholz brach, und dann lag die Stadt vor mir – oder das, was davon übrig geblieben war. Der Feuerregen und die unablässigen Erdstöße hatten das, was der Brand übersehen hatte, endgültig vernichtet. Der Ort lag in Trümmern. Überall qualmte und brannte es, und quer über die Hauptstraße zog sich ein meterbreiter, klaffender Riss, aus dem Funken und fettiger schwarzer Qualm emporstiegen.

Die Küste war hinter einem Vorhang aus Rauch und brodelndem Dampf verschwunden, sodass ich die *Zuidermaar* nur als verschwommenen schwarzen Schatten erkennen konnte, der ab und zu auftauchte und sofort wieder hinter kochenden Schwaden verschwand.

Der Umstand, das Schiff noch immer hier vorzufinden, hätte mich warnen müssen. Schließlich hatte Nemo die *Zuidermaar* schlichtweg gekapert, um sie zur Rettung der Inselbewohner einzusetzen. Aber ich war im Moment viel zu erleichtert, überhaupt noch ein Anzeichen menschlichen Lebens zu sehen, um mehr als einen Gedanken darauf zu verschwenden.

So schnell ich konnte, rannte ich weiter, setzte mit einem gewagten Sprung über die Erdspalte hinweg und lief durch eine bizarre Allee aus brennenden Häusern weiter zur Küste hinab.

Gestalten tauchten aus dem kochenden Gemisch aus Nebel und Vulkanstaub auf, verschwanden wieder und erschienen erneut. Es waren Männer in den blauweiß gestreiften Hemden der niederländischen Marine, dazwischen aber auch vereinzelte Matrosen, die ich von der NAUTILUS her kannte. Ich hob im Laufen die Arme und schrie aus Leibeskräften, aber das Brüllen des Vulkans verschluckte jeden anderen Laut; wahrscheinlich sahen mich die Männer inmitten des Chaos überhaupt nicht.

Ich schluckte einen Fluch herunter, rannte schneller und erreichte den schmalen weißen Sandstreifen, der vor der Brandungslinie lag. Der Geruch nach heißem Wasser und brennender Erde nahm mir den Atem. Die Gischt spritzte hoch auf, und das Meer war aufgewühlt, als winde es sich in Krämpfen. Das gestrandete Boot, das ich am Tage zuvor bemerkt hatte, brannte lichterloh, von einem Lavabrocken in zwei Teile zerschmettert und in Brand gesetzt; und ein Stück vor der Küste musste eine unterseeische Magmaader aufgebrochen sein, denn das Meer kochte und spie Dampf und kleine zischende Steinbrocken in den Himmel.

Ich wandte mich nach links, sah den Schatten der *Zuidermaar* wie einen Schemen hinter den grauschwarzen Schwaden auftauchen und lief darauf zu, so schnell ich konnte.

Wieder bebte die Erde wie unter einem Hammerschlag – und diesmal vermochte ich der Erschütterung nicht mehr standzuhalten. Ich stolperte, fiel der Länge nach ins knietiefe Wasser und kam keuchend und nach Atem ringend wieder hoch. Eine Welle brühheißer Luft fauchte von der Insel herab aufs Meer hinaus, versengte meinen Rücken und trieb die Nebelschwaden auseinander – und plötzlich konnte ich die *Zuidermaar* in aller Deutlichkeit erkennen.

Genauer gesagt, das, was ich für die *Zuidermaar* gehalten hatte.

Das Schiff war ein Wrack.

Nicht sehr weit von der Küste entfernt und mit deutlicher Schlagseite dümpelte es im Meer, Rumpf und Aufbauten so dick mit Algen und Tang überwuchert, dass seine ursprüngliche Farbe nicht mehr zu erkennen war, die Masten schräg und verbogen, als wären sie von einem ungeschickten Riesenkind in den Rumpf gerammt worden, das Segelzeug nur mehr Fetzen, die vor Schmutz allein standen.

Und langsam, ganz langsam, begriff ich ...

Das Schiff, von dem ich mir Rettung versprochen hatte, war nicht die *Zuidermaar.* Es war nichts anderes als die *Van Helsing,* De Cruyks schwimmender Mülleimer, mit dem er vor der Küste der Insel kreuzte und nach Opfern für seine teuflischen Rituale suchte. Nachdem Tergard und seine verbrecherischen Organisationen dorthin gegangen waren, wo sie hingehörten – nämlich zum Teufel –, hatte ich den schweinsäugigen Piratenkapitän glatt vergessen.

Aber jetzt war er da – und wenn ich mir von ihm Hilfe erwartete, konnte ich genauso gut nach R'lyeh schwimmen und Cthulhu selbst um Beistand anflehen ...

Als wäre dieser Gedanke ein Stichwort gewesen, auf das das Schicksal nur gewartet hatte, hörte ich plötzlich Stimmen, und ein gutes halbes Dutzend Männer tauchte links von mit aus dem Nebel auf. Ich sprang vollends hoch, hob die Hände und wich ein paar Schritte zurück, entschlossen, mein Leben so teuer wie nur möglich zu verkaufen.

Aber es waren keine von De Cruyks Schmuddel-Piraten, sondern Männer der *Zuidermaar,* angeführt von einem von Nemos Matrosen. Sie schienen genauso überrascht zu sein, mich zu sehen, wie ich umgekehrt sie, denn sie blieben abrupt stehen. Zwei oder drei von ihnen begannen auf Holländisch zu schnattern, während sich der Matrose der NAUTILUS nach kurzem Zögern aus der Gruppe löste und auf mich zukam.

»Sie, Monsieur?«, fragte er verwirrt. »Wir ... wir hielten Sie für tot!«

»Viel hat auch nicht gefehlt«, antwortete ich grimmig. »Was ist geschehen? Wo sind die *Zuidermaar* und die NAUTILUS, und wie kommt dieses Schiffswrack hierher?«

Der Mann blickte mich mit sonderbarem Ernst an, atmete hörbar ein und begann mit leiser, fast ausdrucksloser Stimme zu erzählen …

Der Dschungel hätte überquellen müssen vor Leben, aber er war tot. Die riesigen, mehr als baumhohen Farngewächse, die in bizarrer Eintracht mit tausend Jahre alten Mangrovenbäumen und schuppenhäutigen Riesenmagnolien wuchsen, lagen wie erstarrt da. Der Chor schriller, pfeifender, kreischender und krächzender Stimmen, der so zu diesem Urwald gehörte wie die brennende Sonne am Himmel, war verstummt. Selbst der Wind hatte innegehalten, und der einzige Laut, der dann und wann durch die lastende Stille drang, war das dumpfe Grollen des Vulkans, dessen gigantisches steinernes Haupt sich weit im Norden gegen den Himmel reckte.

Das Mädchen war im Laufe der letzten halben Stunde immer langsamer geworden. Der Weg war anstrengend, denn er führte beständig bergauf, und der Dschungel war so gut wie undurchdringlich, selbst für jemanden, der über übermenschliche Kräfte verfügte. Ein paar Mal war das Mädchen Tieren, begegnet, kleinen pelzigen Räubern, die fiepend die Flucht ergriffen hatten, aber auch den großen geschuppten Echsen, die die Herren dieser Welt waren, und es hatte sich verbergen müssen, bis die Ungeheuer weitergezogen waren.

Aber das war es nicht, was seine Schritte immer langsamer hatte werden lassen.

Trotz allem hatte es Angst. Keine Angst vor den Gefahren dieses Dschungels. Nicht einmal Angst vor dem Tod – wie konnte es auch, denn es war längst gestorben, tausend Mal –, sondern Angst vor dem, was es dort oben, auf dem Gipfel des Flammen speienden Riesenvulkans, erwarten mochte.

Manchmal, wenn es an einer Stelle vorüberkam, an der das Blätterdach des Dschungels weniger dicht war, blickte es auf und sah die Schatten um den Krater tanzen. Dinge wie zusammengeballte Finsternis, ohne wirkliche Umrisse, ohne Körper, ohne festes Aussehen. Dinge voller Furcht und Entsetzen, die nichts anderes waren als das Gestalt gewordene Böse an sich.

Nein – es fürchtete den Tod nicht. Es hatte mit seinem Leben abgeschlossen, lange ehe es diese bizarre Reise zweihundertfünfzig Millionen Jahre in die Vergangenheit seiner Welt angetreten hatte.

Aber es mochte Dinge geben, die schlimmer waren als der Tod.

Tausendmal schlimmer.

»Sie sind also beide fort?«, fragte ich leise. »*Die Zuidermaar* und die NAUTILUS?«

Henri – der Mann, der mir die ganze Geschichte erzählt hatte, nickte. »Ja. Kapitän Nemo hat uns alle an Land geschickt – bis auf vier Freiwillige, die er brauchte, um die NAUTILUS notdürftig manövrieren zu können. Die *Zuidermaar* ist kurz danach ausgelaufen, in westlicher Richtung.« Er deutete aufs Meer hinaus. »Wir anderen haben versucht, die *Van Helsing zu* bemannen und loszusegeln, aber dieses Schiff ist ein schwimmendes Wrack. Ich verstehe nicht, wie De Cruyk es fertig gebracht hat, auch nur eine Meile damit zu fahren, ohne abzusaufen.« Er seufzte. »Wir werden Tage brauchen, ehe wir auslaufen können.«

»Ich fürchte, so viel Zeit bleibt uns nicht«, antwortete ich leise. Hinter uns stieß der Vulkan eine neue brüllende Flammensäule aus, als wolle er meine Worte unterstreichen, und Henri wurde noch ein bisschen blasser, als er ohnehin schon war.

»Dann ... dann ist es wahr?«, flüsterte er. »Es stimmt, was Kapitän Nemo gesagt hat?«

»Dass die ganze Insel in die Luft fliegen wird?« Ich nickte. »Ich fürchte, ja. Haben Sie daran gezweifelt?«

Henri antwortete nicht, aber sein Blick sprach Bände.

»Wer hat das Kommando hier?«, fragte ich; eigentlich nur, um überhaupt etwas zu sagen und die Stille nicht übermächtig werden zu lassen. »Harmfeld?«

»Nein.« Henri lächelte traurig. »Er ist verschwunden. Ich fürchte, dieser De Cruyk hat ihn mitgenommen. Im Moment bin ich wohl der dienstälteste Offizier. Aber wir stellen uns gerne unter Ihr Kommando, Monsieur.«

»Mein Kommando?« Ich versuchte zu lachen, aber es gelang mir nicht ganz. »Ich weiß mit Mühe und Not, dass ein Schiff mit dem Kiel nach unten im Wasser liegen muss, Henri«, sagte ich. »Sie sind dafür weit besser geeignet als ich. Lassen Sie es so, wie es ist. Aber wenn ich

Ihnen einen Rat geben darf, dann bringen Sie dieses Wrack dort draußen zum Schwimmen, ganz gleich wie. Schlimmstenfalls rudern Sie es. Wenn Sie nicht in ein paar Stunden von hier verschwunden sind, sind Sie alle verloren!

Henri schien mehr enttäuscht als erschrocken, und plötzlich begriff ich, dass er mir das Kommando über das kleine Häufchen Überlebender nicht etwa angeboten hatte, weil er meinen nautischen Kenntnissen vertraute, sondern weil er unter der Belastung schlichtweg zusammenzubrechen drohte.

»Es tut mir leid«, sagte ich.

Henri nickte. »Schon gut, Monsieur.« Einen Moment lang starrte er auf das Meer hinaus, dann gab er sich einen sichtlichen Ruck und deutete auf die *Van Helsing.* »Wir müssen an Bord gehen«, sagte er. »Sie auch, Monsieur. Die Insel ist nicht mehr sicher.«

Der Gedanke, freiwillig auch nur einen Fuß auf diesen Seelenverkäufer zu setzen, behagte mir absolut nicht. Aber ich hatte wohl keine Wahl. Krakatau begann zu zerbrechen, das war mir auf dem Wege hierher mit aller Deutlichkeit klar geworden. Und ich half niemandem, wenn ich aus purem Stolz das Risiko einging, in einer plötzlich aufbrechenden Erdspalte zu ersticken oder von einem Lavabrocken erschlagen zu werden. Vielleicht konnte ich mich dort drüben ein wenig nützlich machen. Die Vorstellung, den Rest des Tages untätig zu verbringen und darauf zu warten, dass die Welt unterging, war mir ohnehin unerträglich.

Etwas mehr als zweihundertfünfzig Millionen Jahre in der Vergangenheit und nur wenige Meilen weiter östlich fügten schmale, grausam verbrannte Hände zwei blitzende Schalen aus Kristall zusammen, und ...

Ich wandte mich um, wartete, bis Henri an mir vorübergegangen war, und setzte mich ebenfalls in Bewegung. Nur wenige Schritte vor uns schaukelte ein kleines Ruderboot in der Dünung. Henri und zwei ...

... ein schmallippiger, in ein Gesicht aus Narben und nur halb verheilten, nässelnden Brandwunden eingebetteter Mund flüsterte dunkle, fremdartig klingende Worte dazu. In den beiden Kristallschalen, die jetzt eine flachgedrückte Kugel bildeten, begannen ...

... der Matrosen begannen den Kahn rasch vom Ufer wegzustaken, kaum dass ich an Bord gestiegen und mich hastig gesetzt hatte. Das Meer war erstaunlich ruhig, nach all dem Chaos, das ich beobachtet hatte, aber am Himmel brodelten noch immer schwarzrote Wolken, und der Wind war unerträglich heiß. Das Ufer fiel rasch zurück, und wie von selbst suchte …

… orangerote, zähe Nebel zu wallen. Einen Moment lang zeichnete sich ein bizarrer Schatten im Inneren der flachen Kugel ab, ein dunkles, peitschendes Ding wie ein Nest sich windender, ineinander verbissener Schlangen, dann erlosch auch das und machte …

… mein Blick wieder den Flammen speienden Krater des Krakataus. Ich war mir nicht sicher, aber für einen Moment glaubte ich etwas Mächtiges, körperlos Finsteres über der Hitze und Lava erbrechenden Caldera des Vulkans zu erkennen.

Und plötzlich erlosch der Wind. Es ging unglaublich schnell. Eben noch hatte sich das Boot unter dem glühenden Hauch geduckt, und dann herrschte Stille, so abrupt, als wäre der Sturm abgeschaltet worden.

Aber nur für eine Sekunde.

Dann erbebte das Meer unter einem ungeheueren, berstenden Schlag. Das Boot bäumte sich auf, kippte wie ein Kreisel um die eigene Achse und schleuderte uns ins Wasser, ehe es, wie von einem Hammerschlag getroffen, in der Luft zerbrach und …

… der Finsternis des absoluten Nichts Platz. Die Lippen in dem verbrannten Gesicht verzogen sich zu einem triumphierenden Lächeln, während sich seine Hände …

… in weitem Umkreis in Trümmer geschlagen auf das Meer herabregnete. Ich tauchte unter, verspürte einen schmerzhaften Schlag in die Rippen und widerstand im letzten Moment dem Impuls, den Mund zu öffnen, um Atem zu holen. Das Wasser kochte, wirbelte wie rasend herum – und schleuderte mich an den Strand zurück.

Ich schrammte über den rauen Sand, riss mir Hände und Gesicht an scharfkantigen Steinen und Muschelschalen blutig und stemmte mich mit einer verzweifelten Bewegung in die Höhe. Mit aller Kraft, die mir verblieben war, taumelte ich den Strand hinauf, nur fort, weg von dem außer Rand und Band geratenen Wasser und den Wogen, die mich zurück ins Meer reißen wollten.

Dann wurde es dunkel. Schlagartig.

Es war, als wäre die Sonne wie eine Kerze gelöscht worden. Von einem Atemzug auf den anderen senkte sich die absolute Finsternis über die Insel, wie eine Kuppel aus Stahl, die über das Meer gestülpt worden war. Für eine Sekunde war es so dunkel, dass ich nicht einmal mehr die Hand vor Augen erkennen konnte, dann zerriss ein grell weißer, krachender Blitz erst die Dunkelheit und dann das obere Drittel des Vulkans, und ein brüllender, kreischender Laut erklang, ein Geräusch, das in meinen Ohren widerhallte wie ein ...

... von dem magischen Behältnis lösten. Sein Gesicht verzerrte sich wie in Agonie, aber es war kein Schmerz, den er spürte, sondern Triumph, und über seine Lippen brach ein gellender ...

... triumphierender Schrei, der die Wirklichkeit endgültig auslöschte und die Insel ins Chaos schleuderte. Ein urgewaltiger Blitz brannte eine Funken sprühende Spur in die schwarze Kuppel, die den Himmel verschlungen hatte, dann zuckte ein zweiter und dritter und vierter Blitz auf, immer mehr und mehr und mehr, bis sich die Insel unter einem Netz grell weiß leuchtender, zischender Fäden aus Energie zu befinden schien. Flammen regneten vom Himmel, und die Erde bäumte sich auf wie ein sterbendes Tier.

Ich stürzte, sprang wieder auf und warf mich zur Seite, als der Sand wenige Schritte neben mir rot aufglühte und Lava und brennender Stein in die Höhe schossen. Hinter mir gellten Schreie auf, und als ich mich herumdrehte, sah ich etwas Schwarzes ohne feste Umrisse neben der *Van Helsing* aus dem Meer schießen, mit riesigen, narbigen Armen nach dem Schiff greifend.

Dann zuckte ein weiterer Blitz von dem so schrecklich veränderten Himmel, berührte wie ein lodernder Finger den Hauptmast des Piratenschiffes und setzte es in Brand.

Aber es war kein normales Feuer, sondern eine heiße, sonnenhelle Glut, die binnen weniger Sekunden auf Tauwerk und Segel übergriff, auf kleinen gleißenden Feuerfüßchen den Mast herunterraste und die hintere Hälfte des Schiffes in ein Meer tobender Flammen verwandelte. Matrosen rannten wie winzige Schatten vor der weiß glühenden Flammenwand davon, versuchten den vorderen Teil des Schiffes zu erreichen, oder sprangen kurzerhand über Bord, obgleich sie in den tobenden Fluten auch nichts anderes als der Tod erwarten konnte. Nicht allen gelang es.

Gleichzeitig bäumte sich das gewaltige Etwas abermals aus dem Meer und griff nach dem Schiff, jetzt hell beleuchtet vom flackernden Widerschein des Feuers.

Es war ein Ungeheuer, ein Monstrum wie ein schwarzer, ins Absurde vergrößerter Krake, mit Dutzenden peitschender, gewaltiger Arme, starrenden Höllenaugen und einem Paar fürchterlicher Hummerscheren, mit denen es den Bugspriet des Schiffes wie einen dünnen Ast zerbrach. Seine peitschenden Arme ringelten sich um Masten und Aufbauten, glitten wie riesige Schlangen über das Deck und suchten nach den flüchtenden Matrosen, griffen hier und da sogar in die Flammen hinein, als spüre es die Hitze gar nicht, oder rissen in blinder Wut ganze Stücke aus dem Schiff und den Aufbauten.

Ein gellender Schrei drang in meine Gedanken. Ich fuhr herum, hob schützend die Arme vor das Gesicht und sah ein Paar Arme aus der sprudelnden Gischt auftauchen, ein Antlitz, verzerrt vor Schrecken und Todesangst, ein Mund, der zu einem verzweifelten Schrei aufgerissen war, aber plötzlich von heranrollendem Wasser gefüllt wurde.

Ohne an die Gefahr zu denken, in der ich selbst schwebte, rannte ich zurück, warf mich in die tobende Brandung und hielt nach dem Ertrinkenden Ausschau. Ich entdeckte ihn ein ganzes Stück weiter rechts und schon wieder halbwegs ins Meer gesogen, kämpfte mich durch die tobenden Wellen heran und bekam seinen Arm zu fassen. Der Mann bäumte sich auf und begann in Todesangst um sich zu schlagen. Seine Faust traf mich am Hals. Ich bekam keine Luft mehr, fiel nach hinten und wäre um ein Haar selbst ins Meer zurückgerissen worden. Im letzten Moment kam ich wieder auf die Beine, packte den Tobenden erneut, riss ihn hoch und versetzte ihm eine schallende Ohrfeige.

Der Trick funktionierte auch dieses Mal. Der Mann hielt inne, und die Panik in seinem Blick erlosch. Ich erkannte ihn: Es war Henri, der Matrose von der NAUTILUS. Er sagte irgendetwas, aber das Brüllen des Orkans und das Toben der Brandung rissen ihm die Worte von den Lippen, ehe ich sie verstehen konnte. Grob packte ich ihn an der Schulter, zerrte ihn herum und versetzte ihm einen Stoß, der ihn den Strand hinauftaumeln ließ.

Eine zweite Gestalt tauchte aus dem Meer auf, als wir das sichere Ufer erreicht hatten, wankte auf Henri und mich zu und brach mit einem erstickten Laut in die Knie.

Von See her drang ein ungeheuerliches Brüllen und Krachen herüber, vermischt mit den gellenden Schreien der Matrosen drüben auf der *Van Helsing*. Das Schiff hatte vollends Feuer gefangen und trieb wie ein lodernder Scheiterhaufen auf dem Wasser. Und jetzt hatten die Flammen auch auf das bizarre Ungeheuer übergegriffen, das sich in seine Masten verkrallt hatte. Ein ungeheurer, schmerz- und wuterfüllter Schrei übertönte das Toben der entfesselten Elemente.

Die Bestie begann zu toben, löste nach und nach alle Arme und sonstigen Gliedmaßen vom Schiff und versuchte ins Meer zurückzukriechen. Aber so wenig, wie ihr das Feuer bisher etwas hatte anhaben können, so schnell verzehrte es ihren Leib jetzt. Binnen weniger Sekunden stand das Monstrum in Flammen. Seine Bewegungen wurden langsamer.

Mit einem Ruck löste ich mich von dem furchtbaren Anblick, drehte mich herum und deutete mit einer Kopfbewegung auf die niedergebrannte Stadt. Die Ruinen versprachen zwar keinen Schutz, würden uns aber wenigstens vor einer sofortigen Entdeckung bewahren, falls noch mehr Ungeheuer aus dem Meer aufsteigen sollten.

Im gleichen Augenblick, in dem ich losgehen wollte, blitzte es über uns in den Wolken auf. Aber es war keine weitere Explosion, sondern nur ein Funkeln, ein verirrter Lichtstrahl, der sich auf dem geschliffenen Kristall einer großen Scheibe gebrochen hatte, die schwerelos durch die brodelnden Wolken glitt.

Eine Scheibe, die Männer trug.

Männer in schreiend bunten, bodenlangen Umhängen. *Männer aus Maronar* ...

Eine einzelne, schreckliche Sekunde lang stand ich wie gelähmt da und glotzte die blitzende Kristallscheibe an, dann erwachte ich mit einem Schrei aus meiner Erstarrung, brüllte meinen beiden Begleitern eine Warnung zu und rannte wie von Furien gehetzt auf die niedergebrannten Häuser zu.

Es war dunkel hier unten; muffig und feucht und trotz der klammen Kälte des Meeres, die sich einen Weg durch die Schiffswände gegraben hatte, beinahe stickig. Die normalen Geräusche des Schiffes waren nicht mehr zu vernehmen, einzig ein dumpfes, an und abschwellendes Brausen, das das Rauschen der Strömung sein mochte, denn der Raum lag tief unter der Wasserlinie der *Zuidermaar,* nur wenige Yards über dem mächtigen, kupferbeschlagenen Kiel, der das Wasser wie eine umgedrehte Haifischflosse schnitt.

Harmfeld lauschte. Während der letzten vier, vielleicht auch sechs Stunden hatte er nichts anderes gehört als eben dieses dumpfe Rauschen und das Schlagen seines eigenen Herzens, aber jetzt hatte sich etwas geändert. Harmfeld wusste selbst nicht zu sagen, was – aber das Schiff, das die ganze Nacht über auf geradem Kurs und sehr schnell gelaufen war, musste beigedreht haben, vielleicht in einen Hafen eingelaufen sein oder auch nur gegen den Wind kreuzen.

Behutsam schob Harmfeld die Taurolle zur Seite, unter der er Zuflucht gesucht hatte, hob den Kopf über den Rand seiner improvisierten Deckung und spähte aus zusammengekniffenen Augen in die Runde. Er war allein; das Kabelgatt war leer, nicht nur von Menschen, sondern buchstäblich von allem Leben verlassen. Die Luft hier unten war so feucht und stank so erbärmlich, dass sich nicht einmal Ratten und Ungeziefer lange hier aufhielten.

Harmfeld stand vorsichtig auf, sah noch einmal misstrauisch in die Runde und zog seinen Revolver aus dem Gürtel, ehe er sein Versteck vollends verließ und sich der Tür näherte. Das Schiff vibrierte sanft unter seinen Füßen, ein weiterer Beweis dafür, dass es nicht mehr mit der Strömung fuhr, sondern sich gegen die Kraft des Ozeans stemmte. Harmfeld öffnete die Tür, packte seine Waffe fester und begann geduckt den niedrigen, unbeleuchteten Gang entlangzuschleichen, der sich dahinter erstreckte.

Nach einer Weile hörte er Geräusche: Schritte und Poltern, die vertrauten Laute einer Mannschaft, die an Deck arbeitete und Dinge tat, die Matrosen eben tun, ihr Schiff seeklar zu erhalten und zu manövrieren, das Brausen der Wellen, die sich am Bug der *Zuidermaar* brachen und schaumige Gischt auf ihr Deck schleuderten.

Nur eines fehlte: Stimmen.

Er hörte nicht ein einziges Wort. Nicht eine einzige, menschliche Stimme.

Minutenlang stand Harmfeld einfach da, lauschte und überlegte, was er als Nächstes tun sollte. Er war ratlos. Hätte man ihn in diesem Moment gefragt, warum er sich überhaupt an Bord geschlichen und verborgen gehalten hatte, bis das Schiff in See stach, hätte er vermutlich nicht einmal eine Antwort darauf gewusst.

Schließlich erwachte er aus seiner Starre, schlich auf Zehenspitzen die Treppe hinauf und spähte durch einen Türspalt.

Von seinem Versteck aus konnte er einen großen Teil des Vorderdecks überblicken. Das Bild, das sich ihm bot, war von fast bedrückender Normalität. Die *Zuidermaar* hatte tatsächlich gedreht und kreuzte jetzt gegen den Wind, wenn auch viel schneller, als es eigentlich möglich gewesen wäre. Männer kletterten im Tauwerk empor, balancierten geschickt auf den Spieren oder stemmten sich zu fünft oder zehnt gegen die mächtigen Verspannungen, die das Deck des Kriegsschiffes überzogen. Alles schien ganz normal. Mit einem Unterschied: Die Männer, die die *Zuidermaar* bemannten, waren keine lebenden Menschen.

Es waren Untote. Leichen, von einer satanischen Macht aus ihrer ewigen Ruhe gerissen und zur boshaften Karikatur menschlichen Lebens wiedererweckt.

Obwohl Harmfeld Zeit genug gehabt hatte, sich an den Gedanken zu gewöhnen, lähmte ihn das Bild. Was er sah, war real, aber eine Schiffsmannschaft aus Toten zu erblicken, das war einfach nichts, was ein Mann wie Harmfeld akzeptieren konnte. Bisher war sein Leben in zwei klar voneinander getrennte Bereiche geteilt gewesen: in das, was seine Pflicht war und was er tun musste, und das, was er durfte, ohne gegen seine Pflichten zu verstoßen. Jetzt war er plötzlich mit etwas konfrontiert worden, das er nicht begriff; etwas, das außerhalb seiner Realität existierte und das anzuerkennen er sich einfach weigerte.

Alles hatte mit diesem Craven angefangen, dachte er düster. Mit ihm und seinem Gerede von irgendwelchen Geistern, die vor Hunderten von Millionen Jahren von den Sternen gekommen waren und jetzt nach der Macht auf der Erde trachteten.

In Gedanken verfluchte Harmfeld den Moment, in dem er Robert Craven kennen gelernt hatte. Vorher war sein Leben hart, aber klar gewesen ... und jetzt? Er hatte alles verloren: seinen Glauben an die Wirklichkeit, seine Männer – und jetzt auch noch sein Schiff. Aber er würde –

Der Hieb traf ihn völlig unvorbereitet. Er hörte kein verräterisches Geräusch, sah keinen Schatten, keine Bewegung – aber plötzlich krachte etwas mit der Wucht eines Hammerschlages zwischen seine Schulterblätter. Harmfeld keuchte vor Schmerz und Überraschung, prallte gegen die Tür und stolperte mit hilflos rudernden Armen auf das Deck hinaus.

Ein Schatten wuchs vor ihm auf. Er versuchte seine Waffe zu heben und darauf zu zielen, aber noch bevor er die Bewegung halb zu Ende gebracht hatte, traf ihn ein zweiter, noch härterer Hieb, schleuderte ihn vollends zu Boden und prellte ihm den Revolver aus der Hand.

Harmfeld schrie auf, rollte sich zur Seite, um einem Fuß auszuweichen, der nach seinem Gesicht stieß, sprang mit einem federnden Satz auf die Beine und riss seinen Paradesäbel aus dem Gürtel.

Zum ersten Male sah er seinen unheimlichen Gegner. Es war niemand anders als De Cruyk, der Kapitän der *Van Helsing*, der das Chaos über die *Zuidermaar* gebracht hatte.

Aber wie hatte er sich verändert!

Sein Oberkörper bot einen Anblick des Grauens. Er musste von mindestens einem Dutzend Gewehrschüssen getroffen worden sein, und zwar aus allernächster Nähe. Die rechte Seite seines Unterkiefers war ein hässliches Totenschädelgrinsen, wo der blanke Knochen zum Vorschein kam. Eines seiner Augen glühte wie eine lodernde Kohle, das andere war erloschen.

Der entsetzliche Anblick ließ Harmfeld auch noch die letzten Skrupel vergessen. Mit einem überschnappenden Kreischen schwang er seinen Säbel, spreizte die Beine, um festen Halt zu haben, und ließ die armlange Klinge auf De Cruyk heruntersausen.

Der tote Kapitän hob den Arm, um den Hieb abzufangen. Der Säbel fuhr mit einem widerwärtigen Schmatzen tief in seine Schulter und traf auf Knochen. Eine Sekunde später schloss sich De Cruyks Hand um die Klinge, packte mit übermenschlicher Kraft zu und entriss sie Harmfelds Händen. Der Säbel flog klirrend davon.

Harmfeld keuchte vor Schrecken. Von einer Sekunde auf die andere war jedes bisschen Mut aus ihm gewichen. Er hatte nur noch Angst, Angst wie niemals zuvor in seinem Leben. Er sah De Cruyks Faust heranrasen, aber er machte nicht einmal einen Versuch, dem Hieb auszuweichen.

Der Schlag schmetterte ihn zu Boden, ließ ihn drei, vier Meter über die glatten Planken schlittern und raubte ihm fast das Bewusstsein. Wie durch einen blutigen Vorhang hindurch sah er De Cruyk auf sich zukommen, die Hände erhoben und zu Klauen gespreizt, mit sonderbar wiegenden, fast tänzelnden Schritten, das Gesicht zu einer Grimasse verzerrt.

»Nicht!«, wimmerte Harmfeld. Angstvoll hob er die Hände über das Gesicht und krümmte sich. »Nicht!«, wimmerte er immer wieder. »Komm nicht näher.«

Und das Wunder geschah. De Cruyk blieb tatsächlich stehen. Sein einzelnes, verbliebenes Auge flammte wie ein böser Stern. »Du Narr!«, krächzte er. »Du elender Narr. Du hast dich selber umgebracht!«

Seine Worte klangen grauenhaft; was er hervorbekam, war ein hechelndes Zischeln, das Harmfeld die Übelkeit in den Magen trieb.

»Steh auf!«, befahl De Cruyk.

Harmfeld gehorchte. Rings um sie herum ging der normale

Schiffsbetrieb weiter, als wäre nichts geschehen, aber Harmfeld versuchte kein zweites Mal, sich auf den kleinwüchsigen Piratenkapitän zu stürzen. So, wie De Cruyk von einer unheimlichen, widernatürlichen Macht am Leben gehalten wurde, war er auch viel stärker als ein normaler Mensch.

»Warum bist du hier?«, hechelte De Cruyk. »Habe ich nicht gesagt, *alle* sollen von Bord gehen? Warum bist du geblieben, du Narr?«

»Es ist mein Schiff«, antwortete Harmfeld; in einem Ton, als wäre das allein Erklärung genug.

»Dein Schiff?« Ein fürchterliches Hohnlachen drang über De Cruyks tote Lippen. »Dein Schiff?«, wiederholte er. »Nun, wenn es dein Schiff ist, dann solltest du auch damit untergehen, wie es sich für einen Kapitän geziemt!« Plötzlich sprang er vor, packte Harmfeld bei der Schulter und zwang ihn in einer heftigen Bewegung, sich herumzudrehen und zum Bug zu blicken.

Harmfeld schrie auf, als er sah, worauf die *Zuidermaar* mit bis zum Zerreißen geblähten Segeln zuschoss ...

Vom Himmel regnete Feuer. Der Boden hob und senkte sich in schnellen, krampfartigen Stößen, die Henri und mich und den Matrosen der *Zuidermaar* wie Fausthiebe trafen. Der Lärm war unbeschreiblich. Das Krachen der Donnerschläge war zu einem ununterbrochenen, Trommelfell zerreißenden Crescendo geworden. Das Meer schien zu kochen, und vom Krakatau herab zerriss Blitz auf Blitz die Dunkelheit.

Der ersten fürchterlichen Eruption waren weitere gefolgt, keine schwächer als die erste, und über dem zerfetzten Krater des Vulkans stand eine Meilen hohe Säule aus Qualm und fettigem Lavastaub, die immer wieder von grell weißen und orangeroten Explosionen zerrissen wurde. Lavabrocken, groß wie Häuser, regneten auf die gesamte Insel herab, schlugen wie Bomben in den Dschungel ein und ließen Brände und neue Feuer speiende Mini-Vulkane aufbrechen. Die Luft war so heiß, dass ich kaum atmen konnte.

»Was geschieht, mon dieu?«, schrie Henri neben mir. Seine Stimme war über dem Toben und Kreischen der außer Rand und Band geratenen Elemente kaum zu verstehen, und als ich den Blick wandte und ihn ansah, blickte ich in ein Gesicht, das zu einer Grimasse des Entsetzens geworden war. Der Soldat neben ihm war zu einem Häufchen Elend zusammengesunken, hatte die Knie an den Leib gezogen und die Hände über den Kopf geschlagen. Er wimmerte vor Angst.

»Der Vulkan!«, schrie ich zurück. »Er bricht aus!«

»Aber ... aber Nemo hat gesagt, dass wir noch Zeit haben!«, brüllte Henri. In seiner Stimme war ein absurder Trotz, der aus Verzweiflung und nackter Panik geboren war. Für einen Moment wünschte ich mir fast, wie er reagieren zu können.

»Dann hat er sich eben getäuscht!«, gab ich zurück. »Wir müssen weg von hier!« Ich stand auf, um meine Worte unverzüglich in die Tat umzusetzen, gewahrte eine Bewegung aus den Augenwinkeln und ließ mich instinktiv nach hinten fallen.

Ein faustgroßer, weiß glühender Meteor zischte dicht an meinem Gesicht vorbei, grub eine rauchende Spur in den Boden und zertrümmerte die Rückwand der Hausruine, in der wir Schutz gesucht hatten. Ein Hagel von Trümmern, brennendem Holz und Stein regnete auf uns herab. Ich fluchte, sprang abermals auf die Füße und sah mich gehetzt um, ehe ich auf eine Stelle etwas weiter zum Ufer hin deutete. Es schien buchstäblich keinen Quadratmeter auf dieser verdammten Insel zu geben, auf dem man seines Lebens noch sicher war, aber auf dem Weg hirnuf hatte ich eine schmale Erdverwerfung entdeckt; nicht tief genug, uns wirklich Schutz zu bieten, aber immer noch sicherer als diese nach oben offene, brandgeschwärzte Ruine.

Henri nickte, sprang ebenfalls hoch und deutete mit einer Kopfbewegung auf den Matrosen, der noch immer zusammengekrümmt dahockte und vor Angst wimmerte. Wir ergriffen ihn unter den Schultern und schleiften ihn kurzerhand mit.

Es waren nur wenige Dutzend Schritte, aber sie wurden zu einem höllischen Spießrutenlauf. Rings um uns herum regneten Lavabrocken und Flammen zu Boden. Der Sand zitterte und bebte, und die Luft, die vom Vulkan herabfauchte, war so heiß, dass ich zu spüren glaubte, wie sich die Haut in großen Blasen von meinem Rücken zu schälen begann.

Mit letzter Kraft taumelte ich in den Schutz der schmalen Erdspalte, warf mich zu Boden und rang keuchend nach Atem.

Das Brüllen des Vulkans hielt an, und das Meer überschüttete uns mit schaumiger, kochend heißer Gischt. Der Sand, auf dem wir lagen, begann sich allmählich in heißen Morast zu verwandeln. Die Luft stank nach Schwefel.

Länger als eine Minute blieb ich einfach reglos liegen, rang immer wieder keuchend nach Atem und wartete, bis sich mein rasender Herzschlag normalisierte. Erst dann wagte ich es, behutsam den Kopf über den Rand unserer trügerischen Deckung zu heben und aufs Meer hinauszublicken.

Ich wusste nicht genau, was ich mir erhofft hatte – aber einen Fluchtweg oder Rettung gab es in dieser Richtung jedenfalls nicht. Der Horizont war verschwunden, weg gefressen von einer Wand brodelnder Schwärze. Das Meer tobte, und trotzdem wirkten die Wogen zäh, wie aus Öl oder geschmolzenem Pech. Von der *Van Helsing* war nur ein brennendes Wrack geblieben, das jetzt rasch sank. Das Ungeheuer, das das Piratenschiff angegriffen hatte, war überhaupt nicht mehr zu sehen. Vielleicht hatte es niemals wirklich existiert. Ganz sicher war ich mir da nicht.

»Wohin ... jetzt?«, murmelte Henri neben mir.

Mühsam löste ich meinen Blick vom Meer und wandte mich wieder dem Dschungel zu. Die Insel brannte. Der Krakatau ragte wie eine lodernde Fackel aus Stein über dem brennenden Dschungel hoch, gleißendes Licht und Hitze wie ein tobsüchtig gewordener Gott des Feuers gegen den Himmel schleudernd. Dünne, über die große Entfernung täuschend harmlos aussehende Ströme rot glühender Lava verwandelten seine Flanken in ein Spinnennetz aus roten und weißen Strichen.

Dann sah ich endlich, wonach ich suchte. Und wovor ich mich gleichzeitig zu Tode fürchtete.

Henri bemerkte das Blitzen von geschliffenem Kristall im gleichen Augenblick wie ich. Er fuhr zusammen, richtete sich ein Stück weit auf und blickte aus ungläubig geweiteten Augen auf die runde Scheibe aus weißem Kristall, die dicht über dem Dschungel schwebte.

»Mon dieu!«, keuchte er. »Was ... was ist das?«

Ich antwortete nicht, obwohl ich es gekonnt hätte. Ein verzweifelter, vollkommen irrsinniger Plan begann hinter meiner Stirn Gestalt anzunehmen, als ich die schwerelos dahingleitende Scheibe und ihre beiden Passagiere anstarrte. »Vielleicht unsere Rettung«, murmelte ich.

Henri wandte mit einem Ruck den Kopf. Seine Augen schienen aus den Höhlen zu quellen. »Sie ... Sie *kennen* diese Männer, Monsieur?«, flüsterte er.

Ich nickte, schüttelte gleich darauf den Kopf und ließ mich hastig ein wenig tiefer hinter meine Deckung sinken. Die Flugscheibe war von ihrem bisherigen Kurs abgewichen und bewegte sich in unsicherem Zickzack auf uns zu, schwenkte aber auf halber Strecke plötzlich wieder herum und bewegte sich weiter parallel zur Küste.

»Das ... das ist ... Hexerei«, stammelte Henri.

»Nicht ganz«, antwortete ich. »Aber Sie kommen der Sache ziemlich nahe.« Ich versuchte zu lächeln, aber es misslang kläglich. »Gehen Sie runter, Henri. Die Burschen machen kurzen Prozess, wenn Sie uns entdecken!«

Henri gehorchte hastig, und auch ich presste mich so fest gegen den heißen Sand, wie ich nur konnte. Ich glaubte nicht, dass die Männer dort oben meinetwegen hier waren; höchstwahrscheinlich hatten sie nicht einmal eine Ahnung, dass es uns gab.

Was sie nicht daran hindern würde, uns kurzerhand umzubringen, wenn sie unserer habhaft wurden. Ich hatte mit Männern ihrer Art einschlägige Erfahrungen gemacht. Es war noch nicht einmal lange her; keine zweihundertfünfzig Millionen Jahre.

Nein – Gnade hatten wir von den Männern in den schreiend bunten, lebenden Mänteln nicht zu erwarten.

Und trotzdem waren sie vermutlich unsere einzige Chance, noch einmal lebend von dieser Insel wegzukommen.

Sekundenlang verfluchte ich die Tatsache, so hilflos zu sein. Die einzige Waffe, die mir gegen diese magisch hochbegabten Männer vielleicht von Nutzen sein mochte – Andaras Stockdegen –, lag in meiner Kabine an Bord der NAUTILUS; unerreichbar weit.

»Hören Sie zu, Henri«, sagte ich. »Sie müssen mir helfen.«

Henri erbleichte unter der Kruste aus schwarzer Vulkanasche und Schweiß, die sein Gesicht bedeckte, noch mehr, nickte aber tapfer – wenn auch nicht, ohne einen unsicheren Blick zu der schwebenden Kristallscheibe am Himmel zu werfen. »Oui«, sagte er.

»Ich werde versuchen, sie herzulocken«, erklärte ich, »und versuchen, sie zur Landung zu bewegen. Gehen Sie zu Ihnen, aber seien Sie vorsichtig. Heben Sie die Arme, und machen Sie deutlich, dass Sie sich ergeben. Alles, was ich brauche, sind einige Sekunden Zeit. Sie müssen sie ablenken, damit ich mich anschleichen kann.« Ich deutete auf das jenseitige Ende der Verwerfung, keine zwanzig Yards entfernt. »Haben Sie das verstanden?«, fragte ich.

Henris Blick flackerte. »Ablenken?«, murmelte er. »Aber ... aber wie denn?«

»Fragen Sie sie meinetwegen nach der Uhrzeit!«, sagte ich ungeduldig. »Ich brauche nur ein paar Sekunden, mehr nicht. Bitte, Henri! Unser Leben hängt davon ab!«

Henri nickte nervös. Einen Moment lang sah ich ihn noch durchdringend an, dann drehte ich mich herum und kroch auf Händen und Knien zum Ende des Grabens zurück, so schnell ich konnte.

Schließlich erreichte ich mein Ziel, richtete mich vorsichtig in eine halb sitzende, halb kniende Position auf und suchte den Himmel nach der Flugscheibe ab.

Sie war schon weiter entfernt, als ich gehofft hatte, schwenkte aber genau in diesem Moment wieder herum und kam, etwas näher an der Küste, den Weg zurück, den sie genommen hatte. In einem Punkt schien ich mit meiner Vermutung der Wahrheit zumindest nahe gekommen zu sein – die Männer dort oben suchten etwas.

Nun, ich würde dafür sorgen, dass sie etwas fanden.

Ich duckte mich wieder, blickte zu der Scheibe empor; presste die Lider zusammen und versuchte, das Bild der Küste vor meinem inneren Auge entstehen zu lassen; so, wie es die beiden Männer dort oben sehen mussten.

Es ging, wenn es mir auch unglaubliche Mühe bereitete. Im ersten Moment sah ich nichts als Striche und Linien, hier und da große, dunkle Gebiete ohne konkret festgehaltene Umrisse, aber dann klärte sich das Bild, wurde scharf und farbig und schließlich plastisch. Ich glaubte Kälte unter meinen Füßen zu spüren, ein sanftes Vibrieren, den Zug des Windes, der an meinem Gesicht vorbeistrich – es war, als würde ich durch die Augen eines der beiden Männer dort oben sehen.

Einen Moment lang konzentrierte ich mich ganz darauf, das Bild schärfer werden zu lassen und festzuhalten.

Dann begann ich es zu verändern.

Es war leichter, als ich geglaubt hatte. Zuerst beschränkte ich mich auf Kleinigkeiten, ein Felsbrocken, der nicht wirklich da war, eine Flammensäule, die plötzlich zu dreifacher Höhe aufloderte und wieder zusammenfiel, ein heftigeres Toben der Wellen. Dann ...

Das Blitzen von Glas im brennenden Sand ...

Eine Scheibe, zwei Yards im Durchmesser und aus glasklarem Kristall gefertigt, in zwei große und tausend kleinere Trümmerstücke zerborsten, die in weitem Umkreis auf den Strand herabgeregnet waren ...

Eine verkrümmte Gestalt, in einen zerfetzten, blutbesudelten Umhang gehüllt, einen zerbrochenen Silberstab in den Händen haltend, tot, die gebrochenen Augen wie anklagend auf die Scheibe am Himmel gerichtet ...

Dann eine zweite Gestalt, taumelnd, sich mit letzter Kraft aus der Deckung der Erdspalte erhebend und auf die abgestürzte Scheibe zuwankend, auch sie in einen zuckenden, bodenlangen Umhang in den Farben des Wahnsinns gehüllt ...

Ich spürte, wie ein Ruck durch die Scheibe oben am Himmel ging, öffnete die Augen und sah, wie sie in einer unmöglich erscheinenden Bewegung nach unten kippte, die letzten dreißig, vierzig Yards im Tiefflug über den glühenden Sand jagte und kaum drei Schritte vor Henri aufsetzte.

Der schmalschultrige Matrose erstarrte vor Schrecken, als eine der beiden hochgewachsenen Gestalten von der Scheibe sprang und in einer fremdartigen, unverständlichen Sprache auf ihn einzureden begann, während der andere Maronese dorthin hetzte, wo er die Leiche seines anderen Kameraden zu sehen glaubte. Mit einem Schrei fiel er auf die Knie herab und streckte die Hände nach dem Bild aus, das zu sehen ich ihm noch immer suggerierte.

Als er merkte, dass sich unter seinen zugreifenden Händen nichts als heißer Sand befand, war ich über ihm.

Ich wusste um die Gefährlichkeit dieser Männer, und ich ließ ihm nicht die geringste Chance. Meine Fäuste krachten in seinen Nacken und schleuderten ihn zu Boden. Noch bevor sich sein Gesicht in den Sand grub, war ich herum und warf mich mit ausgebreiteten Armen auf seinen Kameraden.

Wenigstens wollte ich es.

Aber der Mann reagierte mit übermenschlicher Schnelligkeit. Im gleichen Moment, in dem ich mich auf seinen Kameraden gestürzt hatte, war die Vision vor seinen Augen erloschen; er hatte Henri als das gesehen, was er wirklich war – und sofort die richtigen Schlüsse daraus gezogen!

Noch während ich auf ihn zufederte, ließ er sich zur Seite fallen, riss einen kurzen, harmlos aussehenden Silberstab unter seinem Gürtel hervor und zielte damit auf mich.

Ich brachte das Kunststück fertig, mich mitten im Sprung herumzuwerfen, fiel ungeschickt zu Boden und rollte instinktiv zur Seite. Ein lodernder Blitz zuckte aus dem grünen Kristall am vorderen Ende des Silberstabes, brannte eine glühende Spur in den Sand und raste auf mich zu. Ich warf mich abermals herum und rollte wie wahnsinnig über den Strand davon. Aber der lodernde Energieblitz folgte mir unbarmherzig.

Und er kam näher. Immer näher.

Und dann brach er ab.

Der Maronese war schon tot, als ich aufstand, aber er saß immer noch reglos da, den Silberstab noch immer in der Hand. Seine Augen waren im Tode erstarrt, und seine Linke klammerte sich noch immer um den Griff des Wurfmessers, das aus seiner Brust ragte. Dann kippte er ganz langsam zur Seite. Der Silberstab entfiel seinen Händen.

Langsam ging ich zu ihm hinüber, kniete neben ihm nieder und schloss mit einer fast behutsamen Bewegung seine Augen, ehe ich mich an Henri wandte. »Danke«, sagte ich. »Das war im letzten Augenblick.«

Der Matrose antwortete nicht. Ich war mir nicht einmal sicher, ob er meine Worte überhaupt gehört hatte. Sein Gesicht war wie aus Stein. Einen Moment lang blickte ich ihn besorgt an, dann drehte ich mich mit einem Ruck um und ging zu dem bewusstlosen Maronesen hinüber.

So weit er sehen konnte, war Nebel. Graue, schwere Wolken, die auf dem Wasser lasteten und sich bewegten, träge und in anderer Richtung als der Wind, als hätten die Naturgesetze hier keine Gültigkeit mehr. Wenn Harmfeld genau hinsah, glaubte er einen Rhythmus in der Bewegung des Nebels zu erkennen: ein sanftes, gleichmäßiges Ausdehnen und Zusammenziehen, eine Bewegung wie das Schlagen eines gewaltigen Herzens.

Schatten bewegten sich hinter diesem Nebel, dunkle Dinge, die sich dem Blick auf geheimnisvolle Weise entzogen, aber real waren. Ein sonderbarer, an und abschwellender Ton lag in der Luft und durchdrang das Sirren des Tauwerkes, das Ächzen und Stöhnen des Rumpfes und das schwere, feuchte Schlagen der Segel.

Harmfeld verfolgte das Geschehen an Bord der *Zuidermaar* mit wachsender Unruhe; eine Unruhe, die sich in den letzten Minuten mehr und mehr in Schrecken und schließlich in reine Furcht umgewandelt hatte.

Einem Nicht-Seemann wäre das, was sich auf und unter Deck des gewaltigen Schiffes abspielte, vielleicht ganz normal erschienen;

allenfalls verwirrend. Aber Harmfeld hatte sein halbes Leben auf diesem Schiff verbracht, und für ihn hatte das emsige Treiben der Untoten einen zusätzlichen, erschreckenden Aspekt.

Neben den gewaltigen Bordgeschützen, die wie drohende Drachenmäuler zu zwei Dutzend auf jeder Seite des Schiffes aus den geöffneten Luken starrten, waren Pulverfässer erschienen. Munition war herbeigeschafft worden. Lunten entzündet. Die bizarre Besatzung hatte alles, was nicht unbedingt gebraucht wurde, von Bord geworfen, die Segel zusätzlich festgezurrt und große Fässer mit Sand und Wasser aufgestellt, um Brände löschen zu können. Keiner der Männer, die sich noch an Deck oder in den Wanten aufhielten, war ohne Waffe. Nein – es gab keinen Zweifel mehr: Die *Zuidermaar* befand sich in voller Gefechtsbereitschaft. Aber ein Gefecht gegen wen?

Oder was?, fügte Harmfeld in Gedanken schaudernd hinzu.

Unschlüssig ging er ein paar Schritte auf und ab, wandte sich schließlich um und stieg mit raschen Schritten die Treppe hinauf, die zu dem erhöhten Achterdeck mit dem Steuerruder führte. Er hatte erwartet, De Cruyk hier vorzufinden. Obgleich ihm schon der Anblick des Piratenkapitäns schier den Angstschweiß auf die Stirn trieb, war De Cruyk doch das einzige Wesen an Bord, mit dem er wenigstens reden konnte.

Aber De Cruyk war nicht da. Hinter dem Steuer stand ein Mann, der seit gut drei Jahren auf dem Meeresgrund gelegen haben musste, seinem Aussehen nach zu schließen, und Harmfelds Magen hinderte ihn nachhaltig daran, ihn länger als für einen Augenblick zu betrachten. Beinahe enttäuscht wandte er sich um, trat an die brusthohe Reling und blickte aus zusammengekniffenen Augen in die brodelnde Nebelwand, auf die die *Zuidermaar* zusteuerte.

Es war ein sonderbares Gefühl: Unzählige Male hatte er hier gestanden, und mehr als einmal war die Situation gleich gewesen, das Schiff unter voller Gefechtsbereitschaft – und der Gegner nur Minuten entfernt. Aber zum ersten Male war er ein Fremder, ja, nicht mehr als ein *geduldeter* Fremder an Bord seines eigenen Schiffes.

Ein sanftes Beben lief durch die Planken unter seinen Füßen. Harmfeld sah auf und bemerkte, dass die *Zuidermaar* an Fahrt zu verlieren begann, sehr rasch sogar. Die Nebelwand war jetzt ganz nahe; allenfalls noch eine, anderthalb Schiffslängen entfernt.

Und auch die Schatten, die sich dahinter bewegten, waren deutlicher geworden, wenn er auch noch immer nicht genau erkennen konnte, worauf sie nun wirklich zusteuerten.

Immerhin sah er, dass es sich um Schiffe zu handeln schien. Sehr kleine Schiffe, aber auch sehr viele. Harmfeld zählte ein gutes Dutzend der schlanken, sonderbar zerfransten Schatten, und hinter der grauen Nebelwand mochten sich noch weitere verbergen. Waren das ihre Gegner?

Wie zur Antwort schwenkte plötzlich einer der Schatten herum und lief direkt auf die *Zuidermaar zu.* Harmfeld beugte sich vor, um mehr Einzelheiten erkennen zu können.

Im gleichen Moment zerriss eine berstende Explosion den Nebel. Eine zehn Meter lange, grell rote Flammenzunge stach aus dem Rumpf der *Zuidermaar* hervor, zielte wie ein feuriger Finger auf den Schatten und erlosch wieder. Eine halbe Sekunde später brach der Schatten auseinander. In einer fast tänzerischen Bewegung hob er sich aus dem Meer, zerfiel in zwei unterschiedlich große Hälften und verschwand in einer brodelnden Feuerwolke.

Noch bevor die brennenden Trümmerstücke auf dem Meer aufschlugen, schwenkten auch die anderen Schatten herum, formierten sich zu einem weit auseinandergezogenen Halbkreis und schossen auf das holländische Kriegsschiff zu.

Die Kanonen der *Zuidermaar* begannen zu feuern.

Der Mann erwachte aus seiner Bewusstlosigkeit, als ich ihn auf den Rücken drehte. Im ersten Moment war sein Blick verschleiert; er schien mich nicht zu erkennen, bewegte aber mühsam die Hände und tastete mit der Rechten nach seinem Gürtel.

Ich schlug seine Hand herunter, zog ihn an der Schulter in die Höhe und hielt ihm den Silberstab vor das Gesicht, den ich aus seinem Gürtel genommen hatte. »Wenn du das hier suchst, lass es.«

Ein deutlicher Ausdruck von Schrecken huschte über das Gesicht des Maronesen. Er wollte nach seiner Waffe greifen, aber ich versetzte ihm einen derben Stoß, der ihn abermals zurückfallen ließ, und schüttelte den Kopf.

»Sei vernünftig«, sagte ich. »Wenn du keinen Widerstand leistest, geschieht dir nichts. Wenn nicht ...« Ich sprach nicht weiter, sondern deutete mit einer Kopfbewegung auf seinen toten Kameraden. Der Maronese erbleichte.

»Wer ... wer seid ihr?«, fragte er leise. »Und was wollt ihr von uns?«

»Zuerst einmal nichts als ein paar Antworten«, sagte ich. »Und dann vielleicht dein Fahrzeug.«

Der Mann schwieg verstockt, aber ich hatte auch nicht ernsthaft mit einer Antwort gerechnet. Blitzschnell beugte ich mich vor, ergriff ihn abermals an der Schulter und legte die andere Hand auf seine Stirn. Der Maronese bäumte sich auf, aber er war mir weder körperlich noch geistig gewachsen. Schon nach Sekunden zerbrach sein Widerstand. Seine Gesichtszüge erschlafften, und in seine Augen trat ein Ausdruck, als wäre er in Trance. Ein wenig wunderte es mich selbst, wie leicht es mir gefallen war, seinen Willen auszuschalten. Aber dann verscheuchte ich den Gedanken. Vielleicht waren es nur die äußeren Umstände, die Kräfte in mir geweckt hatten, von denen ich bisher nicht einmal etwas geahnt hatte.

»Wie ist dein Name?«, fragte ich.

»Tharis«, antwortete der Maronese. Seine Stimme klang belegt; wie die eines Menschen, der unvermittelt aus einem tiefen Schlaf gerissen worden war.

»Tharis.« Ich nickte. »Gut. Du wirst mir alle Fragen wahrheitsgemäß beantworten, Tharis. Und du wirst weder versuchen zu fliehen noch irgendetwas gegen mich oder meine Begleiter zu unternehmen. Hast du das verstanden?«

Tharis nickte, und ich ließ seine Schulter los, stand auf und bedeutete ihm mit Gesten, sich ebenfalls zu erheben. Der Mann gehorchte. Ich sah aus den Augenwinkeln, wie Henri erschrocken zusammenfuhr und schon wieder nach seinem Messer griff, und hob rasch die Hand. Dann wandte ich mich wieder an den Mann aus Maronar.

»Wer seid ihr?«, fragte ich. »Du und dein Kamerad? Wo kommt Ihr her, und was wollt Ihr hier?«

»Barlaam schickt uns«, antwortete Tharis gehorsam.

»Barlaam?«, echote ich erschrocken. Für einen Moment entstand das Gesicht des alten Oberpriesters von Maronar deutlich vor meinem inneren Auge. Es war ein Bild, das mit einer deutlichen Erinnerung an Schrecken und Schmerz verbunden war.

»Er ... er lebt?«

Tharis nickte. »Er lebt. Wir und die anderen sind auf seinen Befehl hier. Bald wird auch er kommen.«

»Andere? Wie viele andere?«

»Nicht viele«, antwortete Tharis. »Barlaam hat nur die Besten geschickt. Nord und mich und ein Dutzend anderer. Wir sollen alles vorbereiten. Der Moment der Erfüllung ist nahe.«

»Der Moment der Erfüllung?« Ich konnte im letzten Moment ein bitteres Lachen unterdrücken. »Du meinst das Kommen eurer Götzen?«

»*Jene in der Tiefe* werden erwachen«, bestätigte Tharis. »Doch zuvor muss jede Spur von Leben von dieser Insel getilgt werden.«

»Und das ist eure Aufgabe?«

Tharis nickte. »Meine und die der anderen«, sagte er. »Was der Vulkan nicht tötet, vernichten wir. *Jene in der Tiefe* sind eifersüchtige Götter, die kein anderes Leben in ihrer Nähe dulden. Auch wir werden sterben, wenn sie erscheinen. Aber das macht nichts.«

Seine Worte erschütterten mich. Es war kein leeres Gerede. Der Mann stand unter Hypnose und war nicht fähig zu lügen; nicht einmal dazu, etwas zu sagen, was seiner Überzeugung widersprach. Er glaubte an das, was er sagte.

»Das ... das ist ja Wahnsinn«, stammelte Henri. »Das ist ja völliger Wahnsinn!«

»Ja«, bestätigte ich seufzend. »Das ist es. Aber wir werden nicht mehr hier sein, wenn sie kommen.« Ich wandte mich wieder an Tharis. »Wie viel Zeit bleibt uns noch?«

»Nur wenige eurer Stunden«, antwortete Tharis. »Aber ihr könnt nicht fliehen. Die Insel ist abgeriegelt. Nichts kann sie erreichen oder zu ihr dringen.«

Einen Moment lang starrte ich ihn an, dann deutete ich auf die Flugscheibe, die wenige Schritte hinter ihm im Sand lag. »Und dieses Ding da?«

»Sie könnte es«, antwortete Tharis.

»Wie groß ist ihre Reichweite?«

»Unbegrenzt«, sagte Tharis. »Aber ihr könnt sie nicht steuern. Nur ich kann es.«

»Dann wirst du es tun«, bestimmte ich. Tharis zögerte, trotz des suggestiven Bannes, in den ich ihn geschlagen hatte. »Ich darf ... nicht fort«, sagte er schleppend. »Die ... Vorbereitungen sind ... noch nicht abgeschlossen. Das Kommen *jener in der Tiefe* muss ... muss ...«

Ich verstärkte den Druck auf sein Bewusstsein ein wenig. »Du wirst gehorchen!«

»Ich werde gehorchen«, sagte er.

Aber er war nicht ganz aufrichtig; das spürte ich. Er log nicht, aber in seinem Bewusstsein war etwas, das sich gegen meinen Befehl sträubte. Einen Moment lang versuchte ich, tiefer in seinen Geist zu dringen. Aber alles, was ich fand, war Leere und ein unbestimmtes Gefühl von Widerstand; etwas, als liefe ich gegen eine unsichtbare Wand aus Watte. Ich gab auf. Im Grunde spielte es auch keine Rolle. Mein geistiger Einfluss reichte aus, Tharis dazu zu zwingen, die Flugscheibe von der Insel wegzubringen, und das reichte.

Jedenfalls dachte ich das.

Ich wandte mich an Henri. »Holen Sie den Matrosen«, sagte ich. »Wir verschwinden hier. Sofort.«

Wie um meine Worte zu unterstreichen, stieß der Berg in diesem Augenblick eine weitere, Meilen hohe Flammensäule aus, und wenige Augenblicke später begann ein neues Bombardement aus glühenden Lavabrocken und heißer Asche, wenn auch auf der anderen Seite der Insel, weit von uns entfernt.

Trotzdem rührte sich Henri nicht von der Stelle, sondern starrte nur aus hervorquellenden Augen auf die runde Kristallscheibe.

»Was ist los?«, fragte ich ungeduldig. »Worauf warten Sie?«

»Sie ... Sie glauben doch nicht, dass ... dass ich auf dieses Ding steige?«, keuchte er. »Das ist Hexerei!«

»Dieses Ding hat so wenig mit Hexerei zu tun wie die NAUTILUS«, antwortete ich grob. »Und selbst wenn – wir können nicht hierbleiben. Los!«

Das letzte Wort hatte ich in etwas schärferem Ton ausgesprochen. Gleichzeitig begann ich Henri ganz sanft hypnotisch zu beeinflussen. Ich tat es nicht gerne, aber ich spürte, dass uns keine Zeit mehr für lange Diskussionen blieb.

Henri sah mich einen Moment unsicher an, dann nickte er und ging mit steifen Schritten los, um den Matrosen der *Zuidermaar* zu holen. Indessen wandte ich mich wieder an Tharis.

»Du wirst uns hier fortbringen!«, sagte ich streng. »Irgendwohin, wo wir in Sicherheit sind.«

Tharis nickte, aber die Bewegung wirkte sonderbar gezwungen. Seine Lippen waren zu dünnen, blutleeren Strichen zusammengepresst, und in seinen Augen stand ein Flackern wie in denen eines Wahnsinnigen. »Ich ... darf ... nicht ...«, sagte er stockend.

Unwillig packte ich ihn an der Schulter und drückte zu. Der körperliche Schmerz – auch wenn er nicht sehr heftig war – schien seinen

Widerstand endgültig zu brechen. »Du wirst gehorchen!«, sagte ich noch einmal.

Dieses Mal nickte Tharis, ohne zu widersprechen. Langsam wandte er sich um, ging zu seiner Flugscheibe und stieg hinauf, um mit leicht gespreizten Beinen in ihrer Mitte Aufstellung zu nehmen. Ich folgte ihm, kletterte aber noch nicht auf das bizarre Fluggefährt hinauf, sondern wartete ungeduldig, dass Henri und der Matrose zu uns kamen.

Mein Blick wanderte über das Meer. Der Ozean lag wie eine Ebene aus geschmolzenem Pech vor der Insel, schwarz, kochend und heiß. Von der *Van Helsing* war keine Spur mehr zu sehen, aber ich glaubte zu spüren, dass das Meer nicht so tot war, wie es aussah ...

Ich verscheuchte den Gedanken. Vielleicht war es die Nähe der *Thul Saduun,* die ich fühlte.

Endlich kamen Henri und der Matrose zurück. Der Mann hatte aufgehört zu wimmern und ließ sich scheinbar willenlos von Henri führen. Seine Augen waren matt, und sein Blick schien geradewegs durch mich hindurchzugehen. Einen winzigen Moment lang zögerte er, als Henri ihn am Am auf die Scheibe hinaufzog.

Ich unterdrückte ein Schaudern. Der Mann war so groß wie ich und weitaus muskulöser. Trotzdem hatte ich das Gefühl, einem willenlosen Kind gegenüberzustehen. Was er erlebt hatte, musste seinen Geist gebrochen haben.

»Los«, sagte ich leise.

Tharis nickte, hob die rechte Hand und flüsterte ein einzelnes, düster klingendes Wort. Ein sanftes Zittern lief durch den wasserklaren Kristall der Scheibe, dann hob sich das fantasievolle Gebilde langsam, ganz langsam vom Boden und stieg bis auf eine Höhe von vier, fünf Yards.

Wir flogen los. Der Strand glitt unter uns hinweg, und schon nach Augenblicken war nur noch schwarzes, zitterndes Wasser unter uns. Ich beobachtete Henri aus den Augenwinkeln, während die unsichtbare Grenze aus Finsternis, die die Insel umgab, langsam näher kam. Der Matrose stand in verkrampfter Haltung da, zitternd vor Furcht, aber offensichtlich darum bemüht, sich nichts davon anmerken zu lassen. Sein Gesicht war noch immer wie versteinert, aber sein Blick flackerte.

Wir stiegen höher, je weiter wir uns von der Insel entfernten. Die Mauer aus Finsternis kam näher, schien aber gleichzeitig vor uns zurückzuweichen, wenn auch nicht ganz so schnell, wie wir uns näherten. Die Hitze nahm ein wenig ab, aber dafür begann sich ein unangenehmes Prickeln auf der Haut bemerkbar zu machen. Mein Haar schien zu knistern wie Katzenfell, das gegen den Strich gebürstet wird, und plötzlich hatte ich das unangenehme Gefühl, nicht mehr still stehen zu können.

Plötzlich begann Tharis neben mir zu stöhnen. Erschrocken wandte ich mich um und blickte ihn an. Sein Gesicht war zu einer Grimasse verzerrt. Schweiß perlte auf seiner Stirn, und er schien etwas sagen zu wollen, brachte aber nur kleine, wimmernde Laute hervor.

»Was ist los?«, fragte ich alarmiert.

»Ich ... darf nicht«, stöhnte Tharis. »Darf ... nicht fort ...«

»Du musst!«, sagte ich streng. »Ich befehle es!«

Tharis nickte, schluckte ein paarmal krampfhaft und richtete sich wieder auf. Aber nur für einen Moment. Dann krümmte er sich erneut, schlug die Hände über dem Leib zusammen und fiel auf die Knie herab. Die Flugscheibe begann zu torkeln, sackte für eine einzelne, unendlich lange Sekunde wie ein Stein auf die Meeresoberfläche herab und schoss dann steil in die Höhe.

Neben mir schrie Henri gellend auf und kämpfte mit wild rudernden Armen um sein Gleichgewicht, aber ich achtete kaum darauf, sondern warf mich vor, packte Tharis mit beiden Händen an den Schultern und begann ihn wild zu schütteln.

»Tharis!«, brüllte ich. »Du wirst gehorchen!« Gleichzeitig schlug ich mit aller geistigen Macht zu.

Es war ein Kampf, der vollkommen lautlos war, aber mit erbarmungsloser Kraft geführt wurde. Es war nicht Tharis' Willen, den ich niederringen musste, das spürte ich genau. Der Maronese war wenig mehr als ein Werkzeug; das Werkzeug eines anderen, unendlich viel stärkeren Geistes, der sich meinem Einfluss entgegenstellte und ihn zu brechen versuchte.

Es dauerte nur Sekunden, aber hinterher hatte ich das Gefühl, um Jahre gealtert zu sein. Ich spürte, dass mir dieser andere, fremde Geist weit überlegen war, das Bewusstsein eines Magiers von unendlicher Macht und Wissen. Es war nur die ständig wachsende Entfernung zur Insel, die mich rettete. Und irgendetwas, das sich zwischen mich und seinen Willen geschoben hatte ...

Plötzlich hörte Tharis auf zu zittern. Das Flackern in seinem Blick erlosch, und ich spürte, wie sich die unsichtbare Macht, die seinen

Geist als Werkzeug benutzt hatte, zurückzog. Aber sie gab keineswegs auf, sondern holte nur zu einem weiteren Hieb aus,

Mit aller Macht konzentrierte ich mich, schaltete Tharis' Willen vollkommen aus und versuchte mich gegen einen neuen Ansturm der lautlosen Energien zu wappnen. Ich spürte den Angriff, Bruchteile von Sekunden, ehe er kam.

Aber er galt nicht Tharis.

Es war wie eine Woge knisternder, lautloser Energie, die wie ein unsichtbarer Blitz auf die winzige Flugscheibe herabfuhr – und den Matrosen neben Henri traf!

Meine Reaktion kam um Sekundenbruchteile zu spät.

Der Mann, vor einem Augenblick noch ein hilfloses Bündel, richtete sich mit einem animalischen Schrei auf, schlug Henri mit einem fast spielerischen Hieb nieder und fuhr herum. Ich versuchte aufzuspringen, aber das unablässige Bocken und Hüpfen der Scheibe schleuderte mich zu Boden. Ich fiel, sah seinen Fuß heranrasen und konnte im letzten Moment den Kopf zur Seite drehen, um einem gemeinen Tritt zu entgehen. Eine Sekunde später traf mich seine Faust und trieb mir die Luft aus den Lungen.

Ich stürzte hintenüber, näherte mich gefährlich weit der Kante der Flugscheibe und kam im letzten Moment wieder zur Ruhe. Hastig stemmte ich mich auf Händen und Knien hoch und spannte mich, um dem nächsten Angriff zu entgehen.

Das war der zweite Irrtum.

Der Matrose griff weder mich noch Henri ein zweites Mal an, sondern stürzte sich mit einem knurrenden Laut auf Tharis, riss ihn mit übermenschlicher Kraft in die Höhe, umklammerte ihn mit beiden Armen – und trat über den Rand der Kristallscheibe hinaus.

Aneinandergeklammert und lautlos stürzten die beiden Männer in die Tiefe.

Die Scheibe begann zu bocken, kippte von rechts nach links und wieder zurück und schwenkte in einer Bewegung herum, die mich ein zweites Mal beinahe von ihrer Oberfläche rutschen ließ.

Dann begann sie, von einer unsichtbaren Macht gelenkt, zur Insel zurückzurasen und dabei schneller und schneller zu werden.

Eine unsichtbare, eisige Hand schien sich um mein Herz zu krampfen, als ich sah, welche Richtung unser bizarres Fluggefährt einschlug.

Wenn ich den Kurs, den die Scheibe nahm, in Gedanken verlängerte, dann lag sein Endpunkt im geografischen Zentrum Krakataus.

Besser gesagt, ungefähr eine halbe Meile darüber.
Genau im Herzen des Flammen speienden Vulkans.

Zweihundertfünfzig Millionen Jahre zuvor ...

Das Mädchen taumelte durch den Dschungel. Seine Kleider waren zerrissen, Blut, das aus zahllosen Kratz und Risswunden rann, bedeckte sein Gesicht und seine Arme wie eine klebrige Maske, und sein Atem ging schnell und in kurzen, harten Stößen.

Der Berg, der wie ein schwarzer, flammengekrönter Pfeiler vor ihm emporragte und direkt bis in den Himmel zu reichen schien, verschwamm immer wieder vor seinen Augen, und manchmal wurde ihm schwindelig, es musste stehen bleiben und warten, bis der Dschungel aufgehört hatte, sich vor seinen Augen wild im Kreise zu drehen.

Jennifer wusste, dass sie sterben würde. Sie spürte den Tod, der sich wie eine eisige Hand um ihr Herz gelegt hatte, seine düstere Verlockung und die Schwäche, die immer mehr und mehr zunahm. Der Gedanke, diesen Berg hinaufsteigen zu sollen, erschien ihr absurd.

Und trotzdem würde sie es tun. Sie musste es, denn wenn sie versagte, dann war nicht nur ihr Leben sinnlos weggeworfen, sondern vielleicht das zahlloser anderer.

Vielleicht das der ganzen menschlichen Rasse.

Der Gedanke gab ihr noch einmal neue Kraft. Zitternd erhob sie sich, atmete tief ein und wankte zwischen den letzten Bäumen des Urwaldschungels hervor. Ein geschupptes, mehr als mannsgroßes Tier richtete sich hinter einem Busch auf und äugte einen Moment misstrauisch zu ihr hinüber, schien aber dann das Interesse zu verlieren und trollte sich.

Jennifer bemerkte es nicht einmal. Alles, woran sie noch dachte, alles, worauf sie all ihre Kraft, jedes letzte bisschen Energie und Willen konzentrierte, war der gewaltige schwarze Berg vor ihr, seine mit scharfkantigen Lavatrümmern übersäten Flanken und der Feuer speiende Gipfel. Dort musste sie hinauf.

Und sie würde es schaffen.

Irgendwie.

Die Insel flog so schnell unter uns dahin, dass die brennende Landschaft zu einem Gemisch aus Farben und Licht zusammenschmolz und den glühenden Wind in unsere Gesichter peitschte. Ich konnte kaum noch atmen, und das Brüllen und Tosen des Vulkans hatte sich zu einem urgewaltigen Crescendo gesteigert, das jeden anderen Laut verschluckte.

Mühsam hob ich den Kopf und versuchte zu Henri hinüberzublicken. Er war wie ich zu Boden gestürzt und versuchte verzweifelt, an der spiegelglatten Scheibe Halt zu finden. Sein Gesicht war vor Anstrengung verzerrt.

Die Hitze und der Fahrtwind trieben mir die Tränen in die Augen. Der Vulkan war näher gekommen, rasend schnell, und vor uns tobte ein Inferno aus Licht und hundert Yards hohen Geysiren aus Flammen und geschmolzenem Gestein.

Der Kurs der Scheibe hatte sich ein wenig geändert; nicht sehr viel, aber doch weit genug, nicht mehr genau auf den zerborstenen Krater, sondern zu einer Stelle wenige hundert Yards nördlich zu führen. Auch dort war der Fels geborsten wie unter ungeheuerlichen Hammerschlägen, und durch die Risse und Schründe hindurch lohte ein düsteres, drohend rotes Licht. Die Luft flirrte vor Hitze, und immer wieder brachen weitere Brocken aus dem zerfetzten Kraterrand hervor und polterten zu Tal, manche von ihnen weiß glühend, sodass sie beim Aufprall zerbarsten und einen Hagel tödlicher lodernder Geschosse auslösten.

Die Scheibe begann langsam an Höhe zu verlieren. Ein glühender Wind packte sie und schleuderte sie hin und her, dann sanken wir tiefer, entgingen der Böe und näherten uns dem Boden. Brennendes Gestein regnete vom Himmel, und selbst der Kristall unseres Fluggefährtes begann allmählich heiß zu werden.

Die Scheibe wurde immer langsamer, glitt schließlich nur noch im Schritttempo dahin und schwenkte plötzlich im rechten Winkel von ihrem bisherigen Kurs ab. Ich schickte ein Stoßgebet zum Himmel, um mich dafür zu bedanken, dass wir nicht an jener Stelle dicht neben dem Krater gelandet waren. Die Hitze dort oben hätte uns binnen Sekunden getötet.

Sehr sicher, dass unser Leben hier unten noch weitaus länger dauern würde, war ich allerdings auch nicht. Die Scheibe sank lautlos tiefer und näherte sich einem Bereich des Dschungels, der wie durch ein Wunder bisher der Vernichtung entgangen war, obgleich er unmittelbar an den Fuß des Krakataus grenzte: eine winzige, kaum eine viertel Meile messende Insel aus lebendem Grün und unverbrannter Erde, eingebettet in ein Meer aus Flammen und Chaos. An ihrem nördlichen Ende gewahrte ich eine Art Lichtung, auf die unser Fluggefährt zusteuerte.

Wir hatten die Höhe der Baumwipfel erreicht. Die Unterseite der Scheibe fuhr scharrend über Geäst und von der Hitze brüchig gewordenes Blattwerk. Plötzlich blitzte es vor uns auf, und aus dem Vorhang aus Rauch und Staub, der den Vulkan verbarg, trieben zwei weitere, schimmernde Kristallscheiben heraus. Jede von ihnen war mit zwei Männern besetzt, die in die schreiend bunten Mäntel der Maronesen gekleidet waren.

Und sie trugen auch die fürchterlichen Waffen dieses Magiervolkes, kleine, harmlos aussehende silberne Stäbe, die drohend auf Henri und mich gerichtet waren …

Sturm und Hitze blieben über uns zurück, als die Scheibe, flankiert von einer der beiden anderen Flugmaschinen, schwerelos auf die Lichtung hinabsank. Die zweite Flugscheibe blieb über uns in der Luft schweben. Wer immer mein unsichtbarer Gegner war, er hatte dazugelernt. Ein zweites Mal würde es mir nicht gelingen, diese Männer zu überlisten.

Die beiden Flugscheiben setzten nahezu gleichzeitig auf. Noch während Henri und ich mühsam versuchten, auf die Beine zu kommen, sprang einer der beiden Magier von seinem Gefährt herab, lief mit wehendem Mantel zur anderen Seite der kleinen Lichtung und blieb dort stehen; die Beine leicht gespreizt und den Silberstab wie ein Gewehr auf Henri und mich angelegt.

Langsam stand ich auf, machte eine besänftigende Geste in Henris Richtung und wandte mich dem zweiten Magier zu. Der Mann hatte sich nicht bewegt, auch seine Waffe nicht aus dem Gürtel gezogen, sondern stand hoch aufgerichtet und starr da und blickte mich an. Sein Gesicht war mir fremd.

Seine Augen nicht.

Ich war dem Blick dieser uralten, grausamen Augen einmal begegnet, ein einziges Mal nur, aber ich würde ihn nie wieder vergessen.

»Barlaam …«, murmelte ich.

Der Magier nickte. Ein spöttisches Lächeln erschien auf seinen Lippen. Als er sprach, war seine Stimme die Stimme eines uralten Greises. Der Mann, der vor mir stand und mich mit Barlaams Augen anstarrte, war nicht mehr als eine Puppe: ein willenloses Werkzeug, in dessen Gestalt der Meistermagier von Maronar geschlüpft war wie in einen Mantel.

»Du hast mich nicht vergessen, Robert Craven«, sagte er. »Das ist gut. Denn auch ich habe dich nicht vergessen. Ich habe dir gesagt, dass wir uns wiedersehen, Craven. Nun ist es so weit. Der Augenblick der Erfüllung ist gekommen.«

»Und jetzt willst du mich umbringen«, sagte ich gepresst.

»Umbringen?« Der geliehene Körper, dessen sich Barlaam bediente, schüttelte den Kopf. »0 nein. Ich verstehe dich – du denkst an Worte wie Vergeltung und Rache, aber solche Begriffe sind mir fremd. Ich gebe zu, dass ich daran dachte, am Anfang, als ich beinahe gestorben wäre, durch deine Schuld und die der Elohym. Aber jetzt nicht mehr. Es wäre dumm, dich zu töten. Ich brauche dich.«

»Mich?« Seine Worte verwirrten mich; aber sie erfüllten mich auch mit einem tiefen, noch gestaltlosen Schrecken, denn obwohl mir ihre Bedeutung nicht klar war, glaubte ich zu spüren, dass sie anders sein würde, als ich jetzt schon ahnte.

»Natürlich«, antwortete Barlaam. »Mein Körper ist zerstört, durch deine Schuld.« Er hob die Hand. »Komm!«

Meine Beine setzten sich gegen meinen Willen in Bewegung. Ich keuchte vor Schrecken und versuchte stehen zu bleiben, erreichte dadurch aber nur, dass ich auf den Magier zustolperte, statt auf ihn zuzugehen. Zwei Schritte vor ihm fiel ich auf den Boden, fing den Sturz im letzten Moment mit den Händen auf und kippte hilflos zur Seite, als Barlaams geistiger Einfluss plötzlich erlosch.

Barlaam lachte hässlich. »Warum wehrst du dich?«, fragte er. »Du machst es dir nur unnötig schwer. Du kannst mir nicht entkommen.«

Ich wollte antworten, aber ich konnte es nicht. Eine unsichtbare Fessel lag mit einem Male um meine Brust, ein Band aus Stahl, das sich unbarmherzig zusammenzog, mir den Atem aus den Lungen presste und mein Herz zusammendrückte. Barlaam lachte leise.

»Keine Sorge, Craven«, sagte er. »Ich werde dich nicht töten. Der Schmerz, den du spürst ist nur ein Bruchteil dessen, was ich gefühlt habe, als mein Körper zerstört wurde.«

Er hob die Hand, und der Druck erlosch. Mit einem röchelnden Laut fiel ich nach vorne, atmete tief und krampfhaft ein und aus und versuchte mich auf den Rücken zu drehen, um zu ihm aufsehen zu können. »Was ... was hast du vor?«, stöhnte ich.

»Weißt du das wirklich nicht, du Narr?«, fragte Barlaam leise. »Dann will ich es dir erklären. Mein Körper wurde zerstört, durch deine Schuld. Er lebt, aber er ist nicht mehr als eine leere Hülle, zerbrochen und kaum mehr fähig, sich zu bewegen. Aber ich brauche einen Körper. Einen jungen, kräftigen Leib, um die Aufgaben zu erfüllen, die mir gestellt wurden.«

Und endlich begriff ich.

Barlaams Lächeln wurde eine Spur breiter, als er den Schrecken auf meinem Gesicht sah. »Ich sehe, endlich hast du begriffen«, sagte er. »Du wirst mir geben, was du mir genommen hast, Craven. Einen Körper. *Deinen* Körper, Robert Craven.«

Die Oberfläche des Meeres war wie ein silberner Spiegel, hoch, unendlich hoch über ihm. Dinge bewegten sich darauf, schnitten zitternde Bahnen und Spuren aus sprudelnder Bewegung hinein, und manchmal leuchtete ein gelbes Licht auf, irgendwo auf der anderen Seite des zitternden Himmels.

Dann sanken Dinge in sein schweigendes Reich hinab, zerstörte Dinge, mit denen er nichts anzufangen wusste, aber auch blutige, warme Dinge, die er fressen konnte, die seinen Hunger aber nicht stillten, sondern seine Gier eher noch schürten.

Irgendetwas war geschehen.

Er wusste nicht was. Er wusste auch nicht, wann.

Seine Erinnerung war gestört. Er war ...

DAGON.

Das Wort entstand deutlich in seinem Geist. Im ersten Moment wusste er ihm keine Bedeutung abzugewinnen, dann erinnerte er sich, dass es ein Name war.

Sein Name.

Aber nicht nur sein Name.

Auch der Name eines anderen. Jemandes, der er gewesen war, für lange, unendlich lange Zeit.

Der Gedanke verwirrte ihn, denn wie konnte er gleichzeitig er und ein anderer sein?

DAGON.

Der Magier von Maronar. Fischgott der Bewohner von Mu, Schrecken des Atlantiks, Diener der Thul Saduun.

Langsam entstanden all diese Begriffe hinter seiner Stirn, füllten sein allmählich erwachendes Bewusstsein und formten sich zu einem Bild.

Er erinnerte sich.

DAGON

Sein Name. Der Name, der ihm gegeben worden war, vor so unendlich langer

Zeit, unter dem roten Licht der Caelano, der Sonne seiner Heimat, durch Äonen der Zeit und Abgründe des Raumes von ihm getrennt. Ja, das war er gewesen. Dagon. Sein Name. ER.

Das Zittern und Wogen über ihm ging weiter, und plötzlich erscholl ein dumpfes Grollen. Der gesamte Meereshimmel schien zu zerbrechen wie ein Spiegel, von einem Hammerschlag getroffen, und dunkle Trümmer und lebendes Fleisch sanken zu ihm herab. Träge streckte er seine oktopoiden Arme aus, griff nach dem Lebenden und verschlang es. Sein Hunger war noch immer nicht gestillt.

Die Bilder hinter seiner Stirn wurden klarer. Es war wie ein Buch, dessen Anfang er endlich gefunden hatte.

DAGON.

Über Zeiträume hinweg, die selbst für das Altern einer Sonne eine Rolle gespielt hätten, war er Dagon gewesen, der MÄCHTIGE, Beherrscher ganzer Welten und Gott. Trotzdem nur ein Diener. Diener und treuer Gefolgsmann eines, der noch gewaltiger und älter war als er, Diener von –

Es war wie ein Hieb. Mit einer Wucht, die die Grenzen körperlichen Schmerzes erreichte, erinnerte er sich, dass es verboten war, SEINEN Namen auszusprechen, selbst in Gedanken. Er war der Diener dessen gewesen, dessen Namen man nicht aussprechen durfte, das musste genügen.

Dann waren sie *hierhergekommen, auf diesen winzigen, unbedeutenden Planeten am Rande der Milchstraße, und aus ihm, DAGON, einem GROSSEN ALTEN, war Dagon geworden, der Magier von Maronar, auf SEIN Geheiß hin.*

Er wusste nicht mehr, warum, aber für Äonen war er er *gewesen, Dagon, der Rebell, Magier, Flüchtling durch die Jahrmillionen und letztendlich Wegbereiter der* Thul Saduun.

Und ihr Richter.

Eine dumpfe Wut ergriff ihn, als er an den Namen der abtrünnigen Dienerrasse dachte. Ja, er war hier, sie zu vernichten. Zu diesem Zweck war er gekommen, zu diesem Zweck hatte er sich in Dagon, den verwundbaren Menschen, verwandelt, hatte sich selbst vergessen, und zu diesem Zweck war er letztlich wieder er selbst geworden.

Er wusste noch nicht, wie. Noch war nur ein Bruchteil seines Geistes erwacht, ein Fünkchen seiner ehemaligen Macht, denn auch für einen Gott waren die Fesseln der Zeit nicht so leicht abzustreifen, die er Millionen Jahre lang getragen hatte. Aber er spürte zumindest, dass das, was über ihm vorging, das Zittern und Lärmen, das Toben und Pflügen – der Kampf – irgendwie damit zu tun hatte.

Mit einer behäbigen Bewegung zog der Koloss die Krallen aus dem Schlamm des Meeresgrundes, richtete den Blick seiner gewaltigen gelben Augen auf den zerborstenen Meeresspiegel über ihm und begann emporzusteigen …

Die Kammer war klein, hatte die Form eines Würfels und musste tief unter der Erde liegen. Ich glaubte das Gewicht der zahllosen Tonnen Fels und Lava, die auf ihrer gesprungenen Decke lasteten, beinahe körperlich fühlen zu können.

Vor einer halben Stunde – so schätzte ich – war ich hierher gebracht worden; durch eine Tür, die so spurlos mit dem Fels verschmolzen war, dass ich nicht einmal einen Spalt davon wiederfand, und seither war die Hitze unentwegt gestiegen. Der Raum musste sich unter dem Vulkan befinden, in der Nähe seines feurigen Herzens. Dann und wann bebten die Wände, und einmal hatte sich die gesamte Kammer für einen winzigen schrecklichen Moment verschoben, dass ich dachte, die Decke würde herunterstürzen und mich unter sich begraben.

Ich erinnerte mich kaum, wie ich hierhergekommen war. Barlaam – besser gesagt, der junge Magier, dessen Körper er sich bediente – hatte mich niedergeschlagen, und das Nächste, worauf ich mich halbwegs besann, war das Gefühl des Fliegens gewesen; kein Fliegen, wie es die kristallenen Scheiben ermöglichten, sondern ein körperloses Gleiten und Schweben, als würde ich von unsichtbaren Händen gehalten. Irgendwann danach war ich in diese Kammer gebracht worden, und erst später, nachdem mich meine beiden Bewacher allein gelassen hatten, waren meine Erinnerungen nach und nach zurückgekehrt.

Mein erster Impuls war gewesen, einen Ausweg aus dieser finsteren Kammer zu finden. Aber natürlich gab es keinen. Und seitdem wartete ich; worauf, wusste ich selbst nicht genau zu sagen. Wahrscheinlich auf den Tod.

Oder Schlimmeres.

Ich wusste kaum mehr, wie viel Zeit vergangen war, als sich mein Gefängnis endlich öffnete und ich abgeholt wurde; von dem gleichen Mann, der mich hierher gebracht hatte. Sein Blick war jetzt klar und seine Stimme wieder so, wie sie sein sollte – die Stimme eines jungen Mannes, nicht die eines Greises. Barlaam hatte seinen geistigen Einfluss gelockert. Ich wusste allerdings nicht, ob ich mich sehr darüber freuen sollte.

Mit wenigen, knappen Worten befahl mir der Magier, ihm zu folgen, und unterstrich seinen Befehl mit einem wilden Herumfuchteln seines Silberstabes – eine Geste, die mir höchst lächerlich vorkam, denn hätte er die Waffe hier unten abgefeuert, wären wir beide in Sekunden gegrillt worden.

Obwohl ich es kaum noch für möglich gehalten hatte, stieg die Hitze noch weiter an. Mein Bewacher führte mich durch ein Labyrinth finsterer, größtenteils runder, mit glatten, wie mit einer Schicht schwarzen Glases überzogenen Stollen, die meisten davon so niedrig, dass wir nur stark gebückt gehen konnten. Ich kannte diese Art von Gängen nur zu gut: Es waren die Stollen, die die schrecklichen *Ssaddit* in den Fels brannten.

Mein Verdacht schien sich zu bestätigen. Wir mussten uns wirklich im Krakatau befinden, unmittelbar im Herzen des Berges, so unglaublich die Vorstellung schien. Ich hatte mit eigenen Augen gesehen, wie das obere Drittel des gigantischen Berges weggesprengt worden war, in einer Explosion, die die Vorstellungskraft eines normalen Menschen wahrscheinlich überfordert hätte – aber hier unten war alles unbeschädigt, als gäbe es da eine unsichtbare, beschützende Macht.

Wir erreichten einen Teil des unterirdischen Labyrinthes, den ich zu kennen glaubte, wenn er sich auch auf furchtbare Weise verändert hatte: Wo massiver Fels gewesen war, brodelten jetzt Seen aus roter Lava, hier und da von dunkler Kruste überzogen, die jedoch immer wieder auseinanderbrach und Flammen und Funken in die Luft spie. Eine ganze Hälfte der gewaltigen Höhle war zu einer bizarren Skulptur aus scharfkantiger schwarzer Lava geworden, erst halb erstarrt und noch knisternd vor Hitze, und die gewaltige steinerne Brücke, über die ich beim ersten Mal gegangen war, war jetzt verschwunden.

Stattdessen waberte dort ein grünes, rauchiges Nichts.

Es war wie ein Loch in der Wirklichkeit. Das rotschwarze Höllenmuster aus Lava und flüssigem Feuer löste sich auf, geronn entlang einer zerfaserten Linie zu schwarzer Unendlichkeit und dahinter zu grünem Nebel. Einem Rauch, der in furchtbarem, unangenehmem Rhythmus pulsierte, hin und her wogte und zuckte wie ein schlagendes Herz aus giftgrünem Nebel.

Am Grunde dieses höllischen Pfuhls bewegte sich etwas; etwas Dunkles, Mächtiges, wurmartig Gekrümmtes, etwas Peitschendes und Schwarzes, gegen einen unsichtbaren Widerstand ankämpfend, etwas mit gewaltigen, zahnlosen Mäulern Schnappendes, düster und selbst nicht mehr als finster geballter Rauch, aber unglaublich groß und böse ...

Der Anblick lähmte mich.

Ich hatte diesen Pfuhl schon einmal gesehen, die *Grube,* wie sie Dagon und Barlaam genannt hatten, damals in Maronar, hatte schon einmal an ihrem Rand gestanden und darauf gewartet, hineingestoßen und von diesem schrecklichen *Etwas* in seiner Tiefe verschlungen zu werden. Aber das Schicksal, das mich diesmal erwartete, war schlimmer, tausend Mal schlimmer als der Tod.

Plötzlich hatte ich nur noch Angst.

Mit einer Bewegung, die kaum mehr einem bewussten Willen entsprach, fuhr ich herum, riss meinem Bewacher den Silberstab aus der Hand und schlug ihm gleichzeitig die geballte Faust gegen den Hals. Der Maronese keuchte, torkelte einen Schritt zurück und hob die Hände vor das Gesicht. Aber die Angst gab mir übermenschliche Kraft. Mein nächster Hieb durchbrach seine Deckung, schleuderte ihn zu Boden und ließ ihn halb besinnungslos zur Seite rollen.

Zu einem dritten Schlag kam ich nicht mehr.

Etwas Furchtbares geschah. Im gleichen Moment, in dem er stürzte, begann sein Mantel zu zucken und vibrieren. Eine rasche, wellenförmige Bewegung lief durch den bunten Stoff, und mit einem Male löste sich das vermeintliche Kleidungsstück von den Schultern seines Trägers, schoss wie ein fliegender Teppich auf mich zu und riss mich um ein Haar von den Beinen.

Ich steppte mit einem verzweifelten Satz zur Seite, aber das Ding war viel schneller als ein Mensch. Noch ehe ich mein Gleichgewicht wiedergefunden hatte, fuhr es herum und segelte mit einer flappenden Bewegung wieder auf mich zu. Zum ersten Male sah ich die Innenseite eines dieser schrecklichen, lebenden Mäntel.

Sie war nicht bunt wie ihr Äußeres, sondern von der Farbe der Nacht, durchsetzt mit tausenden grausamer, nadelspitzer Dornen! Wenn sich dieses Ding um mich schloss, musste ich hinterher aussehen, als wäre ich in den Prototyp aller eisernen Jungfrauen geraten!

Ich dachte nicht mehr, sondern handelte.

Meine Hand bewegte sich wie von selbst nach oben, richtete den Silberstab auf das fliegende Nadelkissen und drückte sein Ende zusammen.

Ein gleißender Blitz brach aus dem vorderen Teil des Stabes, schnitt eine lodernde Linie aus Schmerz in meine Augen und traf den Mantel. Für den Bruchteil einer Sekunde glühte das lebende Kleidungsstück wie unter einem unheimlichen, inneren Feuer auf und schien mitten in der Bewegung zu erstarren.

Dann explodierte es.

Die Höhle erbebte unter einem ungeheuerlichen Donnerschlag. Eine Woge unvorstellbarer Hitze fegte mich von den Füßen und ließ mich fünf, sechs Yards weit hilflos über den Boden rollen. Die Waffe wurde meinen Händen entrissen und flog klappernd davon, dann sah ich den Rand der Grube auf mich zurasen, warf mich in einer verzweifelten Bewegung herum und fand im letzten Moment irgendwo Halt. Eine glühende Hand schien meinen Rücken zu versengen, dann rollte ich mich auf das Plateau zurück.

Selbst als das Chaos längst vorbei war, blieb ich noch liegen, zitternd vor Erschöpfung und kaum überstandenem Schrecken. Die Hitze hatte die Grenzen des Vorstellbaren überschritten. Mein Rücken schien eine einzige Brandwunde zu sein, mein Haar war versengt, und meine Lippen und Brauen waren aufgeplatzt und bluteten. Mir war übel.

Mühsam richtete ich mich auf, wischte mir mit dem Handrücken das Blut aus dem Gesicht und sah mich um. Ein eisiger Schauer überlief mich, als ich sah, wie nahe ich dem Rand des Pfuhles gekommen war – einen, allerhöchstens anderthalb Yards weiter, und ich hätte mir um die Fortsetzung der Hexer-Serie keine Sorgen mehr zu machen brauchen ...

Mein Blick streifte den bewusstlosen Maronesen. Die Hitzewelle hatte auch ihn davongeschleudert; er lag auf der Seite, in seltsam verkrümmter Haltung, und unter seinem Kopf bildete sich langsam eine dunkle, glitzernde Lache.

Ich stand auf, sah mich noch einmal sichernd um und ging zu ihm hinüber. Obwohl er mein Feind war und mich zweifellos ohne zu zögern an die *Thul Saduun* verfüttert hätte, war er doch ein Mensch – und wahrscheinlich nicht einmal verantwortlich für das, was er getan hatte. Schließlich hatte ich am eigenen Leibe gespürt, wie mächtig Barlaam war.

Aber ich sah beinahe sofort, dass hier jede Hilfe zu spät kam. Er war tot. Trotzdem kniete ich nach kurzem Zögern neben ihm nieder, beugte mich vor und schloss seine Augen.

Und dann sah ich etwas, was mich noch einmal verharren und mir den Toten genauer ansehen ließ. Langsam, wie unter einem inneren Zwang, beugte ich mich zu ihm hinab, ergriff ihn bei den Schultern und drehte ihn auf den Bauch.

Der Anblick ließ mich aufstöhnen.

Es war nicht die Hitze gewesen, die ihn getötet hatte. Auch nicht mein Hieb oder die fürchterliche Druckwelle. Sie hatte seinen Arm gebrochen, aber das war auch alles.

Umgebracht hatte ihn ...

Der Rücken des Mannes war eine einzige Wunde.

Ich schloss die Augen, aber es nutzte nichts. Obwohl ich mich mit aller Macht dagegen wehrte, sah ich wieder das Bild des lebenden Mantels, der flappend herankam, seine grässliche, mit Tausenden nadelspitzen Stacheln übersäte Innenseite, die winzigen glitzernden Blutströpfchen, die noch an manchen von ihnen geklebt hatten ...

Schaudernd wandte ich mich um, kämpfte die Übelkeit nieder, die aus meinem Magen emporkriechen wollte, und richtete mich auf.

Wenigstens wollte ich es.

Etwas klammerte sich um meinen Fuß und brachte mich mit einem furchtbaren Ruck aus dem Gleichgewicht. Ich fiel, fing den Sturz im letzten Augenblick auf und verstauchte mir beide Handgelenke dabei. Eine halbe Sekunde später traf ein furchtbarer Schlag meine Rippen, ließ mich vollends zur Seite kippen und auf den Rücken rollen.

Gerade noch rechtzeitig, um zu sehen, wie sich der Tote mit verzerrtem Gesicht auf mich warf!

Wieder reagierte ich rein instinktiv, riss die Knie an den Leib und stieß mit beiden Füßen nach ihm; eine Technik, die normalerweise selbst einen Giganten wie Rowlf wie eine lebende Kanonenkugel hätte davonfliegen lassen.

Ihn nicht.

Der Mann gab nicht einmal einen Laut von sich, sondern wankte nur für eine Sekunde, schlug meine Beine dann mit einer fast spielerischen Bewegung zur Seite und ergriff mich bei den Rockaufschlägen. Ich schrie auf, hämmerte ihm beide Fäuste unter das Kinn und zog das rechte Knie hoch, aber die Wirkung war gleich null. Der lebende Leichnam zerrte mich weiter in die Höhe und versetzte mir einen Stoß, der mich rücklings auf die Grube zutaumeln ließ.

Mit verzweifelt wirbelnden Armen fand ich mein Gleichgewicht wieder, wich seinen zuschnappenden Händen im letzten Augenblick aus und packte seinen rechten Arm. Blitzschnell zog ich den Unheimlichen an mich heran und drehte mich gleichzeitig um meine eigene Achse. Der Angreifer verlor den Boden unter den Füßen, rollte über meinen gekrümmten Rücken ab und segelte im hohen Bogen durch die Luft. Im letzten Augenblick ließ ich sein Handgelenk los.

Er das meine nicht.

Der Judo-Griff war ein voller Erfolg; eine Technik, auf die mein chinesischer Lehrer stolz gewesen wäre, dazu mit der zehnfachen Kraft ausgeführt, die eigentlich nötig gewesen wäre.

Leider.

Ich fand kaum hoch Zeit, überhaupt zu begreifen, was geschah, und so etwas wie Schrecken zu empfinden. Dann riss mich mein eigener Schwung von den Füßen und hinter dem davonsegelnden Untoten her.

Geradewegs in den grün wabernden Höllenpfuhl hinein.

Die *Zuidermaar* rollte wie ein Schiff im Sturm. Der Nebel war verschwunden, aber über dem Meer hing grauer Pulverdampf in schweren, fettigen Schwaden, und an beiden Seiten des gewaltigen Kriegsschiffes blitzte es immer wieder auf, wenn sich seine Bordgeschütze entluden, längst aus dem Takt gekommen und in schneller Folge feuernd.

Kapitän Harmfeld hob schützend die Arme vor das Gesicht, hustete qualvoll und torkelte durch die Schwaden von Rauch und Pulverdampf, die das brennende Achterdeck des Schiffes einhüllten. Irgendwo vor ihm war das Ruder oder das, was davon übrig geblieben war. Er hatte gesehen, wie die Explosion einen Teil des Steuers mitsamt des toten Piraten, der es bediente, zerrissen hatte, aber er hatte auch gesehen, dass ein Teil davon noch funktionsfähig sein musste.

Er musste es erreichen, musste die *Zuidermaar* wieder unter Kontrolle bringen, irgendwie. Sein Denken und Handeln galt nur noch diesem einen Ziel: sein Schiff wieder unter das Kommando des Ruders zu bringen, aus seinem ziellosen Dahinstampfen und Schlingern wieder so etwas wie einen Kurs zu machen, der es heraus aus dieser Hölle bringen würde. Es kam ihm in diesem Augenblick nicht einmal zum Bewusstsein, dass die *Zuidermaar* längst nicht mehr sein Schiff war, dass der Kampf, der seit einer halben Stunde mit erbarmungsloser Wut rings um das Schiff tobte, nicht sein Kampf und die Matrosen, die unter ihm lautlos durch Rauch und Flammen torkelten, nicht seine Männer waren.

Wieder traf ein fürchterlicher Schlag die *Zuidermaar*. Für einen Moment rissen die fettigen Qualmwolken auf, die Harmfeld die Sicht nahmen. Das Bild, das sich ihm bot, war gleichzeitig grotesk wie grauenhaft.

Rings um die *Zuidermaar* brannte das Meer. Dutzende, wenn nicht Hunderte der Drachenboote trieben zerfetzt und brennend auf den Wogen, aber ebenso viele waren noch unbeschädigt und das Meer schien immer mehr und mehr der fürchterlichen Gegner auszuspeien, grässliche schwarze Dinger wie schwimmende Skelette, Segel wie zerfetzte Blätter und furchtbare emporgereckte, skelettierte Drachenköpfe.

Harmfeld erreichte das zersplitterte Etwas, das vom Ruder übrig geblieben war, griff in das verkohlte Holz und versuchte, das Rad herumzuwerfen. Die *Zuidermaar* reagierte träge wie ein verwundetes Tier, aber sie reagierte. Langsam, unendlich langsam und mit einem tiefen, fast qualvoll klingenden Laut, driftete das mächtige Kriegsschiff herum. Seine zerrissenen Segel blähten sich, und für Sekunden wurde aus dem stampfenden Rütteln wieder das gewohnte, ruhige Dahingleiten.

Dann feuerten die Geschütze erneut. Orangerote Flammen und glühender Rauch brachen aus der Flanke der *Zuidermaar*, griffen wie glühende Finger hinaus auf das Meer und zerrissen acht, zehn der flachen Drachenboote. Für Sekunden schien das Meer zu brennen, und wieder legte sich das Schiff unter dem Rückenschlag seiner eigenen Geschütze schwer auf die Seite. Harmfeld sah, wie zwei der bizarren Gestalten hoch über ihm in den Wanten den Halt verloren und lautlos ins Meer hinabstürzten.

Aus der Feuerwand brachen Schiffe.

Brennende, halb zerstörte Schiffe, gelenkt von Seelen und leblosen Kreaturen, die weder Schmerz noch Furcht kannten und ihre Boote weiter auf den gigantischen Gegner zurasen ließen, selbst schon brennend, halb zerstört, aber von einer unseligen, widernatürlichen Macht belebt. Wieder feuerten die Backbordgeschütze der *Zuidermaar*, und wieder spritzte das Meer auseinander, zerbarsten Schiffe und schwarze, aus Knochen und Horn gemachte Gestalten, aber immer mehr und mehr der grotesken Angreifer tauchten aus Flammen und Rauch auf.

Diesmal würden sie die *Zuidermaar* erreichen. Harmfeld wusste, dass dieser Angriff Erfolg haben würde. Die Entfernung, die noch zwischen der Front der Angreifer und dem Schiff lag, war zu gering, um den Kanonieren Zeit für eine dritte Salve zu lassen.

Eine sonderbare Ruhe überkam ihn, als er das Heranjagen der Drachenboote beobachtete. Es waren vielleicht noch zwei Dutzend, mehr als die Hälfte davon hell in Flammen stehend, und sie kamen schnell näher, rasend schnell.

Seltsamerweise hatte Harmfeld überhaupt keine Angst. Mit einer seltenen Klarheit und Scharfsicht begriff er, dass dieses Gefecht das letzte sein würde, das die *Zuidermaar* kämpfte. Ebenso, wie er begriff, dass er sterben würde. Aber er empfand keine Furcht, nicht einmal Schrecken bei diesem Gedanken, sondern nur ein Gefühl sonderbarer Kälte.

Sein Blick glitt hinauf in die Masten, prüfte Stellung und Zustand der Segel, die Richtung des Windes und suchte dann wieder die heranrasenden Knochenschiffe. Reglos, die Hände fest um das verbrannte Holz des Ruders gelegt, wartete er, bis der Abstand zwischen *der Zuidermaar* und der feindlichen Flotte auf weniger als hundert Yards zusammengeschmolzen war.

Dann warf er das Ruder mit einem Ruck herum.

Mit einer unendlich mühsam erscheinenden Bewegung legte sich die *Zuidermaar* auf die Seite, schwenkte herum und jagte auf die Knochenschiffe zu; und plötzlich war die feindliche Flotte nicht mehr neben, sondern vor dem Schiff. Harmfeld sah, wie die schwarz glitzernden Steuermänner der Geisterschiffe versuchten, den Kurs zu ändern. Aber es war zu spät.

Wie ein Feuer speiender schimmernder Berg raste die *Zuidermaar* heran, zermalmte sieben, acht, schließlich zehn der Drachenschiffe und drückte die Trümmer tief unter Wasser.

Was von der bizarren Flotte übrig geblieben war, prallte krachend gegen die Bordwand. Flammen schossen über die Reling der *Zuidermaar*, und plötzlich waren überall Rauch, Funken und kleine, blitzende Explosionen. Tief unter Harmfelds Füßen trafen Funken auf ein Pulverfass, ließen es explodieren und rissen ein gewaltiges Loch in die Flanke des Schiffes, und plötzlich stand der Bug des Schiffes in hellen Flammen, dann der Fockmast, das Segel ...

Harmfeld warf das Steuer abermals herum. Die *Zuidermaar* schien sich aufzubäumen wie ein sterbendes Tier, aber auch jetzt gehorchte sie seinem Befehl noch, schwenkte beinahe auf der Stelle herum und zermalmte die Boote, die sich in ihre Flanken gekrallt hatten.

Rauch und Feuer nahmen Harmfeld die Sicht und ließen ihn husten. Ein stechender Schmerz machte sich in seiner Brust bemerkbar.

Wie durch blutige Nebel sah er, wie das Meer eine neue Welle der grässlichen Drachenschiffe ausspie und die *Zuidermaar,* den Angreifern nun ihre unverletzte Seite zuwendend, abermals zu feuern begann. Nur jedes dritte oder vierte Boot durchbrach die Barriere aus Flammen und Tod, die die Zwölfpfünder der *Zuidermaar* über das Meer legten.

Und dann ging ein knirschender Laut durch das Schiff. Das Steuer unter Harmfelds Händen drehte plötzlich ohne Widerstand durch, und er wusste, dass es nie wieder zum Leben erwachen würde.

Wenige Augenblicke später erreichte die Phalanx der Knochenschiffe die *Zuidermaar.* Harmfeld hörte eine Reihe dumpfer, krachender Laute, als die Schiffe gegen den Rumpf ihres gigantischen Gegners krachten, dann ein fürchterliches Schaben und Kratzen, als krallten sich gigantische Insektenbeine in das harte Holz des Rumpfes.

Sein Blick wanderte noch einmal über das Deck der *Zuidermaar.* Ein Teil der Aufbauten war zerstört, zwei seiner fünf riesigen Hauptsegel standen in Flammen, und aus den Masten regneten brennende Trümmerstücke auf das Deck.

Dann erschien ein schwarzer, schrecklich gezahnter Dämonenschädel über der Reling, gefolgt von chitinglitzernden schwarzen Armen, einem Albtraumleib und dürren, blitzenden Knochenbeinen …

Der letzte, entscheidende Angriff hatte begonnen. Harmfeld zog seinen Säbel.

Ich lag auf einer glatten, kühlen Unterlage, als ich erwachte. Meine Arme und Beine waren auf unangenehme Weise gespreizt und gefesselt, wie ich rasch feststellte, und über mir war die schwarze Lava der Höhlendecke. Es war sonderbar kühl. Ich schloss die Augen.

Zehn, fünfzehn Sekunden lang lag ich einfach reglos da, versuchte an nichts zu denken und mich zu entspannen, dann öffnete ich die Augen wieder und versuchte noch einmal, mich zu erheben.

Es war sinnlos. Meine Arme und Beine waren so perfekt gebunden, dass ich mich nicht um einen Millimeter rühren konnte.

Wieso lebte ich noch?

Das Letzte, woran ich mich erinnerte, war der Sturz in den grünen Pfuhl gewesen, das weit aufgerissene Maul eines *Thul Saduun,* die furchtbare Angst, die wie eine Flamme in mir emporgelodert war …

Dann nichts mehr.

Das Geräusch leiser, schlurfender Schritte drang an mein Ohr. Ich wollte den Kopf wenden, konnte es aber nicht, denn auch um meine Stirn spannte sich ein dünnes Band aus kaltem Eisen.

Die Schritte brachen ab, kamen wieder näher und stoppten erneut. Etwas an ihrem Rhythmus stimmte nicht.

Dann trat eine Gestalt in mein Gesichtsfeld.

Der Anblick traf mich wie ein Schlag.

Ich erkannte Barlaam sofort. Ich hätte ihn auch erkannt, wenn er in Gestalt eines vollkommen anderen vor mir erschienen wäre, denn es war sein Blick, der Blick seiner Millionen Jahre alten, grausamen Augen, den niemand, der ihm einmal begegnet war, in seinem Leben wieder vergessen konnte.

Aber sein Körper hatte sich auf fürchterliche Weise verändert.

Sein Gesicht war verbrannt, die Lippen darin wie vernarbte Wunden. Sein Körper wirkte sonderbar gestaucht und deformiert, und seine Arme und Beine sahen aus, als wären sie mehrfach gebrochen und falsch wieder zusammengewachsen. Die linke Hand hielt er verkrümmt vor der Brust, eine nutzlose Klaue, an der drei Finger fehlten. Sein Atem ging röchelnd und unregelmäßig.

Lange, fast, als wolle er mir ausreichend Gelegenheit geben, seinen zerstörten Leib zu begutachten, stand Barlaam reglos da und starrte mich nur an. Dann verzogen sich seine Lippen zu der schrecklichsten Imitation eines Lächelns, die ich jemals gesehen hatte.

»Gefällt dir, was du siehst, Robert Craven?«, fragte er.

Ich antwortete nicht, sondern starrte ihn nur weiter an.

»Das alles ist dein Werk«, krächzte Barlaam. »Deines und das der Elohym. Bist du zufrieden?« Er lachte, ganz leise und sehr, sehr böse, kam, auf absurde Weise humpelnd, näher und streckte seine verkrüppelte Linke nach meinem Gesicht aus.

Ein Gefühl unbeschreiblichen Ekels überschwemmte mich, als seine Finger meine Stirn berührten. Barlaam kicherte.

»Zeige deine Gefühle ruhig, Robert Craven«, krächzte er. »Du brauchst dich nicht zu verstellen. Oh – ich weiß, du ekelst dich. Du empfindest Abscheu und Furcht, nicht wahr? So wie alle, die mir begegnen. Du bist es, der mir das angetan hat. Aber du wirst dafür bezahlen. Ich werde mir nehmen, was du mir gestohlen hast. Du wirst spüren, was es heißt, ein Leben voller Schmerzen zu führen. Sich vor sich selbst zu ekeln. Den Abscheu zu spüren, wenn du anderen begegnest.« Er kicherte. »Keine Sorge, Robert Craven – du wirst nicht sterben. Dieser Körper ist zerstört, aber ich habe Sorge getragen, dass er noch lange Zeit am Leben bleiben wird, noch sehr lange Zeit.«

»Du bist ja ... verrückt«, murmelte ich. »Ich habe nichts mit dir zu schaffen. Du allein trägst die Schuld an dem, was damals geschehen ist.«

»So?«, kicherte Barlaam. »Vielleicht hast du sogar Recht. Aber wenn, dann ist es zu spät. Du hättest dich nicht einmischen sollen. Was hier geschieht, geht dich nichts an, dich nicht und nicht diese anderen Kreaturen, die sich Menschen nennen und die diese Welt gestohlen haben. Du hast dich in den Krieg der Götter gemischt, und nun trifft dich die Strafe der Götter.«

Ich antwortete nicht. In meiner Lage wäre das auch höchst lächerlich gewesen.

»Endlich«, flüsterte Barlaam. »Endlich ist es so weit. Der Tag, auf den ich so unendlich lange gewartet habe!« Wieder berührte seine Hand meine Stirn.

Und plötzlich ...

Es tat nicht einmal weh. Von einer Sekunde auf die andere war das zerstörte Gesicht vor meinen Augen verschwunden, der Druck der eisernen Bänder, die mich hielten, nicht mehr da, die kühle Glätte des Steines, auf dem ich lag, fort.

Stattdessen blickte ich auf einen schwarzen, mit blasphemischen Zeichen übersäten Altar hinab, auf dem ein nackter, an Händen und Füßen gefesselter Mann lag.

Ein Mann von knapp dreißig Jahren, großem Wuchs und muskulösem Körperbau.

Ein Mann mit einem kurz geschnittenen Bart und schwarzem Haar, in dem eine gezackte Strähne wie ein gefrorener weißer Blitz verlief.

Ich.

Oder das, was einmal ich gewesen war.

Denn jetzt war der Mann mit der weißen Strähne dort vor mir Barlaam.

Und der zerstörte, geschändete Körper, den ich noch vor Sekunden voller Abscheu angestarrt hatte, war zu meinem eigenen geworden.

Sie hatte ihr Ziel erreicht. Vor ihr, nur noch einen Steinwurf entfernt, lag der Gipfel des Berges und dahinter, verborgen hinter einer Linie aus Hitze flimmernder Luft und Glut, die aus dem Boden stieg und den Himmel über dem Berg rot färbte, der Krater. Nur noch wenige Schritte.

Es war nicht der Gedanke an ihren eigenen Tod, der Jennifer davon abhielt, sie zu tun. Sie hatte mit ihrem Leben abgeschlossen, und alles Körperliche, jede Furcht und jedes Aufbegehren waren hinter ihr zurückgeblieben.

Sie hatte eine Stunde gebraucht, um den Berg zu besteigen. Die Lava hatte ihre Füße zerschnitten, sodass eine Spur roter Abdrücke den Weg markierte, den sie genommen hatte, und die Hitze hatte ihr Gesicht verbrannt. Ihre Sicht war getrübt, und ihr Herz schlug sehr langsam und schwer. Sie bekam kaum noch Luft.

Trotzdem hätte sie nicht gezögert, die letzten Schritte zu tun und den Gipfel des Berges zu besteigen, wäre es nur das gewesen.

Aber da war noch etwas. Eine unhörbare, aber bohrende Stimme in ihrem Inneren, etwas wie ein lautloser Ruf. Die gleiche Macht, die sie bisher angetrieben und ihr die Kraft gegeben hatte, weiterzugehen, ihrem geschundenen Körper immer noch einen weiteren Schritt abzutrotzen, die gleiche, unsichtbare Macht hielt sie nun zurück, den Gipfel zu überschreiten und zu tun, wozu sie hierhergekommen war.

Wieder schoss eine Feuersäule aus dem Krater des Riesenvulkans und breitete sich wie ein Pilz aus Flammen unter dem Himmel aus; und Augenblicke später regneten glühende Lavabrocken und heiße Asche auf die Flanken des Berges herab. Jennifer duckte sich hinter einen Felsen und wartete, bis der tödliche Regen aufgehört hatte. Ein münzgroßer Brocken glühenden Steines fiel auf ihre Schulter und brannte ein Loch in ihre Haut.

Der Schmerz erreichte ihr Bewusstsein kaum. Langsam, wie unter einem inneren Zwang, erhob sie sich, trat hinter ihrer Deckung hervor und blickte in die Runde.

Aber sie ging nicht weiter auf den Gipfel zu, sondern wandte sich nach einer Sekunde des Zögerns wieder um und begann ein Stück des Weges, den sie sich gerade so mühsam emporgequält hatte, wieder hinunterzugehen.

Denn plötzlich wusste sie, wohin sie sich wenden musste.

Selbst das Atmen fiel mir schwer.

Um meine Brust schien ein unsichtbarer Reif aus Stahl zu liegen, der quälend eng zusammengezogen war, und meine Glieder waren mit Zentnergewichten beschwert, die aus jeder Bewegung eine Tortur machten. Ich konnte nicht richtig gehen, denn mein linkes Bein gehorchte den Befehlen meines Willens nicht mehr so, wie ich es gewohnt war, und mein Blick war getrübt; ich erkannte nur noch Dinge, die näher als fünf oder sechs Yards waren. Alles, was dahinter lag, begann zu verschwimmen und sich in blassen Farbflecken aufzulösen.

Das Schlimmste waren die Schmerzen.

In meinem Körper schien kein Nerv zu sein, der nicht ununterbrochen wehtat, mancher mehr, mancher weniger heftig, in ihrer Gesamtheit aber so schlimm, dass ich am liebsten laut geschrien hätte. Aber selbst meine Stimme zu gebrauchen tat weh.

»Wie gefällt dir, was du erlebst, Robert Craven?«, fragte Barlaam.

Seine Gestalt *(seine Gestalt?!)* verschwamm immer wieder vor meinen Augen. Sein Gesicht verzog und verbog sich, wie durch einen Zerrspiegel betrachtet, und das dumpfe Rauschen in meinen Ohren machte aus seiner Stimme ein höhnisches Meckern.

»Es ist schlimm, nicht wahr?«, fuhr er fort. »O ja, ich weiß, was du fühlst. Vergiss nicht, dass ich lange Zeit in diesem Körper gelebt habe. Wie habe ich ihn verflucht!«

Ich wollte irgendetwas sagen, aber alles, was ich hervorbekam, war ein krächzender Laut, der meine Kehle schmerzen ließ, als schlucke ich Glassplitter.

Barlaam lachte böse. »Streng dich ruhig an, Robert Craven«, kicherte er. »Übe nur fleißig. Du wirst sehen, in ein paar Tagen schon wirst du ohne Mühe reden und laufen können – ohne *große* Mühe wenigstens. Und vielleicht bist du eines Tages sogar fähig, länger als wenige Minuten aus eigener Kraft stehen zu können. Ich konnte es nie, aber wer weiß? Du hast einen starken Willen.«

Er beugte sich zu mir herab, packte mich mit schmerzhafter Kraft am Kinn und zwang mich, ihn anzusehen. Sein Gesicht – *mein* Gesicht – war mir ganz nahe.

Der Anblick erfüllte mich mit einem Entsetzen, das mich für Augenblicke schier um den Verstand zu bringen schien. Es war mein Gesicht, das da auf mich herabsah, meine eigene Hand, die meinen Kopf gepackt und herumgerissen hatte, meine eigene Stimme, deren Worte jetzt so höhnisch hinter meiner Stirn widerhallten!

»O ja, ich weiß, wie es ist«, fuhr er fort. »Dieser Körper ist die Hölle. Ich habe ihn gehasst, Robert Craven, meinen eigenen Körper. Seit du und die Elohym mich in diese Falle gelockt und ihn zerstört habt, habe ich angefangen, ihn zu hassen, denn er hat mir Schmerzen und Mühe bereitet, jede Sekunde an jedem Tag. Wie habe ich ihn gehasst!«

Er ließ mein Kinn los, und ich hatte nicht die Kraft, die plötzliche Bewegung aufzufangen. Mein Kopf flog zurück und prallte heftig gegen den felsigen Boden. Der Schmerz war nicht sehr heftig. Trotzdem betäubte er mich fast. Farbige Ringe tanzten vor meinen Augen.

»Was hast ... du vor?«, keuchte ich. Jedes Wort war eine Qual. »Wenn du ... mich töten willst, dann ... dann tu es.«

»Töten?« Barlaams Lippen verzogen sich zu einem höhnischen Grinsen. »Wie kommst du nur auf diese Idee? O nein, Robert Craven. Du wirst leben. Noch viele, viele Jahre leben. Aber du wirst jede Sekunde dieser Jahre verfluchen, wie ich die der letzten. Jeden Augenblick wirst du das Schicksal darum anflehen, dich endlich zu erlösen.« Er kicherte. »Aber ich fürchte, es wird taub sein, das Schicksal«, sagte er hämisch.

Plötzlich kniete er nieder, packte mich mit seinen kräftigen Händen und zerrte mich in die Höhe. Die Bewegung jagte feurige Wellen aus Schmerz durch meinen Leib.

»Schau her!«, sagte er, während er meinen Kopf herumdrehte und mich zwang, zur anderen Seite des Raumes zu blicken. Ich erkannte nur Farbflecke, aber einige davon bewegten sich, sodass ich sie mit einiger Mühe als seine Männer identifizieren konnte.

»Diese beiden waren meine treuen Diener in den letzten Jahren«, sagte er. »Sie waren da, um mir dabei zu helfen, *die* einfachsten Dinge des täglichen Lebens zu verrichten. Sie haben mich getröstet, wenn ich dachte, es nicht mehr aushalten zu können. Sie haben mich schreien gehört, in den Nächten, in denen ich vor Schmerz fast wahnsinnig wurde.«

Er hob die Hand und einer der Männer kam näher, ergriff mich unter den Armen und führte mich zu einem steinernen Sessel, in den er mich wenig sanft hineinsinken ließ. Ich keuchte vor Schmerz.

»Jetzt werden es deine Diener sein«, fuhr Barlaam spöttisch fort. »Sie werden bleiben, als Einzige, während ich und die anderen gehen. Sie werden bleiben und auf dich Acht geben. Wann immer du einen Wunsch hast, rufe sie, und sie werden zur Stelle sein. Nur einen werden sie dir nicht erfüllen. Den Tod.«

»Du verdammtes ... Ungeheuer«, stöhnte ich. »Dafür wirst du ... bezahlen, das ... das schwöre ich.«

Barlaam lachte. »Du hast es noch nicht begriffen, wie?«, fragte er, ruhig und in fast amüsiertem Ton. »Du bist nicht mehr in der Situation, Drohungen aussprechen zu können.« Sein Gesicht schien zu zerfließen, als eine neue Woge von Schmerz meinen Blick trübte. Ich sah kaum, wie er auf mich zutrat und die Hand hob, als wolle er mich schlagen.

Aber er führte die Bewegung nicht zu Ende, sondern schüttelte nur den Kopf, ließ den Arm wieder sinken und betrachtete eine Sekunde lang seine Hand.

»Nein«, sagte er. »Ich werde dich nicht schlagen. Du wirst Schmerzen leiden, schlimmer, als du dir vorzustellen vermagst, aber jedes bisschen Schmerz, das du fühlst, wird dein eigener sein. Nichts als das, was du selbst bewirkt hast. Nicht mehr. Aber auch nicht weniger.« Er lachte, richtete sich auf und wandte sich mit einem Ruck um, blieb dann aber noch einmal stehen, um zu mir zurückzublicken.

»Und nun lebe wohl, Robert Craven«, sagte er. »Und lange. Sehr lange.«

Sein schreckliches Hohnlachen hallte noch lange in meinen Ohren wider. Selbst, als es in Wirklichkeit schon längst verklungen war.

Der Mann lag wie tot da. Sein Kopf war blutig; die Schläfe aufgerissen von dem Hieb, mit dem ihn einer seiner Bewacher niedergestreckt hatte, seine Glieder in sonderbar verrenkter Haltung. Seine Augen blickten glasig, aber noch war Leben in seinem Körper; wenn auch nicht mehr viel. Ganz langsam hob und senkte sich seine Brust, und hätte man genau hingesehen, hätte man bemerkt, dass sich seine rechte Hand Millimeter um Millimeter bewegte.

Aber es gab niemanden, der genau hinsah, obwohl der riesige unterirdische Dom voller Schritte und hektisch hin und her rennender Männer war.

Es mussten an die zwei Dutzend der hoch gewachsenen, in schreiend bunte Umhänge gekleideten Männer sein, die im Laufe der letzten Minuten buchstäblich aus dem Nichts aufgetaucht waren. Die meisten von ihnen schienen ziellos hierhin und dorthin zu eilen, einige jedoch waren mit einer sonderbaren, aus Kristall und blitzendem silbernem Stahl bestehenden Apparatur beschäftigt, die unweit des grünen Pfuhles aufgestellt war. Hätte es einen Beobachter außer dem halbtoten Mann gegeben, wäre ihm vielleicht das dünne, aus einer Art rauchigem grünen Licht bestehende Band aufgefallen, das vom Zentrum der sonderbaren Anordnung in die Grube hinabführte.

Aber auch den gab es nicht. Es gab nur die Magier von Maronar, die Grube mit den halb materialisierten *Thul Saduun* – und den Mann auf dem Boden.

Zeit verging. Manchmal zitterte der Berg, und von Zeit zu Zeit drang ein schwaches, unendlich tiefes Grollen durch die Wände aus erstarrter Lava, ein Grollen, das oben auf der Insel ein apokalyptisches Brüllen sein musste, ein infernalisches Toben und Schreien, das den Weltuntergang ankündigte.

Nach einer Welle begannen sich die Magier um den silbernen Apparat zu versammeln, in scheinbar willkürlicher, in Wahrheit aber sehr genau überlegter Anordnung. Einige von ihnen hoben die Arme und begannen mit leisen Stimmen zu summen; eine Melodie, die so düster und unheilschwanger war wie die Wesen, denen sie dienten. Andere verharrten einfach reglos und mit geschlossenen Augen, während sich zwei Männer zu beiden Seiten des Gerätes aufstellten.

In der Mitte der silbernen Scheibe, auf der die Kristallapparatur aufgebaut war, glühte plötzlich ein sanftes grünes Licht. Rasch gewann es an Leuchtkraft, wurde zu einer Kugel und wuchs schließlich in die Höhe, bis es zu einem mehr als mannshohen, in grellem grünen Licht strahlenden Oval geworden war.

Dann trat ein Mann aus dem grünen Leuchten.

Er war groß – kein Riese, aber doch sehr hoch gewachsen –, breitschultrig und trug einen schwarzen, kurz geschnittenen Bart. Zwischen den Gestalten der Magier wirkte seine Kleidung geradezu lächerlich: schwarze Lackschuhe, dunkle Hosen, dazu ein Rüschenhemd, das irgendwann sicher einmal weiß gewesen war, jetzt aber von zahllosen Schmutz, Brand und Blutflecken übersät war. Sein Gesicht war schmal, und in seinem Haar leuchtete eine gezackte, schlohweiße Strähne.

Mit einem entschlossenen Schritt trat er von der Scheibe herunter, ging – ohne die knienden Männer auch nur zu beachten – bis zum Rand der Grube und starrte reglos in das grüne Wabern hinab. Lange – sicher länger als fünf Minuten – stand er einfach so da, dann drehte er sich mit einem Ruck herum und winkte einen der Magier herbei.

»Wie weit seid ihr?«, fragte er. Er bediente sich dabei einer Sprache, die uralt war. Kein lebender Mensch hatte sie je gehört, denn sie war erloschen, noch bevor die ersten Säugetiere auf dem Antlitz dieses Planeten erschienen waren.

»Es ist alles vorbereitet, Herr«, antwortete der Magier. »Sobald die Sonne aufgeht, könnt Ihr beginnen.«

Ein kurzes, triumphierendes Lächeln huschte über das Gesicht des Mannes in Robert Cravens Körper. »Das ist gut«, sagte er. »Ich bin sehr zufrieden mit euch. Und nun lasst uns keine Zeit mehr verlieren!«

Der Magier nickte, fuhr herum und ging zu seinen Kameraden zurück, während Barlaam weiter reglos stehen blieb und in die Grube hinabstarrte. Seine Hände führten dabei kleine, zupackende Bewegungen aus.

Schließlich wandte er sich wieder um, blieb aber plötzlich abermals stehen, blickte einen Moment zu dem Mann auf dem Boden hinab und ging mit raschen Schritten zu ihm hinüber. Stirn runzelnd stieß er ihn mit dem Fuß an und drehte ihn auf den Rücken. Ein leises Stöhnen drang aus dem Mund des Verletzten.

»Wer ist das?«, fragte der Mann mit Robert Cravens Gesicht.

»Ein Niemand, Herr«, antwortete einer der Magier. Seine Stimme klang, als hätte er Angst. »Einer der Matrosen vom Schiff. Er war bei Craven, als er hergebracht wurde.«

Barlaam nickte. »Ich erinnere mich. Aber was tut er hier?«

»Er versuchte zu fliehen«, antwortete der Magier hastig. »Golam schlug ihn nieder. Ich ... lasse ihn fortschaffen.« Er wollte sich umwenden, um seine Worte unverzüglich in die Tat umzusetzen, aber Barlaam hielt ihn mit einer raschen Handbewegung zurück.

»Nein«, sagte er. »Lass ihn hier. Er stellt keine Gefahr dar. Und *jene in der Tiefe* werden hungrig sein, sobald sie erwachen. Mögen sie ihn als erstes Opfer nehmen.«

Und der Mann auf dem Boden hörte zu.

Im Laufe der letzten Stunden hatten die Schmerzen ein wenig abgenommen. Vielleicht hatte ich mich auch nur daran gewöhnt; so weit man sich daran gewöhnen kann, dass jede noch so kleine Bewegung, jedes Verziehen der Lippen, ja selbst das Atmen Qualen mit sich bringt.

Dafür war etwas anderes gekommen. Etwas, das vielleicht schlimmer als der körperliche Schmerz war.

Begreifen.

Langsam, unerträglich langsam, hatte ich angefangen zu begreifen welches Schicksal mir bevorstand; wie grausam die Rache war, die Barlaam an mir genommen hatte. Sein Körper war zerstört worden, als der sterbende Tyrannosaurier seine Flugscheibe unter sich begrub, und dass er überhaupt noch lebte, konnte nur Barlaams Zauberkraft und dem unglaublichen Wissen seines Volkes zuzuschreiben sein, aber trotz allem war dieser Körper nur mehr ein Wrack, ein zerstörtes Etwas, in dem sein Geist wie in einer Folterkammer gefangen gewesen war.

Und jetzt der meine ...

Mein Blick hatte sich etwas geklärt, und ich vermochte mich auch ein wenig zu bewegen, sodass ich eine etwas bequemere Haltung auf dem harten Stuhl angenommen hatte. Der Raum, in dem ich mich befand, war fensterlos und finster, aber von einer Anzahl kalter, runder Lichter erhellt, die schwerelos eine halbe Handbreit unter der Decke schwebten, sodass ich genügend Einzelheiten erkennen konnte, um mir wenigstens ein Bild meines Gefängnisses machen zu können.

Die Kammer war rechteckig und offenbar aus dem natürlich gewachsenen Fels eines Berges herausgemeißelt worden. Vielleicht gehörte sie zum Tempelberg von Maronar, den ich schon einmal betreten hatte; aber irgendetwas sagte mir, dass es nicht so war. Die Wände waren nackt, bar jeder Verkleidung, aber dafür bis auf den letzten Winkel mit Reliefs und verwirrend anmutenden Schriftzeichen übersät, und die Einrichtung – soweit ich sie überblicken konnte – bestand aus nichts als einem Bett, dem Stuhl, auf dem ich saß, und einem niedrigen Tisch, auf dem allerlei Krüge und Töpfe standen.

Und den beiden »Dienern«, die Barlaam zurückgelassen hatte. Einer von ihnen stand hinter meinem Stuhl; ich konnte ihn nicht sehen, spürte seine Nähe aber überdeutlich, während der andere, reglos wie eine Statue, neben der einzigen Tür der Kammer stand und ins Nichts starrte.

Ich hatte versucht, ihn geistig zu beeinflussen, aber ebenso gut hätte ich auch versuchen können, einen Felsen zu hypnotisieren. Entweder waren die beiden vollkommen immun gegen jede Art mentaler Beeinflussung – oder meine magischen Fähigkeiten waren erloschen.

Auch das war eine Möglichkeit, an die ich denken musste.

Bisher hatte ich mich immer noch an den Gedanken geklammert, nur ein wenig Kraft sammeln zu müssen, um mit Hilfe des magischen Erbes meines Vaters schon irgendwie hier herauszukommen. Nun aber schien es, als wäre auch diese Hoffnung vergebens. Barlaam schien jedes bisschen magischer Kraft, das ich jemals besessen hatte, aus meinem Geist getilgt zu haben.

Mühsam hob ich die Hände vor die Augen und betrachtete die vertrocknete, graue Haut, die sich über vogelartig gekrümmten, dürren Klauen spannte. Die Rechte konnte ich ein wenig bewegen, während die Linke nur ein Klumpen aus Schmerz zu sein schien, ein nutzloses Anhängsel. Der Rest dieses schrecklichen Körpers, in den Barlaam meinen Geist verbannt hatte, war unter dem Stoff des Gewandes verborgen, das ich trug, aber ich wusste, dass er kaum weniger schrecklich aussah. Alles, was ich empfand, war Verzweiflung.

Der Mann neben der Tür erwachte plötzlich aus seiner Starre, und ich hob mühsam den Kopf, um ihn anzublicken.

Ein verwirrter, aber auch misstrauischer Ausdruck war auf seinen Zügen erschienen. Gebannt starrte er die geschlossene Tür aus schwarzem Stein an, und nach einigen Sekunden glaubte ich, Geräusche auf der anderen Seite der Tür zu hören: ein leises Kratzen und Schaben, als mache sich jemand am Schloss zu schaffen.

Dann bewegte sich der Riegel.

Langsam, unendlich langsam, begann sich das schwarze Eisen nach hinten zu schieben.

Der Magier wich einen halben Schritt zurück und spannte sich. Seine Rechte kroch unter das Gewand und kam mit einem blitzenden Dolch wieder zum Vorschein. Gleichzeitig trat sein Kamerad hinter meinem Sessel hervor, berührte mich mit der Hand an der Schulter und legte die Finger auf die Lippen, als ich zu ihm aufsah. Er sagte kein Wort, aber die Drohung in seinem Blick war unmissverständlich.

Millimeter für Millimeter glitt die Tür nach innen. Der Magier mit dem Dolch wich im gleichen Tempo zurück, immer so, dass er von draußen gerade noch unsichtbar blieb, selbst aber mit einem Schritt bei der Tür sein konnte. Seine Hand, die das Messer hielt, hob sich ganz langsam.

Und dann traf ein furchtbarer Hieb die Tür und schmetterte sie nach innen.

Der Magier versuchte zurückzuspringen, aber er war nicht schnell genug. Die Türkante streifte seine Schulter und schleuderte ihn zu Boden. Er fiel, ließ mit einem überraschten Schrei das Messer fallen und war fast sofort wieder auf den Beinen. Ich hatte selten zuvor im Leben eine so schnelle Bewegung gesehen.

Trotzdem war sie nicht schnell genug.

Eine geduckte, sonderbar schlank wirkende Gestalt huschte in den Raum, jagte auf den Magier zu und versetzte ihm einen Tritt, der ihn ein zweites Mal zu Boden stürzen und hilflos davonkugeln ließ. Blitzschnell setzte sie ihm nach, hob seinen Dolch vom Boden auf, fiel neben dem Gestürzten auf die Knie und stieß mit einer schnellen Bewegung zu.

Als ich das Gesicht des Eindringlings erkannte, bäumte ich mich vor Überraschung auf.

Es war Jennifer!

Ihr langes schwarzes Haar hing in Strähnen und war verbrannt, ihr Gewand zerfetzt und ihre Haut mit Wunden bedeckt. Ihre Augen blickten wild, und ihr Gesicht hatte sich zu einer Grimasse verzerrt. Und trotzdem erkannte ich sie sofort.

In diesem Moment erwachte auch der zweite Magier aus seiner Erstarrung und warf sich mit einem zornigen Knurren nach vorne. Anders als sein Kamerad war er waffenlos, aber gegen seine hünenhafte Gestalt wirkte die Jennifers wie ein Zwerg. Offenbar glaubte er, leichtes Spiel mit ihr zu haben.

Er begriff seinen Irrtum einen Sekundenbruchteil zu spät.

Jennifer wartete, bis er ganz dicht heran war, trat dann blitzschnell zur Seite und ließ ihn über ihr Bein stolpern. Der Magier keuchte, verlor das Gleichgewicht und fiel mit wild rudernden Armen dicht hinter ihr auf die Knie.

Jennifer drehte sich nicht einmal herum. Aber ihr Ellbogen krachte ins Genick des Magiers. Er brach tot zusammen.

Für die Dauer eines einzelnen, schmerzhaft schweren Herzschlages starrte ich Jennifer nur an, unfähig, zu glauben, was ich gerade gesehen hatte. Es war weiß Gott nicht das erste Mal, dass ich zusehen musste, wie ein Mensch ums Leben kam. Aber ich hatte selten eine derartige Kaltblütigkeit erlebt wie bei dem, was dieses so zart aussehende Mädchen gerade getan hatte. Die beiden Männer waren tot gewesen, ehe sie auch nur Zeit fanden, die Gefahr überhaupt zu begreifen, in der sie schwebten.

Dann, von einer Sekunde auf die andere, begriff ich, wem ich wirklich gegenüberstand. Das war nicht Jennifer. Es war ihr Körper, oder wenigstens etwas, das aussah wie ihr Körper, aber längst nicht mehr sie selbst.

Etwas von der Abscheu und dem Schrecken, den ich empfand, musste sich wohl auf meinem Gesicht widerspiegeln, denn Jennifer runzelte plötzlich die Stirn und blieb einen Moment stehen, ehe sie näher kam. Dann kniete sie neben meinem Stuhl nieder, hob die Hände und versuchte, meine Stirn zu berühren.

Ich schlug ihren Arm beiseite, obwohl die Bewegung fast mehr Kraft von mir verlangte, als Barlaams ausgezehrter Körper noch aufzubringen vermochte.

»Rühr mich nicht an, du ... du Ungeheuer«, krächzte ich.

Jennifer sah verwirrt auf. »Was hast du gesagt?« In ihren Augen stand ein Staunen geschrieben, das beinahe echt wirkte.

»Du hast es ... gehört«, antwortete ich mühsam. Meine Stimme drohte mir den Dienst zu verweigern. »Rühr mich nicht an, *Hastur!*«

Jennifer fuhr wie unter einem Peitschenhieb zusammen. »Sprich diesen Namen nicht aus!«, keuchte sie. »Niemals, Robert, hörst du?«

»Warum nicht?«, fragte ich zornig.

»Es ist verboten«, flüsterte Jennifer. »Es bringt großes Unglück, ihn auch nur zu denken, Robert. Woher ... weißt du ihn?«

»Hast du vergessen, dass ich zwei Jahre meines Lebens damit zugebracht habe, die alten Schriften und Bücher zu studieren, Hastur?«, fragte ich. »Oder ist es dir einfach nur unangenehm, dass ein so schwacher und dummer Mensch wie ich dein Geheimnis gelöst hat?«

»Ich und ...« Jennifer versuchte zu lächeln, brachte aber nur eine Grimasse zustande. »Du täuschst dich, Robert. Ich bin nicht der, für den du mich hältst. Ich bin Jennifer.«

Und irgendetwas sagte mir, dass das die Wahrheit war. Es war nicht mein magisches Talent, Lüge von Wahrheit zu unterscheiden, denn das war wie alles andere erloschen, seit ich in diesem zerstörten Körper gefangen war. Aber ich wusste es einfach.

»Aber noch gestern ...«, begann ich, wurde aber sofort wieder von Jennifer unterbrochen, die heftig den Kopf schüttelte und mir mit einer Geste bedeutete, zu schweigen.

»Gestern – das war ich nicht«, sagte sie. »Ich weiß nicht, wem du begegnet bist, vielleicht wirklich *ihm, dessen Namen man nicht aussprechen darf,* aber ich war es nicht.«

»Aber wie ... wie kommst du dann hierher?«

»*Er* hat mich geschickt«, antwortete Jennifer.

»Um mich zu retten?«

Jennifer schüttelte den Kopf. »Nein«, gestand sie. »Bis vor wenigen Minuten noch wusste ich nicht einmal, dass du hier bist. Ich wurde aus einem anderen Grund geschickt. Aber wie es scheint, bin ich gerade noch rechtzeitig gekommen.«

Ich wollte antworten, aber meine Stimme versagte mir endgültig den Dienst. Ein dumpfer, bohrender Schmerz machte sich in meiner Brust bemerkbar, und mein Blick begann sich wieder zu trüben. Die kleine Anstrengung, mit Jennifer zu reden, war bereits zu viel für diesen Körper gewesen.

Auch Jennifer schien das zu spüren, denn sie stand plötzlich auf, musterte mich einen Moment stumm und voller Sorge, wandte sich dann plötzlich um und kniete neben einem der toten Magier nieder. Voller Entsetzen – und unfähig, auch nur einen Finger zu rühren, um sie daran zu hindern – beobachtete ich, wie sie den reglosen Körper herumdrehte, die Hände unter seinen bizarren Mantel schob – und ihn mit einem Ruck von seinem Leib riss!

»Um Gottes willen, was ... was hast du vor?«, stammelte ich.

Jennifer antwortete nicht, sondern rollte den Toten mit dem Fuß davon und breitete seinen Mantel dicht neben meinem Stuhl aus, mit der finsteren, mit lebenden Nadeln bewachsenen Seite nach außen.

Angeekelt betrachtete ich das bizarre, lebende Etwas. Zum ersten Male hatte ich Gelegenheit, eines dieser schrecklichen Geschöpfe aus allernächster Nähe zu sehen.

Mir wäre wohler gewesen, ich hätte es nicht gekonnt.

Es waren nicht nur die Nadeln. Zwischen ihnen rankte und wand sich etwas, das wie eine Schicht widerwärtiger, schleimig schwarzer Würmer aussah, dünne, sich ringelnde Fäden aus geronnener Schwärze, die miteinander verflochten waren. Das ganze grässliche Gebilde zuckte und bebte ununterbrochen.

Jennifer drehte sich zu mir um, griff unter meinen linken Arm und zog mich ohne sichtliche Anstrengung in die Höhe. Ich versuchte mich zu wehren, aber natürlich ohne Erfolg.

»Was hast du vor?«, keuchte ich noch einmal. Meine Stimme bebte jetzt nicht nur vor Schwäche, sondern schlicht und einfach vor Angst.

»Das Einzige, was dich retten kann«, antwortete Jennifer. »Du kannst nicht hierbleiben, aber dieser Körper ist zu schwach. Der Mantel wird dir helfen.«

Sie bückte sich – wobei sie mich mit einer Hand scheinbar mühelos gleichzeitig aufrecht und festhielt –, hob das zitternde schwarze Ding vorsichtig auf und warf es ohne ein weiteres Wort über meine Schultern.

Ich weiß nicht genau, was ich erwartet hatte: wahrscheinlich einen neuen Schmerz, vielleicht auch einen geistigen Angriff, irgendetwas jedenfalls.

Aber ich spürte nichts.

Das heißt – etwas spürte ich schon.

Der Mantel schmiegte sich fest um meine Schultern, und es war ein Gefühl, das nicht einmal unangenehm war, sondern eher beschützend; wie die Berührung einer großen, freundlichen Hand. Ein leises Kitzeln breitete sich in meinem Nacken aus, kroch über meine Schultern die Arme herab bis zu den Ellbogen und den Rücken hinunter, bis fast zur Hüfte, und ich wusste, dass es nichts anderes waren als die Fleischdornen des Mantels, die den Stoff meines Gewandes und meine Haut scheinbar mühelos durchbohrten und sich tief in mein Fleisch bissen. Aber ich fühlte nicht den geringsten Schmerz.

Dafür machte sich eine angenehme Wärme in meinen Gliedern breit, gefolgt von einer Leichtigkeit und Kraft, wie ich sie selten zuvor im Leben verspürt hatte.

»Warum ... hast du das getan?«, fragte ich.

Jennifer lächelte. »Fällt dir nichts auf, Robert?«

Einen Moment lang starrte ich sie unverstehend an, dann fuhr ich zusammen, hob die Hände vor das Gesicht und blickte fassungslos an mir hinab.

Mein Körper – Barlaams Körper hatte sich nicht verändert. Seine linke Hand war noch immer verkrüppelt und nutzlos, die Haut noch immer die eines Greises, der irgendwann vor hundert oder mehr Jahren vergessen hatte, zu sterben – aber jeglicher Schmerz, die quälenden Atembeschwerden, das hektische Pochen meines Herzens, die lähmende Schwere in meinen Gliedern; das alles war verschwunden.

»Es ist der Mantel«, beantwortete Jennifer meine Frage, ehe ich sie auch nur stellen konnte. »Er gibt seinem Träger Kraft und macht ihn unempfindlich gegen Schmerzen.«

Ich war immer noch unfähig, zu antworten. Vorsichtig, fast, als hätte irgendetwas in mir Angst, dass eine zu rasche Bewegung die Illusion zerplatzen und mich wieder in einen Kosmos aus Schmerz und

Alter stürzen lassen könnte, machte ich einen Schritt, hob die Hände und senkte sie wieder und drehte mich einmal im Kreis.

»Das ... das ist unglaublich«, murmelte ich. Dann fiel mir der Fehler auf. »Warum hat Barlaam ihn nicht getragen?«, fragte ich misstrauisch. »Warum hat er jahrelange Schmerzen erduldet, wenn es so einfach ist?«

Jennifers Blick wurde plötzlich sehr ernst. »Es ist gefährlich, Robert«, sagte sie. Sie deutete mit einer Kopfbewegung auf den zweiten toten Magier und seinen Mantel. Mir fiel auf, dass sich das bizarre Kleidungsstück noch immer bewegte. Ich war nicht ganz sicher, aber fast schien es mir, als zöge es sich zusammen. Ganz, ganz langsam.

»Diese Wesen dienen ihren Trägern«, erklärte Jennifer. »Sie geben ihnen Kraft und Ausdauer und noch manches andere, was du jetzt nicht verstehen würdest. Aber sie verlangen einen hohen Preis.«

»Und welchen?«, fragte ich leise. Mit einem Male kam mir die sanfte Umarmung des Mantels gar nicht mehr so sanft und beschützend vor, sondern unangenehm warm und auf schwer zu beschreibende Weise drohend.

»Sie verzehren die, die sie tragen«, antwortete Jennifer. »Keiner dieser Männer lebt länger als zehn Jahre, Robert, und sie sind ausgesucht kräftig und gesund, wenn Barlaam sie in seine Dienste nimmt. Einen zerstörten Körper, wie den, in dem du gefangen bist, verzehren sie in wenigen Tagen.«

Ich hätte erschrecken müssen, aber ich tat es nicht. Was Jennifer ausgesprochen hatte, war nichts anderes als mein endgültiges Todesurteil. Und trotzdem erschien es mir wie eine Erlösung. Drei, vier Tage Leben waren vielleicht immer noch besser als ein jahrelanges Sterben in diesem zerstörten Etwas, in das Barlaam mich verbannt hatte.

»Du hast eine Chance«, sagte sie plötzlich. Ich war jetzt endgültig davon überzeugt, dass sie meine Gedanken las. »Sie ist nicht groß, aber du hast sie. Barlaam hat dir deinen Körper gestohlen, aber dieser Tausch kann rückgängig gemacht werden.«

»Dazu müsste ich ihn erst einmal finden«, antwortete ich.

»Ich werde dir den Weg zurück zeigen«, sagte Jennifer. »Aber ich will dir nichts vormachen: Es ist beinahe aussichtslos. Er wird dich vernichten, sowie er dich sieht, denn dieser Leib ist das Einzige, was ihn noch aufhalten kann. Ist er vernichtet, gibt es keine Möglichkeit mehr, ihn aus deinem Körper zu vertreiben.«

»Und wenn dieses Wrack hier stirbt«, sagte ich mit einer Geste auf den verkrüppelten Greisenleib unter meinem Umhang, »sterbe auch ich.«

Jennifer nickte.

»Worauf warten wir dann noch?«, fragte ich.

Im Laufe der letzten halben Stunde hatte sich die Höhle geleert. Die meisten der bunt gekleideten Gestalten waren ihrem Herrn gefolgt, nachdem er endlich vom Rande der Grube zurückgetreten war und die Höhle verlassen hatte, und auch von denen, die dann noch geblieben waren, waren die meisten jetzt fort. Nur noch drei hielten sich in der Höhle auf; einer nahe des jenseitigen Randes des Pfuhls, die beiden anderen dicht neben der Tor-Maschine, jedoch nicht mit dem Gerät beschäftigt, sondern in ein Gespräch vertieft, das manchmal von einem rauen Lachen unterbrochen wurde.

Der Mann auf dem Boden hatte all dies registriert, aber er hatte sich nicht gerührt. Von Zeit zu Zeit bewegte er die rechte Hand und stöhnte leise; wie ein Mensch, der im Koma liegt und nicht erwachen kann – immer so, dass die beiden Wächter, die Barlaam zurückgelassen hatte, es hören mussten, jedoch kein Misstrauen schöpften.

Er hatte gewartet.

Bis jetzt.

Jetzt bewegte sich seine rechte Hand wieder; kräftiger als die Male zuvor, zielbewusster, wacher.

Seine Lider begannen zu zittern, als das Leben, das auf seinen eigenen Befehl hin fast völlig aus dem menschlichen Körper gewichen war, langsam wieder in seine Glieder zurückflutete; und das Stöhnen, das diesmal über seine Lippen kam, war echt. Selbst für ein Wesen wie das, das sich hinter der Gestalt des französischen Matrosen verbarg, war es unendlich schwer, sich hinter die Mauern des Todes zurückzuziehen und den schmalen Spalt, der sie mit dem Leben verband, offen zu halten.

Einer der Magier sah auf, als sich der Mann abermals bewegte und dabei ein neuerliches, keuchendes Stöhnen hören ließ. Zwischen den Brauen des Mannes in dem schreiend bunten Mantel erschien eine steile Falte, und auch sein Kamerad blickte jetzt auf.

Der Mann hatte sich halb erhoben und hockte, vornübergebeugt und mit haltlos pendelnden Armen auf den Knien. Sein Blick war noch trüb, und auf seinem Gesicht lag ein Ausdruck, als wäre er gerade aus einem unendlich tiefen, betäubenden Schlaf erwacht.

Die beiden Magier tauschten gleichermaßen überraschte wie alarmierte Blicke. Die Hand des einen glitt unter seinen Mantel und kam mit einem der fürchterlichen Silberstäbe wieder zum Vorschein, während sich der andere fast zögernd umwandte und auf den Erwachten zutrat.

Es war die letzte Bewegung seines Lebens.

Ganz plötzlich, von einer Sekunde auf die andere, hob sich der trübe Schleier von den Augen des Fremden. Seine Hand machte eine rasche, kaum wahrnehmbare Bewegung.

Die beiden Magier schrien auf. Der Silberstab fiel polternd zu Boden, während sich die beiden Männer wie von Krämpfen geschüttelt wanden und nacheinander auf die Knie fielen. Ein fürchterliches, krachendes Geräusch erscholl – *und plötzlich begannen sich die bunt schillernden Mäntel der beiden Männer zusammenzuziehen!*

Die Bewegung war schnell, unglaublich hart und kraftvoll; wie das Ballen einer bizarren Riesenfaust.

Die beiden Männer waren tot, ehe sie auf der schwarzen Lava des Bodens aufschlugen.

Der Fremde wirbelte herum. Sein rechter Arm deutete, die Hand wie zupackend ausgestreckt, in einer befehlenden, herrischen Geste auf den dritten Magier, der noch immer auf der anderen Seite der Grube stand und die schreckliche Szene verfolgt hatte.

Und plötzlich verlor er den Boden unter den Füßen. Wie von einer unsichtbaren Hand gepackt, schwebte er mit kleinen, harten Rucken in die Höhe, glitt mit wild pendelnden Armen und Beinen über den grün wabernden Pfuhl – und stürzte wie ein Stein in die Tiefe!

Das grüne Leuchten änderte sich nicht, aber die Schatten, die es verbarg, bewegten sich für einen Moment hektischer; schossen wie Haie in einem Becken hin und her, und für Sekunden war ein grässliches, schmatzendes Geräusch zu vernehmen.

Dann war wieder Stille.

Und auch der Fremde, der in Henris Gestalt geschlüpft und in Wahrheit doch etwas ganz, ganz anderes war – vielleicht nicht einmal ein lebendes Wesen in dem Sinne, in dem das Wort normalerweise verwandt wird –, war verschwunden.

Nur die Grube war noch da.

Sie, das grüne Leuchten und Wogen – und die *Thul Saduun.*

Das Ding sah aus wie eine misslungene Kreuzung zwischen den Kristallscheiben der Magier und einer von Sarim de Laurecs verrückten Maschinen. Es war sehr groß; an der Basis mochte es an die drei Yards messen, und die beiden komplizierten Säulen aus silbernem Metall, die wie pockennarbige Nadeln aus seinem Zentrum wuchsen, mussten doppelte Mannshöhe erreichen.

Und es war böse.

Obgleich mir meine magischen Kräfte nach wie vor fehlten, spürte ich die finstere Aura, die dieses absonderliche Ding wie einen üblen Pesthauch ausstrahlte. Die Scheibe, zu der Jennifer mich geführt hatte, mochte den Anschein einer technischen Apparatur erwecken, aber das war sie nicht; ganz und gar nicht. Es war ein Ding voller finsterer Magie und böser, seit Urzeiten vergessener Kräfte, die niemals hätten wiedererweckt werden dürfen.

»Was ist das?«, fragte ich zögernd.

»Dein Weg nach Hause«, antwortete Jennifer. Sie stand dicht neben mir, und obwohl sie sich Mühe gab, sich ihre wahren Gefühle nicht anmerken zu lassen, spürte ich deutlich, mit welcher Furcht und Abscheu sie die bizarre Maschine erfüllte. Ihre Lippen waren zu festen, beinahe blutleeren Strichen zusammengepresst.

»Ein *Tor*«, erklärte sie auf meinen fragenden Blick hin. »Zumindest Barlaams Gegenstück dazu.«

»Aber es ist technisch«, widersprach ich.

Jennifer lächelte. »Und? Auch das, was du Magie nennst, ist nichts als die Anwendung von Gesetzen der Natur, die der Menschheit noch nicht bekannt sind. Aber du hast Recht – Barlaams Versuche, mit technischen Mitteln ein *Tor* aufzustoßen, waren alle vergeblich. Erst mit Dagons Hilfe gelang es ihm, dieses Gerät zum Funktionieren zu bringen. Es ist nicht mehr als eine Krücke, wenn du so willst. Aber es funktioniert. Wenn du es aktivierst, dann bringt es dich zurück nach Krakatau. Und in deine Zeit.«

Ihre Worte ließen mich nicht ganz so unberührt, wie ich es gerne gehabt hätte. Natürlich hatte ich geahnt, dass ich mich wieder in Barlaams Zeit befand – beinahe zweihundertfünfzig Millionen Jahre in der Vergangenheit. Aber etwas zu ahnen und es dann mit unerschütterlicher Sicherheit zu wissen, sind zwei grundverschiedene Dinge. Plötzlich hatte ich das Gefühl, dass es merklich kälter geworden war.

»Und du?«, fragte ich.

»Ich bleibe«, antwortete Jennifer leise. Plötzlich wich sie meinem

Blick aus. Ihre Stimme war fest, aber von jener Art der Festigkeit, die Beherrschung mit letzter Kraft verriet. Und spätestens in diesem Moment begriff ich, dass – was immer sie hier zu tun beabsichtigte – mit ihrem Tod enden musste.

»Geh jetzt«, sagte sie plötzlich. Rasch trat sie an mir vorbei, hob den Arm und berührte eine bestimmte Stelle an einer der beiden Silbernadeln. Zwischen den beiden ineinander verdrehten Gebilden begann ein grünes, körperloses Etwas zu entstehen. Ein *Tor.*

»Geh«, sagte sie noch einmal. »Deine Zeit ist knapp. Du hast nicht viel mehr als eine Stunde, Barlaam zu finden und den Körpertausch rückgängig zu machen.«

Aber ich rührte mich nicht von der Stelle, sondern hob im Gegenteil die Hand und hielt Jennifer fest, als sie sich umwenden und gehen wollte.

»Was geschieht mit dir?«, fragte ich. »Wozu hat Hastur dich geschickt?«

»Sprich diesen Namen nicht aus!«, sagte Jennifer erschrocken. Sie riss ihren Arm los, wich zwei, drei Schritte vor mir zurück und sagte noch einmal: »Sprich ihn niemals aus, Robert, hörst du? Niemals in seiner Gegenwart. Er würde dich töten, tätest du es.«

Ich nickte. »Gut. Aber das ist keine Antwort. Warum bist du hier? Was gibt es, was du kannst und er nicht?«

»Nichts«, antwortete Jennifer ausweichend. »Aber auch er kann nicht an zwei Orten zugleich sein. Oder in zwei Zeiten. Ich ...« Sie stockte wieder, sah einen Moment zu Boden und begann ihr Handgelenk zu massieren. Ich musste ihr wehgetan haben, ohne es zu bemerken.

»Ich bin hier, um dasselbe zu tun, was Shadow versuchte«, antwortete sie schließlich. »Das *Tor* muss geschlossen werden, von beiden Seiten, Robert.«

»Dann lass mich dir dabei helfen«, sagte ich.

Jennifer schüttelte den Kopf. »Du verstehst immer noch nicht«, sagte sie. »Es geht nicht einfach darum, die Straße durch die Zeit zu verriegeln. Wäre es nur das, wäre mein Hiersein kaum nötig. Es ist ...« Wieder zögerte sie, und als sie weitersprach, spürte ich genau, dass ich in diesem Moment etwas erfuhr, was ich niemals hätte erfahren dürfen. »Es ist eine Falle«, sagte sie. »Sie war es von Anfang an. Dagon, die ... die Beschwörung der *Thul Saduun,* seine Flucht in unsere Zeit ... es war alles geplant, Robert. Jeder einzelne Schritt.«

»Geplant?«, wiederholte ich ungläubig, »Du ... du willst sagen, es war von Anfang an –«

»Ich will sagen, dass es so etwas wie Zufall nicht gibt«, unterbrach mich Jennifer rüde. »Dagon war niemals der Verbündete der *Thul Saduun*. Alles ist so gekommen, wie es kommen sollte. Und nun –« Sie deutete auf den ovalen Fleck aus grünem Licht, der zwischen den beiden Silbernadeln entstanden war. »– geh, Robert. Versuche dich zu retten.«

Und damit versetzte sie mir einen Stoß, der mich haltlos vorwärts und in das grüne Leuchten hineintaumeln ließ.

Die Geschütze *der Zuidermaar* hatten längst aufgehört zu feuern, denn es gab nichts mehr, worauf sie hätten schießen können. Die Drachenboote, die die Kanonade des niederländischen Kriegsschiffes überstanden hatten, waren längsseits gegangen, und ihre bizarre Besatzung hatte die *Zuidermaar* geentert. Seither tobte der Kampf an Deck.

Er war aussichtslos. De Cruyks tote Matrosen waren den Angreifern im Verhältnis eins zu zehn überlegen, und trotzdem schmolz ihre Zahl fast rascher dahin, als man zusehen konnte. Wie sie kannten die Angreifer weder Furcht noch Schmerzen, und wie sie waren die bizarren Wesen, die über die Reling der *Zuidermaar* gekommen waren, übermenschlich stark.

Aber sie waren unverwundbar.

Harmfeld hatte niemals zuvor Wesen wie sie gesehen oder auch nur von ihnen gehört, aber allein ihr Anblick brachte sein letztes bisschen Mut zum Erlöschen. Es waren große, menschenähnliche Gestalten, aber sie bestanden nicht aus Fleisch und Blut, sondern aus einer schwarzen, glitzernden Masse, die ihn an das Chitin erinnerte, aus dem gewisse Insekten ihr Exoskelett bildeten. Und es war hart wie Stahl.

Sein Degen war zersplittert, schon beim ersten Hieb, und ein fast spielerischer Schlag des unheimlichen Angreifers hatte ihn auf das Deck der *Zuidermaar* geschleudert. Dass er überhaupt noch lebte, war ein reines Wunder.

Harmfeld versuchte, auf Händen und Knien zum hinteren Teil des Schiffes zu kriechen. Die *Zuidermaar* brannte überall, und auch aus dem Achteraufbau schlugen prasselnde Flammen. Aber wenn er schon sterben musste in einem Kampf, der nicht der seine war und den er nicht einmal verstand, dann dort hinter dem Ruder des Schiffes, wo sein Platz war. Das war alles, woran er denken konnte, und nur deshalb lebte er wohl noch, trotz der Wunden, die er davongetragen hatte.

Dicht vor ihm spielte sich ein albtraumhafter Zweikampf ab. Gleich vier von De Cruyks Untoten versuchten, eines der Insektenwesen zu packen und über Bord zu drängen, aber wenn sie ihm auch an Kraft gleichwertig sein mochten, so hatten sie doch einem Wesen, das nur aus stahlhartem Horn zu bestehen schien, kaum etwas entgegenzusetzen. Das Ungeheuer riss die Untoten regelrecht in Stücke, ehe sie ihm auch nur gefährlich werden konnten.

Harmfeld wandte sich schaudernd ab und kroch weiter. Aber er kam nur wenige Schritte weit.

Plötzlich wuchs ein Paar lächerlich dürrer, nachtschwarzer Beine vor ihm empor, dünne Stelzen, mit scharfen, gebogenen Dornen besetzt und in hornigen Klauen endend, die das Holz des Deckes aufrissen. Harmfeld hob instinktiv die Hände, als sich das Ungeheuer zu ihm herabbeugte. Unter seinen Fingern war plötzlich hartes, kaltes Chitin. Dann fühlte er sich in die Höhe gerissen. Eine Sekunde lang war sein Kopf auf gleicher Höhe mit dem gesichtslosen flachen Schädel des Albtraumwesens, dann traf ihn ein Hieb, der ihn haltlos zurücktaumeln und gegen die Reling sinken ließ. Lautlos folgte ihm das Ungeheuer, um ihm den letzten, tödlichen Hieb zu versetzen.

Es kam nicht dazu.

Etwas Dunkles, Schlankes zischte wie eine Peitschenschnur durch die Luft, wickelte sich um seinen Hals und riss es von den Füßen. Harmfeld beobachtete mit ungläubig aufgerissenen Augen, wie das bizarre Wesen wie eine Puppe herumgeschleudert und mit Urgewalt gegen den brennenden Mast des Schiffes geworfen wurde.

Es zerbrach.

Sein Körper zersplitterte in drei große und Millionen und Abermillionen kleiner Teile, die wie schwarzer Hagel in weitem Umkreis auf das Deck der *Zuidermaar* niedergingen.

Harmfeld richtete sich auf, drehte sich mühsam herum – und erstarrte vor Entsetzen.

Der schwarze Tentakel, der das Ungeheuer getötet hatte, war nicht der einzige seiner Art. Hinter ihm, halb über das Vorderdeck der *Zuidermaar* erhoben und unförmig aufgedunsen, hockte ein entsetzliches, riesenhaftes Etwas, ein Ding wie ein Krake, aber anders, größer, schrecklicher: ein finsterer Sack, in die Länge gezogen und pulsierend wie ein titanisches schlagendes Herz, das aus zwei riesenhaften, gelben Augen ohne Pupille auf das Deck der *Zuidermaar* und den darauf tobenden Kampf herabstarrte. Ein ungeheuerliches, pockennarbiges Scheusal, das sich mit zwei seiner zehn mannsdicken Fangarme am brennenden Holz der Reling festklammerte, während die anderen unter den Kämpfenden wüteten.

Wo die gewaltigen fleischigen Stränge niederkrachten, zersplitterten Holz und Chitin und wurden De Cruyks untote Piraten zermalmt. Die Bestie tobte, raste wie von Sinnen und erschlug unterschiedslos Angreifer und Verteidiger. Ihre peitschenden Arme schufen einen halbkreisförmigen Bereich des Todes, der nahezu die Hälfte des Schiffes einschloss. Und wo sie nicht hinlangten, griffen andere, peitschende Arme zu, haardünne Tentakel, die wie Bündel zuckender schwarzer Nerven aus dem aufgedunsenen Schädel des Albtraumkraken hervorwuchsen.

Die *Zuidermaar* bäumte sich auf, als der Koloss mit einer einzigen, unglaublich kraftvollen Bewegung weiter auf ihr Deck hinaufkroch, um auch noch seiner letzten Opfer habhaft zu werden. Etwas Schwarzes, widerlich Weiches streifte Harmfelds Wange und ließ eine Woge des Ekels in ihm emporsteigen.

Der albtraumhafte Kampf endete, wie er begonnen hatte – schnell und beinahe lautlos. Die letzten Piraten fielen unter den blindwütigen Hieben des Ungeheuers, der letzte Insekten-Mann zerbarst zu einem Haufen scharfkantiger schwarzer Splitter.

Und dann gab es nur noch ein einziges lebendes Wesen an Bord der *Zuidermaar*.

Langsam, wie unter einem inneren Zwang, nahm Harmfeld die Hände herunter und richtete sich auf. Er spürte, dass das Ungeheuer darauf wartete, obwohl er sich mit aller Kraft bemühte, nicht in seine Richtung zu blicken. Es hatte ihn nicht übersehen, wie er sich für Augenblicke einzureden versucht hatte.

Das Ungetüm sah ihn an!

Zitternd richtete sich Harmfeld auf, klammerte sich mit seiner linken, unverletzten Hand an der Reling fest und drehte sich herum. Es war wie ein Blick in die Hölle.

Die riesigen, lodernden Augen der Bestie schienen ihn zu verschlingen, saugten sein Bewusstsein auf wie ein Schwamm einen Tropfen Wasser, vernichteten alles, was jemals an eigenem Willen und

Mut in ihm gewesen war, und brannten seine Seele aus. Harmfeld bestand nur noch aus Angst; einer Angst von solcher Stärke, dass sie sein Bewusstsein zerbrochen und ihn auf der Stelle getötet hätte, hätte ihn die gleiche Kraft nicht auch beschützt. Von einer Sekunde auf die andere wusste er um Dinge, die kein menschliches Wesen jemals wissen durfte, begann er Schrecken zu begreifen, die älter waren als das Universum, wurde er mit dem absoluten Grauen konfrontiert.

Dann, nach Sekunden, die ihm wie Äonen erschienen waren, entließen ihn die schrecklichen gelben Augen Dagons wieder aus ihrem Bann. Denn das Ungeheuer war Dagon; Dagon in seiner wahren Gestalt. Ein riesiger, ölig schwarz glänzender Tentakel kroch auf ihn zu, richtete sich wie der Schädel einer angreifenden Kobra auf und verharrte Zentimeter vor seinem Gesicht. Sein Ende deutete zitternd auf die See.

GEH!

Nur dieses eine Wort. Ein Befehl von unglaublich zwingender Macht.

Harmfeld war nicht einmal erstaunt, dass die Bestie sein Leben verschonen wollte. Er empfand – nichts.

Beinahe unmerklich schüttelte er den Kopf. »Nein«, flüsterte er.

DANN WIRST DU STERBEN.

»Es ist mein Schiff«, murmelte Harmfeld. Nicht mehr. Aber für ihn war es Erklärung genug.

Und wohl auch für den finsteren, nach Jahrmillionen wieder in seinen eigentlichen Körper zurückgekehrten Gott, denn nach weiteren Sekunden wortlosen Starrens drehte sich Dagon schwerfällig herum, löste seine Arme von den Masten des Schiffes und glitt beinahe lautlos ins Wasser zurück. Harmfeld sah seinem Schatten nach, bis er allmählich in der Tiefe des Wassers verschwunden war.

Das Schiff begann zu zittern, und Harmfeld spürte, wie die Schlagseite allmählich zunahm. Tief unter ihm strömte das Wasser immer schneller durch die zerborstenen Planken und füllte den Leib der *Zuidermaar.*

Das gewaltige Kriegsschiff sank. Eine Stunde, vielleicht anderthalb, und von dem stolzen Viermaster würden nur noch einige Trümmer zurückbleiben; und vielleicht nicht einmal das.

Mühsam, jeder Schritt eine Qual und der Weg eine nicht enden wollende, höllische Tortur, begann Harmfeld über das verwüstete

Deck der *Zuidermaar* nach hinten zu gehen, zum Achterkastell und dem Ruder, wo sein Platz war. Der Platz des Kapitäns.

Der Schmerz verzerrte sein Gesicht zu einer Grimasse. Aber auf seinen Lippen lag ein kaum sichtbares glückliches Lächeln.

Rings um mich herum tobte die Hölle. Der Himmel war unter schwarzen, brodelnden Wolkenfäusten verschwunden, die sich wie eine finstere Glocke über die Insel gestülpt hatten und aus deren aufgequollenen Bäuchen Feuer und Tod auf die Erde herabregneten. Der Boden bebte ununterbrochen.

Aus dem Vulkan schossen meilenhohe Säulen aus Flammen und geschmolzenem Gestein, und der Dschungel hatte sich in eine einzige Feuerhölle verwandelt. Brüllende Geysire aus zweitausend Grad heißer Lava und kochendem Morast erhoben sich aus dem geschwärzten Etwas, in das sich der Dschungel verwandelt hatte. Die Luft kochte. Geschmolzene Lava ergoss sich in breiten, flammengesäumten Strömen durch den Wald, und die Küste war hinter einem wabernden Vorhang aus Dampf verschwunden, wo Feuer und Wasser aufeinander trafen.

Ich hatte längst die Orientierung verloren. Das *Tor*, in das Jennifer mich hineingestoßen hatte, hatte mich irgendwo zwischen dem Krater und der Küste ausgespien, drei Yards über dem Erdboden, sodass mich der anschließende Sturz beinahe betäubt hatte. Ohne den lebenden Mantel Barlaams wäre ich schon nach Sekunden tot gewesen.

Die Hitze war selbst hier, mehr als zwei Meilen vom feurigen Schlund des Vulkans entfernt, so hoch, dass das Atmen eigentlich unmöglich war. Die wenigen Pflanzen, die noch nicht brannten oder schlichtweg zu Asche zerfallen waren, waren schwarz geworden, und der Boden, über den ich torkelte, dampfte vor Hitze. Immer wieder schossen Stichflammen aus der Erde, und mehr als einmal hatte ich mich nur durch einen verzweifelten Sprung retten können, wenn scheinbar massiver Boden plötzlich zu yardbreiten Rissen aufklaffte, von lodernder roter Glut erfüllt.

Und trotzdem war ich nicht das einzige lebende Wesen auf dieser Insel. Dampf und Rauch hatten die Küste und alles, was davor lag, verschlungen, aber für Augenblicke hatte ich das Blitzen von Licht auf weißem Kristall gesehen; und etwas Düsteres, das die Scheibe wie ein

Stück geballter Schwärze umflatterte. Barlaams Männer waren irgendwo dort vorne, und wo sie waren, konnte auch ihr Herr nicht weit sein, denn trotz aller Zaubermacht musste er die Insel verlassen, ehe die letzte, alles vernichtende Explosion kam.

Ich wich einem brennenden Baum aus, der wie ein loderndes Schafott dort niederkrachte, wo ich gerade noch gestanden hatte, und setzte mit einem gewagten Sprung über einen Feuer speienden Riss im Erdreich hinweg. Der Mantel zitterte und bebte, und ich spürte, welche Anstrengung es ihn kostete, meinem ausgezehrten Körper die Kraft für derlei Kunststücke zu geben. Irgendetwas in meinem Inneren schien zu schrumpfen, kleiner und schwächer zu werden.

Wenige Tage, hatte Jennifer gesagt. Aber auch das stimmte nicht. So, wie ich Barlaams geliehenen Körper misshandelte, würde das bisschen Lebenskraft, das noch in ihm war, in wenigen Stunden aufgebraucht sein. Aber welche Rolle spielte das schon? Ich hatte weder eine Uhr, noch konnte ich den Sternenhimmel sehen, aber bis zum Sonnenaufgang konnte nur mehr sehr wenig Zeit sein. Und wenn ich dann noch auf Krakatau oder auch nur in seiner Nähe war ...

Ich dachte den Gedanken vorsichtshalber nicht zu Ende, sondern steigerte mein Tempo noch mehr und rannte in einem irrsinnigen Zickzack zwischen brennenden Bäumen und klaffenden Erdspalten dahin. Steine und Schlamm regneten auf mich herab, ein Spritzer glühender Lava traf meine Wange, aber ich spürte nichts von alledem; die fantastische Kraft des Mantels schützte mich weiter.

Es dauerte fast eine Stunde, ehe ich die Küste erreichte; beinahe genau an der gleichen Stelle, an der ich sie verlassen hatte. Trotzdem erkannte ich sie kaum wieder.

Die namenlose Stadt, in der alles begonnen hatte, war verschwunden. An ihrer Stelle gähnte ein gewaltiger, mit kochendem Meerwasser und Schlamm gefüllter Krater, unter dessen brodelnder Oberfläche es immer wieder aufblitzte und der von geschwärzten, niedergebrannten Ruinen gesäumt wurde.

Beißender Qualm hing in der Luft, und vom Meer her fauchte eine kochende Böe gegen die Insel.

Ich taumelte weiter, blieb im Schatten eines niedergebrannten Baumes stehen und sah mich mit wachsender Verzweiflung um. Wo war Barlaam?! Ich musste ihn finden, sofort!

Und dann?, flüsterte eine leise, boshafte Stimme in meinen Gedanken. Was würde ich dann tun? Barlaam war ein Magier, ein Mann, der um Dinge wusste und über Kräfte gebot, die meine Vorstellungskraft schlichtweg gesprengt hatten. Selbst wenn ich im Vollbesitz meiner eigenen magischen Kräfte gewesen wäre, wäre ein Kampf gegen ihn etwa so aussichtsreich gewesen wie ein Angriff mit bloßen Händen auf einen tobsüchtigen Stier.

Oder wie der Kampf Davids gegen Goliath ...

Inmitten der brodelnden Rauch und Dampfwolken über mir blitzte es auf, als sich ein Lichtstrahl auf schimmerndem Kristall brach. Schnell ließ ich mich tiefer hinter meine Deckung sinken und starrte gebannt nach oben.

Es war eine der fliegenden Scheiben, bemannt mit gleich drei von Barlaams Männern. Aber sie musste beschädigt sein, denn aus ihrem eleganten Flug war ein bockendes, schüttelndes Hin und Her geworden, bei dem sich die drei Männer auf ihrer Oberfläche kaum mehr zu halten vermochten.

Plötzlich hob einer der drei die Hand. Etwas Silbernes funkelte in seinen Fingern, und dann zuckte ein greller, schmerzhafter weißer Blitz direkt in die brodelnden Wolken hinein und explodierte in einer feurigen Wolke.

Sie kämpften! Aber gegen wen?

Wie zur Antwort auf meine Gedanken wuchs plötzlich ein zweiter, monströser Schatten aus den Wolken hervor.

Der Anblick ließ mich für einen Moment an meinem Verstand zweifeln.

Das Wesen war mit nichts zu vergleichen, was ich jemals gesehen hatte. Im ersten Moment glaubte ich, eine Art riesiger Fledermaus zu sehen, aber das stimmte nicht; es war nur Trug, hervorgerufen durch das Toben von Qualm und heißer Luft. Es war ein Ding wie ein Stück zerrissener Stoff von der Farbe der Nacht, aber unglaublich groß und monströs. In einer Art ziellosen Taumelns flatterte das Monstrum auf die Flugscheibe zu, hüpfte nach oben und unten, nach beiden Seiten und wieder zurück – und sprang genau in die Schussbahn eines grell weißen Energiestrahles hinein.

Für eine halbe Sekunde verschwand das Stück flatternder Schwärze in einer Wolke aus Flammen und brodelnder Hitze, und ich glaubte Fetzen brennenden Gewebes zu Boden sinken zu sehen. Das Wesen krümmte sich wie in irrsinnigem Schmerz – und dann brach es mit einem ungeheuren Satz aus der Feuerwolke hervor, fiel über die Flugscheibe her und schloss sich darum; wie eine riesige Faust, die ein Spielzeug zermalmt. Ein Splittern und Krachen war zu hören – und als sich das flatternde Ding wieder hob, regnete ein Schauer blitzender Kristallsplitter zu Boden.

Aber es war nicht vorbei. Das Wesen – was immer es sein mochte – versuchte sich wieder höher in die Luft zu schwingen, aber irgendetwas stimmte nicht. Es musste verletzt sein, denn seine Bewegungen wirkten plötzlich noch zielloser und torkelnder als zuvor. Langsam, immer wieder flatternd und sich aufbäumend, als wehre es sich mit aller Kraft, sank es zu Boden, bäumte sich noch einmal auf, schwebte ein Stück zur Seite und verlor wieder an Höhe.

Ich vermochte nicht zu sagen, ob es wirklich Zufall war, dass es dabei über den brodelnden Morastsee trieb, der die Stadt verschlungen hatte. Wahrscheinlich nicht. Denn im gleichen Moment, in dem das Wesen über dem Zentrum des kochenden Tümpels angelangt war ...

Selbst später, als ich Zeit und Muße hatte, darüber nachzudenken, konnte ich nie genau sagen, was ich in diesem Augenblick wirklich gesehen hatte. Der Morast spritzte auseinander, als träfe eine unsichtbare Riesenfaust seine Oberfläche, und irgendetwas Gigantisches, Dunkles brach aus seiner Tiefe hervor, ein Ding wie ein Wurm, aber anders, schrecklicher, ein sich windendes blindes Etwas, nicht aus lebender Materie, sondern aus Gestalt gewordener Bosheit gemacht, ein Titan, dessen bloßer Anblick der Tod und dessen Atem der Hauch der Hölle war.

Ein *Thul Saduun.*

Zum ersten Mal in meinem Leben – und vielleicht als erster lebender Mensch überhaupt – erblickte ich eines dieser Wesen in seiner wahren Gestalt. Und es war ein Anblick, den ich nie wieder vergessen sollte, obwohl ich nicht einmal wirklich wusste, was ich da sah. Alles, was blieb, war ein Eindruck von etwas unbeschreiblich Grässlichem, etwas, das nicht für die Augen der Menschen gemacht war und dessen bloßer Anblick tötete. Ich glaube heute, dass nur der lebende Mantel mich rettete.

Selbst als sich der Schlamm wieder über dem Monstrum und seinem Opfer schloss, saß ich noch lange und wie gelähmt da und starrte den braunschwarzen Tümpel an, unfähig, das namenlose Grauen abzuschütteln, das mich gepackt hatte.

Sie waren da! Aus den Furcht einflößenden Schatten *jener in der*

Tiefe waren Dämonen geworden, Wesen, die körperlich existierten, hier in unserer Welt. Finstere Götter, die vor Urzeiten mit den GROSSEN ALTEN von den Sternen gekommen waren und jetzt ihre blinden Häupter wieder erhoben, um eine neue Schreckensherrschaft über die Erde anzutreten. Das war alles, woran ich denken konnte.

Was immer Jennifer hatte tun wollen, sie hatte versagt. Das *Tor* mochte geschlossen sein, aber die *Thul Saduun* hatten den Weg in die Wirklichkeit bereits gefunden. Sie waren hier, körperlich und real – und keine Macht der Welt konnte sie jetzt noch aufhalten.

Als ich aufblickte, sah ich die Gestalt.

Er stand vor mir, nur wenige Schritte entfernt, bis zu den Waden in kochend heißem Schlamm eingesunken und von Flammen eingehüllt wie von einem lodernden Mantel. Weiß glühender Stein war auf seine Schultern niedergeregnet und erstarrt; eine Kappe aus Lava, die seinen Hals und einen Teil seiner linken Wange bedeckte wie eine grässliche Maske.

Das Fleisch darunter war unversehrt.

»Ich hätte mir denken können, dass du es bist«, sagte ich leise.

Henri lachte. Es war ein Laut, der mir einen eisigen Schauer über den Rücken laufen ließ.

»Bist du gekommen, um mich zu töten?«, fragte ich.

»Töten?« Zwischen den Brauen des bizarren Wesens, das in Henris Gestalt geschlüpft war, erschien eine steile Falte. »Warum sollte ich etwas so Dummes tun?«

»Du hast es prophezeit«, sagte ich. »Damals, als wir uns auf der DAGON trafen – erinnerst du dich? Wenn wir uns wiedersehen, werden wir Feinde sein.«

Henri – Hastur, der UNAUSSPRECHLICHE – machte eine wegwerfende Handbewegung. »Das mag sein«, sagte er. »Aber auch ich mache Fehler. Ich war zornig, weil du Necron das SIEGEL ausgeliefert hast, nur um das Leben einer Hand voll sterblicher Menschen zu retten. Aber die Dinge haben sich anders entwickelt.«

»O ja«, antwortete ich. »Du hast versagt. Die *Thul Saduun* leben. Sie sind hier.«

Die unglaubliche Kreatur nickte. »Sie sind hier«, bestätigte er. »Zumindest einige. Und trotzdem werden sie untergehen. Das Mädchen Jennifer hat das *Tor* geschlossen.«

»Aber es war zu spät.«

Hastur schüttelte den Kopf, und sonderbarerweise war es gerade diese durch und durch menschliche Geste, die mich sein Anderssein überdeutlich erkennen ließ.

»Du täuschst dich, Robert Craven«, sagte er. »Alles ist so gekommen, wie es kommen sollte. Dagon war mein Geschöpf, von Anfang an. Es war seine Aufgabe, Barlaams Vertrauen zu erschleichen und ihn dann scheinbar zu verraten, denn ich wusste, dass der Meistermagier von Maronar die Jagd nach ihm niemals aufgeben würde. Ebenso, wie es seine Aufgabe war, sich im letzten Moment eines anderen zu besinnen und ihm und den *Thul Saduun* den Weg in eure Welt zu weisen.« Er lächelte dünn. »Alles war geplant, Robert, vom ersten Moment an. Dagon hat die Dämonen des Meeres gerufen, und sie kamen aus ihren Verstecken und dienten ihm. Jetzt ist die *Zuidermaar* dabei, die letzten ihrer Drachenboote zu zerstören, und was ihr entgeht, wird Dagon selbst vernichten. Die *Ssaddit* sind tot, verschlungen von der Glut, die sie heraufbeschwören sollten. Meine Diener werden Barlaams Magier töten, und Jennifer hat das *Tor* hinter dem letzten *Thul Saduun* geschlossen. Keiner von ihnen kann wieder zurück in seine Zeit.«

»Das brauchen sie ja wohl auch nicht«, fauchte ich.

Henris Lächeln wurde eine Spur breiter. »Nur wenige von ihnen haben bisher den Weg in eure Wirklichkeit gefunden, Robert Craven«, sagte er. »Und diese wenigen werden sterben, wenn Krakatau untergeht.«

»Und die anderen?«

»Ich werde das *Tor* versiegeln«, antwortete Henri. »In wenigen Augenblicken. Sie werden nicht sterben, aber sie werden auf ewig im Raum zwischen den Wirklichkeiten gefangen sein. Die Gefahr ist vorüber. Alles ist so, wie es kommen musste.«

»Und wie viele Menschen sind gestorben, damit deine Pläne erfolgreich waren?«, fragte ich bitter.

Henri seufzte. »Wie viele wären gestorben, wären sie es nicht?«, gab er zurück.

Ich ballte wütend die Faust. »Du glaubst das wirklich, wie? Du denkst, man könnte Menschenleben gegeneinander aufrechnen wie Geldstücke!«

»Man kann«, antwortete Henri/Hastur leise. »Du hältst mich für grausam, aber das bin ich nicht. Ich tue, was getan werden muss, das ist alles.«

»Ja«, antwortete ich leise. »Und das ist vielleicht der Unterschied zwischen dir und uns.«

Einen Moment lang schien Henri darüber nachzudenken, dann machte er eine wegwerfende Handbewegung und deutete zur Küste. »Du musst gehen«, sagte er. »Dein Schiff wird in wenigen Augenblicken auftauchen, und euch bleibt nicht viel Zeit, wenn ihr genügend Abstand zwischen euch und die Insel bringen wollt.«

»Mein Schiff?«

»Die NAUTILUS ist unbeschädigt«, bestätigte Henri. »Sie wartet auf dich.«

Ich richtete mich auf, machte einen Schritt und blieb stehen. »So?«, fragte ich, mit einer Geste auf den verkrüppelten Greisenkörper, in dem ich gefangen war.

»Geh«, sagte Henri einfach. »Alles wird kommen, wie es kommen muss.« Und plötzlich lächelte er. »Es wird lange dauern, ehe wir uns wiedersehen«, sagte er. »Aber lass mich dir noch eines sagen: Ich habe mich geirrt, damals. Du und ich sind Verbündete, ob wir es wollen oder nicht. Suche Necron, und verhindere, dass er die SIEBEN SIEGEL DER MACHT zusammenfügt, denn wenn dies geschieht, kann nicht einmal ich euch noch helfen. Ich selbst kann mich nicht gegen ihn wenden, denn er war es, der mich in die Gegenwart rief. Und wenn ich auch nie sein Sklave war, so ist es mir doch verboten, ihn zu vernichten. Suche seine Burg, und töte ihn – und handle schnell!«

Der Turm des Schiffes ragte wie der Kopf eines stählernen Seeungeheuers aus dem Meer. Rings um die NAUTILUS brodelte der Ozean, und selbst unter der Wasseroberfläche nisteten Flecken drohender, roter Glut. Krakatau brach auseinander.

Gebannt beobachtete ich die schlanke, dunkelhaarige Gestalt, die sich dem Turm des Schiffes näherte. Die Maschinen der NAUTILUS liefen mit aller Kraft, um dem Toben des Meeres Widerstand zu bieten, und trotzdem hüpfte das Schiff wild hin und her. Die schmale Planke, die von seinem Turmluk zum Ufer gelegt worden war, bog sich durch wie dünnes Sperrholz; es war mir ein Rätsel, wie sich der Mann, der mit weit ausgebreiteten Armen darauf entlangbalancierte, überhaupt halten konnte.

Der Mann, der *ich* war ...

Der Gedanke trieb mir Tränen der Wut in die Augen. Nemo und Howard dort drüben an Bord der NAUTILUS mussten glauben, dass ich es war, der mit verzweifelter Kraft versuchte, von der auseinanderbrechenden Insel zu fliehen. Sie hatten ja keine Ahnung, dass sie in Wahrheit ihren größten Feind an Bord des Schiffes holten.

Und es gab nichts, was ich dagegen tun konnte. Wenn Hastur nicht Wort hielt, dann war nicht nur ich verloren, sondern auch jedermann an Bord der NAUTILUS.

Aus zusammengepressten Augen blickte ich nach oben, aber alles, was ich sah, waren schwarze kochende Wolken, die immer wieder zerrissen wurden von grellen Explosionen. Der Vulkan tobte. Krakatau erzitterte unter unablässigen Stößen. Es glich einem Wunder, dass die Insel nicht längst wie ein mürber Sandstein auseinandergebrochen war.

Dann entdeckte ich, wonach ich gesucht hatte: ein Stück flatternder, geronnener Schwärze, das sich taumelnd der Küste näherte. Ich zählte in Gedenken bis fünf, sprang hinter meiner Deckung hervor und riss die Arme in die Höhe.

»Barlaam!«, schrie ich.

Trotz des Tobens der entfesselten Elemente und der ungeheuren Konzentration, die es ihn kosten musste, sich auf der wie wild hin und her schwankenden Planke auf den Beinen zu halten, verstand er meine Stimme, denn der Mann mit seiner Gestalt blieb mitten im Schritt stehen und drehte sich herum. Ich glaubte den Schrecken in seinen Augen zu sehen, als er mich erkannte. Mich und den schreiend bunten Mantel, in den ich gehüllt war.

»Du?!«, brüllte er. »Was willst du?«

»Dich!«, schrie ich zurück. »Gib auf, Barlaam! Du hast keine Chance!«

Barlaam lachte. »Du bist von Sinnen! Was willst du noch? Bist du gekommen, um zu sterben? Du kannst mich nicht aus diesem Körper vertreiben! Versuche es!«

»Dann sterben wir eben gemeinsam!«, schrie ich zurück. Ein neuer Erdstoß schleuderte mich fast zu Boden. Ich taumelte, fand im letzten Moment mein Gleichgewicht und hob abermals die Arme.

»Du wirst nicht viel Freude an deinem neuen Leben haben!«, schrie ich. »Denn es wird nicht länger dauern als das dieses Körpers!«

Barlaam begann schrill zu lachen. »Alberner Narr!«, brüllte er. »Was willst du mir tun? Der Mantel, den du trägst, gibt dir Kraft, aber er verzehrt dich auch! In wenigen Stunden wird dieser Leib ausgebrannt sein!«

»Und in wenigen Augenblicken der deine zerstört!«, schrie ich zurück. »Sieh nach oben!«

Barlaam gehorchte – und schrie vor Schrecken auf. Die Nacht stürzte auf ihn herab.

Das *Ding* fiel wie ein Stück flatternder Schwärze vom Himmel, ein wesen- und körperloses Ding, gegen das die winzige menschliche Gestalt auf der Planke unendlich verloren und hilflos wirkte. Barlaam kreischte vor Schmerzen, taumelte einen Schritt auf die NAUTILUS zu und riss die Arme über den Kopf. Ich spürte, wie er seine magischen Kräfte konzentrierte und gegen das flatternde Etwas schleuderte. Aber so mächtig er auch war, er war ein Nichts gegen Hasturs Dämon, ein Wesen, das aus den Dimensionen des Wahnsinns auferstanden war und ihn vernichten würde, jetzt, in Bruchteilen von Sekunden. Schon schloss sich die gigantische Faust aus Dunkelheit um die verkrümmte menschliche Gestalt, ballten sich Schwärze und Zorn zu einer letzten, tödlichen Umarmung; und plötzlich fühlte ich seine Angst, spürte seine Panik und verlor um ein Haar das Gleichgewicht auf der schwankenden Planke.

Ein furchtbarer, reißender Laut erklang, dann berührte mich etwas wie eine ungeheuer große, kraftvolle Hand, riss mich von den Füßen – und setzte mich beinahe sanft im Turmluk der NAUTILUS ab.

Vom nahe gelegenen Ufer her erscholl ein gellender Schrei.

Das Letzte, was ich sah, war Barlaams verkrümmte Gestalt, die sich im Schlamm wälzte. Ein uralter, vom Tode gezeichneter Mann, gekleidet in einen bunten Mantel, der ihm Schutz gab und ihn verzehren würde, in wenigen Stunden.

Dann hob sich die wogende Schwärze endgültig. Das Turmluk der NAUTILUS fiel mit einem dumpfen Krachen zu, und kräftige Hände ergriffen mich und zerrten mich die kurze Eisenleiter herab.

Die NAUTILUS wendete und nahm mit dröhnenden Maschinen Kurs auf das offene Meer, noch ehe mich Rowlf in Nemos Salon getragen hatte.

Die Stunde, von der Hastur gesprochen hatte, war vorüber, aber noch lag das Meer ruhig da; die einzige Bewegung kam von den Schrauben der NAUTILUS, die wie rasend arbeiteten, um das Schiff nach Westen zu treiben; fort, nur fort von der Insel und dem, was in wenigen Augenblicken geschehen würde.

Es fiel mir schwer, meine Gedanken darauf zu konzentrieren.

Nemo hatte mir alles erzählt. Alles, was geschehen würde – was bereits geschehen war –, aber die Worte kamen mir sonderbar leer vor, ohne wirkliche Bedeutung, ohne Sinn.

Sechsunddreißigtausend Tote.

Vielleicht war es diese Zahl, die der Vorstellung ihren Schrecken nahm, ihn auf einen bloßen, abstrakten Begriff reduzierte, an dem mein Bewusstsein nichts Schlimmes mehr zu entdecken wusste; einfach, weil sie zu groß war, zu unvorstellbar, um wirklich begriffen zu werden.

Sechsunddreißigtausend.

Ich versuchte, den Gedanken zu verarbeiten, aber es ging nicht. Sechsunddreißigtausend, das war die Zahl der Todesopfer, die die Explosion des Krakataus und die anschließende Springflut an den Küsten Javas und Borneos fordern würde.

Was hatte Hastur gesagt? *Wir sind Verbündete, ob es uns passt oder nicht!*

Hätte ich noch die Kraft dazu gehabt, hätte ich gelacht.

Aber alles, woran ich denken konnte, war das bleiche, eingefallene Gesicht des Mannes, der vor mir auf der Liege lag. Howard lebte, aber ich spürte, dass der Funke in ihm im Erlöschen begriffen war. Ich hatte versucht, ihm Kraft zu geben, aber es kam dem Versuch gleich, einen Fluss mit bloßen Händen auszuschöpfen.

Seine Lebenskraft war aufgebraucht. Sein Körper lebte noch – das hieß, dass sein Herz schlug und er atmete. Aber das war auch schon alles. Weder Nemo noch Rowlf hatten mir sagen können – oder wollen –, was es war, was Jennifer ihm angetan hatte. Aber was immer: Es hatte seine Lebenskraft aufgebraucht, ihm etwas genommen, das vielleicht nie wieder ersetzt werden konnte.

Eine einzelne Träne lief über meine Wange. Ich wischte sie nicht fort.

»Könnt ihr ... ihm helfen?«, fragte ich leise.

Nemo und Obote schüttelten stumm den Kopf, während Rowlf plötzlich nicht mehr die Kraft zu haben schien, meinem Blick standzuhalten.

»Vielleicht«, sagte Nemo schließlich. »Nicht wir. Aber es ... es gibt einen Ort, an dem er gerettet werden kann. Möglicherweise. Wir werden ihn hinbringen.«

»Aber es wird lange dauern«, fügte Rowlf hinzu. »Und du kannst uns nicht begleiten.«

Ich fragte nicht weiter nach dem Sinn dieser Worte. Ich wusste, dass ich ohnehin keine Antwort bekommen hätte.

Ohne ein weiteres Wort stand ich auf, trat ans Fenster und blickte auf das Meer hinaus. Die NAUTILUS schoss durch das Wasser wie ein Pfeil, aber Krakatau war noch immer sichtbar; eine grelle Flamme, die die Nacht durchstach. In wenigen Augenblicken würde aus den Flammen ein lodernder Ball werden, und es war die Energie dieser Explosion, die die NAUTILUS durch Zeit und Raum wieder um zwei Jahre in unsere Gegenwart schleudern würde. Jedenfalls war es das, was Hastur mir gesagt hatte.

Aber sie würde auch noch mehr tun …

»Wohin fahren wir?«, fragte ich.

»Zu einem Ort, den ich dir nicht verraten darf«, antwortete Nemo. »Aber wir bringen dich zurück nach England, wenn du willst.«

Ich schüttelte den Kopf. »Nein«, sagte ich. »Es gibt … noch etwas, was ich tun muss.« Die Worte Hasturs klangen noch in meinen Gedanken nach: *Suche Necron, und verhindere, dass er die SIEBEN SIEGEL zusammenfügt. Suche seine Burg, und töte ihn – und handle schnell!* Ich drehte mich um und sah Nemo an. »Bringt der Kurs der NAUTILUS uns nach Amerika?«

Nemo nickte. »Ja. Ein Stück nördlich von San Francisco.«

»Dann setzt mich dort an Land«, sagte ich.

»Aber warum?«, wunderte sich Nemo.

»Es gibt jemanden in den Staaten, den ich besuchen möchte«, antwortete ich ausweichend. »Wir werden uns später sehen.« Ich wandte mich an Rowlf. »Arkham?«

Rowlf schüttelte den Kopf. »Nein. Wir … müssen nach New York. Wir können uns dort treffen. Wenn … du dann noch lebst.«

Es überraschte mich nicht sehr, dass er erraten hatte, wohin ich wollte. Und dass meine Chance, Necrons Drachenburg zu finden und lebend wieder herauszukommen, mehr als gering war. Das Einzige, was mich ein wenig wunderte, war, dass er nicht einmal mit einem Wort versuchte, mich davon abzuhalten.

Ich wollte antworten, aber in diesem Moment zerriss ein blendend weißer Blitz die Nacht hinter uns, und als ich herumfuhr, sah ich eine neue, lodernd weiße Sonne über dem Meer aufgehen, ein Ball aus höllischem Feuer, der die Insel Krakatau aus dem Meeresboden riss und sich zu einem Meilen hohen, wabernden Pilz aus Flammen und Glut formte.

Nemo gab einen scharfen Befehl, und die NAUTILUS begann zu tauchen, um der Flutwelle zu entgehen, die in wenigen Minuten den Ozean durchpflügen würde.

Kurz, bevor sich das Wasser über den Turm des Schiffes schloss, erreichte uns der Schall der Explosion: ein ungeheures Dröhnen und Kreischen, als stürzten ganze Berge zusammen.

Aber in meinen Ohren klang es wie ein Schrei.

Der Todesschrei aus sechsunddreißigtausend Kehlen.

Die Hand des Dämons

Vorwort

Obwohl ich eigentlich nur als Bearbeiter für diese Hexer-Edition fungiere, komme ich dem Vorschlag Wolfgang Hohlbeins, für diesen Band ein Vorwort zu schreiben, gerne nach. Der Grund dafür liegt darin, dass in diesem Buch mit den Heften 22 »Die Hand des Dämons« und 23 »Im Netz der toten Seelen« die ersten von insgesamt sechs Hexer-Romanen aus meiner Feder erschienen sind.

Fast zur gleichen Zeit, als der erste Hexer-Roman im Gespenster-Krimi erschien, gelang es mir – damals noch als Schüler – meinen ersten eigenen Grusel-Roman an einen Verlag zu verkaufen. Wenig später erschien innerhalb einer anderen Serie ein Leserbrief von mir. Wie Wolfgang in früheren Vorworten ja bereits erzählt hat, gab es zur damaligen Zeit ein sehr aktives Fandom: Fans dieser Art von Geschichten, die sich in zahlreichen Clubs organisiert hatten. Als Folge dieses Leserbriefes wurde ich vom Leiter eines dieser Clubs angerufen, der sich wie ein Schneekönig freute, nicht nur ein neues Mitglied, sondern sogar einen angehenden Autor geworben zu haben. Er lud mich zu einem bald darauf stattfindenden Treffen zahlreicher Fans und Autoren ein.

Auf diesem Treffen lernte ich viele der Autoren zum ersten Mal persönlich kennen, deren Romane ich über Jahre hinweg begeistert verschlungen hatte. Die für mich beeindruckendste Erfahrung damals war, dass es sich keineswegs um Halbgötter handelte, sondern um ganz normale Menschen, mit denen man in aller Ruhe ein paar Bier trinken, sich unterhalten, scherzen und über die Arbeit austauschen konnte; die mich als noch völlig unbekannten Neuling sofort freundschaftlich akzeptierten und mir für das Schreiben wertvolle Tipps gaben.

Einer dieser Autoren, mit denen ich mich auf Anhieb besonders gut verstand, war Wolfgang Hohlbein, der zu diesem Zeitpunkt gerade mit seinen ersten Büchern den Grundstein für seine beispiellose Karriere gelegt hatte. Wir beschlossen, uns auch mal privat zu treffen, woraus eine bis heute andauernde Freundschaft entstand.

Eines der am meisten diskutierten Themen innerhalb des Fandoms war zu dieser Zeit die Frage, wer der geheimnisvolle Robert Craven sein mochte. Wolfgang hat selbst bereits beschrieben, wie auch ich zusammen mit ihm die wildesten Spekulationen zu diesem Thema angestellt habe. Er muss sich wirklich königlich amüsiert haben. Genau wie er bedauere ich es aufrichtig, dass gerade kein Fotoapparat zur Hand war, um meinen vermutlich selten dämlichen Gesichtsausdruck festzuhalten, als ich während eines Besuchs bei ihm die Wahrheit schließlich erfuhr …

Nun, zu dieser Zeit zeichnete sich bereits ab, dass Wolfgang aufgrund seiner zusätzlichen Buchprojekte die mit einer vierzehntägig erscheinenden Serie anfallende Arbeit nicht allein würde bewältigen können. Da ihm meine bisherigen Romane gefallen hatten, bot er mir an, mich doch selbst einmal an einem Hexer-Roman zu versuchen.

Als ich meine Freudentänze schätzungsweise eine Woche später erschöpft einstellte und mit dem Schreiben begann, merkte ich erst, was für eine gewaltige Hürde ich da in Angriff nehmen wollte. Obwohl ich inzwischen einige weitere Romane veröffentlicht hatte, war ich noch ein blutjunger Anfänger, der nun den Stil und die Erzählweise eines der am meisten geschätzten Autoren nachahmen sollte, dessen Können sich nicht zuletzt im wachsenden Erfolg seiner Bücher zeigte.

Ich erfand eine Geschichte, die ursprünglich in Schottland angesiedelt war, doch entsprach sie noch keineswegs dem hohen Hexer-Standard. Mehrere gründliche Überarbeitungen waren nötig, und auch Wolfgang selbst hatte damit vermutlich fast ebenso viel Arbeit, als hätte er den Roman selbst geschrieben. In der letzten Fassung war schließlich ein Zweiteiler daraus geworden, der statt in Schottland in Kalifornien spielte, wo Robert mit der Suche nach Necrons Drachenburg begann.

Einerseits war ich überglücklich, direkt einen Zweiteiler zu meiner Lieblings-Serie beizutragen, doch obwohl gerade die zahlreichen Überarbeitungen eine zwar harte, aber äußerst lehrreiche Schule für mich darstellten, merkte ich anderseits auch, wie viel mir an handwerklichem Rüstzeug noch fehlte. Als Folge legte ich beim Hexer erst einmal eine Pause ein und wandte mich anderen Projekten zu, ehe ich in den vierziger Bänden schließlich ein Comeback beim Hexer startete. Umso niederschmetternder traf mich dann wenige Wochen später die Nachricht, dass die Serie mit Band 49 eingestellt würde.

Gerüchte, dass es da einen direkten Zusammenhang gäbe, kann nur Cthulhu persönlich in die Welt gesetzt haben!

Mittlerweile habe ich mehr als hundert Heftromane und etwa zwei Dutzend Bücher veröffentlicht, einige davon gemeinsam mit Wolfgang Hohlbein, doch gerade meine ersten beiden Hexer-Romane haben stets eine besondere Bedeutung für mich gehabt. Hätte ich durch sie nicht so viel gelernt und hätte Wolfgang nicht so viel Zeit und Mühe investiert, mich immer wieder auf Schwächen und Fehler hinzuweisen, hätte ich es vermutlich nicht geschafft, das Schreiben zu meinem Beruf zu machen und bis zum heutigen Tag davon leben zu können. Dafür schulde ich ihm immer noch immensen Dank.

Im Rahmen dieser Edition habe ich dem Zeitpunkt, an dem ich diese beiden Romane bearbeiten musste, mit äußerst gemischten Gefühlen entgegengeblickt. Manches daran gefällt mir auch heute noch sehr gut, andere Passagen hätte ich am liebsten komplett neu geschrieben. Da das Ziel dieser Edition jedoch eine möglichst große Originaltreue ist, habe ich mich entschieden, nur geringfügige Eingriffe vorzunehmen, indem ich einige offensichtliche Fehler korrigiert und ein paar allzu ungeschickte Formulierungen geändert habe. Da die Romane bei ihrer Erstveröffentlichung keinen Proteststurm ausgelöst haben, bleibt mir die Hoffnung, dass sie auch vor dem kritischen Blick der heutigen Leser bestehen können. Falls nicht – die Termine für die nächsten Shoggoten-Fütterungen stehen im Anhang des Original-NECRONOMICON aufgelistet ...

Frank Rehfeld

Dieser Band enthält die Hefte:

Der Hexer 22: Die Hand des Dämons
(Wolfgang Hohlbein zusammen mit Frank Rehfeld)

Der Hexer 23: Im Netz der toten Seelen
(Wolfgang Hohlbein zusammen mit Frank Rehfeld)

Der Hexer 24: Der Zug, der in den Albtraum fuhr

Die Hand des Dämons

Der Wald war wie eine düstere Wand aus ineinander verwobenen Schatten und mannshohem Unterholz, die nicht nur das Licht, sondern auch jeden Laut wie ein gewaltiger Schwamm aus Gestalt gewordener Nacht verschluckte. Die Kronen der knorrigen, uralten Bäume waren im Lauf der Jahrhunderte zu einem fast undurchdringlichen Dach zusammengewachsen, das auch am hellen Tage noch einen Zustand beständiger Dämmerung erzeugte; und abgesehen vom monotonen Prasseln der Regentropfen auf den Blättern war es totenstill. Nicht einmal Vogelgezwitscher war zu vernehmen, als spürten selbst die Tiere die verderbliche Magie dieses Ortes.

Vernon Brewster musste sich ducken, um sich nicht das Gesicht von tief hängenden Zweigen zerkratzen zu lassen. Er schauderte. Obwohl er die Strecke seit Jahren jeden Tag zweimal zurücklegte, hatte er sich nicht an die unheimliche Atmosphäre gewöhnt, die in diesem Teil des Waldes herrschte. Die Stille wirkte auf eine Furcht erregende Weise fremdartig, wie ein lähmender, sich mit jedem Schritt steigernder Schrecken, eine kreatürliche Furcht, die wie auf dürren Spinnenbeinen durch seinen Geist kroch und tief in seinem Inneren etwas berührte, gegen das jede logische Überlegung machtlos war. Hunderte Male hatte er dieses unterschwellige Grauen schon empfunden und es niedergekämpft, denn er wusste, dass es nach wenigen Dutzend Yards verblassen würde. Und trotzdem war es jedes Mal so schlimm wie am ersten Tag.

Er schritt schneller aus. Bei jedem Schritt versanken seine Füße ein wenig in dem Morast, in den der Regen den Waldboden verwandelt hatte. Tropfen fielen von den Blättern herab und trafen sein Gesicht wie kleine eisige Nadeln. Mit klammen Fingern griff die Feuchtigkeit nach ihm, drang durch seine Kleidung und verursachte ein zusätzliches körperliches Unbehagen. Brewster fluchte und zog die Kapuze noch ein wenig tiefer in die Stirn.

Endlich sah er zwischen den Bäumen das Gerüst des Feuerturms und ging schneller, um die kleine Lichtung zu erreichen, in deren Mitte der Turm stand.

Beinahe schlagartig wich die dumpfe Beklemmung, die Brewster befallen hatte. Dafür war er dem Regen nun schonungslos ausgesetzt. Rasch lief er das kurze Stück bis zum Fuß der Treppe, die sich in kleinen Absätzen zwischen den Masten in die Höhe schraubte.

Irgendetwas stimmt nicht mit diesem Wald, dachte Brewster, während er mühsam die steile Treppe emporstieg, deren Holz bei jedem Schritt knarrte. Er strahlte eine ungesunde Atmosphäre aus, eine düstere Aura, der sich niemand zu entziehen vermochte.

Zahlreiche Legenden rankten sich um finstere Geheimnisse, die im Zentrum des Waldes verborgen liegen sollten, dort, wo sich das Anwesen des Grauen Bredshaw befand.

Das war auch der Grund, warum Vernon Brewster hergekommen war. Die Einwohner von Arcenborough mieden den Wald, und keiner von ihnen war selbst für viel Geld dazu zu bewegen gewesen, als Brandwache auf den Feuerturm zu steigen, da er kaum mehr als eine Meile von dem Anwesen entfernt lag. Der hohe Sold für den Posten hatte Vernon dazu verlockt, nach Arcenborough zu ziehen. Es gab nicht viele Stellen für einen einarmigen Krüppel, und er hatte eine Familie zu versorgen. Er konnte nicht wählerisch sein.

Andernfalls hätte er den Job längst aufgegeben. Im Ort wurde er wie ein Aussätziger behandelt. Die Menschen mieden seine Nähe, als hätte sich die düstere Ausstrahlung des Waldes wie eine unsichtbare Aura auf ihn übertragen.

Brewster erreichte die Höhe der Baumkronen und schließlich die Plattform des Turmes. Das Holz der Tür war im Laufe der Zeit aufgequollen. Das vertraute, schabende Quietschen ertönte, als er sie aufstieß, und ein Schwall feuchtkalter, nach Moder riechender Luft schlug ihm entgegen. Vernon Brewster trat ein und schloss die Tür rasch wieder hinter sich. Er zog den tropfenden Mantel aus und hängte ihn an einen Haken.

Eine schmale Brüstung umrahmte die Plattform, darüber waren Glasscheiben eingesetzt, die einen ungehinderten Blick in alle Richtungen erlaubten. Vernon trat an sie heran und blickte auf das Land, das sich unter ihm ausbreitete. Zum wiederholten Male verfluchte er seinen Job. Es war nicht nur völlig unnötig, sondern geradezu idiotisch, an Tagen wie diesem eine Brandwache aufzustellen. Der Regen hatte alles so durchnässt, dass keinerlei Gefahr bestand, irgendwo könnte ein Feuer ausbrechen.

Im Sommer sah das schon anders aus. Wenn es manchmal wochenlang nicht regnete und die Sonne das Land austrocknete, mochte ein winziger Funke genügen, einen Waldbrand auszulösen. Aber bei einem Sauwetter wie diesem?

Vernon dachte an seine kleine, aber behaglich geheizte Stube zu Hause, und seine Laune sank noch tiefer. Langsam drehte er sich um seine Achse und ließ den Blick über das monotone Grün des Waldes schweifen.

In nördlicher Richtung sah Brewster das verträumt zwischen den sanft ansteigenden Hügeln liegende Dorf wie einen Bestandteil einer anderen Welt als der, in die er sich vorgewagt hatte.

Im Südwesten konnte er das Anwesen des Grauen Bredshaw erkennen, ein scheinbar normales Landhaus, wenn auch von seiner Größe und Pracht her ungewöhnlich für diese Gegend, in der es fast nur Holzfällerhütten und einige Dutzend Farmen gab.

Es fiel Vernon Brewster auf eine unerklärbare Weise schwer, den Blick auf die Gebäude gerichtet zu halten. Sobald er sich länger als ein paar Sekunden darauf konzentrierte, verschwamm das Bild vor seinen Augen, als lege sich ein substanzloser grauer Schleier darüber, der zwar nicht völlig undurchsichtig war, aber trotzdem verhinderte, dass er das Anwesen *wirklich* sah.

Auch mit dem Fernglas hatte er es schon versucht, aber das Ergebnis war noch bescheidener gewesen. Es war ihm nicht gelungen, die Linsen scharf einzustellen, alles war schemenhaft und verschwommen geblieben. Ein unerklärbares Rätsel, das sich zu den zahlreichen Legenden gesellte, über die Brewster sich bemühte, nicht weiter nachzudenken,

Er ließ sich auf einer Holzbank nieder. Wie jeden Tag griffen Langeweile und Einsamkeit nach ihm; zwei Empfindungen, die ihn im Laufe der Jahre gelehrt hatten, seinen Job aus vollem Herzen zu hassen. Wenn er wenigstens lesen und sich auf diese Weise die Zeit vertreiben könnte, wäre alles erträglicher gewesen. Aber sein Vater war ein einfacher Viehzüchter auf einer großen Ranch gewesen und hatte sich den Luxus eines Schulgeldes für seinen Sohn nicht leisten können, zumal Vernon nicht einmal das einzige Kind gewesen war. Auch er hatte bereits in jungen Jahren gelernt, wie man Rinder großzog und die Tiere zum Verkauf in die Städte trieb, bis er vor vier Jahren von einer durchgehenden Herde fast zu Tode getrampelt worden wäre. Sein rechter Arm war zerquetscht worden und hatte bis fast zur Schulter hinauf amputiert werden müssen.

Vernon vertrieb den Gedanken. Es gab Erinnerungen, die noch schlimmer als die Einsamkeit hier oben waren.

In quälender Langsamkeit verstrichen die Stunden. Das Wetter besserte sich nicht. Die Ausläufer der Sierra Nevada im Südwesten Amerikas waren berüchtigt für ihr raues Klima, und im Oktober war Sonnenschein schon eine Seltenheit. Drei Wochen dauerte es noch bis zur Winterpause, die bis zum Februar währte. Immerhin wurde er auch in dieser Zeit voll bezahlt. Die freien Monate waren ein Ersatz für die Wochenenden und die Feiertage, die er durcharbeiten musste.

Vernon freute sich auf die freie Zeit. Außerhalb der Winterpause gab es für ihn so gut wie kein Familienleben. Er dachte an seine Kinder, die dreijährige Rebecca und den siebenjährigen Timothy, die praktisch ohne Vater aufwuchsen, weil es dem Halsabschneider von Rancher gelungen war, den Unfall als eigenes Verschulden hinzustellen. Wenn er abends nach Hause kam, lagen sie bereits in ihren Betten; und wenn er morgens das Haus verließ, dann schliefen sie noch. Im Grunde, dachte er betrübt, waren seine Kinder für ihn nichts weiter als zwei schlafende, blasse Gesichter auf verschlissener Bettwäsche.

Ein Schrei riss Vernon Brewster in die Realität zurück. Er schrak hoch und blickte sich verwirrt um. Der Schrei war laut und schrill gewesen, seltsam verzerrt und auf eine bizarre Art unmenschlich. Aber es war auch nicht der Schrei eines Tieres gewesen. Vernon war sich sicher, dass er einen so entsetzlichen Laut noch niemals zuvor gehört hatte, nicht einmal hier, auf dem Turm, dessen Einsamkeit der beste Nährboden für Illusionen und Trugbilder war. Der Schrei war so laut gewesen, als ob er unmittelbar neben ihm ausgestoßen worden wäre.

Und doch war er allein auf dem Turm …

Brewster blickte sich furchtsam um. Es war inzwischen später Nachmittag geworden und hatte leicht zu dämmern begonnen. Nichts hatte sich verändert. Alles bot den gewohnten, verhasst monotonen Anblick; zumindest schien es auf den ersten Blick so. Und doch … etwas war anders. Ohne dass er zu sagen vermochte, was es war, hatte seine Umgebung sich beinahe unmerklich verändert. Die düsteren Schatten um ihn herum waren länger geworden, länger und dunkler, als es allein mit der vorgerückten Tageszeit zu erklären gewesen wäre. Etwas Bedrohliches hatte von der kleinen Plattform Besitz ergriffen, nistete in den Schatten und streckte unsichtbare, gierige Fühler nach ihm aus. Er spürte das Fremde mit jeder Faser seines Körpers.

Fahrig strich Vernon sich mit der Hand durch die schwarzen Haare. Er hatte plötzlich das Gefühl, sich in einer tödlichen Falle zu befinden, einer Falle, die jeden Augenblick zuschnappen konnte.

Seine Furcht verdichtete sich zur Panik, die sein ganzes Denken erfüllte. Er dachte an nichts anderes mehr als an Flucht.

Sein Blick fiel auf das Anwesen des Grauen Bredshaw. Wie von einer ungeheuren Kraft wurde sein Blick dort festgehalten. Zum ersten Mal erblickte er das Anwesen deutlich; deutlicher, als es bei dieser Entfernung eigentlich der Fall sein dürfte. So deutlich wie durch ein Fernglas sah er die Gebäude und den Hof vor sich.

Und er sah, wie das Eingangsportal des Herrenhauses geöffnet wurde ...

Ein Mann trat heraus. Ein Mann, den Vernon Brewster kannte, obwohl er ihm noch nie begegnet war und auch noch niemals ein Bild von ihm gesehen hatte. Wahrscheinlich gab es in ganz Arcenborough kein Bild dieses Mannes. Aber in den furchtsam hinter vorgehaltener Hand weitergegebenen Mythen, die sich um seine Gestalt rankten, war er beschrieben worden, immer und immer wieder. Brewster meinte, jede Falte in dem aristokratisch geschnittenen Gesicht mit den kalten, stechenden Augen zu erkennen. Jede noch so kleine Linie, jede Strähne seines Haares, jeden Quadratzoll seines Gesichtes.

Der Mann war Bredshaw.

Aber der Graue Bredshaw war seit hundert Jahren tot!

Im Laufe der Stunden war die Fahrt zu einem Albtraum geworden. Die Polster des Zugabteils waren hart, und die ungefederten Achsen gaben jede Erschütterung gnadenlos an den Wagen und seine Insassen weiter, sodass mir jeder Knochen im Leibe schmerzte. Ich saß wie auf glühenden Kohlen und sehnte das Ende der Reise herbei. Meine Gedanken kreisten nur noch darum, träge und irgendwie schwerfällig.

Die Luft im Abteil war verbraucht und viel zu warm, was bei geschlossenen Fenstern und fünf Menschen, die auf so engem Raum zusammengepfercht waren, auch völlig normal war. Jeder Versuch, das Fenster zu öffnen, war von meinen Mitreisenden mit lautstarker Ablehnung quittiert worden.

Ich atmete erleichtert auf, als der Zug endlich an der kleinen Bahnstation von Arcenborough hoch im Norden Kaliforniens hielt, die nur einmal am Tag angefahren wurde; und das von einem Zug, der nicht einmal über den Luxus eines Wagens der ersten Klasse verfügte. In aller Eile griff ich nach meinem Handgepäck und verließ fluchtartig das Abteil, ohne mich zu verabschieden. Aus den Augenwinkeln bekam ich mit, wie die vier Zurückbleibenden die Köpfe zusammensteckten und zu tuscheln begannen. Meinetwegen, dachte ich verärgert, sollten sie sich das Maul über mich zerreißen. Vielleicht erstickten sie an irgendeiner Bosheit, wenn sie schon nicht an ihrem eigenen Mief zugrunde gingen.

Ein angenehm kühler Wind wehte mir ins Gesicht, als ich die Waggontür öffnete und auf den Bahnsteig hinaustrat. Es regnete leicht, was mich aber nicht weiter störte. Nach der muffigen Enge hätte es wie aus Eimern schütten können; ich hätte die wenigen Schritte bis zu dem schützenden Vordach nicht schneller zurücklegen können, als ich es tat, einer trotzigen Flucht vor dem Stahlungetüm gleich, das sich schnaufend und stinkend hinter mir wieder in Bewegung setzte.

Ich mochte die Eisenbahn nicht, auch wenn sie das mit Abstand schnellste Beförderungsmittel war, wenn es darum ging, große Entfernungen zurückzulegen. Auch zum Gütertransport mochte sie geeignet sein, aber wenn es sich jemals im Personenverkehr finanziell auszahlen sollte, hässliche Schienenstränge durch unberührtes Land zu ziehen, würde man vor allem für den Reisekomfort noch eine Menge tun müssen.

Ich war allein auf dem Bahnsteig, was meine ohnehin auf dem Tiefpunkt angelangte Laune nicht gerade verbesserte. Der Zug war pünktlich eingetroffen, was man ihm wohl als einzigen Pluspunkt zugute halten musste. Carringham hatte versprochen, mich am Bahnsteig zu erwarten, aber von dem Mann war keine Spur zu entdecken.

Als einen Bahnhof konnte man die Station beim besten Willen nicht bezeichnen. Vor mir lag lediglich ein winziges Gebäude, in dessen Schutz ein Schalterbeamter saß, dessen Alter zwischen uralt und scheintot schwankte. Fast schien es mir, als habe er die Ankunft des Zuges nicht einmal bemerkt. Er blätterte in einer Zeitschrift und starrte angestrengt durch die dicke Brille auf seiner Nasenspitze. Sein hageres Gesicht unter dem kahlen Schädel war so mit Falten übersät, dass es an eine Kraterlandschaft erinnerte.

Behutsam pochte ich gegen das Glas des Schalters, das so aussah, als könnte man es ohne Mühe mit einem Finger eindrücken. Als er darauf nicht reagierte, ging ich das Wagnis ein, etwas fester zu klopfen, und endlich hob er den Kopf und nickte mir freundlich zu. Er streckte einen Arm aus und schob ein Fensterchen in dem Glas zur Seite.

»Tag«, nuschelte er in der unnachahmlichen Sprechweise, die besonders ältere Kalifornier an den Tag zu legen vermögen.

Ich erwiderte den Gruß. »Mein Name ist Craven. Haben Sie jemanden bemerkt, der hier auf mich gewartet haben könnte? Hat vielleicht jemand eine Nachricht für mich hinterlassen?«

Fragend starrte der Schalterbeamte mich an. »Nachsicht walten lassen?«, erkundigte er sich. »Nachsicht mit wem? Möchten Sie eine Fahrkarte? Der Zug von San Francisco nach Medford müsste gleich eintreffen.«

Mit seinem Gehör schien es nicht mehr zum Besten bestellt zu sein. »Mit dem Zug bin ich soeben eingetroffen«, rief ich. »Man wollte mich hier abholen. Haben Sie jemanden gesehen?«

Er schüttelte den Kopf. Seine Augen erschienen durch das starke Brillenglas größer als normal, was ihm ein froschartiges Aussehen verlieh. »Ich will noch nicht gehen«, versicherte er mir.

Ich lächelte gequält. Zu gerne hätte ich gewusst, wie lange es dauerte, bis ein Reisender von ihm die Fahrkarte zum gewünschten Ziel erhielt. Wenn überhaupt.

»Schon gut!«, brüllte ich, was er mit einem zufriedenen Nicken beantwortete – und das Fenster wieder schloss.

Ungeduldig ging ich unter dem kurzen Dach auf und ab, während der Regen beständig stärker wurde. Ich spielte kurz mit dem Gedanken, zu Fuß loszuziehen, verwarf ihn aber rasch wieder. Die Station lag ziemlich weit außerhalb, das hatte Carringham mir in seinem Brief schon mitgeteilt. Mochte der Teufel wissen, warum die Amis sie mitten in die Wildnis gesetzt hatten. Wahrscheinlich, weil sie die Bahnstrecke nicht extra für Arcenborough hatten umbauen wollen. Lediglich für den Gütertransport führte ein toter Arm bis an den Ort – aber wer reist schon gerne in einem mit Flachs, Baumwolle und Stahlrohren vollgestopften Waggon?

Bei dem Regen verspürte ich jedenfalls keinerlei Lust auf einen möglicherweise stundenlangen Marsch. Irgendwann musste der Beauftragte der Textilgesellschaft ja kommen. Er konnte es sich nicht erlauben, den Hauptaktionär der ATC einfach zu versetzen. Wenn er noch nicht erschienen war, so gab es sicherlich Gründe für diese Verzögerung. Aber es mussten schon wirklich stichhaltige Gründe sein, wenn er meinen sich von Minute zu Minute steigernden Zorn beschwichtigen wollte.

Es dauerte fast eine Viertelstunde, bis ich durch das Rauschen des Regens Hufschläge und das Rollen von Rädern vernahm; und die Gründe, die ich jetzt noch als Entschuldigung zu akzeptieren gedachte, bewegten sich irgendwo zwischen Bürgerkrieg und einem schweren Erdbeben.

Die Kutsche hielt dicht neben der Station. Auf dem Bock saß ein Mann mit einem Zylinder, unter dem ein nichts sagendes Gesicht hervorlugte. Desinteressiert musterte er mich, während er die zwei Pferde zum Stehen brachte. Ich erwiderte seinen Blick so feindselig, wie ich nur konnte.

Der Schlag der Kutsche wurde aufgestoßen, und ein weiterer Mann stieg aus. Schnaufend kam er auf mich zugerannt. Carringham – um niemand anderen konnte es sich handeln – neigte zur Dickleibigkeit, und sein Gang erinnerte durch die entschieden zu kurz geratenen Beine an das Watscheln eines Pinguins. Er reichte mir nicht einmal bis zum Kinn, doch er strahlte etwas aus, das mich davor warnte, ihn zu unterschätzen.

Seine blonden Haare waren gewellt, und sein aufgedunsenes Gesicht wies hektische rötliche Flecken auf, die ihn als hysterischen Choleriker kennzeichneten. Seine wässrigen blauen Augen strahlten eine Art väterliche Güte aus, aber das energisch vorgestreckte Kinn verriet, dass er über einen entschlossenen Willen verfügte. Ein Winkeladvokat, der sich mit Paragraphen und Bestimmungen auskannte, und der sicherlich rücksichtslos seine Ellenbogen gebrauchte, um auf der Karriereleiter höher zu steigen. Nun, was das anging, so nahm ich mir schon jetzt vor, ein paar Sprossen aus dieser Leiter herauszusägen.

»Ich bin Ephraim Carringham«, stellte er sich vor. In seinem Blick lag der Ausdruck tiefen Bedauerns, dazu eine Art hündischer Unterwürfigkeit, die er sicherlich jedem Vorgesetzten gegenüber an den Tag legte. Ich beschloss, ihn dafür noch ein bisschen weniger zu mögen.

Er reichte mir die Hand. Seine Finger waren feucht und sein Händedruck kraftlos. Carringham war mir vom ersten Moment an unsympathisch. Ich versuchte gar nicht erst, meine Antipathie zu verbergen.

»Robert Craven. Sie kommen spät«, sagte ich mit mühsam unterdrücktem Zorn. »Ich hoffe, Sie hatten einen guten Grund, mich so lange warten zu lassen. Es regnet, wissen Sie?«

Er wich einen halben Schritt zurück, und seine Gesichtsfarbe wurde einen Ton rötlicher. Doch er hatte sich sofort wieder in der Gewalt. Die Fronten waren abgesteckt; ich wusste, dass ich mir durch mein barsches Auftreten nicht gerade einen neuen Freund geschaffen hatte. Aber er spielte seine unterwürfige Rolle mit der schleimigen Art eines Intriganten weiter. Devot verneigte er sich. Ich musste an mich halten, um nicht hinter ihn zu treten und ihm einen Tritt in den fetten Hintern zu verpassen.

»Es ist nicht meine Schuld, Mr. Craven. Der Regen hat die Wege aufgeweicht und die Kutsche blieb im Morast stecken. Der Weg zur Bahnstation ist eine Katastrophe, und der faule Kerl hier« – er deutete auf den Kutscher – »hat lange gebraucht, um das Gefährt wieder freizubekommen.«

Ich hätte darauf wetten können, dass er nicht einen Finger gerührt hatte, dem Kutscher dabei zu helfen, und die Schuld jetzt trotzdem weit von sich schob. Trotzdem verbiss ich mir eine weitere Bemerkung. »Können wir jetzt endlich fahren? Ich hoffe, Sie haben wenigstens ein anständiges Hotelzimmer für mich buchen können?«, sagte ich steif.

»Aber natürlich«, antwortete er eilfertig. »Es wird alles zu Ihrer Zufriedenheit sein. Das PALACE ist das beste Hotel im Umkreis von fünfzig Meilen, und ich habe das beste Zimmer reserviert.«

»Und wahrscheinlich das teuerste«, fügte ich spitz hinzu. »Interessant, wie Sie mit den Geldern der Gesellschaft verfahren.«

Carringham sah mich irritiert an, besaß aber die Klugheit, nicht weiter auf meine Bemerkung einzugehen. Ich wusste selbst, dass ich alles andere als fair war. Aber, zur Hölle, nach dieser Reise, der langen Wartezeit und allem, was ich in den Wochen davor durchgemacht hatte, war ich einfach nicht mehr in der Verfassung, *fair zu* sein.

Der Regen hatte nachgelassen. Es nieselte nur noch ein wenig, als wir zur Kutsche gingen. Ich verstaute mein Gepäck und setzte mich. Wenigstens waren die Bänke im Gegensatz zu denen im Zug gut gepolstert. Carringham nahm mir gegenüber Platz. Auf sein Zeichen hin ließ der Kutscher die Pferde antraben. Die Bahnstation versank hinter uns im Regen und grauer Nässe.

»Hatten Sie eine angenehme Reise?«, erkundigte sich Carringham. Es war nicht mehr als eine Floskel, leere Konversation, wie sie mir schon immer zuwider gewesen ist. Ich nickte schweigend.

Erst jetzt spürte ich wirklich, wie müde ich war. Gerne hätte ich die Augen geschlossen, mich zurückgelehnt und die Beine ausgestreckt, aber diese Blöße wollte ich mir vor Carringham nicht geben. Ich kannte Typen wie ihn zur Genüge. Carringham gehörte zu jenem Menschenschlag, den ich mit Abstand am wenigsten ausstehen konnte: ein unterwürfiger kleiner Kriecher, der nach oben buckelte und nach unten dafür umso heftiger trat, wenn er eine Gelegenheit dazu sah. Jemand, der aus jedem noch so kleinen Anzeichen von Schwäche irgendwie einen Vorteil für sich herauszuholen verstand. Die Verhandlungen mit der Gesellschaft würden hart werden, und so unscheinbar und harmlos er auch wirkte, ahnte ich doch, dass alle wichtigen Fäden bei ihm zusammenliefen.

Ich hatte die Aktien an *der Arcenborough Textile Corporation,* die zu dem Vermögen meines Vaters gehörte, geerbt. Roderick Andaras beträchtliche finanzielle Hinterlassenschaften waren noch der angenehmste Teil des Erbes, das ich angetreten hatte, auch wenn einige Verpflichtungen damit verbunden waren.

Aber sie waren eben nur ein *beinahe* nebensächlicher Teil seines Vermächtnisses; ein Teil, den ich zu lange schon vernachlässigt hatte. Und wenn sie auch längst nicht der wichtigste Grund waren, der mich hergeführt hatte, war ich doch entschlossen, die Gelegenheit zu nutzen, dieses Versäumnis nachzuholen.

Er wusste nicht, wie lange er dastand und die Erscheinung anstarrte. Es muss sich um einen Nachkommen des Grauen Bredshaw handeln, dachte Vernon, fast verzweifelt darum bemüht, eine logische Erklärung für das Unmögliche zu finden. Aber Bredshaw war nicht verheiratet gewesen, geschweige denn, dass er Kinder gehabt hätte ...

Trotzdem war ihm die Gestalt wie aus dem Gesicht geschnitten. Die Ähnlichkeit war für eine höchstens flüchtige Verwandtschaft zu frappierend. Aber es war die einzige mögliche Erklärung.

Der Mann trug das graue Haar straff zurückgekämmt. Gekleidet war er in einen ebenfalls grauen Anzug von altmodischem Schnitt. Niemand hatte den Grauen Bredshaw jemals anders gekleidet gesehen, und dadurch war er zu seinem Beinamen gekommen.

Aber jetzt, als Brewster den Grauen Bredshaw sah, spürte er, dass dies nicht der alleinige Grund war: Eine schwer erklärbare Aura aus Düsternis umgab ihn; und mit einem Mal wusste Vernon Brewster sicher, dass er wirklich den tot Geglaubten sah, ohne dass er die Herkunft dieses Wissens auch nur erahnte – und obwohl es allen Naturgesetzen Hohn sprach. Die Wirklichkeit hatte sich verändert, eine neue Dimension angenommen, die von Schrecken erfüllt und in der er hilflos gefangen war, den Blick wie eine von der Schlange hypnotisierte Maus auf das Unmögliche gerichtet.

Der Graue Bredshaw schloss das Portal hinter sich und stieg die wenigen Stufen zum Hof hinab. Dort blieb er stehen, verharrte einige Sekunden und hob dann die Arme. Beinahe beschwörend streckte er sie dem wolkenverhangenen Himmel entgegen, ohne sich um den noch immer niederprasselnden Regen zu kümmern. Vernon Brewster erkannte die angespannte Konzentration auf dem Gesicht des Mannes, den Ausdruck beschwörender Eindringlichkeit, den seine Augen zeigten.

Mehr als zwei Minuten blieb er so stehen, reglos, ohne auch nur mit den Wimpern zu zucken. Wie eine Statue, dachte Brewster schaudernd. Oder ein Toter ...

Brewster wagte kaum zu atmen, aus Furcht, der Unheimliche könnte ihn entdecken; was nicht einmal abwegig schien, denn etwas hatte sich in der Entfernung verändert. Das Anwesen schien deutlich näher an den Turm herangerückt zu sein. Eine unheimliche, elektrisch knisternde Spannung hatte sich des ganzen Landstriches bemächtigt, wie eine klamme Vorahnung der bevorstehenden Ereignisse, über die Brewsters Gedanken ohne sein bewusstes Zutun bereits die wildesten Vermutungen anstellten. Noch immer war er unfähig, den Blick von dem gleichermaßen erschreckenden wie faszinierenden Geschehen abzuwenden, geschweige denn zu fliehen, obwohl er wusste, dass seine alleinige Anwesenheit eine Blasphemie darstellte, die nicht ungesühnt bleiben würde. Er war verloren, hineingesogen in ein unheilvolles Labyrinth aus Verderbnis und Schrecken.

Der Boden zu Füßen des Grauen Bredshaw begann sich zu bewegen. Wellen liefen gleich zuckenden Schlangenkörpern durch den Sand. Die Erde brach in einer Fontäne aus Sand und Dreck auseinander. Selbst Bredshaw schien von dem Ergebnis seiner Beschwörung überrascht zu sein, denn er wich einige Schritte zurück und seine Augen weiteten sich in ungläubigem Entsetzen. Etwas schob sich aus der Erde, das Vernon Brewster durch einen jäh entstehenden Schleier aus grauem, wogendem Nebel nur schemenhaft erkennen konnte.

Das *Ding* war unförmig, der gigantische Schatten manifestierten Ekels, oktopoid und urwelthaft, ein zu protoplasmischem Fleisch gewordener Auswurf des Urschlamms, der alles Böse vor Äonen von Jahren ausgestoßen hatte.

Das Grauen, das der Anblick ausstrahlte, riss Brewster aus der Erstarrung. Er schlug die Hand vor das Gesicht und presste die Finger gegen die Augen, als wolle er sie herausreißen, um dem grässlichen Bild zu entrinnen. Blind taumelte er auf der Plattform herum, aber der unbeschreibliche Anblick der Kreatur, die der Graue Bredshaw gerufen hatte, hatte sich in seinem Gehirn festgefressen. Er sah sie noch immer; beinahe deutlicher als zuvor.

Die Gedanken rasten wie kleine, beißende Ratten in seinem Kopf herum, zu schnell, um auch nur einen von ihnen zu fassen und sich daran festzuklammern. Panisch schlug Vernon Brewster um sich, hämmerte seine Faust gegen die massiven Glasscheiben, immer und immer wieder, bis sie unter den Schlägen zerbarsten und der Schmerz in seine Hand schnitt. Für einige Sekunden kam er wieder zu Bewusstsein und riss die Augen auf.

Alles war wieder normal. Das Anwesen schien wieder in die Ferne gerückt und von aufsteigenden Nebeln eingehüllt. Der Albtraum war wieder hinter den Mauern der Realität verschwunden. Aber es war kein Traum gewesen.

Kein morbides menschliches Gehirn hätte sich diese Bestie auszumalen vermocht. Brewster war noch immer wie benommen. Nur schemenhaft nahm er seine Umgebung wahr. Er stolperte zur Tür, aber er brauchte mehrere Minuten, um sie zu öffnen. Mehrmals strauchelte er auf den Stufen, und einmal stürzte er einen ganzen Treppenabsatz hinunter. Er spürte es kaum.

Ein gütiges Schicksal rettete ihn vor einem endgültigen Absturz. Es gelang ihm, sich wieder auf die Beine zu quälen und weiterzutaumeln. Am Fuß des Turms verharrte er kurz, als müsse er sich orientieren. Der Wald drehte sich um ihn, obwohl ihm nicht schwindelig war. Irgendetwas, das begriff er voller Entsetzen, war mit ihm geschehen. Der Anblick der fürchterlichen … *Kreatur* hatte etwas in ihm berührt. Es war kein bloßer Schrecken, kein reines Entsetzen mehr, sondern ein Gefühl, als hätte der alleinige Anblick des Scheusals seine Gedanken vergiftet. Und dieses Etwas wirkte weiter, fraß und wühlte in seinem Bewusstsein wie eine schleichende Krankheit und zerstörte – oder schlimmer noch *veränderte* – etwas in ihm. Als er seinen Weg taumelnd fortsetzte, ließ er sich mehr von einem inneren Instinkt als von klarer Vernunft leiten. Ein schwarzes Loch klaffte in seinem Kopf, der Wahnsinn hielt Vernon Brewster fest in seinen Krallen.

Irgendwann brach er entkräftet zusammen. Den Wald mit seinem grauenhaften Geheimnis hatte er hinter sich gelassen, aber das Entsetzen hatte sich in seiner Seele eingenistet und war ihm gefolgt.

Verbissen krallte Vernon seine Hand in das weiche Erdreich. Er fühlte, wie die Nässe und Kälte des Bodens in ihm hochkrochen und nun auch seinen Körper zu Eis erstarren ließen. Er war am Ende seiner Kraft, unfähig, sich ein weiteres Mal hochzustemmen. Er spürte eine fast behagliche Schwere, die sich in ihm ausbreitete, dann einen kurzen, furchtbaren Schmerz, bis eine Ohnmacht ihm gnädiges Vergessen schenkte.

Ganz wohl fühlte ich mich bei dem Gedanken an Arcenborough nicht, aber ich musste einen Ort haben, eine Art Sprungbasis, um von dort aus mit der Suche nach Necrons Drachenburg zu beginnen. Ursprünglich hatte ich an Arkham gedacht, aber da die NAUTILUS mich in der Nähe von San Francisco an Land gesetzt hatte, hatte ich den Gedanken rasch wieder verworfen. Arcenborough lag ungleich näher, und ich verfügte momentan nicht über genügend Bargeld, bis nach Neu-England zu reisen. Seltsamerweise hatte ich gleichzeitig einen instinktiven Impuls gespürt, der mich nach Arcenborough zog. Im Laufe der Zeit hatte ich gelernt, auf meine Gefühle zu hören.

Kurzerhand hatte ich an die Gesellschaft telegraphiert und mein Kommen angekündigt. Mein geplanter Besuch hatte bei der *Arcenborough Textile Corporation* für einen nicht unbeträchtlichen Aufruhr gesorgt, und seither spürte ich dieses seltsame Gefühl. Etwas schien bei der Gesellschaft nicht ganz so zu laufen, wie es eigentlich sollte. Zugleich bestätigte mich die entstandene Aufregung in meinem Vorhaben. Es konnte nichts schaden, den Herren mal etwas auf die Finger zu schauen. Nur wer etwas zu verbergen hatte, fürchtete eine Kontrolle.

Es hatte mittlerweile zu dämmern begonnen. Die Kutsche kam nur langsam vorwärts. Dauernd sanken die Räder in Schlammlöcher ein, und wir hatten bislang Glück gehabt, dass wir noch nicht stecken geblieben waren. Das Gelände war hügelig, und besonders in den Talsohlen war der Weg miserabel. Nur mit Mühe zogen die Pferde die Kutsche von der Stelle.

»Das ist die Stelle, an der wir auf dem Herweg stecken geblieben sind«, sagte Carringham, als die Kutsche in eine Kurve bog. Die ganze Fahrt über beobachtete er mich so unauffällig wie möglich, aber ich nahm seine sondierenden Blicke aus den Augenwinkeln heraus wahr. Eine blütenreine Weste hatte der Gesellschafter sicherlich nicht, und wahrscheinlich suchte er verbissen nach einer Möglichkeit, wie er mich am besten über die wahren Vorgänge täuschen könnte. Ich erwiderte seinen Blick nicht, sondern starrte die ganze Zeit über aus dem Fenster. Seit dem Tode meines Vaters hatte sich niemand richtig um seinen Besitz gekümmert; ein ideales Pflaster für Korruption und Betrug.

Carringham benutzte ein süßliches Parfüm, das mir unangenehm in die Nase stach. Seine Unfähigkeit, mich einordnen zu können, machte ihn offenbar nervös, denn er rutschte unruhig auf seinem Sitz hin und her, wobei er bei jeder Bewegung neue Duftwolken freisetzte.

»Wie lange wird es noch dauern?«, fragte ich, betont gelangweilt und ohne meine Blickrichtung dabei zu ändern. Ich sah sein Gesicht als verschwommene Spiegelung auf der Scheibe.

»Nicht mehr lange. Ein paar Minuten nur, Mr. Craven.«

Plötzlich erschütterte ein harter Stoß die Kutsche. Nur mit Mühe konnte ich mich auf dem Sitz halten und gleichzeitig verhindern, dass mein Gepäck durch den Wagen flog.

Ephraim Carringham hatte weniger Glück. Er wurde nach vorne geschleudert, auf mich zu. Ich wich ihm im letzten Moment aus. Seine schützend vorgestreckten Hände prallten gegen die Kutschenwand. Ich sah, dass er die linke Hand dabei in einem ungünstigen Winkel hielt. Er musste sie sich mindestens verstaucht haben.

Mit einem klagenden Wimmern ließ er sich auf den Sitz zurücksinken und hielt sich das malträtierte Handgelenk. Ich kümmerte mich nicht weiter um ihn, sondern öffnete den Schlag und sprang aus der Kutsche, um nachzusehen, was geschehen war.

Ich hätte es nicht tun sollen. Bis zu den Knien versank ich im Morast, fiel um ein Haar vollends nach vorne und fluchte erbittert.

Neben mir waren die Kutschenräder eingesunken und steckten bereits bis zu den Achsen im Erdreich.

»Wie konnte das geschehen?«, rief ich dem Kutscher zu.

Der Mann zuckte hilflos mit den Achseln. Er drosch mit einer Peitsche auf die Pferde ein. Die Tiere gaben ihr Letztes, aber es gelang ihnen nicht, das schwere Gefährt auch nur ein kleines Stück von der Stelle zu bewegen.

»Die Pferde sind noch ohne Schwierigkeiten über die Stelle gekommen. Unter der Kutsche brach der Boden plötzlich ein. Ich verstehe das nicht.«

»Du verstehst gar nichts, du Dummkopf«, tobte Carringham. Er hatte mein Missgeschick voll kaum verhohlener Schadenfreude beobachtet und vermied es, ebenfalls auszusteigen. Stattdessen streckte er nur den Kopf zum Fenster heraus und schimpfte auf den Kutscher, dem er die Schuld für den Vorfall gab. Sein cholerisches Temperament ging mit ihm durch.

»Steigen Sie endlich aus!«, brüllte ich. »Durch Ihr Gewicht versinkt die Kutsche noch schneller, und wir bekommen sie überhaupt nicht mehr frei!«

Carringhams feistes Gesicht ruckte zu mir herum. »Ich werde mir doch meine Kleidung nicht beschmutzen«, antwortete er so entsetzt, als hätte ich von ihm verlangt, er solle sich nackt ausziehen.

Zornesröte stieg mir ins Gesicht. Mit Mühe zog ich einen Fuß aus dem Schlamm. Das aufgeweichte Erdreich setzte meinen Bemühungen ungewöhnlich starken Widerstand entgegen, als hätten sich verborgene Arme um meine Beine geklammert und zerrten mit Zentnergewichten an ihnen. Mein Sprung hatte mich tief in den Boden einsinken lassen. Nun verlagerte ich mein Körpergewicht behutsam von einem Bein auf das andere. Bei den vorsichtigen Schritten sank ich nur bis zu den Waden ein, dennoch war es eine Schinderei. Schweißtropfen bildeten sich trotz der Kühle auf meiner Stirn, aber ich gab den Kampf gegen den Morast nicht auf und setzte einen Fuß vor den anderen. Inzwischen hatte der Kutscher die Vergeblichkeit seiner Bemühungen eingesehen und stieg von dem Bock herunter.

»So etwas habe ich noch nie erlebt«, sagte er. »Nicht einmal tagelanger Regen kann den festgefahrenen Boden so aufweichen. Das ist ja fast schon ein Moor.« Auch er hatte bei jedem Schritt sichtliche Mühe.

Ich hatte inzwischen die Kutsche umrundet. Erbarmungslos packte ich Carringham beim Kragen und riss ihn mit einem Ruck aus der Kutsche. Er wurde von meiner Aktion so überrascht, dass er nicht einmal protestierte, sondern nur in sprachlosem Staunen den Mund aufriss und nach Luft schnappte. Erst als er bis über die Knie in den Boden einsank, fand er seine Sprache wieder.

»Was fällt Ihnen ein?«, zeterte er. »Diese Behandlung brauche ich mir auch von Ihnen nicht bieten zu lassen, Craven. Das wird ein Nachspiel für Sie haben, verlassen Sie sich darauf!«

Ich beachtete ihn gar nicht weiter. Es gab weitaus Wichtigeres als seine aufgeblasenen Prophezeiungen.

Ich merkte, dass der Boden unter meinen Füßen immer weiter nachgab. Schon jetzt reichte mir der Schlamm wieder bis zu den Knien – und der Prozess setzte sich weiter fort! Wir mussten sehen, dass wir aus diesem Schlammloch herauskamen. Ich zweifelte nicht daran, dass wir anderenfalls immer weiter in die Tiefe gezogen werden würden. Mochte der Teufel wissen, wie es zu diesem Naturphänomen gekommen war, aber der Schlamm konnte uns wie ein tödliches Moor verschlingen.

»Schirren Sie die Pferde aus«, befahl ich dem Kutscher. »Den Wagen bekommen wir momentan nicht frei. Retten wir wenigstens die Tiere.«

»Aber was sollen wir denn dann bloß machen?«, fragte Carringham, der Hysterie nahe. »Wir können doch nicht zu Fuß weitergehen!«

Ich lächelte kalt. »Und warum nicht? Sie werden sehen, es läuft sich gar nicht so schlecht, wenn man muss.«

»Aber ich bin verletzt«, klagte der Gesellschafter weiter und hielt sein Handgelenk hoch.

»Seit wann laufen Sie auf den Händen?«, fragte ich grob und drehte mich zum Kutscher um. Er hatte große Schwierigkeiten mit den Pferden. Die Tiere spürten die Gefahr und reagierten mit panischer Angst. Ich kämpfte mich zu ihm durch und half ihm. Kaum hatten wir die Pferde von dem Geschirr befreit, stoben sie davon.

»Helfen Sie ihm«, bat ich den Kutscher und deutete auf Carringham. Anscheinend war der Dummkopf nicht einmal in der Lage, aus eigener Kraft den Wegrand zu finden. Stattdessen stapfte er wie ein hilfloses Kind umher und stieß weinerliche Laute aus.

Ich kämpfte mich zum Wagen zurück, in dem sich noch mein

Gepäck befand. Mittlerweile war das Gefährt bis zum Kutschenboden versunken. Schlamm drang bereits in das Innere ein und rann zähflüssig über den Boden. Ich ergriff meinen Koffer und eine kleine Reisetasche. Da ich bei meinem überhasteten Aufbruch nicht dazu gekommen war, etwas einzupacken, befanden sich fast nur Sachen darin, die ich nach meiner Ankunft in San Francisco gekauft hatte.

Bis zu den Oberschenkeln reichte mir der Morast, und mein Vorwärtskommen war kaum mehr als ein Waten. Die Füße bekam ich nicht mehr aus dem Erdreich, und meine Bewegungen waren von quälender Langsamkeit; jeder Schritt kostete mich mehr Mühe, und ich spürte, wie meine Kräfte bereits nachzulassen begannen. Der Regen hatte wieder zugenommen und mich bis auf die Haut durchnässt. Die Haare hingen mir wirr und nass ins Gesicht.

Carringham und dem Kutscher erging es nicht viel besser. Der Gesellschafter hatte längst seinen Zylinder verloren. In seinem vormals eleganten, dezent grauen Anzug, der nun mit Schlamm verschmiert und hoffnungslos durchnässt war, bot er einen fast tragischkomischen Anblick. Immerhin hatten die beiden einen großen Vorteil mir gegenüber: Sie hatten den Wegrand erreicht und standen bereits wieder auf festem Grund.

»Fangen Sie!«, rief ich und warf erst den Koffer und dann die Reisetasche. Beides fing der Kutscher geschickt auf.

Mit zusammengebissenen Zähnen watete ich durch den zähen braunen Morast, der nur widerwillig zur Seite wich, um mit einem widerlichen Schmatzen hinter mir sofort wieder zusammenzuschlagen. Ich ruderte mit den Armen, um mir zusätzlichen Schwung zu verleihen, aber viel erreichte ich damit nicht.

Täuschte ich mich, oder weichte der Boden immer schneller unter mir auf? Einen Moment lang hatte ich die verrückte Vision eines planmäßig vorgehenden Lebewesens, das sich nun ganz auf mich konzentrierte, nachdem seine beiden anderen Opfer ihm entkommen waren. Es dauerte mehrere Minuten, bis ich die hilfreich entgegen gestreckte Hand des Kutschers ergreifen konnte.

Im gleichen Moment brach der Boden unter seinen Füßen ein. Mit einem erstickten Aufschrei ließ er meine Hand los und sprang ein Stück zurück, bis er wieder stehen konnte. Carringham folgte ihm, ohne auch nur den Versuch zu unternehmen, mir zu helfen. Er wich zurück, weiter noch als der Kutscher, um ganz auf Nummer sicher zu gehen.

Mein wild auflodernder Zorn auf den erbärmlichen Feigling verlieh mir kurzfristig noch einmal übermächtige Kräfte. Ungestüm warf ich mich vorwärts und verdrängte die zähen Erdmassen, bis ich erneut nach der Hand des Kutschers greifen konnte. Mein Atem ging abgehackt und keuchend, die Anstrengung ließ feurige Nebel vor meinen Augen entstehen, und meine Muskeln schmerzten bei jeder Bewegung, als würde jemand mit glühenden Nadeln hineinstechen.

Als ich die Fingerspitzen des Kutschers berührte, geschah das Gleiche wie beim ersten Versuch. In Windeseile weichte der Boden unter ihm auf, und er sank erneut bis zu den Knien ein!

Das war kein Naturphänomen, dachte ich entsetzt. Es war eine Falle, speziell für mich aufgebaut.

Nicht der Regen hatte den Boden so nachgiebig werden lassen, sondern Magie hob die Naturgesetze auf. Jemand oder Etwas hatte das Schlammloch auf diese Art geschaffen, damit ich darin versinken sollte. Ich hatte bereits genügend Hinweise darauf bekommen, aber mein Gehirn war für diese Erkenntnis bisher wie blockiert gewesen.

Carringham und der Kutscher waren nur mit in die Falle geraten, weil sie sich in meiner Begleitung befunden hatten. Wer auch immer es auf mich abgesehen hatte, er war an ihnen nicht interessiert. Lediglich der Versuch, mir zu helfen, zog sie wieder in das Geschehen hinein.

Ich blieb stehen. Es hatte keinen Zweck, weiterzuwaten. Wo immer ich den Boden berührte, verlor er seine Festigkeit und wurde zu saugendem Morast. Allmählich fiel mir das Atmen schwer. Der Schlamm hüllte mich bis zur Brust ein. Mit physischer Kraft kam ich nicht weiter, im Gegenteil – ich beschleunigte mein Einsinken dadurch lediglich. Hier konnte nur etwas ganz anderes helfen, etwas, das ich jedoch nicht bei mir trug, sondern das ich in meiner Reisetasche verborgen hielt.

»Kommen Sie, schnell«, rief mir der Kutscher zu. »Irgendwo muss der Boden wieder so fest werden, um uns beide zu tragen.«

Ich schüttelte den Kopf. Er hatte nicht verstanden, was hier vorging, führte sein zweimaliges Einbrechen auf das zusätzliche Gewicht zurück. Dabei hatte er bislang noch gar keinen Versuch unternehmen können, mich herauszuziehen. Er hatte mich lediglich berührt, und ich zweifelte nicht daran, dass der Auflösungsprozess sich so lange fortsetzen würde, bis ich vollends versunken war, egal, wie oft er nach mir griff. Wenn genügend Zeit bliebe, hätten wir vermutlich das halbe Tal in Morast verwandeln können.

»Öffnen Sie meine Tasche, schnell!«, brüllte ich.

»Aber Sie werden sterben, wenn Sie nicht schnellstens aus dem Schlamm herauskommen«, rief der Kutscher zurück. Er musste wohl glauben, dass mir die Todesangst die Sinne verwirrte, denn er ignorierte meine Worte und machte wieder Anstalten, mir zu Hilfe zu eilen.

»Reden Sie nicht, sondern tun Sie, was ich Ihnen sage«, schnappte ich. Einen Moment lang starrte er mich noch an, als zweifele er an meinem Verstand, aber dann schien ihm irgendetwas in meinem Blick zu sagen, dass ich es verdammt ernst meinte, denn er fuhr herum und beeilte sich, meinem Wunsch nachzukommen.

»Sehen Sie das kleine Kästchen? Öffnen Sie es, und nehmen Sie einen der Steine heraus.« Verwundert tat der Kutscher, was ich ihm geheißen hatte. »Jetzt reichen Sie mir vorsichtig den Stein.«

Als ich das Kleinod in der Hand hielt, begann ich wieder zu hoffen. Es handelte sich um einen fünfstrahligen Stern aus porös anmutendem grauen Gestein, der auf seiner Oberseite ein grobes Muster trug. Einen unregelmäßigen Rhombus mit einer Flamme in der Mitte. Niemand, der nicht das entsprechende Wissen besaß, hätte in dem Stein mehr als ein reichlich hässliches Schmuckstück gesehen. Andächtig starrte ich das Kleinod einige Sekunden lang an. Es war nicht das erste Mal, dass ich einen der *Shoggotensterne* einsetzen musste, aber ich vermied es, wenn ich einen auch nur geringen anderen Ausweg sah. Die Sterne waren zu kostbar, um sie bedenkenlos zu opfern oder auch nur in Gefahr zu bringen.

Jetzt aber blieb mir keine Zeit, nach einer anderen Möglichkeit zu suchen. Langsam senkte ich meine Hand mit dem Stern, verharrte noch einmal kurz vor dem morastigen Boden und stieß sie dann mit einer entschlossenen Bewegung in den Schlamm, so tief ich konnte.

Einige Augenblicke geschah gar nichts. Dann stieg plötzlich Dampf an der Stelle auf, an der der Stein das Moor berührte. Der Dampf trug einen widerwärtigen Geruch nach Fäulnis und Verwesung mit sich. Krämpfe durchzuckten meinen Arm und wollten mich zwingen, die Hand zu öffnen. Ich stöhnte, warf den Kopf in den Nacken und schloss die Augen, aber ich hielt den *Shoggotenstern* weiterhin fest.

Ein gleichermaßen gierig wie enttäuscht anmutendes Schmatzen erklang, dann ein helles Pfeifen, so schrill, dass es nah an der Grenze des Hörbaren lag. Es schnitt durch meine Nerven, als zöge jemand ein Stück Metall über eine Glasscheibe. Ich zwang mich, die Augen zu öffnen. Um mich herum kochte der Boden und warf Blasen, aus denen stinkender Rauch quoll, der sich schwer auf meine Lungen legte und mir das Atmen fast unmöglich machte. Ein letztes Mal noch versuchte das Moor, mich in die Tiefe zu reißen. Der Boden war wie Wasser, ich sackte bis über das Kinn ein. Von irgendwoher vernahm ich einen Schrei, doch ich wusste nicht, ob ich ihn ausgestoßen hatte. Fauliger Moder drang in meinen Mund. Angewidert spie ich ihn aus.

Dann breitete sich wohltätige Ruhe um mich aus. Benommen blickte ich an mir hinab.

Ich stand wieder auf festem Boden, der durch den Regen lediglich ein wenig verschlammt war. Das Morastloch war verschwunden. Nur der Dreck, der meine Kleidung wie eine Kruste bedeckte, bewies, dass alles Realität gewesen war. Ich trat auf Carringham und den Kutscher zu, die wie erstarrt dastanden und mich wie ein Wesen aus einer anderen Welt anstarrten.

»Was ... was war das, Mr. Craven?«, fragte der Gesellschafter mit zitternder Stimme.

Ich schwieg und schloss nur die Hand fest um den *Shoggotenstern*. Sehr stark war die magische Falle nicht gewesen, sonst hätte er seine Kraft verloren und sich aufgelöst. Umso erfreuter war ich, den unermesslich wertvollen Stein nicht verloren zu haben.

Als ich mich umwandte, sah ich, dass auch die Kutsche wieder auf festem Boden stand. Aber ohne die Pferde nutzte sie uns gar nichts; wir würden trotzdem laufen müssen.

»Ich verlange eine Erklärung«, tobte Ephraim Carringham, als ich nicht antwortete. »Ich habe mit eigenen Augen gesehen, dass die Kutsche halb versunken ist. Wie kann sie plötzlich wieder auftauchen?« Seine Stimme kippte vor Erregung fast über, und ich sah ein, dass ich um eine Antwort nicht herumkam, wenn ich mich nicht noch verdächtiger machen wollte.

»Ich vermute, dass es sich um geologische Besonderheiten bei diesem Gebiet handelt«, zimmerte ich mir eine Ausrede zusammen. »Eine wasserundurchlässige Tonschicht vielleicht. Sie hat das Wasser gestaut, das den Boden so aufgeweicht hat. Nun muss es einen Abfluss gefunden haben.« Das war völliger Blödsinn, dessen war ich mir bewusst, aber etwas Besseres fiel mir in der Eile nicht ein.

Die Hauptsache war, dass ich Carringham etwas bieten konnte, nach dem er beinahe begierig griff. Er war halb wahnsinnig vor Angst und würde im Moment nahezu alles glauben. Erst wenn er sich wieder beruhigt hatte, würde ihm die Fadenscheinigkeit meiner Erklärung bewusst werden.

Lange hatte unser Aufenthalt nicht gewährt, aber die Dämmerung war rasch fortgeschritten, die Schatten waren länger und – wie mir *schien – bedrohlicher* geworden. Wir mussten uns beeilen, wenn wir Arcenborough noch vor Einbruch der Nacht erreichen wollten. Mein Vorschlag, aufzubrechen, fiel auf fruchtbaren Boden. Auch meine beiden Begleiter wollten sich so schnell wie möglich von diesem unheimlichen Weg entfernen. Nicht einmal Carringham protestierte mehr gegen den Fußmarsch; trotz seiner kurzen Beine und der Fettleibigkeit hielt er unser Tempo mit, sich dabei ständig umblickend.

Wir waren erst einige hundert Schritte weit gekommen, als ich abrupt stehen blieb. Im schummrigen Licht des verblassenden Tages hatte ich eine Gestalt vor uns auf dem Weg entdeckt.

Mein einmal gewecktes Misstrauen ließ mich vorsichtig werden.

»Das gefällt mir nicht«, sagte der Kutscher leise. »Wir sollten lieber so schnell wie möglich von hier verschwinden.« Carringham sagte gar nichts, rümpfte nur demonstrativ die Nase und schaute sich noch furchtsamer um.

»Vielleicht braucht er unsere Hilfe«, gab ich zu bedenken. »Wir können nicht einfach weitergehen und so tun, als wäre nichts gewesen.«

»Aber ...«

»Kein Aber.« Mit einer entschiedenen Handbewegung schnitt ich dem Kutscher das Wort ab und drehte mich wieder zu der Gestalt um. Erst als sie sich nach fast einer Minute noch nicht bewegt hatte, bedeutete ich meinen Begleitern, zurückzubleiben, und näherte mich vorsichtig dem menschlichen Körper, dabei ständig auf einen heimtückischen Angriff gefasst. Meine Hand hatte ich auf den Griff des Stockdegens gelegt, bereit, die Waffe bei der geringsten verdächtigen Bewegung zu ziehen. Unbehelligt erreichte ich den reglosen Körper. Ich ging in die Hocke und drehte ihn herum.

Der Mann besaß nur einen Arm. Sein Gesicht war noch jung, seine Haut an zahlreichen Stellen aufgerissen und das Blut erst frisch verkrustet. Lange konnte er noch nicht hier liegen. Ich fühlte seinen Puls. Erleichtert stellte ich fest, dass er noch lebte.

»Keine Gefahr!«, rief ich und winkte meine Begleiter heran. Zögernd kamen sie näher.

»Den Mann kenne ich«, sagte der Kutscher. »Er heißt Brewster und arbeitet beim Brandschutz.«

Ich griff noch einmal nach der Hand des Bewusstlosen und betrachtete sie. Sie wies zahlreiche Schnittwunden auf, war geschwollen, und der nasse Dreck hatte die Wunden bereits leicht eitern lassen. Es war kein schöner Anblick. Aber der Mann lebte.

»Wir müssen ihn zu einem Arzt bringen«, sagte ich.

»Wir sollen uns mit diesem Individuum belasten?«, kreischte Carringham, der seine Panik immer noch nicht niedergekämpft hatte.

Das war zu viel. Wortlos fuhr ich herum und versetzte ihm eine Maulschelle, die seinen Kopf zur Seite schleuderte. Drohend erhob ich erneut die Hand, als er Anstalten machte, loszutoben.

»Halten Sie endlich den Mund!«, sagte ich ruhig. Aber auf eine Art ruhig, die ihn erbleichen ließ.

Carringham schluckte seine Entgegnung hinunter. »Ich ... ich meine ja nur, dass wir Männer aus dem Dorf schicken können, die sich um ihn kümmern. Wir werden Arcenborough auch so kaum vor der Dunkelheit erreichen.«

»Warum laufen Sie nicht vor, wenn Sie sich vor Angst in die Hosen machen!«, schlug ich mit ironischer Freundlichkeit vor.

Der Gesellschafter starrte mich einen Moment schweigend und hasserfüllt an, dann wandte er sich brüsk um. Ich hatte mir einen Todfeind geschaffen. Demütigungen vertrug ein Mann wie Carringham nicht, aber das war mir egal. Vielleicht war es besser, Männer wie ihn zum Feind statt zum Freund zu haben.

Zusammen mit dem Kutscher wuchtete ich Brewster hoch. Wie einen nassen Mehlsack schleppten wir den Bewusstlosen zwischen uns mit. Der Mann war nicht gerade ein Riese, aber sein Gewicht machte uns zu schaffen. Mit sichtlicher Genugtuung verfolgte Carringham unsere Bemühungen.

Tatsächlich wurde es jetzt schnell dunkel, und wir konnten unsere Umgebung nur noch schemenhaft erkennen. Aber es genügte, um nicht die Orientierung zu verlieren. Nach einigen Minuten erreichten wir endlich die ersten Häuser von Arcenborough. Ich zuckte zusammen, als ich das finstere Fluidum wahrnahm, das den Ort einhüllte.

Unsere Ankunft blieb nicht lange unentdeckt. Wir waren kaum zwanzig Schritte die Straße hinabgegangen, als sich bereits die ersten Neugierigen um uns scharten und uns mit Fragen bestürmten. Carringham schwieg schon aus reinem Trotz, und auch ich verspürte wenig Lust, ellenlange Erklärungen abzugeben. Das überließ ich dem Kutscher. Ein aufgeregtes Murmeln ging durch die Menge, als er meinen Namen nannte. Carringham warf ihm einen eisigen Blick zu.

Die ATC musste mein Kommen geheim gehalten haben. Wahrscheinlich hätten die Menschen auch nach meiner Ankunft noch nicht erfahren sollen, wer ich war. So sollte wohl verhindert werden, dass ich etwas erfuhr, das ich nicht zu hören bekommen sollte. Ich verzog abfällig das Gesicht. Man schien mich für einen ausgemachten Trottel zu halten.

Es gab jedoch auch eine zweite Möglichkeit. Mein Name war für die Einwohner gleichbedeutend mit den Ungerechtigkeiten, die sie vermutlich erleiden mussten, denn dass es so war, bezweifelte ich kaum noch, seit ich Carringham kennen gelernt hatte. Es war kein Wunder, wenn man mich hasste. Das Verschweigen meiner Ankunft konnte meinem eigenen Schutz dienen.

Die Menge wich einige Schritte zurück, und ich spürte beinahe körperlich die Ablehnung und das Misstrauen, die die Menschen mir entgegenbrachten. Ich war selten irgendwo besonders euphorisch empfangen worden, aber erst einmal *noch* feindseliger. Das war in Innsmouth gewesen, wo man mich für meinen Vater gehalten hatte, den man als den Urheber des Fluchs verdächtigte, der alle männlichen Neugeborenen als Krüppel zur Welt kommen ließ. Damals hätten die Einwohner mich fast getötet. Doch so schlimm schien es hier wohl nicht zu sein.

Ich fuhr mir mit der Hand durch die Haare, die ich mir braun gefärbt hatte, um den weiß gezackten Streifen zu verbergen, der mich für mein Leben zeichnete. Die meisten Menschen, die die weiße Strähne sahen, hielten sie für eine Modetorheit, aber ich hielt es für unnötig, derart aufzufallen, deshalb verbarg ich sie auf Reisen lieber.

Zwei Männer eilten auf mich zu, griffen nach Vernon Brewster und schleppten ihn fort.

Lautes Raunen war um uns herum. Es fiel mir nicht schwer zu erraten, dass sich die Gespräche um meine Person drehten. Vereinzelt wurden Beschimpfungen laut. Ich blickte in Gesichter, die zu einfachen Leuten gehörten und von lebenslanger Entbehrung und schwerer Arbeit gezeichnet waren. Die meisten von ihnen arbeiteten wahrscheinlich in den Fabriken der ATC.

Im gedämpften Licht, das aus erleuchteten Fenstern fiel und von den Gaslaternen verbreitet wurde, die in weiten Abständen am Straßenrand standen, wirkten die Gestalten seltsam unwirklich, wie Schatten aus einer anderen Welt.

Und genau das war es auch. Ich lebte in einer anderen Welt als sie. Ich war reich; und da zählte es nicht mehr, dass ich noch vor wenigen Jahren halb verhungert in den Slums von New York dahinvegetierte, wobei mein »Einkommen« davon abgehangen hatte, wen ich berauben konnte.

Doch seither hatte mein Leben sich grundlegend gewandelt, und ich hatte diesen Wandel nicht aus eigener Kraft herbeigeführt, sondern er war mir durch das Erbe meines Vaters ermöglicht – und aufgezwungen – worden. Es war nicht mehr als eine von den Wohlhabenden bewusst ausgestreute Lüge, dass jeder sich durch Fleiß nach oben arbeiten konnte. Keiner dieser Menschen hier würde jemals mehr verdienen, als zum Überleben unbedingt notwendig war. Es musste Hass in ihnen wecken.

Aber ich begriff auch, dass der Hass der Menschen sich nicht gegen mich als Person richtete, sondern vielmehr dem Hauptaktionär der ATC galt, der ich war. Für sie war ich die Personifizierung des Unrechts, das ihnen zugefügt worden war.

Ich sah einen Schatten heransausen und wich zur Seite aus. Ein Stein kam fast senkrecht heruntergestürzt, prallte neben mir auf das Kopfsteinpflaster und kullerte davon.

Ich biss die Zähne zusammen und versuchte den Zorn, den das alberne Attentat in mir weckte, niederzukämpfen. Wie groß musste die Verzweiflung der Menschen sein, dass sie sich zu solchen Taten hinreißen ließen? Dann ertönten laute Rufe vor mir. Ich sah, wie sich einige Polizisten mit grober Gewalt einen Weg durch die versammelte Menge bahnten. Sie erreichten uns und schützten Carringham und mich mit ihren Körpern. Gewaltsam drängten sie die Menschen, die uns umgaben, zurück. Auf jeden, der nicht sofort gehorchte, prügelten sie mit ihren Knüppeln ein.

Einer der Polizisten trat auf uns zu, verbeugte sich erst vor dem Gesellschafter und dann vor mir. An seiner Uniform trug er einen glänzenden Stern, der mich an die vielen Erzählungen erinnerte, die ich über den *Wilden Westen* schon gehört hatte. Nur die Uniform passte nicht recht zu diesem Bild und weckte vielmehr Erinnerungen an meine Jugendzeit in mir, wo ich mit allem, was Uniformen trug, meist nur schlechte Erfahrungen gemacht hatte.

»Ich bedauere, dass es zu diesem Zwischenfall gekommen ist«, sagte der Polizist, wobei er es vermied, einen von uns anzuschauen. Seine Stimme klang auch nicht sehr bedauernd, fand ich.

»Rufen Sie Ihre Bluthunde zurück«, sagte ich mühsam beherrscht. »Diese Menschen haben uns nichts getan.«

»Sie haben mit Steinen nach uns geworfen«, protestierte Carringham. »Ich verlange, dass Sie die Übeltäter verhaften, Sheriff, und wenn Sie die Schuldigen nicht finden können, dann statuieren Sie ein Exempel.« Unter dem Schutz der Polizisten fand er wieder zu seiner alten Arroganz und Überheblichkeit zurück. Er war und blieb nun mal ein Ekel, eine feiste Ratte im Sumpf von Korruption, Macht und Geld. Anscheinend hatte ich ihn vom ersten Moment an richtig eingeschätzt.

Ich musterte ihn angewidert und wandte den Blick rasch wieder von ihm ab, aber er hatte ihn trotzdem bemerkt.

»Spielen Sie sich nicht auf, Mr. Craven«, schnappte er. »Bei Belangen der Gesellschaft mögen Sie ein gehöriges Wort mitzureden haben, aber das hier geht Sie nichts an. Haben wir uns verstanden?«

Ich hatte verstanden und verzichtete auf eine Antwort, dachte mir aber meinen Teil. Wahrscheinlich wäre er mir an die Kehle gefahren, wenn er meine Gedanken hätte lesen können.

Die ATC schien – fast – uneingeschränkte Macht über den Ort zu haben, wenn selbst die Polizei Carringham widerspruchslos gehorchte. Gleichgültig, ob er das durch Bestechung oder massiven Druck geschafft hatte – er saß momentan am längeren Hebel, und das machte ihn übermütig. Vielleicht wurde es Zeit, dass er einen Dämpfer bekam, dachte ich grimmig.

»Machen Sie, was Sie wollen«, sagte ich so laut, dass nicht nur er und die Polizisten, sondern auch die Umstehenden meine Worte hören mussten. »Ich fühle mich jedenfalls nicht so bedroht, dass ich Polizeischutz brauche, um zum Hotel zu gehen. Wir sehen uns morgen bei der Aufsichtsratssitzung, und ich bin schon gespannt, was Sie mir dort vorzulegen haben. Sehr gespannt!«

Ohne mich weiter um Carringham zu kümmern, schob ich einen Polizisten zur Seite und ging die Straße hinunter. Meine offenen

Worte schienen auf die Einwohner Eindruck gemacht zu haben, denn sie wichen schweigend vor mir zur Seite. Niemand behelligte mich mehr. Freunde hatte ich mir damit keine geschaffen, das war mir klar, denn eine Feindschaft, die über Generationen gewachsen war, ließ sich kaum mit wenigen Worten aus der Welt schaffen. Aber der Zorn der Menge richtete sich zumindest für den Augenblick nicht mehr auf mich, sondern mehr auf Carringham und die Polizisten. Möglicherweise hatte ich einige Menschen sogar zum Nachdenken bewegen können. Zumindest hatte ich deutlich gemacht, dass ich mit der Brutalität der Gesellschaft und der Polizei nicht einverstanden war.

Jetzt erst, als ich durch ihre Reihen schritt, bemerkte ich, dass die Einwohner von Arcenborough, die auf der Straße zusammengekommen waren, ausnahmslos von kleinerem Wuchs waren als ich, ein gutes Stück sogar. Aber ich dachte nicht lange über diesen Umstand nach, denn ich war müde und alles andere als guter Laune und schob meine Beobachtung auf die monotone Arbeit an den Webstühlen und die giftigen Dämpfe aus der Färberei, die wohl ein gesundes Heranwachsen der Kinder verhindern mochten. Nicht, dass mich dieser Gedanke beruhigte. Was war das für eine Welt, in der Menschen ihre und die Gesundheit ihrer Kinder opfern mussten, nur um das Allernotwendigste zum Leben zu verdienen?

Über die Köpfe der Menge hinweg sah ich das Hotel und ging mit weit ausholenden Schritten darauf zu. Als ich näher kam, erkannte ich, dass es sich um kein reines Hotel handelte, sondern um einen Gasthof, in dem auch Zimmer vermietet wurden. Viele Reisende kamen anscheinend nicht nach Arcenborough. Aber schließlich hatte das Dorf auch nicht gerade viel an Attraktionen zu bieten.

Mit Einbruch der Dunkelheit war es kalt geworden. Wind war aufgekommen, der schneidend durch meine durchnässte Kleidung fuhr. Ich fror und fühlte mich so elend wie schon lange nicht mehr. Die anstrengende Fahrt, das Wetter, die Todesgefahr, in die ich geraten war, und die Auseinandersetzungen mit Carringham, alles kam zusammen. Ich sehnte mich nach einem heißen Bad und einem weichen Bett.

Die warme Luft, die mich im Inneren des Gasthauses empfing, war eine Wohltat, obwohl sie stickig und fast schon wieder *zu* warm war. Rauch sammelte sich träge unter der Decke und wurde von dem Luftzug, der entstand, als ich die Tür öffnete, durcheinandergewirbelt. Der Geruch, der mir entgegenschlug, war eine Mischung aus Tabak, Schweiß und abgestandenem Bier, ein Geruch, wie er in jeder Schenke anzutreffen war, so sauber und gepflegt sie auch sein mochte.

Das PALACE war weder besonders sauber und schon gar nicht gepflegt. Als Carringham vom *besten Hotel* sprach, hatte er wohl vergessen zu erwähnen, dass es sich auch um das *einzige* handelte. Bierkrüge und Schnapsgläser standen ungespült auf den Tischen, obwohl ich der einzige Gast war. Die Menschen mussten sämtlich hinausgestürmt sein, als sich die Kunde von meinem Eintreffen verbreitet hatte. Ich trat auf den Tresen zu. Der Wirt war von stämmiger Statur. Sein breites Gesicht sprühte nicht eben vor Intelligenz, und seine Hände erinnerten mich an die Pranken eines fettleibigen Orang-Utans. Wo er hinschlug, da wuchs so schnell bestimmt kein Gras mehr. Der rötliche Farbton seiner Haare verriet den Iren in seiner Ahnenreihe.

Er hatte Krüge in einer Schüssel gespült, deren Wasser einen alles andere als hygienischen Eindruck machte. Aber das taten seine Hände auch nicht. Vor allem, da er seelenruhig mit einem Finger in der Nase bohrte, als ich näher kam.

»Ich bin Robert Craven«, sagte ich und schaute ihn finster an, was ihn jedoch nicht im Geringsten beeindruckte. »Auf meinen Namen wurde ein Zimmer reserviert.«

»O'Flannigan. Sie sind also der Oberboss der ATC. Hab Sie mir anders vorgestellt.«

»So wie Carringham?« Ich grinste. Seine respektlose Art machte mir den Wirt wieder etwas sympathischer. Er sagte wenigstens gerade heraus, was er dachte.

Verschwörerisch beugte er sich vor. »Wenn ich Ihnen einen Rat geben darf: Nehmen Sie sich vor ihm und den anderen Typen in Acht. Das sind falsche Hunde.« Er nickte bekräftigend und nahm sogar den Finger aus der Nase, aber nur, um damit in seinen Zähnen herumzupulen, bevor er fortfuhr: »Es geht mich zwar nichts an, aber ich wüsste gerne, warum Sie gekommen sind. Sie passen nicht in diese Gesellschaft.«

»Ich möchte lediglich etwas nach dem Rechten sehen«, entgegnete ich ausweichend. Meine wahren Gründe konnte ich ihm schließlich nicht auf die Nase binden. »Wie sieht es aus, kann ich das Zimmer sofort bekommen?«

»Aber sicher. Folgen Sie mir.« Er wischte sich die Hände an der

Schürze trocken, umrundete den Tresen und blieb noch einmal stehen. »Ist zwar schon spät«, sagte er. »Aber trotzdem – wenn Sie Hunger haben, mache ich Ihnen gerne noch einen Happen.«

Mein Magen kroch ein Stück weit in meiner Speiseröhre empor, während ich wie hypnotisiert auf seinen rechten Zeigefinger starrte.

»Das ist nicht nötig«, sagte ich hastig. »Ich bin wirklich müde.«

O'Flannigan zuckte mit den Schultern, wandte sich abermals um und ging weiter.

Mit meinem Gepäck in der Hand schloss ich mich ihm an. Wir traten in einen geräumigen Flur, von dem aus einige weitere Türen abzweigten und an dessen hinterem Ende eine Treppe in die Höhe führte. Sie war schmal und die Stufen klein, außerdem hatte ich immer noch glitschigen Schlamm unter meinen Schuhsohlen. Ich musste höllisch aufpassen, um nicht auszurutschen. Ein gebrochener Arm, oder etwas ähnlich Erfreuliches, war so ziemlich das Letzte, das mir noch zu meinem Glück fehlte.

Zwei weitere Absätze mussten wir überwinden. Am Ende der Treppe, im dritten Stockwerk, gelangten wir auf einen Korridor. Kitschige Gemälde hingen an den Wänden. Ein blauer Teppich lag auf dem Boden. Jedenfalls vermutete ich, dass er einmal blau gewesen war.

»Zimmer Nr. 5«, verkündete O'Flannigan und blieb vor der betreffenden Tür stehen. Umständlich kramte er einen Schlüssel aus der Tasche und schloss auf. Mit einer einladenden Geste gab er mir den Weg frei, wobei er ein Gesicht machte, als geleite er mich in die Fürstensuite des Londoner Hilton-Hotels.

Ich sah mich aufmerksam in dem Zimmer um. Es war geräumig und sauberer, als ich es nach dem Anblick der Gaststube erwartet hatte. Im Kamin flackerte ein Feuer und verbreitete wohlige Wärme. Ich stellte meinen Koffer und die Reisetasche auf einen Tisch.

»Ich hoffe, Sie sind zufrieden«, sagte der Wirt, während er mir den Schlüssel reichte.

»Ich habe schon schlechter gewohnt.«

O'Flannigan musste das wohl als Kompliment auffassen, denn er grinste freundlich, deutete eine rasche Verbeugung an und zog sich zurück.

Kaum hatte er das Zimmer verlassen, zog ich mich aus und warf die schmutzige Kleidung achtlos zur Seite, nachdem ich die Taschen entleert hatte. Ohne ihnen weitere Aufmerksamkeit zu zollen, steckte ich den *Shoggotenstern* und die anderen Dinge, die ich fand, in einen sauberen Gehrock.

In einer Ecke stand eine Waschschüssel auf einem kleinen Tisch. Misstrauisch beäugte ich das Wasser. Es schien sauber zu sein. Ich riskierte es, meine Haut damit in Berührung zu bringen. Beim Versuch, mir mehr als nur Gesicht und Hände zu waschen, musste ich beinahe zum Schlangenmenschen werden. Ein Zuschauer hätte an meinen Verrenkungen seine helle Freude gehabt, aber irgendwie schaffte ich es, mir zumindest den gröbsten Schmutz von der Haut zu waschen. Anschließend fühlte ich mich zwar nicht gerade wie neugeboren, aber deutlich besser.

Ich kleidete mich frisch an. Meine Müdigkeit war gewichen, zu viel war auf mich eingestürmt, als dass ich mich sofort zum Schlafen hätte niederlegen können.

Der Fluch der Hexer von Salem hatte mich bis nach Arcenborough verfolgt. Irgendjemand hatte mich bereits erwartet und in eine Falle gelockt. Aber gemessen an der Macht meiner Feinde, die ich bereits oft genug am eigenen Körper verspürt hatte, war es eine stümperhafte Falle gewesen, nicht mehr als ein vorsichtiges Ausloten meiner Fähigkeiten.

Ich schrak aus meinen Überlegungen hoch, als ich ein leises Geräusch von der Tür her bemerkte. Und als ich aufblickte, sah ich, wie die Klinke langsam nach unten gedrückt wurde.

Das Erwachen war langsam und voller Qual, eine Flut peinigender Schmerzen, die seinen Körper wie ein feuriges Geflecht durchzogen. Er stöhnte. Nur unmerklich ebbte der Schmerz ab. Dafür drang etwas anderes in sein Bewusstsein. Etwas, das ihm fast noch größere Qual bereitete: Erinnerungen. Gespenstische Visionen, zu grausam, um wahr zu sein, und die doch Realität gewesen waren.

Eine Hand, eine gigantische dämonische Klaue, die nach ihm gegriffen und seine Seele mit sich gerissen hatte …

Mit den Visionen kam auch die Erinnerung an seinen Namen. Er hieß Vernon Brewster, doch diese Erkenntnis blieb seltsam unscharf, so als hätte sich eine andere Wahrnehmung über das geschoben, was er selbst erlebt hatte, als wären in seinem Schädel Erinnerungen, die nicht dorthin gehörten. Der Gedanke entglitt ihm sofort wieder, noch bevor er ihn richtig zu Ende gedacht hatte.

Er schlug die Augen auf, aber alles, was er wahrnahm, waren konturlose Schatten, Schemen, die einen ziel und sinnlosen Tanz um ihn herum aufführten. Brewster versuchte sich aufzurichten, aber etwas drückte ihn zurück, wie eine unsichtbare, aber sehr starke Hand. Er vernahm eine melodische Stimme, die ihm auf sonderbare Art vertraut vorkam. Gleichzeitig wurde etwas von seiner Stirn fortgenommen. Wasser plätscherte, dann war das leichte Gewicht wieder da und brachte eine angenehme Kühlung.

Allmählich lichteten sich die Nebel vor Vernons Augen, doch auch jetzt blieben die Konturen dessen, was er sah, unscharf und verschwommen. Er sah das seltsam nebelhafte, irgendwie in sich verdrehte Gesicht einer Frau dicht vor sich, von goldenen Locken eingerahmt. Ihre blauen Augen schienen sich ständig innerhalb dieses Gesichtes zu bewegen, verschmolzen zu einem einzigen Riesenauge und teilten sich dann wieder.

Aus dem unverständlichen Wortschwall wurden nach und nach klare Sätze. Er erfuhr etwas von Männern, die ihn gefunden hatten, und von einem Arzt; und immer wieder stellte sie ihm die Frage, was denn eigentlich passiert sei. Er versuchte, sich auf die Gedanken zu konzentrieren, aber es blieb nicht mehr als ein vager Eindruck unvorstellbaren Schreckens. Ein Schrecken, der sich immer mehr in seinem Gehirn festfraß und es überschwemmte, sein eigenes Ich brutal zurückdrängte.

Grob schlug er die Arme der Frau – der Name *Mary* tauchte plötzlich in seinem Bewusstsein auf, aber er vermochte ihn nicht einzuordnen – zur Seite und stemmte sich hoch. Ein leiser Schrei drang an seine Ohren, als er ihr einen Stoß versetzte, der sie zurückschleuderte. Die Frau war für seine Schmerzen verantwortlich, dieses Wissen war plötzlich in ihm. Und sie würde dafür büßen.

Entschlossen schwang Vernon sich von seiner Lagerstatt. Schwindel überfiel ihn, legte sich aber nach ein paar Sekunden wieder. Schwerfällig tappte er auf die Frau zu. Er bekam ihren Arm zu fassen und riss sie zu sich heran. Seine Hand fand ihren schmalen Hals und drückte zu. Sein Atem ging abgehackt und keuchend.

Es dauerte nicht lange, bis er spürte, wie die Frau in seinem Griff erschlaffte. Er ließ sie achtlos zu Boden fallen. Sein Blick irrte suchend im Raum umher und blieb an einer Tür hängen. Ohne zu zögern, taumelte Vernon Brewster – oder das, was einmal Vernon Brewster gewesen war – darauf zu.

Lautlos öffnete er die Tür und trat in den Raum dahinter. Er erblickte zwei Betten, zu klein für einen erwachsenen Menschen und irgendwie zierlich. Für die kleinen Körper darin – *Rebecca und Timothy,* diese Namen waren wie zuvor der der Frau ganz plötzlich in seinem Kopf, ohne dass er wusste, woher sie gekommen waren – reichten sie jedoch aus.

Niemand hatte sein Eintreten bemerkt. Er ging auf eines der Betten zu und hob die Hand. Im schwachen Lichtschein, der durch das Fenster hereinfiel, schimmerte sie weiß, und etwas war darumgewickelt, das ihn behinderte. Er riss es mit den Zähnen herunter.

Wie betäubt starrte er auf seine Hand. War das überhaupt noch eine Hand? Das Fleisch war eingeschrumpelt, und ein seltsam rötliches Glühen ging davon aus. Aber der Gedanke entglitt ihm sofort.

Seine Hand näherte sich wieder dem zerbrechlichen, kleinen Körper in dem Bett, doch plötzlich drang etwas Neues in sein Gehirn, ein Befehl von solcher Intensität, dass er sich wie unter einem Hieb krümmte. Es gab keine Auflehnung gegen den Befehl, obwohl sich etwas in ihm dagegen sträubte, die zerbrechlich erscheinenden Körper zu verschonen.

Widerwillig verließ er das Zimmer wieder und trat aus dem Haus. Seinen Weg kannte Brewster genau. Manchmal kamen ihm Menschen entgegen, aber es gelang ihm immer wieder, ihnen unerkannt auszuweichen. Er erreichte ein großes Gebäude. Durch einen Hintereingang betrat er den Flur und stieg die Treppe hinauf. Vor einer Tür, in deren Holz eine große Fünf gebrannt war, blieb er stehen, als müsste er noch Kraft für die bevorstehende Aufgabe sammeln.

Dann senkte er seine entstellte Hand auf die Klinke.

Ich löschte das Licht und huschte neben die Tür. Meine Hand zuckte zum Griff des Stockdegens, aber alles, was ich zu fassen bekam, war der Stoff meines Anzuges. Der Degen lag noch auf dem Tisch neben meinem Gepäck! Ich hatte mir die Waffe nicht wieder in den Gürtel gesteckt.

Jetzt war es zu spät, noch danach greifen zu wollen. Die Tür schwang auf, und der Lichtschein aus dem Korridor warf ein helles Rechteck auf den Boden, ein Rechteck, in dem sich der Schatten eines Menschen wie ein dunkler Schemen abhob. Ich stand im Schutz der Tür, konnte also nicht sofort entdeckt werden. Dafür konnte ich jede Bewegung des Schattens beobachten. Die Dunkelheit schien ihn zu irritieren, denn er zögerte, bevor er langsam weiterging.

Ich wartete, bis er ganz im Zimmer stand, dann sprang ich hinter meiner Deckung hervor, trat die Tür wuchtig zu und stürzte mich auf den Eindringling.

Der unerwartete Angriff warf meinen Gegner zu Boden. Ich setzte nach, versuchte ihn zu packen, verlor aber ebenfalls die Balance und stürzte quer über ihn. Ineinander verkrallt rollten wir über den Boden. Der Fremde war von schmächtiger Statur, aber sein Körper war muskulös und er entwickelte beachtliche Kräfte. Nur mit größter Mühe gelang es mir, ihn niederzuringen, sodass ich über ihm zu liegen kam und ihn halten konnte.

»Hören Sie auf, Mr. Craven«, keuchte eine Stimme. »Ich will nur mit Ihnen sprechen.«

Überrascht lockerte ich meinen Griff. Mit einer Hand zog ich die Tür wieder auf und betrachtete im hereinfallenden Licht meinen Gegner. Es handelte sich um einen jungen Burschen, bestimmt nicht älter als siebzehn oder achtzehn Jahre. Seine Haare waren schulterlang und leicht gelockt. Seine dunklen Augen sahen mich ängstlich an. Ich tastete ihn nach Waffen ab, fand keine und ließ ihn aufstehen, immer noch auf einen plötzlichen Angriff gefasst.

»Was willst du?«, fragte ich barsch, während ich die Lampe wieder entzündete und die Tür schloss. »Ich schätze es nicht, wenn man versucht, in mein Zimmer einzudringen.«

»Mein Name ist Conroy«, sagte der Bursche und sah mich erwartungsvoll an. Als ich nicht reagierte, fügte er hinzu: »Jeff Conroy. Ich habe Ihnen den Brief geschrieben. Tut mir leid, dass ich so hereingeschlichen bin, aber ich sah keine andere Möglichkeit. Ich hatte Angst, dass jemand mich entdecken könnte. Die ATC vermutet schon längst, dass Sie nicht von allein gekommen sind, und hat Spitzel im Hotel postiert. Und auch draußen auf der Straße. Ich habe mich über die Hintertür eingeschlichen.«

Als er seine Scheu einmal überwunden hatte, sprudelten die Worte regelrecht aus ihm heraus. In seinem Blick lagen Unsicherheit und eine bange Erwartung; auch ein wenig Furcht. Aber keine Falschheit. Er hatte die Wahrheit gesagt. Ich spürte es sofort, wenn jemand versuchte, mich zu belügen. Das war ein Teil meines magischen Erbes.

Ich erinnerte mich vage, vor einigen Monaten einen Brief aus Arcenborough erhalten zu haben, ohne Absender und mit zahlreichen

Schreibfehlern, die auf eine mangelnde Schulbildung des Absenders hinwiesen. Die Berichte über die Arbeitsmethoden in den Webereien und Spinnereien, deren Hauptaktionär ich war, klangen alarmierend. Sie hatten mich betroffen gemacht. Von einer unbarmherzigen Ausbeutung, von Kinderschwerstarbeit und Missachtung auch der geringsten demokratischen Rechte war die Rede gewesen. Aber der Kampf gegen die GROSSEN ALTEN und ihre dämonischen Helfer hatte mich so auf Trab gehalten, dass ich nicht dazu gekommen war, mich darum zu kümmern, und schließlich hatte ich den Brief schlichtweg vergessen, wie ich mir schuldbewusst eingestand. Nicht einmal, als ich von Bord der NAUTILUS gegangen war und beschlossen hatte, einen Zwischenstopp in Arcenborough einzulegen, hatte ich mehr daran gedacht. Erst Jeffs Worte riefen mir das Schreiben wieder in Erinnerung.

Gegen die weit verbreiteten Missstände in anderen Betrieben war ich machtlos, aber in meinen eigenen war ich entschlossen, für eine Einhaltung der Menschenrechte zu sorgen.

»Setz dich«, forderte ich den Jungen schon etwas freundlicher auf. »Ich nehme an, du hast mir etwas sehr Wichtiges zu erzählen, wenn du unter diesen Umständen bei mir eindringst.«

Jeff nickte. Er rutschte ungeduldig auf seinem Sessel hin und her und musterte mich aufmerksam. Er schien von mir ebenso überrascht zu sein, wie der Wirt es gewesen war. Auch ich musterte ihn mit unverhohlener Neugier. Ein schwacher Geruch nach ätzenden Bleichmitteln hing ihm an und zeigte, dass er trotz seiner Jugend bereits in den Färbereien arbeitete. Seine Kleidung war schäbig und ärmlich, sein schmales Gesicht trotz seiner Jugend verhärmt. Die braunen Augen zeigten einen Ausdruck von Erfahrung, über die er in seinem Alter eigentlich noch gar nicht verfügen durfte. Irgendwie erinnerte er mich an mich selbst, wie ich noch vor wenigen Jahren gewesen war. Ich musste damals ähnlich ausgesehen haben. Auch meine Jugend war alles andere als ein Kinderspiel gewesen. In den Slums von New York wurde man früh erwachsen.

Unser Schicksal schien sich ähnlich, und ich spürte eine Woge von Sympathie für den Jungen in mir aufsteigen. »Wie alt bist du, Jeff?«, erkundigte ich mich mit sanfter und ein wenig väterlicher Stimme, über die ich mich selbst ärgerte.

»Fünfzehn, Sir.«

Ich nickte nachdenklich. »Lass den *Sir* weg«, sagte ich. »Und dann erzähle mir endlich, was in Arcenborough vorgeht.«

Er blickte sich furchtsam um, wie um sich zu vergewissern, dass es wirklich keine unliebsamen Mithörer gab, und senkte dann den Blick.

»Schlimme Dinge«, murmelte er. Ein Ruck ging durch seine Gestalt; er straffte sich. »Einiges habe ich Ihnen schon in dem Brief angedeutet. Er war bestimmt nicht leicht zu lesen. Ich war nie in einer Schule und hab mir das Lesen und Schreiben selbst beigebracht. Ganz Arcenborough gehört der ATC. Selbst die Polizei macht nur, was die Gesellschaft befiehlt.« Er legte eine kurze Pause ein, wie um seinen Worten größeres Gewicht zu verleihen. »Wir sind nichts anderes als Sklaven, Arbeitsvieh!«

Er starrte mich eindringlich an. Seine Augen schienen zu brennen. Fast eine Viertelstunde sprach er, und mit jedem Wort begann ich mich mehr zu schämen.

Ich war bestürzt und senkte den Kopf, weil ich seinem Blick nicht mehr standhalten konnte. Sicher, ich hatte nicht gewusst, dass die Zustände so schlimm waren, aber das sprach mich nicht von meiner Mitschuld frei. Ich hatte das finanzielle Erbe Roderick Andaras übernommen, ohne mich bislang weiter darum zu kümmern. Mittlerweile bedauerte ich nicht mehr, dass ich persönlich gekommen war.

»Ich ... ich habe das nicht gewusst«, sagte ich leise. Es war eine reichlich schwache Entschuldigung.

In Jeff Conroys Augen flammte es auf.

»Das glaube ich Ihnen«, sagte er. »Sie machen nicht den Eindruck eines Geldschinders. Sie haben in London wahrscheinlich immer nur zufrieden das Geld eingestrichen, das hier aus uns herausgepresst worden ist. Manchmal müssen schon die Zwölfjährigen in den Webereien körperliche Schwerstarbeit leisten, und viele sterben, ehe sie zwanzig sind. Ihre Körper können erst gar nicht heranwachsen. Kaum jemand in Arcenborough wird viel älter als dreißig Jahre. Bis dahin sind sie entweder in den Färbereien erstickt oder haben sich ihre Gesundheit durch die Arbeit an den verdammten Stoffen ruiniert. Manche fallen einfach tot um. Manchmal habe ich sogar das Gefühl, die ATC will keine Renten zahlen, wenn Sie verstehen, was ich meine. Von Zeit zu Zeit sind Menschen in den Fabriken spurlos verschwunden.«

Er hatte sich in Rage geredet und schwieg kurz, um nach Luft zu schnappen.

»Du meinst, die Gesellschaft lässt sie umbringen?«, hakte ich fassungslos nach. Es fiel mir schwer, das Entsetzliche zu glauben. Und doch fürchtete ich, dass er die Wahrheit sprach.

»Was anderes fällt mir nicht ein. Sicher gibt es immer wieder Unfälle, viele werden auch gar nicht bemerkt oder wollen nicht bemerkt werden, aber hier passiert einfach zu viel. Das kann kein Zufall mehr sein!«

Er kam nicht dazu, weiter zu sprechen.

Ein ungeheures Krachen ertönte, dann wurde die Tür von einer unvorstellbaren Kraft ins Zimmer hineingeschleudert.

Auf der Schwelle stand eine Kreatur, die nur noch schwerlich als Mensch zu erkennen war. Trotzdem wusste ich sofort, um wen es sich handelte. Es war der Mann, den wir auf dem Weg nach Arcenborough gefunden hatten, Vernon Brewster, wie der Kutscher ihn genannt hatte. Ich erkannte ihn mehr an dem fehlenden Arm als an seinem Gesicht. Es hatte sich auf grässliche Weise verformt. Die Nase war beinahe flach geworden, während der Mund wie ein Vogelschnabel spitz zulief. Die Augen waren blutunterlaufen; Wahnsinn schimmerte in ihnen.

Sein Körper war größer geworden, massiger. Seine Hand hatte sich in eine beinahe skelettierte Klaue verwandelt, über der eine rötlich glühende Aura lag. Ein halbes Dutzend armlanger Tentakel ragte aus seinem Oberkörper.

Schuppige Fangarme, die wie tödliche Peitschen auf mich zuschnellten.

Einen Augenblick lang war ich vor Schrecken wie gelähmt – und dieser Moment hätte mich fast das Leben gekostet! In letzter Sekunde ließ ich mich fallen, fing meinen Sturz mit den Händen ab und rollte zur Seite, um aus der Reichweite der Fangarme zu kommen.

Ein Tentakel krachte auf den Sessel, in dem ich gesessen hatte. Der Schlag zermalmte das Möbelstück. Holzsplitter, zerbrochene Stahlfedern und Stofffetzen flogen durch die Luft.

Ich sprang auf und riss Jeff Conroy zur Seite. Mit ungläubigem Entsetzen starrte der Junge auf die Schreckenskreatur; unfähig, auch nur einen Muskel zu rühren. Er schien nicht einmal mehr zu atmen.

Ein Tentakel zuckte auf uns zu. Erneut sprang ich zur Seite und stieß Jeff gleichzeitig in die entgegengesetzte Richtung. Alles Blut war aus seinem Gesicht gewichen. Zitternd presste er sich an die Wand.

Ich wusste nicht, was mit Brewster vorgegangen war. Es schien nichts Menschliches mehr in ihm zu sein. Etwas Fremdes hatte sich seiner bemächtigt. Etwas, das mich töten wollte.

Nachdem seine ersten beiden Angriffe fehlgeschlagen waren, wurde er nun vorsichtiger. Das verschaffte uns eine kurze Verschnaufpause. Aber es machte ihn auch gefährlicher.

»Was ... was ist das?«, schrie Jeff, der langsam aus seiner Erstarrung zu erwachen begann.

Ich wusste die Antwort auf seine Frage nur zu gut, doch mir blieb keine Zeit für lange Erklärungen, die er ohnehin nicht verstehen würde. Ich kannte die Wesen, denen Brewster nun schon zum Verwechseln ähnlich sah.

Er hatte sich zu einem bizarren Zwitterwesen zwischen Mensch und *Shoggote* verwandelt, einer Kreatur der GROSSEN ALTEN, seelenlos und unfähig, irgendein menschliches Gefühl zu empfinden, denn sie trugen ein Stück derer in sich, die sie erschaffen hatten. Es war nicht das erste Mal, dass ich einem *Shoggoten* begegnete, aber die schier unerschöpfliche Kraft der Kreaturen entsetzte mich jedes Mal aufs Neue.

Das Wesen, das einmal Vernon Brewster gewesen war, griff wieder an. Die Verwandlung seines Körpers war beinahe abgeschlossen. Nicht mehr lange, und er würde auch die letzte Ähnlichkeit mit einem Menschen verlieren. Solange dies nicht der Fall war, hatte ich vielleicht noch eine Chance.

Ein geschmeidiger Tentakel huschte auf mein Gesicht zu, so schnell, dass mein Auge die Bewegung gerade noch wahrnehmen konnte. Ich duckte mich unter dem Fangarm hinweg, hatte aber nicht auf die anderen Gliedmassen des *Shoggoten* geachtet. Ein peitschender Hieb traf mich und schleuderte mich quer durch den Raum. Der Kleiderschrank fing meinen missglückten Flugversuch auf. Mit aller Wucht krachte ich gegen die Tür und durchbrach das Holz. Benommen blieb ich zwischen Bettwäsche und zerschlissenen Handtüchern liegen.

Der Sturz hatte mich aus Brewsters Reichweite geschleudert, aber es war nur eine winzige Atempause, die mir vergönnt war. Das Zimmer schien unter seinen Schritten zu erbeben, als er wieder auf mich zugestampft kam. Jeder Knochen tat mir weh, und ein blutiger Nebel hatte sich über mein Bewusstsein gelegt. Mühsam versuchte ich, wieder auf die Beine zu kommen.

Der *Shoggote* erkannte meine Wehrlosigkeit, doch auf seinem Gesicht – der verzerrten Karikatur eines menschlichen Gesichtes, das mich angrinste – zeigte sich nicht die geringste Regung; nicht einmal Triumph. Ein Tentakel peitschte auf mich zu und wickelte sich um meinen Hals. Die Berührung der schleimigen Masse ließ meine Haut wie Feuer brennen. Ich bekam keine Luft mehr.

Die Todesangst verlieh mir noch einmal neue Kraft. Ich schlug wild um mich, zerrte wie von Sinnen an dem feucht glitzernden Fangarm, aber ebenso gut hätte ich versuchen können, eine massive Wand mit bloßen Fäusten zu zertrümmern.

Plötzlich stießen meine Finger gegen ein Hindernis und schleuderten es beiseite. Glas klirrte. Ein beißender Schmerz fuhr durch meine Finger, kaum weniger schlimm als die Berührung durch die amorphe Masse, die sich um meinen Hals geschlungen hatte. Fast instinktiv packte ich zu – und hielt die Petroleumlampe in der Hand, an deren Flamme ich mich verbrannt hatte. Ich ignorierte den Schmerz, raffte noch einmal alle Kraft zusammen und schlug die Lampe gegen den Körper des *Shoggoten*.

Die Bestie trug noch immer die Kleidung Vernon Brewsters. Das war meine Rettung. Sie fing sofort Feuer. Ein krampfartiges Zucken durchlief die Kreatur, als die Flammen an ihr hochleckten. Der Griff um meinen Hals lockerte sich und löste sich dann ganz, während die Kreatur mit einem schrillen Kreischen rückwärts taumelte.

Ich wusste, dass ein echter *Shoggote* durch Feuer nicht zu vernichten war. Brewster aber hatte dieses Stadium noch nicht erreicht. Noch war seine Verwandlung nicht abgeschlossen; zum Teil war er Mensch geblieben. Und verletzlich!

Knisternd fraßen sich die Flammen durch seine Kleidung …

»Verdammt noch mal, weichen Sie mir nicht aus. Ich will wissen, was das für ein … ein *Ding* war!«, schrie Jeff Conroy unbeherrscht und schlug mit der Faust auf den Tisch. Immer noch stand ihm die nackte Angst ins Gesicht geschrieben.

Merkwürdigerweise hatte trotz des Lärms niemand sonst im Haus bemerkt, was in diesem Zimmer vor sich gegangen war. Gäste gab es anscheinend außer mir keine, und unten in der Gaststube war es wohl zu laut, als dass man dort etwas von dem Kampf vernommen hätte. Wir hatten die Flammen mit Decken und Tüchern erstickt, und von dem *Shoggoten*-Menschen war nur ein grauer, glänzender Schleim auf dem Boden übrig geblieben.

Ich seufzte resignierend, löste mich von dem Ekel erregenden Anblick und wandte mich zu Jeff um. »Also gut, ich will versuchen, es dir zu erklären.« Es gibt Momente, in denen man mit Ausflüchten nicht mehr weiterkommt, und solch ein Augenblick war hier gekommen. Ich konnte den Wissensdurst des Jungen gut verstehen. Wie oft hatte ich mich geärgert, wenn Howard mich wie einen kleinen Schuljungen behandelt hatte, dem man die Wahrheit nur stückchenweise und in kleinen Dosierungen verabreichen durfte.

Mehrere Minuten lang redete ich ununterbrochen, und mit jedem Satz wurden seine Augen größer, dabei hielt ich mich so allgemein wie möglich. Ich berichtete von den GROSSEN ALTEN, die vor ewiger Zeit diese Erde beherrscht hatten, bis sie von noch mächtigeren Feinden, den ÄLTEREN GÖTTERN, zurückgedrängt und eingekerkert worden waren, und von ihren Versuchen, erneut auf unserer Welt Fuß zu fassen.

Über meine eigene Rolle in diesem Kampf schwieg ich mich aus. Was hätte es schon genutzt? Der Junge hätte nur weniger Vertrauen zu mir gefasst, hätte vielmehr die Angst gespürt, die viele Menschen ergriff, wenn sie mich kennen lernten.

Ich war ein Hexer, ein Mann mit Fähigkeiten und Kräften, die normalen Menschen unheimlich sein mussten. In ihren Augen war ich wohl kaum weniger abnormal als die Kreaturen, die ich bekämpfte.

Schließlich verstummte ich. Ich hätte noch viel erzählen können, von Necron und seinen Drachenkriegern, von den *Toren* und hundert anderen Dingen, die zu meinem Lebensinhalt geworden waren, doch ich hätte nur Schaden damit angerichtet. Manches war so schrecklich, dass es besser für ewig unter einem Mantel aus Schweigen verborgen blieb.

Jeff lief wie ein gefangenes Raubtier im Raum umher, ohne ein Wort zu sagen. Er musste das Gehörte erst langsam verdauen, aber ich war sicher, ihn mit meiner Erklärung nicht überfordert zu haben. Der Junge war ein waches Bürschchen, den so leicht nichts aus der Bahn werfen konnte. Er war mir ähnlicher, als er vielleicht ahnte.

Was sollen wir nun tun, Mr. Craven?«, fragte er schließlich tonlos. »Vernon Brewster ist nicht von allein zu dieser Bestie geworden. Der wahre Urheber hält sich immer noch irgendwo verborgen, und ich wette, dass der Graue Bredshaw etwas damit zu tun hat.«

Alarmiert blickte ich auf. »Wer ist dieser Bredshaw?«

»Er ... er ist schon lange tot, aber ...« Jeff geriet ins Stottern, und ich musste ihn erst ermutigen, fortzufahren. »Es gibt zahlreiche Legenden über ihn. Man munkelt, dass er mit finsteren Mächten im Bunde gestanden haben soll. Mit Wesen, die nicht von dieser Welt stammen, wie dieses Ungeheuer da.«

Er deutete auf den Boden, wo sich selbst der schwarze Schleim, das einzige Überbleibsel des *Shoggoten*, langsam in feinen grauen Staub auflöste. Die Flammen hatten den Körper restlos verzehrt, ohne dabei auch nur den geringsten Rauch zu entwickeln. Es war kein normales Feuer gewesen.

»Ich habe diese Legenden selber lange Zeit nicht geglaubt. Irgendetwas wohnt in dem Wald, dort, wo das Anwesen Bredshaws liegt. Ich weiß nicht, wie ich es beschreiben soll ... es ist wie eine feindselige Ausstrahlung, die von diesem Teil des Waldes Besitz ergriffen hat. Ich war ein paar Mal da, aber es war mir unmöglich, näher als bis auf ein paar hundert Yards an das Anwesen zu kommen. Eine Art panischer Angst hat mich jedes Mal zur Umkehr gezwungen.«

Ich dachte über seine Worte nach. Wohl in jedem Dorf gab es Legenden über böse Geister. In den seltensten Fällen war an diesen Erzählungen auch nur ein wahrer Kern. Eine alte Kräuterfrau wurde in den Augen abergläubiger Menschen schnell zu einer Hexe, die auch nach ihrem Tod noch umging und die man für alle Unglücksfälle verantwortlich machte. So oder ähnlich verhielt es sich in den meisten Fällen. Es war im Grunde immer die gleiche Geschichte, nur das Beiwerk änderte sich.

Aber Jeff Conroy machte nicht den Eindruck eines von abergläubiger Furcht eingeschüchterten Hinterwäldlers. Möglicherweise hatte ich eine erste Spur gefunden.

»Sie glauben mir nicht«, sagte er enttäuscht, als ich nichts auf seinen Bericht erwiderte. »Haben Sie sich noch nicht gewundert, warum es in Arcenborough keine Holzfäller gibt? Ein paar Firmen haben versucht, hier zu arbeiten. Sie fanden niemanden, der für sie arbeiten wollte, und selbst die Männer, die sie mit hohen Prämien von weither anlockten, flohen bald wieder aus dem Ort. Niemand kann im Wald arbeiten, ohne den Verstand zu verlieren.«

»Ich glaube dir, Jeff«, antwortete ich. »Morgen sollten wir diesem Wald einmal einen Besuch abstatten. Ich möchte mich gerne an Ort und Stelle umsehen.«

»Warum erst morgen?«

Ich lachte leise. »Möchtest du unbedingt in der Dunkelheit hin? Wenn dort wirklich etwas existiert, das Brewster in diese Bestie verwandelt hat, dann wird es zweifelsohne auch unser Kommen bemerken. In der Dunkelheit wären wir für einen weiteren *Shoggoten* ein leichtes Opfer. Dazu kommt, dass ich mich gerne ausgeruht einer weiteren Auseinandersetzung stellen würde.«

»Aber glauben Sie denn, dass wir noch so viel Zeit haben? Woher wollen Sie wissen, dass es nicht noch in dieser Nacht, während Sie schlafen, zu einem weiteren Angriff kommt?«

»Ich glaube nicht, dass uns in dieser Nacht noch Gefahr droht. Bredshaw – oder wer auch immer – wird schwer daran zu kauen haben, dass ich seinen Killer getötet habe. So schnell wird er nichts mehr unternehmen.«

Ich hoffte, dass Jeff das unsichere Schwanken in meiner Stimme nicht bemerkte. Denn in Wirklichkeit war ich von meinen eigenen Worten selbst nicht überzeugt. Aber es wäre Wahnsinn gewesen, jetzt im Wald herumzuirren.

»Sie müssen es wissen«, murmelte er gepresst. »Es ist wohl besser, wenn ich jetzt gehe. Meine Mutter wird sich schon Sorgen machen, wo ich bleibe.«

»Deine Mutter?«, hakte ich nach.

»Mein Vater ist tot. Einer der vielen Verschwundenen, die man niemals wiedergesehen hat. Jetzt muss ich wirklich gehen. Ich muss morgen früh in die Färberei zurück.«

»Da mach dir keine Sorgen«, beruhigte ich ihn. »Ich werde morgen deine Hilfe brauchen. Außerdem habe ich vor, den morgigen Tag mit einem Donnerschlag zu beginnen. Bis ich mir selber ein Bild habe machen können, bleiben sämtliche Fabriken geschlossen.« Ich sah den Schatten der Sorge, der über Jeffs Gesicht huschte, und fügte schnell hinzu: »Den Lohn werde ich trotzdem weiterzahlen lassen.«

Er nickte erleichtert und wirkte beinahe gerührt. »Arcenborough wird Ihnen viel zu verdanken haben.«

Die Hoffnung, die er in mich setzte, machte mich ein wenig verlegen. Ich war es nicht gewohnt, Lob zu empfangen. Ich senkte den Kopf, und dann fiel mein Blick auf meine rechte Hand, mit der ich den *Shoggoten* berührt hatte.

Besser gesagt: das, was einmal meine rechte Hand gewesen war!

Jetzt hatte sie sich in eine ebensolche Klaue wie bei Vernon Brewster verwandelt; und auch die gleiche rötliche Aura umgab sie wie ein gestaltloser glühender Schemen.

Fassungslos starrte ich sie an, unfähig, einen klaren Gedanken zu fassen. Was ich sah, konnte nicht sein, und doch wusste ich, dass es keine Illusion war. Die Finger waren wie ausgedörrt, so, als wäre keinerlei Fleisch mehr an ihnen, sondern nur trockene, pergamentartige Haut, die sich über die Knochen spannte, und die Fingernägel waren um mindestens das Dreifache länger geworden.

Ich wollte schreien, bekam aber keinen Ton heraus. Erst langsam gewann mein klarer Verstand wieder die Oberhand über die Panik, die sich in mir ausbreitete. Ich konnte die Finger noch normal bewegen und spürte nicht einmal Schmerzen. Trotzdem blieb der Anblick unfassbar.

Jeff hatte nichts von meinem Schrecken bemerkt. Er hatte sich umgedreht und rückte gerade die Tür zur Seite, die der *Shoggote* aus den Angeln gerissen hatte. Plötzlich brandete Lärm vor dem Haus auf; laute Stimmen und hastige Schritte auf dem groben Pflaster. Hastig griff ich nach einem Taschentuch, wickelte es um die unförmige Klaue, die einmal meine Hand gewesen war, und zwängte sie in die Tasche meines Gehrocks. Dann trat ich ans Fenster und blickte hinunter auf die Straße.

Eine Menschenmenge hatte sich vor dem Hotel versammelt. Es mochte fast die gesamte männliche Bevölkerung des kleinen Ortes sein. Erregt diskutierten die Männer miteinander. Ihre Stimmen drangen nur gedämpft zu mir herauf. Ich konnte nicht verstehen, um was es ging. Lediglich meinen Namen schnappte ich auf.

Um einen Höflichkeitsbesuch handelte es sich bestimmt nicht. Darauf deutete schon das zu einer Schlinge verknotete Seil, das einer der Männer in den Händen hielt. Jemand sah hoch und entdeckte mich hinter dem Fenster. Mit lautem Klirren barst die Scheibe, als er einen Stein zu mir hochschleuderte. Hastig trat ich zur Seite, um nicht von dem Wurfgeschoss oder den niederregnenden Glassplittern verletzt zu werden. Wüste Flüche und Beschimpfungen wurden laut. Die Männer drängten sich in das Gasthaus.

»Verschwinde, Jeff«, stieß ich hervor. »Klettere aus dem Fenster. Ich versuche, die Kerle aufzuhalten. Hol die Polizei. Los, nun lauf schon endlich!« Die letzten Worte schrie ich fast.

Wenn mich nicht alles täuschte, hatte ich es mit einem klassischen Fall von Lynchjustiz zu tun. Ich wusste nicht, was man mir vorwarf, aber die Männer, die ich bereits die Treppe heraufpoltern hörte, würden es mir sicherlich auf rasche Art erklären.

Mit der freundlichen Überzeugungskraft einer Schlinge!

Ich trat auf den Korridor hinaus, die deformierte Hand noch immer in der Rocktasche vergraben. Am Kopfende der Treppe, wo die Männer zu mir heraufschauen mussten, hatte ich einen psychologischen Vorteil. Kampflos würde ich mich nicht ergeben; in erster Linie musste ich Zeit herausschinden. Aber ich würde mit *meinen* Waffen kämpfen, zumindest solange das möglich war. Worte konnten stärkere Waffen darstellen als rohe Gewalt.

Der entfesselte Mob stürmte die Treppe herauf, doch der Sturmlauf geriet ins Stocken, als die Männer mich erblickten. Einige von ihnen glaubte ich schon bei meiner Ankunft gesehen zu haben.

»Was wollt ihr?«, herrschte ich sie an, bevor sie Gelegenheit hatten, sich auf die neue Situation einzustellen. Einige Augenblicke lang waren sie verwirrt, und diese Zeit nutzte ich aus. Ich tastete nach den Gehirnen der Männer, traf auf einen Widerstand und drängte ihn beiseite. Die Anstrengung trieb Schweißperlen auf meine Stirn, aber ich erreichte mein Ziel. Ein Band aus geistiger Kraft entstand zwischen mir und den Menschen. Doch es war schwerer, als ich erwartet hatte.

»Ihr wollt gar nichts hier«, rief ich und beantwortete meine Frage damit selbst. »Ihr werdet nach Hause gehen und alles vergessen!«

Unruhe breitete sich in der Menge aus, aber es war keine menschliche Aufregung mehr in ihrem Gebaren, sondern eine Art von Marionettenhaftigkeit. Ich hatte die Menschen unter meinen Willen gezwungen, aber bei weitem nicht so stark, wie ich es mir vorgestellt hatte. Es gelang mir nicht, ihren Widerstand vollends zu brechen. Sie gehorchten mir nicht, doch ich hatte ihrem wütenden Ansturm die Kraft genommen. So konnte ich sie wenigstens für einige Zeit dazu zwingen, nichts gegen mich zu unternehmen. Aber es waren zu viele, um sie für mehr als ein oder zwei Minuten zu bändigen. Meine geistigen Kräfte waren durch Tergards magischen Schlag noch immer geschwächt, und ich spürte, wie meine Konzentration langsam, aber unerbittlich nachließ.

»Geht nach Hause«, befahl ich noch einmal und merkte, wie meine Stimme zitterte. Auch diesmal kamen sie meinem Befehl nicht nach. Ohne Hilfe von außerhalb war ich verloren, aber ich konnte zumindest versuchen, das Beste aus meiner Situation herauszuholen. Die Zeit arbeitete für mich.

Ich winkte den vordersten der Männer zu mir. Mit abgehackten Bewegungen überwand er die letzten drei Stufen, die uns trennten. »Was geht hier vor?«, fuhr ich ihn scharf an. Seine Stimme klang monoton in der Hypnose, als er antwortete.

»Ich wollte nach Vernon Brewster sehen. In seinem Haus wütete ein Ungeheuer. Es hat Brewster verschlungen und seine Frau umgebracht. Ich konnte mich vor dem Monster verbergen und habe es bis zu Ihrem Zimmer verfolgt. Dann holte ich die anderen zu Hilfe, und nun sind wir gekommen, um den Mord zu rächen. Entweder gehorcht Ihnen die Bestie, oder Sie sind es selbst, Craven.«

Wenn alles nicht so ernst gemeint gewesen wäre, hätte ich fast zu lachen begonnen. Wieder einmal hielt man mich für den Urheber einer Gefahr, durch die ich um ein Haar selbst das Leben verloren hätte. Wann endlich würden die Menschen lernen, zwischen Freund und Feind zu unterscheiden, anstatt allen Fremden mit Misstrauen und Hass zu begegnen? Es wäre der Augenblick, in dem der Fluch der Hexer von Salem brechen würde, aber ich wusste, dass es noch ein weiter Weg bis dahin war.

Etwas ging mit den Männern vor. Plötzlich war die unsichtbare Barriere, die ich durchbrochen geglaubt hatte, wieder da. Meine Macht verflog von einer Sekunde auf die andere, und mit einem Male fühlte ich nichts als eine grässliche Leere in mir. Erschöpft taumelte ich einen Schritt zur Seite und musste mich am Treppengeländer abstützen.

Doch dieser Zustand währte nur Sekunden, dann hatte ich mich wieder in der Gewalt. Noch einmal richtete ich mich auf und stellte mich der aufgebrachten Menge entgegen. »Zurück!«, befahl ich. »Ihr wisst nicht, was ihr anrichtet, ihr Narren.«

Diesmal verfehlte mein herrisches Auftreten seine Wirkung. Der Mob trampelte mich einfach nieder. Einige der Männer waren mit Knüppeln bewaffnet, und schmerzhafte Schläge und Tritte prasselten auf mich ein. Instinktiv riss ich die Arme vor mein Gesicht und krümmte mich am Boden. Schrille, wütende Schreie gellten mir in den Ohren. Ich schlug und trat um mich, ohne zu zielen, aber ich hätte ein Dutzend Arme und Beine gebraucht, um mich erfolgreich gegen die aufgebrachte Menge zu verteidigen. Meine Kräfte ließen rasch nach. Dann packte mich jemand am Kragen und riss mich in die

Höhe. Ich sah wie durch einen blutigen Nebel, wie er mit seiner gewaltigen Faust ausholte. Mit einem Schrei hob ich die Hände, um mein Gesicht zu schützen – und verlor das Taschentuch, mit dem ich meine verwundete Hand umwickelt hatte.

Gegen den nun losbrechenden Tumult war der bisherige nicht mehr als ein gemütliches Plauderstündchen gewesen. Gellende Schreie klangen in meinen Ohren.

»Er selbst ist der Dämon!«, schrie jemand.

»Schlagt ihn tot!«, brüllte eine andere Stimme. Vor Schmerzen fast ohnmächtig, nahm ich alles nur noch wie durch einen Schleier wahr. Meine Gegenwehr war längst zusammengebrochen, nicht mehr als ein hilfloses Gestikulieren mit den Armen. Ein bärtiges Gesicht schälte sich aus dem Nebel, zerfloss wieder und erschien mir in dieser Verzerrtheit so Schrecken erregend wie die Fratze des *Shoggoten.* War ich dem Ungeheuer nur entkommen, damit die Besessenen mich nun an seiner Stelle umbrachten?

Ich war mehr tot als lebendig und wunderte mich selbst, wieso ich noch immer bei Bewusstsein war, aber dieser nebensächliche Gedanke krallte sich in meinem Gehirn fest.

Die Besessenen. Das war die Lösung!

Ich hätte es spüren müssen, als ich ihnen meinen Willen aufzuzwingen versuchte. Die Kraft, die sich mir entgegengestemmt hatte, diese Barriere in ihren Gehirnen, das war nicht nur ihre menschliche Energie gewesen. Ich hatte die Menschen nicht beherrschen können, weil sie längst den Befehlen eines anderen gehorchten! Aber diese Erkenntnis kam zu spät.

Ein harter Schlag gegen die Schläfe löschte mein Bewusstsein endgültig aus.

Teilnahmslos erlebte er sein eigenes Sterben mit, fühlte die Flammen, die seinen Körper verzehrten, aber er empfand keine Schmerzen dabei. Etwas schirmte ihn ab, dasselbe Etwas, das zuvor schon seine Seele in einen winzigen Winkel seines Körpers verbannt hatte. Ohne die Möglichkeit, es zu verhindern, hatte er miterleben müssen, wie der Schatten seinen Körper veränderte. Seine neue Art zu denken bestand nur noch aus einer Aneinanderreihung instinktiver Empfindungen. Er befand sich nach wie vor innerhalb des Körpers, der einmal sein eigener gewesen war, wie er auch alle Ereignisse deutlich miterleben konnte, wenn auch nur als ein über allem schwebender Beobachter. Nicht einmal der

Tod Marys hatte ihn aus diesem dumpfen Dämmerzustand aufschrecken können; Trauer und Schmerz fanden keinen Platz in seiner neuen Welt. Er war kein Wesen mehr, sondern nur noch ein Ding, *etwas, das tot war und doch lebte, auf eine unbegreifliche fremde Art.*

Sein Körper verbrannte, aber wenn er es auch herbeisehnte, so war es ihm nicht einmal im Tode vergönnt, Erlösung zu finden. Eine noch gewaltigere Kraft packte ihn und riss ihn mit sich.

Eine unendlich anmutende Zeitspanne glitt er durch die Ewigkeit, fühlte Zeit und Raum in sich pulsieren, bis seine Empfindungen zerfaserten, sich auflösten in einer Wolke von Entsetzen.

Er lebte weiter – oder wie immer man diese andere Form der Existenz auch bezeichnen mochte –, und wenn er zuvor schon geglaubt hatte, dass es keine Steigerung des Entsetzlichen mehr geben könnte, so wurde er nun mit dem Unvorstellbaren konfrontiert.

Und er war ein Teil davon.

Das Ding existierte in einer blasphemischen Albtraumwelt, die nicht einmal sein vom Wahnsinn befallener Geist hätte ertragen können – wenn es ihn noch als menschliches Wesen gegeben hätte. Aber seine Persönlichkeit war ausgelöscht. Er war nur eines von unzähligen Teilen des Dings. *Er war ES, und ES war anders als alles, was er sich jemals vorzustellen vermocht hätte.*

Um ES herum türmten sich Tausende Tonnen von Gestein auf, das er um seine Leblosigkeit beneidete. ES nahm die schwache Ausstrahlung von Menschen wahr, weit entfernt, doch etwas in IHM wehrte sich dagegen, sich ihnen zu nähern. Allein durch ihre Existenz bereiteten die Menschen IHM Schmerzen. Sie mussten ausgelöscht werden, aber gegenwärtig verspürte ES keinen Hunger und es gab Wichtigeres zu tun, als über die hilflosen Insekten herzufallen, die sich selbst für die Herrscher dieser Welt hielten.

Was zählten schon die wenigen Jahre, die ihnen zum Leben blieben, gegenüber SEINER nach Jahrmillionen währenden Existenz? Jahrmillionen, die ES in unerträglich hilflosem Dämmerzustand verbracht hatte, der sich nun seinem Ende zuneigte.

ES hatte viel, viel Zeit zur Verfügung gehabt, um zu lernen, was es bedeutete, warten zu können.

Jemand war erschienen, der etwas in IHM tief berührte. Ihm war es zu verdanken, dass ES aus SEINEM millionenlangen Schlaf erwacht war. Alles hatte sich wiederholt wie in jener Nacht vor mittlerweile mehr als hundert Jahren, als ein Sterblicher geglaubt hatte, an SEINER Macht teilhaben zu können. Einer, der der Graue Bredshaw *genannt wurde und der sich der uralten Sätze erinnert hatte, die im Buch des Bösen geschrieben stehen:*

Das ist nicht tot, was ewig liegt,
bis dass die Zeit den Tod besiegt.

Jener Sterbliche hatte für seinen Frevel büßen müssen, aber dennoch war es IHM nicht gelungen, erneut Fuß in der Welt der Menschen zu fassen.

ES war ein Ableger SHUDDEMELLs, jenes Mächtigen unter den GROSSEN ALTEN, der Ewig Eingegrabene und Herrscher über die Erde und die finsteren Reiche der Höhlen. *Vor Millionen von Jahren hatte der Dämon diesen Ableger – seine eigene Hand – abgespalten und mit unseligem Leben erfüllt. Aber die GROSSEN ALTEN waren untergegangen und hatten auch ES ins Verderben gerissen, bevor ES den Auftrag SHUDDEMELLs ausführen konnte.*

Bis dieser Jemand *in Arcenborough erschienen war. Seine Ankunft hatte den Dämmerzustand beendet, in dem ES existiert hatte. ES hatte dem gleichen Ritual wie bei SEINEM letzten Erscheinen folgen müssen, bis dann die Ketten um SEINEN Geist endgültig niederrissen. ES hatte den Fremden geprüft und erfahren müssen, dass er ein Feind des unumschränkten Meisters war; ja, mehr noch: ein Feind all derer, die man die GROSSEN ALTEN nennt.*

ES musste ihn töten, dann erst konnte ES mit der Verwirklichung der Pläne beginnen, für deren Durchführung SEIN Meister ES vor unendlicher Zeit erschaffen hatte. SHUDDEMELL hatte seine Hand dafür gegeben, und das zeigte, wie wichtig der Auftrag war.

ES hatte einen Shoggoten *geschaffen, um den Fremden zu töten, doch er hatte die Kreatur vernichtet, und der Tod, den ES mit verzehrender Glut gespürt hatte, hatte IHN gewarnt. ES hatte die Macht des Fremden unterschätzt, aber nun würde ES keine Fehler mehr begehen.*

So hatte ES begonnen, eine neue Falle aufzubauen. ES würde Robert Craven durch die Angehörigen seiner eigenen Rasse bezwingen lassen, ohne sich jedoch völlig auf sie zu verlassen. Im entscheidenden Moment würde ES selbst in Erscheinung treten und die Rache der GROSSEN ALTEN vollziehen.

In SEINER Welt gab es keine Freude und keinen Triumph. So beobachtete ES nur, wie SEINE sorgsam aufgebaute Falle im richtigen Moment zuschnappte, und hielt sich zum Eingreifen bereit.

Die Verriegelung des Fensters klemmte!

Zwar war die Scheibe zerborsten, aber in der Füllung steckten noch zahlreiche scharfkantige Splitter, die ihm beim Hinausklettern die Haut zerschnitten hätten. Verzweifelt zog Jeff Conroy an dem Hebel. Erst als der Junge sich mit seinem ganzen Körpergewicht daran hängte, nickte er langsam nach unten. Jeff stieß das Fenster auf und schwang sich auf die Fensterbank.

Die umliegenden Häuser waren verwinkelt gebaut, flache Hütten zumeist, die vom PALACE überragt wurden. Zumindest das angrenzende Gebäude wies zwei Stockwerke auf. Dazwischen lag eine Gasse von mehr als drei Yards Breite, zu weit, um ohne Anlauf einen Sprung zu riskieren.

Ein schmaler Sims führte unter dem Fenster vorbei. Kaum breiter als ein Fuß, aber die Wand war rau und uneben. Sie bot genügend Möglichkeiten, sich festzuhalten.

Ohne zu zögern, stieg Jeff auf den Sims. Behände wie eine Katze balancierte er vorwärts. Erstaunlicherweise war der Stein noch recht gut erhalten, er hielt das Gewicht des Jungen ohne Schwierigkeiten aus. Nur einmal bröckelten einige kleinere Steinchen heraus. Mit einem großen Schritt überwand Jeff Conroy die schadhafte Stelle und erreichte ungeschoren das Ende des Simses.

Drei Stockwerke tiefer lag die menschenleere Gasse. Das nasse Pflaster glänzte im Lichtschein, der aus den Fenstern im Erdgeschoss fiel.

Hier betrug die Entfernung zum gegenüberliegenden Dach nur noch zwei Yards. Jeff presste sich hart gegen die Wand, holte tief Luft – und stieß sich mit aller Kraft ab.

Er befand sich bereits halb im Sprung, als er mit dem Fuß abrutschte. Er wusste nicht, wie es geschah; ob wieder loses Gestein abbröckelte oder ob er einfach nur mit dem Fuß umschlug. Jedenfalls bekam er bei weitem nicht genügend Schwung.

Mit dem Mut der Verzweiflung stieß Jeff Conroy die Hände nach vorne und bekam die hölzerne Regenrinne zu packen, die das Dach begrenzte. Das Holz knarrte und ächzte, als sich seine Finger um die gebogene Kante der Rinne krallten, aber es hielt. Mit einem Klimmzug schwang er sich auf das Dach und blieb für einige Sekunden schwer atmend liegen. Dann kämpfte er sich wieder auf die Füße und lief bis zur anderen Seite des Daches hinüber. Er blickte auf einen mit Unrat übersäten Hof hinab, begrenzt von einer Mauer, auf die Jeff sich hinunterließ. Die restlichen zweieinhalb Yards überwand er im Sprung. Die Beine knickten ihm beim Aufprall weg. Er rollte sich gewandt über die Schulter ab und sprang wieder auf.

Es war nicht weit bis zum Office des Sheriffs; einige Straßenzüge nur. Jeff rannte, so schnell er konnte.

Er hämmerte mit dem wuchtigen Türklopfer so heftig und ausdauernd gegen die dicken Eichenbohlen, als wolle er die Tür einschlagen. Schließlich wurde sie mit einem Fluch aufgerissen, und Jeff stand Sheriff Willok gegenüber, dem man im Ort den Beinamen »Der Schlächter« verliehen hatte – freilich ohne dass er davon wusste. Willok war ein vierschrötiger Hüne von der Statur eines Kleiderschrankes. Seine Haare waren bereits leicht angegraut. Das angriffslustig vorgereckte Kinn beherrschte sein kantiges Gesicht.

»Was soll der Lärm?«, schnappte Willok.

Mit dem Sheriff hatte außer den Gesellschaftern der ATC noch niemand in Arcenborough gute Erfahrungen gemacht. Normalerweise mied Jeff Conroy ihn wie die Pest, aber jetzt kam er ja im Auftrag des Hauptaktionärs der Gesellschaft, und da würde selbst Willok ihn anständig behandeln müssen. Tapfer schluckte er seine Angst hinunter.

»Kommen Sie rasch, Sheriff«, stieß er hervor. »Mr. Craven ist in Gefahr. Man wird ihn töten, wenn Sie nicht eingreifen.«

Misstrauisch beäugte der »Schlächter« ihn. »Mr. Craven, sagst du? Komm erst mal herein.«

Unmerklich atmete Jeff auf. Die erste Hürde war genommen. Der Name des Aktionärs schien selbst bei Willok Wunder zu wirken. Es war das erste Mal, dass er das Office von innen sah. Hinter wurmzerfressenen Schreibtischen erkannte er Willoks Meute – Hilfspolizisten, deren Gesichter allein genügt hätten, sie in anderen Bundesstaaten *hinter* die Gitter der Zellen zu setzen anstatt davor.

»Alle mal herhören«, brüllte Willok. »Dieser Rotzjunge behauptet, Mr. Craven sei in Gefahr.«

Die Polizisten sahen auf und blickten Jeff spöttisch an. Mit einem Male hatte der Junge das Gefühl, dass nicht alles so glatt lief, wie es zuerst den Anschein gehabt hatte. Der Sheriff war ein bisschen zu schnell auf seine Worte eingegangen.

»Wir sollten ihn mal fragen, wieso er davon weiß«, meinte einer der Beamten. Sein Grinsen war gemein und hinterhältig, und Jeff brach plötzlich der kalte Schweiß aus.

»Ich habe es selbst erlebt«, beteuerte er heftig. »Mindestens zwei Dutzend Männer sind in das PALACE eingedrungen, Sir. Sie werden ihn umbringen!«

»Weißt du, was wir auf den Tod nicht ausstehen können?«, fragte Willok gefährlich leise. Er stand hinter Jeff und blockierte mit seiner massigen Gestalt den Weg zur Tür. »Nein? Dann will ich es dir sagen. Wir mögen es gar nicht, wenn jemand seine Nase in anderer Leute Angelegenheit steckt.«

»Aber man wird Mr. Craven töten«, rief Jeff verzweifelt.

»Nun«, sagte der Sheriff betont langsam und gedehnt. »Dann wird es wohl einen Grund dafür geben.« Alle Freundlichkeit war aus seiner Stimme gewichen. Sie klang hart und metallisch, irgendwie leblos, als spräche eine seelenlose Maschine. »Warum musste dieser Dreckskerl auch herkommen?«

Jeff konnte nicht glauben, was er da hörte. Willok war für seine Grausamkeit berüchtigt, aber solche Worte hätte Jeff nicht einmal ihm zugetraut. Jedes einzelne Wort traf ihn wie ein Peitschenhieb. Er wirbelte herum und versuchte zur Seite auszuweichen, aber er war nicht schnell genug.

Ein Mann aus Williks Meute trat von hinten an Jeff heran und umklammerte seine Arme. Der Griff war gnadenlos wie ein Schraubstock. »Ich glaube nicht, dass es unbedingt Zeugen geben muss«, fuhr der Sheriff fort.

Jeff Conroy spürte noch einen Luftzug, dann traf ihn ein Schlag im Nacken, der ihm augenblicklich das Bewusstsein raubte.

Das Erwachen war eine fast unerträgliche Qual. Schmerzwellen durchliefen meinen Körper. Das Zentrum der Pein lag in meinem Kopf, aber der Schmerz wurde unerträglich, als ich versuchte, ihn zu unterdrücken. Von irgendwoher drangen Stimmen an mein Ohr.

Ich wollte die Hände hochnehmen, um mir die Stirn und die Schläfen zu massieren, aber es ging nicht; meine Handgelenke waren gefesselt. Und mit dieser Erkenntnis kam die Erinnerung. Ruckartig riss ich die Augen auf.

Um mich herum herrschte Dunkelheit. Ganz vage nur erkannte ich die Umrisse gewaltiger Bäume, von zuckendem Lichtschein nur schattenhaft erhellt. Das schwache Licht stammte von Fackeln. Und als ich mühsam den Kopf wandte, sah ich auch die Gesichter ihrer Träger im Widerschein der Fackeln. Es handelte sich um die gleichen Männer, die mich im PALACE überwältigt hatten.

Ich wurde hin und her geschleudert, und jede Bewegung löste neue Schmerzwellen in meinem geschundenen Körper aus. Es dauerte einige Sekunden, bis ich begriff, wo ich mich befand. Man hatte mich auf einen offenen Wagen geworfen, der normalerweise wohl zur Ernte auf den Feldern eingesetzt wurde. Die Federung war dementsprechend: Es gab gar keine. Schlagloch blieb Schlagloch; und davon waren auf dem holprigen Waldweg mehr als genug. Gegen dieses Gefährt war selbst der Zug, der mich nach Arcenborough gebracht hatte, das reinste Luxusgefährt. Vor allem, weil ich darin nicht um mein Leben hatte bangen müssen. Leider konnte ich jetzt nicht mehr wählen.

Nach einigen Minuten schienen meine bohrenden Kopfschmerzen einzusehen, dass ich nichts gegen sie unternehmen konnte, und ließen von selber etwas nach. Freuen konnte ich mich darüber nicht, denn nun spürte ich die Schmerzen in meinem übrigen Körper umso deutlicher. Meine Rippen schienen ausnahmslos gebrochen zu sein; weh genug taten sie jedenfalls. Anscheinend hatten die aufgebrachten Männer noch auf mich eingeprügelt, nachdem ich längst ohnmächtig geworden war. Aber wenigstens hatten sie mich nicht gleich aufgehängt, wie sie es wohl ursprünglich vorgehabt hatten.

Niemand nahm von meinem Aufwachen Notiz. Kein Wunder, denn fliehen konnte ich nicht. Die Besessenen hatten sich mit meinen Armen nicht begnügt, sondern mir auch noch die Beine gefesselt. In verkrümmter Haltung lag ich auf der Ladefläche des Wagens.

Nach einigen qualvollen Verrenkungen gelang es mir, in eine etwas erträglichere Lage zu rutschen. Dabei fiel mein Blick auf ein großes Holzkreuz, das hinter meinem Kopf am Kutschbock befestigt war. In ihrem primitiven Aberglauben hielten die Menschen mich immer noch für einen Dämon. Aber wenn ich ehrlich war, so musste ich einsehen, dass sie allen Grund dafür hatten. Meine auf so schreckliche Art veränderte Hand bot ihnen allen Anlass dazu. Sie konnten nicht begreifen, dass sie nur Werkzeuge einer viel größeren Gefahr waren. Einer Gefahr, gegen die ihre christlichen Symbole machtlos waren. Die GROSSEN ALTEN und ihre Helfer entstammten keiner biblischen Hölle, sondern waren Wesen der Urzeit, denen Menschheit und Christentum hilflos gegenüberstanden. Vielleicht war es das Entsetzlichste an den GROSSEN ALTEN, dass für sie keine menschlichen Naturgesetze galten, sondern andere, magische Regeln. Nur mit ihnen konnte man sie bekämpfen.

Der Weg wurde nicht häufig benutzt. Ich merkte es an den harten Stößen, die den Wagen immer häufiger erschütterten. Ein Stück voraus wieherte ein Pferd. Da ich kaum etwas sehen konnte, konzentrierte ich mich auf mein Gehör, um herauszufinden, was um mich herum geschah. Ich erkannte, dass es sich nicht um ein Reitpferd handelte, wie ich erst angenommen hatte. Eine weitere Kutsche musste vor mir fahren. Zügel klatschten auf das Fell des Pferdes, dann knallte eine Peitsche. Der Kutscher schien beträchtliche Schwierigkeiten mit dem Tier zu haben. Ich hörte wüste Flüche.

Und dann sträubte sich auch das Zugtier des Wagens, auf dem ich lag, gegen ein weiteres Vorgehen. Es bäumte sich auf, und der Kutscher musste all sein Geschick aufbieten, es zum Weitertraben zu bewegen. Er schaffte es schließlich mit roher Gewalt.

Sein ausgeprägter Instinkt hatte das Tier gewarnt. Auch ich spürte, dass sich etwas um uns herum verändert hatte. Etwas Fremdes schlich sich in meine Gedanken, erfüllte mich gleichermaßen mit Ekel und Angst.

Es war wie in einem schrecklichen Albtraum, in dem tote Dinge plötzlich erwachen und sich gegen den Schlafenden wenden. Alles um mich herum nahm bedrohliche Dimensionen an. Jeder Schatten war mit einem Male von unheimlichem Eigenleben erfüllt, hinter jedem Baum schien namenloses Unheil zu lauern.

Panische Furcht überfiel mich. Mit jeder Faser spürte ich den unsichtbaren Schrecken, der näher und näher kam und mit eisigen Fingern nach meiner Seele griff. Zugleich begann die Aura rötlichen Lichtes, die meine Klauenhand umgab, im Rhythmus meines Herzens zu pulsieren.

Ich schrie auf, wollte mich aufbäumen, um aus diesem verfluchten Teil des Waldes zu fliehen, aber die Fesseln waren zu stark. Die Stricke schnitten in meine Handgelenke, aber ich spürte den Schmerz nicht. Hilflos musste ich zusehen, wie man mich immer weiter in den Wald hineinschleppte.

Nur mit eiserner Willenskraft konnte ich mich zur Ruhe zwingen. Ich dachte an die Erfahrungen, die Jeff Conroy mit dem Anwesen des Grauen Bredshaw gemacht hatte. Er hatte von einer solchen Aura des Bösen gesprochen, die es ihm unmöglich gemacht hatte, in die Nähe des Anwesens zu gelangen. Ich zweifelte nicht daran, dass wir uns im gleichen Teil des Waldes befanden und ich nun selbst erlebte, was er mir zu erklären versucht hatte.

Der Weg machte einen Bogen, und sofort ließ die Panik nach, die mich fast in den Wahnsinn getrieben hatte. Sie wurde zu einer nur unterschwellig spürbaren Furcht, die sich in der Tiefe meines Unterbewusstseins einnistete; nur noch schwach wahrnehmbar, aber bereit, jederzeit neu aufzuflammen und meinen Verstand endgültig hinwegzufegen.

Entweder nahmen meine Entführer die Aura der Feindseligkeit nicht wahr, oder es gelang ihnen, ihre Empfindungen völlig zu unterdrücken. Während ich vor Angst getobt und geschrien hatte, ließen sich die Männer nichts anmerken. Ich ahnte, dass die finstere Macht, in deren Gewalt sie geraten waren, ihren Geist gegen die wütenden Attacken aus dem Nichts schützte. Ihre Gesichter blieben maskenhaft starr. Wie die von seelenlosen Puppen ...

Plötzlich ahnte ich, wohin man mich bringen wollte. Irgendwo in der Nähe musste sich der Feuerturm befinden, auf dem Vernon Brewster den Verstand verloren hatte. Und das Anwesen des Grauen Bredshaw!

Meine Hoffnungen sanken. Selbst wenn es Jeff gelungen war, die Polizei zu alarmieren – und man ihm überhaupt glauben sollte –, würde man hier sicherlich nicht so schnell nach mir suchen.

Ich überlegte, ob ich noch einmal mit den Männern sprechen sollte, verwarf den Gedanken aber fast so schnell wieder, wie er mir gekommen war. Sie besaßen keinen freien Willen mehr. Keine noch so große Überzeugungskraft würde sie dazu bewegen können, mich freizulassen. Auch auf einen weiteren Versuch, sie zu hypnotisieren, konnte ich verzichten. Wie ich bereits schmerzlich erfahren hatte, war der Befehl, den der Geheimnisvolle in den Männern verankert hatte, stärker als meine Hexerkraft. Jeder Versuch wäre eine sinnlose Kraftverschwendung gewesen, die ich mir momentan nicht leisten konnte. Im Gegenteil; ich musste in meinem Zustand versuchen, wieder einigermaßen zu Kräften zu kommen, wenn ich überhaupt noch eine sich bietende Chance nutzen wollte.

In der Zwischenzeit überlegte ich fieberhaft. Was ich bislang wusste, war denkbar wenig. Wer oder was Arcenborough tyrannisierte, hielt sich geschickt im Hintergrund verborgen. Ob einer der GROSSEN ALTEN selbst hinter den Vorfällen steckte?, durchzuckte mich ein entsetzlicher Gedanke. Die Verwandlung Vernon Brewsters in einen *Shoggoten* deutete darauf hin. Zur Erschaffung einer solchen Kreatur war eine ungeheure Macht vonnöten, die ich bislang nur bei diesen grauenhaften Wesen aus der Vergangenheit gespürt hatte ...

Der Wagen kam zum Stehen, und ich wurde unsanft aus meinen Gedanken gerissen und von der Ladefläche heruntergezerrt. Die

Männer handelten nicht einmal brutal; die Aggressivität, die sie im Hotel beherrscht hatte, war gewichen. Der hypnotische Bann, der sie beherrschte, hatte sich so sehr verstärkt, dass er sie zu völlig willenlosen Geschöpfen machte, die nur ihren Auftrag erfüllten. Jemand bückte sich und löste meine Fußfesseln, damit ich selbstständig gehen konnte. Ein Fluchtversuch schied ohnehin aus.

Die Menschen bildeten eine lebende Wand um mich herum, die sich nun an einer Seite öffnete. Eine Gestalt wurde auf mich zugeschleift.

Es war Jeff Conroy. Mein trügerisches Gebäude aus Hoffnung brach endgültig in sich zusammen.

Der Junge war schlimm zugerichtet. Sein Kinn war geschwollen und dunkel angelaufen, über seiner rechten Augenbraue war die Haut aufgeplatzt, und ein geronnener Blutfaden zog sich bis zum Kinn herab. Trotzig wehrte er sich, konnte aber nicht verhindern, dass er weiter auf mich zugezerrt wurde.

»Die Polizisten stecken mit diesem Pack unter einer Decke«, rief er.

Ich nickte nur. Im Grunde hatte ich nichts anderes erwartet. Wer so viele Menschen – ich zählte vierundzwanzig Personen – beherrschen konnte, der verfügte auch über die Möglichkeit, die übrigen Einwohner Arcenboroughs zur Passivität zu verurteilen. Wild riss Jeff an den Fesseln. Blut quoll zwischen den groben Stricken hervor und fiel in dicken roten Tropfen zu Boden.

»Lass es«, riet ich. »Du verschwendest nur deine Kraft.«

Meine Ruhe brachte ihn nur noch mehr in Rage. »Aber wir müssen doch etwas tun!«, keuchte er. »Sollen wir uns einfach umbringen lassen?«

»Bestimmt nicht. Aber es kommt immer darauf an, den richtigen Zeitpunkt abzupassen. Wenn man uns töten wollte, hätte man das schon längst tun können. Man hat etwas anderes …«

Ein harter Stoß traf mich in den Rücken und brachte mich zum Verstummen. Ich taumelte einige Schritte vorwärts und ging dann freiwillig weiter. Nicht so Jeff Conroy. Er stieß einen Wutschrei aus und rempelte den Mann, der ihn gestoßen hatte, mit der Schulter an. Dessen Reaktion bestand lediglich darin, dem Jungen einen noch härteren Stoß zu versetzen. Sein Gesicht zeigte dabei nicht die geringste Gefühlsregung. Es blieb leblos und wie aus Wachs geformt. Jeff taumelte nach vorn und wäre gestürzt, wenn ich ihn nicht mit meinem Körper aufgefangen hätte.

»Lass endlich den Unsinn, und komm mit!«, zischte ich ihm zu. Diesmal widersprach er nicht. Aber weniger wegen meiner Worte als vielmehr wegen seines Schreckens, als er meine verwandelte Hand erblickte.

»Was ist ... was ist geschehen?«, fragte er entsetzt.

»Die Berührung durch den *Shoggoten*«, antwortete ich hastig, bevor auch er noch anfing, mich für einen Dämon zu halten. Er sah mich sekundenlang fassungslos an, dann nickte er. Wenigstens *er* glaubte mir.

Vor uns ragte der Feuerturm auf. Wie ein toter, überdimensionaler Arm reckte er sich dem schwarzen Himmel entgegen. Die Wolkendecke war an einigen Stellen aufgerissen, und kaltes Mondlicht schien auf uns herab.

Die Männer bildeten eine Gasse, durch die wir gingen. Sie wandten uns zwar ihre Gesichter zu, sahen uns aber nicht an. Ihr Blick war stumpf, auf eine unverständliche Art nach innen gekehrt, trotzdem hatte ich das Gefühl, dass sie jede unserer Bewegungen genau beobachteten. Jemand anderes bediente sich ihrer Augen, um zu kontrollieren, ob alles nach seinem Willen geschah.

Am Fuß der Treppe blieb ich stehen. Jeff verharrte neben mir. Ein Mann bedeutete uns mit einer Armbewegung, die Treppe hochzusteigen.

»Sie werden uns vom Turm werfen«, orakelte Jeff düster. »Und wir gehen auch noch freiwillig zu unserer eigenen Hinrichtung. Wir müssen beide verrückt sein. Sie wegen Ihrer verdammten Ruhe und ich, weil ich so dämlich bin, auf Sie zu hören, Mr. Craven.« Wie er meinen Namen betonte, klang es fast nach einer Beleidigung.

Ich schluckte meinen Groll hinunter. »Warum haben sie uns nicht einfach erschlagen oder erhängt?«, konterte ich und bemühte mich, so viel wie möglich dieser »verdammten Ruhe« in meine Stimme zu legen. Es gelang mir selbst nicht, wirklich an meine Argumente zu glauben. Schließlich hatten wir es hier nicht mit logisch denkenden Menschen zu tun, sondern mit Besessenen. Ihr Plan, uns auf dem Turm zu töten, mochte Teil eines dämonischen Ritus sein.

Langsam stieg ich in die Höhe. Als ich nach einigen Stufen den Kopf wandte, sah ich, dass die Männer uns nicht folgten. Jeff erkannte seine Chance.

»Ich kann schneller laufen als die«, flüsterte er mir zu.

Gleichzeitig ging er schneller, trat auf den ersten Absatz. Noch bevor ich den Jungen zurückhalten konnte, sprang er über das niedrige Holzgeländer.

Wir befanden uns nicht viel höher als drei Yards über dem Waldboden. Bei dieser Höhe bedeutete ein Sprung keine große Gefahr, zumal das Erdreich weich und nachgiebig war. Jeff hätte sich abfangen und loslaufen können, noch ehe die Besessenen reagiert hätten.

Hätte – wenn er überhaupt über das Geländer gekommen wäre ...

Aus dem Nichts heraus tauchten flammende Elmslichter auf und umtanzten seinen Körper, hüllten ihn ein und stoppten seinen Sprung. Einige Sekundenbruchteile lang glaubte ich, sie würden ihn verzehren, doch die Flammen spien ihn wieder aus. Eine unsichtbare Faust traf Jeff und schleuderte ihn auf den Treppenabsatz zurück ...

Besorgt beugte ich mich über den Jungen. Ich hatte die Gefahr im letzten Moment gespürt. Eine magische Energie ballte sich um den Turm zusammen, die jeden Fluchtversuch scheitern lassen würde. Jeff wälzte sich auf dem Boden und presste die Arme um seinen Körper; dabei stieß er abgehackte, schmerzerfüllte Schreie aus.

Ich packte ihn an den Schultern und presste sie mit aller Kraft auf die Holzbohlen, um ihn zu beruhigen. Er schlug wild um sich und versuchte, sich aus meinem Griff zu winden. Ich musste einige derbe Schläge gegen meine Arme hinnehmen, hielt ihn aber eisern fest. Ein paar Mal rief ich seinen Namen, aber er hörte mich nicht. Sein Blick ging durch mich hindurch, als wäre ich nicht existent. Ich sah keine andere Möglichkeit mehr, als ihm mehrfach mit der flachen Hand ins Gesicht zu schlagen. Sein flackernder Blick klärte sich. Das Zucken seiner Glieder ließ nach und verschwand dann ganz. Ich atmete erleichtert auf und ließ ihn los. Stöhnend richtete der Junge sich auf und fuhr sich mit der Hand übers Gesicht.

»Was ... war das?«, flüsterte er stockend und kaum hörbar. Er stand schwankend und unsicher, musste sich gegen einen Pfeiler stützen, um nicht erneut zu stürzen, aber er schien nicht ernsthaft verletzt zu sein.

»Du verdammter Narr!«, knurrte ich und deutete mit der Hand zum Fuß des Turmes. Meine Worte klangen nicht halb so zornig, wie sie hätten klingen sollen. Dafür war ich viel zu erleichtert. »Dieselbe Macht, die den *Shoggoten* erschaffen hat, wacht über den Turm«, beantwortete ich seine Frage. »Das wissen die da unten auch.« Die Besessenen hatten uns den Rücken gekehrt und machten sich auf den Rückweg. »Sie werden vermutlich erst in Arcenborough wieder zu sich kommen und alles vergessen haben.«

Mit weit aufgerissenen Augen starrte Jeff Conroy mich an und strich sich die schweißverklebten Haare aus der Stirn. Er kam nicht mehr dazu, etwas zu sagen.

Ein gewaltiger Stoß erschütterte den Turm. Der Boden unter meinen Füßen schwankte wie ein Boot im Sturm. Ich konnte das Gleichgewicht nicht halten und wurde nach vorne geschleudert. Erst das Geländer fing meinen Sturz auf. Jeff hatte sich bereits vorher am Pfeiler festgehalten und klammerte sich nun daran.

So plötzlich, wie er gekommen war, verebbte der Stoß wieder.

»Was hat das zu bedeuten?«, stieß Jeff Conroy hervor und starrte mich aus geweiteten aufgerissenen Augen an. »Wir hatten in dieser Gegend noch niemals ein Erdbeben.«

»Das war kein Erdbeben«, entgegnete ich unsicher. »Eher ein ...« Ich brach ab, weil mir kein passender Vergleich einfiel.

»Eher was?«, kreischte Jeff hysterisch. Ich konnte seine Angst verstehen. Er stand diesen magischen Phänomenen noch hilfloser gegenüber als ich. Bis vor wenigen Stunden hatte er die bloße Existenz derartiger Kräfte noch aus seinem Denken verbannt, und nun befand er sich im Mittelpunkt eines höllischen Infernos. Er musste einfach durchdrehen. Andere hätten schon viel früher den Verstand verloren.

Ich ahnte Jeffs Handeln voraus und packte den Jungen, als er an mir vorbeilaufen wollte. Meine Finger krallten sich in seine Kleidung. Ich riss ihn zu mir herum und schlug ihm erneut mit der flachen Hand ins Gesicht.

»Schau dir wenigstens an, wohin du läufst, bevor du dich in dein Unglück stürzt«, herrschte ich ihn an und deutete auf das hinter uns liegende Treppenstück. Die Stufen waren schwarz verkohlt. Kleine Flämmchen tanzten auf ihnen, griffen auch auf das Geländer über und tasteten sich langsam, aber beständig an uns heran. Es waren die gleichen Flammen, die Jeff bei seinem Fluchtversuch gepackt und zurückgeschleudert hatten.

Ich war abgelenkt und spürte das leichte Zittern, das durch den Turm lief, zu spät. Der Stoß war noch härter als beim ersten Mal. Diesmal wurden wir beide zu Boden geschleudert.

Hart stürzte ich auf die Holzbohlen. Lebendigen Wesen gleich wanden sie sich unter mir, verformten sich und wurden von immer neuen Stößen erschüttert. Kleine Risse durchzogen das Holz.

Instinktiv krallte ich mich an irgendetwas fest und ließ auch nicht los, als mir fast die Schultergelenke ausgerissen wurden. Um mich herum barst das Holz mit lautem Krachen.

Benommen blieb ich liegen, als das Beben endete. Erst ein stechender Schmerz in meinem Bein schreckte mich hoch. Ich schüttelte die Holzsplitter und kleineren Bretter ab, die auf mich gestürzt waren, und richtete mich auf.

Auch durch das Beben waren die näher rückenden Flammen nicht zum Stillstand gekommen. Sie hatten den Schmerz verursacht, als sie mein Bein erreicht hatten. Der Stoff meiner Hose glimmte ein wenig. Hastig schlug ich die Glut aus.

Der Turm war kaum noch als solcher zu erkennen. Es war ein Wunder, dass die Stützpfeiler noch standen und weitgehend unbeschädigt schienen. Von dem Treppenstück, das wir heraufgekommen waren, war nichts mehr übrig geblieben. Ein Haufen von Asche und verbrannten Holzstücken war der einzige Überrest. Auch die in die Höhe führende Treppe bot keinen schönen Anblick. Zahlreiche Stufen waren angebrochen oder fehlten ganz. Ein Teil des über uns liegenden Absatzes war herabgebrochen, und unter den Trümmern –

»Jeff!«

Staub und Holzspäne in meinem Mund ließen meinen Schrei zu einem heiseren Krächzen werden. Ein Bein des Jungen ragte unter dem Trümmerhaufen hervor! War er … tot?

»Helfen Sie mir schon endlich, und räumen Sie das Gerümpel weg«, klang plötzlich eine Stimme unter dem Schutt auf. Mir fiel der berüchtigte Stein vom Herzen. Wie besessen griff ich nach den Brettern und schleuderte sie hinter mich. Sie verkohlten noch in der Luft, sobald sie die von den Flammen markierte Linie erreichten, die sich kaum mehr als einen großen Schritt hinter mir befand. Erst als ich den losen Unrat weggeräumt hatte, erkannte ich, welches unwahrscheinliche Glück Jeff gehabt hatte. Ein massiver Balken war von den Überresten des zermalmten Geländers aufgehalten worden, bevor er den Jungen hatte einquetschen können.

Die Flammen hatten uns fast erreicht, als er sich endlich unter dem Balken hervorschieben konnte. Ich riss ihn aus der unmittelbaren Gefahrenzone und half ihm auf die Beine. Sekunden später erreichte das Feuer den Balken, leckte mit gierigen Zungen über das Holz und fraß sich daran weiter.

»Danke«, keuchte Jeff und hustete Staub und Sägemehl aus seinen Lungen.

»Spar dir das, bis wir alles überstanden haben«, sagte ich trocken. »*Falls* wir es überstehen.«

Vorsichtig stiegen wir die Treppe hinauf. Ich prüfte jede Stufe erst sorgsam mit den Fußspitzen, bevor ich ihr mein Gewicht anvertraute. Mehr als eine brach dabei vollends auseinander. Glücklicherweise waren die entstandenen Zwischenräume nicht allzu groß, sodass wir sie mit einem weiten Schritt überqueren konnten. Erst als wir einen genügend großen Vorsprung vor den Flammen herausgeschunden hatten, gönnten wir uns eine kurze Pause. Notdürftig klopfte ich mir den Schmutz von der Kleidung.

»Was hat es überhaupt für einen Sinn, wenn wir immer weiter nach oben fliehen?«, stieß Jeff mutlos hervor. »Die Flammen holen uns ja doch ein.«

Ich antwortete nicht. Alles, was ich hätte sagen können, kam mir hohl und leer vor. Ich wusste nur, dass wir nicht aufgeben durften. Noch immer bewahrte ich mir einen Funken Hoffnung, dass etwas Unvorhergesehenes geschehen würde. Ich konnte keinen Sinn darin entdecken, dass wir auf dem Turm verbrennen sollten. In meinen Augen gab es nichts, das den Aufwand lohnte, uns hierher zu verschleppen, wenn es nur um unseren Tod ging.

»Ich verstehe sowieso nichts mehr«, fuhr Jeff fort. »Dieses Feuer dürfte es gar nicht geben. Es müsste das ganze Unterteil des Turmes wegbrennen. Er müsste einstürzen, aber stattdessen verfolgen uns die Flammen wie lebende Wesen. Sie breiten sich nicht aus und verbrennen nur das, womit sie auf ihrem direkten Weg in Berührung kommen.«

Jeff Conroy beugte sich über das an dieser Stelle noch vollständig erhaltene Geländer und warf einen Blick in die Tiefe. Im nächsten Moment stieß er einen überraschten Schrei aus. Mit zwei Schritten war ich neben ihm und sah ebenfalls hinab.

Ein unglaubliches Bild bot sich unseren Augen.

»Der Turm sinkt im Boden ein«, keuchte Jeff.

Der Fuß des Turmes war bereits bis zum ersten Absatz im Erdreich verschwunden. Ein Krater hatte sich um die Stützpfeiler gebildet, ein schwarzes Loch, das mir wie ein gierig aufgerissener Schlund erschien und in den das Holzgerüst Stück für Stück einsackte. Dabei blieb der Turm in seiner aufrechten Stellung. Jemand schien sich von unten an die Betonverankerung geklammert zu haben und zog uns nun langsam, aber unerbittlich zu sich heran. Einen Herzschlag lang hatte ich die albtraumhafte Vision einer gigantischen Spinne, die ein unsichtbares Netz um den Turm gesponnen hatte und dieses nun enger zog, um ihre Opfer zu verschlingen. Unwillig schüttelte ich den Kopf und verdrängte die Vision.

»Was hat das nun wieder zu bedeuten?«, keuchte Jeff.

Ich lachte humorlos auf. »Sieht ganz so aus, als ob es jemand kaum noch erwarten kann, uns zu sich zu holen.«

Jeff schluchzte auf und hämmerte mit der Faust auf das Geländer. »Ich will weg von hier!«, schrie er. »Ich will nach Hause. Lieber schufte ich ohne Pause eine Woche in den Werken, als noch länger diesen Albtraum zu ertragen.« Die Angst machte ihn kopflos und ließ ihn einen Schuldigen suchen. »Sie sind an allem schuld, Craven«, fuhr er fort. »Erst seit Sie hier aufgetaucht sind, hat Arcenborough sich in diese Hölle verwandelt!«

Wie hypnotisiert starrte er auf meine rechte, schrecklich deformierte Hand, sprang plötzlich auf mich zu und packte mich am Kragen meines Anzugs. »Ich weiß nicht, wer Sie wirklich sind und welche Rolle Sie hier spielen, aber ich will hier weg, raus aus dieser Todesfalle.« Ein erneutes Schluchzen schüttelte seinen schmächtigen Körper. Tränen traten in seine Augen. »Ich habe doch gar nichts mit dieser Sache zu tun«, hauchte er.

Mühelos streifte ich seine Hände ab, »Ich will ebenfalls weg von hier«, entgegnete ich scharf. »Zeig mir eine Möglichkeit, und ich folge dir. Wenn nicht, dann reiß dich wenigstens zusammen.«

Meine harten Worte verfehlten ihre Wirkung nicht. Jeff Conroy verstummte und sah mich fast hilflos an. Die Wut in seinen Augen war erloschen. Er würde wieder zur Besinnung kommen.

Wortlos drehte ich mich um und stieg, von nagenden Zweifeln geplagt, die Stufen höher.

Das verräterische Krachen klang wie ein Donnerschlag in meinen Ohren, kaum dass ich den ersten Schritt getan hatte. Plötzlich spürte ich keinen Boden mehr unter den Füßen! Wie ein Stein stürzte ich in die Tiefe.

Etwas schloss sich um meine gesunde Hand. Ein wahnsinniger Schmerz zuckte durch meinen rechten Arm, als mein Sturz abrupt gestoppt wurde. Meine Beine baumelten über dem Abgrund.

Als ich den Kopf hob, blickte ich in Jeffs von Anstrengung verzerrtes Gesicht. Er hatte meinen Arm im letzten Moment gepackt. Mit der freien Hand umklammerte er einen Pfeiler, um nicht selber in die Tiefe gerissen zu werden. Sein Körper war wie eine Stahlfeder gespannt; lange würde er mich nicht halten können. Er leistete schier Übermenschliches.

Mit der Rechten tastete ich so lange umher, bis ich eine unversehrte Stufe zu packen bekam und mein Gewicht verteilen konnte. Jeder der langen Fingernägel der Klaue hätte abbrechen müssen, aber stattdessen gruben sie sich wie Nägel in das Holz und hielten mich. Zum ersten Mal war ich fast dankbar für diese unheimliche Mutation.

Jeff besaß nicht mehr genug Kraft, um mich hochzuziehen, wie ich an seinem schwächer werdenden Griff spürte. Ich packte fester zu, konnte aber nicht mehr verhindern, dass seine Faust sich öffnete. Ich glitt an seinen schweißfeuchten Fingern ab. Für einige endlos lange Sekunden lastete mein ganzes Körpergewicht nur an meiner Klauenhand. Dann endlich bekam ich die Stufe mit der freien Hand zu packen.

Ein winziges Stück konnte ich mich in die Höhe ziehen – als sich plötzlich glühende Klingen in meine Muskeln bohrten!

Der unvorstellbare Schmerz trieb mir die Tränen in die Augen. Meine Arme schienen in flüssigen Stahl getaucht zu sein. Ich war wie gelähmt; jeder Muskel in meinem Körper hatte sich verkrampft. Ich konnte nicht einmal mehr atmen. Blutiger Nebel wallte vor meinen Augen.

Irgendwann, nach Sekunden oder Minuten, die mir wie Ewigkeiten erschienen, flachte der Schmerz ein wenig ab, und ich konnte mich wieder bewegen. Keuchend sog ich die kalte Luft ein. Jeffs Gesicht schälte sich aus dem Nebel. Er schrie irgendetwas, das ich nicht verstand. Seine Hände krallten sich in den Stoff meiner Jacke.

Noch einmal raffte ich alle mir verbliebene Kraft zusammen. Etwas zerriss tief in mir, und eine Woge glühender Lava schien über mir zusammenzuschlagen, aber ich konnte mich hochreißen und meinen Oberkörper auf der Stufe abstützen!

Jeff zerrte mich weiter, bis ich dem gähnenden Abgrund endgültig entronnen war. Mein Herz raste. Keuchend blieb ich auf der Stufe liegen und spürte, wie von irgendwoher neue Kraft in meinen Körper strömte.

Ich wälzte mich herum, bis mein Blick noch einmal in den Abgrund fiel. Ich erschauderte noch im Nachhinein, als mir bewusst wurde, wie nahe ich dem Tod gewesen war. Ohne die blitzschnelle Reaktion des Jungen hätte ich nicht mehr den Hauch einer Chance gehabt.

Ich richtete mich ein Stück auf und strich mir die Haare aus der Stirn. Als ich die Hand zurückzog, hatten die Finger sich leicht bräunlich verfärbt. Es war das Färbemittel, mit dem ich die weiß gezackte Strähne in meinen Haaren hatte verbergen wollen. Schweiß und Regen hatten das Mittel aufgeweicht. Ich wusste nicht, inwieweit meine Tarnung noch vorhanden war, aber das spielte im Augenblick ohnehin keine Rolle mehr. Wer immer uns in diese Falle gelockt hatte, wusste ohnehin, wer ich war.

»Wir müssen weiter«, sagte Jeff schließlich, als sich mein Atem nach einigen Minuten halbwegs normalisiert hatte. Er deutete auf die Flammen, die sich weiterhin unerbittlich näherten. Ich nickte mühsam und versuchte, mich hochzustemmen. Es gelang erst beim zweiten Versuch. Meine Arme waren beinahe gefühllos und schienen auf die doppelte Länge angewachsen zu sein, und mein Herz trommelte noch immer wie rasend gegen meine Rippen.

Aber Jeff hatte Recht. Wir durften nicht länger rasten, auch wenn mein Körper mit jeder Faser nach einer Verschnaufpause schrie. Es grenzte ohnehin an ein Wunder, dass ich mich so schnell wieder erholt hatte. Ich erinnerte mich an die glühende Woge, die über meinem Geist zusammengeschlagen war. Es war nicht allein meine körperliche Kondition gewesen, die mir die entscheidende Kraft verliehen hatte, sondern eine Kraft ganz anderer Art, die tief aus meinem Inneren hervorgekrochen war und mich auch jetzt noch durchströmte. Eine finstere Macht, die ich zwar anwenden konnte, die mir aber immer noch unheimlich war.

Wir überwanden das schadhafte Treppenstück, indem wir dicht am Geländer vorbeibalancierten. Ich vermied es, noch einmal in die Tiefe zu sehen, sondern konzentrierte mich auf den Weg. Hätte ich nicht für wenige Sekunden meine Vorsicht vergessen, wäre es gar nicht erst zu dem Sturz gekommen.

Fünf weitere Treppenabsätze lagen noch vor uns. Ich prüfte jede

Stufe noch gewissenhafter als zuvor, bevor ich sie mit meinem ganzen Gewicht belastete.

Irgendwie erreichten wir die Plattform. Auch sie war verwüstet. Die einzige Tür zur Beobachtungskabine war aus den Angeln gerissen worden. Die Scheiben der großen Fenster waren geborsten. Nur einige scharfkantige Splitter hingen noch in den Bleifassungen.

Zögernd betraten wir die sechseckige Kabine. Ich wandte mich in die Richtung, in der die Fabriken liegen mussten, konnte die Anlagen aber nicht sehen. Ein Hügel versperrte mir die Sicht auf die Gebäude. Die Plattform befand sich nur noch dicht über der Baumgrenze, die sie vorher weit überragt haben musste. Der Turm war bereits ein beträchtliches Stück eingesunken.

»Sehen Sie dort«, rief Jeff Conroy und deutete durch ein Fenster in die gleiche Richtung. Ich erkannte sofort, was er mir zeigen wollte. Es handelte sich um ein Gehöft, das etwa eine Meile entfernt lag. Ich konnte es nur schemenhaft im Mondschein wahrnehmen, aber der Hauch von Unheil und Verderbnis, der über den Gebäuden lag und den ich selbst auf diese Entfernung noch spürte, verriet mir, um was es sich handelte.

»Das Anwesen des Grauen Bredshaw«, sprach der Junge meine Gedanken aus. »Ich habe es noch nie richtig sehen können. Einmal habe ich mich auf den Turm geschlichen, aber es war so nebelig, dass ich nichts erkennen konnte.«

Es gab einen Ruck, und der Turm sackte um mehr als einen Yard in die Tiefe. Fast schien es, als wollte jemand verhindern, dass wir das Gehöft länger betrachten konnten, obwohl es auch jetzt von einem Schleier milchigen Nebels eingehüllt war.

Es verschwand hinter den Baumkronen. Enttäuscht wandte ich den Blick ab und sah zur Tür.

Die Flammen mussten noch schneller als bisher vorgedrungen sein. Sie umtanzten bereits den Türrahmen, fraßen sich über die hölzerne Schwelle und würden uns in weniger als einer Minute erreicht haben. Ich sah mich bereits als einen Haufen rauchender Schlacke durch den verbrannten Fußboden brechen.

»Sie kommen nicht näher«, stieß ich im nächsten Moment verblüfft hervor. Auf der Schwelle wuchsen die Flammen in die Höhe, bildeten eine gleißende Feuerwand, aber sie drangen nicht auf die Plattform vor. Es fiel mir nicht schwer, eine Erklärung für dieses Phänomen zu finden. Eine Erklärung, die auch allem anderen einen Sinn gab.

»Man hat uns in das sicherste Gefängnis der Welt eingeschlossen«, erklärte ich und trat dicht an die Flammen heran. Es kribbelte, als ich die Hand ausstreckte und meine Finger die wirbelnde Barriere berührten. Sie stießen auf einen harten Widerstand. Ich trat an eines der Fenster und wiederholte dort das Experiment. Sobald meine Hand über die Fensterfassung hinausragte, zuckten auch dort Flämmchen auf, die meine Finger umspielten und am Weiterdringen hinderten.

»Es gibt kein absolut sicheres Gefängnis«, sagte Jeff. Der alte Trotz war wieder in seinem Gesicht zu lesen.

»Dann versuch hinauszukommen«, bot ich ihm zynisch an. »Vielleicht hilft es ja, wenn ich mal mit den Fingern schnippe.«

Ich bereute meine Worte im gleichen Moment, in dem ich sie aussprach. Jeff Conroy hatte es nicht verdient, dass ich ihn so herablassend behandelte. Wenn er nichts von den Kräften verstand, die uns in ihre Gewalt gebracht hatten, so war es am allerwenigsten seine Schuld.

Man hätte uns töten können, ein halbes Dutzend Mal, aber *Etwas* hatte diesen Weg gewählt, um uns zu sich in die Tiefe zu reißen. Dabei ging es wohl hauptsächlich um mich, dachte ich bitter. Jeff befand sich nur bei mir, weil er alles mit angesehen hatte.

Und plötzlich hatte ich wieder die Vision *einer gigantischen Spinne, die ihr Netz auf irgendeine Art verkleinerte und uns mit jeder verstreichenden Sekunde näher zu sich heranholte. Ich glaubte, in mordlüsterne Facettenaugen von der Größe eines Wagenrades zu starren, sah, wie chitingepanzerte Scheren – jede einzelne so groß wie ein Mensch – auf mich zuzuckten und mich packten, um ...*

Ich schloss die Augen, und die Vision verblasste wieder.

»Wer immer uns entführt und hier eingesperrt hat – er ist hinter Ihnen her, Mr. Craven«, sagte Jeff, als hätte er meine Gedanken gelesen. »Etwas an Ihnen stimmt doch nicht. Sie wissen über Dinge Bescheid, denen ich nicht einmal in meinen schlimmsten Albträumen begegnet bin. Sie sprechen darüber, als handele es sich um etwas ganz Normales, fast Alltägliches. Wer sind Sie wirklich, Mr. Craven?«

Ich zögerte. Die Art, in der der Junge die Frage gestellt hatte, zeigte mir, dass er sich diesmal nicht mit fadenscheinigen Erklärungen abspeisen lassen würde. Wahrscheinlich war es ohnehin gleichgültig, ob ich ihm alles sagte, aber etwas in mir hielt mich davon ab, ihm die volle Wahrheit anzuvertrauen.

»Nimm einfach an, ich wäre diesen *Dingen,* wie du es nennst, schon mehrmals begegnet«, antwortete ich. »Diese Antwort muss dir genügen.«

Er sah wohl ein, dass er nicht mehr von mir erfahren würde, denn nach einigen Sekunden wandte er sich ab und lief gereizt auf der Plattform hin und her.

»Woher nehmen Sie bloß diese unglaubliche Ruhe?«, rief er und rang verzweifelt die Hände. Abrupt fuhr er herum und deutete mit dem Finger auf mich. »Sie und dieses ... dieses *Ding* da«, er zeigte auf meine Klaue, »sind mir fast noch unheimlicher als das, was um uns herum vorgeht!«

Seine Worte machten mich betroffen. Ich wollte den Blick senken, vermochte es aber nicht und sah ihn weiterhin unverwandt an. Flüchtige Bilder tauchten vor meinem inneren Auge auf. Bilder von Menschen, die ich durch meine alleinige Existenz in den Untergang getrieben hatte. Ich selbst oder Necrons Fluch, der über mir lastete, es blieb sich gleich. Ich war ein Außenseiter, durch eine unsichtbare Barriere von anderen Menschen isoliert, und ich wusste es, aber verdammt, warum musste Jeff mich ausgerechnet jetzt wieder darauf hinweisen? Er hielt meinem flammenden Blick nicht stand, sondern sah verlegen auf seine Schuhspitzen.

»Es tut mir leid«, murmelte er. Aber die Worte vermochten nicht darüber hinwegzutäuschen, wie inhaltsleer die Entschuldigung war, dass sie nur der Verlegenheit des Jungen entstammte. Ich wusste, dass er nur das ausgesprochen hatte, was er schon die ganze Zeit über gefühlt hatte, ob er es nun leugnete oder nicht.

»Was wird uns erwarten, wenn wir die Erdoberfläche erreichen?«, wechselte er rasch das Thema.

»Ich weiß es nicht«, gab ich ehrlich zu.

Obwohl er sich bemühte, konnte Jeff nicht verhindern, dass er vor Angst zitterte. Ich trat auf ihn zu und legte ihm in einer Geste, die ihm Mut machen sollte, die Hand auf die Schulter. Jeff zuckte unter der Berührung zusammen, ergriff aber dann meine Hand und drückte sie fest.

Es dauerte nur noch wenige Minuten bangen Wartens, bis die Plattform die Höhe der Erdoberfläche erreichte. Unsere Nerven waren bis zum Zerreißen angespannt. Nicht mehr als einen Yard lag der rettende Waldboden von uns entfernt – und dennoch unerreichbar fern. Keiner von uns beiden unternahm den sinnlosen Versuch, ihn zu erreichen. Unbarmherzig sank der Turm noch tiefer. Die Erdmassen umgaben uns wie ein Schacht, der hinabführte in ein Reich des Todes und des Wahnsinns ...

Kaum dass das Dach der Plattform die Erdoberfläche erreicht hatte, brach Dunkelheit über uns herein. Die magischen Flammen an der Türschwelle verbreiteten weder Licht noch Wärme, und das gedämpfte Mondlicht, das noch durch die freibleibenden Kanten hereinsickerte, reichte kaum aus, um die Hand vor Augen zu sehen. Ich griff in meine Anzugtaschen und zog eine Zündholzschachtel hervor. Mit einem wuchtigen Tritt zerstörte ich einen der morschen Stühle und versuchte, eine unterarmlange Latte zu entzünden.

Erst beim dritten Versuch fing das Holz Feuer. Der auflodernde, flackernde Schein spendete uns wenigstens etwas Zuversicht, wenn er auch kaum einen praktischen Nutzen hatte. Jenseits der kleinen Kabine blieb alles schwarz wie die Nacht, und allein das sanfte Vibrieren unter unseren Füßen ließ deutlich werden, dass der Turm noch immer in die Tiefe sank.

Plötzlich kam mir ein Gedanke. Feste Materie ließ die Flammenwand über der Schwelle nicht durch. Wie aber verhielt es sich mit Feuer – normalem Feuer? Ich trat zu der Flammenwand und stieß die Fackel hinein. Die Holzplatte loderte auf und brannte innerhalb eines Atemzuges fast bis zur Hälfte ab – aber ich hatte Erfolg. Die magischen Flammen verloschen, wo sie mit dem echten Feuer zusammentrafen. Ich beschrieb einen Kreis mit der Fackel. Die Öffnung blieb bestehen!

»Los!«, brüllte ich und stieß mich ab, ohne mich nach Jeff umzusehen. Ich prallte auf den Boden des Stollens, rollte mich ab und kam sofort wieder auf die Beine. Dicht hinter mir folgte Jeff Conroy.

Es war richtig gewesen, die Plattform so schnell wie möglich zu verlassen; hinter uns erklang ein Laut wie von kochendem Wasser, dann schloss sich die Öffnung in Gedankenschnelle wieder.

Beim Aufprall war mir die Fackel aus der Hand gefallen. Sie lag einige Schritte neben mir auf dem Boden, aber sie brannte noch. Ich hob sie auf.

»Was auch immer Sie gemacht haben, es hätte Ihnen ruhig etwas früher einfallen können«, sagte Jeff. »Als wir uns in Bodenhöhe befanden, zum Beispiel.« Sein Lächeln geriet ihm reichlich schief, und es lag mehr Freude als Tadel in seiner Stimme.

Ich achtete kaum auf seine Worte. Noch immer bis aufs Äußerste gespannt, blickte ich mich nach allen Seiten um.

Wir waren von dem senkrecht nach unten führenden Schacht in eine Abzweigung gesprungen; ein Stollen, der weiter in den Fels hineinführte. Die Wände bestanden aus dunklem, grob behauenem Gestein. Der Fackelschein brach sich an unzähligen Kanten und schuf eine Vielzahl huschender Schatten, die von bizarrem Leben erfüllt schienen. Der durch den senkrechten Schacht hereinwehende Luftzug ließ die Fackel unruhig flattern. Irgendetwas stimmte an diesem Stollen nicht. Es war nicht der Umstand, auf welche Weise wir hierher gelangt waren, nein. Es war der Stollen selbst. Ich spürte ihn wie ein ... lebendes Wesen!

»Möglicherweise können wir an den Schachtwänden wieder hinaufklettern«, drang Jeffs Stimme in meine Gedanken.

Wir traten dicht an den Abgrund. Der Turm war bereits ein beträchtliches Stück weitergerutscht, sodass wir nur noch schemenhaft das Dach erkennen konnten. Ich fuhr mit der Hand über die Schachtwände – und zog sie rasch wieder zurück. Mit einem Mal wusste ich, was mich an dem Gestein gestört hatte! Aber ich behielt meine Entdeckung für mich. Jeff würde es früher oder später ohnehin bemerken.

»Viel zu glatt, um daran Halt zu finden«, sagte ich. »Klettern scheidet aus. Ich fürchte, wir werden erkunden müssen, wohin der Stollen führt. Und das möglichst schnell. Unser Entführer wird inzwischen bestimmt gemerkt haben, dass wir seiner Falle entronnen sind.«

Jeffs Gesicht wurde um eine Spur blasser. »Sie meinen, er wird uns verfolgen?«

Ich nickte nur, wandte mich um und ging los. Hastig schloss sich der Junge mir an. Der Stollen war so groß, dass wir problemlos aufrecht nebeneinander gehen konnten. Er verlief schnurgerade und in ebener Linie. Zumindest spürte ich kein An- oder Absteigen des Bodens. Die Fackel schuf eine Oase der Helligkeit um uns herum, hinter der eine ungewisse und feindselige Finsternis lauerte.

»Es gibt keinen einzigen Stützbalken. Wer mag diesen Stollen nur angelegt haben?«, brach Jeff schließlich das Schweigen. »Und wohin führt er?«

»Es waren jedenfalls keine Menschen«, gab ich zur Antwort und deutete auf die Wände. »Einen so exakt geometrischen Gang vermag niemand zu errichten. Schau dir die Wände ruhig genauer an.«

Zögernd kam Jeff meinem Rat nach. Er strich mit der Hand über die Wand und zog sie angeekelt wieder zurück. Ein Schauer durchlief ihn. »Sie ist wie mit Glas überzogen«, stellte er mit einem Entsetzen fest, das mir zeigte, dass er erkannt hatte, was ich meinte.

Ich nickte. »Dieser Stollen ist nicht gebohrt, sondern gebrannt worden. Das Gestein wurde unter irrsinnigen Temperaturen verflüssigt und ist wieder erstarrt.« Ich machte eine Pause, um ihn die Erkenntnis verarbeiten zu lassen. Jeff fragte lieber gar nicht erst, wer so etwas zu erschaffen vermochte.

Schweigend gingen wir weiter. Nichts änderte sich an unserer monotonen Umgebung. Wir stießen weder auf einen Schacht, der uns in die Oberfläche zurückbringen könnte, noch auf einen Quergang. Es hatte den aberwitzigen Anschein, als bestünde die Welt aus nichts anderem mehr als nur diesem Stollen. Der Gedanke, dass sich in einer gar nicht so großen Entfernung über unseren Köpfen ein Wald mit lebenden grünen Bäumen und Büschen befand, schien fast unvorstellbar. Es war eine andere Welt, in die wir verschleppt worden waren.

Eine Welt, die von dem eisigen Odem der Bösartigkeit erfüllt war. Ich konnte normal atmen, die Luft war frisch und unverbraucht wie an der Erdoberfläche, aber es schwang etwas darin mit, das ich mit jedem Atemzug in meine Lungen sog, das sich in meinem Körper festsetzte und auch meinen Geist vergiftete. Eine Wirkung konnte ich nicht spüren, aber das minderte die Gefahr nicht, der wir uns mit jeder Minute aussetzten, die wir in diesem unterirdischen Gang verbrachten.

Die Folgen mochten erst viel später auftreten, dafür aber umso vernichtender.

»Sehen Sie dort vorne«, rief Jeff plötzlich aufgeregt. Ich nahm den Querstollen im gleichen Moment wahr. Er unterschied sich durch nichts von dem, in dem wir uns bewegten.

»Möglicherweise können wir unseren Verfolger in die Irre führen, wenn wir nicht geradeaus weitergehen«, schlug Jeff vor.

»Eher führen wir uns selbst in die Irre. Noch ein paar Querstollen, und wir verlieren jede Orientierung. Keine angenehme Vorstellung, blindlings durch ein unterirdisches Labyrinth zu irren, nicht wahr? Und verlass dich darauf: Wer diesen Irrgarten angelegt hat, wird uns überall finden.«

Wir passierten immer mehr Quergänge. Wie ich vermutet hatte, waren wir nur in den Ausläufer eines Labyrinths gelangt. Sollte es gar keine andere Möglichkeit mehr geben, konnten wir immerhin zum früheren Standort des Turms zurückkehren, solange wir uns in gerader Linie weiterbewegten. Im Augenblick aber hatte ich einen anderen Plan.

Wenn der Graue Bredshaw – und dass er hinter all dem steckte, bezweifelte ich inzwischen nicht mehr – wirklich einen Weg gefunden hatte, mit der Magie der GROSSEN ALTEN Kontakt aufzunehmen, dann musste es eine Verbindung von seinem Haus zu diesem Irrgarten geben. Ich weiß nicht, warum, aber ich spürte instinktiv, dass der Stollen, in dem wir uns befanden, direkt auf sein Anwesen zielte. Es gab also keine Notwendigkeit, von diesem Weg abzuweichen.

Die einzige wirklich wichtige Frage war, ob wir noch genügend Zeit fanden, nach einem Ausstieg zu suchen.

Über meinen Gedanken versunken, hatte ich nicht mehr auf die Umgebung geachtet. Plötzlich packte Jeff mich bei der Schulter und deutete nach vorn.

Nur wenige Yards vor uns endete der Stollen, mündete in eine Art Halle. Unwirkliches, auf seltsame Weise dunkles Licht drang aus den Wänden der großen Felskammer. Ein grünlicher Schimmer, als wären sie mit Phosphor bestrichen worden.

Überrascht sog ich die Luft ein, als ich in einer Ecke eine bizarre Anhäufung von Möbelstücken und technischen Geräten entdeckte. Eine seltsame Mischung aus Hexenküche, Versuchsanordnung und Rumpelkammer.

Ein Labor!

Verblüfft ließ ich meinen Blick über die teilweise ausgesprochen bizarren Apparaturen gleiten. Dabei entdeckte ich, dass mehrere Reliefs in die Wand eingearbeitet worden waren. Es handelte sich um einfache Skizzen, mit primitiven Werkzeugen in die Wände eingekerbt.

Jeff Conroy warf nur einen flüchtigen Blick darauf. »Es muss einen Ausgang von hier zur Erdoberfläche geben«, sagte er und sah sich um. »Wie hätte sonst jemand die Bilder anfertigen sollen?«

»Aber leider keinen Wegweiser«, entgegnete ich spöttisch und deutete auf die Vielzahl von Stollen, die an der gegenüberliegenden Wand abzweigten. »Einer davon wird der Richtige sein.«

»Dann los. Wir müssen sie einzeln ausprobieren. Ich halte es nicht mehr aus hier. Ich werde noch wahnsinnig, wenn ich länger hier eingesperrt bin.«

»Klaustrophobie«, sagte ich trocken.

Hilflos starrte Jeff mich an. »Was'n das?« nuschelte er.

»Platzangst«, erklärte ich und wandte mich wieder den Reliefs zu. »Bevor wir weitergehen, will ich erst herausfinden, was Bredshaw hier mitteilen will.«

»Bredshaw? Woher wollen Sie wissen, dass diese Bilder von ihm stammen?«

Ich deutete auf die Apparaturen. »Hier hat sich jemand sehr eingehend mit Magie und Alchimie beschäftigt«, gab ich zurück, »und wer außer ihm sollte es gewesen sein? Sich dir die Bilder genauer an. Hier ist ein Mensch dargestellt, der ein Buch in der Hand hält. Offensichtlich versucht er gerade, eine Beschwörung durchzuführen. Die angedeuteten Gebäude im Hintergrund entsprechen dem Anwesen, soweit ich es sehen konnte. Ich bin überzeugt, dass er hier versucht hat, einen Hinweis auf sein Schicksal zu geben.«

Ich trat vor das nächste Bild. Vor dem Strichmännchen öffnete sich der Boden. Eine Art Tentakel wand sich aus der Öffnung und umschlang Bredshaw.

»Es reißt ihn in die Tiefe«, fuhr ich fort. »Er ist nicht mit dem fertig geworden, was er erweckt hat, sondern ihm zum Opfer gefallen.«

Ich trat vor das nächste Bild. Es zeigte auf den ersten Blick eine Vielzahl ineinander verschwommener Linien, denen ich keinen Sinn entnehmen konnte. Auch eine schematische Karte des Labyrinths – wie ich in einer verfrühten Euphorie schon gehofft hatte – konnte es nicht sein. Keine der Linien bildete einen auch nur annähernd geraden Strich. Stattdessen wirbelten sie in verwirrender Art durcheinander, zogen sich zu Spiralen zusammen, die sich einem unbekannten Mittelpunkt näherten, und strebten wieder auseinander. Es war ein sinnverwirrendes Bild, dessen Konturen sich auf eigentümliche Weise verwischten, sich überschnitten, ineinander übergingen und neue, bizarre Konstellationen schufen.

Verwirrt strich ich mir mit der Hand übers Gesicht, und erst als ich die Augen wieder öffnete, wurde mir bewusst, in welchem Maße meine Gedanken den Linien gefolgt waren. Ohne dass ich es gemerkt hatte, hatte das merkwürdige Eigenleben des Reliefs mich in seinen Bann geschlagen.

Es wurde mir erst richtig bewusst, als ich Jeff Conroy ansah. Mit weit aufgerissenen Augen starrte der Junge auf das Bild. Er schien der Wirklichkeit völlig entrückt zu sein.

Ich rüttelte ihn an der Schulter, und er erwachte wie aus einem tiefen Schlaf. Ein Schauer überlief seinen Körper, als wolle er so die Trägheit aus seinen Gedanken und Gliedern vertreiben. Seine Lippen bebten, als er den Mund öffnete, aber er brachte nur ein heiseres Krächzen zustande. Auf seiner Stirn glänzte Schweiß.

Dann fuhr er blitzartig herum, zertrümmerte in der Drehung einige der Glasgefäße – und brach bewusstlos zusammen. Ich wollte mich nach ihm bücken, erstarrte aber in der Bewegung, als mein Blick auf die Klauenhand fiel. Einige Spritzer der ausfließenden Flüssigkeit hatten sie getroffen und neuerlich verändert. Das rötliche Glühen war verschwunden, aber deshalb war die Hand noch lange nicht wieder normal.

Sie glühte jetzt in einem nicht minder erschreckenden Grünton! Und während ich sie noch anstarrte, schoben sich die Fingernägel, gebogenen Krallen gleich, noch weiter hinaus.

Meine Nerven wollten rebellieren, und ich konnte mich nur mit äußerster Mühe zur Ruhe zwingen. Nur langsam gelang es mir, meine Gedanken wieder zu ordnen. Ich fühlte mich erschöpft und ausgelaugt. Es war nicht allein die körperliche Schwäche, die ich immer noch nicht überwunden hatte, sondern eine Müdigkeit in meinem Geist.

Ich wandte den Blick von der furchtbaren Klaue und beugte mich zu Jeff Conroy hinab. Er schlug die Augen auf, kaum dass ich ihn berührt hatte.

»Geht es wieder?«, fragte ich. Er starrte mich einen Augenblick verwirrt an, dann nickte er mechanisch.

Von irgendwoher strich ein eisiger Luftzug durch die Halle, kühlte mein erhitztes Gesicht und wirbelte die Nebelschwaden durcheinander, die sich in den Nischen und Ecken der Höhle gesammelt hatten. Es dauerte einen Augenblick, bis mir die Ungeheuerlichkeit meiner Wahrnehmung bewusst wurde.

Nebel!

Und das mehr als zwanzig Schritte unter der Erde!

Wie schmutzige graue Wolken ballte sich der Nebel um uns zusammen, wurde von Sekunde zu Sekunde dichter. Er formte sich zu verzerrten Fratzen, die einem Albtraum entsprungen schienen. Aber das, was mich meine Fantasie sehen ließ, war nur ein Widerhall des wahren Schreckens, der unsichtbar hinter dem Nebel lauerte. Unsichtbar, aber dennoch spürbar.

Ich begriff, dass wir ganz bewusst in diesen Raum gelockt worden waren. Es mochte daran liegen, dass ES – was auch immer sich hinter diesem Begriff verbarg, der mit einem Male in meinen Gedanken war – die Enge der Stollen scheute und sich in der Größe der Halle erst entfalten konnte. Die Erklärung erschien mir selbst zu simpel und vordergründig, aber ich fand keine andere. Wir waren die ganze Zeit über verfolgt worden, verfolgt und beobachtet, aber man hatte uns nicht angegriffen.

Der Schrecken, der an der Seele nagt. Die Spinne, die uns im Mittelpunkt ihres Netzes erwartet hatte! Und dieses Zentrum war hier!

Es war totenstill; eine trügerische Ruhe vor dem vernichtenden Sturm. Und es war kalt geworden; die Temperatur war in wenigen Sekunden um mehrere Grad abgesunken.

Und dann brach die Hölle los!

Alles ging so schnell, dass ich kaum noch zu reagieren vermochte. Ein nass glänzender Tentakel wirbelte durch die Luft auf Jeff Conroy zu und schlang sich um seinen Oberkörper. Ein Ruck riss den Jungen von den Beinen. Er schrie in greller Todesangst auf, schlug wild mit den Armen um sich und versuchte, irgendwo einen Halt zu finden.

Er fand keinen. Unaufhaltsam wurde er nach vorn gezerrt – mitten in die wallenden Nebelschwaden hinein …

Auch wenn er ungleich größer war – mindestens doppelt so dick und mehr als dreimal so lang –, erinnerte der Tentakel vage an die Fangarme des *Shoggoten* Vernon Brewster. Die Haut – sofern man die Oberfläche des Gebildes überhaupt so nennen konnte – bestand aus grünlich schimmernden Schuppen, denen ein Gestank nach Moder und Fäulnis entströmte, der sich schwer auf meine Lungen legte und jeden Atemzug zur Qual werden ließ.

Ich riss den Stockdegen, den die Besessenen wohl für einen harmlosen Spazierstock gehalten und mir deshalb gelassen hatten, aus der Scheide. Mit zwei Schritten erreichte ich Jeff.

»Helfen Sie mir! So helfen Sie mir doch!« Die panische Todesangst ließ die Stimme des Jungen überschnappen. Ich riss den Degen hoch und ließ ihn auf den schuppigen Tentakel niedersausen.

Ebenso gut hätte ich mit der zierlich anmutenden Waffe auf einen Amboss schlagen können. Es gab ein metallisches Klirren, und einige

Funken stoben auf. Der Rückschlag war so hart, dass er mir fast die Waffe aus der Hand geprellt hätte. Ein stechender Schmerz durchzuckte mein Handgelenk bis hinauf in den Unterarm.

Dem Tentakel hatte der Schlag nichts ausgemacht; selbst der *Shoggotenstern* im Knauf des Degens blieb wirkungslos. Es war, als hätte das Ding, zu dem der Tentakel gehörte, den Angriff nicht einmal bemerkt. Es schien mich zu ignorieren.

Ich versuchte es noch einmal. Diesmal setzte ich die Spitze des Degens an der Kante zwischen zwei Schuppen an und stieß mit aller Kraft zu. Der Stahl des Degens verbog sich und rutschte dann wirkungslos ab.

»Helfen Sie mir!«, brüllte Jeff erneut. Immer noch schlug er um sich und stieß verzweifelte Angstschreie aus. Fast erschien es mir wie Hohn, wie langsam die Bestie ihn zu sich holte; gerade so, als weide sie sich an seiner Panik und meiner Hilflosigkeit.

Ich steckte den Degen weg und blickte mich gehetzt um. In den wogenden Nebelschleiern war jetzt etwas ungeheuer Großes, Spinnenähnliches zu erkennen, und für einen Moment war ich dankbar dafür, dass der Nebel mir den vollständigen Anblick der Kreatur ersparte. Obgleich er alle Geräusche verschluckte und verzerrt wieder ausspie, vernahm ich ein schleimiges Blubbern und das Zerplatzen kleiner Blasen. Dazwischen ertönte ein Schleifen und Knirschen, als würden Knochen zermalmt. Ich wusste, dass es sich um Schuppen handelte. Um die Schuppen eines weiteren Tentakels, der unruhig hin und her peitschte und die Nebelschwaden durcheinanderwirbelte. Für Sekundenbruchteile nur sah ich ihn, bevor er wieder von den wabernden grauen Schleiern verschluckt wurde, um einen Augenblick später unglaublich schnell wieder daraus hervorzubrechen.

Das Knirschen hatte mich gewarnt. Ich warf mich zur Seite. Der Schatten huschte aus dem grauen Vorhang auf mich zu. Zwar konnte er mich nicht mehr packen, aber er berührte mich noch flüchtig an der Schulter und zerfetzte das, was noch von meinem Ärmel übrig geblieben war. Obwohl der Tentakel hart wie Stahl war, fühlte er sich auf meiner nackten Haut feucht und schleimig an. Und unglaublich kalt; so kalt, dass ich es fast schon wieder als Hitze spürte. Unter der Berührung brannte mein Oberarm, als wäre er mit siedendem Öl übergossen worden. In der Woge des Schmerzes nahm ich kaum wahr, dass ich hart auf den Boden prallte und mir das Gesicht blutig schlug. Woher ich die Kraft nahm, mich noch einmal herumzuwälzen, sodass mich ein zweiter Schlag verfehlte, wusste ich nicht.

Das war nicht mehr ich, der noch handelte, der den längst verlorenen Kampf weiterfocht. Es waren nur noch instinktive Reaktionen meines Unterbewusstseins, das sich mit dem Tod nicht abfinden wollte.

Ich selbst war dem Geschehen seltsam entrückt, wie in Trance; ein körperloser Geist, der mit der Neugier eines Unbeteiligten die Geschehnisse verfolgte. Da waren ineinander verschlungene Linien in meinem Gehirn; ein Bild stieg aus meiner Erinnerung auf und formte sich vor meinen Augen um. Irgendwann, vor Tausenden von Jahren, wie mir schien, hatte ich es schon einmal gesehen, ohne seinen Sinn zu erfassen. Nun stand er wie mit feurigen Lettern in meinem Geist geschrieben.

Bredshaw hatte mir auf die einzige ihm mögliche Art etwas mitgeteilt: den Weg, wie die Urzeitkreatur zu bezwingen war.

Mit den Linien hatte er die innere Beschaffenheit der Bestie angedeutet.

Wie durch einen Schleier sah ich Jeff Conroy, nicht weiter als einen Yard von dem oktopoiden Körper entfernt. Die Schreie des Jungen waren verstummt. Er hatte den Widerstand aufgegeben. Ich konnte nicht erkennen, ob er überhaupt noch bei Bewusstsein war.

Das Wissen, das plötzlich in mir war, erfüllte mich mit neuer Kraft. Zwei Tentakel zuckten gleichzeitig auf mich zu, doch diesmal wich ich nicht aus. Jetzt wusste ich endlich, wie das Monstrum zu vernichten war! Etwas in meinem Inneren schien zu explodieren, die Barriere zu meinem magischen Erbe, das in mir schlummerte, wurde weggelegt. Ich sah die Tentakel wie zuckende Schlangenleiber näher kommen, doch etwas war mit der Zeit geschehen. Sie lief um ein Vielfaches langsamer ab.

Scheinbar ohne Grund peitschte ein Fangarm aus der Richtung, schlug gegen den zweiten und stieß auch ihn zur Seite. Doch damit nicht genug. Als ich meine Geisteskraft verstärkte, mit meiner Magie nach dem Lebensnerv der Bestie griff, den mir die bizarre Zeichnung offenbart hatte, begannen sich die faustgroßen Schuppen zu verfärben. Sie wurden dunkler und kräuselten sich dabei, als wären sie mit Säure bestrichen worden. Dünner Rauch stieg auf, und eine dickflüssige Substanz tropfte zu Boden, wo sie kleine schwarze Lachen bildete.

Noch immer war mir nicht richtig bewusst, dass ich es war, der diesen Vorgang auslöste, noch immer schien ich den Geschehnissen seltsam entrückt zu sein, zu einem unbeteiligten Zuschauer degradiert.

Die Tentakel verdorrten, verfaulten. Die Schuppen lösten sich auf, und darunter befand sich nichts als sirupartiger Schleim, der sich bei der Berührung mit Luft sofort zersetzte und zu schwarzer Schlacke wurde.

In gespenstischer Lautlosigkeit zerfiel auch der Tentakel, der Jeff umklammert hatte. Es dauerte mehrere Sekunden, bis der Junge bemerkte, dass er wieder frei war. Taumelnd kam er auf die Beine.

»Lauf weg!«, schrie ich mit überschnappender Stimme. »Los, beeil dich!«, brüllte ich noch einmal, als er nicht sofort reagierte. »Nimm den dritten Gang von rechts.«

Endlich kam er meinem Befehl nach. Mit prophetischer Klarheit wusste ich, welcher Weg der richtige war. Spätestens in diesem Moment war mir klar, dass mir jemand beistand in diesem Kampf. Jemand, der diese Gänge kannte, als hätte er selbst sie angelegt. Vielleicht hatte er es sogar.

Die Nebel in der Halle schienen sich gelichtet zu haben, doch das war nur eine Täuschung. Sie hatten sich lediglich wie ein Schutzwall noch enger um die Bestie geballt. Ich sah, dass Jeff Conroy losrannte, sich von einem Rest seines klaren Verstandes getrieben nach der Fackel bückte – und im falschen Stollen verschwand! In einem Gang, der im Nichts endete …

Es war zu spät, ihn zurückzurufen. Der Stollen hatte ihn verschluckt wie ein riesiges, gieriges Maul.

Ein weiterer Tentakel peitschte auf mich zu, ohne mich zu erreichen. Er verging ebenso schnell wie die anderen.

Ich hatte mir mit meinem Angriff nur etwas Luft verschafft. Ich wusste, dass ich den Kampf auf diese Art nicht gewinnen konnte. Die Kreatur vermochte beliebig viele Tentakel neu zu erschaffen und mich allein durch diese Übermacht zu bezwingen, aber für den Moment war der Weg frei.

Meine Bewegungen waren kaum mehr als ein unsicheres und kraftloses Vorwärtstaumeln. Dann rutschte ich in einer der schleimigen Lachen auf dem Boden aus, und beim Sturz fiel etwas mit einem leisen Klirren aus meiner Tasche, rollte in einem Halbkreis über den Boden und kam neben meiner Hand zum Stillstand. Ein kleines, ovales Stück Stein.

Der *Shoggotenstern,* der mich bereits in dem magischen Moor gerettet hatte!

Er konnte der Bestie ebenso wenig Schaden zufügen wie der Degen, aber er konnte mich bei meinem Vorhaben schützen. Ich griff nach dem Stern, stemmte mich hoch und torkelte in die Nebelwand hinein. Der pestilenzartige Gestank drehte mir den Magen um. Ich kam nicht mehr gegen den Ekel an und erbrach mich würgend, ehe es mir gelang, meine Beine weiter vorwärtszubewegen.

Plötzlich, von einer Sekunde auf die andere, befand sich die Kreatur unmittelbar vor mir! Und diesmal hüllte kein Nebel sie ein!

Ich blickte auf brodelnden Urschlamm von einer Finsternis, zu der es kein materielles Gegenstück in unserer Welt gab. Das Monstrum erreichte mehr als die vierfache Größe eines Menschen. Seine Oberfläche befand sich in unablässiger Bewegung. Der Schädel des Wesens – oder zumindest das, was man für etwas Derartiges halten konnte – befand sich in Höhe meiner Brust. Er war bogenförmig nach hinten in die Länge gezogen, und ihm entwuchsen Tentakel, die sich gerade neu heranbildeten. Es gab nur ein Auge, eine irisierende Spirale von fast hypnotischer Wirkung. Ich schloss die Augen aus Furcht, mein Verstand würde mit dem schrecklichen Anblick nicht fertig werden.

Einen Augenblick zögerte ich noch, den letzten Schritt zu tun, von einer kreatürlichen Angst vor dem überwältigt, was mit mir wirklich geschehen würde. Aber der Plan, von einem anderen Wesen ersonnen, beherrschte mein Gehirn wie ein flammendes Fanal.

Ich ließ mich vorwärtsfallen, auf den Gestalt gewordenen Schrecken zu, der wie unter einem inneren Feuer brodelte und pockige Blasen warf.

Und drang ein in das Wesen aus Urschlamm und totem Fleisch …

Mechanisch bewegte Jeff die Beine und ignorierte die beißenden Seitenstiche. Er wusste nicht, welchen mysteriösen Umständen er seine unverhofft wiedergewonnene Freiheit zu verdanken hatte, aber er war entschlossen, diese letzte Chance zu nutzen. Craven hatte irgendetwas gemacht, und es interessierte Jeff Conroy nicht weiter, was genau es war.

Er war in einen Strudel schrecklicher Geschehnisse hineingerissen worden, mit denen er sich nicht näher beschäftigen wollte. Was er erlebt hatte, reichte aus, ihn sein ganzes Leben nicht mehr unbefangen durch die Welt gehen zu lassen.

Er dachte an Robert Craven, den geheimnisvollen Besitzer der ATC. Der Gedanke war wie ein eisiger Hauch, der seine Seele streifte. Ein finsteres Rätsel umgab diesen Mann wie eine Aura. Jeff hatte geglaubt, ihn in den gemeinsam verbrachten Stunden kennen gelernt zu haben, aber je mehr er darüber nachdachte, desto mysteriöser wurde Craven ihm.

Möglicherweise war er selber ein solches Monstrum wie das Ding, das sie in der Höhle angegriffen hatte. Eine Bestie, die sich nur durch ihre menschliche Maske von dem Ding unterschied. Und was um alles in der Welt war mit seiner Hand geschehen? Dieses Monster hatte ihn auch an anderen Stellen des Körpers berührt, ohne dass sie sich verändert hatten. Das alles war doch nur eine billige Ausrede.

Jeff rannte immer weiter. Er musste bereits mehr als eine halbe Meile zurückgelegt haben, ohne dass der Boden auch nur im Geringsten anstieg.

Jeff spielte mit dem Gedanken, umzukehren, verwarf ihn aber sofort wieder. Eine Umkehr würde bedeuten, sich erneut in die Höhle vorzuwagen, in der das krakenhafte Ungetüm lauerte. Es gab nur einen Weg – und der führte weiter nach vorn, in die Ungewissheit hinein, so schrecklich der Gedanke auch anmutete.

Seine Lungen brannten von dem anstrengenden Lauf, und jeder Atemzug schien sie mit flüssigem Feuer zu füllen. Die Beine schienen nur mehr Anhängsel seines Körpers zu sein, die ein gespenstisches Eigenleben entwickelt hatten und ihn immer weiter trugen. Jede Faser seines geschundenen Körpers schrie nach einer Pause, um zumindest kurz zu verschnaufen, aber er gab diesem Verlangen nicht nach. Weiter, immer weiter, weg von dem, was hinter ihm lauerte.

Mit einem Mal stieg der Boden an. Neue Hoffnung überflutete den Jungen. Er raffte noch einmal alle Kraft zusammen und lief noch schneller. Er war auf dem richtigen Weg! Der Stollen würde ihn zur Erdoberfläche zurückbringen, dorthin, wo es Menschen und Pflanzen und Tiere gab, und das helle Licht der Sonne!

Als er die Granitwand vor sich aufwachsen sah, war es zu spät, um den Lauf noch abzubremsen. Jeff Conroy prallte aus vollem Lauf gegen den Fels und schlug sich die Stirn blutig. Die Fackel entfiel seinen kraftlosen Händen. Benommen sank er an der Wand entlang zu Boden.

Er war in einen toten Arm gelaufen, einen Stollen, aus dem es nur den einen Ausweg gab, den er zuvor schon entsetzt von sich gewiesen hatte.

Diesmal gönnte er sich einige Minuten der Erholung. Er war nicht in der Lage, ohne eine Rast den gleichen Weg noch einmal zu bewältigen. Diesmal nicht mit der Aussicht, einen Ausweg zu finden, sondern sich der Kreatur erneut zu nähern und an ihr vorbei einen neuen Stollen zu erproben. Eine düstere Vision überfiel ihn. Was, wenn er einfach aufgab, hier liegen blieb und auf den Tod wartete?

Jeff Conroy verdrängte den finsteren Gedanken mit aller Macht und stemmte sich wieder hoch. Blut sickerte aus der Platzwunde an seiner Stirn, rann ihm in die Augen und ließ ihn die Umgebung durch einen wallenden roten Schleier erkennen. Er wischte das Blut weg und machte sich auf den Rückweg. Immerhin bestand die Hoffnung, dass Craven das Monstrum vernichtet hatte. Dieser geringe Hoffnungsschimmer trieb ihn weiter.

Bis er im Fackelschein die ersten tastenden Nebelfinger entdeckte, die sich ihm näherten und verrieten, was sich hinter ihnen befand und sich lautlos auf ihn zuwälzte …

Die Empfindungen, die über mich hereinbrachen, waren gänzlich anderer Natur als alles, was ich jemals kennen gelernt hatte. Ich spürte, wie ich mit dem Schlamm in Berührung kam, wie er unter mir nachgab und mich einschloss, meinen Körper einsog und ihn in seiner bisherigen Struktur auflöste. Ich nahm nicht einmal bewusst wahr, wie es geschah. Mit einem Male hatte ich keine Kontrolle mehr über seine Funktionen, war von ihm isoliert, ohne zu wissen, ob er überhaupt noch existierte.

Auch mein Geist wurde von der Umwandlung nicht verschont. Ich existierte als reine geistige Kraft weiter, ein nacktes Bewusstsein, das sich in einer Welt befand, die einem Menschen für immer verschlossen war.

Aber ich war kein Mensch mehr. Und ich war nicht allein!

Ich musste die entsetzliche Erfahrung machen, mich nicht als einziges Gehirn in dem Körper zu befinden. Ein Raunen und Wispern war um mich herum, und es dauerte eine Weile, bis ich einzelne Worte daraus entnehmen konnte. Es waren keine Stimmen, die ich hörte. Vielmehr klangen die Worte unmittelbar in meinem Geist auf, der nun ein Bestandteil dieses monströsen Körpers war. *Und die Gedanken beschrieben ineinander verschlungene Linien innerhalb des Ganzen und bildeten Knotenpunkte dort, wo sich die verschiedenen Bewusstseine eingenistet hatten.*

Unsicher schickte auch ich erste, testende Gedanken aus, erprobte die Wege, die sie inmitten dieses ungeheuerlichen Gehirns nahmen. Die Welle der Bosheit, die mir entgegenschlug, hätte ich als Mensch nicht zu ertragen vermocht. Doch ich gehörte zu dieser Kreatur, war eines von den vielen Teilen, die in ihrer Gesamtheit ES bildeten. Ich besaß eine gemeinsame Erinnerung mit all den anderen Bewusstseinsinhalten, in der alle Erfahrungen vereint waren, die sie während ihres eigenständigen Lebens gesammelt hatten. Bevor dieser Diener der GROSSEN ALTEN sie in sich aufgesogen hatte.

ES war es gewesen, das die Arbeiter in den Fabriken in seinem unersättlichen Hunger verschlungen hatte, und ich war jeder Einzelne von ihnen. Ich war Vernon Brewster. Ich war der Graue Bredshaw. Ich war ES. Ich wusste um das Schicksal jedes Einzelnen, spürte ihren Wahnsinn, ihre Qual und Verzweiflung; ich nahm ihre stummen Schreie wahr und wurde von ihnen selbst bis an den Abgrund des Wahnsinns getrieben.

Ich erkannte die Entstehungsgeschichte von ES, mit all ihrer Pein, die sie über die Menschen gebracht hatte. Ich wusste auch, woraus ES entstanden und was ES vor seinem Jahrmillionen währenden Schlaf gewesen war.

Und ich begann zu ahnen, wieso sich nur meine Hand verändert hatte, warum sie zu dieser grauenhaften Klaue geworden war. ES war SHUDDEMELLs Hand, die Hand des GROSSEN ALTEN, und die Mutation war wie ein Krankheitskeim weitergegeben worden. Wenn ich ebenfalls zu einem *Shoggoten* geworden wäre, hätte ich bei jedem, den ich berührte, die gleiche Veränderung ausgelöst.

Du hast verstanden, was ich mit den Bildern ausdrücken wollte, vernahm ich eine gedankliche Stimme und wusste sofort, dass es Bredshaw war, der Kontakt mit mir aufgenommen hatte. In unserer gegenwärtigen Form gab es weder Höflichkeitsfloskeln noch Namen im eigentlichen Sinn mehr. Wir waren zwei Seelen, nicht mehr, aber auch nicht weniger, denn wie ich mit einem ersten vorsichtigen Umhertasten entdeckte, schienen wir die Einzigen zu sein, die sich erfolgreich dagegen gewehrt hatten, völlig von ES absorbiert zu werden. Wir hatten uns die Fähigkeit bewahrt, selbstständig zu denken.

Es ist unmöglich, von außen etwas gegen ES zu unternehmen, fuhr Bredshaw fort. *Ich habe meinen Frevel bitter büßen müssen, aber es gelang der Kreatur nie, wirkliche Macht über mich zu erlangen.*

Du hast verhindert, dass ES uns schon im Stollen angegriffen hat, sprach ich meine Vermutung aus. *Und du hast ES erst meinen Begleiter, angreifen lassen, aber seinen Tod so verlangsamt, dass ich ihn befreien konnte.*

Das ist richtig. Ich habe nie aufgehört, gegen ES anzukämpfen, denn es gelang mir, meinen freien Willen zu behalten, so wie es auch bei dir der Fall ist. Aber allein, umgeben von Wahnsinn und abgrundtiefer Bosheit, war ich zu schwach, um ES wirklich gefährlich zu werden. Ich brauche Hilfe. Deine Hilfe.

Noch während ich seinen Worten lauschte, begann ich, die Bereiche von ES zu erforschen, die in meiner unmittelbaren Nähe lagen. Die Zeltstruktur des monströsen Körpers war nicht mehr als Labyrinth zu bezeichnen; sie war um ein Vielfaches größer und verworrener als alles, was die menschliche Fantasie ersinnen konnte. Meine Gedanken waren winzige Zellbestandteile und nahmen eine massive Form an, die ich nach meinem Willen durch den Körper wandern lassen konnte.

Als Bestandteil des Gehirns von ES nahm ich auch an seinem Nervensystem teil. Ich blickte durch sein einzelnes Auge wie durch eine Spirale, die in die Unendlichkeit zu reichen schien. Die Art der Wahrnehmung, die sie ermöglichte, war eine grundsätzlich andere als das menschliche Sehen. Sie war nicht einmal mit der von Insekten vergleichbar, deren Facettenaugen ein Bild in Hunderte oder gar Tausende kleiner Ausschnitte zerlegten.

Unterschieden wurde lediglich nach lebendig und tot. Das leblose Gestein bildete ein symmetrisches System, in dem das einzige Lebewesen, Jeff Conroy, noch auf die Entfernung von fast einer halben Meile eine Störung darstellte. Eine Störung, die vernichtet werden musste!

ES setzte sich in Bewegung, schwerfällig, wie mir erst schien, doch dann erkannte ich, dass dies nur eine Einbildung war. Der Körper besaß keine eigentliche feste Gestalt. ES hatte sich die Gänge so errichtet, dass ES sie mit einem Minimum an Kraftaufwand durchqueren konnte. Sein – und damit auch mein – Körper war zu einer Kugel geworden, die sich nun hinter Jeff herbewegte.

Was können wir unternehmen?, dachte ich verzweifelt.

Es hat lange gedauert, bis ich eine Antwort auf diese Frage fand, aber ich hatte ja auch wahrlich Zeit genug, erwiderte Bredshaw. *Es gibt eine Art Nervenzentrum. Von dort bezieht ES seine Kraft. Wenn wir es zerstören können, zerfällt der Bund an Bewusstseinen. ES wird seine Gestalt nicht mehr beibehalten können.*

Wo ist es?, wollte ich wissen. *Dem Jungen darf nichts geschehen!*

Er würde nicht im eigentlichen Sinn sterben, belehrte mich Bredshaw. *Aber er wird nicht die Kraft haben, sein Bewusstsein innerhalb von ES zu erhalten. Er würde ein weiteres hirnloses Bestandteil werden.*

Wo ist das Nervenzentrum?

Bredshaw führte mich durch das Labyrinth von ineinander verflochtenen Gehirnwindungen. Es gab keine Hindernisse für uns. Wir kämpften uns durch den Schlamm vorwärts, folgten den Linien, die Bredshaw in der Skizze angedeutet hatte.

Wie ist es dir gelungen, die Reliefs anzufertigen?, erkundigte ich mich. Was daraufhin in meinen Gedanken aufklang, war etwas, das ich nur schwerlich als Lachen identifizieren konnte.

Ich habe gelernt, bestimmte Körperfunktionen zu beherrschen. Du hast selbst gemerkt, dass ich den Angriff auf euch hinauszögern konnte. ES erkannte keinen Sinn und schon gar keine Gefahr in meinem Tun, so konnte ich die Bilder in die Wand brennen. Ich konnte nur darauf hoffen, dass jemand darauf stoßen würde, der ihren Sinn entschlüsselte. Jemand, der zugleich die nötige Kraft besitzen würde, sich in dem Bewusstseinsverband zu behaupten.

Der Shoggotenstern *hat mich geschützt,* vermutete ich, während wir weiter durch die schlammigen Windungen des albtraumhaften Körpers glitten.

Nicht nur er allein. Er gibt dir zusätzliche Kraft ... aber halt. Wir haben unser Ziel erreicht.

Vor uns befand sich ein Gewirr von schillernden Strängen, die sich in unablässiger Bewegung befanden, hin und her zuckten, sich ausdehnten und wieder zusammenschrumpften.

Das Stammhirn und Nervenzentrum von ES, erklärte Bredshaw. *Sofern man die Bezeichnung menschlicher Körperteile überhaupt auf diese Kreatur übertragen kann. Wir müssen die Stränge zerstören.*

Ohne einen weiteren Gedankenwechsel machten wir uns an die Arbeit. Ich verstand, wieso Bredshaw sie allein nicht hatte zerreißen können. Sie waren so nachgiebig, dass sie sich zu haarfeinen Gespinsten ziehen ließen. Man musste von zwei Seiten zugleich daran zerren.

Auch wenn ich keinen Körper mehr besaß, so gelang es mir doch, mich an einen der Stränge zu klammern. Es war kaum vorstellbar, aber selbst innerhalb dieses Monstrums, das den Urängsten des menschlichen Verstandes nachgebildet zu sein schien, erfasste mich noch Ekel vor dem zuckenden Nervenstrang. Bredshaw packte ihn von der anderen Seite.

Es ging leichter, als ich erwartet hatte, da wir nur einen kleinen Teil des Stranges dehnen mussten. Er ließ sich bis zu einer bestimmten Länge spannen, wurde dann porös – und zerriss mit einem peitschenden Knall.

Aber es waren viele derartige Stränge. Verbissen setzten wir unser Vernichtungswerk fort. ES schien noch nichts von unserem Tun bemerkt zu haben, oder ES besaß keine Möglichkeit, uns daran zu hindern.

Ich versetzte mich für einen Augenblick in das Sehzentrum der Kreatur. Nicht mehr allzu weit vor mir erkannte ich das störende Element von Leben, das Jeff Conroy darstellte. Inzwischen musste der Junge seinen Fehler bemerkt haben, denn er kam von allein näher. Direkt auf uns zu!

Es war nur noch eine Frage der Zeit, bis wir das Nervensystem zerstört hatten, aber genau diese Zeit nahm er uns, indem er freiwillig auf ES zuging, auch wenn er nicht wissen konnte, wo die Kreatur sich aufhielt.

Wir müssen schneller arbeiten!, stöhnte ich. Wir arbeiteten wie die Berserker. Die verrinnende Zeit trieb uns dazu, nicht mehr nur einzelne Stränge zu packen. Wir klammerten uns an ganze Bündel von ihnen. Mit einem Kraftaufwand, der uns bis dicht an die psychische Auflösung herantrieb, zerfetzten wir sie.

Für einen Sekundenbruchteil glaubte ich etwas in mir zu fühlen – ein merkwürdig vertrautes Gefühl –, aber dann entglitt es mir wieder und ich hatte nicht die Zeit, mich darum zu kümmern. Ich schuftete weiter mit aller Kraft.

Zwischendurch blickte ich immer wieder nach draußen. ES hatte Jeff fast erreicht. Schreckensstarr blickte Jeff der Kreatur entgegen. Aber er floh nicht!

Ich spürte, wie ES zwei neue Tentakel ausbildete. Sekundenlang verstärkte sich das Zucken der Stränge derart, dass wir kaum noch Halt an ihnen fanden. Wir hatten den Wettlauf gegen die Zeit verloren.

Ich glaube, ich habe den Strang gefunden, der das Gehirn mit dem Körper verbindet!, brüllte Bredshaw, und im gleichen Augenblick, in dem auch ich mich dem eigentlichen Gehirn näherte, nahm ich plötzlich eine vage vertraute Präsenz wahr. Von einem Moment auf den anderen vergaß ich alles andere, denn was ich wahrnehm, war einfach unmöglich.

Craven!, riss Bredshaws geistige Stimme mich aus meiner Erstarrung.

Es gab keine Fluchtmöglichkeit mehr, und Jeff Conroy ergab sich in sein Schicksal. In der Höhle hatte er nur schemenhaft die Konturen des Monstrums erkennen können, doch es erstaunte ihn, wie es in diesen relativ engen Stollen hineinpasste. Er schüttelte den Kopf, und ein verwundertes Lächeln löste die marmorhafte Anspannung, die auf seinem Gesicht lag.

Es ist verrückt, dachte er, an welche Nebensächlichkeiten man im Angesicht des Todes noch denken konnte. Er war gelöst und entspannt; die panische Angst war einer fast übernatürlichen Gelassenheit seinem Schicksal gegenüber gewichen.

Einen Moment lang fragte er sich, was wohl aus Robert Craven geworden war, dann entglitt ihm der Gedanke wieder. Gleichgültig zuckte Jeff mit den Achseln. Es war das einzige Gefühl, das er in Erwartung des Todes noch aufbringen konnte: Gleichgültigkeit.

Er versuchte, die wogenden Nebelschwaden mit den Augen zu durchdringen. Es gelang ihm nicht. Sie waren zu dicht und bildeten eine fast massive Wand. Warum tötete die Bestie ihn nicht endlich?

Einen Yard vor ihm verharrte der Nebel. Jeffs Selbsterhaltungstrieb brach noch einmal in ihm durch, als er zwei Tentakel erblickte, die sich aus dem grauen Vorhang heraus auf ihn zu bewegten. Es machte ihn stutzig, wie langsam die Fangarme sich bewegten. Ohne Schwierigkeiten konnte er sich unter dem ersten hinwegducken und dem zweiten durch einen raschen Sprung nach hinten entgehen.

Etwas stimmte nicht.

Er hatte die unglaubliche Schnelligkeit und Kraft der Tentakel selbst erlebt. Jetzt war nichts mehr davon übrig geblieben. Sicher, sie waren immer noch beängstigend groß und Furcht einflößend, aber ihre Bewegungen muteten kraftlos und müde an.

Anscheinend hatte Craven der Kreatur vor seinem Ende noch schwer zu schaffen gemacht. Eine andere Erklärung fand Jeff Conroy nicht. Doch noch immer war der Koloss für einen Menschen ein unüberwindlicher Gegner. Selbst ein Bruchteil seiner Kraft musste noch an die von zehn starken Männern heranreichen.

Als die Tentakel zurückwichen, glaubte Jeff, die Kreatur würde Kraft schöpfen für den letzten, entscheidenden Hieb. Als die Tentakel vor seinen Augen verfaulten, glaubte er noch an eine Sinnestäuschung. Auch als der Nebel sich lichtete und die Umrisse eines in rasendem Tempo in sich zusammensackenden Giganten freigab, begriff er noch nicht. Der Gedanke an eine Rettung erschien ihm so unglaublich, dass er sich nur langsam in seinem Verstand festsetzen konnte.

Eine Gestalt, die unzweifelhaft die Konturen eines Menschen besaß, kam ihm aus dem Nebel entgegen. Und auch ihr Gesicht war ebenso menschlich! Es war das Gesicht von – Craven!

Ich sah nur undeutlich, wie Jeff Conroy auf mich zutaumelte. Alles drehte sich vor meinen Augen. Ich wusste nicht mehr, was sich in den letzten Sekunden eigentlich ereignet hatte. Bredshaw und ich hatten den entscheidenden Nervenstrang zerfetzt. Im gleichen Moment hatte ein unglaublich harter Schlag meinen Geist getroffen. Ich war davongewirbelt worden, aus dem Körper von ES hinaus, hinein in ein Meer aus Finsternis und Schatten. Meine nächste Wahrnehmung war die, mich wieder in meinem alten Körper zu befinden. Immer noch hielt ich den *Shoggotenstern* in der zusamengepressten Faust.

Aber es war eine menschliche Hand, nicht mehr die Klaue SHUDDEMELLs. Die schreckliche Veränderung war mit dem Ende von ES rückgängig gemacht worden!

Ich wandte mich benommen um. Der Nebel hatte sich inzwischen fast völlig aufgelöst, ebenso wie die Kreatur, die sich hinter ihm verborgen hatte. Nur eine große, faulig stinkende Lache des schwarzen Schlamms, aus dem das Ding bestanden hatte, kündete noch von seiner Existenz.

Ich ließ meinen Blick durch den Stollen wandern, von der Hoffnung beseelt, den Grauen Bredshaw wider besseres Wissen doch noch irgendwo zu erblicken. Er hatte gewusst, dass er mit dem Tod des Monstrums auch sein Ende einleitete. Sein Körper, in den er hätte zurückkehren können, existierte nicht mehr. Nur der *Shoggotenstern* hatte meinen Leib wie auch meinen Geist – davor bewahrt, in ES aufzugehen.

Meine Augen weiteten sich in ungläubigem Entsetzen, als ich sah, wie sich innerhalb der Lache kleine Erhöhungen bildeten. Die schlammige Masse blubberte und wellte sich wie ein vom Wind bewegter See – und an verschiedenen Stellen entstanden neue Formen amorphen Lebens!

Bredshaw hatte davon gesprochen, dass wir den Zusammenhang der Bewusstseine in ES vernichten könnten. ES in seiner alten Form existierte nicht mehr, aber das, woraus es bestanden hatte, hatten wir nicht töten können. Das, was den Ableger SHUDDEMELLs ausmachte!

»Weg von hier – schnell!«, brüllte ich und packte Jeff am Arm. Wir hetzten auf die Lache zu. Die kleinen Erhöhungen bildeten sich zu unförmigen Klauenhänden, die nach unseren Beinen griffen. Angeekelt trat ich sie zur Seite.

Dann hatten wir die Lache überwunden. Ein animalisches Gebrüll erscholl hinter uns. Wir blickten uns nicht um. Auch so wusste ich, was geschah. Die einzelnen Bestandteile von ES, die einmal eigenständige Körper gewesen waren, formierten sich neu. Das Gebrüll schwoll noch weiter an. Es ertönte aus zahllosen Kehlen degenerierten Urschlamms. Die Laute näherten sich uns viel schneller, als wir vor ihnen zu fliehen vermochten. Die Kreatur holte uns ein!

Entschlossen blieb ich stehen.

In einer beschwörenden Geste breitete ich die Arme aus, konzentrierte mich auf die Stollenwände und griff mit meiner Magie nach ihnen. Ein geisterhaftes Knacken ertönte. Der glasartige Überzug der Wände bekam Risse und platzte stellenweise ab. Die Sprünge zogen sich bis in das Gestein hinein. Ein dumpfes Grollen, von herabstürzendem Gestein hervorgerufen, drang aus der Tiefe des Stollens. Auch in unserer Nähe brachen Felsbrocken aus der Decke.

Wir rannten weiter, während hinter uns im wahrsten Sinne des Wortes die Erde unterging. Der Stollen brach wie in einer einzigen gewaltigen Explosion in sich zusammen und begrub die Kreatur unter sich. Das Gestein tötete die Albtraumkreaturen, aber das Grauen, das hier in der Tiefe lauerte, konnte es nicht beenden. ES war ein Ableger SHUDDEMELLs, und einen GROSSEN ALTEN kann man nicht töten; nicht einmal ein einziges Glied, eine einzige Zelle von ihnen.

Eine Wolke von Staub hüllte uns ein. Halb blind torkelten wir weiter, bis wir die Halle erreichten und von dort in den Gang vordrangen, der an die Erdoberfläche führte.

Ein Hindernis tauchte vor mir auf. Ich ließ mich gegen die morsche Holztür fallen, die unter meinem Gewicht aus den Angeln gerissen wurde. Wir hatten das Herrenhaus des Grauen Bredshaw erreicht.

Starke Karbidscheinwerfer blitzten plötzlich um uns herum auf. Sie zerrissen das diffuse, unwirkliche Mondlicht, das durch die Fenster hereindrang, und tauchten uns in eine Flut grellen Lichtes.

»Mr. Craven!«, hörte ich einen überraschten Ruf. Die Scheinwerfer wurden herumgeschwungen, sodass sie mich nicht länger blendeten. »Wir haben uns Sorgen um Sie gemacht, nachdem Sie so plötzlich verschwunden waren«, fuhr die Stimme fort. »Wir glaubten schon, Ihnen sei etwas zugestoßen. Wir haben die ganze Umgebung durchkämmt. Wie geht es Ihnen?«

Es dauerte einige Sekunden, bis meine Augen sich wieder an die Lichtverhältnisse gewöhnt hatten. Schemenhaft nahm ich ein halbes Dutzend Männer wahr, unter ihnen auch den, der mich angesprochen hatte. Aber allein an der Stimme hatte ich schon erkannt, um wen es sich handelte.

Ephraim Carringham kam in seinem unnachahmlich lächerlichen Pinguingang auf mich zugewatschelt. Sein Gesicht erschien mir nicht gerade glücklich darüber, dass er mich gefunden hatte.

Wie geht es Ihnen?

Ich hätte ihn mit bloßen Händen erwürgt, wenn ich noch die Kraft dazu gehabt hätte, aber es gab Wichtigeres, als den aufgeblasenen Gesellschafter. Noch immer spürte ich einen leisen Widerhall dessen in mir, was ich wahrgenommen hatte, als ich während der Verschmelzung Kontakt zum Zentrum von ES gehabt hatte.

Was ich gespürt hatte, war eines der SIEBEN SIEGEL DER MACHT gewesen …

Im Netz der toten Seelen

Wie ein Leichentuch aus gewobener Finsternis hüllte die Nacht Arcenborough ein. Schwere, dunkle Wolken hatten sich vor die schmale Sichel des Mondes geschoben, als wollte selbst er sich vor dem Schrecken verbergen, der sich lautlos durch den kleinen Ort bewegte.

Die schmalen Gassen waren menschenleer, nur die vereinzelt aufgestellten Laternen warfen verschwommene Lichtflecken auf das nasse Pflaster. Doch konnten sie die Nacht nicht erhellen. Es war, als verschlucke ein substanzloser Schleier ihr Licht bereits nach wenigen Yards. Und es war still. Unheimlich still.

Eine streunende Katze entdeckte das *Ding* als Erste. Ihr Rücken krümmte sich zu einem Buckel, und ihr graues Fell sträubte sich. In panischer Angst floh sie, doch noch bevor sie auch nur nach einem Versteck suchen konnte, streifte etwas Kaltes, Schleimiges ihr Fell und riss sie zu sich heran. Ihr klagender, fast menschlich klingender Schrei verhallte ungehört in den dunklen Gassen.

Als das *Ding* kurz darauf weiterkroch, blieb von dem Tier nicht mehr als ein Haufen weißer, wie poliert glänzender Knochen zurück.

ShuddeTuur fand seinen Weg in der Dunkelheit mit der Sicherheit eines Wesens, das Äonen von Jahren in einem Labyrinth ewiger, abgrundtiefer Nacht verbracht hatte, eine Welt aus absoluter Finsternis, die niemals auch nur von einem verirrten Lichtstrahl erhellt worden war.

Die Katze hatte seine Kraft gestärkt, aber sie vermochte den bohrenden Hunger, der in ihm wütete, nicht zu befriedigen. Aber es wusste, dass es diesem Hunger nicht nachgeben durfte; noch nicht. Denn noch stärker als die Gier nach Menschen spürte es den Hass in sich, und der alleinige Gedanke an Rache bestimmte sein Handeln. Rache an dem Menschen, der ihm fast alle Kraft geraubt, der es fast vernichtet hatte.

Robert Craven!

Schon der bloße Gedanke an ihn erfüllte *Shudde-Tuur* mit unvorstellbarer Wut. Seit Jahrmillionen arbeitete es darauf hin, den Auftrag

SHUDDEMELLs zu erfüllen, des mächtigen GROSSEN ALTEN, dem er seine Existenz verdankte. Die Kraft hunderter Menschen hatte es in sich gesammelt und war noch beständig weiter gewachsen, als Craven den Verbund zerstört hatte. Aus ES, dem unbesiegbar erscheinenden Verbund ungezählter Gehirne und Körper, war wieder *Shudde-Tuur* geworden, die Keimzelle, die der GROSSE ALTE von seinem eigenen Körper abgespalten und mit unseligem Leben erfüllt hatte.

Es hatte lange gedauert, mehr als drei Tage menschlicher Zeitrechnung, die selbst ihm, der es gewohnt war, in anderen Zeitmaßstäben zu rechnen, wie eine Ewigkeit vorgekommen waren, bis es seinen Weg durch sein zerstörtes unterirdisches Reich an die Erdoberfläche gefunden hatte. Eine Ewigkeit grenzenloser Pein, die es von innen heraus zu zerfressen drohte. Aber es hatte auch genug Zeit gehabt, seinen Plan zu schmieden.

Robert Craven musste sterben, und er würde alle anderen Einwohner Arcenboroughs mit in den Untergang reißen!

Es gab keinen Durchschlupf, der für *Shudde-Tuur zu* klein war. Eine Mauerritze, die selbst eine Maus vor Probleme gestellt hätte, war für ihn wie ein großes Portal, denn es besaß keinen Körper im eigentlichen Sinne. Es war eine amorphe Masse, manifestierter Urschlamm, der sich durch die Gassen vorwärtsbewegte wie zäher, farbloser Schleim. Wäre in diesem Augenblick ein Mensch vorbeigekommen, wäre es ihm nicht einmal aufgefallen.

Aber es kam niemand.

Endlich tauchten die Umrisse der großen Fabrikgebäude vor ihm auf: lang gestreckte, flache Gebäude mit abgebröckeltem Verputz und kleinen, blinden Fenstern, wie schwarze Löcher in der Nacht, schlafenden Ungeheuern gleich, Moloche, die nur darauf warteten, die Menschen, die bei Tagesanbruch gewöhnlich durch die Portale in ihr Inneres strömten, jetzt bei Nacht zu verschlingen, denn die Nacht war die Zeit der Schrecken und düsteren Dinge. Was nicht Wirklichkeit war, wurde jetzt Realität, Wahrheit zum Traum, Traum zum Albtraum, Furcht zur Wirklichkeit.

Die Vorstellung bereitete *Shudde-Tuur* eine grimmige Befriedigung. Nicht mehr lange, und die Fabriken würden wirklich *lebendig* werden, die Albträume mit knorrigen Fingern an den Türen der Wirklichkeit kratzen und Einlass verlangen.

Unter dem Portal der vordersten Halle drang es in das erste Gebäude ein. Unzählige Spinnräder füllten den gewaltigen Raum. Der körperlose Schatten schlängelte sich zwischen den Reihen hindurch und strich mit schlangenartigen Armen von Zeit zu Zeit über den aufgehäuften Flachs und die Spindeln mit dem bereits versponnenen Leinen.

Als es seine amorphen Fühler wieder zurückzog, ließ es nur die hölzernen Spindeln hinter sich. Der Flachs vermochte seinen Hunger nicht zu stillen, aber er erfüllte ihn mit einem anderen Gefühl von Stärke: der Zuversicht, dass sein Plan gelingen würde.

Das leise Geräusch einer sich öffnenden Tür schreckte *Shudde-Tuur* auf. Zuckend huschte der Schein einer Laterne über die Wände und schuf schattenhaftes Leben, wo zuvor nur undurchdringliche Dunkelheit gewesen war.

Die Gier in ihm wurde übermächtig, als es das nahende Leben spürte. Um sich nicht zu früh zu verraten, kauerte es sich im Schatten eines Spinnrades zusammen und wartete, bis sich der Mann auf gleicher Höhe befand. Dann stürzte es mit einer blitzartigen Bewegung vor, noch ehe der Wächter die Gefahr überhaupt erkannte. Mit einem schleimigen Fühler erstickte *Shudde-Tuur* seinen Schrei; dann spürte es nur noch warmes, süßes Leben, das in ihn eindrang und ihn mit einer neuen, gewaltigen Kraft durchpulste ...

»Wo Bill nur so lange bleibt?« Hank Jackson warf einen nervösen Blick zu der großen Standuhr in der Ecke des Raumes. Das Ding hätte auf den Müll gehört, und genau dort hatte er die Uhr auch hergeholt. Sie ging ständig falsch, bot aber wenigstens einen vagen Überblick über die quälend langsam verstreichende Zeit. »Möchte überhaupt gerne wissen, wieso der Verrückte dauernd seine Wachrunden dreht.«

»Er ist jung und will nach oben. Immerhin hat er eine Frau und drei Kinder zu versorgen«, verteidigte Bowland seinen Kollegen. Er sprach mit ruhiger, abgeklärter Stimme, die Jacksons Nervosität aber nur teilweise zu beschwichtigen vermochte. Er war schon den ganzen Abend über gereizt, und er gab viel auf seine Stimmungen. Sein Gefühl hatte ihn selten getrogen. Und jetzt signalisierte es ihm drohendes Unheil.

Gegenwärtig aber war davon wenig zu spüren. Sie saßen in einem winzigen Verschlag, der früher eine Art Abstellkammer gewesen war, bis sie ihn sich als Wachstube ausgebaut hatten. Ihre Aufgabe lautete zwar, ununterbrochen Patrouillengänge durch die Fabrikgebäude durchzuführen, aber wer kontrollierte sie um diese Zeit schon? Nicht einmal der Schinder Carringham ließ sich nachts blicken. Der saß in seiner prächtigen Villa, während sie sich für einen Hungerlohn die Nacht um die Ohren schlagen mussten, um am Monatsanfang wenigstens *etwas* Geld nach Hause tragen zu können. Nicht genug, um zu leben, aber gerade genug, um nicht jämmerlich zu verrecken.

Jedenfalls rissen sie sich kein Bein aus. Es würde ohnehin niemand auf die Idee kommen, Flachs oder das verarbeitete Leinen zu stehlen. Dafür saß die Angst vor der Gesellschaft und der Polizei viel zu stark in den Einwohnern von Arcenborough. Und von weither würde deswegen auch niemand kommen. Also saßen sie in der improvisierten Wachstube und vertrieben sich die Zeit mit Kartenspielen.

Jackson galt allgemein als Glückspilz. Doch an diesem Abend schienen sich die Karten gegen ihn verschworen zu haben. Er konnte sich nicht konzentrieren, jeder Bluff geriet ihm zu offensichtlich, und wenn er eine Karte kaufte, war es garantiert die falschestmögliche. Er hätte am liebsten aufgehört, wenn es nicht der einzige Zeitvertreib gewesen wäre. Aber er vermochte sich auch nicht auf das Spiel zu konzentrieren. Etwas Unheimliches ging vor in Arcenborough. Er spürte das Unheil mit jeder Faser seines Körpers.

Bowland ließ das alles kalt, so wie es überhaupt nichts zu geben schien, was ihn wirklich berührte. Er ging bereits auf die sechzig zu. Sein schütteres Haar war im Laufe der Jahre schlohweiß geworden, Sorge und Häme hatten tiefe Falten in sein Gesicht gegraben. Er arbeitete bereits seit seiner Kindheit für die ATC. Früher an den Webstühlen, jetzt, da seine alten Knochen die Belastung nicht mehr mitmachten, als Nachtwache. Jackson hatte ihn niemals aufgeregt oder gar wütend erlebt. In seinem hageren Körper steckte ein ausgeglichenes Naturell, um das Jackson ihn beneidete.

Er selbst war aufbrausend und schnell reizbar, sobald etwas anders als erwartet lief. Die monotone Arbeit machte ihn kaputt, aber es gab keine Wahl für ihn. Er war nicht kräftig genug, um als Viehtreiber zu arbeiten. Ganz abgesehen davon, dass es in der Umgebung kaum noch Farmen gab, war sein Körper keiner Belastung gewachsen. Nachdem er sich jahrelang mehr schlecht als recht durchs Leben geschlagen hatte, war er schließlich nach Arcenborough gezogen und hatte bei der ATC eine Anstellung als Wächter gefunden. Ein verdammter Scheißjob, wie er bei jeder sich bietenden Gelegenheit hören ließ, aber immer noch besser als gar nichts.

Von Anfang an war Bowland eine Art Vorbild für ihn gewesen, aber es war ihm nie gelungen, sich die Ruhe des zwanzig Jahre älteren Mannes zu eigen zu machen. Vielleicht lag es daran, dass Bowlands Frau schon vor vielen Jahren gestorben war und er seither allein lebte. Bei einer Arbeit wie dieser konnte eine Ehe zum Fluch werden.

Hank Jackson dachte an seine Annie, die tagsüber in der Spinnerei arbeitete. Sein Lohn allein reichte nicht aus, sie beide zu versorgen, und selbst so reichte das Geld vorne und hinten nicht. An Kinder war überhaupt nicht zu denken. Es gab niemanden, der sie hätte erziehen können. Hank hatte es nie zugegeben, nicht einmal sich selbst gegenüber, aber er hatte keine Familie; im Grunde genommen existierte seine Ehe gar nicht, und diese verdammte Gesellschaft trug die Schuld daran.

Bowland entging die Unruhe seines Freundes nicht. Seinen hellwachen grauen Augen schien überhaupt nichts verborgen zu bleiben, nicht einmal die geheimsten Gedanken, wie Bill Stone einmal gesagt hatte.

»Was ist heute mit dir los?«, fragte er, wobei er mit scheinbarer Gleichgültigkeit die Karten mischte. Seine Finger bewegten sich dabei wie kleine, flinke Schlangen.

»Ich mache mir nur Sorgen um Bill.«

Langsam schüttelte Bowland den Kopf. »Der Junge ist doch noch gar nicht so lange weg. Dich bedrückt was ganz anderes. Spuck es schon aus, gemeinsam finden wir bestimmt eine Lösung. Was ist los? Irgendwas mit Annie?«

Gedankenverloren nahm Hank Jackson die Karten auf und ordnete sie mechanisch, ohne sie wirklich zu sehen. Er öffnete den Mund, um etwas zu sagen, schüttelte dann aber nur den Kopf und presste die Lippen wieder zusammen. Was hätte er schon sagen sollen? Er wusste ja nicht einmal, woher seine Unruhe stammte.

Bowland musterte ihn einige Sekunden lang ernst, dann senkte er den Blick wieder. »Wie du willst«, murmelte er und spielte seine erste Karte aus.

Ohne jede Anteilnahme spielte Hank Jackson mit. Es war nur die Gewohnheit, die ihn die Karten legen ließ; seine Gedanken huschten mit der Emsigkeit von Ameisen durch seinen Geist, ohne dass er zu einem Ergebnis kam. Das Gefühl der Bedrohung war noch immer da, stärker sogar als zuvor, aber er bekam es nicht in den Griff, konnte seine Ursache nicht ergründen. Es war eben nicht mehr als nur ein Gefühl, eine vage Angst, deren Schatten ihn einhüllte, ohne ihre wahre Natur zu erkennen zu geben. Immer wieder irrte sein Blick zur Uhr.

»Zum Teufel, das ist nicht normal«, sagte er, nachdem einige Minuten zähflüssig verronnen waren. Er warf die Karten auf den Tisch. »Es ist etwas passiert. In der Zeit kann er die Fabrik ja dreimal von vorne bis hinten durchlaufen.«

Er sprang so heftig auf, dass der wackelige Holzstuhl nach hinten fiel. Das Krachen, mit dem er auf den steinernen Boden polterte, hallte wie ein Kanonenschuss von den Wänden des engen Raumes wider.

»Du hast Recht«, pflichtete Bowland ihm zu seiner Überraschung bei. »Bill ist schon zu lange weg. Das gefällt mir nicht. Es ist wohl besser, wenn einer von uns nachsieht, wo er steckt.«

Die Furcht sprang Hank Jackson mit der Wucht eines Raubtieres an. Der Gedanke, allein durch die menschenleeren, dunklen Fabrikhallen zu gehen, erfüllte ihn mit einen namenlosen Grauen, das wie ein schleichendes Gift durch seine Adern kroch und ihn lähmte. Mit einem Mal war all sein Mut verschwunden, und zurück blieb nur eine Angst, wie er sie seit seiner Kindheit nicht mehr gespürt hatte.

Etwas Namenloses, unsäglich Grauenvolles erwartete ihn hinter der dünnen Holztür, etwas, das nur darauf wartete, dass er sie öffnete und ...

Er taumelte und musste sich am Tisch abstützen. Bowland ergriff seinen Arm und riss ihn wieder in die Realität zurück. Was waren das für Gedanken? Zum Teufel – er war ein erwachsener Mann und kein zitterndes Kleinkind mehr, das Angst vor der Dunkelheit hatte. Die einzige Gefahr, die ihn bedrohte, hatte Namen und Gesicht; und der Name lautete Carringham. Der aber würde kaum hinter der Tür kauern.

»Was ist mit dir?«, fragte Bowland und ließ seinen Arm wieder los. Jackson straffte sich in übertriebener Weise, als könne er die finsteren Visionen auf diese Art abschütteln.

»Es geht schon wieder«, sagte er. Er bemühte sich, seiner Stimme einen energischen Klang zu verleihen, sah seinen älteren Freund kurz an, konnte aber dem prüfenden Blick nicht standhalten. Er griff, zornig auf sieh selbst, nach seiner Laterne, entzündete sie und wandte sich übertrieben hastig zur Tür um. Aber noch während er die

Hand nach der Klinke ausstreckte, zögerte er wieder. Die Angst war nicht fort. Im Gegenteil. Sie hatte sich zurückgezogen, ein winziges Stückchen, aber sie war da, finster, lauernd und eisig. Sie wartete auf ihn. Sie wartete in der Dunkelheit jenseits der Tür. Sein Herz raste.

»Warum kommst du nicht mit?«, fragte er. Mühsam unterdrückte er das Zittern in seiner Stimme. Seine Hände wurden feucht.

»Unsinn«, antwortete Bowland grob. »Was soll Bill denken, wenn er zurückkommt und wir verschwunden sind? Einen kleinen Kontrollgang wirst du wohl noch allein machen können.«

Bowlands Ruhe wurde nur noch durch seine phlegmatische Faulheit übertroffen. Im Laufe der Jahre hatte Hank Jackson sich daran gewöhnt, aber jetzt erfüllte sie ihn mit Groll und einer unterschwelligen Wut. Schweigend presste er die Lippen zusammen und riss die Tür auf. Entschlossen trat er über die Schwelle.

Etwas Glitschiges streifte ihn, berührte ihn am ganzen Körper gleichzeitig mit einer unglaublichen Kälte, die nicht von dieser Welt stammte.

Hank Jackson schrie auf und prallte zurück.

Genauer gesagt, er wollte es. Es gelang ihm nicht. Eine unglaubliche Kraft hielt ihn fest. Die Laterne entglitt seinen Händen und polterte zu Boden, wo sie verlosch. Silberne Fäden schimmerten im Lichtschein, der aus der Kammer drang. Glitzernde Fäden, die ein Netz bildeten, das die ganze Tür umfasste. Wenn es nicht so unglaublich groß gewesen wäre, hätte man es für ein Spinnennetz halten können, doch jeder einzelne der Silberstreifen war so dick wie ein Wollfaden.

Aber es war keine Wolle. Es war Flachs!

Roher Flachs, aber auf eine unbegreifbare Art verändert. Mit aller Kraft riss Hank Jackson an den Fäden, die an seiner Haut und Kleidung festklebten.

Bowland hatte seinen Schrecken überwunden und kam ihm zu Hilfe, doch nicht einmal mit gemeinsamer Kraft konnten sie die glitzernden Fäden zerreißen. Sie waren stabil wie Eisenketten und klebten wie Pech.

Hank schrie wieder los, als er erkannte, dass er nicht freikam. Eine Woge nachtschwarzer Finsternis überschwemmte seinen Geist. Er war plötzlich nicht mehr als ein Bündel zitternder Angst. Sein Herz pochte mit der Lautstärke eines Hammerwerks. In seinen Schläfen rauschte das Blut. Schwarze Schatten tanzten vor seinen Augen.

Blindlings warf sich Hank Jackson hin und her. Er traf auf einen massiven Widerstand, und im nächsten Moment gellte ein entsetzter Schrei, unmittelbar neben ihm ausgestoßen, in seinen Ohren.

Der Schrei ernüchterte ihn ein wenig und riss ihn wieder in die Wirklichkeit zurück.

Bowland hatte versucht, ihm zu helfen, doch mit seinen panischen Bewegungen hatte Hank seinen Freund aus dem Gleichgewicht gebracht. Er war nach vorne gestürzt – in das Netz hinein. Seine schützend vorgestreckten Hände waren durch die Maschen gerutscht, sodass sie das Einzige waren, was er noch frei bewegen konnte. Ansonsten klebte er vom Kopf bis zu den Waden fest. Die Fäden zogen sich über sein Gesicht, seine Haare und die gesamte Kleidung.

Aber Bowland war selbst jetzt zu lethargisch, um ebenfalls in Panik zu verfallen. Er hatte vor Schreck und Überraschung geschrien, sich dann aber sofort wieder gefangen.

»Zieh deine Klamotten aus!«, befahl er gehetzt. Die klebrigen Fäden erschwerten ihm das Sprechen. Aber er war nicht in Panik. Er schien nicht einmal wirklich erschrocken, sondern allerhöchstens verstört.

Hank starrte ihn einen Augenblick lang ungläubig an, aber dann stahl sich ein verstehendes Funkeln in seine Augen.

»Du meinst, ich komme ...«

»Red nicht so viel, sondern zieh dich endlich aus.«

Bowlands Pragmatismus hatte ihn die einzige Möglichkeit, wie sie aus dieser Falle entkommen konnten, erkennen lassen. Hank war immer noch zu verwirrt, um auf den nahe liegenden Gedanken zu kommen. Dabei war es so einfach. Er war weder mit den Händen noch mit dem Gesicht mit dem Netz in Berührung gekommen. Die Fäden klebten nur an seinem Hemd und der Hose.

Das Hemd loszuwerden war nicht einmal schwer. Vorsichtig, um die Fäden nicht doch noch zu berühren, streckte er die Hände durch die Maschen und öffnete die Knöpfe. Sekunden später war er aus dem Hemd geschlüpft. Die Hose stellte ihn vor größere Probleme. Obwohl er den Oberkörper nun wieder frei bewegen konnte, wurde er fast zum Schlangenmenschen, bis er sich endlich völlig befreit hatte.

»Du musst ein Messer oder etwas anderes Scharfes finden. Das alte Schwert muss noch irgendwo liegen«, keuchte Bowland. »Rasch, beeil dich. Ich glaube, ich habe etwas gehört.«

Erneut schoss ein eisiger Schrecken durch Jacksons Glieder und drohte ihn zu lähmen. Bowland hatte sich nicht getäuscht. Auch er nahm ein Geräusch wahr. Etwas wie ein feines Schaben, dessen Herkunft er sich nicht erklären konnte. Es klang ... *unheimlich.*

In fieberhafter Eile suchte er nach einem Schneidewerkzeug. Sie trugen jeder eine Schusswaffe bei sich, aber die Revolver konnten ihnen hier nicht helfen. Es hätte eines mittelgroßen Munitionsdepots bedurft, die hunderte von feinen Fäden zu durchschießen. Aber irgendwo musste noch ein altes, verrostetes Schwert herumliegen. Sie hatten alles Gerümpel, das sich zuvor in der Kammer gestapelt hatte, an einer Wand aufgeschichtet. Zumindest jedes Stück, das auch nur den geringsten Wert besitzen mochte. Sollte Carringham durch irgendeinen unglücklichen Zufall einmal von diesem Raum erfahren, sollte er ihnen keinen Diebstahl vorwerfen können. Deshalb musste auch das Schwert noch irgendwo herumliegen.

Verbissen durchwühlte Hank all das Gerümpel, wobei er immer wieder kurze Pausen einlegte, um in die Halle hinauszulauschen. Das Geräusch hatte sich wiederholt – und es war eindeutig näher gekommen!

Endlich entdeckte er das Schwert. Er hatte sich nie gefragt, wie es in diesen Raum gekommen war, und es war ihm auch jetzt herzlich egal.

Das Metall war im Laufe der Zeit stumpf geworden. Zahlreiche Roststellen gaben der Klinge ein pockennarbiges Aussehen, aber die Waffe verlieh Hank Jackson ein wenig Mut und Zuversicht, als ströme aus dem kalten Griff neue Kraft in seinen Körper.

»Wo bleibst du?«, keuchte Bowland erregt. Die Minuten, die er in hilfloser Regungslosigkeit hatte verbringen müssen, hatten auch seine Ruhe hinweggewischt. »Da kommt etwas näher, ich ...«

Ein unterdrückter Schrei entrang sich seiner Kehle. Hank stürzte zu ihm. Jetzt entdeckte auch er, was John Bowland gesehen hatte. Viel war es nicht, doch das Wenige, was er wahrnahm, reichte aus, ihn an den Rand des Wahnsinns zu treiben.

Ein rot glühendes Auge entstand in der Luft, fast einen Yard über dem Boden. Es war ein Auge, das die Größe einer menschlichen Faust erreichte, und eigentlich konnte Jackson nur vermuten, dass es sich um ein Auge handelte. Denn es war eine Spirale, die sich in unendlich feinen Windungen einem Mittelpunkt entgegenstreckte, der irgendwo in der Unendlichkeit liegen musste ...

Mit einem wilden Schrei riss er das Schwert hoch und ließ es auf das

Netz niedersausen. Die Fäden waren elastisch genug, um unter der Wucht des ungestümen Hiebes ein klein wenig nachzugeben. Im nächsten Moment zogen sie sich wieder zusammen – und hätten Hank fast das Schwert aus der Hand geprellt. Ein heftiger Schmerz zuckte durch seinen Arm und explodierte in seiner Schulter. Er taumelte zurück, hielt die Waffe dabei aber verbissen fest.

»Nun mach doch!«, schrie Bowland mit überschnappender Stimme. Er schien von dem missglückten Versuch nichts mitbekommen zu haben. Die Fäden hielten sein Gesicht so fest, dass er dem entsetzlichen Auge unverwandt entgegenstarren musste. Vielleicht hatte er seine Augen auch längst geschlossen, um dem Anblick zu entgehen.

Noch einmal schlug Jackson zu. Die Wucht des Hiebes hätte gereicht, einen Ochsen zu fällen. Aber nicht ein einziger Faden riss.

Stattdessen wurde ihm das Schwert nun endgültig aus der Hand gerissen. Es wirbelte durch die Luft, durch das Netz hindurch, das mit einem Mal kein festes Hindernis mehr zu bilden schien, und prallte unerreichbar weit entfernt auf den Boden.

Es gab keinen zweiten Ausgang aus dem Raum, nur ein Fenster, das zu klein war, als dass auch nur ein Kind hätte hindurchklettern können.

Als Jackson die Kreatur im milchigen Schein der Laterne vollständig erkennen konnte, mischte sich sein Schreien in das Brüllen seines älteren Freundes.

Irgendwann verstummten sie beide.

Die Luft in dem feudal eingerichteten Raum stank so nach süßlichem Herrenparfüm, dass ich es als eine Beleidigung für meine Nase empfand. Vor die Wahl gestellt, hätte ich sogar Howards stinkende Zigarren diesem aufdringlichen Geruch vorgezogen. Sehnsüchtig blickte ich zu dem nur einen Spalt breit geöffneten Fenster.

Wir befanden uns im Büro Ephraim Carringhams, des Verwalters der Arcenborough-Textile-Corporation. Außer mir waren noch vier andere Männer anwesend. Ich ließ meinen Blick über die Gesichter schweifen.

Auch wenn ich durch das Erbe meines Vaters der Hauptaktionär der ATC geworden war, so gehörte die Gesellschaft mir doch nicht vollständig. Es waren auch nicht alle Aktionäre gekommen. Viele wohnten weit entfernt, strichen lediglich die Gewinne aus den Firmen ein und kümmerten sich sonst nicht weiter darum. Ihre Aktienanteile waren auch nicht besonders hoch. Letztlich gab es nur zwei Leute, die bei der ATC etwas zu sagen hatten. Das waren Carringham mit zwanzig Prozent Aktienanteil und ich mit einer Mehrheit von fast sechzig Prozent. Doch reichte das nicht aus, um meine Forderungen durchzusetzen. Ich brauchte eine Mehrheit von zwei Dritteln, und die würde ich mir heute beschaffen.

Mir blieb keine Zeit für langwierige Verhandlungen. Wäre ich meinem ursprünglichen Plan gefolgt, müsste ich jetzt schon auf halbem Wege in die Mojave Wüste sein. Oder wenigstens zurück in San Francisco. Stattdessen hockte ich hier und ärgerte mich über Carringham.

Mein Blick fiel zuerst auf ihn. Er hatte es sich in einem der monströsen Ledersessel bequem gemacht, doch konnte er auch so nicht sein körperliches Übergewicht verbergen. Beim Gehen erinnerten mich seine zu kurz geratenen Beine stets an das Watscheln eines Pinguins – was allerdings auch schon die einzige Ähnlichkeit zu den ansonsten recht possierlichen Tierchen war. Carringham war eine verschlagene und korrupte Ratte, wie ich bereits am eigenen Leib erfahren hatte.

Er erwiderte meinen Blick aus seinen wässrigen Augen. Sein Gesicht war aufgedunsen, und die Nervosität trieb hektische rote Flecken auf seine Wangen. Aber ich beging längst nicht mehr den Fehler, ihn zu unterschätzen.

Mr. Coleman und Mr. Whiteless hätten Geschwister sein können. Ihre farb- und ausdruckslosen Gesichter ähnelten sich auf frappierende Weise. Whiteless machte noch den harmloseren Eindruck. Seine Augen zeigten einen entrückten, fast verträumten Ausdruck, während Coleman mich mit einem stechenden Blick musterte. Sie mochten um die vierzig sein, waren beide hager, und auch ihre Gesichter zeigten den gleichen asketischen Ausdruck. Sie erinnerten mich unangenehm an die phlegmatischen Beamten, mit denen ich in London oft genug zu tun gehabt hatte. Buchhalter oder Sekretär waren Berufe, die mir für sie angemessen erschienen.

Der Vierte im Bund schließlich war Mr. Anthony Cromber. Auch er war übergewichtig, aber er überragte Carringham um fast zwei Köpfe, und dadurch wirkte er längst nicht mehr so lächerlich wie der Verwalter. Er war ein menschlicher Koloss, dem ich nur ungern allein nachts auf der Straße begegnet wäre. Eine Narbe zog sich von seinem rechten Auge dicht an der flachen Nase vorbei bis zum Kinn und hatte auch die fleischigen Lippen gespalten. Eine Aura von Düsternis und

Gefahr umgab ihn wie ein unsichtbarer Schleier. Cromber war der personifizierte Kinderschreck.

Trotz des Ernstes der Situation huschte ein flüchtiges Lächeln über mein Gesicht. In was für eine Gesellschaft war ich da nur hineingeraten?

Aber ich wurde rasch wieder ernst, als ich daran dachte, dass diese vier Männer bislang die unumschränkten Herrscher über Arcenborough gewesen waren; dass das Schicksal all der Einwohner in ihren raffgierigen Händen gelegen hatte.

Dieser Zustand würde nicht mehr lange andauern.

Eine unheilschwangere Stille lastete im Raum, die Carringham schließlich mit einem trockenen Hüsteln durchbrach.

»Wir alle wären Ihnen sehr dankbar, Mr. Craven, wenn Sie uns endlich darüber aufklären würden, was nun weiter mit den Fabriken geschehen soll«, sagte er salbungsvoll. Aber das unruhige Flackern seiner Augen sprach der Ruhe, die er an den Tag zu legen versuchte, Hohn. Carringham zitterte innerlich vor Aufregung, und ich konnte es ihm nicht einmal verdenken. »Seit drei Tagen wird nicht mehr gearbeitet, aber täglich treffen neue Waggonladungen Rohflachs ein«, fuhr er fort. »Die Lagerhallen sind überfüllt, da wir bereits vorher aufgrund der günstigen Auftragslage große Mengen an Material geordert haben.«

Die Blicke der Gesellschafter waren ungefähr so liebenswürdig wie Dolche. Ich hatte drei Tage Zeit gehabt, mir allerlei Freundlichkeiten zurechtzulegen, die ich ihnen an den Kopf werfen wollte, doch hatte ich die ganze Zeit über am allerwenigsten an die Aufsichtsratssitzung gedacht. Es gab wichtigere Probleme, die mich beschäftigten. Was als kurzer Kontrollbesuch geplant war, hatte längst ganz andere Dimensionen angenommen. Ich hatte das urweltliche Monstrum, das in den Höhlen unter dem Bredshaw-Anwesen gelauert hatte, vernichten können, aber etwas, das die eigentliche Keimzelle dieses Dinges gewesen war, lebte immer noch: ein Ableger der GROSSEN ALTEN, der entsetzlichen Rasse dämonischer Götter, die die Welt vor mehr als zweihundert Millionen Jahren beherrscht hatten.

Und es war noch mehr als das. Während ich mit der Kreatur verschmolzen war, hatte ich etwas gespürt. Eine Präsenz, die ich nur zu gut kannte, obwohl ich erst zweimal mit ihr in Kontakt gekommen war. Wäre es nicht so unmöglich gewesen, ich hätte geglaubt, den düsteren Odem eines der SIEBEN SIEGEL DER MACHT zu spüren …

Ich vertrieb den Gedanken, schlug die Beine übereinander und lehnte mich in meinem Sessel zurück. »Sie haben bereits schriftlich vorliegen, unter welchen Bedingungen ich die Produktion weiterlaufen lassen werde«, sagte ich. »Entweder stimmen Sie zu – oder die Fabriken bleiben weiterhin geschlossen, während die Löhne in voller Höhe weiterbezahlt werden.«

Erregt sprang Cromber auf und hämmerte mit der Faust auf den Tisch. Der Blick, den er mir zuwarf, hätte in furchtsameren Gemütern den unbedingten Wunsch wachgerufen, auf der Stelle ins nächste erreichbare Mauseloch zu kriechen.

»Dieser Fetzen ist das Papier nicht wert, auf dem er geschrieben wurde«, brüllte er unbeherrscht. Seine Stimme erinnerte mich lebhaft an das dumpfe Grollen eines Vulkans.

»Das ist sozialistische Schmier-Propaganda, aber nichts, worüber sich vernünftige Menschen unterhalten können. Zehn-Stunden-Tag, eine Lohnsteigerung um zehn, *zehn* Prozent – ha! Eine Küche, die mittags warmes Essen umsonst anbietet und eine Verdreifachung der Sicherheitsvorkehrungen, besonders in der Färberei«, zitierte er die Punkte, die ich verlangt hatte. »Das können Sie sich sonst wohin stecken!«

Seine ungehemmte Wut ließ mich kalt. Im Gegenteil, je mehr er sich aufregte, desto ruhiger wurde ich. Ich wusste, dass ich am längeren Hebel saß, und ich war gewillt, meine Machtposition auszuspielen, denn ich war in diesen Augenblicken der Fürsprecher für hunderte zerlumpter Arbeitssklaven, die sich unter unmenschlichen Bedingungen für den Gewinn der Gesellschaft zu Tode schufteten.

»Sie haben vergessen, das Recht zur Gründung einer Gewerkschaft zu erwähnen«, sagte ich freundlich. »Aber das macht ja nichts. Es steht ja schließlich in dem Verhandlungspapier. Ich werde nicht eine Hand breit von meinen Forderungen abweichen.«

Crombers Gesicht lief rot an. Er wollte erneut lospoltern, und einen Moment lang fürchtete ich schon, er würde auf mich losgehen, aber dann fing er einen warnenden Blick Carringhams auf. Mit einem wütenden Schnauben ließ er sich wieder in seinen Sessel zurückfallen. Das Möbelstück ächzte protestierend auf unter seinem Gewicht.

»So kommen wir doch nicht weiter«, mischte sich Coleman in das Gespräch ein. Er strich sich über seine straff zurückgekämmten schwarzen Haare. »Ich glaube, es gibt eine Basis, auf der wir uns alle verständigen können. Wir wollen durch unsere Aktien an der ATC Geld verdienen, und zwar so viel wie möglich.«

»Entschuldigen Sie, wenn ich Sie unterbreche«, sagte ich. »Das mag *Ihr* oberstes Ziel sein. Ich gebe zu, dass ich mit Geld auch nicht gerade auf Kriegsfuß stehe, aber im Gegensatz zu Ihnen interessiert es mich sehr wohl, unter welchen Umständen ich es verdiene. Ich nehme an, es ist sinnlos, wenn ich Ihnen schildere, unter welchen Bedingungen die Menschen schuften, und an Ihr Mitgefühl appelliere. Es ist wohl auch sinnlos, wenn ich an das Unrecht erinnere, das Sie ihnen allein in den letzten Jahren zugefügt haben.«

»Worte, nichts als Worte«, schnaubte Cromber. »Reden Sie nicht lange herum, sondern sagen Sie, was Sie meinen. Vielleicht kommen wir dann zu einer Einigung.«

»Ich erinnere nur an den Streik von 1884«, sagte ich scharf. Allein bei der Erinnerung daran, was man mir über die Ereignisse vor zwei Jahren berichtet hatte, fühlte ich eine dumpfe Wut in mir aufsteigen. »Es ging um eine Lohnerhöhung von lächerlichen zwei Prozent. Sie waren es doch, der damals Regierungstruppen angefordert hat, die den Streik brechen sollten, Mr. Carringham.« Ich deutete auf den Gesellschafter, der unruhig auf seinem Sessel hin und her rutschte.

»Die Streikenden drohten, die ganze Produktion lahm zu legen«, versuchte er unsicher zu erklären. Er schien endlich zu merken, dass keineswegs alles so lief, wie er es sich vorgestellt hatte.

»Ja, so wie ich es heute tue. Wollen Sie nicht auch jetzt Truppen zu Hilfe rufen?«, fragte ich böse. »Die Soldaten haben damals ja ganze Arbeit geleistet. Sie haben ein Massaker unter der Bevölkerung angerichtet. Wie viele Tote gab es doch gleich? Zwei oder drei Dutzend? Von dem Güterzug, der die Menschen niedergewalzt hat, die die Bahnlinie blockierten, gar nicht zu sprechen.«

»Hören Sie auf«, hauchte Cromber. Sein Gesicht zeigte eine unnatürliche Blässe, und selbst das fanatische Funkeln in seinen Augen schien erloschen zu sein. Kraftlos hatte er sich zurückgelehnt, hing mehr in dem Sessel, als dass er saß, und starrte ins Leere. »Hören Sie auf!«, wiederholte er noch einmal, aber diesmal schrie er die Worte. Zugleich hämmerte er mit den Fäusten auf die Sessellehnen, bis plötzlich alle Kraft aus ihm zu weichen schien und er sich wieder zurücklehnte. Nur seine Augen glühten in einem unheiligen Feuer, das ihn von innen heraus zu verzehren schien.

»Das gehört doch alles der Vergangenheit an«, versuchte Whiteless die Situation zu überspielen.

Ich hatte das Gefühl, man hätte mir einen Eimer eiskaltes Wasser über den Kopf gegossen. Die blasierte Arroganz dieses Menschen raubte mir für einen Augenblick den Atem. Nur mit äußerster Mühe gelang es mir, mich zu beherrschen.

»Vergangenheit!«, hauchte ich. »Was vorbei ist, ist vorbei; vielleicht legen Sie sogar jedes Jahr Blumen auf die Gräber der Toten, was? Nein, damit kommen Sie nicht davon. Meine Forderungen sind nur eine kleine, in Wahrheit sogar dürftige Wiedergutmachung an den Menschen, die für Sie wohl nicht mehr als Vieh sind. Ich setze den Lohn um *fünfzehn* Prozent höher, und Sie werden allen meinen Forderungen zustimmen!«

Mein Gefühlsausbruch hatte die Fronten endgültig geklärt, sofern es da überhaupt noch etwas zu klären gab. Die aufgesetzte Freundlichkeit, selbst die Miene geschäftlichen Gebarens war aus den Gesichtern meiner Gegenüber gewichen und hatte blankem Hass Platz gemacht. Lediglich Cromber schien von allem nichts wahrzunehmen. Er starrte immer noch ins Nichts und krampfte seine Fäuste so fest zusammen, dass die Knöchel weiß hervortraten.

»Sie werden die ATC in den Ruin treiben!«, brüllte Carringham mit rot angelaufenem Gesicht. »Das wird der einzige Erfolg Ihres heroischen Feldzuges sein.«

Ich sprang auf, trat ans Fenster und riss es auf. Feuchtkalte, aber wenigstens frische Luft strömte herein.

Wir befanden uns im dritten Stock des Verwaltungsgebäudes der Firma. Es überragte die Fabrikhallen, die in geometrischer Form ringsum angeordnet waren. Die Stille und fehlende Betriebsamkeit verlieh ihnen etwas Totes, Ruinenhaftes. In sonderlich gutem Zustand befanden sich die Gebäude auch nicht. Nebelschwaden drangen aus den umliegenden Waldgebieten, krochen über die Wege zwischen den Fabriken und tasteten wie mit feuchten Fingern nach den Häusern.

»Sie haben die Wahl«, sagte ich, ohne den Gesellschaftern das Gesicht zuzuwenden. »Entweder gehen Sie auf meine Forderungen ein, oder die Fabriken bleiben so lange geschlossen, bis Sie zur Vernunft gekommen sind. Dazu reichen meine Machtbefugnisse immerhin, und ...«

Ich verstummte. Mit einem Mal war meine Kehle wie zugeschnürt. Ich vergaß alles, was ich hatte sagen wollen, denn es war von einem Moment zum anderen unwichtig geworden. Zu unglaublich war der Anblick, der sich mir geboten hatte. Wie gebannt starrte ich immer noch auf die Gebäude hinunter, obwohl es dort längst nichts mehr zu sehen gab. Eiswasser schien anstelle von Blut durch meine Adern zu rinnen.

Blitzschnell fuhr ich herum, schnappte mir meinen Stockdegen und stürzte zum Ausgang des Raumes, ohne die Anwesenden noch eines Blickes zu würdigen. Ich riss die ledergepolsterte Tür auf und stürmte über den Korridor und die breite Marmortreppe hinab, während hinter mir erregtes Stimmengemurmel erklang.

Ich kümmerte mich nicht darum.

Nur einen Sekundenbruchteil lang hatte ich die schwarz gekleidete Gestalt wahrgenommen, aber ich war sicher, mich nicht getäuscht zu haben. Es war ein Drachenkrieger Necrons gewesen!

Nichts war mehr wie früher, alles hatte sich auf eine fremdartige Weise verändert und eine Grauen erregende Dimension angenommen. Das Finstere, Übernatürliche war mit Macht in sein ärmliches Leben hereingebrochen, als er Robert Craven kennen gelernt hatte. Es hatte sein Leben von Grund auf verändert.

Jeff Conroy seufzte. Er lag mit hinter dem Kopf verschränkten Armen auf seinem roh zusammen gezimmerten Bett und starrte an die niedrige Decke seiner Kammer. Zugluft strich durch zahlreiche Ritzen in den Wänden in den kleinen Raum und ließ die Flamme der Kerze neben seinem Bett flackern. Huschende Lichtreflexe tanzten über die Decke und die Wände, aber sie konnten den Raum nicht ganz erhellen. Und in jedem der finsteren Winkel schien Unheil zu lauern. Die huschenden Schatten gewannen ein gestaltloses, gespenstisches Eigenleben, das ihn mit einer unterschwelligen Furcht erfüllte, gegen die jede logische Überlegung machtlos war.

Craven hatte die grauenhafte Urweltkreatur besiegt, die sie in das Labyrinth in der Tiefe gelockt hatte, und sie unter Tonnen von Gestein begraben. Sie konnte ihnen nicht mehr gefährlich werden, aber das war nur ein Schrecken von vielen gewesen und Jeff hatte keineswegs Ruhe gefunden. Er wusste nun von bösen Göttern aus einer Zeit vor vielen Millionen Jahren, die danach trachteten, die Erde zu beherrschen. Und diese Angst saß tief.

Zu tief, um sie je vergessen zu können.

Seit Tagen hatte Jeff Conroy seine Kammer kaum noch verlassen. Er hatte sich bemüht, mit sich selbst ins Reine zu kommen und seine

Erlebnisse geistig zu bewältigen. Er hatte auch mit dem Gedanken gespielt, aus Arcenborough fortzuziehen, weit weg, irgendwohin, wo er alles hinter sich lassen und vergessen konnte, aber er hatte erkannt, dass es diesen Ort nicht gab. Die Erinnerung würde ihn immer und überall einholen.

Eine Flucht schied aus, aber es gab einen anderen Weg, der ihn gleichermaßen erschreckte wie faszinierte. Robert Craven kämpfte gegen die Kreaturen, die er die GROSSEN ALTEN nannte, und ihre Geschöpfe. Und er wusste, wie man sie besiegen konnte. Jeff würde den Besitzer der ATC bitten, ihn begleiten zu dürfen. Craven würde ihn lehren, was es mit den dämonischen Wesen auf sich hatte, und er würde ihm zeigen, wie man sie bekämpfen konnte. Es schien für Jeff der einzige Weg zu sein, wie er mit seinem Wissen fertig werden und gleichzeitig auch noch anderen Menschen helfen konnte.

Eine Locke seines braunen Haares fiel ihm in die Stirn und kitzelte in seinen Augen. Mit einer müden Bewegung strich Jeff Conroy sie zurück und richtete sich gleichzeitig auf.

Es gab nichts, was ihn an diesem Ort hielt. Nicht einmal seine Mutter. Er sah ihr verhärmtes Gesicht vor sich. Der Tod seines Vaters kurz nach Jeffs Geburt hatte sie hart und gefühlskalt werden lassen. So etwas wie Liebe hatte Jeff von ihr niemals empfangen, wenn er sie überhaupt zu Gesicht bekam. Sie arbeitete in der Spinnerei, und die harte Arbeit hatte ein Übriges getan, jedes Gefühl in ihr absterben zu lassen. Jeff war weitgehend allein aufgewachsen, und schon von früher Jugend an hatte er selber in den Fabriken arbeiten müssen.

Gleich am nächsten Morgen würde er Robert Craven aufsuchen und ihm seine Bitte unterbreiten. Er verdrängte den Gedanken, dass dieser ablehnen könnte, mit aller Kraft, die er aufbringen konnte. Es durfte einfach nicht passieren.

Da er sich jetzt endlich zu einem Entschluss durchgerungen hatte, legte sich der Aufruhr, der seit Tagen in seiner Seele wütete, ein wenig. Jeff ließ sich zurücksinken. Er hatte in den vergangenen Nächten kaum schlafen können und fühlte sich matt und ausgelaugt. Doch obwohl seine Augenlider Tonnen zu wiegen schienen, konnte er sie nicht für länger als ein paar Sekunden schließen.

Seine Fantasie gaukelte ihm schreckliche Dinge vor, Kreaturen mit langen peitschenden Tentakeln und entsetzlich aufgedunsenen Körpern, die sich seinem Bett näherten. Natürlich war nichts davon zu entdecken, sobald er die Augen wieder öffnete, aber die Angst krampfte sich wie eine eiskalte Totenhand um sein Herz und zwang ihn stets aufs Neue, nachzuschauen, ob da wirklich nichts in seinem Zimmer lauerte.

Das Schlagen der Kirchturmglocke drang an sein Ohr. Es war bereits zwei Uhr morgens, und immer noch kämpfte seine Angst verbissen gegen die bleierne Müdigkeit an. Nachdem der letzte Schlag verklungen war, breitete sich wieder Totenstille in seiner Kammer aus, nur unterbrochen vom leisen Geräusch seines Atems und dem leisen Pfeifen, mit dem der Wind durch die Ritzen zog. Gelegentlich gab die Kerze ein leises Knistern von sich. In der wattigen Lautlosigkeit, die das Halbdunkel seines Zimmers ausfüllte, erschienen die kaum wahrnehmbaren Geräusche überlaut.

Irgendwann siegte die Müdigkeit über seine Angst. Jeff Conroy glitt in einen neblig ungewissen Zustand zwischen Schlafen und Wachen, in dem es weder Träume noch bewusste Wahrnehmungen gab, sondern nur ein unendliches und undurchdringliches Grau.

Verwirrt schrak er nach ein paar Minuten – oder waren es Stunden gewesen? – wieder hoch. Etwas war in seinen Halbschlaf eingedrungen und hatte ihn aus dem Dämmerreich zurück in die Wirklichkeit gerissen. Ein Geräusch, das er nur unbewusst wahrgenommen hatte und dessen Ursprung er sich nicht erklären konnte.

Mit angehaltenem Atem blieb er auf dem Bett liegen, eingehüllt in seine verschlissene Leinendecke, und lauschte. Doch alles, was er hörte, war das vertraute leise Pfeifen des Windes.

Dann wiederholte sich das Geräusch. Es war das kaum wahrnehmbare Knarren einer Treppenstufe. Jemand schlich sich durch das Treppenhaus und bemühte sich, dabei sehr leise vorzugehen, aber es war unmöglich, die hölzernen Stiegen geräuschlos zu erklimmen.

Es war ein großes Haus, in dem zahlreiche Menschen wohnten, und Jeffs Zimmer lag direkt unter dem Dach. Das Knarren war nicht weit entfernt aufgeklungen, vielleicht ein Stockwerk tiefer, und es wiederholte sich, noch näher diesmal. Kein Zweifel, jemand näherte sich seinem Zimmer oder dem benachbarten Raum seiner Mutter …

Es waren weder die schweren Schritte eines männlichen Hausbewohners noch das Trippeln einer der Frauen. Jeff kannte den Schritt eines jeden von ihnen genau. Manchmal, besonders am Wochenende, kamen sie erst spät nach Hause, und er hatte gelernt, sie alle an ihren Schritten zu erkennen.

Diese hier waren anders. Es waren überhaupt keine normalen Schritte.

Wer auch immer sich näherte, es gelang ihm, seine Füße so behutsam aufzusetzen, dass nur das gelegentliche Knarren des alten Holzes zu vernehmen war, und das auf eine unbekannte Art, die mit den Bewegungen der Bewohner keinerlei Ähnlichkeit aufwies. Sie entfachte die nagende Furcht in Jeff Conroy sofort zu neuem Leben.

Für die Dauer von ein, zwei Atemzügen verharrte er noch reglos im Bett, von entsetzlichen Visionen gelähmt, dann gelang es ihm, die Panik abzuschütteln. So leise er nur konnte, schlug er die Decke zurück und schlüpfte aus dem Bett. In aller Eile streifte er sich seine Schuhe über, ansonsten war er vollständig angekleidet.

Seine wild durcheinanderwirbelnden Gedanken trieben ihn zur Flucht an, aber es gab keinen Fluchtweg. Die winzige Dachluke war selbst für ihn zu klein; einen zweiten Ausgang gab es nicht.

Er musste sich dem unbekannten Besucher stellen. Wer um diese Zeit so leise und heimlich in ein Haus eindrang, konnte nichts Gutes im Schilde führen. Aber es war ein Mensch, kein tentakelbewehrtes Monster, das zeigten die Geräusche von der Treppe her an.

Verzweifelt blickte Jeff sich nach einer Waffe um. Zwar trug er ein Messer im Gürtel, aber diese Waffe erschien ihm mit einem Male nicht mehr ausreichend. Eines der Stuhlbeine war schon seit Wochen locker und steckte nur noch lose in der Verankerung. Es war die einzige Waffe, die er finden konnte, und war sie auch noch so notdürftig. Zusammen mit dem Messer immerhin besser als nichts.

Lautlos drehte er den Stuhl herum und ergriff das Bein. Es war eine roh geschnitzte Latte, aber das Holz war hart und gab einen guten Knüppel ab. So ausgerüstet fühlte Jeff sich nicht mehr ganz so hilflos.

Auf Zehenspitzen schlich er zur Tür. Das leise Knarren des Holzes zeigte ihm genau an, wo der Eindringling sich aufhielt. Er musste das Ende der Treppe erreicht haben, also lag noch ein schmaler Korridor von zwei Yards Länge bis zur Tür vor ihm. Ein grimmiges Lächeln huschte über das Gesicht des Jungen, aber es war nicht mehr als ein kläglicher Versuch, sich selber Mut zu machen. Er atmete noch einmal tief durch und hielt dann den Atem an, um sich nicht vorzeitig zu verraten. Wer auch immer sich da näherte, er würde sein blaues Wunder erleben, schwor er sich.

Im flackernden Schein der Kerze sah er, wie die Klinke sich langsam nach unten bewegte, und dann geschah alles so schnell, dass er sich hinterher kaum noch daran erinnern konnte, wie es passierte.

Die Tür wurde aufgestoßen, und ein schwarzer Schatten glitt blitzschnell in den Raum. Gleichzeitig ließ Jeff den Knüppel auf den Kopf des Eindringlings hinabsausen. Er bekam nicht einmal richtig mit, was geschah. Der Fremde tat *irgendetwas*, und dann wirbelte der Knüppel plötzlich durch die Luft.

Ein eisiger Schrecken durchfuhr Jeff Conroy und lähmte ihn. Er wusste nicht, was er erwartet hatte, aber das jedenfalls nicht.

Der Fremde überragte ihn um Haupteslänge. Vom Kopf bis zu den Füßen war er in ein schwarzes, eng anliegendes Gewand gekleidet, und selbst um seinen Kopf schlang sich eine Art Turban aus schwarzem Stoff, der nur einen schmalen Spalt für die Augen frei ließ. Augen, in denen bodenlose Finsternis, Grauen und Tod geschrieben standen – und eine eisige Kälte, die nicht von dieser Welt zu stammen schien. Noch niemals war Jeff einem Menschen begegnet, dessen alleiniger Anblick ihn mit solchem Schrecken erfüllte.

Der wuchtige Schlag mit dem Stuhlbein hatte den Unheimlichen nur leicht gestreift und allenfalls irritiert. Wie hingezaubert hielt er plötzlich ein beidseitig geschliffenes Schwert in der Hand. Mit einer unglaublich schnellen Bewegung schwang es hoch, und Jeff hatte es nur der Enge des Raumes zu verdanken, dass der Schwarzgekleidete seine Waffe nicht richtig einsetzen konnte.

Im letzten Moment schaffte er es, sich irgendwie zur Seite zu werfen. Eine Handspanne über ihm fuhr der Stahl in das Türblatt und schlug eine Kerbe, die fast das ganze Holz spaltete.

In blinder Panik warf Jeff das Messer. Mit einer scheinbar mühelosen Bewegung wich der Unheimliche der Waffe aus. Verzweifelt rollte Jeff sich zur Seite, als das Schwert erneut auf ihn niedersauste. Haarscharf neben seinem Körper hackte die Klinge in den Fußboden. Der Eindringling stieß ein trockenes Lachen aus. Erneut beschrieb sein Schwert einen Bogen, und mit erschreckender Klarheit wurde Jeff Conroy bewusst, dass er diesmal nicht mehr ausweichen konnte.

Wie ein silberner Schemen huschte der Stahl auf ihn zu. Im letzten Moment beschrieb er eine winzige Drehung, sodass die Klinge nur mit der Breitseite seine Schläfe traf. Trotzdem reichte die Wucht, die hinter dem Schlag lag, ihm augenblicklich das Bewusstsein zu rauben.

Necron!

Ich hatte gehofft, ihn und seine Schergen abgeschüttelt zu haben, aber ich hätte wissen müssen, dass das nur eine Illusion war. Er würde mich überall aufspüren, und ich hatte längst aufgehört, mich über seine Fähigkeiten zu wundern. Es schien fast, als gäbe es ein aus magischer Kraft gewobenes Band zwischen uns, einen unsichtbaren, elastischen Strick, den ich nicht abschütteln konnte.

Necron würde die Verfolgung nicht aufgeben; niemals, bis er nicht das bekommen hatte, wonach er strebte. Er wollte die SIEBEN SIEGEL, und es sah bedrohlich danach aus, als ob er sie auch bekommen würde. Jedes der SIEGEL, die bislang aufgetaucht waren, hatte sich in meiner greifbaren Nähe befunden, aber letztendlich war es immer ihm gelungen, sie an sich zu bringen. Dass seine Drachenkrieger nun plötzlich hier in Arcenborough auftauchten, konnte nur eines bedeuten: Ich hatte mich nicht geirrt. Die düstere Aura, die ich in dem Stollen gespürt hatte, war die eines SIEGELS gewesen!

Aber das war doch absurd! Ich hatte diesen Ort völlig willkürlich gewählt. Oder etwa nicht? Plötzlich war ich mir gar nicht mehr so sicher. Das konnte doch kein Zufall sein. Fast kam ich mir wie eine Marionette vor, deren Fäden ein fremdes, mächtiges Wesen in der Hand hielt ...

Zur Erreichung seiner Ziele schreckte der Herr der Drachenburg vor nichts zurück; es war ihm völlig gleichgültig, wie viele Menschen seinetwegen sterben mussten.

Das war einer der Punkte, in denen wir uns unterschieden. Ich verfolgte die SIEGEL ebenfalls, aber ich konnte – und wollte – ihren Wert nicht in Menschenleben aufwiegen. Es gab noch einige weitere kleine Punkte, in denen Necron und ich nicht ganz einer Meinung waren. Unbedeutende Meinungsverschiedenheiten, zum Beispiel darüber, wie lange mein Leben noch währen sollte.

Oder seines.

Ich rannte so schnell wie selten zuvor in meinem Leben. Meine Füße schienen die Treppenstufen kaum noch zu berühren. Ich wusste, dass mein Vorhaben alle Züge von Wahnsinn besaß, aber es bot sich mir eine winzig kleine Chance, den Spieß umzudrehen und vom Gejagten zum Jäger zu werden.

Der Drachenkrieger hatte mich nicht gesehen, konnte mich gar nicht gesehen haben; und dass ich ihn entdeckt hatte, war nicht mehr als reiner Zufall gewesen. Erst als ich das Gebäude verlassen hatte, blieb ich stehen und blickte mich suchend um.

Die Drachenkrieger waren Meister der Tarnung. Ich konnte kaum hoffen, den Gesuchten noch einmal zufällig zu entdecken, konnte aber auch nicht erwarten, ihn noch an dem Ort, an dem ich ihn gesehen hatte, anzutreffen. Er musste sich irgendwo auf dem riesigen Grundstück mit seinen unzähligen Verstecken aufhalten.

Im offenen Kampf gegen ihn hatte ich keine Chance. Die Drachenkrieger waren Necrons Leibgarde, und sie waren fast unüberwindbare Streiter. Mit Ausnahme von Shannon, der sich in vielem von seinen Mitkämpfern unterschied, schienen sie keine Individualität zu besitzen. Stets traten sie in nachtschwarzen Gewändern auf, die ihre Körper vollständig verhüllten, und sie waren ihrem Meister in hündischer Unterworfenheit ergeben. Jeder von ihnen würde bedenkenlos und ohne Zögern sein Leben opfern, wenn Necron es verlangte. Die gleiche Skrupellosigkeit, die sie sich selbst gegenüber an den Tag legten, ließen sie auch anderen gegenüber walten. Sie waren perfekte Killer, von einer Kraft und Schnelligkeit, die ihnen den Mythos der Unbesiegbarkeit eingebracht hatten.

Aber ich besaß im Moment immerhin einen kleinen Vorteil: Ich wusste von der Existenz meines Feindes, während er allenfalls ahnen mochte, dass ich mich irgendwo in der Nähe aufhielt.

Wenn es mir gelang, ihm unbemerkt zu folgen, würde er mich über kurz oder lang zu Necron führen. Vorausgesetzt, er war ebenfalls hier.

Doch dazu musste ich den Drachenkrieger erst einmal finden. Vom Fenster des Konferenzraumes aus hatte ich einen guten Überblick gehabt. Jetzt aber befand ich mich in der gleichen Situation wie der Drachenkrieger. Ich wusste nicht, wo er sich aufhielt, sah nicht mehr als den Weg vor mir und die rissigen Wände der Gebäude.

Es gab keine befestigten Straßen, denn das Gelände lag ein Stück außerhalb des Ortes. Unter meinen Füßen befand sich festgetretenes Erdreich, das es mir ermöglichte, mich fast lautlos vorwärtszubewegen.

Überall traf ich auf die Spuren von Moder und Verfall. Carringham hielt es ganz offensichtlich nicht für nötig, das Grundstück auch nur oberflächlich sauber halten zu lassen. Die ATC hatte ihre eigene Lösung für die Beseitigung anfallenden Mülls gefunden: Sie lud ihn überall da ab, wo er gerade nicht störte.

In Ecken und an Wänden türmten sich wahre Berge von Abfall, die mir immer wieder die Sicht versperrten und ideale Verstecke abgaben. Ich schlich weiter, dabei geschickt jeden Schatten und jeden Mauervorsprung ausnutzend.

An meiner Seite spürte ich den beruhigenden Druck des Stockdegens, den ich in meinen Gürtel gesteckt hatte. Oberflächlich betrachtet war er ein ganz gewöhnlicher Spazierstock, wie ihn ein Gentleman bei sich zu führen pflegte. Doch darin verbarg sich eine Klinge, die selbst den Kreaturen der GROSSEN ALTEN gefährlich werden konnte. Denn in den Knauf des getarnten Degens war ein *Shoggotenstern* eingearbeitet, dem eine immense magische Kraft innewohnte. Er war zwar kein Allheilmittel, aber oft genug hatte er mich schon gerettet.

Etwas raschelte in dem Abfallhaufen, den ich gerade umrundete. Ich zuckte zusammen und fuhr herum.

Es waren Ratten.

Widerliche kleine Biester, mit denen ich schon unliebsame Erfahrungen gemacht hatte. Jetzt aber war ich fast erleichtert, sie zu sehen.

Wenn mich mein Orientierungsvermögen nicht täuschte – was bei dem unübersichtlichen Gelände auch nicht weiter verwunderlich gewesen wäre –, musste ich mich der Spinnerei nähern, in der der Rohflachs zu Leinen verarbeitet wurde, um dann eingefärbt und bestickt zu werden.

Ich blieb stehen, als ich ein kaum sichtbares Schimmern vor mir bemerkte. Etwas spannte sich von einer Wand der Halle zur anderen über den Weg. Als ich näher herantrat, erkannte ich einen dünnen Faden, der im Sonnenlicht silbern funkelte, als wäre er mit einer hauchdünnen Schicht aus Metall überzogen worden. Ich konnte mir keinen Reim darauf machen und unterdrückte den instinktiven Impuls, den Faden prüfend zu berühren. Das war ein Phänomen, um das ich mich später noch kümmern konnte. Möglicherweise stand es auch mit dem Drachenkrieger in Zusammenhang, obwohl ich mir kaum vorstellen konnte, dass er erschienen war, um das Gelände der ATC durch hübsche Silberfäden zu verschönern. Vorsichtig duckte ich mich darunter hindurch und schlich weiter.

Der andauernde Regen der vergangenen Tage hatte den Boden aufgeweicht, und auch die schwache Märzsonne, die sich heute erstmals wieder aus ihrem Versteck hinter den Wolken hervortraute, hatte ihn hier im Schatten zwischen den Gebäuden kaum zu trocknen vermocht. Der Boden war an einigen Stellen noch regelrecht morastig und griff wie mit schleimigen Fingern nach meinen Schuhen. Wenn ich die Füße hob, erzeugte ich unweigerlich ein leises, schmatzendes Geräusch, deshalb bemühte ich mich, die verräterischen Stellen möglichst zu umgehen.

Mehrmals entdeckte ich noch die silbrigen Fäden, und stets aufs Neue gaben sie mir ungelöste Rätsel auf. Um mich nicht abzulenken, ignorierte ich sie auch weiterhin.

Nahezu lautlos schlich ich weiter; doch gab es jemanden, der sich noch leiser bewegte als ich. Instinktiv ahnte ich plötzlich die Gefahr und fuhr herum. Aber da war es bereits zu spät.

Ich sah noch einen gewaltigen schwarzen Schatten vor mir aufwachsen, und dann explodierte etwas mit ungeheurer Wucht an meinem Kopf!

Sekundenlang sah ich nur explodierende Sterne vor meinen Augen. Ich war instinktiv zur Seite gezuckt, und so verfehlte der Hieb meine Schläfe. Abgeschwächt traf er mich am Hinterkopf, aber auch so war er noch stark genug, mich halbwegs zu betäuben. Ich stürzte zu Boden, kämpfte mit aller Kraft gegen die schwarzen Nebel an, die mich einhüllen wollten.

Als ich die Augen nach wenigen Sekunden wieder aufriss, stand der Drachenkrieger breitbeinig vor mir. Die Spitze seines Schwertes, mit dessen Knauf er mich getroffen hatte, deutete auf meine Kehle. Er verdeckte mit seinem Körper die Sonne, sodass sich ein Kranz strahlender Helligkeit um seine finstere Silhouette auszubreiten schien.

Ich blieb wie erstarrt liegen und sah blinzelnd zu ihm auf. Seine dunklen Augen waren die einzige Körperstelle, die durch einen schmalen Spalt in seinem Gewand freilag. Ich konnte keinerlei Gefühlsregung in seinem Blick lesen. Keine Spur von Triumph, nichts, dass überhaupt nur auf etwas Lebendiges hindeutete. Er war sich seiner Überlegenheit bewusst und nahm sie deshalb als natürlich hin. Für einen Drachenkrieger gab es nichts anderes als den Sieg. Necron duldete keinen Versager unter seinen Helfern. Jeder Drachenkrieger wusste, dass ein einziger Fehler zugleich auch sein letzter sein würde. Dieses Wissen ließ sie von vornherein keine Fehler begehen, kein Wagnis eingehen, von dessen Erfolg sie nicht überzeugt waren, sofern sie keinen entsprechenden Befehl erhielten.

Ich hatte es gewusst und trotzdem gehofft, den Krieger bei einer Unvorsichtigkeit überrascht zu haben. Er hatte mich erwartet, hatte gewusst oder doch zumindest geahnt, dass ich ihn entdecken würde, und sich deshalb so unvorsichtig gezeigt. Es war eine Falle gewesen, in die ich Narr blindlings hineingetappt war.

Das stumme, ungleiche Duell dauerte nur wenige Sekunden, dann musste ich den Blick von seinen Augen abwenden. Er hielt alle Trümpfe in der Hand, während ich völlig hilflos war.

Kalter Schweiß bildete sich auf meiner Stirn. Mein Herz hämmerte in rasendem Rhythmus, während ich meinen Blick wie hypnotisiert auf die Spitze seines Schwertes richtete.

Mein Sturz hatte mich mit dem Oberkörper in eine Pfütze brackigen, stinkenden Wassers befördert. Ich spürte, wie die Feuchtigkeit in meine Kleidung kroch und das Hemd kalt an meinem Körper kleben ließ. Spitze Steine stachen in meinen Rücken, aber ich wagte nicht, mich zu bewegen. Ich bemühte mich sogar, möglichst flach zu atmen, um den Drachenkrieger nicht zu einem weiteren Angriff zu provozieren, über dessen Ausgang es keine Zweifel gegeben hätte.

Erst als er die Klinge nach einer entsetzlichen, sich zu einer pulsierenden Ewigkeit dehnenden Zeitspanne noch nicht in meine Kehle gestoßen hatte, ging ich das Wagnis ein, mit einer bewusst langsamen Bewegung in eine etwas weniger schmerzhafte Lage zu rutschen. Trotzdem senkte er die Waffe in einer ruhigen, gleitenden Bewegung sofort, sodass sie die Haut an meinem Hals geringfügig ritzte. Ich wurde augenblicklich wieder zur unbeweglichen *Statue eines gefallenen Helden.*

»Warum tötest du mich nicht endlich?«, stieß ich hervor.

Skrupel kannte der Krieger nicht, hätte es noch Zweifel gegeben, so wären sie durch die Kälte seines Blickes beseitigt worden. Es musste andere Gründe geben, dass er mich verschont hatte.

Ich war mir sicher, dass hinter dem Auftauchen des Schwarzgewandeten und seiner Art, mich in seine Gewalt zu bringen, eine bestimmte Absicht steckte. Necron wollte etwas von mir, nur deshalb hatte er mich nicht auf der Stelle töten lassen.

Die Spannung wurde allmählich unerträglich. Etwas musste in den nächsten Sekunden geschehen; oder ich würde mich nicht mehr länger beherrschen können. Meine Muskeln hatten sich verkrampft und sandten Wellen von Schmerz durch meinen Körper, aber die psychische Belastung war ungleich größer.

Ich hatte dem Tod oft genug ins Knochengesicht gesehen, eigentlich zu oft und aus zu großer Nähe, um ihn noch wirklich zu fürchten. Dennoch hatte ich mich bislang nicht dazu durchringen können, mit dem Sensenschwinger Freundschaft zu schließen. Ich hing an meinem Leben, denn allzu viele hatte ich nicht zur Auswahl, aber es erschien mir gnädiger, einen raschen Tod zu finden, als so lange in absoluter Ungewissheit zwischen Leben und Tod zu schweben.

Bis mir bewusst wurde, dass der Drachenkrieger es genau darauf angelegt hatte. Er wollte mich zermürben. Ein nervlich zerrütteter Gegner würde auf jede Forderung bereitwilliger eingehen, bereitwilliger noch als ein Gefangener, dem man mit dem Tod drohte.

Wie grundlegend falsch alle meine Vermutungen über das Verhalten des Drachenkriegers waren, wurde mir mit einem Schlag deutlich, als ich den gigantischen finsteren Schatten wahrnahm, der plötzlich hinter dem Schwarzgewandeten in die Höhe wuchs.

Eiswasser schien durch meine Adern zu rinnen. Aus meiner ungünstigen Position konnte ich nicht viel von dem Wesen erkennen, das sich uns näherte; ich sah nicht mehr als einen gigantischen Schatten und schwarze, tentakelartige Auswüchse.

Die ganze Zeit über musste der Drachenkrieger von der Existenz der Kreatur gewusst haben, hatte irgendwie ihre Annäherung bemerkt; und seine Regungslosigkeit diente nur dazu, sich auf sie zu konzentrieren. Gegen meinen Willen musste ich seine Kaltblütigkeit beinahe bewundern. Er hatte förmlich bis zum letzten Augenblick gewartet und das Monstrum herankommen lassen.

Mit einer blitzartigen Bewegung und einem Kampfschrei auf den Lippen wirbelte er herum. Sein Schwert beschrieb einen blitzenden Halbkreis. Obwohl er das Wesen erst im letzten Moment wirklich sehen konnte, traf die Klinge mit ungeheurer Genauigkeit ihr Ziel. Sie schmetterte gegen das Gelenk eines der Tentakel, die in Wirklichkeit Beine waren, wie ich erkannte, als ich mich aufrichtete.

Am ehesten ließ sich die Kreatur noch mit einer Spinne vergleichen – aber einer Spinne, die die Größe eines erwachsenen Menschen erreichte!

Ihr schwarzer Leib besaß die Form einer Tonne und ruhte auf acht mit zottigem schwarzem Fell behaarten Beinen, von denen jedes einzelne dick wie ein kräftiger Männerarm war. Der Kopf der Kreatur war halslos mit dem Rumpf verbunden und mündete in zwei gigantischen Scheren, die sich wild hin und her bewegten. An ihrer Innenseite saßen handlange, dornenspitze Auswüchse. Die Bestie besaß nur ein Auge, das dicht über den Scheren saß.

Der Anblick ließ etwas in mir vereisen. Ich kannte das Auge, und dieses Wissen erfüllte mich mit Schrecken. Es rief Erinnerungen in mir wach, die zu vergessen ich mich erfolglos bemüht hatte. Es war erst ein paar Tage her, seit ich dieses Auge gesehen hatte, eine rot glühende Spirale, deren Zentrum in die Ewigkeit selbst zu reichen schien.

Als ich ES, dem protoplasmischen Wesen Gestalt gewordenen Urschlamms in seinem von ewiger Finsternis erfüllten Labyrinth gegenübergestanden hatte. Die Erinnerung kroch aus meinem Gedächtnis hoch und drohte meinen Geist zu überfluten. Mit aller Kraft kämpfte ich dagegen an und drängte die beklemmenden, düsteren Bilder zurück.

Mit einem Schlag wusste ich auch, dass ich die Spinnenkreatur schon einmal gesehen hatte. Nicht richtig gesehen, aber sie war mir als Vision erschienen, als ich mich mit Jeff Conroy auf dem alten Feuerturm befunden hatte, und ich ahnte, dass dieses Wesen alles andere als eine einfach nur ins Gigantische gewachsene Spinne war.

Die Klinge des Drachenkriegers hieb eine tiefe Kerbe in das Gelenk des Monstrums. Ein widerliches Knacken ertönte, und eine dunkle Flüssigkeit troff aus der Wunde. Ein lauter, animalischer Schrei erscholl, aber er war mehr aus Wut und Überraschung als aus Schmerz geboren. Neues Fleisch bildete sich über der Wunde, und nach wenigen Sekunden war von der Verletzung nichts mehr zu sehen. Erschrocken wich der Drachenkrieger einige Schritte zurück. Auch ich sprang auf und brachte mich aus der unmittelbaren Gefahrenzone.

Die beiden Scheren des Spinnenmonstrums schnappten zu. Mit einem weiten Satz brachte der Krieger sich in Sicherheit. An der Stelle, an der er gerade noch gestanden hatte, fuhren die Scheren krachend zusammen.

Ich wurde Zeuge eines bizarren, unwirklichen Kampfes. Der Krieger bewies, dass die zahllosen Legenden über Necrons Kämpfer nicht unbegründet entstanden waren. Jeder andere Mensch wäre in dem ungleichen Kampf nach Sekunden zermalmt worden. Er aber bewegte sich mit schier übermenschlicher Schnelligkeit um das Spinnenwesen herum und fügte ihm ständig neue Wunden zu. Sie bereiteten dem Wesen Schmerzen, auch wenn sie sich sofort wieder schlossen.

Doch auch das Ungetüm bewegte sich schnell genug, um es zu

einem gefährlichen und unberechenbaren Gegner werden zu lassen. Immer wieder schnappte es mit den Scheren nach dem Krieger. Die Hauptgefahr ging jedoch von den Beinen des Wesens aus. Ausgestreckt erreichten sie mehr als Manneslänge. Die Kreatur brachte es fertig, sich auf nur zwei Beinen aufrecht zu halten, während sie die anderen einsetzte, um gewaltige Schläge auszuteilen. Aber immer wieder gelang es dem Drachenkrieger, den Hieben auszuweichen. Sie peitschten nur den Boden und schleuderten Fontänen aus Sand und Dreck hoch.

Aber ich wusste, dass nicht einmal die unbändige Gewalt und Gewandtheit des Kriegers ausreichen würden, um diesen Gegner zu besiegen. Ich wusste es, seit ich das Auge der Kreatur gesehen hatte.

Ich war mit dem Bewusstsein von ES verbunden gewesen und hatte alles über die Geschichte der Albtraumkreatur erfahren, deren Körper sich aus den umgewandelten Körpern all ihrer Opfer zusammengesetzt hatte. SHUDDEMELL selbst hatte seine eigene Hand abgespalten und mit einem Auftrag betreut, doch der Sieg der ÄLTEREN GÖTTER über die grauenhaften Kreaturen der Vorzeit hatte auch *Shudde-Tuur* in einen Jahrmillionen währenden Dämmerschlaf sinken lassen. Während dieser Zeit war die Hand zu ES mutiert. Ich hatte das riesige Geschöpf zwar vernichtet, aber die Lawine damit erst richtig ins Rollen gebracht. *Shudde-Tuur*, die Ur-Hand, hatte überlebt und endgültig damit begonnen, seinen Auftrag zu erfüllen – durch Tod und Verderben den Weg für die GROSSEN ALTEN zu ebnen.

Denn um nichts anderes als *Shudde-Tuur* handelte es sich bei dem Spinnenwesen. Mit der Zahl seiner Opfer war seine ursprüngliche Gestalt angewachsen. Und sie würde immer weiter wachsen, solange es genug Opfer fand, um seinen unbändigen Hunger zu stillen. Die Schwertstreiche des Drachenkriegers mochten lästig für es sein, aufhalten würden sie es nicht. *Shudde-Tuur* kümmerte sich letztlich auch nicht mehr um den Krieger, als unbedingt nötig war. Sein wahres Ziel war ich. Es würde mich mit der Unbarmherzigkeit eines seelenlosen Geschöpfes verfolgen, das nur seinem Auftrag gehorchte.

Erneut wich der Drachenkrieger mit schattenhafter Geschmeidigkeit einem Hieb aus, aber *Shudde-Tuur* hatte gelernt, sich auf seine Art zu kämpfen einzustellen. Es plante voraus, wohin sein Feind ausweichen würde.

»Vorsicht!«, schrie ich instinktiv.

Es war Wahnsinn. Necron und ich waren Todfeinde, und auch der

Drachenkrieger würde keinen Augenblick zögern, mich umzubringen. Aber er war immerhin ein Mensch – und allein diese Gemeinsamkeit machte uns diesem gemeinsamen Feind gegenüber zu Verbündeten.

Gedankenschnell reagierte der Drachenkrieger. Er fuhr herum und schlug gleichzeitig mit dem Schwert zu. Seine Drehung verlieh dem Hieb zusätzliche Wucht. Es prallte gegen das niedersausende Spinnenbein.

Für die Dauer eines Sekundenbruchteils schien sogar die Zeit selbst den Atem anzuhalten. Die stählerne Klinge fraß sich in das amorphe Fleisch des Beines und trat auf der anderen Seite wieder aus. Der Schwertstreich hatte das Bein der Spinne abgetrennt.

Ein urwelthafter Schrei ließ die Luft zittern.

Von der Wucht seines Schlages wurde der Drachenkrieger nach vorn gerissen. In einer grotesk anmutenden Bewegung traf der Beinstumpf seinen Kopf. Bewusstlos stürzte er zu Boden.

Ohne weiter zu überlegen, sprang ich vor und riss den Stockdegen aus der Scheide. Sofort ließ *Shudde-Tuur* von seinem Gegner ab. Es wandte sich mir zu. Ich blieb stehen, während die Kreatur auf mich zukroch. Mein Blick fiel auf das verstümmelte Bein. Die Wunde hatte sich bereits geschlossen, und das Bein begann nachzuwachsen. Trotzdem war sie eine Behinderung für das Monstrum und hemmte seine Geschwindigkeit.

Nur für einen Sekundenbruchteil ließ ich mich ablenken, dann blickte ich wieder auf das spiralförmige Auge.

Mit körperlicher Kraft war ein Wesen wie *Shudde-Tuur* nicht zu besiegen, aber vielleicht schaffte ich es durch Magie.

Alles um mich herum verblasste, wurde zu einem unförmigen Nichts, in dem nur noch dieses Auge existierte.

Unruhig peitschte *Shudde-Tuur* den Sand. Es schien die Gefahr zu wittern. Ich brachte alle Konzentration auf, zu der ich fähig war, und wartete, bis die Scheren kaum mehr als einen Yard von mir entfernt waren.

Dann schlug ich mit aller Kraft zu!

Glühende Lava überflutete meinen Geist, und für einen unerträglich langen Augenblick pulsierte die Kraft einer explodierenden Sonne in mir. Dann schleuderte ich *Shudde-Tuur* diese Kraft entgegen. Mit unsichtbaren Klauen griff ich nach seinem Geist, dem Zentrum seines blasphemischen Lebens, und versuchte ihn zu zerfetzen.

Etwas stemmte sich mir entgegen, aber ich fegte den Widerstand beiseite, drang weiter vor, und –

Mit einem Mal war alles vorbei. Die Verbindung *zu Shudde-Tuur* war abgerissen. Aber wenn ich es auch nicht zu töten vermocht hatte, so hatte ich mein Ziel doch erreicht: *Shudde-Tuur* floh.

Schweiß rann mir in klebrigen Bahnen über das Gesicht, und in mir war eine grässliche Leere, aber ich hatte *Shudde-Tuur* in die Flucht geschlagen. Ich fühlte mich unendlich schwach und ausgelaugt, taumelte einige Schritte vorwärts und brach in die Knie.

Ein trockenes Schluchzen entrang sich meiner Kehle. Ich stürzte nach vorne und kühlte mein schweißnasses Gesicht im feuchten Erdreich, während ich es genoss zu spüren, wie das Leben langsam wieder in meinen Körper zurückströmte.

Das Erwachen war wie das Auftauchen aus einem lichtlosen Ozean, das Hinübergleiten aus einer Welt ewiger Schwärze in ein Reich grellen Lichtes; verbunden mit der Geburt stechender Schmerzen.

Stöhnend strich Jeff Conroy sich mit der Hand über die Stirn, dann erst schlug er die Augen auf. Das Licht blendete ihn, und er musste die Augen mit der Hand abschirmen, um wenigstens Konturen erkennen zu können. Von irgendwoher drang ein Laut wie ein Befehl an sein Ohr, dann hörte er, wie Stoff bewegt wurde, und gleich darauf schwand die gleißende Helligkeit und machte einem angenehmen Halbdunkel Platz. Er fühlte sich am ganzen Körper wie zerschunden, und immer noch wütete der Schmerz in seinem Kopf, aber er richtete sich mühsam auf und blickte sich um. Er befand sich in einem großen Zimmer, von dessen Einrichtung er nichts erkennen konnte. Man hatte ihn auf eine Couch oder etwas Ähnliches gelegt. Und auf einem Stuhl, direkt vor ihm, saß jemand, dessen Anblick Jeffs Benommenheit schlagartig vertrieb.

Er blickte in das Gesicht eines uralten Mannes. Seine Nase stand wie der Schnabel eines Adlers vor. Darüber lagen dunkle Augen, deren stechender Blick sich bis in Jeffs Seele zu tasten schien. Er fühlte sich nackt und schutzlos.

»Wer … wer sind Sie?«, fragte Jeff mühsam. Die Zunge lag wie ein pelziger Fremdkörper in seinem Mund, und das Sprechen bereitete ihm Schwierigkeiten.

Der Alte stieß ein raues, kehliges Lachen aus, aber sein Blick blieb weiterhin ernst, und das leichte Funkeln, das sich in seine Augen stahl, wirkte keineswegs amüsiert.

»Mein Name ist völlig ohne Belang. Aber du sollst ihn erfahren. Man nennt mich Necron.«

Jeff dachte angestrengt nach, aber er konnte mit dem Namen nichts anfangen. Er hatte ihn noch nie gehört.

»Was soll das alles? Was haben Sie mit mir vor?«, erkundigte er sich, darum bemüht, seiner Stimme einen möglichst festen Klang zu verleihen. Es gelang ihm nicht sonderlich gut. Der forschende Blick des Alten irritierte ihn von Sekunde zu Sekunde mehr.

»Gut, kommen wir zur Sache«, sagte der Greis. »Ich möchte von dir alles erfahren, was sich in den letzten Tagen abgespielt hat. Ich weiß, dass du mit Craven zusammen in das Labyrinth dieses Monstrums vorgedrungen bist, und du wirst mir nun erzählen, was sich unter der Erde zugetragen hat.«

Jeff konnte nicht verhindern, dass sich der Schrecken für einen Moment in seinen Augen widerspiegelte. Natürlich, er hätte sofort darauf kommen müssen, dass dieser Necron etwas mit Craven zu schaffen hatte. Der unheimliche, durchdringende Blick hätte ihn darauf bringen müssen. Robert Craven hatte ihn manchmal auf die gleiche Art angestarrt, fast so, als wolle er ihn hypnotisieren.

Und Necron verfügte auch über die gleiche Aura des Geheimnisvollen, nur dass sie bei ihm unsagbar finster und böse war. Irgendetwas war an den beiden Männern so ähnlich, als wären sie auf eine schwer zu beschreibende Art miteinander verwandt, auch wenn sie äußerlich völlig verschieden aussahen.

Robert Craven und Necron standen in einer Beziehung zueinander, die Jeff Conroy sich nicht zu erklären vermochte. Aber er erkannte, dass es eine keineswegs freundschaftliche Verbindung war. Und während Craven ihm das Leben gerettet hatte, hätte Necron ihn fast umbringen lassen. Es gab keinen Grund, dem Alten irgendwie zu helfen – außer, dass er sich in seiner Gefangenschaft befand.

Aber das war ja kein unabänderlicher Zustand. Jeff warf einen raschen Blick in die Runde. Das große Zimmer war von schummrigem Dunkel erfüllt. Schwere Vorhänge sperrten das Sonnenlicht fast völlig aus, aber es genügte, dem Jungen zu zeigen, dass sich außer ihnen niemand mehr im Raum aufhielt. Und so bedrohlich der Greis durch seine alleinige Anwesenheit auch wirkte, so war er letztlich doch nicht mehr als ein alter, gebrechlicher Mann.

»Ich warte«, sagte Necron mit einer unüberhörbaren Schärfe in der Stimme.

Da kannst du lange warten, dachte Jeff Conroy. Ansatzlos sprang er auf und trat nach dem Alten.

Im gleichen Moment wurde das Halbdunkel neben ihm lebendig, nahm Gestalt an, und dann traf ihn ein Schlag, der ihn benommen auf die Couch zurückfallen ließ. Hände, die aus Gestalt gewordener Finsternis selbst zu bestehen schienen, packten seine Oberarme und pressten ihn in die Polster. Jeff schrie vor Schmerz auf und warf sich von einer Seite zur anderen, aber der Kraft seiner Gegner hatte er nichts entgegenzusetzen.

»Lasst ihn«, vernahm er wie aus weiter Entfernung die Stimme des Alten. Der Griff lockerte sich. Ein unangenehmes Prickeln durchfuhr seine Arme und reichte bis in die Fingerspitzen, als das Blut in die abgeschnürten Glieder zurückschoss.

Jeff konnte wieder halbwegs klar denken, und nun sah er auch, wer seinen stümperhaften Angriff so wirksam abgewehrt hatte. Es waren zwei vermummte Gestalten, dank ihrer dunklen Gewänder fast unsichtbare Schatten in der Dunkelheit.

»Was ist passiert, während du mit Craven zusammen warst?«, fragte Necron noch einmal. Seine Stimme klang genauso ruhig wie zuvor.

»Von mir erfährst du nichts!«, keuchte Jeff.

Necron stieß ein beinahe gelangweilt klingendes Seufzen aus. »Genauso ein heldenmütiger Dickkopf wie dein Freund. Aber es gibt auch andere Möglichkeiten, dich zum Sprechen zu bringen. Schau mich an!«

Die letzten Worte stieß Necron in befehlendem Ton hervor. Seine Stimme war plötzlich hart, und etwas schwang in ihr mit, dem Jeff sich nicht entziehen konnte. Gegen seinen Willen musste er den Kopf heben, bis sein Blick auf das Gesicht des Alten fiel, sich mit dessen Blick kreuzte.

Etwas unsägliches Fremdes kroch mit diesem Blick in seine Seele, erfüllte sie mit einer Woge von Finsternis und breitete sich wie ein schleichendes Übel in seinen Gedanken aus, fegte seinen Widerstand hinweg – und plötzlich begannen sich ohne sein bewusstes Zutun seine Lippen zu bewegen. Seine Stimmbänder produzierten Worte, die er nicht zurückhalten konnte. Wie eine Schüssel wurde sein Gedächtnis umgedreht, sodass aller Inhalt herausfiel und sich in Form monoton geleierter Sätze seinen Weg bahnte.

Als er mit seinem Bericht schließlich zum Ende gekommen war, verschwand der fremde Einfluss aus seinem Bewusstsein, doch es gab nichts, das das entstandene Vakuum füllen konnte. Jeff Conroy fühlte sich entsetzlich leer und ausgebrannt, als wäre mit der Erinnerung auch alle Kraft aus ihm gewichen. Ein klaffender Riss erstreckte sich in seiner Seele.

Necron erhob sich. Die beiden vermummten Schatten ließen Jeff endgültig los und verschmolzen wieder mit der Dunkelheit des Zimmers. An der Tür angelangt, drehte der Alte sich noch einmal um.

»Dein Bericht war für mich sehr hilfreich«, sagte er mit spöttischer Stimme. »Zum Dank dafür darfst du auch noch etwas hier verweilen.«

Mit zögernden, unsicheren Schritten trat ich auf den reglos am Boden liegenden Drachenkrieger zu und ging neben ihm in die Hocke. Ich griff nach seiner Hand und fühlte seinen Puls. Sein Herz schlug ruhig und gleichmäßig. Der Hieb des verkrüppelten Spinnenbeins hatte ihn betäubt, aber nicht ernsthaft verletzt. Unwillkürlich atmete ich auf. Auch wenn es unsinnig und geradezu gefährlich war, einem Todfeind auch nur eine Träne nachzuweinen, hätte ich mir Vorwürfe gemacht, wenn der Drachenkrieger von *Shudde-Tuur* getötet worden wäre, während ich untätig zusah.

Ich packte den massigen Körper und wuchtete ihn mir unter Einsatz aller Kraft über die Schulter. Noch war die Gefahr nicht gebannt, der Ableger des GROSSEN ALTEN konnte sich immer noch in der Nähe aufhalten. Ich hatte ihn in die Flucht geschlagen, aber er würde sich rasch von meinem Angriff erholen.

Außerdem bestand die Gefahr, dass der Krieger aufwachte, und wenn das geschah, bevor ich ihn gefesselt hatte, waren alle Anstrengungen umsonst.

Ich sah mich hastig um. Als Erstes musste ich mich vor der Spinnenkreatur verbergen: vor ihr und vor unliebsamen Blicken. Auch wenn in den Fabriken momentan nicht gearbeitet wurde, so würde es doch Wachen geben, und es grenzte eigentlich an ein Wunder, dass der Kampflärm noch niemanden herbeigelockt hatte.

Der Drachenkrieger schien immer schwerer zu werden. Bei jedem Schritt knickte ich ein wenig in den Knien ein. Meine Bewegungen waren mehr ein Taumeln als ein aufrechtes Gehen. Es waren nicht viel mehr als zehn, fünfzehn Yards bis zum Eingang eines der Fabrikgebäude, aber die Entfernung schien mit jedem Schritt, den ich machte, noch zu wachsen. Ich hatte das Gefühl, einen Fußmarsch von mehreren Meilen unternommen zu haben, als ich endlich das hölzerne Tor erreichte.

Während ich den Körper des Kriegers weiterhin mit einer Hand abstützte, drückte ich mit der anderen die Klinke herunter. Die Fabrikhalle war unverschlossen, und mit einem leisen Knarren schwang die Tür ins Innere auf. Kühle, übel riechende Luft schlug mir entgegen, ein Geruch wie von faulen Eiern, der mir sofort zeigte, um was für eine Halle es sich handelte. Ich war in die Färberei gelangt, und der Gestank rührte von der Vielzahl an Chemikalien her, die hier verwendet wurden, um den gewobenen Stoff zu bleichen und ihm anschließend die gewünschte Farbe zu verleihen.

Meine Augen gewöhnten sich rasch an die veränderten Lichtverhältnisse. Es gab nur eine Hand voll Fenster, und diese lagen auf der der Sonne abgewandten Seite des Gebäudes. Ich ging noch einige Schritte in die Halle hinein, bevor ich den Drachenkrieger von meiner Schulter sinken ließ.

Wahrscheinlich rettete mir diese Bewegung das Leben.

Ohne Vorwarnung peitschte der Schuss. Eine orangefarbene Feuerlohe stach auf mich zu. Wie ein lebender Schutzschild fing der Drachenkrieger die auf meine Brust gezielte Kugel auf. Der Schwarzgekleidete bäumte sich in meinen Armen noch einmal auf und erschlaffte dann. Dumpf schlug der massige Körper auf dem Boden auf.

Alles war so schnell und überraschend vor sich gegangen, dass ich einen Moment wie erstarrt stehen blieb, bis ich wirklich begriff, was geschehen war. Dann erst ließ ich mich fallen. Eine zweite Kugel pfiff so dicht über meinen Kopf hinweg, dass ich mir einbildete, noch den Luftzug spüren zu können. Hinter dem Leichnam des Drachenkriegers presste ich mich flach auf den Boden.

Die gedrungene Gestalt des Schützen hob sich als Schattenriss vor dem Eingang ab. Kalte Wut über den hinterhältigen und feigen Anschlag beherrschte mein Denken ... Hätte der Mörder eine Zehntelsekunde später abgedrückt, hätte die Kugel *mich* getroffen.

Mit einem weiten Schritt trat der Mörder in die Halle und hielt sich gleichzeitig seitlich, sodass er sich nicht mehr gegen das helle Rechteck des Eingangs abhob.

Auf diesen Moment hatte ich nur gewartet. Jetzt kam mir das Dämmerlicht zugute. Ich richtete mich ein wenig auf und überwand mit einem raschen Sprung die Entfernung zu einem langen Regal, hinter dem ich zu liegen kam. Als mein Gegner meine Aktion bemerkte, war es bereits zu spät für ihn. Mehr als ein Yard hinter mir traf seine Kugel den Boden. Sie sirrte als harmloser Querschläger durch die Halle.

Im Sichtschutz des Regals lief ich geduckt weiter und tauchte im Gewirr weiterer Regale und Tische unter. Immer noch wusste ich nicht, wer es eigentlich auf mein Leben abgesehen hatte. Es wurde mir erst klar, als ich die Stimme des Schützen vernahm.

»Geben Sie auf, Craven!«, rief er mit lauter Stimme. »Ich weiß, dass Sie hier irgendwo stecken, und früher oder später werde ich Sie finden! Ich lasse nicht zu, dass Sie die ATC ruinieren! Eher töte ich Sie!«

Etwas in mir krampfte sich beim Klang dieser Stimme zusammen. Ich hatte Cromber von Anfang an für gefährlich und fanatisch gehalten, aber nicht für fanatisch genug, sich zu einem solchen Schritt hinreißen zu lassen. Er war nicht von der Art Carringhams und der anderen, denen alles mehr oder weniger in den Schoß gefallen war. Wahrscheinlich hatte er für die Anteile, die er von der ATC besaß, hart schuften müssen, und nun war ich in seinen Augen auf dem Weg, ihm alles zu zerstören.

Er war fast schon bedauernswert, aber ich war weit davon entfernt, Mitleid mit ihm zu verspüren. Er war ein erwachsener Mensch und hatte sich selbst in diese Situation manövriert. Alles, was ich für Cromber empfand, war Verachtung, gepaart mit der Wut über den kaltblütigen Mordanschlag, dem ich zum Opfer fallen sollte.

»Seien Sie vernünftig, Cromber!«, brüllte ich zurück und änderte sofort meinen Standort, damit er sich nicht am Klang meiner Stimme orientieren konnte.

Ein weiterer Schuss bellte.

»Reicht Ihnen das als Antwort, Craven?«, schrie er und stieß ein irres Lachen aus. »Ich werde Sie töten, ehe Sie meine Existenz vernichten können! Die ATC braucht andere Männer, als Sie es sind!«

Mit einem Seufzer gab ich es auf, ihn zur Einsicht bewegen zu wollen. Cromber hatte den Blick für die Realität verloren; er war übergeschnappt; und es gab eine Schwelle, ab der man mit Fanatikern nicht mehr vernünftig verhandeln konnte. Besonders dann nicht, wenn Sie eine Waffe in der Hand hielten.

»Dann holen Sie mich!«, brüllte ich ihm zu, um ihn zu provozieren. Verbissen versuchte ich, das Halbdunkel mit Blicken zu durchdringen. Inzwischen erschien es mir bei weitem nicht mehr so dunkel wie zu Anfang, und ich konnte die ganze Halle ohne Schwierigkeiten überblicken, aber Cromber entdeckte ich nicht. Er war ebenfalls in Deckung gegangen, nachdem sein Überraschungsangriff fehlgeschlagen war. Wir belauerten uns gegenseitig, ohne dass der eine wusste, wo der andere sich aufhielt.

Ich wog meine Chancen ab, den Ausgang unbeschadet zu erreichen, und verwarf den Gedanken sofort wieder. Eine bessere Zielscheibe als gegen das helle Licht konnte ich Cromber kaum bieten.

Solange ich nicht wusste, wo er sich aufhielt, konnte ich gar nichts unternehmen. Ich musste ihn aus der Reserve locken, was bei einem mordbesessenen Fanatiker wie Cromber eigentlich nicht allzu schwer sein dürfte. Ich sah mich kurz um, griff dann nach einem der zahlreichen Fläschchen in den Regalen und schleuderte es von mir, sodass es in einiger Entfernung klirrend auf dem Boden zerbarst. Doch wenn Cromber auch übergeschnappt war, ein Idiot war er nicht. Er tat mir nicht den Gefallen, mit einem Schuss seine Position zu verraten.

Für einen Moment kehrten meine Gedanken *zu Shudde-Tuur* zurück. Wo mochte das Spinnenmonster sich im Augenblick aufhalten? Seine alleinige Existenz bedrohte das Leben aller Einwohner Arcenboroughs, und ich konnte nichts gegen die Gefahr unternehmen, weil dieser verblendete Narr mich umbringen wollte. Ich musste mir etwas einfallen lassen, musste endlich selbst aktiv werden, anstatt mich wie ein hilfloses Opfer durch die Halle hetzen zu lassen.

Die Idee kam mir, als ich eine Art Kran entdeckte, mit dessen Hilfe die Stoffe in eine große Wanne gesenkt werden konnten, in der sich eine rötliche, scharf riechende Flüssigkeit befand. An den zwei Halterungen des Krans befand sich noch eine Stoffbahn.

Mit einem Satz erreichte ich die Winde, mit der der Kran bewegt werden konnte. Sie bot mir Deckung genug, dass ich mich dahinter verbergen konnte, ohne auf Anhieb gesehen zu werden. Es gab einen kleinen Hebel, mit dem die Arretierung des Krans gelöst werden konnte. Jetzt konnte ich nur noch warten und hoffen, dass mein Plan funktionieren würde.

Zähflüssig tropften die Minuten dahin. Cromber vermochte sich fast lautlos fortzubewegen, nur gelegentlich drang ein leises Geräusch am meine Ohren, zu leise, um daraus auf seinen Standort schließen zu können.

Geduld war nie meine Stärke gewesen, aber im Augenblick war ich zum tatenlosen Abwarten verdammt. Meine Beinmuskeln begannen unter der Belastung zu schmerzen, doch es gab keine Möglichkeit, mich zu bewegen und mein Körpergewicht anders zu verteilen.

Um mich abzulenken, begann ich damit, mein weiteres Vorgehen zu planen, nachdem es mir gelungen wäre, Cromber auszuschalten.

SHUDDEMELL hatte seinen Ableger nicht nur zu dem Zweck erschaffen, die Wiederkunft der GROSSEN ALTEN vorzubereiten, sondern ihn, ohne dass das Spinnenwesen selbst es wohl ahnte, auch zum Wächter über eines der SIEBEN SIEGEL gemacht. Mittlerweile ahnte ich, um was es sich dabei handelte. Alles an *Shudde-Tuur* hatte sich verändert, nur sein Auge war ihm geblieben. Das spiralförmige Gebilde musste der Gegenstand sein, nach dem ich suchte.

Ich wurde aus meinen Überlegungen gerissen, als Cromber auftauchte. Mit schussbereitem Revolver bog er um ein Regal. Obwohl ich mich innerlich darauf eingestellt hatte, erschrak ich doch, als ich sein Gesicht sah. Hass loderte in seinen Augen, und die Andeutung eines irren Lachens lag um seine Mundpartie. Sein Körper zitterte vor mühsam unterdrückter Erregung. Prüfend blickte er sich um, und ich zog rasch den Kopf zurück.

In Gedanken hatte ich mir ausgerechnet, wie lange er brauchen würde, bis er den Punkt erreichte, der für mein Vorhaben am günstigsten war. Lautlos zählte ich die Sekunden mit. Meine Rechnung steckte voller unbekannter Faktoren; ich wusste nicht, wie schnell er sich bewegte, ob er nicht zwischendurch stehen blieb oder ob nicht sonst etwas Unvorhergesehenes geschah. Ich konnte seine Bewegungen nicht überprüfen, denn sobald ich den Kopf aus meinem Versteck hob, würde er mich entdecken. Eine zweite Gelegenheit würde er mir nicht bieten.

Als ich mit dem Zählen bei siebzehn angelangt war, hob ich den Kopf. Für die Dauer eines Herzschlags begegneten sich unsere Blicke, dann riss ich den kleinen Hebel herunter, während Crombers Kugel dicht neben meinem Kopf die Winde traf, davon abprallte und mich mit einem Regen winziger Funken überschüttete.

In grenzenloser Monotonie reihten sich die Minuten aneinander. Jeff Conroy wusste bereits nicht mehr, wie lange er sich in dem feudal eingerichteten Zimmer befand, seit Necron gegangen war. Er hatte jedes Gefühl für die Zeit verloren.

Es hatte lange gedauert, bis er sich von der brutalen Art erholt hatte, mit der der Alte in seinen Geist eingedrungen war, eine endlose Zeit, die er einfach nur auf der Couch gelegen und ins Leere gestarrt hatte, bis er irgendwann wieder zu sich gekommen war.

Die ganze Zeit über hielten sich die beiden schwarz gekleideten Schemen mit ihm im Raum auf, und nach einiger Zeit beachtete Jeff sie kaum noch. Reglos standen sie zu beiden Seiten der einzigen Tür und verschmolzen so perfekt mit dem Hintergrund, dass sie fast unsichtbar waren. Ein einziges Mal hatten sie sich gerührt, das war gewesen, als Jeff versucht hatte, sich der Tür zu nähern. Auf recht eindeutige Art hatten sie ihm klargemacht, dass sie eine Flucht nicht tolerieren würden. Auf weitere unnütze Versuche hatte er daraufhin verzichtet.

Auch eine Flucht durch die Fenster schied aus. Jeff hatte die Vorhänge zurückgezogen. Dicht vor dem Gebäude erstreckte sich der Wald, aber er würde es nicht schaffen, auch nur die ersten Bäume zu erreichen. Die Fenster lagen im zweiten Stock – zu hoch, um die Distanz mit einem Sprung unbeschadet zu überwinden –, und die Wand fiel glatt und ohne Vorsprünge ab, sodass auch Klettern ausschied. Ganz abgesehen davon, dass seine Wächter dies nicht zulassen würden.

Er war und blieb ein Gefangener, ohne zu wissen, wo er sich befand oder was man mit ihm vorhatte. Necron hatte alles erfahren, was er wissen wollte; das Einzige, was nach Jeffs Befürchtung noch auf ihn warten konnte, war der Tod. So wie er Necron mittlerweile einschätzte, würde der Alte keine Hemmungen haben, ihn umzubringen. Warum also wartete er noch – oder besser – worauf?

Mit einem Schlag wusste Jeff Conroy die Antwort. Necron wollte ihn als Druckmittel einsetzen! Er konnte es nur darauf abgesehen haben, Craven mit dem Leben seines Gefangenen zu erpressen. Jeff glaubte den Besitzer der ATC gut genug zu kennen, um sagen zu können, dass Craven das Leben eines Unschuldigen nicht mit einem Achselzucken abtun würde.

Um sich etwas abzulenken, inspizierte er das Zimmer. Viel gab es nicht zu entdecken. Die Couch, einen großen Tisch aus Eichenholz mit mehreren Stühlen, drei Sessel, einige Schränke. Als Jeff sie öffnete, musste er feststellen, dass sie völlig leer waren. Über allem lag eine Staubschicht, noch nicht allzu dick, höchstens einige Tage alt. Lange stand das Gebäude also noch nicht leer.

Immer noch überlegte Jeff fieberhaft, wo er sich befinden mochte. Der Blick aus dem Fenster hatte ihm gezeigt, dass es sich um ein großes Haus handeln musste, eigentlich fast zu groß für Arcenborough Die einzigen derart großen Anwesen, die er kannte, gehörten den Aktionären der ATC. Vor allem dieser Carringham bewohnte einen mittleren Palast. Aber ihre Villen lagen allesamt weiter vom Wald entfernt. Jeff fand keine Antwort.

Mutlos ließ er sich auf einen Sessel fallen und vergrub den Kopf in den Händen. Mit der Erkenntnis seiner Hilflosigkeit kam auch die Resignation. Verwirrende Bilder, Vorboten grässlicher Albträume, schossen durch sein Gehirn, doch er sah keinen Grund mehr, sich gegen den Schlaf zu wehren.

Ein leiser, kaum wahrnehmbarer Laut drang an seine Ohren, zu schwach, um ihn aus dem Dämmerzustand zwischen Schlafen und Wachen zu reißen. Erst als er eine sanfte Berührung am Bein spürte, schrak Jeff hoch. Im gleichen Moment vernahm er eine unglaublich laute und nahe Stimme.

Keine Angst. Lass dir nichts anmerken!

Ein Zwang, gegen den er nicht ankam, schwang in der Stimme mit. Mühsam beherrscht blieb Jeff sitzen, um die Wachen nicht aufmerksam zu machen, obwohl er selbst nicht einmal ahnte, was mit ihm vorging. Er drehte langsam den Kopf und sah sich um, aber hinter ihm stand niemand. Dafür verstärkte sich die Berührung an seinem Bein. Jeff senkte den Blick, und diesmal hätte er einen Aufschrei nicht mehr zurückhalten können, wenn nicht die Stimme ihn mit einem neuerlichen Befehl ruhig gehalten hätte – *im gleichen Moment, in dem sein Blick auf eine gräuliche amorphe Masse fiel, die sich wie eine Lache rund um seine Füße ausgebreitet hatte. Kaum fingerdicke Pseudopodien hatten sich über seine Schuhe geschoben und waren bis unter sein Hosenbein vorgedrungen, wo sie seine Haut berührten.*

Ein schwacher Geruch nach Moder und Verwesung ging von der Masse aus, und angeekelt wollte Jeff Conroy zurückspringen, als er neuerlich die Stimme vernahm.

Ich will dir helfen. Ich kenne einen Ausweg für dich.

Und jetzt erst begriff Jeff, warum die Krieger die Stimme nicht hören konnten. Er hörte sie ja selbst nicht einmal. Sie klang unmittelbar in seinem Geist auf!

Er blieb stocksteif sitzen und bemühte sich, ein wenig Ordnung in seine wild durcheinanderjagenden Gedanken zu bringen.

»Wer bist du?«, flüsterte er schließlich. Aus den Augenwinkeln heraus nahm er die Bewegung eines der Krieger wahr. Er hatte nur sehr leise gesprochen, aber der Schwarzgekleidete hatte seine Worte dennoch gehört. Glücklicherweise kümmerte er sich nicht weiter darum; nach einigen Sekunden war er wieder mit den Schatten verschmolzen und zu einer fast unsichtbaren Statue geworden.

Du brauchst nicht zu sprechen, vernahm Jeff wieder die Stimme in seinen Gedanken. *Ich kann alles verstehen, auf das du dich konzentrierst, solange wir uns berühren.*

Wer – oder was – bist du?, formulierte Jeff in Gedanken die Frage, die ihn am meisten beschäftigte.

Ein leises Lachen erscholl. Nur mit Mühe hielt Jeff Conroy sich ruhig. Er brachte sogar die Kaltblütigkeit auf, erneut die Arme auf die Knie aufzustützen und sein Gesicht in den Händen zu vergraben, sodass er die amorphe Masse zu seinen Füßen betrachten konnte, ohne Aufmerksamkeit zu erregen.

Ich bin der Graue Bredshaw, übermittelte das schleimige Wesen ihm. *Oder das, was von ihm übrig ist. Mir gehört dieses Anwesen!*

Etwas krampfte sich um mein Herz und drohte es zusammenzupressen. Ich hatte den Hebel umgelegt, mit dem die Halterung der Winde blockiert wurde, aber es passierte – nichts!

Nichts, außer dass Cromber einen weiteren Schuss abgab. Der Schreck hatte mich für einen Augenblick bewegungslos werden lassen. Gerade rechtzeitig gelang es mir noch, den Kopf zur Seite zu reißen. Auch diese Kugel wurde von dem Eisenverdeck der Winde abgefangen, ohne dass sie mich verletzte. Dafür löste die Wucht des Hiebes, mit der das Projektil gegen die Verkleidung schmetterte, die Blockierung. Rasselnd glitt die Kette, durch die die Stoffbahn von dem Kran hochgehalten wurde, über ein Zahnrad. Die eiserne Handkurbel drehte sich im gleichen Tempo mit.

Als Cromber die Gefahr erkannte, war es bereits zu spät. Der schwere Stoff flatterte wie ein Vogel mit überdimensional großen Schwingen auf ihn herab und begrub ihn unter sich. Cromber gab noch einen weiteren Schuss ab, der jedoch nur einem instinktiven Zusammenkrampfen der Finger entsprang. Die Kugel schoss in schrägem Winkel in die Höhe und schlug wirkungslos in die Decke der Halle.

Sofort sprang ich hoch und rannte los. Ich hatte nicht einmal Zeit, den Stockdegen zu ziehen. Es war mir gelungen, Cromber für den Moment zu überwältigen, aber es konnte nur Sekunden dauern, bis er sich von dem Tuch befreit hatte.

Ich erreichte ihn im gleichen Moment, in dem er die Stoffbahn zur Seite schleuderte. Einen Herzschlag lang starrten wir uns gegenseitig an. Seine Augen waren gerötet. Speichel troff von seinen Lippen.

Wie ich vermutet hatte, befand Cromber sich in einem Zustand, in dem ihn nur noch wenig von einem Tier unterschied, das nur noch von seinen Instinkten geleitet wurde. Ich wusste nicht, was ihn in diesen Zustand getrieben hatte, aber ich machte mir Vorwürfe. Ich hatte mich während der Konferenz gehen lassen, aber ich hatte nicht ahnen können, Anthony Cromber, diesen so bullig und stark wirkenden menschlichen Koloss, an einem so wunden Punkt zu treffen, dass er darüber gleich den Verstand verlor.

Ich reagierte um eine Zehntelsekunde schneller als er. Mein Tritt fegte ihm den Revolver aus der Hand. Klirrend landete die Waffe in einiger Entfernung auf dem Boden, unerreichbar für uns beide. Cromber schrie auf, hatte sich aber sofort wieder gefangen und bewies, dass ich ihn keineswegs überschätzt hatte. Meine Hand zuckte zum Degen, doch ich konnte den Knauf nicht einmal berühren.

Seine Hände wurden zu blitzartig vorschnellenden Klauen, die mein Fußgelenk packten und sich wie eine stählerne Klammer darum schlossen. Ein Ruck brachte mich aus dem Gleichgewicht.

Mit einem erstickten Schrei stürzte ich nach hinten. Mein Kopf schlug gegen irgendetwas Hartes, dann zuckte ein stechender Schmerz durch meinen Schädel. Für einen Augenblick war ich wie gelähmt. Farbige Kreise tanzten vor meinen Augen, ich spürte kaum, wie ich auf dem Boden aufschlug.

Als mein Blick sich wieder klärte, sah ich nur noch einen Schatten, der unglaublich schnell auf mich zugeflogen kam. In einer verzweifelten Bewegung wälzte ich mich zur Seite. Cromber landete dicht neben mir auf dem Boden, aber ich war immer noch zu benommen, um die Situation ausnutzen zu können. Ich versuchte mich aufzurichten, aber die Arme gaben unter dem Gewicht meines Körpers nach. Ermattet sank ich zurück und schnappte nach Luft. Einige Dutzend Teufelchen schienen mit Hämmern in meinem Kopf zu wüten.

Mit einem wölfischen Knurren auf den Lippen richtete Cromber sich auf. »Ich habe dir prophezeit, dass ich dich töten würde, Craven!«, stieß er gehetzt hervor und wischte sich mit dem Handrücken

Speichel vom Kinn. Ein triumphierendes Grinsen huschte über sein Gesicht, als er sich erneut auf mich stürzte.

Irgendwie schaffte ich es, mit letzter Kraft meine Beine anzuheben und sie vorzustoßen, obwohl Tonnengewichte an ihnen zu hängen schienen. Es war eine vom Instinkt bestimmte Bewegung, aber es war die einzige Reaktion, zu der ich noch fähig war. Meine vorschnellenden Füße trafen Cromber während seines Sprungs im Gesicht. Für einen Moment schien die Zeit stehen zu bleiben, dann schrie Anthony Cromber auf. Er wurde zurückgeschleudert und prallte gegen die überdimensionale Wanne mit dem Färbemittel. Ihr Rand befand sich in seiner Brusthöhe, und als die Beine unter ihm nachgaben, blieb Cromber mit über den Rand gebeugtem Oberkörper hängen.

Langsam klärte mein Blick sich vollends, und im gleichen Maße gingen der Kopfschmerz und das Gefühl der Lähmung zurück. Ich richtete mich auf und atmete ein paar Mal tief durch. Mit anfangs noch unsicheren, aber rasch fester werdenden Schritten ging ich auf Cromber zu. Sein Geschrei war inzwischen verstummt. Ich zweifelte nicht daran, dass der Mann bewusstlos geworden war.

Mit einer unbewussten Bewegung strich ich mir die schweißnassen Haare aus der Stirn, blieb unmittelbar hinter ihm stehen und wollte nach ihm greifen, als er herumfuhr. Seine zur Faust geballte Hand kam hoch, öffnete sich, und dann sah ich nur noch, wie eine rötliche Flüssigkeit in mein Gesicht spritzte. Crombers Aktion kam völlig überraschend. Viel zu spät erst gelang es mir, schützend die Hände hochzureißen.

Myriaden von Sonnen explodierten mit unglaublich greller Helligkeit vor meinen Augen. Wie eine feurige Lohe fraß sich der Schmerz in mein Bewusstsein. Überall waren Flammen um mich herum und selbst *in* mir. Ich spürte, wie meine Augen von dem Feuer ausgebrannt wurden und ich in eine Welt ewiger Finsternis stürzte, aus der ich nie wieder zurückkehren würde. Ich schrie und taumelte blind umher, stieß gegen unförmige Dinge, bis das Feuer nach einigen Sekunden erlosch und die Dunkelheit einen fast mildtätigen Schleier um mich wob.

Ich brach in die Knie. Noch einmal gelang es mir, die Augen aufzureißen. Für einen Sekundenbruchteil entstand das unscharfe, verschwommene Bild der Fabrikhalle auf meiner Netzhaut, so wie eine falsch belichtete und zudem noch verwackelte Fotografie. Dann senkte sich endgültig die Nacht über mich.

Aber das Bild hatte sich als die letzte bewusste Wahrnehmung tief in mein Gehirn eingegraben. Ich hatte nicht einmal mehr die Kraft, einen Schrei auszustoßen, während ich in einen endlosen dunklen Schacht fiel. Auch Anthony Cromber kam nicht mehr dazu.

Immer noch hatte ich das Bild der zwei Drachenkrieger vor mir, die plötzlich aus dem Nichts neben ihm aufgetaucht waren, und immer noch glaubte ich das niedersausende Schwert zu sehen, mit dem sie den Mörder ihres Gefährten richteten, während ich bewusstlos nach vorne fiel …

Es kann nicht wahr sein!, hämmerte es immer wieder hinter Jeff Conroys Stirn, doch dessen ungeachtet wusste er, dass die sirupartige graue Masse die Wahrheit gesagt hatte. Robert Craven hatte ihm erzählt, dass er den Sieg über ES nur mit der Hilfe des Grauen Bredshaw errungen hatte. Der Gedanke an das, was er über Bredshaw erfahren hatte, ließ Jeff schaudern. Sein ganzes Leben lang war dieses Wesen für ihn nur eine Legende gewesen; die düstere Legende über einen Mann, der sich mit den Mächten des Bösen eingelassen hatte und dafür von ihnen bestraft worden war. Erst seit einigen Tagen kannte er die Wahrheit über den Grauen Bredshaw. Auch nach mehr als zwei verflossenen Jahrhunderten war es dem Bewusstsein des Mannes gelungen, sich im Seelenverband des Ungeheuers seine Identität zu bewahren.

Das Wissen ließ Jeff Conroy frösteln und erfüllte ihn mit einer Vielzahl widerstreitender Empfindungen: Gefühle, die er nicht in Worte zu kleiden vermochte.

Wie sind Sie den Trümmern des einbrechenden Ganges entkommen?, erkundigte Jeff sich, als er sich nach einigen Minuten beruhigt hatte und wieder einigermaßen klar denken konnte.

Auch nachdem ich wieder zu dem geworden war, was ES aus meinem Körper gemacht hatte, hatte ich nicht vor, Robert und dich zu verfolgen. Im Gegenteil, ich ahnte, was kommen würde, und bin so weit wie möglich geflohen. Dadurch bin ich der Vernichtung entgangen.

Können Sie mir helfen, hier herauszukommen?, fragte Jeff Conroy hoffnungsvoll.

Momentan war er bereit, jede Hilfe zu akzeptieren, auch wenn der alleinige Anblick der amorphen Masse, die sich um seine Füße wand, ihn immer noch mit Ekel erfüllte. Er konnte sich immer noch nicht vorstellen, dass sich innerhalb dieser unförmigen Schleimmasse ein intelligentes, menschliches Bewusstsein befand. Jeff kannte Bredshaw durch die zahllosen Legenden, die sich um seine Gestalt rankten. Er war als hager und aristokratisch aussehend geschildert worden, ein unheiliges, fanatisches Feuer in den Augen und stets in graue Maßanzüge gekleidet, denen er seinen Beinamen verdankte. Aber das Alter ging an keinem Menschen spurlos vorüber, und schon gar nicht ein Alter von weit mehr als zweihundert Jahren.

Natürlich kann ich dir helfen, vernahm Jeff die Antwort. *Deshalb bin ich ja gekommen. Es hat lange gedauert, bis ich mich hierher durchgeschlagen habe, zu lange, um zu verhindern, dass ES zu dem wurde, was es ursprünglich werden sollte, aber noch ist nicht alles zu spät. Aber Robert Craven braucht deine Hilfe.*

Mr. Craven?, hakte Jeff fassungslos nach. *Was ist mit ihm? Etwas Genaues weiß ich auch nicht. Rasch jetzt, wir haben keine Zeit zu verlieren.*

Jeff hob den Kopf und sah sich um. Die Wachen hatten sich nicht gerührt, hatten von dem Erscheinen des Grauen Bredshaw und dem Gespräch nichts mitbekommen. Aber Jeff traute dem scheinbaren Frieden nicht richtig. Er hatte etwas von der Macht Necrons zu spüren bekommen, und es fiel ihm schwer, sich vorzustellen, dass der geheimnisvolle Greis nichts bemerkt hatte, wo immer er sich auch aufhalten mochte.

Was, wenn alles nur eine Falle war? Wer gab ihm die Gewissheit, dass es sich wirklich um Bredshaw handelte und nicht um eine Kreatur, die Necron auf irgendeinem unfassbaren Weg geschaffen hatte, um sich sein Vertrauen zu erschleichen?

Du selbst kennst die Antwort, wisperte es in seinen Gedanken. *Bei dieser Art der Kommunikation ist es unmöglich zu lügen, ohne dass der andere es sofort spüren würde.*

Die Antwort – und die Wahrheit, die sie ihm vermittelte – verunsicherte den Jungen mehr, als dass sie ihm Mut gab. Es war ihm unheimlich, dass jemand so offen in seinen Gedanken lesen konnte. Hätte Necron seinen Geist nicht schon zuvor auf eine viel grauenvollere Art vergewaltigt, wäre der Schock für Jeff sicherlich noch viel schlimmer gewesen. So tröstete er sich damit, dass er nur den körperlichen Kontakt unterbrechen musste, um dieses lautlose Gespräch zu beenden.

Was soll ich tun?, fragte er, und ein Teil seines früheren Mutes kehrte in ihn zurück.

Ich werde die beiden Drachenkrieger ablenken. Es gibt in der Wand eine Geheimtür, durch die ich auch in das Zimmer gelangt bin. Sie steht einen Spalt breit offen.

Jeff blickte hinüber, aber er sah keine Unebenheit im Muster der Tapete.

Du wirst sie erkennen, sobald du dicht davor stehst. Lauf hindurch, und wende dich nach rechts, dann kommst du an eine Treppe und schließlich in einen Gang. Warte dort auf mich. Lauf bis dorthin immer weiter, egal, was du zu sehen oder zu hören glaubst. Es gibt etwas wie ... Bredshaw unterbrach sich und suchte nach einem passenden Wort. *Etwas wie einen schlechten Traum in diesem Gang,* vollendete er. *Aber es ist nichts weiter als Einbildung, daran musst du immer denken.*

Jeff nickte zur Bestätigung, dass er alles verstanden hatte, bis ihm bewusst wurde, dass die Bewegung hier völlig sinnlos war. *In Ordnung,* versicherte, er, dann senkte sich wieder Stille über ihn. Gleichzeitig verschwand das Gefühl der Kälte an seinem Bein. Als er hinabblickte, konnte er Bredshaw bereits nicht mehr sehen.

Es fiel ihm schwer, sich die Nervosität nicht anmerken zu lassen. Mit angespannten Muskeln blieb Jeff auf der vorderen Kante des Sessels sitzen, bereit, aufzuspringen und zu der Geheimtür zu rennen, sobald etwas passierte.

Die Sekunden verstrichen mit unerbittlicher Langsamkeit. Der graue Bredshaw – oder besser, was von ihm übrig geblieben war – war nirgendwo zu entdecken, obwohl das Zimmer recht übersichtlich war. Es schien fast so, als habe er sich vollends aufgelöst, und wenn er sich noch irgendwo befand, so verstand er es, sich mindestens ebenso gut seiner Umgebung anzupassen wie die beiden – wie hatte er sie genannt? – *Drachenkrieger.*

Obwohl Jeff darauf vorbereitet war, überraschte ihn die Plötzlichkeit, mit der Bredshaw sich wieder bemerkbar machte. Ein winziger Lichtpunkt blitzte ein Stück vor den Wachen in der Luft auf, dehnte sich in Sekundenschnelle aus und gewann in beinahe noch schnellerem Tempo an Leuchtkraft.

Jeff war zu überrascht, um sofort reagieren zu können. Dann kniff er die Augen zusammen und sprang auf. Noch durch die geschlossenen Lider drang die grelle Helligkeit mit schmerzhafter Intensität an seine Augen.

Auch wenn er sich nicht erklären konnte, was sein mysteriöser Helfer tat, wusste der Junge doch, dass er die Chance nutzen musste. Eine zweite würde es so schnell bestimmt nicht wieder geben. Er hetzte auf die Stelle zu, an der sich die Geheimtür befinden musste, wobei er seine Augen mit einer Hand abschirmte und die andere vorstreckte. Als seine Finger endlich auf Widerstand trafen, tastete er blind über die glatte Tapete, bis er die Kanten der Tür berührte.

Hinter ihm erlosch das grelle Licht, dafür klang Tumult auf. Das metallische Klirren von Waffen war zu hören; und noch etwas, ein schnaubendes Geräusch, gepaart mit dumpfen Schlägen, die den Boden erschütterten, so als wüte ein gewaltiges Tier in dem Zimmer.

Jeff kümmerte sich nicht darum. Die Tür hatte sich verklemmt, und er musste die zweite Hand zu Hilfe nehmen. Mit einem Schaben und Knarren schwang sie schließlich auf, aber Jeff glaubte, noch einen weiteren Laut zu vernehmen: ein Stöhnen und Wehklagen, als protestiere das leblose Holz gegen die rohe Gewalt, die er anwendete. Einen Herzschlag lang hatte er sogar das Gefühl, als durchliefe ein Zittern die Tür, so, als wäre sie plötzlich nur mehr teilweise stofflich und wolle sich auf diese Art gegen ihn zur Wehr setzen, aber das Gefühl war nur vage und verging ebenso schnell, wie es entstanden war.

Kühle, moderig riechende Luft schlug ihm aus dem Geheimgang entgegen. Er riss die Augen auf, doch nach der blendenden Helligkeit konnte er hier nicht einmal schemenhafte Konturen ausmachen. Seine Hand strich über grob behauenen Stein. Blindlings taumelte Jeff weiter. Hinter ihm klang ein dumpfer Schlag auf, und er wusste, dass sich die Geheimtür wieder geschlossen hatte.

»Bredshaw!«, rief er, dann noch einmal etwas lauter: »Bredshaw, sind Sie hier?«

Mit angehaltenem Atem lauschte Jeff. Er bekam keine Antwort. Nur seinen eigenen dumpf hämmernden Herzschlag hörte er, der ihm in der vollkommenen Stille übermäßig laut erschien.

Immer noch war die Dunkelheit allgegenwärtig, hüllte ihn wie ein gewaltiger Bausch schwarzer Watte ein, aber da war noch etwas anderes. Etwas, das fremdartig war, aber zugleich auch feindselig und – gefährlich!

Etwas Kaltes, Eisiges streifte ihn, aber es war kein Luftzug, sondern Kälte, die sich in seinem Inneren selbst ausbreitete. Es war, als bilde die Finsternis Schattenarme aus, um nach ihm zu greifen.

Er tappte herum und schlug ein paarmal um sich, aber der einzige Widerstand, auf den seine Fäuste trafen, war die Wand des Ganges. Der Schmerz riss Jeff wieder in die Wirklichkeit zurück. Keuchend ließ er die Arme sinken und rieb sich über die blutigen Knöchel. *Es gibt etwas wie einen schlechten Traum in diesem Gang,* hatte der Graue Bredshaw erklärt, und diese Beschreibung kam dem einigermaßen nahe, was er empfand.

Zugleich aber war es mehr als ein Traum. In den Wänden des alten Gemäuers nistete etwas, von dem das Gefühl der Gefahr ausging. Sie atmeten eine körperliche Drohung aus, etwas, das nur darauf lauerte, Gestalt anzunehmen und sich auf ihn zu stürzen …

Jeff hastete weiter. Mit einem Mal nahm er auch wieder Licht wahr. Es sickerte durch fingerbreite Spalten in den Wänden und malte verwaschene Flecken auf den Boden. Durch sie erkannte er rechtzeitig den Fuß der Treppe. Die steinernen Stufen waren schmal und glitschig, er musste höllisch Acht geben, um nicht abzurutschen.

In mehreren Absätzen wand sich die Treppe in die Tiefe. Vom dritten Absatz aus zweigte ein Gang ab, an dem Jeff erst vorbeilaufen wollte, bis ihm im letzten Moment etwas auffiel. Auch der Gang wurde durch Licht, das durch kleine Spalten hereinfiel, vage erleuchtet. Aber eine der Spalten verdunkelte sich, noch während Jeff hinsah, um gleich darauf wieder hell zu werden. So, als wäre ein Schatten darübergehuscht …

Jeff musste sich Gewissheit verschaffen. Entschlossen drang er in den Gang ein. Er musste sich auf die Zehenspitzen stellen, um durch die Spalte blicken zu können, und für einen Moment hatte er das Gefühl, als gäbe der Boden unter ihm nach, verwandelte sich in ein gierig an seinen Füßen saugendes Moor.

Illusion, hämmerte es in seinem Kopf, und gleich darauf war alles wie zuvor. Jeff kniff ein Auge zu und blickte mit dem anderen durch den schmalen Spalt.

Er hatte sich nicht getäuscht. Tatsächlich war ein Schatten über den Spalt geglitten. Der Schatten Necrons. Jeff erkannte ihn sofort, obwohl der Alte ihm den Rücken zuwandte. Unruhig wanderte er von einer Wand des Raumes zur anderen.

Es handelte sich um eine Bibliothek. Die Wände waren bis unter die Decke hinter Büchern verborgen. Es musste sich um tausende von Bänden handeln. Ihr Anblick erfüllte Jeff mit einem ehrfürchtigen Schaudern. In mühevoller Arbeit hatte er sich das Lesen und Schreiben selbst beigebracht, zumindest einigermaßen, und Bücher waren für ihn fast schon etwas Heiliges. Leider kam er ohne Geld auch fast ebenso schwer an ein Buch heran wie an einen Heiligenschein.

Der unerwartete Anblick lenkte Jeff nur wenige Sekunden lang ab, dann richtete er den Blick wieder auf Necron. Er schrak zusammen, als der Alte den Kopf wandte und plötzlich zu ihm herüberstarrte. Doch mit keiner Regung gab er zu erkennen, dass er den Jungen entdeckt hatte. Stattdessen setzte er seine unruhige Wanderung durch das Zimmer fort.

»Er kann dich nicht sehen«, vernahm Jeff eine Stimme neben sich, und erneut zuckte er zusammen. An seiner Seite stand der Graue Bredshaw – in der Gestalt, wie er vor zweihundert Jahren ausgesehen haben musste, wenn auch seltsam durchsichtig wie ein dichter Nebelschleier.

Er überragte Jeff um fast einen ganzen Kopf. Seine Gestalt war mager, fast dürr, kaum mehr als ein von Haut überspanntes Skelett. Ein seltsames Feuer glomm in seinen dunklen Augen, die seinem schmal geschnittenen, aber starr wirkenden Gesicht so etwas wie Leben verliehen. Ein adeliger Dünkel schwang darin mit, und die straff zurückgekämmten Haare ließen das Gesicht älter und strenger wirken, als es auf den zweiten Blick aussah.

Wie von einem Schlag getroffen sprang Jeff zurück. »Was ... was hat das zu bedeuten?«, keuchte er, ohne Rücksicht darauf zu nehmen, dass Necron seine Worte durch die Spalten hören musste. Mit weit aufgerissenen Augen starrte er die Erscheinung an.

»Das ist *mein* Haus«, antwortete Bredshaw und betonte seinen Besitz auf eine Art, die Jeff eine Gänsehaut über den Rücken jagte. »Ich habe mich Zeit meines Lebens mit Magie beschäftigt, und in diesem Gemäuer findest du die Essenz all dieser Forschungen. Niemand kann diese Geheimgänge finden, etwas hören, was hier gesprochen wird, oder auch nur von der anderen Seite die Spalten entdecken. Hast du dich nicht gewundert, dass nirgendwo Staub lag? Ohne meine Anwesenheit ist es nicht viel mehr als ein totes, konserviertes Gebäude, aber während ich hier verweile ...« Er machte eine bedeutungsvolle Pause, die in Jeff unangenehme Fantasien zum Leben erweckte. »Innerhalb dieser Mauern kann ich jede beliebige Gestalt annehmen. So ist es auch für Drachenkrieger keine Schande, den Kampf gegen einen leibhaftigen Drachen zu verlieren. Komm jetzt, wir müssen zu Craven.«

»Woher wollen Sie wissen, wer diese Leute sind und was sie wollen?«, hakte Jeff nach. Allmählich kam er sich wie eine nebensächliche Figur auf einem großen Spielbrett vor. Weder kannte er die

Regeln, noch wusste er, *was* überhaupt gespielt wurde. Aber er wurde nach Belieben hin und her geschoben, erst von Necron und jetzt von Bredshaw, ohne dass der Totgeglaubte bereit schien, mehr als nur einen winzigen Zipfel des Geheimnisses zu lüften.

»Ich weiß alles, was ES wusste, und ES nahm sehr vieles wahr, auch über weite Entfernungen«, antwortete Bredshaw ausweichend, und Ungeduld schwang in seiner Stimme mit. »Ich weiß über Necron und seine Drachenkrieger Bescheid. Er hat drei seiner Schergen ausgeschickt, um den Hexer ...« Er unterbrach sich, starrte Jeff einen Moment lang mit jäh aufflackerndem Zorn an und wandte sich dann brüsk um. »Komm endlich!«, befahl er.

Widerwillig folgte Jeff dem Mann, doch nicht, ohne noch einen Blick durch eine Spalte zu werfen. So bekam er noch mit, wie die Tür des Zimmers sich öffnete und ein Drachenkrieger eintrat. Der Schwarzgewandete trug etwas auf den Armen, das er vor Necron ablegte. Es dauerte einige Sekunden, bis Jeff erkannte, worum es sich handelte, aber als er es wusste, wurde er plötzlich ganz ruhig, und ein grimmiges Lächeln huschte über sein Gesicht.

Nicht, dass der Anblick ihn erfreut hätte, aber er gab ihm eine winzige, nur Sekunden währende Überlegenheit über den Grauen Bredshaw. Aber diese Überlegenheit, war sie auch noch so kurz und unbedeutend, gab ihm ein wenig Selbstvertrauen zurück.

»Ich würde nicht weitergehen«, sagte Jeff mit spröder Stimme und genoss es, wie Bredshaw stehen blieb und sich herumdrehte. »Ich glaube, wir brauchen nicht mehr nach Mr. Craven zu suchen«, fügte er rasch hinzu. »Er befindet sich bereits bei Necron.«

Etwas klatschte in mein Gesicht, wieder und immer wieder. Ich nahm keinen Schmerz wahr, aber die ständigen Schläge zwangen mich zum Auftauchen aus dem Licht schluckenden Ozean – doch auch, als ich die Grenzen der Bewusstlosigkeit hinter mir gelassen hatte und die Augen öffnete, wurde es nicht hell. Ich stöhnte auf und tastete mit der Hand nach meinem Gesicht. Ein sekundenlanger greller Schmerz durchzuckte mich, als ich mit den Fingern die Augenlider berührte.

Und dann brach die Erinnerung mit aller Macht über mich herein. Ich war BLIND!

Cromber hatte meine Augen mit dem Färbemittel verätzt! Blind! Der Gedanke erfüllte mich mit rasender Panik. Ich begann zu zittern und war gleichzeitig unfähig, auch nur einen Laut auszustoßen. Die Fingernägel hatten sich in das Fleisch meiner Handballen gebohrt, so tief, dass Blut aus den kleinen Wunden rann. Blind. Verkrüppelt. Unter der Grausamkeit, mit der die Wahrheit sich in mir ausbreitete, drohte ich wieder das Bewusstsein zu verlieren, aber ich kämpfte verbissen dagegen an.

Ich hatte viele Blinde in meinem Leben gesehen, hauptsächlich während meiner Jugendzeit in den New Yorker Slums.

Menschen, die den Ausschuss der Gesellschaft bildeten, zerlumpte Gestalten in Ecken und Hauseingängen, die meisten obdachlos und ohne Familien. Eine Vorstufe des Todes. Das Dahinsiechen in der Kälte der Dunkelheit. Gelegentlich ein hingeworfener Kanten harten Brotes, ein paar Züge an einem gefundenen Zigarettenstummel.

Die Visionen, die in Wirklichkeit Erinnerungen waren, die jetzt zu einem beängstigend realen neuen Leben erwachten, stürmten auf mich ein, obwohl ich wusste, dass mir dieses Schicksal erspart bleiben würde. Nicht nur meines Reichtums wegen.

Die GROSSEN ALTEN, die *Thul Saduun* und Necron erschienen mir diesbezüglich sehr verlässlich.

Necron!

Ich wusste, dass ich mich in seiner Gewalt befand, und ich hörte sogar seine Stimme, aber sie drang wie aus weiter Entfernung an meine Ohren, ohne bis in mein Bewusstsein vorzudringen. Jemand schüttelte mich, und erneut spürte ich Schläge im Gesicht, ohne sie richtig wahrzunehmen. Ich befand mich auf einer rotierenden Scheibe inmitten des namenlosen Nichts und versuchte verzweifelt, nach irgendetwas zu greifen, an dem ich mich festkrallen konnte. Immer noch konnte ich die Konsequenzen und die mögliche Endgültigkeit des Geschehens nicht erfassen; alles, was ich spürte, war eine grenzenlose Leere in mir.

Meine Gedanken waren wie die eines Fremden; farblose Mosaiksteinchen in farbloser Leere. Gedankenfetzen jagten durch meinen Kopf und bildeten ein bizarres Muster, Visionen, ein rotierendes Nichts inmitten der Unendlichkeit, das immer mehr ins Namenlose abdriftete …

Irgendwo keimte ein neuer Gedanke auf, der an einem Punkt tief in mir rührte.

Der Gedanke, alles zu vergessen, mich dieser verlockenden Ewigkeit hinzugeben, eins zu werden mit der Finsternis. Irgendwie jedoch spürte ich die Gefahr, erkannte die immer schneller näher kommende Schwelle zum Wahnsinn und begann entsetzt, dagegen anzukämpfen.

Ich konzentrierte mich auf den Schmerz, den meine Nägel in den Handballen erzeugten, und biss mir zusätzlich sogar noch auf die Zunge. Der Schmerz riss mich von der drohenden Schwelle zum Irrsinn zurück.

Ich bäumte mich auf und spürte starke Arme, die nach mir griffen, meine Schultern packten und mich schüttelten. Unsanft wurde ich nach einigen Sekunden losgelassen und sank wieder zurück.

»Komm endlich zu dir, Craven«, zischte Necron. »Ich weiß nicht, was du mit dieser Komödie bezweckst, aber meine Geduld ist rasch erschöpft.«

Inzwischen konnte ich wieder völlig klar denken. Wenn es eines gab, das ich in den vergangenen Jahren gelernt hatte, dann die Lehre, wie wichtig es war, mich möglichst schnell auf eine Situation einzustellen.

»Es ist keine Komödie«, presste ich zwischen den Lippen hervor. »Ich bin blind. Von dem Färbemittel ist noch genug übrig, dass du dir auch etwas in die Augen tröpfeln kannst. Es brennt nur ein klein wenig, weißt du?«

Mein Zynismus prallte wirkungslos an Necron ab.

»Deine Probleme interessieren mich nicht«, entgegnete er knapp. »Mich interessiert nur, was es mit *Shudde-Tuur* und dem SIEGEL auf sich hat.«

Zornig presste ich die Lippen zusammen. Was hatte ich Narr auch von dem Herrn der Drachenburg erwartet? Tröstende Worte des Mitleids? Ein bitteres Lachen stieg in mir auf. Ich hörte, wie Necron unruhig vor mir auf und ab ging. Mein Gehör schien um ein Vielfaches besser zu funktionieren, als wolle es in begrenztem Maße die Aufgaben meiner Augen mit übernehmen. Wahrscheinlich lag es aber nur daran, dass ich mich jetzt mehr auf den sonst vernachlässigten Gehörsinn konzentrierte.

Es bereitete mir keine Schwierigkeiten, Necrons Bewegungen anhand seiner Schritte nachzuvollziehen und durch Drehungen des Kopfes auszugleichen, sodass ich ihm auch weiterhin das Gesicht zuwandte. Natürlich vermutete ich nur, dass es mir gelang. Es gab keine Möglichkeit, es zu überprüfen, aber es war ein weiteres kleines Psycho-Spiel, das ich gegen ihn führte. Ich wollte nicht wie ein hilfloses Opfer ins Leere starren, sondern versuchte, ihn durch die Kenntnis seines Standorts zur irritieren, obwohl ich genau wusste, dass Necron sich nicht weiter darum kümmerte.

»Dein Zustand ist ein weiterer Grund, hier nicht den Helden zu spielen«, richtete er wieder das Wort an mich. »Du hältst dich für unersetzbar und wichtig im Kampf gegen die GROSSEN ALTEN, aber willst du auch blind gegen sie weiterkämpfen? Willst du dich dem allmächtigen Cthulhu mit einem Blindenstock in der Hand entgegenstellen?«

Seine Stimme troff vor Spott, und ich konnte es nicht ignorieren. Zu frisch war die Wunde, die er wieder aufriss. Von hilflosem Zorn innerlich zerrissen, biss ich mir die Lippe blutig. Meine Hände krampften sich um die Kante des Sessels, auf dem ich immer noch saß. Ich wollte Necron nicht den Triumph gönnen, mich zu beobachten, während ich mich mit vorgestreckten Armen durch das Zimmer tastete.

»Du wirst zugeben, dass diese Vision nicht besonders überzeugend wirkt«, fuhr er nach einer kurzen Pause fort. »Jemand muss *Shudde-Tuur* stoppen, aber wenn ich ihn einfach nur vernichte, ist die Gefahr zu groß, dass das SIEGEL verloren geht oder gar zerstört wird.«

»Du redest zu viel«, unterbrach ich ihn grob. »Wann wirst du endlich einsehen, dass ich niemals mit dir zusammenarbeiten werde?«

Necron nahm die Wanderung durch das Zimmer wieder auf, die er kurzzeitig unterbrochen hatte. Ich konnte die Nervosität, die ihn beherrschte, beinahe körperlich spüren.

War es nur die Angst vor *Shudde-Tuur?* Immerhin musste ihm eine Menge an meinem Wissen liegen, wenn er schon auf die günstige Gelegenheit, mich zu töten, verzichtete. Bitterer Speichel sammelte sich unter meiner Zunge, als ich daran dachte, dass bislang ja noch nicht einmal feststand, ob er wirklich darauf verzichten würde. Aber ich konnte mir kaum vorstellen, dass allein *Shudde-Tuur* ihn so nervös machte. Dahinter musste etwas ganz anderes stecken. Etwas, wovon ich auch einen geringen Teil empfand ...

Es war eine unheilige Aura, die aus den Wänden selbst zu dringen schien und die ich jetzt deutlicher spürte, da ich erst einmal darauf aufmerksam geworden war. Etwas war an diesem Haus nicht geheuer, und ich hatte es instinktiv auf Necrons magische Ausstrahlung zurückgeführt, aber je mehr ich mich darauf konzentrierte, desto deutlicher wurde mir bewusst, dass ich eine Magie wie diese hier noch nie gespürt hatte. Necron stand diesem Phänomen selbst hilflos gegenüber, und seine Nervosität musste daher rühren.

»Davon hat auch Shannon mich zu überzeugen versucht, aber ich habe die Hoffnung noch nicht ganz aufgegeben«, drang seine Stimme in meine Gedanken. »Aber mir scheint, es gibt einen Weg, dich zu einer Hilfe zu zwingen. Immerhin hast du mir schon das NECRONOMICON ausgehändigt.«

»Shannon«, murmelte ich dumpf. »Wo ist er?«

Necron stieß ein dumpfes Lachen aus. »Was interessiert es dich? Du solltest dich eher um deinen neuen Freund sorgen, diesen Conroy.«

Im gleichen Moment wusste ich, was er vorhatte. Der Alte vom Berge besaß selbst keine Skrupel und keine menschlichen Gefühle, aber er kannte sie und er wusste, wie man sie geschickt ausspielte. Er wusste, dass es meine schwache Seite war, und ich wusste es auch, weshalb ich mich bemühte, den Kreis der Leute, die mir etwas bedeuteten, möglichst gering zu halten. Aber manchmal war es unvermeidlich, mit anderen Menschen in näheren Kontakt zu treten, und bei Jeff Conroy war es der Fall gewesen.

»Du ... Bestie!«, stieß ich hervor und sprang auf. Meine Hände ballten sich zu Fäusten und öffneten sich wieder. »Der Junge hat mit all dem nichts zu tun.«

»Mir scheint, dass er bereits sehr viel damit zu tun hat«, antwortete Necron ungerührt. »Aber er weiß zu wenig, als dass ich mich damit zufrieden geben könnte.« Seine Stimme wurde schärfer. »Sag mir endlich, wie ich das SIEGEL finden kann, und ich werde dem Jungen kein Haar krümmen.«

»Das werden Sie auch so nicht«, hörte ich Jeffs Stimme hinter mir. Im nächsten Moment brach die Hölle los!

»Jeff!«, schrie ich und taumelte hilflos einige Schritte in die Richtung, aus der ich seine Stimme gehört hatte. Etwas stand mir im Weg und brachte mich aus dem Gleichgewicht. Meine Hände strichen über lederbezogenes Polster. Instinktiv gelang es mir, sie schützend vorzustrecken und meinen Sturz einigermaßen abzufangen.

Es ging schlechter, als ich erwartet hatte. Normalerweise kann man sehen, wie der Boden näher kommt, und das Unterbewusstsein steuert dabei die Reaktion des Körpers. Diesmal war es ein Sturz ins Ungewisse.

Ich konnte nicht einmal mehr oben und unten unterscheiden. Alles schien sich zu drehen. Der Aufprall kam viel früher, als ich erwartet hatte. Mein linkes Handgelenk erhielt einen Schlag und knickte weg. Mein Schienbein prallte gegen eine Kante des Hindernisses, über das ich gestolpert war – vermutlich eine Fußbank.

Mit einem Fluch auf den Lippen rappelte ich mich wieder auf. Etwas streifte mein Gesicht, ohne dass ich zu sagen vermochte, um was es sich handelte. Die Berührung war fremdartig und dauerte nur einen Herzschlag lang. In gespenstischer Lautlosigkeit schoss ein silbriger Streifen gebündelten Lichts an mir vorbei.

Erst als sich sofort darauf wieder Dunkelheit um mich herum ausbreitete, wurde mir bewusst, wie unmöglich meine Wahrnehmung gewesen war. Ich konnte nichts sehen, und doch nahm ich gleich darauf noch einen silbernen Blitz wahr, dem ein Schmerzensschrei Necrons folgte. Es mussten sich auch Drachenkrieger im Raum befinden, denn ich hörte, wie ihre Waffen gegen ein metallisches Hindernis klirrten.

Im nächsten Moment tanzten bunte Funken durch die Luft. Etwas traf mich schmerzhaft an der Schulter und schleuderte mich erneut zu Boden. Heiß wie glühende Lava fraß es sich durch meinen Anzug und drang bis auf die Haut durch. Ich stieß einen Schrei aus und blickte instinktiv auf die Schulter.

Alles, was ich entdeckte, war einer der Funken, der sich an der Stelle in der Finsternis befand, wo meine Schulter sein musste. Ich stemmte mich mit aller verbliebenen geistigen Kraft gegen das schmerzhafte Brennen und spürte, wie ich es zurückdrängen konnte. Dann verlöschte der Funken.

Jemand ergriff meine Hand. »Kommen Sie, Mr. Craven«, stieß Jeff Conroy hervor.

Ich fragte gar nicht erst, woher er kam. Ich fragte auch nicht, wer gegen Necron und seine Drachenkrieger kämpfte. Ich wollte nur noch fort. Wie ein kleines Kind ließ ich mich von Jeff führen. Immer noch war die Luft von Kampfgeräuschen und metallischem Klirren erfüllt, aber sie hatte sich auch verändert. Eine Art Spannung hatte sich in dem Raum ausgebreitet, so, als habe die Luft sich elektrisch aufgeladen. Ich wusste, dass es sich um magische Energie handelte.

»Ducken Sie sich«, befahl Jeff hastig.

Ich zog den Kopf ein, aber anscheinend nicht weit genug, denn ich prallte gegen etwas Hartes. Nicht sehr fest, dafür bewegte ich mich zu langsam, aber zumindest eine kleine Beule würde ich wohl zurückbehalten.

Wir traten in einen schmalen Gang, und Jeff ließ meine Hand los. Als ich die Arme ausstreckte, berührten meine Finger auf beiden Seiten rauen Fels, sodass ich den Weg nicht verfehlen konnte. Der Kampflärm blieb hinter uns zurück.

»Wo sind wir?«, fragte ich.

»In einem Geheimgang«, antwortete Jeff hastig. »Er wird uns nach draußen bringen. Passen Sie auf, hier kommen Stufen. Kommen Sie schnell. Er hat uns nur fünf Minuten gegeben.«

»Wer ist *er*? Und wo ist *draußen*? Verdammt, ich will endlich wissen, was hier gespielt wird!«, begehrte ich auf. Obwohl die Stufen schmal und glitschig waren, beschleunigte ich mein Tempo. Die Angst in der Stimme des Jungen war echt gewesen.

»Bredshaw«, stieß er hervor. »Wir befinden uns in seinem Haus. Er kämpft gegen diesen komischen Alten.«

Trotz des Ernstes der Situation huschte ein flüchtiges Grinsen über mein Gesicht, als ich Jeff so respektlos von Necron sprechen hörte, aber ich wurde rasch wieder ernst.

Plötzlich war die Treppe zu Ende. Ich wollte wie zuvor den Fuß tiefer setzen, verlor das Gleichgewicht und wurde nach vorn gerissen. Jeff Conroy fing meinen Sturz im letzten Moment auf. Wir gingen einige Schritte über ebenen Boden, drehten uns dabei zur Seite und erreichten wieder Stufen.

»Bredshaw ist tot«, presste ich hervor. »Ich war dabei, als er starb.«

»Das ist jetzt egal. Er lebt, und wir müssen uns verdammt beeilen, wenn wir ebenfalls am Leben bleiben wollen!«

Ich verkniff mir weitere Fragen, da ich erkannte, dass er nicht mehr antworten würde, nicht jetzt.

Nach zwei weiteren Treppenabsätzen erreichten wir wieder einen Gang. Schweigend hetzten wir ihn entlang. Nach einigen Dutzend Yards schlug mir plötzlich kühle, frische Luft entgegen. Es roch nach Wald, und unter meinen Füßen befand sich kein Felsboden mehr, sondern nachgiebiges, lockeres Erdreich.

»Wir sind im Freien«, erklärte Jeff überflüssigerweise.

»Vielleicht würdest du mir jetzt endlich einige Fragen beantworten«, verlangte ich.

»Noch nicht. Wir müssen so weit wie möglich weg.«

Er griff wieder nach meiner Hand und zerrte mich vorwärts. Wir bewegten uns auf einem schmalen Pfad, der von Unkraut überwuchert war. Immer wieder peitschten mir Zweige ins Gesicht und hinterließen brennende Striemen, und mehr als ein Mal blieb ich mit dem Fuß irgendwo hängen und entging nur um Haaresbreite einem Sturz.

Ich hatte jedes Gefühl für die Zeit verloren. Irgendwann ließ mich etwas zusammenzucken. Es war wie der Aufschrei eines gequälten Lebewesens, aber ich hatte den Schrei nicht gehört, sondern er war in meinem Gehirn aufgeklungen. Es war weder der Schrei eines Menschen noch der eines Tieres.

Jeff brüllte mir irgendetwas zu, das ich nicht verstand. Der schmerzerfüllte Schrei überdeckte alles. Umso deutlicher nahm ich dafür wahr, wie der Junge mich derb mit sich zu Boden riss. Eine Dornenranke riss mir die Haut am Arm auf.

Etwas glühte in grellem weißem Licht auf. Das Leuchten drang aus der Richtung, aus der wir gekommen waren, biss sich durch meine geschlossenen Augenlider und ließ mich wie unter einem Schlag aufstöhnen. Neben mir begann Jeff Conroy zu schreien. Ich spürte, wie er sich zusammenkrümmte und das Gesicht in den Armen barg. Einem Reflex gehorchend riss auch ich die Hände hoch.

Ich weiß im Nachhinein nicht mehr, ob es nur eine Einbildung war, aber für die Dauer eines Herzschlages hatte ich das Gefühl, als würde das grelle Licht schwächer. Gleichzeitig wusste ich, wieso ich das Licht sah, und ich wusste auch, was die silbernen Blitze und die bunten Funken gewesen waren.

Magische Entladungen.

Mein Gehirn hatte sie wahrgenommen und sie zu erkennbaren Bildern zusammengesetzt. Es handelte sich also keineswegs um erste Anzeichen einer Genesung.

Das Leuchten wurde schwächer, und gleichzeitig begann der Ball flammender Helligkeit zusammenzuschrumpfen. Ich erkannte die Umrisse von Bredshaws Anwesen inmitten des Strahlens, aber die Silhouette zerfloss wie unter einer unglaublichen Hitzeeinwirkung, die selbst das Gestein zum Schmelzen brachte. Noch bis hierhin spürte ich die Hitze wie die Berührung durch eine unsichtbare heiße Hand.

Ganz langsam sackte das Herrenhaus in sich zusammen. Es war kein Einsturz, eher neigte es sich einem Mittelpunkt zu, um den es sich immer schneller zusammenzog. Wie eine Faust, die sich zusammenballte.

Und Necron befand sich noch im Inneren des Gebäudes!

Zumindest vermutete ich es. Bredshaw hatte das Haus zu einer Todesfalle werden lassen und es zerstört. Er verfügte über eine Magie, die ihn vor zweihundert Jahren immerhin in die Lage versetzt hatte, mit ES Kontakt aufzunehmen, auch wenn er der Kreatur der GROSSEN ALTEN letztlich unterlegen gewesen war.

Wie stark diese Magie war, erlebte ich jetzt. Aber war sie auch den Kräften eines Hexenmeisters gewachsen? Ich bezweifelte es. Zu oft hatte ich schon erleben müssen, wie mächtig Necron war. Ich würde nicht eher an seinen Tod glauben, bis ich nicht den endgültigen Beweis dafür hatte.

Mit einem Schlag verschwand das Leuchten, und Dunkelheit senkte sich wieder über mich. Mühsam rappelte ich mich auf. Jeder Knochen im Leib tat mir weh.

»Mein Gott«, keuchte Jeff und stand ebenfalls auf. Ich bildete mir ein, sein entsetztes Gesicht vor mir zu sehen. »Was war das?«, fragte er.

»Ich weiß es nicht«, antwortete ich mit brüchiger Stimme. »Aber ich vermute, dass Bredshaw versucht hat, Necron zu töten. Aber der Alte hat mehr als neun Leben. Ich glaube nicht, dass Bredshaw es geschafft hat ...«

Ich zog den Stockdegen aus dem Gürtel und tastete damit den Weg vor mir ab. So konnte ich Unebenheiten und heimtückische Wurzeln rechtzeitig erkennen. Dass ich die Waffe einmal als Blindenstock einsetzen würde, hätte ich mir auch nicht träumen lassen ...

Jetzt hatte ich Gelegenheit, all die Fragen zu stellen, die mir auf der Zunge brannten. Jeff beantwortete sie so gut es ihm möglich war. Endlich konnte ich all die kleinen Mosaiksteinchen in meinem Kopf zu einem einigermaßen vollständigen Bild zusammensetzen. Bradshaw war wohl endgültig tot, daran gab es keinen Zweifel mehr. Er hatte sich geopfert, damit ich weiterleben konnte, aber vielleicht war der Tod sogar eine Erlösung für ihn.

Als wir den Ort etwa eine Stunde später erreichten, war es, wie Jeff mir sagte, bereits dunkel. Die letzten Minuten waren wir schweigend nebeneinander hergegangen. Ich konzentrierte mich darauf, meinen *magischen Blick,* wie ich ihn in Ermangelung eines besseren Ausdrucks nannte, zielgerichteter einzusetzen. Großen Erfolg hatte ich nicht. Anscheinend waren auch dafür meine Augen nötig. Immerhin konnte ich bei großer Konzentration zumindest die Umrisse größerer

Dinge wahrnehmen. Aber die Anstrengung war zu groß, und spätestens nach einigen Minuten musste ich wieder passen. Es gab keine Magie, die ich wahrnehmen konnte.

Zumindest so lange nicht, bis die ersten Häuser Arcenboroughs vor uns auftauchten.

Plötzlich sah ich alles wie auf einer noch nicht entwickelten, wenn auch hoffnungslos unterbelichteten fotografischen Platte vor mir.

Ein gigantisches Spinnennetz aus fast fingerdicken Fäden spannte sich von einem Ende des Ortes zum anderen, führte über Häuser und Straßen, Bäume und freie Plätze und noch über Arcenborough hinaus in die Richtung, in der die Fabrikgebäude der ATC lagen.

Ich kam nicht dazu, den unglaublichen Anblick geistig zu verarbeiten. Hinter mir erklang das typische Knacken einer Pistole, deren Hahn gespannt wird.

»Haben wir Sie endlich, Craven, Sie Mörder«, sagte eine hasserfüllte Stimme. Und wenn ich den Mann auch nicht sehen konnte, erkannte ich ihn doch sofort an der Stimme.

Es war Ephraim Carringham; und das nun aufkommende Scharren von Füßen und leise Aneinanderreiben von Stoff, begleitet von Keuchen und schweren Atemzügen zeigte mir, dass er sich in Begleitung von mindestens einem Dutzend Menschen befand.

»Dämon!«, kreischte eine hysterische Frauenstimme. »Bringt ihn um!«

Der Untergang der Welt kam ohne jede Vorwarnung und wurde begleitet von einem Ton Nerven zerfetzender Dissonanz, der Materie in Energie und Energie in Materie verwandelte. Magie von bislang unbekannter Kraft entstand, hüllte ihn ein und riss ihn hinein in ein Universum aus Schmerz und Pein und einer unerträglichen Grelle; eine Welt, die es nicht geben durfte und die doch existierte.

Und dann verlöschte das Licht, wurde zu gefrorener, unendlicher Nacht.

Der Lärm verebbte und wurde zu niemals endendem Schweigen.

Jede Bewegung erstarrte zu immer währender schattenhafter Reglosigkeit.

Selbst der Schmerz endete wie jedes andere Gefühl und wich einer ewigen untoten Leblosigkeit.

Und zuletzt wurden selbst das Leben und der Tod hinweggefegt, zersplittert und in ein alle Zeiten und Räume umfassendes Nichts geschleudert. Jahrmilliarden verstrichen binnen eines einzigen, letzten Herzschlages. Die Diktatur des verstreichenden Augenblicks endete, denn inmitten des absoluten Nichts verlor jede Zeit ihre Gültigkeit. Sterne entstanden und erloschen, Galaxien und ganze Universen trieben durch die Ewigkeit, flackerten und vergingen im Meer zeitloser Zeit.

Aber nicht einmal die Ewigkeit währte ewig. Universen starben, und Leben entstand, wo weder Zeit noch Raum waren, denn was nicht war, das musste entstehen, und was war, das musste enden.

Im Anfang war der Gedanke.

Ich lebe. Im Leben ist das Denken. ICH BIN.

Es gab Raum und Zeit, Licht und Farben, das Schweigen gebar den Lärm, und aus den Schatten der Nacht wurde quirlendes, pulsierendes Leben, inmitten eines Meeres aus unmenschlicher Pein. Aber die Pein verebbte und inmitten der Leere waren Erinnerungen an etwas, das Äonen zurücklag. Man musste den Dingen einen Namen geben, um sie werden zu lassen, denn nur was nicht existierte, besaß keinen Namen.

Er aber besaß einen Namen, der mit flammenden Lettern inmitten der Unendlichkeit geschrieben stand. Er erhob sich wie ein Phönix aus der Asche dessen, was namenlos war und demzufolge nicht existierte, niemals existiert hatte und doch noch immer neue Qual hervorbrachte, bis die Unendlichkeit irgendwann zerbrach und er sein Gefängnis aus gewobener, gestaltlos gewordener Zeit verließ und in eine Welt des Lebens eintrat.

Necron war zurückgekehrt, um das zu vollenden, was er vor unendlicher Zeit begonnen hatte ...

Ganz langsam drehte ich mich um und konzentrierte mich mit aller Kraft. Die Schattenrisse der Menschen schälten sich undeutlich aus dem Dunkel. Für die Dauer eines Herzschlags riss die schwarzweiße Dämmerung auf und füllte sich mit Farbe. Gleichzeitig ging ein schmerzhafter Stich durch meine Augen. Ich hatte wieder gesehen; und wenn es auch nur für einen Sekundenbruchteil gewesen war, so fachte der Moment doch meine Hoffnung wieder an.

»Was soll das, Carringham?«, sagte ich so ruhig wie möglich, konnte aber nicht verhindern, dass meine Stimme ein wenig zitterte. Ich wusste nur zu gut, was kommen würde, aber ich musste ihn hinhalten. Möglicherweise gelang es mir sogar, die Menschen zu überzeugen, dass ich mit dem Netz nichts zu tun hatte.

»Was das soll?«, kreischte er mit überschnappender Stimme. »Schauen Sie sich doch um. Das ist Ihr Werk.«

»Er ist blind«, fuhr Jeff Conroy dazwischen.

Ich konnte die Unsicherheit spüren, die Carringham sekundenlang überfiel. Er verscheuchte sie mit einem wütenden Schnauben, als könne er sich damit selbst Mut machen. »Ich habe vom ersten Tag an gemerkt, dass mit Ihnen etwas nicht stimmt«, stieß er hervor. Seine Stimme war hasserfüllt, aber ich nahm auch den furchtsamen Unterton darin wahr. Carringham hatte Angst, panische Angst. Er wurde mit etwas konfrontiert, das über seinen Verstand ging.

»Das unheimliche Moor, das unseren Wagen verschlang und plötzlich verschwand, das war Ihr Werk«, fuhr er heiser fort. »Dann Ihr Verschwinden und Ihr seltsames Erscheinen in Bredshaws Haus. Cromber ist Ihnen vorhin gefolgt, als Sie aus der Sitzung gestürmt sind. Wir fanden ihn tot in der Färberei. Drei Wachtposten sind in der vergangenen Nacht spurlos verschwunden. Und jetzt dieses Netz. Wollen Sie leugnen, dass Sie etwas damit zu tun haben?«

»Mr. Craven ist unschuldig«, fuhr Jeff aufgebracht dazwischen. »Er versucht sogar ...«

Ich legte ihm beruhigend die Hand auf die Schulter und brachte ihn dadurch zum Verstummen. »Lass sie, Jeff«, sagte ich leise. Es war sinnlos, mit den vor Angst halb wahnsinnigen Menschen vernünftig sprechen zu wollen. Sie waren keinem logischen Argument mehr zugänglich, trotzdem sprach ich weiter. »Ich habe mit dem Wesen, das dieses Netz gesponnen hat, nichts zu tun. Ich habe dagegen gekämpft und bei dem Kampf mein Augenlicht eingebüßt. Ich habe auch Cromber nicht getötet. Aber ich kann Ihnen helfen, dieses Grauen zu überwinden.«

Carringhams Antwort bestand aus einem hysterischen Lachen.

»Alles hat erst begonnen, seit Sie hier sind. Und Sie behaupten, nichts damit zu tun zu haben?« Zustimmende Rufe erschollen aus dem Hintergrund. Carringhams Auftreten gab auch seinen Begleitern wieder Mut, und allmählich verloren sie ihre eingeschüchterte Zurückhaltung.

»So einfach kommen Sie nicht davon«, fuhr er fort. »Ich habe diese Spinnenkreatur gesehen, die das Netz gewoben hat, groß wie zwei Häuser, und sie wächst mit jedem weiteren Toten. Sie spürt es, sobald jemand an ihre Fäden kommt; und wer sie einmal berührt, verfängt sich darin, bis diese Bestie da ist. Ich weiß, dass sie Ihnen nicht gehorcht, aber sie ist hinter Ihnen her und wird erst Ruhe geben, wenn sie Sie bekommen hat.«

Ich achtete kaum auf seine letzten Worte. Zu oft hatte ich sie in dieser oder geringfügig anderer Form schon gehört. Ich wusste, was er vorhatte, und konnte es bis zu einem gewissen Punkt sogar verstehen, aber ich würde keinesfalls freiwillig darauf eingehen. Wer ließ sich schon gerne opfern?

»Es wird Ihnen nicht das Geringste helfen, wenn Sie mich der Kreatur ausliefern«, unternahm ich einen letzten Versuch, ihn von seinem Vorhaben abzubringen. Noch einmal konzentrierte ich mich, um mir einzuprägen, wo seine Begleiter standen. Sie hatten uns eingekreist, und solange ich nicht mehr als schattenhafte Umrisse von ihnen sah, konnte ich nicht einmal herausfinden, an welcher Stelle wir den Kreis am ehesten sprengen konnten. Es blieb auch nicht genügend Zeit, um mich mit Jeff abzusprechen. »Diese Spinnenkreatur würde nur noch stärker werden und ...«

»Worte, nichts als Worte«, blaffte Carringham. »Aber Sie können uns nicht täuschen. Dieser Spuk wird erst ein Ende haben, wenn Sie tot sind!«

Er brauchte nicht erst einen entsprechenden Befehl zu geben. Als wären seine Worte ein Kommando gewesen, rückten die Menschen auf uns zu. Ich hörte Jeffs hektischen Atem, und da ich immer noch meine Hand auf seiner Schulter liegen hatte, spürte ich, wie sein Körper sich spannte.

Die Zeit des Redens war vorbei. Hände griffen nach mir, und ich vernahm Kampfgeräusche, als Jeff sich gegen die Angreifer zur Wehr setzte. Blindlings schlug ich mit dem Stock zu, vernahm einen Schmerzensschrei und stieß nach.

Die Hände verschwanden, aber es kamen sofort neue. Ein Schlag traf mich im Gesicht und ließ mich zurücktaumeln. Im offenen Kampf waren wir der Überzahl hoffnungslos unterlegen, und ich sah nur eine Möglichkeit, wie wir unseren Kopf aus der Schlinge ziehen konnten.

Es war nicht das erste Mal, dass ich versuchte, einer größeren Menschenmenge meinen Willen aufzuzwingen, aber dazu hatte ich stets Blickkontakt zu den Menschen gebraucht. Diesmal mobilisierte ich meine Macht, ohne sie zielgerichtet einsetzen zu können, und im gleichen Moment schwor ich mir, es niemals wieder zu tun.

Es war grauenhaft.

Einen entsetzlich langen Moment lang spürte ich, wie eine Flut brodelnder Schwärze aus mir hervorbrach, und ich spürte auch noch, wie sie auf die Menschen traf, dann verlor ich den Kontakt zu dem, was ich selbst hervorgebracht hatte.

Es war, als stünde ich im windstillen Zentrum eines Orkans. Um mich herum tobte ein so unbeschreibliches Chaos, dass ich geradezu froh war, es nicht mit ansehen zu müssen, sondern die Wirkung nur in abgeschwächter Form zu empfinden.

Menschen wurden wie Puppen umhergeschleudert und verwandelten sich in wimmernde und schreiende Bündel. Der Wahnsinn griff nach ihnen, und ich konnte nicht einmal feststellen, ob die Menschen meinen Angriff überhaupt überlebten.

Eine wattige Leere war in meinem Kopf, als schlagartig die unnatürliche Ruhe des Todes um mich herum einkehrte.

Dann spürte ich Finger, die sich um meinen Arm krallten und so fest zudrückten, dass es schmerzte.

»Bei Gott!«, keuchte Jeff Conroy. »Was war das?«

»Ich weiß es nicht«, log ich. »Komm, wir müssen weg hier. Es wird nicht lange dauern, bis sie wieder aufwachen.« Ich sprach die Worte laut aus, aber in Wirklichkeit dienten sie nur dazu, mich selbst zu trösten. Ich wusste nicht einmal, ob diese Menschen jemals wieder aufwachen würden, aber ich hoffte es mit aller Inbrunst.

»Das ... das waren *Sie,* Mr. Craven«, stieß Jeff anklagend hervor. »*Sie* haben sie umgebracht!« Er packte mich am Kragen und schüttelte mich mit einer Kraft, die ich seinem schmächtigen Körper nicht zugetraut hätte. »Sie haben sie umgebracht!«, schrie er noch einmal.

Es dauerte einen Augenblick, bis ich mich wieder gefasst hatte, aber dann streifte ich seine Hände mühelos ab. Er wehrte sich nicht einmal.

»Geh zu ihnen, und sieh sie dir an«, befahl ich. Es kostete mich Mühe, die Worte auszusprechen. Was würde geschehen, wenn er herausfand, dass die Menschen wirklich tot waren? Ich hätte es nicht ertragen, zu einem Mörder geworden zu sein, und es änderte auch nichts, dass ich in Notwehr gehandelt hatte. Aber ich musste Gewissheit haben.

Jeff entfernte sich, und obwohl er bestimmt ein Dutzend Schritte gegangen war, konnte ich sein erleichtertes Aufatmen hören. Seit ich nicht mehr sehen konnte, hatte ich das Gefühl, als ob mein Gehör ständig an Schärfe gewinnen würde. Die unerträgliche Spannung wich von mir. Am liebsten hätte ich vor Erleichterung laut zu lachen begonnen.

Jeff ging von einem zum anderen. »Sie leben«, flüsterte er. Niemand war umgekommen. Damit war zwar noch nicht sicher, dass sie meinen Angriff wirklich ohne Schaden überstanden hatten, aber ich hatte wenigstens keinen Mord begangen.

Mit einem Stöhnen erwachte einer der Männer, gleich darauf vernahm ich ein weiteres Stöhnen aus einer anderen Richtung.

»Sie kommen wieder zu sich!«, rief Jeff und kam zu mir zurück gerannt. »Wohin?«

Ich brauchte nur einen Sekundenbruchteil zu überlegen. »Erst einmal in den Ort. Dort können wir uns am leichtesten verstecken. Woanders würden sie uns sofort finden.«

Er ergriff wieder meine Hand und führte mich. Bei schnellem Tempo konnte ich mich durch Tasten mit dem Stock nicht mehr orientieren. Gemeinsam liefen wir los, bückten uns unter den ersten, noch vereinzelt gespannten Spinnenfäden hindurch und verschwanden im Gewirr der engen Gassen Arcenboroughs.

Der Ort war zu einer Totenstadt geworden, und das im wahrsten Sinne des Wortes. Scheinbar überall spannten sich die Fäden; sie gingen sogar durch Häuser durch, obwohl ich mir nicht vorstellen konnte, wie *Shudde-Tuur* sie dort gesponnen haben sollte.

Jeff berichtete mir alles, was er sah, und es waren schreckliche Schilderungen. Vereinzelt entdeckte er Kleidungsstücke, die an den Fäden hingen. Von den Besitzern war nichts zu entdecken. Ich hoffte, dass es ihnen gelungen war, rechtzeitig aus ihrer Kleidung zu schlüpfen, aber ich wusste, dass ich meine Augen damit vor der Wirklichkeit verschloss. Erbittert presste ich die Lippen zusammen, als mir auffiel, wie unpassend der Vergleich war.

Jeff hatte mich wieder losgelassen. Momentan drohte uns keine Gefahr. Ich war ihm dankbar, dass er keine Fragen stellte, wie ich befürchtet hatte. Nicht einmal das, was er gerade miterlebt hatte, trieb einen Keil in die seltsame Art von Freundschaft, die uns verband.

Ich spürte es irgendwie. Jeff war über den Punkt hinaus, an dem ihn etwas, das mit mir zu tun hatte, noch wirklich entsetzen konnte. Er musste die ganze Zeit über geahnt haben, dass ich mehr war als jemand, der nur zufällig mit dem zu tun hatte, was in sein Leben eingebrochen war. Aber er schwieg und ich war ihm dankbar dafür.

Doch auch die allumfassende Stille, die uns umgab, hatte etwas Gespenstisches an sich. Das einzige Geräusch, das ich hörte, waren unsere Atemzüge und das Hallen unserer Schritte auf dem Kopfsteinpflaster.

Was war mit den Einwohnern geschehen? Sie konnten nicht alle tot sein, bis auf das Dutzend Gestalten, das Carringham begleitet hatte. Wahrscheinlich waren sie geflohen, aber über kurz oder lang würden sie zurückkehren müssen. Arcenborough lag fast vierzig Meilen von der nächsten Ortschaft entfernt, und das einzige Verkehrsmittel, das es gab, war der einmal am Tag verkehrende Zug. Und wenn *Shudde-Tuur* auch die Bahnstation eingewoben hatte …

Ich sah die Silberfäden deutlich vor mir. Nur auf Jeff angewiesen, hätte ich niemals allen ausweichen können. Mehr als einmal war ich versucht gewesen, sie zu berühren, nur aus Neugier, was geschehen würde, aber es gelang mir stets, mich der gefährlichen Faszination zu entziehen.

Es gab einen Hoffnungsschimmer für mich. Immer häufiger sah ich sekundenlang graue Ausschnitte unserer Umwelt. Es gelang mir nicht, das Bild zu halten, immer wieder verblasste es in Dunkelheit, aber es war ein gutes Zeichen. Lange würde es nicht mehr dauern, bis ich wieder einigermaßen würde sehen können. Diese Zeit mussten wir gewinnen; und wenn wir uns irgendwo in einem Keller verkrochen.

Meine Gedanken irrten zu Necron. Je länger ich darüber nachdachte, desto unwahrscheinlicher erschien es mir, dass Bredshaw ihn getötet hatte. Ich hatte den Herrn der Drachenburg als verbrannte Mumie gesehen, durchsiebt von Schüssen, zerfetzt von einer Schimäre – und es hatte ihn kaum mehr als eine müde Handbewegung gekostet, sich zu regenerieren.

»Woraus mögen diese Fäden bestehen?«, drang Jeff Conroys Stimme in meine Gedanken und lenkte sie wieder auf unsere Umgebung. Erneut gewann ich meine Sehkraft für ein paar Sekunden – Augenblicke wäre vielleicht das passendere Wort gewesen – zurück. Ich sah, wie er sich zu einem Faden hinabbeugte, und wollte einen Warnruf ausstoßen, als ich erkannte, dass er nicht nach dem Faden, sondern nach einem Kleidungsstück griff, das daran hing. Er zerrte mit aller Kraft daran, konnte es jedoch nicht lösen. Dann verschwamm das Bild wieder vor meinen Augen. Ich ärgerte mich, dass ich noch nicht selbst auf diese Art die Festigkeit des Netzes untersucht hatte – bis mir plötzlich die Gefahr bewusst wurde, die mit diesem Vorgehen verbunden war. *Shudde-Tuur* reagierte auf jede Erschütterung des Netzes!

»Loslassen«, brüllte ich. Erschrocken drehte Jeff sich um, aber er ließ den Stofffetzen aus den Fingern gleiten.

»Was ist denn los?«, fragte er verblüfft.

»Wir müssen weg!«, rief ich. »Oder möchtest du das Wesen, das dieses Netz gesponnen hat, unbedingt aus der Nähe kennen lernen?«

Erst jetzt schien ihm richtig bewusst zu werden, dass das Gebilde nicht einfach so durch das Wirken magischer Kräfte entstanden war, sondern dass es jemanden gab, der es gesponnen hatte. Und er begriff, dass er dieses Wesen durch sein Zerren herbeilocken konnte. Wir liefen die Straße entlang, bis mich meine magischen Sinne warnten. Wir kauerten uns in eine Türnische.

Erneut flackerte die Dunkelheit um mich herum, wurde heller und nahm eine verwaschene Optik an, als blickte ich durch eine völlig verschmutzte Scheibe.

Es reichte, um mich die gigantische Gestalt manifestierten Schreckens erkennen zu lassen, zu der *Shudde-Tuur* geworden war. Die Kreatur war bereits am Vormittag groß gewesen, aber jetzt hatte sie ihren Umfang noch mindestens verdreifacht. Sie überragte die meisten der niedrigen Häuser, dennoch glitt sie mit scheinbar spielerischer Leichtigkeit auf den Fäden dahin.

Jeff Conroy gab ein ersticktes Gurgeln von sich. Ich sah, wie er den Mund zu einem Schrei öffnete, und es gelang mir gerade noch, ihm meine Hand auf die Lippen zu pressen. Einen Augenblick lang stemmte er sich gegen meinen Griff, aber ich presste ihm den Mund nur noch fester zu. Dann erschlaffte seine Gegenwehr. Im gleichen Moment hüllte mich wieder Dunkelheit ein.

Ich ließ ihn los; bereit, jederzeit neu zuzugreifen. »Was ... was ist das?«, keuchte er, einer Hysterie nahe, die ich ihm nicht einmal verdenken konnte.

»Das, was aus ES geworden ist«, antwortete ich leise. Ich konzentrierte mich so sehr, dass sich ein dumpfer Schmerz in meinem Kopf ausbreitete, aber ich ignorierte ihn und verstärkte meine Anstrengungen noch, bis ich endlich wieder sehen konnte.

Shudde-Tuur hatte die Stelle erreicht, an der das Hemd hing, und tastete in einer Art ungläubigen Staunens mit einem Bein nach dem Stoff, als könne es nicht glauben, dass ihm sein Opfer entronnen war.

Alles an der Kreatur hatte sich ins Gigantische vergrößert. Ich biss die Zähne so fest zusammen, dass mein Kiefer zu schmerzen begann, als ich daran dachte, wie viele Menschen *Shudde-Tuur* in sich aufgesogen haben mochte, um diese Größe zu erreichen.

Mein Blick war immer noch stark getrübt, aber ich musste mein Urteil widerrufen. Nicht alles hatte sich vergrößert; es gab ein Organ, das immer noch die gleiche Größe wie am Vormittag besaß und auch die Größe, die es schon besessen hatte, als es noch Bestandteil von ES gewesen war.

Das Auge.

Die irrisierende rote Spirale, die sich in die Ewigkeit erstreckte. Das SIEGEL!

Wenn es noch eines letzten Beweises bedurft hatte, dass es sich bei dem Auge wirklich um das gesuchte Objekt handelte, dann hatte ich ihn jetzt vor mir.

Es musste mir gelingen, es in die Hände zu bekommen und möglichst zu zerstören. Selbst wenn Necron tot sein sollte, so würden andere kommen, um nach den SIEBEN SIEGELN DER MACHT zu suchen, mit deren Hilfe man die GROSSEN ALTEN von den Fesseln befreien konnte, die sie jetzt noch daran hinderten, sich diese Welt untertan zu machen. Aber dazu mussten *alle sieben* SIEGEL aktiviert werden. Solange nur ein einziges ausfiel, waren die anderen nutzlos. Aber ich fürchtete, dass *Shudde-Tuur* der Sinn für derartige Überlegungen abging und es sich nicht freiwillig von seinem Auge trennen würde.

Wie aber konnte man einen Koloss von mehr als acht Yards Größe, der nur dazu geschaffen worden war, Grauen und Schrecken zu verbreiten, von dieser Wichtigkeit überzeugen?

Unruhig peitschte *Shudde-Tuur* mit seinen gewaltigen Beinen umher und riss kleine Krater in den Boden. Das Pflaster zerbarst unter der Wucht seiner Schläge. Die überdimensionalen Scheren öffneten und schlossen sich mit einem widerwärtigen Knacken. In der Art eines Spürhundes drehte es den Kopf hin und her, bis sich das Auge auf die Stelle richtete, an der wir uns verborgen hielten. Dann bewegte es sich auf uns zu.

Auf eine unerklärliche Weise hatte *Shudde-Tuur* unsere Witterung aufgenommen.

»Dieser Hund!«, schnappte Ephraim Carringham und knirschte mit den Zähnen. Er blickte auf die kleine Schar seiner Anhänger, starrte jedem Einzelnen ins Gesicht und ließ seinen Blick erst weiterwandern, wenn der Betreffende den Kopf gesenkt hatte. »Ich weiß nicht, was Craven gemacht hat, aber er hat Kräfte angewandt, die kein normaler Mensch hat. Unsere Befürchtung war also richtig. Er ist ein Dämon.«

Beifälliges Murmeln schlug ihm entgegen. Er genoss es, die Menschen kraft seiner Worte im Griff zu halten. Er war immer gefürchtet worden, aber diese Macht entsprang seiner Stellung als Verwalter der ATC. In der augenblicklichen Situation galt sie nichts. Er hatte sich eine neue Machtposition aufgebaut, einfach dadurch, dass er die Initiative ergriff und den verängstigten, unsicheren Menschen einen greifbaren Feind bot, eine Erklärung für das, was sie nicht verstanden. Er nutzte ihre Angst für sich aus und brachte sie gegen Robert Craven auf.

»Wir müssen den Dämon töten!«, rief eine verhärmte, frühzeitig gealterte Frau mit einfältigem Gesicht. In ihren Augen loderte ein fanatisches Feuer.

»Richtig«, pflichtete Carringham ihr bei. »Wir müssen ihn töten, bevor er uns alle umbringen kann. Er ist ein Hexer, und es gibt nur ein Mittel, wie man Wesen wie ihn vernichten kann.« Er setzte das Wort *vernichten* bewusst ein. Es hob den Vorgang des Tötens auf eine andere, unpersönliche Ebene. Menschen wurden *ermordet,* aber seine Begleiter verspürten immer noch einen zu großen Respekt vor dem Leben. *Vernichtet* hingegen wurden Dinge und nicht menschliche Kreaturen der Hölle; und als eine solche musste er Craven hinstellen.

In Wirklichkeit war er sich dessen bewusst, dass er Craven nicht für diese Riesenspinne verantwortlich machen konnte; er wusste auch, dass der Mann kein Dämon war, aber er verfügte über gefährliche Kräfte und das machte ihn zu einem unsicheren Faktor. Außerdem war es allein schon deshalb notwendig, Robert Craven zu töten, um zu verhindern, dass er seine wahnsinnigen Pläne mit der Firma in die Tat umsetzte.

Irgendwie würden sie auch das Spinnenmonstrum vernichten können, wenn Craven erst einmal ausgeschaltet war. Er würde Armeetruppen zu Hilfe rufen, und die würden mit dem Spuk schon aufräumen. Zuvor aber musste er den Hauptaktionär der ATC aus dem Weg schaffen.

Erneut ließ Carringham seinen Blick über die Menge wandern. Wie gebannt hingen die Menschen an seinen Lippen, und er erkannte, dass er sie an dem Punkt hatte, zu dem er sie hatte bringen wollen.

»Es gibt nur einen Weg, einen Dämon zu töten«, erklärte er. »Wir müssen ihn verbrennen!«

»Ja, verbrennen wir ihn!«, brüllte ein Mann, und andere stimmten in den Ruf ein. Ephraim Carringham lächelte zufrieden.

»Der Dämon versteckt sich irgendwo in Arcenborough. Wir müssen ihn aus seinem Versteck treiben. Wenn wir vorsichtig sind, kann das Netz uns nichts anhaben. Übergeben wir ihn dem reinigenden Feuer!«

»Nichts wirst du tun, du Narr«, sagte eine dumpfe Stimme hinter ihm. Es dauerte einen Moment, bis Carringham den Schrecken überwunden hatte. Dann fuhr er gereizt herum. Sein Blick fiel auf einen alten Mann, fast einen Greis, der sich ihnen lautlos näherte. Er musste geradewegs aus dem Wald gekommen sein.

Der Alte war in ein dunkles Gewand gekleidet. Sein Gesicht war scharf geschnitten, mit einer wie ein Adlerschnabel gebogenen Nase und schmalen, fast blutleeren Lippen.

»Wer sind Sie?«, brauste Carringham auf. »Was wollen Sie?« Das unerwartete Erscheinen des Fremden irritierte ihn, und da war etwas in den Augen des Alten, das seine Unsicherheit noch steigerte.

»Ihr werdet Craven nichts tun«, sagte der Mann anstelle einer Antwort. Seine Stimme nahm einen befehlenden Ton an, und es gelang Carringham nur mit Mühe, sich dem fremden Einfluss zu entziehen.

»Sie haben gar nichts zu befehlen«, schnappte er, darum bemüht, sich seine Unsicherheit nicht anmerken zu lassen. »Ergreift ihn!«, wandte er sich an seine Begleiter. Erst als er seinen Befehl wiederholte, kamen die Menschen ihm nach.

Sie stürzten sich auf den Fremden. Ruhig erwartete er sie, doch als sie ihn fast erreicht hatten, breitete er blitzschnell die Arme aus – und verschwand. An der Stelle, an der er sich gerade noch befunden hatte, wuchs eine Flammensäule in die Höhe. Mit gierig fauchenden Flammenhänden griff sie nach den Heranstürmenden und trieb sie zurück, bis auch die Flammensäule sich nach wenigen Sekunden auflöste.

Ein leises Lachen ließ Carringham herumfahren. Der Fremde stand nur zwei Schritte hinter ihm.

»Genug der Spielereien«, sagte er. Sein Blick kreuzte den des Verwalters, und dann griff etwas formlos Schwarzes nach ihm und den anderen Menschen, zerbrach ihren Willen und verwandelte sie in gehorsame Sklaven.

»Gehen wir!«, befahl Necron und verzog die Lippen zu einem bösen Lächeln.

Ohne lange nachzudenken, sprang ich vor und riss dabei auch Jeff hoch, der die Gefahr noch nicht in vollem Ausmaß erkannt hatte. Erst als ich ihn mit mir fortzerrte, erwachte er aus der Erstarrung. Er stieß einen entsetzten Schrei aus und rannte aus eigener Kraft weiter.

Wir hetzten durch die Gassen, und mehr als einmal stolperte ich über einen hoch stehenden Stein, den ich mit meinem getrübten Blick erst zu spät erkannte. Irgendwie gelang es mir immer, das Gleichgewicht zu halten. Ich wagte gar nicht daran zu denken, was geschehen würde, wenn meine Augen mir jetzt wieder den Dienst versagten.

Die nackte Todesangst trieb mich voran. Meine Lungen brannten, als wären sie mit flüssiger Lava gefüllt. Als ich einen gehetzten Blick über die Schulter warf, sah ich, dass *Shudde-Tuur* langsam, aber beständig, aufholte. Es war nicht viel mehr als zwei Dutzend Yards hinter uns.

Möglicherweise konnte eine Flucht in eines der Häuser uns retten. Aber dann saßen wir in der Falle, und *Shudde-Tuur* hatte bestimmt keine Schwierigkeiten, ein Gebäude mit seinen Beinen oder Scheren zu zermalmen.

Mit einem Mal endeten die Häuserreihen und öffneten sieh zu einer unregelmäßigen Kreisform, die einen freien Platz umsäumte, an dessen gegenüberliegender Seite die Dorfkirche stand. Das Netz wölbte sich wie ein bizarres Kathedralendach über dem Platz, fand Halt an den Dächern der Häuser und wob sich durch die blattlosen Kronen der alten Bäume, die vereinzelt auf dem Platz standen. Wenn wir die Kirche erreichten, hatten wir eine Chance, *Shudde-Tuur* abzuschütteln und unbemerkt durch einen anderen Ausgang zu entkommen. An diesen Gedanken klammerte ich mich. Selbst die Spinnenkreatur würde eine Weile brauchen, um das große Gebäude in Trümmer zu legen. Zeit, die wir zur Flucht nutzen konnten.

Ich bemerkte die Falle erst, als wir den Platz bereits zur Hälfte überquert hatten. Ein leises Knistern warnte mich. In panischer Angst blickte ich zurück, und als ich den Kopf ein wenig hob, meinte ich, den Himmel selbst auf uns herabstürzen zu sehen. Aber es war nicht der Himmel, sondern nur ein engmaschiges Gespinst aus fingerdicken Silberfäden, das *Shudde-Tuur* aus einer Verankerung gelöst hatte.

Ich kam nicht einmal dazu, einen Schrei auszustoßen, bevor etwas Klebriges mir den Mund verschloss und sich wie eine zweite Haut über mich legte.

Bei der Festigkeit des Netzes hätte ich erwartet, dass es mich mit Zentnergewichten niederschlagen würde, stattdessen wog es kaum mehr als ein ganz normales Spinnennetz. Ich wollte nach meinem Stockdegen greifen, kam aber nicht mehr dazu. Von einer Sekunde zur anderen war ich vollkommen gelähmt; vermochte nicht einmal einen Finger zu bewegen, so fest umhüllte mich das Netz.

Und *Shudde-Tuur* kam unerbittlich näher, wenn auch jetzt langsamer als zuvor. Es wusste seine Opfer in der Falle, und es schien fast so, als wolle die Kreatur ihren Triumph auskosten.

Panik drehte mich zu überwältigen. Ich kämpfte dagegen an, aber so, als schöbe *Shudde-Tuur* eine unsichtbare Mauer von Grauen und Schrecken vor sich her, steigerte mein Entsetzen sich mit jedem Yard, den es sich näherte.

Die Furcht gebar den Willen, zu überleben. Und der Wille weckte die Kraft.

Zaghaft berührte ich die Fäden mit geistigen Fühlern, verschmolz mit ihnen und nahm ihre pulsierenden Schwingungen wahr. Ich schloss die Augen, um mich noch besser darauf konzentrieren zu können. Kalter Schweiß bildete sich auf meiner Stirn. Etwas in mir wirkte wie ein gigantisches Prisma, das die Schwingungen zerlegte, sie gleichzeitig veränderte und sie um ein Vielfaches verstärkt wieder zurückwarf.

Dann erlosch das Gefühl ebenso plötzlich, wie es entstanden war. Ich riss die Augen auf.

Winzige Flammen tanzten auf den Fäden, fraßen sich gierig wie an einer Zündschnur weiter, und wo sie über das Netz glitten, zerfiel es zu Staub. Obwohl die Flämmchen auch meine Haut berührten, spürte ich sie nicht einmal. Dafür konnte ich mich plötzlich wieder frei bewegen.

Auch Jeff Conroy verlor seine Fesseln. Er stieß einen gellenden

Schrei aus, in den sich ein weiterer, unmenschlicher Schrei mischte, der direkt in meinen Gedanken aufklang. Die Flammen hatten *Shudde-Tuur* erreicht und hüllten die Kreatur ein.

Für die Dauer eines Herzschlags erfüllte mich die Hoffnung, sie würden das Monstrum töten, aber ich wusste selbst, dass ihre Kraft dazu nicht ausreichte. Sie verloschen, aber immerhin waren wir wieder frei.

Mit einem raschen Blick stellte ich fest, dass die Flammen das Netz lediglich um uns herum zerstört hatten. An den äußeren Stellen des Marktplatzes lag es immer noch wie ein Geflecht auf dem Boden und machte eine Flucht unmöglich. Natürlich hätten wir vorsichtig auf die freien Stellen zwischen den Maschen treten können, aber ich bezweifelte, dass *Shudde-Tuur* sich mit Rücksicht darauf langsamer bewegen würde. Eine Flucht war unmöglich.

»Ich bringe dich um, du verdammtes Ding!«, brüllte Jeff Conroy plötzlich neben mir. Er bückte sich schluchzend nach einem abgebrochenen, beinstarken Ast. Eine eisige Hand schien nach meinem Herzen zu greifen, als er mit dem Knüppel in der Hand auf *Shudde-Tuur* zurannte.

»Bleib stehen!«, schrie ich und stürmte hinter ihm her. Dabei riss ich den Stockdegen aus der Scheide. *Shudde-Tuur* war durch die Flammen angeschlagen worden, aber es war immer noch ein schier unbesiegbarer Gegner, und ein lächerliches Stück Holz war sicherlich nicht die richtige Waffe gegen die Kreatur.

Der beginnende Wahnsinn steigerte Jeffs Tempo, und ich wusste, dass ich den Jungen nicht mehr einholen konnte, aber ich versuchte es trotzdem.

Er erreichte *Shudde-Tuur* mit mehr als drei Längen Vorsprung. Mit einem irren Brüllen auf den Lippen riss er den Ast hoch, um ihn gegen das vorderste Beine des Ungeheuers zu schmettern.

Er führte die Bewegung nie zu Ende.

Eine der überdimensionalen Scheren stieß herab – und fuhr in Jeffs Brust. Der Junge erstarrte mitten im Lauf, wankte, drehte sich halb zu mir um. Seine Lippen formten stumme Worte, und sein Arm reckte sich in einer letzten Bewegung mir entgegen.

Dann brach Jeff zusammen.

Mit einem erstickten Schrei sprang ich vorwärts, bekam eine der Scheren zu packen und klammerte mich mit dem Mut der Verzweiflung daran fest.

Der Ruck, mit dem die Schere hochfuhr, schien mir den Arm aus dem Schultergelenk zu reißen. Glühende Dolche bohrten sich in meine Muskeln. *Shudde-Tuur* versuchte mich abzuschütteln. Ich weiß nicht, woher ich die Kraft nahm, mich weiterhin festzukrallen.

Der gigantische Schädel der Bestie tauchte vor mir auf, und ich starrte genau in das blutrote Auge. Alles andere verschwamm, und ich wusste, dass ich in der nächsten Sekunde wieder blind werden würde, um in der darauf folgenden zu sterben.

Ich stieß den Stockdegen vor, dorthin, wo das Auge mein Blickfeld ausfüllte. Die Klinge stieß nicht einmal auf einen spürbaren Widerstand, als sie sich in die rotierende Spirale bohrte, tiefer hineinglitt und mich dabei mitriss.

Im nächsten Moment verschwand ich in der rotierenden Unendlichkeit.

Raum und Zeit ballten sich um mich und in mir zusammen und rissen mich aus dem bekannten Universum heraus. Ich trieb durch eine Welt, die von unergründlicher Schwärze erfüllt war, und trotzdem befand ich mich in einem Wirbel aus Licht und Farben.

Irgendwann endete mein Sturz.

Ich lag auf sandigem Untergrund. Eine gewaltige rote Sonne an einem wolkenlosen grauen Himmel tauchte die Umgebung in blutiges Licht. Dinge befanden sich um mich herum, die auf eine seltsame Art unwirklich zu sein schienen. Sie waren auf eine unmögliche Art ineinander verschlungen, schienen einer anderen, eigenen Symmetrie zu gehorchen, die der menschliche Verstand nicht wahrnehmen konnte. Sie entzogen sich jeder genaueren Betrachtung, geschweige denn einer Beschreibung. Ich wandte rasch den Blick von ihnen ab.

Ich wusste, was das zu bedeuten hatte. Dies war die Welt der GROSSEN ALTEN, die hinter den *Toren* lag. Meine Berührung mit dem SIEGEL hatte mich hierher geschleudert. Ein neuer, erschreckender Gedanke durchzuckte mich: Standen die SIEGEL mit den *Toren* in irgendeiner Verbindung?

Ich spürte eine grässliche Leere in mir, als ich an Jeff Conroy dachte. Sein Tod war so sinnlos gewesen. Ich hätte wissen müssen, dass sein Verstand all die Schrecken, die auf ihn eingeströmt waren, nicht so schnell würde verarbeiten können, auch wenn es eine Zeitlang so ausgesehen hatte. Allein schon die Gleichgültigkeit, mit der er alles über sich hatte ergehen lassen, die Tatsache, dass er nicht einmal durch Fragen versucht hatte zu ergründen, was mit ihm geschah, hätte mich warnen müssen.

Wieder einer auf der Liste derjenigen, die durch meine Mitschuld ums Leben gekommen sind, durchzuckte es mich. *Wie lang wird sie noch werden?*

Ich verdrängte die selbstzerstörerischen Gedanken. Jeffs Tod hatte tief in mir eine Wunde gerissen, und es würde lange dauern, bis ich darüber hinwegkam, aber ich durfte mich nicht selbst zerfleischen und auch noch mein ganzes Leben wegwerfen.

Ich erhob mich.

Die Schmerzen in meinem Arm waren verschwunden, und es hatte den Anschein, als hätte der Sturz durch das *Tor* auch meine Augen gesunden lassen. Zumindest sah ich wieder so gut wie früher. Der schmutzige Schleier, der meinen Blick auch zuletzt noch getrübt hatte, war verschwunden.

Eines der Dinge vor mir erweckte meine Aufmerksamkeit. Es unterschied sich von den anderen dadurch, dass es der normalen Geometrie gehorchte. Die Konturen verschwammen nicht bei dem Versuch, sie zu betrachten, aber das war es nicht einmal, was mich darauf aufmerksam machte. Vielmehr war es die Form des Felsbrockens.

Er war eine genaue Kopie *Shudde-Tuurs,* allerdings nicht einmal ein Yard hoch.

Bei jedem Schritt hatte ich das Gefühl, durch zähflüssigen Morast zu waten, der an meinen Beinen zerrte. Mühsam setzte ich einen Fuß vor den anderen. In einiger Entfernung vor mir bewegte sich der Sand, warf Wellen, als bewege sich etwas unter der Erdoberfläche. Ich schritt schneller. Was auch immer sich da bewegte, ich hatte nicht das Verlangen, herauszufinden, was er war.

Mein Herz schlug wie rasend, als ich den wie eine Spinne geformten Felsbrocken umrundete und einen Blick auf den steinernen Schädel warf. Selbst er war naturgetreu modelliert worden. Einschließlich des faustgroßen Auges.

Aber es bestand nicht aus totem Gestein, sondern schien auch hier zu leben. Die Spirale rotierte und erfüllte mich beim bloßen Zusehen mit einem dumpfen Schwindelgefühl.

Wie von einem fremden Willen geleitet, streckte ich den Arm aus. Das SIEGEL glitt wie von selbst aus dem Felsbrocken in meine Hand. Es fühlte sich warm an, schien sogar unmerklich zu pulsieren wie ein lebendiges Wesen.

Ich zuckte erschrocken zusammen, als ein Knacken an mein Ohr drang. Im nächsten Moment barst der Felsblock, wie von der Faust eines Riesen getroffen, auseinander. Nur einige wenige Gesteinsbrocken blieben von der Spinnenstatue übrig.

Ich wandte meinen Blick wieder dem SIEGEL zu. Unschlüssig drehte ich es in der Hand. Endlich war es in meinem Besitz, aber es nutzte mir nichts, solange ich in dieser bizarren Albtraumwelt festsaß. Es hatte mich hergebracht, und irgendwie würde es mich auch zurückbringen können.

Aber wie konnte ich es aktivieren?

Ich fand die Lösung, als ich es hochhob und genau in die Spirale starrte.

Die gleiche Kraft, die mich hierher befördert hatte, riss mich wieder aus der Welt der GROSSEN ALTEN heraus.

Das SIEGEL trug mich an den Ausgangspunkt der Dimensionsreise zurück.

Meine erste Empfindung, als ich wieder auf dem Marktplatz stand, war Erleichterung darüber, dass die Gesundung meiner Augen nicht rückgängig gemacht worden war. Immerhin wäre denkbar gewesen, dass sie nur für den Aufenthalt in der fremden Welt galt. Aber ich sah auch hier ohne Beschwerden, doch *was* ich sah, war nicht eben dazu angetan, meine Erleichterung weiter währen zu lassen.

Shudde-Tuur war spurlos verschwunden, und auch das Netz hatte sich aufgelöst. Lediglich einige wie verdorrt anmutende, unansehnlich graue Fäden lagen noch auf dem Pflaster. Arcenborough konnte wieder aufatmen. Die Gefahr, die von *Shudde-Tuur* ausgegangen war, war endgültig gebannt.

Nicht gebannt aber war eine andere Gefahr.

Eine Gruppe Menschen stand ein paar Yards entfernt reglos auf dem Platz. Unter ihnen entdeckte ich Ephraim Carringham, und ich vermutete, dass es sich bei den anderen Leuten um seine Begleiter handelte. Ich hatte sie vorher nicht deutlich genug sehen können, um sie jetzt wieder zu erkennen.

Doch etwas war mit ihnen geschehen. Ihre Augen zeigten einen leblosen, entrückten Ausdruck, als befänden sie sich gar nicht mehr in der realen Welt.

Genauer gesagt – als befänden sie sich unter hypnotischem Einfluss. Die Menge teilte sich und schuf eine Gasse, durch die ein Mann vortrat.

Necron!

Ein triumphierendes Lächeln lag auf den Zügen des uralten Magiers.

»Ich gratuliere dir, Craven, und ich danke dir, dass du das SIEGEL für mich geholt hast«, sagte er. »Aber jetzt kannst du es mir ruhig geben. Oder möchtest du einem kollektiven Selbstmord der Menschen hier beiwohnen? Jeder von ihnen wird sich mit Vergnügen selbst töten, wenn ich nur den Befehl dazu gebe. Und das möchten wir doch sicherlich beide nicht, oder?«

Jedes einzelne seiner Worte traf mich wie ein Keulenschlag. Skrupel durfte ich von ihm nicht erwarten. Necron würde seine Drohung wahr machen, um sein Ziel zu erreichen. Ich kannte die Macht der Hypnose, hatte sie mir schließlich selber oft genug zu Nutzen gemacht. Er benötigte nicht einmal eine Waffe, sondern würde die Menschen einfach zwingen, nicht mehr zu atmen, oder er würde ihren Herzschlag anhalten.

Ich hielt die Macht in Händen, zu verhindern, dass er alle sieben SIEGEL in die Hände bekam und sie zusammenfügte, aber ich konnte sie nicht nutzen. Nicht, solange ich sie mit dem Leben der Einwohner Arcenboroughs bezahlen musste. Sie hatten noch vor wenigen Stunden versucht, mich zu töten, aber sie waren Menschen und ich konnte kein Todesurteil über sie fällen.

»Das SIEGEL«, sagte Necron ruhig und streckte fordernd die Hand aus. Einen Moment wog ich das spiralförmige Auge *Shudde-Tuurs* noch in der Hand, dann warf ich es ihm zu.

Er fing es geschickt auf. Im nächsten Moment war er verschwunden; nur sein gellendes Lachen schallte noch über den Platz.

Gleichzeitig fiel der Bann von den Menschen ab. Es dauerte einige Augenblicke, bis sie die Nachwirkungen der Hypnose ganz abgeschüttelt hatten, dann schlichen sie wie geprügelte Hunde davon. Ihr schlechtes Gewissen konnte ich ihnen nicht abnehmen. Das war etwas, womit sie selber fertig werden mussten.

Nur Carringham blieb. Zögernd trat er auf mich zu.

»Sie ... Sie werden doch wegen vorhin ... Ich meine, wir waren in Panik und ...«

»Halten Sie den Mund«, befahl ich grob. »Nein, ich werde keine rechtlichen Schritte gegen Sie in die Wege leiten.« Er atmete erleichtert auf. »Unter einer Bedingung allerdings«, fuhr ich mit scharfer Stimme fort. »Sie werden Ihre Anteile an der ATC verkaufen. Ich werde einen Verwalter meines Vertrauens telegraphisch herbestellen.«

Meine Worte dämpften seine Freude sichtlich. »Die Aktien gehören mir«, protestierte er. Seine Schweinsäuglein funkelten empört. »Es wäre Diebstahl, wenn Sie ...«

»Sie haben die Einwohner zu einem Mordversuch aufgestachelt«, erinnerte ich ihn sanft, während ich innerlich kochte. »Wenn Sie es vorziehen, können Sie den Besitz Ihrer Aktien auch im Gefängnis genießen. Die Zellen dieses gastlichen Landes sollen nicht sehr bequem sein, habe ich mir sagen lassen.«

Betreten senkte er den feisten Kopf.

»Sie werden eine angemessene Entschädigung erhalten, keine Angst. Wie wäre es mit hundert Dollar?«

»Hundert ...?« Mein großzügiges Angebot verschlug ihm die Sprache.

»Zehn Jahre Gefängnis kämen sicherlich zusammen«, überlegte ich laut. Eine diebische Genugtuung erfüllte mich. »Das Geld, das Sie in den vergangenen Jahren aus der Gesellschaft herausgepresst haben, bleibt Ihnen erhalten. Im Übrigen steht es Ihnen selbstverständlich frei, weiterhin für die ATC zu arbeiten. Beispielsweise in der Färberei. Die Arbeitsbedingungen dort werden sich ja nun um einiges verbessern.«

Ohne ein weiteres Wort ließ ich ihn stehen und ging davon.

Nach wenigen Schritten hatte ich Ephraim Carrington bereits vergessen. Meine Gedanken kreisten um Necron und um die SIEGEL. Von Arcenborough aus würde ich meinen Kampf gegen ihn fortsetzen. Aber um welchen Preis!

Ich dachte an Jeff Conroy. Die sterblichen Überreste des Jungen waren inzwischen fortgeschafft worden. Ich würde noch bis zu seiner Beerdigung in Arcenborough bleiben.

Es war das Mindeste, was ich ihm schuldig war. Und das Einzige, was ich noch für ihn tun konnte.

Der Zug, der in den Albtraum fuhr

Irgendjemand verfolgte mich.

Ich hatte keinen Beweis dafür, nicht einmal ein Indiz, nicht den allergeringsten Hinweis.

Aber ich wusste es.

Seit dem frühen Morgen, seit ich mein Hotelzimmer verlassen hatte und in die Stadt gegangen war, war jemand hinter mir her; und wer immer es war, er stellte es sehr geschickt an, denn bisher hatte ich nicht einmal einen Schatten gesehen, geschweige denn meinen Verfolger selbst.

Dabei hatte ich alle Tricks zur Anwendung gebracht, die ich nur kannte, um einen Verfolger abzuschütteln; und deren waren es nicht gerade wenige.

Während meiner Jugend in den Slums von New York hatte ich gelernt, wie man Profi-Verfolger abschüttelt, und ich vermute, dass meinetwegen so mancher Angehörige der New Yorker Polizei am Rande eines Nervenzusammenbruches angelangt war, wenn ich ihm nach stundenlanger Verfolgungsjagd doch noch eine lange Nase gedreht hatte und entkommen war.

Diesmal schienen all meine Tricks nicht zu funktionieren.

Es war später Nachmittag, und seit nun fast acht Stunden vergnügte ich mich damit, vor jemandem davonzulaufen, den ich bisher nicht einmal zu Gesicht bekommen hatte. Bloß abgeschüttelt hatte ich ihn nicht.

Es war zum Wahnsinnigwerden! Ich sah niemanden, ich hörte niemanden, aber ich *spürte* seine Nähe, so deutlich, als stünde der Kerl neben mir und stänke nach Knoblauch wie ein ganzes Regiment besoffener Husaren!

Ich ging ein wenig schneller, tauchte – wohl zum hundertsten Male an diesem Tag – in den quirlenden Strom von Passanten ein, der die Main Street von San Francisco füllte, und wusste im gleichen Moment, dass mir auch dieses Manöver nichts anderes eintragen würde als einige weitere Knüffe in die Rippen und ein paar weitere Tritte auf die Zehen.

Ich erreichte eine Straßenkreuzung, blieb stehen und sah mich unschlüssig um. Auf geradem Wege setzte sich die Main Street fort, so weit ich blicken konnte, ehe sie sich im Dunst der Großstadt verlor. Zur Linken wurden die Häuser merklich schäbiger, und auch der Strom von Passanten nahm ab; zur Rechten erhoben sich einige Häuser, deren Äußeres zwar alles andere als Vertrauen erweckend war, die meinen Bedürfnissen aber schon näher kamen – es gab einen chinesischen Waschsalon, ein paar Bordelle, zwei oder drei Restaurants und, gleich schräg gegenüber auf der anderen Straßenseite, einen Spielsalon, über dessen weit geöffnetem Eingang ein Schild die Millionen-Dollar-Chance versprach, was wohl höchstens für den Besitzer dieses Etablissements zutraf.

Ganz offensichtlich war ich an der Grenze des Vergnügungsviertels angelangt; eine Gegend, um die ich normalerweise nicht nur in Frisco, sondern auch in allen anderen Städten einen weiten Bogen gemacht hätte.

Nicht zuletzt, weil es noch gar nicht so lange her war, dass ich mir selbst meinen Lebensunterhalt damit verdiente, eben diese Gegenden unsicher zu machen. Im Moment allerdings schien mir die Straße genau das Richtige. Wenn ich überhaupt eine Chance hatte, meinen Verfolger irgendwie loszuwerden, dann hier.

Ich sah mich noch einmal um – natürlich ohne ihn zu erblicken –, griff in die Rocktasche und tat so, als überprüfe ich meine Barschaft; eine Geste, die mir genau richtig schien, den unbedarften Touristen zu spielen, der hierhergekommen war, um das große Abenteuer zu erleben. Dann überquerte ich forschen Schritts die Straße und trat durch den Eingang des Spielsalons.

Es war wie ein Schritt in eine andere Welt. Der Lärm und das Licht von San Francisco blieben hinter mir zurück, und vor mir, nur noch durch einen halb zurückgeschlagenen Vorhang getrennt, neben dem ein breitgesichtiger Schlägertyp herumlungerte, begann die glitzernde Plüschwelt des Spielsalons. Gedämpftes Stimmengemurmel drang in den Vorraum, das Klirren von Glas, das helle Klickern einer Roulettkugel, dazwischen ein helles Frauenlachen, der Geruch nach abgestandenem Qualm und Whisky …

Wie lange war es her, dass ich selbst in dieser Welt zu Hause gewesen war?

Wirklich schon fast vier Jahre? In diesem Moment kam es mir vor wie vier Tage. Ich kannte sie, diese Welt, die auf der anderen Seite des

Vorhanges begann, wenngleich auch aus einer ganz anderen Sicht. Wie viele Nächte hatte ich in Lokalen wie diesem verbracht, hinter der Theke stehend und Gläser spülend, Spucknäpfe auswechselnd, hatte Leute Summen verspielen sehen, für die ich zehn Jahre hätte arbeiten müssen!

Ich verscheuchte den Gedanken, ging weiter und warf dem Muskelberg ein Lächeln zu, während er mich kalt betrachtete, mit geübtem Blick meine Kleidung und mein Auftreten einschätzte und zu dem Ergebnis kam, dass ich einzulassen wäre. Nach einer Sekunde faltete er sogar die Arme auseinander und verzog sein Gesicht zu etwas, das er für ein freundliches Lächeln halten mochte.

»Einen Tisch, Sir?«

Ich überlegte einen Moment, dann schüttelte ich den Kopf, deutete auf die Bar, die eine ganze Seitenwand des Raumes einnahm, und schnippte dem Breitgesicht im Weitergehen noch einen Vierteldollar zu.

Erneut nahm mich die glitzernde Welt des Spielsalons gefangen, kaum dass ich ein paar Schritte weitergegangen war; und für Augenblicke vergaß ich sogar meinen Verfolger und den eigentlichen Grund, aus dem ich hier hereingekommen war.

Es war wie eine Heimkehr. Die blitzende Strasswelt rings um mich herum stieß mich ab – und gleichzeitig zog sie mich an, auf eine schwer in Worte zu fassende, fast morbide Art.

Vielleicht war es einfach das Gefühl, zum ersten Mal im Leben auf der anderen Seite des Vorhanges zu stehen; in jeder Bedeutung des Wortes.

Ich ging zur Bar, setzte mich auf einen freien Hocker, bestellte ein Bier und sah mich noch einmal um, etwas gründlicher diesmal.

Der Raum war sehr groß, wirkte aber klein, denn an den zwei Dutzend unterschiedlich großen Spiel, und anderen Tischen drängelten sich an die zweihundert Menschen, wenn nicht mehr. Leicht gekleidete Mädchen bewegten sich zwischen den Tischen oder rückten den Spielern näher, die gewonnen hatten, ein altersschwacher Chinese wieselte umher und tauschte übervolle Aschenbecher und Spucknäpfe gegen frische aus, und wohl ein Dutzend Kellner balancierte mit einmaligem Geschick Tabletts durch das Menschengewühl.

Kurz, es war ein unglaubliches Chaos.

Genau das, was ich brauchte. Das Beste allerdings war die Tatsache, dass es mit Ausnahme zweier Türen hinter der Bar keinen weiteren

Ausgang gab. Wenn mein unsichtbarer Verfolger nicht Gefahr laufen wollte, mich entweder zu verlieren oder so lange draußen zu stehen, bis er Wurzeln schlug, dann musste er wohl oder übel durch das Hauptportal hereinkommen.

Und ich wusste, dass ich ihn erkennen würde, im gleichen Moment, in dem er auch nur die Nase durch die Tür steckte.

Der Gedanke wirkte irgendwie ernüchternd auf mich, denn er führte einen zweiten, alles andere als angenehmen mit sich: die Frage nämlich, wer es war, der mir seit dem frühen Morgen an den Fersen klebte, und warum.

Prinzipiell gab es zwei Möglichkeiten. Die eine war, dass es sich schlichtweg um einen Gauner handelte, der aus meiner nicht gerade ärmlichen Kleidung und dem superteuren Hotel, aus dem ich gekommen war, auf ein Opfer schloss, dem er ohne großes Risiko den Geldbeutel abknöpfen konnte. Diese Version hätte ich vorgezogen.

Aber sie war nicht sehr wahrscheinlich. Kein Gelegenheitsdieb hätte das Geschick aufgebracht, mich den ganzen Tag über zu narren; die Geduld übrigens auch nicht.

Die zweite – und weitaus unangenehmere – Möglichkeit war, dass es sich um einen meiner alten Freunde handelte; einen von Necrons Drachenkriegern.

Diese Überlegung brachte mich vollends in die Wirklichkeit zurück.

Instinktiv blickte ich zur Tür, aber das Einzige, was ich sah, war das dümmliche Viertel-Dollar-Grinsen des Rausschmeißers. Ich erwiderte es, griff nach meinem Glas und nippte vorsichtig daran. Aber das Bier wollte mir nicht mehr schmecken.

Ich war nervöser, als ich zugeben wollte. Aber wenn meine Befürchtung zutraf, hatte ich auch Grund dazu. Es gibt ein paar Dinge, die noch tödlicher sind als ein Drachenkrieger mit einem Mordauftrag. Ein Hurrikan zum Beispiel, einer von den ganz großen. Oder ein Fallbeil, das auf den Mann unter der Guillotine zurast. Aber damit hörte die Auswahl auch schon beinahe auf.

Eigentlich nicht aus Lust an einem Spiel – ich habe niemals gern gespielt – ging ich zum Kassier, schob ihm eine zusammengefaltete Hundert-Dollar-Note in seinen vergitterten Affenkäfig und ließ mir dafür Jetons geben.

Unschlüssig drehte ich mich zweimal im Kreis, bis ich einen freien Platz an einem Tisch erspähte, von dem aus ich einen prachtvollen Blick auf den Eingang hatte.

Ich ging hin, ließ mich auf den Stuhl fallen und baute meine Jetons in vier gleichen Türmchen vor mir auf. Erst danach lehnte ich mich zurück und musterte die anderen Spieler, die noch am Tisch saßen.

Es waren fünf – vier Männer und eine Frau.

Aber es war nicht irgendeine Frau. Ihr Anblick schlug mich sofort in seinen Bann.

Sie war …

Schön allein wäre das falsche Wort. Ich war in meinem Leben einer Menge schöner Frauen begegnet, und gerade in Etablissements wie diesem war ein hübsches Gesicht etwas, das man geradezu erwarten konnte. Und doch war sie anders.

Ganz anders.

Sie hatte schwarzes, lang über die Schulter fallendes Haar, dunkle Augen, die eine Spur zu groß waren, und einen Teint, der mir den trivialen Vergleich mit Alabaster geradezu aufdrängte. Hier traf er zu. Ihr Gesicht war von einem sonderbaren, schwer zu beschreibenden Schnitt, im gleichen Maße sanft und natürlich wie … ja, es gab keine bessere Bezeichnung dafür: *edel.*

»Verzeihung, Sir.«

Es dauerte einen Moment, bis ich begriff, dass die Worte keinem anderen als mir galten.

Verlegen fuhr ich zusammen, rettete mich in ein Lächeln und wandte mich dem Mann zu, der mich angesprochen hatte. »Meinen Sie mich?«

Der andere – ein hoch gewachsener, schwarzhaariger Schnauzbärtiger in piekfeiner Kleidung, mit manikürten Fingernägeln und dem unverkennbaren Ausdruck des Berufsspielers auf den Zügen – nickte. Schon dieses Nicken allein reichte, ihn mir auf Anhieb unsympathisch werden zu lassen. Vielleicht lag es auch nur daran, dass er zur Rechten der unbekannten Schönheit saß und ihre Hand in eindeutiger Manier auf seinem Unterarm lag.

»Ich meine in der Tat Sie, Sir«, antwortete der Mann ärgerlich. »Sind Sie gekommen, um zu spielen, oder meine Braut anzustarren?«

Die Art, in der er das Wort *Braut* betonte, machte ihn mir nicht gerade sympathischer. Aber ich verstand den Wink, lächelte noch einmal verzeihungsheischend und beeilte mich zu versichern: »Natürlich zum Spielen. Verzeihen Sie.«

»Schon gut«, antwortete der andere. Seine Begleiterin musterte mich mit einem Blick, in dem gleichzeitig ein sanftes Interesse wie auch Spott lag. Ein wenig zu hastig griff ich nach den Karten und begann zu mischen.

»Mein Name ist Teagarden«, stellte sich mein Gegenüber vor. »Ralph Teagarden. Und das ist meine Braut Annie.« Er deutete abermals auf die schwarzhaarige Göttin, dann zauberte er eine dekorative Falte zwischen seine Brauen. »Und mit wem haben wir das Vergnügen, wenn ich fragen darf?«

»Craven«, antwortete ich. »Robert Craven. Was spielen wir?«

»Haschmich bestimmt nicht«, versetzte Teagarden patzig und grinste.

Ich verbiss mir im letzten Moment die scharfe Antwort, die mir auf der Zunge lag. Teagarden wollte ganz offensichtlich ausprobieren, wie weit er mit dem unbeholfenen Gecken, der sich aus lauter Geltungsbedürfnis eine weiße Strähne ins Haar hatte färben lassen, gehen konnte. Unter normalen Umständen hätte ich das Spiel sicher mitgespielt und ihm eine Lektion erteilt, an die er noch am St. Nimmerleinstag denken sollte. Aber im Moment hatte ich andere Sorgen.

»Ich würde Schwarzer Peter vorschlagen«, antwortete ich eisig. »Als Einsatz einen Penny pro Runde. Einverstanden?«

Teagarden erbleichte, während es in den Augen seiner Begleiterin abermals spöttisch aufblitzte. Aber diesmal zog er es vor, die Sache nicht auf die Spitze zu treiben.

»Okay, Craven«, sagte er ruhig. »Wir sind quitt. Lassen Sie sehen, ob Sie beim Spielen genauso schlagfertig sind. Wir spielen Stud-Poker. Kein Limit. Mindesteinsatz zehn Dollar.« Er lächelte, sehr falsch und sehr kalt. »Mit dem Taschengeld da werden Sie nicht weit kommen«, fügte er mit einer Kopfbewegung auf die Jetons vor mir hinzu.

Ich zuckte mit den Achseln, forderte ihn mit einer Kopfbewegung auf, abzuheben – was er auf die gleiche Weise ablehnte –, und teilte Karten aus.

Ich hätte nicht einmal meine Hexer-Fähigkeit gebraucht, um schon beim ersten Spiel zu bemerken, dass Teagarden betrog. Er verlor auf Anhieb an die achtzig Dollar an mich, obgleich er das bessere Blatt hatte.

Nun – *diesen* Trick kannte ich ebenso gut wie er. Ich wäre nicht der erste Trottel, der ein paar Dollar gewinnt und dadurch leichtsinnig genug wird, um wie eine Weihnachtsgans ausgenommen zu werden.

Beim zweiten Spiel verlor ich, beim dritten gewann ich meinen Verlust zurück, samt zusätzlichen dreihundert Dollar. Einen Moment lang überlegte ich, jetzt schlichtweg aufzuhören und Teagarden mit einem dummen Gesicht und um fast vierhundert Bucks ärmer sitzen zu lassen, aber dann zuckte ich mit den Achseln, mischte erneut und gab Karten.

Teagarden nahm die seinen nicht einmal auf, sondern blickte mich mit einem sonderbaren Lächeln an. »Was halten Sie davon, einmal richtig zu spielen, Mister Craven?«, fragte er.

»Wie meinen Sie das?«

Teagarden deutete mit einer Kopfbewegung auf meine Jetons. »Das da ist doch nur Kleingeld. Was halten Sie von einem richtigen Einsatz, um die Sache spannend zu machen?« Er grinste, griff in die Jackentasche und zog ein Bündel Geldscheine heraus, das ungefähr dem Gegenwert eines kleinen Landhauses in England entsprechen mochte.

»Fangen wir mit tausend an«, schlug er vor. »Vorausgesetzt, Sie sind flüssig.«

Ich seufzte, tat so, als überlegte ich, dann griff auch ich in meinen Rock und zog meine Brieftasche hervor. Ich hatte längst nicht so viel Bargeld dabei wie er, aber zwischen den vier oder fünf Hundert-Dollar-Noten, die ich eingesteckt hatte, lag ein Kreditbrief der Bank of America; ohne Begrenzung. Ein Mann wie Teagarden musste sofort erkennen, dass er da praktisch einen Goldesel vor sich hatte.

»Ganz wohl ist mir nicht bei der Sache«, gestand ich mit gespieltem Zweifel. »Ich ... spiele nicht oft. Und schon gar nicht um solche Beträge.«

»Dafür spielen Sie verdammt gut«, sagte Teagarden. »Vielleicht haben Sie ja auch nur eine Glückssträhne.«

»Ja, vielleicht«, bestätigte ich. »Aber Sie haben Recht – warum nicht einmal etwas riskieren?« Ich lächelte, winkte einen der Saaldiener herbei und bat ihn, mir beim Kassierer den Kreditbrief bestätigen zu lassen und Jetons für zehntausend Dollar zu holen, ganz bewusst im gleichen Ton, in dem Teagarden sich vielleicht einen Drink bestellt hätte.

Teagarden schluckte, während seine Begleiterin plötzlich sehr ernst aussah. Ja, der Blick, den sie mir zuwarf, war beinahe beschwörend. Fast hatte ich den Eindruck, dass sie mich davon abhalten wollte, weiterzuspielen.

»Fangen wir doch schon einmal an.« Ich nahm all meine Jetons und schob sie über den Tisch, ohne meine Karten auch nur anzusehen. »Dies als ersten Einsatz.«

Teagarden starrte mich an und presste die Lippen zu einem dünnen, blutleeren Strich zusammen. Dann nickte er, hielt mit und nahm, mit ganz leicht zitternden Fingern, seine Karten auf.

Wir warteten, bis der Saaldiener mit meinen Jetons zurück war. Dann schob ich – noch immer ohne meine Karten gesehen zu haben – drei weitere Eintausend-Dollar-Chips auf den mittlerweile schon beachtlich angewachsenen Stapel und nahm endlich meine Karten zur Hand.

Ich hatte zwei Asse und einen König. Immerhin mehr als Teagardens Damenpaar, das ich durch seine Augen gesehen hatte.

»Karte?«, fragte ich.

Teagarden nickte, warf drei Karten auf den Tisch und bekam von mir eine Sieben, die Kreuz-Acht und eine dritte Dame zu seinem Pärchen. Schließlich bin ich kein Unmensch.

»Und Sie?«, fragte Teagarden lauernd.

Ich schüttelte den Kopf und legte meine Karten aus der Hand. »Es reicht«, sagte ich leichthin – und schob weitere zweitausend Dollar auf den Stapel. Teagarden erbleichte ein ganz kleines bisschen, während seine Begleiterin mich erschrocken ansah. Aber er hielt mit.

Wenn auch nicht, ohne zu seinen drei Damen eine weitere hinzuzufügen, die aus seinem Ärmel kam. Er war nicht einmal sehr ungeschickt dabei.

Unser Spiel hatte mittlerweile eine gehörige Menge Neugieriger angezogen, denn auch hier wurde wohl selten um solche Beträge gespielt, aber außer mir – und Teagardens Begleiterin, da war ich sicher – bemerkte niemand den Betrug.

Ich zögerte. Eine innere Stimme sagte mir, dass es klüger wäre, aufzugeben. Ich konnte den Verlust verschmerzen, und ich glaubte zu spüren, dass Teagarden ein gefährlicher Mann war, nicht nur am Kartentisch. Aber es versetzte mich in Rage, dass dieser Tölpel glaubte, mich so leicht hereinlegen zu können.

Mit einem perfekt geschauspielerten, nachdenklichen Stirnrunzeln nahm ich meine Karten auf und betrachtete sie drei, vier Sekunden lang. Als ich sie wieder auf den Tisch legte, waren aus den zwei Assen vier geworden; was übrigens rein gar nichts mit Hexerei zu tun hatte. Aber ich hatte während meiner Ausbildung eine Menge Tricks gelernt, von denen ein zweitklassiger Falschspieler wie Teagarden nicht einmal träumen würde.

»Machen wir es spannend«, sagte ich – und schob den Rest meiner Jetons über den Tisch.

Teagarden erbleichte nun sichtlich. Wahrscheinlich überlegte er, wie er eine fünfte Dame zu seinen vier hinzufügen konnte, ohne dass es auffiel.

»Ist Ihnen der Einsatz zu hoch?«, fragte ich freundlich. »Oder sind Sie nicht flüssig? Ich helfe Ihnen gerne aus.«

Teagarden starrte mich geradezu hasserfüllt an, hob die Hand und winkte einen Saaldiener zu sich. »Ich brauche fünftausend«, sagte er grob. »Beeilung.« Dann wandte er sich wieder an mich. »Einen Moment Geduld, Mister Craven.«

»Ach, wozu?«, antwortete ich und deckte das erste As auf. »Für die paar Dollar sind Sie mir gut, mein Bester.«

Teagarden knirschte hörbar mit den Zähnen und deckte seine erste Dame auf. Ich nickte, zeigte mein zweites As und spielte den Beeindruckten, als Teagarden mit seiner zweiten Dame konterte.

Beim dritten As wurde er nervös. Seine Finger zitterten unmerklich, als er seine dritte Dame aufdeckte. Ein erstauntes Raunen ging durch die Reihen der Zuschauer.

Ich konnte spüren, wie der halbe Saal den Atem anhielt, als ich meine vierte Karte aufdeckte.

Es war eine Sieben. Das letzte As ließ ich vorerst noch unsichtbar.

Teagarden blinzelte, begann plötzlich zu grinsen wie ein Honigkuchenpferd und knallte seine vierte Dame so wuchtig auf den Tisch, dass die Ecke einknickte. Mit einem bösen Lachen beugte er sich vor und grabschte nach den Jetons.

»Einen Moment«, sagte ich ruhig.

Teagarden erstarrte. »Was ist denn noch?«, fragte er.

»Oh, nichts«, antwortete ich freundlich. »Ich hätte nur gerne Ihre letzte Karte gesehen. So, wie es aussieht, haben Sie nämlich verloren«, fügte ich bedauernd hinzu. »Es sei denn, Sie hätten noch eine fünfte Dame auf dem Tisch.«

Und mit diesen Worten deckte ich meine letzte Karte auf.

Teagarden schluckte, starrte erst mich, dann das As, dann wieder mich und wieder meine Karten an und fiel mit einem Ruck auf seinen Stuhl zurück. »Das ... das ist ...«

»Ja?«, fragte ich, als er nicht weitersprach.

In seinen Augen blitzte es auf. »Das ist unmöglich!«, behauptete er. »Sie ... Sie betrügen, Craven.«

»Nicht mehr als Sie«, antwortete ich gelassen.

Für eine Sekunde schien Teagarden zu erstarren. »Was wollen Sie damit sagen?«, fragte er dann gefährlich leise. Seine rechte Hand verschwand unter dem Tisch. Aber auch damit hatte ich gerechnet. Ich spannte mich ein wenig.

»Wollen Sie behaupten, ich spiele falsch?«, fragte er lauernd.

»Aber, ich bitte Sie!«, sagte ich jovial. »Ein Ehrenmann wie Sie, Mister Teagarden? Sie haben Pech gehabt, das ist alles. Tragen Sie es mit Fassung.«

Teagarden brüllte vor Wut und riss die Pistole in die Höhe, die er aus der Jackentasche gezogen hatte.

Und ich ruckte den Tisch nach vorn.

Ich hatte selbst kaum damit gerechnet, dass der Trick funktionieren würde, denn ein Mann wie Teagarden war sicher nicht das erste Mal in einer solchen Situation.

Aber es klappte.

Teagardens Wutschrei wurde zu einem überraschten Keuchen, als ihm die Tischkante wegsackte. Er klappte nach vorn und kollidierte unsanft mit dem harten Holz, ehe ich dem Tisch einen zweiten, etwas heftigeren Stoß versetzte, der Teagarden vollends aus dem Gleichgewicht brachte und umkippen ließ.

Ich gab ihm keine Gelegenheit, wieder auf die Füße zu kommen, sondern setzte über den Tisch hinweg, trat ihm die Waffe aus der Hand und zerrte ihn grob in die Höhe.

Dann griff ich mit einer fast gemächlichen Bewegung in seinen Jackenärmel, zog hintereinander drei Karten heraus und machte Anstalten, sie ihm in den Hals zu stopfen, im wahrsten Sinne des Wortes.

Aber es blieb bei dem Versuch.

Jemand packte mich grob am Arm, und eine halbe Sekunde später presste sich etwas Hartes, Rundes zwischen meine Schulterblätter. Das anschließende metallische Klicken wäre nicht einmal nötig gewesen, mich davon zu überzeugen, dass es sich um nichts anderes als einen Revolverlauf handelte.

»Keine Bewegung mehr, Mister«, sagte eine Stimme hinter mir. »Es wäre Ihre letzte.«

Ich ließ Teagardens Kragen los, hob ganz langsam die Hände in

Schulterhöhe und drehte mich noch langsamer um. Der Revolverlauf, der sich gerade noch zwischen meine Schultern gepresst hatte, wanderte in die Höhe und verharrte einen Finger breit vor meinem rechten Auge.

Es war der Viertel-Dollar-Grinser. Aber der Ausdruck auf seinem stoppelbärtigen Gesicht war im Moment alles andere als freundlich.

»So, Sie sind also der Meinung, dass ich falsch spiele, Craven?«, fragte Teagarden lauernd. Er hatte jetzt wieder sichtlich Oberwasser – was bei einem Fünfundvierziger, der genau auf mein rechtes Auge gerichtet war, und einem Finger am Abzug dieser Waffe, der Teagarden vermutlich mehr gehörte als seinem eigentlichen Besitzer, kein sonderliches Wunder war. Die alte Überheblichkeit war in seine Stimme zurückgekehrt.

»Ich bitte dich, Ralph, lass ihn in Ruhe«, sagte seine Begleiterin.

»Wer sagt denn, dass ich ihm etwas antun will?«, entgegnete Teagarden feixend. »Ich möchte bloß eine Antwort auf meine Frage, meine liebe Annie.« Er wandte sich wieder an mich. »Also, Craven, wie war das? Sie glauben, ich spiele falsch?«

»Ja«, antwortete ich, einem Trotz gehorchend, für den ich mich selbst hätte ohrfeigen können. »Ich weiß es. So wie jeder hier.«

Teagarden antwortete nicht. Aber ich sah, wie er seinem Schläger einen Wink mit den Augen gab.

Der Fünfundvierziger sackte plötzlich ein Stück nach unten, beschrieb einen engen Bogen und näherte sich rasend schnell wieder meinem Gesicht.

Aber er traf nicht, denn ich duckte mich, vollführte gleichzeitig eine halbe Drehung und packte Teagarden bei den Rockaufschlägen. Er stolperte nach vorn – und bekam den Revolverlauf in den Magen, der ursprünglich für mich gedacht war.

Noch während er zurücktaumelte, fuhr ich abermals herum und trat dem Rausschmeißer vor das rechte Knie. Teagarden und sein gekaufter Schläger gingen gleichzeitig zu Boden.

Aber es war nur ein kurzer Triumph, den mir diese Dummheit einbrachte. Und ein höchst trügerischer dazu.

Denn statt des schadenfrohen Gelächters, das ich erwartet hatte, breitete sich ein fast geisterhaftes Schweigen um mich herum aus.

Als ich aufblickte, starrte ich in ein gutes Dutzend Revolvermündungen. Teagarden schien hier mehr Freunde zu haben, als ich geahnt hatte.

Ich fluchte lautlos in mich hinein, wich zwei, drei Schritte zurück und ahnte die Bewegung mehr, als dass ich sie sah. Blitzschnell duckte ich mich, spürte etwas an meinem Ohr vorbeipfeifen und stieß den Ellbogen zurück.

Ich traf, steppte einen Schritt in die andere Richtung und fuhr herum, im gleichen Moment, in dem der Mann, der mir den Gewehrkolben über den Schädel hatte ziehen wollen, keuchend zusammenbrach.

Eine Faust stieß nach meinem Gesicht. Ich fing sie auf, verdrehte sie samt dem dazugehörigen Arm und stieß den Angreifer zurück. Er fiel und riss dabei drei oder vier andere Männer mit sich.

Für einen Moment hatte ich Luft. Aus irgendeinem Grund verzichteten Teagardens Schläger noch darauf, ihre Waffen zu benutzen, und für die Dauer eines Atemzuges schöpfte ich sogar Hoffnung. Wenn ich nur zwei, drei Sekunden Zeit fand, mich zu konzentrieren, konnte ich diese ganze Bande unter meinen Willen zwingen und sie dazu bringen, sich gegenseitig zu verdreschen.

Aber mir blieben nicht einmal diese zwei Sekunden. Denn in diesem Moment stemmte sich Teagarden keuchend in die Höhe und deutete wild gestikulierend in meine Richtung.

»Packt ihn!«, brüllte er mit überschnappender Stimme. »Schlagt das Schwein tot!«

Und im nächsten Augenblick stürzten sich an die zwanzig Mann gleichzeitig auf mich, um seinem Wunsch nachzukommen …

Es wartete.

Sein Opfer war entkommen; zumindest, solange es sich in dieser Gestalt befand und auf die beschränkten Sinne eines menschlichen Körpers angewiesen war.

Trotzdem wusste es, wo das Opfer war.

Es spürte seine Nähe, und die bohrende Gier in seinem Inneren flammte zu neuer Wut auf, erreichte fast die Stärke eines wirklichen körperlichen Schmerzes und beruhigte sich nur langsam.

Das Opfer war in jenem Gebäude auf der gegenüberliegenden Seite der Straße. Es hätte ihm folgen können, unerkannt und in der Gestalt eines Menschen, aber es spürte, dass es nicht richtig wäre.

Das Opfer war ein Mensch, und doch …

Er war gefährlich.

Irgendwie spürte er die Nähe des Jägers, das wusste es. Sein Auftrag lautete, ihn zu erlegen, so, wie es zahllose andere Opfer zuvor erlegt hatte.

Dann geschah etwas. Irgendetwas dort drüben in dem großen, abgedunkelten Gebäude.

Es spürte Erregung; eine Gewalt, die sich in einer unsichtbaren knisternden Woge im Inneren dieses Menschenhauses ausbreitete. Vielleicht wäre dies der Moment, hinüberzugehen und seinen Auftrag zu erfüllen, unerkannt und blitzschnell, wie es seine Aufgabe war.

Aber dann, als es schon darangehen wollte, die Straße zu überqueren, der nagenden Gier in seinem Inneren nachzugeben und das Wild endlich zu stellen, fühlte es die Nähe eines anderen, gefährlicheren Dinges.

Etwas, das es nicht verstand, das aber stark und gefährlich war und schnell näher kam.

Der Shoggote *verharrte einen Moment reglos. Der Blick seiner dunklen Augen, perfekte Nachbildungen wirklicher menschlicher Augen in der perfekten Nachahmung eines wirklichen menschlichen Gesichtes, tastete über die Straße und blieb an einer kleinen, in helles Leder gekleideten Gestalt haften, die sich mit raschem Schritt dem Eingang des Spielsalons näherte.*

Einen Moment lang starrte das Ungeheuer den schwarzhaarigen Menschen an, und fast – nur fast – wurde das finstere Etwas in ihm übermächtig, das ihn zwingen wollte, seinen eigentlichen Auftrag zu vergessen und sich auf diesen neuen, lohnenderen Gegner zu stürzen.

Aber dann wandte es sich um, trat auf den Gehsteig zurück und verschwand in einer Lücke zwischen zwei Gebäuden.

Wäre jemand dem unauffällig gekleideten, mittelgroßen Mann mit dem Dutzendgesicht nachgegangen, wäre er in diesem Moment sehr verwundert gewesen, denn die Gasse, in die er eintauchte, endete nach wenigen Schritten vor einer senkrechten Mauer ohne irgendeinen Durchgang.

Nichtsdestotrotz war der Mann verschwunden, als hätte es ihn niemals gegeben.

Wie ein Mann stürzten sich Teagardens Schläger auf mich. Ich riss die Arme hoch, schlug und trat nach Leibeskräften um mich und traf mehr als einmal, aber es war aussichtslos. Die Übermacht war zu groß. Ich wurde gepackt, ein Schlag traf meine Rippen und trieb mir die Luft aus den Lungen, dann verdrehten kräftige Hände meine Arme auf den Rücken. Schwielige Finger packten mein Haar und bogen meinen Kopf zurück.

Ein Schuss peitschte. Irgendwo hoch über mir klirrte Glas, und wie ein bizarres Echo aus einem Dutzend Kehlen gellte ein überraschter Schrei durch den Saal.

Mit einem Male war ich frei, denn die Männer, die mich gerade noch gepackt hatten, hatten es plötzlich sehr eilig, aus meiner Nähe zu entkommen.

Genauer gesagt, aus der Nähe des gewaltigen Kristalllüsters, der wie ein Geschoss einen halben Yard neben mir niederkrachte, dort, wo Teagarden und der Muskelprotz standen ...

Auch die beiden hatten die Gefahr im letzten Moment bemerkt und versuchten sich in Sicherheit zu bringen.

Teagarden schaffte es.

Der Viertel-Dollar-Grinser nicht.

Neben mir schrie einer von Teagardens Killern zornig auf und riss ein Gewehr an die Wange. Wenigstens versuchte er es.

Ein zweiter Schuss krachte. Ein Stück des Gewehrkolbens platzte auseinander. Der Kerl brüllte auf und brach in die Knie.

Keiner der anderen versuchte mehr, eine Waffe zu heben. Selbst Teagarden erstarrte mitten in der Bewegung, und wieder breitete sich eine tiefe, diesmal sehr erschrockene Stille im Raum aus.

Verwirrt wandte ich mich um und sah in die Richtung, aus der die beiden Schüsse gefallen waren.

Unter der Tür des Spielsalons war eine geradezu abenteuerliche Gestalt erschienen. Der Mann war sehr groß, ganz in helles Wildleder und Fransen gekleidet und trug eine sonderbare Mischung aus gezwirbeltem Schnauz und fingerlangem Ziegenbart, die aber auf eigentümliche Weise zu seinem asketischen Gesicht passte. Sein dunkelbraunes Haar war sehr lang und quoll weit unter dem breitkrempigen Stetson hervor, der auf seinem Kopf thronte. Seine Kleidung und der überdimensionale Revolvergürtel, den er trug, blitzten unter dem Gewicht von buchstäblich Hunderten von silbernen Nieten, und an seinen Stiefeln klimperten die gewaltigsten Sporen, die ich wohl jemals zu Gesicht bekommen hatte.

Im Grunde war es eine höchst lächerliche Erscheinung. Aber es lachte niemand, was zum Teil an den beiden rauchenden Colts liegen mochte, die der Cowboy in den Händen schwenkte ...

Der Vorhang bewegte sich, und ein zweiter Mann betrat den Salon, ähnlich gekleidet wie der erste, aber jünger und ein gutes Stück kleiner. In seiner rechten Armbeuge lag ein Gewehr.

Und den beiden auf dem Fuß folgte ein leibhaftiger Indianer.

Es war nicht irgendein Indianer. Schließlich war Amerika mein Heimatland, und auch wenn ich den größten Teil meiner Jugend in den Hafenslums von New York verbracht hatte, war es nicht die erste Rothaut, die ich zu Gesicht bekam.

Aber niemals hatte ich einen Indianer wie ihn gesehen.

Ich schätzte sein Alter auf etwa sechzig Jahre. Trotzdem bewegte er sich nicht wie ein alter Mann, sondern schritt im Gegenteil stolz und hoch aufgerichtet an den beiden Cowboy-Imitationen vorbei und näherte sich Teagarden und mir.

Und obwohl er keine Waffe trug, wichen die Männer und Frauen vor ihm respektvoll beiseite, sodass eine schmale Gasse entstand. Der ältere Cowboy folgte ihm, während der Dritte im Bunde mit einer scheinbar mühelosen Bewegung auf die Bar hinaufsprang und sein Gewehr ein wenig höher hob.

Teagarden spannte sich neben mir, als die beiden ungleichen Männer auf uns zuschritten, und auf seinem Gesicht erschien ein Ausdruck, der mir bewies, dass die beiden keine Fremden für ihn waren.

Auch seine letzten Schläger wichen zur Seite, als der alte Indianer und sein weißer Begleiter näher kamen. Der Weiße blickte mich nur flüchtig an, dann schob er seine Revolver in die mit silbernen Nägeln verzierten Holster an seinem Gürtel zurück und maß Teagarden mit einem abfälligen Blick.

»Nun, Ralph?«, fragte er spöttisch. »Überrascht, mich zu sehen? Ich sagte dir doch, dass ich dich noch einmal besuche, ehe wir die Stadt verlassen.«

»Verschwinde!«, fauchte Teagarden. »Was willst du hier? Du musst lebensmüde sein, hierherzukommen.«

»Möglich«, antwortete der Cowboy gelassen. »Und was ich will, weißt du genau. Stell dich nicht noch dümmer, als du bist.« Er lachte leise, drehte sich herum und wandte sich an Teagardens Begleiterin, die die ganze Szene mit schreckgeweiteten Augen verfolgt hatte.

»Wir fahren noch heute, Annie«, sagte er. »Kommst du mit?«

»Den Teufel wird sie tun!«, fauchte Teagarden. »Sie –«

»Warum lässt du sie nicht selbst antworten?«, unterbrach ihn der Cowboy ruhig. »Also?« Das letzte Wort galt der schwarzhaarigen Schönheit.

Das Mädchen wich seinem Blick aus. Ich konnte direkt sehen, wie es hinter ihrer Stirn arbeitete.

»Ich ... ich kann nicht, Bill«, sagte sie stockend. »Ich –«

»Du kannst nicht?«, fragte der mit Bill Angesprochene zweifelnd. »Was soll das heißen?«

»Das soll heißen, dass die Süße mir noch die Kleinigkeit von neuntausendsiebenhundert Dollar schuldet«, mischte sich Teagarden ein.

Bill blickte ihn zweifelnd an, runzelte die Stirn und trat auf Annie zu. Er wollte sie am Arm ergreifen, aber sie wich mit einem raschen Schritt zurück. »Stimmt das?«, fragte er.

Annie nickte. Die Bewegung war kaum wahrnehmbar. »Es ... es ist wahr«, gestand sie. »Ich ... ich habe einen Schuldschein unterschrieben.«

»Siehst du?«, sagte Teagarden triumphierend. »Sie sagt es selbst.«

»Sie kann mich trotzdem begleiten«, beharrte Bill. Wie zufällig fiel seine rechte Hand dabei auf den Griff des Colts in seinem Gürtel herab.

Aber diesmal verfehlte die Geste ihre Wirkung. Teagarden lachte im Gegenteil noch lauter. »Na klar kann sie das«, sagte er. »Sobald sie ihre Schulden beglichen hat, ist sie frei. Also? Ich nehme an, du hast die paar Scheinchen bei dir? Ich begleite dich aber auch gerne zu deiner Bank«, fügte er spöttisch hinzu. »Und meine Jungs auch.«

Ich spürte, wie die Situation abermals gefährlich zu werden begann. Die beiden Schüsse und das überraschende Eingreifen der drei Männer hatten Teagardens Schlägertrupp eingeschüchtert, aber das Überraschungsmoment hielt nicht ewig. Hätte dieser Bill das Mädchen geschnappt und wäre mit ihr aus dem Lokal gestürmt, wäre sicher alles gut gegangen. Jetzt begannen Teagardens Killer allmählich zu begreifen, wie weit sie den drei Fremden überlegen waren.

Und gegen eine gut dreißigfache Übermacht hatten die beiden Cowboys und der Indianer keine besonders guten Aussichten.

Unauffällig drehte ich mich herum und sah zu dem dritten Mann zurück. Er hatte seinen Platz auf der Bar nicht verlassen, aber der Ausdruck auf seinem Gesicht hatte sich geändert. Seine Hände lagen ein wenig fester an Kolben und Lauf der Winchester. Ganz offensichtlich war er zu den gleichen Überlegungen gelangt wie ich.

»Was ist jetzt?«, fauchte Teagarden. »Hast du das Geld? Wenn nicht, wäre es besser, wenn du und diese dreckige Rothaut hier verschwindet, solange ihr es noch könnt.«

Der alte Indianer versteifte sich, als er diese Worte hörte, und ich sah, wie es in seinen Augen aufblitzte.

Rasch, noch bevor Teagarden seine offenkundige Absicht wahrmachen und endgültig einen Streit vom Zaun brechen konnte – der nur in einem Blutbad enden konnte –, trat ich zwischen ihn und den Indianer und wandte mich mit einem entschuldigenden Lächeln an Annie und ihren schnauzbärtigen Freund.

»Verzeihen Sie, wenn ich mich einmische«, sagte ich. »Es geht mich ja nichts an, aber wenn es hier nur um das Geld geht, das Sie diesem Gentleman schulden ...« Ich deutete auf Teagarden.

»Was mischen Sie sich ein, Craven?«, fauchte der Spieler. »Das hier geht Sie nichts an. Wir beide unterhalten uns nachher noch.«

Ich lächelte ihm zu, so freundlich ich konnte, und deutete dann mit einer Kopfbewegung auf den Spieltisch und die Jetons, die sich wie bunt gefärbter Schnee über ihn verteilt hatten.

»Wenn ich richtig rechne, liegen dort Jetons im Wert von zehntausendvierhundert Dollar, die mir gehören«, sagte ich. »Das dürfte genug sein, den Verpflichtungen der jungen Dame nachzukommen.«

Teagarden starrte mich an, und auch Annies und Bills Augen wurden groß vor Unglauben.

»Das ... das ist –«, keuchte Teagarden.

»Etwas zu viel«, unterbrach ich ihn. »Ich weiß. Nehmen Sie den Rest als Schmerzensgeld.«

Teagarden schien plötzlich einen faustgroßen Stein im Hals zu haben, denn er schluckte ununterbrochen, aber ich gab ihm keine Gelegenheit, auf meine Worte zu reagieren, sondern drehte mich mit einer raschen Bewegung wieder zu Annie und ihrem Freund herum und deutete zum Ausgang.

»Dann wäre ja alles erledigt, nicht wahr?«, fragte ich ruhig. Und so leise, dass nur Bill und allenfalls noch der alte Indianer es hören konnten, fügte ich hinzu: »Zum Teufel, lasst uns hier verschwinden, solange wir noch können.«

Endlich verstand der Aushilfscowboy. Er nickte, ergriff Annie am Arm und schob sie vor sich her in Richtung Ausgang, während seine Linke drohend auf dem Colt lag. Der Indianer und ich folgten ihm dichtauf.

Niemand hielt uns auf. Als wir den Raum durchquert hatten, sprang Bills Begleiter von der Bar herunter und schloss sich uns an, allerdings rückwärts gehend und das Gewehr noch immer drohend erhoben.

»Heda!«, brüllte Teagarden plötzlich. »So geht das nicht. Ihr bleibt gefälligst –«

Der Rest der Worte ging in einem peitschenden Knall unter, als Bills Begleiter seine Winchester abfeuerte.

Genauer gesagt waren es drei Schüsse, aber sie erfolgten so rasch aufeinander, dass sie wie eine einzige, berstende Explosion klangen. Jeder einzelne traf.

Aus der Verfolgung, die Teagarden mit seinen Worten hatte einläuten wollen, wurde eine Panik, als gleich drei der riesigen Kristalllüster auseinanderplatzten und den Raum mit einem Hagel von Glassplittern überschütteten.

Der Fremde schoss noch einmal, aber ich sah nicht mehr, worauf er gezielt hatte, denn in diesem Moment hatten wir die Straße erreicht, und ehe ich auch nur Zeit fand, einen klaren Gedanken zu fassen, packten mich Bill und der alte Indianer bei den Armen, begannen zu rennen und zerrten mich mit sich, so schnell sie nur konnten.

Die beiden ließen mich erst los, als wir drei oder vier Straßen von Teagardens Etablissement entfernt waren und sicher schien, dass uns zumindest im Augenblick niemand verfolgte. Die beiden waren im wahrsten Sinne des Wortes gerannt wie die Teufel, und selbst ich war außer Atem, obgleich ich nicht einmal halb so alt war wie Bill, von seinem rothäutigen Begleiter ganz zu schweigen.

Trotzdem war ich der Einzige, der vor Erschöpfung keuchte.

»Die wären wir los«, sagte Bill, nachdem er ein Stück zurückgegangen war und einen Blick um die Straßenecke geworfen hatte, um die wir gerade gebogen waren. Er lächelte, schnippte sich ein nicht vorhandenes Stäubchen vom Jackenärmel und sah erst Annie und dann mich mit einem sehr sonderbaren Blick an.

»Ich glaube, ich ... ich muss Ihnen danken, Mister ...«

»Craven«, half ich aus. »Robert Craven.«

»Ich danke Ihnen, Mister Craven«, sagte Bill noch einmal. »Das war sehr großzügig. Ohne Ihre Hilfe hätte es schlecht ausgehen können.«

»Warum haben Sie das getan?«, fragte Annie leise. Sie sah mich an, und sie tat es noch immer auf die gleiche, ungläubig-entsetzte Art wie vorhin im Spielsalon. »Sie ... Sie verschenken *zehntausend* Dollar, nur um einem Mädchen zu helfen, das Sie nicht einmal kennen?«

»Was tut man nicht alles für eine schöne Frau«, antwortete ich lächelnd, fügte aber, als ich Bills Blick bemerkte, noch hastig hinzu: »So viel war es nun auch wieder nicht. Und wie es aussah, hätte ich das Geld so oder so eingebüßt.« Ich zuckte mit den Schultern. »Meine

Schuld. Was muss ich auch so dumm sein und mit meinem Geld angeben. Noch dazu in einem solchen Schuppen.«

»Ich werde es Ihnen nicht wiedergeben können«, sagte Annie ernst.

»Ich weiß«, antwortete ich. »Aber ich schenke es lieber Ihnen als Teagarden, glauben Sie mir. Und wenn Ihre Freunde hier –«, ich deutete auf Bill und seine beiden sonderbaren Begleiter, »–nicht aufgetaucht wären, hätte ich vielleicht mehr verloren als zehntausend Dollar.«

»Möglicherweise Ihr Leben, Robert«, sagte der jüngere Cowboy ruhig. »Teagarden ist ein eiskalter Killer.« Er maß Bill mit einem vorwurfsvollen Blick. »Ich war von Anfang an dagegen, zu ihm zu gehen.«

»Quatsch«, fauchte Bill. »Wir brauchen Annie, das weißt du genau. Wenn wir ohne sie in Europa auftauchen, ist die ganze Show nur noch die Hälfte wert!«

Europa?, dachte ich verwirrt. Show?

Und plötzlich fiel es mir wie Schuppen von den Augen. Mit einem Male wusste ich, wieso mir Bill und sein rothaariger Begleiter so bekannt vorgekommen waren, obwohl ich sicher war, ihnen niemals zuvor im Leben begegnet zu sein. Ich kannte ihre Gesichter trotzdem. Jedermann in Amerika kannte sie, denn sie prangten von Hunderten von Plakaten herunter.

»Bill ... Cody?«, murmelte ich verstört. »Sie ... Sie sind ... Buffalo Bill Cody! Aber dann ist das ... das ...«

»Häuptling Sitting Bull«, bestätigte Cody stolz. »Ich dachte schon, Sie würden uns gar nicht mehr erkennen.« Er schlug mir freundschaftlich auf die Schulter, lachte und deutete auf seinen Begleiter, dann auf Annie.

»Und diese beiden hier sind One-Shot Bodine und Annie Oakley. Ich nehme an, Sie haben schon von ihnen gehört.«

Instinktiv nickte ich, obgleich mir der Name One-Shot Bodine rein gar nichts sagte. Aber Annie Oakley? Wer hatte nicht von ihr gehört, der berühmtesten Kunstschützin im ganzen Westen.

Ich muss wohl reichlich dumm ausgesehen haben mit meiner vor Erstaunen herunterhängenden Kinnlade und ungläubig aufgerissenen Augen, denn Cody lachte erneut, schlug mir noch einmal auf die Schultern und wurde übergangslos wieder ernst.

»Wir sollten machen, dass wir hier wegkommen«, sagte er. »Unser Zug fährt in einer Stunde, wissen Sie? Und wenn ich Ihnen einen guten Rat geben darf, Mister Craven – meiden Sie diese Gegend hier in Zukunft. Teagarden ist ein verdammt nachtragender Mensch. Es würde mich nicht wundern, wenn Sie sich plötzlich mit einem Dolch im Rücken wiederfinden.«

»Ich ... bleibe ohnehin nur noch bis morgen in der Stadt«, antwortete ich stockend.

Cody nickte deutlich erleichtert. »Gut«, sagte er. »Aber trotzdem – sehen Sie sich vor. Teagarden vergisst so leicht nichts. Und er weiß jetzt, dass Sie kein armer Mann sind.« Er seufzte. »Eigentlich wären wir es Ihnen schuldig, bis zu Ihrer Abreise auf Sie Acht zu geben. Aber leider wird unser Zug nicht so lange auf uns warten. Und wenn wir den Anschluss in Salt Lake City verpassen, müssen wir nach Europa schwimmen, fürchte ich. Also ...« Er lächelte breit, streckte mir die Hand entgegen und wartete ganz offensichtlich darauf, dass ich sie ergriff.

Stattdessen drehte ich mich herum, winkte eine Droschke herbei und machte meinerseits eine einladende Geste, als das Fuhrwerk neben uns am Straßenrand hielt.

»Was soll das?«, murmelte Cody.

Ich lachte leise. »Sie glauben doch nicht, dass Sie mir so leicht davonkommen, Buffalo Bill«, sagte ich. »Sie haben noch eine ganze Stunde Zeit, mir von sich und Ihrer Show zu erzählen, oder? Also werde ich Sie zum Bahnhof begleiten.«

»Begleiten?«, murmelte Cody. »Aber Sie –«

»Warum nicht?«, unterbrach ich ihn. »Nun kommen Sie schon. Wir fahren zum Bahnhof, trinken ein Bier zusammen, und Sie erzählen mir für jeden einzelnen Dollar, den ich für Sie hingeblättert habe, eine spannende Geschichte.«

Cody starrte mich an, als zweifelte er ernsthaft an meinem Verstand. Aber dann lachte er dröhnend, griff nach der Hand, die ich hilfreich ausgestreckt hatte, um Annie Oakley in den Wagen zu helfen, und drückte sie so kräftig, dass ich um ein Haar vor Schmerz aufgeschrien hätte.

Midwailer schlug die Tür hinter sich zu, durchquerte die Halle mit raschen Schritten und setzte mit einer für einen Mann seines Alters erstaunlich sportlichen Bewegung über die Barriere hinweg, die ihn noch vom Bahnsteig trennte. Zwei seiner Kollegen, die im Schatten des Bahnhofsgebäudes standen und miteinander redeten, sahen überrascht auf, aber Midwailer schenkte ihnen nur ein rasches Kopfnicken und eilte weiter.

Er war spät dran, wenn die große Uhr, die über dem Bahnsteig an zwei gewaltigen Ketten baumelte, richtig ging–und das tat sie meistens –, sogar schon zu spät; eine Minute über der Zeit; zwei, bis er den Zug erreichte. Eine Minute war eine lächerliche Zeit, zumal der Bahnhof von Frisco den Tag, an dem ein Zug pünktlich abgefahren oder eingetroffen wäre, noch nicht erlebt hatte. Aber Kennon hatte keinen Zweifel daran gelassen, dass er dafür sorgen würde, dass Midwailer dreikantig flog, wenn er noch ein einziges Mal zu spät kam.

Midwailer lief noch schneller, sprang – die in grell roten Buchstaben gemalten Verbotsschilder ignorierend – auf die Geleise hinab und turnte mit komisch anmutenden Storchenschritten zu der schwarzen Lok auf dem gegenüberliegenden Trail hinüber. Kennons Gesicht war als heller Fleck in dem ungleichmäßigen Rechteck des Fensters zu erkennen, und Midwailer glaubte das boshafte Grinsen auf seinen Zügen zu sehen.

Midwailer hatte keine Ahnung, ob Kennon seine Drohung wahrmachte und ihn bei der Direktion anschwärzen würde, aber Kennon war ein Schwein und Midwailer hatte den Fehler begangen, ihm irgendwann einmal ziemlich deutlich zu sagen, was er von ihm hielt. Er war betrunken gewesen damals.

Und – und das war sein eigentlicher Fehler – er hatte nicht gewusst, dass Kennon der Schwager des San Franciscoer Direktors der Union Pacific war.

Midwailer verscheuchte den Gedanken, lief schneller und umrundete die Lok, so rasch er konnte. Kennon blickte aus dem Führerstand kühl auf ihn herab. Nur in seinen Augen lag ein böses Glitzern. Die Lokführermütze saß keck auf seinem Kopf; in der Stellung, in die Kennon sie immer sorgfältig brachte, weil er der Meinung war, dass dies zu seinem Gesicht passte.

Neben seiner unerträglichen Widerwärtigkeit war Kennon auch noch einer der eitelsten Burschen, die Midwailer kannte; einer von diesen schneidigen jungen Typen Mitte zwanzig, die durch Beziehungen Karriere gemacht hatten und zu allem Überfluss auch noch so aussahen, dass die Frauen nur so auf sie flogen.

Nun, dachte Midwailer grimmig, was das anging, würde sich zeigen, was die Frauen von einem zwanzigjährigen Lokomotivführer ohne Zähne hielten, wenn Kennon seine Drohung wirklich wahr machte und ihn bei seinem Schwager verpfiff.

Endlich erreichte er die Eisenleiter, die zum Fahrerstand der Lok hinaufführte, griff danach – und wäre um ein Haar der Länge nach hingefallen, denn sein Fuß trat auf etwas Schlüpfriges; er glitt aus, kämpfte einen Moment mit wild rudernden Armen um seine Balance und fand im letzten Moment Halt.

Kennon lachte schadenfroh, und Midwailer schluckte die wütende Bemerkung, die ihm auf der Zunge lag, im letzten Moment herunter. Zornig sah er an sich herab und verzog angewidert das Gesicht, als er sah, worauf er ausgeglitten war.

Dicht neben den Gleisen befand sich eine gut metergroße Pfütze einer schwarzen, zähen Masse. Sein rechter Fuß war bis über die Knöchel in dem Zeug eingesunken. Etwas davon sickerte in seinen Schuh und drang durch den Strumpf. Das Gefühl, als es seine Haut berührte, war unbeschreiblich widerwärtig: warm und schleimig. Angeekelt zog Midwailer den Fuß vollends aus der Lache, balancierte fluchend auf einem Bein und klaubte einen der Putzlappen aus der Jackentasche, von denen er immer einen Vorrat bei sich trug; für einen Heizer eine Selbstverständlichkeit.

Noch immer leise vor sich hinfluchend, wischte er das Zeug von seinem Schuh, dem Hosenbund und dem Strumpf, so gut er konnte. Ein Spritzer davon geriet auf seine Hand, und abermals spürte Midwailer, wie unangenehm es sich anfühlte. Warm und irgendwie zuckend, als wäre es etwas Lebendiges. Außerdem stank es.

Midwailer schleuderte den Lappen im hohen Bogen davon und beeilte sich, endlich auf die Lok hinaufzuklettern.

Kennon erwartete ihn mit einem höhnischen Grinsen. »Bist in die Scheiße getreten, wie?«, fragte er gehässig. Midwailer starrte ihn wütend an, zog es aber vor, zu schweigen.

Weder das eine noch das andere schien Kennon zu stören. Im Gegenteil; sein Grinsen wurde noch unverschämter. Er trat auf Midwailer zu, schnüffelte übertrieben und nickte. »Tatsächlich. Man riecht es sogar.« Er kicherte. »Aber man sagt ja, in die Scheiße zu treten bringt Glück. Dann will ich mal nicht so sein und die zwei Minuten vergessen, die du zu spät gekommen bist.«

Midwailer schluckte, wandte sich mit einem wütenden Ruck um und ballte die Faust in der Tasche. Eines Tages, dachte er, eines Tages …

Aber das dachte er seit zwei Jahren – seit er Kennon kannte. »Worauf wartest du?«, fragte Kennon. »Wir fahren in einer Stunde. Setz den Kessel unter Druck.«

Wütend riss Midwailer die Kohleklappe auf, packte seine Schaufel und begann Kohle in das nimmersatte Maul der Dampflok zu werfen. Eines Tages, dachte er. Den winzigen schwarzen Spritzer, der auf seinem rechten Daumen zurückgeblieben war, bemerkte er in seiner Wut gar nicht. Und wenige Augenblicke später war er auch schon unter Kohlestaub und Schweiß verschwunden und unsichtbar geworden ...

Aus den zehntausendvierhundert Geschichten, die mir Cody und Sitting Bull erzählen sollten, wurde vorerst nichts. Wir verbrachten die knapp zehn Minuten Fahrt bis zum Bahnhof und die anschließende Dreiviertelstunde, in der ich die vier noch auf einen Drink einlud, mit nichts anderem als Reden, aber die allermeiste Zeit war *ich* es, der auf Codys neugierige Fragen antwortete, und nicht umgekehrt.

Es schien nichts zu geben, was Cody nicht interessierte, denn immerhin befand er sich mit seiner gesamten Truppe auf dem Weg nach Europa – woher ich gerade kam, den kleinen Umweg über Krakatau außer Acht lassend – und für einen waschechten Cowboy musste die alte Welt mindestens ebenso fremdartig und bizarr sein wie für einen Europäer Amerika. Oder das, was man sich gemeinhin darunter vorstellte.

Auch Bodine und Annie Oakley schienen vor Neugier schier aus den Nähten zu platzen. Der Einzige, der bis auf ein gelegentliches Kopfnicken oder Stirnrunzeln nichts zu dem Verhör beitrug, dem mich die drei unterzogen, war Sitting Bull.

Schließlich zog Buffalo Bill Cody eine goldene Klappuhr aus der Tasche, blickte demonstrativ darauf und sah mich bedauernd an. »Wir müssen los«, sagte er. »Der Zug wartet nicht. Und es wäre einigermaßen peinlich, wenn unsere Truppe samt unserem Gepäck in Salt Lake City eintreffen sollte, während wir noch hier herumstehen, nicht?«

Sitting Bull nickte bekräftigend, während Bodine nur stumm in sich hineingrinste.

Bedauernd sah auch ich auf die Uhr und gestand mir insgeheim ein, dass er Recht hatte. Ich war enttäuscht, weit mehr, als ich zuzugeben bereit war. Genauso wenig, wie ich in diesem Moment zugegeben hätte, dass ich mich ziemlich albern benahm. Buffalo Bill Cody und One-Shot Bodine waren wahrhaftig nicht das, was der sogenannte Wilde Westen war. Sie kamen nur dem Bild nahe, das man sich davon machte. Und trotzdem übten sie auf mich die gleiche Faszination aus wie auf die Tausende und Abertausende, die ihre Wildwest-Show besucht hatten.

Ich setzte zu einer Antwort an, aber ich sprach die Worte nie aus. Denn im gleichen Moment, in dem ich die Uhr wegsteckte und aufsah, begegnete ich Sitting Bulls Blick.

Es war das erste Mal, dass ich ihm direkt in die Augen sah. Und es war wie ein Stromschlag.

Die Stehkneipe, das halbe Dutzend Gäste um uns herum, ja selbst Cody, Bodine und Annie waren verschwunden. Es war wie eine Woge, eine brüllende Sturmflut übersinnlicher Eindrücke, durcheinanderwirbelnder Bilder und Dinge, die ich nicht in Worte zu fassen vermochte:

Da war so etwas wie ein Wolfsrudel. Wild um sich schießende Soldaten. Schnee. Beißende Kälte und ein weißes, wirbelndes Chaos. Dann das Gesicht einer jungen Frau – eine Indianerin? Eine vage, noch nicht formulierte Bedrohung ... Wieder Schüsse.

Dann war es vorbei, so schnell, wie es gekommen war. Zurück blieb ein unheimliches, bedrückendes Gefühl, eine Angst, die noch nicht vollends erwacht war, aber wie ein schlechter Geschmack am Grunde meiner Seele lauerte.

Ich versuchte den Schrecken abzuschütteln, der von meinen Gedanken Besitz ergriffen hatte, aber ganz gelang es mir nicht. Ich fühlte mich wie ein Mann, der unvermittelt aus einem Traum gerissen worden war und noch nicht vollends in die Wirklichkeit zurückgefunden hatte. Ich war wach; gleichzeitig schien mir etwas von den düsteren Visionen, die ich – auf welchem Wege auch immer – über den Geist des alten Indianerhäuptlings empfangen hatte, gefolgt zu sein.

»Was ist mit Ihnen?«, fragte Bodine besorgt.

»Was ... was soll sein?«, fragte ich stockend. Plötzlich wurde mir klar, dass ich für Augenblicke die Kontrolle über mich verloren haben musste. Der Schrecken, den ich empfunden hatte, musste ziemlich deutlich auf meinem Gesicht zu lesen sein; zumindest den besorgten Blicken nach zu schließen, mit denen mich Bodine, Annie und Cody plötzlich musterten. Der Einzige, der mich weiterhin vollkommen ausdruckslos anstarrte, war Sitting Bull. Aber das mochte täuschen. Es war sehr schwer, in dem faltenzerfurchten Gesicht des Indianers überhaupt irgendeine Regung zu erkennen.

»Sie sehen aus, als hätten Sie gerade ein leibhaftiges Gespenst gesehen, Robert«, sagte Bodine ernst.

Ich lächelte. »Unsinn«, sagte ich. »Ich hätte mich nur gerne noch ein wenig mit Ihnen unterhalten, das ist alles.«

»Vielleicht sehen wir uns ja in Europa wieder«, sagte Cody. »Wir werden sicher ein Jahr drüben bleiben. Wenn nicht zwei. Kommt ganz auf den Erfolg unserer Tournee an.«

Er leerte sein Glas, stellte es mit einem übertrieben heftigen Ruck auf den Tisch zurück und wandte sich demonstrativ zur Tür.

»Ich begleite Sie noch zum Zug«, sagte ich hastig.

Cody sah mich an, und für einen ganz kurzen Moment runzelte er beinahe verärgert die Stirn. Dann nickte er. »Gut«, sagte er. »Warum nicht?«

Beinahe verzweifelt suchte ich Sitting Bulls Blick. Aber wenn der alte Indianer überhaupt bemerkt hatte, was sich gerade abgespielt hatte, so beherrschte er sich meisterhaft.

Ebenso meisterhaft, wie er es fertigbrachte, mich anzulächeln, ohne mir dabei in die Augen zu sehen.

Wir überquerten die Straße, betraten den Bahnhof und eilten zum Zug. Cody und seine Begleiter hatten natürlich schon ihre Karten, sodass wir keine Zeit am Schalter verloren, und ebenso natürlich stand der Zug schon unter Dampf, aber er war in einem Zustand, der alles andere als abfahrbereit war. Die meisten Türen standen offen, und vor dem Gepäckwagen stapelten sich wahre Berge von Koffern und Kisten.

»Die Eile war überflüssig«, sagte ich scherzhaft. »Sie haben mindestens noch eine halbe Stunde Zeit.«

Cody seufzte. »Ich fürchte«, sagte er. »Aber was machts? Europa läuft uns nicht davon.« Er lächelte, blickte erst auf sein Billett, verglich die Wagennummer mit den in goldenen Lettern gemalten Zahlen auf den Waggons und deutete auf eines der letzten Abteile. »Dort«, sagte er.

»Ich ... begleite Sie noch ein Stück«, sagte ich hastig und fügte mit einem nicht einmal geschauspielerten, verlegenen Lächeln hinzu: »Wenn ich darf, heißt das.«

Codys Stirnrunzeln vertiefte sich, aber er nickte auch diesmal, wenngleich auch nicht mehr ganz so herzlich wie zuvor. Aber wahrscheinlich war er lästige Fans, die wie Teer an seinen Fersen klebten, gewohnt.

Meine Gedanken überschlugen sich schier, während ich Cody und den anderen folgte und in den Zug stieg. Ich musste mit Sitting Bull sprechen, allein! Die blitzartige Vision, die ich gehabt hatte, konnte kein Zufall gewesen sein!

Aber Sitting Bull gab mir nicht einmal die Spur einer Chance. Mit einer Geschicklichkeit, für die ich ihn unter anderen Umständen sicherlich bewundert hätte, wich er mir aus und brachte es stets fertig, entweder Annie, Bodine oder Cody zwischen sich und mir zu haben. Als wir das Abteil erreichten, das Cody gemietet hatte, setzte er sich an einen Platz am Fenster und blickte starr hinaus.

Beinahe verzweifelt versuchte ich, seinen Blick im verzerrten Spiegelbild seines Gesichtes auf der Scheibe zu erhaschen. Wenn es mir wenigstens gelang, ihn einmal anzusehen, konnte ich vielleicht auf geistiger Ebene in Kontakt mit ihm treten.

Mit ihm oder dem *Ding*, das sich in seinem Bewusstsein eingenistet hatte ...

Aber es gelang mir nicht. Länger als eine halbe Stunde lungerte ich in Codys Abteil herum und erfand immer neue Ausreden, nicht gehen zu müssen. Buffalo Bills Geduld neigte sich sichtlich dem Ende zu, und auch das beständige Grinsen auf Bodines Gesicht wurde immer eisiger, aber es gelang mir einfach nicht, an Sitting Bull heranzukommen.

Ich war nahe daran, ihn schlichtweg vor aller Ohren auf mein Erlebnis anzusprechen; und sei es nur, um irgendeine Reaktion zu provozieren, als von draußen ein schriller Pfiff in den Wagen scholl.

Buffalo Bill Cody atmete eindeutig erleichtert auf. »Das war das Signal, Craven«, sagte er. Dass er mich plötzlich nicht mehr mit meinem Vornamen ansprach, entging mir keineswegs, aber ich tat so, als hätte ich es nicht bemerkt.

»Welches Signal?«, fragte ich dümmlich.

Cody lächelte. »Das Signal, dass alle, die nicht mitfahren wollen, den Zug verlassen müssen«, erklärte er geduldig.

Ich spielte den Überraschten, zauberte ein noch schwachsinnigeres Grinsen auf meine Lippen und beugte mich vor. Ohne auf Codys unwilliges Grunzen zu achten, ergriff ich Annies Arm und hauchte ihr einen perfekten Handkuss auf den rechten Handrücken.

»Eine alte europäische Sitte«, erklärte ich. »Sie werden sich daran gewöhnen müssen.« Annie Oakley starrte mich an, aber dann lächelte sie, und auch Cody schluckte die zornige Bemerkung, die ihm sichtlich auf den Lippen lag, herunter.

»Lassen Sie mich Ihnen zum Abschied noch einmal die Hand schütteln«, bat ich – womit ich mir wahrscheinlich auch noch den letzten Rest Sympathie verspielte, die Cody noch für mich empfinden mochte.

Aber ich gab ihm keine Gelegenheit, zu protestieren, sondern packte seine Rechte, schüttelte sie übertrieben heftig, fuhr herum, verfuhr mit Bodine ebenso und wandte mich schließlich an Sitting Bull.

Der Indianer machte keine Anstalten, auch nur den kleinen Finger zu rühren, aber selbst das war mir mittlerweile egal. Jegliche Regeln von Höflichkeit und Anstand über Bord werfend, griff ich nach seiner Hand.

Jedenfalls wollte ich es.

Aber ich führte die Bewegung nicht zu Ende. Mein Blick fiel auf das Spiegelbild von Sitting Bulls Gesicht in der Scheibe.

Oder dem, was dort war, wo eigentlich sein Gesicht sein sollte.

Die Vision war deutlicher als die erste.

Und tausend Mal schrecklicher.

Ich sah ...

eine Ebene.

Feuer, das die Nacht wie tausend kleine Seen aus rot leuchtendem Blut erhellte.

Rauch, fettiger schwarzer Qualm.

Ein Gesicht, schmal und zerbrechlich und mit großen, grundlosen Augen, in denen ein Ausdruck namenloser Qual geschrieben *stand.*

Ich hörte ...

Schreie.

Die gellenden Todesschreie von Menschen und Tieren.

Gewehrfeuer.

Dann das Heulen von Wölfen.

Ein Tappen und Hecheln und ein Geräusch wie von schweren Körpern, die durch Blattwerk und Geäst brachen.

Und ich roch ...

den Gestank von Pulver und Blut.

Den Odem von Tod und Vernichtung.

Den Geruch von Raubtieren, scharf und rasend schnell näher kommend.

Dann war die Vision verschwunden, so übergangslos wie die erste.

Aber anders als vor einer halben Stunde sah Sitting Bull mich an, als ich in die Wirklichkeit zurückgeschleudert wurde, und diesmal las ich überdeutlich in seinem Blick, dass er wusste, was geschehen war.

Und es war noch etwas in seinem Blick. Etwas, das mich innerlich zu Eis erstarren ließ.

»Sind Sie jetzt fertig, Mister Craven?«, fragte Cody eisig.

Ich nickte, richtete mich mit einer übertrieben hastigen Bewegung auf und wandte mich um. »Ja«, sagte ich. »Ich ... entschuldigen Sie, Mister Cody.«

Verdammt, was war mit mir los? Ich benahm mich wie ein Idiot, und ich spürte es selbst. Aber ich war einfach nicht in der Lage, so zu reagieren, wie ich es gewohnt war. Etwas von dem Düsteren und Bedrohlichen in Sitting Bulls Gedanken hatte von mir Besitz ergriffen.

Ich versuchte das Gefühl abzuschütteln, aber es ging nicht.

Vom Bahnsteig her erscholl der zweite Pfiff und Cody deutete mit einer ganz und gar überflüssigen Geste zur Tür. »Sie müssen jetzt wirklich gehen, Craven«, sagte er. »Es sei denn, Sie wollen uns begleiten.«

Ich nickte, öffnete die Abteiltür und blieb erneut stehen. Noch einmal suchte ich Sitting Bulls Blick – und diesmal wich er mir nicht aus, sondern sah mich direkt an.

Und in seinen Augen stand ein Glitzern, das – auf seine Art – beinahe schlimmer war als die grässlichen Visionen zuvor.

Ich zwang mich zu einem Lächeln, fuhr auf dem Absatz herum und lief so schnell durch den Waggon, dass es fast einer Flucht gleichkam.

Als ich auf den Bahnsteig hinabsprang, erscholl von der Lokomotive her zum dritten Mal ein schriller, misstönender Pfiff, und plötzlich begann das stählerne Ungetüm zu beben. Dampf zischte in grauen Wolken zwischen den Rädern hervor, ein helles Knirschen erscholl, und dann setzte sich der Zug schnaufend und schaukelnd in Bewegung.

Und ich spürte die Anwesenheit meines Verfolgers. Es war wie ein Hieb.

So verrückt es sich im Nachhinein anhören mag – ich hatte den Grund, der mich in den Spielsalon und letztlich zu Cody und Sitting Bull getrieben hatte, vollkommen vergessen. Meine vier neuen Bekannten – und vor allem das, was zwischen Sitting Bull und mir passiert war – hatten mich den Verfolger und das Gefühl, beobachtet und belauert zu werden, für wenige Stunden verdrängen lassen.

Dafür holte mich die Wirklichkeit jetzt umso brutaler ein.

Diesmal war es nicht nur das Gefühl, beobachtet zu werden. Diesmal war es eine Drohung.

Ich weiß nicht, ob es eine Vision war; oder etwas, das man so nennen kann.

Genau genommen wusste ich in diesem Moment nur eines, das aber mit unerschütterlicher Sicherheit: dass ich sterben würde, wenn ich diesen Bahnsteig verließ. Was immer es war, das mir den ganzen Tag gefolgt war, es war hier, unmittelbar in meiner Nähe.

Und es war gekommen, um mich zu töten.

Jetzt.

Es war kein bewusstes Denken mehr, das meine Handlungen bestimmte, sondern nur noch Angst. Eine Angst wie niemals zuvor in meinem Leben.

Ohne auch nur noch eine weitere Sekunde zu zögern, fuhr ich herum, spurtete mit aller Kraft los, bekam das Plattformgeländer des letzten Waggons zu fassen und zog mich mit einem kraftvollen Schwung auf den Zug hinauf.

Es hatte versagt. Es war bereit gewesen, *zuzuschlagen. Unsichtbar und lautlos war es seinem Opfer und einem anderen, viel gefährlicheren Gegner gefolgt, hatte sie belauert und beobachtet und seine Fallstricke ausgelegt und gewartet, bis das Wild, das zu jagen es ausgesandt worden war, auftauchte.*

Aber es hatte versagt; das Opfer war entkommen, im buchstäblich allerletzten Augenblick; Sekunden, ehe es seine Tarnung aufgeben und es verschlingen wollte.

Und trotzdem würde das Opfer sterben. Nicht jetzt, nicht hier, sondern später und an einem anderen Ort, aber das spielte keine Rolle.

Es spielte auch keine Rolle, dass seine eigene Existenz enden würde, jetzt, wo es keine Aufgabe mehr gab, die es erfüllen musste, denn das furchtbare Wesen kannte Begriffe wie Angst oder Schmerz nicht.

Der Shoggote *verging. Sein Körper löste sich in schwarzen Urschlamm und rasch zerfallende, ohnehin nur für kurze Zeit und eigens für diese Aufgabe geschaffene Zellverbindungen auf wurde zu einer Pfütze übel riechender, schwarzer Flüssigkeit und farbloser Gallerte und zerfiel weiter.*

Aber noch während das Etwas, *das so etwas wie ein Bewusstsein für den* Shoggoten *gewesen war, zu verblassen begann, sandte es Befehle aus.*

Der Shoggote *starb einen schnellen, lautlosen Tod.*

Aber die grässliche Saat, die er auf der Spur seines Opfers ausgelegt hatte, begann im gleichen Moment aufzugehen. Lautlos und unsichtbar.

Noch …

»Er ist tot.« Der Arzt hob bedauernd die Hände, in einer Bewegung, die zu schnell kam, um echt zu wirken, und sagte: »Es tut mir leid«, mit einem Mitgefühl in der Stimme, das zu tief war, um mehr als berufsmäßig zu sein.

Teagarden schwieg eine ganze Weile, und auch von dem guten Dutzend Männern, die ihn, den Arzt, und den hastig frei geräumten Billardtisch mit dem Leichnam Vardens umstanden, sagte keiner ein Wort. Die Stille war beinahe unheimlich.

»Tot?«, wiederholte Teagarden schließlich. Seine Stimme war vollkommen ausdruckslos.

»Er war schon tot, als ich kam«, sagte der Arzt. »Beinahe jedenfalls.« Er seufzte, schüttelte den Kopf und begann seine Instrumente in die abgewetzte Ledertasche zu packen, die er mitgebracht hatte. »Vielleicht war es besser für ihn«, fuhr er fort, ohne Teagarden dabei anzublicken. »Sein Rückgrat war gebrochen, wissen Sie? Er wäre ein Krüppel geblieben, vom Hals abwärts gelähmt, sein Leben lang.«

Teagarden schwieg weiter. Nur seine Augen schienen zu brennen, während er auf das im Tode sonderbar friedfertig aussehende Gesicht Vardens hinabblickte.

»Kannten Sie ihn?«, fragte der Doc.

»Kannten?« Teagarden lächelte dünn. Seine Lippen waren blutleer. »Ja«, bestätigte er nach einer sekundenlangen Pause. »Er war mein Halbbruder.«

Diesmal sah der Arzt doch auf. Ein betroffener Ausdruck machte sich auf seinem Gesicht breit. »Das … das tut mir leid«, murmelte er. »Wie ist es passiert?«

Wieder vergingen endlose Sekunden, bis Teagarden auf die Frage des Arztes antwortete. »Es … es war ein Unfall«, sagte er.

Er wandte sich um und deutete auf die Überreste des Lüsters, die noch nicht beiseitegeschafft worden waren. »Die Kette ist gerissen. Er hatte Pech und stand genau darunter.«

»Gerissen? Einfach so?« Der Zweifel in der Stimme des Arztes war unüberhörbar. »Das sollten Sie nachprüfen lassen«, sagte er. »Eine solche Kette darf nicht reißen. Wenn es ein Materialfehler war –«

»Wir werden herausfinden, wessen Schuld es ist«, unterbrach ihn Teagarden eisig. »Und derjenige wird dafür bezahlen, Doc. Und nun –« Er deutete mit einer kaum wahrnehmbaren Bewegung zur Tür, »– gehen Sie zur Kasse und lassen sich Ihr Honorar auszahlen. Um den Toten kümmern wir uns.«

Der Arzt schien noch etwas sagen zu wollen, aber da war plötzlich etwas in Teagardens Blick, das ihn verstummen ließ. Mit einer übertrieben hastigen Bewegung raffte er seine Tasche auf, fuhr auf dem Absatz herum und stürmte davon.

Teagarden atmete hörbar ein. Auf seinem Gesicht war noch immer nicht der geringste Ausdruck zu lesen, aber vielleicht war es gerade das, was die Männer, die ihn kannten, sich beinahe furchtsam ducken ließ, als er sich nach einer Ewigkeit umwandte und auf den Leichnam hinter sich deutete.

»Schafft ihn fort«, sagte er leise. »Und bringt Joe zu mir, sobald er zurück ist.«

Einer der Männer trat vor. Seine Bewegungen waren abgehackt und verrieten die Furcht, die ihn erfüllte.

»Du bist schon hier?« Teagarden runzelte die Stirn. Plötzlich wurde seine Stimme scharf. »Was tust du hier? Ich habe dir befohlen, diesen Craven nicht aus den Augen zu lassen!«

»Das ... das habe ich auch nicht getan«, verteidigte sich Joe hastig. »Aber er ist ... er ist fort, Mr. Teagarden.«

»Fort?« Teagarden packte den Mann bei den Rockaufschlägen und schüttelte ihn. »Was soll das heißen? Er ist dir entwischt?«

»Nein! Das ... das heißt, ja. Aber es ... es war nicht meine Schuld. Ich bin ihm gefolgt bis zum Bahnhof.«

Teagarden ließ ihn los. Der Zorn in seinem Blick machte einem sonderbar lauernden Ausdruck Platz. »Zum Bahnhof?«

Joe nickte hastig. »Er ist die ganze Zeit bei Cody und dieser Rothaut geblieben. Auch als ... als sie in den Zug gestiegen sind.«

»Und warum bist du ihm nicht gefolgt?«, fauchte Teagarden.

»Das bin ich ja«, verteidigte sich Joe. Seine Augen waren groß vor Furcht. »Aber Cody hat einen ganzen Wagen für sich und seine Truppe gemietet. Ich ... ich kam nicht an ihn ran. Und als der Zug dann angefahren ist, ist Craven ja auch wieder ausgestiegen.«

»Und du bist ihm gefolgt?«

Joe nickte, wischte sich mit dem Handrücken den Schweiß von der Stirn und nickte abermals. Seine Zungenspitze fuhr nervös über die Lippen. »Ja. Aber dann ... dann ist er wieder aufgesprungen. Im allerletzten Moment. Der Kerl hat Kopf und Kragen riskiert, Mr. Teagarden. Ich ... ich hab gedacht, er bricht sich den Hals.«

»Aufgesprungen? Auf den Zug, in dem Cody und Annie sind?«

»Ja«, bestätigte Joe. »Ich konnte nichts machen.«

Teagarden nickte, ballte wütend die Faust und schlug sich damit in die geöffnete Linke. »Wenigstens wissen wir, wo er ist.« Sein Blick huschte über das bleiche Gesicht seines Halbbruders. »Er wird mir dafür bezahlen, das schwöre ich«, murmelte er.

»Aber es war doch gar nicht Craven, der den Leuchter heruntergeschossen hat!«, sagte Joe halblaut.

Teagarden fuhr herum und schlug ihm mit der flachen Hand über den Mund. Joe taumelte, presste die Hand gegen seine aufgeplatzten Lippen und krümmte sich, als Teagarden abermals die Hand hob.

»Es war seine Schuld!«, brüllte Teagarden. »Wenn dieser Idiot nicht aufgetaucht wäre, hätte Cody uns niemals so übertölpeln können.« Teagarden beruhigte sich nur langsam. Sein Atem ging schnell, und auf seinem Gesicht waren hektische rote Flecken erschienen. »Er wird mir dafür bezahlen!«, versprach er. »Und Cody und dieser verdammte Indianer auch. Wann ist der Zug abgefahren?«

»Vor ... vor einer halben Stunde«, antwortete Joe stockend. »Ich bin gleich zurückgekommen.«

»Eine halbe Stunde.« Teagarden überlegte. »Er fährt über Salt Lake City, nicht? Da muss er durch die Berge. Und außerdem einen gewaltigen Umweg machen. Mit etwas Glück schnappen wir ihn noch.«

»Schnappen?« Joe keuchte. »Aber wieso –«

»Warum überlässt du das Denken nicht mir?«, unterbrach ihn Teagarden kalt. »Geh und rufe die Jungs zusammen. Ich brauche zwanzig Mann. Und sie sollen die schnellsten Pferde nehmen, die sie haben. Außerdem genug Waffen und Proviant für ein paar Tage.«

Joe zögerte.

»Passt dir etwas nicht?«, fragte Teagarden lauernd.

»Doch, doch«, beeilte sich Joe zu versichern. »Es ist ... nur ...«

»Nur was?«, flüsterte Teagarden.

»Es wird eine Menge Ärger geben, wenn wir den Zug anhalten«, sagte Joe halblaut. »Die Marshals verstehen in dieser Beziehung keinen Spaß.«

»Ich will diesen Craven!«, fauchte Teagarden. »Ich habe dich nicht gefragt, ob es dir *Spaß* macht, Joe. Dieses Schwein soll bezahlen. Aber wenn es dir hilft, deine Bedenken zu überwinden«, fügte er mit einem kalten Lächeln hinzu, »dann frage Pete an der Kasse, in welcher Höhe sein Kreditbrief ausgestellt war.«

»Kreditbrief?« Joe wurde hellhörig.

Teagarden nickte. »Die zehntausend, die ich ihm abgeknöpft habe, waren nur eine Anzahlung. Der Bursche ist gut das Zehnfache wert. Such dir zwanzig Jungs, die mitmachen. Die Beute gehört euch. Ich will keinen Penny. Nur Craven. Und Cody, wenn wir schon einmal dabei sind.«

Joe zögerte noch immer, aber Teagardens Rechnung ging auf. Die Aussicht auf eine solche Menge Geld – mehr, als er in seinem ganzen bisherigen Leben zusammengenommen je verdient hatte – zerstreute auch seine letzten Bedenken.

»Okay«, sagte er schließlich. »In einer Stunde.«

»Einer halben«, sagte Teagarden.

Joe nickte. »Sie sind der Boss.«

Teagarden wartete, bis er gegangen war, dann fuhr er herum, scheuchte die Männer mit einer ungeduldigen Bewegung zur Seite und stürmte aus dem Saal.

Hinter einer schmalen, durch einen Vorhang verborgenen Tür an der Rückwand des Spielsalons lag sein Büro, ein winziger Verschlag, der gerade Platz bot für einen Schreibtisch, zwei Stühle und einen überdimensional großen Tresor. Teagarden nahm sich nicht einmal die Zeit, die Tür hinter sich abzuschließen, wie er es sonst immer tat, wenn er den Tresor öffnete, sondern kniete hastig vor dem gewaltigen Stahlschrank nieder, stellte mit zitternden Fingern die Kombination ein und öffnete die Tür.

In den unterschiedlich großen Fächern des Schrankes stapelten sich Geldbündel und buchstäblich Dutzende von kleinen Leinensäckchen, in denen Münzen, Gold und Wertgegenstände aufbewahrt wurden. Teagarden war ein reicher Mann. Aber das Geld interessierte ihn im Moment nicht. Er zählte zehntausend Dollar ab, schob sie achtlos in seine Jackentasche und nahm dann fast behutsam einen gut meterlangen Kasten aus poliertem Buchenholz aus dem Schrank. Vorsichtig trug er ihn zum Tisch, legte ihn ab und öffnete den Deckel.

Auf dem blauen Samt, mit dem der Kasten ausgeschlagen war, lag ein auseinandergebautes Gewehr. Eine Waffe, an der auf den ersten Blick nichts Besonderes zu sein schien. Nur ein wirklicher Fachmann hätte erkannt, dass die vermeintliche Winchester alles andere als ein nur besonders formschönes Gewehr war.

Mit den behutsamen Bewegungen eines Arztes, der eine komplizierte und gefährliche Operation ausführt, nahm Teagarden die Einzelteile der Büchse aus dem Kasten, setzte sie zusammen und überprüfte jeden Handgriff dreimal, ehe er den nächsten in Angriff nahm.

Er benötigte fast die ganze halbe Stunde, die er Joe gegeben hatte, mit den Männern zurückzukommen; und auf dem kleinen Hinterhof, der sich an sein Büro anschloss, wurde bereits der Hufschlag der ersten Pferde laut, bis er das schwarze Zielfernrohr auf die Büchse aufsetzte und mit spitzen Fingern festzog.

Aber als er fertig war und aus dem Haus trat, trug er kein normales Gewehr unter dem Arm, sondern eine Waffe, wie es sie auf der ganzen Welt vielleicht nur noch ein- oder zweimal gab. Ein Präzisionsgewehr mit einer Reichweite von mehr als einer Meile.

Jemand, der damit umzugehen verstand, konnte mit dieser Büchse noch auf tausend Yards einer Fliege das linke Hinterbein abschießen.

Und Spielkarten waren nicht das Einzige, womit Ralph Teagarden wie ein Meister umzugehen wusste …

Ich versuchte zum dritten Mal, die Kaffeetasse an den Mund zu führen, ohne die Hälfte ihres Inhaltes auf mein Hemd zu schütten. Wer jemals versucht hat, in einem dahinbrausenden Speisewagen der Union Pacific einen Kaffee zu trinken, der weiß, wie schwierig dieses Unterfangen ist.

Der Zug hatte weiter an Tempo gewonnen, kaum dass wir den Bahnhof von Frisco verlassen hatten, und die brettflache Landschaft, die sich vor uns ausbreitete, flog nur so an den Fenstern vorüber.

Ich genoss den Anblick seit gut drei Stunden – sehr zum Verdruss des Speisewagenpersonals, das den Tisch, den ich mit regelmäßigen kleinen Bestellungen blockierte, gerne für andere Gäste frei gesehen hätte. Aber fast ebenso oft, wie ich aus dem Fenster sah, huschte mein Blick zum rückwärtigen Eingang des Waggons. Früher oder später mussten Cody oder einer seiner Begleiter schließlich hier auftauchen, wenn sie nicht bis Salt Lake City hungern wollten. Ich wusste nur nicht, wie sie reagieren würden, wenn sie mich erblickten.

Es war kein sonderliches Problem gewesen, eine Fahrkarte nachzulösen. Männer, die auf schon angefahrene Züge aufspringen, schienen für die Schaffner der Union Pacific nichts allzu Außergewöhnliches zu sein. Und der Zug war alles andere als voll, sodass ich sogar ein Abteil für mich allein hätte haben können.

Aber der Speisewagen war der einzige Ort, von dem ich sicher war, dass Cody und die anderen früher oder später hier auftauchten.

Ich fürchtete den Moment ebenso, wie ich ihn herbeisehnte. Ich hatte mir ein Dutzend Ausreden für mein plötzliches Hiersein zurechtgelegt und eine nach der anderen wieder verworfen. Cody war ein netter Kerl, das wusste ich, aber er war auch durch und durch unberechenbar.

Ich hatte bisher noch keine Erklärung für seine plötzliche Gereiztheit gefunden, mit der er mich verabschiedet hatte – okay, ich hatte mich vielleicht wie ein Idiot aufgeführt, aber das musste ein Mann wie Buffalo Bill Cody gewohnt sein. Und ich hatte ihm zumindest geholfen, aus einer – vorsichtig formuliert – prekären Situation einigermaßen ungeschoren herauszukommen.

Als ich an diesem Punkt meiner Uberlegungen angelangt war, wurde die Tür geöffnet, und ein schwarzhaariger Engel rauschte herein, gefolgt von einem Mann in heller Lederkleidung. Ich verschluckte mich vor Schrecken, als ich Annie Oakley und Bodine erkannte, beschlabberte mich endgültig mit Kaffee und erntete ein schadenfrohes Lächeln des Barmixers.

Annie und One-Shot Bodine blieben erstaunt stehen, als sie mich erkannten. In Annies Augen erschien ein halb fragender, halb amüsierter Ausdruck, während Bodine nach einem anfänglichen Grinsen mit einem Male deutlich besorgt aussah.

Hastig stand ich auf, tupfte mir mit einer Serviette den Kaffee vom Kragen und machte mit der anderen Hand eine einladende Geste auf die freien Plätze an meinem Tisch. Annie Oakley kam auch prompt näher, während Bodine sich herumdrehte und mit jemandem sprach, der auf der anderen Seite der Tür stand, sodass ich ihn nicht erkennen konnte.

»Mister Craven!«, sagte Annie überrascht, als sie an meinen Tisch trat.

Ich raffte mich zu einem Lächeln auf, antwortete aber nicht, denn in diesem Moment wurde die Tür ein weiteres Mal – und weitaus heftiger– aufgestoßen und Buffalo Bill kam herein. Der Ausdruck, mit dem er mich ansah, war eindeutig Zorn. Hinter ihm erschien Sitting Bull, wie stets mit einem Gesicht wie aus Stein. Und wie immer, ohne mich direkt anzublicken.

Mit raschen Schritten kamen die beiden auf mich zu. Cody musterte mich kalt, leistete aber zu meiner eigenen Überraschung meiner abermaligen einladenden Geste Folge und ließ sich auf die Bank mir gegenüber fallen.

»Haben Sie den Ausgang nicht gefunden, Mister Craven?«, fragte er eisig.

Ich lächelte pflichtschuldig, setzte mich ebenfalls und rückte ein Stück zur Seite, um Platz für Bodine zu schaffen. »Ich ... habe mich kurzerhand entschlossen, Sie noch ein Stück zu begleiten«, antwortete ich. »Falls Sie nichts dagegen haben, heißt das.«

Cody zuckte mit den Achseln. »Der Zug gehört mir nicht«, antwortete er in einem Ton, der mich die scherzhafte Bemerkung, die ich hatte hinzufügen wollen, herunterschlucken ließ. Ich fand keine logische Erklärung dafür, aber mein Hiersein versetzte Cody eindeutig in Wut. Der Ober kam, und für einige Augenblicke wurde ich der Verlegenheit entbunden, irgendetwas sagen zu müssen, während Cody und seine Begleiter bestellten. Mit Ausnahme von Sitting Bull, heißt das.

»Also?«, fragte Cody schließlich, als wir wieder allein waren. »Was tun Sie hier, Craven?«

Ich sah auf, blickte ihn einen Moment unsicher an und versuchte abermals zu lächeln, aber irgendwie wollte es mir diesmal nicht gelingen. »Ich sagte doch bereits, dass –«

»Was Sie bereits gesagt haben, weiß ich«, unterbrach mich Cody kühl. »Aber ich möchte gerne die Wahrheit wissen.«

»Wie ... meinen Sie das?«, fragte ich stockend.

Codys Lächeln erinnerte mich plötzlich an das einer Schlange.

»Sie spielen den Idioten ziemlich gut, Mister Craven«, sagte er leise. »Aber Sie sind keiner. Und bitte begehen Sie nicht den Fehler, mich nun für einen Trottel zu halten.«

»Aber wieso –«

»Ich habe mir meine Gedanken gemacht«, fuhr Cody unbeeindruckt fort. »Sie sind mir ein bisschen zu uneigennützig, mein Lieber.

Heute Mittag im Salon habe ich Ihnen die Rolle abgekauft, aber jetzt ...«

Er schwieg einen Moment, auf eine ganz bestimmte Art, als erwarte er eine Antwort von mir. Und plötzlich fiel mir auf, dass auch Bodines Lächeln lange nicht mehr so herzlich war wie zu Anfang. Selbst Annie Oakley musterte mich mit einer Kälte, die mich schaudern ließ.

»Ich verstehe nicht, worauf Sie hinauswollen«, sagte ich steif, und das war noch nicht einmal gelogen.

Cody zog die linke Augenbraue hoch. »Nein?«, sagte er. »Nun, vielleicht verstehen Sie, wenn ich Ihnen ein bisschen auf die Sprünge helfe. Ich glaube nicht, dass es Zufall war, dass Sie ausgerechnet heute und ausgerechnet im richtigen Moment im Spielsalon aufgetaucht sind, Craven. Ebenso wenig, wie ich Ihnen abkaufe, dass Sie zehntausend Dollar wegschenken, nur um einer Frau zu helfen, die Sie nicht einmal kennen. Wer sind Sie? Und was wollen Sie wirklich von mir?«

»Wer ... wer soll ich sein?«, murmelte ich verstört. »Verdammt, was soll dieses Verhör?«

»Wer hat Sie geschickt?«, fuhr Cody unbeeindruckt fort. »Pinkerton?«

»Pinker ...« Ich sprach das Wort nicht zu Ende. Plötzlich begriff ich.

»Um Gottes willen, nein«, sagte ich mit einem befreiten Lachen, das Cody vollends verwirren musste. »Ich gebe Ihnen mein Ehrenwort, dass ich weder mit Pinkerton noch mit irgendeiner anderen Detektei etwas zu schaffen habe. Auch nicht mit der Polizei, irgendeinem Geheimdienst oder dem Vatikan«, fügte ich scherzhaft hinzu. »Was ist mit Ihnen, Cody? Sind Ihnen Ihre Gläubiger auf den Fersen?«

Codys Lippen pressten sich zu einem ärgerlichen Strich zusammen. Ich war sicher, wären wir allein gewesen und nicht in einem vollbesetzten Speisewagen, hätte er mich am Kragen ergriffen und versucht, die Wahrheit aus mir herauszuprügeln.

Oder das, was er dafür hielt.

»Hören Sie endlich auf, den Affen zu spielen«, sagte er gepresst. »Warum sind Sie in diesem Zug?«

Ich schwieg einen Moment, blickte von ihm zu Annie und wieder zurück und senkte betreten den Blick.

»Ich will Ihnen die Wahrheit sagen«, murmelte ich, perfekt den

Zerknirschten spielend. »Auch wenn es mir unangenehm ist. Ich ... ich bin ausgestiegen, vorhin, am Bahnhof.«

»Ach?«, sagte Cody.

Ich nickte, hob meine Kaffeetasse und nippte daran, genau wie es ein Mann tun würde, der über etwas sprach, das ihm peinlich ist. »Ich bin aber auch gleich wieder aufgesprungen«, fuhr ich fort, seinem Blick ausweichend.

»Und warum?«

»Ich habe jemanden gesehen«, sagte ich. »Einen von Teagardens Männern.«

»Von Teagardens Männern?« Cody runzelte die Stirn. »Sind Sie sicher?«

»Ziemlich«, gestand ich. »Es war der Bursche, den ich niedergeschlagen habe, kurz bevor Sie und Ihre Freunde gekommen sind. Er muss uns nachgegangen sein. Ich ... ich habe nicht vergessen, was Sie über Teagarden gesagt haben, Bill. Sie waren ja in Sicherheit, aber ich ...« Ich lächelte verlegen, stellte die Tasse aus der Hand und begann mit meinen Fingern zu spielen, als wüsste ich plötzlich nicht mehr, wohin damit. »Ich bin kein sehr mutiger Mann«, gestand ich. »Wahrscheinlich werden Sie mich jetzt auslachen, aber das ist die Wahrheit. Ich hatte schlicht und einfach Angst.«

Aber Cody lachte nicht, sondern blickte mich zehn, fünfzehn endlose Sekunden lang durchdringend an, um sich dann an Sitting Bull zu wenden.

»Blitzhaar spricht die Wahrheit«, sagte der alte Häuptling. Es war das erste Mal, dass ich seine Stimme hörte.

Und plötzlich ging eine sonderbare Veränderung mit Buffalo Bill Cody und seinen Begleitern vor sich. Bodine, der – ohne dass ich es bemerkt hatte – in den letzten Sekunden immer näher an mich herangerückt war, atmete erleichtert auf, und das Lächeln auf Annie Oakleys Gesicht wirkte mit einem Male befreit und echt.

»Sie haben verdammtes Glück, Craven«, sagte Cody. »Wenn Sie jetzt gelogen hätten, dann ...« Er sprach nicht weiter, sondern nahm stattdessen die rechte Hand, die er bisher unter dem Tisch gehalten hatte, in die Höhe. In seinen Fingern lag ein winziger, doppelläufiger Damenrevolver. Beide Hähne waren gespannt.

»Und ... und wenn er mir nicht geglaubt hätte?«, fragte ich mit einem nervösen Lächeln in Sitting Bulls Richtung.

Cody schüttelte den Kopf. »Sie werden es mir wahrscheinlich auch nicht glauben«, sagte er, »aber diese Gefahr bestand nicht. Sitting Bull weiß immer, ob jemand die Wahrheit sagt oder nicht. Versuchen Sie, ihn zu belügen. Es ist unmöglich.«

»So ist es, Blitzhaar«, bestätigte Sitting Bull.

»Er ... weiß immer ...«

»Ob jemand die Wahrheit spricht oder lügt«, bestätigte Cody. »Es ist nun mal so.« Plötzlich lachte er. »Ich glaube, es ist an der Zeit, dass ich mich bei Ihnen entschuldige, Robert. Darf ich Sie zu einem Drink einladen?« Ohne meine Antwort abzuwarten, hob er die Hand und winkte den Kellner herbei.

Ich hätte aber auch gar nicht antworten können in diesem Moment. Ich war viel zu erstaunt dazu. Ich wusste, dass Cody die Wahrheit gesagt hatte – schließlich verfügte ich über die gleiche Gabe wie der alte Indianer. Und ich war nicht einmal sonderlich erstaunt darüber, dass Sitting Bull dasselbe magische Talent sein Eigen nannte wie ich.

Nein – was mich viel mehr beschäftigte, war eine ganz andere Frage.

Wenn Sitting Bull dasselbe Talent besaß wie ich, warum hatte er dann gesagt, dass ich die Wahrheit sprach?

Schließlich war es eine glatte Lüge gewesen ...

»Wir brauchen mehr Druck«, sagte Kennon grob. »In einer halben Stunde kommen wir in die Vorberge. Also streng dich gefälligst an, und leg Kohlen nach.«

Midwailer starrte Kennons Rücken hasserfüllt an. Kennon hatte sich nicht einmal die Mühe gemacht, sich zu ihm herumzudrehen, sondern blickte weiter aus dem Fenster und ließ Gott einen guten Mann sein, während Midwailer in Schweiß gebadet war. Sie brauchten ganz und gar nicht mehr Druck. Der Zeiger des Manometers stand dicht unter dem Maximum, und die Lok brauste seit mehr als zwei Stunden mit Höchstgeschwindigkeit über die Gleise.

Aber wie immer, wenn Kennon versuchte, ihn zu provozieren, schwieg Midwailer auch diesmal.

Wütend riss er die Feuerklappe auf und schaufelte Kohlen in den Bauch des Dampfkessels. Eine Woge unglaublicher Hitze drang wie glühender Drachenatem aus dem weiß glühenden Loch, und selbst der Schaufelstiel in seinen Händen wurde heiß.

Für einen Moment fragte sich Midwailer allen Ernstes, warum er Kennon nicht diesen Stiel in die Visage schlug, um sein dämliches Grinsen ein für alle Mal auszulöschen.

Aber darauf wartete der andere ja nur. Kennon war nicht nur zwanzig Jahre jünger als er, sondern auch ein gutes Stück größer und mindestens doppelt so kräftig. Und die lässige Haltung, in der er am Fenster stand, täuschte. Er wartete nur darauf, dass Midwailer auf ihn losging.

Irgendwann würde er es trotzdem tun, das schwor er sich.

Verbissen fuhr Midwailer fort, Kohlen zu schaufeln. Das Feuer brannte wie das glühende Herz eines Vulkans, aber Midwailer schaufelte weiter, bis die Hitze unerträglich wurde und sich die Nadel des Druckmessers dem roten Bereich naherte.

»Nicht ganz so hastig«, sagte Kennon grinsend. »Willst du, dass der Kessel platzt?«

Midwailer fuhr herum, knallte die Schaufel auf den Boden und starrte ihn an. »Du hast doch selbst gesagt –«

»Dass wir mehr Druck brauchen, stimmt«, unterbrach ihn Kennon grinsend. »Ich hab nicht gesagt, dass du den Kessel überheizen sollst.« Er seufzte, kam näher und legte Midwailer die Hand auf die Schulter.

»Du machst mir Sorgen in letzter Zeit, weißt du das?«, fragte er. »Ich fürchte, du wirst allmählich zu alt für den Job.« Midwailer schwieg.

»Wenn du willst, lege ich ein gutes Wort für dich ein«, fuhr Kennon kichernd fort. »Ein Mann in deinem Alter sollte keine so schwere Arbeit mehr tun müssen. Ich werde meinen Schwager fragen, ob sie nicht etwas anderes für dich haben. Wär doch gelacht, wenn wir nicht irgendein ruhiges Eckchen für dich fänden, wo du dein Gnadenbrot kriegst.«

Midwailer schlug seine Hand beiseite, wich einen Schritt zurück und starrte ihn mit unverhohlenem Hass an. Aber er sagte immer noch nichts. Ein düsterer, unbeschreiblicher Zorn begann sich in ihm breitzumachen. Eine Wut, wie er sie noch niemals zuvor im Leben verspürt hatte. Irgendetwas schien in ihm zu wachsen. Etwas, vor dem er beinahe selbst Angst hatte.

Kennon kicherte. »Nun glotz nicht so blöd«, sagte er. »Ich mein's ja nur gut mit dir.«

»Irgendwann bringe ich dich um, Kennon«, flüsterte Midwailer.

Seine Stimme versagte ihm beinahe den Dienst und war nur noch ein heiseres Flüstern. »Ich schwöre dir, irgendwann schlage ich dir das dämliche Grinsen aus der Fresse.«

Für einen Moment wirkte Kennon wirklich verunsichert. Aber nur für einen Moment. Dann blitzte es abermals spöttisch in seinen Augen auf, und seine Lippen verzogen sich zu einem dünnen, hämischen Grinsen.

»Du hast anscheinend zu viel getrunken«, sagte er. »Na ja, darüber unterhalten wir uns später. Jetzt sieh zu, dass das Feuer nicht ausgeht.« Er deutete mit einer Kopfbewegung auf den Kessel. »Wir brauchen Druck.«

Er grinste erneut, drehte sich mit einer betont lässigen Bewegung herum und ging wieder zum Fenster.

Und Midwailer schlug zu.

Das *Etwas* in ihm wurde übermächtig. Er hatte plötzlich keine Angst mehr, weder vor Kennon noch vor sonst irgendeinem. Er wollte nur noch eines.

Die Schaufel in seinen Händen schien sich von selbst zu bewegen. Kennon spürte die Bedrohung im letzten Augenblick, fuhr mit einem Schrei herum und riss die Arme hoch, aber seine Reaktion kam zu spät.

Das Schaufelblatt traf sein Gesicht.

Kennon schrie nicht einmal. Lautlos kippte er nach hinten. Er war schon tot, als er neben der Feuertür zu Boden sank.

Für endlose Minuten stand Midwailer reglos da und starrte auf den Leichnam hinab.

Er empfand gar nichts. Weder Schrecken noch Befriedigung, weder Furcht noch Triumph. Ein Teil seines Bewusstseins sagte ihm, dass er gerade einen Menschen umgebracht hatte, und der gleiche Teil sagte ihm auch, dass er damit sein eigenes Leben ebenso zerstört hatte.

Aber das war ihm egal. Er empfand eine Kälte, die jedes andere Gefühl betäubte.

Nach einer Weile erwachte der vierzigjährige Heizer aus seiner Starre, legte die Schaufel aus der Hand und begann den erschlafften Leichnam in das Feuerloch hineinzuschieben. Es war schwer, und die Hitze war unerträglich. Er verbrannte sich die Hände. Seine Wimpern und Brauen zerfielen zu Asche, und sein Gesicht begann zu schmerzen.

Aber auch davon spürte er kaum etwas. Jetzt nicht mehr.

Eine Stunde später redeten wir noch immer. Und ich hatte noch immer keine Gelegenheit gefunden, das Gespräch auf das Thema zu lenken, dem meine ganze Neugier galt: Sitting Bull.

Das war allerdings nicht unbedingt ein Zufall; ich hatte mehr als ein Stichwort gehabt und mehr als einmal mit Gewalt versucht, den Indianer in ein Gespräch zu verwickeln.

Aber Sitting Bull – und auch Cody und die beiden anderen – entwickelten ein fast unheimliches Talent, wenn es darum ging, plötzlich auf ein anderes Thema zu sprechen zu kommen oder auf irgendeine andere Weise abzulenken.

»Wohin fahren Sie, Mr. Craven?«, fragte Cody schließlich. Wir waren beim vierten Whisky angekommen, und ich begann die Wirkung des Alkohols allmählich bereits zu spüren. Cody hingegen schien mit jedem Glas nüchterner zu werden.

Und er versuchte eindeutig, mich betrunken zu machen.

»Im Moment nach Salt Lake City«, antwortete ich scherzhaft. »Aber eigentlich wollte ich in eine ganz andere Richtung.«

»Und in welche?«

Ich deutete mit einer Kopfbewegung zum Zugende zurück. »Hätte mich dieser freundliche Mister Teagarden nicht gezwungen, meine Pläne kurzfristig zu ändern, würde ich morgen in aller Frühe ein Küstenboot besteigen und nach Los Angeles fahren. Und von dort aus weiter ins Landesinnere.«

»Ins Landesinnere? Wohin genau?«, wollte Bodine wissen.

»Genau weiß ich das selbst nicht«, antwortete ich. Bodine runzelte die Stirn, und ich fügte, wohl durch die Wirkung des Alkohols redseliger geworden, hinzu: »Ich suche jemanden, One-Shot. Aber ich weiß nur ungefähr, wo er ist.«

»Und wo?«

»Irgendwo in der Mojave«, antwortete ich.

Meine Worte taten mir im gleichen Moment schon wieder leid, denn sowohl Annie als auch Bill und Bodine starrten mich plötzlich an, als zweifelten sie ernsthaft an meinem Verstand.

Nur auf Sitting Bulls Gesicht war wie immer nicht die geringste Reaktion zu erkennen.

»Die Mojave?«, wiederholte Cody ungläubig. »Sind Sie sicher?«

»Natürlich bin ich das«, antwortete ich ein wenig gereizt, wenn auch nur aus Ärger über meine eigene Redseligkeit.

»Und Sie wissen, wovon Sie reden?«, vergewisserte sich Cody.

»Zweifeln Sie daran?«

Cody lächelte, zuckte mit den Schultern und winkte dem Ober zu, einen neuen Drink zu bringen. »Sie waren noch nie dort, vermute ich«, sagte er.

Ich nickte.

»Das dachte ich mir«, fuhr Cody fort. »Sonst hätten Sie dieses Wort nicht so leichthin ausgesprochen.«

»Und warum nicht?«, fragte ich. »Was ist so Besonderes daran? Die Mojave ist eine Wüste.«

»Sie ist nicht *eine* Wüste«, verbesserte mich Bodine. »Sie ist *die* Wüste.«

»Es ist die Hölle«, bestätigte Cody ernst. »Glauben Sie mir, Robert. Die Wenigsten, die versucht haben, sie zu durchqueren, sind jemals wiedergesehen worden.«

»Wer sagt, dass ich sie durchqueren will?«, murmelte ich. »Ich suche jemanden, und ich habe ... nun, sagen wir, Hinweise, dass er sich irgendwo in der Mojave verbirgt.«

»Irgendwo in der Mojave.« Cody kicherte albern. »Haben Sie eine Ahnung, wie groß die Wüste ist?«

»Ich besitze eine Karte«, sagte ich beleidigt.

»Aber offensichtlich nicht sehr viel Lebenswillen«, versetzte Cody.

Ich wollte auffahren, aber er hob rasch die Hand, machte eine besänftigende Bewegung und fuhr in fast freundschaftlichem Ton fort: »Im Ernst, Robert, überlegen Sie sich, was Sie tun. Wir kennen uns noch nicht lange, aber ich habe Sie beobachtet, die ganze Zeit über.«

»Und jetzt denken Sie, ich wäre nicht fähig, eine solche Strapaze zu überleben, vermute ich.«

Meine Worte brachten Cody sichtlich in Verlegenheit. Er trank einen Schluck, setzte das Glas wieder ab und sah mich kopfschüttelnd an.

»Sie sind ein netter Kerl, Robert«, sagte er. »Und alles andere als feige. Ich habe gesehen, wie Sie mit Teagardens Männern umgesprungen sind. Aber die Mojave ist etwas anderes als ein paar Schlägertypen in einem Lokal.«

»Sie ist die Hölle, Robert«, bestätigte Annie. »Glauben Sie mir.«

Ich antwortete nicht gleich, sondern sah die drei der Reihe nach feindselig an. Die Sorge in ihren Blicken war echt, das glaubte ich zumindest zu spüren, und in den dunklen Augen Annie Oakleys stand sogar so etwas wie Angst; ein Gefühl, das mich sonderbar warm berührte.

Es tat gut zu wissen, dass es jemanden gab, der Angst um einen hatte, wenn man wie ich in einer Welt voller Feinde lebte.

»Ihre Besorgnis freut mich«, sagte ich schließlich. »Aber mein Entschluss steht fest. Ich muss dorthin.«

»Dann sagen Sie uns wenigstens warum«, verlangte Cody. Ich schüttelte den Kopf. »Nein«, sagte ich.

Cody seufzte. »Nun gut«, murmelte er. »Das hab ich mir wohl selbst zuzuschreiben. Schließlich habe ich mit dem Misstrauen angefangen.«

»Das hat damit nichts zu tun«, versicherte ich hastig. »Sie können mir nicht helfen. Und ich möchte Sie nicht in Dinge hineinziehen, die Sie in Gefahr bringen würden.«

»Quatsch, Gefahr«, maulte Cody. »Ich kenne dieses Land, Sie nicht. Ich könnte Ihnen so manchen Tipp geben. Aber wenn Sie nicht wollen …« Er gähnte demonstrativ, leerte sein Glas und stand auf. »Es ist spät«, sagte er, »und der Tag war anstrengend. Ich schlage vor, wir ziehen uns zurück und reden morgen beim Frühstück weiter. Der Zug hält nicht vor Salt Lake City. Wir haben noch Zeit genug.« Er sah mich an. »Haben Sie ein Abteil, Robert?«

»Bis jetzt nicht«, gestand ich. »Aber es sind genug leere Plätze da. Ich finde schon eines.«

»Kommt überhaupt nicht in Frage«, bestimmte Cody. »Wozu habe ich einen ganzen Wagen gemietet? Die Hälfte meiner Truppe steigt erst in Salt Lake zu. Wir haben genügend freie Schlafplätze. Also kommen Sie schon.«

Ich ließ mich kein zweites Mal bitten.

Vielleicht ergab sich ja während der Nacht eine Gelegenheit, allein mit Sitting Bull zu reden.

Es war dunkel geworden. Die Schatten am Horizont waren zu den schwarzen Konturen der Berge herangewachsen, und die Lok hatte merklich an Tempo verloren, obwohl Midwailer stur wie eine Maschine weiter Kohlen in den nimmersatten Kessel schaufelte.

Er hatte keine Pause gemacht bei dieser Tätigkeit, sondern bewegte sich seit Stunden im gleichen Takt. Der gewaltige Vorrat an Kohlen auf dem Tender der Lok hatte bereits sichtlich abgenommen, aber Midwailer war weder Erschöpfung noch Müdigkeit anzumerken.

Jetzt, als die Sonne unterging, änderte sich etwas in seinen Bewegungen. Waren sie vorher wirklich so ruckhaft und abgehackt wie die eines Automaten gewesen, so wurden sie jetzt gleitender, beinahe eleganter und dabei immer schneller.

Das Feuer brannte heißer, und der Druck im Kessel begann allmählich zu steigen, ganz langsam nur, aber beharrlich. Ohne dass es nur einer der Zuginsassen bemerkte, begann die Lok wieder an Geschwindigkeit zu gewinnen, obwohl der Boden jetzt merklich anstieg und es eigentlich genau umgekehrt hätte sein müssen.

Dann geschah etwas mit Midwailer selbst.

Er selbst spürte es nicht mehr, denn das Einzige, was noch Mensch an ihm war, war seine äußere Form. Wo seine Augen sein sollten, waren zwei schwarze Seen aus geronnener Finsternis, und im schwachen Licht des Mondes schimmerte seine Haut beinahe schwarz.

Etwas bewegte sich unter seiner Jacke.

Es war wie ein Buckel, der mit schweren, pulsierenden Bewegungen hin und her kroch, sich seinem Kragen näherte und wieder zurücksank, nach unten und zur Seite glitt und schließlich seinen Jackenärmel erreichte.

Etwas Finsteres, Formloses begann über Midwailers Hand zu kriechen, erreichte den Schaufelstiel und lief daran hinab. Als die Masse das glühende Blatt der Schaufel erreichte, wurde ein leises Zischen hörbar. Für einen Moment stank es durchdringend nach verbranntem Fleisch. Das *Ding*, das aus Midwailer hervorgekrochen war, zog sich mit einem schmerzhaften Zucken zurück und verharrte einen Moment reglos. Dann fiel es zu Boden, lange, schleimig glitzernde Fäden hinter sich herziehend.

Sekundenlang blieb es liegen, als müsse es Kraft sammeln, dann kroch es weiter, wobei es sich mehr und mehr in die Länge zog. Aus dem glitzernden Klumpen wurde ein Fladen, dann eine schwarze, warzige Schlange, schließlich ein schimmernder Faden, der wie ein blinder Wurm über die Lok und den Tender kroch, sich lautlos zwischen den Kohlen hindurchschlängelte und schließlich das Ende der Lok erreichte. Noch immer war er mit Midwailers Arm verbunden, und so würde es auch bleiben.

Als er schließlich, unendlich behutsam über die Kupplung und die gegeneinanderruckenden Stoßfänger der Wagen kriechend, den ersten Waggon erreichte, war er nicht mehr sehr viel dicker als ein Haar. Und die Dunkelheit ließ ihn unsichtbar werden.

Aber er kroch weiter.

Cody hatte mir ein leer stehendes Abteil zugewiesen, das nur wenige Schritte von dem entfernt lag, das er sich mit Sitting Bull und Bodine teilte; allerdings am entgegengesetzten Ende zu dem Annie Oakleys. Ob dies Zufall, Nonchalance oder banale Eifersucht war, vermochte ich nicht zu beurteilen.

Es interessierte mich im Moment auch nicht sonderlich. Ich hatte keine weitere Vision von Sitting Bull aufgefangen, obwohl ich ihm auf dem Weg zum Zugende sehr nahe gekommen war, aber ich spürte einfach, dass der alte Indianer weit mehr als eine lebende Legende war.

Ich musste mit ihm reden, allein. Koste es, was es wolle. Ich hatte sogar die Möglichkeit erwogen, Cody einfach zu sagen, was ich erlebt hatte, und Sitting Bull so zu zwingen, endlich mit mir zu reden.

Aber ich hatte sie fast ebenso schnell wieder verworfen. Wenn Cody und Bodine wussten, welches Geheimnis Sitting Bull umgab, würden sie kaum mit einem Fremden wie mir darüber reden. Und wenn sie es nicht wussten, würden sie mich schlichtweg für verrückt erklären. Sonderbar genug dazu hatte ich mich bisher ja schon benommen.

Aber es gab noch eine Möglichkeit, und sie war so banal, dass ich mich fragte, warum ich nicht längst von selbst darauf gekommen war. Ich musste mit Sitting Bull sprechen, gut. Und es gab einen Ort hier im Zug, den auch er allein aufsuchen musste, früher oder später. Die Toiletten. Wenn alles andere nicht half, würde ich mich eben auf dem Wege dorthin postieren und ihn abfangen.

Ich wartete ab, bis es im Abteil nebenan ruhig geworden war, dann stand ich wieder auf, schlüpfte in meine Jacke und trat auf den Gang hinaus.

Alles um mich herum war still. Draußen war es längst dunkel geworden, und abgesehen vom monotonen Rattern der eisernen Räder drang nicht der mindeste Laut an mein Ohr.

Für eine Weile blieb ich reglos vor meinem Abteil stehen, dann schloss ich die Tür, ging ein paar Schritte den Gang hinunter und öffnete eines der Fenster.

Die Nachtluft strich kalt in den Wagen, aber sie verscheuchte auch die düsteren Gedanken, die sich meiner bemächtigt hatten, und für einen Moment genoss ich einfach das Gefühl, nur dazustehen und an nichts zu denken.

Aber nur für einen Moment, denn die Wirklichkeit holte mich schneller ein, als mir lieb war. Mit plötzlicher Wucht kam mir zu Bewusstsein, dass ich mich wie ein kompletter Idiot benommen hatte.

Sicher, ich war meinem Verfolger entkommen – wenn es diesen geheimnisvollen Verfolger überhaupt gab und er nicht nur eine Ausgeburt meiner überreizten Nerven war –, aber statt dem Schicksal für diese kleine Atempause dankbar zu sein, hatte ich nichts Besseres zu tun, als mich kopfüber in ein neues Abenteuer zu stürzen.

Im Grunde ging mich Sitting Bull nichts an. Sein Benehmen sagte mir mehr als deutlich, dass er nur den Unwissenden spielte; wenngleich auch fast perfekt. Aber er war kein Mann, der selbst nicht wusste, was in seinem Geist geschah.

Das Geräusch einer Abteiltür riss mich aus meinen Gedanken. Ich fuhr hoch und herum, starrte angestrengt in die Dunkelheit des Ganges und fuhr beinahe schuldbewusst zusammen, als ich die Gestalt erkannte, die aus dem Abteil getreten und überrascht stehen geblieben war, als sie meinen Schatten erkannte.

Es war Annie. Sie trug ein langes seidenes Nachthemd, darüber einen Morgenrock aus Tüll, der allerdings mehr von ihrer Gestalt enthüllte, als er verbarg. Ich senkte den Blick – ganz Gentleman – und wartete, dass sie sich herumdrehen und wieder in ihr Abteil zurücktreten würde, damit auch ich die Gelegenheit fand, mich einigermaßen diskret aus der Affäre zu ziehen, aber sie dachte nicht daran, sondern schob im Gegenteil die Abteiltür hinter sich ins Schloss und kam auf mich zu.

»Hallo, Robert«, sagte sie. »Können Sie auch nicht schlafen?«

Ich schüttelte hastig den Kopf, lächelte sie an und drehte mich wieder zum Fenster. Aber so leicht gab Annie Oakley nicht auf. Sie trat näher an mich heran, lehnte sich, als wären wir zwei gute Bekannte, die sich am helllichten Tage auf einem belebten Boulevard getroffen hatten, eine Handspanne neben mir gegen die Wand und blickte aus dem Fenster.

Ich konnte das blasse Spiegelbild ihres Gesichtes deutlich auf der Scheibe erkennen. Deutlich genug jedenfalls, um zu sehen, dass mich ihre dunklen Augen direkt anblickten.

»Ich bin froh, Sie getroffen zu haben, Robert«, sagte sie. »Allein.«

»So?« Ich wandte kurz den Blick, sah sie an und starrte wieder aus dem Fenster. Zum Teufel, Annie Oakley war eine verdammt hübsche und gut gebaute Frau, und sie trug praktisch nichts! Dachte sie, ich wäre aus Holz?

»Ich möchte Ihnen noch einmal danken, dass Sie mir das Leben gerettet haben«, sagte sie. Und damit packte sie mich fast grob am Kragen, stellte sich auf die Zehenspitzen und küsste mich.

Im ersten Moment war ich so perplex, dass ich mich nicht einmal rührte, aber dann spürte ich, wie weich und süß ihre Lippen schmeckten. Für eine endlose, berauschende Sekunde erwiderte ich ihren Kuss, presste sie an mich und fühlte, wie weich und erregend der Körper war, der sich unter der glatten Seide ihres Negligees verbarg.

Dann wurde mir schlagartig klar, wo wir waren. Und vor allem, wer sie war.

Hastig löste ich mich aus ihrer Umarmung, schob sie ein Stück von mir weg und starrte verlegen zu Boden. Annie wollte mich erneut an sich ziehen, aber diesmal widersetzte ich mich. Die Lächerlichkeit meiner Situation kam mir nicht einmal zu Bewusstsein in diesem Moment. Unsere Rollen waren ziemlich falsch verteilt. »Bitte nicht, Annie«, sagte ich leise. »Was würde Bill sagen, wenn er uns so sieht?«

»Nichts«, behauptete Annie lächelnd und fügte im gleichen, amüsierten Tonfall hinzu: »Er würde Sie auf der Stelle erschießen.«

Ich glaubte ihr aufs Wort. »Warum sind Sie gekommen?«, fragte ich. »Wollen Sie meine Leiche sehen?«

»Ich wollte mich bedanken«, sagte Annie. »Auf meine Art. Hat es Ihnen nicht gefallen?«

»Unsinn«, widersprach ich. »Aber Ihr Dank gilt dem falschen Mann. Ohne Bill, Sitting Bull und Bodine wären wir jetzt alle tot.«

»Und ohne Ihre Hilfe auch«, widersprach Annie. »Das war sehr mutig von Ihnen, Robert.«

»Sie sollten sich nicht in solcher Gesellschaft herumtreiben«, sagte ich verlegen. »Ein Mann wie Teagarden ist nichts für Sie.« Ich runzelte die Stirn. »Von einer Annie Oakley hätte ich erwartet, dass sie auf andere Weise mit einem kleinen Falschspieler wie diesem Teagarden fertig wird.«

»Ein kleiner Falschspieler?« Annie lachte, aber es klang nicht sehr amüsiert. »Sie kennen Teagarden nicht«, fuhr sie fort. »Er ist alles andere als ein kleiner Gauner. Und er hatte diese Schuldscheine.«

»Haben Sie sie wirklich unterschrieben?«, fragte ich. »Oder war das nur ein weiterer Trick?«

»Ich habe sie unterschrieben«, gestand Annie. »Ich war dumm. Ziemlich dumm, fürchte ich. Aber ich habe gedacht, ich liebe ihn.«

»Und jetzt denken Sie es nicht mehr?«

Annie lächelte schmerzlich. »Schon lange nicht mehr, Robert. Aber als ich es begriff, war es zu spät.« Sie seufzte. »Das ist eine lange Geschichte. Und keine sehr schöne. Aber jetzt ist sie vorbei. Erzählen Sie lieber von sich, Robert.«

Ich sah nervös an ihr vorbei zu Codys Abteil. Bei dem Glück, das mich in den letzten Stunden verfolgte, wäre es eigentlich typisch, wenn Sitting Bull ausgerechnet jetzt auftauchte.

»Von mir?«, wiederholte ich. »Da gibt es nicht viel zu erzählen. Ich fürchte, ich bin ein ziemlich uninteressanter Mensch, von Ihrem Standpunkt aus. Jemand, der ein Leben führt wie Cody und Sie, ist sicher Aufregenderes gewohnt.«

»Ein Leben wie wir?« Annie lachte. »Sie irren, Robert. Cody, One-Shot und ich sind ganz normale Menschen.«

»Wieso nennt er sich One-Shot?«, fragte ich. »Das ist doch sicher nicht sein richtiger Name.«

»Natürlich nicht«, antwortete Annie. »Er behauptet, sein Ziel immer mit dem ersten Schuss zu treffen.«

»Stimmt es?«

»Wenn es nicht wesentlich kleiner ist als ein Scheunentor, ja«, bestätigte sie schalkhaft. Dann nickte sie. »Er ist ein verdammt guter Schütze. Nicht so gut wie ich, aber gut genug. Sie haben ihn in Teagardens Spielsalon erlebt.«

»Nicht so gut wie Sie?«, fragte ich, ihren letzten Satz bewusst überhörend.

»Niemand schießt so gut wie ich«, sagte Annie in einem Ton, der vollkommen ernst und frei von jeder Übertreibung war. »Jedenfalls niemand, von dem ich schon gehört habe.«

»Und was ist mit Sitting Bull?«, fragte ich unvermittelt.

Annies Lächeln wirkte plötzlich ein bisschen gezwungen. »Was ... was soll mit ihm sein?«, fragte sie.

»Ist er auch ein ganz normaler Mensch?«, hakte ich nach.

Annie atmete hörbar ein. »Sie interessieren sich für ihn, nicht wahr?«, fragte sie. »Ich habe es schon vorhin beim Essen bemerkt. Bill übrigens auch.«

»Er ist immerhin der legendäre Sitting Bull«, antwortete ich. Die unausgesprochene Drohung in ihrem letzten Satz beschloss ich zu überhören, wenigstens im Moment.

»Das ist er«, bestätigte Annie. »Und?«

Sie rückte ein Stück von mir weg. Von einer Sekunde auf die andere wirkte sie merklich kühler, und ich begriff, dass ich einen Fehler begangen hatte.

Ich versuchte zu retten, was zu retten war. »Ich habe schon immer für Indianer geschwärmt«, behauptete ich. »Schon als Kind.«

»Aha«, sagte Annie kalt. »Nun, Sie werden ja morgen noch Gelegenheit haben, mit ihm zu sprechen. Und mit Bill und Bodine auch.« Sie hob die Hände und begann demonstrativ ihre Oberarme zu massieren.

»Es wird kalt hier draußen«, sagte sie. »Ich denke, ich gehe besser in mein Abteil zurück.«

Sie wandte sich um, nickte mir zum Abschied zu und machte einen Schritt, blieb aber dann fast erschrocken stehen, als die Tür am vorderen Ende des Wagens aufging.

Eine Gestalt trat herein, und ich erkannte die blitzenden Knöpfe und die charakteristischen Umrisse einer Schaffnermütze in dem schwarzen Schatten.

Dann bewegte sich der vermeintliche Schaffner auf Annie und mich zu.

Als er am Fenster vorüberging und sein Gesicht ins Mondlicht geriet, begann Annie zu schreien.

Der Wasserturm ragte wie das Skelett eines bizarren Urtieres in die Nacht hinauf. Die Sonne war längst untergegangen, aber es war noch immer warm und ein paar der Männer nutzten die Gelegenheit, das Ventil zu öffnen und ihre Tiere trinken zu lassen, vielleicht zum letzten Mal für viele Stunden.

Teagarden sah auf, als Joes Pferd mit einem unwilligen Schnauben neben dem seinen zum Stehen kam. »Sie waren hier«, sagte der Revolverheld. »Vor ungefähr einer Stunde.«

»Eine Stunde?« Teagarden runzelte die Stirn. »Dann ...«

»Dann holen wir sie nicht mehr ein«, sagte Joe. Seine Stimme klang weit eher zufrieden als bedrückt. »Auf den nächsten Meilen führt die Strecke nur noch geradeaus. Bei dem Tempo, das der Zug da machen kann, holen wir sie nicht mehr ein. Keine Chance.«

Teagarden ballte wütend die Faust. Aber die zornige Entgegnung, auf die Joe halbwegs gewartet hatte, kam nicht. Er schwieg einen Moment, starrte aus eng zusammengepressten Augen zu den schwarzen Schatten der Berge hinüber und nickte schließlich.

»Du hast Recht, Joe«, sagte er. »Wir holen sie nicht ein. Hier nicht.« Er hob die Hand und deutete nach Westen. »Aber dort drüben.«

»In den Bergen?«, fragte Joe erschrocken.

Teagarden nickte. »Sie kommen auf den Steigungen nicht gut voran«, sagte er. »Und oben an der Kehre vor dem Pass müssen sie fast im Schritttempo fahren. Genau die richtige Stelle für uns.«

»Aber Sir!«, protestierte Joe erschrocken, sprach aber nicht weiter, als ihn ein eisiger Blick aus Teagardens Augen traf.

»Hast du irgendwelche Einwände?«, fragte Teagarden kalt.

Joe schluckte nervös und beeilte sich, den Kopf zu schütteln. »Nein«, sagte er. »Sie ... Sie haben Recht, Sir. Die Stelle ist ideal. Aber es ist verdammt weit.«

»Nicht, wenn wir direkt nach Westen reiten«, sagte Teagarden. »Wir schneiden gute zwanzig Meilen ab.«

»Aber das ist –«

»Ja?«, sagte Teagarden leise. Seine Hand lag auf dem Lauf der Winchester an seinem Sattel.

Joe verstummte abrupt. »Es ist nichts«, flüsterte er. »Sie haben Recht.«

»Dann ist es ja gut«, murmelte Teagarden. »Und jetzt geh, und sage den anderen Bescheid, dass wir weiter reiten.«

Joe schluckte krampfhaft, zwang sein Pferd auf der Stelle herum und ritt los. Teagarden starrte unverwandt weiter nach Westen. Aber er sah die Berge gar nicht, die wie schwarze Schatten auf dem Horizont hockten. Vor seinen Augen stand das Bild eines schmalen, von einem kurz geschnittenen schwarzen Vollbart eingerahmten Gesichtes. Das Gesicht eines Mannes, der eine gezackte weiße Strähne im Haar trug.

»Ich kriege dich, Robert Craven«, flüsterte er. »Ich kriege dich; und wenn es das Letzte ist, was ich in meinem Leben tue. Das schwöre ich dir.«

Mit mühsamen, tappenden Schritten, die eher wie die eines betrunkenen Bären denn wie die eines Menschen aussahen, kam der Schaffner näher.

Aber auf welch Grauen erregende Weise hatte er sich verändert!

Seine Augen waren weit aufgerissen und leer; wo das Weiß seiner Augäpfel hätte sein sollen, war nichts als Schwärze. Sein Gesicht und die weit vorgestreckten, geöffneten Hände waren von einem dichten Geflecht haardünner, glitzernder Fäden überzogen, die ununterbrochen bebten und zuckten, als wären sie von Eigenleben erfüllt. Ein gurgelnder Ton kam über seine Lippen.

Annie schrie noch einmal und noch gellender, als das grässliche *Ding,* das einmal ein Mensch gewesen war, die Hände hob und auf sie zutappte. Und endlich erwachte auch ich aus meiner Erstarrung.

Blitzartig packte ich Annie, zog sie zurück und warf mich dem Ungeheuer entgegen. Seine Hände griffen nach mir, aber die Bewegung war so langsam, dass ihr selbst ein Kind hätte ausweichen können.

Dafür war mein Hieb umso schneller. Und mit aller Macht geführt.

Der Schlag war so hart, dass ich für einen Moment glaubte, meine eigenen Knöchel knirschen zu hören, und er traf genau auf die Kinnspitze des Mannes.

Der Bursche keuchte, kippte nach hinten und blieb eine Sekunde lang reglos liegen.

Dann begannen sich seine Arme und Beine zu bewegen.

Nur seine Arme und Beine, wohlgemerkt.

Der Anblick ließ mich für einen Moment an meinem Verstand zweifeln. Der Mann war bewusstlos, wenn nicht tot, aber *seine Glieder bewegten sich,* drehten den Körper mühsam herum und stemmten ihn in die Höhe. Sein Kopf pendelte haltlos. In seinem Körper war kein bisschen Kraft mehr.

Aber er bewegte sich!

Hinter mir begann Annie wie von Sinnen zu kreischen, und auch mich erfüllte der Anblick mit einem solchen Entsetzen, dass ich für Augenblicke wie gelähmt dastand, unfähig, einen klaren Gedanken zu fassen oder mich gar zu rühren.

Um ein Haar hätte mich dieses Entsetzen das Leben gekostet, denn das ... *Etwas,* in das sich der Mann verwandelt hatte, griff beinahe sofort wieder an. Seine Hände kamen hoch und griffen nach meinem Hals.

Im letzten Moment prallte ich zurück, trat nach den Beinen des Monstrums und versuchte gleichzeitig seine Arme zur Seite zu schlagen.

Aber die Bestie war nicht nur unverwundbar, sondern auch übermenschlich stark. Sie wankte unter meinen Hieben, bewegte sich aber stur wie eine von de Laurecs mechanischen Puppen weiter auf mich zu. Ihre Klauen verfehlten meine Kehle, aber eine ihrer Hände schloss sich um meine Faust und drückte zu.

Meine rechte Hand schien in einen Schraubstock geraten zu sein. Mit aller Kraft warf ich mich zurück, bog und wand mich unter dem Griff der Bestie und schlug immer wieder mit der freien Hand auf ihr Gesicht ein, mit dem einzigen Ergebnis, dass der Schmerz in meiner Hand anwuchs.

Meine Kräfte versagten. Ich brach in die Knie, hob die Linke vor das Gesicht und versuchte der Klaue des Ungeheuers auszuweichen, die sich meiner Kehle näherte. Für einen kurzen Moment schwebte seine Hand direkt vor meinen Augen, und abermals bot sich mir ein Anblick, der mich an meinem Verstand zweifeln ließ.

Der Mann war verletzt. In seiner Handfläche klaffte ein tiefer Schnitt. Aber kein Tropfen Blut quoll aus der Wunde. Der Mann war ... *tot!*

Was ihn scheinbar am Leben hielt und ihn sich weiter bewegen ließ, war nichts als das dünne schwarze Geflecht, das seine Haut wie ein glitzerndes Netz überzog! Der Anblick erinnerte mich an irgendetwas, aber ich wusste nicht, was; und in meinem Schädel schwoll ein Dröhnen und Rauschen an, das mit jedem Atemzug lauter wurde und mich am Denken hinderte. Meine rechte Hand war gefühllos, aber der Schmerz tobte jetzt bis in meine Schulter hinauf, und dann schloss sich die Kralle des Angreifers um meine Kehle.

Plötzlich ertönte hinter mir ein dumpfes, unglaublich lautes Krachen, und mit einem Male waren die Hände fort. Wie durch einen Nebel sah ich den Schaffner vor mir. Er war zurück und gegen die Wand geprallt. In seiner Brust war ein großes, rauchendes Loch. Einen Moment lang stand er schwankend da, dann sackte er ganz langsam an der Wand entlang zu Boden.

Ich richtete mich auf und spürte eine Hand, die unter meine Achselhöhlen griff und mich in die Höhe hievte. Codys Gesicht tauchte vor mir auf, ein heller Fleck mit seltsam zerfaserten Rändern; und ich hörte seine Stimme wohl, verstand die Worte aber nicht.

»Der ... der Schaffner ...« stammelte ich.

Cody schüttelte den Kopf. »Schon gut, Robert«, sagte er. »Der Kerl ist tot.«

»Nein«, stöhnte ich. »Sie müssen –«

Der Rest meiner Worte ging in einem entsetzten Schrei unter. Aber diesmal war es nicht Annie, die aufgeschrien hatte, sondern One-Shot Bodine. Und als Cody und ich im gleichen Moment herumfuhren, sahen wir auch, warum.

Der Leichnam des Schaffners bewegte sich erneut. Seine Arme und Beine zuckten, und *dann stemmte er sich abermals in die Höhe und kam mit weit geöffneten Händen auf Cody und mich zu!*

Buffalo Bill Cody reagierte mit einer Kaltblütigkeit, die ich ihm nicht zugetraut hätte. Beinahe ruhig hob er das Gewehr an die Wange, zielte und schoss, bis der schmale Gang erfüllt war von Pulverdampf. Jeder Treffer schleuderte das Ungeheuer ein weiteres Stück zurück.

Und jedes Mal richtete es sich wieder auf und kam mit tapsigen Schritten auf uns zu!

Schließlich war Codys Büchse leer geschossen. Aber der Westmann gab nicht einmal jetzt auf, sondern drehte das Gewehr herum und ließ den Kolben auf den Schädel des Angreifers niederkrachen.

Das Ungeheuer wankte, aber im gleichen Moment zuckte eine seiner Klauen hoch, entriss Cody die Waffe und schleuderte sie davon. Dann sprang es vor, eine Hand nach mir, die andere nach Cody ausgestreckt.

Es erreichte uns nicht. Die Tür neben ihm flog mit einem Ruck auf, warf es zu Boden und krachte gegen die Wand. Eine gebückte Gestalt sprang auf den Gang hinaus, einen gellenden Kriegsruf auf den Lippen und eine kurzstielige Axt schwingend.

Während Cody mich mit einer hastigen Bewegung aus der Reichweite des Ungeheuers zerrte, ließ Sitting Bull seinen Tomahawk zwischen die Schulterblätter des Unheimlichen krachen.

Aber natürlich erreichte er damit so wenig wie wir. Der Angreifer war längst tot, war es vermutlich schon gewesen, als er vor Annie und mir auftauchte; und was tot war, konnte schwerlich noch einmal sterben oder Schmerzen empfinden.

Im gleichen Moment, in dem Sitting Bulls Kriegsbeil herunterfuhr, zuckte die Kralle des Ungeheuers vor, umklammerte sein Bein und riss ihn zu Boden.

Der alte Indianer schrie erschrocken auf und versuchte sich aus der Reichweite der Bestie zu rollen, aber die Hand hielt sein Bein fest.

Ein Stoß traf meinen Rücken. Ich strauchelte, fiel zum wiederholten Male und sah, wie Bodine auch Cody beiseitestieß, um freies Schussfeld zu haben.

Seine beiden Revolver entluden sich. Der Körper der Bestie zuckte, und wieder erlahmten ihre Bewegungen für einen Moment. Nicht lange, aber doch lange genug, um Sitting Bull Gelegenheit zu geben, sich loszureißen und hastig von dem Ungeheuer davonzukriechen.

»Zum Teufel, was ist das?«, keuchte Cody. Er fuhr herum, packte mich an den Rockaufschlägen und schüttelte mich wild. »Verdammt, Robert, was ist das für ein *Ding?«*, brüllte er.

Mit verzweifelter Kraft machte ich mich los. Eine verzweifelte Hoffnung machte sich in mir breit. Der Gedanke war entsetzlich, aber er war vielleicht unser letzter Ausweg. »Halten Sie ihn auf!«, brüllte ich. Blitzschnell fuhr ich herum, stürmte in mein Abteil und riss den Stockdegen von der Gepäckablage herunter.

Obwohl ich kaum fünf Sekunden brauchte, um in den Gang zurückzukehren, hatte sich die Situation abermals verändert. Für einen Moment erkannte ich nichts außer einem schier unentwirrbaren Knäuel aus Leibern und Gliedern. Cody, Bodine und Sitting Bull hatten sich gemeinsam auf den Unheimlichen geworfen und versuchten ihn niederzuringen.

Aber nicht einmal mit vereinten Kräften waren sie dem Unheimlichen gewachsen! Ich sah, wie sich Bodine plötzlich krümmte und die Hände vor den Leib schlug, dann ging Sitting Bull zu Boden, und schließlich taumelte auch Cody zurück, von einem Fausthieb des Ungeheuers getroffen.

Und im gleichen Moment sprang ich vor. Wenn ich mich täuschte, wenn meine Vermutung falsch war, dann war ich jetzt so gut wie tot.

Mit einem Satz setzte ich über Sitting Bull hinweg, zog die Klinge des Stockdegens aus ihrer Umhüllung und stieß sie dem Ungetüm in den Leib.

Die Bestie keuchte; das erste Mal, dass sie überhaupt einen Laut von sich gab. Für eine halbe Sekunde erstarrte sie mitten in der Bewegung, dann wankte sie, fiel nach hinten und prallte gegen die Wand. Wo meine Klinge das schwarze Geflecht berührt hatte, begannen sich die Fäden aufzulösen.

Und trotzdem war sie immer noch nicht tot.

Der Zersetzungsprozess ging weiter.

Das schreckliche Gespinst zerfiel, löste sich auf und verschwand schließlich, aber es waren immer nur einige Fäden, die dem Einfluss meines *Shoggotensternes* erlagen. Andere wurden nur angegriffen oder schienen gar immun gegen meine Waffe.

Entsetzt stieß ich abermals zu, und wieder stürzte die Bestie. Aber das Ergebnis war das gleiche. Die Fäden wuchsen nach, fast schneller, als meine Klinge sie vernichten konnte!

Plötzlich sah ich eine Bewegung irgendwo hinter und unter dem Unheimlichen. Ich sprang vor, versetzte ihm noch einen Hieb und gewahrte einen kaum fadendünnen, sich schlängelnden Strang der schwarzen Masse, der unter der Tür am Ende des Wagens verschwand.

Und endlich begriff ich.

Der Mann war nicht mehr als eine Marionette, ein Werkzeug, das ausgeschickt worden war, mich oder Sitting Bull oder auch uns beide zu töten. Unser wahrer Gegner war viel weiter vorne im Zug!

Mit einem Schrei schwang ich meinen Degen und ließ ihn auf den schwarzen Strang hinuntersausen.

Die Klinge zertrennte die gallertartige Masse. Das abgeschnittene Ende zuckte noch sekundenlang und lag dann still, während das andere Ende plötzlich hin und her zu peitschen begann, sodass ich mich mit einem erneuten Satz in Sicherheit bringen musste. Dann kroch es, sich windend wie eine Schlange und eine glitzernde Spur auf dem Boden hinterlassend, davon und verschwand unter der Tür.

Hinter mir erscholl ein helles Bersten und Klirren. Ich fuhr herum, den Degen kampfbereit in der Hand. Aber es gab nichts mehr, wogegen ich ihn hätte benutzen können.

Der Angreifer war verschwunden. Wo er gestanden hatte, pfiff der Wind eisig durch ein zersplittertes Fenster.

Durch das Fenster, aus dem Cody und One-Shot Bodine ihn kurzerhand geworfen hatten.

Vorne auf der Lok stand Midwailer und schaufelte Kohlen. Der Zug wurde schneller.

Es dauerte lange, bis sich Annie so weit erholt hatte, dass sie wenigstens zu schreien aufhörte und Cody sie behutsam in sein Abteil führen konnte. Dabei war Annie Oakley im Grunde eine tapfere Frau, die so schnell vor nichts Angst hatte und schon gar nicht in hysterische Schreikrämpfe ausbrach, wenn irgendetwas geschah, was sie erschreckte.

Aber das, was sie in den letzten Augenblicken erlebt hatte, war einfach zu viel. Und ich kannte diese Reaktion, selbst von Männern, die sonst kalt lächelnd einem übel gelaunten Skorpion die Beine ausgerissen hatten. Die *Shoggoten,* diese seelenlosen Kampfmaschinen der GROSSEN ALTEN, waren nichts, dem man mit Mut und Logik begegnen konnte. Sie waren fremd. Teile einer Welt, die nicht für Menschen war und an der der menschliche Geist zerbrechen musste. Vielleicht war das ihre stärkste Waffe überhaupt.

Aber es war nicht nur die reine Todesangst, die mich bis ins Innerste erschreckt hatte. Längst nicht.

Das Schlimmste war der Gedanke, dass sie mich wiedergefunden hatten.

Für wenige, kurze Tage war ich der schrecklichen Bedrohung entronnen; oder hatte mir zumindest eingebildet, dass es so wäre. Aber dieser Angriff bewies das Gegenteil.

Sie waren wieder da, so gefährlich wie zuvor. Und wie so oft vorher waren es wieder einmal Unbeteiligte, die in den Kampf hineingezogen wurden.

Ich verscheuchte den Gedanken, ging in die Hocke und streckte die Hände nach Sitting Bull aus, der sich mühsam auf Händen und Knien hochstemmte.

»Sind Sie in Ordnung, Häuptling?«, fragte ich.

Sitting Bull sah auf, nickte und versuchte zu lächeln. Ganz gelang es ihm nicht. Er bekam noch immer nicht richtig Luft.

»Ich muss mit Ihnen reden, Sitting Bull«, sagte ich, so leise, dass Bodine und Cody die Worte nicht hören konnten. »Da ist etwas, das –«

»Jetzt nicht, Blitzhaar«, unterbrach mich Sitting Bull; sehr leise, aber in einem sonderbar ernsten Ton, der mich tatsächlich mitten im Wort verstummen ließ. Aber ich begriff auch, dass er verstanden hatte, *worüber* ich mit ihm zu reden hatte, und dass er mir antworten würde; später.

Ich nickte. Wenigstens war das ein Anfang.

Ohne ein weiteres Wort half ich Sitting Bull auf die Beine, bückte mich nach meinem Stockdegen und schob ihn in seine Umhüllung zurück.

Als ich mich umwandte, sah ich genau in Buffalo Bill Codys Gesicht. Und sein Blick sagte mir, dass er jeden meiner Handgriffe mit höchstem Interesse verfolgt und sich seine Gedanken dazu gemacht hatte.

»Eine interessante Waffe haben Sie da, Robert«, sagte er.

»Nicht halb so interessant wie die Ihre«, gab ich kurz angebunden zurück. Auch Cody hatte seine Büchse wieder aufgehoben und trug sie locker in der Armbeuge.

»Ist das Ihre berühmte Büffelbüchse?«

Cody nickte. »Ja. Einen ausgewachsenen Büffel erlege ich damit mit dem ersten Schuss. Aber auf dieses Ding« – er deutete mit einer Kopfbewegung auf das zerschmetterte Fenster – »hatte sie keine Wirkung. Ihr Degen erst hat ihn erledigt.« Er runzelte die Stirn. »Wie kommt es, dass Sie mit einem solchen Spielzeug eine Kreatur besiegen können, die selbst meinem Gewehr widersteht?«

»Das kommt Ihnen nur so vor«, antwortete ich ausweichend. »Wenn One-Shot und Sie ihn nicht aus dem Fenster geworfen hätten ...«

Aber Cody reagierte nur mit einer ärgerlichen Handbewegung. »Reden Sie keinen Unsinn!«, fauchte er. »Ich habe schließlich Augen im Kopf. Das *Ding* war schon halb tot. Es begann sich aufzulösen, als Sie mit Ihrem Degen hineingestochen haben, nicht?«

»Möglich«, sagte ich. »Aber –«

Weiter kam ich nicht. Cody fauchte ärgerlich, streckte den Arm aus und ergriff mich am Kragen, dass mir die Luft wegblieb. »Verdammt, Craven, jetzt sagen Sie endlich, was hier los ist!«, befahl er. »Wir alle wären fast umgebracht worden, und der Einzige, der weiß, warum, sind Sie!«

»Lass ihn«, sagte Sitting Bull ruhig.

Cody riss erstaunt die Augen auf, ließ aber gehorsam meine Jacke los, sodass ich mich mit einem hastigen Schritt zurückziehen konnte.

»Dies ist nicht der Moment, zu streiten«, fuhr Sitting Bull in fast sanftem Ton fort. »Blitzhaar ist nicht unser Feind.«

»So?«, fragte Cody ärgerlich.

»Die Dinge sind manchmal anders, als sie scheinen«, fuhr der Häuptling geheimnisvoll fort. »Manchmal sind die, die deine Feinde scheinen, in Wahrheit deine Freunde.«

»Oder umgekehrt«, schnappte Cody.

»Oder umgekehrt«, bestätigte Sitting Bull. »Blitzhaar wird uns die Wahrheit sagen. Später.«

»Später?«, wiederholte Cody gereizt. »Und warum nicht jetzt?«

»Weil die Gefahr nicht vorüber ist«, antwortete Sitting Bull ruhig. Er deutete zum vorderen Ende des Zuges.

Diesmal erbleichte Cody sichtlich. »Du ... du meinst, es gibt noch mehr von ... von diesen Ungeheuern?«

Sitting Bull nickte. »Und Schlimmeres.«

»Was soll das heißen?«, fragte Bodine alarmiert. Und auch ich sah erschrocken auf und starrte den alten Indianerhäuptling an. »Ich spüre eine Gefahr«, antwortete Sitting Bull. »Etwas, das die Götter niemals hätten erschaffen dürfen. Es lauert.« Cody fuhr herum und starrte mich an. »Stimmt das?«

»Ich ... fürchte«, gestand ich zögernd.

»Sie fürchten, so!« Cody lachte rau. »Sie wissen eine Menge mehr über diese Kreatur, als Sie uns erzählt haben, Robert«, behauptete er.

»Das stimmt. Aber ich fürchte, jetzt ist nicht die Zeit, Ihnen alles zu erklären. Sie würden mir sowieso nicht glauben«, fügte ich etwas leiser hinzu.

Cody verzichtete darauf, auf meine Worte zu reagieren. Stattdessen wandte er sich mit einem Ruck um, stampfte in sein Abteil zurück und kramte geräuschvoll in seinen Sachen herum. Als er wieder herauskam, war er dabei, das Magazin seiner Büffelbüchse zu füllen. Die Taschen seiner Lederjacke beulten sich von der Menge der Patronen, die er eingesteckt hatte.

»Was haben Sie vor?«, fragte ich.

Cody lachte humorlos. »Was schon?«, fragte er. »Wir gehen nach vorne und sehen nach, wie viele von diesen Monstren noch da sind. Ich gehe lieber zu ihnen, ehe sie zu mir kommen.«

»Das ist Wahnsinn«, sagte ich. »Sie haben gesehen, wie wenig Sie mit Ihren Waffen gegen diese Geschöpfe ausrichten können. Bleiben Sie hier, und beschützen Sie Annie. Ich gehe allein.«

»Das kommt überhaupt nicht in Frage«, sagte Bodine an Codys Stelle. »Bill und ich begleiten Sie. Sitting Bull wird hierbleiben.«

Ich wollte widersprechen, aber als ich in Bodines Augen sah, wusste ich, dass es sinnlos war. Schließlich nickte ich.

»Gut. Aber Sie bleiben hinter mir und tun nichts, wenn ich es Ihnen nicht sage«, bestimmte ich. »Wenn mir etwas zustoßen sollte, versuchen Sie wenigstens meinen Degen zu retten. Das ist die einzige Waffe, mit der Sie die Ungeheuer töten können.«

Und damit wandte ich mich um, ging ohne ein weiteres Wort zum vorderen Ende des Wagens und stieß die Tür in den Wahnsinn auf.

Midwailer schaufelte weiter Kohlen.

Und der Zug wurde schneller.

Der Gang lag still wie ein Grab vor uns. Nicht der mindeste Laut war zu hören, sah man vom monotonen Rattern des Zuges ab. Nirgends bewegte sich etwas. Nirgends brannte ein Licht.

»Was ist hier los?«, flüsterte Bodine neben mir. »Verdammt, da ... da stimmt doch was nicht.«

Ich gebot ihm mit einer unwilligen Geste zu schweigen, schob vorsichtig die Tür zum ersten Abteil auf und lugte hinein. Es war leer.

Aber Bodine hatte natürlich Recht. Der Kampflärm – und vor allem das Krachen von Codys Büffelbüchse – mussten gehört worden sein. Es war einfach nicht möglich, dass niemand kam, um nachzusehen.

Aber vor uns war nichts. Nicht das geringste Zeichen von Leben.

Und die einzige Erklärung, die es dafür gab, weigerte ich mich einfach zu akzeptieren.

Vorsichtig, den Degen halb erhoben, näherte ich mich dem nächsten Abteil, aber noch bevor ich die Tür öffnen konnte, berührte mich Cody am Arm und deutete stumm nach unten.

Der Anblick ließ mein Herz einen schmerzhaften Schlag überspringen und wie ein Hammerwerk weiterrasen.

Nicht weiter als eine Handspanne vor meinen Füßen schlängelte sich ein dünner, im blassen Mondlicht kaum zu erkennender schwarzer Faden über den Boden und verschwand unter der Tür.

Cody entsicherte sein Gewehr und wich bis zum Fenster zurück. Der doppelte Lauf der Flinte richtete sich auf die Abteiltür, während Bodine auf der anderen Seite Aufstellung nahm, beide Colts in den Händen.

Mit klopfendem Herzen streckte ich die Hand nach der Tür aus, entriegelte sie und schob sie ein Stück weit auf. Ich war auf das Schlimmste gefasst.

Aber nicht auf das, was ich wirklich sah.

Der Faden, der sich irgendwo aus der Dunkelheit vor uns heranschlängelte und unter der Tür hindurchlief, fächerte vor mir auseinander und bildete ein gewaltiges, ganz sacht pulsierendes Gespinst, fein wie schwarzer Rauch, das den Boden bis auf den letzten Quadratzentimeter bedeckte. Dünne, glitzernde Stränge waren die Wände hinaufgekrochen, bis zum Fenster, den Gepäckablagen und den Sitzbänken.

Und darauf ...

Im ersten Moment weigerte sich mein Verstand einfach, das Bild zu glauben, das meine Augen sahen.

Auf den lederbezogenen Bänken des Erste-Klasse-Abteils lagen schwarze Klumpen einer pulsierenden Masse, wie mannsgroße Kokons.

Der Anblick schnürte mir die Kehle zu, und eine unsichtbare, eisige Hand strich über meinen Rücken. Was war mit den Passagieren geschehen?!

Behutsam ließ ich mich in die Hocke sinken, suchte mit der linken Hand am Türrahmen Halt und stieß mit dem Degen nach dem ersten der schwarzen Kokons.

Das Ergebnis war ganz so, wie ich gehofft hatte: Das schwarze *Shoggoten*-Geflecht zerfiel schon unter der ersten flüchtigen Berührung der Klinge. Etwas Rosiges schimmerte dahinter. Doch als ich den Degen zurückzog, begann sich die Lücke sofort wieder zu schließen. Die schwarze Masse wuchs so rasch nach, dass man zusehen konnte.

Aber ich wusste, was zu tun war.

Vorsichtig richtete ich mich wieder auf, trat in den Gang zurück und durchtrennte den dünnen Plasmafaden.

Ein rasches Zucken lief durch das finstere Gewebe im Abteil.

Dann hörte das Pulsieren der Masse auf, und schon in der nächsten Sekunde begann der Auflösungsprozess.

Ich sah nicht weiter zu, sondern folgte mit klopfendem Herzen der glitzernden Schleimspur, die der Protoplasmafaden hinterlassen hatte. Ein Gefühl dumpfen, hilflosen Zornes machte sich in mir breit, als ich sah, dass er auch unter der Tür des nächsten Abteiles verschwand, dann im nächsten und im übernächsten ...

Der ganze Wagen, wenn nicht der ganze Zug, schien sich bereits im Griff des Monstrums zu befinden.

Ich öffnete die nächste Abteiltür nicht mehr, sondern zertrennte wütend den Schleimfaden, eilte weiter, zerschnitt einen Faden nach dem anderen, bis ich am Ende des Waggons angelangt war und wieder eine Tür vor mir hatte.

Aber ich öffnete sie noch nicht, sondern blieb stehen und sah noch einmal zurück. Die Abteiltüren waren geschlossen, aber ich wusste, was dahinter vorging.

Cody und Bodine folgten mir in einigen Schritten Abstand. Ihre Gesichter waren bleich, und auf Codys Lippen lag ein sonderbar verbissener Ausdruck; eine Mischung aus Angst, Entsetzen und noch irgendetwas anderem, das ich nicht einzuordnen vermochte.

»Wie viele Wagen hat der Zug?«, fragte ich.

Cody überlegte einen Moment. »Zehn«, antwortete er dann. »Oder elf ... Genau weiß ich es nicht.« Er zögerte. »Glauben Sie, dass ... dass es überall so aussieht?«

Statt einer Antwort drehte ich mich wieder herum, öffnete die Tür und spähte vorsichtig durch den Spalt.

Vor mir lag die Plattform des Wagens, ein kaum anderthalb Schritte messendes Geviert, von einem brusthohen Geländer eingefasst und leicht hin und her schwankend. Die Landschaft flog in rasendem Tempo an uns vorüber, aber darauf achtete ich kaum. Mein Blick hing wie gebannt an der Plattform des nächsten Waggons.

Genauer gesagt, an dem haarfeinen schwarzen Gespinst, das die beiden Eisenbahnwagen miteinander verband.

Cody, der dicht hinter mich getreten war, stieß einen sonderbaren Laut aus, als er das schwarze *Etwas* sah. Es war mehr als in unserem Wagen; kein haardünner Strang mehr, sondern ein dickes, tausendfach ineinandergedrehtes Tau, das zuckte und bebte wie ein Bündel sich windender schwarzer Schlangen.

Ohne ein Wort zog ich die Tür auf, aber in diesem Moment berührte mich Bodine am Arm und deutete nach draußen. »Fällt dir nichts auf?«, fragte er.

Ich folgte der Geste, konnte aber nichts Außergewöhnliches erkennen. Genau genommen erkannte ich überhaupt nichts, denn es war stockfinster, und der Zug preschte mit solchem Tempo dahin, dass die Landschaft zu einem Konglomerat ineinanderfließender Schatten geworden war.

»Wir sind zu schnell«, fuhr Bodine fort, als ich nicht antwortete. »Ich kenne diese Strecke. Bin sie schon ein paar Mal gefahren. Gleich kommen ein paar verdammt haarige Kurven. Wenn wir in dem Tempo da reingehen, springt der Zug glatt aus den Schienen.«

»Ein Grund mehr, dass wir uns beeilen«, versetzte Cody, noch ehe ich Gelegenheit fand, zu antworten. »Los.«

Ich packte meinen Degen fester, zog die Tür vollends auf und trat mit einem raschen Schritt auf die schwankende Plattform hinaus.

Der Fahrtwind peitschte mir ins Gesicht und trieb mir die Tränen in die Augen; und erst jetzt fiel auch mir auf, wie schnell der Zug geworden war. Die Plattform unter meinen Füßen schwankte und bockte wie ein Schiff im Sturm. Instinktiv streckte ich die Hand nach dem Geländer aus, führte die Bewegung aber nicht zu Ende, sondern zog meine Finger so abrupt zurück, als hätte ich glühendes Eisen angefasst.

Das Geländer war schwarz vor dünnen, peitschenden Strängen.

Aus dem mikroskopisch feinen Faden, der uns hierher geführt hatte, waren Millionen geworden; kurz und glänzend und sich hin und her wiegend wie bizarre Wimpern.

Angeekelt hob ich den Degen und wischte das Zeug fort, aber es war wie die Male zuvor: Das Geflecht wuchs beinahe schneller nach, als meine Klinge es durchtrennen konnte. Es gelang mir zwar, den Hauptstrang auszumachen und durchzuschneiden, sodass wenigstens die Plattform nach einigen Augenblicken frei von dem Protoplasmagewebe war, aber es war trotzdem ein Kampf ohne Aussicht auf Erfolg.

»Das ... das ist ja Wahnsinn«, keuchte Cody. »Das Zeug wird uns kriegen, Robert. Es ist überall!«

Er deutete mit dem Lauf seines Gewehres nach vorne. Trotz der geringen Entfernung war der nächste Waggon nur als schwarzer Schatten zu erkennen, aber überall war fließende, gleitende Bewegung. Das Gespinst quoll aus den Fenstern und unter der Tür hervor und bedeckte bereits einen Teil der Außenwand.

Ich schluckte ein paar Mal, um den bitteren Geschmack loszuwerden, der plötzlich in meinem Mund war, trat mit einem entschlossenen Schritt auf die gegenüberliegende Plattform und spürte eine sanfte Berührung; ein Gefühl, als griffen haarige Spinnenbeine nach mir.

Hastig schwang ich meinen Degen und schlug den Weg zur Tür frei. Mit einem Tritt sprengte ich sie auf, ließ vorsichtshalber meinen Degen vor mir durch die Luft zischen und trat in den nächsten Waggon.

Wie erstarrt blieb ich stehen.

Ich hatte geglaubt, dass es schlimmer nicht mehr kommen könnte. Aber das stimmte nicht.

Ganz und gar nicht.

Vorne auf der Lok schaufelte Midwailer noch immer Kohlen. Und der Zug wurde noch immer schneller.

Der Waggon hatte keine separaten Abteile wie die beiden Erste-Klasse-Wagen, die wir bisher durchquert hatten, sondern war eine der einfachen Ausführungen, in denen sich die Bänke jeweils zu zweit Rücken an Rücken gegenüberstanden.

Im Moment sah er allerdings weit eher wie ein Albtraumkabinett denn wie ein Eisenbahnwagen aus.

Das schwarze Spinnengeflecht war überall. Es bedeckte den Boden, kroch in dünnen Strängen an den Wänden empor und wehte von der Decke, spannte sich zwischen den Bänken und ballte sich hier und da zu fast undurchsichtigen Wänden zusammen. Und überall auf den Bänken und dem Boden lagen die schwarzen Kokons, wie wir sie schon im vorigen Wagen zu Gesicht bekommen hatten.

Ich gewahrte eine Bewegung aus den Augenwinkeln, drehte mich erschrocken herum und sah, wie sich einer der schwarzen Klumpen auf mich zu bewegte, mit mühsamen, pumpenden Bewegungen und eine glitzernde Schleimspur hinterlassend.

Unter der Berührung meines Degens löste das *Ding* sich beinahe sofort auf, und auch ein Teil des Netzes, in das es eingesponnen war, zerfiel.

Aber der Zersetzungsprozess hörte fast ebenso rasch wieder auf, wie er begonnen hatte. Die Macht meines Stockdegens reichte einfach nicht aus, die gewaltige Masse *Shoggoten*-Plasmas zu vernichten, die den Zug erfüllte. Es war einfach unmöglich, jeden einzelnen Strang zu zerschneiden. Selbst wenn sie nicht auf so unheimliche Weise nachgewachsen wären – ich hätte Tage dazu gebraucht.

»Worauf wartest du?«, keuchte Cody. »Fang an!«

Ich schüttelte den Kopf. »Das ist vollkommen sinnlos«, murmelte ich. »Wir müssen die Mutterzelle erwischen.«

»Die was?«

»Vergiss es«, antwortete ich. »Auf jeden Fall ist es sinnlos, dieses Zeug zu bekämpfen. Wir müssen weiter nach vorne.«

»Du meinst, dass es irgendwo eine . . . eine Art Gehirn gibt?«, fragte Cody.

Ich nickte. »Irgendwo dort vorne. Das müssen wir erwischen. Alles andere wäre sinnlos.«

»Wenn uns noch so viel Zeit bleibt«, flüsterte Bodine.

Plötzlich erschütterte ein harter Stoß den Wagen. Ich strauchelte, prallte gegen die Wand und riss entsetzt die Hand zurück, die ich instinktiv ausgestreckt hatte, als das schwarze Gewebe auf meine Finger zuzukriechen begann.

Dann erfolgte der zweite Stoß, und er war noch härter als der erste. Hätte mich Bodine nicht aufgefangen, wäre ich gestürzt.

»Verdammt noch mal, wir fahren immer schneller!«, keuchte One-Shot. »Sieh aus dem Fenster!«

Ich gehorchte. Die Landschaft raste nur so an uns vorbei.

»Wir werden entgleisen!«, flüsterte Cody erschrocken. »Irgendwas muss mit dem Zugführer passiert sein.«

»Irgendwas ist gut«, murmelte Bodine. Dann deutete er mit einer entschlossenen Bewegung nach vorne. »Los.«

Allein bei dem Gedanken, durch diesen Albtraumwagen gehen zu sollen – und die anderen, die vielleicht noch größeren Schrecken bergen mochten –, sträubten sich mir die Haare. Aber Bodine hatte natürlich Recht. Wir hatten keine sehr große Wahl. Der Zug wurde schneller und schneller.

»Gut«, sagte ich. »Ihr bleibt hier.«

»Du bist wohl verrückt«, fauchte Bodine. »Wir kommen mit!«

Er wollte unverzüglich losgehen, aber ich riss ihn am Arm zurück. »Sei vernünftig, One-Shot«, sagte ich. »Ihr könnt mir nicht helfen. Und ich bin froh, wenn ich allein lebend durchkomme.«

»Er hat Recht«, sagte Cody leise. »Du würdest ihn nur behindern.«

Bodine presste wütend die Lippen aufeinander und setzte zu einer Antwort an, aber in diesem Moment bockte der Boden erneut, und diesmal neigte sich der Wagen deutlich spürbar zur Seite. Für einen kurzen, schrecklichen Moment hatte ich das Gefühl, den Boden unter den Füßen zu verlieren und schwerelos in der Luft zu hängen, dann fiel der Wagen mit einem spürbaren Ruck auf die Gleise zurück.

»Mein Gott!«, keuchte Bodine. Der Pass!«

»Welcher Pass?«, fragte ich alarmiert.

»Der Candon-Pass«, antwortete Bodine. Seine Augen waren weit vor Schrecken. »Keine fünf Meilen mehr von hier, Robert. Der Zug muss eine Schleife fahren. Wir ... wir fliegen aus den Schienen, wenn wir mit diesem Tempo dort ankommen.«

»Wie viel Zeit bleibt uns noch?«, fragte ich erschrocken.

»Ein paar Minuten«, flüsterte Bodine. »Nicht mehr. Wir ... müssen nach vorne. Zur Lok!«

Ich habe niemals an böse Omen geglaubt. Bis zu diesem Moment.

Denn Bodine hatte die Worte noch nicht ganz ausgesprochen, als die vordere Tür des Wagens mit einem berstenden Schlag aus den Angeln gesprengt wurde.

Unter der Öffnung erschien ein Albtraum.

Das *Ding* hatte keine konkrete Form; ein doppelt mannsgroßer Klumpen aus schwarzem Fleisch, Tentakel schwingend und mit zahllosen kleinen, gezahnten Mäulern in die leere Luft schnappend.

Cody schrie auf und feuerte seine Büchse ab, doch die Kugeln vermochten das Ungeheuer nicht aufzuhalten.

Mit einer fließenden Bewegung kam das grässliche *Ding* näher, durchquerte den Wagen aber nur zur Hälfte und blieb plötzlich hocken. Seine zahllosen Mäuler schnappten. Die schwarzen Tentakel pfiffen durch die Luft wie Peitschenschnüre. Und dann erkannte ich den zuckenden Faden, der unter der zerborstenen Tür verschwand. Auch dieses *Ding* war nicht mehr als eine Marionette.

Aber nichtsdestotrotz tödlich. Selbst mit meinem Degen wäre es Irrsinn gewesen, einen Angriff auf dieses Ungeheuer zu wagen.

Und selbst, wenn es mir gelungen wäre, die Bestie zu überwinden – mir blieb einfach nicht genug Zeit! Fünf Meilen hatte Bodine gesagt. Jetzt vielleicht schon nur noch vier! Noch wenige Minuten, und der Zug würde in die enge Kurve vor dem Pass schießen und an den Felsen zerschmettern!

»Über die Dächer!«, keuchte Bodine. »Oben über den Wagen, Robert! Das ist die einzige Chance!«

Ich fuhr herum, sprang wieder auf die Plattform hinaus und griff hastig nach der schmalen Eisenleiter, die auf den Zug hinaufführte. Den Degen wie ein Piratenmesser zwischen den Zähnen, kletterte ich am Wagen empor, zog mich mit einer verzweifelten Bewegung auf das gekrümmte Dach und versuchte aufzustehen.

Um ein Haar hätte mich der Wind vom Zug geschleudert.

Mit einem erschrockenen Keuchen warf ich mich vor und blieb sekundenlang gegen das Dach gepresst liegen. Der Wagen sprang wie ein tollwütig gewordenes Pferd hin und her, und unter den rasenden Rädern der Wagen stoben immer wieder Funken auf. Der Fahrtwind war zu einem Orkan geworden, der mich wie ein trockenes Blatt packen und davonwirbeln würde, wenn ich den Fehler beging, aufzustehen.

Aber ich musste nach vorne. Das Gehirn des *Shoggoten* befand sich zweifellos dort, vermutlich auf der Lokomotive; und wenn es mir nicht gelang, das Ungeheuer innerhalb der nächsten drei, vier Minuten unschädlich zu machen, waren wir alle verloren.

Mit zusammengebissenen Zähnen stemmte ich mich hoch, zog den Kopf zwischen die Schultern und kroch auf Händen und Knien weiter, bis ich das Ende des Wagendaches erreichte. Etwas Schwarzes, Glänzendes war unter mir, und finstere Schatten flogen an uns vorüber.

Ich setzte alles auf eine Karte und sprang.

Es war die schrecklichste Sekunde meines Lebens. Ich hing über dem Nichts, mit weit ausgestreckten Armen und Beinen, der Wind schlug mit unsichtbaren Fäusten auf mich ein, und die gierigen Nervenfäden des *Shoggoten* griffen wie Millionen dürrer Krakenarme nach mir.

Dann prallte ich auf das Dach, schlug mir Nase und Lippen blutig und fand mit verzweifelter Kraft Halt.

Midwailer schaufelte Kohlen. Das Blatt seiner Schaufel glühte in hellem Orangerot, und der hölzerne Stiel hatte längst Feuer gefangen, aber er spürte es nicht einmal. Mit monotonen Bewegungen warf er die schwarzen Kohlen in den brennenden Schlund der Lokomotive. Der Zug wurde schneller.

Wie ich den ersten Wagen und den Kohletender erreichte, weiß ich nicht mehr. Es war wie ein Albtraum. Der Fahrtwind war so heftig, dass er mir den Atem nahm. Ich sah kaum mehr etwas. Der Zug bockte und sprang so heftig in seinen Gleisen, dass es fast ein Wunder schien, dass er nicht längst entgleist war.

Eine Sekunde lang blieb ich einfach keuchend liegen, presste das Gesicht gegen die rauen Kohlen unter mir und versuchte meinem geschundenen Körper noch einmal ein bisschen Kraft abzugewinnen. Meine Hände zitterten so stark, dass ich kaum mehr hochkam.

Und der Anblick, der sich mir bot, als ich es endlich schaffte, lähmte mich abermals.

Als wolle er die schreckliche Szene in der gebührenden Breite beleuchten, war der Mond hinter den Wolken hervorgekrochen und überschüttete die Berge mit silbernem Licht. Der Schienenstrang glänzte wie ein silberfarbener Fluss auf dem matten Schwarz der Felsen.

Für eine knappe halbe Meile führte er noch geradeaus.

Dann machte er einen Knick, als hätte jemand die Gleise im rechten Winkel abgebogen, und verschwand hinter senkrecht aufstrebenden Felsen.

Auf der einen Seite.

Auf der anderen gähnte ein bodenloser Abgrund.

Und der Zug raste in einem wahren Höllentempo darauf zu! Mit einem Schrei sprang ich auf, warf mich nach vorne und sprang vom Tender herunter auf die Lok.

Um ein Haar wäre es mein letzter Schritt gewesen.

Vor dem weit geöffneten Feuerloch stand eine Gestalt, etwas, das irgendwann einmal ein Mensch gewesen war. Jetzt war sein Aussehen kaum mehr zu erkennen, denn es stand in hellen Flammen.

Aber es lebte.

Und es reagierte.

Ich fand kaum Gelegenheit, mich auf dem bockenden Untergrund wieder aufzurichten, ehe das Scheusal herumfuhr und sich mit lautloser Wut auf mich stürzte.

Ich stolperte zurück, prallte gegen etwas Hartes, Heißes und wich im letzten Moment dem Hieb aus. Die Schaufel prallte eine Hand breit neben mir gegen den Stahl und brach ab.

Ich sprang zur Seite, duckte mich unter einem weiteren Hieb hindurch und stieß den Degen vor.

Die Kreatur erstarrte mitten in der Bewegung. Ein sonderbarer, seufzender Laut drang über ihre Lippen. Sie taumelte, ließ den Schaufelstiel fallen und kippte rücklings in das weit offen stehende Feuerloch der Lok. Fettiger Dampf quoll auf, als das schwarze Protoplasma in der Höllenglut verkochte.

Keuchend richtete ich mich auf. Das Ungeheuer war tot, aber die Lok raste weiter in höllischem Tempo dahin – und der Abgrund war höchstens noch eine Viertelmeile entfernt!

Ich fuhr herum, starrte einen Moment lang hilflos auf die verwirrende Vielfalt von Instrumenten, Hebeln und Rädern vor mir und versuchte vergeblich zu erraten, welches davon so etwas wie eine

Bremse sein mochte. Schließlich begann ich wahllos an allem herumzuzerren und zu drehen, was sich irgendwie bewegte. Natürlich ohne den geringsten Erfolg.

»Robert! Hierher!«

Bodines Schrei ließ mich herumfahren. One-Shot war mir gefolgt, ohne dass ich es bemerkt hatte. Aber er war nicht auf den Kohletender gestiegen wie ich, sondern hockte, sich mit einer Hand festklammernd, auf der Kupplung zwischen der Lok und dem ersten Wagen.

Entschlossen kletterte ich los. Es waren nur wenige Yards, aber ich musste an der Außenseite des Zuges entlangklettern und um ein Haar hätte mich die Lok abgeworfen, noch bevor ich ihn erreichte. Mit letzter Kraft zog ich mich auf die Plattform des Wagens hinauf, ergriff Bodine bei den Schultern und hielt ihn fest, gleichzeitig mit den Füßen selbst Halt am Metall des Geländers suchend.

Es war ein verzweifelter Kampf gegen die Zeit. Bodine hatte das Gewinde der Kupplung bereits gelöst, während ich gegen den *Shoggoten* gekämpft hatte, aber der Wagen hing noch immer an einem gewaltigen Eisenring, an dem seine Hände vergeblich zerrten.

Dann ging alles unglaublich schnell.

Von der Lok her erscholl ein fürchterliches Bersten und Krachen, als der überhitzte Kessel platzte und kochenden Wasserdampf und glühende Kohle erbrach. Bodine schrie, warf sich nach vorne, sodass er meinem Griff entschlüpfte, und zerrte den Haltering vom Haken.

Der Zug schien von einem gigantischen Hammer getroffen zu werden.

Wie in einer schrecklichen Vision sah ich, wie die Lok, ihres Gewichts plötzlich ledig, mit einem gewaltigen Satz nach vorne schoss, sich in einer absurd langsamen Bewegung aus den Schienen hob. Der Kessel explodierte endgültig, und dann war alles voller Flammen und Glut und Hitze ...

Ich spürte noch, wie der Wagen unter mir ebenfalls aus den Gleisen gedrückt wurde, sich in die Höhe und gleichzeitig zur Seite bewegte, dann fühlte auch ich mich angehoben und davongeschleudert.

Das Letzte, was ich sah, ehe ich gegen die Felsen prallte, war die Lok; ein brennendes, zerfetztes Wrack, das sich immer mehr und mehr auflöste, Flammen und glühende Trümmer schleudernd und noch immer in dieser absurden, schwerelosen Bewegung, die die

Lokomotive aus den Gleisen und über den Rand des Abgrundes getragen hatte.

Sie und One-Shot Bodines entsetzt aufgerissene Augen, als er hinter ihr in die Tiefe stürzte.

Dann nichts mehr.

Ein Gigant erwacht

Vorwort

Eine Besonderheit des Hexers im Vergleich zu anderen Serien war stets die Tatsache, dass er in der Vergangenheit spielte (und zwar um jeweils exakt einhundert Jahre gegenüber dem Erscheinungstag des entsprechenden Heftes). Nur daraus ergab sich eine weitere Besonderheit, nämlich das Einbringen von fiktiven oder realen Personen aus dieser Handlungsepoche. Bei mehr oder weniger in der Gegenwart spielenden Romanen (eine Abweichung von ein paar Jahren fällt hier kaum ins Gewicht) ist das über einen kurzen Cameo-Auftritt hinweg hingegen extrem schwierig.

Das Einfügen fiktiver Personen scheitert schlicht und einfach an der rechtlichen Situation und den Copyrights. Niemand könnte einfach einen Roman schreiben, in dem beispielsweise Hannibal Lecter als eine der Hauptfiguren mitspielt, ohne von Thomas Harris bzw. seinem Verlag direkt einen Hammer mit der ganz großen gerichtlichen Keule verpasst zu bekommen.

Aber Copyrights gelten nur für einen Zeitraum von einigen Jahrzehnten und laufen dann aus. Das bedeutet, dass die Rechte an vielen »klassischen« Protagonisten mittlerweile frei sind, z. B. Frankenstein, Dracula, Sherlock Holmes oder den Personen, die Jules Verne einst schuf. Jeder Autor darf sie nach Belieben verwenden, was zum Teil ja auch ausgiebig geschieht, wenn man gerade an Dracula und Konsorten denkt.

Bei realen Personen der Gegenwart ist das Problem weitaus komplizierter. Grundsätzlich darf man über sie schreiben, gerade wenn es sich um Persönlichkeiten der Zeitgeschichte handelt, aber es kommt sehr stark auf den Kontext an. Gegen eine Biographie beispielsweise ist nichts zu sagen, obwohl auch hier stets die Gefahr besteht, dass die jeweilige Person den Gang zum Gericht antritt, wenn darin Unliebsames geschildert wird, das sich nicht eindeutig beweisen lässt.

Noch sehr viel höher dürfte die Klagebereitschaft liegen, wenn man eine solche reale Person ein erfundenes Abenteuer erleben lässt. Mancher mag sich geschmeichelt fühlen, aber auch damit dürfte es spätestens dann vorbei sein, wenn er nicht als blitzblanker, strahlender Held geschildert wird, sondern auch Schwächen zeigt oder gar auf der Seite der Schurken steht. Oft spielt in Thrillern der Präsident der Vereinigten Staaten mit – aber in nahezu allen Fällen ist es ein fiktiver Präsident, nicht der wirkliche Inhaber des Amtes, selbst wenn es sich um eine positive Rolle handelt.

Bei Personen, die schon lange tot sind, besteht die Gefahr rechtlicher Schwierigkeiten nicht, allein schon deshalb, weil sie wohl schwerlich aus ihrem Grab auferstehen und den Gang zum Anwalt antreten werden.

Dies nutzt der Hexer weidlich aus. Die wohl bekannteste historische – und dabei zudem ins Fantastische verfremdete – Person dürfte H.P. Lovecraft selbst sein, der Schöpfer des Mythos um die GROSSEN ALTEN, der in der Serie eine durchgehende wichtige Rolle als Roberts engster Freund spielt, in Wirklichkeit aber wohl kaum die Fähigkeit zur Manipulation der Zeit gehabt haben dürfte.

Aber auch andere fiktive und reale Persönlichkeiten treten im Hexer auf. An vorderster Stelle wäre hier wohl der aus der Feder von Jules Verne stammende Kapitän Nemo zu nennen, der im Dagon-Zyklus über mehrere Hefte hinweg mitspielte. Auch dürfen sich die Leser schon jetzt auf Gastauftritte eines gewissen Victor Frankenstein und eines Sherlock Holmes im übernächsten Buch freuen; in späteren Bänden werden sich u. a. auch noch Holmes' Gegenspieler Professor Moriarty, der SF-Autor H. G. Wells und ein ziemlich weit und schnell gereister Mann namens Phileas Fogg die Ehre geben.

Bereits gegen Ende des vorigen Buches tauchten drei weitere historisch verbürgte Persönlichkeiten auf, die in die fantastischen Abenteuer des Hexers verstrickt wurden und auch in diesem Band eine bedeutende Rolle spielen: William Cody, besser bekannt als Buffalo Bill, die Kunstschützin Annie Oakley und der Sioux-Häuptling Sitting Bull, der der US-Kavallerie am Little Bighorn eine vernichtende Niederlage beibrachte, einer der wenigen großen Siege der Indianer im Kampf um ihre Freiheit und ihr Überleben.

Weitere Informationen zu diesen Personen gibt es im nächsten Vorwort.

Frank Rehfeld

Dieser Band enthält die Hefte:

Der Hexer 25: Ein Gigant erwacht
Der Hexer 26: Die Gruft der weißen Götter
Der Hexer 27: Todesvisionen (Wolfgang Hohlbein zusammen mit Michael Schönenbröcher)

Ein Gigant erwacht

Für lange Zeit hatte der Gigant geschlafen. Wie lange, das wusste er nicht. Zeit war etwas, was keine Bedeutung für ihn hatte; vielleicht, weil sein Bewusstsein nicht imstande war, diesen Begriff zu verarbeiten. Er dachte nur in Perioden von Hunger, Schlaf und wohliger Sattheit. Meist, wenn er erwachte, hatte er Hunger. Und immer war sein Erwachen von etwas begleitet, das er kannte. Der Klang der Flöte. Stets hatte ihn die sanfte Melodie zu Beute und damit Fressen geführt. Dies wusste er: Die Flöte bedeutete Jagd und Blut und Fleisch, das er fressen konnte. Die Flöte bedeutete Nahrung. Jetzt hörte er sie. Und der Gigant erwachte.

Bis es hell wurde, würde noch eine Stunde vergehen; mindestens. Und trotzdem war der Bereich vor dem Pass in fast taghelles Licht getaucht: Dutzende von kleineren und größeren Feuern, ein flackernder Buschbrand hier, kleine Pfützen brennenden Öls und glimmendes Holz und Gras dort. Ganz am Ende des ovalen Bereiches totaler Zerstörung lag ein umgestürzter Bahnwaggon und brannte lichterloh.

Das flackernde, hin und her zuckende Licht der Flammen offenbarte mir ein Bild schrecklicher Verwüstung. Nicht einer der elf Wagen war auf den Gleisen oder gar auf seinen Rädern stehen geblieben, und die vorderen drei oder vier Waggons – so genau war das nicht mehr zu erkennen – hatten sich in- und übereinandergeschoben und verkeilt, bis sie zu einem schier unentwirrbaren Klumpen aus Schrott und zersplittertem Holz und Glas geworden waren.

Doch gerade diese drei oder vier Waggons waren es, die die schlimmste Katastrophe verhindert hatten. Nach One-Shot Bodines selbstmörderischem Manöver, die Lok vom Rest des Zuges abzukoppeln, waren die Wagen führerlos aus den Schienen gesprungen und hatten sich zwischen den Granitfelsen beiderseits des Gleiskörpers verkeilt. Wäre es anders gewesen, dann wären sämtliche elf Waggons der Lok wie eine Schafherde dem Leithammel gefolgt und fünfhundert Yards weit in die Tiefe gestürzt …

Ich verscheuchte den Gedanken, setzte mich mühsam auf und bezahlte schon diese behutsame Bewegung mit einem stechenden Schmerz im Schädel. Ich wusste nicht, wie lange ich ohne Bewusstsein gewesen war, aber den pochenden Schmerzen, der in Wellen wiederkehrenden Übelkeit und den abwechselnden Hitze- und Kälteschauern nach zu schließen, musste ich mir eine ausgewachsene Gehirnerschütterung eingehandelt habe. Dafür sprach auch, dass ich mich kaum zu erinnern vermochte, was wirklich geschehen war. Ich wusste alles, aber die Details waren verschwommen und entzogen sich meinem bewussten Zugriff.

Aber ich lebte, und das war schon mehr, als ein Teil unserer unglücklichen Mitreisenden von sich behaupten konnte.

Neben mir knirschten harte Stiefelsohlen auf Sand und Kies, und als ich aufsah – sehr vorsichtig diesmal –, blickte ich ins Gesicht Buffalo Bill Codys. Es war blutüberströmt, und in seinen Augen stand noch immer ein Ausdruck lähmenden Entsetzens; jener Art von Unglauben, der man oft bei Menschen begegnet, die eine Katastrophe miterlebt und überlebt haben. Es gibt ein gewisses Maß von Schrecken, das ein Mensch verarbeiten kann. Alles, was darüber hinausgeht, wirkt nur noch lähmend.

Cody lächelte mühsam, als er meinen Blick erwiderte, ließ sich mit einem erschöpften Seufzer neben mir zu Boden sinken und bettete den Kopf an den Felsen hinter sich. Anders als ich war er nicht die halbe Nacht hindurch ohne Bewusstsein gewesen, aber ich beneidete ihn nicht darum.

Normalerweise hasse ich es, bewusstlos zu sein, denn es sind Momente, in denen man hilflos allem ausgeliefert ist. Diesmal war ich beinahe froh. Cody, Sitting Bull und die Hand voll Männer, die halbwegs unverletzt davongekommen waren, hatten Stunden gebraucht, die Überlebenden aus den Trümmern zu bergen und die Verwundeten zu versorgen, soweit es unsere bescheidenen Mittel überhaupt zuließen. Wie jeder Zug hatte auch dieser einen Vorrat an Verbandszeug und den wichtigsten Medikamenten mitgeführt. Er verbrannte gerade irgendwo unter den Trümmern des Gepäckwagens, der in Flammen aufgegangen war. Zusammen mit dem Großteil von Buffalo Bills Ausrüstung.

»Wie sieht es aus?«, fragte ich leise. »Sind ... sehr viele tot?«

Cody öffnete mühsam die Augen. Sein Gesicht war grau. Er wirkte unendlich müde, und zum ersten Mal, seit wir uns kennen gelernt hatten, sah er wirklich so alt aus, wie er war. Es dauerte lange, bis er den Kopf in meine Richtung wandte und antwortete.

»Alle, die in den vorderen Wagen waren«, murmelte er mit einer Geste auf die ineinandergekeilten Metallmassen, drei Schritte vom Abgrund entfernt. »Sonst niemand. Wir haben ... Glück gehabt.« Er zögerte hörbar, ehe er das Wort aussprach. Seine Stimme klang bitter. »Dieses Zeug, das sie eingesponnen hatte, hat die meisten geschützt. Ein paar Knochenbrüche und viele Schnittwunden und Prellungen. Aber sterben wird keiner mehr.«

Seine Worte ließen die Erinnerung an die vergangene Nacht wie einen düsteren Albdruck in meinem Geist wach werden. Selbst jetzt lief mir noch ein eisiger Schauer über den Rücken, als ich an jene schrecklichen Minuten dachte, in denen der Zug immer schneller und schneller werdend auf den Pass und den Abgrund zustürzte. Alles in allem hatte der Albtraum nicht länger als zehn, höchstenfalls fünfzehn Minuten gedauert. Mir kam es vor wie fünfzehn Jahre.

»Was war das, Robert?«, fragte Bill leise.

Ich blickte ihn an, schloss für einen Moment die Augen und schüttelte den Kopf, obwohl die Bewegung den Schmerz zwischen meinen Schläfen zu neuer Wut aufflammen ließ.

»Das willst du doch nicht wirklich wissen«, murmelte ich. »Nicht jetzt, Bill.«

Cody seufzte. »Stimmt«, antwortete er. »Später. Vielleicht nie. Vielleicht ...« Er lächelte bei diesen Worten, aber ich war mir nicht sicher, ob sie nicht wirklich ernst gemeint waren. Der Marsch durch den Zug, der vom schwarzen Protoplasmagewebe des außer Rand und Band geratenen *Shoggoten* in einen Albtraum verwandelt worden war, musste ihn an den Rand seiner geistigen Belastungsfähigkeit gebracht haben.

Buffalo Bill Cody war sicher einer der tapfersten Männer, denen ich jemals begegnet war. Aber die Geschehnisse der letzten Nacht waren keine, denen man mit Tapferkeit allein begegnen konnte.

Cody, Bodine und Sitting Bull hatten einen Blick in eine Welt getan, die schlimmer war als die Hölle. Und ich wagte noch nicht zu beurteilen, wie Cody und der alte Indianerhäuptling damit fertig werden würden. Vielleicht – und diesen Gedanken meinte ich in diesem Moment nicht einmal sarkastisch – war One-Shot Bodine von den dreien am besten dran. Zumindest war er dem Wahnsinn entronnen.

Ich versuchte mich aufzusetzen, erreichte damit aber nur, dass die Berge und der Himmel sich für einen Moment vor meinen Augen zu drehen begannen. Mir wurde übel.

»Ich werde dir Sitting Bull schicken«, sagte Cody leise. »Er wird dir helfen.«

»Das ist … nicht nötig«, antwortete ich stockend. Selbst das Sprechen fiel mir schwer. Dabei konnte ich trotz allem noch von Glück sagen. Ich war bei einem Tempo von mindestens sechzig Meilen vom Zug geschleudert worden. Hätte nicht ein Busch meinen Sturz abgefangen und ein gnädiges Schicksal mich auf den einzigen Flecken weicher Erde zwischen einer viertel Quadratmeile spitzer Granitfelsen prallen lassen, wäre auf meinen Schultern jetzt nicht mehr viel gewesen, was wehtun konnte.

Cody runzelte die Stirn, stand auf und ging ohne ein weiteres Wort, und ich ließ mich wieder zurücksinken und glitt dicht am Rande der Bewusstlosigkeit entlang; vielleicht nur für Augenblicke, vielleicht für eine Stunde.

Erst als raue, aber sehr kundige Hände meinen Kopf anhoben und sich irgendwo an meinen Schläfen zu schaffen machten, kehrte mein Geist vollends ins Bewusstsein zurück. Der verschwommene dunkle Fleck vor meinen Augen gerann zu einem lederhäutigen Gesicht, das nur aus Falten und Runzeln und einem Paar vom Alter trüb gewordener Augen zu bestehen schien.

»Halt still«, sagte Sitting Bull leise, als ich den Kopf bewegte. »Der Schmerz hört gleich auf.«

Sitting Bull musste eine entschieden andere Auffassung des Wortes *gleich* haben als ich, denn vorerst steigerte sich das schmerzhafte Pochen zwischen meinen Schläfen zur Raserei, sodass ich gequält aufstöhnte. Aber dann tat er irgendetwas, und Augenblicke später sank der Schmerz wirklich zu einem zwar noch unangenehmen, aber erträglichen Pochen herab.

Ich lächelte dankbar, richtete mich ein wenig auf und blickte in seine Augen.

Nebel.

Nebel oder vielleicht auch Pulverdampf, der eine schier endlose Ebene verhüllte. Dunkle, formlose Körper lagen darauf, die ich nicht erkannte, die mich aber auf schreckliche Weise an irgendetwas erinnerten.

Dann ein Heulen, an und abschwellend wie das Geräusch einer näher kommenden Wolfsmeute. Das schnelle, schwere Tappen horniger Pfoten.

Schließlich das Gesicht eines Mädchens, seltsam verschwommen, sodass seine Züge nicht richtig zu erkennen waren. Nur die Augen waren klar. Klar und übermäßig groß. Ein Ausdruck stummer Anklage stand darin geschrieben.

Die Vision erlosch so schnell, wie sie gekommen war, und ich fiel mit einem fast schmerzhaften Ruck in die Wirklichkeit zurück. Entsetzt starrte ich Sitting Bull an.

Aber wenn er überhaupt gemerkt hatte, was geschehen war, so beherrschte er sich meisterhaft. Mit einem Gesicht, das so ausdruckslos wie immer war, sah er auf mich herab, bedeutete mir mit stummen Gesten, noch eine Weile liegen zu bleiben und mich möglichst wenig zu bewegen, und stand auf. Seine Gestalt verschmolz mit der Dunkelheit, als er sich umwandte und mich allein ließ. Aber ich blickte ihm noch lange nach.

Was war das?, dachte ich entsetzt. Ein Gefühl eisiger, körperloser Kälte kroch in mir empor und drohte mich abermals zu lähmen. Das Schlimmste waren nicht einmal die Bilder gewesen, die ich empfangen hatte. Schlimmer, tausendfach schlimmer war die Angst, die diese Bilder begleitete; eine gestaltlose, grässliche Furcht, die sich allen Barrieren von Logik und Selbstbeherrschung zum Trotz wie eine Springflut in meinen Geist ergossen hatte.

Sie und das entsetzliche, übermächtige Gefühl von Bedrohung, konkreter, körperlicher Bedrohung.

Und ich wusste nicht einmal zu sagen, wem diese Drohung galt. Ob Sitting Bull oder mir.

Nur schien der alte Häuptling sie gar nicht bemerkt zu haben. Ein neuer, schrecklicher Gedanke durchzuckte mich. War Sitting Bull nur ein Werkzeug, ein Medium, über das mir die Botschaft einer weitaus größeren Macht übermittelt wurde?

Die Schlussfolgerung war so einfach wie erschreckend: Necron!

Steckte er dahinter? Wusste der Herr der Drachenburg bereits, dass ich auf der Suche nach ihm war?

Und plötzlich glaubte ich auch das bleiche Antlitz aus der Vision zu erkennen … *Priscylla!*

Unter normalen Umständen hätte er die ganze Nacht gebraucht, um den Pass zu erreichen; und einen guten Teil des Vormittages dazu. Aber die Umstände waren nicht normal, und dort oben am Pass war etwas geschehen, das so schrecklich war, dass er keine Rücksicht mehr auf sich selbst nehmen konnte.

Lancelot Postlethwaite kletterte verbissen weiter. Seine Hände waren längst aufgeschürft, jeder einzelne Fingernagel gesplittert und abgebrochen, und seine Arme schmerzten so, dass er sich fragte, wie er die letzten fünfzig Yards noch bewältigen sollte. Aber er schluckte den Schmerz und die Erschöpfung herunter, zwang seine Muskeln immer wieder aufs Neue, sich zu bewegen, und zog sich Stück für Stück an der lotrecht emporstrebenden Granitwand empor.

Es war Stunden her, aber das Bild stand noch immer so deutlich vor seinem inneren Auge, als wäre es in diesem Moment geschehen: Es war ein Albtraum gewesen, das erste Mal in seinem Leben, dass er ernsthaft an seinem Verstand gezweifelt hatte – was durchaus verständlich war. Niemand hätte es mit einem Achselzucken hingenommen, irgendwann gegen Mitternacht von einer fünfzig Tonnen schweren Dampflokomotive geweckt zu werden, die keine hundert Schritte neben seinem Zelt vom Himmel fiel.

Schon gar nicht Lancelot Postlethwaite, seines Zeichens ordentlicher Professor an der Universität Cambridge und – außer, wenn es um sein Fachgebiet ging – der wohl mit Abstand fantasieloseste Mensch, der jemals geboren wurde.

Es hatte eine ganze Weile gedauert, bis er begriffen hatte, dass er weder übergeschnappt noch in einem auf besonders perfide Art realistischen Albtraum gefangen war, sondern dass die Lokomotive Wirklichkeit und auch keineswegs vom Himmel, sondern von den Gleisen gestürzt war, die eine halbe Meile über ihm dicht an der Felswand entlangführten. Dann hatte er die Schreie und das fürchterliche, nicht enden wollende Krachen und Bersten gehört, und als er nach oben geblickt hatte, war der Himmel rot von Flammen gewesen, als wären die Wolken mit Blut gefüllt.

Und seitdem war er unterwegs.

Lancelot Postlethwaite war kein besonders praktisch veranlagter Mensch. Und seine Fantasie reichte leider Gottes nicht aus, ihm in diesem Moment zu sagen, dass die Strecke geradewegs die Wand hinauf mit Sicherheit kürzer, aber keineswegs *schneller* war. Auf den ersten hundert Yards war er sogar recht zügig vorangekommen, denn die zyklopische Felswand, an deren Fuß er sein Zelt aufgeschlagen hatte, führte im unteren Drittel zwar steil, aber keineswegs senkrecht in die Höhe. Später war es dann schwieriger geworden, aber Postlethwaite war, quasi von seinem eigenen Schwung getragen, einfach weitergeklettert.

Ein ganz kurzes Stück über den Punkt hinaus, an dem er noch hätte umkehren können.

An die darauf folgenden drei, möglicherweise auch vier Stunden weigerte er sich strikt zu denken. Die Wand zu ersteigen war immer schwieriger geworden, und wo seine Hände und Füße zu Anfang noch festen Halt gefunden hatten, waren plötzlich nur noch haarfeine Risse im Fels. Lancelot Postlethwaite war in diesem Moment felsenfest davon überzeugt, dass es Steigungen mit deutlich mehr als neunzig Grad gab.

Langsam, quälend langsam, kam das Ende der Felswand in Sicht, und der Anblick gab Postlethwaite noch einmal Kraft, wenngleich er selbst nicht zu sagen vermochte, woher er sie nahm. Keuchend vor Schmerz und Anstrengung kletterte er weiter, erreichte endlich die Kante und griff blindlings nach oben, auf der Suche nach irgendeinem Halt, an dem er sich auf den sicheren Boden hinaufziehen konnte.

Eine Hand griff nach der seinen, legte sich mit erstaunlicher Kraft um sein Gelenk und zog ihn mit einem einzigen Ruck nach oben. Postlethwaite schrie vor Schrecken auf, stolperte einen halben Schritt von der Felskante weg und fiel auf die Knie. Für einen Moment begann sich alles um ihn herum zu drehen.

Ein Mann stand vor ihm, als er aufblickte, gegen den Hintergrund des Nachthimmels nicht mehr als ein schwarzer Schatten. Und er war nicht allein. Hinter ihm bewegten sich weitere Schatten in der Nacht, und durch das Rauschen in seinen Ohren hindurch hörte er das Schnauben von Pferden und den harten metallischen Klang von Hufeisen.

Mühsam richtete sich Lancelot Postlethwaite auf und sah nach Westen. Der Himmel über dem Pass leuchtete noch immer im blutig roten Widerschein des Feuers, aber er war ein gutes Stück von seinem geraden Weg abgekommen, während er die Felswand hinaufgeklettert war. Zwischen ihm und dem brennenden Waggon lag sicherlich eine Meile, wenn nicht mehr.

Postlethwaite wandte sich wieder um und trat auf seinen Retter zu. Als er näher kam, konnte er das Gesicht des Mannes ein wenig deutlicher erkennen. Es war schmal und wirkte selbst im schwachen Mondlicht blass und irgendwie krank. Es gefiel Postlethwaite nicht sonderlich gut. Aber immerhin hatte der Mann ihm geholfen. Vielleicht hatte er ihm sogar das Leben gerettet. Postlethwaite war nicht ganz sicher, ob er noch die Kraft gehabt hätte, sich auf den Felsen hinaufzuziehen.

»Ich … ich danke Ihnen«, sagte er schwer atmend. »Sie haben mir das Leben gerettet.«

Der andere starrte ihn an, als hätte er seine Worte gar nicht gehört. »Wer sind Sie?«, fragte er unhöflich, trat an Postlethwaite vorbei, beugte sich über den Abgrund und fügte in deutlich ungläubigem Tonfall hinzu: »Und wo zur Hölle kommen Sie her, Mann?«

Postlethwaite machte eine Geste nach unten, dann zum Feuerschein im Westen. »Mein Name ist Lancelot Postlethwaite«, sagte er.

»Postlewie?«, murmelte der Mann.

Postlethwaite beschloss, diese Anzüglichkeit zu überhören. Außerdem war er an solcherlei Scherze – die er ganz und gar nicht komisch fand – gewöhnt. »Mein Lager befindet sich dort unten, Sir«, erklärte er steif. »Ich habe den Unfall beobachtet, wissen Sie? Dann kam die Lok angeflogen, und ich schloss, dass man meine Hilfe benötigt.« Er deutete auf die Pferde, die als hin und her huschende Schatten in der Nacht zu erkennen waren. »Ich nehme an, Sie gehören zur Rettungsmannschaft?«

Irgendjemand lachte schrill, und auch die Mundwinkel des Mannes, der ihn auf den Fels hinaufgezogen hatte, zuckten verdächtig. »So … ungefähr«, sagte er. »Jedenfalls sind wir auch auf dem Weg zum Pass. Scheint, als hätte es ein kleines Malheur gegeben.« Er grinste und trat wieder einen Schritt von der Felskante fort. »Warum kommen Sie nicht mit uns?«, fragte er. »So, wie es aussieht, kann man dort sicherlich jede helfende Hand gebrauchen. Wir haben ein Reservepferd. Sie müssen erschöpft sein, nach der Kletterei.«

Postlethwaite nickte dankbar. »Das ist überaus großzügig von Ihnen, Sir«, sagte er. »Ich werde so unverschämt sein und Ihr Angebot annehmen. Meine Knie fühlen sich in der Tat ein wenig weich an.«

Der andere lachte schallend, als hätte Postlethwaite einen Witz zum Besten gegeben, schlug ihm so freundschaftlich auf die Schulter, dass Postlethwaite um ein Haar zum zweiten Mal zu Boden gegangen wäre, und zog ihn am Arm mit sich.

»Dann komm, du komischer Vogel«, sagte er. »Bei uns bist du sicher aufgehoben.«

Mit raschen Schritten gingen sie zu den Pferden hinüber. Postlethwaite registrierte erstaunt, dass es keineswegs nur eine Hand voll Reiter waren, wie er im ersten Moment vermutet katte, sondern ein erstaunlich großer Trupp. Sicherlich zwanzig Mann, wenn nicht mehr.

Sein Retter führte ihn – noch immer wie ein Kind am Arm haltend – zu einem Packpferd, deutete darauf und grinste noch breiter. »Ich hoffe, du kannst reiten«, sagte er.

»Sir!« Postlethwaite schürzte beleidigt die Lippen. »Es gibt nichts, was man nicht erlernen könnte. Und ich lerne schnell; sehr schnell.«

»Na dann steig auf«, sagte der andere trocken.

Postlethwaite maß ihn noch einmal mit einem langen, strafenden Blick, schwang sich mit einer kraftvollen Bewegung in den Sattel des Pferdes – und fiel auf der anderen Seite wieder herunter, als das Tier einen erschrockenen Satz machte.

Rings um ihn herum brach schallendes Gelächter aus, während sich Postlethwaite mühsam wieder aufrichtete.

»Das tut mir leid!«, brüllte der Bursche, der ihm das Pferd zugewiesen hatte, so atemlos vor Lachen, dass er die Worte kaum herausbekam. »Ich hab glatt vergessen, dir zu sagen, dass das Vieh noch nicht zugeritten ist. Ist leider nur ein Packpferd!«

Seine Worte riefen eine weitere Salve brüllenden Gelächters hervor, während Postlethwaite sich mühsam hochrappelte und die Hand gegen seinen geprellten Rücken presste.

Aber plötzlich verstummte das Lachen wie abgeschnitten. Postlethwaite sah auf. Ein weiterer Fremder war neben dem ersten aufgetaucht, ein wenig größer als er, sehr schlank und ganz in Schwarz gekleidet. Seine Augen musterten Postlethwaite kalt, dann richtete sich sein Blick auf den Cowboy.

»Das reicht, Joe«, sagte er scharf. In seiner Stimme war eine Kälte, die Postlethwaite schaudern ließ. »Gib ihm ein vernünftiges Pferd, und dann steig wieder auf. Wir haben es eilig.«

Der mit Joe Angesprochene nickte hastig, fuhr wie elektrisiert auf der Stelle herum und verschwand in der Dunkelheit, während sich der Schwarzgekleidete mit einem entschuldigenden, nichtsdestotrotz aber vollkommen kalten Lächeln an Postlethwaite wandte.

»Bitte verzeihen Sie den etwas geschmacklosen Scherz, Sir«, sagte er. »Die Jungs sind manchmal wie die Kinder. Wenn man sie nicht an die Kandare nimmt, schlagen sie dauernd über die Stränge.«

Postlethwaite winkte großmütig ab, schluckte einen Schmerzlaut herunter, als bei dieser Bewegung ein scharfer Stich durch seinen Rücken fuhr, und lächelte gequält. »Aber ich bitte Sie, Sir«, sagte er. »Es macht rein gar nichts.«

»Dann ist es ja gut«, sagte der andere. »Und jetzt lassen Sie uns gehen. Die Menschen dorthinten brauchen unsere Hilfe.« Er wollte sich umwenden, blieb aber dann noch einmal stehen und sah Postlethwaite scharf an. »Wie, sagten Sie gleich, war Ihr Name?«, fragte er.

»Postlethwaite«, antwortete Postlethwaite. »Lancelot Postlethwaite. Und mit wem habe ich das Vergnügen?«

»Mein Name ist Teagarden«, antwortete der andere. »Ralph Teagarden. Aber Ralph reicht vollkommen.«

Ich musste doch wieder das Bewusstsein verloren haben, denn das Nächste, was ich wahrnahm, war Annie Oakleys bleiches Gesicht, das sich über mich beugte, und ihre Augen, die mit deutlicher Sorge auf mich herabblickten. Als sie sah, dass ich wach war und ihren Blick erwiderte, lächelte sie.

Aber sie wurde sofort wieder ernst. »Ich muss mit Ihnen sprechen, Robert«, sagte sie – aber erst, nachdem sie einen fast angstvollen Blick in die Runde geworfen hatte, als wolle sie sich davon überzeugen, dass uns auch wirklich niemand belauschte.

Ich setzte mich auf, hielt die Luft an und wartete, dass das Hammerwerk in meinem Kopf wieder zu arbeiten begann. Aber der Schmerz blieb aus, und auch das Schwindelgefühl, mit dem ich vorher jede unüberlegte Bewegung bezahlt hatte, kam nicht. Was immer Sitting Bull getan hatte – es wirkte.

»Mit mir reden?«, wiederholte ich.

Annie nickte. Sie wirkte sonderbar gehetzt. »Allein«, bestätigte sie. »Ehe Bill zurückkommt.«

Diesmal war ich wirklich überrascht. Für einen kurzen Moment dachte ich an die Szene vom vergangenen Abend zurück, als Annie zu mir gekommen war, mit nicht mehr als einem hauchdünnen Negligé bekleidet und offensichtlich nicht nur, um über das Wetter zu reden. Aber meine Hoffnungen wurden jäh enttäuscht, als sie weitersprach.

»Du bist nicht wegen Teagarden mitgekommen, nicht wahr?«, sagte sie. »Ich habe dich beobachtet, Robert. Gestern den ganzen

Abend und auch danach, als wir von diesem ... diesem Ding überfallen worden sind. Du hast keine Angst vor einem Schleicher wie Teagarden.«

»Glaubst du?«, fragte ich ausweichend. Worauf wollte sie hinaus?

»Du bist wegen Sitting Bull hier«, behauptete sie.

Damit kam sie der Wahrheit näher, als mir lieb war. Wenn es auch nicht ganz stimmte.

»Warum sollte ich?«, fragte ich.

Annies Blick wurde ein ganz kleines bisschen kälter. »Ich weiß nicht, wer du bist, Robert«, sagte sie. »Und vor allem, *was* du bist. Aber wer immer dich geschickt hat und was immer er dir über Sitting Bull erzählt hat – es stimmt nicht. Er ist einer der aufrichtigsten Männer, die ich jemals kennen gelernt habe.«

»Daran zweifle ich nicht«, antwortete ich, aber Annie schien meine Worte gar nicht gehört zu haben, denn sie redete einfach weiter, in jenem sonderbar gehetzten, schnellen Ton, der mir verriet, dass sie sich die Worte lange und sorgsam zurechtgelegt hatte und sie nun hervorsprudelte, um mir keine Gelegenheit zum Widerspruch zu geben.

»Bill nimmt Sitting Bull nicht nur mit nach Europa, um seiner Show eine weitere Attraktion hinzuzufügen«, sagte sie, »sondern vor allem, um ihn endlich aus diesem verdammten Land hinauszubringen. Er ist nicht schuld an dem, was geschehen ist, glaube mir, Robert. Custer und die anderen haben die Verträge gebrochen. Sie haben die Indianer betrogen damals. Sitting Bull hatte gar keine andere Wahl.«

»Custer?«, murmelte ich verstört. »Was hat denn Custer damit zu tun?«

Für einen Moment wirkte Annie verwirrt. Dann huschte ein Ausdruck über ihr Gesicht, der irgendwo zwischen Ärger und Betroffenheit lag. Plötzlich stand sie auf, mit einer abrupten Bewegung, die ihre wahren Gefühle weit deutlicher verriet, als es ihre Worte getan hatten. »Du willst also nicht«, sagte sie kalt. »Gut. Ich habe es wirklich gut gemeint, Robert. Bill wird dich erschießen, wenn du auch nur einen Finger gegen Sitting Bull hebst. Ich habe dich gewarnt.«

Sie wollte sich umwenden und gehen, aber diesmal war ich schneller und hielt sie am Arm zurück. »Zum Teufel, Annie, ich habe keine Ahnung, wovon du sprichst!«, sagte ich zornig. Das war nicht einmal gelogen. Auch wenn ich kein gebürtiger Amerikaner gewesen wäre, hätte mir der Name Custer eine Menge gesagt – aber was hatte der vor zig Jahren gefallene General mit unserer derzeitigen Situation zu tun?

Annie riss ihre Hand mit einem wütenden Ruck los und funkelte mich an. Trotz allem wirkte sie unsicher. »Frag Bill«, sagte sie. »Vielleicht glaubt er dir ja.« Und damit fuhr sie herum und rauschte endgültig davon.

Einen Moment lang blickte ich ihr nach, dann wandte ich mich um, bückte mich nach meiner Jacke, die ich bisher zusammengeknüllt als Kopfkissen benutzt hatte, streifte sie über und machte mich auf die Suche nach Cody. Ich würde Annie Oakleys Ratschlag beherzigen.

Vorerst fand ich Buffalo Bill nicht, aber dafür hatte ich während der nächsten halben Stunde alle Hände voll zu tun, die schier zahllosen Verwundeten zu versorgen, auf die ich während meiner Suche stieß.

Es gab kaum einen, der nicht auf die eine oder andere Art verletzt war, und viel zu wenig Möglichkeiten, ihnen zu helfen. Auch ein gebrochener Finger ist eine üble Sache, wenn die einzige Medizin, die man hat, aus gutem Zureden besteht. Ohne Sitting Bull, der nicht nur ein alter Indianer, sondern offensichtlich auch ein begnadeter Medizinmann war, wie ich schließlich am eigenen Leibe erfahren hatte, hätte es schlimm ausgesehen.

Schließlich entdeckte ich Cody hinten beim Wrack des langsam ausbrennenden Gepäckwagens. Er war zusammen mit einer Hand voll anderer Männer damit beschäftigt, aus dem Wrack zu retten, was zu retten war. Auch ein Stück Zeltbahn ist immerhin ein besserer Verband als gar nichts.

Ich hob die Hand, winkte ihm zu und setzte mich in Bewegung. Aber ich hatte kaum die halbe Strecke zurückgelegt, als ich abrupt stehen blieb.

Aus der Dunkelheit hinter dem brennenden Wagen kamen Reiter hervor.

Sehr viele Reiter – fünf, zehn, fünfzehn ... Es war ein gewaltiger Trupp, der da herangeritten kam und im weiten Halbkreis ausschwenkte, gerade so dicht an der Grenze des flackernden Feuerscheines, dass die Männer wohl zu sehen, nicht aber zu erkennen waren. Für eine Sekunde machte sich ein Gefühl tiefer Erleichterung in mir breit. Aber nur für eine Sekunde, denn dann fiel mir auf, wie sonderbar sie sich benahmen.

Die Männer mussten doch einfach sehen, was hier geschehen war! Aber nicht einer von ihnen rührte auch nur einen Finger, den Verletzten zu helfen!

Rasch ging ich weiter, trat an Codys Seite und sah ihn fragend an. Cody zuckte nur mit den Schultern. Auch er und seine Begleiter hatten die Reiter natürlich bemerkt und sich zu ihnen herumgedreht. Er wirkte so hilflos wie ich.

Plötzlich löste sich eine Gestalt aus der stumm dastehenden Reihe der Reiter, dann noch eine.

Cody stieß ein erschrockenes Keuchen aus, als er das Gesicht des schwarz gekleideten Mannes erkannte, und auch ich fuhr zusammen, als hätte mich ein Hieb getroffen. »Teagarden!«, keuchte ich.

Der Spieler grinste, schwang sich mit einer kraftvollen Bewegung vom Pferd und kam mit langsamen Schritten auf uns zu. Cody spannte sich. Seine rechte Hand kroch zum Pistolengürtel.

»Es freut mich, dass Sie mich noch nicht vergessen haben, Mister Craven«, sagte Teagarden spöttisch. »Aber so lange ist es ja noch nicht her.« Er kam näher, baute sich in eindeutig drohender Haltung vor Cody und mir auf und runzelte die Stirn. »Was ist passiert?«

»Der Zug ist entgleist«, antwortete ich hastig, ehe Cody irgendetwas sagen konnte. Er und Teagarden machten auf mich den Eindruck zweier wütender Hunde, die jeden Moment aufeinander losgehen konnten. Ein einziges Wort mochte da schon zu viel sein.

»Das ist nicht zu übersehen«, sagte Teagarden kalt. »Aber das habe ich auch gar nicht gemeint.«

»Was willst du hier, Ralph?«, fragte Cody kalt. »Hattest du Sehnsucht nach mir?«

Teagarden lachte leise. »Immer noch der Alte«, sagte er kopfschüttelnd. »Du überschätzt dich, mein Lieber.« Er lachte, griff in die Westentasche und zog ein Bündel Geldscheine heraus, das er mir hinhielt. »Nein, nein«, sagte er. »Ich bin nur hier, um Ihnen Ihr Wechselgeld zu geben, Mister Craven. Hundertachtundsiebzig Dollar. Den zerschlagenen Tisch und die anderen Sachen habe ich schon abgezogen.« Er wedelte ungeduldig mit den Dollarnoten vor meinem Gesicht herum, als ich zögerte, danach zu greifen. »Nehmen Sie. Niemand soll Ralph Teagarden nachsagen, er bezahle seine Schulden nicht.«

Widerstrebend griff ich nach den Banknoten und stopfte sie in meine Hosentasche. Teagardens Augen glitzerten, als er mich dabei beobachtete. Sein Blick erinnerte mich an den einer Schlange, die ihr Opfer mustert.

»Was soll der Blödsinn, Ralph?«, fauchte Cody. »Warum bist du wirklich hier?«

»Das spielt doch jetzt gar keine Rolle«, sagte ich hastig: »Ganz gleich, warum Sie gekommen sind, Sie und Ihre Leute schickt der Himmel, Mister Teagarden. Wir haben eine Menge Verletzter hier. Haben Sie Verbandszeug dabei?«

Teagarden nickte. »Nicht genug, fürchte ich. Aber ein wenig.«

»Dann lassen Sie Ihre Männer absteigen und uns helfen«, fuhr ich fort. »Alles andere besprechen wir später.«

Teagarden wollte antworten, aber in diesem Moment stieg auch der zweite Mann – den weder Cody noch ich bisher auch nur angesehen hatten – vom Pferd und trat neben den Spieler. »Verzeihen Sie, wenn ich mich einmische«, sagte er. »Die Herren scheinen sich zu kennen?«

Widerwillig blickte ich ihn an und nickte. Instinktiv hatte ich angenommen dass es sich um einen von Teagardens Männern handelte, aber seine Worte bewiesen das Gegenteil. Und als ich ihn genauer in Augenschein nahm, wusste ich, dass ich ihn ganz bestimmt nicht in Teagardens Spielsalon gesehen hatte. Diesen Mann hätte ich gewiss nicht vergessen.

Er war ein wenig größer als ich, dabei aber so spindeldürr, dass er eigentlich beim ersten kräftigeren Windstoß in der Mitte durchbrechen musste. Und der Engländer war ihm quasi mit roter Leuchtfarbe auf die Stirn geschrieben. Auch ohne seinen näselnden Akzent hätte ich ihn auf Anhieb als Briten erkannt.

»In der Tat«, bestätigte ich. »Und wer sind Sie?«

Die Bohnenstange knickte in der Mitte ein, um eine Verbeugung anzudeuten »Mein Name ist Postlethwaite«, sagte er »Lancelot Postlethwaite. Mister Teagarden war so freundlich, mich auf einem seiner überzähligen Reittiere mitzunehmen, als wir uns trafen. Wie er war ich auf dem Wege hierher, um Ihnen Hilfe zu leisten.«

»Ach?«, machte Cody. Aber offensichtlich verstand Postlethwaite die eigentümliche Betonung des Wortes nicht, denn er fuhr unbeeindruckt fort:

»Eine schlimme Katastrophe, in der Tat. Gab es viele Tote?«

»Einige«, bestätigte Cody kurz angebunden. »Und eine Menge Verwundeter.« Sein Blick hing noch immer wie gebannt an Teagarden.

»Wenn die Herren mir einen Vorschlag gestatten«, sagte Postlethwaite. »Es gibt eine Telegraphenstation, nur wenige Meilen von hier.« Er drehte sich zu Teagarden um. »Einer Ihrer Begleiter könnte hinreiten und die Behörden über diesen schrecklichen Zwischenfall informieren. Mit etwas Glück kann in drei oder vier Stunden ein Hilfszug hier sein. Die Verletzten auf die Pferde zu legen, halte ich nicht für gut.«

Teagarden runzelte die Stirn. »Ein Telegramm?«

»Das ist eine hervorragende Idee«, sagte ich rasch. »Hier sind mindestens hundert Personen, die dringend Hilfe brauchen.«

Teagarden starrte mich finster an. Er hatte sehr wohl verstanden, was ich mit meinen Worten wirklich sagen wollte. Die hundert Leute, von denen ich sprach, waren hundert *Zeugen*. Und was immer er vorhatte, er konnte keinen einzigen gebrauchen.

Widerwillig nickte er. »Okay. Joe und Pat – ihr reitet los. Sie sollen einen Hilfszug schicken.«

»Aber Sir«, wiedersprach einer der Angesprochenen. »Was –«

Teagarden fuhr herum. »Du sollst deinen Arsch in den Sattel schwingen und losreiten!«, brüllte er. »Die sollen den Zug schicken und einen Arzt und alles, was wir noch so brauchen!«

Der Mann widersprach nicht mehr, sondern beeilte sich, Teagardens Befehl Folge zu leisten.

Postlethwaite atmete hörbar erleichtert auf. »Gut«, sagte er fröhlich. »Und nun sollten wir sehen, was wir für diese bedauernswerten Menschen tun können, nicht wahr, mein lieber Teagarden?«

Teagarden nickte. Seine Kiefer waren so fest aufeinandergepresst, dass ich seine Zähne knirschen zu hören glaubte. Mit einem wütenden Ruck wandte er sich um und stapfte zu seinen Männern zurück. Augenblicke später hörte ich ihn Befehle brüllen.

»Das gibt Ärger«, murmelte Cody neben mir. »Ich weiß nicht, warum er hier ist, aber er wird kaum zusehen, wie wir seelenruhig in den Hilfszug steigen und abfahren.« Er atmete hörbar ein. »Ich möchte nur wissen, hinter wem er her ist.«

»Was haben Sie ihm getan?«, fragte ich ebenso leise.

»Nichts«, antwortete Cody. »Jedenfalls nichts, weswegen er mich mit einer kleinen Armee verfolgen würde.«

»Was immer er vorhat«, sagte ich. »Er wird es nicht tun, solange wir nicht allein sind. Hier sind zu viele Zeugen. Ehe der Hilfszug nicht wieder abgefahren ist, wird er uns in Frieden lassen. Im Gegenteil.« Ich versuchte zu lachen, aber es klang nicht sehr echt. »Ich bin sicher, Ihr Freund wird uns alle nur erdenkliche Hilfe angedeihen lassen.«

Cody antwortete gar nicht darauf.

Und auch ich ertappte mich dabei, ein Stoßgebet zum Himmel zu schicken, dass meine Vermutung zutraf.

Es war wie immer. Der Klang der Flöte war verstummt, aber etwas von ihm schien noch wie ein unhörbares Echo in der Luft zu hängen und Ixmal spürte die Anwesenheit der Götter, Augenblicke bevor das *Licht* kam und K'lee'shee in den Berg holte. Es war ein Gefühl wohligen Schauderns; Angst, sicher, aber eine auf mit Worten nicht zu beschreibende Weise angenehme Furcht, etwas von dem Erschauern, das eine sterbliche Seele im Angesicht der Götter empfinden mochte.

Langsam senkte Ixmal die Hände, legte die Flöte auf den glatt polierten Felsen vor sich und berührte mit der Stirn den Boden wie alle anderen.

Das dumpfe Murmeln des Todesgesanges verstummte für einen Moment, um dann lauter und irgendwie erleichtert weiterzugehen. Obwohl Ixmal nicht hinsah – niemand tat das, denn das *Licht* hätte die Augen derer verbrannt, die frech genug waren, die Götter schauen zu wollen –, blendete ihn der Glanz, denn er drang selbst durch seine geschlossenen Lider. Für Augenblicke verblassten die Farben, und selbst die grell lodernde Sonne, die erbarmungslos vom Himmel brannte, wurde zu einer matten Scheibe. Dann verging das Licht.

Behutsam richtete sich Ixmal wieder auf, griff nach seiner Flöte und wartete, bis auch der letzte Flötenhüter sein heiliges Instrument genommen und wieder an der Kette an seinem Hals befestigt hatte.

Der große Felsen, der wie ein beinloser Tisch vor dem gewaltigen Tor im Fels lag, war jetzt leer. K'lee'shee war verschwunden, als hätte es ihn niemals gegeben, und zusammen mit ihm waren die Speiseopfer und das Gold fort.

Obwohl es eine Beerdigung gewesen war und obwohl Ixmal K'lee'shee geliebt hatte wie einen Vater, empfand er keinen Schmerz, sondern eine tiefe Zufriedenheit. K'lee'shee war ein tapferer Häuptling gewesen, und später, als er alt und gebrechlich geworden war, hatte er mit Weisheit und Umsicht wettgemacht, was sein Körper nicht mehr zu leisten vermochte. Sein Tod hinterließ eine schmerzhafte Lücke in ihren ohnehin dünnen Reihen.

Trotzdem empfand Ixmal nichts als Freude. K'lee'shee würde jetzt den Lohn für sein langes, entbehrungsreiches Leben genießen, denn nach zahllosen Jahren, die er wie sie alle gehungert und gedarbt und unter der unerträglichen Glut der Wüstensonne gearbeitet hatte, war er nun im Berg der Götter, hatte sicher schon seinen Platz an der Tafel der Götter eingenommen und blickte mit weisen Augen auf sie herab.

Noch einmal hob Ixmal die Flöte an die Lippen – als Einziger von allen, denn er war, trotz seiner Jugend, bereits Oberster der Flötenmänner – und blies einen einzigen, klagenden Ton. Erst dann knüpfte auch er die Flöte wieder an die dünne silberne Kette, die um seinen Hals hing, richtete sich vollends aus der halb knienden Stellung auf, hob beide Arme über den Kopf und gab damit das endgültige Zeichen für die anderen, sich zu entfernen.

Die Männer gehorchten stumm. Es war spät; die Zeremonie hatte die ganze Nacht und bis weit in den Tag hinein gedauert. Sie alle waren müde, und der Tag würde noch viel Arbeit bringen, denn unbeschadet von K'lee'shees Tod und den Opfergaben, die ihm mitgegeben worden waren, mussten Speise und Trank für die Götter herbeigeschafft werden. Ixmal hatte den Männern eine Stunde der Ruhe zugesagt, aber nicht mehr, und sie alle entfernten sich nun eilig, um in ihre Zelte zu kommen und sich auf die anschließende Jagd und die Arbeit auf den steinigen Felsen vorzubereiten.

Nur Ixmal blieb noch zurück.

Vieles ging ihm durch den Kopf. K'lee'shees Tod bedeutete mehr als den Weggang eines geliebten Stammesmitgliedes. Die letzten dreißig Jahre hindurch hatte ihr aller Schicksal in seiner Hand gelegen, und er hatte diese Verantwortung weise und mit großer Umsicht getragen.

Jetzt würde er, Ixmal, es sein, dem diese schwere Aufgabe oblag, denn als obersten Flötenmann würde der Ältestenrat ihn zu K'lee'shees Nachfolger wählen.

Ixmal wusste nicht, ob er sich darauf freute. Bisher hatte er den Gedanken stets verdrängt, auch während der langen Monate, in denen der alte Häuptling auf dem Krankenlager dahingesiecht war und jedermann wusste, dass er nun bald zu seinem Platz an der Tafel der Götter eilen würde. Jetzt konnte er das nicht mehr. Noch ehe der Tag zu Ende ging, würde der Ältestenrat zusammentreten und wenn die nächste Nacht vorüber war, würde er, Ixmal, Häuptling sein.

Fast fürchtete er den Moment herbei. Zwar würde er dann nicht mehr auf die Jagd oder zur Arbeit auf die kargen Felder gehen müssen, aber die Verantwortung, die er dann zu tragen hatte, war schwer.

Vielleicht zu schwer für seine Schultern, die nicht einmal dreißig Jahre zählten. Es war ja nicht nur die Verantwortung für den Stamm und sein Wohlergehen, sondern – viel schlimmer – die Rechenschaft, die er den Göttern hinter jenem verschlossenen Tor im Berg ablegen musste.

Ein heller, an einen Vogelruf erinnernder Laut riss Ixmal in die Wirklichkeit zurück. Mit einem unwilligen Stirnrunzeln drehte er sich herum, beschattete die Augen mit der Hand und blinzelte gegen die Sonne.

Ein Läufer kam. Der Mann war in Schweiß gebadet, und sein Atem ging keuchend. Ixmal wusste, dass er von sehr weit her gekommen sein musste, denn die Läufer waren es gewohnt, Stunde um Stunde zu rennen, ohne auch nur außer Atem zu kommen. Mit letzter Kraft erreichte er Ixmal, fiel vor ihm auf die Knie und berührte mit der Stirn seine nackten Füße.

Ixmal trat zornig einen Schritt zurück. »Lass das«, sagte er heftig. »Noch bin ich nicht Häuptling. Was willst du? Siehst du nicht, dass ich mit den Göttern spreche?«

Der Mann sah auf. Sein Gesicht war schweißüberströmt. »Fremde, Ixmal«, sagte er mühsam. »Es ... es kommen Fremde.«

»Fremde?« Ixmal konnte den Schrecken nicht ganz aus seiner Stimme vertreiben. Hatte K'lee'shee sie nicht gelehrt, dass alle Fremden Feinde seien, die den Göttern nur übel gesinnt waren?

»Woher?«, schnappte er. »Und wie viele?«

»Das ... das weiß ich nicht«, antwortete der Läufer stockend. Er konnte kaum sprechen. Sein Atem pfiff.

Ixmals Stirn umwölkte sich. »Was soll das heißen?«, fragte er scharf.

»Ich ... ich war draußen beim Himmelsfelsen«, berichtete der Läufer. »Ich beobachtete den weißen Gott, der dort lagerte, wie du es befohlen hast. Aber dann geschah etwas Schreckliches. Das große Eisentier kam und fuhr durch den Himmel, doch dann stürzte es herab. Sein Körper verbrannte, und viele weiße Götter kamen heraus.«

»Bist du sicher?«, fragte Ixmal, obgleich er wusste, dass der Mann die Wahrheit sprach. Niemand hätte es im Angesicht der Götter gewagt, zu lügen. »Weiße Götter?«

»Sehr viele«, bestätigte der Läufer. »Und manche von ihnen sitzen auf schrecklichen Tieren mit Füßen aus Eisen! Du ... du musst die Götter im Berg befragen, was zu tun ist, Ixmal!«

Ixmal schüttelte den Kopf. »Nein«, sagte er. »Nicht jetzt.« Er überlegte einen Moment, dann fuhr er herum und gebot dem Läufer mit einer ungeduldigen Geste aufzustehen.

»Lauf zum Lager«, befahl er. »Die Männer sollen ihre Waffen nehmen und herkommen. Dann lass dir von den Weibern zu trinken geben, und ruhe dich aus, bis alle bereit sind. Wir werden zum Himmelsfelsen gehen und nachsehen, was es mit den fremden Göttern auf sich hat.«

»Und wenn sie ... feindlich gesonnen sind?«, fragte der Läufer. Das unmerkliche Stocken in seinen Worten fiel Ixmal auf, und er verstand die Furcht des Mannes sehr wohl. Es war nicht das erste Mal, dass sie von fremden weißen Göttern hörten, die draußen in der verbotenen Welt jenseits des Himmelsfelsens leben sollten. Manchmal – sehr selten, oft nur einmal während der Dauer einer ganzen Generation – waren Mitglieder des Stammes in die Welt dort oben hinausgegangen. Die wenigsten von ihnen waren je zurückgekehrt, aber die, die gekommen waren, hatten schreckliche Geschichten erzählt. Geschichten von zornigen Göttern, die auf eisenfüßigen Tieren ritten und Blitz und Donner schleuderten.

»Wenn sie feindlich gesonnen sind«, sagte Ixmal leise, »werden wir tun, was unsere Aufgabe ist, und sie töten. Der Berg muss geschützt werden, wie es die Götter von unseren Vorfahren verlangt haben.«

Der Läufer erbleichte bei diesen Worten. Aber dann sah er, dass Ixmal lächelte, und dieses Lächeln schien auch ihm ein wenig Zuversicht zu geben. Gehorsam drehte er sich herum und lief zum Lager zurück, um Ixmals Befehl zu folgen.

Der junge Flötenmann blickte ihm nach, dann wandte er sich um und sah wieder zum Berg und dem auf ewig geschlossenen Tor hinüber. Auf seinen Lippen lag noch immer ein leises, zuversichtliches Lächeln.

Und es verstärkte sich noch, als er die Hand hob und fast liebkosend über die Knochenflöte strich, die an seinem Hals hing.

Der Rettungszug kam gegen zehn Uhr vormittags. Bis zum letzten Moment hatte Cody daran gezweifelt, dass Teagardens Leute wirklich telegrafieren und uns Hilfe schicken würden, und auch ich war mit jeder Stunde, die verging, weniger zuversichtlich gewesen.

Aber meine Rechnung war aufgegangen: Teagarden war gewiss

nicht hergekommen, um mir wirklich mein Wechselgeld zu geben, sondern mit finstereren Absichten. Und ich zweifelte nicht daran dass er, wäre es anders gekommen, eventuelle Zeugen über den Haufen geschossen hätte. Aber in unserer Begleitung befanden sich an die hundert Männer und Frauen, und so war ihm nichts anderes übrig geblieben, als mit seinen Männern die rettenden Engel zu spielen. Bis jetzt.

Es ist müßig, die Ereignisse aufzuzählen, bis der Zug kam und die Überlebenden hineinverfrachtet werden konnten. Es wurde Mittag, bis sich die Rettungsarbeiten ihrem Ende näherten.

Cody kam zu mir, als der erste schrille Pfiff der Lokomotive die dicht bevorstehende Abfahrt des Zuges ankündigte. Noch war das mit Trümmern übersäte Gelände dicht vor dem Pass voller Menschen, und auch Teagardens Schlägertrupp packte überall kräftig mit an, aber dieser Anblick würde sich bald ändern.

»Es ist so weit, Robert«, sagte Bill Cody leise. Er war nicht allein. Lancelot Postlethwaite begleitete ihn; und wie fast immer auch Sitting Bull. Annie hielt sich – ganz gewiss nicht durch Zufall – in der Nähe auf. Sie sprach mit zwei Männern des Rettungsteams, warf aber immer wieder nervöse Blicke in unsere Richtung. »Der Zug fährt in zehn Minuten. Wir müssen verschwinden«, raunte Bill.

Ich hatte nichts anderes erwartet. Teagarden würde nicht zusehen, wie wir ihm entkamen. Und selbst wenn es uns gelang, in den Zug zu steigen, würde er Cody und mich beim nächsten Bahnhof erwarten.

»Und wie?«, fragte ich.

Statt einer Antwort drehte sich Cody herum und deutete mit einer Kopfbewegung auf die Pferde. Teagardens Leute hatten ihre Tiere ein Stück talwärts angebunden. Sie wurden bewacht, aber nur von einem Mann.

»Wir leihen uns ein paar Pferde von unserem Freund Teagarden«, sagte er. »Mit etwas Glück sind wir weg, ehe sie's überhaupt merken.«

»Und dann?«, fragte ich. »Kennst du dich hier aus?«

»Er nicht, aber ich«, sagte Postlethwaite. Er grinste, als er mein Stirnrunzeln bemerkte. »Ihr geschätzter Freund Buffalo Bill Cody war so offen, mich über die Einzelheiten Ihres ... äh ... Disputes mit Mister Teagarden und seinen Begleitern aufzuklären«, sagte er. »Und ich – zumal ich gestehen muss, dass sich meine Sympathien für Mister Teagarden ebenfalls in Grenzen halten – habe mich natürlich sofort bereit erklärt, Ihnen zu helfen, soweit es in meinen Möglichkeiten liegt.«

Cody begann lautlos in sich hineinzugrinsen, während ich Postlethwaite mit offenem Mund anstarrte. Selbst auf Sitting Bulls normalerweise unbewegtem Gesicht zuckte es.

»Sie meinen, Sie könnten uns von hier fortbringen?«, fragte ich.

Postlethwaite nickte. »Mein Lager befindet sich nicht weit von hier«, antwortete er. »Kaum fünfhundert Yards.«

Demonstrativ runzelte ich die Stirn und sah mich um. Mit Ausnahme eines schmalen, sandigen Streifens beiderseits des Gleiskörpers gab es nur himmelhoch aufstrebende Felsen, so weit das Auge reichte.

Aber Postlethwaite schüttelte den Kopf und deutete in Richtung des Abgrundes. »Dort unten«, sagte er. »Ich lagere am Fuße der Felswand. Mit Verlaub gesagt, wäre mir Ihre famose Lokomotive beinahe direkt ins Zelt gefallen.«

»Und wie sollen wir dorthinunter kommen?«, erkundigte ich mich. »Teagardens Leute sind auf Pferden gekommen, nicht auf Bergziegen.«

Postlethwaite schürzte beleidigt die Lippen, aber Cody machte im gleichen Moment eine beschwichtigende Handbewegung, die mich davon abhielt, ihn noch weiter zu reizen.

»Lance hat vollkommen Recht, Robert«, sagte er. »Wenn wir fliehen wollen, ist das der einzige Weg. Teagardens Männer holen uns in längstens einer halben Stunde ein, wenn wir versuchen, zu Fuß zu entkommen. Und was passiert, wenn wir in den Zug einsteigen, steht ein paar Zeilen weiter oben.«

»Worauf warten wir dann noch?«, fragte ich nach kurzem Überlegen – und nicht, ohne einen unauffälligen Blick in die Runde zu werfen. Teagardens Leute waren noch immer damit beschäftigt, der Rettungsmannschaft zur Hand zu gehen Trotzdem entging mir nicht, dass der eine oder andere immer wieder in unsere Richtung blickte: Offensichtlich hatte Teagarden seinen Männern eingeschärft, uns keine Sekunde aus dem Auge zu lassen.

»Also gut«, sagte Postlethwaite leise.

»Schnappen wir uns ein paar Pferde und versuchen, ins Tal zu kommen. Es gibt einen Pfad, keine zwei Meilen von hier. Und dort unten können sie uns suchen, bis sie schwarz werden.«

»Es ist gefährlich«, sagte Sitting Bull plötzlich.

Irritiert sah ich auf, und auch zwischen Codys Brauen entstand eine steile Falte. Sitting Bull hatte ganz ruhig gesprochen, beinahe ausdruckslos. Und trotzdem spürte Cody wohl so gut wie ich, dass seine Worte alles andere als einfach so dahingesagt waren.

»Was meinst du damit?«, fragte Bill.

»Dieses Land frisst Leute«, antwortete der Häuptling ruhig.

Cody schluckte. Aber dann fiel sein Blick wieder auf Teagardens Truppe, und dieser Anblick allein reichte offensichtlich, seine Bedenken wieder zu zerstreuen. Mit einer entschiedenen Handbewegung hakte er das Thema ab und wandte sich um.

Wir näherten uns der improvisierten Pferdekoppel von verschiedenen Seiten, um Teagardens Misstrauen nicht sofort zu erregen. Ich hatte mich Postlethwaite angeschlossen und tat so, als wäre ich in ein intensives Gespräch mit ihm vertieft, im Laufe dessen wir eigentlich ziellos auf die angebundenen Pferde zuschlenderten. Cody und Sitting Bull klebten ohnehin aneinander wie siamesische Zwillinge, sodass ihr Beisammensein nicht weiter auffiel. Annie Oakley indessen eilte sehr zielsicher und erhobenen Hauptes auf die Pferde zu – und auf den zerlumpten Westmann, der träge an einem Felsen lehnte und so tat, als bewache er sie.

Bei Annies Annäherung schrak er aus seinem Dämmerzustand hoch, blickte sie einen Moment misstrauisch an und begann dann zu grinsen. Ich tat weiter so, als unterhielte ich mich konzentriert mit Postlethwaite, ließ die beiden aber keine Sekunde aus den Augen. Annie blieb vor dem Mann stehen und wechselte ein paar Worte mit ihm, woraufhin sein Grinsen noch breiter wurde. Eine Sekunde später gefror dieses Grinsen allerdings – was nicht zuletzt an dem doppelläufigen Derringer liegen mochte, den Annie ihm mit einem zuckersüßen Lächeln in die Rippen drückte …

»Schnell jetzt«, flüsterte ich. Postlethwaite nickte kaum merklich und ging schneller, und auf der anderen Seite der Geleise beschleunigten auch Cody und Sitting Bull ihre Schritte.

Wir hatten Glück. Der erste von Teagardens Männern sah auf, als wir die Pferde fast erreicht hatten. Und sie reagierten auch erst, als Annie den Derringer aus den Rippen des Wächters nahm und ihm die Waffe reichlich unsanft auf den Schädel schmetterte.

Als der erste Schuss fiel, saßen wir bereits im Sattel und jagten wie von Furien gehetzt los.

»Na also«, sagte Joe zu seinem Begleiter. »Da kommen sie.«

Der andere, ein großer, knochiger Kerl unbestimmten Alters, der auf den lieblichen wie treffenden Spitznamen Knife – das Messer – hörte, grinste und zeigte dabei eine lückenhafte Reihe tabakgeschwärzter Zähne. »Was zu beweisen wäre, wie? War doch gar nicht so dumm von Ralph, uns hierher zu schicken.« Er kicherte, ließ die Rechte auf den perlmuttbesetzten Griff der Pistole fallen, der aus seinem Gürtel hervorlugte, und spie aus. »Der berühmte Buffalo Bill Cody wird sein blaues Wunder erleben, wenn er herkommt.«

»Unterschätz ihn nicht«, warnte Joe. »Du wärst nicht der Erste, der ein Loch im Pelz hat, weil er diesen Fehler begangen hat.«

Knife zog die Nase hoch, fuhr sich mit den Fingern über die Augen und blinzelte zu der gewaltigen schwarzen Granitwand hinüber, die eine halbe Meile entfernt in den Himmel wuchs. »Wie viele sind es?«, fragte er.

»Cody, dieser Craven, Codys Schlampe und der Rote«, antwortete Joe. »Dazu noch diese komische Type von heute Nacht.«

»Codys Schlampe?« Knife grinste. »Lass das nicht Ralph hören. Ich –«

Aus dem hinteren Teil der Schlucht erscholl ein hörbares Kollern. Knife brach mitten im Wort ab, legte instinktiv die Hand wieder auf den Pistolengriff und drehte sich im Sattel um. Seine Augen waren zu schmalen Schlitzen zusammengekniffen, was sein Gesicht noch unsympathischer machte, als es ohnehin war. »Was war das?«, murmelte er.

Joe zuckte mit den Schultern. Er machte sich nicht einmal die Mühe, sich herumzudrehen. »Ein Stein«, sagte er. »Was sonst.«

Aber es war mehr als ein Stein. Wie zur Antwort auf seinen beiläufigen Ton erscholl das Kollern erneut, dann hörten die beiden ein schweres, irgendwie raschelndes Schleifen; ein Laut, als würde irgendetwas Hartes, sehr Großes über den felsigen Boden gezogen.

»Zum Teufel, da ist doch was!«, murmelte Knife. Er zog seinen Revolver und wendete sein Pferd, ließ das Tier aber noch nicht antraben.

Auch Joe hatte sich jetzt im Sattel herumgedreht. Ein fragender Ausdruck war auf seinen Zügen erschienen, noch keine Sorge, aber doch irgendetwas dicht davor. »Sieh nach«, sagte er nach kurzem Überlegen.

Knife erbleichte sichtbar, zumal sich das Schleifen und Kollern wiederholten. Dann ertönte etwas, das fast wie ein Schnaufen klang. Ein lautes Schnaufen. Ein sehr lautes. Knife schluckte.

»Warum gehst du nicht selbst?«, fragte er.

»Weil ich hier stehen bleiben und auf Craven und die anderen aufpassen soll«, antwortete Joe ärgerlich.

»Und wenn es ein Berglöwe ist?«, fragte Knife unsicher.

Joe seufzte. »Scheiß dir nicht die Hosen voll«, fauchte er. »Du kannst mich ja rufen, wenn es irgendetwas Größeres als eine Wüstenmaus sein sollte. Nun mach schon!«

Knife blickte ihn finster an, zog den Hahn seiner Pistole zurück und stieg widerstrebend aus dem Sattel.

Der hintere Teil der Schlucht lag im Dunkeln, denn die Wände der schmalen, wie mit einer Axt in den Fels gehauenen Bresche waren oben gegeneinander geneigt, sodass beinahe etwas wie ein steinerner Tunnel entstand. Man sah nicht sehr viel im hinteren Teil der Schlucht, zumal sie nach gut zwanzig Schritten fast im rechten Winkel abknickte. Auch Knifes knochige Gestalt verblasste schon nach wenigen Schritten zu einem Schatten und war dann ganz verschwunden.

Joe sah ihm nach, wandte sich wieder dem Steilhang und den wie winzige Spielzeugreiter erschienenen Gestalten darauf zu. Erst wollte er das Fernglas wieder zur Hand nehmen, tat es dann aber doch nicht, sondern drehte sich, von einer sonderbaren Unruhe getrieben, wieder um und starrte in die Richtung, in der sein Kumpan verschwunden war. Knife musste die Biegung jetzt erreicht haben.

»Knife?«, rief Joe.

Keine Antwort. Aus der schattigen Tiefe der Schlucht wehte wieder das Kollern und Schaben heran, und ohne dass Joe sagen konnte, warum, war an diesen Lauten irgendetwas, das ihn über die Maßen ängstigte. Von Knife war noch immer nichts zu hören.

Plötzlich ertönte das Kollern erneut, viel lauter diesmal, dann hörte er einen dumpfen, berstenden Schlag, als hämmere irgendetwas mit Urgewalt gegen den Felsen. Joe spürte deutlich, wie der Boden unter ihm erzitterte.

Ein Schuss peitschte, dann noch einer und noch einer, und plötzlich gellte ein Schrei auf, so schrill und gellend, wie Joe noch nie zuvor in seinem Leben einen Menschen hatte schreien hören. Wieder krachten Schüsse, einer, zwei, drei, dann hörte er das helle Klicken, mit dem der Hammer auf die leere Patronenkammer schlug.

Und dann brach der Schrei ab.

Die Stille, die ihm folgte, war beinahe noch schlimmer.

Eine Sekunde lang blieb Joe reglos und wie gelähmt im Sattel hocken, hin und hergerissen zwischen Angst und dem Impuls, dem anderen zu Hilfe zu eilen. Dann schwang er sich aus dem Sattel, zerrte die Winchester aus dem Holster und rannte hinter Knife her. Er brüllte dabei seinen Namen. Aber er bekam keine Antwort.

Nach wenigen Sekunden erreichte er die Biegung, hinter der sein Kumpan verschwunden war. Die Schlucht erweiterte sich hier zu einem gewaltigen, auf einer Seite offenen Talkessel, und nach dem schattigen Halbdunkel, in dem sie die letzten zwei Stunden verbracht hatten, sah er im ersten Moment kaum etwas; das grelle Sonnenlicht blendete ihn.

Aber das Wenige, was er erkannte, reichte aus, ihn vor Schrecken mitten im Schritt zurückprallen zu lassen. Knife lag wenige Schritte vor ihm im Sand.

Oder vielmehr das, was von ihm übrig war.

Plötzlich hörte Joe wieder das helle Schleifen. Ganz in seiner Nähe polterten Steine, und abermals spürte er, wie der Boden unter seinen Füßen zu zittern begann.

Joe sah auf – und erstarrte.

Es war nicht nur Einbildung. Er spürte tatsächlich, wie sein Herz vor Schrecken aussetzte und dann wie ein Hammerwerk weiterraste. Eine eisige Hand schien seinen Rücken hinabzufahren, als er den Schatten sah, einen gigantischen schwarzen Umriss gegen das grell lodernde Auge der Sonne, riesig und böse.

Joe begann zu schreien.

Aber seine Schreie verhallten so ungehört wie die seines Kameraden. Und sie brachen ebenso abrupt ab, als sich die gewaltigen Kiefer der Bestie um ihn schlossen …

Postlethwaites »Lager« bestand nur aus einem einzigen Zelt, kaum groß genug, um aufrecht darin zu stehen, einer mit Steinen abgegrenzten Feuerstelle und zwei herumgedrehten Kisten, von denen eine als Tisch und die andere als Stuhl diente. Und einem Maultier, in dessen Packtaschen sich eine Unmenge von Werkzeugen häuften.

Wir hatten gut zwei Stunden gebraucht, das Lager am Fuße der Granitwand zu erreichen, denn das, was Postlethwaite in einem Anflug von britischem Humor als *Weg* bezeichnet hatte, war ein halsbrecherischer Saumpfad, auf dem wirklich nur eine Bergziege gemächlich hätte gehen können. Die Pferde hatten wir praktisch mit Gewalt dazu zwingen müssen, ihn hinunterzulaufen, und im Nachhinein kam es nicht nur mir wie ein Wunder vor, dass keiner von uns abgestürzt war.

Aber nicht nur Postlethwaites Lager befand sich am Fuße der Felswand. Wenige hundert Schritte daneben lag etwas, das mich den beschwerlichen Abstieg, unsere Verfolger und alles andere schlagartig vergessen ließ. Und nicht nur mich.

Hätte ich nicht gewusst, worum es sich bei dem unförmigen Haufen schwarzen Stahles handelte, der kaum fünfhundert Yards von Postlethwaites Zelt heruntergekracht war und einen mannstiefen Krater in den hartgebackenen Wüstenboden geschlagen hatte, ich hätte es nicht erraten.

Die Lok war so zertrümmert und gestaucht, als hätte einer der GROSSEN ALTEN sie in die Tentakel bekommen. Nichts an ihr erinnerte mehr an das stolze Stahlross, mit dem wir Frisco verlassen hatten. Es war nur noch ein Haufen Schrott, zertrümmert, zermalmt und immer wieder gestaucht und zerborsten, bis er zu einem surrealistischen Etwas ohne bestimmte Form geworden war.

Die Trümmer mussten im Umkreis von zwei Meilen niedergeregnet sein. Postlethwaite hatte mehr als nur Glück gehabt, nicht von einem der zentnerschweren Stahlgeschosse erschlagen zu werden, die den Boden wie schwarzer Granatenregen aufgewühlt hatten.

Keiner von uns näherte sich der Lok mehr als unbedingt nötig. Postlethwaite hatte darauf bestanden, sein Zelt abzubauen und seine Unterlagen zu holen – was immer das sein mochte –, außerdem den Vorrat an Lebensmitteln und Wasser, den er mitgebracht hatte. Wogegen niemand Einwände hatte, denn keiner von uns wusste, was vor uns lag und wie lange es dauern mochte, bis wir eine Quelle oder gar andere Menschen fanden.

Ich sah, dass Annies Blick immer wieder wie gebannt zum zermalmten Wrack der Lok hinüberirrte. Ihr Gesicht war ausdruckslos wie eine Maske, aber es war nicht sehr schwer, ihre Gedanken zu erraten.

Ich lenkte mein Pferd neben das ihre, legte die Hand auf ihren Unterarm und versuchte, ihr aufmunternd zuzulächeln. »Es ... es tut mir leid«, sagte ich.

Annie sah auf. Ihr Gesicht blieb weiterhin ausdruckslos, aber in ihren Augen schimmerten Tränen. »Er hatte wohl keine andere

Wahl«, murmelte sie. »Und wie ich diesen romantischen Narren kenne, hat er es sogar gerne getan.«

»Wir alle wären tot ohne Bodine«, bestätigte ich.

»Ja«, fügte Annie düster hinzu. »Und er ist es.«

»Er hat uns allen das Leben gerettet«, sagte ich noch einmal. »Und gut hundert anderen Menschen dazu.«

Annie antwortete nicht, und ich war närrisch genug, es nicht dabei bewenden zu lassen, sondern weiter in der offenen Wunde herumzubohren.

»Sie haben ihn geliebt, nicht?«, fragte ich. Für einen Moment glaubte ich das Gesicht des jungen Kunstschützen noch einmal vor mir zu sehen. Sein Lachen, das ihn mir vom ersten Augenblick an sympathisch gemacht hatte. Dann verzerrte sich das Bild, und ich sah noch einmal das Entsetzen in seinen Augen, als er begriffen haben musste, dass er sterben würde; eine Sekunde, bevor er zusammen mit der Lok in den Abgrund stürzte.

Ich hatte nicht übertrieben: Hätte Bodine die Lok nicht abgekoppelt, wären wir jetzt alle tot. Aber irgendwie vermochte mich der Gedanke nicht zu trösten. Es gab nichts, was den Tod eines Menschen rechtfertigte.

»Geliebt?«, wiederholte Annie leise. Sie lächelte schmerzlich. »Nein, Robert. Ich habe ihn gemocht. Das ist ein Unterschied. Manchmal ist es mehr.«

Ich war nicht ganz sicher, ob ich verstand, was sie meinte, aber in diesem Moment kam Postlethwaite zurück, schwer beladen mit Lebensmitteln und Wasserschläuchen, und ich konnte mich aus der Affäre ziehen und ihm zur Hand gehen. Postlethwaites Vorräte waren erstaunlich für einen einzelnen Mann; er musste sich auf einen ziemlich langen Aufenthalt vorbereitet haben. Für uns fünf waren sie wenig mehr als der Tropfen auf den heißen Stein.

»Sind Sie Goldsucher oder so etwas?«, erkundigte sich Cody, während wir die Vorräte auf unsere Pferde und den Packesel verteilten.

»Goldsucher?« Postlethwaites Brauen rutschten ein Stück nach oben. »Sie beleidigen mich, Sir«, sagte er düpiert. »Ich bin Wissenschaftler.«

»Und welches Wissen scheffeln Sie?«, fragte Cody trocken.

Es war nicht zu beurteilen, ob Postlethwaites Grimasse ein Lächeln oder ein Ausdruck von Verärgerung sein sollte. »Ich bin Archäologe, Sir«, sagte er steif.

»Archäologe? Was gibt es hier zu finden?« Ich machte eine Bewegung, die die Felswand, die steinige Ebene und die gegenüberliegenden Berge einschloss.

»Mehr, als Sie glauben, mein lieber Craven«, antwortete Postlethwaite. Ich hatte plötzlich das ungute Gefühl, ein Thema angeschnitten zu haben, von dem ich besser die Finger gelassen hätte. Postlethwaite schien ganz zu dem Menschenschlag zu gehören, die kein Ende mehr finden, wenn man einmal den Fehler beging, ihnen ein Stichwort zu geben. Und ich sollte Recht behalten.

»Wussten Sie zum Beispiel, dass dies einer der wenigen Flecken Nordamerikas ist, der noch unerforscht ist?«, fragte er, während er sich ächzend auf sein Pferd hinaufzog.

Das wusste ich nicht, aber mir fielen plötzlich wieder Sitting Bulls Worte ein. Was hatte er gesagt? *Dieses Land frisst Menschen.*

»Was gibt es hier auch groß zu erforschen?«, sagte Cody. »Ich sehe nichts außer ein paar Quadratmeilen unfruchtbaren Landes und haufenweise kahle Felsen.«

Postlethwaite nickte erregt. »Eben. Mehr sahen auch die Leute nicht, die vor uns hier waren.« Wir ritten los, und nach einigen Schwierigkeiten gelang es auch Postlethwaite, sein Pferd in Bewegung zu setzen und wieder zu uns aufzuschließen – was ihn aber nicht daran hinderte, in aufgeregtem Ton fortzufahren und dabei zum Pass hinauf zu gestikulieren.

»Als die Strecke dort oben gebaut wurde, sind natürlich Menschen hier heruntergekommen. Aber sie haben dieses Land wohl nicht der Erforschung wert gefunden und sind gleich wieder umgekehrt. Leider, möchte ich sagen. Oder gottlob.«

»Wieso?«, fragte ich.

Postlethwaite grinste. »Leider, weil dadurch der Welt der Wissenschaft vielleicht eines der größten Geheimnisse der menschlichen Kultur vorenthalten wurde, und gottlob, weil so vielleicht ich es bin, der es der staunenden Welt präsentieren darf.«

»Und was«, fragte Cody amüsiert, »soll dieses gewaltige Geheimnis sein, mein lieber Lancelot?«

Postlethwaite richtete sich mit stolz geschwellter Brust im Sattel auf, ließ die Linke auf eine mit Bindfaden zusammengehaltene Ledermappe klatschen, die er auf den Knien trug, und deutete mit der anderen Hand auf die zerschrundenen Berge, auf die wir zuritten. »Der Berg der weißen Götter«, sagte er dramatisch.

Um ein Haar wäre ich vom Pferd gefallen.

»Was ... was soll das sein?«, fragte ich, mühsam darum bemüht, mir meine Schrecken nicht allzu deutlich anmerken zu lassen. Aber ich war nicht der Einzige, der bei Postlethwaites Worten aufgefahren war. Auch Sitting Bull starrte den hageren Engländer eindeutig alarmiert an.

»Eine uralte Legende«, erklärte Postlethwaite, der nun vollends in Fahrt zu kommen schien. »Jahrhunderte alt, wenn nicht älter. Aber vielleicht auch mehr als nur eine Legende.«

»Vielleicht?«

Postlethwaite nickte erregt. »Sehen Sie, ich habe die Beweise hier«, sagte er mit einem neuerlichen, klatschenden Hieb auf seine Ledermappe. »Berichte von Engländern, Franzosen und Spaniern, die sich durch die letzten zweihundert Jahre ziehen.«

»So?«, fragte Cody amüsiert. »Und das ist ein Beweis?«

»Und ob!«, sagte Postlethwaite beleidigt. »Schauen Sie, es ist eine uralte indianische Legende, und sie wurde immer wieder bestätigt von Leuten, die nie miteinander gesprochen oder auch nur voneinander gehört haben.«

»Sie würden sich wundern, wenn Sie wüssten, wie viel Unsinn die Menschen erzählen, wenn ihnen langweilig ist«, sagte Cody lächelnd. »Nehmen Sie nur diesen Roman hier. Das ist ...«

»Humbug, Unsinn«, unterbrach ihn Postlethwaite scharf. Offensichtlich hatte Cody seinen wunden Punkt getroffen. »Die Beweise sind eindeutig. Irgendwo hier in diesen Bergen muss er liegen. Und ich werde ihn finden. Ich, Lancelot Arthur Postlethwaite!«

Cody unterdrückte im letzten Moment ein Lachen. »Dann verraten Sie uns doch einfach, was das sein soll, der legendäre Berg der weißen Götter«, sagte er.

Postlethwaite starrte ihn an, ganz offenbar hin und her gerissen zwischen dem Bedürfnis, zu erzählen, und dem, den Beleidigten zu spielen. Das erste gewann. »Es gibt eine Legende«, begann er, »nach der in diesen Bergen hier ein Berg liegen soll ...«

»Ach?«, machte Cody amüsiert.

»... in dem seit Jahrhunderten, vielleicht sogar seit Jahrtausenden unsterbliche weiße Götter leben«, fuhr Postlethwaite unbeeindruckt fort. »Sie sollen aus dem Westen gekommen sein, angeblich Jahrhunderte vor Kolumbus, und dieses Land lange und weise regiert haben, ehe sie sich in ihre Bergfestung zurückzogen.«

Sitting Bull sah auf. Irgendetwas erschien in seinem Blick, das mir nicht gefiel. Aber er schwieg. Und er sah hastig wieder weg, als er bemerkte, dass mir sein Interesse nicht verborgen geblieben war.

»Eine Bergfestung?«, erkundigte sich Cody. »Nun, so etwas gibt es. Die Indianer nennen es ...«

»Das meine ich nicht«, unterbrach ihn Postlethwaite ungeduldig. »Ich kenne die Pueblos der Sioux und Apachen. Nein, ich spreche von einem hohlen Berg, in dem die Götter hausen sollen. Bewacht werden soll er von einem Stamm bislang unbekannter Indianer – und einem Drachen.«

»Ein Drache?« Cody drehte sich im Sattel um und blickte Postlethwaite an. Er verbiss sich das Lachen nur noch mit Mühe, und auch Postlethwaite musste es bemerken.

»Warum nicht?«, sagte der Engländer aggressiv. »Vielleicht eine besonders große Abart der Gila-Echsen.«

»Ich habe noch kein Gila-Monster gesehen, das größer als anderthalb Yards gewesen wäre«, antwortete Cody. »Aber warum nicht? Erzählen Sie weiter.«

Postlethwaite starrte ihn an. »Ich denke ja nicht daran«, schimpfte er. »Ich spreche über eine wissenschaftliche Entdeckung, die die Weltgeschichte verändern kann, nicht über etwas, worüber Sie sich lustig machen dürfen, Sie ... Sie ... Sie Cowboy, Sie!«

Cody platzte endgültig heraus. Er begann schallend zu lachen, schlug sich dabei immer wieder auf die Oberschenkel und beruhigte sich erst nach Minuten, während Postlethwaites Gesichtsausdruck in dieser Zeit immer finsterer wurde. Auch in Annies Augen blitzte es amüsiert auf. Der Einzige, der nicht lachte, war Sitting Bull.

Und ich.

Der Berg der weißen Götter ... Ein Drache ... Unsterbliche Götter, die vor Jahrhunderten aus dem Westen gekommen waren ...

Sicher, dies hier war nicht die Mojave-Wüste, aber was besagte das schon?

Ich konnte Postlethwaites Worte drehen und wenden, wie ich wollte, eines blieb sich immer gleich. Die Beschreibung, die er von seinem legendären Berg der weißen Götter gegeben hatte, passte haargenau auf etwas, das ich unter einem anderen Namen kannte.

Auf etwas, das zu suchen ich nach Nordamerika gekommen war.

Auf Necrons Drachenburg.

»Wo zum Teufel stecken die beiden?« Teagarden hob die Hand über die Augen und blinzelte gegen das grelle Gegenlicht der Sonne zu den Bergen hinüber. Nicht, dass er dabei mehr sah als schwarze Schatten und grelle Bereiche blendend hellen Lichts, scharf wie mit einem Lineal abgegrenzt. Von Joe und seinem Begleiter war keine Spur zu entdecken.

»Vielleicht haben Sie sich aus dem Staub gemacht«, murmelte einer seiner Begleiter. »Zeit genug hatten sie.«

Teagarden überlegte einen Moment, dann schüttelte er den Kopf. Er wusste, dass er sich auf seine Männer verlassen konnte; wenngleich auch bestimmt nicht aus Treue. Aber es gab einen anderen Grund, der ihn der Loyalität seiner Leute versicherte, und der war – zumindest nach Teagardens Auffassung – um ein gutes Stück besser als Treue: Angst. Es gab unter seinen gut dreißig Männern keinen, der nicht Angst vor ihm gehabt hätte.

»Da stimmt was nicht«, sagte er leise »Irgendwas ist passiert.«

Der Mann neben ihm sah auf. Seine Augen waren schmal und rot vom lange angestrengten Starren, und die Anstrengungen einer Nacht ohne Schlaf hatten auch in seinem Gesicht tiefe Spuren hinterlassen. »Glaubst du, dass Joe etwas zugestoßen ist?«, fragte er.

Teagarden zuckte mit den Achseln. »Etwas oder jemand«, knurrte er. »Ich fürchte eher, jemand.« Er atmete hörbar ein, richtete sich im Sattel auf und drehte sich halb herum, um mit der Hand nach Norden zu deuten. »Nimm dir fünf Mann, und reite in diese Richtung los«, sagte er. »Die anderen kommen mit mir.«

Sein Begleiter nickte, ritt aber noch nicht an, sondern runzelte demonstrativ die Stirn. »Glaubst du wirklich, das hätte Sinn?«, fragte er.

Teagarden fuhr auf. »Was soll das heißen?«

Der Mann neben ihm schrumpfte ein Stück in sich zusammen, und in die Müdigkeit auf seinen Zügen mischte sich Furcht. Trotzdem fuhr er fort: »Dieses verdammte Tal gefällt mir nicht. Wenn Craven und die anderen sich hier irgendwo versteckt haben, können wir ewig nach ihnen suchen. In diesem Labyrinth kann sich eine ganze Armee verbergen.«

»Wir finden sie«, beharrte Teagarden »So groß kann dieses Tal gar nicht sein, dass ich Craven nicht erwischen würde.«

Der andere antwortete nicht, aber sein Blick sprach Bände. Und fast konnte Teagarden ihn verstehen. Das Tal, das sie nach einer stundenlangen halsbrecherischen Kletterei – die zwei Mann das Leben gekostet hatte – endlich erreichten, war ein reines Labyrinth aus Spalten, Felsen und jäh aufklaffenden Schlünden. Es gab einen kargen, kaum anderthalb Meilen breiten Streifen relativ freien Sandbodens direkt am Fuße der Klippe, auf dem auch die Spuren von Postlethwaites Lager zu sehen waren. Aber dort drüben, in dem Gebiet, in dem Craven und seine Begleiter verschwunden waren, erhob sich ein wahres Labyrinth von Felsen. Eine tödliche Falle für jeden, der den Fehler beging, hineinzulaufen. Und vielleicht war sie für Joe und Knife schon zugeschnappt.

»Ich kriege ihn«, murmelte er noch einmal. »Das schwöre ich. Und wenn es das Letzte ist, was ich tue.«

»Überleg es dir noch einmal«, sagte der andere. Seine Stimme zitterte, und Teagarden hörte genau, welche Überwindung es ihn kostete, die wenigen Worte auszusprechen. Trotzdem fuhr er fort: »Dieses Tal gefällt mir nicht. Es ist ...«

»Ja?«, fragte Teagarden lauernd, als der Gunman nicht weitersprach.

»Es ist einfach nicht gut«, murmelte der andere. »Ich fühle es.«

Teagarden drehte sich zu ihm herum, hob in einer fast ruhigen Bewegung die Hand und schlug ihm über den Mund.

»Warum kehrst du nicht einfach um, wenn du Angst hast?«, fragte er kalt.

Der andere antwortete nicht. Seine Lippe war aufgeplatzt. Ein dünner Blutfaden lief durch den Schmutz und eingetrockneten Schweiß auf seinem Gesicht, aber das schien er nicht einmal zu bemerken. Plötzlich tat Teagarden sein sinnloser Wutausbruch leid. Es konnte sein, dass er auf jeden einzelnen seiner Männer angewiesen war, wenn sie Craven und die anderen durch diese Hölle aus Felsen und Sonnenglut jagen mussten.

Und er verstand die Unsicherheit des Mannes sogar. Auch er spürte, dass dieses Tal mehr war als ein Riss in der Erde, der mit Felsen und Geröll gefüllt war. Irgendetwas schien zwischen den zerborstenen Granittrümmern zu lauern, etwas Unsichtbares, Böses.

Mit aller Macht schüttelte er den Gedanken ab. »Craven hat meinen Bruder umgebracht«, sagte er. »Und er wird dafür bezahlen.«

»Es war Bodine, der den Lüster heruntergeschossen hat«, sagte der Gunman. »Und der ist tot.«

»Aber es war Cravens Schuld«, beharrte Teagarden. Plötzlich

fühlte er wieder den alten Zorn. »Außerdem geht dich das nichts an«, fauchte er. »Ich sage es noch einmal: Verschwinde, wenn du Angst hast. Und das gilt auch für alle anderen«, fügte er mit deutlich erhobener Stimme hinzu. »Wer von euch Schiss hat, der kann verschwinden, auf der Stelle. Und zwar endgültig. Ich will keinen von euch mehr in Frisco sehen, wenn ihr jetzt kneift.«

Natürlich rührte sich keiner der Männer von der Stelle. Teagarden sah die Angst auf ihren Gesichtern, als sie seine Worte hörten, und für einen kurzen Moment überkam ihn ein Gefühl berauschender Macht. Jede einzelne dieser zwanzig abenteuerlich anmutenden Gestalten war ihm körperlich überlegen und die allermeisten wohl auch schneller mit dem Revolver oder Messer als er. Und trotzdem kuschten sie vor ihm, wenn er sie nur ansah.

Und vielleicht war das auch der wahre Grund für den Hass, den er bei dem Gedanken an Robert Craven empfand. Dieser verdammte Angeber mit seiner weißen Haarsträhne war einer der wenigen Männer gewesen, die keine Angst vor ihm gehabt hatten.

Aber er würde sie bekommen. Bald.

Sehr bald.

Teagarden verscheuchte auch diesen Gedanken, hob noch einmal die Hand und deutete nach Norden. »Fünf Mann dort entlang«, befahl er. »Gebt drei Schüsse ab, wenn ihr Joe oder Knife findet. Die anderen kommen mit mir.«

Diesmal widersprach niemand mehr. Die Gruppe teilte sich, und schon wenige Augenblicke später ritten sie los.

Irgendetwas war nicht so, wie es sein sollte. Es war mir unmöglich, das Gefühl irgendwie zu präzisieren oder in Worte zu fassen, aber irgendetwas an diesem Tal war *falsch.*

Und ich war nicht der Einzige, der das spürte. Auch Cody und Postlethwaite waren während der letzten Stunde immer schweigsamer geworden, und ich sah, wie selbst Sitting Bull immer öfter den Blick wandte oder sich im Sattel herumdrehte, um die zyklopischen Felsen und Schründe beiderseits des Weges zu betrachten.

Eine Zeitlang hatte ich mir einzureden versucht, dass es wirklich an unserer Umgebung lag. Seit dem Moment, in dem wir Postlethwaites Lager verlassen hatten und in das Gewirr von Felsen und Schluchten eingedrungen waren, schienen wir durch eine fremde, sonderbar bizarre Welt zu reiten; eine Welt, die nur aus Stein und heißem Sand bestand und aus der alles Weiche und Runde verbannt worden war.

Selbst die Schatten waren nicht so, wie sie sein mussten: es gab nur Flecken gnadenlos greller Helligkeit und schwarze, Licht schluckende Löcher, wie mit scharfen Tuschestrichen abgegrenzt. Es war eine Welt der Extreme – unerträgliches Licht und sengende Hitze hier, tödliche Kälte und absolute Finsternis, wo die Sonne mit ihren Strahlen nicht hinreichte, da. Alles, was dazwischen hätte sein müssen, existierte einfach nicht.

Aber das war nicht alles. Lange nicht.

Dieses Tal gehörte der Angst.

Die Worte mögen sich pathetisch anhören, aber ich fand keine treffendere Bezeichnung. Alles um uns herum war Furcht, Gestalt gewordene Ablehnung und Grauen, das hinter den Umrissen der Dinge lauerte, lautlos und unsichtbar, aber überdeutlich zu fühlen. Wir hätten nicht hier sein dürfen.

Wir waren vielleicht zwei Stunden unterwegs, als Cody, der zusammen mit Sitting Bull die Spitze unserer kleinen Kolonne bildete, plötzlich anhielt und den Arm hob. Annie, Postlethwaite und ich schlossen zu ihm auf.

»Was ist los?«, fragte Annie.

Cody antwortete nicht, aber Sitting Bull drehte sich im Sattel herum und machte eine sonderbar flatternde Bewegung mit der Rechten, die überall und nirgends zugleich hindeutete. »Jemand folgt uns«, sagte er.

»Sind Sie sicher?«, fragte ich. Ich selbst hatte nichts bemerkt, obwohl ich mir einbildete, ein recht passabler Fährtenleser zu sein, und während der letzten anderthalb Stunden kaum etwas anderes getan hatte, als unsere Umgebung zu beobachten. Aber gleich darauf taten mir meine Worte schon wieder leid. In Sitting Bulls Augen blitzte ein sanfter Spott auf, während Cody nur ärgerlich die Lippen verzog.

»Wenn Sitting Bull sagt, dass uns jemand folgt, dann *folgt* uns jemand, mein lieber Junge«, sagte er unwillig. »Und zwar schon seit einer ganzen Weile.«

Instinktiv drehte ich mich im Sattel um und blickte in die Richtung zurück, aus der wir gekommen waren. Aber natürlich sah ich nichts außer einem Himmel, der schon von einem fast schmerzhaften Blau war, und hitzedurchglühten Felsen.

»Teagarden?«

»Nicht Teagarden«, sagte Sitting Bull.

»Nicht …?« Ich wandte mich abermals um und blickte ihn verwirrt an. »Aber wer dann?«

»Ich weiß es nicht«, antwortete Sitting Bull ruhig. »Nicht Teagarden. Wir müssen vorsichtig sein.«

Ich wollte antworten, aber diesmal kam mir Postlethwaite zuvor. »Wenn ich einen Vorschlag machen dürfte«, sagte er. »Es wird bald so heiß werden, dass wir nicht weiterreiten können. Und es scheint mir ohnehin an der Zeit, eine kleine Rast einzulegen.« Er lächelte entschuldigend. »Ich bin des Reitens nicht so geübt wie die Herren.«

Was die Untertreibung des Jahres war. Postlethwaite hockte auf seinem Pferd wie der berühmte Affe auf dem Schleifstein. Wahrscheinlich hatte er sich längst einen Wolf geritten. Aber ein entzündeter Hintern war allemal besser als ein Loch im Kopf, fand ich, und ich sagte es ihm.

Cody lachte leise, als er Postlethwaites betroffenen Gesichtsausdruck sah, wurde aber sofort wieder ernst. »Lance hat gar nicht so Unrecht, Bob«, sagte er. »Unser Vorsprung ist groß genug. Eine halbe Stunde mehr oder weniger macht da nichts aus. Und die Pferde brauchen eine Pause.« Er deutete mit einer Kopfbewegung auf einen mächtigen, wie einen Balkon überhängenden Felsen zehn Schritte vor uns, stieg ohne ein weiteres Wort aus dem Sattel und führte sein Pferd am Zügel in den Schatten.

Mit gemischten Gefühlen folgte ich ihm. Auch ich war rechtschaffen müde, und mein schmerzender Rücken erinnerte mich schon eine ganze Weile daran, dass ich kaum mehr Übung im Reiten hatte als Postlethwaite. Aber ich war nicht ganz so optimistisch wie Cody, was unseren Vorsprung vor Teagarden und seinen Männern anging.

Trotzdem kletterte auch ich aus dem Sattel, versuchte den Gentleman zu spielen und Annie vom Rücken ihres Pferdes zu helfen und erntete ein spöttisches Lachen, als sie sich mit einer schon fast unanständig eleganten Bewegung aus dem Sattel schwang und Cody und Sitting Bull folgte.

Postlethwaite ließ sich mit einem erleichterten Seufzer in den Schatten sinken, und nach einem Augenblick tat ich es ihm gleich. Ich genoss das Gefühl, endlich einmal wieder auf festem Boden zu sitzen und den Rücken irgendwo anlehnen zu können.

Die Einzigen, die sich nicht setzten, waren Sitting Bull und Cody.

»Was ist los?«, fragte ich. »Ich denke, du wolltest eine Rast einlegen?«

Cody lächelte flüchtig. »Ruh dich ruhig aus«, sagte er jovial. »Sitting Bull und ich sehen uns ein bisschen in der Gegend um.«

»Ich helfe euch«, sagte ich. Natürlich war dieses Angebot nur rein rhetorisch gemeint, und ebenso natürlich erwartete ich, dass Cody es ablehnen und darauf bestehen würde, dass ich sitzen blieb und meinen schmerzenden Knochen eine Pause gönnte.

Er dachte nicht daran, sondern nickte im Gegenteil, beugte sich vor und streckte die Hand aus, um mir aufzuhelfen.

Widerstrebend stand ich auf, schleppte mich zu meinem Pferd und klaubte die Winchester aus der Satteltasche. Das Metall der Waffe war so heiß, dass ich mir fast die Finger daran verbrannte.

Cody deutete auf einen Felsen, der sich wie ein Leuchtturm vierzig, fünfzig Fuß über unser improvisiertes Lager erstreckte. »Von dort oben müssten wir einen guten Ausblick haben«, sagte er. »Ich steige hinauf und sehe mich um. Du kannst mit Sitting Bull gehen. Haltet die Augen offen. Und seid vorsichtig.«

Der letzte Satz, fand ich, war höchst überflüssig.

Missgelaunt schwang ich mein Gewehr über die Schulter, drehte mich herum und stapfte auf Sitting Bull zu, der sich bereits einige Schritte entfernt hatte und mit sichtlicher Ungeduld am Anfang eines schmalen Felsdurchbruches auf mich wartete.

Es wurde schlagartig kälter, als ich hinter dem gebeugt gehenden Indianer in die kaum einen Yard breite Schlucht eindrang. Das Licht der Sonne schien niemals hierhergekommen zu sein; der Boden und die lotrecht aufstrebenden, zerschrundenen Felsen zu beiden Seiten atmeten einen eisigen Hauch aus, und der Boden unter meinen Stiefeln knirschte wie Glas. Ich schauderte. Abermals wurde mir die Fremdartigkeit, ja, *Feindseligkeit* unserer Umgebung bewusst.

Sitting Bull blieb plötzlich stehen und deutete nach vorne. Ich stellte mich auf die Zehenspitzen, um über seine Schultern sehen zu können – der Spalt war zu schmal, als dass ich mich an ihm hätte vorbeischieben können –, gewahrte aber nichts als einen glosenden See unerträglichen Lichtes, wo sich der Felsspalt verbreiterte, sodass das Licht der Sonne bis auf seinen Boden reichte.

Sitting Bull ging weiter. Ich folgte ihm, ohne auch nur die blasseste Ahnung zu haben, was er entdeckt haben mochte, aber deutlich alarmiert. Fast ohne mein Zutun bewegten sich meine Hände und nahmen das Gewehr von meiner Schulter. Sitting Bull warf mir einen tadelnden Blick zu, als ich den Hahn spannte und das helle metallische Klicken wie ein Peitschenhieb durch die Schlucht knallte, dutzendfach gebrochen von den doppelt mannshohen Felsen zu beiden Seiten. Ich lächelte entschuldigend, zuckte mit den Achseln und deutete mit einem fragenden Blick nach vorne. Ich bekam genau die Antwort, die ich von Sitting Bull gewohnt war. Keine.

Nach wenigen Schritten hatten wir das Ende der Klamm erreicht. Die Wände wichen rechts und links nahezu im rechten Winkel weg und bildeten einen gewaltigen, an eine steinerne Schüssel erinnernden Krater.

Abermals blieb Sitting Bull stehen, und auch ich prallte mitten im Schritt zurück. Und diesmal hatte ich mich nicht mehr gut genug in der Gewalt, nicht einen keuchenden Schreckenslaut auszustoßen.

Die steinerne Schüssel vor uns war nicht leer. Aus dem zerschrundenen Boden wuchs dorniges Gestrüpp, grau und hart und kantig wie Draht, und Flugsand hatte sich in Winkeln und Spalten eingenistet. Von alledem aber sah ich kaum etwas.

Mein Blick hing wie gebannt an der gewaltigen Fußspur, die quer durch den Krater führte. Der Boden war hart wie Beton, aber was immer hier entlanggestampft war, war schwer genug gewesen, eine zehn Inches tiefe Spur darin zu hinterlassen.

Die Spur eines gigantischen, vierzehigen Fußes, mit tiefen, wie mit einer Axt in den Boden geschlagenen Kerben dort, wo gigantische Krallen aus den Zehen gewachsen waren.

Und ein Stück vor Sitting Bull auf dem Boden lag der blutige, halb aufgefressene Kadaver eines Pferdes, im Zentrum einer Lache bräunlich eingetrockneten Blutes und umschwärmt von Millionen und Abermillionen fetter schwarzer Fliegen.

»Was zum Teufel ist das?« Rhenrhew deutete mit dem Lauf seiner zerschrammten Winchester auf eine Lücke zwischen den kantig aufragenden Felsen und runzelte die Stirn. Irgendetwas hatte im Licht der Sonne dort geglitzert, nur für einen kurzen Moment, aber doch zu deutlich, um eine Sinnestäuschung zu sein.

»Was soll sein?« Craig – der älteste der fünf Gunmen, die Teagarden ihm mitgegeben hatte – blickte in die gleiche Richtung und schüttelte den Kopf. »Ich seh nichts.« Er grinste. »Ist ein bisschen heiß heute, wie?«, fragte er feixend. »Vielleicht solltest du zurückbleiben und dich ein bisschen ausruhen. Oder dir einen größeren Hut aufsetzen.«

Rhenrhew verzichtete darauf, ihm den Lauf der Winchester zwischen die Zähne zu schieben und sein Grinsen mit einem leichten Druck auf den Abzug auszulöschen, obgleich er nicht übel Lust dazu hatte. Craig war von der ersten Minute an wütend gewesen, dass Teagarden nicht ihm das Kommando über den kleinen Trupp anvertraut hatte, und er hatte von der ersten Minute an versucht, Rhenrhew zu reizen.

Aber Rhenrhew dachte nicht daran, sich provozieren zu lassen. Craig war einen Kopf kleiner als er und so dürr, dass die Kleider um seinen Leib schlotterten, aber er war viel schneller mit dem Colt und Rhenrhew war nicht einmal sicher, ob er in einem Kampf mit dem Messer oder bloßen Fäusten gut abgeschnitten hätte. Mochte Craig ihn ruhig weiter provozieren – letztendlich würde er es sein, der Craven und die anderen aufspürte und die Belohnung dafür einstrich, die Teagarden ausgesetzt hatte. Für zehntausend Bucks schluckte er auch schon einmal eine Beleidigung herunter, wenn es sein musste.

»Da ist was«, beharrte er. »Vielleicht Wasser.« Als hätte das Wort seinen Durst noch verstärkt, spürte er plötzlich wieder, wie heiß es war. Und der schmale Vorrat in ihren Feldflaschen war fast aufgebraucht. »Wir sehen nach«, bestimmte er.

Craig runzelte die Stirn, widersprach aber zu Rhenrhews Erstaunen nicht mehr, sondern ritt mit einem Achselzucken weiter. Vielleicht stimmte auch ihn die Aussicht auf einen zusätzlichen Schluck kalten Wassers etwas friedlicher. Oder er hatte eine besondere Gemeinheit vor. Rhenrhew beschloss, ihn im Auge zu behalten.

Sie erreichten den Felsspalt. Er war so schmal, dass sie nur hintereinander hindurchreiten konnten, aber Rhenrhew überließ Craig gerne die Führung. Es war ihm lieber, wenn *sein* Gewehrlauf auf Craigs Rücken gerichtet war, statt umgekehrt.

Der Felsspalt führte wie ein steinerner Tunnel, von dem jemand das Dach abgenommen hatte, gut fünfzig Yards in den Berg hinein und knickte dann nach rechts ab, um sich zu einem vielleicht fünfzig Schritt messenden Krater zu erweitern.

An seinem gegenüberliegenden Ende lag der See. Und das *Ding*.

Craig, der noch immer an der Spitze der kleinen Truppe ritt, riss sein Pferd mit einem so harten Ruck am Zügel zurück, dass das

Tier erschrocken aufschrie, und auch Rhenrhew fuhr zusammen wie unter einem Hieb, als er die riesige, braungrüne Scheußlichkeit sah, die zusammengerollt wie ein schlafender Bär am Ufer des kleinen Sees lag.

»Zur Hölle!«, entfuhr es ihm. »Was ist das?«

Natürlich bekam er keine Antwort. Nach und nach kamen auch die anderen vier aus dem steinernen Hohlweg heraus, und jeder reagierte auf die gleiche Weise auf den unfassbaren Anblick – entsetzt, ungläubig, im ersten Moment gelähmt vor Schrecken.

Rhenrhew zweifelte fast daran, dass es Wirklichkeit war, was er sah. Für einen Moment überlegte er ernsthaft, ob Craig vielleicht Recht hatte und er schlichtweg einen Sonnenstich hatte und fantasierte.

Das Ding – es gelang Rhenrhew einfach nicht, eine auch nur irgendwie passende Bezeichnung dafür zu finden – war gigantisch; zehn Mal so groß wie ein Pferd – mindestens – und von grünbraunen, ölig schimmernden Schuppen bedeckt. Sein Körper war ein unförmig aufgedunsener Balg, der mehrere Tonnen wiegen mochte, der Schädel ein Albtraum, so groß wie ein Zweispänner und ebenfalls bis auf den letzten Zentimeter mit hässlichen Schuppen gepanzert. Jedes seiner im Schlaf geschlossenen Augen war so groß wie Rhenrhews Kopf.

»Das ... das gibt es nicht«, stammelte Craig. »Das muss ein Albtraum sein. So ein Tier gibt es nicht.«

»Wenn das ein Gila-Monster ist«, sagte einer der anderen, »dann das größte, von dem ich je gehört habe.«

»Quatsch!«, fauchte Craig. »Das ist ...« Er sprach nicht weiter. Eine steile Falte erschien auf seinem Geiergesicht. »Ich hab so was schon mal gesehen«, murmelte er. »In einem Buch.«

»Seit wann kannst du lesen?«, witzelte einer der anderen.

Craig reagierte nicht einmal auf die Spitze. »Zum Teufel, ich dachte, die wären ausgestorben ...« Plötzlich fuhr er herum und deutete heftig gestikulierend auf Rhenrhew.

»Wir müssen das Vieh fangen, Rhen!«, keuchte er. »Lebend!«

Rhenrhew erbleichte. »Bist du übergeschnappt?«, entfuhr es ihm. »Das Biest ist zehn Mal so groß wie ein Büffel. Es wird uns zerreißen!«

»Unsinn!«, widersprach Craig. »Begreif doch, Mann! Das da ist ein Tier, das seit was weiß ich wie vielen tausend Jahren als ausgestorben gilt! Wenn wir es lebend fangen und zu einem dieser Universitätsheinis bringen, sind wir gemachte Leute. Wir werden zu Millionären, Rhen! Jeder Einzelne von uns!«

Rhenrhew starrte erst ihn zweifelnd an, dann die schlafende Bestie. Allein der Anblick der gigantischen, mit mörderischen Krallen versehenen Hinterläufe ließ ihn schaudern. Ein Tritt dieser Pranken ...

»Zum Teufel, worauf wartet ihr noch?«, rief Craig aufgeregt. »Wir sind zu sechst. Wenn wir es alle zusammen angreifen, können wir das Biest mit den Lassos fangen. Ich weiß es!«

Zwei der Männer rührten sich nicht, und auch die beiden anderen starrten Craig an, als zweifelten sie ernsthaft an seinem Verstand – was sie in diesem Moment wohl auch taten.

Mit einem wütenden Fauchen riss Craig das zusammengerollte Lasso von seinem Sattel. »Worauf wartet ihr eigentlich noch?«, brüllte er. »Überlegt doch – dieses Vieh da macht uns zu reichen Männern. Teagarden kann uns alle kreuzweise, wenn wir es zurückbringen.«

»Es wird die Lassos zerreißen«, wandte einer der Männer ein.

Craig fegte seine Worte mit einer unwilligen Bewegung beiseite. »Unsinn!«, schnappte er. »Das tut ein Gaul auch nicht, oder? Das Vieh da ist auch nicht viel stärker als ein Elefant, und von denen hab ich schon eine ganze Menge im Zirkus gesehen. Irgendeiner hat die schließlich auch mal gefangen.«

Zögernd griffen nun auch die anderen nach ihren Lassos, und schließlich – wenn auch als Letzter und mit sichtlichem Widerwillen – löste auch Rhenrhew das zusammengerollte Seil von seinem Sattelknauf und ließ sein Pferd antraben.

Die Hufschläge der Tiere hallten unheimlich laut in dem kleinen Talkessel wider, und als spürte es ihr Näherkommen, öffnete das Riesentier träge ein Auge, blinzelte zu ihnen hinüber und schloss es wieder. Ein tiefes, seufzendes Geräusch drang aus seiner gewaltigen Brust. Seine Klauen bewegten sich im Schlaf und schleuderten kopfgroße Steine zur Seite.

Craig hob die Hand. »Vorsichtig jetzt«, sagte er. »Wir müssen es einkreisen. Und bleibt bloß aus seiner Reichweite.«

Die Männer gehorchten. Rasch bildeten sie einen großen, weit auseinandergezogenen Kreis rings um das bizarre Tier und begannen ihre Lassos zu schwingen, während Craig seinen Colt aus dem Gürtel zog, eine Stelle dicht vor der stumpfen Schnauze der Bestie anvisierte und dreimal hintereinander abdrückte.

Die Kugeln schwirrten als jaulende Querschläger davon, aber

Rhenrhew entging auch nicht, dass eines der Geschosse über das Maul der Bestie schrammte und davon abprallte, als wäre es gegen eine Stahlplatte geschlagen.

Diesmal flogen die Augen des Ungeheuers mit einem Ruck auf. Eine einzelne, endlose Sekunde lang starrte es die winzigen Gestalten vor sich beinahe neugierig an, dann stieß es ein tiefes, zorniges Knurren aus und stand auf.

Und stand weiter auf.

Und weiter.

Und weiter.

Rhenrhews Keuchen wurde zu einem entsetzten Schrei, als sich die Bestie immer weiter und weiter aufrichtete, die Größe eines kleinen Hauses erreichte und immer noch weiter wuchs, bis sie zu einer gigantischen, unbeschreiblich großen Scheußlichkeit geworden war, deren Schädel aus fünfzig oder mehr Fuß Höhe auf die winzigen Menschengestalten herabblickte, die es gewagt hatten, sie so roh aus ihrem Schlaf zu reißen. Ihre Augen wirkten plötzlich klein gegen den monströsen Schädel, aber ihr Blick war tückisch und voller boshafter Intelligenz.

Der Anblick lähmte Rhenrhew. Er hatte nie zuvor etwas Hässlicheres als dieses Ungeheuer gesehen, und es war groß, so unbeschreiblich groß! Alles in ihm schrie danach, auf der Stelle kehrtzumachen und zu verschwinden, so schnell er konnte. Und gleichzeitig wusste er mit unerschütterlicher Sicherheit, dass es vor diesem Ungeheuer keine Flucht gab.

Craig schrie auf, schwang sein Lasso und ließ die Schlinge fliegen, und als wäre dies ein Zeichen für die anderen, senkten sich nacheinander vier weitere Lassoschlingen über den gewaltigen Schädel der Bestie und zogen sich zusammen. Nur Rhenrhew rührte sich immer noch nicht, sondern sah starr und wie gelähmt vor Schrecken und Angst zu, was weiter geschah.

Auf einen weiteren schrillen Schrei Craigs hin rissen die Reiter ihre Tiere herum und sprengten los. Nahezu im gleichen Moment strafften sich die fünf fingerdicken Taue, die sich um den schuppigen Hals des Ungeheuers gelegt hatten.

Craig, der Mann zu seiner Linken und der Reiter am anderen Ende der kleinen Gruppe flogen in hohem Bogen aus den Sätteln, als sich die Lassos mit einem peitschenden Knall spannten, so heftig, als hätten sie versucht, einen Berg umzureißen.

Die beiden anderen Männer hatten etwas mehr Glück. Auch ihre Pferde wurden mitten im Schritt zurückgerissen und bäumten sich auf, aber ihre Reiter blieben wenigstens in den Sätteln.

Für die nächsten zwei Sekunden.

Dann bewegte das Ungeheuer mit einem ärgerlichen Knurren den Schädel, griff mit einer seiner lächerlich kleinen Vorderklauen nach den Seilen, die sich um seinen kurzen Hals geschlungen hatten, und riss sie ohne sichtliche Anstrengung entzwei. Alle fünf auf einmal.

Dieser neuerliche Ruck riss auch die beiden letzten Tiere zu Boden. Das eine begrub seinen Reiter unter sich und tötete ihn auf der Stelle, während der andere im hohen Bogen davonflog und benommen liegen blieb.

Rhenrhew rührte sich noch immer nicht. Er hatte nicht einmal Angst. Was er sah, konnte nicht wahr sein. Er träumte. Er war fest davon überzeugt, in einem Albtraum gefangen zu sein. Wenn auch in einem Traum, aus dem er nicht aufzuwachen vermochte. Wie betäubt beobachtete er, wie sich das Ungeheuer in einer Bewegung, die durch seine unglaubliche Größe langsam und schwerfällig wirkte, es aber ganz und gar nicht war, den gestürzten Reitern näherte, sich vorbeugte und mit seinen Klauen nach einem Pferd griff. Die hornbewehrten Pfoten, die im Vergleich mit seinem Körper so lachhaft klein waren, hoben das panisch wiehernde Pferd ohne sichtliche Anstrengung in die Höhe, brachen ihm das Rückgrat und schleuderten den Kadaver davon.

Ein Schuss krachte. Rhenrhew glaubte ein Aufblitzen zu sehen, wo die Pistolenkugel gegen die stahlharten Panzerplatten der Bestie prallte und abgeschmettert wurde, dann peitschten ein zweiter und dritter Schuss, und plötzlich packten die Klauen des Ungeheuers wieder zu, blitzschnell und mit ungeheuerlicher Kraft. Die Schüsse hörten auf, und glitzerndes Rot war zwischen den armlangen Krallen der Bestie.

Craig und die zwei Männer, die außer ihm noch lebten, begannen verzweifelt auf den steilen Hohlweg zuzurennen. Craig feuerte ununterbrochen, bis seine Waffe leer geschossen war, aber selbst dann drückte er noch ab, immer und immer wieder, halb wahnsinnig vor Angst und nicht mehr zu logischem Handeln fähig.

Das Ungeheuer machte einen einzigen gewaltigen Schritt, begrub Craig und einen der beiden anderen Männer unter den Füßen und beugte sich mit weit aufgerissenem Maul zu dem letzten Überlebenden hinab. Das Krachen, mit dem seine Kiefer zusammenschlugen, klang wie ein Kanonenschuss.

Plötzlich waren nur noch Rhenrhew und das Ungeheuer da. Zwei verängstigte Pferde rannten in kopfloser Panik durch den Talkessel. Die Bestie tötete sie mit einem einzigen Hieb ihres gewaltigen Schwanzes.

Dann wandte sie sich um, ganz langsam, legte den Kopf auf die Seite und blickte auf Rhenrhew hinab. Ihre Augen glitzerten tückisch, und aus dem leicht offen stehenden Maul wehte ein Schwall fauligen Gestankes und feuchter Wärme. Ein tiefes, drohendes Knurren drang aus der Brust des Ungeheuers.

Rhenrhew blickte ruhig zu dem Titanen auf. Er hatte noch immer keine Angst, und er rührte sich noch immer nicht.

Auch nicht, als das Ungeheuer den Schädel senkte und seine gewaltigen Kiefer über Rhenrhew auseinanderklafften.

Wie von Furien gehetzt rannten wir zu Bill und den anderen zurück. Cody musste unsere Annäherung schon bemerkt haben; er kam uns entgegen, das Gewehr entsichert in der Armbeuge.

»Was ist los?«, fragte er. »Was habt ihr entdeckt?«

»Der ... der Drache«, antwortete ich schwer atmend. Cody starrte mich an. »Wovon redest du, zum Teufel?«

»Postlethwaites Drache!«, stieß ich hervor. »Er ... er existiert, Bill! Wir ... wir haben sein Nest gefunden!«

»Drache?« Cody wiederholte das Wort auf eine Weise, als zweifle er an meinem Verstand. »Was soll das heißen? Wovon redest du?«

»Er ... er ist wirklich da!«, keuchte ich. »Verdammt, Bill, wir haben seine Spuren gesehen! Er lebt!«

»Blitzhaar spricht die Wahrheit«, sagte Sitting Bull ruhig. »Das Nest des großen Tieres liegt hinter jenen Felsen. Und seine Beute war noch warm.«

Cody war nun vollends verwirrt. Er starrte abwechselnd Sitting Bull und mich an, suchte sichtlich nach Worten und blickte schließlich aus eng zusammengepressten Augen in den schmalen Felsspalt, aus dem wir hervorgestürmt waren.

»Okay«, murmelte er. »Das sehe ich mir an.«

Ich hielt ihn am Arm zurück, als er an mir vorüberstürmen wollte.

»Bleib hier«, sagte ich hastig. »Das Vieh ist ganz in der Nähe, Bill. Sitting Bull hat Recht – sein Opfer ist noch blutig!«

Cody schüttelte meinen Arm mit einer wütenden Bewegung ab, stieß mich beiseite und verschwand im Sturmschritt zwischen den Felsen. Einen Moment lang sah ich ihm nach, dann wandte ich mich um und ging, noch immer zitternd vor Erschöpfung, zu Postlethwaite und Annie zurück. Ich konnte es Cody nicht einmal verdenken, dass er so reagierte.

Annie lehnte mit geschlossenen Augen am Felsen und schien zu schlafen, aber Postlethwaite blickte mir neugierig entgegen. »Gab es einen Zwischenfall, Mister Craven?«, fragte er besorgt. »Sie sehen reichlich blass aus, wenn Sie mir die Bemerkung gestatten.«

»Sie haben von einem Drachen erzählt, Lance«, sagte ich, seine Bemerkung ignorierend. »Erinnern Sie sich? Was wissen Sie genau darüber?«

»Ein Drache?« Postlethwaite überlegte einen Moment, dann hellte sich sein Gesicht auf. »Oh, Sie meinen die Legende, nach der der Berg der weißen Götter von einem Drachen bewacht werden soll.« Er lächelte. »Eine Gila-Echse, Mister Craven. *Der Drache* ist nichts als eine Legende, glauben Sie mir.«

»Und wenn ich Ihnen sage, dass Sitting Bull und ich die Spuren Ihrer Legende dort hinter den Felsen entdeckt haben?«, fragte ich, so ruhig ich nur konnte – was nicht sehr ruhig war.

»Spuren?« Postlethwaite runzelte die Stirn, und plötzlich öffnete auch Annie Oakley die Augen und sah mich beinahe alarmierend an. Sie hatte nicht geschlafen.

Ich nickte erregt. »Seine Fußspuren, Lance. Ihre Legende trägt Schuhgröße zweihundertfünfzig. Mindestens.«

Postlethwaite lachte, aber nur für eine Sekunde, dann erstarrte sein Gesicht zu einer Grimasse, und in seinen Augen entstand ein sonderbares Flackern. »Das ... das meinen Sie ernst«, murmelte er.

Ich nickte abermals. »Todernst, Lance. Dort hinter den Felsen ist das Nest von ... von irgendwas. Und es muss größer sein als jedes lebende Wesen, von dem ich je gehört habe.«

Postlethwaite sprang auf. »Was haben Sie gesehen?«, fragte er erregt. »Berichten Sie, Robert! Erzählen Sie. Ach was! Ich sehe selbst nach!« Er fuhr herum, machte einen Schritt und stieß ein halb zorniges, halb erschrockenes Keuchen aus, als ich ihn kurzerhand am Kragen ergriff und zurückzerrte.

»Sie werden schön hier bleiben«, sagte ich grob. »Was wissen Sie über dieses Ungeheuer? Reden Sie endlich, Mann!«

Postlethwaite erbleichte ein wenig, aber ich war mir nicht sicher, ob vor Schrecken über meine plötzliche Ruppigkeit oder schlichtweg aus Wut darüber, dass ich ihn daran hinderte, Cody zu folgen und die Spur mit eigenen Augen zu sehen. Mit einer wütenden Bewegung hob er den Arm und versuchte, meine Hand beiseitezuschlagen. Wie gesagt – er *versuchte* es. »Lassen Sie mich los, Sie grober Klotz«, ereiferte er sich. »Ich weiß nichts über diesen Drachen. Nichts als Legenden und wilde Geschichten. Aber wenn Sie sagen, dass es dort eine Spur gibt, dann muss ich sie sehen!«

Er versuchte wieder, sich loszureißen, und diesmal mit größerer Kraft. Ich fürchtete schon fast, grob werden zu müssen, um ihn zur Räson zu bringen, aber gottlob kam Cody in diesem Moment zurück, mit Riesenschritten und genauso bleich, wie ich es gewesen sein musste, und begann wild mit den Armen zu fuchteln.

»Auf die Pferde, schnell!«, brüllte er. »Nichts wie weg hier, ehe das Biest zurückkommt!«

»Biest?«, keuchte Postlethwaite. »Es ist wahr? Robert hat die Wahrheit gesagt? Ich muss es sehen! Lassen Sie mich hingehen!«

Ich ließ ihn tatsächlich los – aber nur, um ihn richtig zu fassen zu bekommen und an Kragen und Hosenbund zu seinem Pferd zu schleifen. Postlethwaite begann zu kreischen und mit Armen und Beinen zu strampeln wie ein Kind, dem man den Lutscher weggenommen hatte, aber ich achtete gar nicht darauf, sondern verfrachtete ihn mit Codys Hilfe auf den Rücken seines Pferdes, schwang mich selbst in den Sattel und griff blitzschnell wieder zu, als Postlethwaite Anstalten machte, sich einfach aus dem Sattel fallen zu lassen, nur um zu seiner Spur zu kommen. Wütend ballte ich die Faust und schüttelte sie dicht unter seiner Nase. »Verdammt noch mal, nehmen Sie endlich Vernunft an!«, fauchte ich. »Wir müssen hier weg, ehe dieses Ungeheuer zurückkommt!«

»Aber ich muss es sehen!«, kreischte Postlethwaite. »Bitte, Robert, ich muss es einfach sehen!«

Statt einer Antwort drehte ich mich im Sattel herum und versetzte seinem Pferd einen deftigen Hieb mit der flachen Hand. Das Tier schrie auf, warf Postlethwaite um ein Haar ab und sprengte los. Eine halbe Sekunde später setzten sich auch Bill, Sitting Bull und ich in Bewegung.

Die Einzige, die sich nicht von der Stelle rührte, war Annie.

Und einen Sekundenbruchteil später wusste ich auch, warum.

Ein einzelner Gewehrschuss krachte, sonderbar hell und peitschend in der hitzegeschwängerten Luft der Felslandschaft. Eine unsichtbare, glühend heiße Hand schien über meine Wange zu streichen, ich hörte ein widerwärtiges Zischen, dann einen sonderbar dumpfen, klatschenden Schlag, und im gleichen Moment entstand direkt zwischen den Ohren meines Pferdes ein münzgroßes, rundes Loch.

Das Tier brach wie vom Blitz getroffen zusammen. Ich fühlte mich angehoben, von einer unsichtbaren Kraft nach vorne und im hohen Bogen über seinen Hals geschleudert und ruderte wild mit den Armen, während die Welt vor meinen Augen einen Salto vollführte.

Noch bevor ich auf dem Boden aufschlug, krachte der zweite Schuss, und auch Codys Pferd brach getroffen zusammen und warf seinen Reiter ab.

Ich verlor nicht das Bewusstsein, aber der Sturz lähmte mich. Wie durch einen Schleier aus roten, irrsinnig schnell kreisenden Nebelfetzen sah ich, wie nacheinander auch Postlethwaites und Annies Pferd zusammenbrachen und schließlich auch Sitting Bulls Schecke zur Seite fiel, und mit jener absurden Klarheit der Details, die solchen Momenten manchmal zu eigen ist, registrierte ich sogar, dass jedes einzelne der Tiere präzise durch einen Kopfschuss getötet worden war.

Dann sah und hörte ich für eine ganze Weile gar nichts mehr, denn ich musste meine ganze Kraft dazu aufwenden, nicht doch noch das Bewusstsein zu verlieren. Während sich die anderen rings um mich herum mühsam erhoben, kämpfte ich die wogenden Nebelschleier zurück. Es mussten Minuten vergangen sein, bis sich mein Blick allmählich wieder klärte und ich wahrnahm, was um mich herum geschah.

Allem Anschein nach hatten die anderen mehr Glück gehabt als ich, denn mit Ausnahme Postlethwaites, der auf den Knien hockte, beide Hände gegen seine blutende Nase presste und leise vor sich hin wimmerte, waren alle wieder auf den Beinen.

Von den Männern, die auf uns geschossen hatten, war keine Spur zu sehen.

Mühsam stemmte ich mich hoch, versuchte die Benommenheit vollends abzuschütteln und wäre glattweg wieder auf die Nase gefallen, hätte mich Annie Oakley nicht im letzten Moment gestützt.

»Was ... was ist passiert?«, fragte ich benommen.

Statt einer Antwort hob sie den Arm und deutete nach Osten, in die Richtung, aus der wir gekommen waren. »Teagarden«, sagte sie leise.

Es dauerte einen Moment, bis ich die Gestalt erkannte, denn sie stand gegen die Sonne und war nicht mehr als ein verschwimmender schwarzer Schatten, nicht viel größer als mein Daumennagel.

Und dann dauerte es noch länger, bis ich glaubte, was ich sah.

»Aber das ist ... vollkommen unmöglich«, murmelte ich. Trotz der großen Entfernung erkannte ich Teagarden, jetzt, als mich Annie darauf aufmerksam gemacht hatte. Seine schwarze Kleidung und der sonderbar breitkrempige Hut machten ihn sogar als Schatten noch erkenntlich.

Und trotzdem ...

»Das ist unmöglich!«, murmelte ich. »Er ... er ist mindestens anderthalb Meilen entfernt! Wie kann er auf uns schießen?«

Statt einer direkten Antwort deutete Annie mit einer Kopfbewegung auf das Gewehr, das aus Codys Sattelholster gerutscht war. Es lag nur wenige Schritte vor mir im Sand. »Heben Sie es auf«, sagte sie leise.

Zögernd gehorchte ich, bückte mich nach der Waffe und behielt dabei gleichzeitig Teagarden im Auge.

Ein Schuss peitschte.

Und der Schaft des Gewehres zersplitterte in meinen Händen.

Ich versuchte kein zweites Mal, mich nach der Waffe zu bücken oder sonst eine Bewegung zu machen, die Teagarden irgendwie falsch verstehen konnte.

»Sie sind dort vorne. Hinter den brennenden Felsen.« Die Stimme des Läufers verriet die Erregung, die er von seinem Gesicht verbannt hatte, und er hatte die Worte noch nicht ganz ausgesprochen, als sich auch unter den anderen Kriegern ein unwilliges Murren erhob. Hände griffen nach Bögen und Pfeilen, Beile und Messer wurden aus den Gürteln gezogen, und eine schwerfällige, aggressiv wirkende Bewegung ging durch die Reihen der Krieger.

»Wartet«, sagte Ixmal. Er hatte nicht sehr laut gesprochen, aber in seiner Stimme war ein befehlender Unterton, und obwohl er offiziell noch nicht Nachfolger K'lee'shees war, gehorchten die Krieger ihm. Selbst die, die ihm an Jahren und Erfahrungen um vieles voraus waren. Alle Blicke richteten sich erwartungsvoll auf ihn, und plötzlich glaubte der junge Flötenmann zu spüren, wie schwer die Last war, die der alte Häuptling ihm mit seinem Weggang hinterlassen hatte.

»Wir greifen noch nicht an«, sagte er.

Einer der ältesten Krieger trat vor. Sein Gesichtsausdruck verriet Respekt, aber auch Verwunderung und ein bisschen Trotz. »Warum nicht?«, fragte er. »Wir müssen es tun. Die Götter –«

»Verlangen von uns, alle Feinde zu töten oder zu verjagen, ich weiß«, unterbrach ihn Ixmal kalt. »Du musst mich nicht belehren, C'ol'eric.«

»Worauf warten wir dann noch?«, fragte der Krieger. Seine Hand schloss sich in einer zornigen, überaus kraftvollen Bewegung um den Stiel seiner Wurfaxt.

»Es wäre nicht klug, sie jetzt anzugreifen«, antwortete Ixmal ruhig. »Ihr alle habt die Stimme ihrer Donnerrohre gehört, und viele von euch wissen aus eigener Erfahrung, wie tödlich diese Waffen sind. Und sie sind in zwei Gruppen geteilt und umso schwerer anzugreifen. Lasst uns warten, bis sie zusammen sind, und sie beobachten. Dann entscheiden wir.«

Er sprach nicht weiter, sondern ließ seinen Blick über die Reihen seiner Krieger streifen. In manchen Gesichtern sah er Unmut oder auch Trotz.

Aber niemand widersprach ihm.

Es verging beinahe eine Viertelstunde, bis die ersten Gunmen bei uns auftauchten, und dann noch einmal die gleiche Zeit, ehe auch Teagarden selbst in unserem improvisierten Lager erschien. Seine Männer hatten die Zeit genutzt, uns sämtliche Waffen abzunehmen (wozu auch Codys und meine Barschaft zählten – die Burschen schienen gehörigen Respekt vor barem Geld zu haben, denn dies war so ziemlich das Erste, was sie uns aus den Taschen rissen) und zu fesseln; weitaus fester, als notwendig gewesen wäre. Auch Postlethwaite wurde wie ein Weihnachtspäckchen zusammengeschnürt, unbeschadet seiner schrillen Proteste und Versicherungen, dass er nichts mit uns und unserem Streit mit Teagarden zu schaffen habe.

Schließlich erschien Teagarden selbst. Er ritt ein gewaltiges, schwarzgrau geschecktes Pferd, und in seiner rechten Armbeuge lag ein sonderbar geformtes Gewehr mit einem überdimensionalen Zielfernrohr. Beim Anblick dieser Waffe wunderte es mich nicht mehr, dass er uns so präzise hatte zusammenschießen können. Das Einzige, was ich mich fragte, war, warum er uns nicht längst mit dieser Waffe erledigt hatte – aus sicherer Entfernung und ohne dass es lästige Zeugen gab.

Teagarden stieg umständlich aus dem Sattel, verstaute seine Waffe im Holster und ging mit gemessenen Schritten an Cody, Sitting Bull, Postlethwaite und Annie vorüber, bis er zu mir gelangte und stehen blieb. Seine Lippen verzogen sich zu einem höhnischen Grinsen, als er auf mich herabblickte.

»Nun, Mister Craven«, sagte er, »jetzt treffen wir uns zum dritten Mal in kurzer Zeit. Aller guten Dinge sind ja bekanntlich drei, nicht?«

»Was wollen Sie?«, fauchte ich. Eine innere Stimme flüsterte mir zu, dass ich vielleicht nicht in der richtigen Position war, mir diesen Ton erlauben zu können, mit auf dem Rücken zusammengebundenen Händen und einem Dutzend Gewehrläufen, die auf mich zielten. Aber ich achtete nicht auf ihre Warnungen. »Wenn Sie mein Geld wollen –«

Teagarden brachte mich mit einem Schlag auf den Mund zum Schweigen. »Dein Geld?«, fragte er. Plötzlich zitterte seine Stimme vor Wut. »O nein, Craven, ich will *dich!*«, stieß er hervor. »Du bist schuld am Tode meines Bruders, und du wirst dafür bezahlen, das schwöre ich.«

»Ihr ... Ihr Bruder?«, wiederholte ich verstört. Wie in einer blitzartigen Vision lief die Szene in Teagardens Spielsalon noch einmal vor meinen inneren Augen ab. Dann begriff ich. Der Viertel-Dollar-Grinser, den der Lüster erschlagen hatte. Ich hatte nicht gewusst, dass er Teagardens Bruder gewesen war.

»Du weißt genau, dass es nicht seine Schuld war, Ralph«, sagte Annie.

Teagarden fuhr herum und funkelte sie an. »Halt das Maul, du Schlampe!«, fauchte er. »Mit dir beschäftige ich mich später.«

Annie ignorierte seine Drohung. »Ralph, sei vernünftig«, sagte sie in fast beschwörendem Tonfall. »Noch ist keinem was passiert. Wenn du uns gehen lässt, wird niemand erfahren, was hier geschehen ist. Du weißt genau, dass es Bodine war, der die Lampe heruntergeschossen hat.«

»Der ist aber nun mal leider tot«, schnappte Teagarden.

»Außerdem hat *er* mit diesem Streit angefangen.« Damit versetzte er mir einen Tritt in die Rippen, der mich zur Seite kippen ließ. Einer seiner Männer zerrte mich grob wieder in eine halb sitzende Position hoch. Keuchend rang ich nach Luft.

»Außerdem«, fuhr Teagarden, nun wieder ruhig, fort, »kann ich dich beruhigen, Schätzchen. Niemand wird erfahren, was hier passiert. Nicht wahr, Jungs?«

Die letzten Worte waren an seine Männer gerichtet, die die Bemerkung mit einem grölenden Gelächter quittierten. Teagarden sprach nicht weiter, aber das war auch nicht nötig. Selbst Postlethwaite schien zu begreifen, wie seine Worte gemeint waren, denn er wurde noch blasser, als er ohnehin schon war.

»Du willst fünf Leute umbringen?«, fragte Annie ungläubig. Ihre Augen waren groß vor Schrecken. »Das ist nicht dein Ernst, Ralph!«

»Darauf würde ich nicht wetten, Liebling«, antwortete Teagarden leise. »Außerdem – wer spricht von umbringen? Ich weiß nicht viel über diese Gegend hier, aber ich habe gehört, dass man sich sonderbare Geschichten über dieses Tal erzählt. Es heißt, wer einmal hineingeht, kommt nie wieder hinaus.« Er kicherte. Es hörte sich fast an wie das Lachen eines Wahnsinnigen. »Möglicherweise werden jetzt der berühmte Buffalo Bill Cody und der kaum weniger berühmte Sitting Bull das Schicksal all dieser bedauernswerten Männer teilen. Und der etwas weniger berühmte Robert Craven«, fügte er mit einem boshaften Seitenblick in meine Richtung hinzu. Plötzlich erlosch sein Lächeln, und ein Ausdruck unglaublicher Härte erschien auf seinen Zügen. »Hängt sie auf«, sagte er. »Alle außer Annie. Und natürlich Craven. Für den habe ich mir etwas Besseres ausgedacht.«

Seine Männer stimmten ein johlendes Gelächter an und zerrten Postlethwaite, Sitting Bull und Cody grob in die Höhe. Und auch auf mich traten gleich drei Burschen zu und wollten mich hochziehen.

Auf diesen Moment hatte ich nur gewartet. Als sich der erste Kerl über mich beugte und mir dabei in die Augen sah, schlug ich mit aller geistigen Macht zu.

»Lass es sein«, sagte ich ruhig.

Etwas im Blick des Mannes erlosch. Eine Sekunde lang starrte er mich an, erfüllt von einem unfassbaren Entsetzen, als er zu begreifen schien, dass er nicht mehr länger Herr seines eigenen Willens war. Dann richtete er sich auf, trat zurück und erstarrte zur Salzsäule. Ein dümmliches Grinsen breitete sich auf seinen Zügen aus.

Seinen beiden Kameraden erging es kaum besser. Nach zwei Sekunden standen auch sie da, reglos und unfähig, auch nur einen Muskel zu rühren, solange ich es ihnen nicht ausdrücklich gestattete.

Ich fixierte einen vierten Mann, der in meiner Nähe stand, lähmte auch ihn auf die gleiche Art und drehte den Kopf herum, um mich Teagarden selbst zuzuwenden.

Das Letzte, was ich sah, war der Lauf seines Revolvers, der auf meinen Schädel krachte. Dann nur noch ein paar grelle Lichtpunkte, die wie aus der Bahn geratene Sterne vor meinen Augen herumtanzten.

Dann gar nichts mehr.

Die Bestie war satt. Ihre Intelligenz reichte nicht aus, sie diese Tatsache bewusst erkennen zu lassen, aber sie spürte eine dumpfe, wohlige Zufriedenheit und auch ein wenig Müdigkeit, und obwohl sie so dumm war, dass sie sich einmal in ihren eigenen Schwanz gebissen hatte, weil er sich bewegte und sie ihn für Beute hielt, wusste sie doch, dass dies das Zeichen war, zurückzukehren und ihren endlosen Schlaf wieder anzutreten.

Sie hatte gefressen, viel mehr als sonst, und es war sogar leichter gewesen, denn die Beute war nicht einmal vor ihr davongelaufen. Jetzt wollte sie nur noch schlafen.

Zwar spürte sie die Nähe von warmem, lebendem Fleisch, denn ihre Sinne waren so überaus scharf, wie ihre Intelligenz begrenzt war, aber ihr Hunger war gestillt. Und so wandte sie sich nach Norden und stampfte, wie eine lebende Lawine aus Fleisch und Panzerplatten Felsen und Trümmergestein unter sich zermalmend, dem Berg zu.

Ich konnte nicht sehr lange ohne Bewusstsein gewesen sein, denn das Erste, was ich hörte und sah, war das Johlen von Teagardens Männern, die einen Strick über eine Felsnase geworfen hatten und mit vereinten Kräften versuchten, Sitting Bull in den Sattel eines Pferdes zu heben, das darunter stand. Der alte Häuptling wehrte sich nicht, aber auf seinem Gesicht lag ein Ausdruck tiefsten Entsetzens. Ich erinnerte mich, irgendwann einmal gehört zu haben, dass Hängen für einen Indianer die schlimmste aller Todesarten sei. Es hatte irgendetwas mit ihrer Religion zu tun.

Wie von Sinnen begann ich an meinen Fesseln zu zerren. Aber das einzige Ergebnis meiner Bemühungen war eine deftige Kopfnuss, die schon wieder die Sterne vor meinen Augen tanzen ließ.

»Wenn ich Sie wäre, würde ich das lassen«, sagte Teagardens Stimme hinter mir. Ich wollte den Kopf drehen und ihn ansehen und bekam einen weiteren Hieb gegen den Schädel.

»Ich weiß nicht, wie Sie es gemacht haben, Craven«, sagte Teagarden leise. »Und ich will es auch gar nicht wissen. Aber ich schwöre Ihnen, dass ich Ihnen das Gehirn rausblase, wenn Sie auch nur in meine Richtung schauen.«

Ich stöhnte. Das Sprechen fiel mir schwer, und vor meinen Augen tanzten noch immer bunte Kreise. Mein Kopf schmerzte unerträglich. »Verdammt, Teagarden, wenn Sie mich umbringen wollen, dann tun Sie es«, stöhnte ich. »Aber lassen Sie die anderen in Frieden, Sitting Bull hat Ihnen nichts getan.«

»Ach?«, erwiderte Teagarden. »Dann fragen Sie mal Matt – das ist der freundliche Herr mit der Narbe auf der Wange dorthinten. Sein Bruder war bei Custers Regiment.«

Ich begriff nicht gleich, was das mit unserer Situation zu tun hatte, aber Teagarden war überraschend redselig und fuhr fort: »Matt wartet schon seit langer Zeit darauf, endlich mit dieser Indianersau abrechnen zu können, wissen Sie? Er hat den gleichen guten Grund wie ich.« Er kicherte. »Schauen Sie ruhig zu, Craven. Es wird ein Schauspiel werden, an das Sie sich für den Rest Ihres Lebens erinnern werden. Die ganzen zehn Minuten«, fügte er hämisch hinzu.

Obwohl mir vor Wut schier die Tränen in die Augen schossen, hob ich vorsichtig den Kopf und sah zu Sitting Bull hinüber. Teagardens Killer hatten ihn mittlerweile in den Sattel gehoben. Zwei von ihnen hielten Sitting Bull fest, während ein anderer die Schlinge um seinen Hals legte und zusammenzog.

»Jetzt sprich endlich, Kerl!«, brüllte einer der Männer. »Gib zu, dass du es warst, der Custer ermordet hat!«

Sitting Bull schwieg. Sein Gesicht war wie Stein. Nur in seinen Augen loderte die Angst.

»Wie du willst!«, schrie der Killer. »Lasst das Pferd laufen, Jungs!«

Seine Kumpane gehorchten. Aber anders, als ich erwartet hatte, gaben sie dem Pferd keinen derben Hieb, der es mit einem Satz davonpreschen ließ, sondern führten das Tier fast behutsam am Zügel, sodass Sitting Bull langsam aus dem Sattel gehoben wurde. Voller Entsetzen begriff ich, dass die Schlinge ihn erwürgen würde!

Aber es kam anders. Eine halbe Minute lang ließen die Gunmen

Sitting Bull hängen, dann hoben sie ihn an und setzten ihn wieder in den Sattel. Sitting Bull rang keuchend nach Luft.

»Sprich!«, brüllte der Bursche, den Teagarden Matt genannt hatte. »Gib's zu, und ich gebe dir eine Kugel. Sonst hängst du!«

»Ich habe Custer nicht getötet«, sagte Sitting Bull ruhig. »Er fiel im Kampf, aber nicht von meiner Hand. Das ist die Wahrheit!«

Matt brüllte vor Zorn. »Du lügst!«, kreischte er. »Gib es zu, oder wir hängen dich auf!«

Aber Sitting Bull schwieg beharrlich.

Und ich spürte, dass er log.

Das heißt, nicht ganz. Es war das erste Mal, dass mich mein Talent, Lüge von Wahrheit zu unterscheiden, im Stich ließ. Ich fühlte genau, dass Sitting Bull nicht die Wahrheit sprach, aber er log auch nicht völlig. Es war ein verwirrendes Gefühl.

»Na gut!«, brüllte Matt. »Zieht ihn hoch, Jungs!«

Und zum zweiten Mal wurde das Pferd behutsam unter Sitting Bull hinweggeführt.

»Das ... das ist bestialisch, Teagarden!«, stöhnte ich. »Wie lange wollen Sie ihn noch quälen?«

Teagarden lachte böse. »So lange es meinen Leuten Spaß macht«, sagte er.

»Aber das ist unmenschlich!«

Teagarden kicherte. »Und? Schließlich ist er ja nur ein Indianer, oder?«

Was mich bei diesen Worten wirklich erschreckte, war die Tatsache, dass ich spürte, dass Teagarden sie ganz genau so meinte, wie er sie aussprach. Für ihn war Sitting Bull – und überhaupt alle Indianer – wirklich kein Mensch.

»Sie verdammtes Ungeheuer!«, keuchte ich.

Und Teagarden lachte.

Ixmal war verwirrt. Sie hatten gewartet, bis sich die beiden Gruppen der weißen Götter vereinigten, dann waren sie näher herangeschlichen und hatten sie eingekreist. Die weißen Götter hatten Wachen aufgestellt, aber sie waren sehr ungeschickt gewesen; zwei von Ixmals Spähern hatten ihnen die Kehlen durchgeschnitten, ohne dass die anderen es auch nur merkten, und nun war alles für den Angriff bereit.

Trotzdem zögerte Ixmal noch, das Signal zu geben.

Er verstand nicht, was die fremden Götter dort taten: Einige von ihnen hatten einen alten, ledergesichtigen Mann ergriffen und auf den Rücken eines jener schrecklichen vierbeinigen Ungeheuer gesetzt, auf denen sie reisten, und andere waren dabei, ihn mit Hilfe eines Seiles immer wieder in die Höhe zu ziehen.

Welche Bedeutung, überlegte Ixmal, mochte dieser Ritus haben? Eine Art Anbetung? Oder ein Zauber? Gleich, was es war, der alte Mann schien so etwas wie ihr Führer zu sein, denn die anderen, jüngeren mit hellen Gesichtern drangen immer wieder auf ihn ein und hingen wie gebannt an seinen Lippen. Aber der Alte sprach kaum. Vielleicht versuchte er auf diese Weise ein Orakel zu befragen – was einleuchtend schien, denn jedes Mal, wenn er die erwartete Antwort schuldig blieb, wiederholten sie die Prozedur.

C'ol'eric kam lautlos an seine Seite gekrochen und sah eine Weile zu, was die Fremden taten. Seinem Gesichtsausdruck nach zu schließen, begriff er den Sinn dieses Rituals so wenig wie Ixmal.

»Wie lange willst du noch warten?«, fragte er.

Ixmal überlegte sich seine Antwort sehr wohl. C'ol'eric war kein geduldiger Mann, und seine Wutausbrüche waren im ganzen Stamm gefürchtet.

Und vielleicht hatte er sogar Recht.

»Nicht länger«, antwortete Ixmal. »Wir greifen an. Der Moment ist günstig. Solange sie ihr Orakel befragen, sind sie abgelenkt.«

Er legte mit geübten Bewegungen einen Pfeil auf die Sehne seines armlangen Bogens, zielte kurz und schoss.

Der Pfeil sirrte davon, bohrte sich zwischen die Schulterblätter eines der weißen Dämonen und tötete ihn auf der Stelle. Und er war gleichzeitig das Signal für alle anderen, zu schießen.

Ein wahrer Hagel von Geschossen ging auf die weißen Götter nieder, und die allermeisten trafen ihre Ziele. Die Weißen begannen zu schreien und wild durcheinanderzulaufen, und auch eines ihrer Ungeheuertiere brach getroffen zusammen, wobei es fürchterliche, schrille Laute ausstieß.

Plötzlich hob einer der weißen Götter sein Donnerrohr und zielte damit in Ixmals Richtung. Ixmal duckte sich, einen Herzschlag, bevor das fürchterliche Ding Feuer und Rauch spie und dabei brüllte wie der große Drachen selbst. Das Höllenfeuer verfehlte Ixmal und traf stattdessen den Stein über seinem Kopf, und selbst der Fels schrie vor Schmerz: ein hoher, jaulender Ton, der nur langsam verklang.

Im nächsten Augenblick war der weiße Gott tot, von acht oder neun Pfeilen gleichzeitig getroffen. Aber jetzt begannen auch die anderen ihre Donnerrohre zu heben, und plötzlich schienen die Berge selbst unter dem Donnern und Brüllen dieser schrecklichen Waffen zu erbeben. Ixmal sah, wie sich seine Krieger erschrocken duckten und die Angst in vielen Gesichtern erschien. Ganz zweifellos waren es schreckliche Dämonen, die die weißen Götter in diesen Donnerrohren gefangen hatten – und die sie auf Ixmals Stamm loslassen würden!

»Den Alten!«, schrie Ixmal. »Tötet den Alten! Wenn er stirbt, sind sie machtlos!«

Und im gleichen Moment sprang er auch schon auf, zerrte seine Axt aus dem Gürtel und sprang mit schnellen, weit ausgreifenden Schritten auf den alten Medizinmann zu ...

Es war wie ein Albtraum. Der Angriff hatte so übergangslos begonnen, dass die Hälfte von Teagardens Männern schon tot oder verletzt war, ehe die anderen auch nur auf den Gedanken kamen, ihre Waffen zu ziehen und zurückzuschießen.

Die Pfeile sirrten scheinbar aus dem Nirgendwo heran. Die Angreifer mussten das Lager umzingelt haben, denn die Geschosse kamen von überall her – und fast alle trafen. Direkt neben mir riss einer von Teagardens Killern sein Gewehr hoch und feuerte wild und ohne zu zielen auf die Felsen, zwischen denen die schlanken Geschosse hervorzischten. Plötzlich taumelte er, ließ seine Waffe fallen und griff sich an den Hals.

Als er zusammenbrach, ließ ich mich zur Seite fallen, rollte mich blitzschnell auf den Rücken und trat Teagarden das Gewehr aus der Hand. Der Spieler keuchte – das erste Mal vor Überraschung, das zweite Mal aus einem gänzlich anderen Grund: als ihn mein Fuß nämlich dicht unterhalb der Rippen traf.

Ich kann nicht unbedingt behaupten, dass es Absicht war – aber ich rettete Teagarden damit das Leben, denn er brach ohnmächtig zusammen; im gleichen Moment, in dem ein Pfeil hinter ihm an den Felsen zersplitterte. Genau dort, wo Augenblicke zuvor noch sein Kopf gewesen war.

Blitzschnell überzeugte ich mich davon, dass er wirklich bewusstlos war, stemmte mich mühsam auf die Füße und stieß vorsichtshalber sein Gewehr davon; nur für den Fall, dass er doch aufwachen sollte.

Noch immer regneten Pfeile auf uns nieder. Teagardens Männer hatten endlich auf die Gefahr reagiert und standen wenigstens nicht mehr wie Zielscheiben herum, sodass die meisten Geschosse nunmehr ins Leere gingen. Aber auch ihr wütendes Feuer schien wenig Erfolg zu haben, denn die Angreifer zeigten sich nicht, sondern blieben in der sicheren Deckung der Felsen.

Gehetzt sah ich mich um. Cody und Annie lagen sicher in der Deckung eines Felsens, und Postlethwaite war irgendwo in dem Durcheinander verschwunden. Aber Sitting Bull hockte noch immer auf dem Pferd, den Strick um den Hals. Die Männer, die ihn gefoltert hatten, waren ausnahmslos tot oder verwundet. Aber sein Pferd begann bereits zu bocken. Noch Sekunden, dann würde es in heller Panik davonrennen – und diesmal war keiner da, der Sitting Bull festhielt!

Wie von Sinnen rannte ich los. Ein Pfeil sirrte an mir vorüber, ein zweiter streifte meine Hüfte und hinterließ eine brennende Spur auf meiner Haut. Ich begann im Zickzack zu rennen, setzte über den Leichnam eines von Teagardens Killern hinweg und stolperte.

Als ich mich wieder auf die Füße erhob, hatte sich das Bild abermals geändert. Der Pfeilhagel hatte so abrupt aufgehört, wie er begonnen hatte, aber zwischen den Felsen waren schier Dutzende von hageren, sonnenverbrannten Gestalten erschienen, grell bemalt und alle nur erdenklichen Waffen schwingend. Indianer!, durchzuckte es mich. Ein Stamm von Indianern, auf dessen Gebiet wir geraten waren! Das also war der Grund, warum aus diesem Tal niemals jemand zurückgekommen war!

Und plötzlich sah ich etwas, was mich vor Schrecken aufschreien ließ! Einer der Roten, ein besonders großer, noch relativ junger Mann, sprang mit einem gewaltigen Satz über einen Felsen hinweg, schrie ein paar Worte in einer mir unverständlichen Sprache und rannte, ein kurzes Steinbeil schwingend, geradewegs auf Sitting Bull zu.

Und ich setzte alles auf eine Karte. Mit aller Macht stieß ich mich ab, versuchte mich im Sprung zu drehen und das rechte Bein an den Körper zu ziehen und trat nach der Brust des Indianers; eine Technik, die ich während meines Savate-Trainings tausend Mal erfolgreich geübt hatte.

An gehobelten Brettern, die sich nicht bewegten, und auch nicht unbedingt mit auf dem Rücken zusammengebundenen Händen.

Mein Fuß stieß ins Leere. Ich traf den Indianer nicht, aber dafür drehte er sich mitten im Schritt herum und knallte mir seine Axt gegen den Schädel.

Immerhin riss ich ihn mit mir zu Boden.

Aber während ich, halb betäubt vor Schmerz, liegen blieb, federte er mit einer kraftvollen Bewegung in die Höhe, schwang sein Beil und zielte noch einmal nach meinem Scheitel – aber diesmal nicht mit der Breitseite der Waffe, sondern der scharf geschliffenen Klinge. Wie durch einen blutigen Nebel sah ich seine Gestalt über mir aufwachsen. Ich versuchte, nach ihm zu treten, aber er schlug mein Bein einfach beiseite und hob mit einem gellenden Kriegsruf seine Axt.

Ich tat das Einzige, was mir in dieser Situation noch vernünftig erschien. Ich schloss die Augen und wartete auf das Ende.

In diesem Moment stieß Sitting Bull einen schrillen, sonderbar klingenden Laut aus.

Und der Indianer erstarrte.

Selten zuvor im Leben hatte ich auf dem Gesicht eines Menschen einen Ausdruck solcher Fassungslosigkeit gesehen wie jetzt auf dem des Indianers. Für drei, vier Sekunden schien er zur Salzsäule zu erstarren, dann drehte er sich ganz langsam zu Sitting Bull um, senkte seine Axt und starrte den alten Indianer an.

Sitting Bull sprach weiter, noch immer in der gleichen sonderbaren Sprache, und plötzlich antwortete der Indianer im gleichen Idiom. Ich verstand die Worte nicht, aber seine Stimme klang eindeutig *unterwürfig!*

Sitting Bull sprach weiter, und mit jedem Wort schien der Indianer mehr in sich zusammenzuschrumpfen. Die mit Respekt gemischte Überraschung auf seinen Zügen machte eindeutig Furcht Platz – und mit einem Male fuhr er herum, riss beide Arme in die Höhe und stieß einen trällernden, an einen Vogelruf erinnernden Schrei aus.

Beinahe im gleichen Moment hörte der Angriff der Eingeborenen auf.

Die Bestie näherte sich dem Berg. In ihrem dumpfen, nur aus Instinkten und brodelnder Gier bestehenden Intellekt war dies der einzige Weg, den sie sich eingeprägt hatte. Der Berg und das Tor, hinter dem wohliges Vergessen und tiefer Schlaf warteten. Ein Schlaf, aus dem sie nur erwachte, um zu fressen. Sie hatte auch eine schwache Erinnerung an etwas Helles, ungemein Heißes, das mit diesem Berg zu tun hatte.

Etwas musste geschehen, damit sie das verschlossene Tor durchschreiten und ihren voll gefressenen Wanst zu wohliger Ruhe niederlegen konnte.

Aber es geschah nicht.

Lange, sehr lange stand das Ungeheuer da und wartete, bis es schließlich – unendlich langsam – zu begreifen begann, dass heute irgendetwas anders war als sonst. Dass das Helle nicht kommen und es somit nicht ausruhen konnte.

Das Ungeheuer reagierte auf die einzige Weise, auf die es überhaupt auf irgendeine Störung seines normalen Lebensablaufes reagieren konnte.

Mit Wut.

Teagarden war blass geworden. Er versuchte etwas zu sagen, aber es gelang ihm nicht. In seinem Hals schien ein Kloß zu sitzen; der ihn nachhaltig am Sprechen hinderte. Aber ich konnte ihn gut verstehen. Die Situation hatte sich grundlegend geändert.

Die Indianer waren fort, wie ein böser Spuk verschwunden, kaum dass Sitting Bull die ersten Worte in jener sonderbaren Sprache gesprochen hatte, und für wenige kurze Augenblicke hatte sich die schmale Schlucht in ein heilloses Chaos verwandelt, ein Durcheinander aus verwundeten oder einfach aus Angst schreienden Männern, durchgehenden Pferden und Staub.

Annie und Buffalo Bill hatten diese wenigen Momente genutzt; auf genau die Art, die ich von ihnen erwartet hatte – und jetzt starrten Teagarden und die Hand voll Männer, die ihm geblieben waren, in die Läufe ihrer eigenen Waffen.

»Nun, Ralph?« Cody hatte alle Mühe, den Triumph nicht zu deutlich in seiner Stimme mitklingen zu lassen. »So schnell kann sich das Blatt wenden, siehst du?« Er grinste, hob das Gewehr ein wenig höher und tat so, als spiele er am Abzug herum. Teagarden erbleichte noch mehr – was ich ihm nicht einmal verdenken konnte, denn die Mündung der Waffe deutete dabei weiterhin genau auf einen Punkt zwischen seinen Augen.

»Was ... was willst du?«, würgte er. »Ich habe keinen Streit mit dir. Ich war hinter Craven her.«

Cody starrte ihn aus aufgerissenen Augen an, offensichtlich sprachlos über so viel Unverschämtheit auf einmal. Aber nur für einen Moment. Dann grinste er.

»Stimmt«, sagte er. »Gut, dass du mich daran erinnerst, Ralph. Das hätte ich jetzt fast vergessen. Hier, bitte.«

Und mit diesem *hier, bitte* wandte er sich halb um, lächelte mich an und drückte mir Teagardens Gewehr in die Hand.

Teagarden keuchte. »Was ... was soll das, Bill? Der ... der Kerl wird mich umbringen!«

»Aber, aber«, antwortete ich tadelnd. »Sie schließen zu rasch von sich auf andere, Mister Teagarden. Ich habe nichts dergleichen vor.«

Teagarden starrte mich ungläubig an, dann atmete er erleichtert auf.

Im ersten Moment. Dann wurde sein Lächeln ein wenig verkrampft, denn ich hob das Gewehr und visierte sein Gesicht durch das Zielfernrohr hindurch an. Mein Finger näherte sich dem Abzug. Ich spürte, wie leicht er sich bewegte. Offensichtlich war er abgefeilt.

»Um Ihre eigenen Worte zu zitieren, Teagarden«, sagte ich freundlich, »dieses Tal ist dafür bekannt, dass es Menschen frisst. Niemand wird sich etwas dabei denken, wenn Sie nicht zurückkommen. Und niemand wird Ihnen eine Träne nachweinen, schätze ich.«

»Das ... das können Sie nicht machen!«, wimmerte Teagarden.

»Aber natürlich kann ich«, antwortete ich fröhlich. »Passen Sie auf – ich beweise es Ihnen.«

Teagarden kreischte, schlug die Hände über den Kopf und krümmte sich vor Furcht.

Eine Hand berührte mich an der Schulter, sodass ich vor Schrecken beinahe wirklich abgedrückt hätte – was ungefähr das Letzte war, was ich beabsichtigte. Zornig fuhr ich herum und erkannte Sitting Bull.

»Das reicht, Blitzhaar«, sagte er ruhig. »Wir müssen fort.«

Seine Worte waren dabei von einem solchen Ernst, dass ich nicht einmal fragte, warum, sondern nur nickte und Cody das Gewehr zurückgab.

Annie und Postlethwaite hatten die Zeit, die wir geopfert hatten, um Teagarden einen kleinen Schrecken einzujagen, gut genutzt. Sie hatten die Überlebenden von Teagardens kleiner Lynchpartie zusammengetrieben und ihnen die Waffen abgenommen. Von den gut fünfzehn Mann, die Teagarden mitgebracht hatte, lebten noch neun; zwei davon so schwer verwundet, dass ich ernsthaft bezweifelte, ob einer von ihnen den nächsten Morgen noch erleben würde. Und die, die mit halbwegs heiler Haut davongekommen waren, waren so eingeschüchtert und verschreckt, dass sie mit Sicherheit keine Gefahr mehr darstellten. Trotzdem hielt Annie die Bande mit gleich zwei Gewehren – in jedem Arm eines – in Schach, während Postlethwaite mit weitaus mehr gutem Willen als Erfolg versuchte, die Pferde zusammenzutreiben. Sitting Bull sah ihm einen Moment kopfschüttelnd dabei zu und half ihm dann, während ich an Annies Seite trat.

»Alles in Ordnung?«

Annie lächelte. »Wie du siehst.« Sie drückte mir ein Gewehr in die Hand. »Aber pass trotzdem auf. Wenn einer der Burschen frech wird, brennst du ihm eins auf den Pelz.«

Die Männer, die ihre Worte hörten, fuhren erschrocken zusammen, aber niemand wagte es, auch nur einen Finger zu rühren. Annie Oakleys Ruf als beste Kunstschützin des Westens war offensichtlich auch zu diesen abenteuerlichen Gestalten durchgedrungen.

Es dauerte eine Weile, bis Sitting Bull und Postlethwaite die Pferde zusammengetrieben und unser über den ganzen Platz verstreutes Gepäck eingesammelt hatten, aber schließlich saßen wir wieder im Sattel, bis an die Zähne bewaffnet. Postlethwaite und ich wollten unverzüglich losreiten, aber diesmal war es Sitting Bull, der uns noch einmal zurückhielt. Mit ernstem Gesicht wandte er sich an Teagarden und den verschüchterten Haufen, der ihn umgab.

»Geht jetzt«, sagte er. »Folgt uns nicht, denn meine Brüder sind noch in der Nähe. Sie werden euch töten, wenn ihr nicht geht.« Er deutete mit einer Kopfbewegung hinter sich. »Eure Waffen liegen dort. Nehmt sie. Ihr werdet sie brauchen.«

»Und die Munition«, fügte Cody feixend hinzu, »lassen wir euch auch da. Ihr müsst nur ungefähr zwei Meilen laufen, bis ihr sie findet. Immer den Spuren eurer Pferde nach.«

Teagarden keuchte, als er begriff, was Codys Worte zu bedeuten hatten. Sitting Bull und Postlethwaite hatten die Pferde nämlich nicht nur eingefangen, sondern auch aneinander gebunden, sodass uns nun mehr als ein Dutzend Reittiere zur Verfügung standen.

»Das ist nicht dein Ernst, Bill!«, wimmerte er. »Du kannst uns nicht ohne Pferde hierlassen. Wir werden draufgehen!«

»Ach wo«, antwortete Cody gelassen. »So harte Männer wie ihr doch nicht, Ralph. Wir reiten nach Norden. Nach zwei oder drei Meilen lassen wir die Pferde zurück, zusammen mit genügend Munition und Wasser.« Plötzlich wurde seine Stimme sehr ernst. »Und das ist die allerletzte Chance, die ich dir gebe, Ralph«, sagte er. »Noch einmal wird Sitting Bull die Eingeborenen nicht zurückhalten, wenn sie euch angreifen.«

Teagarden sagte nichts mehr, und auch Cody drehte sich ohne ein weiteres Wort im Sattel um und gab seinem Pferd die Sporen. Wir ritten los.

Buffalo Bill und Annie, die die Spitze bildeten, legten ein scharfes Tempo vor, sodass an eine Unterhaltung nicht einmal zu denken war, bis wir – nach ziemlich genau zwei Meilen, wie ich schätzte – ein kleines, von hoch aufragenden Wänden umgebenes Tal erreichten und Cody anhielt.

Postlethwaite und ich blieben in den Sätteln, während Bill und die beiden anderen wie versprochen die Pferde anbanden und die gefüllten Pistolengürtel der Gunmen über ihre Sättel legten. Einzig Teagardens Gewehr blieb in Annies Satteltasche. Es machte sich dort auch viel besser, fand ich.

Ich betrachtete Codys Handhabungen voller Unbehagen, und er musste meinen Blick spüren, denn plötzlich sah er auf.

»Dir gefällt nicht, was ich hier tue«, stellte er fest.

»Mir gefällt der Gedanke nicht, einen übel gelaunten Ralph Teagarden hinter mir zu wissen, mit einem Dutzend Schusswaffen im Gürtel«, berichtigte ich ihn.

»Er wird uns nicht verfolgen«, sagte Cody.

»Außerdem wäre es Mord, sie ohne Pferde hier zurückzulassen«, fügte Annie hinzu.

»Ich habe nichts gegen die Pferde«, antwortete ich. »Nur gegen die Waffen.«

Weder Annie noch Cody antwortete, aber die verstohlenen Blicke, die sie mit Sitting Bull tauschten, entgingen mir keineswegs.

»Es sind die Indianer, nicht?«, fragte ich. »Die Eingeborenen, die uns angegriffen haben.« Sitting Bull starrte mich an, und allein sein Schweigen war mir Bestätigung genug, dass ich auf dem richtigen Wege war. »Sie haben es in Teagardens Gegenwart nicht sagen wollen, aber die Männer gehörten nicht zu Ihrem Stamm«, vermutete ich.

Ich war fast überrascht, als Sitting Bull tatsächlich auf meine Worte reagierte.

»Du hast Recht, Blitzhaar«, sagte er. Ein ganz sanfter, aber doch hörbarer Unterton von Sorge schwang in seiner Stimme mit. »Ich weiß nicht, wer sie sind.«

»Aber Sie haben mit Ihnen gesprochen.«

»Ich erkannte ihre Sprache«, sagte Sitting Bull. »Es war ein Versuch.«

Und seine Worte waren eine Lüge. Sitting Bull wusste weit mehr über diese sonderbaren Indianer, als er zugeben wollte.

»Be ... bedeutet das, dass sie uns abermals attackieren werden?«, stammelte Postlethwaite.

Cody lächelte und wurde sofort wieder ernst. »Kaum«, antwortete er und log dabei ebenso wie Sitting Bull zuvor. Ich musste mich beherrschen, um mir nichts anmerken zu lassen.

Es gibt Momente, da kann es ein Fluch sein, stets zu wissen, ob man die Wahrheit hörte oder nicht. Ich begriff, warum Buffalo Bill Postlethwaite belog. Und ich hätte eine Menge darum gegeben, wenn er mich mit dieser Lüge ebenso hätte überzeugen können.

Aber das konnte er nicht.

Und auch ohne irgendwelches magisches Talent schien Lancelot Postlethwaite in diesem Moment zu den gleichen Schlüssen zu gelangen. Er schluckte so laut, als hätte er einen Stein im Hals.

»Wollen ... wollen Sie damit sagen, dass ... dass diese Eingeborenen nicht Ihre Freunde waren, Häuptling?«, keuchte er.

Sitting Bull schwieg.

»Genau das will er sagen«, antwortete ich an seiner Stelle. »Genauer gesagt, er will es eben nicht sagen. Aber so ist es doch, nicht wahr? Und es ist auch so, dass wir jeden Augenblick mit einem neuerlichen Angriff rechnen müssen.«

»Aber natürlich!«, flüsterte Postlethwaite. Er schlug sich mit der flachen Hand vor die Stirn, dass es klatschte. »Ich Narr«, murmelte er. »Dabei hätte ich es weiß Gott wissen müssen! Sie sind es. *Sie sind es!*«

»Welche *sie?*«, fragte ich stirnrunzelnd.

»Die Bergwächter!«, antwortete Postlethwaite erregt. »Alles ist wahr, Craven! Alles stimmt! Das Tal, der Drache – und jetzt die Indianer.«

»Sie kennen diesen Stamm?«

Postlethwaite nickte und schüttelte gleich darauf den Kopf. »In der Legende heißt es, dass ein Stamm Eingeborener den Weg zum Berg der Götter gegen alle Eindringlinge verteidigt. Ich hielt es für Unsinn, als ich dieses Tal sah, denn wer könnte hier leben! Aber es passt alles!«

»Zum Teufel, dann müssen wir umkehren!«, fuhr ich auf.

»Bitte«, sagte Cody trocken. »Nimm dir ein frisches Pferd, und reite zurück. Ralph wird überglücklich sein, dich wieder zu sehen!«

Ich starrte ihn an. Aber ich widersprach nicht mehr. Natürlich war es unmöglich, zurückzureiten. Und irgendetwas sagte mir, dass es selbst dann unmöglich gewesen wäre, wenn hinter uns nicht ein Rudel mordlustiger Banditen gelauert hätte. Dieses Tal hatte etwas von jenen Fischreusen an sich, die einen Ein-, aber keinen Ausgang haben.

»Und wohin dann?«, murmelte ich.

Statt einer direkten Antwort lenkte Sitting Bull sein Pferd herum und ritt an Postlethwaites Seite. »Deine Karte«, sagte er. »Hast du sie noch?«

»Welche Karte?«, wiederholte Postlethwaite verwirrt. »Die Karte des Berges?« Er nickte. »Natürlich.«

»Dann zeig uns den Weg«, verlangte Sitting Bull. »Und zeig ihn uns schnell. Es ist nicht mehr viel Zeit.«

Ich war nicht ganz sicher, wie er diese Worte meinte.

Aber trotz der brennenden Hitze, die die Sonne auf uns herabsengte, hatte ich plötzlich das Gefühl, von einem eiskalten Hauch gestreift zu werden.

Es war sehr still in der kleinen Felsenhütte. Ixmal hatte gesprochen, als Anführer und Verantwortlicher des Angriffes als Erster, wie es ihm zukam, danach C'ol'eric und die anderen Krieger, und die ganze Zeit über hatten die Ältesten geschwiegen.

Ixmal hatte vergeblich versucht, auf den lederhäutigen Gesichtern der vier uralten Männer irgendeine Regung abzulesen; Tadel oder Zustimmung, Freude oder Schrecken. Die Gesichter der Ältesten waren ausdruckslos geblieben, und sie schwiegen lange, sehr, sehr lange.

Ixmal fühlte sich mit jedem Moment unbehaglicher. Er war hierhergekommen, um Rat zu erfragen, denn er fühlte sich verwirrt und unsicherer als je zuvor. C'ol'eric hatte ihm bereits auf dem Wege zurück ins Lager unentwegt Vorwürfe gemacht, den Angriff abgebrochen zu haben in einem Moment, in dem der Sieg schon sicher schien. Keiner der weißen Götter wäre entkommen, das war sicher.

»Es war nicht richtig.«

Ixmal fuhr wie unter einem Peitschenhieb zusammen, als er die Worte des Ältesten hörte. Ein eisiger Schrecken griff nach seinem Herzen. Hatte er gefehlt? War es wirklich falsch gewesen?

»Es war nicht richtig«, wiederholte der Älteste, als Ixmal nicht antwortete, sondern ihn nur erschrocken anstarrte. »C'ol'eric hatte Recht. Ihr hättet die fremden Götter töten müssen.«

»Aber ihr Medizinmann redete in der Alten Zunge!«, verteidigte sich Ixmal. Seine Stimme war nicht halb so überzeugt und selbstsicher, wie er es wünschte. »Er ist einer der unseren! Habt ihr denn vergessen, was die Ältesten erzählten, als ich ein Kind und ihr Krieger wart?«

Der Älteste lächelte, sehr milde, aber auch mit einer deutlichen Spur von Tadel, und Ixmal wurde sich mit plötzlichem Schrecken der Tatsache bewusst, dass er zum zweiten Mal gefehlt hatte. Er hatte versucht, einen der Ältesten zu belehren!

Aber der greise Medizinmann sah ihm diese Verfehlung nach. »Wir kennen die Worte der Alten«, antwortete er ruhig. »Und wir wissen, dass einst die tapfersten unserer Krieger in die Welt der feindlichen weißen Götter gingen, sie zu lehren und zu richten.«

»Und wenn es einer von ihnen ist? Niemand, der nicht dem erwählten Volk angehört, spricht die Alte Zunge.«

»Nicht einer unserer Sendboten kam zurück«, antwortete der Alte milde. »Und es ist lange her; zu lange, als dass der Zauberer, den du beobachtet hast, wirklich noch einer der Ihren sein könnte.«

»Dann stammt er von ihnen ab!«, verteidigte sich Ixmal.

»Und wenn es so wäre«, beschied ihn der Alte. »So wäre es nur schlimmer, denn zweifellos ist auch er vom Gift der weißen Götter verdorben und nutzt sein Wissen, es gegen uns zu wenden.« Er schüttelte den Kopf. Sein Blick wurde sehr ernst. »Nein«, sagte er. »Sie müssen sterben. Du kennst die Befehle, die uns die weißen Götter gaben. Kein Ungeweihter darf sich der auf ewig verschlossenen Pforte nähern. Der Blick keines Ungläubigen darf den Berg entweihen.« Er schwieg einen Moment, und als er weitersprach, war seine Stimme zwar nicht lauter, aber viel zwingender geworden; er gab keinen Rat mehr, er befahl: »Die weißen Götter müssen getötet werden.«

Ixmal zögerte noch immer, aber in diesem Moment sprang C'ol'eric erregt auf die Füße.

»Ich werde es tun«, rief er. Seine Augen blitzten, als er auf Ixmal hinabsah. »Gebt mir zehn Krieger, und die weißen Götter sind tot, ehe die Sonne zum zweiten Male aufgeht.«

Aber seltsamerweise reagierte der Älteste ganz anders, als Ixmal – und wohl auch C'ol'eric – erwartet hatte. Der alte Mann lächelte nur milde, schüttelte ganz sacht den Kopf und gebot C'ol'eric mit einer kaum wahrnehmbaren Geste, sich wieder zu setzen. Der Indianer gehorchte.

»Dein Mut ehrt dich«, fuhr der Älteste fort. »Doch es wird Ixmal sein, der die weißen Götter richtet, er allein. Morgen, wenn die Sonne erwacht, soll er zum Kriegshäuptling unseres Stammes erwählt werden, und kein Mann, der gefehlt hat, darf dieses Amt innehaben. Doch es ist nicht seine Schuld, C'ol'eric. Die weißen Götter haben ihn getäuscht, und der Verräter in ihrer Mitte hat zweifellos seine sonst so scharfen Sinne getrübt; mit Zauberei und böser Magie. Deshalb habe ich beschlossen, ihm die Möglichkeit zur Bewährung zu geben. Er soll gehen und die weißen Götter töten. Allein.«

Lange Zeit starrte Ixmal den Alten an, und ein Gefühl tiefer, war mer Dankbarkeit überkam ihn. Dann stand er auf und verließ die Hütte. Seine Rechte lag auf der Flöte, die um seinen Hals hing.

Stunde um Stunde ritten wir dahin. Sitting Bull hatte die kräftigsten und schnellsten Tiere für uns herausgesucht, aber selbst diese Tiere begannen spürbar zu erlahmen, denn die unbeschreibliche Hitze und der heiße, trockene Wind, der sich heulend zwischen den Felsen brach, zehrten unablässig an ihren Kräften, und auch ich – und nicht nur ich – fühlte mich zum Umfallen müde. Es hätte mich nicht einmal gewundert, wenn ich schlichtweg im Sattel eingeschlafen wäre.

Aber Buffalo Bill schien nicht geneigt, uns auch nur die allerkleinste Pause zu gönnen. Postlethwaite und ich fielen immer wieder zurück, aber genauso regelmäßig trieb uns Cody wieder an.

Und ich glaubte den Grund für seine Eile zu wissen. Es waren wohl kaum Teagarden und seine Spießgesellen; nach dem, was geschehen war, hatte sicher keiner von ihnen noch große Lust, uns zu verfolgen. Und selbst wenn, hätten sie keine sonderlich große Chance gehabt, uns einzuholen. Auf dem hart gebackenen Boden hinterließen unsere Tiere keine nennenswerten Spuren, und in diesem Labyrinth von Felsen war es vollkommen aussichtslos, einfach auf gut Glück nach fünf Reitern suchen zu wollen.

Nein, Buffalo Bills Nervosität hatte einen ganz anderen Grund. Es war dieses Tal selbst, die unheimlichen Gebilde aus Schatten und scharfkantigen Felsen, zwischen denen wir uns hindurchquälten, und irgendetwas, das unsichtbar und lautlos dazwischen lauerte. Auch ich spürte es; wie einen üblen Geruch, der in der Luft hing.

Erst als die Sonne schon fast unterging, wurde Cody langsamer und hielt schließlich ganz an. Ich atmete hörbar auf, aber meine Erleichterung bekam sofort wieder einen Dämpfer, denn als ich absteigen wollte, machte Bill nur eine rasche, abwehrende Bewegung mit der Hand und wandte sich an Postlethwaite.

»Wie weit ist es noch bis zu diesem Berg?«, fragte er. Postlethwaite überlegte einen Moment, dann zuckte er die Achseln. »Das weiß ich nicht.«

Cody verzog ärgerlich das Gesicht. »Was soll das heißen? Haben Sie diese beschissene Karte bei sich oder nicht?«

Seine Gereiztheit überraschte mich. Ich hatte Bill niemals in diesem Ton sprechen hören.

»Natürlich habe ich eine Karte«, antwortete Postlethwaite beleidigt. »Doch sie basiert nur auf dem, was ich vermute. Und –«

»Dann haben Sie vielleicht die Freundlichkeit, uns Ihre Vermutungen mitzuteilen?«, fauchte Cody.

»Sir!«, sagte Postlethwaite heftig. »Ich muss doch bitten. Ich bin Wissenschaftler, kein Hellseher. Der Berg liegt irgendwo in dieser Richtung.« Er deutete nach Norden, in die Richtung, in die wir den ganzen Tag geritten waren. »Vielleicht in einer Meile Entfernung ...«

Cody atmete erleichtert auf.

»... vielleicht in fünf ...«

Cody blinzelte.

»Vielleicht auch in fünfzig«, fuhr Postlethwaite unbeeindruckt fort. »Vielleicht gibt es ihn auch gar nicht. Ich bin kein Hellseher, Sir!«

Buffalo Bills Gesicht lief rot an, aber in diesem Moment mischte ich mich ein, um ein endgültiges Ausbrechen des drohenden Streites zu verhindern. Postlethwaite schien mir ganz der Mann, der äußerst mimosenhaft reagieren würde, wenn irgendjemand an seinen wissenschaftlichen Fähigkeiten zu zweifeln wagte.

»So weit kann es nicht mehr sein, Bill«, sagte ich hastig. Ich deutete nach Norden. Es wurde bereits dunkel, und die Berge waren nur noch als verschwommene Schatten zu erkennen. Aber als Schatten, die deutlich näher gekommen waren. »Wir haben das Tal fast durchquert.«

»Das ist es ja gerade, was uns Sorgen macht«, antwortete Bill gepresst.

»*Uns?*« Ich starrte ihn an, dann verstand ich. Mit einem fragenden Blick wandte ich mich an Sitting Bull. »Was hat es mit diesen Bergen auf sich, Häuptling?«, fragte ich.

Im ersten Moment schien es, als wolle Sitting Bull – wie beinahe üblich – gar nicht auf meine Frage reagieren. Aber dann antwortete er doch, wenn auch, ohne mich dabei anzusehen.

»Mein Volk nennt sie die Toten Berge«, sagte er leise. »Niemand, der je seinen Fuß dorthinein gesetzt hat, ist jemals wieder gesehen worden.«

»Übrigens auch kein Weißer«, fügte Bill hinzu.

Ich blickte ihn zweifelnd an. »Bist du sicher?«

Bill nickte erneut. »Niemand spricht darüber, aber es ist so«, sagte er. »Es gibt keinen Ausgang aus diesem Tal. Nicht auf dieser Seite.«

Verwirrt blickte ich abermals zu den Bergen hinaus. Sie waren nicht mehr sehr deutlich zu erkennen, aber sie schienen mir nicht sehr hoch. Nicht hoch genug jedenfalls, um unbezwingbar zu sein.

Aber vielleicht war es auch nicht ihre Höhe, die sie so gefährlich machte ...

Abermals glaubte ich die Fremdartigkeit und Feindseligkeit dieses Tales zu spüren. Es war, als berühre mich eine unsichtbare Hand. Ich schauderte, versuchte das Gefühl abzuschütteln und wollte weiterreiten, doch Cody streckte rasch die Hand aus und hielt die Zügel meines Pferdes fest.

»Wir legen eine Rast ein«, sagte er. »Eine halbe Stunde. Und unser Professor«, fügte er mit einem finsteren Seitenblick auf Postlethwaite hinzu, »kann inzwischen seine Karten wälzen. Vielleicht weiß er hinterher mehr.«

Postlethwaite schenkte ihm einen bösen Blick.

Das Ungeheuer tobte. Seine gewaltigen Kiefer krachten immer wieder aufeinander und bissen in irrer Wut nach einem imaginären Gegner; sein Schwanz, massig wie ein Baum und so hart, als wäre er aus Stahl gegossen, prallte immer wieder gegen Felsen und Stein und zermalmte sie, und seine Klauen zischten wie tödliche Dolche durch die Luft.

Ixmal beobachtete den Drachen seit einer ganzen Weile. Seine Finger lagen so fest um die kleine Beinflöte, dass seine Knöchel weiß durch die Haut traten. Aber noch berührte das Instrument nicht seine Lippen. Er musste warten. Der Moment, den Ruf erklingen zu lassen, war noch nicht gekommen.

Vielleicht hatte er auch nur Angst.

Er verstand nicht, was den Drachen so wütend gemacht hatte. Vielleicht war es die Nähe der fremden weißen Götter, die ihn in Raserei versetzte. Ixmal hatte sich dem Drachen oft genähert und mehr als einmal auf weit kürzere Distanz als heute. Jetzt wagte er es nicht. Denn er war nicht einmal sicher, ob ihn die Flöte vor dem Zorn der Bestie schützte. Das Tier tobte wie in Raserei.

Aber er musste es tun. Nicht nur sein Schicksal hing davon ab, sondern vielleicht das des ganzen Stammes. Die fremden weißen Götter hatten sich dem verbotenen Berg schon gefährlich weit genähert.

Vorsichtig hob er die Flöte an die Lippen, trat aus dem Sichtschutz des Felsens heraus und wartete, bis der Drache ihn gesehen hatte. Das Ungeheuer stieß ein markerschütterndes Brüllen aus, fuhr mit einer rasend schnellen Bewegung herum und stieß den Schädel in seine Richtung. Ein Schwall heißer, stinkender Luft hüllte Ixmal ein, als es den gewaltigen Rachen aufriss. Gleichzeitig streckten sich seine winzigen Vorderpfoten aus, um den frechen Menschen zu packen und zu zerreißen.

Ixmal blies die Flöte.

Und im selben Augenblick, in dem der erste Ton aus dem kleinen Instrument drang, erstarrte der Drache.

Ixmal blies weiter.

Obwohl ich mir fest vorgenommen hatte, wach zu bleiben, musste ich wohl doch eingeschlafen sein, denn das Nächste, woran ich mich erinnere, war Codys Hand, die unsanft an meiner Schulter rüttelte.

Ich versuchte sie abzustreifen, aber Cody knurrte nur ungehalten und schüttelte und rüttelte weiter, bis ich widerwillig die Augen öffnete.

»Was ist los?«, knurrte ich ungehalten.

»Der Professor ist weg!«, rief er erregt.

Das reichte, mich schlagartig wach werden zu lassen. Mit einem Schrei sprang ich hoch, stieß mir dabei kräftig den Schädel an einem

Grat des Felsens an, in dessen Schutz ich mich niedergelegt hatte, und sah mich erschrocken um.

Es war Nacht geworden. Die Felsen waren vollends zu finsteren, unheimlichen Dingen verblasst, und die Schatten waren aus ihren Verstecken gekrochen und woben das Lager in ein Netz von Furcht und Dunkelheit ein. Annie hockte dicht neben mir und sah Cody und mich abwechselnd betroffen an, während Sitting Bull irgendwo dicht an der Grenze des gerade noch sichtbaren Teils unseres Lagers auf Händen und Knien herumkroch und offensichtlich versuchte, im blassen Licht des Mondes so etwas wie eine Spur zu entdecken.

»Was ist passiert?«, fragte ich noch einmal.

»Ich war bei den Pferden«, antwortete Bill. »Wollte nur nach den Tieren sehen. Als ich zurückkam, war Lance nicht mehr da.« Er seufzte. »Der Kerl muss verrückt geworden sein! In diesem Labyrinth würde nicht einmal Sitting Bull den Rückweg finden.«

Als hätte er seinen Namen gehört und reagiere darauf, richtete sich der Indianer in diesem Moment auf und winkte Cody und mich herbei. Seine ausgestreckte Hand wies nach Norden, als wir neben ihm anlangten. »Er ist dort entlang«, sagte er. »Ich glaube es jedenfalls.«

»Du glaubst?«, frage Cody stirnrunzelnd.

Sitting Bull zuckte die Achseln. »Der Boden ist hart«, sagte er. »Und das Licht schlecht.« Es klang nicht wie eine Entschuldigung, und es war wohl auch keine, sondern schlichtweg eine Feststellung.

Ich für meinen Teil sah indes nicht einmal den Boden, sondern nur ein Durcheinander aus finsteren Schatten, auf denen Sitting Bull hockte. Wie er hier auch nur die Spur einer Spur entdeckt haben wollte, war mir ein absolutes Rätsel.

Aber Buffalo Bill schien keine Zweifel mehr zu hegen. Er wartete, bis Sitting Bull aufgestanden war, dann nahm er sein Gewehr von der Schulter und folgte dem greisen Indianer ohne ein weiteres Wort. Auch Annie Oakley und ich schlossen uns an.

Sitting Bull führte uns in raschem Tempo durch ein wahres Labyrinth. Es war so dunkel, dass ich zum Teil nicht einmal mehr die Felsen sah, zwischen denen wir hindurchliefen, und selbst Sitting Bulls Gestalt zu einem hellen Fleck zu verblassen schien.

Plötzlich erscholl vor uns ein gellender Schrei!

»Lance!«, rief Cody. »Das ist Lance!«

Wir rannten los, nahezu blind und nur noch Sitting Bulls Schatten folgend. Cody und Annie entsicherten ihre Waffe, und auch ich griff widerstrebend nach dem Colt, den ich unter meinen Gürtel geschoben hatte – obgleich ich zu ahnen glaubte, dass den Gefahren, die in diesem Labyrinth aus Schatten und Nacht auf uns lauern mochten, nicht auf diese Weise zu begegnen war.

Der Schrei wiederholte sich nicht, aber dafür hörten wir ein sonderbares helles Wimmern und Heulen, als winde sich dort vor uns jemand in unsäglichen Qualen; und als ich dicht hinter Sitting Bull und Cody um einen letzten Felsen bog, sah ich Postlethwaite. Er stand vor einem gewaltigen, nahezu lotrecht in die Höhe strebenden Felsbrocken von der Größe eines zehnstöckigen Hauses und sprang mit grotesken Hüpfern auf und ab, hin und her, wobei er diese schrecklichen Laute ausstieß und ununterbrochen mit den Armen wedelte.

Cody erreichte ihn als Erster. Grob riss er ihn an der Schulter herum und hielt seine Arme fest. »Was ist los, Lance?«, rief er besorgt. »Was hast du? Bist du verletzt?«

Postlethwaite schlug seinen Arm beiseite und machte einen weiteren Hüpfer. »Das ist er, Cody!«, schrie er. »Das ist er! Wir haben ihn gefunden!«

Auch Annie und ich hatten den englischen Wissenschaftler mittlerweile erreicht und sahen ihn voller Sorge an. Aber Postlethwaite schien nicht verletzt oder krank – im Gegenteil. Sein Gesicht glühte vor Erregung, und seine Hand stach immer wieder nach dem großen Felsen hinter ihm.

»Das ist er!«, kreischte er mit überschnappender Stimme.

»Das ist *was?*«, fragte Cody betont.

»Der Berg!«, ereiferte sich Postlethwaite. »Verstehen Sie denn nicht? Das ist der Berg der Weißen Götter, Cody! Wir haben ihn gefunden!«

Cody starrte ihn einen Moment verblüfft an, dann trat er einen Schritt an Postlethwaite vorbei und blieb wieder stehen. Sein Blick tastete über die gewaltige finstere Masse des Riesenfelsens.

Auch ich besah mir den »Berg« genauer.

Es war ein gigantischer Felsbrocken, nicht eigentlich ein Berg, aber jetzt, als sich meine Augen allmählich an das hier herrschende Zwielicht gewöhnten, erkannte ich Linien und Schatten, die nicht von der Hand der Natur geschaffen worden waren.

»Das ist ... ein Tor«, murmelte ich verblüfft.

Cody warf mir einen zweifelnden Blick zu, sagte aber nichts, sondern packte nur sein Gewehr fester und ging raschen Schrittes auf den Felsen zu. Dicht vor dem eigentlichen Berg lag ein schwarzer, sonderbar glatter Brocken aus Basalt, der mich auf ungute Weise an etwas erinnerte, ohne dass ich sagen konnte, warum oder an was. Aber ich schenkte ihm nur einen flüchtigen Blick und beeilte mich, Cody und Postlethwaite zu folgen.

Was aus der Entfernung wirklich wie ein Tor ausgesehen hatte, war keines. In die lotrecht aufragende Vorderseite des Steingiganten waren die Umrisse eines gewaltigen Tores eingemeißelt – aber nur seine Umrisse. Es war ein Symbol, das Symbol eines Tores, aber kein wirklicher Eingang.

»Da kommen wir nicht durch«, murmelte Cody. Seine Stimme klang deutlich enttäuscht.

»Aber es ist der Berg!«, jubelte Postlethwaite. »Begreifen Sie nicht? Es ist wahr! Alles ist wahr! Er existiert!«

»Aber es ist nur ein Symbol!«, antwortete Buffalo Bill. »Hier kommt niemand durch!«

»Was spielt das für eine Rolle?«, fragte Postlethwaite erregt. »Wir haben den Berg der Weißen Götter gefunden, Mister Cody! Die größte Sensation der Wissenschaft ...«

Er sprach nicht weiter, sondern brach mit einem erschrockenen Keuchen ab und starrte aus großen Augen in die Dunkelheit hinaus, in die Richtung, aus der wir gekommen waren.

Ich konnte ihm seinen Schrecken nicht einmal verdenken.

Ich hätte kaum anders reagiert, wäre einen Zoll neben *meinem* Kopf eine Kugel gegen den Felsen geklatscht!

Das Schießen hatte sich zu einem unablässigen Krachen und Peitschen gesteigert, und zwischen den Felsen auf der anderen Seite blitzte und flackerte Mündungsfeuer, als läge dort eine ganze Armee in Stellung, nicht die Hand voll Männer; die Teagarden verblieben war.

Eine Kugel prallte neben meinem Gesicht gegen den schwarzen Felsen, heulte als Querschläger davon und bohrte sich irgendwo in den Boden. Hastig zog ich mich noch ein Stück weiter zurück, schob den Lauf meines Revolvers über die Kante meiner Deckung und versuchte vergeblich, ein Ziel zu finden. Dafür musste ich eine passable Zielscheibe abgeben, denn Teagardens Leute feuerten plötzlich auf mich, dass der Felsen nur so erzitterte, und ich kroch hastig noch ein Stück weiter in die Deckung des Basaltbrockens.

»Zum Teufel, halt den Kopf unten, wenn du nicht noch einen in Reserve hast!«, fauchte Cody neben mir. Im selben Moment richteten er und Annie sich blitzschnell auf, feuerten zwei, drei Mal aus ihren Gewehren in die Dunkelheit hinein und ließen sich wieder fallen. Aus der Dunkelheit drüben zwischen den Felsen erklang ein schriller Schrei, aber ich bezweifelte, dass eine ihrer Kugeln wirklich getroffen hatte. Selbst eine so fantastische Schützin wie Annie Oakley musste ihr Ziel sehen, um es zu treffen.

»Verdammt noch mal, wo kommen die her?«, keuchte ich. Es war nicht das erste Mal, dass ich diese Frage stellte, seit uns Teagardens Gunmen so heimtückisch angegriffen hatten. Seither waren keine fünf Minuten vergangen, aber mir kam es so vor, als lägen wir seit Stunden hinter dem Felsen.

»Teagarden muss ihnen das Blaue vom Himmel versprochen haben«, murmelte Cody. »*Oder* irgendetwas ist passiert, dass sie nicht zurückkonnten.« Er lachte humorlos. »Aber das macht keinen großen Unterschied, fürchte ich. Wir sitzen in der Falle.«

Buffalo Bill Cody hatte nur zu Recht, überlegte ich düster. Wir hatten noch Glück gehabt, uns alle hinter dem flachen Basaltbrocken zu befinden, als der Feuerüberfall erfolgte, und bis auf einen harmlosen Kratzer an Postlethwaites rechter Schläfe war keiner von uns zu Schaden gekommen.

Aber wir saßen tatsächlich in der Falle. Der Basaltbrocken gab uns ausreichende Deckung, aber er lag vollkommen frei auf einem vielleicht dreißig Schritt messenden Areal, das wir überqueren mussten, um zwischen die Felsen zu kommen. Teagardens Killer konnten uns in aller Ruhe abschießen, wenn wir wirklich so dumm wären, es zu versuchen.

»Und wenn wir bis zum Morgen warten?«, fragte ich. »Wenn es hell ist –«

»Schieße ich sie ab wie die Tontauben«, fiel mir Annie Oakley ins Wort. »Aber das wissen die auch, Robert. So viel Zeit werden sie uns nicht lassen.« Sie hob ihr Gewehr, tat irgendetwas an seinem Schaft und runzelte besorgt die Stirn. »Ich habe noch vier Kugeln«, sagte sie. »Nicht besonders viel.«

Das war das nächste Problem. Und vielleicht das größere. Wir hatten zwar genügend Munition mitgenommen, einen mittleren Krieg beginnen zu können, aber unsere Satteltaschen befanden sich unerreichbar weit weg und wahrscheinlich schon längst wieder in Teagardens Besitz. Auch mein Colt war so gut wie leer geschossen, und der Ausdruck auf Buffalo Bills Gesicht sagte mir deutlich, dass es mit seiner Büffelbüchse nicht viel anders aussah. Selbst wenn es hell gewesen wäre – wir hatten einfach nicht genug Munition, uns gegen Teagardens Killer zu wehren!

»Vielleicht lässt er euch gehen, wenn ich mich ergebe«, murmelte ich. »Teagarden ist hinter mir her, nicht hinter euch.«

Cody antwortete nicht einmal, aber sein Blick sagte mir deutlich, was er von meinem Vorschlag hielt. Und er hatte Recht. Teagarden würde es nicht riskieren, auch nur einen einzigen Zeugen zurückzulassen. Er hatte uns in der Falle, und er würde diesen Vorteil gnadenlos ausnutzen!

Trotzdem musste ich es wenigstens versuchen.

Vorsichtig schob ich mich an meiner Deckung empor und spähte zu den Felsen hinüber. Teagardens Männer waren nicht einmal als Schatten zu erkennen, und selbst die orangeroten Feuerblitze ihrer Waffen zuckten niemals zwei Mal hintereinander an der gleichen Stelle auf. Anscheinend wechselten sie unentwegt ihre Positionen; eine Vorsichtsmaßnahme, die ich durchaus verstehen konnte. Annie Oakley war nämlich durchaus in der Lage, einen Mann nur anhand dieses Mündungsblitzes auszumachen und zu treffen.

»Teagarden!«, schrie ich, so laut ich konnte. »Ich bin es, Craven!«

Ich hatte kaum damit gerechnet, eine Antwort zu bekommen, aber das Schießen hörte tatsächlich für einen Moment auf.

»Was willst du?«, brüllte Teagarden zurück. »Wenn du um dein Leben betteln willst, spar dir den Atem! Du hast meinen Bruder auf dem Gewissen. Dafür stirbst du!«

»Lass es sein, Robert«, sagte Cody. »Er hat Recht – du vergeudest deinen Atem.«

Ich nickte betrübt. Trotzdem fuhr ich mit erhobener Stimme fort: »Ich mache Ihnen einen Vorschlag, Teagarden! Ich komme heraus, allein und mit erhobenen Händen. Sie können mich haben. Aber lassen Sie die anderen in Ruhe!«

Die Antwort bestand aus einem schrillen Lachen – und einer neuerlichen Salve, die mich hastig in Deckung zurückkriechen ließ.

»So viel zu diesem Thema«, knurrte Bill. »Und jetzt?«

Ich wollte antworten, aber in diesem Moment geschah etwas, was mich abrupt verstummen ließ.

Das Schießen hörte auf, und eine fast unheimliche Stille breitete sich über den Felsen aus. Aber nur für eine Sekunde. Dann hörte ich einen sonderbaren, schleifenden Laut, kurz darauf gefolgt von einem tiefen, unendlich tiefen und drohenden Knurren.

Ein einzelner Schuss fiel. Ein Mann schrie, dann begannen fast ein Dutzend Stimmen gleichzeitig durcheinanderzurufen, und plötzlich setzte das Schießen erneut ein, zehn Mal heftiger als zuvor.

Aber nicht eine Kugel ging in unsere Richtung.

»Großer Gott, was geht da vor?«, keuchte Bill.

Immer mehr und mehr Schüsse fielen, und plötzlich wurde aus einem der Schreckensschreie ein gellender Schmerzensschrei. Wieder hörte ich dieses tiefe, machtvolle Grollen, und plötzlich erscholl ein Brüllen, dass selbst wir erschrocken die Hände vor die Ohren schlugen.

Der Boden zitterte. Irgendwo zerbarst Fels, und immer noch fielen Schüsse. Ein ungeheuerlicher Schatten wuchs über den schwarzen Umrissen der Felsen auf, etwas Gigantisches, Massiges zuckte durch die Luft und zermalmte einen Felsbrocken. Das Mündungsfeuer der Killer brach sich auf etwas Glitzerndem, Grünem.

»Das ist Ralph!«, rief Bill erschrocken aus.

Ich blickte in die Richtung, in die seine ausgestreckte Hand deutete.

Tatsächlich war Teagarden zwischen den Felsen hervorgekommen, in beiden Händen einen Revolver schwenkend und aus Leibeskräften schreiend. Instinktiv hob ich meinen Colt.

Aber es war kein Angriff, sondern eine verzweifelte Flucht!

Hinter Teagarden stolperten die anderen Gunmen aus ihrem Versteck.

Und hinter ihnen ...

Im ersten Moment sah ich nur einen Schatten, der sich mit einer machtvollen Bewegung aufrichtete. Erst als der Gigant mit einem nur schwerfällig erscheinenden Schritt zwischen den Felsen hervor und ins Mondlicht trat, erkannte ich ihn.

Aber ich weigerte mich, zu glauben, was ich sah.

Es war der Drache.

Das Ungeheuer, von dem Postlethwaites Legenden erzählt hatten. Nur, dass die Legenden Wahrheit, der Drache kein Fabelwesen, sondern aus Fleisch und Blut und auch kein Drache, sondern ein ausgewachsenes Exemplar eines Tyrannosaurus Rex war!

Während Cody und ich und die drei anderen noch ungläubig starrten, griff das Ungeheuer die fliehenden Männer an. Teagarden und seine Killer schossen noch immer, was ihre Waffen hergaben, aber ich wusste, dass sie diesem Giganten mit ihren Colts und Winchesters nicht einmal wirklich wehtun konnten. Um seine Panzerplatten zu durchdringen, hätte es einer kleinen Kanone bedurft.

Aber die Schüsse reizten das Ungeheuer. Abermals stieß es ein grässliches Brüllen aus, trat mit einem Fünf-Yard-Schritt direkt zwischen die flüchtenden Männer und tötete zwei von ihnen mit einem fast nachlässigen Zucken seines gigantischen Schwanzes. In einer fast absurd langsam erscheinenden Bewegung beugte es sich vor, grabschte mit seinen kurzen, zweikralligen Vorderpfoten nach einem von Teagardens Begleitern und riss ihn in die Höhe und in sein schreckliches Maul. Immer noch klatschten Kugeln gegen seine Panzerplatten. Teagarden und die drei Männer, die ihm verblieben waren, konzentrierten ihr Feuer jetzt auf den Schädel, wohl in der Hoffnung, seine Augen zu treffen, aber auch das machte den Saurier eher wütender.

Wieder zuckte sein Schweif und tötete einen der Gunmen, dann hob er einen seiner riesenhaften Hinterläufe und begrub zwei weitere Männer darunter.

Und plötzlich war Teagarden allein.

Er schoss nicht mehr, sondern stand da, starr und gelähmt vor Entsetzen und Angst, die Waffe zwar noch erhoben, aber nicht einmal mehr fähig, den Abzug durchzuziehen.

Der Saurier starrte auf den winzigen Menschen vor sich herab. In seinen Augen blitzte ein tückisches, animalisches Feuer. Sein gewaltiger Schädel pendelte hin und her wie der Kopf einer Kobra, fast, als überlege er, was er nun mit diesem Ding da vor sich anfangen sollte. Sein Maul klaffte auseinander und gewährte uns einen Blick auf eine prachtvolle Doppelreihe einwärts gebogener Haifischzähne, jeder einzelne größer als die Hand eines Mannes.

Langsam, ganz langsam hob Teagarden seine Waffe und zielte auf das Auge des Ungeheuers.

Aber er kam nicht mehr dazu, abzudrücken.

Der Drache streckte die Vorderpfoten aus, hob Teagarden mit einer beinahe sanft erscheinenden Bewegung vom Boden hoch und biss zu.

Im gleichen Moment riss Annie Oakley den Abzug ihres Präzisionsgewehres zweimal hintereinander durch, so rasch, dass es sich wie ein einziger, lang gezogener Knall anhörte.

Und die Augen des Giganten erloschen.

Eine Sekunde lang stand der Tyrannosaurus still, als dauere es so lange, bis er begriff, was ihm geschehen war.

Dann begann er zu toben.

Bereits sein erster Schwanzhieb ließ den Felsen, hinter dem wir Deckung gesucht hatten, zersplittern. Ich fühlte mich wie von einer unsichtbaren Macht angehoben und drei, vier Yards durch die Luft geschleudert, ehe ich wieder zu Boden fiel und mich benommen auf den Rücken wälzte. Rings um mich herum regneten Steintrümmer und Staub nieder. Die Erde bebte, und wie durch einen dichten Nebel sah ich, dass etwas Gigantisches kein halbes Yard über mir durch die Luft flog und mit ungeheuerlicher Wucht gegen das Felsentor krachte: der Schwanz der Bestie, die halb wahnsinnig vor Schmerz und Wut geworden war und sich immer mehr und mehr in ihre Raserei steigerte.

Ich wollte mich hochstemmen, aber der Boden bockte wie ein störrisches Pferd. Ich stürzte wieder, sah, wie sich Lance mit einem verzweifelten Satz vor dem Ungeheuer in Sicherheit brachte und erkannte Sitting Bull, der im Zickzack auf uns zurannte.

Ich erwachte erst aus meiner Erstarrung, als mich Cody grob am Arm packte und in die Höhe riss. Seine freie Hand deutete immer wieder auf den Berg, und seine Lippen formten Worte, die im Brüllen des Drachen verklangen, ehe ich sie verstand. Schließlich packte er mich grob bei den Schultern, drehte mich herum und stieß mich vor sich her.

Hinter uns steigerte sich das Toben des Drachen noch weiter. Und er kam näher; langsam, aber so unaufhaltsam wie eine Lawine aus Muskeln und Panzerplatten. Wir waren verloren!

Sitting Bull und Annie erreichten den Berg fast im gleichen Moment wie wir, und als ich mich aus Codys Griff löste, kam auch Postlethwaite herbeigekeucht.

»Wohin jetzt?«, schrie ich. Mein Blick irrte über den Platz. Aber es gab keinen Ausweg. Der einzige Fluchtweg führte durch die Felsen, hinter denen unser Lager lag – und zwischen ihnen und uns tobte der Saurier!

Cody antwortete nicht, aber in diesem Moment drehte sich Sitting Bull herum, hob die Arme und presste beide Hände gegen den Felsen. Seine Augen waren geschlossen, und ich sah, wie sich seine Lippen bewegten; lautlos und auf sonderbar fremde, unangenehm aussehende Art, als spräche er Worte, die nicht für menschliche Lippen gedacht waren.

Und dann geschah das Unglaubliche.

Der Fels öffnete sich.

Es ging rasend schnell, aber ich sah jede Einzelheit mit bizarrer Deutlichkeit: Die Linien, die das symbolisierte Tor im Felsen andeuteten, begannen zu glühen, zuerst rot, dann gelb, schließlich in einem grellen, in den Augen schmerzenden Weiß.

Und plötzlich war das Tor nicht mehr nur scheinbar, sondern ganz real ein Tor. Zwei gigantische Flügel öffneten sich vor uns, und für einen kurzen Moment sah ich ein Stück einer riesigen, finsteren Höhle, Unrat und Staub, die den Boden bedeckten …

Dann packte mich Cody, stieß mich durch das Tor und sprang mit Lance und Annie, die noch einen Schuss auf den Saurier abgab, hinter mir her. Ich strauchelte, verlor das Gleichgewicht und stieß mir nicht zum ersten Male an diesem Tage den Schädel an, als ich fiel.

Für einen Moment verschwammen die Höhle und die Gestalten der anderen vor meinen Augen.

Aber immerhin sah ich noch, wie sich das Tor im Felsen hinter Buffalo Bill Cody schloss; einen Augenblick, bevor der Drache herankam.

Das zornige Brüllen des Tyrannosaurus verklang im Krachen der tonnenschweren Torflügel, die sich vor ihm schlossen.

Und es hörte sich an, als würde ein riesiger steinerner Sarg geschlossen …

Die Gruft der weißen Götter

Swen Liefenstahl hatte seine Runde beendet, verharrte einen Moment lang reglos auf der Stelle und ging dann denselben Weg zurück, den er gekommen war. Er war groß, selbst für einen Mann seines Volkes, und seine mächtigen Schultern sprengten beinahe den dunklen Lederharnisch. Sein Gesicht wirkte müde und übernächtigt, aber die dunklen Augen unter dem Helm blickten aufmerksam und wach.

Drei Tage wer es her, dass Erik ihn und die anderen Ratsmitglieder zusammengerufen hatte, um seine düsteren Vorahnungen mit ihnen zu teilen. *Seid wachsam,* hatte er gemahnt, *denn das Ende unserer Herrschaft steht bevor.*

Hätte ein anderer Mann als Erik Weltuntergangsstimmung verbreiten wollen, hätte er sich Swens beißenden Spott zugezogen. Nicht so Erik. Seine Ahnungen hatten noch nie getrogen. Und das erfüllte Swen mit einer ungewissen, nagenden Furcht.

Die Dunkelheit war absolut, aber trotzdem spürte ich, wie gigantisch die Höhle sein musste, in der wir uns befanden. Da war nichts von dem Gefühl irgendeiner Begrenzung, nichts von dem eingesperrt oder lebendig begraben sein, das man fühlt, wenn man in kleinen Räumen eingeschlossen ist. Die Atemzüge und kleinen Geräusche, die die anderen verursachten, verklangen ohne das mindeste Echo in der Schwärze, und ich hatte das Gefühl, mich in einem großen, saugenden Nichts zu befinden. Selbst der glasharte Fels, auf dem ich lag und der unangenehm und spitz durch meine Kleider in meine Haut stach, erschien mir seltsam irreal.

»Keiner rührt sich von der Stelle«, sagte eine Stimme neben mir. Es dauerte einen Moment, bis ich sie als die Buffalo Bill Codys erkannte. Das war ein Effekt unserer unheimlichen Umgebung, den ich noch weitaus stärker kennen lernen sollte: Wo es keine Echos gab, klangen selbst bekannte Stimmen sonderbar fremd und unvertraut.

Dann ein Rascheln und Hantieren, schließlich hörte ich das Klicken von Metall, und plötzlich glomm dicht neben mir eine winzige gelbe Flamme auf. Sie verbreitete nicht viel Licht; eigentlich nur eine flackernde Kugel gelblicher Helligkeit, kaum viel größer als ein Kinderkopf. Aber in der fürchterlichen Schwärze, die uns umgab, erschien sie mir trotzdem blendend wie eine winzige Sonne.

Es war Buffalo Bills Sturmfeuerzeug, das da einen Schimmer von Licht in die ewige Nacht unter der Erde brachte. Einen Moment lang stand Bill reglos da, blinzelte ein paar Mal und wartete offensichtlich, bis sich seine Augen wieder halbwegs umgestellt hatten. Dann drehte er sich herum, hielt sein Feuerzeug ein wenig höher und näherte sich, die freie Hand tastend wie ein Blinder in den Bereich weiter Schwärze jenseits der winzigen Lichtkugel vorgestreckt, dem Tor.

Oder der Stelle, wo das Tor einmal gewesen war.

Für einen Moment musste ich mich mit aller Macht gegen die aberwitzige Vorstellung wehren, der Schein von Codys Feuerzeug allein könne schon ausreichen, das Tor abermals aufzustoßen und die Bestie einzulassen, der wir mit knapper Not entronnen waren. Natürlich wusste ich mit einem Teil meines Bewusstseins, dass das völliger Blödsinn war. Aber die Nerven spielen einem sonderbare Streiche, wenn man ein gewisses Maß von Furcht erreicht hat.

Ich verscheuchte den Gedanken, stand auf und beeilte mich, Cody zu folgen. Die Vorstellung, allein in der Dunkelheit zurückzubleiben, war mir unerträglich. Und ich schien nicht der Einzige zu sein, dem es so erging. Auch Lancelot Postlethwaite und Annie schlossen sich Buffalo Bill an, während Sitting Bull sich ohnehin die ganze Zeit nicht vom Tor weggerührt hatte.

Was ich im flackernden Licht des kleinen Feuerzeuges sah, ließ die dumpfe Furcht in meiner Seele abermals aufflackern. Der Anblick war so absurd, dass sich mein Verstand für einen Moment einfach weigerte, ihn als wahr zu akzeptieren. Es war vollkommen verrückt: Vor nicht einmal fünf Minuten waren wir alle durch ein gewaltiges steinernes Tor gestolpert.

Aber jetzt war hier kein Tor mehr. Der Fels vor uns war massiv, künstlich geglättet zwar und kunstvoll bearbeitet, sodass die Umrisse eines Tores noch immer darauf sichtbar waren, komplett mit den gigantischen Scharnieren und einem ins Riesenhafte vergrößerten Riegel.

Aber es waren eben nur die Umrisse eines Tores; nicht mehr. Der Fels war in Wahrheit so massiv, wie er nur sein konnte ...

»Da ist eine Fackel«, sagte Cody plötzlich. Seine Hand wies auf einen rostigen schmiedeeisernen Halter, der – ebenso wie sein Pendant auf der gegenüberliegenden Seite – in Augenhöhe neben dem Tor hing. Tatsächlich befand sich noch der Stumpf einer Pechfackel darin, wenn er auch so dick mit Staub verkrustet war, dass er sicherlich schon ein Jahrhundert hier hing; wenn nicht länger. Cody griff danach, blies den Staub herunter, so gut er konnte, und hielt die Flammen seines Feuerzeuges an den Stumpf. Er fing fast sofort Feuer.

Auch wir anderen – wieder mit Ausnahme von Sitting Bull – nahmen uns jeder eine Fackel, von denen ein großer Vorrat unter der Halterung lag. In dem zusammengebackenen Staub, der den Stapel umgab, waren Spuren. Cody und Annie Oakley mussten sie so deutlich erkennen wie ich, denn einige davon waren noch nicht sehr alt. Aber sie zogen es offensichtlich vor, zu schweigen.

Das Licht der Pechfackeln trieb die Dunkelheit hinter eine acht oder zehn Schritt entfernt liegende Grenze zurück, und wir konnten das Tor in seiner vollen Größe erkennen.

Es war gigantisch. Der Fels war, mittels einer Technik, die ich mir nicht einmal vorstellen konnte, so glatt wie Glas geschliffen worden und über und über mit unverständlichen Buchstaben und kunstvoll aus dem Stein gehauenen Basreliefs bedeckt. Manche davon zeigten Dinge, die mir schlichtweg unverständlich waren, aber bei einigen der Zeichnungen hatte ich auch ein sonderbares Gefühl von Erkennen.

Da waren Schiffe – vielleicht auch schwimmende Ungeheuer –, bemannt von hoch gewachsenen Gestalten mit mächtigen Hörnerhelmen, riesige Seeschlangen und andere, höchst beunruhigende Dinge.

»Mein Gott!«, flüsterte eine Stimme neben mir. »Es ist wahr! Alles ist wahr!«

Wie zuvor bei Bill hatte ich auch jetzt Schwierigkeiten, die Stimme zu identifizieren.

Postlethwaites Gesicht wirkte im flackernden Licht der Fackeln unnatürlich bleich; seine Augen waren so groß, als wollten sie jeden Moment aus den Höhlen quellen. Ich versuchte nachzuempfinden, wie er sich in diesem Moment fühlen mochte, aber ich war nicht sicher, ob es mir wirklich gelang. Sein Leben lang war er einem Traum nachgejagt, und auch, wenn er es niemals zugegeben hätte, hatte er sicher im Stillen mehr als nur einmal gezweifelt. Jetzt hatte sich sein

Traum erfüllt. Er hatte den legendären Berg der Weißen Götter nicht nur gefunden, er war sogar mitten drin.

Ich hoffte nur, dass es nicht zu einem Albtraum für ihn wurde. Und für uns andere auch.

»Alles ist wahr!«, flüsterte er. »Es ist genauso, wie es die Spanier beschrieben haben. Er existiert.« Plötzlich fuhr er herum und starrte mich an. »Wissen Sie überhaupt, was das bedeutet, Robert?«, keuchte er.

»Ja«, antwortete Buffalo Bill an meiner Stelle. »Dass wir in der Falle sitzen, und zwar gründlich.«

Postlethwaite hörte seine Worte gar nicht. »Wenn dieser Berg existiert und der Drache und die Wächterindianer, dann gibt es auch die Götter, die er beherbergen soll!«, fuhr er erregt fort. »Wir werden das größte Geheimnis dieser Welt lüften, Robert! Wir haben es entdeckt!«

Ich antwortete nicht. Es hätte manches gegeben, was ich hätte sagen können, und eine Menge davon hatte Postlethwaite nicht gefallen, da war ich sicher. Aber ich war auch sicher, dass er meine Worte in diesem Moment überhaupt nicht zur Kenntnis genommen hätte.

So verzichtete ich darauf, ihn aus seinen Träumen zu reißen und in die Wirklichkeit zurückzuholen, sondern wandte mich stattdessen um und sah Sitting Bull an, der noch immer in der gleichen, verkrampften Haltung neben dem Tor stand. Sein Gesicht war starr wie eine Maske. Ein Schrecken stand darauf geschrieben, der mich schaudern ließ.

»Ich glaube, Sie haben uns einiges zu erklären, Häuptling«, sagte ich leise.

Sitting Bull schien wie aus einem Traum zu erwachen. Einen Moment lang blickte er mich an, als erkenne er mich gar nicht, dann drehte er sich halb herum und warf Buffalo Bill Cody einen fast flehenden Blick zu. Aber zum ersten Mal, seit ich dieses sonderbare Trio kennen gelernt hatte, sprang ihm Cody nicht zu Hilfe, sondern wich seinem Blick aus.

»Sie wissen mehr über diesen Berg und seine Geheimnisse, als Sie uns glauben machen wollten, Sitting Bull«, sagte ich, sehr leise, aber in einem Ton, der ihm klarmachen musste, dass ich mich diesmal nicht mit Ausflüchten und geheimnisvollen Andeutungen abspeisen lassen würde.

»Ich habe es nicht geglaubt«, murmelte er.

»*Was* hast du nicht geglaubt?«, mischte sich Cody ein.

Sitting Bull sah auf, blickte ihn einen Moment verstört an und machte eine Geste, die den ganzen Berg einschloss. »Die Legende vom Berg der Götter«, sagte er leise. »Sie ist uralt; älter als unser Stamm, vielleicht älter als unser Volk. Es heißt, dass die wahren Herrscher dieses Landes sich vor Urzeiten hierher zurückgezogen haben, um auf den Tag zu warten, an dem sie erwachen und ihre Herrschaft aufs Neue antreten werden.«

Cody blickte zweifelnd auf den alten Häuptling, und Postlethwaite schob sich erregt an mir vorbei. Sein Blick hing gebannt an den Lippen des alten Indianers, um nur ja keine Silbe zu verpassen, die er sprach.

Der Einzige, der Mühe hatte, seine Beherrschung nicht vollends zu verlieren, war ich.

Uralt ... älter als unser Volk ... die wahren Herrscher dieses Landes ... auf den Tag, an dem sie erwachen, um ihre Herrschaft aufs Neue anzutreten ...

Das waren Worte, die ich ein paar Mal zu oft gehört hatte, um sie noch einfach als leeres Gerede abzutun. Mit einem Male fiel mir wieder ein, wie unheimlich und bedrückend schon der Weg hierher gewesen war, wie sonderbar falsch und fremd mir selbst so etwas Banales wie ein Felsen vorgekommen war ...

Und alles passte so verdammt genau zusammen!

Der Drache, von dem diese Burg ihren Namen ableitete. Die Wächter, die jeden töteten, der auch nur in seine Nähe kam. Der Hauch übler Magie, der so deutlich in der Luft lag, dass selbst Annie und Cody ihn spüren mussten, wenngleich auch nur als vage Beunruhigung, deren eigentlichen Grund sie sich nicht zu erklären vermochten.

Ich war sicher – wir hatten Necrons Drachenburg gefunden.

Und wo sie war, da war auch Necron selbst nicht fern. Und Pri.

Der Gedanke war so nahe liegend, dass er mich wie ein Schlag traf. Ich hatte diese ganze verdammte Reise ins Unbekannte hinein aus keinem anderen Grund unternommen als dem, Necron zu stellen und meine geliebte Pri zu befreien; und jetzt hatte ich sie schlichtweg vergessen!

Aber dann begriff ich, dass es nur Selbstschutz gewesen war. Etwas in mir hatte eifersüchtig jeden Gedanken an Priscylla verbannt, damit ich wenigstens noch zu klarem Denken fähig war.

Aber jetzt funktionierte dieser Schutzmechanismus nicht mehr.

Pri war hier, irgendwo hinter der Wand aus saugender Finsternis, die am Licht unserer Fackeln nagte – und ich würde sie finden!

Wie von weit, weit her hörte ich Sitting Bull weiterreden: »Ich sprach in der Alten Sprache mit den Wächtern. Sie ist eines der größten Geheimnisse unseres Volkes. Es heißt, vor vielen hundert Jahren wäre ein weiser Magier zu unseren Vorfahren gekommen und hätte sie die Sprache der Götter gelehrt, und seither haben wir sie und alles Wissen, das er uns gab, von Medizinmann zu Medizinmann und Häuptling zu Häuptling weitergegeben.«

»Und das Tor?«, keuchte Postlethwaite.

»Auch das gehört zu jenem verbotenen Wissen«, erklärte Sitting Bull. »Der magische Spruch, der es öffnet.«

»Nur von einer Seite?«, hakte Cody nach.

Sitting Bull schwieg.

»So, wie es aussieht, spielt das sowieso keine Rolle«, sagte Postlethwaite plötzlich. »Oder hat einer der Herren Lust, hinauszugehen und nachzuschauen, ob der Saurier noch da ist?«

Keiner von uns antwortete.

Aber wenige Augenblicke später machten wir uns schweigend auf den Weg, das Innere des Berges zu erkunden. Es wurde eine Reise in den Wahnsinn.

Swen war kein Mann, der sich leicht einschüchtern ließ. Er hatte dem Tod schon zu oft ins Antlitz geblickt, um nicht zu wissen, dass Überlebensfähigkeit nichts weiter als die richtige Mischung von Aufmerksamkeit und Glück war. Was das Glück anging, so machte er sich keine Illusionen. Doch wenn es nur darum ging, besonders aufmerksam zu sein, dann wollte er in diesem Punkt das Schicksal nicht herausfordern.

Seine Finger spielten nervös am Griff des Breitschwerts, das an seinem Gürtel hing. Er spürte eine seltsame Mischung von verhaltener Furcht und dem Wunsch, endlich eine Gelegenheit zum Kampf zu finden. Die tagelange Warterei hatte an seinen Nerven gezerrt. Es hatte kaum mehr Eriks Warnung bedurft, um zu wissen, dass irgendetwas Teuflisches im Gange war.

Swen war alles andere als ein gefühlsbetonter Mensch, doch selbst er spürte das Böse, das in den Gängen und Sälen der Unbezwingbaren Feste Einzug gehalten hatte.

Ein plötzliches Geräusch ließ Swen erstarren. Er verhielt mitten im Schritt, schloss die Augen, lauschte und wandte sich dann in die Richtung, aus der das Geräusch gekommen war. Sein Schwert glitt aus der ledernen Scheide, während er sich mit federnden, lautlosen Schritten dem Gang näherte. Ein dumpfes Schleifen und Schaben schlug ihm entgegen, Geräusche, als kehre ein Trupp Jäger mit schwerer Beute zurück, die über den Gangboden schleift. Die Sache hatte nur einen Haken: Es gab im Inneren der Unbezwingbaren Feste schon lange keine Jäger mehr.

Swen Liefenstahl packte sein Schwert fester. Was auch immer im Halbdunkel auf ihn lauerte, es würde eine Überraschung erleben. Er war alles andere als ein lustloser Soldat auf einem sinnlos anmutenden Wachgang; er war eine lebende, bis zum Zerreißen gespannte Kampfmaschine.

Swen blieb stehen. Seine trainierten Sinne würden jeden Versuch, ihn zu überrumpeln, rechtzeitig genug bemerken, um mit jedem Gegner fertig zu werden. Es gab in der ganzen Feste niemanden, der es an Kraft und Geschicklichkeit mit ihm aufnahm. Das dumpfe Gefühl, das bislang wie eine erdrückende Last auf seiner Seele gelegen hatte, wich einer fast freudigen Erregung. Die Tage untätiger Warterei hatten mehr an seinen Nerven gezerrt, als es je ein offener Kampf vermocht hätte.

Er packte sein Schwert noch fester, nahm seinen Schild in Brusthöhe und trat mit einem entschlossenen Schritt auf den Gang hinaus.

Es dauerte ein paar Sekunden, bis sich seine Augen an das Halbdunkel gewöhnt hatten.

Sein Blick wanderte über Einbuchtungen und Vorsprünge in der nur roh behauenen Felswand. Er kannte jeden Stein und jede Versteckmöglichkeit. Doch hier war nichts. Der Gang vor ihm war leer, absolut leer.

Er brauchte einen Moment, um sich von seiner Überraschung zu erholen. Keiner der Vorsprünge und Unebenheiten im Fels war auch nur annähernd groß genug, um einen Menschen vollständig verbergen zu können. Es gab nur eine Erklärung: Das Geräusch war gar nicht aus diesem Gang gekommen!

In diesem Moment hörte er es wieder. Das Schaben und Rascheln wiederholte sich, kam näher.

Dann war das Geräusch heran. Etwas wie das Trippeln Tausender kleiner Füße, in das sich das bösartige Knurren einer urzeitlichen Bestie mischte. Doch vor ihm war nichts, absolut nichts. Seine Blicke huschten über den Felsen, gaukelten ihm schattenhafte Bewegungen vor, wo nichts sein konnte. Trotzdem hatte er das Gefühl, dass der Felsen selbst in fließenden Bewegungen wallte.

Das Geräusch veränderte seine Tonhöhe. Von einer Sekunde auf die andere wurde es schrill und misstönend, schrillte unangenehm laut in seinen Ohren wider.

Dann brach es schlagartig ab.

Gleichzeitig veränderte sich irgendetwas in der Gangstruktur. Swen kniff die Augen zusammen, um in dem nebelhaften Wallen etwas erkennen zu können. Es schien, als atmete die Felswand selbst schattenhafte Gestalten aus, gesichtslose Schemen, die sich durch huschende Bewegungen jeder Betrachtung entzogen.

Die Schatten tanzten vor ihm auf und ab. Swen Liefenstahl spürte keine Angst; eine Erregung wie vor jedem großen Kampf hatte ihn gepackt. Er zweifelte keinen Augenblick daran, dass das Geräusch nur der Auftakt zu einem Angriff gewesen war. Ein Schatten huschte an ihm vorbei, zu rasch, kaum mehr als eine fließende Bewegung. Swen wirbelte herum, den Schwertarm hochgerissen, um jederzeit einen tödlichen Streich führen zu können.

Aber da war nichts. Nichts, gegen das er kämpfen konnte; nur ein aus den Augenwinkeln kaum wahrnehmbarer Schatten, so wenig fassbar wie die Luft, die er einatmete.

Swen Liefenstahl blieb abrupt stehen. Sein Schwert vollführte einen angedeuteten Halbkreis, verhielt dann zitternd. Langsam, Schritt vor Schritt setzend, näherte er sich der Wand.

Wer auch immer ihn da zum Narren hielt, würde eine böse Überraschung erleben. Er war nicht bereit, substanzlosen Schemen hinterher zu jagen, bis er sich endgültig verausgabt hatte und einer ernsthaften Attacke keinen Widerstand mehr entgegensetzen konnte. Wenn sie etwas von ihm wollten, dann sollten sie kommen.

Sie kamen. Zuerst waren es nicht mehr als zerfließende Schatten, die von beiden Seiten auf ihn zu hielten. Doch dann schälten sich immer mehr Umrisse heraus, menschliche Umrisse.

Wanka der Heldenmütige. Gestorben vor Jahren, als er Seite an Seite mit Swen Liefenstahl die Feste der Abtrünnigen gestürmt hatte. Die Axt in seinen Händen blitzte auf. Ohne zu überlegen, riss Swen sein Schwert hoch, fing im letzten Augenblick den kraftvoll geführten Axthieb ab.

Er taumelte zur Seite, stieß keuchend die Luft aus, mehr vor Überraschung als vor Schmerz. So substanzlos die Schatten auch wirkten, ihre Angriffe trugen sie mit aller Härte vor. Swen hatte alle Hände voll zu tun, um nicht überrannt zu werden.

Sein Schwert zischte durch die Luft, traf die Schulter des Angreifers. Aber sie fand keinen Widerstand! Von seinem eigenen Schwung getragen, taumelte Swen vorwärts, auf Wanka zu. Der winzige Augenblick, in dem er die Kontrolle über sich verloren hatte, reichte Wanka aus, um seinen Dolch vorwärtszutreiben. Mit einem hässlichen Geräusch schlug er auf dem Lederharnisch auf, durchdrang ihn so mühelos, als wäre er aus Papier.

Swen verdrängte den brennenden Schmerz, stieß einen Kampfschrei aus, der seine ganze Kraft mobilisierte, und stürmte vorwärts.

Ein heller Schemen huschte durch die Luft auf ihn zu. Swen schnellte zur Seite, stolperte, fing sich nur mit Mühe und wehrte mit einem raschen Schwerthieb den nächsten Angriff Wankas ab. Hinter ihm klatschte etwas mit einem hässlichen Geräusch gegen die Wand. Ihm blieb keine Zeit, darauf zu achten.

Mehrere Männer setzten gleichzeitig zum Angriff an. Ihre Waffen zuckten vor, aber Swen wich ihnen mit einer Eleganz aus, die seiner Körpergröße Hohn sprach. Mit kraftvollen Bewegungen ließ er sein Schwert kreisen.

Seine Klinge jagte auf den Wikinger zu, der wie er einst zum Gefolge Eriks gehört hatte. Bevor der Mann reagieren konnte, schmetterte die Klinge seine Waffe beiseite, stieß durch Rüstung und Körper …

Und schnitt ohne Widerstand durch ihn durch!

Doch diesmal war Swen darauf vorbereitet. Er nutzte seinen Schwung zu einer Seitendrehung, wirbelte herum und war plötzlich im Rücken Wankas. Ohne die Gelegenheit zu einem Angriff zu ergreifen, stürmte er weiter – den ungleichen Kampf gegen die körperlosen Geister konnte er nicht gewinnen. Er musste weg, die anderen warnen, solange er noch dazu in der Lage war.

Er kam nicht weit. Plötzlich war Wanka vor ihm, als unterlägen seine Bewegungen nicht den Naturgesetzen. Mit kampfeslustigem Glitzern in den Augen drang er auf ihn ein. Swen wehrte ihn im letzten Moment ab, musste dann dem schnellen Schwertstreich eines zweiten Körperlosen ausweichen und von einem dritten einen Hieb mit der stumpfen Seite einer Axt hinnehmen. Er taumelte zurück, unfähig, den schnellen Bewegungen seiner Gegner zu folgen.

In seinen Ohren rauschte das Blut. Seine Abwehr wurde schwächer, seine Kräfte erlahmten. Sein Herz begann schnell und unregelmäßig zu schlagen, und vor seinen Augen wallten rote Schleier.

Mühsam riss er sich zusammen. Seine mächtigen Muskeln entspannten sich. Mit einem Aufschrei preschte er vorwärts. Seine Arme wirbelten vor, scheinbar ziellos und doch darauf bedacht, die Waffen seiner Gegner abzuwehren. Er bekam eine Axt zu fassen, zerrte an ihr, riss den Mann, der sich verbissen an sie klammerte, von den Füßen. Swen machte nicht den Fehler, nach seinem Körper zu schlagen. Er hatte begriffen, dass nur die Waffen der Körperlosen real waren.

Der Körperlose ließ die Axt los und sprang zurück. Bevor Swen nachsetzen konnte, traf irgendetwas seinen Rücken. Ein Krampf durchlief seinen Körper. In seinen Lungen schien flüssiges Feuer zu brennen.

Swen Liefenstahl schrie. Es war ein markerschütternder Schrei, der den Kampflärm übertönte und sich in den Gängen der Unbezwingbaren Feste brach. Er ließ sein Schwert fallen, ging in die Knie, stemmte sich nochmals mühsam hoch und sackte dann endgültig in sich zusammen. Anstatt ihm den Rest zu geben, wichen die Körperlosen zurück, fast, als warteten sie auf etwas.

Feurige Sterne tanzten vor Swens Augen, aber langsam bekam er wieder Luft.

Er atmete tief durch und richtete sich auf, ohne zu begreifen, warum ihm die Körperlosen die Atempause gönnten. Ein paar Sekunden lang hätten sie ihn praktisch ohne Gegenwehr töten können.

Die Szene hatte etwas Bizarres. Die Körperlosen standen im Halbkreis um ihn herum, aber jeder Kampfeswille war von ihnen gewichen.

Swen taumelte auf den Nächstbesten zu, holte aus und schlug mit der bloßen Faust zu. Sein Schlag fegte den Körperlosen von den Füßen. Zuerst war Swen viel zu verblüfft, um nachsetzen zu können. Er starrte verwirrt auf seinen Gegner, der sich mühsam wieder aufrappelte. Irgendetwas stimmte mit seinen Proportionen nicht. Die hagere Gestalt zerfloss, stabilisierte sich wieder. Es war, als kämpften zwei Erscheinungsformen miteinander. Gerade, als Swen erneut vorschnellen wollte, schälten sich die Konturen deutlicher hervor.

Swen blieb so abrupt stehen, als wäre er gegen eine Wand gelaufen. Keuchend stieß er die Luft aus. Und endlich begriff er, warum er diesen Körperlosen von den Füßen hatte fegen können.

Vor ihm stand niemand anders als Erik.

Die Fackeln fraßen einen Tunnel aus unsicherer Helligkeit in die immer währende Nacht, die im Inneren des Berges herrschte. Wir hatten die Höhle längst verlassen – sie war nicht halb so groß gewesen, wie mich mein Gefühl glauben machen wollte – und waren in einen immer noch mächtigen, aber doch sichtlich begrenzten Stollen eingedrungen, der schnurgerade vom Tor fort und dabei auch sanft in die Tiefe führte.

Der Gedanke, dass wir uns jetzt, eine gute halbe Stunde nach unserem Aufbruch, sicherlich schon tief unter dem Wüstenboden befanden, bedrückte mich mehr, als ich mir erklären konnte. Letztendlich spielte es keine besondere Rolle, ob wir nun unter der Erde oder unter einigen hunderttausend Tonnen Fels eines Berges eingeschlossen waren.

Und es war auch nur logisch, dass der Berg der Weißen Götter in Wahrheit wohl eher eine Höhle der Weißen Götter sein musste. So gewaltig der Torfelsen auch gewesen war, war es eben nur ein Felsen, längst kein Berg und lange nicht groß genug, eine ganze Burg in seinem Inneren zu verstecken, wie es die Legende behauptete. Nein – wahrscheinlich glich dieses Ding am ehesten noch einem Eisberg: Nur der allerkleinste Teil mit dem Eingang ragte über den Boden hinaus. Die eigentliche Bergfestung musste tief unter der Erde liegen.

Und wahrscheinlich war ich der Einzige, der eine ziemlich klare Vorstellung von dem hatte, was uns erwartete – genauer gesagt, *wer.*

Wenn dies wirklich Necrons Drachenburg war, dann war unser Kampf mit den Wächterindianern und dem tobsüchtig gewordenen Saurier nichts weiter als ein harmloses Vorgeplänkel gewesen.

Der einzige Grund, aus dem ich meine Befürchtungen noch keinem der anderen mitgeteilt hatte, war ein Umstand, den ich schlichtweg nicht begriff: nämlich der, dass wir noch lebten.

Wenn dies wirklich die legendäre Drachenburg Necrons war, wieso hatten uns seine gefürchteten Drachenkrieger dann nicht längst überwältigt?

Ein überraschter Ausruf Buffalo Bill Codys riss mich abrupt in die Wirklichkeit zurück. Ein wenig erschrocken sah ich auf, bedeutete Postlethwaite und Annie mit einer Geste – die sie selbstverständlich ignorierten – zurückzubleiben und beeilte mich, Cody einzuholen.

Er hatte das Ende des Ganges erreicht, und vor ihm verbreiterte sich der felsige Stollen zu einem gewaltigen Dom, in dem sich das

Licht unserer Fackeln hoffnungslos verlor. Zahllose steinerne Säulen verbanden die Decke mit dem Boden, sodass ich für einen kurzen Moment den Eindruck hatte, einem gewaltigen versteinerten Wald gegenüberzustehen. Das leise, monotone Fallen von Wassertropfen drang aus der Tiefe der Höhle an unser Ohr; die Luft roch feucht und irgendwie scharf. Wieder hatte ich das flüchtige Gefühl, dies alles hier kennen zu müssen, ohne es indes wirklich greifen zu können. Dann gesellte sich das Licht unserer Fackeln dem Codys und Sitting Bulls hinzu, und ich erkannte, was es wirklich war.

Wir standen am Eingang einer riesigen Tropfsteinhöhle.

Die Bäume waren nichts anderes als zusammengewachsene Stalagmiten und Stalaktiten, manche auch noch nicht ganz verbunden, sodass zwischen den spitz zulaufenden Enden der Kalksteinsäulen handbreite Spalten blieben. Es sah aus wie ein riesiges Raubtiergebiss, dessen Fänge sich noch nicht vollends geschlossen hatten. Es war ein unheimlicher Anblick.

Und dann sah ich auch, was der Grund für Codys ungläubiges Keuchen gewesen war: Etliche Schritte vor uns, dicht am Rande des Lichtscheines, sodass die flackernden Schatten der Erscheinung die boshafte Vision grässlichen Lebens verliehen, stand eine Gestalt.

Im allerersten Moment hielt ich sie für einen Stalagmiten, denn auch über ihr senkte sich der spitze Drachenzahn eines Stalaktiten von der Decke herab.

Aber das war sie nicht.

Ganz und gar nicht.

Es war die Gestalt eines Menschen …

Zögernd und von einem furchtbaren, an blankes Entsetzen grenzenden Schrecken erfüllt, näherten wir uns der fürchterlichen Erscheinung. Keiner von uns sprach auch nur ein Wort.

Das Licht unserer Fackeln vertrieb die Schatten und die grauenhafte Illusion von Bewegung und Leben, aber was blieb, war schlimm genug.

Es war ein Mann – ein alter Indianer –, der wie in einer skurrilen Momentaufnahme mitten in der Bewegung erstarrt war. Er stand da, die rechte Hand erhoben und das rechte Knie leicht angewinkelt, als hätte er gerade einen Schritt machen wollen, als ihn das Unfassbare traf. Sein ganzer Körper war von einer glitzernden Schicht weißgrauen Kalkes überzogen, wie eine zweite Haut, die jede Einzelheit seines Körpers – aber auch seiner Kleider und selbst des prachtvollen

Federschmuckes, den er trug – nachgezeichnet hatte! Von der Hüfte abwärts verschwamm diese Genauigkeit ein wenig; das heruntertropfende Wasser, von dem jeder Tropfen die Kalkschicht um einen Tausendstelmillimeter verstärkte, hatte sich dort zu dicken Tränen geballt, und wo seine Füße sein sollten, waren nur zwei dicke, knotige Gebilde, wo der Kalk direkt mit dem Boden verwachsen war.

Aber sein Gesicht war so deutlich und klar zu erkennen, als trüge er eine Totenmaske.

Buffalo Bill hob seine Fackel, um den von der Höhlendecke herunterwachsenden Stalaktiten zu beleuchten.

Auch jetzt lief noch Wasser an dem glitzernden Kalksteingebilde herab, sehr, sehr langsam, vielleicht nur ein Tropfen alle zehn Minuten, aber stetig. Ich beobachtete einen der Tropfen, wie er auf das Gesicht des versteinerten Indianers herunterfiel, in einem komplizierten Hin und Her über seine Stirn und Nasenwurzel lief und schließlich eine glitzernde Spur über Auge und die Wange malte, ehe er sich verlor.

Es sah aus, als weine der Tote ...

»Das ... das ist unmöglich«, stammelte Postlethwaite schließlich. Er war der Erste, der das entsetzte Schweigen brach; vielleicht, weil er von uns allen den am meisten wissenschaftlich geschulten Verstand besaß. Ich wusste nicht, ob ich ihn darum beneiden sollte.

»Das ist völlig unmöglich«, sagte er noch einmal. »So etwas gibt es nicht!«

Statt einer Antwort wandte sich Cody halb um, hob seine Fackel und deutete nach links. Der hin und her huschende rotgelbe Schein zeigte eine weitere versteinerte Menschengestalt; diesmal eine Frau, die halb niedergekniet war, in einer Stellung, als wäre sie gerade dabei gewesen, aufzuspringen. Auf ihren erstarrten Zügen lag ein Ausdruck fassungslosen Entsetzens. Und hinter ihr zeichneten sich weitere der auf so furchtbare Weise versteinerten Körper ab. Nur die allerwenigsten Stalagmiten, die die Höhle füllten, schienen wirklich das zu sein, was ich im ersten Moment darin gesehen hatte.

»Aber es ist unmöglich!«, keuchte Postlethwaite zum dritten Mal. In seiner Stimme war ein ganz leiser, hysterischer Unterton. Seine Augen waren weit vor Schrecken, und ich sah, wie stark seine Hände zitterten. »Es ... es dauert Jahrtausende, bis sich eine solche Kalkschicht bilden kann. Wenn nicht Jahrmillionen!«

»Und doch ist es geschehen«, sagte Sitting Bull leise. Ich hatte den ganz bestimmten Eindruck, dass er noch viel mehr sagen wollte, und warf ihm einen mahnenden Blick zu. Er verstand und schwieg,

»Weiter«, bestimmte Cody gepresst.

Keiner von uns widersprach. Wir alle hatten plötzlich mehr denn je das heftige Bedürfnis, hier herauszukommen, aus dieser Halle des Entsetzens und dem ganzen Berg.

Während wir Cody folgten, versuchte ich unauffällig in Sitting Bulls Nähe zu gelangen, und eigentlich zum ersten Mal, seit wir uns kennen gelernt hatten, wich er mir nicht aus, sondern unterstützte mein Ansinnen im Gegenteil noch, denn auch er fiel ein wenig zurück, sodass wir reden konnten, ohne von den anderen gehört zu werden.

»Sie sagen nicht die Wahrheit, Häuptling«, begann ich.

Sitting Bull sah mich nicht an, sondern blickte weiter stur geradeaus. Der Lichtschein unserer Fackeln huschte über versteinerte Gesichter, mitten in der Bewegung erstarrte Arme und Beine und Münder, die vor tausend Jahren in einem stummen Schrei erstarrt waren. Das Entsetzen, das in meine Seele gekrochen war, wurde stärker.

»Du auch nicht, Blitzhaar«, antwortete er nach einer Weile, so leise wie ich und noch immer, ohne mich anzusehen. »Du glaubst mehr über diesen Berg zu wissen, als du zugibst.«

»Das Gleiche wollte ich gerade von Ihnen behaupten«, erwiderte ich unsicher. Ein leiser Zorn regte sich in mir. Sitting Bull hatte es wieder einmal geschafft, mir mit wenigen Worten den Wind aus den Segeln zu nehmen.

»Wenn es so ist, täuschen wir uns beide«, sagte Sitting Bull. Ein leises Lächeln huschte über seine faltigen Züge und erlosch wieder.

»Was soll das heißen?«, fragte ich.

Sitting Bull machte eine Bewegung mit der freien Hand, deren Bedeutung ich nicht verstand. Vielleicht hatte sie keine.

»Du glaubst, diesen Berg zu kennen«, antwortete er. »Doch das stimmt nicht. Dies ist nicht der Ort, den du suchst. Er ist schlimmer.«

»Und Sie?«, fragte ich gereizt. »Was wissen Sie über diese Höhle?«

»Über den Berg?« Sitting Bull schüttelte den Kopf. »Nichts. Nichts über sein Inneres. Nicht mehr, als ich dir und den anderen sagte.«

»Reden Sie keinen Unsinn«, fauchte ich gereizt. »Dieser sonderbare Magier wird Ihren Vorfahren nicht all seine Geheimnisse anvertraut haben, um das Wichtigste auszulassen.«

»Wäre das so unwahrscheinlich?«, fragte Sitting Bull amüsiert. »Und wenn er es tat, so ist dieses Wissen verloren. Ich weiß nicht, was uns erwartet. Ich weiß nur, dass es etwas Schreckliches ist.«

»Und trotzdem wollten Sie hierher?« Ich hatte nicht eine Sekunde vergessen, dass Sitting Bull es gewesen war, der von Postlethwaite verlangt hatte, dass er uns den Weg hierher zeigen sollte.

Sitting Bull schwieg. Was hatte ich erwartet?

Und trotzdem, obgleich er kein Wort mehr sagte, antwortete er. Ich spürte die Gefahr, die Sitting Bull umgab, wie eine körperliche Bedrohung. Es waren keine Visionen mehr wie am Anfang, sondern ein viel vageres und trotzdem im gleichen Moment direkteres Gefühl. Was immer es war, das Sitting Bull bedrohte – es war ihm gefolgt, selbst hierher.

In diesem Moment blieb Cody abermals stehen, und auch das Tanzen von Annies Fackel hörte auf.

Postlethwaite gab einen ächzenden Laut von sich. Im ersten Moment dachte ich, er wäre verletzt worden, aber als ich ihn anblickte und dann der Richtung folgte, in die er aus hervorquellenden Augen starrte, begriff ich, warum Postlethwaite dastand wie vom Donner gerührt.

Dicht vor ihm und Buffalo Bill stand eine weitere der grässlichen Steingestalten. Aber es war kein Indianer.

Die Gestalt des Mannes war zu groß und zu breitschultrig für einen Roten. Außerdem trugen Indianer weder metergroße Rundschilde noch armlange Schwerter und metallbeschlagene Lederharnische. Und erst recht keine Hörnerhelme.

Vor uns stand der versteinerte Leichnam eines Wikingers!

»Ein ... ein Wikinger!«, stammelte Postlethwaite. »Großer Gott, das ist ein Wikinger! Aber wie kommt er hierher?«

»Gab es nicht einmal eine Theorie, dass die Wikinger schon lange vor Columbus die neue Welt entdeckt haben?«, fragte Annie.

Postlethwaite sah verstört auf, und auch ich konnte nicht umhin, Annie Oakley einen anerkennenden Blick zu schenken. Diese Theorie gab es tatsächlich – allerdings war sie nur in wissenschaftlich interessierten Kreisen bekannt. Und auch dort recht umstritten. Einem Mädchen wie Annie Oakley hätte ich kaum zugetraut, sie zu kennen.

»Das ... stimmt«, antwortete Postlethwaite unsicher. »Aber nicht hier. Wenn, dann waren sie in Südamerika.«

»Vielleicht gibt es einen unterirdischen Tunnel bis Bolivien«, fauchte Cody. »Zum Teufel, müsst ihr jetzt darüber reden?« Er deutete mit einer wütenden Kopfbewegung auf den versteinerten Krieger. »Schaut euch den Burschen lieber einmal genauer an. Vielleicht fällt euch ja was auf.«

Wir gehorchten. Und nach einem Augenblick sah ich auch, was Cody so sehr am Anblick dieses erstarrten Riesen erschreckt hatte.

Er war keines natürlichen Todes gestorben.

In seiner rechten Schulter klaffte ein tiefer Schnitt. Die Wunde war versteinert wie sein ganzer Körper. Selbst jeder einzelne Blutstropfen war vom herunterrinnenden Kalk getreulich nachgebildet und für alle Ewigkeit aufbewahrt worden.

»Was ... was war das?«, flüsterte Annie. Der Schrecken, den sie beim Anblick dieser furchtbaren Wunde empfinden musste, war deutlich in ihrer Stimme zu hören.

»Ein Schwert«, murmelte Postlethwaite. »Noch wahrscheinlicher ist eine Axt. Die Wikinger haben gerne Beile benutzt.«

»Wie apart«, knurrte Cody. »Dann seht euch mal den da hinten an.« Er wies auf einen anderen Versteinerten. Auch er war auf furchtbare Weise verstümmelt worden, ehe sich der Kalk um ihn schloss. Cody wartete, bis wir alle ausreichend Gelegenheit gehabt hatten, auch diesen Toten zu inspizieren. Dann hob er seine Fackel höher, ging ein Stück des Weges zurück, den wir gekommen waren, und beleuchtete ein Etwas, das außer ihm keinem von uns aufgefallen war.

Und selbst jetzt dauerte es einen Augenblick, bis ich begriff, dass das, was da vor uns hockte, wirklich einmal ein Mensch gewesen sein sollte.

Genau bis zu dem Moment, in dem Annie Oakley wie von Sinnen zu schreien begann ...

Nur mit Mühe schüttelte Swen die Benommenheit ab, die sich über sein Denken gelegt hatte. Die Körperlosen waren wie ein böser Spuk verschwunden; dafür stand ihm jetzt der Jarl höchstpersönlich gegenüber, in seiner Begleitung Ymir Feuerhand, der Welpe. »Erik«, stammelte Sven fassungslos. »Wie kommst du hierher?«

Erik Hellauge schüttelte langsam den Kopf. Das lange weiße Haar hing in wirren Strähnen über seiner Stirn. Mit einer gedankenverlorenen Bewegung schob er es zurück. Sein Gesicht glänzte vor Schweiß, und sein Atem ging schnell und heftig. Swen konnte nichts anderes denken, als dass auch Erik beinahe ein Opfer der Körperlosen geworden wäre.

»Du solltest deine Kräfte nicht damit verschwenden, alte Männer herumzuschubsen«, sagte Erik schließlich. Seine Stimme ließ jede Spur von Humor vermissen.

»Erik ... ich verstehe nicht ...« Swen trat einen Schritt vor. »Nicht so vorschnell, Swen Liefenstahl«, zischte eine junge Stimme. Ymir Feuerhand trat zwischen ihn und Erik. Das Schwert in seinen Händen sprach eine deutliche Sprache.

Swen runzelte die Stirn. Ohne sich dessen bewusst zu sein, trat er einen weiteren Schritt vor und hob die Fäuste. Seine Gedanken überschlugen sich. »Was geht hier vor?«, zischte er.

»Das wüssten wir auch gerne«, versetzte Ymir. »Was hat man dir versprochen, dass du dich gegen den Jarl stellst?«

Es dauerte eine Weile, bevor Swen die Beleidigung überhaupt begriff. Ungläubig starrte er auf den Welpen hinab, der seine Bewährungsprobe im Kampf noch nicht hinter sich hatte und sich doch anmaßte, ihm Beleidigungen an den Kopf zu schleudern. Der Junge musste verrückt geworden sein.

Bevor er reagieren konnte, schob Erik den Welpen zur Seite. »Es ist nicht an der Zeit, uns gegenseitig Vorwürfe zu machen«, sagte er ärgerlich. »Steck das Schwert weg, Ymir. Lasst uns wie Männer miteinander reden. Aber nicht hier.«

Das letzte Wort betonte er so eigentümlich, dass Swen sich eines Schauderns nicht erwehren konnte. Er hob sein Schwert vom Boden auf und ließ es in die lederne Scheide gleiten.

Erik hatte sich bereits umgewandt und den Weg zum Gang eingeschlagen, der zu dem Ratssaal führte.

Und jetzt erst griff die Erschöpfung nach Swen. Seine Hände zitterten, sein Atem ging stoßweise. Mit der rechten Hand ertastete er die Stelle, an der das Messer Wankas seinen Harnisch durchdrungen hatte.

Aber da war nichts. So deutlich er den Stich auch gespürt hatte – sein Harnisch war unversehrt. Swen blieb verdutzt stehen. Er konnte sich das doch nicht alles eingebildet haben!

Mühsam riss er sich zusammen und folgte den beiden anderen. Als er den Ratssaal erreichte, waren die anderen Getreuen schon versammelt. Männer, die so treu zu Erik Hellauge standen wie er selbst: Wenk Hammersten, der Ratgeber des Jarls, die Lehrmeister Tyr Fenriswolf und Viadar Heimtal und eine Reihe verdienter Krieger wie er selbst, deren Glaube an die alten Regeln genauso fest war wie ihr Kampfeswille. Swen blieb am Eingang stehen und warf einen Blick auf die Versammlung. Irgendwie kam sie ihm seltsam unwirklich vor. So, als seien sie selbst eine Gruppe von Körperlosen. Er fröstelte bei dem Gedanken, dass er langsam anfing, den Verstand zu verlieren.

Erik winkte ihn zu sich heran. »Swen Liefenstahl«, sagte er freundlich. »Setz dich zu uns, und berichte uns, was dir geschehen ist.«

Swen trat einen Schritt vor und schüttelte dann langsam den Kopf. »Wenn es euch nichts ausmacht, bleibe ich lieber stehen.« Seine Stimme klang seltsam fremd und hohl. Er hatte Mühe, die Worte hervorzubringen. Bunte Kreise tanzten vor seinen Augen, und jeder Atemzug schmerzte.

Erik zuckte mit den Schultern. »Wie du meinst«, sagte er gleichmütig. »Aber jetzt berichte uns.«

Etwas an seinen Bewegungen störte Swen, ohne dass er hätte sagen können, was es war. Das Gesicht des Jarls schien irgendwie unstet, in ständig fließender Bewegung begriffen zu sein. Und seine Hände … was war nur mit seinen Händen los? Anstatt ruhig vor ihm auf dem Tisch zu liegen, fuhren sie nervös über die Maserung der massiven Holzplatte, schlossen und öffneten sich krampfhaft.

»Swen Liefenstahl«, schnitt Eriks Stimme in seine Gedanken. »Du wirst uns jetzt berichten, was dort unten im Gang geschehen ist!«

Swen zuckte zusammen und nickte abgehackt. Es war wichtig, dass die Ratsversammlung erfuhr, was mit ihm geschehen war. Je früher sie Gegenmaßnahmen einleiten konnten, um so besser.

Mit monotoner Stimme berichtete er von seinem Wachgang. Die ersten Sätze brachte er nur stockend hervor, doch dann sprudelten die Worte aus ihm heraus. Als er geendet hatte, herrschte sekundenlang Stille in der Ratsversammlung. Schließlich ergriff Erik das Wort.

»Was ich befürchtet habe, ist also eingetreten«, sagte er leise. »Wer auch immer unser Gegner ist – wenn es ihm so ohne weiteres gelingt, einen Mann wie Swen Liefenstahl aus der Fassung zu bringen, dann können wir uns auf einiges gefasst machen.«

»Was heißt hier: *Wer* auch immer unser Gegner ist?«, rief Wenk Hammersten erregt. Seine Hand tastete nach dem Bogen, der vor ihm auf dem Tisch lag. »Jeder von uns an diesem Tisch weiß doch, was von Skallagrim, der Ratte, zu halten ist –«

»Nicht so vorschnell«, unterbrach ihn Erik. »Wir haben keine Beweise.«

»Brauchen wir noch mehr Beweise?«, zischte Wenk Hammersten. Er hob die rechte Hand und zählte an den Fingern ab: »Erstens ist Skallagrim der Einzige, der über die nötige magische Macht verfügt, um einen Mann wie Swen zu einem greinenden Idioten zu machen ...«

»He, he«, unterbrach ihn Swen. Die mächtigen Muskeln unter seinem schweren Harnisch spannten sich. »Was soll das denn heißen?«

Wenk Hammersten winkte ab. »Zweitens«, fuhr er ungerührt fort, »kann unser Gegenspieler nur im Inneren der Unbezwingbaren Feste sitzen. Käme er von außen, hätten wir ihn schon längst geschnappt. Und drittens ist Skallagrim von uns allen der Einzige, der verkommen genug ist, um Erik Hellauge das Anrecht auf die Herrschaft streitig zu machen!«

»Vorsicht«, ermahnte ihn Erik. »Wenn ihm deine Vorwürfe zu Ohren kommen, hat er einen willkommenen Grund, dich zum Zweikampf herauszufordern.«

»Umso besser«, frohlockte Wenk Hammersten. »Dann habe ich einen Grund, ihn einen Kopf kürzer zu machen.«

Erik kniff die Lippen zusammen. Seine Hände trommelten unkontrolliert auf der Tischplatte. »Nein«, entschied er. »Das ist keine Lösung. Ich traue Skallagrim alles Mögliche zu, nur keinen fairen Zweikampf. Die Mächte, mit denen er im Bunde steht, werden nicht auf ihr wichtigstes Werkzeug verzichten wollen –«

»Das klingt nun aber nicht gerade so, als ob du an seiner Schuld zweifelst«, unterbrach ihn Wenk Hammersten. »Man könnte eher meinen, du sinnierst über die richtige Methode nach, ihn um die Ecke zu bringen.«

Über Eriks Züge huschte ein flüchtiges Lächeln. Wieder hatte Swen das Gefühl, dass irgendetwas an seinem Verhalten nicht stimmte. »Ich sehe, du beginnst zu begreifen, Wenk. Die Vorkommnisse der letzten Stunde haben uns gezeigt, dass unser Gegner seine Maske fallen lassen wird, um uns mit magischer Kraft zu zerschmettern. Magische Kraft, Freunde, über die wir nicht verfügen. Ich brauche euch nicht zu sagen, was das heißt. Die Älteren von euch werden sich noch an unseren verzweifelten Kampf gegen den grauen Magier erinnern. Etwas Ähnliches steht uns wieder bevor. Doch diesmal, fürchte ich, wird uns Odin seine Hilfe verweigern.«

»Ein Wikinger fürchtet keine Zauberei«, brummte Wenk Hammersten abfällig. »So lange sich die Götter nicht auf die Seite unserer Feinde stellen, verlasse ich mich auf die Kraft meines Schwerts.«

Zustimmendes Gemurmel erscholl. Hammersten nutzte die für ihn günstige Stimmung. Er hieb mit der Faust auf den Tisch, dass die Becher wackelten. »Jetzt gleich gehen wir und machen kurzen Prozess mit Skallagrim und seiner Bande!«, schrie er.

Einige der Männer sprangen auf und zogen ihre Waffen. In ihren Augen glühte Kampfeslust, und ihre kraftvollen Bewegungen bebten vor Ungeduld. In diesem Moment hätte es nur ein Wort Eriks bedurft, um sie gegen den Teufel persönlich ziehen zu lassen.

Aber Erik dachte offensichtlich nicht daran, sich von der allgemeinen Begeisterung mitreißen zu lassen. Er blieb ruhig sitzen, nur seine ungeduldigen Handbewegungen verrieten Nervosität. Swen konnte den Blick nicht mehr von seinen Händen lösen, die wie eigenständige Lebewesen über den Tisch huschten.

»Nichts da«, entschied Erik. »Wir dürfen uns auf keinen Fall zu unbedachtem Handeln verleiten lassen. Darauf wartet Skallagrim doch bloß.«

»Aha«, fauchte Wenk Hammersten. »Und was sollen wir deiner Meinung nach tun? Warten, bis wir meuchlings von schattenhaften Dämonen hingerafft werden?«

Die Hände Eriks verkrampften sich. Es waren fremde Hände, nicht die Hände seines Jarls, dachte Swen. Er atmete hörbar aus, schloss für einen Sekundenbruchteil die Augen und zwang dann seinen Blick auf Hammersten, der mit gezücktem Schwert auf Eriks Antwort wartete. In diesem Moment wirkte der Berater des Jarls eher wie ein Rachegott als wie ein Wikingerfürst.

»Wir werden Gleiches mit Gleichem vergelten«, flüsterte Erik kaum hörbar. »Da, wo Heimtücke und Hass sich mit schwarzer Magie verbinden, sind Schwerter kaum mehr von Nutzen, Wenk Hammersten. Also werden wir uns einer List bedienen.«

»Und wie soll deine List aussehen?«, fragte Wenk spöttisch. »Glaubst du etwa im Ernst, ihm eine Falle stellen zu können?«

Erik schüttelte den Kopf. »Etwas ganz anderes.« Er lächelte geistesabwesend. »Etwas, mit dem Skallagrim nicht rechnen kann. Etwas, das weder unsere Ehre besudelt, noch dem Magier die Chance gibt, zurückzuschlagen.«

Und er entwickelte seinen Plan, in dem Swen und der Angriff der Körperlosen eine wichtige Rolle spielten.

Ich war der Erste, der Annie Oakley erreichte und herumriss. Sie schrie, schlug in kopfloser Panik um sich und traf mich zwei, drei Mal hart im Gesicht.

Blitzschnell tauchte ich unter einem weiteren Hieb weg, packte ihre Handgelenke und hielt sie fest. Gleichzeitig drehte ich mich ein wenig zur Seite und sah ihr genau in die Augen.

»Hör auf!«, sagte ich.

Aber ich sagte es nicht nur, sondern brach ihren Willen mit einem hypnotischen Schlag.

Annie erschlaffte in meinen Händen; ihr Blick begann sich zu verschleiern. Hastig lockerte ich den geistigen Griff und sandte eine Woge beruhigender Impulse in ihr Denken – etwas, das einem kleinen Kunststück gleichkam, denn auch in meinem Inneren sah es kaum anders aus als in dem Annies. Aber es gelang mir zumindest, sie so weit zu beruhigen, dass ich es riskieren konnte, ihre Hände loszulassen.

»Alles wieder okay?«, fragte ich.

Annie nickte. Ihr Blick flackerte ängstlich, und ihr Gesicht war bleich wie das einer Toten. Aber sie hatte sich wieder halbwegs in der Gewalt – wenn ich auch spürte, wie dünn die Grenze war, die sie von einem neuen hysterischen Anfall trennte.

Zitternd hob sie die Hand und berührte ihre rechte Wange. Jedenfalls wollte sie es.

Ich hielt ihren Arm im letzten Moment zurück, denn plötzlich hatte ich gesehen, warum sie so scheinbar sinnlos in Panik ausgebrochen war. Im ersten Moment hatte ich angenommen, es wäre der Anblick des schrecklich verwachsenen Körpers, der neben uns auf dem Boden hockte. Aber das stimmte nicht.

Unter ihrem Auge, auf der unnatürlichen Blässe ihrer Haut kaum zu erkennen, glitzerte ein Wassertropfen. Ein einzelner, kaum fingernagelgroßer Spritzer des Kalkwassers, das in beständigem Strom von den Stalaktiten unter der Höhlendecke herabregnete. Aber es war nicht nur Wasser. Ein mikroskopisch kleiner Kalkfleck war auf Annies Haut erschienen.

Sie musste ihn gespürt haben. Und ich konnte ihr nicht einmal verdenken, dass sie in Panik ausgebrochen war, nach allem, was wir bisher in diesem Labyrinth des Wahnsinns erlebt hatten.

Mittlerweile waren auch Cody und die beiden anderen herangekommen. Buffalo Bill bedachte Annie mit einem kurzen, aber sehr besorgten Blick, dann brachte er das Kunststück fertig, beinahe natürlich zu lächeln. »Es ist alles in Ordnung, Annie«, sagte er. »Keine Angst mehr. Uns kann nichts passieren.«

Er musste den Wassertropfen wohl im gleichen Moment entdeckt haben wie ich, denn er hob die Hand, lächelte noch einmal und versuchte ihn wegzuwischen, zusammen mit dem winzigen Kalkplättchen.

Das Wasser bekam er auch fortgewischt.

Den Kalk nicht.

»Wir ... wir werden alle sterben, Bill!«, stammelte Annie. »Wir werden dasselbe Schicksal erleiden wie diese Männer hier!«

»Unsinn!«, mischte sich Postlethwaite ein. »Ihre Angst ist durchaus verständlich, liebe Miss Oakley, aber vollkommen unbegründet. Glauben Sie mir – es dauert Tausende von Jahren, bis so etwas passieren kann.«

Ich war mir da nicht halb so sicher wie er, und auch Cody schien seinen Optimismus nicht unbedingt zu teilen, denn er warf ihm nur einen raschen, mahnenden Blick zu, beugte sich abermals vor und versuchte mit dem Daumen den Kalk von Annies Haut zu wischen.

Es ging nicht.

Der Einzige, der nicht überrascht war, war ich. Ich hatte gespürt, dass dieses Tausendstel Gramm Kalk alles andere als normaler Kalk war. Was er allerdings war, wusste ich so wenig wie Cody oder einer der anderen.

Es war zum Verrücktwerden! Ich hatte mit jeder Sekunde mehr das sichere Gefühl, die Antworten auf alle Fragen abrufbereit in einer Schublade meines Gedächtnisses zu haben – aber ich fand den Schlüssel nicht!

Cody sog überrascht die Luft ein, hielt Annies Kinn mit der Linken fest und fuhr mit dem Fingernagel über Annies Wange. Annie stieß einen unterdrückten Schmerzlaut aus. Der weiße Fleck verschwand von ihrer Wange – zusammen mit einem münzgroßen Stück Haut. Die Wunde war nicht sehr schlimm; eigentlich nur ein Kratzer, aus dem ein einzelner Blutstropfen quoll – aber es war vollkommen unmöglich, dass das Kalkmaterial in diesen wenigen Augenblicken so fest angetrocknet wäre!

»Das ... das gibt es doch nicht!«, fauchte Bill. Er lächelte entschuldigend. »Tut es sehr weh?«

Annie schüttelte den Kopf und presste die rechte Hand gegen die Wange. Sie log nicht besonders überzeugend.

Cody wandte sich mit einem Stirnrunzeln an Postlethwaite. »Sie hätten uns warnen können, Doc, finden Sie nicht?«

»Aber wovor?«, verteidigte sich Postlethwaite. Er starrte noch immer die winzige blutende Wunde auf Annies Wange an. »Das ist schlichtweg unmöglich, Mister Cody. Es dauert Jahre, bis auch nur eine millimeterdicke Schicht von dem Zeug entstanden ist!«

»Hier offensichtlich nicht!«, fauchte Cody. »Aber zum Teufel, ich will gar nicht wissen, was das alles zu bedeuten hat. Ab sofort achtet jeder darauf, nicht von Tropfen getroffen zu werden. Und jetzt kommt weiter. Ich will aus diesem Rattenloch heraus, so schnell es geht!«

Niemand von uns hatte etwas dagegen einzuwenden.

Und keiner von uns warf auch nur noch einen Blick auf die schreckliche Karikatur eines Menschen, die zwischen den versteinerten Gestalten der Wikinger hockte …

Tiefer und tiefer drangen wir in das Labyrinth der Tropfsteinhöhle vor. Unsere Fackeln brannten eine nach der anderen herunter, und obgleich wir einen großen Vorrat davon mitgenommen hatten, war der Moment abzusehen, in dem wir in absolute Dunkelheit gehüllt sein würden, denn die Pechfackeln waren Jahrhunderte alt und brannten viel schneller ab, als normal gewesen wäre. Und der Weg nahm kein Ende.

Nicht immer bewegten wir uns dabei zwischen versteinerten Kriegern oder Wikingern. Über große Strecken hinweg war es nichts als eine – scheinbar – ganz normale Tropfsteinhöhle. Aber keiner von uns hatte vergessen, was Annie passiert war, ich am allerwenigsten, und manchmal führten wir einen regelrechten Veitstanz auf, um den gleichmäßig fallenden Wassertropfen zu entgehen.

Ich hatte meine letzte Reservefackel aus dem Gürtel gezogen und am Stumpf ihrer Vorgängerin entzündet, und auch Cody, der jetzt dicht neben mir ging, die rechte Hand auf den Revolvergriff gelegt, hatte seine letzte Fackel angezündet. Sie war schon so weit heruntergebrannt, dass die Flammen binnen kurzem seine Finger berühren mussten. Der Gedanke, in vollkommener Dunkelheit durch dieses schreckliche Labyrinth stolpern zu sollen, erfüllte mich mit einem Gefühl, das ich nicht unbedingt mit Freude beschreiben würde …

Aber es kam anders. Cody stockte plötzlich im Schritt, kniff die

Augen zusammen und senkte seine Fackel, um nicht durch ihren Lichtschein geblendet zu werden. Und als ich eine Weile konzentriert in die gleiche Richtung gestarrt hatte wie er, sah auch ich einen blassen Lichtschein, noch sehr weit von uns entfernt.

»Der Ausgang!«, keuchte Cody erleichtert. »Wir ... wir haben es geschafft.«

Die Einzige, die ebenfalls in sein erleichtertes Seufzen einstimmte, war Annie Oakley. Sowohl Sitting Bull als auch ich spürten deutlicher denn je, dass uns diese Höhle ganz gewiss nicht so einfach wieder hinausspazieren lassen würde. Und auch Postlethwaite wirkte sonderbar bedrückt und schweigsam. Vielleicht wusste er doch mehr über das Innere dieses verwunschenen Berges, als er bisher zugegeben hatte.

Trotzdem spornte uns das Licht an, ein wenig schneller zu gehen. Es wurde rasch stärker und wuchs von einem blassen flackernden Schemen zu einem Kreis milder Helligkeit heran.

Aber es war kein Tageslicht, sondern ein schattenloser gelber Schein mit einem ganz sachten Stich ins Grünliche, der schmale flirrende Lichtfinger in die Höhle zu senden schien. Wieder hatte ich das Gefühl, dieses Licht zu kennen.

Und wieder wusste ich nicht, woher.

Die letzten paar Dutzend Schritte zum Höhlenausgang rannten wir fast. Codys Fackel erlosch, dann die Sitting Bulls, und auch ich warf das brennende Scheit in hohem Bogen von mir, ehe es mir die Finger versengen konnte.

Keiner von uns rechnete noch ernsthaft damit, wirklich die Erdoberfläche zu erblicken, als wir vor dem kreisförmigen Felsdurchbruch angelangt waren und, angeführt von Cody und Annie Oakley, die mit schussbereiten Waffen die Spitze bildeten, hindurchgingen.

Plötzlich blieb Bill stehen und hob alarmiert die rechte Hand, und auch Annie ergriff ihr Gewehr fester und stockte mitten im Schritt.

»Was ist?«, fragte ich alarmiert.

Cody antwortete nicht gleich. »Ich ... ich dachte, ich hätte etwas gesehen«, murmelte er schließlich.

»Du dachtest?«

Cody schüttelte den Kopf. »Ich muss mich getäuscht haben«, murmelte er. »Kommt weiter.«

Noch langsamer als zuvor gingen wir weiter. Der runde Tunnel, der die Tropfsteinhöhle mit der Quelle des gelben Lichtes verband, war nicht sehr lang, und schon nach wenigen Augenblicken hatten wir ihn durchquert.

Vor uns lag eine weitere Höhle. Sie war gigantisch, so groß, dass der Buckingham-Palast hineingepasst hätte, und ganz von dem gelblich grünen, unheimlichen Licht erfüllt, das aus keiner bestimmten Quelle kam, sondern die Luft selbst zum Glühen brachte.

Und sie hatte keinen Boden.

Hinter dem Höhleneingang lag ein vielleicht fünfzehn Fuß breiter, spiegelglatter felsiger Streifen, der wie eine Galerie rings um den gewaltigen Hohlraum lief und auf den zahllose andere, kreisrunde Gänge mündeten. Dahinter gähnte ein unglaublich tiefer Abgrund.

Bill näherte sich vorsichtig der Kante, ließ sich auf die Knie sinken und beugte sich vor. Sein Gesicht konnte ich nicht erkennen, aber ich sah, wie er erschrocken zusammenzuckte, und trat mit einem raschen Schritt neben ihn.

Mir schwindelte, als ich in die Tiefe sah.

Ich hatte niemals einen Schacht von solcher Tiefe erblickt. Er musste einen Durchmesser von einer Meile haben, wenn nicht mehr, und obgleich auch er von dem unheimlichen, flackernden Licht erfüllt war, verlor sich mein Blick irgendwo in unbestimmter Tiefe, ohne irgendwo auf eine Begrenzung zu stoßen. Schaudernd richtete ich mich auf und trat zwei, drei Schritte von der Kante zurück.

Es war schlichtweg zum Wahnsinnigwerden! Ich kannte diesen Schacht! So, wie ich dieses Labyrinth kannte, die verschlungenen Symbole an den Wänden, den unheimlichen Odem, der es erfüllte wie Pestgestank.

Mit aller Macht versuchte ich mich zu erinnern, versuchte mir vorzustellen, wie der Berg der Weißen Götter aussehen mochte, ohne die schrecklich versteinerten Menschen, ohne dieses grässliche Schlangenlicht und …

Annies Schrei drang abrupt in meine Gedanken. Ich fuhr hoch und herum, verlor auf dem glatt geschliffenen Boden fast den Halt und blickte alarmiert in die Richtung, in die ihre ausgestreckte Hand wies.

»Da drüben!«, keuchte sie. »Da steht jemand!«

Auch ich erkannte jetzt eine Gestalt, wenngleich sie noch viel zu weit entfernt war, sie deutlicher denn als verschwommenen hellen Schemen auszumachen. Trotzdem – irgendetwas war an ihr, das …

Das Gefühl des Déjà-vu in mir wurde übermächtig.

Ohne auf Codys erschrockenen Zuruf zu achten, ging ich los und begann den gewaltigen Schacht zu umkreisen. Die Gestalt schälte sich als heller Fleck aus der milchigen Helligkeit, nahm allmählich Konturen und Umrisse an – *und wurde zu einem hoch gewachsenen, sehr schlanken Wesen mit schulterlangem Haar. Die Glieder schlank und zerbrechlich wie die einer Elfe, aber trotzdem ungemein stark, das Gesicht von einer Schönheit, die sich jeder Beschreibung entzog und die Worte nur mindern konnten.*

Und aus ihren Schultern wuchs ein Paar gewaltiger, strahlend weißer Schwingen, die im Augenblick der Erstarrung wie zum Absprung gespreizt gewesen waren ...

Und jetzt, endlich, wusste ich, wo ich war.

Ich war schon einmal hier gewesen. Ich hatte schon einmal am Rande dieses ungeheuerlichen Schachtes gestanden, nur dass er damals von brodelndem grünen Licht erfüllt gewesen war, Licht in dem sich augenlose blinde Horrorwürmer wanden und suhlten, aber im Grunde hatte sich nichts verändert seit damals. Es hatte die Steinfiguren nicht gegeben, und die gigantische Höhle draußen war keine Tropfsteinhöhle gewesen, aber zweihundertfünfzig Millionen Jahre sind selbst erdgeschichtlich eine lange Zeit. Zeit genug, ganze Gebirge aufzuschichten und aus einem gigantischen Krater eine zerschrundene Felslandschaft zu machen. Zeit genug, den riesigen Tempelberg in seinem Zentrum tief ins Innere der Erde zu drücken, sodass nur noch seine Spitze zu erkennen war. Maronar!

Cody und die anderen holten mich ein, aber ich sah sie gar nicht. Selbst als Sitting Bull mich ansprach, reagierte ich nicht, sondern starrte weiter entsetzt auf das in totenweißen Kalk eingeschlossene Gesicht der Elohym.

Shadow.

Es war Shadow, die da am Rande des Pfuhles stand, erstarrt in der Haltung, in der sie Barlaams Rache getroffen hatte.

Ich hatte gewusst, dass sie tot sein musste. Sie war zurückgeblieben, um das *Tor zu* schließen, durch das die Magier von Maronar und ihre schrecklichen Götter den Weg in unsere Welt hatten finden wollen, und mir war klar gewesen, dass sie entweder bei diesem Unterfangen ums Leben gekommen oder von Barlaam getötet worden sein musste.

Aber wie schrecklich die Rache des Meistermagiers von Maronar war, begriff ich erst jetzt.

Und ich begriff auch noch mehr.

Es, war, als wäre ich übergangslos aus einem Albtraum erwacht und begriffe nur zögernd, dass es gar kein Traum gewesen war, sondern die Wirklichkeit.

Das Wesen vor mir war Shadow! Die Elohym, an deren Seite ich gegen die Maronesen gekämpft und die ihr eigenes Leben geopfert hatte, um das meine zu retten. Shadow, vielleicht mit Ausnahme Priscyllas das einzige Wesen auf der Welt, das ich jemals geliebt und das dieses Gefühl erwidert hatte!

»Was ist das?«, flüsterte Annie neben mir.

Ich antwortete noch immer nicht, aber dafür war es Postlethwaite, der das Wort ergriff.

»Da muss sich jemand einen schlechten Scherz erlaubt haben«, murmelte er. Er lachte – es klang unsicher –, trat an mir vorbei und streckte die Hand aus, um Shadows versteinertes Gesicht zu berühren.

Ich riss ihn zurück und versetzte ihm einen Stoß, der ihn vor die Wand taumeln ließ.

»Rühren Sie sie nicht an!«, sagte ich wütend. »Und das gilt für euch alle. Rührt sie nicht an!«

Sitting Bull und Annie starrten mich betroffen an, während Postlethwaite offensichtlich noch überlegte, ob er nun beleidigt oder einfach nur verwirrt sein sollte. Nur Cody ließ sich von meinem plötzlichen Zornesausbruch nicht beeindrucken.

»Was soll das, Robert?«, fragte er scharf. »Du führst dich auf, als ...«

»Er kennt sie.«

Cody brach mitten im Satz ab und starrte Sitting Bull an, der die drei Worte gesprochen hatte. »Was hast du gesagt?«

»Blitzhaar kennt dieses Wesen«, sagte Sitting Bull ruhig. »Und er liebt es.«

»Hören Sie auf«, sagte ich leise.

Sitting Bull lächelte. »Ich respektiere deinen Schmerz, Blitzhaar«, sagte er. »Doch du bringst uns alle in Gefahr, wenn du nicht sagst, was du über diesen Berg weißt.« Er deutete mit einer Kopfbewegung auf Shadow. »Und über sie.«

»Nichts«, sagte ich wütend. »Sie täuschen sich, Häuptling. Ich weiß nichts über diesen Berg.«

»Aber über sie.« Cody deutete fordernd auf die erstarrte Elohym.

Widerstrebend nickte ich.

»Dann erzählen Sie es!«, forderte Postlethwaite. »Dieses ... dieses Ding hat doch nicht wirklich gelebt, oder?«

Ich starrte ihn an. »Das, was Sie ein Ding nennen, Professor«, sagte ich wütend, »hat mir ein paar Mal das Leben gerettet. Und vielleicht die Existenz unserer ganzen Rasse.«

Postlethwaite keuchte. »Sie ... Sie wollen behaupten, es wäre nicht nur eine Statue?«, stammelte er. »Sie wollen behaupten, dieses Wesen hat einmal gelebt? Ein leibhaftiger *Engel?!«*

»Es ist lange her«, antwortete ich ausweichend, »sehr lange.«

»Wie lange?«, wollte Postlethwaite wissen.

»Zum Teufel noch mal, jedenfalls zu lange, als dass es für uns noch irgendeine Rolle spielen würde!«

Postlethwaites Augen wurden schmal. »Warum überlassen Sie diese Beurteilung nicht uns, Mister Craven?«, sagte er scharf. »Wie lange also?«

Ich starrte ihn an, und für einen Moment hatte ich das immer stärker werdende Bedürfnis, ihm die Faust ins Gesicht zu schlagen. Nur noch mit Mühe vermochte ich mich zu beherrschen.

»Ungefähr zweihundertfünfzig Millionen Jahre«, antwortete ich.

Postlethwaite keuchte. Dann lachte er hässlich. »Sie sind ein Witzbold, Craven«, schnappte er. »Sie wollen uns jetzt wahrscheinlich weismachen, dass Sie so alt sind, wie?«

»Leck mich doch«, murmelte ich. Ich wollte mich herumdrehen, aber in diesem Moment stieß Postlethwaite ein zorniges Knurren aus, packte mich am Arm und riss mich grob zurück.

»Was hast du da gesagt, du Schnösel?«, fauchte er. Wütend ballte er die Hand vor meinem Gesicht. »Sag das nochmal, und –«

Ich schlug ihm die Faust in den Leib, packte ihn bei den Schultern und stieß ihn so heftig gegen die Wand, dass er das Gleichgewicht verlor und auf Hände und Knie hinabstürzte.

Kampflustig hob ich die Fäuste und begann auf der Stelle zu tänzeln. Eine Wut erfüllte mich, die ich zwar nicht verstand, die mir aber eine diabolische Freude bereitete. »Komm schon, du Witzfigur!«, fauchte ich. »Steh auf. Mal sehen, wie du dich gegen einen jungen Schnösel zur Wehr setzen kannst!«

Postlethwaite knurrte wie ein gereiztes Tier und sprang tatsächlich auf die Füße, um sich meiner Herausforderung zu stellen.

Aber noch bevor er die Bewegung zu Ende führen konnte, war Sitting Bull neben ihm und drehte ihm den Arm auf den Rücken.

Und im gleichen Moment fühlte ich Codys Waffe im Rücken.

»Es reicht«, sagte er, in ruhigem, fast freundlichem Ton. »Ich weiß nicht, was in euch zwei Narren gefahren ist, und ich will es auch gar nicht wissen. Aber ihr werdet jetzt aufhören. Alle beide!«

»Das schlage ich auch vor«, fügte Annie hinzu. »Vor allem, weil wir nicht mehr allein sind. Schaut mal da drüben.« Sie machte eine Kopfbewegung zur anderen Seite der Höhle. »Wir haben Besuch bekommen.«

Trotz seiner massigen Gestalt und dem schweren Beutel auf dem Rücken bewegte sich Swen mit der Anmut und Geschicklichkeit einer Raubkatze. Er wusste, wie viel von seiner Mission abhing. Skallagrim musste Einhalt geboten werden; je eher, desto besser.

Der Zauberer hatte nur wenige Verbündete, die ihn bei seinem Kampf um die Herrschaft der Unbesiegbaren Feste vorbehaltlos unterstützten, aber es gab nicht wenige, die einem Kampf zwischen ihnen tatenlos zusehen würden, um sich dann auf die Seite des Siegers zu schlagen. Das bequeme Leben hatte vor allem die Jüngeren unter ihnen weich werden lassen; einige von ihnen verdienten es beim besten Willen nicht, Wikinger genannt zu werden.

Vor ihnen musste sich Swen in Acht nehmen. Es war schon lange bekannt, dass zu ihnen Spitzel und Verräter zählten. Wenn er bei seinem Aufstieg in Skallagrims Gemächer von einem dieser Spitzel gesehen wurde, konnte dies das vorzeitige Ende seiner Mission bedeuten – vor allem, wenn sie wissen wollten, was er in dem Beutel mit sich herumschleppte.

Swen spannte seine mächtigen Muskeln an und zog sich über den Rand des Simses. Er war bemüht, dabei kein Geräusch zu machen. In diesem Moment wäre es ihm bedeutend lieber gewesen, zusammen mit Wenk Hammersten und den anderen ohne Versteckspiel Skallagrims Gemächer zu stürmen und ihn mitsamt seiner Brut niederzumachen. Aber er wusste, dass Erik Recht hatte: Skallagrim würde einen offenen Angriff mit seiner schwarzen Magie erbarmungslos zurückschlagen und die Gelegenheit nutzen, um die bislang noch Unschlüssigen und Wankelmütigen auf seine Seite zu ziehen.

Ein plötzliches Geräusch riss ihn aus seinen Gedanken. Ohne weitere Vorwarnung schoss Frai Renschneid um die Ecke, blieb überrascht stehen und starrte ihn entgeistert an.

»Swen Liefenstahl!«, brachte er hervor. »Warum wählst du diesen Weg? Man könnte meinen, du wolltest dich einschleichen!«

Seine Augen verengten sich, als er den Sack entdeckte, den Swen auf dem Rücken trug. »Was schleppst du da mit dir herum?«, fragte er scharf.

Der Welpe war trotz seines Alters bereits ein enger Verbündeter Skallagrims und damit einer der Todfeinde Eriks.

Gerade er durfte auf keinen Fall erfahren, was Swen in die Brut seiner Feinde einzuschmuggeln versuchte.

Der Junge trat einen Schritt vor, und auf seinen Zügen spiegelte sich eine Mischung von Misstrauen und kalter Entschlossenheit. Es war abzusehen, dass er sich durch Worte nicht aufhalten lassen würde, ihn zur Preisgabe seines Geheimnisses zwingen zu wollen.

Swen handelte, ohne zu denken. Er warf sich zurück und riss mit einer verzweifelten Bewegung das Schwert hervor. Die Klinge schien regelrecht in seine Hand zu springen. Mit ungestümer Wucht jagte er sie seinem Gegner entgegen.

Frai Renschneid reagierte schneller als erwartet. Er schnellte zur Seite, riss dabei sein eigenes Schwert aus der Scheide und ging zum Angriff über. Mit zwei, drei schnellen Schlägen trieb er Swen zurück, nagelte ihn an der Wand fest.

Swen keuchte vor Überraschung. Er bezweifelte keine Sekunde, dass er den Jungen besiegen würde, aber es überraschte ihn, auf einen fast ebenbürtigen Gegner gestoßen zu sein. Skallagrims Helfershelfer zeichneten sich sonst mehr durch Heimtücke als Geschicklichkeit im Zweikampf aus.

Mit einem kraftvollen Hieb schleuderte er Frai Renschneid zurück, setzte nach und wehrte die schnellen Schläge ab, mit denen Frai ihn aufzuhalten versuchte. Der Junge schien zu wissen, dass er verloren hatte, wenn er sich erst einmal zurücktreiben ließ. Swen pflegte dank Masse und überlegener Körperkraft seine Gegner einfach zu überrennen – spätestens dann, wenn sie sich durch schnelle Ausweichmanöver erschöpft hatten.

Doch diesmal kam es anders.

»Halte aus, Welpe!«, schrie eine Stimme.

Einen Moment war Swen abgelenkt, Zeit genug für Frai, um sich mit einem verzweifelten Satz in Sicherheit zu bringen. Einen Herzschlag lang starrten sie beide dem Mann entgegen, der dem Welpen zu Hilfe eilte.

Es war Wibur Keilaxt, engster Vertrauter Skallagrims und als unerschütterlicher Kämpfer bekannt. Der Kampflärm musste ihn angelockt haben. Wibur lachte hässlich, legte einen Pfeil auf seinen Bogen, den er immer mit sich führte, und spannte die Sehne.

Swen schrie auf. Das Geschoss schnitt durch die Luft, prallte wenige Zentimeter neben seinem Kopf gegen die Wand und wurde zurückgeschleudert. Aber schon hatte Wibur Keilaxt einen zweiten Pfeil eingelegt und von der Sehne schnellen lassen.

Swen warf sich mit einem verzweifelten Satz zur Seite. Der Pfeil schrammte *über* seine Schulter hinweg, verfing sich im Harnisch und brach bei seiner nächsten Ausweichbewegung ab. Swen achtete nicht darauf. Er riss sein Schwert hoch und stürmte auf Wibur los, der den Bogen gerade zum dritten Mal spannen wollte.

Die Klinge in seiner Hand zuckte vor und schlug auf Wiburs Harnisch nieder. Der Vertraute Skallagrims schrie auf, ließ den Bogen fallen und taumelte zurück.

Swen hob das Schwert, um es mit aller Wucht auf Wibur niedersausen zu lassen, doch er hatte die Rechnung ohne Frai gemacht. Der junge Krieger griff ihn seitwärts an, drosch mit schlecht gezielten, aber kraftvollen Hieben auf ihn ein. Swen ließ seine Waffe einen schemenhaften Halbkreis schlagen, unterwanderte Frais Deckung und versetzte ihm einen Streich, der den Jungen zurücktaumeln ließ.

Das kurze Ablenkungsmanöver hatte Wibur gereicht, um sein Schwert hervorzureißen. Er packte seine schwere Waffe mit beiden Händen, wirbelte einmal um die Achse und schlug aus der Deckung heraus zu.

Swen fing den Hieb im letzten Moment auf. Der Aufprall prellte ihm beinahe seine Waffe aus der Hand.

Und dann geschah etwas sehr Seltsames. Anstatt nachzusetzen und ihn weiter in Bedrängnis zu setzen, ließ Wibur Keilaxt von ihm ab, schrie ihm mit wutverzerrtem Gesicht scheinbar sinnlose Worte ins Gesicht. Es dauerte eine Weile, bevor Swen überhaupt ihren Sinn begriff.

»Bist du wahnsinnig geworden?«, brüllte Wibur. »Wenn du kämpfen willst, dann vergreife dich nicht an Kindern!«

Auch Frai war stehen geblieben, hatte sein Schwert gesenkt, als hoffe er, dass Swen auf den Trick reinfallen würde.

Der hünenhafte Wikinger stöhnte. Magie, hämmerte es in seinem

Kopf, nichts weiter als Magie, mit der mich Skallagrim verwirren will. Erik hatte ihn davor gewarnt. *Glaub nicht den Trugbildern, die dir Skallagrim entgegensetzt. Glaube nur deinem Herzen.*

»Ich falle nicht darauf herein«, sagte er mit schwerer Zunge. »Mit eurer billigen Magie könnt ihr nicht einmal ein Maultier hereinlegen. Wenn du keinen Kampf willst, dann lege deine Waffe ab, und tritt zur Seite.«

Wibur schüttelte ärgerlich den Kopf, »Du weißt so gut wie ich, dass sich kein aufrechter Wikinger von seinen Waffen trennt. Auch ich verlange das nicht von dir. Doch lass uns wenigstens die Waffen wegstecken und in Ruhe über alles reden.«

»Weibergeschwätz!«, schrie Swen außer sich. »Ich werde mich niemals Skallagrims Willen beugen, und wenn er drei Mal mit dem Teufel im Bunde steht!«

»Dann ist es ja gut«, sagte Wibur ruhig. Er wirkte entspannt, doch der feste Griff, mit dem er seine schwere Waffe umklammert hielt, sprach eine deutlichere Sprache als seine Worte. »Skallagrim ist auch unser Feind, Swen, falls du das vergessen haben solltest. Und nicht nur unsere Feinde sind die gleichen, auch unsere Freunde sind es – oder waren es zumindest bislang. Erik wird es nicht gerne sehen, wenn wir uns gegenseitig die Köpfe einschlagen,«

»Erik?«, höhnte Swen. »Du also dienst Erik, Wibur Keilaxt? Seit wann denn das?«

Während er sprach, ließ seine Aufmerksamkeit nicht einen Moment nach. Er behielt seine beiden Gegner im Auge, bereit, bei dem geringsten Anzeichen einer neuen Heimtücke sofort zuzuschlagen. Er wusste, dass er sich eigentlich gar nicht auf ein Gespräch einlassen durfte, dass Erik ihn gerade davor gewarnt hatte. Aber es widerstrebte ihm, Wibur und dem Jungen an seiner Seite nicht wenigstens eine letzte Chance zur Umkehr zu geben.

»Du besudelst meinen Namen mit deinem Spott?«, fragte Wibur Keilaxt drohend. »Was hat dich so verwirrt, dass du deine Freunde beleidigst, Swen Liefenstahl?«

Swen schüttelte verwirrt den Kopf. Der Druck hinter seiner Stirn nahm zu. Genau davor hatte ihn Erik gewarnt, vor Trugbildern und Lügen, und doch glaubte er irgendwo in seinem Innersten zu spüren, dass Wibur die Wahrheit sprach. Aber wie war das möglich?

»Ausgerechnet du nennst dich meinen Freund?«, krächzte er. »Du, der du schon seit Jahren gemeinsames Spiel mit Skallagrim treibst?«

In Wiburs Gesicht zuckte ein Muskel. Er umkrampfte sein Schwert so fest, dass seine Knöchel weiß hervortraten.

»Hüte deine Zunge, Swen«, zischte Frai Renschneid an seiner Stelle. »Es könnte sonst passieren, dass man sie dir abschneidet!«

In Swen begann unkontrollierte Wut die Oberhand zu gewinnen. Die Waffe in seinen Händen zitterte. »Verräter«, zischte er. »Ihr beide seid Verräter! Verhöhnt nicht die alten Gesetze, denn sie werden sich gegen euch richten.«

»Du scheinst nicht ganz zu verstehen«, sagte Wibur mühsam beherrscht. »Nicht wir sind deine Feinde. Für wen du uns auch immer hältst – Verräter sind wir genauso wenig wie du selbst. Sag uns, wer dich aufgehetzt hat. Lass uns gemeinsam eine Lösung finden.«

Swen zuckte zusammen, als sei er geschlagen worden. Die Worte Wiburs berührten etwas tief in ihm, gegen das er sich nicht zu wehren vermochte. Swen wollte den Gedanken weiter verfolgen, aber es ging nicht. Eine eisige Klammer legte sich über sein Denken, presste sein Gehirn zusammen, bis nichts weiter in ihm war als der Hass auf Skallagrim und seine Helfer.

»Wir werden jetzt die Waffen wegstecken«, fuhr Wibur in beschwörendem Tonfall fort. »Und dann wirst du uns sagen, was du in dem Sack mit dir herumschleppst.«

Swens Gesicht verzerrte sich vor Wut. Sein Schwert ruckte nach oben. »Nichts werde ich euch sagen. Was auch immer ihr tut: Euer Zauber verfängt bei mir nicht.«

Er warf sich nach vorn. Wibur Keilaxt stieß einen verblüfften Laut aus, als habe er bis zuletzt damit gerechnet, dass Swen auf seinen Hexenzauber hereinfiele.

Einen Herzschlag lang war nichts zu hören außer dem Keuchen der Kämpfenden, dem metallischen Klirren der Waffen und dem Schaben ihrer Füße über den Steinfußboden. Swen setzte seine ganze Körperkraft ein, um seine beiden Gegner mit wuchtigen Schlägen zum Rücktritt zu treiben. Aber ihr Widerstand war zu verbissen, um einen eindeutigen Vorteil erlangen zu können.

Wibur kämpfte mit einer Eleganz und Geschicklichkeit, die jahrelange Übung verriet. Wann immer Swen einen Ausfall machte, parierte er mit schnellen Schlägen, während der Welpe seinerseits zum Angriff vorging.

Der hartnäckige Widerstand seiner Gegner spornte Swens Wut umso mehr an. Mit einem Kampfschrei wirbelte er um die Achse, stieß den Welpen mit einem kraftvollen Hieb zur Seite und war mit einem Satz neben Wibur Keilaxt. Der hünenhafte Wikinger nutzte die Chance. Sein Schwert zuckte vor; ein, zwei schnelle Finten mit einer Waffe, die so schwer war, dass sie kaum jemand außer ihm handhaben konnte. Wibur versuchte die Hiebe abzuwehren, aber er war der ungestümen Kraft Swens nicht gewachsen. Keuchend wich er zurück. Swen ließ sein Schwert einen Halbkreis nach oben beschreiben. Die Waffe schleuderte Wiburs Schwert zur Seite, sauste zischend durch die Luft und schlug auf Wiburs Kopfbedeckung auf.

Und durch sie durch.

Wibur Keilaxt brach tot zusammen.

Swen hielt sich nicht mit ihm auf. Er wirbelte herum, das Schwert zum erneuten Schlag erhoben.

Der Welpe stand regungslos hinter ihm, erstarrt, den Anblick des Toten nicht verkraftend. So beherzt er auch gekämpft hatte, offenbarte sich beim Anblick des plötzlichen Todes doch seine Jugend. Seine Augen waren weit aufgerissen, aber er schien nichts zu sehen. Als Swen sein Schwert vorwärtstrieb, um ihn endgültig zum Schweigen zu bringen, brachte er noch nicht einmal seine eigene Waffe hoch.

Er starb lautlos.

Es waren drei: ein hoch gewachsener, sehr schlanker Mann mit sonderbar heller Haut und hinter ihm zwei noch größere und viel massigere Gestalten, deren wuchtiges Dahinstampfen in krassem Gegensatz zu dem fast lautlosen Gleiten ihres Führers stand. Trotz der noch großen Entfernung konnten wir erkennen, dass sie die Kleidung und Waffen von Wikingern trugen; die gleichen ledernen Harnische und Röcke wie die versteinerten Männer, die wir draußen in der Tropfsteinhöhle gesehen hatten.

Nur dass diese drei alles andere als versteinert waren. Und irgendetwas Finsteres, körperlos Drohendes umgab sie, eilte ihnen voraus wie unsichtbare Schatten und ließ mich schaudern.

Auch meinen Begleitern erging es nicht anders. Ich sah, wie Cody erschrocken zusammenfuhr und seine Waffe hob, und auch Annie Oakleys Zeigefinger kroch unmerklich dichter an den Abzug ihres Gewehres heran. Selbst Postlethwaite schien vergessen zu haben, dass er mir noch vor einer halben Minute den Schädel hatte einschlagen wollen, und blickte aus runden Augen auf die näher kommenden Wikinger-Gestalten. Seine Hand fingerte nervös am Colt.

»Behaltet bloß die Nerven«, flüsterte ich. »Wenn auch nur ein Schuss fällt, sind wir tot.«

»Es sind nur drei«, murmelte Cody. Seine Lippen waren zu dünnen, blutleeren Strichen zusammengepresst. Aber zu meiner eigenen Überraschung war es diesmal Sitting Bull, der mir zu Hilfe kam.

»Blitzhaar hat Recht«, sagte er, sehr leise, aber in fast beschwörendem Tonfall. »Sie sind gefährlich.«

Langsam kamen die drei Wikinger näher.

Und mit jedem Schritt, den sie taten, steigerte sich der eisige Schrecken, der von mir Besitz ergriffen hatte.

Es waren keine Menschen. Wenigstens nicht in dem Sinne, in dem ich das Wort bisher benutzt hatte.

Wenn sie irgendwann einmal so etwas wie normale Menschen gewesen waren, so musste es lange, unendlich lange her sein. Jetzt waren es ...

Ungeheuer.

Annie Oakley stieß einen leisen Schrei aus, als die drei Gestalten so nahe heran waren, dass ihre Gesichter zu erkennen waren. Genauer gesagt, die grinsenden Totenschädel, die unter den wuchtigen Hörnerhelmen der beiden größeren Krieger hervorlugten.

»Reißt euch zusammen!«, flüsterte ich. »Um Gottes willen, beherrscht euch, oder wir sind alle tot!«

Ich hatte selbst nicht damit gerechnet – aber meine Worte wirkten tatsächlich. Vielleicht war es auch nur das schiere Entsetzen, das Annie und die anderen lähmte. Keiner von uns gab auch nur einen Laut von sich, bis die drei Schreckensgestalten auf zwei, drei Schritte herangekommen waren und stehen blieben.

Genau genommen waren es keine wirklichen Totenschädel, die uns unter den Helmen der beiden Krieger hervor angrinsten, aber die rissige, lederbraun gewordene Haut spannte sich so stramm über den Knochen der Horrorgesichter, dass der Unterschied nicht mehr besonders groß war. Die Augen waren eingefallen und lagen so tief in den Höhlen, dass sie wie leere Löcher wirkten, und rings um den Mund war die Haut geschrumpft und hatte sich zurückgezogen, sodass die Zähne der furchtbaren Gestalten wie in einem höhnischen Grinsen bleckten. Auch ihre Hände und die wenigen Quadratzoll ihrer Körper, die nicht von tausend Jahre altem, steinhart gewordenem Leder oder verrostetem Eisen bedeckt waren, wirkten ausgezehrt und verfallen, Skeletten ähnlicher als lebenden Wesen.

Tausend Mal bizarrer aber war der dritte Mann.

Mann?

Ein, zwei endlose Minuten lang starrte ich die unglaubliche Erscheinung an, aber es gelang mir nicht einmal zu sagen, ob wir wirklich einem Mann oder einer Frau gegenüberstanden.

Die Gestalt war groß; ein gutes Stück größer als ich, dabei aber sehr viel schlanker, und ihr Körper hatte eindeutig weibliche Formen, bis hin zu den durchaus wohlgeformten Brüsten, die sich unter dem Lederharnisch spannten. Auch ihr Haar war das einer Frau – lang und blond und bis weit über die Schultern fallend –, und selbst die eine Seite ihres Gesichtes war die einer Frau.

Die andere nicht.

Der Anblick war so unglaublich, dass ich selbst den furchtbaren Schrecken vergaß, mit dem er mich im allerersten Moment erfüllt hatte: Die linke Seite des Gesichtes war die einer wirklich schönen Frau, wenngleich ihre Haut auch von fast leichenhafter Blässe war. Die andere war ein zerstörtes, von Narben und dunklen Linien durchzogenes Männergesicht, auf dem der blaue Schimmer eines Zwei-Tage-Bartes prangte. Und genauso war ihr linker Arm der einer Frau; schlank, aber kräftig, mit sorgsam manikürten Fingernägeln und einem breiten, mit Edelsteinen besetzten Schmuckband um das Handgelenk.

Der andere Arm war der eines Ungeheuers; mit Muskeln, die wie dicke knotige Taue durch die Haut drückten, und einer ungeheuerlichen Pranke, die ein zwar halb verrostetes, aber nichtsdestotrotz gewaltiges Schwert umklammert hielt. Bis weit über den Ellbogen hinauf war er mit dichtem, hier und da aber räudig gewordenen Wolfspelz bedeckt.

»Ich grüße euch, fremde Krieger«, sagte die schreckliche Gestalt plötzlich. Ihre Stimme war beinahe noch schrecklicher als ihr Äußeres: die Stimme einer Frau, hell und fast sanft, aber zugleich auch ein schreckliches Röcheln und Stöhnen, als wären es zwei Wesen, die gleichzeitig die gleichen Worte sprachen. Ein eisiger Schauer lief über meinen Rücken. Ich sah, wie Annie beim ersten Klang dieser furchtbaren Zwitter-Stimme zusammenfuhr und sich ihre Hand noch fester um das Gewehr spannte. Mit einem hastigen Schritt trat ich zwischen sie und das unglaubliche Wesen, um wenigstens den direkten Blickkontakt zwischen ihnen zu unterbrechen.

Annie Oakley war ein verdammt tapferes Wesen, aber das hier war nichts, dem man mit Mut allein begegnen konnte.

»Wer seid ihr?«, fragte ich in einem Ton, der selbstbewusst genug war, dem Unheimlichen zu zeigen, dass wir keine Angst hatten, aber nicht herausfordernd wirkte.

Wenigstens hoffte ich das.

»Ich bin Erik Wolfshand«, antwortete der Hermaphrodit. Er kicherte; ein irrer, Angst machender Laut, wie er nur aus der Kehle eines Wahnsinnigen stammen konnte. »Und das ...« Seine linke, menschliche Hand wies auf die beiden Skelettkrieger, die in einem Schritt Abstand hinter ihm stehen geblieben waren. »... sind meine treuen Diener. Nur zwei von ihnen.« Wieder kicherte er. »Ich habe noch mehr davon«, fuhr er fort. »Eine ganze Menge. Genug jedenfalls. O ja, mehr als genug.«

Plötzlich erlosch sein Lachen so übergangslos, wie es begonnen hatte, und ein mörderisches Glitzern trat in sein rechtes, männliches Auge. »Genug, ein paar jämmerliche Eindringlinge wie euch niederzumachen, solltet ihr euch einfallen lassen, mich angreifen zu wollen. Ich bin der Herrscher hier, versteht ihr? Ich allein! Nur ich!«

Die letzten Worte hatte er geschrien, und obwohl ich mich nicht herumdrehte, konnte ich regelrecht spüren, wie sich Annie und Cody spannten.

»Wir ... wir hegen keine bösen Absichten, mächtiger Erik Wolfshand«, sagte ich hastig.

Der Zwitter starrte mich an. Sein rechtes, männliches Auge glitzerte vor Misstrauen, und die behaarte Pranke an seinem rechten Arm spannte sich so fest um den Schwertgriff, dass das mürbe gewordene Metall knirschte. Sein linkes Auge blieb ausdruckslos.

Plötzlich grinste er. »Na, dann ist es ja gut«, sagte er. »Warum seid ihr hier?« Er kicherte, drehte sich einmal im Kreis und machte eine weit ausholende Bewegung mit der rechten Hand. Dass er ein Schwert darin trug, schien er ganz vergessen zu haben. Wäre ich nicht hastig zurückgewichen, hätte ich vermutlich ein Ohr eingebüßt. »Das alles hier gehört mir, versteht ihr? Mir allein!«

Postlethwaite wollte etwas sagen, aber ich brachte ihn mit einer raschen, warnenden Geste zum Verstummen.

»Die Kunde Eures Ruhmes drang an unser Ohr, mächtiger Erik Wolfshand«, sagte ich vorsichtig. Ich hörte, wie Postlethwaite scharf die Luft einsog, und schickte ein Stoßgebet zum Himmel, dass die

Wahl meiner Worte richtig gewesen war. Erik Wolfshand war nicht nur körperlich ein Monstrum, dass war mir schon bei seinen ersten Worten klar geworden. Er war wahnsinnig. Und er war so unberechenbar, wie es nur Wahnsinnige sein können.

»So?«, vergewisserte sich Erik.

Ich nickte. »Überall in der Welt spricht man von Eurer Tapferkeit, mächtiger Erik Wolfshand«, sagte ich hastig. »Meine Freunde und ich sind gekommen, um einen Mann zu sehen, dessen Ruhm Legende geworden ist.«

Das schien zumindest der einen Hälfte Eriks zu schmeicheln, denn sein hässliches Halbmännergesicht verzog sich zur Karikatur eines Lächelns, während mich die weibliche Hälfte nur höchst gelangweilt ansah.

»Dann sollt ihr auch meine Gäste sein«, kicherte Wolfshand schließlich. »Wir haben nicht viele Gäste hier. Aber ihr sollt alles haben, was wir auch haben, kommt!« Er lachte schrill. »Kommt mit mir, meine Freunde. Ich zeige euch mein Reich. Kommt! Kommt!«

»Der ... der Kerl ist ja völlig übergeschnappt«, stammelte Postlethwaite, wohlweislich aber so leise, dass Erik Wolfshand die Worte nicht hören konnte.

»Er ist wahnsinnig«, bestätigte ich. »Und umso gefährlicher dürfte er sein.« Ich fuhr mir nervös mit der Zunge über die Lippen und warf meinen Begleitern der Reihe nach einen beschwörenden Blick zu. »Tut um Gottes willen nichts Unüberlegtes«, flüsterte ich. »Solange wir ihn nicht reizen, scheint er harmlos zu sein. Wir bleiben bei meiner Version.«

Ich wartete nicht auf die Antwort, sondern wandte mich hastig wieder an den Wikinger. Erik Wolfshand schien nicht einmal bemerkt zu haben, dass ich mit Bill und den anderen gesprochen hatte.

»Kommt mit«, sagte er noch einmal. »Ich zeige euch mein Reich. Und ihr sollt die Geschichte hören.« Er kicherte wieder. »Meine Geschichte. Und die der anderen. Jetzt kommt. Kommt.«

Wir gehorchten.

Was blieb uns auch anderes übrig?

Trotz seines leicht befremdlichen Aussehens erwies sich Erik Wolfshand als ausgezeichneter Fremdenführer. Länger als eine Stunde leitete er uns durch das unterirdische Labyrinth des Berges, und fast in jeder Kammer und an jeder Abzweigstelle blieb er stehen, deutete hierhin und dorthin und erklärte tausend Dinge, nach denen wir nicht gefragt hatten. Und obwohl er dabei immer wieder – wie es die Art von Verrückten war – urplötzlich und manchmal mitten im Satz das Thema wechselte, manchmal auch einfach sinnlos zu stammeln oder ohne Grund mit seiner schrillen Stimme zu lachen begann, schälte sich doch allmählich ein Bild aus dem Gebrabbel, das er von sich gab.

Im Laufe der Stunde, die er uns tiefer und tiefer in den Berg hineinführte, erfuhren wir seine Geschichte. Und die seines Volkes.

Wenn irgendjemand – was ich bezweifelte – das, was wir erfuhren, glauben sollte, dann musste ein Großteil unserer bisherigen Geschichtsschreibung revidiert werden, denn nach dem, was Erik Wolfshand erzählte, waren Angehörige seines Volkes – der Wikinger – schon Jahrhunderte vor Christoph Columbus in der neuen Welt gelandet. Es waren die Männer des Hengist, eines der gefürchteten Drachenboote der Wikinger, die wie Wolfshand behauptete, im Dienst des Asengottes Odin selbst gestanden hatten.

Es war ein irrsinniger, verworrener Monolog, den Erik Wolfshand hielt, aber wir verstanden trotzdem genug, um seine Geschichte wenigstens in Teilen zu begreifen. Vor allem waren es Namen, die er immer wieder stammelte: Erik Hellauge ... Ansgar Blutaxt ... Gisle Schlangenmal ... Freija Göttertochter ... Guthrun die Schöne ... Swen Liefenstahl ... und immer wieder Erik Hellauge.

Odin selbst, so berichtete Erik, habe seinen Ahnen dieses Land als Belohnung für ihre Dienste übergeben, dieses Land und diesen Berg, eine uneinnehmbare Festung, die allen, die sich in ihrem Innern aufhielten, Unsterblichkeit verlieh, denn die Zeit habe in ihren Mauern keine Macht mehr. Aber dann, so berichtete Erik Wolfshand weiter, habe der Berg, von dem aus sie regieren wollten, seine Schützlinge auf unerklärliche Weise zerstört – bei diesen Worten deutete er auf seinen Wolfsarm und seine Brüste – und durch die Tat eines Verräters, die ebenso wenig wie dessen Name überliefert sei, sei es für sie auch unmöglich geworden, den Berg jemals wieder zu verlassen.

Tiefer und tiefer führte uns der Irre in den Berg hinein, und allmählich begannen sich die Umrisse der Stollen und Räume, die wir passierten, zu verändern.

Es war keine Veränderung, die mit Worten zu beschreiben gewesen wäre. Nichts änderte sich wirklich, und doch war nichts mehr wirklich so, wie es hätte sein müssen. Es war wie eine Verschiebung der Realität. Die Wirklichkeit rutschte ein winziges Stückchen weiter auf die unsichtbare Grenzlinie zwischen Normalität und Wahnsinn hin, die Linien und Geraden waren nicht mehr ganz gerade, Winkel krümmten sich in schlichtweg unmöglichen Maßen, alles schien ... böse.

Wenn es so etwas wie das Böse an sich überhaupt gab, dann war es dies hier. Die steinernen Stollen und Tunnel, durch die wir gingen, erfüllten uns mit Angst. Die Treppenstufen, die wir hinabgingen, ließen uns schaudern. Der Anblick der gewaltigen, auf absurde Weise in sich selbst gekrümmten Hohlräume und Hallen war unangenehm bis dicht an die Grenze echten körperlichen Schmerzes hin, und die Welt begann sich mehr und mehr zu verändern, fort von der Wirklichkeit der Menschen und hin zu der jenes Volkes, das diesen Berg errichtet hatte: der GROSSEN ALTEN.

Denn sie waren es, die diesen Berg erbaut hatten. Den Tempelberg der Magier von Maronar. Den Berg der Weißen Götter.

Die tödlichste Falle, in die ich jemals hineingeraten war.

Er hatte Glück. Der Saal, in dem Skallagrim zusammen mit seinen Kumpanen seine teuflischen Pläne ausbrütete, war leer – leer bis auf die Reihen kunstvoll geschnitzter Bänke und den schweren Eichentisch, auf dem Karaffe und Becher für die nächste Versammlung bereitstanden.

Swen ließ das Schwert in die Scheide gleiten, überzeugte sich mit einem letzten Blick, dass ihn niemand beobachtete, und betrat dann den Saal. In seinem Inneren war eine seltsame Ruhe angesichts der Tatsache, dass er gerade zwei Männer erschlagen hatte. Aber vielleicht wirkte sich gerade der unglückliche Zwischenfall günstig auf die Durchführung des Plans aus, mit dessen Hilfe Erik der ganzen Brut endgültig den Garaus machen wollte. Sobald die Toten entdeckt wurden, würde Skallagrim nichts Eiligeres zu tun haben, als eine Versammlung einzuberufen. Doch was für Gegenmaßnahmen er sich auch einfallen ließ – es würde ihm nichts mehr nützen.

Swen ließ den schweren Beutel zu Boden gleiten, dessen Inhalt Wibur Keilaxt und den Welpen so brennend interessiert hatte. Wenn sie gewusst hätten, was er da bei sich hatte, hätten sie wohl kaum ihren Hexenzauber an ihm versucht. Ihm weismachen zu wollen, seine Freunde zu sein, war ein typischer Trick Skallagrims. Doch diesmal war seine dunkle Magie abgeprallt und würde sich letztendlich gegen ihn selbst richten.

Swen zog mit zitternden Fingern die Schnüre auf, die den Beutel verschlossen hielten, und streifte das Sackleinen ab. Obwohl er darauf vorbereitet war, brach der Anblick wie eine Sturmwelle über ihn herein. Er stöhnte auf, ließ sich keuchend gegen die Wand sinken und rang mühsam nach Atem.

Die Halle begann sich um ihn zu drehen. Es kostete ihn alle Kraft, seinen Blick von dem Ding zu reißen, das er vor kurzem noch auf dem Rücken getragen hatte.

Es war ein Kristall, nichts weiter als ein funkelnder, das spärliche Kerzenlicht reflektierender Kristall. Doch die Macht, über die er auf geheimnisvolle Weise verfügte, war direkt körperlich spürbar. Das kopfgroße Gebilde schien vor Kraft zu pulsieren. Noch jetzt, nachdem Swen den Kopf abgewandt hatte, brannte die kalte Helligkeit des Kristalls auf seinen Lidern.

Swen stöhnte und richtete sich mühsam auf. In seinem Kopf dröhnte ein dumpfer Schmerz, der es ihm unmöglich machte, einen klaren Gedanken zu fassen. Dabei war es gerade jetzt wichtig, dass er einen kühlen Kopf behielt. Seine Mission war zu wichtig, um sie mit einer Unbedachtsamkeit zu gefährden. Zuerst musste er einen Platz finden, an dem der Kristall seine ganze Kraft entfalten konnte, ohne zu früh entdeckt zu werden. Sein Blick schweifte durch den Raum. Die einzige Versteckmöglichkeit war unter der breiten Bank, auf der sich die Verräter zu ihrer Versammlung niederlassen würden. Und dort war ihnen der Kristall auch nahe genug.

Swen ging in die Hocke, schob das Sackleinen notdürftig über den funkelnden Stein und trug ihn zu der Bank. Auf seiner Stirn standen Schweißperlen. Er vermied es krampfhaft, den Kristall anzusehen, doch auch so spürte er die in ihn gebannte Kraft, die von Minute zu Minute stärker wurde. Er musste das Ding so schnell wie möglich loswerden.

Als er den Kristall absetzte, klopfte sein Herz laut und stark. Er gestand sich nicht ein, dass das, was er spürte, Angst war, die sich langsam, aber unaufhaltsam zur Panik steigerte. Sooft in den vergangenen Jahren auch schon sein Leben bedroht war, hatte er doch noch nie panikartige Angst kennen gelernt – ein Gefühl, das jetzt seine Beine weich werden ließ, seine kräftigen Hände unsicher machte und seine Kehle ausdorrte.

Er schluckte mühsam, schob den Kristall unter die Bank und verharrte einen Moment unschlüssig. Er wusste, dass er das Sackleinen nun endgültig zurückziehen musste, um den Kristall freizulegen. Doch alles, was er spürte, war Angst, panische Angst. Es nötigte ihm seine ganze Selbstbeherrschung ab, die Hände vorzustrecken, um das kalte Leinen nochmals zu berühren.

Ein Geräusch, das von draußen an sein Ohr drang, brachte die Entscheidung. Er konnte nicht länger warten, wollte er nicht in dieser unwürdigen Pose überrascht werden,

Mit einem entschlossenen Ruck riss er das Leinen zurück. Im selben Augenblick griff etwas nach ihm, zerrte mit unbarmherziger Macht an seinem Verstand. Er schrie, streckte die Hände vor, als wolle er einen körperlosen Gegner abwehren. Schwärze hüllte ihn ein, ein unkontrolliertes Zittern lief durch seinen Körper. Er wollte aufspringen, doch seine Beine versagten ihm den Dienst. Mit einem schmerzhaften Röcheln sank er weiter in sich zusammen. Er raffte seine letzte Kraft zusammen und robbte auf allen vieren von der Bank und dem Kristall weg.

Dann ließ der Druck nach. Durch seine Beine lief ein Kribbeln, als wären sie eingeschlafen gewesen. Doch er achtete nicht darauf, verschwendete keinen Gedanken auf das, was er gerade erlebt hatte. Er wollte weg, nur weg von diesem Teufelsding, dessen unbarmherzige Macht ihn fast niedergerungen hätte. Mühsam richtete er sich auf.

Er kam unsicher hoch, taumelte ein paar Schritte zurück und verhielt keuchend. Draußen, vor dem Saal, waren Geräusche zu hören, Schritte, die näher kamen. Swen sah sich gehetzt um. Selbst wenn die Bank ihm genug Platz geboten hätte, hätte er sich um nichts in der Welt dort verborgen. Doch sonst gab es kein Versteck in dem Raum.

Sein Blick fiel auf die Tür. Solange sie aufstand, konnte er sich hinter ihr verstecken. Es blieb ihm keine Zeit, den Gedanken weiter zu verfolgen. Die Schritte näherten sich unbarmherzig. Er stolperte auf die Tür zu, drückte das mächtige Holz zur Seite und schob sich dahinter.

Keinen Augenblick zu früh. Aufgeregte Stimmen mischten sich in das Stampfen schwerer Stiefel. Drei, vier Männer betraten den Raum, aufgeregt debattierend. Durch eine Ritze im Holz konnte er ihre breiten Rücken sehen.

Swen schüttelte verwirrt den Kopf, blinzelte und sah noch einmal hin. Das da vorne mochten seine Feinde sein, trotzdem wirkten sie seltsam vertraut. Die Gestalt, die er der Stimme nach für Skallagrim hielt, war massiger, als sie seiner Erinnerung nach sein durfte.

Skallagrim ging direkt an der Tür vorbei. Seltsamerweise konnte Swen auch jetzt noch keine Einzelheiten erkennen. Es war fast so, als wäre da nichts als ein gigantischer, körperloser Schatten – zu kräftig für Skallagrim und doch eindeutig der Magier.

Swen atmete tief ein und aus. Er wusste nicht, was das zu bedeuten hatte, aber er ahnte, dass es Skallagrims Magie war, die die Perspektive der Wirklichkeit verzerrte. Was auch immer hier vorging – es war höchste Zeit, dass dem ein Ende bereitet wurde.

»Zwei unserer tapfersten Krieger – am helllichten Tag niedergemetzelt!« schrie einer der Begleiter Skallagrims erregt. »Wenn wir jetzt nichts dagegen unternehmen, wann dann?«

Skallagrim winkte ab. »Ich bin nicht weniger bestürzt als ihr«, sagte er. Seine Stimme zitterte, und die Bewegungen, mit denen er das Haar aus der Stirn strich, verrieten seine Erregung. »Doch bevor wir etwas unternehmen, muss die Ratsversammlung ordnungsgemäß einberufen sein.«

»Damit wir inzwischen ordnungsgemäß niedergemetzelt werden? Was ist los mit dir? Zitterst du jetzt schon vor einer Horde Meuchelmörder?«

Skallagrim holte tief Luft und wischte dann mit einer ärgerlichen Handbewegung den Einwand zur Seite. Mit mühevoll beherrschten Schritten begab er sich zur Bank und ließ sich nieder. Dicht unter ihm, von seinen Blicken verborgen, glühte der Kristall.

»Ich kann dir sagen, warum wir noch warten«, raunte er. »Allein schon, um festzustellen, ob sonst noch jemand das Opfer heimtückischer Mörder geworden ist.«

Swen zuckte zusammen, als ob er geschlagen worden wäre. Es war eine Sache, zwei Männer in einem fairen Kampf zu besiegen, und eine andere, als heimtückischer Mörder beschimpft zu werden, etwas, was dem strengen Ehrenkodex der Wikinger aufs Äußerste widersprach.

Wenn er sich auch bei dem Kampf nicht der Heimtücke schuldig gemacht hatte, dann doch mit dem Einschleppen des Kristalls. Ihm war dabei nicht wohl in seiner Haut. Wenn er seinem Gewissen folgte, müsste er jetzt hervorstürmen und Skallagrim mitsamt seinen Männern niedermachen – sofern er gegen die Übermacht bestehen konnte.

Er kam nicht dazu, den Gedankengang weiter zu verfolgen. Polternde Schritte kündeten von neuen Ankömmlingen. Wer sie waren, konnte er auch nicht sehen, als sie an ihm vorbeistürmten; es musste fast ein Dutzend sein. Ohne sich weiter aufzuhalten, nahmen sie am Tisch Platz; ihre erregten Stimmen schnitten durch die Luft.

Swen war viel zu nervös, um auf ihr Gespräch zu achten. Irgendetwas stimmte nicht. Es waren viel zu viel Männer anwesend. Skallagrims wenige Vertraute konnten nicht mehr als ein halbes Dutzend sein, Wibur Keilaxt und Frai Renschneid mitgerechnet. Wer aber waren die anderen?

Nach der Lautstärke zu urteilen, drohte das Gespräch in einen Streit auszuarten. Swen spähte angestrengt durch die Ritze im Holz, aber er konnte nichts anderes erkennen als gestikulierende Schemen. Die Männer schrien durcheinander. Einige von ihnen hielten Waffen in den Händen.

Wieder hatte Swen das Gefühl, dass an der Szene etwas nicht stimmte. Der Saal und die Männer, die miteinander stritten, kamen ihm seltsam bekannt vor. Er suchte in dem Gesicht Skallagrims nach einer Regung, nach irgendetwas, was die Bösartigkeit und Falschheit des Magiers verriet. Aber da war nichts. Nichts außer einer schattenhaften Ähnlichkeit mit jemandem, den er gut kannte.

In diesem Moment brach das Gespräch abrupt ab. Irgendjemand sagte etwas zu Skallagrim, leise und mit einer Betonung, die Swen frösteln ließ, obwohl er die Worte nicht verstand. Der Magier erhob sich und gab mit einer kraftlosen Geste zu verstehen, dass die anderen schweigen sollten. »Die Ereignisse zwingen uns, mit Gewalt zu antworten. Eine Form der Gewalt, die ich von ganzem Herzen verabscheue und doch nicht mehr verhindern kann.« Seine Stimme versagte, und es kostete ihn sichtbare Mühe, laut und deutlich fortzufahren. »So wahr ich Erik Hellauge heiße, schwöre ich, dass ich Wenk Hammersten und Ymir Feuerhand, den Welpen, rächen werde. Ich werde …«

Er brach ab, schluckte krampfhaft und fuhr sich mit der Hand über die Stirn. »Ich werde … Skallagrim vernichten.«

Und in diesem Moment wusste Swen, an wen ihn der Magier die ganze Zeit erinnert hatte: Er war niemand anders als Erik Hellauge, sein Jarl!

Cody berührte mich am Arm und nahm mich ein Stück zurück, während Erik Wolfshand, begleitet von unablässigem Gekicher und albernem Lachen, auf eine weitere Abzweigung deutete und mit seiner schrillen Stimme sprach.

»Wir müssen raus hier«, flüsterte Bill. »Dieser Irrsinnige führt uns immer tiefer in die Erde hinein, statt nach oben.«

Ich nickte. Es war mir nicht entgangen, dass neunzig Prozent der Gänge und Treppen, die wir genommen hatten, abwärtsführten. Wir mussten uns fast eine Meile unter der Erde befinden – wenn meine Erinnerungen nicht täuschten, dann war das ungefähr die Größe des Tempelberges gewesen, bevor er in der Erde versank. Was wiederum bedeutete, dass wir uns seiner untersten Sohle näherten.

»Ich weiß«, antwortete ich, wenn auch mit einiger Verspätung. »Aber ich fürchte, Wolfshand dreht völlig durch, wenn ich ihn bitte, uns den Ausgang zu zeigen. Hast du seine Worte vergessen? Niemand kann diesen Berg verlassen.«

»Versuch es«, drängte Bill. »Ich weiß nicht, warum, aber aus irgendeinem Grunde scheint er auf dich zu hören. Versuch es, oder ...«

»Oder?«, fragte ich alarmiert.

Cody presste die Lippen zusammen. Seine Rechte fiel mit einem hörbaren Klatschen auf den Colt in seinem Gürtel. »Oder ich schieße uns den Weg hier heraus frei«, sagte er hart.

Irgendwo hinter meiner Stirn begann eine Alarmglocke zu schlagen. Ich kannte Buffalo Bill Cody als ruhigen, überlegenen Mann, der viel lieber einen Witz zum Besten gab, statt die Waffe zu ziehen. Aber ich kannte auch Professor Postlethwaite nicht unbedingt als jemanden, der mit Fäusten auf einen losgeht, der ihn vermeintlich beleidigt hat, und Annie Oakley ebenso wenig als hysterische Ziege, die einen Schreikrampf bekam, wenn ihr ein Wassertropfen ins Gesicht fiel. Und es war auch nicht meine Art, einen alten Mann in den Leib zu boxen, nur weil er mich grob angefasst hatte. *Was in aller Welt geschah mit uns?*

Mit einer abrupten Bewegung wandte ich mich um und beeilte mich, wieder zu Erik Wolfshand und den anderen aufzuschließen.

Nicht nur die Topografie unserer Umgebung hatte sich verändert, während wir dem missgestalteten Wesen in die Tiefe des Berges folgten. Ganz deutlich waren wir die letzten Minuten durch einen Teil der chthonischen Anlage gewandert, der bewohnt wurde. Auch hier roch die Luft deutlich nach Feuchtigkeit und einem unglaublichen Alter, aber auch nach anderen Dingen: nach Moder, nach Fäulnis und verdorbenen Nahrungsmitteln, und als wir diesmal einen Quergang passierten und Eriks Wolfsarm in einen dahinter liegenden Raum deutete, war dieser nicht leer.

»Kommt, meine Gäste«, kicherte er. »Ihr müsst hungrig sein. Essen.« Er lachte schrill, winkte aufgeregt mit beiden Armen und huschte, stark nach vorne gebeugt und mit grotesken trippelnden Schritten – eine Gangart, die ihm eine absurde Ähnlichkeit mit einem menschengroßen weißen Affen verlieh – vor uns dahin.

Widerstrebend traten wir hinter ihm in die gewaltige, fensterlose Kammer.

Ein flaues Gefühl breitete sich, von meinem Magen aufsteigend, in meinem Körper aus, als ich Erik Wolfshand folgte. Das, was der Hermaphrodit als Essen bezeichnet hatte, erwies sich als gewaltiger Haufen halb oder auch ganz verrotteter Nahrungsmittel, die in der Kammer aufgeschichtet waren. Ein unglaublicher Gestank nahm mir den Atem.

»Gott!«, flüsterte Postlethwaite. »Das ... das ist entsetzlich.«

Ich konnte ihm nicht unbedingt widersprechen. Was wir sahen, waren die Opfergaben, die sich die Wächterindianer vom Munde abgespart hatten, das Ergebnis von Monaten und Jahren mühseliger Arbeit und Entbehrungen, das hier verfaulte. Die zuoberst liegenden Dinge – Fleisch, Gemüse und ganze Mahlzeiten, sorgsam in gegerbte Tierhäute eingeschlagen – schienen noch halbwegs genießbar, aber neun Zehntel des gewaltigen Haufens bestanden aus einer verfaulten, feucht glitzernden Masse, deren bloßer Anblick reichte, mir den Mund mit bitterem Speichel zu füllen.

Erik kicherte, riss einen Teil der widerlichen Masse mit seiner Wolfshand an sich und stopfte sie sich in den Mund. »Esst!«, kicherte er. »Es ist Essen! Gutes Essen!«

»Wir ... sind nicht hungrig«, wehrte Cody schüchtern ab.

Erik hielt einen Moment in seinem Schlürfen inne und starrte Bill Cody aus aufgerissenen Augen an. »Nicht hungrig?«, echote er.

Bill schüttelte hastig den Kopf. Er schluckte ununterbrochen. Sein Gesicht hatte einen leicht grünlichen Farbton angenommen. »Unsere ... Zeit ist begrenzt, edler Erik Wolfshand«, sagte er zögernd.

Erik hörte abrupt auf zu kauen. Seine Augen wurden schmal. »Begrenzt?«, wiederholte er.

Cody nickte. Ich warf ihm einen verzweifelten Blick zu, endlich aufzuhören, aber entweder bemerkte er ihn gar nicht, oder er ignorierte ihn. »Wir suchen den –«

»Den Herrscher dieses Berges«, fiel ich Cody ins Wort. Eriks Kopf ruckte mit einer harten Bewegung herum. Der Wahnsinn in seinem Blick nahm zu.

»Ich bin der Herrscher hier!«, keuchte er. »Ihr zweifelt meinen Anspruch an?«

»Natürlich nicht«, versicherte ich hastig. »Das haben wir niemals getan. Aber wir sind nicht nur deinetwegen hier, mächtiger Erik Wolfshand, sondern auch, deinen Göttern zu huldigen.«

»Meinen Göttern?« Erik sabberte. »Ihr seid Ungläubige!«

»Götter, die etwas so Mächtiges schaffen wie deinen Berg und so gewaltige Krieger haben wie dich, flößen auch uns Respekt ein«, sagte ich schnell. »Führe uns zu ihnen, mächtiger Erik Wolfshand, ich bitte dich!«

Einen Moment lang starrte mich Erik Wolfshand noch an, dann nickte er, spie das halb zerkaute Gemüse, das er im Mund hatte, auf den Haufen zurück und deutete mit seiner menschlichen Hand zum Ausgang.

»Wie ihr wollt«, kicherte er. »Ich hätte euch sowieso hingebracht. Aber wenn eure Zeit begrenzt ist ...« Wieder kicherte er, und es war ein Lachen, das mich warnte. »Keine Zeit«, wiederholte er. »Ihre Zeit ist begrenzt. Nun, dann sollen sie sehen, was sie sehen wollen, die Fremden. Sollen die Götter sehen. Kommt. Kommt schon.«

Ich tauschte einen fragenden Blick mit Sitting Bull und Cody, aber diesmal ließ uns Erik keine Zeit, uns zu beraten. Ungeduldig fuchtelte er mit den Händen, und wie um seiner Geste etwas mehr Nachdruck zu verleihen, rückten seine beiden stummen Krieger ein wenig näher an uns heran.

Ich versuchte vergeblich, mir einzureden, dass wir wirklich nicht mehr als seine Gäste waren, als wir ihm diesmal folgten.

Der Weg war nicht mehr weit. Erik führte uns ein Stück weit den Gang entlang, dem wir bisher gefolgt waren, dann einen niedrigen, halb verschütteten Tunnel hindurch und eine kurze Treppe hinab.

An ihrem Fuße lag eine Tür. Sie war doppelt mannshoch und hatte irgendwann einmal aus Holz bestanden, das im Laufe einer unvorstellbar langen Zeit versteinert war, sodass sich die beiden Flügel nicht mehr bewegen ließen und wir uns durch einen schmalen Spalt zwängen mussten.

Dahinter lag ein überraschend großer, rechteckiger Raum, dessen Linien und Winkel sogar halbwegs normal aussahen. Und er war nicht leer wie alle anderen Zimmer hier. Eine gewaltige, ebenfalls versteinerte Tafel nahm einen Großteil des vorhandenen Platzes in Anspruch, eingefasst von mehreren Dutzend niedrigen, lehnenlosen Hockern. Einige davon waren umgestürzt und zerbrochen.

Und auf einigen davon saßen Tote. Es waren Wikinger, wie die Männer, die wir oben in der Tropfsteinhöhle gefunden hatten. Sie alle waren auf die gleiche grässliche Art versteinert wie jene Männer.

Und kein einziger von ihnen war auf natürliche Art ums Leben gekommen. In diesem Raum hatte eine Schlacht stattgefunden, deren bloße Vorstellung mir den Angstschweiß auf die Stirn trieb.

»Was ... was sollen wir hier?«, fragte ich stockend.

Erik Wolfshand wandte sich zu mir um und kicherte. »Ihr wolltet die Götter sehen«, sagte er. »Ihr seht sie.« Wieder lachte er. Der Laut hallte unheimlich verzerrt von den steinernen Wänden des Saales wider. »Da seht ihr sie, all die Mächtigen. Die großen Beherrscher dieses Berges. Pah!« Er stampfte mit dem Fuß auf. »Da habt ihr ihre Macht. Sie wollten Unsterblichkeit, nicht? Sie haben sie bekommen, oder? Aber anders, als sie geglaubt haben.« Er fuhr herum, trippelte auf einen der Leichname zu und versetzte ihm einen wuchtigen Tritt.

»Götter!«, kreischte er. »Unsterbliche! Das haben sie von ihrer Unsterblichkeit. Sie wollten Macht und sie bekamen sie, aber ich lebe und sie sind tot.« Er lachte schallend. »Sie haben mich ausgelacht! Mich einen Welpen genannt, einen Idioten, einen Schwächling. Aber Erik Wolfshand lebt und sie sind tot. Und die, die nicht tot sind, müssen mir dienen.« Er lief um den Tisch herum, hüpfte einen Moment auf der Stelle auf und ab und näherte sich einem besonders groß gewachsenen, breitschultrigen Krieger, der am Kopfende des Tisches zusammengesunken war. Sein Gesicht war auf die versteinerte Tischplatte gesunken und von geduldig herabtropfendem Kalk regelrecht fest zementiert worden.

»Auch er muss mir dienen«, kicherte er. »Alle müssen mir dienen. Ihr wolltet die Götter sehen? Hier seht ihr sie! Ich bin der Gott dieses Berges! Ich! Nur ich! Und ihr werdet mir dienen. Packt sie!«

Die beiden letzten Worte hatte er geschrien.

Buffalo Bill Cody reagierte mit fast übermenschlicher Schnelligkeit. Seine Waffe ruckte hoch und richtete sich auf den Hermaphroditen.

Aber er kam nicht mehr dazu, abzudrücken. Die beiden Skelettkrieger, die uns bisher stumm begleitet hatten, stürzten sich blitzartig auf ihn und rangen ihn nieder.

Und plötzlich schienen Dutzende der bizarren Gestalten aus dem Nichts aufzutauchen. Postlethwaite und Sitting Bull gingen unter dem Anprall von gleich sieben oder acht der schweigenden Schreckensgestalten zu Boden, ehe sie auch nur einen Schuss abgeben konnten, und auch ich fühlte mich plötzlich von dürren, aber unmenschlich starken Händen gepackt und niedergerungen.

Ich wehrte mich mit verzweifelter Kraft. Aber es war sinnlos.

Unter Erik Wolfshands höhnischem Gekicher wurden wir gepackt und aus dem Raum geschleift.

Die Kammer war klein und völlig leer und von dem gleichen, unangenehmen gelblichen Lichtschein erfüllt wie das gesamte Innere des Berges. Die Tür bestand aus versteinertem Holz, in das ein Sichtfenster geschnitten worden war. Es war sogar breit genug, dass ich den Arm hindurchstecken und nach dem Riegel angeln konnte, der von außen vorgelegt war.

Nur erreichen konnte ich ihn nicht.

»Lassen Sie es mich versuchen«, sagte Postlethwaite.

Widerwillig zog ich den Arm zurück, wobei ich mir fast das Schultergelenk auskugelte, drehte mich zu dem englischen Wissenschaftler um und musterte ihn finster. »Was soll das nutzen?«, fragte ich höhnisch. »Wenn ich nicht an den Riegel herankomme, schaffen Sie es auch nicht, Sie Zwerg.«

Postlethwaite funkelte mich an, zog es aber vor, nicht zu antworten und trollte sich wieder in seine Ecke. Buffalo Bill blickte kurz auf, schenkte mir ein tadelndes Kopfschütteln und fuhr fort, dumpf brütend vor sich hinzustarren.

Seit Stunden waren wir in diesem Loch eingesperrt. Erik Wolfshands Skelettkrieger hatten sich nicht einmal die Mühe gemacht, uns die Waffen abzunehmen, sondern hatten uns ohne viel Federlesens hier heruntergeschleift und die Tür hinter uns ins Schloss geworfen. Nicht einmal eine Wache war davor zurückgeblieben.

Und wozu auch?, überlegte ich düster. Mit unseren Gewehren und Colts konnten wir herzlich wenig anfangen. Die Tür, die im Laufe zahlloser Millennien zu Stein geworden war, hätte vielleicht dem Beschuss einer kleinen Kanone nachgegeben, kaum aber den Kugeln aus unseren Waffen. Und selbst wenn es uns gelungen wäre, sie aufzusprengen – ich zweifelte keine Sekunde daran, dass Wolfshands Krieger uns binnen kürzester Zeit wieder eingefangen hätten.

»Ich möchte nur wissen, was dieser Verrückte mit uns vorhat«, sagte Annie plötzlich. Ihre Stimme klang flach, wie die eines Menschen, der seine letzte Kraft aufbieten muss, um überhaupt noch zu reden. In ihren Augen flackerte die Angst.

Postlethwaite lachte hart. »Warum fragen Sie nicht diesen Schnösel da?«, fauchte er – womit er mich meinte. »Ganz offensichtlich weiß er ja eine Menge mehr als wir.«

Ich schenkte ihm einen giftigen Blick und ballte die Fäuste, antwortete aber noch nicht. Wenn Postlethwaite so weitermachte, würde er sich eine verdammte Tracht Prügel einhandeln. Aber ich war ja ein geduldiger Mensch.

»Hören Sie auf, Professor«, sagte Sitting Bull leise. »Es ist nicht seine Schuld.«

Postlethwaite dachte gar nicht daran, aufzuhören. Im Gegenteil. Mit einer wütenden Bewegung fuhr er herum, und ich konnte regelrecht sehen, wie sich sein Zorn jetzt auf den alten Indianer konzentrierte.

»Natürlich!«, giftete er. »Das hätte ich mir denken können, dass du dich auf seine Seite schlägst, du dreckige Rothaut!«

Sitting Bull erstarrte. Für einen Moment wurde sein Blick hart wie Stahl. Aber der Ausbruch, auf den ich wartete, kam nicht.

»Hört auf«, sagte Cody leise. Seine Stimme hatte alle Schärfe eingebüßt. Sie klang nur noch müde. »Wir tun niemandem einen Gefallen, wenn wir uns gegenseitig angiften.«

Aber Professor Postlethwaite gehorchte nicht. Seine Wut steigerte sich immer mehr. Plötzlich sprang er hoch, rannte zur Tür und trat so heftig dagegen, dass die ganze Höhle zu zittern schien. »Ich will hier raus!«, brüllte er. »Ich denke ja nicht daran, hier sitzen zu bleiben und darauf zu warten, dass diese Ungeheuer kommen und uns umbringen! Bringt mich hier heraus!« Er klammerte die Hände um die Kanten des Fensters und begann mit aller Macht daran zu rütteln. »Erik!«, brüllte er. »Erik Wolfshand! Hol mich hier heraus! Ich will nicht mit diesen Verrückten zusammen sein!«

»Wenn du nicht gleich die Schnauze hältst, stopfe ich sie dir«, sagte ich ruhig.

Postlethwaite erstarrte für einen Moment, dann fuhr er herum, hob kampflustig die Fäuste und tänzelte auf mich zu. »Dann versuch's doch!«, zischte er. »Komm!«

Tatsächlich machte ich Anstalten aufzustehen, aber wie schon einmal hielten uns Cody und Sitting Bull zurück, ehe wir wirklich übereinander herfallen konnten.

»Seid ihr beiden übergeschnappt?«, fauchte Cody. »Wir haben genug Ärger, oder?«

»Ja!«, brüllte Postlethwaite. Seine Hand deutete anklagend auf mich. Ich musste mich allen Ernstes beherrschen, ihm nicht schlichtweg den Finger abzubeißen. »Seinetwegen! Dieser Mistkerl hat alles gewusst!«

»Das habe ich nicht!«, behauptete ich.

»Aber Sie kennen diesen Berg!«

»Ich war sogar schon einmal hier«, antwortete ich ruhig. »Aber das wurde mir erst klar, als es zu spät war.«

»Oh, ja, er war schon einmal hier«, kicherte Postlethwaite. »Vor zweihundertfünfzig Millionen Jahren, wie?«

»Verdammt noch mal, hört endlich auf!«, brüllte Cody. Mit einer wütenden Bewegung trat er zwischen uns, versetzte mir einen Stoß, der mich gegen die Wand taumeln ließ, fuhr in der gleichen Bewegung herum und ohrfeigte den Professor. Postlethwaite keuchte, krallte beide Hände in Buffalo Bills Haar und begann daran zu zerren. Cody schrie vor Schmerz und Wut und schlug nach dem Professor.

Im gleichen Moment war ich wieder auf den Füßen, zerrte die beiden Kampfhähne auseinander und versetzte Postlethwaite einen Hieb.

Zu einem zweiten Schlag kam ich nicht, denn in diesem Augenblick stürzte sich Annie Oakley auf mich und begann mein Gesicht mit den Fingernägeln zu bearbeiten. Aneinandergeklammert fielen wir zu Boden – direkt auf Buffalo Bill, der in diesem Moment wieder auf die Füße zu kommen versuchte. Eine Sekunde später stürzte sich auch Postlethwaite in das Gewühl, und für Augenblicke entstand ein heilloses Chaos, in dem jeder auf jeden einschlug und geschlagen wurde.

»Ich bringe dich um!«, kreischte Postlethwaite. Seine Hände zuckten nach meiner Kehle. Annie Oakley biss ihm in den kleinen Finger, dass das Blut lief, rammte mir den Ellbogen in den Magen und versuchte gleichzeitig nach Codys Gesicht zu treten, aber der packte ihren Fuß, verdrehte ihn und versetzte Postlethwaite gleichzeitig einen Tritt, den dieser mit einem schmerzerfüllten Geheul quittierte.

Ein Schuss krachte.

Die Kugel klatschte gegen die Decke und heulte drei, vier Mal als Querschläger durch den Raum, ehe sie schließlich demoliert in einer Ecke landete, aber die Wirkung war genauso, als wäre der Schuss direkt auf uns abgegeben worden.

Für Sekunden lagen wir alle da, die Hände über dem Kopf zusammengeschlagen und auf das irrsinnige Jaulen des Querschlägers lauschend, aber selbst danach hielt der Schrecken noch an.

Langsam richtete ich mich auf, nahm die Hände herunter und starrte Annie Oakley an. In ihren Augen stand das gleiche Gefühl geschrieben, das auch mich gepackt hatte: Entsetzen.

»Mein Gott, was ... was geschieht mit uns?«, flüsterte sie.

Ich wollte antworten, aber in diesem Moment erscholl von der Tür her ein irrsinniges Kichern. Als wir erschrocken aufsahen, erblickten wir Erik Wolfshands verzerrtes Zwittergesicht. Eine Sekunde lang starrte er uns an, ein triumphierendes Glitzern in den Augen. Dann fuhr er herum, abermals mit diesem schrecklichen, höhnischen Kichern, und huschte davon.

»Wahnsinn«, stammelte Annie. »Wir ... wir werden alle noch wahnsinnig hier.« Abermals begann ihr Blick zu flackern, und ich fürchtete schon, sie würde erneut die Kontrolle verlieren. Aber diesmal beherrschte sie sich.

»Habt ihr euch wieder beruhigt?«, fragte Sitting Bull leise. Ich sah auf. Der alte Indianer stand dicht neben der Tür, und die Waffe, mit der er den Warnschuss abgegeben hatte, deutete jetzt auf uns. Ich war nicht unbedingt davon überzeugt, dass er beim nächsten Mal auch wieder nur gegen die Decke schießen würde.

Ich stand auf, half Annie mit einer raschen Bewegung auf die Füße und bückte mich zu Postlethwaite. Im Gesicht des Professors stand ein namenloses Entsetzen geschrieben, als er mich sah.

»Was haben wir getan?«, keuchte er. »Mein Gott, Robert, um ... um ein Haar hätten wir uns gegenseitig umgebracht.«

»Es ist nicht eure Schuld«, sagte Sitting Bull, ehe ich antworten konnte. »Es ist dieser Berg. Sein übler Einfluss. Böse Magie ist am Werke!«

»Unsinn«, fauchte Cody. »Wir sind gereizt, das ist alles.«

»Sitting Bull hat Recht«, antwortete ich. Cody starrte mich verärgert an, aber ich fuhr unbeeindruckt fort: »Überleg selbst, Bill. Seit wir diesen verfluchten Berg betreten haben, sind wir nicht mehr wir selbst. Postlethwaite und ich haben uns fast gegenseitig umgebracht, Annie wird hysterisch wegen eines Wassertropfens, und dich konnte ich vorhin gerade noch davon abhalten, Erik Wolfshand einfach über den Haufen zu schießen.« Ich schüttelte heftig den Kopf. »Das ist nicht mehr normal!«

»Und was ist es dann, deiner Meinung nach?«, fragte Bill wütend.

»Das weiß ich nicht«, antwortete ich, schon wieder gereizt. »Aber was immer es ist, Erik Wolfshand braucht nur zu warten, und in kurzer Zeit sind wir genau wie er. Wenn wir uns nicht vorher gegenseitig umgebracht haben.«

»Wir müssen hier raus!«, sagte Annie. »Egal wie. Wenn wir länger hier bleiben, weiß ich nicht, was passiert!«

Cody lachte böse. »Dann mach doch die Tür auf und geh!«, zischte er. »Wenn du so oberschlau bist, dann zaubere uns doch hier heraus, du blöde Ziege!«

Annie erbleichte. Ihre schmalen Hände ballten sich zu Fäusten. In ihren Augen blitzte es auf.

Es beginnt schon wieder!, dachte ich entsetzt. Was immer dieser üble Einfluss war, der uns zu rasenden Tieren zu machen versuchte, diesmal waren es Buffalo Bill und Annie, die ihm zum Opfer zu fallen drohten.

Ich tauschte einen raschen Blick mit Sitting Bull und Postlethwaite, packte Cody bei den Schultern und zwang ihn mit einer groben Bewegung, sich herumzudrehen und mich anzublicken. Gleichzeitig ergriffen Sitting Bull und Postlethwaite Annie Oakleys Arme und hielten sie fest.

»Hör jetzt auf!«, sagte ich. Und versuchte gleichzeitig, seinen Willen mit hypnotischer Macht zu brechen, um ihn auf diese Weise zu beruhigen.

Es ging nicht. Cody starrte mich aus großen Augen an, aber es war nur die Überraschung, die ihn verstummen ließ. Mein suggestiver Angriff prallte ab, von irgendetwas, das sich wie eine unsichtbare Mauer um seinen Geist gelegt hatte.

Und dann spürte ich …

Hass! Einen mörderischen, alles verzehrenden Hass auf alles Lebende, Atmende, Fühlende. Eine Wut, die die Grenzen des Vorstellbaren überstieg. Für einen kurzen, unendlich kurzen Moment glaubte ich ein Bild zu sehen, das Bild der Halle, in der uns Eriks Kreaturen überwältigt hatten, verschwommen und in falschen, wahnsinnig machenden Farben. Alles war irgendwie in Bewegung und böse. Das Einzige, was ich mit fast übernatürlicher Klarheit erkennen konnte, war die zusammengesunkene Gestalt am Kopfende des Tisches. Aber ihr Gesicht war jetzt nicht mehr an der Tischplatte fest zementiert, sondern hatte sich gehoben und starrte mich mit einem höhnischen Grinsen an. Die Augen des Mannes waren grundlose Löcher, in denen ein unheimliches grünes Feuer loderte.

Dann erlosch die Vision, und im gleichen Moment verging auch das fanatische Feuer in Buffalo Bill Codys Augen.

Keuchend taumelte ich zurück. Nicht länger als eine Sekunde hatte ich den Geist dieses namenlosen Ungeheuers berührt, und trotzdem war es, als wäre ich durch die Hölle gegangen.

Denn im selben Moment, in dem ich das grüne Feuer in den Augen des Toten erblickt hatte, hatte ich gewusst, wer unser wirklicher Gegner war. Besser gesagt: was.

Der wahre Herrscher dieses verwunschen Berges war nicht Erik Wolfshand.

Es war ein Ding, dem ich schon einmal begegnet war. Und das mich schon einmal um ein Haar umgebracht hätte. Vielleicht das mächtigste magische Instrument, das jemals erschaffen worden war.

Ein Kristallhirn der GROSSEN ALTEN!

Als Erik schwor, Skallagrim zu vernichten, überstürzten sich die Ereignisse: Swen begriff schlagartig die Ausmaße des Betrugs, dem er zum Opfer gefallen war. Alles, was er für Realität gehalten hatte, war ein durch Skallagrim errichtetes Lügengespinst, und alles, was er für Schein gehalten hatte, war die Wahrheit. Er hatte den teuflischen Kristall nicht in die Heimstätte des Bösen, in Skallagrims Brut eingeschmuggelt, sondern ihn geradewegs der Ratsversammlung seines Jarls untergeschoben!

In Swen tobten unterschiedlichste Gefühle. Die Schmach, auf den Hexenzauber Skallagrims hereingefallen zu sein, mischte sich mit der wilden Entschlossenheit, zu retten, was noch zu retten war. Er drückte die schwere Tür zur Seite, um vorzupreschen, den Kristall unter der Bank hervorzureißen und ihn aus dem Ratssaal zu schleudern – und erstarrte.

Mehrere Männer stürmten in den Saal, blasse Gestalten, denen etwas Unwirkliches anhaftete. Die Waffen in ihren Händen sprachen eine deutliche Sprache.

Trotzdem waren es keine Krieger, sondern Schemen, körperlose Gestalten, die der Kristall schuf, ihnen vorgaukelte. Swen kniff die Augen zusammen, blinzelte, sah nochmals hin.

Die Welle Körperloser ergoss sich in den Saal, wogte heran wie vom Sturm aufgepeitschtes Wasser, nicht realer als eine Seebrise und doch eine schreckliche Bedrohung.

Swen sah aus weit aufgerissenen Augen zu, wie Erik und seine Männer aufsprangen, ihre Schwerter hervorrissen, in die Luft hieben, da, wo ihnen Schatten die Existenz feindlicher Krieger vorgaukelten. Ihre Waffen schnitten widerstandslos durch die Luft. Die Männer taumelten, kämpften um ihr Gleichgewicht, schlugen wild um sich, verletzten durch Unachtsamkeit und Panik einander.

Die Wikinger behinderten sich gegenseitig, und was schlimmer war: Sie schienen nicht zu begreifen, dass ihre Gegner körperlos waren. Immer wieder schlugen sie durch die Schemen hindurch, verloren den Stand und schrammten mit ihren scharfen Waffen über die Lederkleidung der neben ihnen kämpfenden Gefährten. Es konnte nicht mehr lange dauern, bis sie sich gegenseitig umgebracht hatten.

Anscheinend war Swen der Einzige, der die Körperlosen als das erkannte, was sie wirklich waren: als vom Kristall erzeugte Visionen. Solange sich die Männer in seinem Einflussbereich befanden, würden sie nicht aufhören, zu kämpfen ... einen Kampf, den sie nie gewinnen konnten, bei dem sie sich selbst aufrieben.

Es gab keine andere Möglichkeit: Er musste den Kristall vernichten, ihn zumindest außer Reichweite bringen.

Ohne auf die Schemen zu achten, stürmte er auf den Tisch zu. Einer der Kämpfenden bemerkte ihn aus den Augenwinkeln, schlug nach ihm. Das Schwert sauste an Swen vorbei, aber der Hüne achtete nicht darauf. Der Wikinger starrte ihm einen Augenblick fassungslos nach, bis er seinen Freunden gegen die vermeintlichen feindlichen Krieger zu Hilfe eilte.

Die Körperlosen ließen Swen in Ruhe, als wüssten sie, dass er auf ihren Spuk nicht hereinfiel. Aber er dachte nicht daran, tatenlos zuzusehen, wie sich seine Freunde in einem sinnlosen Kampf verausgabten – er ahnte dabei sehr wohl, dass es keinen Sinn hatte, sie vor den Trugbildern warnen zu wollen. Zu verbissen war ihr Kampf, zu zahlreich bereits die kleinen und größeren Wunden, die sie sich gegenseitig zufügten, wenn sie durch einen Körperlosen hindurchstolperten.

Ihre Bewegungen waren ungelenk und ungewohnt eckig; der verheerende Einfluss des Kristalls musste noch mehr bewirken, als ihnen nur die Schemen vorzugaukeln.

Swen erreichte die Bank, wollte sich bücken. In diesem Moment jagte ein Schmerz durch seine Arme und Beine, als würde er sie in flüssiges Eisen tauchen. Er röchelte und sank in sich zusammen. Die Welt verschwamm hinter einem schwarzen Vorhang. Jede Faser seines Körpers war brennende Qual.

Als Swen auf dem Boden aufschlug, verlor er für ein paar Sekunden das Bewusstsein. Er wollte schreien, aber es ging nicht. In ihm brannte ein Feuer, dem er nichts entgegenzusetzen hatte.

Dann ebbten die Schmerzen langsam ab, ließen nicht mehr als ein unangenehmes Prickeln zurück. Doch allein die Erinnerung an sie trieb ihm den Angstschweiß auf die Stirn. Wie hatte er auch glauben können, dass ihn der Kristall so ohne weiteres gewähren lassen würde?

Er streckte seine Rechte vor, in die Richtung, in der er den Stein vermutete. Wieder jagte ein Schmerz durch seinen Körper, ein gnadenloses Brennen, das sich auf seinen rechten Arm konzentrierte. Er stöhnte, sammelte alle Kraft und versuchte es nochmals.

Diesmal biss sich der Schmerz gnadenlos fest; das Feuer brannte in seinem Arm so heiß, dass er noch nicht einmal ein Stöhnen hervorbrachte. Ihm wurde schwarz vor Augen; sein dröhnender Herzschlag war das einzige Geräusch, das er bewusst wahrnahm.

Der Kristall! Er musste den Kristall erreichen! Der Schmerz in seinem rechten Arm war kaum noch zu ertragen, trotzdem schob er sich vorwärts, Stück für Stück, bis er den unteren Rand der Bank erreichte. Sein Blick blieb auf dem Kristall haften. Er wusste, dass er sich seiner Macht stellen musste, wollte er sein Vorhaben ausführen.

Mit all seiner Verzweiflung stemmte er sich gegen die Schmerzen, die ihn durchfluteten. Seine fast vollständig gelähmte Hand kroch weiter, Zentimeter für Zentimeter. Wie ein eigenständiges Lebewesen, das von der magischen Macht unberührt blieb, schob sie sich auf den Kristall zu.

Dann hatte sie ihn erreicht. Seine Finger stießen gegen das kühle, glitzernde Ding.

Und in ihm schien eine Sonne zu explodieren. Ein Gefühl

unglaublicher Hitze durchflutete ihn, vertrieb die Schmerzen und legte sich wie ein erstickender Mantel über sein Denken. Von seinen Lippen kam ein stummer Schrei. Einen schrecklichen Moment lang hatte er das Gefühl, mit dem Kristall zu verschmelzen, in seiner Kraft aufzugehen. Dann war es vorbei. Schlagartig erlosch das Wärmegefühl, und zurück blieb nichts weiter als ein Kribbeln in den Fingern. Ein paar Sekunden blieb er liegen, zu benommen, um zu begreifen, dass er den Kristall in den Händen hielt und immer noch lebte.

Er zog den kalten Stein näher an sich heran, winkelte die Beine an und stemmte sich vorsichtig hoch. Der Anblick traf ihn wie ein Schlag. Auf dem Boden und der Bank lagen Männer; wie hingefällt.

Einige von ihnen bluteten aus mehreren Wunden, trotzdem konnte er nicht glauben, dass sie tot waren. Es war einfach unmöglich, dass sie sich alle gegenseitig umgebracht hatten.

Dann entdeckte er Erik. Der Jarl war genauso hingestreckt wie die anderen. Sein Oberkörper hing halb über der Bank, das Gesicht spiegelte Verwunderung, sein Mund stand halb offen. Seine Kleidung war unversehrt, nirgends Blut. Es sah fast aus, als sei er nach einem arbeitsreichen Tag auf der Bank eingeschlafen und im Laufe der Zeit halb von ihr heruntergerutscht. Doch Swen wusste, dass er nie mehr aufwachen würde.

»Das wirst du mir büßen, Skallagrim«, flüsterte er. Er unterdrückte den Impuls, zu Erik zu eilen und ihn zu untersuchen. Das ging nicht, nicht mit dem Kristall in der Hand, den er jetzt nicht mehr loslassen durfte. Eine nochmalige Konfrontation mit ihm würde er nicht überstehen. Plötzlich wusste er, was er zu tun hatte. Der Stein in seiner Hand war trotz seiner Größe sonderbar leicht, schien sich ganz seiner Handfläche anzupassen. Nichts war mehr von seiner magischen Macht zu spüren, doch Swen ahnte, dass das leicht wieder ins Gegenteil umschlagen konnte.

Ein kaltes Frösteln überlief ihn, als er daran dachte, was er da in Händen hielt. Er musste den Kristall so schnell wie möglich loswerden, aber auf eine Art, mit der Skallagrim mit Sicherheit nicht rechnete.

Swen wusste nicht, woher er die plötzliche Gewissheit nahm. Er wusste einfach, was er zu tun hatte. Vielleicht war es der Einfluss des Kristalls, der ein neues Opfer witterte und ihn zum zweiten Mal zum Werkzeug auserkoren hatte. Doch diesmal hatte Swen nichts dagegen, diesmal deckten sich seine Ziele mit der Macht, die hinter dem Kristall stand.

Ohne weiter zu zögern, wandte er sich um, verließ den Ratssaal und wählte den Gang, der nach oben führte. Seine Schritte waren seltsam leicht und unbeschwert. Er nahm kaum etwas von seiner Umgebung wahr, bemerkte nicht die gespenstische, für diese Tageszeit ungewöhnliche Stille. In ihm war nichts mehr als kalte Entschlossenheit, seine Rache zu vollbringen, ein Gefühl, das alle Einwände beiseitewischte.

Er erreichte die Abzweigung zu dem Gang, an dem er patrouilliert hatte und von den Körperlosen zum ersten Mal überrascht worden war. Er hätte nicht sagen können, ob das Stunden oder Tage her war. Wirklichkeit und Visionen hatten sich so stark gemischt, dass ihm jeder Zeitsinn abhanden gekommen war. Er hatte lediglich begriffen, dass er danach nicht etwa einer Ratsversammlung Eriks beigewohnt hatte, sondern einer Verschwörung Skallagrims, die keinen anderen Zweck gehabt hatte, als ihn zu täuschen und als Überbringer des tödlichen Steins zu missbrauchen. Das Gefühl der Fremdheit, das er bei diesem Auftrag von Erik/Skallagrim gehabt hatte, hatte also zu Recht bestanden.

Um wie viel schrecklicher war jetzt die Gewissheit, dass er nicht Wibur Keilaxt und Frai Renschneid umgebracht hatte, sondern seine Freunde Wenk Hammersten und Ymir Feuerhand. Die schändliche Täuschung Skallagrims war keine Entschuldigung dafür. Swen wusste, dass er kein Recht hatte, weiterzuleben. Aber das war nur gerecht – vorausgesetzt, er kam vorher noch dazu, seinen Rachedurst zu stillen.

Ein Seitengang führte ihn direkt zu Skallagrims Gemächern, zu dem Saal, in dem er seine schmutzigen Versammlungen abzuhalten pflegte. Swen hielt sich nicht damit auf, nach Wachen oder anderen Hindernissen Ausschau zu halten. Er hielt geradewegs auf den Saal zu und blieb an seinem Eingang stehen.

Skallagrim stand vor dem Tisch, eine Hand aufgestützt, neben sich einen Weinpokal, seinen linken Arm eng um die Taille einer Konkubine geschlungen. Wenn es noch eines Beweises für Skallagrims Schuld bedurft hätte, dann wurde er ihm jetzt vor Augen geführt. Swen unterdrückte nur mit Mühe den Ekel, der ihn zu übermannen drohte. Während Erik und seine Männer im Todeskampf lagen, vergnügte sich der Magier mit einem Gelage.

Neben Skallagrim saß Wibur Keilaxt, der Mann, den Swen schon einmal getötet zu haben glaubte. Während die übrigen Anwesenden Swen den Rücken zukehrten, saß er mit Blick zur Tür. Seine Augen waren durch übermäßigen Alkoholgenuss gerötet, der Blick trüb.

Was der Vertraute des Magiers jetzt sah, schien ihn nahezu um den Verstand zu bringen. Seine Gesichtsfarbe wechselte schlagartig von einem krankhaften Rot zu unnatürlicher Blässe. Er streckte seinen zitternden Arm aus, deutete auf Swen, krächzte irgendetwas. Es dauerte eine Weile, bis Skallagrim und die anderen auf ihn aufmerksam wurden. Der Magier wandte sich als Erster um.

Sein triumphierendes Lächeln erstarb schlagartig. Aber anders als Wibur Keilaxt fasste er sich erstaunlich schnell.

»Was willst du von uns, Swen Liefenstahl?«, fragte er mit fester Stimme. Seine Linke ließ die Konkubine los, ertastete den Schwertknauf.

Swen nahm alles mit schmerzhafter Deutlichkeit wahr. Er bemerkte, wie sich die Männer erhoben, ihre Schwerter zogen, mit unsicheren Gesichtern zwischen ihm und Skallagrim hin und herblickten. Augenscheinlich verstanden sie genauso wenig wie ihr Meister, was vorging.

Skallagrim deutete auf den Kristall, der in Swens rechter Hand leuchtete. »Leg dieses Ding da weg«, flüsterte er beschwörend.

Swen lächelte. Er war vollkommen ruhig, wusste, dass es keiner der Männer wagen würde, ihn anzugreifen. Nicht, solange er den Kristall in den Händen hielt.

Skallagrim zögerte sichtbar. »Du scheinst irgendetwas misszuverstehen, Swen Liefenstahl«, murmelte er. »Finde zur Ruhe, und du wirst alles begreifen.«

Swen bemerkte die Bewegung im letzten Moment. Der Magier riss irgendetwas aus seinem Gürtel, warf es mit einer kraftvollen Bewegung in seine Richtung.

Swen handelte, ohne zu denken. Er warf sich zur Seite und schleuderte Skallagrim gleichzeitig den Kristall entgegen.

Skallagrim schrie auf; ein spitzer, entsetzter Schrei, der in ein lang gezogenes Heulen überging.

Funken stoben, als der Kristall den Magier traf. Eine grelle Lohe aus Feuer und in alle Richtungen spritzende Funken nahmen Swen die Sicht auf den Magier. Dann: ... *der flüchtige Eindruck, als krümme sich Skallagrim über dem Kristall ... als schrumpfe seine Gestalt ... verschmelze, noch immer in sich zusammensackend, mit dem grün leuchtenden Edelstein ...*

Das Letzte, was Swen sah, war eine Flamme, die bis zur Decke hochschoss, sich verzehrte, auf den Kristall zurückschlug ...

Dann waren sowohl Skallagrim, der Magier, als auch der grüne Kristall verschwunden. Dafür lag etwas anderes dort.

Aber Swen Liefenstahls Gedanken begannen sich bereits zu verwirren. Er sah nicht mehr wirklich, welch schreckliche Symbiose der Magier und der grüne Kristall eingegangen waren.

Vielleicht war es auch besser so.

Es dauerte lange, bis ich das Bewusstsein zurückerlangte.

Das Absurde dabei war, dass ich nicht einmal gespürt hatte, wie ich es verlor. In einem Moment glaubte ich mich noch mit dem schrecklichen Beherrscher dieses Berges konfrontiert, dem namenlosen Scheusal, das unten in der Tafelhalle lauerte, und im nächsten fand ich mich in Annie Oakleys Armen wieder, hilflos und mit rasenden Kopfschmerzen.

»Was ... was ist passiert?«, murmelte ich schwach.

»Das wollten wir gerade dich fragen«, antwortete Cody. Er sah mich sehr ernst an. »Du bist ohnmächtig geworden.«

»Das ist mir nicht entgangen«, murmelte ich. Ich wollte mich aufsetzen, aber beinahe sofort wurde mir wieder schwindelig. Ich stöhnte, hob die Hand an den Kopf und fiel prompt zu Seite.

Buffalo Bill Cody richtete mich wieder auf. »Was ist ein Kristallhirn, Robert?«, fragte er.

Ich erschrak. »Woher ... weißt du davon?«, keuchte ich. »Du hast geredet«, antwortete Cody.

»Genauer gesagt, geschrien«, fügte Annie hinzu. »Während du bewusstlos warst. Irgendetwas von einem Kristallhirn und noch ein paar andere Worte, die ich nicht verstehe. Maronar. Und Shadow.«

Ich versuchte mich zu besinnen, aber wo meine Erinnerungen sein sollten, war nichts als ein gewaltiges schwarzes Loch, nur von einer gestaltlosen Furcht erfüllt.

»Wie lange war ich weggetreten?«, murmelte ich.

»Eine ganze Weile«, antwortete Cody. Er grinste flüchtig. »Aber du hast nichts versäumt. Unser Freund Erik Wolfshand war noch ein paar Mal da, aber seine Gesprächigkeit beschränkt sich jetzt offensichtlich nur noch auf Gelächter.«

»Wir müssen hier raus«, sagte ich bestimmt. Den pochenden Schmerz ignorierend, den die heftige Bewegung in meinem Schädel auslöste, stemmte ich mich hoch und ging zur Tür. Einen Moment lang rüttelte ich vergeblich an der zu Stein gewordenen Holzplatte, dann wandte ich mich um und hob hilflos die Hände.

»Verdammt noch mal, wir müssen heraus!«, keuchte ich. »Schnell! Ehe es zu spät ist.«

»Warum?«, fragte Buffalo Bill misstrauisch.

»Es ... hat mit diesen Dingen zu tun, von denen ich im Schlaf gesprochen habe«, sagte ich ausweichend. »Bitte, Bill! Jetzt ist keine Zeit, euch alles zu erklären, aber die Gefahr ist viel größer, als ihr glaubt! Unser wirklicher Gegner ist nicht diese klägliche Witzfigur Erik Wolfshand.«

»Sondern?«, fragte Cody.

»Ich bräuchte ein komplettes Buch, um euch das alles zu erklären«, sagte ich beinahe verzweifelt. »Aber es hat mit dem Kristallhirn zu tun. Zum Teufel, wir müssen raus hier! Irgendwie müssen wir diese verdammte Tür aufbekommen.«

»Blitzhaar hat Recht«, sagte Sitting Bull leise. »Dieser Ort ist voller übler Magie. Er wird uns verderben, wenn wir länger hier bleiben.« Er griff unter sein Gewand und zog einen kleinen, reich verzierten Dolch hervor. »Versuche es hiermit«, sagte er und reichte ihn mir.

Ich wog die schlanke, silbern glänzende Klinge in meiner Hand. Es war ein indianischer Dolch; eine fantastische Arbeit und sicherlich von großem Wert. Aber er war zu dünn.

»Er würde abbrechen, fürchte ich. Wäre doch schade darum«, sagte ich und wollte ihn Sitting Bull zurückgeben.

Doch er wehrte ab. »Behalte ihn, Blitzhaar«, sagte er schnell und hob abwehrend die Hände. »Vielleicht ist er dir noch von großem Nutzen.«

Fast glaubte ich, einen prophetischen Unterton in seiner Stimme gehört zu haben. Aber das war natürlich Unsinn. Selbst Sitting Bull konnte nicht in die Zukunft sehen. Wenigstens glaubte ich das.

Ich steckte den Dolch unter meinen Gürtel und deutete auf Codys Büffelbüchse. »Was ist mit dem Ding? Kannst du diese verdammte Tür nicht aufschießen?«

Buffalo Bill schüttelte den Kopf. »Unmöglich. Dazu brauchst du eine Kanone.« Er seufzte. »Wenn ich den hölzernen Riegel treffen könnte, vielleicht. Aber so ...«

Er schüttelte abermals den Kopf und sprach nicht weiter, aber plötzlich stand Annie Oakley auf, nahm ihr Gewehr in die Hand und trat ohne ein weiteres Wort neben mich. Mit einer stummen Geste befahl sie mir, beiseitezutreten, presste das Gesicht gegen die schmale Sichtluke in der Tür und blickte fast eine Minute lang konzentriert auf den Gang hinaus. Ich sah, wie sich ihre Augen hin und her bewegten und die gegenüberliegende Wand Zoll für Zoll abtasteten, als suchten sie etwas.

»Es könnte gehen«, murmelte sie schließlich.

»Was könnte gehen?«, fragte Cody scharf.

Annie drehte sich zu ihm um, aber in ihren Augen stand ein Ausdruck, als sehe sie ihn gar nicht. »Wenn ich den Riegel treffe, kommen wir hier heraus«, sagte sie. »Aber ich habe nur noch zwei Kugeln.«

»Den Riegel treffen?«, wiederholte Cody ungläubig. »Entschuldige bitte, Liebling, aber der Riegel liegt ein Yard *unter* dem Fenster. Ich glaube, nicht einmal du kannst um die Ecke schießen, oder?

»Vielleicht doch«, erwiderte Annie mit großem Ernst. »Wenn ich nur mehr Munition hätte ...« Sie seufzte, drehte sich mit einem Ruck um und schob den Gewehrlauf durch die Fensteröffnung. Ihr Gesicht erstarrte zu einer Grimasse der Anspannung, als sie das linke Auge gegen das Okular des Zielfernrohrs presste und das andere zusammenkniff.

»Was zur Hölle hast du vor?«, keuchte Buffalo Bill.

Annie antwortete nicht, sondern konzentrierte sich weiter, und ich hielt Cody mit einer ungeduldigen Geste zurück, als er auf sie zutrat und den Arm hob. Eine dumpfe Ahnung stieg in mir empor, als ich dem Gewehrlauf folgte und sah, dass Annie ein hervorstehendes Felsstück auf der gegenüberliegenden Wand anvisierte. Aber ... das war unmöglich!

Der Schuss peitschte wie ein Kanonenschlag durch den engen Gang. Funken stoben auf, als die Kugel gegen den Felsen krachte und als heulender Querschläger durch den Gang jagte.

Annie atmete hörbar ein, senkte den Lauf des Präzisionsgewehres ein paar Millimeter – und riss den Abzug mit einem harten Ruck durch.

Diesmal stimmte der Winkel.

Die Kugel schlug grelle Funken aus dem Fels, wurde zurückgeschleudert und klatschte gegen die Tür. Abermals stoben Funken auf, und plötzlich kippte Annie Oakley nach vorne, kämpfte mit wild rudernden Armen um ihr Gleichgewicht und wäre trotzdem gestürzt, wenn ich sie nicht blitzschnell gefangen hätte. Die Tür, gegen die sie sich gelehnt hatte, war nach außen geschwungen.

»Das ... das ... das ist voll ... vollkommen ... unmög ... lich!«, krächzte Buffalo Bill. »Das gibt es nicht!« Seine Augen schienen vor Unglauben schier aus den Höhlen zu quellen, während er auf die Überreste des zersplitterten Riegels starrte.

Annies Hände zitterten vor Anspannung, als sie sich zu uns herumdrehte. Aber sie lächelte, und trotz des Ernstes unserer Lage spürte ich den Stolz, den sie empfand. »Nun, Bill?«, fragte sie, »glaubst du immer noch, dass es jemanden gibt, der besser schießt als ich?«

Cody antwortete nicht, sondern starrte nur sie und den zerborstenen Riegel abwechselnd an. »Ein ... ein Querschläger!«, keuchte er. »Du ... du hast den Querschläger so berechnet, dass ...«

»Ganz genau«, sagte Annie, in einem Ton, als wäre das, was sie soeben vollbracht hatte, die selbstverständlichste Sache der Welt. »So schwer ist das gar nicht. Ist so ähnlich wie Billard spielen, weißt du? Nur lauter.«

»Zum Teufel, könnt ihr euch vielleicht später darüber unterhalten?«, fauchte ich. »Erik Wolfshand hat die Schüsse garantiert gehört. Und ich möchte nicht unbedingt hier sein, wenn er kommt, um nachzusehen.«

Das wirkte.

Ohne ein weiteres Wort stürmten wir auf den Gang hinaus und wandten uns nach rechts, angeführt von Buffalo Bill, der seine Überraschung zwar noch immer nicht überwunden hatte, aber trotzdem kampflustig seine Waffe schwenkte.

Wir kamen nur wenige Schritte weit.

Aus der milchig trüben Helligkeit am Ende des Ganges schälten sich Gestalten – Erik Wolfshand und gleich vier seiner schrecklich anzusehenden Skelettkrieger, die uns mit drohend erhobenen Schwertern den Weg verstellten.

Diesmal versuchte Cody gar nicht erst, mit dem Hermaphroditen zu reden.

Ohne auch nur im Schritt innezuhalten, zog er den Abzug seiner Waffe kurz hintereinander durch.

Die Wirkung übertraf meine kühnsten Erwartungen.

Das großkalibrige Geschoss durchschlug Eriks Wolfsarm und traf einen der hinter ihm stehenden Skelettmänner.

Wenn es noch eines Beweises bedurft hätte, dass in den bizarren Gestalten kein Deut von Leben mehr war, dann war es dies: Der Krieger und auch der neben ihm gehende, den Codys zweite Kugel traf, flog auseinander und löste sich in einer wirbelnden Wolke auf.

Cody stürmte weiter, drehte das Gewehr herum und parierte in vollem Lauf einen Schwerthieb des dritten Kriegers. Sein Schlag war so wuchtig, dass erst die schartige Klinge und dann der Knochenarm des Angreifers abbrachen. Cody packte die Gestalt, schleuderte sie gegen den vierten Skelettmann und rannte weiter. Die beiden Wikinger lösten sich in einer wirbelnden Staubwolke auf.

Auch Erik Wolfshand war zu Boden gefallen. Aber er lebte wirklich, wie die heftig blutende Wunde in seinem Oberarm und seine Schmerzlaute verrieten. Annie, Sitting Bull und Postlethwaite setzten einfach über ihn hinweg, ohne ihn auch nur zu beachten, aber ich machte noch einmal kehrt, riss ihn vom Boden hoch und stieß ihn ziemlich unsanft gegen die Wand.

»Nein!«, kreischte Erik. »Tu mir nichts! Du bist stärker als ich!«

»Dann denke daran, wenn wir fort sind!«, sagte ich drohend, hob die Hand und schüttelte ein paarmal die Faust vor seinem Gesicht. Seine Augen waren weit vor Schrecken. Aus dem linken, weiblichen Auge lief eine einzelne Träne.

»Du hast gesehen, wie mächtig unsere Waffen sind!«, fuhr ich fort. Erik nickte. »Für diesmal sollst du mit dem Leben davonkommen«, sagte ich drohend. »Verfolgst du uns aber, oder schickst du uns auch nur eine einzige deiner Kreaturen hinterher, Erik Wolfshand, dann kommen wir zurück, und es ergeht dir nicht anders als ihnen.« Und damit packte ich ihn, schleuderte ihn in den Haufen vermoderter Fetzen, die von seinen Wikinger-Kriegern übrig geblieben waren, und wandte mich um, um Cody und den anderen zu folgen, die bereits einen gehörigen Vorsprung bekommen hatten.

Jemand verfolgte uns. Was hatte ich anderes erwartet?

Seit über einer Stunde hetzten wir durch das unterirdische Labyrinth des Tempelberges, ohne zu wissen, ob die Gänge, die wir nahmen, die richtigen waren, ohne auch nur die Spur einer Orientierung zu haben, sondern immer nur nach oben, nur hoch, der Erdoberfläche und dem Ausgang dieses wahnsinnig machenden Irrgartens entgegen. Ich verfluchte die Tatsache, dass ich bei meinem ersten Besuch in diesem furchtbaren Berg nicht genauer auf meine Umgebung geachtet hatte. Zwar glaubte ich mich zu erinnern, dass fast alle Stollen und Treppen irgendwie nach oben führten, zu der gewaltigen Kuppelhöhle, in der der Pfuhl lag, aber ich *glaubte* es eben nur. Trotzdem war dies die einzige Hoffnung, die uns blieb.

Und wir konnten auch nicht stehen bleiben.

Etwas war hinter uns her.

Nicht Erik Wolfshand und seine Kreaturen, sondern etwas anderes, etwas, das viel viel schlimmer war. Ich war nicht der Einzige, der die Bedrohung fühlte, die wie ein drohender Schatten hinter uns her huschte, lautlos und unsichtbar, aber von fast greifbarer Intensität.

Irgendwo auf dem Wege nach oben erlosch nach meinem Orientierungssinn auch mein Zeitgefühl. Ich wusste längst nicht mehr, ob wir nun eine Stunde, einen Tag oder seit hundert Jahren durch die irrsinnig machende Architektur der GROSSEN ALTEN taumelten. Gänge nahmen uns auf, wie schwarze Riesenspaghetti in sich gedreht und gewunden, spien uns auf Treppenfluchten, die unserem Gleichgewichtssinn nach zu urteilen abwärts, wenn wir unseren Augen trauen konnten jedoch nach oben führten, Stollen, die auf so unmögliche Weise gedreht und verbogen waren, dass es nicht nur oben, unten, rechts und links, sondern auch noch ein Dutzend anderer Richtungen zu geben schien. Dann wieder hatte ich das grässliche Empfinden, mit dem Kopf nach unten an der Decke entlang zu marschieren, zu schrumpfen oder plötzlich ein paar Beine und Arme zu viel zu haben. Vielleicht war es das Labyrinth selbst, gegen das wir kämpften.

Schließlich – nach Ewigkeiten, in denen wir einen Vorgeschmack der Hölle bekommen hatten – erreichten wir die Riesenhöhle.

Cody blieb mit einem erleichterten Seufzen stehen. Sein Gesicht war leichenblass, und sein Atem ging so schnell, als hätte er einen Zehn-Meilen-Dauerlauf hinter sich. Vielleicht war es auch so. Vielleicht waren nicht einmal mehr die Entfernungen in diesem Berg das, was sie sein sollten.

»Dort!« Buffalo Bill deutete mit dem Lauf seines leer geschossenen Gewehres auf einen kreisförmigen Durchgang auf der anderen Seite des Pfuhles. »Von dort sind wir gekommen.«

Ich fragte mich, woher er die Sicherheit nahm, diese Behauptung aufzustellen. Für mich sah einer der zahllosen Stollen, die den Schacht säumten, wie der andere aus. Aber ich widersprach nicht, sondern folgte ihm weiter.

Erst als wir den Stollen erreicht hatten, blieb Postlethwaite plötzlich stehen und blickte Cody an. Und jetzt?«, fragte er keuchend. Auch er war außer Atem. »Was machen wir, wenn wir das Tor wirklich wieder finden? Wir kommen niemals wieder raus.« In seiner Stimme schwang ein deutlicher Unterton von Panik mit.

Buffalo Bill antwortete nicht gleich; und als er es tat, sah er mich auf sehr sonderbare Weise an. »Irgendwie schaffen wir's schon«, sagte er schließlich.

»Und der Saurier?«

Codys Gesicht lief rot an. »Verflucht, um das Vieh kümmern wir uns, wenn es so weit ist!«, brüllte er. Dann brach er ab, biss sich verlegen auf die Lippen und versuchte sich in ein Lächeln zu retten, was ihm aber nicht ganz gelang.

Sein plötzlicher Zornesausbruch ließ mich alarmiert aufsehen. Ging es schon wieder los?

Auch ich fühlte eine Gereiztheit, die weit über das erklärliche Maß hinausging. Der üble Einfluss des Berges war auch hier noch deutlich zu spüren.

»Weiter!«, befahl Cody.

Die erste Veränderung fiel uns auf, kaum dass wir die Tropfsteinhöhle betreten hatten.

Es war nicht mehr dunkel. Wie überall im Berg war die Luft auch hier von dem unheimlichen, aus dem Nirgendwo kommenden gelbgrünen Leuchten erfüllt. Es war nicht so stark wie weiter unten, aber doch hell genug, die bizarren Gestalten der erstarrten Wikinger und Indianer als verschwommene Schemen sichtbar werden zu lassen.

Und dann sah ich die Gestalt.

Sie stand hoch aufgerichtet und vollkommen reglos zwischen den erstarrten Nordmännern, aber sie war nicht erstarrt, obgleich auch ihr Körper von einem wie Perlmutt schimmernden Kalkpanzer eingehüllt war.

Und ihr Gesicht...

Annie stieß einen gellenden Schrei aus, als sich der Mann bewegte und näher trat.

Sein Gesicht war das eines Wikingers; stark, breit und mit einem deutlichen brutalen Zug um die Lippen. Aber seine Schädeldecke fehlte. Wo sein Scheitel und seine Haare sein sollten, leuchtete ein giftgrüner Klumpen aus Kristall, ein Klumpen von der genauen Form eines menschlichen Gehirns, nur doppelt so groß, sodass die schimmernden Facetten seinen Schädel gesprengt hatten!

Plötzlich begann auch Postlethwaite zu brüllen. Noch bevor Bill oder ich es verhindern konnten, riss er seinen Colt in die Höhe und schoss, drei, vier, fünf Mal hintereinander, bis die Trommel leer war und der Hammer klickend ins Leere schlug.

Zwei seiner Kugeln trafen sogar.

Aber die Wirkung war gleich null.

Die beiden Geschosse prallten gegen den Kalkpanzer der Schreckensgestalt. Funken stoben auf, und winzige weiße Kalksplitter flogen durch die Luft. Aber die Gestalt wankte nicht einmal.

Und dann geschah etwas Unfassbares!

Der Mann mit dem Kristallgehirn hob die Hände. Seine Finger, wie zu einer schrecklichen Beschwörung gespreizt, deuteten auf einen der Wikinger-Krieger.

Und die in weißen Kalk eingeschmolzene Gestalt *begann sich zu regen!*

Verzweifelt rannten wir los.

Es war ein Spießrutenlauf durch die Hölle.

Rings um uns herum erwachten die erstarrten Gestalten zu furchtbarem Leben, und das Echo unserer Schritte ging fast unter im Prasseln und Knirschen des reißenden Kalkes. Arme bewegten sich. Münder, vor tausend Jahren in einem entsetzten Schrei geöffnet und erstarrt, schlossen sich. Augen, in denen ein fassungsloses Entsetzen eingefroren war, blickten durch den zerbröckelnden Kalkpanzer, der sie nach einer Ewigkeit wieder freigab.

Alles geschah langsam, unendlich langsam. Wir hatten die Höhle fast durchquert, ehe auch nur der erste Mann so weit aufgewacht war, dass er einen Schritt tun konnte, und das Tor lag vor uns, als sich die ersten Krieger wirklich bewegten, noch langsam, mit starren, unendlich mühsamen Schritten, wie Marionetten an der Hand eines ungeübten Spielers.

Aber sie erwachten, und als Sitting Bull auf das Tor zutorkelte und mit einem erschöpften Keuchen in die Knie brach, griff eine Hand nach ihm und verfehlte ihn nur um Haaresbreite. Buffalo Bill schrie auf und schleuderte die Gestalt zurück. Der Unheimliche fiel. Sein

Kalkpanzer zerbarst vollends. Aber er stand nicht wieder auf, sondern blieb mit weit geöffneten Augen und leise vor sich hin stöhnend liegen.

Ich wollte Sitting Bull auf die Füße helfen, aber in diesem Moment spürte ich eine Bewegung hinter mir, ließ mich instinktiv zur Seite fallen und rollte über die Schulter ab.

Meine Reaktion rettete mir das Leben. Dort, wo ich vor einer halben Sekunde noch gestanden hatte, klirrte eine gewaltige Streitaxt nieder und riss Funken und Steinsplitter aus dem Boden. Mit einem Schrei sprang ich auf die Füße, duckte mich unter einem zweiten Axthieb hindurch und trat dem Angreifer die Beine unter dem Leib weg.

Der Mann fiel, und obwohl der Aufprall nicht sehr hart war, blieb er wie der erste benommen liegen. Ein leises Stöhnen drang über seine Lippen. Die Wunde, die seine rechte Schulter gespalten hatte, begann zu bluten!

»Skalla ... grim«, stöhnte er. Er sah mich an, aber dem Flackern in seinem Blick nach zu schließen, erblickte er etwas ganz anderes. In seinen Augen loderte Angst.

»Skallagrim«, flüsterte er. »Du ... du Hund. Du hast ... uns alle ... verraten. Aber du ... du wirst dafür bezahlen!«

Und damit starb er. Seine Augen brachen. Er war tot, ehe sein Kopf zurücksank. Die Wunde, die ihm vor einem Jahrtausend zugefügt worden war, hatte ihn umgebracht.

Und es war dieser Anblick, der mir endgültig die Augen öffnete.

Es war keine schwarze Magie, die die seit einem Jahrtausend toten Wikinger erweckt hatte.

Die Männer und Frauen lebten noch. Sie waren niemals tot gewesen! Der fürchterliche Einfluss des Kristallgehirnes hatte sie bei lebendigem Leibe erstarren lassen!

Der Gedanke war zu entsetzlich, als dass ich ihn auch nur zu Ende formulieren konnte.

Ich fuhr herum und starrte in die Höhle zurück. Wo vorher nichts als das unheimliche Spiel der Schatten gewesen war, war jetzt Bewegung. Dutzende, wenn nicht Hunderte der erstarrten Indianer und Wikinger bewegten die Arme und Beine und versuchten vergeblich zu erfassen, was mit ihnen geschehen war.

»Das ist das Ende«, flüsterte Buffalo Bill. »Sie werden uns umbringen!« Er fuhr herum, riss Sitting Bull mit einer groben Bewegung vom Boden hoch und deutete auf das geschlossene Tor. »Mach es auf!«, schrie er. »Vielleicht hat einer von uns eine Chance, dem Drachen zu entkommen.«

Aber Sitting Bull schüttelte nur traurig den Kopf. »Es geht nicht«, sagte er leise. »Ich habe es versucht, Bill. Der Spruch wirkt nur von außen.«

»Oder irgendetwas blockt ihn ab«, sagte ich. »Oder jemand.«

Buffalo Bill starrte mich an. »Du ... du meinst, dieses ... dieses Ding mit dem schrecklichen Schädel?«

Ich nickte.

»Dann ist es aus«, sagte Postlethwaite leise. Er deutete auf die Armee von Kriegern, die wenige Schritte hinter uns im Erwachen begriffen war. »Sie werden uns töten.«

Und Postlethwaite hatte nur zu Recht. Noch wenige Minuten und ...

Aber vielleicht gab es noch eine Chance. Der Gedanke war so fürchterlich, dass ich mich bisher geweigert hatte, ihn auch nur zu denken, aber irgendetwas in meinem Unterbewusstsein war stärker als ich; vielleicht nur schlicht und einfach mein Überlebenswille. »Vielleicht gibt es doch noch eine Chance«, sagte ich. »Ich ... ich werde es versuchen. Wartet nicht auf mich. Wenn das Tor sich öffnet, dann rennt um euer Leben!«

»Was hast du vor?«, fragte Annie alarmiert. Aber ich antwortete nicht mehr, sondern rannte los, direkt auf die Armee der steinernen Krieger zu.

»Swen! Swen Liefenstahl!«

Swen stöhnte. Er wollte sich aufrichten, die Hand beiseitestoßen, die so unsanft an seiner Schulter rüttelte, und die Stimme zum Verstummen bringen, die ihn daran hinderte, in das verlockende schwarze Nichts hinüberzugleiten, das hinter der Grenze jenseits aller Schmerzen und aller Furcht lauerte. Er hatte versagt, dachte er matt. Sie alle hatten versagt. Skallagrims Verschlagenheit war am Ende doch stärker gewesen als aller Mut und alle Tapferkeit Erik Hellauges und seiner Getreuen. Versagt.

»Swen! So wach doch endlich auf!«

Panik schwang im Klang dieser Stimme. Er kannte sie, und für einen Moment blitzte das dazugehörige Gesicht vor seinem geistigen Auge auf. Aber er war viel zu müde, das Bild festzuhalten. Doch die Stimme gab nicht auf, und auch das Rütteln an seiner Schulter hielt an, bis er schließlich die Augen öffnete und zu dem schmalen Welpengesicht über sich empor blinzelte.

»Erik?«

Das Antlitz des Jungen war zu einer Grimasse verzerrt. »Was ist geschehen, Swen?«, fragte er. »So rede doch.«

»Wo … wo warst du, Erik?«, flüsterte Swen. Selbst diese wenigen Worte verlangten fast mehr Kraft von ihm, als er noch aufzubringen in der Lage war. Er starb, das fühlte er.

»Erik Hellauge hatte mich fortgeschickt, mit dem Häuptling der Eingeborenen zu sprechen«, antwortete Erik mit zitternder Stimme. »Gerade erst bin ich zurückgekommen. Aber was ist denn geschehen? Alle sind tot!«

»Alle?« Swen erschrak, obwohl er es gewusst hatte.

Erik nickte. »Alle!«, bestätigte er. Seine Augen waren weit vor Schrecken. Er würde jetzt auf immer ein Welpe bleiben, dachte Swen Liefenstahl bitter. Dabei hatte er so große Hoffnungen in diesen Jungen gesetzt.

»Was ist denn nur geschehen?«, keuchte Erik verzweifelt. »Sie sind alle erschlagen. Und was tut Skallagrim hier?«

»Skallagrim?!« Allein der Klang dieses Namens reichte, Swen noch einmal aus dem Dämmerzustand hochfahren zu lassen, in den er versunken war. Sein sich bereits trübender Blick huschte durch die verwüstete Halle und blieb am verkrümmten Leichnam des Magiers haften.

Skallagrim bot einen Furcht einflößenden Anblick, selbst für einen so harten Mann wie ihn. Auch er war tot, wie Erik gesagt hatte, aber es war nicht die Kraft von Swens Wurf gewesen, die ihn umgebracht hatte, auch nicht der ungeheure Ausbruch magischer Energien, der ihm gefolgt war. Getötet hatte ihn der Kristall selbst. Der scharfkantige Edelstein hatte seinen Schädel gespalten.

Aber der Anblick erfüllte Swen Liefenstahl weder mit Triumph noch Befriedigung. Sie hatten den Magier vernichtet, endlich. Aber der Preis war zu hoch gewesen. Viel zu hoch.

Aber war er wirklich tot?

Swen vermochte nicht zu beurteilen, ob das Gefühl der Bedrohung, des Üblen, das ihn erfüllte, wirklich nur das des nahen Todes war. Vielleicht war sein Geist auch schon so weit hinüber in die andere Welt geglitten, dass er für einen Moment Dinge sah und spürte, die den Lebenden normalerweise verschlossen blieben – aber für einen winzigen Augenblick spürte er einfach, dass in dem verkrümmten Leichnam noch immer Leben war.

Genauso, wie er spürte, dass das wahre Böse in dieser Festung niemals Skallagrim gewesen war, sondern etwas anderes, etwas unendlich viel Älteres und Mächtigeres.

»Was soll ich nur tun, Swen?«, fragte Erik verzweifelt. »Alle sind tot!«

»Du ... musst uns ... rächen«, flüsterte Swen.

»Rächen?« Erik sah ihn verständnislos an. »Was meinst du damit?«

Swen versuchte, die Hand zu heben, aber nicht einmal mehr dazu reichte seine Kraft. »Hör mir ... hör mir zu«, flüsterte er. »Es gibt ... etwas, was du tun kannst.«

Und Erik, der Welpe, der noch keinen Männernamen bekommen hatte und ihn nun niemals mehr bekommen würde, hörte die ersterbende Stimme des alten Kriegers Worte sprechen, deren wahren Sinn er fast ein Jahrtausend später erst begreifen sollte ...

Shadows Gesicht war geborsten. Ein Spinnennetz fein verästelter dünner Risse hatte die Maske aus perlmuttfarbenem Kalk überzogen, und als ich die Hand hob und ihre Wange berührte, fühlte ich ein sanftes Zittern, als rege sich unter der fingerdicken Kalkschicht etwas Lebendes.

Die Vorstellung ließ mich abermals aufstöhnen. Shadow lebte. Sie lebte, hatte die ganze, ungeheuerliche Zeitspanne hindurch gelebt, von den Magiern und den *Thul Saduun zu* zweihundertfünfzig Millionen Ewigkeiten der Qual verdammt, aus Rache für das, was sie getan hatte!

Hinter mir ertönte ein helles Splittern, und als ich den Kopf wandte, sah ich, wie sich einer der Wikinger-Krieger mit noch ziellosen Bewegungen aus seinem weißen Panzer schälte. Sein Blick war verschleiert, als er mich ansah.

Es glich einem Wunder, dass ich den Weg zurück zu Shadow überhaupt geschafft hatte. Ein Dutzend der Kreaturen hatte mich angegriffen, und ich verdankte mein Leben wohl einzig der Tatsache, dass sie alle noch unsicher und benommen waren und es nicht besonders schwerfiel, ihren Angriffen auszuweichen.

Aber das würde sich rasch ändern.

Hastig wandte ich mich wieder Shadow zu und legte beide Hände auf ihre Stirn.

Es war schwer. Unendlich viel schwerer als alles, was ich jemals zuvor getan hatte. Der Geist der Elohym lag offen vor mir, aber er war wie ein Funke in einer Unendlichkeit alles verschlingender Schwärze. Es dauerte nur Sekunden, ehe es mir gelang, den Kontakt herzustellen, aber ich durchlitt Ewigkeiten der Qual in diesen Augenblicken. Zweihundertfünfzig Millionen Jahre lang hatte sie hier gestanden, gefangen in einem Universum aus Schwärze und Schweigen, gelähmt, taub, blind, abgeschnitten von allen Empfindungen – und bei vollem Bewusstsein!

Das war die Rache der *Thul Saduun* gewesen.

Die Elohym war im wahrsten Sinne des Wortes durch die Hölle gegangen. Nur der ungeheuren geistigen Disziplin, der Hastur sie unterworfen hatte, ehe er sie auf diesen Planeten brachte, hatte sie es zu verdanken, dass sie nicht schon im ersten Jahr wahnsinnig geworden war.

Dies und noch viel mehr begriff ich in diesem winzigen, zeitlosen Moment, in dem mein Bewusstsein mit dem ihren verschmolz. Was ich fühlte, war nur ein kleiner Teil der geistigen Qualen, die Shadow durchlitten hatte.

Ich schrie auf, taumelte zurück, schlug die Hände vor die Augen und versuchte mit aller Macht, den Wahnsinn zurückzutreiben, der sich meines Geistes bemächtigen wollte.

Ich war nicht stark genug.

Meine Gedanken drehten sich schneller und schneller und schneller, begannen sich zu verwirren und zu etwas Fremdem, Schrecklichem zu werden.

Dann war es vorbei. Irgendetwas Sanftes, unendlich Starkes griff nach meinem Geist, umschloss ihn wie eine beschützende Hand und fegte das Chaos beiseite.

Als ich aufsah, blickte ich in Shadows Gesicht.

Sie hatte sich nicht verändert. Ihr Antlitz war noch immer so zart und engelsgleich, wie es gewesen war, ihre Haut noch immer so fein wie Porzellan und ihr Haar vom hellen Glanz gesponnenen Goldes. Nur in ihren Augen war etwas, das neu war und das mich erschreckte.

»Shadow!«, keuchte ich. »Du –«

Die Elohym brachte mich mit einer sanften, aber sehr bestimmenden Handbewegung zum Verstummen. »Schweig, Robert«, sagte sie. »Ich weiß alles.«

»Du musst uns helfen«, flüsterte ich. »Das Kristallhirn ... wir ... wir müssen hier –«

Wieder unterbrach mich Shadow, aber diesmal war in ihrer Stimme ein deutlicher Unterton von Sorge. »Ich weiß, Robert«, sagte sie noch einmal. »Aber ich weiß nicht, ob ich stark genug bin, ihn zu besiegen. Er hat mich schon einmal geschlagen, vergiss das nicht.«

Mühsam torkelte ich auf die Füße – und fuhr mit einem Schrei herum!

Hinter Shadow war eine Furcht einflößende Gestalt erschienen. Es war der Magier mit dem Kristallhirn, der uns verfolgt hatte. Aber sein Gesicht war jetzt nicht mehr starr, sondern zu einem höhnischen Lachen verzogen.

»Lauf, Robert!«, keuchte Shadow. »Ich versuche ihn aufzuhalten! Lauf!«

Das letzte Wort hatte sie geschrien, aber ich rührte mich nicht, hätte es nicht einmal gekonnt, wenn ich gewollt hätte. Der Blick des Magiers lähmte mich.

Shadow schrie auf, breitete die Schwingen aus und stürzte sich mit einem gellenden Kampfschrei auf den Mann mit dem Kristallhirn.

Aber sie führte die Bewegung nie zu Ende. Ein furchtbarer, splitternder Laut erklang, als wäre sie gegen eine gläserne Wand geprallt, und die Engelsgestalt der Elohym taumelte mit hilflos schlagenden Flügeln zurück und fiel zu Boden.

Ich wollte ihr aufhelfen, aber plötzlich fühlte auch ich mich wie von einer unsichtbaren Faust ergriffen und zurückgeschleudert. Pfeifend entwich die Luft aus meinen Lungen. Ein furchtbarer Schmerz tobte durch meine Brust. Ich sah nur noch verschwommen. Und der Druck nahm zu; ein Druck, der mich binnen Sekunden zerquetschen würde.

Aber er tat es nicht. Plötzlich hörte die Riesenfaust auf, mich zusammenzupressen, und in meinen Ohren gellte abermals der Kampfschrei der Elohym.

Shadow versuchte nicht noch einmal, sich auf den Mann mit dem Kristallhirn zu stürzen, sondern griff ihn auf geistiger Ebene an. Es war ein Kampf, der vollkommen lautlos und unsichtbar ausgefochten wurde, aber ich spürte ihn überdeutlich, wie ein apokalyptisches Gewitter, das durch die Höhle tobte.

Als ich mich aufsetzte und mühsam den Kopf hob, stockte mir für einen Moment der Atem.

Es war nicht mehr Shadows Engelsgestalt, die dem Fremden gegenüberstand.

Aus dem geflügelten Fabelwesen war ein rotes, abstoßendes Ding geworden, ein Gigant mit hässlichen Fledermausschwingen, einem geschlitzten dreieckigen Insektenmaul und runden Facettenaugen. Shadows anderes Ich, die Bestie, die tief in der Seele des Engels ruhte und gegen die sie einen unaufhörlichen Kampf focht. Jetzt hatte sie das Ungeheuer freiwillig entfesselt, um mit seiner Hilfe das Kristallhirn zu besiegen.

Doch auch die diabolische Seite Shadows war nicht stark genug. Für endlose Sekunden standen sich die beiden ungleichen Gegner nur reglos gegenüber und starrten sich an, dann begann Shadow – oder das, worin sie sich verwandelt hatte – ganz langsam zurückzuweichen. Ihr Körper schien zu flackern. Splitter von Weiß durchbrachen die rote Glut ihrer Haut. Für eine Sekunde schienen die gewaltigen Fledermausschwingen wieder zu Schwanenflügeln zu werden. Etwas Dunkles, Körperloses ballte sich über ihr zusammen.

In diesem Moment zerriss ein Schrei die Stille! Eine geduckte Gestalt tauchte hinter dem Mann mit dem Kristallhirn auf, schlank, groß, mit einem Gesicht, das zur Hälfte männlich und zur anderen weiblich war, der rechte, blutende Arm mit grauem Wolfsfell überzogen.

»Skallagrim!«, kreischte Erik Wolfshand mit überschnappender Stimme. »Jetzt bezahlst du!«

Der Mann mit dem Kristallgehirn fuhr in einer übermenschlich schnellen Bewegung herum. Sein Gesicht verzerrte sich. Seine Hand kam hoch. Ein dunkler Blitz alles vernichtender magischer Energien fegte auf Erik Wolfshand zu und riss seinen missgestalteten Körper auseinander.

Aber es war zu spät. Erik hatte seine Axt geschleudert, ehe ihn der tödliche Bannstrahl tötete. Und das wuchtige, zweischneidige Beil traf Skallagrim mit tödlicher Präzision.

Die Klinge spaltete das kristallene Gehirn in zwei Teile.

Draußen war es Tag geworden, als ich das Tor erreichte. Die beiden gewaltigen steinernen Flügel standen weit auf, und vielleicht zum ersten Male seit tausend Jahren strömten wieder frische, sauerstoffreiche Luft und goldenes Sonnenlicht in den Berg der Weißen Götter. Der Wind ließ tausend Jahre alten Staub hochwirbeln und legte ihn wie eine barmherzige Decke über die Gestalten der sterbenden

Wikinger und Indianer. Der Gedanke, all diesen Unschuldigen nicht im Geringsten helfen zu können, trieb mich schier in den Wahnsinn.

»Es ist nicht deine Schuld«, sagte Shadow neben mir. »Mach dir keine Vorwürfe, Robert. Sie sind schon lange tot. Schon seit tausend Jahren.«

Ich blieb einen Moment lang stehen und blickte Shadow an. Sie hatte sich wieder in ihre ursprüngliche Gestalt zurückverwandelt, aber ich fühlte mich trotzdem unsicher. Es war irritierend, mit jemandem zu sprechen, der jeden Gedanken erriet, ehe man ihn aussprach.

Shadow lächelte. »Verzeih. Ich werde deine Gedanken nicht mehr lesen.«

»Das ... das macht nichts«, sagte ich hastig. »Aber wie –«

»Nicht jetzt«, unterbrach mich Shadow. Sie deutete zum Tor. »Wir haben viel zu bereden, aber jetzt ist nicht der richtige Moment dazu. Geh zu deinen Freunden. Sie werden sich um dich sorgen.«

»Aber du kommst doch mit?«, fragte ich erschrocken.

»Natürlich«, antwortete Shadow. Plötzlich lächelte sie, das verschmitzte, beinahe schelmische Jungmädchenlächeln, das ich immer so an ihr gemocht hatte und das sie so ungeheuer menschlich erscheinen ließ, trotz ihres goldenen Haares, ihrer Alabasterhaut und den gewaltigen Flügeln, die aus ihrem Rücken wuchsen. »Ich habe lange genug auf dich gewartet«, sagte sie. »So schnell wirst du mich nicht mehr los.«

Ich lachte ebenfalls, wurde aber sofort wieder ernst. »Hättest du das Kristallhirn besiegt, ohne Erik Wolfshands Hilfe?«, fragte ich.

Shadow blickte mich einen Moment ernst an, dann schüttelte sie den Kopf, »Nein«, gestand sie. »Die Kristallgehirne sind die mächtigsten Waffen, die die GROSSEN ALTEN erschaffen haben. Nicht einmal wir Elohym sind ihnen gewachsen. Auch Erik konnte es nur zerstören, weil ich seine Aufmerksamkeit auf mich gezogen habe.«

»Und er hat mit dem Leben dafür bezahlt«, murmelte ich.

Shadow nickte traurig. »Es war eine Erlösung für ihn«, murmelte sie. »Er wäre ohnehin gestorben. Alles hier stirbt jetzt, wo das Gehirn nicht mehr da ist. In wenigen Tagen wird der Berg nicht mehr existieren.«

»Aber warum hat er es getan?«, fragte ich. »Es war unser Feind.«

»Er war Skallagrims Feind«, korrigierte mich Shadow. »Er war der letzte der Wikinger. Der einzige, den Skallagrim nicht tötete. Er hat auf ihn gewartet. Fast tausend Jahre lang.«

»Skallagrim?« Ich runzelte die Stirn. Das war der Name, den Erik geschrien hatte. Aber er sagte mir nichts.

»Das ist eine lange Geschichte, sagte Shadow. »Ich erzähle sie dir irgendwann einmal. Aber jetzt geh hinaus zu deinen Freunden. Sie sorgen sich bestimmt schon um dich.« Sie lächelte. »Vielleicht ist es besser, wenn ich einen Augenblick hier warte. Meine Kräfte reichen noch nicht aus, einen anderen Körper anzunehmen. Es ist besser, du bereitest sie vor.«

Ich gehorchte. Shadow blieb im Schatten des Tores zurück, während ich aus dem Berg hinaustrat und nach Sitting Bull und den anderen Ausschau hielt.

Ich entdeckte sie auf der anderen Seite des Platzes. Aber sie waren nicht mehr allein. Fast ein Dutzend Indianer umgaben die vier, und mein Herz machte einen erschrockenen Hüpfer, als ich in einem von ihnen den bunt bemalten Krieger erkannte, den ich gerade noch davon hatte abhalten können, Sitting Bull zu erschlagen.

Keine Sorge, wisperte Shadows Stimme in meinen Gedanken. *Sie sind nicht mehr eure Feinde. Sie sind so froh wie du über das Ende der Weißen Götter.*

Trotzdem begann mein Herz bis zum Zerreißen zu schlagen, als ich mich Cody und den anderen näherte.

Buffalo Bill eilte mir entgegen und begann aufgeregt mit den Armen zu winken. »Robert« keuchte er. »Du lebst! Es ist alles in Ordnung!«

»Ich weiß«, sagte ich.

Buffalo Bill schien meine Worte gar nicht zu hören. »Die Indianer sind nicht mehr unsere Feinde!«, fuhr er fort. »Stell dir vor, als wir aus dem Berg gekommen sind, sind sie vor uns auf die Knie gefallen!« Er deutete auf den Krieger mit der bunten Bemalung, der in ein intensives Gespräch mit Sitting Bull vertieft war und mir nur einen flüchtigen Blick schenkte.

»Das ist Ixmal, ihr Anführer«, berichtete er aufgeregt. »Sitting Bull redet mit ihm in der Alten Sprache. Scheint ein ganz netter Kerl zu sein, solange er nicht versucht, einem die Kehle durchzuschneiden.« Er brach ab, und plötzlich starrte er mich an, als erkenne er mich erst jetzt.

»Aber was rede ich denn?«, keuchte er. »Was ist passiert, Robert?

Du warst weg und mit einem Male ging das Tor auf! Was war los?«

»Es ist alles in Ordnung«, sagte ich. »Das Kristallgehirn ist zerstört. Und die Krieger sind tot.«

»Zerstört?«, wiederholte Cody. »Hast ... hast du das getan?«

»Nein«, antwortete ich. »Sie.«

Und damit wandte ich mich um und gab Shadow einen Wink, aus der Höhle zu treten.

Ich habe schon immer einen Hang zu dramatischen Auftritten gehabt, aber dieser war wohl mein Meisterstück.

Annie Oakley kreischte, schlug die Hand vor den Mund und verlor vor Schrecken das Gleichgewicht. Buffalo Bill Cody erbleichte und rang krächzend nach Luft. Die Indianer fielen allesamt in einer einzigen Bewegung auf die Knie und senkten die Köpfe. Einzig Sitting Bull ließ sich – fast – keinen Schrecken anmerken.

Professor Lancelot Postlethwaite hingegen fiel schlichtweg in Ohnmacht.

Ich konnte es ihm nicht einmal verdenken.

Welchem fünfzigjährigen Archäologieprofessor aus Cambridge hätte man es wohl verübeln können, in Ohnmacht zu fallen, wenn er plötzlich einem leibhaftigen Engel gegenübersteht?

Todesvisionen

Der Laut kam mit dem Wind heran, leise erst, kaum wahrnehmbar, ein Raunen in der Ferne, weit hinter den zerklüfteten Felsen und jenseits der Schlucht, in der wir unser Lager aufgeschlagen hatten.

Denn schwoll er an, wurde lauter und lauter – und schien sich gleich darauf wieder zu entfernen. Fast wie das Rauschen des Ozeans, der sich an einem fernen Gestade bricht ...

Mit einem Ruck fuhr ich auf, als ich endlich erkannte, was es war. *Stimmen!* Ein monotoner Singsang wie aus Hunderten von Kehlen; ein dumpfer Ton, der einem fast hypnotischen Rhythmus folgte. Ein indianisches Totenlied!

Und während ich reglos auf meine Ellbogen gestützt dalag und dem klagenden, fernen Lied lauschte, schwoll das Singen abermals an, wurde drängender, fordernder, ja wütender.

Und es kam näher!

Ich setzte mich vollends auf und streckte meine müden Glieder. Der Mond brach durch die schnell dahinjagenden Wolken und tauchte das Lager für Sekunden in kaltes, graues Licht. Rings um die noch glimmenden Feuerstellen erkannte ich die in Decken gehüllten Gestalten meiner Begleiter. Keiner von ihnen regte sich. Nur unsere Packpferde und die indianischen Ponys, die wir in einer natürlichen Felsenbucht in der Nähe festgebunden hatten, schnaubten unruhig und warfen die Köpfe hin und her, als witterten sie eine Gefahr.

Irgendetwas hatte mich geweckt, aber ich wusste, dass es nicht dieses unheimliche, klagende Lied gewesen sein konnte. Normalerweise bedarf es drastischerer Mittel, um mich aus dem Schlaf zu reißen, und nach den Strapazen der letzten Tage wäre selbst der Erfolg eines Pistolenschusses zweifelhaft gewesen.

Nein, es gab einen anderen Grund für mein Erwachen. Ich hatte es im gleichen Augenblick gespürt, als ich die Augen aufschlug.

Es waren meine magisch geschärften Sinne! Irgendetwas tief in mir war aus seinem trügerischen Schlaf erwacht und regte sich nun, tastete mit unsichtbaren Fühlern in die Nacht, folgte dem Wind, der wüsteneinwärts wehte, suchte, forschte – und zog sich plötzlich mit solcher Hast wieder zurück, dass ich beinahe aufgeschrien hätte. Für einen Moment tanzten grelle Lichter vor meinen Augen. Mein Herz setzte einen Schlag aus, um dann mit doppelter Wucht weiterzupochen.

Und dann spürte ich die Panik tief in mir. Eine grundlose, wilde Angst, die für Sekunden mein Denken zu überschwemmen drohte. Angst vor ... was?

Ich schloss die Augen und kämpfte die Schrecken in meiner Seele mühsam nieder. Allmählich beruhigte sich mein Herzschlag wieder, und das Zittern meiner Hände verschwand so rasch, wie es gekommen war.

Zurück blieb ein bitterer Geschmack von Furcht in meinem Herzen. Und vielleicht war gerade dies das Schlimmste ...

Mit einem Ruck schlug ich die schwere Wolldecke beiseite und stand vollends auf. Die eisige Nachtluft betäubte meine Lungen, und schon nach wenigen Sekunden hatte sich die Kälte durch meine Kleidung gefressen und ließ mich frösteln.

Aber das bemerkte ich kaum. All meine Sinne waren auf das Ende der Schlucht gerichtet; dorthin, wo die Schatten zwischen den bizarren Felsen zurückblieben und das endlose, bleiche Meer der Wüste begann.

Und von wo der schreckliche Laut heranwehte ...

Für einen Moment war ich versucht, meine Gefährten zu wecken, zumindest Bill, der leise schnarchend gleich neben meiner Lagerstätte schlief. Aber dann entsann ich mich der indianischen Wache, die irgendwo in den Felsen auf Posten sein musste.

Vorsichtig bewegte ich mich zwischen den zusammengerollten Gestalten hindurch, setzte mit einem Sprung über eines der erlöschenden Feuer hinweg und näherte mich dem Posten. Deutlich konnte ich seine Silhouette gegen den hellen Grund des Wüstensandes ausmachen; er hockte auf einem Felsen am Ende der Schlucht, eine Decke um seine Schultern geschlagen, und starrte hinaus in die endlose Weite.

»Heda, Freund – ich bin es«, raunte ich ihm halblaut zu, nur um ihn auf mich aufmerksam zu machen. Ich wusste, dass er meine Sprache ebenso wenig verstand wie ich die seine. Aber einen Indianer zu überraschen, noch dazu von hinten, konnte unangenehme Folgen mit sich bringen. Ein Messer in der Brust, zum Beispiel,

Doch der Mann reagierte nicht auf meine Worte. Auch als ich ihn erreicht hatte und die Hand auf seine Schulter legte, wandte er sich nicht um. Irgendetwas stimmte nicht.

Alarmiert packte ich die Decke und zog sie ihm von den Schultern.

Ich hatte halbwegs erwartet, ihn bewusstlos oder gar tot zu finden, ermordet von der geheimnisvollen, magischen Macht, deren Anwesenheit ich so deutlich spürte.

Nichts von beidem traf zu.

Der Indianer, ein hagerer Bursche mit Hakennase und scharf geschnittenen Zügen, lebte durchaus noch – und er war bei vollem Bewusstsein, wie mir seine weit aufgerissenen Augen zeigten. Sein Brustkorb, durch dessen Haut sich die Rippen überdeutlich abzeichneten, hob und senkte sich in gleichmäßigen Atemzügen.

Aber es war eine Haut so grau wie Stein   und ebenso hart!

Ich stöhnte vor Entsetzen und wich einen Schritt zurück. Instinktiv glitt meine Hand zu dem kleinen indianischen Dolch, den mir Sitting Bull im Berg der Götter geschenkt hatte und den ich seitdem im Gürtel trug.

Der Wächter reagierte mit keiner Bewegung. Sein Blick ging noch immer starr hinaus in eine unendliche Ferne. Und während ich ihn noch fassungslos betrachtete, begann sich etwas tief in diesen starren, dunklen Augen zu regen; ein Funke wie von Glut, pulsierend und immer größer und größer werdend.

Ich zog den Dolch unter dem Gürtel hervor und trat wieder an den Indianer heran – vorsichtig und mit angespannten Muskeln, in jeder Sekunde auf einen Angriff gefasst.

Und trotzdem kam meine Reaktion zu spät! Die versteinerte Hand des Wächters zuckte vor und umschloss das Gelenk meiner Linken wie eine zuschnappende Bärenfalle.

Es war ein reiner Reflex – ich sprang zurück und bohrte die schlanke Klinge des Dolches mit aller Kraft in seinen Arm.

Wenigstens wollte ich es.

Der Stahl brach mit einem hellen, klirrenden Laut dicht unter dem Schaft ab und flog in hohem Bogen davon. Gleichzeitig riss mich der Indianer wieder zu sich heran, sodass ich gegen den Felsen prallte, auf dem er saß. Seine Hand umklammerte mein Gelenk mit stahlhartem Griff, und der Schmerz trieb mir Tränen in die Augen.

Sekundenlang hing ich so da, halb gegen den Fels gelehnt und nur von dem Roten aufrecht gehalten. Dann wandte der Indianer den Kopf und sah mich aus brennenden Augen an.

Und das im wahrsten Sinne des Wortes!

Die Pupillen seiner Augen waren vollends verschwunden und hatten einem gleißenden, pulsierenden Leuchten Platz gemacht. Roter Widerschein erhellte sein Gesicht, als er mich weiter zu sich heranzog und mich anstarrte wie ein Raubtier sein wehrloses Opfer. Seine Züge verzerrten sich zu einer wilden Grimasse der Wut. Und trotzdem glaubte ich für einen Moment, so etwas wie ... Enttäuschung darin zu erkennen.

Dann – urplötzlich – ließ er mich los.

Vollkommen überrascht stolperte ich zurück und hob abwehrend die Hände. Aber das war unnötig, wie ich gleich darauf erkannte. Der Indianer machte keine Anstalten, mich nochmals anzugreifen. Das Feuer in seinen Augen erlosch, und das Grau seiner Haut wurde fleckig und dunkel.

Und dann öffnete er die versteinerten Lippen, und seine raue, Hass erfüllte Stimme jagte mir einen Schauer über den Rücken. »Du bist nicht Tatanka Iyotake. Du bist nicht der Mörder.«

Nur diese Worte. Mehr nicht. Er drehte wieder den Kopf und blickte in die Weite der Mojave-Wüste hinaus, als wäre nichts geschehen. Die Glut in seinen Augen erlosch endgültig, und dann griff er mit einer schwerfälligen, seltsam eckigen Bewegung nach der Decke und schwang sie sich wieder um die Schultern.

Wie lange ich noch reglos dastand und ihn anstarrte, während meine Gedanken wild im Kreise rasten, weiß ich nicht mehr. Er hatte mich töten wollen, und nun? Mein Verstand wollte sich nicht damit abfinden, was meine Augen sahen. Drohte von einer anderen Seite Gefahr, die ich nicht bemerkt hatte?

Ich wirbelte herum, drehte mich auf dem Absatz im Kreis. Und dann fiel auch mein Blick hinaus auf das endlose, sandige Meer.

Ein gellender Schrei brach über meine Lippen. Instinktiv riss ich die Arme schützend vor das Gesicht, taumelte zurück und stürzte in den Sand, kroch hastig noch weiter zurück und kam stolpernd wieder auf die Beine.

Es war ein Bild wie aus einem qualvollen Albtraum; schrecklicher als alles, was ich bisher je erblickt hatte.

Die endlose Wüstenlandschaft war übersät mit Leichen.

Ich schlug die Hände vor die Augen, doch mein Blick schien durch Fleisch und Knochen hindurchzugehen, und das Bild brannte sich mit schrecklicher Klarheit in mein Gedächtnis und ließ mich wie von Sinnen schreien.

So weit mein Blick auch reichte – überall, bis zum fernen Horizont und wahrscheinlich noch darüber hinweg, lagen die blutigen Körper von Indianern in voller Kriegsbemalung und Weißen in der Uniform der Kavallerie der Vereinigten Staaten; Körper, die von Speeren und Pfeilen, von Säbeln und Kugeln getroffen worden waren, wie von einem schrecklichen Sämann über den weißen Sand verstreut. Körper mit gebrochenen Augen und weit aufgerissenen Mündern, aus denen der klagende Laut wehte.

Ein blutiges Schlachtfeld.

Little Bighorn.

Ich wusste es im selben Moment, als ich die Uniformen erkannte, wusste es mit lähmender Gewissheit, obwohl ich nie eine Illustration oder eine Fotografie des schrecklichen Massakers gesehen hatte, dass dies die Vision von Little Bighorn war, dem schwärzesten Kapitel der amerikanischen Geschichte. Eine Vision!

Und mit dieser Erkenntnis verlor der Schrecken seine Macht. Es konnte nicht Wirklichkeit sein! Ich musste dies alles ... träumen!?

Mit einem Ruck fuhr ich herum. Vor mir erstreckte sich das Lager – und nichts hatte sich verändert! Nicht einer der über zwanzig Männer war durch mein Schreien erwacht. Und dann wanderte mein Blick zu meiner Schlafstatt und ich sah – *mich selbst, in eine wollene Decke gehüllt und friedlich schlafend!*

Es war ein prächtiger Tag im Juni des Jahres 1876. Die Sonne brannte heiß vom Himmel und ließ die Luft flirren, aber den Mann, der zusammengesunken im Zentrum der Siedlung saß, konnte sie nicht wärmen. Sein Körper war kalt wie die Nacht, und es war eine Kälte, die von innen kam, aus seiner Seele. Seine Augen, rot entzündet schon und tränend, blickten auf zu dem fernen, gleißenden Gott am Firmament, starrten in die Sonnenglut, ohne sich auch nur einmal zu schließen.

Sein Rücken, an den aufgestellten Stamm einer frisch gefällten und in vier Farben bemalten Pappel gelehnt, war übersät mit schorfigen Narben, nicht wenige erst notdürftig verheilt. Von seinen Armen rann Blut in schweren, dunklen Tropfen und versickerte im harten Boden.

Sitting Bull war an diesem Tage dem Tod näher als je zuvor. Und doch hatte er die Qualen selbst erwählt.

Das Ritual, dem er sich unterzog, machte ihn bereit für den Sonnentanz, für das Zwiegespräch mit Wakan Tanka, dem *Großen Geheimnisvollen;* seinem Gott.

Immer wieder formten seine trockenen, gesprungenen Lippen das Bittgebet, sangen trotz der Schmerzen die Litanei, die nur die Götter verstehen konnten. Er spürte kaum, wie sein Adoptivbruder Jumping Bull die letzte der Wunden riss, die auf beiden Armen eine blutige Spur bis hinauf zur Schulter zogen, wie der Junge sich wieder erhob und die nadelspitze, blutbefleckte Ahle gegen die Sonne reckte.

Erst als ihn Jumping Bull sanft an der Brust berührte, löste er seinen starren Blick von der gleißenden Scheibe am Himmel und kam taumelnd auf die Beine. Mit unbewegtem Gesicht fuhr er in seinem klagenden Gesang fort.

Für einen Moment schien es, als würde der zu Tode erschöpfte Mann das Gleichgewicht verlieren, aber dann fing er sich wieder und begann, auf den Zehen auf und nieder zu wippen.

Der Sonnentanz hatte begonnen, und Sitting Bull tanzte ihn auf einem scharlachroten Teppich aus seinem eigenen Blut.

Die Priester, die rund um den Zeremonienplatz hockten und ihren Häuptling mit Gebeten stärkten, nahmen die Bewegung auf, wiegten die Oberkörper im Takt des Tanzes oder nickten den monotonen Rhythmus mit geschlossenen Augen.

Der Schatten der Pappel im Zentrum des Platzes wanderte wie der Zeiger einer riesigen Sonnenuhr und zog seine Bahn über die gebrannte Erde, während Sitting Bull tanzte; Stunden um Stunden um Stunden. Und noch immer hielt sich der völlig entkräftete Mann aufrecht. Allein die Kraft der Magie, deren sich Sitting Bull bediente, erhielt ihn am Leben.

Der Abend brach an, und die Sonne am Horizont färbte sich rot. Ihr erlöschendes Licht tauchte die Tipis in ein Meer aus Blut. Und immer noch tanzte Sitting Bull. Längst verspürte er die Schmerzen nicht mehr, die durch seine Arme und seinen Rücken pulsten. Sein Geist hatte den Körper verlassen, vor Stunden schon, schwebte durch ein Reich, in dem es keinen Tod gab und kein Leben, auf der Suche nach Wakan Tanka, seinem Gott,

Und auch die Nacht sah Sitting Bull tanzen. Ohne Wasser oder Nahrung zu sich zu nehmen, bewegte sich der Häuptling der Sioux nach dem Takt des Götterliedes. Über dreißig Stunden lang.

Dann, die Sonne stand wieder im Zenit und brannte unbarmherzig auf die kleine Siedlung herab, brach Sitting Bull zusammen.

Der Sonnentanz war zu Ende.

Er hatte Wakan Tanka gefunden ...

»Ich nehme dein Opfer an.« Die Stimme des Gottes dröhnte in Sitting Bulls Ohren. Es war eine Stimme ohne Körper, und sie entstand direkt in seinem Kopf

Der Häuptling neigte demütig das Haupt. Es war nicht das erste Mal, dass er Wakan Tanka um Beistand bat, doch selten zuvor war es mit dem Ritual des Sonnentanzes geschehen. Und diesmal hing von der Antwort des Sonnengottes ungleich mehr ab als eine gute Jagd oder eine reiche Ernte.

Vielleicht das Schicksal seines ganzen Volkes ...

»Ich sehe, dass große Sorgen dein Herz umfangen«, fuhr die mächtige Stimme fort. »Und du hast dein Leben gewagt, um meinen Ratschlag zu erbitten, Häuptling der Sioux. Ich will deinen Wunsch erfüllen.«

Sitting Bull richtete sich auf und starrte in die Nebel, die ihn umgaben. Lichter brannten dahinter, wie in weiter Ferne, und große, verzerrte Schatten huschten durch die undurchdringlichen Schwaden und begannen ihn zu umkreisen.

Für einen Moment war das Herz des Indianers voller Angst. Dies war die Welt der Ahnen, und die Götter waren launisch. Sein Leben galt hier nicht mehr als die Flamme einer Kerze im Wind. Ein böser Hauch nur, von einem missgünstigen Gott geschickt, und er würde sterben.

Doch als Wakan Tanka nicht weitersprach, entsann er sich dem Grunde seines Kommens.

»Mächtiger Gott der Sonne und des Lebens«, begann er die rituelle Ansprache. »Beschützer unseres Blutes und Bewahrer unserer Jagdgründe. Der weiße Mann, der uns betrogen hat, seit er in unser Land eindrang, bewaffnet sich. Mit seinen Armeen mordet er die Krieger, Frauen und Kinder der Sioux, Cheyenne und Arapaho. Er will uns zwingen, das Land unserer Ahnen zu verlassen und das Leben in Freiheit gegen ewige Gefangenschaft einzutauschen. Höre durch mich die Klagen deiner Söhne und Töchter, Großer Gott der Sonne. Sage uns, ob wir siegreich gegen den weißen Mann bestehen werden, wenn ich die Krieger aller Stämme vereine.«

Lange Zeit schwieg der Gott. Die Nebel um Sitting Bull verdunkelten sich, begannen zu tanzen und griffen wie mit dürren Spinnenfingern nach ihm. Die Schatten wogten schneller und strömten zusammen, um Körper zu bilden. Mannsgroße Körper, die jenseits der Nebelwand hin und her huschten, niemals wirklich zu erkennen und doch so greifbar nah.

Dann klang wieder die Stimme auf, und Sitting Bull löste fast erleichtert seinen Blick von den dunklen Schemen.

»Du bist ein großer Krieger, Tatanka Iyotake«, dröhnte der Gott, »tapfer und voller Weisheit. Ich will dir eine Antwort geben.«

Plötzlich riss die Nebelwand auf. Tipis aus Büffelhaut schälten sich aus dem Dunst, Feuerstellen und ein Pferdegatter. Die Tiere wieherten nervös und bäumten sich immer wieder auf. Indianer vom Stamm der Sioux liefen voller Hast zwischen den Zelten, bewaffnet mit Bögen und Speeren, aber ohne die erbeuteten Gewehre der Weißen.

Es dauerte einige Sekunden, bis Sitting Bull das Dorf erkannte. Es war sein eigenes Sommerlager! War er zurück aus der Welt der Götter, ohne die Antwort erhalten zu haben?

Dann begriff er. Wakan Tanka sprach in Bildern. Was er sah, war die Zukunft!

Die Nebel jenseits des Dorfes lichteten sich. Gestalten in blauen Uniformen kamen heran, erreichten die ersten Tipis und näherten sich Sitting Bull. Soldaten des weißen Mannes!

Doch wie sahen sie aus? Der blaue Stoff war blutgetränkt und zerrissen; klaffende Wunden bedeckten Arme und Gesichter. Kraftlos taumelten sie heran, erreichten den Zeremonienplatz – und brachen zusammen, einer nach dem anderen, stürzten in den hellen Staub und wanden sich wie in Qual.

Diese Männer waren keine Sieger. Sie kamen als Todgeweihte.

Dann war es vorbei. Die Vision verblasste, und eisige Böen zerschlugen die Nebelschwaden. Sitting Bull wurde fortgerissen, mitgezerrt von den Winden des Jenseits, die ihn zurückbrachten in die Welt der Lebenden. Plötzlich war um ihn herum nur noch Dunkelheit, die Schwärze der ewigen Nacht.

Und dann – ein Licht. Aus weiter Ferne kam es heran, schneller und schneller, wurde zu einem gewaltigen, alles verschlingenden Maul. Sitting Bull schrie auf als feurige Zungen nach ihm leckten, als sich ein Band aus Flammen um seinen Körper schlang und ihn hineinzerrte in dieses schreckliche Maul. Er wirbelte herum, rief mit letzter, verzweifelter Kraft den Namen seines Gottes – und schlug die Augen auf.

Die Priester wichen zurück und senkten ehrfurchtsvoll die Köpfe. Nur Jumping Bull blieb neben ihm hocken und stützte ihn.

»Du bist zurückgekehrt. Den Göttern sei Dank«, sagte er, und seine Stimme klang froh und unbesorgt nach all den Stunden, in denen sie um das Leben ihres Häuptlings gebangt hatten. »Hast du mit dem Sonnengott gesprochen?«

Sitting Bull nickte matt. Die Ungeduld seines jugendlichen Bruders gab ihm die Kraft, sich auf die Knie zu erheben und den Blick zur Sonne zu wenden.

»Wakan Tanka hat mir die Zukunft offenbart«, sagte er, und seine Stimme war nur mehr ein Flüstern. »Der weiße Mann ist des Todes ...«

Ich erwachte, als mich jemand unsanft bei der Schulter packte und kräftig rüttelte. Die schwere Wolldecke verrutschte, und plötzlich kitzelten widerlich helle Sonnenstrahlen meine Nase.

Mit einem lautstarken Niesen fuhr ich auf, blinzelte schlaftrunken in die Runde und gewahrte gegen das grelle Licht einen großen, dunklen Schatten, der sich vor meiner Schlafstatt aufbaute.

»Nun aber hoch mit dir, Junge«, dröhnte eine tiefe, knarrende Stimme überlaut in meinen Ohren. »Aus dir wird nie ein echter Westmann. Bleibt einfach liegen und verschläft den ganzen Morgen! Ich wette, es ist schon nach sechs. Wenn du mich fragst –«

»Niemand fragt dich, Bill«, klang eine zweite Stimme auf, eine glockenhelle Stimme voller Fröhlichkeit und Wärme. Die Stimme von Annie Oakley. »Komm schon, und hilf mir mit dem Feuer, und lass Bob in Ruhe wach werden.«

Ich gähnte herzhaft und versuchte mich krampfhaft daran zu erinnern, wer ich war und wo ich mich befand. Habe ich schon erwähnt, dass ich es als tätlichen Angriff betrachte, wenn man mich vor neun Uhr morgens aus dem Schlaf reißt? Ja? Nun, William Frederick Cody jedenfalls schien es nicht zu wissen. Er lachte herzhaft, gab mir noch einen leichten Tritt mit einem seiner fast hüfthohen Lederstiefel und wandte sich um.

Sein Schatten, der mich bis jetzt vor den grellen Strahlen der Morgensonne bewahrt hatte, wanderte davon, und die plötzliche Helligkeit zerriss die letzten Schleier der Schlafes.

Ich fühlte mich wie gerädert und so erschöpft, als wäre ich die ganze Nacht in der Wildnis umhergestreift anstatt zu schlafen. In meinem Kopf schien ein wütender Hornissenschwarm zu hausen, und auf meiner Zunge lag ein seltsam metallischer Geschmack wie von Kupfer.

Hatte mich wieder einer dieser furchtbaren Albträume heimgesucht, von denen ich seit Tagen schon geplagt wurde? War ich wieder schweißgebadet erwacht, mitten in der Nacht, von schrecklichen Visionen aus dem Schlaf gerissen?

Doch je mehr ich versuchte, mich an Einzelheiten des Traumes zu erinnern, desto schneller entglitt er mir. Schließlich verdrängte ich den Gedanken mit einem Achselzucken, schlug die Decke beiseite und stemmte mich hoch.

Genauer gesagt: Ich versuchte es. Ein stechender Schmerz durchzuckte mein Handgelenk und ließ mich aufstöhnen.

Ich fiel zurück und zog mit einem leisen Fluch den linken Ärmel meiner Jacke hoch.

Fassungslos starrte ich auf mein Gelenk hinab, für Sekunden unfähig, auch nur einen klaren Gedanken zu fassen.

Gleich unterhalb des Handballens hatte sich meine Haut grün und blau verfärbt, und deutlich konnte ich die braun umrandeten Abdrücke schlanker Finger erkennen. Finger, die sich mit furchtbarer Kraft um meinen Arm geschlossen haben mussten.

Nur – ich erinnerte mich nicht daran ...

»Stimmt etwas nicht?« Eine leise, besorgt klingende Stimme riss mich aus meinen Gedanken. Shadow war neben mir aufgetaucht, kniete nieder und wischte sich eine Strähne ihres langen Haares aus der Stirn. Sie hatte ihre geflügelte Engelsgestalt abgelegt und einen menschlichen Körper angenommen. Hastig streifte ich den Ärmel über die hässliche Quetschung und verzog die Lippen zu einem gequälten Lächeln. Ich wusste nicht, was geschehen war, aber bis ich es herausgefunden hatte, wollte ich sie nicht unnötig ängstigen.

Mein Lächeln konnte nicht sehr überzeugend gewesen sein, denn Shadow blickte mich tadelnd an und griff dann energisch nach meinem Arm. Als sie die Male erblickte, sog sie scharf die Luft zwischen die Zähne.

»Was ist passiert?«, fragte sie nach einer Weile, als klar wurde, dass ich nicht von selbst sprechen würde.

Ich zuckte die Achseln. »Ich weiß es nicht. Wirklich, Shadow. Gestern Abend noch war meine Hand vollkommen in Ordnung. Und jetzt ...«

»Du erinnerst dich nicht?« Shadow verzog ungläubig die Brauen. »So eine Verletzung –«

»– kommt nicht einfach über Nacht, das weiß ich selbst«, unterbrach ich sie; energischer, als ich es eigentlich wollte. Aber irgendetwas war mit mir geschehen, während ich schlief, und es machte mich rasend, dass ich keine Ahnung hatte, was es war. Noch einmal lauschte ich in mich hinein, und wieder entglitt mir die Erinnerung an den Traum, noch ehe ich sie greifen konnte.

Shadow starrte mich wütend an, ließ meine Hand einfach fallen und richtete sich wieder auf. »Entschuldige«, sagte sie nur, wandte sich mit wehender Mähne um und schritt zur Feuerstelle hinüber, wo sich Bill und Annie bemühten, ein Feuer zu entfachen. Ich sah ihr nach, wütend über mich selbst und meine Unbeherrschtheit. Dieser Morgen fing ja gut an!

Während ich mich mit steifen Gliedern in die Höhe quälte, suchte ich bereits nach einer Entschuldigung, um mich mit Shadow zu versöhnen. Längst schon war mir klar geworden, dass meine Gefühle zu ihr mehr, viel mehr waren als reine Freundschaft.

Ich liebte sie. Ich wusste es jetzt mit aller Deutlichkeit, seit dem Moment, als wir uns im Berg der Weißen Götter wiedergefunden hatten. Und jeder Missklang zwischen uns schmerzte mich in der Tiefe meines Herzens.

Ich sah, wie sie an das erloschene Feuer trat, Annie mit einem Lächeln beiseiteschob und eine rasche, komplizierte Geste mit der Hand vollführte. Eine Stichflamme schoss aus dem taufeuchten Holz, sprang von Span zu Span, und nach wenigen Sekunden brannte das Feuer lichterloh.

Shadow wandte sich zu mir um, und ein schelmisches Lächeln flog über ihr engelsgleiches Antlitz. Ich grinste zurück, klopfte den Sand aus meinen Kleidern und wollte zu ihr hinübergehen, als meine Finger etwas Kaltes, Metallisches berührten. Ich hielt inne, tastete nochmals über meinen Gürtel und zog das Ding hervor.

Es war Sitting Bulls Dolch.

Und er war *zerbrochen!*

Die Erinnerung traf mich mit solcher Wucht, dass mir für einen Moment schwarz vor Augen wurde und ich haltlos zurückwankte.

Als ich zu fallen drohte, waren Shadow und Bill schon heran und stützten mich. Ich hörte ihre besorgten Stimmen, aber ich verstand den Sinn der Worte nicht. Es war, als hätte sich ein wattiger, finsterer Nebel um mein Gehirn gelegt und versuchte nun, meine Gedanken zu ersticken. Wieder wollte mir der Traum entgleiten wie ein lebendes Ding, aber diesmal hielt ich ihn fest; beinahe gegen meinen eigenen Willen. Das Blut rauschte mir in den Ohren, und vor meinem inneren Auge lief die furchtbare Vision der Nacht noch einmal ab, in all ihrer erschreckenden Klarheit.

Und gleichzeitig begann sich ein Gedanke in mein Bewusstsein zu drängen, der noch schrecklicher war als die Erinnerung an den Traum selbst.

Der Gedanke, dass es kein Traum gewesen sein konnte, sondern eine furchtbare, fremde Form der Realität. Wie konnte mein Arm durch einen Traum verletzt werden, wie ein Dolch durch eine Vision zerbrechen?

Aber waren dann nicht auch all diese anderen, grauenvollen Albträume …

Plötzlich erklang ein schrilles, hysterisches Lachen, und erst als etwas mit schmerzhafter Wucht mein Gesicht traf, erkannte ich, dass es meine Stimme war. Für Sekunden – oder Ewigkeiten – balancierte mein Geist noch auf dem schmalen Grat zwischen Vernunft und Wahnsinn, dann rissen mich Bills Schläge endgültig in die Wirklichkeit zurück. Es war wie das Erwachen aus tiefer Ohnmacht.

»Ganz ruhig, Robert. Alles ist gut.«

Die Worte kamen aus dem Nichts und waren von solch hypnotischer Kraft, dass meine rasenden Gedanken wie mit einem Ruck zum Stillstand kamen.

Es war Shadows Stimme, die ich hörte, und als sich die dunklen Nebel hoben, erkannte ich ihr Gesicht dicht vor dem meinen. Ich wusste nicht, was sie tat, doch ahnte ich jetzt, dass mich nicht allein Bills Ohrfeigen vor dem Irrsinn bewahrt hatten.

»O mein Gott!« Shadow schrie auf und zog ihre Geistfühler in blinder Hast zurück. Ihr Gesicht verschwand, und als ich noch immer benommen nach unten blickte, sah ich, wie sie zu Boden sank. Sie konnte nur für Sekunden mit meinem Geist verschmolzen gewesen sein, um ihn zu beeinflussen und zu beruhigen, und doch musste sie all meine Albträume, all den Schrecken der letzten Wochen in diesem Moment selbst durchlebt haben.

Jetzt war es an mir, ihr beizustehen. Ich streifte Bills Hände ab, ignorierte die Rufe und Fragen, die von allen Seiten auf mich eindrangen, und kniete neben Shadow nieder. Aber meine Hilfe war nicht notwendig. In dieser Sekunde schlug sie die Augen auf. Tränen rannen über ihre Wangen; ihr Blick flackerte.

»Warum … warum hast du mir nichts davon gesagt?«, flüsterte sie, und in ihrer Stimme klang noch ein schwacher Abglanz des Grauens nach, das sie gesehen hatte.

Ich wischte ihr die Tränen mit dem Handrücken fort und sah sie fast schuldbewusst an. »Es waren Träume, Shadow; nur böse Träume. Bisher jedenfalls«, fügte ich hinzu und hob Sitting Bulls zerbrochenen Dolch vom Boden auf. »Jetzt sind sie ... Wirklichkeit geworden.«

Ein kalter Wind kam auf und peitschte Myriaden von Schneeflocken gegen die nackten Steine und das verkrüppelte Baumgeflecht, das allein hier zu wachsen vermochte. Ein dumpfes Heulen erklang, als sich der Sturm in den bizarren, scharfkantigen Felsen fing, sich zu winzigen Strudeln sammelte und wieder auseinanderstob.

Das Land lag im Dämmerlicht; eine ewige Dämmerung, denn hier oben, nahe dem Gipfel des Little Rock, wurde es niemals richtig hell.

Dabei war, wie der Name schon sagt, der Berg nicht einmal sonderlich hoch. Und wenn auch die umliegenden Gebirgszüge unter der Hitze des Sommers glühten, so herrschten hier Kälte und Tod das ganze Jahr hindurch.

Die Weißen, von Mythen und Sagen unberührt, hatten dieses wohl einzigartige Phänomen als eine Laune der Natur abgetan und sich nicht weiter damit beschäftigt. Für sie zählte allein der Wert eines Landstrichs, und der Little Rock konnte allenfalls mit Eis und Fels aufwarten.

Für die Indianer war der Berg heilig.

Ein böses Heiligtum, denn die Überlieferungen sprachen von Dämonen, die den Gipfel bewohnten. Dunkle, körperlose Schatten sollten dort hausen und die Seelen derer, die ihr Leben als Feiglinge im Kampf verloren, ewiger Qual preisgeben.

Doch selbst die bösen Geister hatten ihren Platz im Leben der Indianer, und so war es bei den Stammeszauberern der umliegenden Völker Sitte, jedes Jahr zur Sommersonnenwende zum ewigen Eis des Little Rock zu ziehen und die Schatten der Toten über das Schicksal der Stamme zu befragen.

Die Zeit der Sonnenwende aber war noch nicht gekommen, und die vermummte Gestalt, die sich taumelnd und am Ende ihrer Kraft durch den eisigen Sturm bewegte, war auch kein Medizinmann.

Immer wieder blieb die junge Squaw stehen, öffnete die Bärenfellkapuze einen Spalt und blinzelte hinaus in das wirbelnde weiße Inferno. Schneekristalle fauchten heran, drangen durch den schmalen Spalt und stachen wie Dutzende kleiner Nadeln nach ihren Augen.

Die Squaw zog das Fell wieder zurecht und schloss für Sekunden die tränenden Augen. Sie wusste, dass es ihr Tod sein würde, jetzt stehen zu bleiben und sich einfach in den Schnee sinken zu lassen. Sie wusste, dass sie gehen musste, und doch verweigerten ihr die Füße den Dienst, schlanke, zierliche Füße, die sie schon seit Stunden nicht mehr fühlen konnte in den steinhart gefrorenen Stiefeln aus Büffelhaut.

Monahseetah taumelte. Die steifen Finger konnten die Kapuze nicht mehr halten, und der Sturm riss sie ihr in den Nacken und lieferte die junge Squaw den wütenden Gewalten aus.

Hart stürzte Monahseetah in den Schnee und versank darin wie in eisigem Wasser. Ihr langes schwarzes Haar wehte noch für Sekunden im Wind, dann hatte die weiße Flut sie zugedeckt …

Als Monahseetah wieder zu sich kam, konnte noch nicht viel Zeit vergangen sein. Noch drang das Dämmerlicht durch das weiße Leichentuch, das sie bedeckte. Noch lebte sie!

Mit letzter Kraft stemmte sie sich wieder hoch, durchbrach die Schneedecke – und erstarrte.

Dicht vor ihrem Gesicht war etwas! Durch die nebligen Schleier, die vor ihren Augen wallten, konnte Monahseetah nur mehr einen Schatten erkennen; einen großen, unförmigen Schatten, der pulsierend wie ein gigantisches, schlagendes Herz vor ihr hockte und mit glühenden Augen auf sie herabstarrte.

Die Geister des Berges!

Mit einem Schrei sprang Monahseetah auf. Die panische Angst verlieh ihr neue Kraft und ließ sie den beißenden Frost und die tauben Glieder vergessen.

Der Schatten vor ihr stieß einen krächzenden Schrei aus, begann in noch schnellerem Rhythmus zu pulsieren – und erhob sich in die Luft!

Monahseetah stolperte zurück, fiel und stürzte abermals in den Schnee. Der plötzliche Schmerz ließ sie die Augenlider zusammenpressen, und als sie sie wieder öffnete, klärte sich ihr Blick.

Der Geist war ein schwarzer Adler.

Der Anblick war so unwirklich, dass Monahseetah für Sekunden einfach liegen blieb und aus schmerzenden Augen auf das gewaltige, wild mit den Flügeln schlagende Tier starrte.

Ein Adler? Hier, in dieser weißen Hölle, in der sonst kein Tier zu existieren vermochte? Das konnte unmöglich …

Ein neuer Schrei brach über Monahseetahs Lippen, als sie erkannte, dass sie sich die glühenden Lichter keineswegs eingebildet hatte. Jetzt konnte sie es deutlich sehen: Die Augen des Adlers glommen tatsächlich in einem unheimlichen roten Feuer. Sein Blick war fast der eines Menschen; durchdringend und von Intelligenz erfüllt.

Und noch während sie fassungslos auf das unheimliche schwarze Tier starrte, schwang sich der Adler höher und höher in die Lüfte, kämpfte mit mächtigem Flügelschlag gegen den Schneesturm an und stieß ein zweites Krächzen aus.

Es klang wie ein Ruf.

Und die junge Squaw verstand ihn! Plötzlich glaubte sie aus dem Schrei des Tieres ein Wort herauszuhören; ein Wort in der Alten Sprache.

»Komm!«, schrie der Adler, und sein Flügelschlag war ein Winken, das Monahseetah mit sich zog, fast gegen ihren Willen.

Der dunkle Schemen des geflügelten Boten verschwand fast in den weißen Winden, und mehr als einmal verlor Monahseetah ihn aus den Augen. Doch wenn sie ihn nicht sah, so folgte sie seinem Laut, dem Rauschen der gewaltigen schwarzen Schwingen und dem Ruf, dieser magischen Stimme in der Sprache der Alten, von der sie nur ein paar Worte beherrschte.

Und dann, von einer Sekunde auf die andere, legte sich der Sturm. Jedenfalls glaubte Monahseetah erst, dass es so sei, doch als sie sich umwandte und zurücksah, tobten hinter ihr noch immer die weißen Winde. Es war wie eine unsichtbare Wand, deren Grenze sie überschritten hatte. Eine Insel der Ruhe, mitten in den tosenden Gewalten des Sturmes. Wie das Auge eines Orkans.

Und selbst die Kälte blieb hinter dieser Wand zurück. Hätte nicht die Angst um das, was mit ihr geschah, Monahseetah frösteln lassen – sie hätte ihren Pelz ablegen können.

So aber blickte sie sich aus furchtsam geweiteten Augen um und wagte nicht, noch weiter in diese wundersame Welt jenseits des Schneesturmes hineinzuschreiten. Der Adler flog noch bis zum Zentrum des kreisrunden Platzes, wo der niedrige, finstere Eingang einer Höhle im Fels klaffte, streckte die krallenbewehrten Fänge vor und landete auf einer Holzstange, die mit Fellen und Totemschnitzereien verziert war.

Und im selben Moment, in dem der schwarze Adler die Flügel anlegte, erstarrte er zu einer unbeweglichen Statue. Die Flamme in seinen Augen erlosch. Mit einem Male wirkte er wie ausgestopft – und alt, uralt.

Und Monahseetah wusste plötzlich mit einer Gewissheit, die auf nichts begründet schien, dass sie ihr Ziel erreicht hatte.

Meile um Meile war sie gewandert, hatte Wüsten und fruchtbare Täler durchquert, Steppen und Gebirgspässe. Vor Monaten schon hatte sie ihren heimatlichen Stamm verlassen auf der Suche nach *ihm.*

Und jetzt, da die Reise ihr Ende gefunden hatte, fehlte ihr der Mut, den letzten, entscheidenden Schritt zu wagen: die Begegnung mit einem Mann, der längst Legende geworden war.

»Sei mir gegrüßt, mein Kind.«

Die junge Squaw fuhr mit einem erschrockenen Laut herum. Vor ihr stand ein kleiner, dürrer und unglaublich alter Mann. Ein leises Lächeln spielte um seine fleischlosen Lippen, als er die Hand zum Gruße hob. Wie aus dem Nichts war er neben Monahseetah erschienen, ohne dass sie sein Kommen bemerkt hatte. Die Squaw war so sehr verblüfft, dass sie vergaß, den Gruß zu erwidern.

Nach einer Weile senkte der Alte die knochige Hand wieder und wiegte langsam den Kopf; eine Bewegung, die unendlich mühsam erschien. »Ich wollte dich nicht erschrecken«, fuhr er mit einer Stimme fort, die gleichsam gebrechlich wie auch fest und energisch klang. »In der Einsamkeit vergisst man leicht die Gewohnheiten der Sterblichen.«

War die Stimme auch uralt, so klangen die Worte doch freundlich und warm, und endlich erwachte Monahseetah aus ihrer Starre und senkte das Haupt vor dem Alten.

»Du bist Mazakootemane, Schamane vom Stamm der Sioux«, flüsterte sie ehrfürchtig.

»Ich bin es«, entgegnete der alte Zauberer. »Und du bist Monahseetah, die Enkelin von Tatanka Iyotake, den man Sitting Bull nennt.«

»Woher weißt du ...«

Der Alte lächelte wieder. »Wäre ich Mazakootemane, wenn ich es nicht wüsste?«, fragte er, und seine Stimme klang fast amüsiert. »Dein Weg zu mir war weit und beschwerlich, Monahseetah, und bist du auch eine Squaw von nur siebzehn Jahren, so hast du doch den Mut und das Herz eines Kriegers.«

Monahseetah errötete. Dieser alte Mann sprach leichtfertig aus, was sie sich innerhalb des Stammes immer gewünscht hatte: mehr zu sein als nur eine Squaw. Als Enkel eines Magiekundigen wie Sitting Bull wäre sie eingeweiht worden in die Geheimnisse der Götter. Als Enkelin galt sie nichts, obwohl auch in ihren Adern das Blut Sitting Bulls floss.

»Ich danke dir, Mazakootemane«, sagte sie. »Ich bin gekommen, um dir eine Bitte vorzutragen.«

»Auch das weiß ich«, unterbrach sie der Schamane. »Doch gehen wir in meine Höhle, um zu sprechen. In meinem Alter wird es schwer, einen Naturzauber lange Zeit aufrechtzuerhalten, und ich spüre, wie der Schnee sein Gebiet zurückfordert.« Er deutete erst auf die unsichtbare Wand, hinter der das Toben und Wirbeln der weißen Flocken noch zugenommen hatte, dann auf den niedrigen Eingang zu seiner Unterkunft und setzte sich mit schwerfälligen Schritten in Bewegung.

Monahseetah folgte ihm in respektvollem Abstand, als der uralte Magier die Höhle betrat. Niemand wusste, wie alt Mazakootemane wirklich war, doch die Überlieferungen sprachen von über fünfhundert Sommern. Es mochte Legende sein, natürlich, aber in diesem Augenblick zweifelte die junge Squaw kaum mehr daran.

In der Höhle war es finster wie in einer Gruft; nur die Glut eines niedergebrannten Holzfeuers erhellte eine Ecke des kleinen Raumes. Mazakootemane trat langsam auf die glimmenden Scheite zu, legte Holz nach und murmelte ein einziges, unheimlich klingendes Wort. Sofort loderte die Flamme hoch und riss den Raum aus der Dunkelheit.

Er war nur spartanisch eingerichtet: ein Lager aus gewebten Decken und Büffelhaut, vier, fünf Krüge mit Wasser und einem merkwürdigen weißen Pulver, zwei grobe Matten auf dem steinigen Boden. Doch was der Einrichtung an Reichtum fehlte, besaßen die Wände im Übermaß. In Rot, Schwarz und Blau, den Farben des Feuers, der Erde und des Wassers, bedeckten bizarre Schriftzeichen die natürlich gewachsenen Felsen. Es war nicht die Sprache des Bildes, die Monahseetah kannte, und so konnte sie nicht verstehen, welche Botschaften der Zauberer hier hinterlassen hatte.

Der Himmel selbst, für den keine der Farben stand, war durch ein Deckengemälde vertreten, wie die junge Squaw noch keines zuvor gesehen hatte, Auf schwarzem Grund glitzerten die Abbilder der Sterne wie kleine, funkelnde Diamanten. Viele der Punkte hatte der alte Magier mit Strichen verbunden und mit den Zeichen der einzelnen Götter versehen.

Es war ein seltsames Bild, das sich der jungen Squaw bot; so fremd und doch auf rätselhafte Weise vertraut.

Der Alte wartete geduldig, bis Monahseetah den Blick von den Wundern seiner Höhle gelöst hatte. Dann ließ er sich auf eine der Matten niedersinken und bedeutete ihr, gleichfalls Platz zu nehmen.

»Du bist hier, um die Geheimnisse der Magie zu erlernen«, stellte er dann fest. »Du haderst mit deinem Schicksal, eine Frau zu sein, Monahseetah. In deinen Adern fließt das Blut der Schamanen vom Berg der Weißen Götter, und dieses Erbe lässt deine Seele nicht ruhen.«

»Es ist, wie du sagst«, antwortete Monahseetah leise. Sie wusste, dass das Schicksal ihres ganzen weiteren Lebens von den nächsten Minuten abhängen würde. Es lag allein in der Hand des Zauberers, sie zu unterrichten und die Kräfte zu erwecken, die ihr angeboren waren.

Der Alte schwieg lange Zeit, während das Feuer langsam niederbrannte und die Gesichter der beiden so ungleichen Menschen mit seinem flackernden Schein erhellte. Schließlich kroch Mazakootemanes sehnige Hand zwischen die Falten seines Gewandes und zog eine hölzerne Pfeife und einen Beutel Tabak hervor.

Während er die kleine Pfeile stopfte, begann er wieder zu reden, aber seine Stimme war kälter geworden und härter. Monahseetah sank der Mut, als sie die Worte hörte.

»In meinem langen Leben hatte ich viele Schüler«, sagte Mazakootemane. »Sie kamen wohl von jedem Stamm des Landes, und sie alle wollten unterrichtet werden in Magie und Wissen. Bei einigen von ihnen erhörte ich die Bitte und nahm sie bei mir auf. Doch bei fast allen habe ich es bereut. Der Zauber der Götter ist gefahrvoll und schwer zu beherrschen. Manche ließen ihr Leben bei einer falschen Beschwörung, viele brachen die Ausbildung ab, weil Angst ihr Herz übermannte. In all den Jahren habe ich keinen gefunden, der wirklich würdig war, mein Nachfolger zu sein.«

Mazakootemane seufzte schwer, drehte sich halb herum und zog einen brennenden Span aus dem Feuer. Er setzte den Tabak in Brand, paffte ein paar Züge und wandte sich wieder Monahseetah zu. Ein dicker blauer Rauchschwaden löste sich von der Pfeife und schwebte träge durch den Raum.

»Du fragst, ob ich dich unterrichte«, fuhr er fort. »Nun, unter all den jungen Kriegern, die zu mir kamen, war nie eine Frau. Ich glaube nicht –«

Ein greller Blitz fuhr plötzlich vom Feuer hoch, traf den alten Magier und schleuderte ihn zurück. Und wie ein Donnerschlag folgte dem Blitz ein urgewaltiges Brüllen, das die Höhle erbeben ließ.

Monahseetah war zu Tode erschrocken aufgesprungen und Zeuge geworden, wie Mazakootemane gegen die Wand geworfen wurde. Für sie gab es keinen Zweifel, dass der alte Mann tot war, noch bevor er am Fels herabsank und mit seltsam verrenkten Gliedern am Boden liegen blieb. Sein Genick war bei dem Aufprall gebrochen; sie hatte den furchtbaren Laut deutlich hören können: ein Knacken wie von einem trockenen Ast.

Doch damit war das Grauen nicht vorüber.

Mit einem Male stand eine Halbkugel aus schwarzem Rauch über dem Feuer und erstickte die Helligkeit. Dann spaltete sie sich mit einem singenden Laut in zwei Teile, und eine krallenbewehrte Pranke, groß wie ein Kopf, kam zum Vorschein.

Die junge Squaw reagierte, ohne zu denken. Plötzlich war ein Wort aus den Tiefen ihrer Seele aufgetaucht; ein Wort in der Alten Sprache, dessen Bedeutung sie nicht verstand. Trotzdem griff sie danach. Ihre Lippen formten das Wort, und trotz seiner absoluten Fremdartigkeit konnte sie es mühelos aussprechen.

Die Pranke zuckte zurück, als hätte ein mächtiger Schlag sie getroffen – und erstarrte mitten in der Bewegung. Noch einmal wiederholte Monahseetah das Wort, und plötzlich liefen feine Risse durch den Arm des Ungetüms.

Dann zerbrach die Pranke wie morscher Stein, fiel in das Feuer zurück, aus dem sie gekommen war, und verging im grellen Blitz einer lautlosen Explosion.

Sekundenlang stand Monahseetah schwer atmend da, unfähig, auch nur einen klaren Gedanken zu fassen. Sie verstand nicht, woher das Wesen gekommen war und aus welchem Grund es den Schamanen getötet hatte. Doch Mazakootemane war tot, und all ihre Mühen, all ihre Hoffnung waren umsonst gewesen ...

»Aber nein«, klang eine wohl bekannte Stimme auf. Monahseetah fuhr herum und starrte ungläubig auf die Gestalt des uralten Medizinmannes.

Mazakootemane stand vor ihr – er war unverletzt!

»Ich sehe jetzt die Kraft, die in deiner Seele wohnt«, fuhr der Alte fort, reckte sich und legte der Squaw die knochige Hand auf die Schulter. »Du hast die Probe bestanden, Monahseetah. Ich werde dich unterrichten ...«

Obwohl die Sonne heiß vom Himmel brannte und die Luft bereits in den frühen Morgenstunden flirren ließ, war mir so kalt, dass meine Zähne unwillkürlich aufeinanderschlugen.

Fast glaubte ich, den Raureif meines Atems sehen zu können. Es war eine Kälte, die aus mir selbst kam und die keine Sonne und kein Feuer vertreiben konnten.

Shadow saß zusammengesunken neben mir, die Beine an den Körper gezogen und mit den Armen umschlungen. Ich ahnte, dass es ihr ähnlich wie mir erging. Der Schrecken aus meinen Visionen hatte sich tief in unsere Seelen gebrannt.

Wir hatten uns von der Gruppe abgesondert und hockten im Schatten der bizarren Felsen.

Ich hatte das Drängen und die Fragen meiner Freunde abgewehrt und darauf bestanden, uns ein paar Minuten Ruhe zu gönnen. Das war schwieriger gewesen, als es sich anhört. Die Wächterindianer um Ixmal, die nur den letzten Akt der Geschehnisse beobachtet hatten, glaubten erst, ich hätte Shadow ein Leid zugefügt. Für sie war Shadow eine Göttin – was der Wahrheit ja schon recht nahe kam –, und sie wären beinahe über mich hergefallen, als sie bewusstlos zusammenbrach. Erst Sitting Bulls Ehrfurcht gebietende Stimme hatte sie halbwegs zur Räson gebracht.

»Seit wann quälen dich diese ... Träume, Robert?« Shadows Stimme war kaum mehr als ein Hauch, und als sie aufsah und ich ihrem Blick begegnete, erkannte ich einen Schrecken darin, den ich mir trotz allem nicht erklären konnte. Denn sie hatte schon mehr Grauen und Tod gesehen, als ein Mensch je ertragen kann – wie konnten meine Albträume, so erschreckend sie auch waren, sie derart aus der Fassung bringen?

Sie musste mehr daraus gelesen haben, als ich auch nur ahnen konnte. Was wusste sie?

»Ich habe auch schon darüber nachgedacht, mehr als einmal«, antwortete ich nach kurzem Zögern. »Es muss in San Francisco begonnen haben – etwa zu der Zeit, als ich Buffalo Bill und Sitting Bull kennen lernte.«

Shadow nickte nur. Ich wartete noch ein paar Sekunden, doch sie schien mir nicht erklären zu wollen, worauf sie hinauswollte.

»Warum fragst du?«, hakte ich schließlich nach, doch sie wich mir so geschickt aus, als wäre sie bei Howard in die Lehre gegangen.

»Es ist zu früh, Genaueres zu sagen«, erwiderte sie. »Ich habe einen Verdacht, und ich ... ich muss darüber nachdenken. Was ist mit diesem Namen? Tatanka Iyotake. Sagt er dir irgendetwas?«

Ich schüttelte den Kopf, hilflos und verärgert zugleich. »Shadow, ich will wissen, was das alles zu bedeuten hat. Wenn du glaubst, etwas zu ahnen, dann sag es mir. Bitte!«

Für endlose Sekunden sah sie mich an, und ihre Augen schienen direkt in meine Seele zu blicken. Aber ich hielt ihrem Blick stand, und schließlich senkte sie den Kopf und atmete tief ein.

»Gut. Vielleicht ist es sogar besser so.« Ihre Stimme klang gepresst, als bereite ihr das Sprechen unendliche Mühe. Oder, führte ich den Gedanken erschrocken fort, als wollte etwas mit aller Macht verhindern, dass sie ihr Wissen preisgab! Die Kälte in meinem Inneren schien noch zuzunehmen.

»Diese Träume scheinen eine Art ... Warnung zu sein«, flüsterte Shadow, als fürchtete sie, belauscht zu werden. »Eine Warnung, die immer mehr an Substanz gewinnt, je näher wir unserem Ziel kommen. Wäre nicht diese Vision der letzten Nacht, dieser indianische Name, würde ich auf jemanden tippen, der dich mit diesen Träumen in den Wahnsinn treiben will.«

»Necron? Du meinst, er weiß –«

»Ich hätte es geglaubt, ja. Aber er kann es nicht sein. Die Chance, dich zu töten, hätte er sich nicht entgehen lassen.« Ich umfasste mit der Linken mein Handgelenk. Die Berührung brannte wie Feuer und erinnerte mich daran, wie knapp nur ich dem Tod entronnen war. Aber wenn nicht Necron hinter all dem steckte – wer dann? Nun, es war müßig, eine Liste all meiner Feinde zusammenzustellen; ich hätte wohl ein ganzes Notizbuch damit füllen können.

»Erinnere dich an die Worte des Wächters«, fuhr Shadow fort. »Er hat nicht dich töten wollen. Der Angriff galt einem anderen, diesem Tatanka, und ich vermute, es ist –«

Ein gellender Schrei durchbrach die Stille.

Ein Todesschrei, von den Felsen geisterhaft verzerrt und dutzendfach zurückgeworfen.

Wir fuhren in einer einzigen schnellen Bewegung hoch und herum. Ich weiß nicht, was ich erwartet hatte; aber was es auch war – meine Erwartungen wurden enttäuscht. Die Indianer waren ebenfalls aufgesprungen und hatten nach den Waffen gegriffen, Annie Oakley stand regungslos beim Feuer, und auch Sitting Bull und Buffalo Bill hatten ihre Revolver hochgerissen und suchten nach einem Ziel.

Es gab keines.

Nur der Schrei zitterte noch in der Luft, ein Laut, der uns an Schmerz und Tod denken ließ.

Es war ein Bild wie auf einer bizarren Fotografie: Alles wirkte wie eingefroren, in einem einzigen Augenblick zu einem leblosen Kabinett des Schreckens erstarrt.

Dann platzte die Eingangsplane des einzigen Zeltes in unserem Lager auseinander, und die hagere Gestalt Lancelot Postlethwaites erschien unter der Öffnung, einen langläufigen Karabiner in den sehnigen Händen.

In der atemlosen Stille klang das Klatschen des Zeltstoffes wie ein Schuss. Unsere Köpfe ruckten herum, und Postlethwaite konnte dem Himmel danken, dass keiner der Männer die Nerven verlor und einfach auf alles feuerte, was sich bewegte.

Der Gelehrte stolperte noch einige Schritte weiter, von der plötzlichen Helligkeit geblendet, und blieb dann wie erstarrt stehen.

Erst glaubte ich, unsere Waffen, so unerwartet auf ihn gerichtet, hätten ihn erschreckt.

Dann spürte ich, dass etwas anderes der Grund war. Postlethwaites Augen weiteten sich vor Entsetzen, und binnen Sekunden war sein gesunder, braun gebrannter Teint aschfahl geworden. Das Gewehr entfiel seinen Händen, als er schreckensbleich zurücktaumelte, den Arm hob und zum Ende der Schlucht deutete.

Ich fuhr herum – und wusste nach einem furchtbaren Augenblick der Erkenntnis, woher die entsetzlichen Schreie gekommen waren.

Ein Mann erschien zwischen den Felsen, schwankte einige Schritte auf das Lager zu und brach mit einem keuchenden Laut in die Knie. Obwohl ich ihm näher stand als alle anderen, nur knapp fünfzehn Yards entfernt, brauchte ich Sekunden, bis ich ihn erkannte.

Es war der indianische Posten.

Shadow wandte sich mit einem halb erstickten Schrei ab. Mein Magen rebellierte bei dem schrecklichen Anblick, doch ich glaube, ich war einfach zu entsetzt, um noch zu einer anderen Reaktion fähig zu sein als der, dazustehen und zu starren.

Der Mann hätte längst tot sein müssen: Sein Körper war von Wunden übersät, seine rechte Hand und die Schultern fehlten ganz, und das Gesicht war eine einzige rot glänzende Fläche. Gott allein wusste, was diesen Krieger noch am Leben erhielt.

Wieder stieß er einen kaum mehr menschlichen Schrei aus, versuchte in einer letzten verzweifelten Bewegung, sich nochmals auf die Füße zu erheben – und brach vollends zusammen. Er musste schon tot sein, noch bevor sein geschundenes, entstelltes Gesicht den heißen Sand berührte.

Und noch immer war von einem Angreifer nicht die geringste Spur zu sehen. Nach der endlosen Sekunde des Schreckens kam Leben in die Männer im Lager. Einige der Indianer lösten sich zaghaft aus der Gruppe und näherten sich dem Toten; vorsichtig und nach allen Seiten sichernd.

Ich riss meinen Blick von dem schrecklichen Bild los, wandte mich zu Shadow um – und starrte auf eine nackte Felswand!

Wo vor Sekunden noch Shadow gestanden hatte, war nun nichts mehr. Deutlich konnte ich die Abdrücke ihrer nackten Füße im Sand erkennen; Spuren, die seltsam verwischt aussahen, als wäre sie plötzlich aus dem Stand nach hinten gerissen worden. Shadow selbst war verschwunden – wie vom Erdboden verschluckt …

Für einen Moment vergaß ich sogar den Toten in meinem Rücken, als mich die Erkenntnis wie ein Hammerschlag traf. Deutlich spürte ich eine Präsenz, die ich nur zu gut kannte: Magie. Der düstere, kalte Hauch lag förmlich in der Luft, aber noch während ich geistesgegenwärtig danach greifen wollte, um seinen Ursprung zu ergründen, verblasste er schon wieder. Zurück blieb nur ein vages Gefühl der Gefahr.

Es war, dachte ich mit Schaudern, als hätte sich eine unsichtbare Tür kurz geöffnet, als hätte etwas mit aller Hast in die Wirklichkeit hinausgegriffen, um das Tor gleich wieder hinter sich ins Schloss zu werfen.

Und Shadow mit sich zu nehmen!

Ich kniete nieder, berührte ihre Spuren mit den Fingerspitzen und verstärkte meine Bemühungen, der magischen Quelle auf die Spur zu kommen, aber es war zu spät. Der Hauch des Bösen, den ich eben noch gespürt hatte, war verflogen.

Dafür entdeckte ich etwas anderes.

Der Fetzen lag halb verdeckt im Sand, gleich hinter Shadows Fußspuren. Ein ehemals wohl weißes Stück Stoff, seltsam steif und in sich verdreht.

Und von Blut getränkt.

Eine eiskalte Hand umschloss mein Herz und presste es zusammen. Hastig griff ich nach dem Fetzen – und atmete auf. Es konnte nicht Shadows Blut sein. Der Stoff war hart wie Papier, das Blut eingetrocknet und spröde. Als meine Finger den Stoff berührten, löste es sich wie rostige Flecken und rieselte zu Boden.

Und als ich das Tuch aufnahm und in den Händen drehte, zerstob es unter meinen Fingern zu feinem Staub. Es musste alt sein; uralt ...

»Robert!« Ein lauter Ruf riss mich aus meinen Gedanken. Ich fuhr herum.

Bill stand bei der Gruppe, die sich um den toten Wachposten geschart hatte, und winkte mich ungeduldig heran. Noch einmal wandte ich mich der verwischten Spur zu, aber es gab nichts, was ich noch hätte tun können. Shadow war und blieb verschwunden – eine Tatsache, mit der ich mich abfinden musste. Ich war hilflos wie selten zuvor. Ich konnte nur hoffen und zu Gott beten, dass sie noch am Leben war.

So erhob ich mich schließlich von meinem Platz und eilte mit schnellen Schritten zu den anderen hinüber. Mittlerweile hatten sich alle bei dem Toten eingefunden; alle außer Annie, die mit bleichem Gesicht abseitsstand und offensichtlich bemüht war, ihren Magen im Zaum zu halten.

Der Schrecken der letzten Minuten muss mir nur allzu deutlich im Gesicht gestanden haben, denn als sich Bill umwandte, um mich durch die Reihen der Indianer zu dem Leichnam zu ziehen, verharrte er mitten in der Bewegung.

»Mein Gott ... was ist denn geschehen? Und wo ist Miss Shadow?«, fragte er, wie immer viel zu laut.

Die Köpfe der anderen nickten herum, und sofort sah ich wieder Argwohn in den Augen der Indianer aufblitzen. Ixmal löste sich aus der Gruppe und trat dicht an mich heran. Er reichte mir gerade bis an die Schultern, und trotzdem drückte er in diesem Moment solch eine Kraft und Drohung aus, dass ich unwillkürlich einen Schritt zurückwich.

»Sie ist ... verschwunden«, antwortete ich lahm und zuckte die Achseln. »Einfach verschwunden.« Wahrscheinlich war es das Falscheste, was ich in diesem Augenblick überhaupt sagen konnte.

»Was soll das heißen?« Ixmal ballte die Fäuste und trat abermals an mich heran. »Wenn ihr etwas zugestoßen ist –«

Wieder war es Sitting Bull, der eine Auseinandersetzung im letzten Moment verhinderte. Er tauchte plötzlich hinter Ixmal auf und legte ihm seine sehnige Hand auf die Schulter.

Für einen kurzen Moment nur trafen sich unsere Blicke, dann wusste der alte Häuptling genug. Seine Stimme klang ruhig und bestimmt, als er sich an mich wandte. »Was ist geschehen, Blitzhaar?«

»Ich weiß es wirklich nicht«, gab ich zurück. »Wir standen dicht beisammen, dort drüben«, ich deutete zu der Felswand hinüber, »und plötzlich war sie verschwunden, noch während ich ...«

Ich sprach nicht weiter. Plötzlich wusste ich, warum der indianische Posten auf so schreckliche Weise gestorben war.

Er hatte mich ablenken sollen; mehr nicht. Shadow hatte geahnt, was hinter all diesen Albträumen steckte, und ihre Vermutungen waren offensichtlich richtig gewesen.

Wer immer die Träume geschickt und das Netz aus Wahnsinn und Tod gewoben hatte, in das ich mich immer mehr verstrickte – er hatte zwei Fliegen mit einer Klappe geschlagen.

Zum einen hatte er Shadow mundtot gemacht *(und vielleicht nicht nur das,* flüsterte eine bösartige Stimme in meinem Gehirn), zum anderen hatte er den Posten beseitigt. Den Mann, der mich in meinem Wachtraum angegriffen hatte und den ich als Einzigen noch hätte befragen können, um Klarheit in diese ganze mysteriöse Angelegenheit zu bringen.

All dies schoss mir in einem einzigen Augenblick durch den Kopf, und diesmal war ich klug genug, mir nichts anmerken zu lassen. Wenn mir die Indianer um Ixmal auch manches glauben mochten, *diese* Erklärung zu Shadows Verschwinden war einfach zu fantastisch, um glaubhaft zu wirken.

So räusperte ich mich nur und fuhr fort: »Noch während ich den Posten hier zusammenbrechen sah. Das ist alles, was ich weiß.« Und an Sitting Bull gewandt, fügte ich hinzu: »Ich glaube, dass ein böser Zauber sie entführt hat, Häuptling.«

Sitting Bull nickte bedächtig. »Es ist gut«, sagte er dann. »Ich glaube dir, Blitzhaar.« Er wandte sich an die Krieger um Ixmal und redete in der Alten Sprache auf sie ein. Nach und nach entspannten sich die wutverzerrten Gesichter. Schließlich trat Ixmal zur Seite und gab den Weg zu dem Leichnam seines Stammesbruders frei. Ich nickte ihm zu und setzte so etwas wie ein versöhnliches Lächeln auf. Es wurde zu einer Grimasse, als ich den Toten erblickte.

Lancelot Postlethwaite erhob sich eben wieder von den Knien und wischte sich die Hände an einem groben Leinentuch ab. Er hatte den Indianer auf den Rücken gedreht und notdürftig untersucht. »Nichts mehr zu machen«, sagte er überflüssigerweise.

Mir wurde übel, und ich musste für einige Sekunden die Augen schließen, um dem furchtbaren Anblick standzuhalten.

»Solche Wunden habe ich erst einmal gesehen«, fuhr Postlethwaite mit leiser Stimme fort und rückte seine Nickelbrille zurecht, »auf einer Expedition, die mich durch die sibirische Tundra führte. Damals entfernte sich einer unserer Träger leichtsinnigerweise von der Gruppe. Wir fanden ihn erst nach Stunden. Ein Wolfsrudel war über ihn hergefallen ... schrecklich.«

»Wölfe? Hier? Das ist ja lächerlich!« Buffalo Bill war an den Leichnam herangetreten. Er verzog das Gesicht, nahm Postlethwaite den blutigen Lappen aus den Händen und breitete ihn über den Kopf des Toten. »Wir sind hier am Rande der Mojave-Wüste, verehrter Professor«, fuhr er fort, »und ich habe noch nie gehört, dass sich Wölfe –«

Ein lang gezogener, klagender Laut erklang, als wollte ihn die Wüste selbst Lügen strafen. Ein schauerliches Heulen, das mir einen kalten Schauer über den Rücken jagte. Und während wir noch wie erstarrt lauschten, fiel ein zweites Tier in das schreckliche Lied ein, dann ein drittes, ein viertes ...

Das Heulen schwoll an, wurde lauter und lauter, und noch immer gesellten sich neue Stimmen hinzu.

Postlethwaite war bleich geworden, und als er sich umwandte und ich in seine Augen sah, erkannte ich nichts als Angst darin; eine tiefe, bodenlose Angst.

»Gott steh uns bei«, flüsterte er.

Seit Stunden schon hockte Monahseetah zusammengesunken auf dem steinigen Boden der Höhle. In ihren Händen hielt sie eine unförmige braune Kugel von der Größe eines Kräheneies, wiegte sie sanft hin und her und murmelte dabei Worte, die so fremdartig waren, dass ihre Stimmbänder sie kaum formulieren konnten.

Es war eine Blumenzwiebel, und sie war kalt und hart und leblos gewesen; bis vor wenigen Minuten jedenfalls. Nun spürte Monahseetah, dass etwas tief in der Knolle erwachte und der Außenwelt entgegendrängte. Es war das Leben selbst, das sich regte.

Mazakootemane saß neben ihr, unbeweglich und stumm.

Der alte Schamane zeigte mit keiner Miene die Freude, die er empfand. Deutlich konnte auch er die Veränderung in der Knolle spüren, ja, er sah sogar die mentalen Ströme, die von Monahseetahs Mund aus in die kleine braune Kugel drangen.

Der Zauber gelang! Und das, obwohl die Squaw erst seit drei Monden bei ihm weilte!

Ja, es war richtig gewesen, sie zu unterrichten, dachte der Alte. Schon jetzt beherrschte sie den Naturzauber besser als je einer seiner Schüler vor ihr, und wenn er ihr die Angst vor den Beschwörungen der Götter und Geister nehmen könnte, würde sie die Ausbildung abschließen können, in zwei Jahren schon.

Die kleine Zwiebel in Monahseetahs Händen begann zu zittern, zuckte hin und her wie ein lebendiges Wesen. Noch hatte der Keim nicht die Kraft, die letzte Grenze zum Licht zu überschreiten. Ein weiteres Mal sammelte Monahseetah ihre Kräfte, fühlte die Macht, die tief in ihr schlummerte, erweckte einen kleinen Teil davon – einen winzigen Teil nur, gerade groß genug, um den Zauber zu vollenden – und sandte ihn in die Knolle.

Die Kugel zerplatzte.

Mit einem Male war die Luft voller Staub und Ruß und roch durchdringend nach verbranntem Laub. In Monahseetahs Händen blieb nur ein verkohltes, formloses Etwas zurück, bizarr gewunden wie eine vertrocknete Blüte.

Mit einem wütenden Schrei schleuderte sie das Ding gegen eine der Felswände, sprang auf und wandte sich ab. Ihre Schultern zuckten.

Mühsam erhob sich der alte Schamane, trat hinter sie und legte ihr sanft die Hand auf die Schulter. Sie drehte sich halb weg, zog die Nase hoch und blinzelte wütend die verstohlenen Tränen weg, die sich in ihren Augenwinkeln sammelten.

»Die Macht in dir ist größer, als ich dachte«, sagte Mazakootemane mit leiser Stimme. »Du wirst lernen müssen, sie besser zu beherrschen.«

Mit einem Ruck fuhr Monahseetah herum. »Wie soll ich die Magie erlernen, wenn mir schon ein solch einfacher Zauber misslingt?«, fragte sie heiser. »Sie alle hatten Recht – ich bin eben nur eine Squaw –«

Jetzt blitzte es wütend in den Augen des Schamanen auf. Er trat auf

Monahseetah zu und packte ihre beiden Arme mit festem Griff. »Was redest du?«, fragte er ärgerlich. »Das Gegenteil ist der Fall! Deine Kraft ist viel zu groß. Du musst nur lernen, sie zu beherrschen. Los, versuche es noch einmal!«

Damit drückte er Monahseetah eine zweite Blumenzwiebel in die Hand, lächelte ihr aufmunternd zu und deutete auf die Matte neben dem Feuer.

»Nur Mut. Ich weiß, dass du es schaffst«, unterstrich er seine Worte, ließ sich selbst auf den Boden nieder und wartete, bis auch Monahseetah Platz genommen hatte.

Die junge Squaw wischte sich mit dem Handrücken über die Augen, drehte die Knolle in ihren Händen und warf einen letzten Blick zu Mazakootemane hinüber.

Der Alte lächelte wieder und nickte ihr zu.

Das Mädchen sammelte sich, und diesmal fiel sie bereits viel leichter in Trance als zuvor. Die Welt um sie herum versank in einem wogenden Nebel. Nur ihre Hände und die kleine braune Kugel waren noch Wirklichkeit – und ihr Geist, der sich erneut vom Körper zu lösen begann und in die Knolle drang, vorsichtig behutsam, tastend ...

Dann war plötzlich Bewegung neben ihr; heftige, schnelle Bewegung. Monahseetahs Konzentration schwand so schnell, wie sie gekommen war. Für Sekunden tanzten feurige Blitze vor ihrem inneren Auge, als die mentale Brücke auseinanderbarst. Dann klärte sich ihr Blick. Sie blinzelte die Nebel fort, wandte den Kopf – und sah Mazakootemane aufrecht im Raum stehen. Im Gesicht des Alten konnte sie deutlich Schrecken erkennen ... und Angst?

Monahseetah schauderte. Niemals in den zwei Monaten, die sie nun schon bei Mazakootemane lebte, hatte sie je Angst in den Augen des Alten gesehen.

»Was ... was ist geschehen?«, fragte sie zaghaft und erhob sich auf die Knie.

»Sie kommen«, sagte der uralte Schamane nur. »Sie sind unterwegs. Schon jetzt. Schon so früh ...«

Alarmiert stand Monahseetah vollends auf. »Wer kommt?«, fragte sie. Und ihre Stimme bebte vor ungewisser Furcht.

Mazakootemane löste seinen Blick von einem unsichtbaren, fernen Ziel und wandte sich zu ihr um. »Ich habe es vorausgesehen, vor vielen Monden schon, aber ich habe gehofft, dass die Zeichen sich irren. Du musst fliehen, Monahseetah. Ich kann dich nicht schützen, wenn sie kommen, um mich zu töten.«

»Wer kommt, Schamane?«, fragte sie ein zweites Mal. »Vor wem musst du dich fürchten?«

»Es sind die weißen Männer«, antwortete Mazakootemane leise. »Sie werden kommen und mich töten. So will es die Vorsehung.«

»Du könntest sie vernichten, Schamane!«, erwiderte Monahseetah fassungslos. »Wer hindert dich, es zu tun?«

»Mein Schicksal«, sagte der Alte einfach. »Ich muss sterben, um zu leben. Es ist vorherbestimmt, und es liegt nicht in meiner Macht, das Schicksal zu zwingen. Ich kehre zurück; wann und in welchen Körper, wissen nur die Götter!«

»Aber ...«, begann Monahseetah, doch der alte Zauberer befahl ihr mit einer ärgerlichen Geste zu schweigen.

»Du kannst es nicht verhindern«, sagte er rau. »Nun geh, bevor es zu spät ist. Kehre zurück zu deinem Volk. Ich kann dich nicht länger ...« Er hielt inne, als von draußen ein scharrender Laut erklang; das Schleifen von Stiefeln auf felsigem Grund.

»Zu spät«, flüsterte Mazakootemane erschrocken. »Sie sind hier.« Er sah sich hastig um und deutete auf eine Felsnische, die in dunklem Schatten lag. »Dort hinein, Monahseetah«, drängte er und ergriff die junge Squaw beim Arm. »Keinen Laut. Rühre dich nicht, oder du bist verloren. Du kannst mir nicht beistehen auf diesem Weg.«

Damit schob er sie in die Nische, wandte sich wieder um und starrte auf das Bärenfell, das den Eingang zur Höhle verdeckte.

Im nächsten Augenblick wurde es zur Seite gerissen, und fünf Männer betraten die kleine Höhle. Weiße Männer in blauer Uniform. Pferdesoldaten.

Sie sagten etwas, das Monahseetah nicht verstand, zogen ihre Waffen und umringten den alten Zauberer. Mazakootemane redete in der Sprache der Weißen zu ihnen, doch sie schüttelten nur die Köpfe. Einer der Männer zog eine eiserne Kette hervor, an deren Enden runde Stahlbänder klirrten. Er trat auf Mazakootemane zu und wollte ihn bei der Hand ergreifen.

Der alte Schamane wich zurück und schrie ein Wort in der Sprache der Weißen, das die Männer offenbar sehr wütend machte. Monahseetah sah aus ihrer dunklen Nische heraus, wie sie ihre Waffen hoben und auf den Alten richteten. Der Mann mit der Kette trat noch einmal auf Mazakootemane zu, und abermals wich der Schamane zurück.

Da schossen sie ihn einfach nieder.

Das Krachen der Revolver ließ die Höhle erbeben, und für Sekunden war der kleine Raum in den grellen Widerschein der Feuerblitze getaucht.

Ein leiser Schrei flog über Monahseetahs Lippen, doch im Donnern der Schüsse ging er vollends unter. Die junge Squaw riss die Hände vor ihr Gesicht und wandte sich ab. Zum zweiten Male hatte sie Mazakootemane sterben sehen, doch diesmal war sein Tod Wirklichkeit.

Erst die erschrockenen Stimmen der weißen Soldaten ließen sie wieder aufblicken. Sie sah, wie die Männer auf den zusammengesunkenen Körper des Schamanen zutraten. Einer von ihnen griff nach dem Gewand des Alten und hob es hoch.

Mazakootemane war verschwunden, die Kutte war leer!

Sekundenlang standen die Weißen wie erstarrt da und blickten auf das graue, grobe Tuch. Dann sahen sie sich verblüfft an und begannen wild durcheinanderzureden. Sie gestikulierten und schrien und deuteten immer wieder auf das leere Gewand.

Schließlich hob einer von ihnen die Hand. Die anderen verstummten und nahmen Haltung an. Der Mann, offenbar ihr Anführer, erteilte in knappen Worten Befehle, und seine vier Begleiter wandten sich um und begannen die Höhle zu durchsuchen.

Ängstlich duckte sich Monahseetah noch weiter in den Felsspalt. Sie schloss die Augen und hielt gar den Atem an. Glaubte sie, einer Entdeckung zu entgehen, nur weil sie die weißen Männer nicht mehr sah?

Durch die geschlossenen Lider hindurch bemerkte sie plötzlich, dass Licht auf ihr Gesicht fiel. Als sie die Augen wieder aufriss, sah sie, dass der Anführer der Weißen ein brennendes Scheit aus dem Feuer gezogen hatte und sich der Nische näherte.

Im nächsten Moment blieb er stehen, hob die Fackel höher, stieß einen leisen Pfiff aus und deutete auf Monahseetah. Seine Kameraden fuhren herum und kamen näher. Sie zerrten das Mädchen aus der Dunkelheit ans Licht.

Auch jetzt verstand Monahseetah nichts von dem, was sie sagten. Dafür kannte sie die Blicke der Weißen nur zu gut.

Gierige Blicke, die ihren jungen Körper musterten, über die wohl geformten Brüste strichen, die sich durch den Stoff ihres Kleides deutlich abzeichneten, über ihre schmalen Hüften und die langen, nackten Beine.

Einzig der Blick des Anführers blieb unbewegt und kalt, und als einer der Männer die Hand ausstreckte, um die Wange der jungen Indianerin zu berühren, brüllte er einen knappen Befehl, der die vier Männer erstarren ließ. In einer Geste, die wie zufällig wirkte, es aber ganz und gar nicht war, fiel seine Hand auf das Holster seines Revolvers. Fast eine Minute lang redete er lautstark auf die Männer ein, und schließlich ergriffen sie Monahseetah nur bei den Armen, warfen ihr eine Decke über und zerrten sie mit sich in den ewigen Schnee und die Kälte hinaus ...

Wir hatten die Schlucht und das Grab des indianischen Wachpostens hinter uns gelassen und waren in die ersten Ausläufer der Mojave-Wüste vorgestoßen.

Noch gab es Zeichen von Leben ringsum; verkrüppelte Bäume von niedrigem Wuchs, kleine Inseln Wüstengras, hie und da sogar einen Gecko oder einen Wüstenfuchs.

Letztere konnte ich sogar genauer studieren – an den Gürteln der Indianer, die, sobald sie ein Lebewesen erblickten, zu Pfeil und Bogen griffen und selten ihr Ziel verfehlten. Ich fragte mich, was sie wohl mit den Tieren anfangen wollten. Die Füchse gaben wenigstens noch gute Pelze ab, aber die ekligen grünen Echsen konnte ich mir nur als ausgestopfte Studienexemplare im verstaubten Gerätemagazin einer Universität vorstellen. Ich ahnte nicht, dass ich das Rätsel bereits am Vortag gelöst hatte – indem ich gemeinsam mit den Indianern zu Abend gegessen hatte.

Wir waren gegen zehn Uhr morgens aufgebrochen, nachdem wir den Toten beerdigt und das Klagezeremoniell der Indianer vom Götterberg über uns hatten ergehen lassen. Wenn die Felsen auch Schutz gegen die Sonne geboten hatten, so waren wir doch alle froh, sie endlich verlassen zu können.

Uns allen klang noch das schreckliche Heulen im Ohr, das eine volle Stunde gewährt und dann so plötzlich geendet hatte, wie es begann. Postlethwaite war noch immer überzeugt davon, dass es nur Wölfe sein konnten. Die Indianer waren auf seine Bitte hin ausgeschwärmt und hatten Ausschau nach dem Rudel gehalten.

Sie hatten nichts gefunden, Natürlich nicht. Ich hatte es gleich gespürt. Und auch die anderen hatten nach und nach einsehen müssen, dass wir es hier mit mehr als einer zwar furchtbaren, aber wenigstens normalen Gefahr zu tun hatten.

Das Heulen war von überall her gekommen, ohne dass wir seinen Ursprung hatten feststellen können. Und es hatte auf schwer in Worte zu fassende Weise böse geklungen.

Es war einer meiner Albträume. Und diesmal war er Realität gewesen; so wirklich, dass selbst die anderen ihn miterlebten. Nicht, dass die Gefahr deshalb zu unterschätzen gewesen wäre; ganz im Gegenteil. Ich hatte am eigenen Leib erfahren, wie real diese Träume werden konnten.

Ich glaube, Sitting Bull ahnte die Wahrheit. Seit dem Tod des Postens war er noch schweigsamer geworden, obwohl ich das kaum mehr für möglich gehalten hatte. Und wenn ich seinem Blick begegnete, sah ich Furcht und Resignation darin.

Ich hatte Angst um ihn. Er war ein alter Mann, und wenn er sich selbst aufgab, konnte ihm niemand mehr helfen. Alle Kraft schien aus ihm gewichen zu sein. Als ich ihn kennen lernte, vor nicht einmal drei Wochen, war er ein stolzer, kraftvoller Mann gewesen, verbittert zwar ob der Schicksalsschläge, die ihn und sein Volk getroffen hatten, aber doch ein Mensch mit ungebrochenem Lebenswillen.

Jetzt war er nur noch ... müde.

Ich schüttelte die düsteren Gedanken mühsam ab und blickte mich um. Unser Zug umfasste fünfzehn Mann: den Häuptling, Buffalo Bill und Annie, Lancelot Postlethwaite, Ixmal mit neun seiner Krieger – und meine Wenigkeit.

Die übrigen zehn Indianer waren vorausgeritten, um den Weg zu erkunden und ein Wasserloch zu finden, von dem Ixmal wusste, dass es hier in der Nähe sein musste. Das letzte Wasser, bevor die Wüste vollends von der Welt bis zum Horizont Besitz ergriff.

Wir bewegten uns nur langsam unter der drückenden Mittagshitze, und oftmals mussten wir von den Rücken unserer Pferde steigen, um den durstigen Tieren eine Verschnaufpause zu gönnen. Und nicht nur ihnen.

Annie konnte sich kaum noch im Sattel halten. Sie war blass geworden, und ihr Gesicht zeigte immer öfter einen Ausdruck völliger Leere. Die Schrecken der letzten Wochen waren zu viel für sie gewesen, und der grauenvolle Anblick des toten Wächters musste ihr den letzten Funken Optimismus geraubt haben, den sie bis dahin noch empfunden haben mochte.

Bill hatte begonnen, sein Weltbild umzukrempeln; er war ruhiger und verstockter geworden und schien schweren Gedanken nachzuhängen. Eine Reaktion, die ich nicht zum ersten Mal bei einem Menschen beobachtete. Alle, die längere Zeit mit mir in Berührung kamen, veränderten sich; die wenigsten zu ihrem Besten.

Es war der Fluch. Der Fluch meines Erbes, mit dem ich leben musste.

ICH!, schrie es in mir. Ich konnte damit leben, wenn es mir auch schwerfiel. Ich musste mich damit abfinden, wenn ich überleben wollte. Aber warum, in Gottes Namen, musste ich immer wieder Unschuldige in meine ureigensten Angelegenheiten hineinziehen?

Diese Albträume waren nur der jüngste Beweis in der Kette unheilvoller Geschehnisse. Reichte es nicht, wenn sie mein Leben bedrohten? Mussten auch noch andere Menschen sterben, damit ich mein Ziel erreichen konnte?

Die Drachenburg.

Wie viele waren gestorben, um mich allein in ihre Nähe zu bringen? Wie viele würden noch ihr Leben lassen? »Ganz schön heiß, was?«

Bill hatte sein Pferd angetrieben und zu mir aufgeschlossen. Wie ich ritt er eines von Postlethwaites Packpferden. Wir wussten, dass die Tiere nicht mehr lange durchhalten würden. Sie waren nicht so widerstandsfähig und an die extremen Temperaturen gewöhnt wie die zähen Ponys der Indianer. Zwei, höchstens drei Tage noch, und sie würden unter uns zusammenbrechen.

»Jetzt einen Drink und ein heißes Bad, und mir geht's gleich besser«, tönte Bill weiter und fuhr sich mit dem Handrücken über die schweißnasse Stirn, doch ich spürte, dass seine Fröhlichkeit nur aufgesetzt war. In Wahrheit litt er genauso unter der unerträglichen seelischen und physischen Belastung wie ich selbst. Aber er war ein Showman und halber Schauspieler und konnte seine Gefühle wohl besser verstecken als ein ausgebuffter Pokerspieler. Jeden anderen hätte er getäuscht. Einen Hexer nicht.

»Wie geht es Annie?«, erkundigte ich mich mit gedämpfter Stimme. »Wird sie es schaffen?«

Bill sah kurz über die Schulter zurück. »Sie ist ein Naturwunder, Robert«, sagte er dann. »Zäh wie ein Büffel, wenn's drauf ankommt. Ich bin sicher, dass sie durchhalten wird. Und den alten Bill Cody hat sein Mut noch niemals im Stich gelassen.« Er lachte und schlug sich mit der Faust auf die Brust.

Ich sagte nichts darauf. Bill war so sehr von sich selbst überzeugt, dass es wohl das Beste war, ihm seine Illusionen zu lassen. Vielleicht waren sie das Einzige, an das er sich noch klammern konnte.

Die Hitze erstickte das Gespräch, noch bevor es richtig begonnen hatte, und so ließ sich Buffalo Bill nach einer Weile wieder zurückfallen, um nach Annie zu sehen. Ich trieb mein Pferd an, um zu Ixmal aufzuschließen, der unsere Gruppe führte.

Ihm und seinen Brüdern schien die Hitze nicht das Geringste auszumachen. Hoch erhoben und wachsam saß er auf seinem struppigen Pony und starrte in die Ferne. Sein Gesicht, von einem fast braunen Rot wie sein ganzer Körper, blieb unbewegt und verschlossen, als ich ihn ansprach. Vermutlich würde er mir nie ganz trauen.

»Wie weit noch bis zur Wasserstelle?«, erkundigte ich mich langsam, damit er meine Frage verstand. Ixmal war der einzige unter den Wächterindianern, mit dem ich wenigstens in unserer Sprache reden konnte. Wie und wo er sie erlernt hatte, wusste ich bis heute nicht.

Er wandte den Kopf und sah mich eine Weile wortlos an. Ich grinste freundlich (wenigstens versuchte ich es, wenn auch kaum mehr als eine Grimasse dabei herauskam) und deutete nach vorn, wo sich die Wüstenlandschaft in einem unendlichen, sanft gewellten Horizont verlor. »Das Wasserloch«, wiederholte ich meine Frage. »Wann werden wir es erreichen?«

Ixmal hob die Arme; eine Geste, die gar nicht zu ihm passen wollte und Ratlosigkeit ausdrückte. Und plötzlich glaubte ich sogar eine Spur von Furcht in seinem Blick zu lesen.

»Weiß es nicht«, sagte er und zuckte die Schultern. »Späher müssten zurück sein lange schon.«

Das also war es. Der Trupp, den Ixmal losgeschickt hatte, die Gegend zu erkunden. Ich wusste nicht, welchen Auftrag er ihnen erteilt hatte, außer natürlich, die Wasserstelle zu finden, doch sie schienen überfällig zu sein.

»Glaubst du, dass etwas ... passiert ist?«, fragte ich vorsichtig. Und wusste im gleichen Moment, dass die Frage überflüssig war. Es *war* etwas geschehen. Wir fühlten es beide. Fast so, als käme mit dem heißen Wind der Wüste der Geruch von Tod und Schrecken heran.

»Weiß es nicht«, entgegnete Ixmal. »Männer tapfere Krieger, aber böser Zauber in Wüste. Mächtiger Zauber ...«

Er schien noch etwas sagen zu wollen, hielt aber plötzlich inne, richtete sich im Sattel auf und schirmte seine Augen mit der Rechten gegen die Sonne ab. Ich folgte seinem Blick – und sah nichts. Kein

Wunder; die Luft ringsum flirrte im Sonnenschein, und wenn es nicht so verflucht trocken gewesen wäre, hätte man glauben können, mitten in einem Wasserbecken zu sitzen. Ich konnte kaum die Linie des Horizontes erkennen, geschweige denn –

»Vögel«, sagte Ixmal und deutete nach vorn. Totenvögel.«

»Geier?«, fragte ich und kniff die Augen zusammen. Ich sah noch immer nichts, im Gegenteil. Die gnadenlose Helligkeit ließ feurige Punkte vor meinen Augen tanzen, und nach wenigen Sekunden musste ich den Blick abwenden.

Trotzdem drehte ich mich im Sattel und hielt nach Cody und Postlethwaite Ausschau. Sie ritten zusammen mit Annie ganz am Schluss des Zuges.

»Bill! Lance!«, rief ich zu ihnen hinüber. »Kommt nach vorn, schnell!« Nach der lähmenden Stille, in der wir nun schon seit Stunden ritten, klang meine Stimme wie ein Donnerschlag. Fast wäre Postlethwaite vom Pferd gefallen.

Als die beiden aufgeschlossen hatten, wies ich auf Ixmal, der noch immer hoch aufgerichtet im Sattel stand und in die Unendlichkeit der Wüste starrte.

»Er hat Geier entdeckt. Irgendwo vor uns«, erklärte ich.

Bill fluchte leise, und Postlethwaite wandte sich im Sattel um und kramte mit fliegenden Fingern in einer seiner Gepäcktaschen. Nach einer Weile zog er ein kleines Fernglas hervor, setzte es an die Augen und folgte Ixmals Blick.

»Cathartes eure«, stellte er sachlich fest. »Truthahngeier. Besonders große Exemplare, soweit ich von hier aus feststellen kann. Sie scheinen über Aas zu kreisen.« Dann endlich begriff er, setzte das Glas mit einem Ruck ab und starrte uns abwechselnd an. »Gütiger Gott. Halten Sie es für möglich ...«

»Allerdings«, gab ich betroffen zurück. »Ixmal sagt, seine Männer wären längst überfällig. Ich befürchte das Schlimmste.«

Inzwischen waren auch die restlichen Indianer herangekommen, und Ixmal redete in der gutturalen Sprache seines Volkes zu ihnen. Deutlich konnte ich das Entsetzen sehen, das sich auf den Gesichtern der Männer breitmachte. Dann wandte sich Ixmal wieder an uns.

»Wir reiten voraus«, sagte er. »Vielleicht wir können noch retten.«

Und damit stieß er einen trillernden Ruf aus und trieb seinem Pony die nackten Fersen in die Flanken. Das Tier machte einen Satz vorwärts, und die anderen Ponys fielen fast gleichzeitig in den Galopp ein. Ich sah, dass auch Bill seinem Pferd die Sporen geben wollte, und hielt ihn im letzten Moment an der Schulter zurück.

»Das stehen unsere Pferde nicht durch«, erinnerte ich ihn. »Willst du den Rest des Weges zu Fuß gehen?«

Dieser Einwand brachte ihn zur Vernunft. Ohne Pferde hätten wir vielleicht noch einen Tag überleben können, höchstens zwei.

Wir erreichten die Stelle nach einer guten halben Stunde. Und zum zweiten Mal an diesem Tag glaubte ich, dem Schrecken nicht mehr gewachsen zu sein.

Die Indianer waren tot. Natürlich; insgeheim hatte ich nichts anderes erwartet Aber sie waren auf fürchterliche Weise gestorben.

Ixmal und seine verbliebenen Männer hatten die Toten aus dem seichten Wasserloch gezogen, in dem sie gelegen hatten, und nebeneinander in den heißen Sand gebettet. Das Wasser war rot gefärbt von ihrem Blut.

Es waren die gleichen Wunden, an denen schon der Wachposten gestorben war: Bissmale und blutige Kratzer wie von fingerlangen Krallen. Und in ihren weit aufgerissenen Augen stand das Grauen.

»Wir werden sie begraben«, sagte Ixmal, mehr zu sich selbst als an uns gewandt. »Nicht weit von hier. Beten zu Götter, dass sie heimkehren in ewige Jagdgründe.« Seine Stimme stockte, und ich sah, dass Tränen in seinen Augenwinkeln glitzerten.

»Es tut mir leid, Ixmal«, sagte ich leise. »Wer immer verantwortlich ist für den Tod deiner Brüder, er wird es hundertfach bezahlen.«

Es war ein schwacher Trost, und ich wusste nicht einmal, ob ich mein Versprechen je würde einlösen können, aber ich fühlte mich mitschuldig am Schicksal der Indianer. Gewiss, ich hatte sie nicht gebeten, uns zu begleiten, aber hätte ich nicht ahnen müssen, was uns erwarten würde? Schließlich kannte ich Necron und seine tödlichen Fallen nur zu gut.

Elf Indianer ermordet, Teagarden und seine Männer von einem Saurier niedergemacht, Shadow verschollen ... wie viele Opfer würde diese unglückselige Reise noch fordern?

Buffalo Bill trat von hinten an mich heran und legte mir seine Hand auf die Schulter. Irgendwie schien er zu ahnen, was mich bedrückte.

»Es ist dieser Necron, nicht wahr?«, fragte er. »Er steckt hinter all dem.«

Ich wandte mich zu ihm um. »Ich weiß es nicht«, gab ich zurück.

»Shadow hat die Wahrheit geahnt. Aber sie ist verschwunden und Gott allein weiß, ob sie noch lebt.«

Irgendwie schaffte es Bill immer wieder, noch in den unmöglichsten Situationen ein Grinsen auf sein Gesicht zu zaubern. »Aber sicher lebt sie«, versicherte er mir, als stünde sie in diesem Moment hinter mir. »Kopf hoch, junger Mann. Wir werden die Nacht über hier lagern, und morgen sehen wir weiter.«

Selbst was das betraf, war ich mir nicht mehr sicher. Plötzlich glaubte ich zu wissen, dass wir viel Glück brauchen würden, um überhaupt noch den nächsten Morgen zu sehen.

Sehr viel Glück ...

Das Kind kam unter Schmerzen. Immer wieder stöhnte die junge Squaw, bäumte sich in den weißen Laken auf und warf den schweißnassen Kopf mit den langen schwarzen Haaren hin und her. Die Amme redete beruhigend auf das Mädchen ein und strich ihr mit erfahrenen Händen über den Unterleib.

Es würde eine schwierige Geburt werden; natürlich, denn es war ein Kind, das niemals hätte geboren werden dürfen. Sie konnte nur zum Himmel flehen, dass der gütige Gott dem Kind vergeben möge; ihm und dem Vater, der nervös im Zimmer auf und ab lief wie ein hungriger Panther.

»Bitte, Sir, warten Sie doch draußen«, bat Mathilde zum gewiss zwanzigsten Mal und wusste doch schon die Antwort, noch ehe der hoch gewachsene Mann mit den langen dunkelblonden Haaren stehen blieb und sich zu ihr umwandte.

»Ich bleibe hier, Ma'am«, sagte George Armstrong Custer energisch; mit einer Stimme, die keinen Widerspruch mehr duldete. »Kümmern Sie sich nicht um mich – Monahseetah ist es, die Ihre Hilfe braucht.« Er klopfte nervös über die Taschen seines eleganten grauen Rockes und zog einen Tabaksbeutel hervor.

»Sir, ich muss doch bitten!«, fuhr Mathilde auf. »Meinetwegen bleiben Sie hier, aber wenn Sie jetzt auch noch zu rauchen beginnen, werde *ich* gehen!«

Lieutenant Colonel Custer starrte sie für einen Moment gedankenverloren an, ließ den Beutel wieder in seiner Tasche verschwinden und setzte seinen Weg durch das kärglich möblierte Zimmer fort. Heute trug er nicht seine maßgeschneiderte Generalsuniform aus dem Bürgerkrieg mit den Gold blitzenden Knöpfen und silbernen Tressen. Er war nicht einmal anwesend hier in Fort Hays; offiziell jedenfalls nicht. Seine Anreise war auf seinen ausdrücklichen Wunsch hin von der Kommandantur geheim gehalten worden.

Er war gekommen, um sein Kind zu sehen.

Natürlich war ihm das unerhörte Risiko bewusst, das er damit einging; niemand wusste bisher von seiner leidenschaftlichen Beziehung zu Monahseetah, der Squaw aus dem Stamm der Sioux.

Er hatte das Mädchen vor einem guten Jahr kennen gelernt. Damals war sie eine Gefangene gewesen – eine Überlebende der Kämpfe um Black Kettles Village am Washita. Ihre Schönheit hatte ihn vergessen lassen, dass weder die Dienstvorschriften noch seine Frau Elizabeth das Verhältnis mit einer Roten billigen würden.

Er hatte Monahseetah zu seiner »Dolmetscherin« ernannt, obwohl sie damals noch kein Wort Englisch sprach. Ihre Romanze hatte nur vier Monate gedauert, doch sie war tief gewesen und intensiv.

Wie intensiv, hatte er erst vor zwei Wochen erfahren, als ihn die verschlüsselte Depesche erreichte, mitten in den Kämpfen um die Black Hills. Mit allen militärischen Tricks hatte er sich einige Tage Urlaub errungen und fünf Pferde zuschanden geritten, um Fort Hays noch rechtzeitig zu erreichen. Dass er dabei seine geliebten Hunde zurückgelassen hatte, die sonst stets um ihn waren (böse Zungen behaupteten gar, er würde mit ihnen das Bett teilen), war beinahe schon ein Wunder. Custer trennte sich fast nie von den Tieren, die er abgöttisch liebte.

Vom Bett her ertönte ein spitzer Schrei. Custer fuhr herum. Monahseetah bäumte sich auf und krallte ihre schlanken Finger in das Bettzeug. Die Amme hatte sich über sie gebeugt und kühlte ihre erhitzte Stirn mit einem feuchten Tuch.

»Tief atmen und gleichmäßig pressen!«, wies sie das Mädchen an und fuhr zu Custer gewandt fort: »Nun machen Sie sich nützlich. Holen Sie das Wasser vom Feuer, und bringen Sie es her, aber schnell!«

George Custer wollte zu einer scharfen Entgegnung ansetzen, als ihn ein neuerlicher Schrei Monahseetahs eines Besseren belehrte. Zum Geburtshelfer degradiert, eilte der Lieutenant Colonel zum Herd, um sich an dem kupfernen Kessel die Finger zu verbrennen.

Derweil krempelte sich Mathilde die Ärmel hoch und legte Geburtszange und frische Tücher bereit. »Es ist so weit, Sir«, brummte sie lakonisch und bekreuzigte sich. Worte und eine Geste, wie sie sie bei jeder Geburt (und deren waren es schon viele) wiederholte. Und doch war es diesmal anders, auch wenn sie es sich nicht recht eingestehen wollte.

Ein dunkler Schatten schien über dem Raum zu schweben und das Licht der Kerzen zu dämpfen. Eine Atmosphäre wie vor einem schrecklichen Gewitter herrschte, und selbst Mathilde, sonst die Ruhe selbst, brannte der kalte Schweiß in den Augen. Die Luft roch stickig und verbraucht, obwohl das Fenster der kleinen Kammer weit offen stand.

Es war falsch, das Kind zur Welt zu bringen, das spürte sie jetzt ganz deutlich. Und doch war es ihre Pflicht; auch wenn sie es an diesem Abend hundertfach verwünschte.

Der große Mann mit den blonden Haaren und dem imposanten Schnurrbart kam heran und stellte den Wasserkessel auf der Kommode ab.

»Sir, ich bitte Sie«, versuchte es Mathilde ein letztes Mal, »warten Sie draußen. Es wird nicht leicht, und Ihre Anwesenheit ...«

Sie sprach nicht weiter, doch gerade das machte ihre Worte so bedeutsam.

Zu ihrer Überraschung nickte Custer plötzlich, wandte sich wortlos ab und ging mit eiligen Schritten hinaus, ohne sich noch einmal nach Monahseetah umzublicken. Hinter ihm fiel die Tür hart ins Schloss.

Die nächsten fünfzehn Minuten verbrachte George Armstrong Custer damit, den Gang vom einen Ende zum anderen zu durchmessen, immer wieder innehaltend, wenn aus der kleinen Kammer ein lautes Stöhnen oder ein Schrei ertönte. Er hatte gelernt, furchtlos und mit blank gezogenem Säbel mitten durch ein Indianerdorf zu reiten, während ihm die Pfeile um die Ohren sirrten, aber dieses untätige Warten zermürbte ihn. Er war nervös wie nie zuvor in seinem Leben.

Es war sein erstes Kind; die Ehe mit Elizabeth, wenn auch von inniger Liebe erfüllt, war bislang kinderlos geblieben. Vielleicht war dies der Grund, der ihn nach Fort Hays zurückgetrieben hatte, Monate nachdem er Monahseetah verlassen hatte. Er liebte seine »Old Lady«, wie er Elizabeth nannte, doch er wollte sein Kind, von dem er instinktiv wusste, dass es ein Sohn würde, zumindest sehen.

Dann, nach einer schieren Ewigkeit des Wartens, öffnete sich die Tür zur Kammer, und die Amme trat heraus. Mit einem Satz war Custer bei ihr.

Er erbleichte, als er in ihr Gesicht blickte. Es wirkte eingefallen und um Jahre gealtert. »Ist ... ist ...«, stammelte er und verstummte wieder, als Mathilde den Kopf schüttelte.

»Das Kind ist gesund, und die Mutter lebt«, sagte sie müde und mit sonderbarem Ernst in der Stimme, fast, als ... bedauerte sie es!

Custer runzelte die Stirn. »Warum dann dieses Gesicht?«, fragte er halb verärgert, halb erleichtert. »Das ist doch ein Grund zur Freude, oder nicht?«

Mathildes Blick traf den seinen, und Custer erschauderte. Es schien sie alle Kraft zu kosten, auf seine Worte zu antworten.

»Das Kind hat nicht geschrien«, sagte sie nur. »Ein böses Omen.«

Für Sekunden wusste Custer nicht, was er darauf entgegnen sollte, dann schüttelte er den Kopf, schob die Amme mit einer energischen Bewegung zur Seite und betrat die kleine Kammer.

Monahseetah lag bleich in den Kissen und lächelte ihm erschöpft zu. In ihren Armen, unter unzähligen Decken verborgen, hielt sie das Kind.

»Es ist ein Junge, George«, flüsterte sie, als Custer an das Bett herantrat und den Zipfel eines der Tücher anhob. Ein runder, nackter, verschrumpelter Kopf kam zum Vorschein. Custer wusste nicht recht, was er erwartet hatte, aber dieses Kind war ausgesprochen hässlich.

Monahseetah lächelte erneut, als sie seinen enttäuschten Gesichtsausdruck bemerkte. »Ein Neugeborenes ist wie eine Blume, die sich erst entfalten muss«, sagte sie milde. »Er wird ein stolzer, schöner Krieger, ich weiß es.«

Custer deckte den kleinen Kopf wieder zu und ließ sich auf die Kante des Bettes niedersinken. »Ich kann nicht bleiben, Monahseetah«, sagte er und strich dem Mädchen sanft übers Haar. »Meine Männer brauchen mich. In einer halben Stunde breche ich auf.«

Er spürte, dass sich Monahseetahs Hand unter der Decke bewegte, schlug das Laken zurück und ergriff sie. In den Augen der Squaw glitzerten erste Tränen.

»Ich liebe dich, George«, hauchte sie, und ihre Stimme klang wie erstickt. »Bitte bleib.«

»Es geht nicht.« Custer erhob sich wieder, zog den Rock glatt und griff nach seinem Hut, der auf der Kommode lag. »Bitte versteh mich. Ich habe eine Aufgabe, die keinen Aufschub duldet. Wir sehen uns wieder, irgendwann.« Aber noch während er diese Worte sprach, wusste er, dass es nicht stimmte. Er würde Monahseetah niemals wiedersehen. »Was hast du nun vor?«, fragte er und drehte den Hut unruhig in seinen Händen.

Lange Zeit schwieg Monahseetah, und es schien, als würde sie nachdenken. Dann richtete sie sich ein wenig auf und sah Custer in die Augen. »Ich gehe zurück zu meinem Volk.« Sie sagte es mit fester Stimme, doch gelang es ihr nur schlecht, ihre wahren Gefühle zu verbergen. »Ich werde meinen Sohn nach unseren Gesetzen erziehen. Mein Onkel wird mich wieder aufnehmen; ich weiß es. Aber ich werde auf dich warten, George, solange ich lebe.«

Lieutenant Colonel Custer straffte sich. Wenn ihn Monahseetahs Worte berührt hatten, so beherrschte er sich meisterlich. Selbst sein Abschied war militärisch, wie alles, für das er lebte. »Dir und unserem Sohn alles Glück dieser Welt, Monahseetah«, sagte er. »Es ist wirklich das Beste für uns beide, wenn du zu Sitting Bull zurückkehrst.«

Ich sah zum nachtschwarzen Himmel auf. Mit den Felsen waren auch die Wolken hinter uns zurückgeblieben; ein voller, bleicher Mond schien auf uns herab und tauchte die unwirkliche Landschaft in silbernes Licht. Irgendwo am Horizont verschmolz das Firmament mit der Wüste zu einer endlosen Weite. Wenn man zu lange in diese Unendlichkeit starrte, begann die Wüste zu leben, formte der Sand einen alles verschlingenden Mahlstrom, in dessen Zentrum man sich drehte, tiefer einsank, in einem trockenen Meer ertrank ...

Ich wandte den Blick ab, noch bevor der sinnverwirrende Anblick mich vollends in seinen hypnotischen Bann zu ziehen vermochte, und sah zu den Felsen des Wasserlochs hinüber – eine verlorene Insel im sandigen Ozean.

Aus der Ferne klang die Totenklage der Indianer an mein Ohr. Es waren Laute, die ich schon einmal gehört hatte, vor nicht ganz vierundzwanzig Stunden erst, und die Erinnerung daran ließ mich schaudern. Aber diesmal war es kein blutiger Albtraum. Dies hier war die Realität, und ich hatte nicht gedacht, dass sie noch schrecklicher sein würde als meine Vision.

Hier wurden Menschen begraben, die vor Stunden noch gelebt hatten. Menschen, die durch meine Schuld ...

Ich zwang mich, die selbstzerstörerischen Gedanken beiseitezuschieben. Es nutzte nichts, über *wenn* und *aber zu* grübeln; das änderte nichts mehr am Tod der Indianer. Ich musste an die Zukunft denken. An eine Möglichkeit, diesem ganzen Wahnsinn unbeschadet zu entkommen.

Meine Gedanken glitten ab zu Shadow. Was war mit ihr geschehen? Wer – oder was – hatte sie von meiner Seite gerissen? Und vor allem: Lebte sie noch?

Shadow hatte geahnt, wer sich hinter den Träumen verbarg, wer im Verborgenen die Fäden zog und uns wie Marionetten in den Tod führte. Aber konnte es ein anderer sein als Necron? Wer sonst hätte Interesse an unserem Tod gehabt? Die GROSSEN ALTEN natürlich. Doch deren Methoden, mich umzubringen, wären nicht so subtil gewesen. Sie hätten mich einfach zermalmt wie eine lästige Fliege. Nein, die Geschehnisse mussten mit dem Herrn der Drachenburg in Zusammenhang stehen ...

Während meiner Überlegungen war ich zum Wasserloch zurückgekehrt, und als ich nun neben dem kleinen Lagerfeuer stehen blieb, war mir, als erwachte ich wie aus einer Trance. Ich schüttelte den Kopf, um die Benommenheit abzustreifen, blickte in die Runde und ließ mich schließlich neben Sitting Bull niedersinken.

Der alte Häuptling sah mich an, aber er sagte kein Wort. Ich konnte nicht einmal eine Frage in seinen Augen lesen. Fast schien es mir, als wüsste er genau, was mich beschäftigte. Aber ich wollte ihn nicht darauf ansprechen; nicht vor den anderen. So wandte ich den Blick ab und starrte ins Feuer.

Jemand hatte eine zerbeulte Blechkanne zwischen die brennenden Scheite geschoben, und ein Duft nach aromatischem Kaffee stieg davon auf und kitzelte wohltuend in meiner Nase. Annie Oakley beugte sich vor, umwickelte die rechte Hand mit einem Tuch und hob die Kanne aus der Glut.

»Möchte jemand ...«, fragte sie und blickte in die Runde. »Becher haben wir genug.«

Und während Bill und Lancelot zustimmend nickten, beugte ich mich zu Sitting Bull hinüber und flüsterte: »Ich muss mit Ihnen sprechen, Häuptling.«

Er blieb stumm, und fast glaubte ich schon, er wolle mich einfach ignorieren, als er plötzlich doch aufstand und kaum merklich nickte. Ich erhob mich ebenfalls. »Wir gehen noch ein paar Schritte«, sagte ich an die anderen gewandt. »Halten Sie mir einen Schluck Kaffee heiß, Annie.«

Die Luft war merklich abgekühlt; nun, da wir die Geborgenheit und Wärme des Lagerfeuers verlassen hatten, wurde es mir erst richtig bewusst. Vor wenigen Stunden noch hatten wir unter der grausamen Hitze gestöhnt, und nun ließ mich jeder Windhauch frösteln. Auch wenn ich noch nie zuvor eine Nacht im Wüstengebiet verbracht hatte, wusste ich doch, dass die Temperaturen in diesen Regionen bis unter den Gefrierpunkt abfallen konnten. Keine angenehmen Aussichten. Ich beschloss, das Gespräch nicht allzu lange auszudehnen.

Auf der Höhe einer Düne blieben wir stehen. Sitting Bull blickte starr in die Ferne und schwieg sich weiterhin aus.

»Wir wissen beide, dass Sie der Magie mächtig sind, Häuptling; mehr, als Sie zugeben wollen«, sagte ich schließlich. In der absoluten Stille um uns herum klang meine Stimme überlaut, und sofort senkte ich sie instinktiv zu einem Flüstern herab. »Und Sie wissen mehr über diese Überfälle. Sie hegen einen Verdacht, wer hinter diesen Morden stecken könnte, habe ich Recht?«

Sitting Bull regte keine Miene. Ich gab ihm eine volle Minute, bevor ich fortfuhr: »Als Shadow ... *verschwand,* haben Sie für mich Partei ergriffen, ohne Fragen zu stellen. Ich hatte den Eindruck, als wüssten Sie etwas.«

»Ich fühlte einen bösen Zauber«, erwiderte er nach Sekunden des Schweigens. »Ein mächtiger Zauber, viel stärker, als ich befürchtet habe. Ich werde sterben.«

Im ersten Augenblick begriff ich gar nicht, was er da gesagt hatte. Ich fuhr herum und starrte ihn fassungslos an. »Dann wissen Sie, wer sich hinter all dem verbirgt? Ich bitte Sie, Häuptling, vertrauen Sie sich mir an. Wir müssen uns verbünden, wenn wir ...«

Ich konnte mir die Worte sparen. Es hatte keinen Sinn; das erkannte ich im gleichen Moment, als ich in seine Augen blickte. Er wollte sich nicht helfen lassen, aus welchen Gründen auch immer. Sein Blick war hart und verschlossen. Fast war ich versucht, ihm das Geheimnis mit Hilfe meiner Macht zu entreißen, einfach in seinen Geist einzudringen und mir die Informationen zu holen, die ich brauchte.

Aber eben nur fast. Ich hätte sein Vertrauen eingebüßt, im gleichen Moment, in dem ich meine magischen Kräfte einsetzte.

Und ich hätte meine Selbstachtung verloren.

So schwieg ich, und einen Herzschlag später drehte Sitting Bull sich abrupt um und schritt zum Lager zurück.

Ich blieb stehen und versuchte Ordnung in meine Gedanken zu bringen. Was hatte er damit gemeint: Er würde sterben? Ahnte er, dass Necrons Magie der seinen hoffnungslos überlegen war? Fühlte er sich schon jetzt besiegt, obwohl das letzte Gefecht noch nicht einmal begonnen hatte? Was war aus dem stolzen Häuptling geworden, als den ich ihn kennen gelernt hatte?

Ein eisiges Frösteln riss mich aus meinen Gedanken. Die Temperatur war noch weiter gefallen, und klamme Kälte kroch durch meine leichte Kleidung und biss mit tausend gierigen Zähnen in meine Haut.

Ich rieb mir mit den Händen die Oberarme und wollte mich gerade umwenden und Sitting Bull folgen, als mir in der endlosen Monotonie der Wüstenlandschaft etwas auffiel.

Erst war es nur ein dunkler Fleck auf dem hellen Sand, nicht mehr als ein Schatten – aber ein Schatten, den es dort nicht geben durfte!

Wie ein formloser, finsterer Nebelhauch schien er über der Wüste zu schweben, pulsierend wie ein schlagendes Herz; unscheinbar und fast nicht zu erkennen und doch auf eine unglaublich bedrohliche Art düster.

Und dann regte er sich, dehnte sich in einer hektischen, schnellen Bewegung aus und zog sich im nächsten Moment wieder zusammen. Ich kniff die Augen zusammen und versuchte die Entfernung zu dem Ding abzuschätzen, aber es war unmöglich. Die Wüste verzerrte das Bild, und glaubte ich gerade noch, es nur einige Yards vor mir zu sehen, schien es im nächsten Augenblick wieder Meilen entfernt.

Eines aber erkannte ich genau: Es kam näher. Rasend schnell.

Und im nächsten Moment reagierten meine magischen Sinne.

Es war wie ein körperlicher Schlag, der mein Gehirn traf und mich mit einem schmerzhaften Keuchen zusammenfahren ließ.

Das Ding war *böse*. Aber es war nicht die Bosheit eines menschlichen Wesens, die wie eine Woge über mir zusammenschlug. Es war ein Instinkt animalischer Wildheit; der pure Wunsch zu töten.

Und Hunger. Eine unendliche Gier nach Leben.

Ich fuhr mit einem Schrei herum und begann wie von Sinnen zu laufen. Und kam doch kaum von der Stelle. Der weiche, nachgiebige Sand griff wie mit unsichtbaren Klauen nach meinen Schuhen und hielt sie gierig fest. Bei jedem Schritt sank ich bis zu den Knöcheln ein. Immer wieder stürzte ich, und die Entfernung zum Lager schien stetig anzuwachsen, statt dass sie kürzer wurde. Es war wie in einem schrecklichen Albtraum, in dem man einer Gefahr entfliehen will und sich nur unendlich langsam bewegen kann.

Auch Sitting Bull hatte erst die halbe Strecke zurückgelegt, als ich ihn einholte. Er blieb stehen und sah mir mit finsterem Blick entgegen. Dann wurde ihm klar, dass ich nicht etwa unser Gespräch fortführen wollte, und sein Gesicht nahm einen fragenden Ausdruck an. Ich winkte hastig ab, noch ehe er den Mund öffnen konnte, und deutete zum Lager hinüber.

»Schnell, zu den anderen«, drängte ich. »Ein neuer Angriff. Was immer die Krieger getötet hat – es kommt zurück!«

Er nickte stumm – als wüsste er schon jetzt, was da durch die Wüste auf uns zukam – und beschleunigte seine Schritte. Ich zog ihn halbwegs mit mir, und nach Minuten, die mir wie Ewigkeiten erschienen, erreichten wir endlich das Lager.

Natürlich hatten uns die anderen bereits kommen sehen und aus unserer Eile ihre Schlüsse gezogen. Bill hatte nach seinem Sharps-Gewehr gegriffen und lud es gerade nach, und Postlethwaite fuchtelte mit seinem Museumsstück von Revolver herum. Auch Ixmal und seine verbliebenen neun Krieger waren mittlerweile zurückgekehrt und sahen uns misstrauisch entgegen.

Ich blieb beim Feuer stehen und schnappte erst einmal nach Luft. »Dort draußen«, keuchte ich, kaum dass ich wieder zu Atem gekommen war, und deutete zu der Düne hinüber. »Ich habe nicht erkennen können, was es ist, aber es kommt genau auf uns zu. Ein dunkler Schatten.«

Ixmal übersetzte seinen Gefährten, was ich gesagt hatte, und ohne ein weiteres Wort fuhren die Indianer herum und eilten zu den Felsen, um ihre Waffen zu holen, die sie dort abgelegt hatten.

Bill nickte grimmig und schob die letzte Patrone in den Lauf seiner Büffelbüchse. Lancelot Postlethwaite sah sich gehetzt um, ließ vor lauter Nervosität seinen Revolver fallen und bückte sich umständlich danach. »Das sind bestimmt die Wölfe«, murmelte er schreckensbleich. »Bestimmt sind das diese Wölfe. Mein Gott, wir sind verloren!«

»Ich wünschte, dass es nur Wölfe wären«, erwiderte ich. Im gleichen Augenblick taten mir meine Worte schon wieder leid. Lance sah mich an, als hätte ich ihn nach der Art gefragt, wie er denn gerne sterben wolle. Wieder entglitt der Revolver seinen nervösen Fingern und schlug in den Sand.

»Was wollen Sie damit sagen?«, flüsterte er und wurde noch eine Spur blasser.

»Wir müssen damit rechnen, dass diese Wölfe – oder was immer es sein mag – nicht von dieser Welt sind«, begann ich vorsichtig. Wenn es mir gelang, ihn auf das Kommende vorzubereiten, war der Schock vielleicht nicht gar so groß. »Ich habe Ihnen von Necron erzählt, dem Herrn der Drachenburg. Ich glaube, dass er diese Biester geschickt hat. Und Necron gibt sich nicht mit normalen Wölfen zufrieden.«

Er nahm es besser auf, als ich erwartet hatte, starrte mich noch sekundenlang ungläubig an, nickte dann aber und bückte sich ein zweites Mal nach seiner Waffe. Es dauerte einen Moment, bis ich begriff. Lancelot Postlethwaite war keineswegs ein Feigling. Seine Angst hatte einzig den Wölfen gegolten; richtigen Wölfen.

Es war paradox, aber meine Befürchtung, dass es sich nicht um Tiere aus Fleisch und Blut handelte, schien ihn sogar zu beruhigen. Ich begann zu ahnen, dass damals in der sibirischen Tundra weit mehr vorgefallen war, als er uns erzählt hatte.

Wir bezogen in aller Eile bei den Felsen Stellung. Die schwarzen, vom Wind geschliffenen Granitblöcke umgaben das Wasserloch in einem zum Tümpel hin offenen Halbkreis, aber in solchen Abständen, dass sie kaum Schutz zu bieten vermochten. Trotzdem gaben sie uns ein (wenn auch trügerisches) Gefühl der Sicherheit.

Viele der Indianer hielten ihre Bögen in den Händen, die Pfeile schussbereit auf den Sehnen; einige andere hatten Speere ergriffen, die sie nun sorgfältig auswogen. Bill und Lancelot lehnten rechts von mir an den Felsen, die Waffen schon im Anschlag.

Annie kauerte zwischen ihnen, das Gewehr fest umklammert. Wäre ihr Blick nicht so voller Angst und mühsam unterdrückter Panik gewesen, hätte ich mich um sie kaum sorgen müssen. Sie konnte als Kunstschützin von uns allen hier am besten mit der Waffe umgehen. Aber die Furcht ließ nun ihre Hände zittern und trübte ihren Blick. Ich machte mir Sorgen um sie; große Sorgen.

Dann sah ich zur anderen Seite, wo die Indianer angespannt zwischen den Felsen auf den Angreifer warteten, und suchte Sitting Bull.

Er war nicht unter ihnen!

Verwirrt richtete ich mich ein Stück auf und ließ meinen Blick noch einmal über die Krieger schweifen. Im Geiste zählte ich mit. Aber es blieben nur zehn Mann. Der Häuptling war verschwunden.

Ein kalter Schauer überlief mich. Mit einem Keuchen sprang ich auf. Bill sah fragend zu mir hoch, doch ich schüttelte den Kopf und bedeutete ihm, unten zu bleiben. Dann atmete ich erleichtert auf – ich hatte Sitting Bull entdeckt.

Der alte Häuptling hockte zusammengesunken jenseits des Wasserlochs im Sand und schien irgendetwas auf dem Boden zu verteilen. Ich kniff die Augen zusammen, konnte aber auf die Entfernung nicht erkennen, was er tat.

»Runter mit dir, Robert!«, zischte Bill neben mir, gerade als ich den Häuptling rufen wollte. »Willst du, dass sie uns gleich entdecken, wenn sie hier auftauchen?«

Ich warf noch einen letzten Blick zu Sitting Bull hinüber, sah aber ein, dass Bill Cody Recht hatte, und ließ mich wieder gegen den Fels sinken. Ganz gleich, was Sitting Bull vorhatte – er musste wissen, was er tat.

Eine gespannte Stille legte sich über die Szenerie. Niemand sagte mehr ein Wort. Dafür dröhnte mein eigener Herzschlag überlaut in meinen Ohren. Ich packte den Knauf meines Stockdegens fester und umschloss mit der Linken den kleinen *Shoggotenstern.*

Ich wusste: Wenn Necron diese Wölfe (oder was immer es war) geschickt hatte, halfen uns weder Gewehre noch Pfeile. Dann lag unser aller Schicksal allein in meinen Händen.

Mir blieb nur zu hoffen, dass ich mich irrte.

Aber diese Hoffnung war nur von kurzer Dauer. Ein schauriges Heulen durchbrach die Stille und ließ etwas in mir zu Eis gefrieren. Ich konnte fast sehen, wie die dunkle, unendlich böse Nebelwolke einer Brandung gleich über die Düne wallte.

Und dann, von einer Sekunde auf die nächste, waren sie heran!

Im ersten Moment glaubte ich tatsächlich, dass es sich um Wölfe handelte. Dann erkannte ich meinen Irrtum – diese Tiere waren größer! Größer und irgendwie schlanker, von sehnigem Körperbau. Und sie alle waren nicht mehr als durchsichtige Schemen, die im silbernen Mondlicht zu geisterhaftem Glanz erstrahlten.

Es waren Hunde!

Ich hatte kaum Zeit, meiner Überraschung Herr zu werden. Mit wenigen Sätzen hatten die größten dieser Bestien die kurze Distanz überwunden und sich auf uns gestürzt. Alles ging derart schnell vonstatten, dass keiner von uns bisher zum Schuss gekommen war.

Nun sirrten die ersten Pfeile durch die Luft, trafen die heranjagenden Körper – und gingen durch sie hindurch, als würden sie tatsächlich nur aus einem Nebelhauch bestehen.

Und doch waren ihre Pranken und Zähne Wirklichkeit. Ich fuhr herum, als hinter mir ein entsetzter Schrei erklang. Einer der Indianer war von einem riesigen Dobermann niedergerissen worden. Er wehrte sich verzweifelt gegen das mächtige Tier, versuchte seine Kehle zu packen – und griff durch den Körper hindurch.

Der Hund schnappte zu, und der gellende Schrei verstummte abrupt.

Neben mir dröhnten Schüsse auf. Ich fuhr zusammen und duckte mich instinktiv. Die Bewegung rettete mir wahrscheinlich das Leben.

Ein lang gestreckter Körper flog über mich hinweg, streifte meine Schulter und ließ mich zu Boden stürzen. Als ich mich abrollte und von meinem eigenen Schwung getragen wieder auf die Beine kam, sah ich, wie Annie auf das Tier anlegte.

Eine grelle Feuerlanze stach aus der Waffe; im gleichen Moment, als der graue Killer auf dem Boden aufkam und mit einem dumpfen Knurren herumwirbelte.

Die Kugel traf ihn genau zwischen die Augen. Und schlug zwei Yards hinter ihm in den Sand.

Auch Blei konnte diesen reißenden Bestien nichts anhaben! Jetzt lag es an mir, dem mordgierigen Tier den Garaus zu machen. Mit einem Schrei hob ich den Degen. Das Mondlicht spiegelte sich auf der scharfen Klinge und ließ sie wie ein feuriges Schwert aufleuchten.

Das Tier, eine große, muskulöse Dogge, wich knurrend zurück. Ihre Nackenhaare sträubten sich. Sie schien die Gefahr zu spüren, die von der magischen Waffe ausging.

Ihr Zögern gab mir neuen Mut. Mit einem Sprung war ich bei der Bestie, holte weit mit dem Degen aus – und schlug mit aller Macht zu.

Die silberne Klinge fuhr durch ihren Nebelkörper, ohne auf Widerstand zu treffen. Und zeigte keine Wirkung.

Für eine endlose Sekunde war ich wie betäubt. Fassungslos starrte ich auf das nachtschwarze Tier, sah, wie es sich zum Sprung duckte, wie flockiger Geifer von seinen Lefzen tropfte, wie es sich abstieß und auf mich zuflog.

Es war, als hätte die Zeit selbst sich verlangsamt, als wären mit einem Male alle Bewegungen um mich herum Bestandteile eines grausamen Balletts, dessen Finale im Tod enden musste. Gleichzeitig mit dem Heranfliegen des Hundes sah ich die erste Welle der grauen Killer über die Indianer hereinbrechen, sah die Krieger fallen unter dem Ansturm nebelhafter Körper, die sie nicht berühren konnten und die ihnen das Verderben brachten. Sah am Rande meines Blickfeldes eine Gestalt auftauchen und erkannte erst nach Ewigkeiten, dass es Bill war, der, die Arme vorgestreckt, unendlich langsam auf mich zuhastete.

Erst als mich seine Hände berührten und zur Seite stießen, lief die Zeit wieder an, und diesmal geschah alles derart schnell, als wollte die Zeit sich rächen für die ewige Sekunde, die ich ihr entrissen hatte.

Ich stürzte schwer, verlor den Stockdegen und hörte im gleichen Moment Annies Schrei. Sand drang mir in Mund und Augen und blendete mich. Ich riss die Hände hoch, fuhr mir über das Gesicht und versuchte gleichzeitig, wieder auf die Füße zu kommen.

Ein schreckliches, wildes Fauchen drang an mein Ohr, dann prallte ein schwerer Körper gegen mich und riss mich abermals zu Boden. Schmerz explodierte in meiner Brust, als scharfe Krallen mein Hemd zerrissen und tiefe Kratzer in meiner Haut hinterließen.

Noch immer war mein Blick durch den Sand getrübt, und das brachte mich fast an die Grenze des Wahnsinns. Denn obwohl ich die Bestie über mir spürte, ihren fauligen Atem roch und ihre Klauen in mein Fleisch drangen, konnte ich sie nicht greifen! Ich schlug wie von Sinnen um mich und traf doch auf keinen Widerstand.

Todesangst überfiel mich wie eine reißende Flut. Noch nie zuvor in meinem Leben war ich so hilflos gewesen. Ich würde sterben, wenn es mir nicht gelang, die Bestie abzuschütteln!

Tief in meinem Inneren schien eine unsichtbare Barriere zu brechen. Ein Feuer, das direkt aus meiner Seele kam, brannte sich den Weg durch meine Adern, strömte wie flüssige Lava in mein Hirn und fegte Schmerz und Furcht beiseite. Plötzlich konnte ich wieder sehen – wenn auch nur in einem bizarren, scharf gezeichneten Bild, in dem Hell und Dunkel umgekehrt waren wie auf dem Negativ einer fotografischen Platte.

Es war ein Teil meines Erbes: der magische Blick, für den ich meine Augen nicht brauchte. Ich sah gewissermaßen mit meinem Geist, und in diesem unwirklichen Bild hatte die Bestie eine feste Gestalt angenommen. Ihre Augen waren direkt vor meinem Gesicht, und sie brannten wie schwarze Sonnen in dem weißen Schädel des Hundes.

Ich sammelte meine Kräfte zu einem einzigen, gewaltigen Schlag und schleuderte sie dem Tier entgegen.

Ein Pulverfass schien vor meinem Kopf zu explodieren. Eine Kugel gleißender Energie entstand und verging im Bruchteil einer Sekunde. Ich spürte noch, wie sich die Krallen aus meiner zerfetzten Kleidung lösten und das Tier zurückgeworfen wurde, dann wurde mir schwarz vor Augen.

In meiner Todesangst hatte ich alle Kraft auf einmal eingesetzt, und nun war mein Geist leer und ausgebrannt. Ich konnte mich nicht einmal aufrecht halten, kippte in den Sand und blieb sekundenlang bewusstlos liegen.

Ein furchtbarer Schmerz riss mich in die Wirklichkeit zurück. *Einer der anderen Hunde!*, durchzuckte es mich, noch bevor ich die Augen öffnete. *Jetzt bist du verloren!*

Dann sah ich, was mich angriff, und der Anblick raubte mir fast den Verstand.

Es war die Dogge!

Der Schock ließ mich selbst den Schmerz vergessen. Warum lebte das Tier noch? Das war doch unmöglich!

Ich sah mit eigenen Augen, dass meine magische Kraft versagt hatte, aber diese Erkenntnis drang einfach nicht bis in meinen Verstand vor.

Aber ich war sogar zu schwach, diesen Gedanken bis zum Ende zu verfolgen. Der Geisterhund würde mich töten, mich und die anderen, und es gab nichts, was ihn aufhalten konnte …

Ich senkte die Lider, lag einfach da und wartete auf den Tod … aber er kam nicht. Nach einer Ewigkeit erst wurde mir bewusst, dass der Schmerz nicht zurückkehrte, dass der Druck auf meiner Brust nachgelassen hatte.

Fassungslos riss ich die Augen wieder auf – der Hund war verschwunden!

Woher ich die Kraft nahm, mich auf die Ellbogen aufzurichten, weiß ich nicht. Helles Licht brannte plötzlich in meinen Augen und ließ mich blinzeln. Über dem Platz jenseits des Wasserlochs war eine Sonne aufgegangen – ein gewaltiger, irisierender Ball tauchte die Wüste in taghelles Licht. Ihre sengenden Strahlen stachen wie Flammenfinger nach allen Seiten und drangen in die Körper der Geisterhunde.

Ein klagendes, lang gezogenes Jaulen erfüllte die Luft, als sich die Nebel unter den Lichtspeeren in nichts auflösten. Die Hunde wanden sich wie unter Schmerzen, versuchten noch, mit wilden Sprüngen in die Dunkelheit zu entkommen, aber sie hatten keine Chance.

Nach wenigen Augenblicken war der Spuk vorüber.

Taumelnd kam ich auf die Füße und sah mich verwirrt nach allen Seiten um. Doch erst, als die blendende, magische Sonne erlosch, erkannte ich, wer uns vor dem sicheren Tod bewahrt hatte.

Sitting Bull nahm die Gegenstände, die er vor sich ausgebreitet hatte, wieder auf und erhob sich mühsam. Seine Bewegungen wirkten wie die eines Greises, als er zu uns herüberkam. Sein Gesicht war um Jahre gealtert.

»Dem Gott der Sonne allein verdanken wir unsere Rettung«, sagte er nur, wandte sich ab und schlurfte zum Feuer hinüber. Tausend Fragen brannten mir auf der Zunge, doch ich ahnte, dass sich der Häuptling mit dieser Beschwörung vollends verausgabt hatte. Er brauchte Ruhe, um neue Kräfte zu sammeln. So schwieg ich und drehte mich zu den anderen um.

Es war ein Bild des Schreckens.

Die meisten der Indianer lagen in ihrem Blute, Annie war bewusstlos zusammengebrochen, Bills Gesicht blutüberströmt. Allein Lancelot Postlethwaite und Ixmal standen aufrecht, und in ihren Gesichtern spiegelte sich das Grauen der letzten Minuten wider.

Ich ging zu Buffalo Bill hinüber, und bei jedem Schritt verschwamm das Bild vor meinen Augen. Ich kniete neben ihm nieder und untersuchte ihn flüchtig. Eine blutige Schramme zog sich quer über seine Stirn; sonst konnte ich glücklicherweise keine Verletzung entdecken. Er erwachte unter meiner Berührung und fuhr mit einem Schrei in die Höhe.

»Ganz ruhig«, sagte ich und drückte ihn zurück, »Es ist vorbei.«

»Die Hunde …«, krächzte er schreckensbleich und bäumte sich wieder auf.

»Sind vernichtet«, entgegnete ich sanft und versuchte ihn mit Hilfe meiner Magie zu beruhigen. Es gelang mir nicht.

Die Quelle meiner Kraft war versiegt. Ich fühlte mich ausgebrannt, hatte die Macht in einer einzigen Sekunde verpufft wie entzündetes Magnesiumpulver. »Du hast großes Glück gehabt«, fuhr ich fort. »Nur eine Fleischwunde auf der Stirn. Nichts Ernstes.«

Er starrte auf meine Brust und verzog das Gesicht. »Gütiger Himmel, dich hat es ja ganz schön erwischt«, sagte er. »Hast du keine Schmerzen?«

Erst verstand ich gar nicht, was er meinte, dann senkte ich zögernd den Blick und sah an mir hinab. Und fiel zum zweiten Male in Ohnmacht …

Sitting Bulls Sommerlager am Rosebud Creek, 22. Juni 1876

Der Sommer war heiß in diesem Jahr, und zur Mittagszeit, als die Sonne ihren höchsten Stand am wolkenlosen Himmel erreichte, lag drückende Schwüle über dem Lager. Die großen Spitzzelte spendeten den Menschen Schatten, aber die Hitze, die über die weite Ebene kroch und die Luft flirren ließ, konnten sie nicht abhalten.

Ein staubiger, heißer Wind fegte von Osten heran und bedeckte die Büffelhäute der Tipis mit einem feinen gelblichen Alkalischleier. In der Ferne glitzerte das blaue Band des Yellowstone River wie eine Verheißung von Kühle und belebender Frische, doch das Bild verzerrte sich in der glühenden Luft und verwandelte den Fluss in eine sich windende, Tod bringende Natter.

Das Lager wirkte wie ausgestorben. Nur wenige der Indianer verließen den Schutz ihrer Zelte; hier und da balgten sich ein paar Hunde um einen alten Knochen, Kinder spielten träge zwischen den Pferdegattern, eine alte Frau kam vom Fluss herüber, einen Krug Wasser auf dem Kopf balancierend.

Doch nicht allein die drückende Hitze lastete über dem Camp. Mit der staubigen Dunstglocke hatte sich noch etwas anderes unsichtbar und allgegenwärtig über die Tipis gelegt. Es schlich sich in die Herzen der Männer und erfüllte sie mit wildem Stolz. Es kroch in die Herzen der Frauen und Kinder und brachte Angst und Schrecken.

Der Geruch nach Krieg und Kampf und Tod.

Die *Große Schlacht* stand dicht bevor. Der alles entscheidende Feldzug gegen die weißen Soldaten, die sich immer weiter in das Land der Ahnen vorwagten.

Sitting Bull war von den Stammesführern zum obersten Häuptling gewählt worden und er hatte die Völker der Sioux vereint und hier gesammelt.

Das Lager erstreckte sich vom Rosebud Creek bis zu den Ufern des Gelben Flusses; ein Meer aus Tipis, wie es noch keines Menschen Auge je zuvor erblickt hatte. Etwa fünfzehntausend Indianer waren Sitting Bulls Ruf gefolgt, unter ihnen mehr als viertausend Krieger.

Und sie alle warteten darauf, dass der große Häuptling das Zeichen zum Angriff gab. Immer wieder blickten die Jungen und Ungeduldigen unter den Kriegern zu Sitting Bulls Zelt hinüber, das am Steilufer des Creek stand, auf einem kleinen Hügel leicht über die anderen Zelte erhoben.

Aber noch war der Häuptling nicht bereit. Noch war der Zauber nicht vollendet.

Im Halbdunkel seines großen Tipis herrschte atemlose Stille. Sitting Bull saß vornübergebeugt auf einer gewebten Decke. Vor sich hatte er den Inhalt seines »Medizinbündels« ausgebreitet – eine Sammlung magischer Talismane, getrockneter Kräuter, Felle und Tierknochen.

Im Kreis um ihn herum warteten die Stammesführer auf den Beginn der Zeremonie. Sie alle wussten nur zu gut, warum sie Sitting Bull erwählt hatten, die Sioux in den Kampf zu führen. Keiner von ihnen beherrschte die Magie so perfekt wie der alte Häuptling. Niemand sonst wäre in der Lage gewesen, die Falle zu errichten.

Sitting Bull unterbrach die endlose Litanei, mit der er die Götter gnädig gestimmt hatte, griff nach einem kleinen Stoffbeutel und öffnete ihn mit geschickten Fingern. Ein weißes Pulver quoll aus dem grauen Leinensack. Er füllte seine linke Handmulde damit, sprach ein kurzes Gebet in einer fremden, gutturalen Sprache darüber und winkte nach der Schüssel.

Crazy Horse, zweiter unter den Häuptlingen nach Sitting Bull, erhob sich und reichte ihm die mit Wasser gefüllte Schale.

Ein grauer Dunst wie Nebel wallte auf, als der alte Häuptling das Pulver hineinrieseln ließ. Plötzlich durchzog ein scharfer, stechender Geruch das Zelt, und auf der Wasseroberfläche schienen mit einem Male kleine, zuckende Irrlichter zu tanzen.

Lange Zeit schwieg Sitting Bull, saß nur da, die Augen geschlossen, und schien zu schlafen.

Es war tatsächlich so – sein Körper schlief. Sein Geist jedoch hatte sich von der irdischen Hülle getrennt und war hinabgetaucht in das Ebenbild seines Gesichtes, das sich verschwommen auf dem Wasser spiegelte. Und sah …

Eine graue Zeltplane, nur provisorisch mit Stangen zu einem Dach befestigt. Ein niedriger Tisch darunter, auf dem Karten und Rollen beschriebenen Papiers ausgebreitet lagen. Bärtige Männer in maßgeschneiderten Uniformen, mit blitzenden Orden und blanken schwarzen Stiefeln. Ein Posten vor dem Zelt, der nun mit einem Ruck Haltung annahm und das Gewehr präsentierte …

»Rühren«, befahl George Armstrong Custer, blieb einen Moment stehen und musterte das offene Gesicht des Kadetten. Der Junge war höchstens vierzehn Jahre alt, fuhr es ihm durch den Kopf. Zu jung eigentlich für den Heldentod. »Name?«

Der Junge bemühte sich um noch mehr Haltung und erstarrte zum Ebenbild eines polierten Zinnsoldaten. »Finnewacker, Sir!«, brüllte er. »Siebente Kavallerie, C-Kompanie, Sir!«

Custer grinste. Der Bursche musste geradewegs aus West Point kommen. Fast wäre ihm das Trommelfell geplatzt. Nun, nach der ersten Schlacht würde er gewiss stiller werden ... Custer salutierte lässig und betrat das Zelt. Seine Hunde, die ihn wie immer begleitet hatten, ließen sich sehr zum Leidwesen des Kadetten, dem angesichts der mächtigen Tiere der kalte Schweiß ausbrach – vor dem Eingang nieder und hielten aufmerksam Wache.

Die Offiziere nahmen Haltung an, als sie den hoch gewachsenen Mann in seiner Uniform aus dem Bürgerkrieg erblickten. Custer trug den blauen Rock aus gutem Grund: Er zeigte die Rangabzeichen eines Major-General, jenes Dienstgrades, den Custer während des Krieges innehatte. Jetzt war er nur noch Lieutenant Colonel, doch seine Uniform garantierte ihm den alten Respekt.

Colonel Waters, sein Kamerad aus längst vergangenen Militärschultagen, kam auf ihn zu und streckte Custer seine Pranke hin. »Ein großer Tag, George«, dröhnte er mit seiner grollenden Bassstimme, die in seinem umfangreichen Bauch wohl den idealen Resonanzkörper fand. »Wir machen Geschichte – das heißt, wenn du mir noch ein paar von den Rothäuten übrig lässt!« Er lachte, dass die Zeltplane sich ein gutes Stück in die Höhe hob – und verstummte mit einem Schnauben wieder, als er in Custers ernstes Gesicht blickte.

»Gentlemen, wir sind hier, um über den Verlauf einer Schlacht zu entscheiden, über Sieg oder Niederlage und das Leben unserer Soldaten«, sagte Custer ruhig. »Wenn ich Sie also bitten dürfte ...« Er trat an den Tisch heran und rollte eine Karte von Süd-Montana auf. »Ihr Bericht, Captain Newhouse.«

Für Sekunden verschwamm das Bild vor Sitting Bulls innerem Auge. Ohne in seiner ungeheuren Konzentration nachzulassen, tastete er blind nach dem kleinen Leinenbeutel und streute neues Pulver auf das nebelüberzogene Wasser. Sofort tanzten wieder irrlichternde Funken über seine Oberfläche, und erneut versank sein Geist in den Tiefen der magischen Schale. Mit dürren Geistfingern griff er aus der Welt der Visionen hinaus, in die Wirklichkeit, Hunderte von Meilen entfernt, unter dem grauen Dach einer Zeltplane ...

»Ich stoße von Süden gegen die Hauptmacht der Sioux vor«, Custer zog mit dem Finger einen Halbkreis über die verschlissene Karte, »und treibe sie gegen General Gibbons Truppen. Er steht ... hier.« Sein Finger übersprang gute fünfzig Meilen und tippte energisch auf das Papier. »Damit haben wir sie in der Falle«, fuhr er nach einer gewichtigen Pause fort. »Wir werden planmäßig mor-

gen früh um fünf Uhr aufbrechen. In zwei Tagen erreichen wir das Hauptlager –«

»Zwei Tage«, unterbrach ihn General Terry ungläubig. »Das ist Wahnsinn, Custer. Zwölf Kompanien können nicht –«

»Und treiben die Sioux vor uns her, geradewegs in Gibbons Hände«, fuhr Custer ungerührt fort. »Das Überraschungsmoment ist auf unserer Seite, meine Herren. Wir werden . . .«

Er stockte mitten im Satz. Ein heftiger Schmerz durchzuckte plötzlich sein Gehirn. Er stöhnte auf und strich sich mit einer fahrigen Handbewegung über die Stirn. Die Karte verschwamm vor seinen Augen, und er musste sich auf den Tisch stützen.

Er blickte auf, aber die Gesichter seiner Offiziere waren nur noch verwaschene Flecken gegen den dunklen Zeltstoff. Ihre besorgten Stimmen klangen seltsam verzerrt und falsch in seinen Ohren, und wie durch eine Schicht von Watte nur konnte er ihre Griffe spüren, mit denen sie ihn stützten.

Dann war es vorüber. Die Benommenheit verging so schnell, wie sie gekommen war. Zurück blieb nur ein dumpfes Pochen in seinem Hirn, wie ein beginnender Kopfschmerz. George Custer atmete tief ein und blinzelte die letzten Schleier von seinen Augen weg. Allmählich wurden die Konturen wieder klar, und nun verstand er auch die aufgeregten Worte seiner Begleiter.

»Es ist nichts«, sagte er rasch. »Ein leichter Anflug von Übelkeit. Ich vertrage diese Temperaturen wohl doch nicht so gut, wie ich dachte.«

Colonel Waters nickte, und sein breites Gesicht glänzte vor Schweiß. »Diese verdammte Hitze bringt mich eines Tages noch um«, pflichtete er Custer bei, zog sein seidenes Taschentuch hervor und tupfte sich die Stirn damit.

General Custer wandte sich wieder der Karte zu, und plötzlich erschien ihm sein Plan gar nicht mehr so perfekt wie noch vor wenigen Sekunden. Mit einem Male war ihm klar, dass er einen entscheidenden Fehler begangen hatte. Er beugte sich über die Karte und trommelte nervös mit den Fingern auf die Tischplatte. Der dumpfe Schmerz in seinem Kopf schwoll an – und Sitting Bull verstärkte den Druck seiner magischen Geistfühler. Behutsam drang er in das Unterbewusstsein des weißen Mannes vor, tastete über seine Gedanken, kehrte sie um und lenkte sie in andere Bahnen. Seine körperlosen Lippen flüsterten das Wort, das Wakan Tanka ihm gegeben hatte; das Wort, das für die Weißen den Untergang bedeuten würde . . .

Plötzlich wusste Custer, wo der Fehler lag. Und kaum hatte er ihn gefunden, da verschwand auch der bohrende Kopfschmerz; gerade so, als wolle das Schicksal seinen guten Entschluss bekräftigen.

Er hatte die Chance, als alleiniger, ruhmreicher Sieger aus dieser Schlacht hervorzugehen, und es war geradezu lächerlich einfach! Mit den Augen verfolgte er die Linie, die er und seine Truppe ziehen mussten, bis er sich von seinem Ersten Offizier Major Reno und einem kleinen Teil der Mannschaft trennen würde.

Dort, jenseits des Flusses, würde die kapitale Beute auf ihn warten: die Hauptmacht des Häuptlings Sitting Bull. Völlig ahnungslose Krieger, die er mit seinem Angriff überraschen und zerschlagen konnte.

Dort am Little Bighorn River …

Ein dumpfer, pulsierender Schmerz durchzog meine Brust, als ich erwachte. Ich saß an einen Felsen gelehnt da, einen dicken weißen Verband um meinen entblößten Oberkörper, und Lancelot Postlethwaite fuchtelte mit einer monströsen Spritze vor meinem Gesicht herum. Fast wäre mir wieder schwarz vor Augen geworden, als ich sah, wie er Anstalten machte, mir die Nadel auf die Haut zu stechen.

»Nicht!«, krächzte ich und rückte ein Stück zur Seite und von der Nadel weg, was einen höllischen Schmerz durch meine Brust jagte.

»Aha, Sie sind wach«, stellte Postlethwaite überflüssigerweise fest. »Schön, schön. Nun halten Sie aber still, junger Freund. Wollen Sie, dass ich die Vene verfehle?«

»Ich will, dass Sie mit dieser Spritze verschwinden!«, protestierte ich, fing mir aber nur einen tadelnden Blick ein.

»Aber, aber.« Lancelot schüttelte den Kopf. »Fürchtet Tod und Teufel nicht, aber hat Angst vor so einer kleinen, harmlosen Nadel. Ich spritze Ihnen ein Antiseptikum, damit die Wunde sich nicht entzündet. Ist zwar eigentlich ein Gegengift für Schlangenbisse, hat aber dieselbe Wirkung.«

Wieder setzte er sein Mordinstrument an, und diesmal biss ich die Zähne zusammen und ließ ihn gewähren.

»So, jetzt noch etwas gegen die Schmerzen«, fuhr Lancelot fort, als er die Injektion beendet hatte. Er griff zu einer kleinen Ampulle mit einer farblosen Flüssigkeit. »Mund auf. Schmeckt ein wenig bitter, aber Zuckerwürfel haben wir hier nicht.«

Das Zeug brannte wie Feuer auf meiner Zunge, aber ich schluckte es gehorsam hinunter. Postlethwaite erhob sich wieder und schraubte den Verschluss auf das kleine Glasröhrchen.

»Wie … wie geht es den anderen?«, presste ich zwischen zusammengebissenen Zähnen hervor, während sein »Schmerzmittel« in meinem Magen wütete.

Er verzog das Gesicht, und plötzlich klang seine Stimme weit weniger optimistisch. »Schlimme Sache«, murmelte er bedrückt. »Sieben der Wächterindianer sind tot; einer ist vor ein paar Minuten erst seinen Verletzungen erlegen. Und der andere ...« Er machte eine vage Geste mit der Hand. »Nur dieser Ixmal hat die Sache ziemlich unbeschadet überstanden.« Er atmete tief ein und drehte die Spritze in seinen Händen. »Mister Cody hat sich eine Schramme auf der Stirn und eine verstauchte Hand zugezogen«, fuhr er fort. »Miss Oakley ist in Ordnung. Und Sitting Bull ... es ist seltsam; ich habe so etwas noch nie gesehen. Er war vollkommen am Ende seiner Kraft. Lange Zeit glaubte ich, er würde es nicht überleben, aber er erholt sich unglaublich schnell. Faszinierend, wirklich faszinierend ...«

Er wandte sich kopfschüttelnd um, ging ein paar Schritte und blieb wieder stehen. »Und was Sie betrifft, Mister Craven«, fügte er hinzu, »so geben Sie mir ein noch größeres Rätsel auf. Sie hätten tot sein müssen bei diesen Wunden. Sind Sie aber nicht. Können Sie mir sagen, warum?«

Ich hätte ihm gern eine Antwort gegeben – wenn ich nur eine gewusst hätte. Seine Worte verwirrten mich. Wenn es wirklich so schlecht um mich stand, wie er sagte, warum hatte ich dann nicht einmal Schmerzen verspürt, als ich mich um Bill kümmerte?

Natürlich lag die Vermutung nahe, dass mein magisches Erbe mich gerettet hatte – doch zu diesem Zeitpunkt hatte ich nicht einmal die Kraft besessen, Bills Geist auf hypnotische Weise zu beruhigen.

Und jetzt begann ich sogar zu spüren, wie sich mein Körper in Sekundenschnelle erholte, wie neue Kraft mich überschwemmte und die Leere in meiner Seele verdrängte.

Was um Himmels willen geschah mit mir?

»Nichts, was dir Sorgen bereiten müsste«, klang eine Stimme direkt in meinen Gedanken auf; eine Stimme, die ich nur zu gut kannte und von der ich befürchtet hatte, sie nie mehr wieder zu hören.

»Shadow! Wo bist du?«

»Ich weiß es selbst nicht«, antwortete sie, aber ihre Stimme wurde immer leiser, während sie sprach. »Es war pures Glück, dich zu finden, und es scheint, als wäre ich im rechten Moment gekommen.«

»Du hast diese Geistermeute vernichtet? Ich dachte, Sitting Bull.«

»Ich habe es versucht, aber meine Kräfte versagten«, antwortete die

Stimme in meinem Kopf. »So wie die deinen, Robert. Diese Hunde gehorchten einem anderen Zauber, einer Magie, die ich nicht kenne. Wir sind machtlos dagegen. Ich habe nur verhindern können, dass der Hund dich tötet, mehr nicht.«

Ich konnte die Worte kaum noch verstehen. Es war, als würde sich Shadow immer weiter von mir entfernen.

»Sie werden bald entdecken, was ich getan habe«, fuhr sie fort. »Ich gebe dir von meiner Kraft, solange es ...«

Ihre Stimme verwehte im Nichts, wurde zerrissen wie von einem unsichtbaren Sturm. Vereinzelt drangen noch Wortfetzen an mein Ohr, dann verblassten auch sie.

»Wen meinst du?«, wollte ich noch wissen, aber ich erhielt keine Antwort mehr. Shadows Stimme war verschwunden. Trotzdem durchströmte mich neue Hoffnung. Sie lebte, und nur das zählte in diesem Moment.

Ich versuchte aufzustehen und war erstaunt, wie einfach es mir gelang. Der dumpfe, pulsierende Schmerz war vollends aus meiner Brust verschwunden, und nun wusste ich, dass es Shadows Macht war, die mich ausfüllte und belebte. Irgendwie hatte sie es geschafft, eine mentale Brücke zu errichten, aber mit dem Verblassen ihrer Stimme war auch diese Verbindung abgerissen.

Doch ich hatte genügend von ihrer Kraft abbekommen, um zu spüren, dass es hier ganz gehörig stank – bildlich gesehen. Es roch durchdringend nach der fremden, bösartigen Magie, die schon die Geistermeute erfüllt hatte. Fast glaubte ich, einen feinen Nebel zu sehen, der in einiger Entfernung vom Wasserloch aus dem Boden stieg und das Lager zu umkreisen begann.

Das Grauen war noch nicht vorüber, das fühlte ich in diesen Sekunden mit aller Deutlichkeit. Im Gegenteil: Es begann erst.

»Sind Sie verrückt, Craven?« Lancelot Postlethwaites energische Stimme riss mich aus meinen Gedanken. »Danken Sie Gott, dass Sie noch leben, und fordern Sie ihn nicht heraus!« Er kam mit langen Schritten heran und blieb dicht vor mir stehen. »Die Spritze war wohl nicht genug, wie?«, polterte er. »Muss ich Sie mit Chloroform zur Ruhe zwingen? Denn genau die brauchen Sie, sonst ...« Er fuhr sich mit der Rechten waagerecht über den Hals. »Exitus.«

»Es geht mir gut«, beruhigte ich ihn. »Ich weiß, was ich mir zutrauen darf.« Diesmal fiel es mir leicht, ihn von meinen Worten zu überzeugen. Zugegeben, ich half ihnen etwas nach.

Er nickte gehorsam und vergaß seine Argumente.

»Wann können wir aufbrechen?«, fuhr ich fort. »Ist der verletzte Indianer transportfähig?«

»Sind Sie von Sinnen? Es wäre sein Tod!«

Einen Moment war ich unschlüssig. Wenn mich mein Gefühl nicht trog, mussten wir von hier weg; so schnell wie möglich. Vielleicht konnte ich dem Verletzten irgendwie helfen. »Ich werde gleich nach ihm schauen«, wies ich Lancelot an. »Gehen Sie zurück zu ihm; ich komme sofort nach.«

Er wandte sich ohne ein weiteres Wort um und ging zu seinem Zelt hinüber, in dem der Indianer wohl untergebracht war. Ich selbst hielt nach Sitting Bull Ausschau und entdeckte ihn nahe des Tümpels. Bill und Annie waren bei ihm.

Er lächelte schwach, als ich an sein Lager herantrat. »Ich bin glücklich, dass du lebst, Blitzhaar«, flüsterte er. »Ich fürchtete schon, der Zauber käme zu spät.«

Ich ließ mich neben ihm auf die Knie sinken. »Wir alle verdanken Euch unser Leben«, sagte ich. »Ihr seid ein mächtiger Zauberer, Häuptling.«

Er lächelte wieder. »Nur ein schwacher Abglanz meiner alten Kraft, Blitzhaar. Ich werde alt, und Wakan Tanka liebt die jungen, starken Krieger.« Seine müden Augen schienen in eine weite Ferne zu starren. »Bald aber werde ich bei ihm sein ...«

Ich legte ihm die Hand auf die Schulter und schluckte den Kloß hinunter, der sich in meiner Kehle gebildet hatte. »Wir müssen bald aufbrechen, Häuptling«, begann ich. »Seid Ihr stark genug –«

»Was soll das heißen?«, fuhr Annie auf. »Sehen Sie nicht, dass er zu schwach ist, Robert? Wir können jetzt unmöglich von hier weg –«

»Wir müssen, Annie«, unterbrach ich sie. »Ich fürchte, diese Hundemeute war nur die Vorhut. Es ist noch nicht vorüber.«

»Er hat Recht«, stimmte mir Sitting Bull zu und versuchte seinen Oberkörper aufzurichten. Bill stützte ihn. »Auch ich fühle neue Gefahr. Es wäre unser Tod, hier zu bleiben. Ich bin bereit.«

Wir wollten ihm gerade mit vereinten Kräften auf die Beine helfen, als ein Schrei die Stille durchbrach. Nach einer Sekunde, in der wir alle wie erstarrt innehielten, sprang ich auf und wirbelte herum.

Der Schrei war aus Postlethwaites Zelt gekommen. Bill und ich sahen uns einen Moment lang an, dann stürmten wir gemeinsam los.

Wir hatten gerade die halbe Strecke zurückgelegt, als die Zeltplane zur Seite gerissen wurde und die hochgeschossene Gestalt des Cambridger Wissenschaftlers im Eingang erschien. Sein Gesicht war totenblass, und seine runde Nickelbrille war ihm von der Nase gerutscht und baumelte an einem Ohr hin und her. Er bemerkte es nicht einmal, als er wie von Furien gehetzt ins Freie stürzte.

Hinter ihm tauchte eine zweite Gestalt auf und taumelte hinter ihm her. Es war der verletzte Indianer! Unter dem Vordach des Zeltes hielt er für einen Moment inne, sah sich suchend um. Und trat dann ins Freie.

Das helle Mondlicht fiel auf seinen Körper, und der Anblick ließ mich schaudern. Seine Wunden waren unter den Verbänden aufgebrochen, und das Blut färbte den Stoff rot. Ein dünnes Rinnsal floss aus seinem Mund, tropfte das Kinn herab und versickerte vor seinen Füßen im Sand.

Lancelot stolperte uns entgegen, fiel geradewegs in unsere Arme und hätte uns beinahe zu Boden gerissen.

»Was ist los?«, fragte Bill. »Was ist mit dem Krieger geschehen?«

Lancelot starrte uns mit wahnsinnigem Blick an.

»Er ist tot!«, kreischte er. »*Tot!*«

Die Morgendämmerung färbte den Horizont blutrot und tauchte die Landschaft in unwirkliches Zwielicht, als die junge Squaw das Schlachtfeld erreichte.

Der Kampf war vorüber, doch die stummen Zeugen kündeten mit ihrem Blut von den Schrecken des vorübergegangenen Tages.

Das Gebiet am Little Bighorn River, vom Fluss bis zu den fernen Hügeln, war übersät mit den leblosen Körpern der Opfer. Custers gesamte fünf Kompanien, mit denen er Sitting Bulls Lager hatte angreifen wollen, waren gefallen; über zweihundert Mann. Custers Armeen hatten gegen die Übermacht der Sioux und Cheyenne nicht den Hauch einer Chance besessen. Sie waren in Sitting Bulls Falle gelaufen und in einer einzigen Stunde vernichtet worden.

Es war ein Bild des Grauens. Auf beiden Seiten hatte es Verluste gegeben, und der Blick der Indianerin glitt entsetzt über die Leichen ihrer roten Brüder. Heiße Tränen trübten ihren Blick, als sie weiterstolperte, dem Zentrum dieses grauenvollen Feldes entgegen. Sie wusste, dass sie dort finden würde, was sie immer wieder leugnen, was sie sich einfach nicht eingestehen wollte.

George war tot. Monahseetah hatte seine letzten Minuten miterlebt, als wäre sie bei ihm gewesen; sie hatte über all die Meilen hinweg gespürt, wie ihn die tödliche Kugel traf. Und doch wollte sie nicht daran glauben. Nicht, bevor sie ihn mit eigenen Augen gesehen hatte.

Ein leises Wiehern riss sie aus dem Universum aus Schmerz und Leid, in das sich ihr Geist zurückgezogen hatte. Ein Laut, der so schrecklich und klagend klang, dass Monahseetah zusammenfuhr und wie erstarrt stehen blieb.

Als sich ihr Blick klärte und sie sich zögernd und ängstlich umsah, glaubte sie im ersten Moment, ein Trugbild zu erblicken, das ihr gequälter Geist ihr vorspiegelte.

Etwa zwanzig Yards entfernt, inmitten der toten Körper, stand ein Pferd! Ein glatthaariger, hellbrauner Fuchs. Ein Pferd der weißen Soldaten, aus vielen Wunden blutend.

Monahseetah erkannte den Naturzauber, sah das Zeichen, das die Götter ihrem Volk gaben. Die Schlacht war gewonnen, doch die Kraft des weißen Mannes war ungebrochen. Er würde weiter bestehen wie dieses Pferd, das allein das Massaker überlebt hatte – und er würde letztendlich den Sieg davontragen.

Das Pferd wandte den Kopf und blickte sie an, und in seinen Augen stand ein fast menschlicher Funke.

Hastig drehte Monahseetah sich um und eilte weiter. Plötzlich war ihr kalt, so entsetzlich kalt. Fröstelnd zog sie das graue Tuch fester um ihre Schultern, aber es war nur mehr eine sinnlose Geste. Sie wusste, dass nichts mehr ihren Körper wärmen konnte; niemals wieder.

Sie war schon seit Stunden tot ...

Im gleichen Moment, als sie das Sterben ihres Geliebten gefühlt hatte, als das unsichtbare Band zerrissen war, das sie beide vereinte, war auch Monahseetah gestorben.

Im Osten ging die Sonne auf, vertrieb die letzten Nebel der Nacht und tauchte das Feld des Grauens in warmes, helles Licht. Den Schrecken jedoch konnte sie nicht vertreiben; im Gegenteil. Die Helligkeit offenbarte, was die Nacht mit ihrem dunklen Mantel gnädig verhüllt hatte. Und sie zeigte Monahseetah, wohin sie sich wenden musste.

Der Wimpel der Siebenten Kavallerie wehte nur noch in Fetzen von der geknickten Fahnenstange. Einer der Soldaten musste sie in den harten Boden gerammt haben, bevor er selbst fiel und unter dem Sternenbanner sein Leben aushauchte. So war sie zum Zeichen der

Niederlage geworden, zum Mahnmal für den Wahnsinn dieses sinnlosen Krieges.

George Armstrong Custer lag nur unweit der Fahne, umringt von den Kadavern seiner treuen Hunde, die ihm bis in den Tod gefolgt waren. Man hatte ihn entkleidet, aber nicht skalpiert. Sogar seine beiden Pistolen, mit denen er bis zum Schluss gekämpft hatte, lagen noch neben ihm im blutigen Gras. Ein Zeichen, dass er tapfer gestorben war.

Die junge Squaw ließ sich neben ihm nieder und barg seinen Kopf in ihren Armen. Tränen rannen über ihre Wangen und fielen auf seine langen goldenen Haare, die sie so geliebt hatte. Sie sah die Wunden nicht, die zwei Kugeln in Hinterkopf und Brust hinterlassen hatten. Sie sah nur sein Gesicht, das im Tode noch stolz und edel wirkte. Mit zitternder Hand berührte sie seine Wangen, seine bleiche Stirn, suchte ein letztes Mal den geistigen Kontakt mit ihrem Geliebten.

Und im gleichen Moment brach die Barriere in ihr, die seit seinem Tod jedes Gefühl außer Schmerz und Leid verdrängt und in die Tiefen ihrer *Seele* verbannt hatte. Mit einem Schlag erkannte sie, wer die Schuld trug an Custers Schicksal. Wessen Magie ihn in das Verderben geleitet hatte!

Monahseetah schrie, und es war ein Ruf, der die Wirklichkeit zerschnitt und bis in das Reich der Toten vordrang. Ein magischer Schrei, mit aller Macht hervorgebracht, deren Monahseetah fähig war. Ein Schrei, der selbst die Götter erreichte.

»Ich verfluche dich, Sitting Bull!«, schrie sie. »Ich verfluche dich, Tatanka Iyotake! Du hast ihn getötet, du allein! Mein eigenes Blut!«

Sie ließ den toten Körper wieder zu Boden sinken und richtete sich taumelnd auf. In ihrem Kopf wirbelten die Gedanken wie Blätter in einem Sturm durcheinander, und die Welt vor ihren Augen begann sich um sie zu drehen.

»Verflucht sollst du sein!« Ihr wilder Schrei ging in ein ersticktes Schluchzen über, und sie brach wieder in die Knie, unfähig, ihren Leib länger aufrecht zu halten.

Als sie nun über das Feld der Toten hinüberblickte zum Little Bighorn River, in die Richtung, in der sich das Lager Ihres Onkels Sitting Bull befand, waren ihre Augen dunkel vor Hass.

»Keine Ruhe sollst du finden«, flüsterte sie mit ersterbender Stimme. »Der Tod soll dein Begleiter sein, Tatanka Iyotake! Ich werde dich finden, wo immer du auch bist. Dieses Bild des Todes soll von nun an in dir sein, auf ewig.

Und eines Tages, Tatanka Iyotake, werde ich zurückkehren und dich töten, wie du mir den Liebsten genommen hast.«

Sie schaute auf zum Himmel, wo Wakan Tanka sein leuchtendes Auge auf sie niederscheinen ließ. Sie wusste, dass der Gott der Sonne ihr Flehen erhören würde.

Dann sah sie wieder auf den Leichnam hinab, der vor ihr auf dem blutgetränkten Boden lag, und seine gebrochenen Augen schienen sie fast glücklich anzulächeln.

In diesen Sekunden vergaß Monahseetah das Kind, das in einem fernen Tipi auf seine Mutter wartete, vergaß ihr Volk, ihre Bestimmung, ihr Bestreben, mehr zu sein als eine einfache Squaw, vergaß alles, was Mazakootemane sie gelehrt hatte.

»Ich komme, George«, flüsterte sie, griff mit einer entschlossenen Bewegung nach dem kleinen, schlanken Dolch, den sie im Gürtel trug, und setzte die silberne Klinge auf ihr Herz.

Für endlose, schreckliche Sekunden waren wir wie erstarrt; konnten unsere Blicke nicht lösen von der Gestalt des toten Kriegers unter dem Zelteingang. Erst Postlethwaites erneuter Schrei riss Bill und mich in die Wirklichkeit zurück.

»Er ... er ist gestorben, unter meinen Händen ist er gestorben«, kreischte der hagere Wissenschaftler. »Und dann ... und dann ...«

Er brach ab und schnappte nach Luft. Seine Lippen waren blau angelaufen, und sein Gesicht war eine einzige Fratze des Grauens. Er krallte die Finger in sein Hemd über der Brust, und ein schmerzhaftes Husten entrang sich seiner Kehle.

Fast hätte ich zu spät reagiert.

Postlethwaite hatte einen Herzanfall!

Für einen Moment vergaß ich die Gefahr, in der wir schwebten. Blitzschnell griff ich nach einem kleinen Teil der Macht, die Shadow mir gegeben hatte, tauchte ein in Postlethwaites Geist und schaltete sein Denken aus. Dann tastete ich tiefer, erreichte das Herz und ließ Ströme reiner Magie durch seine Adern fließen.

Lancelot Postlethwaite brach zusammen. Der Schock – diesmal nicht die Panik, die ihn fast um den Verstand (und um sein Leben) gebracht hätte, sondern eine Reaktion seines Körpers auf den magischen Eingriff – raubte ihm das Bewusstsein. Aber er würde leben; die Gefahr war gebannt. Zumindest diese …

Obwohl es mir wie eine Ewigkeit erschien, war doch nicht mehr als eine einzige Sekunde vergangen, als ich den Blick von Lancelots Gesicht löste und wieder aufsah. Der untote Indianer war noch immer gut vierzig Schritt von uns entfernt, aber er kam näher, mit ungelenken, wie mechanisch wirkenden Schritten. Seine Züge waren im Todeskampf erstarrt und spiegelten auf grauenhafte Weise den Schrecken wider, den er in den letzten Sekunden seines Lebens empfunden haben musste.

Aber da war noch etwas anderes in seinem Blick; etwas, das sich über die Grimasse des Todes geschoben hatte. Er erinnerte mich an den einer Schlange, die eben ihr hilfloses Beutetier erspäht.

Aber so ganz hilflos war ich weiß Gott nicht. Ich überließ Lancelot Bills Fürsorge, richtete mich auf und trat dem Indianer entgegen.

Für einen Moment blieb der Untote stehen, und ein kehliger, dunkler Laut kam über seine blutigen Lippen. Sekundenlang schien er einer lautlosen, bösen Stimme zu lauschen, die aus dem Nichts heranwehte. Dann hob er die Arme, kämpfte einen Augenblick lang um sein Gleichgewicht und setzte seinen Weg fort. Fünfzehn Schritte trennten uns noch.

»Bist du verrückt, Robert?«, drang Bill Codys Stimme in mein Bewusstsein. »Wir müssen weg von hier, schnell. Komm her und hilf mir! Verdammt, hörst du nicht?«

»Ich weiß, was ich tue«, rief ich zurück, ohne mich umzudrehen. Meine Hand glitt in die Tasche meiner Jacke und umschloss den kleinen, fünfstrahligen Stern darin. Ich spürte, wie er sich unter meinem Griff erwärmte, wie er leise zu pulsieren begann, als ob sich mit einem Male Leben in dem porösen Stein befände. Jetzt fehlte mir nur noch der Zauber, den ich vor Jahren bis zur Agonie gebüffelt hatte wie ein Pennäler. Die magischen Formeln, die den Indianer – vereint mit der Kraft des *Shoggotensternes* – endgültig zurückschleudern würden in das Reich der Toten.

Und die mir – wie hätte es anders sein können – partout nicht einfallen wollten!

Mir brach der kalte Schweiß aus. Fieberhaft durchforschte ich mein Unterbewusstsein, aber je verzweifelter ich nach den magischen Worten suchte, desto nervöser wurde ich.

Und der lebende Tote hatte mich fast erreicht! Drei Schritte noch ... zwei ...

Ich riss den Stern aus meiner Tasche, holte weit aus – und plötzlich tauchte die Formel aus den Tiefen meines Geistes auf; ein flammendes Fanal, nach dem ich hastig griff.

»Ragaa artara ret uula!«

Mein Ruf hatte den kleinen Stern begleitet, als er mit tödlicher Präzision durch die Luft raste und den Indianer mitten auf die Brust traf.

So lange jedenfalls, bis er mit einem dumpfen Laut abprallte und wirkungslos in den Sand fiel.

Ich hätte es wissen müssen! Ich verdammter Narr hätte es wissen müssen! Wie hatte ich nur so blind sein können? Natürlich war es die gleiche Kraft, die schon die Geisterhunde gelenkt hatte, welche nun dem Toten innewohnte. Aber mir blieb keine Zeit für Selbstvorwürfe. Ich hatte zu lange gewartet, war meiner zu sicher gewesen. Nun war es zu spät.

Der Indianer war heran, noch *ehe* ich herumfahren und mich in Sicherheit bringen konnte. Seine Hände, zu Klauen verzerrt, zuckten vor und krallten sich um meine Arme. Ich warf mich mit aller Kraft zurück, aber genauso gut hätte ich versuchen können, einen Granitblock von der Stelle zu bewegen.

Der Rote blieb einfach stehen, und ich kugelte mir bei meinem Versuch beinahe die Arme aus den Gelenken. Ein heißer Schmerz durchzuckte meinen Oberkörper, und für Sekunden wurde mir schwarz vor Augen.

Das Nächste, was in mein Bewusstsein drang, war Buffalo Bills Schrei. Er ließ Postlethwaite zu Boden sinken, riss seinen Colt aus dem Holster und war mit einem Sprung neben mir.

»Nimm den Kopf zur Seite ...«, keuchte er atemlos, zog den Schlagbolzen der Waffe mit einem trockenen Klicken zurück und presste den Lauf gegen die Schläfe des Untoten.

Wenigstens wollte er es.

Der Indianer ließ meinen rechten Arm los und schlug mit einer Schnelligkeit, die seinen bisherigen Bewegungen Hohn sprach, nach Bills Revolver.

Die Waffe explodierte in Codys Hand. Die Faust des lebenden Toten hatte die acht Patronenkammern getroffen und mit einem Schlag zerfetzt. Bill Cody brüllte auf und taumelte zurück, während der Revolver – oder das, was von ihm übrig war – in hohem Bogen davonflog.

Und doch gab mir sein beherzte Handeln eine Chance – meine letzte. Notgedrungen hatte der Untote meinen Arm loslassen müssen, und als der grelle Pulverblitz die Dunkelheit zerriss und die glühende Druckwelle mein Gesicht traf, spürte ich, wie sich auch sein zweiter Griff lockerte; nicht viel, aber doch genug, es zu riskieren.

Ich drehte mich um die eigene Achse, stemmte ein Knie gegen seine Rippen und kam mit einem Ruck frei!

In den weichen Sand zu stürzen, hastig zur Seite zu rollen und wieder auf die Füße zu springen, war eins. Aus den Augenwinkeln sah ich, wie auch Buffalo Bill sich aus der Reichweite des Indianers brachte. »Weg hier!«, brüllte er überflüssigerweise und deutete auf Lancelot Postlethwaite, der noch immer bewusstlos am Boden lag.

Wir rissen ihn hoch, kurz bevor der lebende Tote uns erreichte. Die Bewegungen des Indianers waren jetzt fließender und vor allem schneller geworden, und als wir Lance mehr stolpernd denn gehend mit uns zerrten, folgte er uns kurz auf. Seine linke Gesichtshälfte war von der Explosion in eine einzige klaffende Wunde verwandelt worden, aber kein Tropfen Blut floss daraus hervor und sie schien ihn auch nicht im Mindesten zu stören. In seinem verbliebenen Auge glitzerte noch immer der Ausdruck unbändiger Gier.

Natürlich; er konnte nichts mehr spüren, Sein Körper war gestorben, vor Minuten schon, und mit ihm jedes menschliche Gefühl.

Wir zerrten Postlethwaite weiter mit uns. Cody, der ihn unter der rechten Schulter ergriffen hatte, schaute voraus, während ich den Untoten hinter uns im Auge behielt. So begriff ich erst gar nicht, wie mir geschah, als Bill plötzlich abrupt stehen blieb. Ich wurde von meinem eigenen Schwung herumgerissen, verlor Lancelots Arm und stolperte noch einige Schritte weiter.

»Was –« Weiter kam ich nicht. Ein heißer Schreck schnürte mir die Kehle zu, und für einen Moment weigerte sich mein Verstand zu glauben, was meine Augen sahen.

Die sehnigen Hände des Untoten gruben sich von hinten in meine Schultern. Ich spürte es kaum.

Vor mir flackerte das kleine Feuer, das Sitting Bull neben seiner Lagerstatt entzündet hatte. Er selbst saß zusammengesunken auf seiner Decke; Annie Oakley hatte sich über ihn gebeugt und stützte ihn. Ihr Gesicht war eine Grimasse des Grauens.

Wie Bill und ich hatte sie die kleinen, schlanken Gestalten erkannt, die von allen Seiten aus dem Dunkel der Nacht hervorgetreten waren und das Lager umringten.

Glühende Augen starrten uns aus verzerrten Gesichtern entgegen; bösartige Lichter, in denen Tod und Verderben geschrieben standen.

Blutüberströmte Arme reckten sich nach uns, wie in stummer Anklage erhoben, als die toten Wächterindianer Schritt für Schritt näher kamen.

Sie brauchten sich nicht einmal zu beeilen – wie konnten nicht mehr fliehen.

Es war aus ...

Äonenlang war sie durch ein Meer der Schwärze getrieben, durch absolute Dunkelheit und vollkommene Stille. Längst hatte sie die Augen geschlossen, um ihrem Geist zumindest vorzugaukeln, dass das Nichts um sie herum normalen Ursprungs war. Längst hatte sie zu schreien aufgehört, denn kein Laut drang an ihr Ohr; nicht einmal ihre eigene Stimme. Längst schlug sie nicht mehr wie rasend um sich, denn ihre Arme glitten wie durch zähen Schleim durch die Dunkelheit, gaukelten ihrem Verstand vor, in einem Moor zu versinken, immer tiefer und tiefer, und trieben sie bis dicht an die Grenze des Wahnsinns.

Das schreckliche Gefühl der Schwerelosigkeit hatte sie nicht bekämpfen können. Und das war die grausamste seelische Folter von allen.

Ihre Füße berührten keinen Grund, und glaubte sie gerade noch, regungslos zu schweben, so stürzte sie in der nächsten Sekunde in einen unendlichen, bodenlosen Brunnen aus Todesangst und der sicheren Gewissheit, jeden Moment mit furchtbarer Gewalt aufzuschlagen.

Aber die Elohym waren Geschöpfe der Luft ebenso wie der Erde, und nach Ewigkeiten war es Shadow sogar gelungen, auch diese Vision halbwegs zu besiegen und sich – wenn auch nur in ihrer Einbildung – wie ein Vogel durch das Nichts zu bewegen.

Nicht, dass es ihr viel genützt hätte. In den Sekunden, in denen sie sich zwang, ihre Augen einen Herzschlag lang zu öffnen, erblickte sie stets das gleich bleibende, quälend monotone Bild undurchdringlicher Schwärze.

Und wenn sie die Lider länger als diesen einen Moment hob, war es, als würde sich die Dunkelheit in ihren Augen spiegeln und gleichsam in sie eindringen wie durch eine geöffnete Schleuse. Und ihren Körper langsam, aber unbarmherzig füllen mit dieser tödlichen Flut aus Gestalt gewordener Nacht.

Wenn sie die Seele erreichte, so wusste Shadow, würde sie sterben.

Aber noch war es nicht so weit. Noch konnte sie ihre Gedanken formulieren und nach einem Ausweg sinnen.

Sie wusste nicht, wo sie war; sie wusste kaum noch, wie sie hierher gelangt war, und selbst ihren Namen musste sie wie ein kostbares Geheimnis hüten, um ihn nicht zu vergessen. Nur undeutlich und verschwommen erinnerte sie sich an die Bilder von ... Felsen? Sand? Eine Stimme ... was war das ... eine Stimme?

Und noch bevor sie den Sinn dieses Wortes ergründen konnte, war es ihr schon wieder entglitten und in der Dunkelheit verschwunden ...

Vor Jahren, wie es ihr schien, hatte Shadow ihren Geist vom Körper getrennt und war auf die Suche gegangen. Und jede Bewegung des gestaltlosen Ichs war ihr zum Martyrium geworden.

Eine endlose Zeitspanne hatte sie sich von unsichtbaren Strömungen treiben lassen. Dann – plötzlich und so unerwartet, dass sie sich im ersten Moment voller Panik hatte zurückziehen wollen – war sie auf ein fernes Licht gestoßen. Und wieder hatte es Jahrtausende gedauert, bis sie sich bewusst geworden war, dass Licht Leben bedeutete.

Sie hatte sich gegen die Strömung, die mit einem Male ihren Geistkörper ergriff und ihn mit aller Macht in die ewige Nacht zurückschleudern wollte, auf den winzigen Punkt zubewegt – und *gewusst!*

Im gleichen Moment, als ihr Geist das helle Gleißen berührte und sich mit ihm vereinte, hatte sie erkannt, dass es ein Geist ähnlich dem ihren war – ein magischer Geist, der eben im Begriff war, in diese Schreckenswelt überzuwechseln.

Für Sekunden hatte sie durch die Augen des Anderen gesehen –

... eine Welt, in der Hell und Dunkel umgekehrt waren ... rasche Bewegung von großen, schlanken Körpern ... Krallen, die auf Gesicht und Brust niederfuhren ... SCHMERZ! – und sie hatte gehandelt. Sie wusste: Wenn der fremde Geist erst einmal den Sprung vollzogen hatte, gab es auch für ihn kein Zurück mehr. So hatte sie ihm alle Macht gegeben, über die sie noch gebieten konnte.

Und dann – sie hatte kaum mehr Kraft zurückbehalten, um sich selbst in dieser Unendlichkeit zu behaupten – war der fremde Geist neu erstarkt und hatte seinerseits eine Brücke zu ihrem körperlosen Ich geschlagen.

Und wieder war es wie ein Erwachen gewesen. Plötzlich war die Erinnerung zurückgekehrt, mit einem Schlag, der sie fast betäubte. Hastig hatte sie Robert Craven eine Nachricht übermittelt, die das Gehirn in ihrem fernen Körper formulierte; dann war sie, kraftlos und am Rande einer Ohnmacht, zurückgerissen worden und wieder mit sich selbst verschmolzen.

Dann war die Rache über sie gekommen.

Zum ersten Mal hatte das Wesen, das verantwortlich war für all dieses Leid und den Wahnsinn, Kontakt mit ihr aufgenommen. Und bei all den Schmerzen, die es ihr bereitet hatte, war Shadow doch froh gewesen, endlich mehr zu erfahren über ihr Schicksal.

Es war die Stimme einer Frau, die mit einem Male Shadows Geist erfüllte und wie mit glühenden Hämmern Wort für Wort in ihren Verstand meißelte. Und sie sprach von Hass und Tod und blutiger Vergeltung.

Die Stimme redete lange Zeit, immer lauter und zorniger, und als Shadows Bewusstsein sich endgültig weigerte, auch nur noch ein Wort aufzunehmen, griff eine unsichtbare Hand nach dem schlanken Körper der Elohym, entriss ihn dem zähflüssigen Nichts und schleuderte ihn durch einen rasenden Strudel von Farben und Licht.

Und dann durchbrach Shadow die Barriere zum Reich der ewigen Nacht und wurde ausgespien in die Wirklichkeit …

Wir alle sahen mit der übernatürlichen Klarheit, die Momenten höchster Gefahr wohl eigen ist, was vor unseren Augen geschah. Und trotzdem finde ich kaum Worte, es zu beschreiben.

Etwa sieben Yards vor und zwei Yards über dem Wüstenboden riss die Nacht auseinander, stülpte sich für den Bruchteil eines Herzschlages um wie ein Vorhang, hinter dem ein grelles Licht lodert.

Und heraus fiel eine schlanke, weißhäutige Gestalt, stürzte schwer in den Sand und blieb reglos liegen. Es dauerte einige Sekunden, bis ich sie erkannte.

»Shadow!«

Annie Oakley hatte den Schrei ausgestoßen; ich selbst war viel zu geschockt, um auch nur einen Ton hervorzubringen. Shadow sah schrecklich aus. Ihr Haar war wild zerzaust, die Kleidung hing in Fetzen und irgendwie nass von ihrem Körper, und überall zeigte ihre Haut braune und blaue Flecken. Und vor allen Dingen – sie rührte sich nicht!

Ich keuchte vor Schrecken und vergaß die Gefahr um uns herum. Mit einer heftigen Bewegung riss ich mich von dem Untoten los – was mich die Schulterstücke meiner Jacke kostete – und war mit einem Satz bei Shadow. Dass mir der Indianer nicht folgte, registrierte ich kaum. Ich kniete neben Shadow nieder und drehte sie vorsichtig auf den Rücken.

Ihr Körper war kalt, so schrecklich kalt. Und in ihrem engelsgleichen Antlitz regte sich kein Muskel, als ich ihr das wirre Haar aus der Stirn strich.

Langsam drang die furchtbare Erkenntnis in meinen Verstand vor, aber ich weigerte mich einfach, sie anzuerkennen. Shadow war tot! TOT!

Irgendetwas tief in mir schien zu zerbrechen. Heiße Tränen schossen mir in die Augen, rannen über mein Gesicht und versickerten im Bart. Plötzlich war ein Kloß in meinem Hals, und eine Faust umschloss mein Herz und presste es zusammen. Und in den Tiefen meiner Seele begann eine Flamme zu lodern, so grell und –

Ich bin nicht tot, flüsterte eine Stimme in meinen Gedanken. Ihre Stimme! Ich erstarrte in der Bewegung und sah auf ihr Gesicht hinab. Aber noch immer war es leer und tot.

Sie soll es denken, fuhr Shadow fort. *Tote beachtet man nicht.*

Ich musste wohl ziemlich dämlich dreingeschaut haben in diesem Augenblick, denn bevor ich nicken oder mich sonst auf irgendeine leichtsinnige Weise verraten konnte, fügte sie hastig hinzu: *Spiel deine Rolle weiter, Robert. Es ist unsere einzige Chance. Sie wird bald kommen!*

Ich wusste nicht, wen Shadow meinte, aber ich gehorchte instinktiv. Und das fiel mir beinahe noch schwerer, als die Fassung über ihren vermeintlichen Tod zu bewahren. Ich hätte jubeln und mit den Untoten tanzen können.

Nun, Letzteres wohl doch nicht ...

Als ich aufsah, gewahrte ich, dass sich die Indianer uns nicht weiter genähert hatten. Und nach einer weiteren ungläubig erstaunten Sekunde erkannte ich, dass sie sich überhaupt nicht mehr bewegten!

Sie waren zu Statuen des Schreckens erstarrt, umringten uns wie eine lebende Mauer auf der Grenze, die den flackernden Lichtschein des Feuers von der Nacht trennte.

Und plötzlich begriff ich.

Sie hatten gar nicht den Auftrag, uns zu töten! Sie sollten uns aufhalten und IHRE Ankunft vorbereiten – wer immer SIE auch sein mochte.

Mit Grabesmiene streifte ich meine Jacke ab und breitete sie über Shadows reglosen Körper. Dann erhob ich mich taumelnd; ein gebrochener Mann, am Ende seiner psychischen Kraft. Ich hätte die Mailänder Scala zu Begeisterungsstürmen hinreißen können.

Sekundenlang blieb ich über ihr stehen, schwankend wie ein Blatt im Wind. »Sie ist tot«, flüsterte ich mit erstickter Stimme. »Sie ist ...«

Ich wandte mich um, ließ meine Schultern hängen und presste die Tränen aus den Augenwinkeln. Es wurde langsam Zeit, dass ich Publikum bekam; das Publikum, von dem Shadow gesprochen hatte.

Annie und Bill konnten mir nicht in die Augen sehen, als sie mich in ihre Mitte nahmen und Cody mitfühlend seine Rechte auf meine Schulter legte. Hätten sie es getan, dann hätten sie vielleicht die Wahrheit erkannt.

Zu unseren Füßen regte sich Lancelot Postlethwaite. Bill kniete rasch nieder und half ihm, sich in eine halbwegs sitzende Position aufzurichten.

»Was ... was ist geschehen?«, murmelte Lance, noch halb in den Nebeln der Ohnmacht gefangen, und rieb sich mit Daumen und Zeigefinger über die Nasenwurzel. Dann kehrte die Erinnerung zurück.

Mit einem Schrei bäumte er sich auf, wollte im gleichen Moment aufspringen und fliehen und fiel mit einem Ächzen in den Sand zurück.

Bill versuchte Postlethwaite zu beruhigen, was ihm angesichts der undurchdringlichen Mauer aus lebenden Leichen, die uns umgab, sichtlich schwerfiel. »Im Moment besteht keine Gefahr«, sagte er leise. »Die Kerle warten auf irgendetwas.«

Wie zur Bestätigung seiner Worte durchzog mit einem Male ein unheimliches, sphärisches Singen die Luft; ein Laut, der uns gleichsam verstummen und erstarren ließ. Ein Ton von solcher Traurigkeit und Intensität, dass unsere Seelen in das Lied einzustimmen schienen und sich ein merkwürdig wehmütiges Gefühl in mir ausbreitete.

Wäre mir der Vergleich in dieser Situation – umringt von Leichen und den sicheren Tod vor Augen – nicht so lächerlich vorgekommen, ich hätte es als Heimweh definiert.

Und dieser Ton war es auch, der mir auf geradezu unlogische Weise klarmachte, dass da nichts wirklich Böses auf uns zukommen konnte. Es war ein Lied, das ein Echo tief in mir zum Klingen brachte und meinen ganzen Körper wie eine warme Woge der Sehnsucht überrollte.

Andererseits – auch die Sirenen sangen wunderschön, und doch lockten sie die Seefahrer in den Tod ...

Nur aus den Augenwinkeln nahm ich wahr, dass Bill und Lancelot sich neben mir aufrichteten. Mein Blick hing wie gebannt an einem Punkt etwa drei Yards vor und über uns. Ein winziger, gleißender Punkt in der Nacht, der von Sekunde zu Sekunde mehr an Intensität gewann und wie ein schlagendes Herz zu pulsieren schien. Und der größer wurde.

Bald hatte sein Leuchten den Schein des Feuers vertilgt und den Platz am Wasserloch in taghelles Licht getaucht.

Und immer noch wurde er größer und größer.

Schweigend sahen wir der Erscheinung entgegen, unfähig, auch nur einen Muskel zu bewegen oder die Augenlider zu schließen. Das kalte Licht brannte sich gnadenlos in unsere Gehirne, verglühte unsere Gedanken in eisigem Feuer. Ich hörte, wie Annie neben mir gequält aufstöhnte, doch genau wie ich war sie unfähig, sich abzuwenden.

Dann explodierte die Nacht.

Mit einem Male war die Luft über der Wüste ein einziges Kaleidoskop wirbelnder Farben und berstender Sonnen. Durch das Singen, das sich im gleichen Moment zu einem kreischenden, grellen Crescendo gesteigert hatte, hörte ich die entsetzten Stimmen meiner Gefährten, schrie selbst wie von Sinnen; es war die einzige Reaktion, zu der wir noch fähig waren. Das Licht wuchs empor zu einem wirbelnden, alles verschlingenden Mahlstrom, steigerte sich zu kaum erträglichem Glanz – und erlosch.

Der Wechsel kam so plötzlich, so unerwartet, dass wir in den ersten Augenblicken gar nicht erkannten, was geschah.

Dann kam die Nacht wie ein mentaler, mit aller Kraft geführter Schlag zurück, bohrte sich in unsere Augen und löschte die pulsierende Glut in unseren Gedanken. Linderung brachte sie nicht.

Für Ewigkeiten, wie es mir schien, waren wir blind. Feurige Kreise tanzten vor meinen Augen, und ein Sinn verwirrender Schwindel erfasste mich. Nur mit Mühe konnte ich ihn zurückdrängen und meine Gedanken sammeln.

Dann war es vorbei. Der milde Schein des Lagerfeuers (nach dem unglaublich hellen Inferno fast schon ein dunkles Feuer) drang wieder in unser Bewusstsein und schob die tanzenden Kreise beiseite ...

Annie schrie gellend auf und presste sich dicht an mich. Ich bemerkte es kaum. Fassungslos starrte ich auf die unglaubliche Szenerie, die sich unseren Augen bot. Ich weiß nicht, was ich nach Shadows Warnung erwartet hatte, aber gewiss hatte es keinerlei Ähnlichkeit mit dem, was ich nun sah.

Zwei Pferde, schwarz wie die Nacht und mit einer spröden, mumifizierten Haut, die sich wie Gewebe aus Spinnfäden über die Knochen legte. Pferde mit glühenden Augen, deren Hufe den Wüstenboden nicht berührten. Pferde mit prachtvollen, aber uralten, verblichenen Decken und ledernem Zaumzeug. Pferde, auf denen Menschen saßen!

Zumindest glaubte ich im ersten Moment dass es Menschen wären, denn verglichen mit den Tieren sahen sie fast lebendig aus; zwar auch in zerschlissene, blutbefleckte und brüchig gewordene Kleidung gehüllt, aber mit straffer, unversehrter Haut.

Aber ihre Augen waren tot. Und ihr Blick barg das Grauen.

Es waren ein hagerer, hoch gewachsener Mann mit langen, aschfahlen Haaren, in die Generalsuniform der US-Kavallerie gekleidet, und eine Indianerin im einfachen gewobenen Kleid. Und obwohl die Gestalt des Mannes um vieles imposanter war, erkannte ich sofort, von wem der dunkle Hauch fremder Magie ausging, den ich im Augenblick ihres Erscheinens gespürt hatte.

Und dazu hätte es nicht einmal Shadows Worte bedurft. Die Woge des Hasses, die uns aus den toten Augen der Squaw entgegenwallte, ließ mich erschaudern.

»Custer«, flüsterte Bill Cody neben mir. In der Stille, die uns mit einem Male umfangen hatte, klang seine Stimme überlaut in meinen Ohren. Aber sie hatte den Bann gebrochen. Ich fuhr zu Bill herum.

Mit weit aufgerissenen Augen starrte er den beiden Gestalten entgegen, und seine Lippen bebten. »Custer«, flüsterte er noch einmal, und erst jetzt begriff ich die volle Bedeutung dieses Namens.

George Armstrong Custer! Der Mann, der von Sitting Bulls Kriegern getötet worden war; vor fast genau zehn Jahren!

Mit einem Keuchen wandte ich mich zu dem alten Häuptling um. Aber wenn ich erwartet hatte, Sitting Bull furchtsam oder zumindest erschrocken zu finden, sah ich mich getäuscht.

Auf dem faltenreichen Antlitz regte sich keine Miene. Sitting Bull blickte den Schreckensgestalten entgegen wie ... einen Moment lang suchte ich nach dem passenden Wort, und als ich es schließlich fand, durchfuhr mich ein eisiger Schrecken: wie ein Mann, der bereits mit seinem Leben abgeschlossen hatte!

Dann sprach Sitting Bull, und ich musste erkennen, dass ich mich wieder einmal – wie schon so oft in dieser haarsträubenden Geschichte – gründlich geirrt hatte. Denn er schien Custer, seinen Todfeind, gar nicht zu beachten, sondern wandte sich der Indianerin zu.

»Nun also treffen sich unsere Pfade, Monahseetah«, sagte er mit fester Stimme. »Deine Visionen haben mich geleitet.«

Er sprach weiter, doch ich hörte seine Stimme plötzlich nur noch wie aus weiter Ferne. Wie ein Schock traf mich die Erkenntnis, fügte sich der letzte Puzzlestein in dieser Scharade des Schreckens zusammen.

All die Träume, die furchtbaren Visionen, die ich erlebt hatte, waren für Sitting Bull bestimmt gewesen! Ich war ein Zauberer wie er, mein Geist ebenso empfänglich für magische Strömungen wie der seine, und dadurch waren seine Albträume gleichsam zu den meinen geworden! Er war das Opfer, von dem der versteinerte Wächter in meinem Wachtraum gesprochen hatte. Ihm hatte der Angriff der Geisterhunde gegolten! Custers Hunden!

Und jetzt verstand ich auch seine tiefe Niedergeschlagenheit, seine Resignation, die mit jedem Tag, den wir uns diesem Punkt näherten, zugenommen hatte. In Wahrheit hatte *er* die Schuld um den Tod der Wächterindianer auf sich geladen, und er war fast zusammengebrochen unter dieser Last.

Und Shadow, die die Zusammenhänge durchschaut hatte, war von der Squaw entführt worden, bevor wir einen Plan ersinnen konnten, Sitting Bull zu schützen. Und natürlich hatte unsere Magie gegen einen indianischen Zauber versagen müssen.

Jetzt war alles plötzlich so klar, stand so deutlich greifbar vor meinen Augen, dass ich mich einen Narren schalt, es nicht früher erkannt zu haben. Nur ein Teil fehlte noch, um das Rätsel vollends zu lösen: Wer war diese Squaw, und warum verfolgte sie einen Mann ihrer eigenen Rasse mit solch einem abgrundtiefen Hass?

All diese Überlegungen waren mir im Bruchteil einer Sekunde durch den Kopf geschossen, und als sich mein Blick wieder klärte, sah ich, dass die Indianerin einen Arm erhoben hatte und auf Sitting Bull deutete.

»Dies ist der Tag der Vergeltung, Tatanka Iyotake«, klang ihre Stimme auf, und es schwang – bei aller Verachtung, die sie hineinlegte – eine Nuance darin mit, die nicht zu den Worten passen wollte. Ein fast sanfter, sehnsüchtiger Unterton, der mich beinahe mehr erschreckte als alle Härte. »Viele Sommer habe ich auf diesen Tag gewartet«, fuhr sie fort. »Jetzt kehrt zum zehnten Male Wakan Tanka ins Land der Sioux zurück, und zehntausend Tode bist du gestorben, Tatanka Iyotake. Heute soll es der endgültige für dich sein. Du sollst sterben, wie du einst den Mann getötet hast, dem ich meine Liebe schenkte.«

»Ich habe ihn nicht getötet«, sagte Sitting Bull und trat einen Schritt vor. Plötzlich war alle Müdigkeit und Apathie von ihm abgefallen und er erschien mir um gut zwanzig Jahre jünger. Ich ahnte, dass er die Begegnung herbeigesehnt haben musste.

Natürlich!, durchfuhr es mich im nächsten Moment. Deshalb hatte er mein Angebot, ihm zu helfen, immer wieder abgelehnt! Nur aus diesem Grund hatte er sein Wissen um den Ursprung des Schreckens nicht preisgegeben: weil er diese endgültige Konfrontation gewollt hatte.

Und noch während er die Worte aussprach, reagierten meine magischen Sinne aufs Neue, und wieder hatte ich diese merkwürdig diffuse Gewissheit, dass er mit seinen Worten einerseits nicht log, andererseits aber auch nicht die Wahrheit sprach.

Die Antwort auf dieses verwirrende Gefühl gab mir die Indianerin im nächsten Moment.

»Du warst es, der den Zauber bewirkte, der George in die Hände deiner Krieger lockte«, sagte sie verächtlich. »Du allein trägst die Schuld an seinem Tod. Und dafür wirst du sterben.«

Sie sprach noch weiter, aber ich konnte die Worte nicht mehr verstehen. Plötzlich hatte sich etwas wie ein sanfter Nebelhauch über mein Bewusstsein geschoben und dämpfte alle Geräusche um mich herum. Und aus diesem Nebel drang eine wispernde Stimme an mein Ohr.

Ich erkannte sie sofort.

Halte dich bereit, Robert, raunte Shadow in meinen Gedanken. *Wenn ich angreife, unterstütze mich, so gut es geht.*

Ich wandte den Blick und sah zu ihr hinüber. Sie lag noch immer reglos am Boden, etwa vier Yards hinter den Geisterpferden. Wie sie erwartet hatte, hatten weder Monahseetah noch Custer auch nur Notiz von ihr genommen.

Was, wenn unsere Kräfte wieder versagen?, formulierte ich meine geistige Antwort. *Es ist eine fremde Magie, der sie sich bedient!*

Überlass es mir, sagte Shadow knapp. *Ich glaube, ich weiß einen Weg.*

Und damit sprang sie auf.

Die Bewegung kam trotz allem so unerwartet, dass ich vor Schreck zusammenzuckte. Neben mir stieß Annie Oakley einen ungläubigen Schrei aus, und auch Bills und Lancelots Köpfe ruckten zur Seite. Nur Sitting Bull blieb unbewegt. Aber das war bei ihm wohl mittlerweile reine Routine.

Custer und die Squaw fuhren im Sattel herum. Und im gleichen Moment schlug Shadow zu!

Es war wie ein Blitz reiner Energie, der auf die beiden unheimlichen Gestalten und ihre Knochenpferde zuraste, eine weißmagische Entladung solchen Ausmaßes, dass selbst um uns herum die Luft zu knistern begann und blaue Elmsfeuer über unsere Körper tanzten.

Und er traf.

Mit einem Schlag waren die beiden Gestalten in ein gleißendes, pulsierendes Licht gehüllt, in ein Netz aus Millionen und Abermillionen winziger Lichtpunkte, die sich um ihre Köpfe zusammenzogen. Trotzdem konnte ich, wie durch einen milchig weißen Schleier, ihre Gesichter erkennen.

Custer schrie. Er hatte Mund und Augen weit aufgerissen und warf den Kopf wie in unsäglicher Qual hin und her, aber kein Ton drang durch die magische Kugel, die ihn umgab.

Seine Glieder zuckten unkontrolliert, und hätte ihn der Lichtball nicht an den Platz gebannt, hätte er wohl das Gleichgewicht verloren. Seine überlegenen, verächtlichen Züge waren einer Grimasse des Schreckens gewichen.

Monahseetahs Antlitz hatte sich nicht verändert.

Noch immer verzog sich ihr Mund in blinder Wut, und noch immer blitzte in ihren Augen die Flamme des Hasses. Und dann hob sie – wenn auch mühsam und unendlich langsam – den rechten Arm und reckte ihn gegen Shadow.

In diesem Moment griff auch ich in den Kampf ein, suchte mit dürren Geistfingern nach der Macht, die tief in mir schlummerte, sammelte sie, Shadows Beispiel folgend, zu einem gewaltigen magischen Blitz und schleuderte ihn mit einem Schrei der Indianerin entgegen.

Monahseetah wankte. Der Arm, schon halb erhoben, fiel kraftlos zurück. Der Kreis blendenden Lichtes verstärkte sich noch, und nur schemenhaft konnte ich sehen, wie sie sich zu mir umwandte, das Gesicht nun ebenfalls in fassungslosem Schrecken verzerrt.

Ich wusste nicht, was Shadow tat, woher sie ihr Wissen bezog, den indianischen Zauber zu durchbrechen – aber es klappte! Wir konnten Monahseetah bezwingen!

Die Anstrengung trübte meinen Blick und ließ schwarze Punkte vor meinen Augen tanzen, aber ich wagte nicht in meiner Konzentration nachzulassen. Mein Gehirn stand in Flammen, und noch immer schrie ich zusammen mit den weißen Energien den Schmerz heraus, der mich durchtobte. Undeutlich sah ich, wie sich Shadow von ihrem Platz löste, langsam näher kam und irgendetwas tat, was ich nicht erkennen konnte.

Dafür sah ich die Wirkung umso deutlicher.

General Custer bäumte sich in einer letzten verzweifelten Bewegung auf und riss die Hände an seine Schläfen. Er führte die Bewegung nicht zu Ende. Plötzlich erschlaffte er und sackte in sich zusammen wie eine Marionette, deren Fäden man mit einem einzigen Schnitt durchtrennt hat – nur durch die entfesselten Urkräfte, die seinen Körper umtobten, wurde er noch aufrecht gehalten.

Und auch Monahseetah hob ihre Hände in einer kraftlosen Bewegung zum Kopf, öffnete den Mund zu einem Schrei, und – *wir hörten ihn!*

Es dauerte eine Weile, bis ich begriff, was geschehen war. Der gellende Schrei zerriss die unwirkliche Stille, in der der magische Kampf stattgefunden hatte, hallte in meinen Ohren nach und brach mit einem Male ab.

Und Custer stürzte von seinem Skelettpferd und fiel schwer zu Boden, nicht länger gehalten von dem gleißenden Energiefeld.

Denn im gleichen Moment, in dem Monahseetahs Schrei erklungen war, war es erloschen, als hätte es nie existiert ...

Kennen Sie das Gefühl? Man stemmt sich mit aller Kraft gegen eine im Rahmen verklemmte Tür, legt sein ganzes Gewicht hinein – und plötzlich gibt sie nach. Auf einmal ist der Widerstand verschwunden, und von einem Moment auf den nächsten stößt man ins Leere, stolpert haltlos nach vorn und rennt sich an der nächstbesten Wand den Schädel ein.

Wenn ja, wissen Sie, wie mir zumute war.

Eben noch hatte ich alle Konzentration darauf verwandt, den Strom magischer Energien in die gleißende Lichtkugel zu lenken. Ich hatte die Macht meines Erbes wie ein glühendes Schwert in meiner Seele gespürt und mich halb blind und am Rande einer Ohnmacht gegen den wütenden Ansturm der indianischen Magie gestemmt.

Und dann ... nichts mehr.

Plötzlich war meine Kraft erloschen wie die Flamme einer Kerze im Wind. Und nicht nur sie. Um uns herum war absolute Stille!

Ich taumelte ein, zwei Schritte nach vorn und fiel auf die Knie.

Vor meinen Augen drehte sich die Welt in einem wilden Reigen, und jetzt erst hörte ich das Blut in meinen Ohren rauschen. In meinem Geist war nur Platz für eine einzige Frage: Was war geschehen?

Irgendjemand schien meine Gedanken gelesen zu haben, denn wie aus weiter Ferne drang eine Stimme in mein Bewusstsein; eine uralte und doch auf bizarre Weise junge Stimme, die ich nach Ewigkeiten erst erkannte.

»Mein Schicksal darf nicht das eure sein«, sagte Sitting Bull und erhob sich mühsam. Die Utensilien seines Medizinbündels ließ er im Sand zurück; Irrlichter zuckten noch darüber, und ein rauchiger Nebel lag dort in der Luft, wo der alte Häuptling gesessen hatte. »Ich danke euch, Freunde«, fuhr er fort, »aber dies ist eine Prüfung, die nur ich allein bestehen kann.«

Ich konnte es kaum glauben. Für Sekunden war ich schlichtweg sprachlos und kaum in der Lage, auch nur einen klaren Gedanken zu fassen.

Sitting Bull selbst hatte unsere Bemühungen zunichte gemacht, sein Leben zu retten!

Glaubte er, Monahseetah würde ihn verschonen? Dachte er im Ernst, sie würde uns laufen lassen, nach all dem, was geschehen war?

Wenn ja, konnte ich seinen Optimismus nur bewundern. Ich selbst hegte derlei Hoffnungen nicht; im Gegenteil. Aber ich fühlte mich zu leer und ausgebrannt, um den Gedanken bis zu seiner letzten bitteren Konsequenz zu führen. Mit einem Male war ich nur noch müde, so schrecklich müde

Monahseetah starrte dem Häuptling ebenso fassungslos entgegen wie wir, doch in ihren Augen war der verderbliche Funken noch nicht erloschen. Und sie schien sich zu erholen, schneller, als uns lieb sein konnte.

»Du hast dein Schicksal selbst gewählt, Tatanka Iyotake«, flüsterte sie, und in ihrer Stimme schwang schon wieder jener hasserfüllte Unterton mit, der mir eisige Schauer über den Rücken jagte. Sie blickte zur Seite, wo Custer reglos im weichen Sand lag.

»Er lebt noch«, erriet Sitting Bull ihre Gedanken. »Wenn man dies Leben nennen will.« Sein Blick war voll Trauer, als er die junge Squaw musterte. »Du hast die Kräfte der Magie verwandt, um zu erwecken, was tot sein sollte, Monahseetah«, fuhr er fort, »und damit das höchste Gebot der Götter verletzt. Glaubst du, Wakan –«

»Meine Rache war gerecht!«, schrie sie auf, aber in ihrer Stimme schwang ein Hauch von Zweifel mit. »War es falsch, ihn zu lieben, noch über den Tod hinaus?«

»Es ist kein Fehler, Liebe zu empfinden und zu geben«, erwiderte Sitting Bull. »Doch verträgt sich Hass mit Liebe? Das Leben endet im Tod, doch muss man Tod und Vernichtung bringen, um zu leben?«

»Du redest von Leben? Du, der Hunderten den Tod brachte? Der mir den Geliebten nahm?«

»Um das Leben vieler zu retten«, fügte Sitting Bull hinzu. Er trat dicht an Monahseetahs Pferd heran und senkte seine Stimme zu einem beschwörenden Flüstern. »Sein Tod hatte einen Sinn, auch wenn du ihn nicht begreifen willst, Monahseetah. Der deine war ein Sakrileg, unbedacht und von eigener Hand.« Er verstummte und senkte den Kopf. Und als er weitersprach, war seine Stimme tränenerstickt. »Ein Tod, der einem jungen Leben die Mutter raubte. Hast du deinen Sohn vergessen, Monahseetah?«

Es waren nur Worte, doch jedes einzelne von ihnen traf die Indianerin wie ein körperlicher Hieb. Für einen Moment glaubte ich, einen schwachen Abglanz von Leben in ihren Augen glitzern zu sehen, und als ich mich ungläubig aufrichtete, erkannte ich, dass ich mich nicht getäuscht hatte.

Eine einzelne Träne lief über die Wange der Squaw und versickerte in ihrem Mundwinkel. Und als hätte die Kraft dieser Träne den unseligen Bann gebrochen, verschwand der hasserfüllte Ausdruck von ihren Lippen.

»Yellow Swallow«, flüsterte sie, und in den Worten erkannte ich den Klang der Sehnsucht wieder, die wir alle bei ihrem Erscheinen verspürt hatten. »Er ist jetzt ein junger Krieger«, fuhr sie nach einer Weile fort. »Hat er in deinem Tipi eine Heimat gefunden?«

»Ich habe ihn nach den Gesetzen unseres Stammes erzogen und die Kunst der Magie gelehrt«, antwortete Sitting Bull.

»Dann wird er eines Tages Häuptling über die Sioux sein?« Monahseetahs Antlitz erhellte sich, und der letzte Schatten wich von ihren Zügen. Aber in ihren Worten schwangen auch Triumph und Genugtuung mit.

»Er ist tot«, sagte Sitting Bull leise.

Monahseetah erstarrte. Für einen kurzen, schrecklichen Augenblick schien es, als wolle der eben besiegte Hass zurückkehren, und eine eisige Hand berührte mein Herz, als ich sah, wie sie sich im Sattel aufrichtete und die Hände zu Fäusten ballte. Aber dann siegte der Schmerz über die Wut.

»Wie ... wie ist es geschehen?«, fragte sie tonlos. Ihre Stimme war kaum mehr ein Flüstern.

Sitting Bull sah zu ihr auf, und ich konnte spüren, wie er seinen Geist weit öffnete, seine geheimsten Gedanken der Frau preisgab, die ihn vor wenigen Augenblicken noch hatte töten wollen. Und ich erkannte, dass er ihr damit all seine Trauer über das Geschehene offenbarte; besser, als alle Worte es vermocht hätten.

»Er hat deinen Freitod nie überwunden, Monahseetah«, gab er zur Antwort. »Und er gab mir die Schuld daran. Vor zwei Sommern wandte er sich vom Stamm ab und ging in die Städte der Weißen. Sie haben ihn gelyncht, als er sich in eine Weiße verliebte und sie seine Liebe erwiderte.« Er legte eine genau bemessene Pause ein und fuhr dann fort: »Du siehst, dass Hass und Selbstsucht nur neues Leid heraufbeschwören, Monahseetah. Tod zieht nur Tod nach sich, und aus Rachedurst kann nur Unheil erwachsen. Es ist ein ewiger Kreis des Bösen, und der Mensch allein kann ihn zerbrechen. Vollziehst du deine Rache, führst du das Band des Verderbens weiter. Erkennst du aber den wahren Sinn deiner Existenz, werden die Götter dir vergeben. Erforsche deine Seele, Monahseetah. Wenn etwas in dir Mensch geblieben ist, wirst du die richtige Entscheidung treffen.«

Jetzt!, durchfuhr es mich. *Sie wird zuschlagen und ihn vernichten.*

Aber nichts geschah. Und ich musste erkennen, dass der ewige Kampf gegen die GROSSEN ALTEN und ihre Kreaturen bereits mein Denken vergiftet hatte. Sah ich schon in jedem Gegner einen unversöhnlichen, blutrünstigen Todfeind? Hatte ich vergessen, dass es auch andere Gesetze gab, nach denen sich die Geschicke richten – selbst in jener Welt, die wir das Jenseits nennen?

Lähmende Stille lag über der Wüste, als unser Schicksal entschieden wurde. Sitting Bull stand aufrecht und mit erhobenem Kopf vor Monahseetah, und für endlose Minuten vereinigte sich sein Blick mit dem ihren. Es war der unglaublichste, bizarrste Kampf, den ich je miterlebt hatte; ein Krieg zwischen Hass und Liebe, zwischen Rache und Vergebung. Eine Schlacht, die allein in der Seele der jungen Squaw ausgetragen wurde.

Und die für uns entschieden wurde.

Plötzlich verblasste Monahseetahs Gestalt, wurde durchscheinend wie ein Nebelhauch, und mit ihr vergingen auch die Skelettpferde und die reglose Gestalt General Custers. Es war eine Ironie des Schicksals, dass er, der eigentliche Urheber dieses ganzen Kampfes, in der letzten, entscheidenden Auseinandersetzung nicht einmal zu Wort gekommen war. Und während im Osten die ersten gleißenden Strahlen der Morgensonne den Horizont erhellten, verwehten die Nebel im Wind, tanzten noch sekundenlang wie eine Vision über der Wüste und gingen schließlich ein in die Ewigkeit.

Und rings um unser Lager sanken die toten Körper der Wächterindianer zu Boden, ihres unheiligen Lebens für immer beraubt.

Übrig blieb ein Gefühl der Wehmut in unseren Herzen, eine Mischung aus Trauer und Freude zugleich. Und die Erkenntnis, einen winzigen Teil des Geheimnisses um das Leben selbst erfahren zu haben.

Sitting Bull wandte sich um und blickte uns entgegen. Ich erschrak nicht einmal, als ich sah, wie sehr er gealtert war in diesen wenigen Minuten. Jetzt, da die Gefahr gebannt war, kehrte die Müdigkeit übermächtig zurück. Ich ließ mich auf den Rücken sinken und schloss die Augen.

Im nächsten Moment riss ich sie wieder auf und starrte in den Himmel über mir. Für einen Augenblick hatte ich geglaubt, etwas dort oben gesehen zu haben: die Silhouette eines großen schwarzen Adlers, der genau über der Stelle stand, wo Monahseetah verschwunden war.

Aber dort war nichts. Ich musste mich wohl getäuscht haben …

Erster Teil des Zyklus DIE DREI WELTEN

Ian Irvine
DER SPIEGEL
DER ERINNERUNG
Roman
384 Seiten
ISBN 978-3-404-20569-1

Drei Welten, einst durch Magie miteinander verbunden
Vier Völker, die keinen Frieden kennen.
Und ein Spiegel, der alles zerstören könnte.
Die Magiebegabte Karan soll ein uraltes Relikt stehlen: den Spiegel von Aachan – einen seltsamen, trügerischen Gegenstand, der niemals vergisst, was er einmal gesehen hat. Gemeinsam mit dem brillanten Chronisten Llian begibt sie sich auf die Suche, ohne zu ahnen, welche Gefahr von dem Spiegel ausgeht. Denn er birgt ein uraltes Geheimnis, das den Völkern helfen kann zu überleben … oder das sie vernichten könnte.

Bastei Lübbe Taschenbuch